中华经典直解

庄子直解

姚汉荣 孙小力 林建福 ◎ 撰

上册

目 录

前言 …………………………………………………………… 1

内 篇

逍遥游第一 …………………………………………………… 3
齐物论第二 …………………………………………………… 25
养生主第三 …………………………………………………… 58
人间世第四 …………………………………………………… 69
德充符第五 …………………………………………………… 99
大宗师第六 …………………………………………………… 121
应帝王第七 …………………………………………………… 157

外 篇

骈拇第八 ……………………………………………………… 179
马蹄第九 ……………………………………………………… 194
胠箧第十 ……………………………………………………… 203
在宥第十一 …………………………………………………… 217
天地第十二 …………………………………………………… 245
天道第十三 …………………………………………………… 288
天运第十四 …………………………………………………… 316
刻意第十五 …………………………………………………… 343
缮性第十六 …………………………………………………… 353
秋水第十七 …………………………………………………… 362
至乐第十八 …………………………………………………… 397
达生第十九 …………………………………………………… 416

山木第二十 …… 447

田子方第二十一 …… 476

知北游第二十二 …… 503

杂 篇

庚桑楚第二十三 …… 539

徐无鬼第二十四 …… 568

则阳第二十五 …… 609

外物第二十六 …… 638

寓言第二十七 …… 660

让王第二十八 …… 674

盗跖第二十九 …… 699

说剑第三十 …… 724

渔父第三十一 …… 731

列御寇第三十二 …… 741

天下第三十三 …… 760

主要参考书目 …… 794

前　言

有人说,研究中国哲学不能不读《庄子》,研究中国文学也不能不读《庄子》。然而我们认为,其实每一个有文化的中国人都不能不读《庄子》。因为不读《庄子》,你就无法知晓中国人传统思想的"根"究竟是怎样的,你就不能知道饱含中国人智慧的辩证思想究竟是怎么起源和发展的,你也无法理解历史上的中国人何以如此乐天知命、何以如此豁达大度、何以如此高傲超脱、何以如此崇尚艺术的精神,而又何以如此因循守旧、明哲保身、谦让退缩。这一切都和庄子思想的熏陶是分不开的。

尽管庄子早已是声震寰宇的伟大人物,他真实的身世却至今模糊不清。司马迁《史记》载有历史上最早的、较完整的庄子传略(附于老子列传之后),其实相当简单。今据《史记》记载,并结合《庄子》书中有关庄子生平的零星记录,勾勒其生平概况如下:

庄子名周,蒙县(今河南商丘附近)人。约与战国中期的梁惠王、齐宣王、楚威王同时,即公元前三百余年至前二百余年间在世。曾任管理蒙地漆园的小吏,但可能任期很短,又无意仕途进取,遂长期逍遥于山水之间。庄子隐居濮水之时,楚威王风闻其名,曾遣使者前往,欲聘为宰相,但庄子坚决推辞,说是做官不得自由,反不如贫贱而自得其乐。庄子一生大多贫困,居住陋巷,面黄肌瘦,曾以编织草鞋为生,曾穿着破衣烂鞋去见魏王,又曾因粮尽而向他人赊借。但他志节高尚,从不因贫困而颓唐。当初魏王见他衣衫褴褛,问他何以困顿如此,庄子答道,自己只是生活上遭遇贫穷,并非精神上有所困顿,因为他始终致力于道德的推行。庄子有妻子和孩子,妻子与他相伴至老,先于庄子谢世。庄子对于生死持达观态度:妻子死了,非但不哭,反而敲打瓦盆歌唱;临死之前,弟子准备厚葬,庄子却说宁愿以天地为棺椁。庄子求学务博，广泛涉猎，但其思想总体上与老子一脉相承。

由于史书有关庄子生平事迹的记载过于简略，因此留下不少扑朔迷离的疑点。比如《史记》中"蒙人"的这个"蒙"，究竟是在宋国还是在楚地？也就是说庄子到底是宋人还是楚人？庄子确切的生卒时间、行为事迹和活动区域到底是怎样的？处于同时并且相距不算遥远的庄子和孟子，何以互不论及？诸如此类的问题，数千年来争论不断，至今还存在着分歧，甚至对立，有待进一步研究和探讨。

庄子和老子并称"老庄"，可见庄子历来被看作是先秦道家的创始人之一。如果说《老子》是先秦道家的基本典籍，《庄子》则是发扬道家思想和具有集大成意义的文献。司马迁称庄子"其学无所不窥，然其要本归于老子之言"（《史记·老子韩非列传》），其实庄子不仅因袭、阐释和充实了老子的理论，更有许多属于他自家思想的发挥。

庄子的学说，大致可以分为自然哲学、人生哲学和社会哲学三个方面。

自然哲学方面，突出表现为"道"论。老子是道家学派的创始人，因为他创造并阐述了有别于天道、人道的"道"的观念；和老子一样，庄子也以"道"作为最高范畴，并且进一步明确了"道"的性质、作用及其普遍性。

庄子所谓的"道"，主要有两个内容：一是指世界的本原，二是指认识的最高境界。庄子认为"道"是天地之宗，万物之母，就连鬼神都是"道"的产物。庄子肯定"道"是真实的客观存在，它的存在是无条件的，在空间上无穷无尽，在时间上无始无终。庄子认为"道"有生命，"道"的生命就是万物的生命，万物的生命也就是"道"的生命，因此"道"无处不在，它是万物存在的依据，决定着自然界和人类社会的存在秩序和发展方向。但是"道"又是玄妙莫测的，人不仅不能凭借感官去认识，不能依靠理性思维来把握，甚至无法用语言来表达，只能通过超越感官和思维的直觉体验去认识，这也就是所谓"体道"。庄子认为最高的认识境界应该是脱离具体事物、无差别、无是非、无好恶的，这样的境界就是"道",达到如此境界的,就是"真人"。

老、庄共同探求、揭示"道"的内容及其作用,以自然天道观代替神学天道观,因而在中国思想史上享有崇高地位。不过庄子论"道",归根结底还是为了阐述他的人生境界和精神追求。

庄子将"道论"引申到人生领域,就形成了他的人生哲学。人生哲学是庄子思想的核心,主要表现为对人生困境的认识和超越,对绝对的精神自由的追求。

庄子认为"道"法自然,因此所谓合乎"道",就是顺应自然。"自然",也是庄子学说中一个极为重要的概念,它是指事物非人为的本然状态。庄子指出,要达到"自然"的境界,必须无我无为,摒除一切人为的智谋、盟约、德行和工巧,因为天道无为,如果追求这些虚伪的东西,将不利于人的自然天性的发展。

庄子还认为,"道"就是虚无。虚无才能容物,因此"道"是包容并且拥有一切的。庄子强调"道"是虚无,是希望从根本上破除人对于世俗利益的执着追求。庄子认为,人之所以得不到自由,是因为失去了"自然本性",而"自然本性"的丧失,则是由于人的精神受到身心内外的束缚所致。人要达到精神上自由的境界,不仅要破除外在条件的束缚,尤其要破除对于自我的执着,要忘却自我,即用"无我"来实现"真我"。"无我",不仅要求超功利、超道德、超对待,而且要求超越生死,超越自己耳目心意的束缚,这样才可以和自然融为一体,从而达到精神上的自由境界。

根据"道"法自然、"道"就是虚无的观点,庄子完善了相对主义的认识论。在庄子之前,老子就已承认矛盾的普遍性:"有无相生,难易相成,长短相形,高下相倾,音声相和,前后相随。"(《老子》二章)老子也认识到事物会向相反的方面转化:"反者,道之动。"(《老子》四十章)庄子在此基础上,又作了进一步的充实和演化。庄子说,"物固相累,二类相召"(《山木》),指出万物总是相互关联,互有牵累的,两种相反相成的事物各自总是成为对方的原因或结果,就像利益与危害、福分与灾祸,都会相互转化。由此类推,乐与苦、喜与忧、得与失等等,其实也都是这样相反相成的关系。因此世人不必拘泥于所谓有利的事物,更不可见得忘形,见利忘真,迷恋于外物的诱惑而丧失自我。庄子指出,所谓事物等级贵贱的区分,其实只存在于人们的观念之中,是浅薄的世俗的看法。"以物观之,自贵而相贱;以俗观之,贵贱不在己。"(《秋水》)如果从"道"的高度来看,其实并不存在"贵贱"的区别。正因为所谓"大小""尊卑"等价值判断并非是事物自身所固有的,这些观念的确立,完全取决于观察人和评判者,所以价值观念的不确定性,也就是不可避免的。庄子反对君子、小人的区分,反对尊卑、贵贱、上下的等级差别,同时还揭示了儒家所提倡的仁义的相对性,指出仁义可能被利用来达到不道德的目的,这是庄子在中国思想史上的一大贡献。

事物普遍蕴含矛盾,"物论"也存在着对立,然而这矛盾对立,在庄子看来,归根结底都是虚妄。他认为,事物的彼此、言论的是非,都是相对产生而又相互依存的,就像事物的大小、人物的美丑、器物的制成和毁坏等等,似乎截然对立,其实是因为主、客观条件的限制,人们没能看到事物的两面性而拘泥于一面立论的缘故。比如说,丑女与美女相比,似乎是丑的,但与比她更丑陋的人相比,却又是美的,更何况所谓美丑的标准,本来就是出于人的主观成见,是没有定准的。再比方说,所谓成功,总是建立在毁坏的基础上。一张桌子制成了,意味着一棵大树毁坏了;一件衣服制成了,而一段布匹就被分割了。因此,尽管现实事物千形万状,但站在"道"的高度来看,根本就不存在区别。所以不如干脆取消双方的对立,任由它们各自发展,那么万物以及百家的主张就可以相通为一了,这就叫做"道通为一"(《齐物论》)。庄子"万物齐一"和"贵一"的思想,化解了一系列的人生烦恼,促使人们超脱、辩证地审视世间万物和是是非非,因而滋养了中国人的灵活多变的思维习惯,同时也促成了中国人洒脱宽容的人生态度。总而言之,庄子的"相对论"创造并滋养了中国人独特的辩证智慧。

庄子将"道论"引申到人生修养方面,又构成了他"贵己养生"和

"重神轻形"的理论。庄子认为"道"化生万物,而"道"与万物的中介则是"气",因此生命既是"道"的产物,也是"气"的凝结。"气"聚则生,"气"散则死。所以享有生存并不值得欢喜,面临死亡也不需要恐惧,生与死的界限以及由此引起的悲喜之情,在庄子那里都已不复存在。庄子认为生命能随着自然循环变化,因而主张开阔心胸,强调"相忘",忘怀生死、忘怀名利、忘怀世俗规范,从而保持恬静自适的心境。

在庄子看来,人既然生而为人,当然有其形表,但"形"为宾,"神"为主,如果为"形"而伤"神",则是本末倒置。因此,应当泯灭喜怒哀乐之情,保持无心、无知、无情、无欲的心境,避免是非彼此的世俗意识侵袭身心。这样才可以心灵清静,潇然无累,才可以与天地交流而遨游于自然。庄子重"神"轻"形"的思想,对后世影响极大,中国人的人生追求、艺术精神,与此密切相关。

庄子将"道论"引申到社会实践,又形成了他的社会哲学。《老子》第二十五章说:"王法地,地法天,天法道,道法自然。"庄子秉承老子的观点,强调帝王之术必须相应于自然之道。不过与老子相比,庄子似乎更强调"无为""无心"。他指出"道"的特征在于虚无,因而大力贬斥"有为"的主张和措施,强调帝王之道应当顺应自然,顺应民心,实行无为而治。庄子不满于现实社会,甚至不满于文明社会以来所有的君王及其统治措施,他认为"无为"是人的行为准则,只有"无为"才能保持人的自然本性,而人心的狡诈、战争的发生、君主的权术、礼仪的虚伪等等,都是"有心""有为"的结果。他主张回归原始,回归自然,并且勾画了理想社会的蓝图,那就是没有道德规范约束,没有君子小人区分,没有统治者和被统治者,人人保持纯朴本性的"至德"社会。

庄子认为,人之所以有忧愁,就是因为统治别人,或被别人统治,而要消除忧患,获得身心自由,不能指望效法先君、学习圣贤和敬鬼尊神,而应忘却名利,抛弃权势,清心寡欲,虚己忘我,与此同时,自身也能获得保全,因此庄子极力主张"无用"。对于"有"和"无"之间相互依存和不可分离的关系,老子也有论述,因为世人大多只看见"有"的功用,所以老子强调一切的"有"都是通过"无"发挥作用的。而庄子对于"有""无"的论述更偏重于社会人生,他认为"无用"本身就是"有用","无用"就是"大用";而"有用"却常常招来灾难,以至于丧生而终究归于"无用",如同山木招致砍伐、漆树招惹割剥、油脂导致煎熬一样。"虚己"和"无为",是庄子贯穿其人生哲学和社会哲学的基本原则。

庄子后学不仅继承了庄子的思想,同时也有改造,显示出庄子学派入俗的倾向和战国后期各派思想相互影响交融的事实,这在《庄子》书中,尤其在外、杂篇里有所反映。

《庄子》在中国文化史上占有极其重要的地位。庄子对老子学说的继承发展,使道家成为足以同儒家相抗衡的重要思想学派;风靡战国后期和汉代初年的黄老之学,是以老、庄学说为主干的;魏晋时期与儒学既对立又互补的,是以老、庄为代表的道家学说;中国传统思想文化虽以儒家思想为核心,老、庄思想却是其中至关重要的一部分;中国历史上有所成就的思想家、政治家和文学家,几乎都从《庄子》中汲取过营养。

思想家钟情于《庄子》,于是崇尚性灵,长于思辨,比如魏晋时代的玄学家,将《庄子》作为必读书,他们的哲学思考、社会理想、人生态度、思维方式和生活作风,无不烙有《庄子》的印记。又如宋代陆九渊,明代王守仁、王艮、李贽等人的"心学",其实与庄子的理论一脉相承。即使是对庄子持批评态度的宋明理学家,他们的学说也往往蕴含有庄子的理论观念,尤其是庄子"体道"的直觉思维方式,直接影响了他们对"理"的体认。政治家也时常从《庄子》中汲取营养,王安石用它制定过国策,康有为因它悟得过学理。至于文学家、艺术家受益于《庄子》的例子,更是不胜枚举。

在文章风格方面,《庄子》不同于《论语》的简约蕴藉、《孟子》的雄健奔放、《墨子》的质朴严谨、《韩非子》的犀利峭刻,而是以其"三言"(寓言、重言、卮言)的奇特想象、大胆夸张、瑰丽多变和汪洋恣肆的风格,独树一帜,成为先秦诸子散文园地中的一朵奇葩,展现了当时散文创作的最高成就,诚如鲁迅先生所说:"其文则汪洋辟阖,仪态万方,晚周诸子之作,莫能先也。"(《汉文学史纲要》)庄子的散文风格,正是他崇尚的"自然"观的体现,收放自如,起落无端,真正是"如行云流水,初无定质,但常行于所当行,常止于所不可不止,文理自然,姿态横生"(苏轼《答谢民师书》)。后世文学家往往倾心于《庄子》,苏东坡曾爱不释手,读之如晤挚友;辛弃疾不愿在书桌上多放书籍,《庄子》则常置案头。大凡第一流的中国文人,诸如贾谊、阮籍、陶渊明、李白、苏轼、辛弃疾、曹雪芹、龚自珍等等,他们的作品中无不隐藏着庄子的魂灵,体现着《庄子》的风格。

据《史记》记载,庄子著书凡十余万字。然而后人大多认为,《庄子》其实并非一人一时写成,而是庄子及其后学共同的结晶。《庄子》一书在长期流传过程中,各种版本的内容和分类有过很多变化。如今仅存的晋人郭象的整理本,字数不足七万,显然是晋人或晋以前人加以删削的结果。全书三十三篇,包括内篇七篇、外篇十五篇和杂篇十一篇,其中内篇思想和文风比较一致,一般认为表述的主要是庄子本人的思想,而外、杂篇情况较为复杂,庄子后学染指较多,或多或少吸收和掺杂了其他学派的思想。

庄子将他深邃的思辨、夸张的想象、辛辣的嘲讽、形象的描摹、多变的手法、丰富的语汇凝聚在一起,构成这样一部具有"哲学的文学、文学的哲学"性质的奇书。但正因为它是"奇书",要想读懂就绝非易事。有关庄子的思想和书中不少名词、事件、人物等等的解释,古今注家众说纷纭,歧义百出。我们撰写这部书,就是想在综合吸收前人研究成果的基础上,为广大读者提供一个比较简明易懂的《庄子》读本。

本书分解题、原文、今译、注释、评析五部分。"解题"简要阐述各篇主旨,分析篇与篇之间的内在联系,说明其中的重要观点及其影响。"原文"以清人郭庆藩撰、王孝鱼点校的《庄子集释》(中华书局1961年版)为底本,并根据文意划分章节。若无明显讹误,不予更动,改动则多有版本依据。有所增删改动处,均于注释中加以说明。"今译"尽量采用直译方式,同时也考虑到《庄子》文章较为古朴,更有腾挪跳跃的特点，如果一味求"直"，势必支离破碎，因此在忠于原著的基础上，我们的译文除了添加少许串联词语，也有若干意译的句子，希望能以此保存庄子文章的流畅和美妙。"注释"尽量简洁地解释原文中难懂的字、词，分析深奥或隐晦的句意，借以弥补译文的不足。"评析"是我们用力最多的部分，也是有别于当前众多《庄子》译注本的特色所在，这一部分侧重分析、评论和阐发每一章的含义、观点、艺术手法及其历史影响，旨在帮助读者深入理解庄子的思想特点及其历史作用。编撰过程中我们尤其注意吸收今人研究成果，对于钟泰《庄子发微》、崔大华《庄学研究》、张默生《庄子新释》、曹础基《庄子浅注》、张恒寿《庄子新探》、陈鼓应《庄子今注今译》、刘笑敢《庄子哲学及其流变》和方勇、陆永品《庄子诠评》，参考借鉴尤多，这是需要说明并表示感谢的。除此之外，我们还参考引用了古今《庄子》注家、评论家的大量著作，恕不能一一标明出处。

本书体例为姚汉荣牵头讨论确定，具体撰写则有所分工，由姚汉荣负责内篇，孙小力负责外篇，林建福负责杂篇，遇有疑难，相互切磋，完稿后又由孙小力作了统一协调和加工，并由姚汉荣审阅全稿。尽管如此，限于水平，疏漏讹误恐难避免，还望专家学者批评指正。复旦大学出版社副社长、副总编贺圣遂同志对本书的撰写给予热情支持，责任编辑陈士强同志多次提出指导和建设性意见，并精心审读书稿，在此一并致以诚挚的谢意。

2000 年 2 月 20 日

补记：

本次再版，除了版式变化，我们还对原书作了少许修订。修订仍然采取分工合作的方式，内篇由姚汉荣(1934—2014)夫人姚益心老师负责。编辑方尚芩认真热心，有求必应，在此表示感谢。

2024 年 7 月 10 日

内篇

逍遥游第一

【解题】

今本《庄子》分内、外、杂篇三部分,内篇七篇,外篇十五篇,杂篇十一篇,合计三十三篇。这样的篇章划分、次序和内容的安排,可能是晋人郭象的《庄子》注本首先确定的。

《汉书·艺文志》仅著录《庄子》五十二篇本,而到了魏晋时代,玄学盛行,研读《庄子》一时成为时髦,据《晋书·郭象传》记载,当时"注《庄子》者数十家",于是别本丛出。唐陆德明《经典释文》就著录有《庄子》的多家注本,各本篇数皆有不同,其中魏晋时人孟氏注本、司马彪注本均为五十二篇,与《汉书·艺文志》所著录的本子篇数相同,应该是同出一源,这就是汉代或汉代以前就已流传的《庄子》的古本。司马彪注本分"内篇七,外篇二十八,杂篇十四,解说三",其中"解说三篇"很可能是《庄子》的附录,那么原本就该是四十九篇;又有崔譔注本二十七篇,分"内篇七,外篇二十",无杂篇;向秀注本二十六篇,"一作二十七篇,一作二十八篇,亦无杂篇";李颐《庄子集解》三十篇,"一作三十五篇"。另外就是郭象的注本,三十三篇。也就是说,在唐代以前,《庄子》至少有二十六篇本、二十七篇本、二十八篇本、三十篇本、三十三篇本、三十五篇本和四十九篇本等七种本子,而自从唐代陆德明《经典释文》以郭象三十三篇注本为主之后,历代流传,渐成定本,其余各本也就亡佚了。

除了篇数的多少之外,郭象注本的内容与《庄子》古本也肯定存在差异。司马迁《史记》谓庄子"著书十余万言",而今本《庄子》不足七万言,可见魏晋时期的《庄子》注家,包括郭象在内,多对原本作了较大幅度的整理和剪裁。不过,尽管外、杂篇的划分、篇数和篇目,各本皆不一致,但是内篇的篇数,各本却都是七篇,也就是说,各本内篇的划分应该是有同一种依据的,或许原本就是如此。

我们说今本《庄子》内七篇较好地保存了《庄子》古本的原貌,并非是肯定内篇全部出自庄子本人之手。清初王夫之《庄子解》断言:内七篇较完整地反映了庄子的思想面貌,当出自庄子亲笔;而且认为,这一部分很可能就是庄子与朋友惠施相互诘难的产物(参见《庄子解·外篇》和《天下》解题)。这一观点为多数研究者所认同。对此,我们却不予首肯,我们更赞同内篇其实也掺杂有庄子后学手笔的观点。崔大华《庄学研究》认为,《庄子》一书是先秦时期庄子及其后学的著述汇集:其中外、杂篇是庄学之流,里面超出庄子核心思想的观点和说法,都出自庄子后学;而内篇则是庄子思想的核心部分,是庄子本人的思想,是庄学之源。但是,内篇并非没有庄子后学的染指,只是数量较少而已。这是颇有见地的论断。例如,《逍遥游》和《德充符》中记载庄子和惠子的几段对话,皆尊称庄周为"庄子",因此可以肯定不是出自庄子手笔,应该是庄子的弟子或后人对于先师生平轶事的追记。

本篇为《庄子》的第一篇,无论从思想上,还是从艺术上着眼,都是《庄子》的代表作。关于本篇题旨,现存最早的《庄子注》的作者郭象是这样说的:"夫小、大虽殊,而放于自得之场,则物任其性,事称其能,各当其分,逍遥一也,岂容胜负于其间哉!"意为天地之间,事物有大小不同,人的能力有高低之分,然而只要各尽其能,各称其职,就无所谓优劣胜负,就是逍遥至乐。郭象是魏晋时期著名学者,他对于《逍遥游》题旨的解释,不仅在当时反响极大,而且深刻影响了千百年来的庄学研究,清初王夫之的《庄子解》也采用了这样的说法。但是,以这种"齐大小"的观点阐释《逍遥游》,却是不合乎庄子本意的。庄子在本篇"汤之问棘也是已"这一节中,不仅对大鹏和斥鷃作了鲜明的对比,而且又以"此小、大之辩也"一语作为此段的结语。"辩"是"辨"的假借字,"辨"者,别也。所谓"此小、大之辨",就是说"这就是小和大的分别啊";再结合本文有关"小知不及大知""小年不及大年"的论述,便可知晓庄子在本文中阐述的并不是"齐大小"的观点,而恰恰是区别小和大的。

那么,本篇的题旨究竟是什么呢? 其实应当从文章的题目探求。"逍遥"一词,先秦已普遍使用,《诗经·郑风·清人》有"河上乎逍遥"的诗句,《楚辞》中"逍遥"一词则更为多见:《离骚》有"聊逍遥以相羊""聊浮游以逍遥",《九歌·湘君》有"聊逍遥兮容与",《远游》有"聊仿佯而逍遥兮"等等。在那里,"逍遥"均为无拘无束、自由自在、悠闲自得的意思,庄子在这里所使用的"逍遥",其词义与《诗经》《楚辞》等先秦典籍中所出现的是基本一致的。不过,庄子一生以大道为依归,他所追求的,不是功名利禄、权势尊位等世俗的东西,而是摒弃尘心,唯求精神上的解脱。所以,庄子这里的"逍遥",其实是要挣脱一切尘世的束缚,要争取绝对的自由,具有离尘脱俗的意味;而所谓"游",也是随心自在、无所拘滞的意思。故唐代陆德明认为,此篇名正是取其"闲放不拘,怡适自得"之义(《经典释文》)。钟泰《庄子发微》更进一步认为,《庄子》一书,仅一"游"字就可概括。因为内篇以《逍遥游》始,外篇以《知北游》终,其余各篇,罕不涉及"游"字者,而且《天下》篇评述庄子之学时说:"独与天地精神往来,而不敖倪于万物。……彼其充实,不可以已。上与造物者游,而下与外死生、无终始者为友。"与天地为友,偕自然而游,恰恰道出了庄子的平生志趣。近人胡朴安也说:"《庄子》全书,皆是虚无、寂静、自然、无为之递演。此篇为第一篇,统括全书之意,逍遥物外,任心而游,而虚无、寂静、自然、无为之旨,随在可见。能了解此意,《庄子》全书即可了解。"(《庄子章义·逍遥游》)

如果说,本篇概括了《庄子》一书的大意,那么,"逍遥游"三字则是一篇大意,它所表现的,正是庄子所向往的优游自在、倘徉自得的心境,以及遗世独立、悠然独往、绝对自由的人生境界。全篇首先叙述鲲化为鹏而飞往南冥的寓言,然后引证以《齐谐》,又引证以"汤问",说明天地之间的万事万物,大至"水击三千里"的鲲鹏,小至蜩与鸒鸠,妙至"御风而行"的列子,甚或野马、尘埃,虽有境界的高低、小大的区别,但都是"有所待"的,因此都称不上是"逍遥游"。唯有无视物我之别,忘己、忘功、忘名,与自然化而为一,才能求得精神上的彻底解放,才能无往而不逍遥。随后数章,则以各种事例重申上述论断:"尧让天下于许由"和"肩吾问于连叔"两段,喻示"圣人无名"、"神人无功"和"至人无己";惠子与庄子辩论有关大瓠、樗树等一段,则说明所谓小与大的标准、有用和无用的成见,均属虚妄,重申人在天地之间,唯有顺乎自然,自得自适,才能逍遥于物外。

如果说,《庄子》是哲学的文学,同时又是文学的哲学,那么本篇足以代表庄子他那汪洋恣肆、飘逸奇崛的文风。清人刘熙载说:"文之神妙,莫过于能飞。庄子之言鹏飞,曰'怒而飞'。今观其文,无端而来,无端而去,殆得'飞'之机者,乌知非鹏之学为周邪?"(《艺概·文概》)刘熙载说大鹏之飞,是效仿庄周之"飞",可见庄子笔端灵动,确属非凡。文中忽而鲲鹏斥鷃,忽而藐姑射之神人,忽而五石大瓠,忽而不龟手之药方,天上地下,人世仙界,任凭驱遣,但又似乎是信手拈来;犹如神龙升空,东云见鳞,西云见爪,来不知其所来,去不知其所去,但又无不围绕主题。这就是《庄子》的文学魅力。

北冥有鱼①,其名为鲲②。鲲之大,不知其几千里也,化而为鸟,其名为鹏③。鹏之背,不知其几千里也,怒而飞④,其翼若垂天之云⑤。是鸟也,海运则将徙于南冥⑥,南冥者,天池也。

《齐谐》者,志怪者也,《谐》之言曰:"鹏之徙于南冥也,水击三千里,抟扶摇而上者九万里⑦,去以六月息者也。"野马也⑧,尘埃也,生物之以息相吹也。天之苍苍⑨,其正色邪?其远而无所至极邪?其视下也,亦若是则已矣⑩。

且夫水之积也不厚⑪,则其负大舟也无力。覆杯水于坳堂之上⑫,则芥为之舟⑬,置杯焉则胶⑭,水浅而舟大也。风之积也不厚,则其负大翼也无力。故九万里则风斯在下矣⑮,而后乃今培风⑯,背负青天而莫之夭阏者⑰,而后乃今将图南⑱。

蜩与学鸠笑之曰⑲:"我决起而飞⑳,抢榆枋㉑,时则不至㉒,而控于地而已矣㉓,奚以之九万里而南为㉔!"适莽苍者㉕,三飡而反㉖,腹犹果然㉗;适百里者,宿舂粮㉘;适千里者,三月聚粮。之二虫㉙,又何知!

小知不及大知㉚,小年不及大年㉛。奚以知其然也?朝菌不知晦朔㉜,蟪蛄不知春秋㉝,此小年也。楚之南有冥灵者㉞,以五百岁为春,五百岁为秋;上古有大椿者,以八千岁为春,八千岁为秋,此大年也㉟。而彭祖乃今以久特闻㊱,众人匹之㊲,不亦悲乎?

汤之问棘也是已㊳:"穷发之北㊴,有冥海者,天池也。有鱼焉,其广数千里,未有知其修者㊵,其名为鲲。有鸟焉,其名为鹏,背若泰山,翼若垂天之云。抟扶摇羊角而上者九万里㊶,绝云气㊷,负青天,然后图南,且适南冥也。斥鷃笑之曰㊸:'彼且奚适也!我腾跃而上,不过数仞而下㊹,翱翔蓬蒿之间,此亦飞之至也。而彼且奚适也!'"此小大之辩也㊺。

【今译】

　　北海有一种鱼,它的名字叫作"鲲"。鲲体积的巨大哟,弄不清它的方圆到底有几千里。鲲变化成鸟,它的名字叫作"鹏"。鹏的背哟,也不知道方圆究竟是几千里。振翅而飞,它的翅膀犹如天边的云彩。这鸟啊,海波动荡时乘风迁往南海;那南海,是一个天然形成的大池。

《齐谐》这本书,是记载稀奇古怪的事情的。《齐谐》中说:"当大鹏迁往南海的时候,拍击水面远至三千里,凭借旋风回环升至九万里,这一去直飞满六个月才止息。"游气似野马奔腾,尘埃到处飞扬,生物以气息相互吹拂。因此人见天色深蓝,这难道是上天真正的颜色吗?还是因为高远而没有终极的缘故呢?鹏俯视下界,也像我们这样仰视天空而无法辨明正色而已。

而且假如积水不深,那么就无力托起大船。倒一杯水在堂中凹地之上,那么小草可以当船,假如将杯子放在那里就会沉下不动,因为水太浅而"船"太大。如果风积蓄得不够厚实,那么就无力托起大鹏的翅膀。所以大鹏高飞九万里风就蓄积在身下了,然后凭借厚实的风力,背负青天,而没有什么能够阻拦的,然后才谋划南飞。

蝉和小鸟讥笑大鹏说:"我们可以迅疾起飞,猛然蹿上榆树和檀树,有时未能一下子飞临目标,那么降落于地面而已,何必要到九万里高空才南飞呢?"到近郊去的,一天就能回返,肚子还是饱饱的;往百里之远的,那么头天夜里就要舂捣食粮;到一千里开外的,则需花费三个月来积蓄粮食。小大不同,这蝉与小鸟又哪里懂得这些!

小聪明不及大智慧,短命不如长寿。凭什么知道是这样呢?朝菌不知道有早晨晚上之分,寒蝉不懂得有春天秋季之别,这都是短命的生物。楚国之南有一种称作"冥灵"的大龟,以五百年为一春,五百年为一秋;上古有一种大椿树,以八千年为一春,八千年为一秋。彭祖如今以长寿而特别著名,众人与他相比,不也是可悲的吗!

商汤与大夫夏革问答的话是这样的:"不毛之地的北边,有冥海,是天然形成的大池。其中有一种鱼,它的宽度达数千里,没人知晓它的长度,名字叫作'鲲'。那里有一种鸟,名字叫作'鹏',巨大的背犹如泰山,翅膀像天边的云彩,凭借旋风回旋上升达九万里高空,超越云气,背负青天,然后谋划南飞,将飞往南海。小池泽中的小雀讥笑大鹏说:'它将要到哪儿去呀?我腾跃而向上,不过数十尺就要下落,翱翔于草野之间,这也就是我飞翔的最高境界了。而它将飞往哪儿去呢?'"这就是小鸟与大鹏的区别啊!

【注释】

① 冥:海水深黑。此指海。下文"南冥"同此。　② 鲲:鱼卵。此借作大鱼名。　③ 鹏:"凤"。"鹏"为古"凤"字。　④ 怒:奋发貌。　⑤ 垂天:天边。"垂"同"陲",指边际。　⑥ 海运:海水动荡。相传海动时必有巨风,大鹏则乘风飞往南海。　⑦ 抟(tuán):圆。引申为环绕,回旋上升。扶摇:飚,一种骤然向上卷起的巨风。　⑧ 野马:指春天野外林泽中的雾气,蒸腾犹如野马狂奔。　⑨ 苍苍:深蓝色。　⑩ 则已:而已。　⑪ 且夫:递进连词。表示要进一步推论。　⑫ 覆:倾倒。坳(ào)堂:凹陷的堂地。　⑬ 芥:小草。　⑭ 焉:于此。胶:粘住。此指杯子沉滞,如同胶粘。　⑮ 斯:就。　⑯ 而后乃今:然后才开始。培:凭,"凭风"即乘风。　⑰ 夭阏(è):阻挡。　⑱ 图:谋划。　⑲ 蜩(tiáo):蝉。鸴(xué)鸠:小鸟名。　⑳ 决(xuè):迅疾貌。　㉑ 抢:突过。枋:檀树。　㉒ 时:有时。则:或许。　㉓ 控:投,指降落。　㉔ 奚以:为何。之:往,到。为:疑问助词,犹如"呢"。　㉕ 适:往。莽苍:郊野的颜色,此指郊野。　㉖ 飡(cān):同"餐"。三飡:指一天。反:同"返"。　㉗ 果然:饱貌。　㉘ 宿:隔宿,此指前一天夜里。舂:用杵在臼中捣谷去壳。　㉙ 之:这,此。二虫:指蜩与鸴鸠。古时或通称动物为"虫"。　㉚ 知:同"智"。　㉛ 年:寿命。　㉜ 朝菌:一种早晨出生、寿命不及一个白天的菌类。晦:夜晚。朔:早晨。　㉝ 蟪蛄:又名寒蝉。据说寒蝉春生夏死,或夏生秋死。　㉞ 冥灵:海中灵龟之名。一说大树名。　㉟ "此大年也"句:原文缺,据宋人陈景元《庄子阙误》引成玄英本补。　㊱ 彭祖:相传姓籛名铿,帝颛顼之玄孙,曾为尧臣,封于彭城,历虞、夏至商,年七百余岁。久:长寿。特:独特,突出。　㊲ 匹:比。　㊳ 汤:商汤,契之后,商开国之君。棘:人名,《列子·汤问》作夏革,相传为商汤大夫,汤曾以之为师。已:同"矣"。以下引文当为庄子以前就已流行的传说,本文首段即据此写

成。　㊴穷发:传说中的北方荒漠地带,即所谓不生草木的"不毛之地"。　㊵修:长度。　㊶羊角:旋风名。　㊷绝:超越,此指高度。　㊸斥:小池泽。鷃(yàn):雀。　㊹仞:长度单位,八尺为一仞。或说七尺。　㊺辩:同"辨",区别。

【评析】

本章主要论述"小大不同"的道理,将鲲、鹏的高举高蹈与蝉、鹥鸠、斥鷃的浅薄狭隘加以对照,说明博大的胸怀和高尚的境界是那些"小东西"们无法拥有也无法理解的。

世人总是希望追求更多的自由,但又总是深深地受着时空的限制、常识的拘限以及世俗的禁锢,因此他们所能见到的只是一个狭窄的天地,无法看到外面的广阔世界。有鉴于此,庄子于本篇一开头,就凭借变形的巨鲲大鹏,创造了一个无限广阔的世界:这鲲巨大哟,弄不清它到底能覆盖几千里;这大鹏呀,背如泰山,翅膀像天边的云彩,一旦振翅而飞,轰然掀起三千里的水花,它借助于旋风而回旋上升,直达九万里的高空,超越云气,背负青天……就是这样惊天动地,庄子将读者的思想带进了高远的境界。

大鹏的高举图远,为那些浅薄的动物所无法理解。蜩与鹥鸠,生于草丛,长于草丛,因此心灵闭塞,它们根本不知道外面还有广阔的天地,因而对于大鹏的"九万里而南为"的举动感到诧异,并加以讥笑。对此,庄子不屑一顾:"之二虫又何知!"这既是大鹏在回敬那些小虫小鸟,说它们小不知大;又是庄子借以揶揄那些目光短浅、心灵闭塞的俗人。庄子接着又论述了"小知不及大知""小年不及大年"的道理。最后,庄子用"此小大之辩也"一语作结,以此说明小天地和大世界的差异,以及人生两种价值观、两种精神境界的不同。所谓"小大之辩",当然是强调小与大的差异,不过庄子本来是主张万物齐一,反对妄加区别的,只因为世人不能如此超脱,所以姑且随俗,于此一述。

直接采用艺术形象来阐说哲学道理,是《庄子》的一大特色。本章巧借寓言和传说,反复譬喻,并且以奇特而丰富的想象,塑造出大鹏、鷽鸠、斥鴳等一系列栩栩如生的艺术形象。拟人化的生动对话和作者简洁的评判交相呼应,使通常难以表述的深奥哲理获得了淋漓尽致的表达。宣颖说:"看他先说鲲化,次说鹏飞,次说南徙,次形容九万里,次借水喻风,次叙蜩、鸠,然后落出'二虫何知'。文复生文,喻中夹喻,如春云乍起,层委叠属,遂为垂天大观,真古今横绝之文也。点'小知不及大知',便可收束,却又生出'小年不及大年'作一配衬,似乎又别说一件事者,令读者不能捉摸,真古今横绝之文也。以'小年''大年'衬明'小知''大知',大势可收束矣,却又生出'汤问'一段来,似乎有人谓《齐谐》殊不足据,而特以此证之者。试思鲲、鹏、蜩、鸠,都是影子,则《齐谐》真假,有何紧要耶?偏欲作此诞谩不羁,洸洋自恣,然后用'小大之辩也'一句锁住,真古今横绝之文也。"(《南华经解·逍遥游》)

庄子所创造的大鹏这一拟人化的艺术形象,由于它本身就具有极大的审美价值,因此对后世的文学艺术产生了深远的影响。唐代大诗人李白在《上李邕》诗中就有"大鹏一日同风起,扶摇直上九万里"之句,他以大鹏自比,表达了自己立志高飞的远大抱负;李白又在《独漉篇》中用"为君一击,鹏搏九天"之句比喻人的奋发有为;杜甫《奉赠萧十二使君》诗中也有"鹏图仍矫翼,熊轼且移轮"的句子,以"鹏图"喻指远大的前途。以后,历代文人在他们的诗文中不断地借用大鹏这一寓言形象,从而滋生出不少有关的成语和短语,如用"鹏程万里""鹏图""鹏程"比喻远大的前途,以"鹏搏"喻指奋发有为等等。

这里需要说明的是,尽管庄子用大鹏的远举高飞代表一种高尚的人生境界,但还不是他心目中的"逍遥游",因为大鹏的高飞不能没有风的依托,所以仍然是"有所待"的,而真正的"逍遥游"则应该完全无所依赖。有关"有所待"和"无所待"的区分,庄子下面接着论述。

故夫知效一官^①,行比一乡^②,德合一君,而征一国者③,其自视也亦若此矣④。而宋荣子犹然笑之⑤。且举世而誉之而不加劝⑥,举世而非之而不加沮,定乎内外之分⑦,辩乎荣辱之竟⑧,斯已矣⑨。彼其于世,未数数然也⑩。虽然,犹有未树也。

夫列子御风而行⑪,泠然善也⑫,旬有五日而后反⑬。彼于致福者⑭,未数数然也。此虽免乎行,犹有所待者也⑮。

若夫乘天地之正⑯,而御六气之辩⑰,以游无穷者⑱,彼且恶乎待哉⑲!故曰:至人无己⑳,神人无功㉑,圣人无名㉒。

【今译】

所以那些智慧能胜任一官之职的人,品行能团结一乡之人的人,德性能投合一国之君的人,才能可以取信于一国之人的人,他们看待自己也像池泽中的小雀那样自鸣得意吧!而宋钘先生不加掩饰地耻笑他们。宋钘这个人,即使受到全世界的人称誉也不会更加奋勉,即使遭到全世界的人毁谤也不会增添沮丧,他能认定自我和外物的区分,能够辨明荣誉和耻辱的界限,但是这样也就到头了。他这类人在当今世上,是不多见的。虽然如此,他还是未能树立最高道德。

那列御寇驾风而行,轻快而美妙,能连续飞行十五日以后才回返。他这类能得驾风之福的人,世上也是不多见的。但这样虽然避免了步行,还是有所依赖的。

至于能顺着天地自然本性,而驾御六气的变化,以此遨游于无穷宇宙的人,他们还要依赖什么呢!因此说:至人能随顺自然而抛弃小我,神人无心邀功,圣人无意求名。

【注释】

① 知:同"智"。效:胜任。 ② 比:合,此指亲近、团结。③ 而:读为"能",才能。征:信,此指取信。 ④ 此:指斥鷃。 ⑤ 宋荣子:宋钘,战国时杰出的思想家,其学说近墨家,反对战争。犹然:笑

的样子。　⑥ 劝:勉励。　⑦ 内:自我。外:外物。　⑧ 辩:同"辨"。竟:同"境"。　⑨ 斯:此,指示代词,指上述宋荣子所达到的境界。已:止,尽。　⑩ 数(shuò)数:频频,常常。　⑪ 列子:名御寇,郑国人,春秋时代思想家。相传曾受教于风仙,能乘风而行。御风:驾风。列子御风而行的故事参见《列子·黄帝篇》。　⑫ 泠然:轻盈美妙貌。善:佳,好。　⑬ 有:通"又"。旬有五日:十五天。　⑭ 致:得,得到。"致福"指得驾风而行之福。　⑮ 待:依赖。指虽能避免步行,但还须依靠风。　⑯ 正:指万物自然本来之性。此句指顺应自然规律。⑰ 六气:阴、阳、风、雨、晦、明。辩:同"变"。此句指适应自然的无穷变化。《左传·昭公元年》载医和语曰:"天有六气,降生五味,发为五色,徵为五声,淫生六疾。六气曰阴、阳、风、雨、晦、明也,分为四时,序为五节,过则为灾。"　⑱ 无穷:指无限的时间和空间。　⑲ 恶(wū):何,什么。　⑳ 无己:指能达到忘记自我而纯任自然的境界。㉑ 无功:意为不是人为追求有功于人类社会,而是自然地为人们造福。　㉒ 无名:不求名位。名位高下在世俗社会是荣誉高低的标准,庄子则认为"名"应当否定。

【评析】

本章主要阐说"有待"与"无待"的差别,进而褒扬"无所待"的至人、神人、圣人的崇高境界。清人王先谦说:"无所待而游于无穷,方是《逍遥游》一篇纲要。"

在这一章里,庄子依次描写了几种不同精神境界的人。所谓智慧能胜任一官之职者,品行能团结一乡之人者,德性能投合一国之君者,或才能可以取信于一国之人者,虽然其品行能力都已超越常人,从世俗的眼光看来已颇不凡,但在庄子看来,都不过是见识不出世俗常识的小成之人,他们犹如蜩与鷽鸠,自得于一方,汲汲然于一己的浮名虚誉。在此之后,庄子又引出了宋荣子和列子,前者"举世而誉之而不加劝,举世而非之而不加沮",能够超越世俗的毁誉,具有独立特行的风格;后者不仅能摒弃世俗的功名利禄,而且可以"御风而行",高蹈自在。

像宋荣子、列御寇这样的人,确实可以算得上是超凡脱俗之辈了。但在庄子看来,他们还不是自己心目中的至人,因为他们"犹有所待"。庄子的人生境界是无限广大、极其精微、飘逸自然、独与天地精神往来的自由天地,因此必须超越"有待"。鼠目寸光的蝉虫、鹦鸠,坐井观天而自鸣得意的鷃雀、官吏,固然都不值一提,即使是世上罕见的神鸟异人,诸如翱翔九万里苍穹的大鹏、宠辱不惊的宋荣子和御风而行的列御寇,庄子认为也都没能摆脱依赖。本章承上而来,以先扬后抑、层层铺垫的手法,将种种"有所待"的人和物逐一贬斥,最后才抬出其心目中的榜样——能纯任自然、臻于无我境界的至人。

至人的境界是怎样的呢?"若夫乘天地之正,而御六气之辩,以游无穷者,彼且恶乎待哉",文章到了这里,庄子才正面道出了他所要阐述的思想,而以上所描绘的,几乎都是用以反衬的形象。这里的"天地之正""六气之辩",实际上是同一个意思,都是指万物之性,也就是自然规律。所以说,一个人如果能"乘天地之正","御六气之辩",也就是已经掌握了自然规律,从而能与万物相互感通,相互融和,这样的人,心灵便无穷地开放,因而使其精神活动达到优游自在、毫无挂碍的境地。这就是庄子心目中的至人。

庄子于本章末尾极力褒扬的至人、神人和圣人,名称虽然不同,实质并无差异,本书其他篇章之中,三者常常互为通用,所以,"无己""无功"和"无名",实际上指同一类道德极高之人的不同的特征表现。所谓"至人无己",反映了庄子去知去欲的认识论;所谓"神人无功",反映了庄子"自然无为"的政治观;所谓"圣人无名",反映了庄子独善其身的人生观。但是在这三者之中,关键在于"无己"。"至人无己",并非说至人没有自我,乃是指至人能够超越自我,也就是能挣脱功、名、利、禄、权、势的束缚,打破世俗价值观念的桎梏,使自己从世俗的名利场中提升出来,成为与宇宙相融合的大我。这就是"无待"的境界,达到这样的境界,就是庄子心目中的"至人"。

所谓"无己",其实也就是肯定物我一体和万物同一。所以本属鱼卵的鲲,与宽广数千里的鹏,极微而又极巨,变化莫测,但是它们本来其实是同一种生物。生命极短的朝菌,难以计寿的大椿,虽然存活的时间差距极大,终究也都同归消亡。正是在此意义上,蜩与大鹏、乡官与列子,虽貌似迥异,但在"有待"这一点上,却并无差别。庄子这种关于"无差别"的反复论证,其实也就是在肯定平等的价值观。明确地说,"无我",就是不搞唯我独尊,主张宽容平等待人,即若要承认自我的生存价值和个性自由,必须以肯定他人的生存利益和人格尊严为前提。换言之,常人之所以不能达到"逍遥游"的境界,就是因为有欲望、有追求,而这一切都具有排他性和依赖性。因此,无名、无功、无己,才是道德的至高境界。

尧让天下于许由①,曰:"日月出矣,而爝火不息②,其于光也,不亦难乎！时雨降矣,而犹浸灌③,其于泽也,不亦劳乎！夫子立而天下治④,而我犹尸之⑤,吾自视缺然⑥。请致天下。"许由曰:"子治天下,天下既已治也,而我犹代子,吾将为名乎？名者,实之宾也⑦,吾将为宾乎？鹪鹩巢于深林⑧,不过一枝；偃鼠饮河⑨,不过满腹。归休乎君⑩,予无所用天下为！庖人虽不治庖⑪,尸祝不越樽俎而代之矣⑫！"

肩吾问于连叔曰⑬:"吾闻言于接舆⑭,大而无当⑮,往而不返。吾惊怖其言犹河汉而无极也⑯,大有径庭⑰,不近人情焉。"连叔曰:"其言谓何哉？""曰'藐姑射之山⑱,有神人居焉。肌肤若冰雪,淖约若处子⑲；不食五谷,吸风饮露；乘云气,御飞龙,而游乎四海之外；其神凝,使物不疵疠而年谷熟⑳'。吾以是狂而不信也㉑。"连叔曰:"然！瞽者无以与乎文章之观㉒,聋者无以与乎钟鼓之声。岂唯形骸有聋盲哉？夫知亦有之㉓。是其言也，犹时女也㉔。之人也㉕，之德也，将旁礴万物以为一㉖，世蕲乎乱㉗，孰弊弊焉以天下为事㉘！之人也，物莫之伤㉙，大浸稽天而不溺㉚；大旱金石流、土山焦而不热。是其尘垢秕糠㉛，将犹陶铸尧、舜者也㉜，孰肯以物为事㉝！宋人资章甫而适诸越㉞，越人断发文身㉟，无所用之。尧治天下之民，平海内之政。往见四子藐姑射之山、汾水之阳㊱，窅然丧其天下焉㊲。"

【今译】

尧想将政权让给许由，说："太阳月亮已经出来了，而火炬仍然不熄灭，但火炬要想达到日月的光亮，不是很困难的吗！及时雨已经降下，而仍然采用池水灌溉，但灌溉要达到雨水润泽作物的程度，不是太费力了吗？您一旦立为天子，天下就能太平，而我却仍然占着王位，我看自己的样子是不够君主资格的。请允许我将天下大权交给您。"许由说："您治理天下，天下已经太平了，而我还要来代替您，我将为了获取名声吗？名声，是从属于实际事物的虚幻东西，我将成为从属的吗？鹪鹩在茂密的树林里筑巢，只不过占据一根树枝；偃鼠在河里喝水，不过装满肚子而已。回去吧，君主，天下对于我是毫无用处的！即使厨师不烹煮食物，主持祭祀的人员也不能超越自己的职责而代替厨师去呀！"

肩吾问连叔说："我听接舆说话，夸大而不实在，说出的话无法证实。我对他的话感到惊奇和害怕，犹如天上的银河无边无际，与常理大有出入，不近人情。"连叔问："他说的是什么呢？"肩吾道："接舆说在遥远的姑射山，有神仙住在那里，皮肤如冰雪般洁白，安静柔弱又像处女。他们不吃五谷杂粮，吸清风，喝露水，乘着云气，驾着飞龙，遨游于四海之外。他们的神情凝聚不散，能使万物不受灾害，且年年谷物成熟。因此我认为他在说谎话蒙骗人而不相信。"连叔说："是这样啊。瞎子无法参与观赏绚丽的花纹，聋子无法参与倾听钟鼓乐声。难道只是形体上存在聋和盲的现象吗？认知上也是这样的。我的这些话呀，说的就是你啊！那些神人啊，那些道德啊，将广覆万物为一体，世界自然而然会臻于安治，为何还要忙忙碌碌地以经营天下为大事呢？那些人呀，没有什么事物能伤害他们：即使有大水灾，水浪滔天也不会淹着；即使是大旱灾，金石熔化流淌，土地山岭枯焦，也热不着他。是那些圣人不屑于做的琐碎杂事造就了尧、舜呀。谁愿意将治理万事万物作为事业呢？犹如宋国人贩卖殷代的冠冕而来到越国，可是越人削发纹身，冠冕无处可用。尧治理天下的人民，平定海内的政事，可是到姑射山、汾水之北去见那四位隐士之后，茫茫然忘却了自己是治天下、平海内的君主。"

【注释】

① 尧：传说中的上古帝王。相传为帝喾之子，姓伊祁，字放勋，年二十一，代兄登帝位，都平阳，号曰"陶唐"，后传位予舜，谥号曰"尧"。许由：字仲武，颍川阳城人，上古隐士，隐于箕山，师于啮缺。依山而舍，就河而饮。相传尧闻其贤，欲让以帝位，许由听说后，即至河边洗耳。死后尧封其墓，谥曰"箕公"。 ② 爝火：火把或小火，此指小火。 ③ 浸灌：灌溉。 ④ 夫子：对男子的尊称，犹今日称"先生"。 ⑤ 尸：主治。 ⑥ 缺然：不足的样子。 ⑦ 宾：从属、派生的事物。 ⑧ 鹪鹩：俗名"巧妇鸟"，好栖深林，巧于筑巢。 ⑨ 偃鼠：一种大鼠，据说体大如牛。饮河：在河里饮水。 ⑩ 归休乎君：此为倒装句，意为"君归休乎"。 ⑪ 庖人：厨师。 ⑫ 尸：祭祀时，因神不可见，故以熟悉礼仪之少年作为替身，称作"尸"。祝：祭祀时手持祭版对"尸"祝祷的人。此为许由以"尸祝"自比。樽：盛酒之器。俎：行祭礼时用以盛放牛羊的器具。 ⑬ 肩吾、连叔：与接舆同时之楚国人。 ⑭ 接舆：姓陆名通，楚之隐士，与孔丘同时。佯狂不仕，常以躬耕为务，时称"楚狂"。 ⑮ 无当：不实，虚妄。"当"本指器物底部，引申为实在、切实。 ⑯ 河汉：银河。极：终极。 ⑰ 径庭："径"指户外小路，"庭"指堂前之地，两者所处位置及用途、形状皆相差很远。此喻指接舆所述

与按常理所推知的大不一样。　⑱ 藐:遥远。姑射(yè):山名,传说为神仙所居。　⑲ 淖约:一作绰约,姿态柔美貌。处子:处女。　⑳ 疵疠(cī lì):灾害疫病。　㉑ 以:认为。是:此,指上述接舆之语。狂:即"诳",蒙骗。　㉒ 瞽者:盲人。与(yù):参与。　㉓ 知:"智",智力,智慧。　㉔ 犹:犹如。时:通"是"。女:通"汝",你。　㉕ 之:指示代词,那,那些。　㉖ 旁礴:广被,包孕。　㉗ 蕲(qí):求,此指得到。乱:治,此指得到治理。　㉘ 孰:谁,此指神人。弊弊:劳碌疲惫貌。　㉙ 物莫之伤:此为倒装句,即"物莫伤之"。　㉚ 大浸:洪水。稽:至。稽天:意为滔天。　㉛ 尘垢秕糠:此指糟粕。即《让王》篇所谓"道之真以治身,其绪余以为国家,其土苴以治天下……帝王之功,圣人之余事"。　㉜ 陶铸:意为造就。舜:相传为颛顼六世孙,目有重瞳子,故字曰"重华"。以仁孝闻名乡里,尧闻其贤,以二女嫁之,封邑于虞,继尧执政,以蒲坂为都城,后让位于禹,死后葬于苍梧之野。　㉝ 物:事物,此指尘世俗务。　㉞ 资:取。章甫:殷商时代的一种冠,宋国为殷人后代,故仍保留殷代服饰制度。　㉟ 断发:削发,剪发。文身:即纹身。越人处水泽之国,故断发纹身以避水兽。　㊱ 四子:《经典释文》引司马、李氏注,谓即王倪、齧缺、被衣、许由。实泛指四位神人。汾水之阳:汾河之北。"汾河"为黄河支流,位于今山西中部。　㊲ 窅(yǎo)然:失魂落魄貌。丧:失去。

【评析】

庄子于上一章提出了"至人无己,神人无功,圣人无名"这一论断后,接着又引出了这里"尧让天下于许由""肩吾问于连叔"两段文字,意在借"重言"支持他那"无己""无功""无名"的论断。所谓"重言",就是假托古人以立论,实质上是"拉大旗作虎皮",因为古人习惯"尚古""尚贤",借重古人有助于使人信服。不过,无论是"重言"还是"寓言",其中必然有庄子本人的存在,本章中的许由、接舆和连叔,就担负有为庄子代言的重任。

相传远古时代盛行禅让制度,执掌大权的首领在退位之前,总要物色好德行兼备的接班人,所谓"尧让天下于许由",就是这样的一个典型事例。不过,尧有意让贤,许由却无心登位,因为许由认为,尧治天下一切太平,如果此时出来顶替尧的位置,只不过是为了追求功名而已,但是功名实在是不值得追求的。庄子首先借许由之口,颇为幽默地点破了"名"的真相,说它是"实"的影子。既然"名"只不过是附属的、派生的东西,那么这种"名"还有什么实在的价值呢?这样就从另一个角度为庄子的"无名"理论提供了有力的佐证。许由接着又指出:鹪鹩筑巢,只不过占据一根树枝,茂密树林里的绿叶浓荫它根本无法尽数享用;偃鼠喝水,装满肚子而已,它享有的只不过是滔滔大河中的一丁点儿,借此说明世人汲汲于功名利禄实属愚蠢和荒诞。有鉴于此,许由对尧直言相告:天下大权对于他来说毫无价值叫言,终于坚决地拒绝了尧的禅让。就这样,通过许由的语言和行动,庄子又为自己的"无功"理论作了生动的渲染。至于许由最后对尧所说的"庖人虽不治庖,尸祝不越樽俎而代之",原本是许由用以推辞尧的禅让的托词,后世却演化为成语"越俎代庖",用来比喻那种超越自己职权范围而插手别人所管领域的人和事。

在"肩吾问于连叔"一段,庄子又借接舆之口,对"神人"的形象作了具体的描述:肤如凝脂,柔若处女,吸风饮露,乘云驾龙,遨游于四海之外,能令万物不受灾害。庄子对"神人"所作的这种超现实的描写,给了后世方士们宣扬神仙思想一个启发,这是它的负面影响。但是,庄子在这里并非着意宣扬什么神仙思想,而是运用浪漫主义手法创造超越现实的艺术形象,他试图以此宣扬突破现实藩篱的精神,号召人们超越物质形相的拘限而心灵飞扬,从而以开放的心灵,与宇宙万物和谐交融而冥合一体。这样的"神人",不为世俗牵拘,不为世务攖心,"孰弊弊焉以天下为事"。所以,当尧在姑射山上见到"神人"的时候,便怅然忘其身居天子之位。这样,庄子又借助"神人"的形象,对其"无己""无功""无名"的理论形象地演绎了一次。

惠子谓庄子曰①:"魏王贻我大瓠之种②,我树之成而实五石③。以盛水浆,其坚不能自举也④。剖之以为瓢,则瓠落无所容⑤。非不呺然大也⑥,吾为其无用而掊之⑦。"庄子曰:"夫子固拙于用大矣⑧。宋人有善为不龟手之药者⑨,世世以洴澼絖为事⑩。客闻之,请买其方百金⑪。聚族而谋曰:'我世世为洴澼絖,不过数金。今一朝而鬻技百金⑫,请与之。'客得之,以说吴王⑬。越有难⑭,吴王使之将。冬,与越人水战,大败越人,裂地而封之⑮。能不龟手一也,或以封⑯,或不免于洴澼絖,则所用之异也。今子有五石之瓠,何不虑以为大樽而浮乎江湖⑰,而忧其瓠落无所容?则夫子犹有蓬之心也夫⑱!"

惠子谓庄子曰:"吾有大树,人谓之樗⑲。其大本拥肿而不中绳墨⑳,其小枝卷曲而不中规矩㉑。立之涂㉒,匠者不顾㉓。今子之言,大而无用,众所同去也㉔。"庄子曰:"子独不见狸狌乎㉕?卑身而伏㉖,以候敖者㉗;东西跳梁㉘,不辟高下㉙;中于机辟㉚,死于罔罟㉛。今夫斄牛㉜,其大若垂天之云。此能为大矣,而不能执鼠㉝。今子有大树,患其无用,何不树之于无何有之乡、广莫之野㉞?彷徨乎无为其侧,逍遥乎寝卧其下。不夭斤斧㉟,物无害者。无所可用,安所困苦哉!"

【今译】
惠施告诉庄子说:"梁惠王送给我大葫芦的种子,我将它种上,成熟之后,里面的种子就有五六百斤。可是假如用它盛水,它的坚固程度不足以承受水的压力而使它被举起来。假如剖开作水瓢,那么实在太大而没有什么可盛。其实我并非嫌它太大,只是因为它没用处,而将它砸破了。"庄子说:"您实在是不善于利用大东西啊。宋国曾有人善于配制防止手部皮肤开裂的药,世世代代以漂洗丝絮谋生。有客听说之后,请求用一百个'金'购买它的配方。这宋人聚集一族之人商量说:'我们世世代代漂洗丝絮,不过才挣几个金,如今一下子把技术卖给他就能得到一百个金,请允许我将药方卖给他。'客得到之后,带着药方去游说吴王。越国有战事,吴王命他做将领,此时正是冬天,客率军与越人水战,大败越军。吴王就划了块土地给他,并封为邑君。能使手不被冻裂的效果是一样的,但有人用它封官,有人却仍然不能摆脱漂洗丝絮的劳累,这就是因为使用的地方不一样啊。如今您有能装五六百斤种子的大葫芦,为什么不考虑用它作为形似大酒杯的器具,而借以浮游于江湖之上呢?您却为它太大没东西可盛而发愁?那么您的心不就像被蓬草塞住了吗!"

惠施又对庄子说:"我有一棵大树,人们称它为樗,它的大树根凹凸疙瘩而无法划线取直,它的小枝杈弯弯曲曲而无法用圆规角尺测量,它树立在路边,木匠看都不看。如今您的话夸张而无用,众人都会弃之不取。"庄子说:"您难道没见过野猫和黄鼠狼吗?它们低下身子趴伏于地,以此守候路过的小动物;它们忽东忽西地跳跃,不管是高还是低,一旦触动机关,就会死在网罗之中。而那种牦牛,大得像天边的云彩,它可以算是很大的了,但却不能捉老鼠。如今您有大树,却担心它没有用处,为什么不把它种在那什么都没有的地方、那广漠无边的原野呢?在它旁边徘徊,无所用心;在它下面睡觉躺卧,逍遥自在。它不会遭到刀斧砍伐,没有什么东西会伤害它。没有用得着它的地方,哪里还会有什么困苦呢!"

【注释】

① 惠子:姓惠名施,宋人,曾任梁惠王相。谓:告诉。 ② 魏王:即梁惠王,姓魏名䓨。原居安邑,国号为魏;后为秦国所逼,徙居大梁。"惠"为谥号。贻:赠送。瓠(hù):葫芦。 ③ 树:种植。成:长成,成熟。实:籽,此指葫芦中的籽。石:容量或重量单位,一石为十斗,或一

百二十斤。　④ 坚:坚固,此指坚硬的程度。　⑤ 瓠落:廓落,形容非常大。　⑥ 呺(xiāo)然:空虚巨大貌。　⑦ 为:因为。掊(pǒu):打破。　⑧ 固:实在是。　⑨ 龟(jūn):通"皲",皮肤因寒冷或干燥而开裂。　⑩ 洴澼(píng pì):漂洗。绝(kuàng):同"纩",丝絮。事:职业,事业。　⑪ 方:药方。金:古时货币单位,一金即一个单位重量的铜。　⑫ 鬻(yù):卖。　⑬ 说(shuì):劝说,游说。吴:周代诸侯国,其疆土曾包括今江苏大部及浙江、安徽一部分,国都原设于梅里(今江苏无锡),后迁至姑苏(今江苏苏州)。　⑭ 越:周代诸侯国,原据有今浙江省钱塘江周围地区,春秋末年灭吴后,拥有吴国之地,并拓展至今山东东南。国都设于会稽(今浙江绍兴)。难:灾难,此指战争。　⑮ 裂地:分割出一块土地。封:赏赐,特指帝王将土地或爵位赐予臣子。　⑯ 或:有的人。　⑰ 虑:考虑,谋划。樽:盛酒的器皿。因葫芦形似酒樽,此借指葫芦。葫芦系于腰间,可使人漂浮于水面而不沉。　⑱ 蓬:蓬草,一种短而纷乱的野草。　⑲ 樗(chū):臭椿,一种落叶乔木,木质恶劣。　⑳ 大本:主干。拥,通"臃"。臃肿:臃肿。中:符合,适合。绳墨:木匠用以取直线的工具。　㉑ 规矩:木匠工具,"规"以划圆,"矩"以划直角或方形。　㉒ 涂:道路。　㉓ 顾:回视,观望。　㉔ 去:摒弃。　㉕ 独:表示反问,难道。狸:野猫。狌:黄鼠狼。　㉖ 卑:低,矮。此指趴下。　㉗ 敖:通"遨",遨游。　㉘ 梁:通"踉",亦指跳。　㉙ 辟:通"避"。　㉚ 中:碰到,触及。机辟:机关,此指用于捕禽兽的弩箭、陷阱和网罟等工具上的触发装置。　㉛ 罔:网。罟:网类。　㉜ 斄(lí):亦作"犛",即牦牛。　㉝ 执:捉拿。　㉞ 无何有:一无所有。广莫:"广漠","莫"通"漠"。无何有之乡、广莫之野:指虚寂无为之地。　㉟ 斤:斧类工具。

【评析】

本章是《逍遥游》篇的最后两段,都是有关庄子和惠施的争论。庄子与惠子之间所进行的有关小大之别、"有用"和"无用"的辩论,其实是两种不同的价值取向的比较。惠子认为"大瓠"无用,庄子则主张无所拘泥,因物为用,故说并非大瓠无用,而是惠子"拙于用大"。庄子认为,事物本身无所谓有用或无用,只是因为使用者或使用方法的不同,才造成结果的截然相反,大瓠无法盛水,何必一定要用来盛水呢?为什么就不能顺应它的本性,"以为大樽而浮乎江湖"呢?庄子还以"不龟手之药"为例,指出虽然掌握了同样的一种药,有的人不能因此免除世世代代从事漂洗的辛勤,而有的人却因此分封受赏,这就是"所用之异"而产生的不同结果。庄子以此讥刺惠子心灵的茅塞不通,并喻示世俗之人见小而不识大的错误的价值取向。

尽管庄子指斥惠子"拙于用大",惠子仍不服气,又以不材之木大樗为喻,指责庄子的言论"大而无用"。庄子亦设喻作答,以动物为例,说明不论小大,有用常常归于无用,例如斄牛大若垂天之云,但其体格力量虽大,碰上逮鼠这样的小事却一筹莫展;又如狸狌,虽然智巧伶俐,左右跳梁,到头来却难逃"中于机辟,死于罔罟"的厄运。事实上,在庄子看来,世俗之人心目中的所谓"有用",实际上是无用;而世俗眼光中的"无用",才是真正的有用。也就是说,所谓"有用"的代价,往往就是自身的消亡,狸狌就是最好的证明;而生命一旦消失,这"有用"事实上也就无从体现了。庄子这样深沉悲苦的经验总结,其实是那个时代、那个社会给予他的教训。因为庄子生逢乱世,当时多少才智出众的知名人士,因为汲汲于追求功名利禄而身心不得自由、精神不能独立,甚至因此而丧失了生命。这一切都是庄子耳闻目睹的常事,惊诧之余,他决心彻底抛弃世俗的价值取向,另外开辟新的天地,即"于无何有之乡、广莫之野?彷徨乎无为其侧,逍遥乎寝卧其下。不夭斤斧,物无害者。无所可用,安所困苦"。

这种在世俗看来是"无所可用"的价值取向,在庄子看来却可以"不夭斤斧,物无害者",就是说"无用"可以保全性命于乱世。庄子热爱生命,不愿将生命消耗在追求功名利禄的无谓举动之中,因此宁肯在"无何有之乡、广莫之野"逍遥彷徨。这确实是一种避世思想,一种无可奈何的选择。所以,在《逍遥游》的字里行间,其实蕴含有作者内心深处的沉痛心情。但是,庄子不仅没有一味地消沉,反而努力寻求超越,他超脱形骸,泯灭智巧,将视野开拓至宏大的"广莫之野",将所有的懊丧、一切的挫折引向开阔远大的高处,从而体现其高傲坦荡的心态,并创造出无与伦比的高远超旷的精神境界。这样的人生态度和艺术精神,后来滋润和陶醉了不计其数的思想家、文学家和艺术家。

齐物论第二

【解题】

对于"齐物论"的篇名,历代学者至少有过三种不同的读法和理解。一是"齐同万物",这是早在魏晋南北朝就已通行的解释,如刘勰《文心雕龙·论说》:"庄周'齐物',以论为名。"二是"齐同物论",这是萌芽在北宋、流行于南宋的解释,如南宋林希逸《庄子鬳斋口义》:"物论者,人物之论也,犹言众论也。齐者,一也,欲合众论而为一也。战国之世,学问不同,更相是非,故庄子以为不若是非两忘而归之自然。"王安石、吕惠卿、王应麟等均持此说。三是"齐同物与论",清代诸多《庄子》注家采取此说,如王先谦《庄子集解》就说:"天下之物、之言,皆可齐一视之,不必致辩,守道而已。"

我们认为,"齐物论"包括两层意思:"齐物"之论和齐同"物论"。"齐物"之论是申论万物平等的理论,庄子认为,世间万物,小如草茎、大如大柱,或为丑妇、或为美女,尽管状态各异,变化无穷,但终究通而为一。齐同"物论"说的是如何统一人们对客观事物的评论,庄子指出,虽然世间各种人物的立场不同,言论不一,但都是无谓之争,因此不如物我两忘,不言不辩。不言不辩,各种物论的是是非非自然也就消除了。简言之,"齐物论"就是齐物之不齐、齐论之不齐。也就是说,我们采取的说法与上述第三种解释较为接近。

本章是《庄子》全书中论述哲学思想最重要的一篇。战国之世,诸子蜂起,学派林立,论辩是非,互争短长。而在庄子看来,宇宙万物皆起源于"无",因此客观事物本来就不分彼此,其实质是齐同的;从根本上来说,不论世间万物还是人的内心世界,都受着"道"的主宰,所以世界上的一切事物以及人的认识,归根结底是没有差别的;至于人们关于是非然否的争论,都是偏见所造成的,其根本原因就在于人们都持有私心成见,其实所有似乎绝对矛盾对立的双方,诸如"彼"和"此""是"和"非""贵"和"贱""荣"和"辱""小"和"大"、"成"和"毁"、"寿"和"夭"、"生"和"死"、"可"与"不可"等等,都是相互依存和相互可以转化的,一切都是相对的。就像庄周梦为蝴蝶、蝴蝶梦为庄周一样,只是一种幻觉,是不可能固定的。因此应该舍弃所有的对立和争论,力求无知无觉、无见无识,是非两忘而归于自然。这样一来,万物就可以齐同,物论也就可以齐同了。

庄子关于事物具有相对性的理论,很有见地。但他过于强调事物的相对性,便抹杀或取消了事物的独立性和斗争性,给人以无所适从的感觉,这是其相对论的不足之处。

南郭子綦隐机而坐①,仰天而嘘②,荅焉似丧其耦③。颜成子游立侍乎前④,曰:"何居乎⑤?形固可使如槁木,而心固可使如死灰乎?今之隐机者,非昔之隐机者也?"子綦曰:"偃,不亦善乎,而问之也⑥!今者吾丧我⑦,汝知之乎?女闻人籁而未闻地籁⑧,女闻地籁而未闻天籁夫⑨!"

子游曰:"敢问其方⑩。"子綦曰:"夫大块噫气⑪,其名为风。是唯无作,作则万窍怒呺⑫。而独不闻之翏翏乎⑬?山林之畏佳⑭,大木百围之窍穴,似鼻,似口,似耳,似枅,似圈,似臼,似洼者,似污者⑮;激者,謞者,叱者,吸者,叫者,譹者,宎者,咬者⑯,前者唱于而随者唱喁⑰,泠风则小和⑱,飘风则大和⑲,厉风济则众窍为虚⑳。而独不见之调调之刁刁乎㉑?"

子游曰:"地籁则众窍是已,人籁则比竹是已㉒,敢问天籁。"子綦曰:"夫吹万不同㉓,而使其自已也㉔。咸其自取㉕,怒者其谁邪?"

【今译】

南郭子綦倚靠桌子坐着,抬头望天而缓慢吐气,神情木然、一动不动地似乎精神离开了形体。颜成子游在桌前站着陪伴他,问道:"是什么原因呢?身体难道可以让它像枯木一样吗?心灵难道可以让它像彻底熄灭的灰烬一样吗?今天靠在桌旁的先生,已经不是昨日靠在桌旁的那个人了。"子綦说:"偃啊,你问的这些问题,问得很好啊!今天我到达了忘我的境地,你知道吗?你知道人吹奏的音乐,而不知道风吹洞穴的音乐;你知道风吹洞穴的音乐,而不知道天的音乐啊。"

子游说:"请问其中的道理。"南郭子綦道:"那大地吐气,就称作风。这风除非不发作,一旦发作就千万个洞窍一起怒号。你难道没有听到过大风呼啸的声音吗?那山中林木高大参差,百人合抱的大树上的窟隆,像鼻子,像嘴巴,像耳朵,像酒盅,像杯子,像石臼,像池沼,像水坑;发出的声音似急流涌动,似飞箭呼啸,似愤怒呵叱,似吸气,似嚎叫,似号哭,似沉吟,似哀叹,风儿唱着'于于'而洞窍随之唱出'喁喁',徐徐清风则是细细的和声,暴烈狂风则是轰鸣的和声,狂风止歇而一切洞穴都归于寂静。你难道没见过风到之处那草木震撼摇动的景象吗?"

子游说:"大地的音乐就是来源于各种洞穴,人为的音乐则出自排比而成的竹管,那么请问上天的音乐是怎样的呢?"南郭子綦道:"风吹千万个洞穴而发出的声音各各不同,而又让它们自己停息下来。如果说这些声音都是它们自己获取的,那么促使它们怒号的又是谁呢?"

【注释】

① 南郭子綦(qí):楚昭王庶弟,楚庄王司马。居于城郭之南,故以"南郭"为号。隐:倚靠。机:亦作"几",一种矮桌。　② 嘘:缓慢地

吐气。 ③苔(tà)焉:神情沉寂、身体一动不动的样子。形容进入某种忘我状态之后的形体表现。《达生》篇中,承蜩之佝偻者自称"吾处身也,若厥株拘;吾执臂也,若槁木之枝",指的就是这种状态。丧:失去,忘记。耦:通"偶",匹配,成对。此指精神与肉体为偶,物与"我"为偶。丧其耦:意为忘我,或忘物。 ④颜成子游:姓颜成,名偃,子游为其字,南郭子綦的弟子。 ⑤何居:何故。 ⑥而:同"尔",你。 ⑦吾:指今天得道的"我"。我:指今日得道之前,尚未忘己、忘功、忘名的"我"。 ⑧女:通"汝"。籁:箫。人籁:指人吹箫管所发出的声音。地籁:指风吹各种洞穴发出的声音。 ⑨天籁:指天地间万物各自发出的自然音响。 ⑩方:道理。 ⑪大块:大地。噫气:本指人打嗝出气,此处用以形容大地吐气。 ⑫窍:洞穴。呺(xiāo):通"号"。 ⑬翏(liù)翏:大风呼啸的声音。 ⑭畏佳:通"嵔崔",形容山林高大参差的样子。 ⑮"似鼻"至"似洼者":均为形容孔穴的形状。枅(jī),一种木制的长颈酒器。圈,杯盂。臼(jiù),舂米的器具,中央凹下以盛谷,多用石头制成。洼,池沼。污,泥坑。 ⑯"激者"至"咬者":均为形容各种怒号的声音。激者,水流湍急声。謞(xiào)者,飞箭声。叱者,怒斥他人的声音。譹(háo)者,号哭声。宎(yāo)者,沉吟声。咬者,哀切声。 ⑰前者:指风。随者:指洞穴。于、喁(yú):表示相互应和的声音。 ⑱泠(líng)风:微风,小风。 ⑲飘风:大风。 ⑳厉风:狂风。济:停止。虚:空,此指没有声音。㉑调调、刀刀:均形容摇动的样子。调调为大动,刀刀为小动。㉒比:并。比竹:将多根竹管并列制成的乐器,如笙、竽、排箫等。㉓吹万不同:风吹众多不同的洞穴,发出的声音不同。 ㉔已:停止。 ㉕咸:都。

【评析】

本篇在文章的发端,就提出了"吾丧我"的命题。所谓"吾丧我",就是"忘我",也就是《逍遥游》中的"无功""无名""无己"。这样,"吾丧我"便成了《逍遥游》向《齐物论》过渡的一座桥梁。但"吾丧我"在这里的意义却远不止此,它更主要的作用是为《齐物论》的主题开掘安排了一个突破口。

在庄子看来,世界上的万物和物论之所以不能齐同,皆由是非争辩造成,而是非争辩又产生于人们的私心成见。所以,要齐同万物、齐同物论,必先消除人们的私心成见,而要摒弃人们的私心成见,最根本的方法就是让人们做到"吾丧我"。因为当人到达"忘我"的境地之后,便不再有个人私见,便不再有是非争辩,这样,万物和物论就再也不会不齐。由此可见,"吾丧我"也是全篇文章的一个中心命题和最终归宿。

文章接着写"三籁"。"三籁"是描述声音的,粗看起来,与"吾丧我"之间毫无关联,与齐同万物、齐同物论之间也毫无关系,其实不然,庄子是在利用声音的原理来阐发物与道的关系。老子说:"有无相生,难易相成,长短相形,高下相倾,音声相和,前后相随。"(《老子·二章》)有和无,难和易,长和短,高和下,都是概括描述万物以及物论的"不齐"的,而"音声相和,前后相随",也类似于万物的不齐,所以庄子认为,如果能够明白声音之道,对于物论也就不难理解了。

庄子叙述"三籁",分为"人籁""地籁"和"天籁",而他试图说明的,却只有"天籁"。"庄子的意思是只有'吾丧我'才能和'天籁'一样是'成之自然',才可以是不受任何条件限制的,因而是自由的。庄子所追求的正是这样的'吾丧我'的自由精神境界。"(汤一介《自我和无我》,文载陈鼓应主编《道家文化研究》第十辑)但"天籁"却是无声的,并非语言文字可以描摹形容,于是只能降而求其次,当子游询问"三籁"的道理时,南郭子綦就唯独详细描述了"地籁",其中"万窍怒号"一段,写得尤其生动。按照子游的说法:"地籁则众窍是已,人籁则比竹是已。""天籁"究竟是什么呢? 子游问了,南郭子綦没有正面回答,却来了个反问:"夫吹万不同,而使其自已也。咸其自取,怒者其谁邪?"是谁操纵着风,吹动千万个洞穴而发出各各不同的声音? 是谁让风儿与随之产生的声音一起平息下来? 又是谁创造了风儿、奏响了万物的声音呢？他是希望子游自己去领会"天籁"的真谛。"天籁"其实就是自然，它是天机自动的产物，因此没有开始，也没有终结，因此与存在着开头和休止的"人籁"、"地籁"不同；"天籁"又是自然万物之声的总和，因此它不仅包容"地籁"，就是"人籁"也不能越出它的范围。所以也可以说，"三籁"其实就是"天籁"。宣颖说："写天籁，更不须另说，止就地籁上提醒一笔，便陡地豁然。"（《南华经解·齐物论》）分明也是看到了天籁与其余二籁之间的关系。

那么，"天籁"又是如何产生的呢？用书中的话来说，就是："怒者其谁邪？"其实，这"怒者"就是下文所说的"真宰"，"真宰"也就是天道。这样一来，南郭子綦的"吾丧我"与"天籁"之间就有了本质的联系，因为南郭子綦的"丧我"是得"道"的结果，"天籁"的发生也是得"道"的表现。"道"化生万物，犹如风的"吹万不同"；万物又归结于"道"，仿佛风声听命于"怒者"。作者显然以此暗示：在"道"的面前，万物的不同和物论的是非根本都不存在。

　　大知闲闲①，小知间间②。大言炎炎③，小言詹詹④。其寐也魂交⑤，其觉也形开⑥。与接为构⑦，日以心斗。缦者⑧，窖者⑨，密者。小恐惴惴，大恐缦缦⑩。其发若机栝⑪，其司是非之谓也⑫。其留如诅盟⑬，其守胜之谓也。其杀若秋冬，以言其日消也。其溺之所为之，不可使复之也。其厌也如缄⑭，以言其老洫也⑮。近死之心，莫使复阳也⑯。喜怒哀乐，虑叹变慹⑰，姚佚启态⑱，乐出虚⑲，蒸成菌⑳。日夜相代乎前而莫知其所萌。已乎！已乎！旦暮得此㉑，其所由以生乎！

　　非彼无我㉒，非我无所取㉓。是亦近矣，而不知其所为使。若有真宰㉔，而特不得其眹㉕。可行己信，而不见其形，有情而无形㉖。百骸、九窍、六藏㉗,赅而存焉㉘,吾谁与为亲?汝皆说之乎㉙?其有私焉㉚?如是皆有为臣妾乎?其臣妾不足以相治乎?其递相为君臣乎?其有真君存焉?如求得其情与不得,无益损乎其真㉛。一受其成形,不忘以待尽,与物相刃相靡㉜,其行尽如驰而莫之能止,不亦悲乎!终身役役而不见其成功㉝,苶然疲役而不知其所归㉞,可不哀邪!人谓之不死,奚益!其形化㉟,其心与之然,可不谓大哀乎?人之生也,固若是芒乎㊱?其我独芒,而人亦有不芒者乎?

【今译】

聪明绝顶的人悠闲自大,小聪明的人斤斤计较;善于雄辩的盛气凌人,拙于言辞的唠唠叨叨。他们睡觉的时候心神难宁,他们醒来之后四体不安。和各种人物接触牵扯,天天耗费心力争斗。有的心思缓慢,有的深沉叵测,有的心机周密。小的担忧则惴惴不安,大的恐惧就沮丧落魄。有些人说话像弓弩放箭般的快捷,他们专门窥伺别人是非加以攻击;有些人缄默寡言像守誓约似的慎重,他们企图以守取胜。这种心斗对身心的摧残,就像秋霜冬寒给予生物的伤害,使他们一天天地消瘦下去,但他们沉溺其中,无法让自己回头;他们把心深藏封闭得好似被捆绑的一样,封闭的心灵使他们老迈衰败、精神枯竭,那颗濒临死亡的心,没有人能使他们恢复生机。他们忽而欣喜,忽而愤怒;忽而悲哀,忽而快乐;时而忧虑,时而感叹;时而变化不定,时而木然不动;时而轻浮,时而放纵;时而张狂放荡,时而装模作样——就如同乐声发自空虚的箫管、地上的湿气蒸发而产生菌类一样。这种种情态日日夜夜交替变化于眼前,但是没有人知道它们是怎样发生的。算了吧!算了吧!有朝一日一旦突然悟到了其中的道理,就可以明白这些情态产生的根由了吧!

没有它,就没有我;没有我,它也无从体现。如此理解也算是接近真实了,但仍不知道是什么东西在支配着它。仿佛有天然的主宰者,然而唯独找不到他的征兆。可以从作用上使自己相信他是存在的,虽然看不到他的形迹,他是真实存在着的,只是没有形象。百骸、九窍、六脏,它们完备地存在于身上,我和它们中间的哪一个亲近呢?你都一样地喜欢它们,还是有所偏爱呢?如果是同等的喜欢,那么它们不是都成了臣子小妾了吗?如果都是臣妾,相互之间不是不能支配了吗?是否它们相互轮流充当君主和臣子呢?还是有天然的主宰者存在于它们中间呢?无论找得到还是找不到这"真君"的真实存在,都不会使"真君"的本性有什么损失或增加。人一旦禀受天地之气而形成各自的形体,就不能忘却本性而直到形体耗尽。而与外物相互残杀、相互摩擦,他沉溺其中的行为完全像野马狂奔而无人能使他停止,不也是很可悲的吗!终身忙忙碌碌而看不到有所成就,困顿疲惫而不知道究竟应当归于何处,这不是很可哀伤的吗!即使人们说他长寿,又有什么意思呢!他的形体变为衰老,他的心灵也和形体一起变化衰竭,能不说是莫大的悲哀吗?人生在世,本来就是像这样昏昏昧昧的吗?还是只有我一个人这样昏昧,而其他人也有不昏昧的呢?

【注释】

① 闲闲:悠闲自得的样子,含贬义。　② 间间:仔细分别的样子,含贬义。　③ 炎炎:盛气凌人的样子。　④ 詹詹:絮叨啰嗦。　⑤ 魂交:心神不安。　⑥ 形开:四体不安。　⑦ 拘:牵,牵扯。　⑧ 缦(màn):缓慢。　⑨ 窖:本指地窖,引申为心思深沉。　⑩ 缦缦:失魂落魄的样子。　⑪ 机:弩弓上用于发射的机关。栝(kuò):箭尾扣弦的部位。机栝:指代射箭。　⑫ 司:通"伺",窥探,等候。　⑬ 留:止,守。诅(zǔ)盟:盟约,誓约。　⑭ 厌:塞,闭藏。缄(jiān):绳,引申为封闭。　⑮ 洫(xù):衰败,枯竭。　⑯ 复阳:恢复生机。　⑰ 变:变化无常。慹(zhé):通"蛰",蛰伏不动,此指心神木然,无动于衷。　⑱ 姚:轻浮。佚:通"逸",放纵。启:张狂。态:装模作样。　⑲ 乐:乐声,音乐。虚:空,此指虚空的箫管。　⑳ 蒸:湿气蒸发。

㉑ 旦暮:早晚,喻时间短促。此:指上述种种反复无常的情态。　㉒ 彼:即上文之"此",指种种变化的情态。　㉓ 取:资,寄托。　㉔ 真宰:自然界的主宰,即下文的"真君",亦即"道"。　㉕ 特:独,唯独。朕(zhèn):通"朕",征兆,迹象。　㉖ 情:实。　㉗ 骸:骨节。九窍:眼、耳、鼻、口、尿道、肛门。六藏:心、肝、肺、脾、肾、命门。　㉘ 赅(gāi):齐,全。　㉙ 说:通"悦"。　㉚ 私:偏爱,偏重于。　㉛ 真:自然的本性。　㉜ 相刃:互相残杀。靡:通"摩"。相靡:相互摩擦。㉝ 役役:劳碌的样子。　㉞ 苶(nié)然:困倦的样子。　㉟ 形化:形体变化,指人的身体随着年龄的增长而出现的长高、长胖、衰老和死亡等变化。　㊱ 芒:昏昧。

【评析】

战国之世,诸侯纷争,天下大乱。与此同时,诸子蜂起,倡言立论,互相辩驳,形成了百家争鸣的局面。本章是庄子对当时百家争鸣情状的描写和评判,文字极为生动。开头所谓"大知闲闲,小知间间。大言炎炎,小言詹詹",是对"大智慧""小聪明"之人的漫画式的描绘和鞭挞。聪明人和善辩家,是各种"物论"的发明人和宣扬者,又是在世俗社会中受到景仰、享有地位的尊贵人士,选择他们作为剖析的对象,当然是有的放矢。不过在庄子的眼里,这些尊贵者其实是一群命运十分可悲的人:他们整天攻心斗智,劳神憔思,言辩不休;他们时而欣喜,时而愤怒,时而悲哀,时而快乐,时而忧虑,时而张狂……这种种情态日日夜夜都在心中交侵不已,使得他们无法安逸自在,直到把自己的形体耗尽。因此,在庄子看来,这是一群"终身役役而不见其成功,苶然疲役而不知其所归"的人,是一群迷失了方向、丧失了真正自我的人。孔子曾经说过:"君子坦荡荡,小人长戚戚。"(《论语·述而》)然而庄子认为,所有的君子,包括唐尧、虞舜、周公、孔子在内,都不能摆脱"长戚戚"的命运。和《逍遥游》的褒大贬小不同,本章对于"大""小"一概贬斥,因为聪明无论大小,对于"道"都是有害的。

在庄子看来,争鸣的后果是极其恶劣的,它造成了"是非之涂,樊然淆乱"的局面。不过,庄子对此并不仅仅停留于批判,他在指出世人所追求的一切均属虚妄的同时,还希望发现规避这一切的手段,即找到并保有主宰人心、主宰万物的本源。那么,这本源究竟是什么呢?庄子从现实社会中臣子听命于君王的现象推断,万事万物不可能相互轮流为君为臣,这大千世界的背后应该有一个"真君";他又从人的肢体器官受制于心灵、而心灵并不特别青睐其中某一个别的肢体器官的现象分析,断定万事万物的后面存在着一个"真宰"。不过,这"真君""真宰"只是发挥作用和显现事实,是不见形体、无法捉摸的,也就是所谓"有情而无形"的。这所谓的"真君""真宰",其实就是"自然"。人既然禀受自然之理而生,所以天然地具有"真君";而只有认识并保全"真君",才能豁达心胸,随顺自然,才能不拘泥于私我、不执着于物论,否则就是迷妄,便会妄生是非和沉溺于追逐外物,便是很可哀伤的人生了。

夫随其成心而师之①,谁独且无师乎②?奚必知代而心自取者有之③?愚者与有焉!未成乎心而有是非,是今日适越而昔至也④。是以无有为有。无有为有,虽有神禹且不能知,吾独且奈何哉!

夫言非吹也⑤,言者有言,其所言者特未定也⑥。果有言邪?其未尝有言邪?其以为异于鷇音⑦,亦有辩乎⑧?其无辩乎?道恶乎隐而有真伪⑨?言恶乎隐而有是非?道恶乎往而不存?言恶乎存而不可?道隐于小成⑩,言隐于荣华⑪。故有儒墨之是非,以是其所非而非其所是。欲是其所非而非其所是,则莫若以明⑫。

物无非彼,物无非是。自彼则不见,自知则知之。故曰:彼出于是⑬,是亦因彼⑭。彼是方生之说也⑮。虽然⑯,

方生方死,方死方生。方可方不可,方不可方可。因是因非,因非因是。是以圣人不由而照之于天,亦因是也。是亦彼也,彼亦是也。彼亦一是非,此亦一是非,果且有彼是乎哉?果且无彼是乎哉?彼是莫得其偶⑰,谓之道枢⑱。枢始得其环中⑲,以应无穷。是亦一无穷,非亦一无穷也。故曰:莫若以明。

【今译】

　　如果把自己的主观成见作为判断是非的标准,那么谁还没有一个标准呢?为什么一定要认为只有懂得变化之理的聪明人才有标准呢?愚笨的人同样也是有自己的标准的!如果说尚未有成见就已经存有是非,那就好像"今天动身去越国而昨天就已到达"一样的荒谬。这样就是把"没有"当成"有"。把"没有"当作"有",即使是神明的大禹尚且不能理解,我又能有什么办法呢!

　　人的言论并非风的吹动,发言的人发表言论,但是他们的言谈并不就是定论。果真算是发了言吗?还是只能等于未曾发过言呢?他们都以为自己的言谈不同于初生小鸟的叫声,究竟有区别呢?还是没有区别呢?"道"是怎样被蒙蔽而产生真伪分别的呢?言论是如何被蒙蔽而产生是非争辩的呢?"道"在哪些地方不存在?言论在哪些方面不被赞同呢?"道"是被小成就蒙蔽的,言论是被浮华之辞掩盖的。因此便有了儒家和墨家的是非之争,他们互相肯定对方所否定的而又否定对方所肯定的。其实试图肯定对方所否定的并且否定对方所肯定的,还不如以空明的心境去洞察事物的本来面目。

　　万物无不是"彼",万物无不是"此"。从他的角度就看不到我的这一面,从我自身的角度来看就会明白。所以说:"彼"产生于"此","此"也依存于"彼"。这就是说"彼"和"此"的观念是同时产生的。虽然如此,但是任何事物出生的同时就伴随着死亡,死亡的同时也伴随着出生;刚刚认为可以而马上就认为不可以,刚刚认为不可以而立刻又认为可以;遵循"是"也就是遵循"非",遵循"非"就如同遵循"是"。因此圣人不根据是非作判断,而是根据事物的本性来认识事物,这也是遵循自然的道理。"此"也就是"彼","彼"也就是"此"啊。"彼"也有它的一套是非标准,"此"也有它的一套是非标准,果真有"彼""此"的分别吗?果真没有"彼""此"的分别吗?让"彼""此"都失去各自的对立面,这就是"道"的关键。把握了"道"的关键,才能占据"环"的中心,以此顺应无穷的变化。"是"的变化是无穷尽的,"非"的变化也是没有穷尽的。所以说:不如用空明的心境去洞察事物的本来面目。

【注释】

① 成心:自我主观的意识。师:取法。　② 且:语助词。　③ 代:变化,更替。心自取者:通过自我内心思考而有收获的人。　④ 适:往,去。昔:昨日。　⑤ 吹:风吹。言非吹也:意为言论和风吹不同,言论出于成见,风吹乃发于自然。　⑥ 特:但是,只是。　⑦ 鷇(kòu):初生待哺的小鸟。鷇音:初生小鸟的叫声。喻指不含任何含义的话语。　⑧ 辩:通"辨",区别。　⑨ 恶(wū)乎:如何,怎样,哪里。隐:蔽。　⑩ 小成:局部、片面的成果。因为任何理论成果都是有待完善的,都不是绝对的,所以随之产生的是非观念与"最后的真理"不可能完全相符。理论的建立固然可以算是"小成",但这"小成"往往使人的心灵局限于此,妨碍人们继续追求最后的、全面的、绝对的真理,这就是"道隐于小成"的内涵。　⑪ 荣华:浮华。　⑫ 莫若:不如。以:用。明:空明。以明:用空明的心灵去观照。　⑬ 是:此。　⑭ 因:依赖。　⑮ 彼是方生:"方",有"并"意。"方生",指并生。下句"方生方死,方死方生"之意为:生、死是并存的,同时产生的。　⑯ 虽然:然则;既然如此……那么,承上启下之词。　⑰ 偶:对立面。　⑱ 枢:枢纽,引申为关键。　⑲ 环:门的上下两根横槛上用以插"枢"的洞,圆空如环。喻指天地万物的流动变化,循环往复,如同圆环。《寓言》:"万物皆种也,以不同形相禅,始卒若环,莫得其伦。"环中:环的中心。比喻心灵在一切变动中,独居中心不变之地,以应无穷。

【评析】

上一章中，庄子对百家争鸣的情状作了生动描述，这一章里，则对百家争鸣的根源，即"物论"的产生原因加以进一步的分析。

庄子指出：参与争鸣的诸子们，不是根据事物的客观标准，而是依据自己的主观成见作为判别是非的标准，这就是造成是非混淆的根本原因。因为每个人都有自己的标准，就连蠢笨的人也不例外。因此，虽然争鸣的人高谈阔论，似乎得势得理，但是他们的言论却没有定准，这样的言论和雏鸟的毫无意义的鸣叫实在没有什么区别。

为了说明是非判断难有定准，庄子进一步指出：世界上的一切"物论"，诸如"彼"和"此"、"是"和"非"、"生"与"死"、"可"与"不可"等等，首先是产生于"彼""此"的对立，而"彼"与"此"则是相对的，是相互依存和相互转化的，也就是说，没有"彼"就没有"此"，没有"此"也没有"彼"；"彼"可能成为"此"，"此"也或许会变成"彼"。因为事物都处在变动不停的运动之中，所以"彼""此"是无法固定的，而世人（包括儒家和墨家在内）基于"彼""此"对立所作的是非判断，都不可能是永久的、终结的和全面的，这也就是说，是非判断是永无定准的。所以庄子认为，与其对是非妄加判断，还不如根据事物的本性，用空明的心境来洞察事物的本来面目，即"莫若以明"。

所谓"以明"，所谓用空明的心境观照事物的本来面目，其实就是用自然的态度还事物以本然，因为心境一旦空明，毫无私心成见，自然就能包容和超越世俗的"是"和"非"。也就是说，人只要站在"以明"的立场看待是非，就能发现是非本是同根生、是非本来无分别，也就能"是其所非而非其所是"，泯除一切是非的界限。如此从"道"的高度观察事物，绝对对立的"是"与"非"，就融化为一体了。

庄子关于事物有相对的同一性这一观点，无疑是十分正确的。但是，事物除了有这一面外，更有绝对的斗争性的另一面。庄子为了论证说明万物和物论都是齐同的，便只是强调了事物的同一性而取消了事物的斗争性，把同一性绝对化，这是庄子"相对论"的不足之处。

以指喻指之非指,不若以非指喻指之非指也;以马喻马之非马,不若以非马喻马之非马也①。天地一指也,万物一马也。

可乎可,不可乎不可。道行之而成,物谓之而然。恶乎然?然于然。恶乎不然?不然于不然。物固有所然,物固有所可。无物不然,无物不可。故为是举莛与楹②,厉与西施③、恢恑憰怪④,道通为一。

其分也,成也;其成也,毁也。凡物无成与毁,复通为一。唯达者知通为一⑤,为是不用而寓诸庸⑥。庸也者,用也;用也者,通也;通也者,得也。适得而几矣⑦。因是已,已而不知其然谓之道。劳神明为一而不知其同也⑧,谓之"朝三"。何谓"朝三"?狙公赋芧⑨,曰:"朝三而暮四。"众狙皆怒。曰:"然则朝四而暮三。"众狙皆悦。名实未亏而喜怒为用,亦因是也。是以圣人和之以是非而休乎天钧⑩,是之谓两行⑪。

古之人,其知有所至矣⑫。恶乎至?有以为未始有物者⑬,至矣,尽矣,不可以加矣!其次以为有物矣,而未始有封也⑭。其次以为有封焉,而未始有是非也。是非之彰也⑮,道之所以亏也。道之所以亏,爱之所以成⑯。果且有成与亏乎哉⑰?果且无成与亏乎哉?有成与亏,故昭氏之鼓琴也;无成与亏,故昭氏之不鼓琴也⑱。昭文之鼓琴也,师旷之枝策也⑲,惠子之据梧也⑳,三子之知几乎皆其盛者也,故载之末年㉑。唯其好之也以异于彼,其好之也欲以明之。彼非所明而明之,故以坚白之昧终㉒。而其子又以文之纶终㉓,终身无成。若是而可谓成乎,虽我亦成也;若是而不可谓成乎,物与我无成也。是故滑疑之耀㉔,圣人之所图也㉕。为是不用而寓诸庸,此之谓"以明"。

【今译】

　　从名称的角度来说明与之相应的事物不是名称,不如从并非名称的事物出发来说明与之相应的名称不是事物;从具体的白马出发来说明白马不是马,不如从并非具体的白马的角度来说明白马不是一般概念的马。天地可以归结为一个名称,万物也可以用一个"马"的名称来指代。

　　对的就说它是对的,不对的就说它是不对的。路是人走出来的,事物的名称是人叫出来的。为什么肯定? 该肯定的就肯定。为什么不肯定? 不该肯定的就不肯定。事物本来就有它应该肯定的地方,事物本来就有它应该赞许的地方。没有什么事物不该肯定,没有什么事物不该赞许。所以一切的小草和大柱、丑妇和美女,以及奇形怪状的东西,从"道"的角度来看都可以相通而没有差别。

　　事物有所分,必然有所成;事物有所成,必然有所毁。一切事物从总体来看就没有成和毁,都是回归并相通而成为一个整体的。只有得"道"的人才能明白这个通而为一的道理,因此他不用成见去看问题,而是寄托于各种事物的自然功用。任随事物的自然功用,就是"用";用,就能无所不通;无所不通,就有所得。达到有所得也就差不多了。任由万物的自然功用就可以了,已经如此而又不明白其中的原因,这就叫做"道"。那争辩的双方都殚精竭虑地谋求一致说服对方,却不知它们本来就是相同的,这就是所谓"朝三"。什么叫做"朝三"呢? 有个养猴的老头给猴子分发橡子,说:"早晨发三个,黄昏发四个。"众猴子听了都很气愤。老头改口说:"那么就早晨四个,黄昏三个。"众猴子都高兴起来。名称和实质都没有亏损而猴子的喜怒却大不相同,这也是顺着猴子的心理而已。因此圣人利用是非调和事理,保持天然的均平而无为逍遥,这就叫做"两行"。

古人的认识达到了很高的境界。达到什么样的境界呢？有人认为很久以前是一个未曾有"物"的世界，这是知识的最高境界，是尽善尽美的了，是无以复加的了！其次认为开始有物存在了，但是还未曾有界限。再次认为有界限存在了，但未曾有是非。是非一旦显现，"道"因此就有了亏损。这就是"道"亏损的原因，这就是私心养成的原因。果真有成和亏损吗？果真没有成和亏损吗？昭文大师弹琴，就出现所谓成和亏损；昭文大师不弹琴，就没有所谓成和亏损。昭文的弹琴，师旷的持杖敲击节奏，惠施的倚着梧桐树吟叹争辩，三位先生的技艺几乎都达到了登峰造极的地步，所以从事这些活动直至终生。只是因为他们各有所好的程度与别人不同，而又希望别人也了解自己喜好的东西，别人不能了解而勉强要他了解，所以惠施糊涂于"坚白"之论而终其一生。昭文的儿子又继承父亲弹琴的事业而耗尽毕生精力，终身无成。像这样如果可以说是有所成，那么即使像我这样的人也可以算是有所成了；像这样如果不能说是有所成，那么他和我都没有所成。所以那些以混乱疑似的言论炫耀于世上的行为，正是圣人所鄙视的。因此圣人不用其聪明而寄托于事物自然的功用，这就叫"以明"。

【注释】

①"以指喻指之非指"四句：喻，说明。"指之非指"，是先秦名家代表人物公孙龙子提出的命题，其《指物论》曰："物莫非指，而指非指。……指也者，天下之所无也；物也者，天下之所有也，以天下之所有，为天下之所无，未可。""物莫非指"，是说万物都是人所指称的，是概念或名称的转化。"指非指"中，前一个"指"是所指的事物，是概念的转化，又称"物指"；后一个"指"是概念本身，前者具体，后者抽象，所以事物不可等同于概念或名称。"马之非马"，也是公孙龙提出的命题，其《白马论》说："白马非马，可乎？……马者所以命形也，白者所以命色也，命色者非命形也，故曰白马非马。""白马"是具体的马，"马"是抽象的一般马的名称，所以一般的马并非具体的马。庄子在这里并非驳斥公孙龙的命题，而是进一步指出，既然名称与其相应的事物各自

独立存在,那么从名称出发否定事物,或从事物出发否定名称,都是不必要的,不如彻底取消两者之间的对立。　②举:全,皆。莛(tíng):草茎。楹(yíng):柱子。　③厉:癞,此指丑妇。西施:美女。　④恢恑(guǐ)憰(jué)怪:皆形容奇异、怪异的状态。　⑤达者:臻于"道"的境界的至人。　⑥寓:寄托,托付于。庸:功用。　⑦适:达到。几:接近,差不多。　⑧神明:精神,心神。　⑨狙(jū):猕猴。赋:分发。芧(xù):山栗,又称橡子。　⑩和:调和。休:休闲,引申为无为逍遥。钧:同"均"。天钧:天然的均平,自然的调和。　⑪两行(xíng):听任天下之是非,使之并行发展。即上文所谓"因是因非,因非因是",是非不分,无可无不可。　⑫知:知识,认识。至:达到。　⑬未始:未曾。　⑭封:边界,界限。　⑮彰:明,显著。　⑯爱:偏心,私心。　⑰果:果真。且:语助词。　⑱"有成与亏"四句:昭氏,郑人,姓昭名文,精于弹琴,即《吕氏春秋·君守篇》所谓"郑大师文"。鼓,弹奏。意为昭氏一旦弹琴,不可能同时奏响所有的声音,必然有所遗漏,奏响"宫"音而"商"音止息,奏响"角"音而"徵"音消失,这就是有成有亏;而一旦不弹琴,天然的声音就都被保全了。　⑲师旷:字子野,晋人,晋平公的乐师,以精通音律著称。枝策:拄杖。师旷是盲人,又称瞽眇,手不离杖,故手持拐杖击打拍子。　⑳惠子:惠施。据梧:倚靠于梧桐树上。《德充符》中,庄子谓惠施:"倚树而吟,据槁梧而瞑。天选子之形,子以坚白鸣。"可见惠施时常据梧休息吟叹,并在树下与人辩论。㉑载:事,从事。之:指上述三人各自热衷的事情。末年:晚年。㉒坚白:即"坚白论",是战国时期著名的辩题之一。其时分为两派,以公孙龙为首的一派主张"离坚白",即把石头质地的坚硬与它的白色分离开来,因为人通过视觉,只能看到白色而看不到坚硬;而通过触觉,只能摸到坚硬而摸不出白色,所以说,"坚"与"白"是分离的(参见《公孙龙子·坚白论》)。而以墨子为首的一派主张"盈坚白",认为"坚"与"白"都是坚白石的属性,是不可分离的(参见《墨经·经说》)。惠施也参加了这个争论,其具体主张不详。庄子认为这样的论辩不足以明"道",只能加深其受蒙蔽的程度,故批评惠施"以坚白之昧终"。

㉓ 文:昭文。纶:琴弦,此指弹琴的技艺。　㉔ 滑:混乱。疑:令人疑惑。滑疑之耀:指以混乱、令人疑惑的言论炫耀于世上的人。
㉕ 图:闻一多《庄子内篇校释》认为是"鄙"之讹写,此从之。鄙,鄙视。

【评析】

有关"指非指"和"白马非马"的论辩,是先秦名家争辩名实关系的重要命题,但庄子认为,这种论辩毫无必要,问题不在于如何去分析"名"与"实"的关系,而是要从整体上综合、或从根本上取消这种"名"与"实"的对立。因为在主张"天地与我并生,而万物与我为一"的庄子看来,万物本来就是同一的。所以他接着说:"天地犹如一指,万物犹如一马。"

在庄子看来,事物的彼此、言论的是非,都是相对产生而又相互依存的,就像事物的大小、人物的美丑、器物的制成和毁坏等等,似乎是截然对立的,其实是因为人们没能看到事物的两面性而拘泥于一面立论的缘故。比如说,丑女与美女相比,似乎是丑的,但与比她更丑陋的人相比,却又是美的,更何况所谓美丑的标准,本来就是出于人的主观成见,是没有定准的。再比方说,所谓成功,总是建立在毁坏的基础上,一张桌子制成了,意味着一棵大树毁坏了;一件衣服制成了,而一段布匹就被分割了。因此,尽管现实事物千形万状,但站在"道"的高度来看,根本就不存在区别。所以不如干脆取消双方的对立,任由它们各自发展,那么万物以及百家的主张就可以相通为一了,这就叫做"道通为一"。因此,至人不执着于是非的争论而保持事理的自然调和,就像狙公的"朝三暮四",只管顺应猴子的喜怒之情而变换分配的方式,"朝三"也好,"朝四"也罢,但橡子的总的数目(名称)和橡子本身(实质)并未因此受到影响,这就是将"是非"调和于自然之道,这就叫做"两行"。

为了进一步说明这些道理,庄子指出,人们之所以会形成彼此、成亏、爱憎、是非这些观念,都是因为没能认识到它们本来就是同属一体的。为了说明这一点,庄子告诉读者,只需倒着追溯上去就可以了:人的偏爱或私心产生于是非,是非产生于界限,界限出自物的形成,而物则产生于未曾有物——"无",可见尽管大千世界如此纷繁复杂,说到头原来它们都产生于"无"。这也就是说,世人道德境界的每况愈下,是和天地万物的发展变化同步的,从未始有物,到有物、有封、有是非爱憎,愈发展离"无"愈远,也就是离"道"越远。因此圣人返朴归真而不求智慧,不讲是非,没有私心,因为私心成见是破坏大道的。这就好像昭氏的弹琴,奏响某音,必然掩盖他音,即所谓"有成与亏",所以不如不弹琴,不弹琴反而能够保全自然的声音,即"无成与亏"。这也就是说,人们如果都能放弃是非争论,如果都能摒弃私心成见而通观万物,万物怎么会有不齐同的道理呢?

庄子认为社会愈是原始、道德愈是完满的看法明显存在缺陷,他所主张的回归原始状态的解决方法也不失荒诞,但是他有关人的私心产生于物质逐渐充盈的观点显然是正确的,他所主张的因顺自然的方式也具有相当的合理性。尤其是对于事理的审视,庄子主张圆通,反对偏执,反对虚妄分别,强调"无言",这一切都给后人许多启示。

今且有言于此①,不知其与是类乎②?其与是不类乎?类与不类,相与为类,则与彼无以异矣。虽然,请尝言之③:有始也者,有未始有始也者,有未始有夫未始有始也者;有有也者,有无也者,有未始有无也者,有未始有夫未始有无也者④。俄而有无矣⑤,而未知有无之果孰有孰无也。今我则已有谓矣⑥,而未知吾所谓之其果有谓乎?其果无谓乎?

天下莫大于秋豪之末⑦,而大山为小⑧;莫寿于殇子⑨,而彭祖为夭⑩。天地与我并生,而万物与我为一。既已为一矣,且得有言乎?既已谓之一矣,且得无言乎?一与言为二,二与一为三。自此以往,巧历不能得⑪,而况其凡乎⑫！故自无适有⑬，以至于三⑭，而况自有适有乎！无适焉，因是已！

夫道未始有封⑮，言未始有常⑯，为是而有畛也⑰。请言其畛：有左，有右，有伦，有义⑱，有分，有辩，有竞，有争，此之谓八德。六合之外⑲，圣人存而不论；六合之内，圣人论而不议；春秋经世先王之志⑳，圣人议而不辩。故分也者，有不分也；辩也者，有不辩也。曰："何也？""圣人怀之㉑，众人辩之以相示也㉒。故曰：辩也者，有不见也㉓。"

夫大道不称㉔，大辩不言㉕，大仁不仁㉖，大廉不嗛㉗，大勇不忮㉘。道昭而不道，言辩而不及，仁常而不成，廉清而不信，勇忮而不成。五者园而几向方矣！故知止其所不知，至矣。孰知不言之辩、不道之道㉙？若有能知，此之谓天府㉚。注焉而不满，酌焉而不竭㉛，而不知其所由来，此之谓葆光㉜。

【今译】

假如今天有人在这里发表一番言论，不知他的说法和我刚才说的会是相同的呢？还是不同的呢？无论相同还是不相同，既然都有言论就是属于同一类的，那么我和其他发议论的人也就没有什么差别了。虽然如此，但请允许我尝试着再说一说：世界有它"开始"的时候，有未曾开始的"开始"的时候，有未曾开始的开始的"开始"的时候；万物有它"有"的状态，有"无"的状态，有未有曾"无"的状态，更有未曾有那未曾有无的"无"的状态。突然之间就发生了"有"和"无"，但是不知道这"有"和"无"果真哪个是"有"，哪个是"无"啊。那么如今我已经说了这一番话了，但是不知道我所说的果真是我说的呢？还是事实上没有说呢？

天下没有什么比秋毫的末梢更大，而泰山却是渺小的；没有什么比夭折的婴儿更长命,而彭祖却是短命的。天地和我共存,而万物与我合为一体。既然已经同为一体了,还能有什么可说的呢?既然已经说合为一体,还能说什么也没说吗?万物一体的"一"加上称述"一"的言辞就成为"二","二"再加上一种称述"二"的言辞就成为"三"。从这里继续往下推算,就是最擅长计算的人也无法算出最后的结果,更何况那些普通人啊!所以从"无"到"有",而达到了"三",何况是从"有"到"有"呢?不必再往下推算了,还是顺应自然吧!

那"道"本来是没有分界的,言语本来是没有定论的,为了争一个"是"字才产生了许多界限。请允许我说说那些界限:有左,有右,有次序,有评判,有分别,有辩论,有内心的攀比,有公开的争斗,这就是界限的八种表现。天地以外的事物,圣人总是存而不论;天地之内的事物,圣人只是叙说而不评议;史书是有关先王治世的记载,圣人只是评议而不辩论。所以有分别,就有不分别;有辩论,就有不辩论。有人问:"这是为什么呢?"因为圣人的心胸包容万物,众人却辩论不休地争相显示自己。所以说:凡是争辩,就有自己看不见的一面。

大道是用不着称扬的,大言是不能用言语说明的,大仁就是没有仁爱,大廉就是不讲谦让,大勇就是不伤害他人。"道"能讲明白就不是"道","言"的争辩总有不能周全的地方,"仁"有了固定范围和标准就不能成为仁,"廉"的行为清晰可见就不诚实,"勇"者怀有害人之心就不成为勇敢。以上五种情况就好像着意求"圆"却几乎转向于"方"一样了!所以懂得停止于自己所不知道的地方,那就是最高明的了。谁能知晓不用言语的辩论、无须称说的大道呢?如果有人能懂得这些,这就是拥有了所谓的天然府库。这个府库无论注入多少都不会溢满,无论舀取多少也不会枯竭,而且都不知道它的来源,这就叫做隐藏着的光明。

【注释】

①今且:假设之辞。 ②是:指上述言论。类:相似,相同。 ③尝:尝试,试着。 ④"有始也者"七句:意为从世界的开始、物质的

产生向上追溯,尚有若干阶段:开始,未曾开始,未曾开始以前;有,无,未曾无,未曾无以前。　⑤ 俄而:忽然,顷刻之间。　⑥ 谓:言论,话语。　⑦ 豪:通"毫"。秋豪:鸟兽秋天换的新毛。新毛极其微细,用以喻指微小的东西。　⑧ 大:同"太"。大山:泰山。　⑨ 寿:长命。殇(shāng)子:夭折的婴孩。　⑩ 彭祖:传说中的长寿之人,参见《逍遥游》注。　⑪ 巧历:精于计算的人。　⑫ 凡:凡人,一般的人。　⑬ 适:往,到。　⑭ 以:而。　⑮ 封:疆界,界限。按:崔譔于此句下有注曰:"《齐物》七章,此连上章,而班固说在外篇。"(《经典释文》引)盖班固所见他本,此章在外篇。张恒寿《庄子新探》据此进一步指出,"夫道未始有封"一节,调和儒、道观点,与本篇齐同死生是非的中心思想不合;重议论的写作手法也与其他章节譬喻象征的表现方法明显不同,当出自庄子后学之手。　⑯ 常:定准。　⑰ 畛(zhěn):界限。　⑱ 伦:次序。义:合宜,引申为评判的标准。　⑲ 六合:天、地和东、西、南、北四方。　⑳ 春秋经世先王之志:"春秋,先王经世之志"的倒装句。春秋,指史书。经世,治理社会。志,记载。　㉑ 怀之:存于心中而不言说。　㉒ 相示:相互夸示。　㉓ "辩也者"二句:意为凡是争辩的人,都只认为自己正确,而看不到自己的错误。　㉔ 称:宣扬。　㉕ 大辩:高明的理论。不言:不可用言语解说。　㉖ 不仁:没有仁爱。因为仁爱的施行必然有偏向,有所爱就必然有所不爱,爱的范围或标准有所限定就不成其为大仁。因此下文说:"仁常而不成。"　㉗ 嗛(qiān):通"谦"。　㉘ 忮(zhì):伤害,害。　㉙ 孰:谁。　㉚ 天府:天然的府库。喻指圣人的胸怀宽广,能包容一切。　㉛ 酌:舀取。　㉜ 葆光:隐藏着的光明。

【评析】

在本章之前,庄子所论述的问题集中于认识论方面,而本章则转向了本体论。庄子开始探寻宇宙的真相,追索宇宙的起源。他对宇宙进行根源性的探究,一直追究到宇宙的最初形态,即所谓"有'有'也者,有'无'也者,有未始有'无'也者,有未始有夫未始有'无'也者"。

这就是说,宇宙万物的发展经历了一个从"无"到"有"的过程,而"无"则是终极的始源。

既然天地万物都是从"无"发展而来,世界上的万事万物从其根源上来说,相互之间就没有实质性的差别,因此庄子毫不犹豫地提出了"天地与我并生,而万物与我为一"的总结性观点。这一观点既是《齐物论》的宗旨,也集中体现了整部《庄子》的理论要旨,因此《天下》篇总结庄子思想时说:"死与?生与?天地并与?"这分明是"天地与我并生,而万物与我为一"的另外一种说法。庄子认为,人之所以有私欲和争斗,从根本上来说,就是自我对于他人、对于外界的一种要求和索取,同时也是自我与外界分离和对立的反映。因此人们只要形成与天地并生、与万物一齐的观念,那么与外界的分离或对立自然就会泯灭,由此而产生的私欲和争斗也肯定荡然无存。

庄子接着指出,"道"本来是没有任何分界的,只是因为有了"物论",即各种各样出自私心成见的言论,世间的事理才有了种种分别。然而这分别是无法穷尽的,就像从"一"(指"无",因为万物一体就是"道","道"表现为无)加上称述这"一"的言辞,就成为"二",加上称述"二"的言辞又成了"三",如此从无到有,已无法算清,更何况是从有言到有言,相互生发,以至于纷纭繁杂呢?如此繁杂的"物论"不仅毫无意义,而且危害甚大,因为人们对事理硬加分辨,划出很多界限,才把人的心灵拘限在层层界限之中,使精神不得自由。为了打破人们自设的种种界限,使人们在精神上获得解放,庄子提出应该停止争辩、平息言说,培养开放的心灵。因为这种开放的心灵,就像一座天然的府库,它能包融万物,永不枯竭,永远潜藏着光明。

故昔者尧问于舜曰:"我欲伐宗、脍、胥敖①,南面而不释然②。其故何也?"舜曰:"夫三子者③,犹存乎蓬艾之间④。若不释然,何哉⑤?昔者十日并出,万物皆照,而况德之进乎日者乎⑥!"

啮缺问乎王倪曰⑦:"子知物之所同是乎⑧?"曰:"吾恶乎知之!""子知子之所不知邪?"曰:"吾恶乎知之!""然则物无知邪?"曰:"吾恶乎知之!虽然,尝试言之:庸讵知吾所谓知之非不知邪⑨?庸讵知吾所谓不知之非知邪?且吾尝试问乎女⑩:民湿寝则腰疾偏死⑪,鳅然乎哉⑫?木处则惴栗恂惧⑬,猿猴然乎哉?三者孰知正处?民食刍豢⑭,麋鹿食荐⑮,蝍蛆甘带⑯,鸱鸦耆鼠⑰,四者孰知正味?猿猵狙以为雌⑱,麋与鹿交,鳅与鱼游。毛嫱、丽姬⑲,人之所美也;鱼见之深入,鸟见之高飞,麋鹿见之决骤⑳,四者孰知天下之正色哉㉑?自我观之,仁义之端,是非之涂㉒,樊然淆乱㉓,吾恶能知其辩㉔!"啮缺曰:"子不知利害,则至人固不知利害乎?"王倪曰:"至人神矣!大泽焚而不能热,河汉冱而不能寒㉕,疾雷破山、飘风振海而不能惊。若然者,乘云气,骑日月,而游乎四海之外,死生无变于己,而况利害之端乎!"

瞿鹊子问乎长梧子曰㉖:"吾闻诸夫子㉗:圣人不从事于务㉘,不就利,不违害㉙,不喜求㉚,不缘道㉛;无谓有谓,有谓无谓㉜,而游乎尘垢之外。夫子以为孟浪之言㉝,而我以为妙道之行也。吾子以为奚若㉞?"长梧子曰:"是黄帝之所听荧也㉟,而丘也何足以知之!且女亦大早计㊱,见卵而求时夜㊲,见弹而求鸮炙㊳。予尝为女妄言之,女以妄听之。奚旁日月㊴,挟宇宙,为其吻合㊵,置其滑涽㊶,以隶相尊㊷?众人役役㊸,圣人愚芚㊹,参万岁而一成纯㊺。万物尽然,而以是相蕴㊻。

予恶乎知说生之非惑邪㊼！予恶乎知恶死之非弱丧而不知归者邪㊽！丽之姬㊾，艾封人之子也㊿。晋国之始得之也，涕泣沾襟。及其至于王所，与王同筐床(51)，食刍豢，而后悔其泣也。予恶乎知夫死者不悔其始之蕲生乎(52)？

梦饮酒者，旦而哭泣；梦哭泣者，旦而田猎。方其梦也，不知其梦也。梦之中又占其梦焉(53)，觉而后知其梦也。且有大觉而后知此其大梦也，而愚者自以为觉，窃窃然知之(54)。君乎！牧乎！固哉(55)！丘也与女皆梦也，予谓女梦亦梦也。是其言也，其名为吊诡(56)。万世之后而一遇大圣知其解者，是旦暮遇之也。

既使我与若辩矣，若胜我，我不若胜，若果是也？我果非也邪？我胜若，若不吾胜，我果是也？而果非也邪(57)？其或是也？其或非也邪？其俱是也？其俱非也邪？我与若不能相知也。则人固受其黮暗(58)，吾谁使正之？使同乎若者正之，既与若同矣，恶能正之？使同乎我者正之，既同乎我矣，恶能正之？使异乎我与若者正之，既异乎我与若矣，恶能正之？使同乎我与若者正之，既同乎我与若矣，恶能正之？然则我与若与人俱不能相知也，而待彼也邪？"

"何谓和之以天倪(59)？"曰："是不是，然不然。是若果是也，则是之异乎不是也亦无辩(60)；然若果然也，则然之异乎不然也亦无辩。化声之相待(61)，若其不相待。和之以天倪，因之以曼衍(62)，所以穷年也。忘年忘义(63)，振于无竟(64)，故寓诸无竟(65)。"

【今译】

所以从前尧问舜说："我想要讨伐宗、脍、胥敖三个小国，临朝时心里却感觉犹豫不安。这是为什么呢?"舜回答说:"那三个小国的君主呀,就像处在蓬蒿艾草之间,您为什么还要这样不放心呢!从前十个太阳一起出现,万物都受到阳光的普照,何况道德的光辉更要超过太阳啊!"

啮缺问王倪说:"您知道万物共同的标准吗?"王倪道:"我怎么知道呢!"啮缺又问:"您知道您所不知道的东西吗?"王倪道:"我怎么能知道呢!"啮缺又问:"如此说来,那么对万物就无法认识了吗?"王倪道:"我怎么知道呢!虽然如此,姑且让我试着说一说吧。怎么知道我所说的知道不是不知道呢?怎么知道我所说的不知道不是知道呢?我且试着来问问你:人如果睡在潮湿的地方就会腰痛或半身不遂,泥鳅也会这样吗?人如果居住在树上就会颤栗恐惧,猿猴也会这样吗?人、泥鳅、猿猴这三种动物中,谁知道标准的住所是什么呢?人吃牛、羊、犬、猪,麋鹿吃草,蜈蚣喜欢吃蛇,猫头鹰和乌鸦好吃老鼠,这四种动物之间,谁知道真正的美味是什么呢?猿猴把猕猴当作配偶,麋和鹿交配,泥鳅则与鱼儿交尾。毛嫱、丽姬,是人们公认的美女,但鱼儿见了她们就潜入深水,鸟儿见了她们就飞向高空,麋鹿见了她们就狂奔疾驰,人、鱼、鸟、麋鹿这四种动物之中,谁懂得天下真正的美色是怎样的呢?在我看来,仁义的起端,是非的道路,都纷杂错乱,我怎么能知道它们之间的区别呢!"啮缺说:"您不知道利与害,那么至人难道也不懂得利与害吗?"王倪说:"至人就神奇难测了!聚集着大水的湖泊燃烧起来也不能使他感觉到热,黄河汉水封冻了也不能使他感到冷,迅疾的雷霆劈破山岩、暴风掀起滔天海浪也不能使他有所震惊,像这样的人,乘着云气,骑着日月,遨游于四海之外,对于生死他都无动于衷,更何况是利与害这样的事呢!"

瞿鹊子问长梧子说:"我从孔夫子那里听说有这样的议论:圣人不从事世俗的事务,不追逐利益,不回避灾害,不喜好妄求,不拘泥于道;没说什么又好像说了些什么,说了什么又好像什么也没说,而遨游于世俗世界之外。孔夫子认为这是些轻率荒诞的言论,而我却认为是精妙之道的表现。先生您认为怎样呢?"长梧子说:"这样的话就是黄帝听了也会疑惑的,孔丘哪里能明白呢!而且你也实在操之过急,就好像看见鸡蛋就立刻想要得到报晓的公鸡、看到弹丸便希望获得烤熟的鸟肉一样。我尝试着为你胡乱说说,你也就胡乱听听。为什么不能依傍日月、怀抱宇宙,与日月宇宙混同一体,任随事物混乱错杂,将低贱的与尊贵的等同看待呢?众人忙忙碌碌,圣人浑然古朴,把无限久远的大道整个地糅合为无是无非的混沌世界。万物都是这样,而且因为这个缘故而相互包容。

我怎么知道贪生不是一种迷惑呢!我怎么知道怕死不是像自幼流浪在外而害怕返回故乡一样的呢!丽姬,是艾地守边人的女儿。当晋国国君刚刚得到她的时候,她哭得泪水湿透了衣襟。等到她到了王宫,与晋王同床共寝,吃着牛、羊、犬、猪的时候,就后悔她当初的哭泣了。我怎么知道那死去的人不在后悔当初的祈求生存呢?

睡梦中饮酒作乐的人,天亮醒来后往往会哭泣;睡梦里哭泣的人,早晨醒来后又常常围猎取乐。当他们做梦的时候,不知道是在做梦。有时候梦里有梦,并且还为刚才梦中的情形推测吉凶,醒来后才知道这一切都是梦。只有领悟了大道的人才会明白不觉悟的一生就像一场大梦,而愚蠢的人自以为清醒,好像自己什么都知道。不时会说'这个尊贵呀!那个卑贱啊',实在是鄙陋啊!孔丘和你都是在做梦,我说你们做梦,说明其实我也在做梦。上面说的这些话,人称奇谈怪论。万世之后一旦碰到一位能解释其中道理的大圣人,他却只当是朝夕相遇一样平常的事。

假如我和你辩论,你胜了我,我没能胜过你,你果真正确吗?我果真错了吗?如果是我胜了你,你没能胜过我,我果真正确吗?你果真错了吗?是其中的一方正确呢?还是其中的一方错了呢?是我俩都正确呢?还是我俩都错了呢?我和你都无从知晓。而世上的人本来就是糊里糊涂的,我让谁来做评判呢?如果让观点与你相同的人来评判,他的看法已经和你相同了,怎么能作出公正的评判?如果让观点和我相同的人来评判,他的看法已经和我相同了,又怎么能作出公正的评判?如果让观点与你我都不相同的人来评判,他的看法已经和你我都不一样了,怎么能作出公正的评判?如果让观点与你我都相同的人来评判,他的看法已经和我们相同了,又怎么能作出公正的评判?既然如此,那么我和你以及其他的人都不能判断谁是谁非了,还要等待别的什么人吗?"

瞿鹊子又问:"什么叫作用天然的均平来调和一切的是非呢?"长梧子答道:"把不对的当成对的,把不是这样的当成是这样的。对的假如果真是对的,那么对的和不对的之间的差异也无须置辩;这样的假如果真是这样的,那么这样和不是这样之间的不同也无须置辩。关于是非的争辩是相互对立的,但又似乎并非真的相互对立。用天然的均平来调和它们,遵循着无穷的变化,就这样遨游一生。忘却生死,忘却是非,畅游于无穷无尽的世界,因此也就能寄寓于无穷的虚无境界之中。"

【注释】

① 宗、脍(kuài)、胥敖:当为尧时的三个小国,其地其事皆无从考知。《人间世》作"尧攻丛、枝、胥敖"。　② 南面:面向南。古代帝王临朝时面南坐,因此以"南面"指帝位。此处引申为临朝。不释然:犹豫不安。指在究竟是否讨伐的问题上举棋不定。　③ 三子:指宗、脍、胥敖三国的君主。　④ 存乎:处于。蓬:蓬草,蒿草。艾:艾草。蓬艾:喻指三小国卑微而不值一提的地位。　⑤ 若:你。　⑥ 进乎:超过。　⑦ 齧(niè)缺、王倪:相传为尧时贤人。尧的老师是许由,许由的老师是齧缺,齧缺的老师是王倪。参见《天地》篇。　⑧ 子:对年长者的尊称,类似于"先生""您"。同是:共同肯定的。指被人们共同肯定的道理或标准。　⑨ 庸:用,以。庸讵(jù):何以。　⑩ 女:通"汝",你。　⑪ 民:人。偏死:偏瘫,半身不遂。　⑫ 鳅:同"鳅",泥鳅。　⑬ 木处:居住于树上。惴(zhuì)栗:害怕而发抖的样子。恂(xún)惧:恐惧不安。　⑭ 刍(chú):指吃草的动物,如牛、羊等。豢(huàn):指食谷的动物,如犬、猪等。　⑮ 荐:生长茂盛的草。　⑯ 蝍蛆(jí jū):蜈蚣。甘:可口,爱吃。带:蛇。　⑰ 鸱(chī):猫头鹰。

者:通"嗜"。　⑱猵(biān)狙:猕猴的一种。　⑲毛嫱(qiáng):古代美女,或谓为越王美姬。丽姬:"骊姬",晋献公夫人。　⑳决骤:急速奔跑。　㉑正色:真正的美貌。　㉒涂:道路。　㉓樊然:杂乱的样子。淆:混杂。　㉔辩:通"辨",区别。　㉕河:黄河。汉:汉水。冱(hù):冰冻。　㉖瞿鹊子、长梧子:皆庄子杜撰的人物。　㉗夫子:先生,此指孔子。即下文长梧子所说的"丘"。　㉘务:世务,世俗的事情。　㉙违:回避。　㉚喜求:热衷于追求。　㉛缘:遵循。缘道:拘泥于道。　㉜"无谓有谓"二句:意为沉默和说话两者之间并无区别。即《寓言》篇所谓"终身言,未尝言;终身不言,未尝不言"。㉝孟浪:轻率,荒诞。　㉞奚若:何如,怎样。　㉟是:此,指上述有关圣人的议论。黄帝:姓公孙,号轩辕氏,代神农氏为天子,古史记载为五帝之首。相传蚕桑、医药、舟车、宫室、文字等皆创于黄帝时。荧:疑惑,惑乱。　㊱女:通"汝"。大:同"太"。早计:谋划过早,追求过急。　㊲卵:蛋,此指鸡蛋。时夜:司夜,掌管夜晚,喻指公鸡报晓。此指鸡。　㊳弹:打鸟用的弹丸。鸮(xiāo):状如斑鸠的小鸟。炙:烤肉。　㊴奚:通"曷",何不。旁:依傍。　㊵为:与。其:指日月、宇宙。　㊶置:放下,引申为不顾,任随。滑涽(hūn):昏乱。　㊷隶:奴仆、小吏之类。以隶相尊:将下贱的与尊贵的同等看待。　㊸役役:忙忙碌碌的样子。　㊹芚(chūn):浑然无所觉察的样子。　㊺参:糅合。万岁:喻指时间无限久远的大道。纯:通"沌",混沌。　㊻蕴:蕴藏,包容。　㊼说:通"悦"。　㊽弱:年少。丧:流浪。　㊾丽之姬:晋献公伐骊戎国时,得其国之女为姬,人称"丽姬"。　㊿艾:地名,隶属于骊戎国。封人:看守边疆的人。子:孩子,儿子或女儿。此指女儿。　㉛筐床:安床,特指君王所睡的床。一作"匡床"。《商君书·画策》:"是以人主处匡床之上,听丝竹之声,而天下治。"　㉜蕲(qí):求。　㉝占梦:俗称"圆梦",即根据梦中所见推测人事的吉凶。　㉞窃窃:察察。窃窃然:自以为明察的样子。　㉟"君乎"三句:君,喻指尊贵。牧,放牧牛马,喻指卑贱。固,鄙陋。　㊱吊诡:怪异。　㊲而:你。　㊳瞖(dàn)暗:昏昧不明的样子。　㊴天倪:天然的均平。与"天钧"之义相似。《寓言》篇:"万物皆种也,以不同形相禅,始卒若环,莫得其伦,是谓天钧。天钧者,天倪也。"　⑩辩:通"辨",分别。　⑪化声:关于是非的辩论。相待:相互对立而又相互依存。"化声之相待"至"所以穷年也"五句,25字,从文义看,疑是错简。宣颖《南华经解》、王先谦《集解》均移之于"何谓和之以天倪"前。　⑫因:任凭。曼衍:变化无穷。　⑬忘年:忘却短命与长寿。忘义:忘却是非。　⑭振:畅。竟:通"境"。振于无竟:遨游于无穷的境界。　⑮寓:寄托。

【评析】

在上一章里,庄子提出"天地与我并生,而万物与我为一"的主张,旨在打破人们心灵世界的种种拘限,希望能够促使人们的精神世界获得彻底解放。在本章中,庄子又通过三个寓言,对上述思想进一步加以阐发。

在"尧舜问答"这则寓言中,通过尧与舜的对话,庄子将封闭的心窍和开放的心灵再一次作了比较:尧对"存乎蓬艾之间"的三个小国很不放心,一心想进行讨伐,这是一种封闭、狭隘的心理表现;和尧相对照,舜所阐述的那些思想,正是一种开放心胸、宽广心灵的写照。

在"啮缺问王倪"的寓言里,庄子假借王倪之口,列举了人与动物对于住所、食物、美色的种种不同的反应或态度,庄子发现,人与动物、动物与动物之间,存在着绝对的美感区别和认识能力的差异,从而证明人的认知能力在本性上是不可能完全的,人所能认识到的是极为有限的和相对的,这是无法改变的必然。据此可以进一步推断,所谓仁义、是非,本来就是由认识不能完全的人制定、鼓吹或评论的,所以是没有定准和纷然错乱的。因此庄子为之慨然:"自我观之,仁义之端,是非之涂,樊然淆乱,吾恶能知其辩!"反过来说,对是非、利害应该毫不动心,这才是开放的心灵。

在"瞿鹊子问长梧子"的寓言中,庄子运用浪漫主义的手法,借助于瞿鹊子之口,直接描写了"旁日月,挟宇宙"而"游乎尘垢之外"的神人,表现了他试图无限拓展人的精神境界的理想。庄子认为,达到这种境界的人,他们对于生死完全采取超然的态度,因此是绝对自由的。当然,庄子通过"神人"表现的精神境界,明显具有超越现实的神话般的幻想性,不过这也恰恰可以说明庄子追求自由的感情愿望的强烈。至于"丽姬"一段的许多比喻,则是为了向人们启示,如何摆脱生死问题给人们带来的困扰。在庄子看来,人的一生,对于未能觉悟的凡人来说,无非是一场大梦而已,至于那些参与争鸣的诸子百家,也尽是在梦中大放呓语,他们的论辩全无定准,因为所有的是非标准和一切的物论都是相对的,诸子百家的相互摇舌鼓唇显然是不会有结果的,是无法得出正确的是非结论的。倒不如彻底停止争辩,用自然的均平(天倪)来调和是与非,自然地遵循着事物无穷的变化,忘却生死,忘却是非,畅游于"无"的境界,以此安享天年。

罔两问景曰①:"曩子行②,今子止;曩子坐,今子起。何其无特操与③?"景曰:"吾有待而然者邪④?吾所待又有待而然者邪?吾待蛇蚹蜩翼邪⑤?恶识所以然?恶识所以不然?"

昔者庄周梦为胡蝶,栩栩然胡蝶也⑥。自喻适志与⑦!不知周也。俄然觉,则蘧蘧然周也⑧。不知周之梦为胡蝶与?胡蝶之梦为周与?周与胡蝶则必有分矣。此之谓物化⑨。

【今译】

影子外面的阴影问影子说:"刚才您行走,现在您停下;先前您坐着,如今又起身。怎么就没有自我独立的操守呢?"影子回答说:"我是有所依赖才这样的吗?我所依赖的东西又有所依赖才会这样的吗?

我所依赖的是蛇的腹下鳞皮和蝉儿的翅膀吗?我怎么知道为什么这样?又怎么知道为什么不是这样?"

从前庄周梦见自己变成了蝴蝶,翩翩飞舞的蝴蝶。感觉十分的愉快和惬意哟!根本不知道自己原来是庄周。忽然醒来,却发现一动不动睡着的是庄周。不知是庄周梦中变成了蝴蝶呢?还是蝴蝶做梦变成了庄周?庄周与蝴蝶必然是有所区别的。这就叫做万物的融合变化。

【注释】

① 罔两:伴随在影子外面的轻微的阴影。似乎是影子旁边又有一个影子,所以称"两"。景:同"影"。 ② 曩(nǎng):以前,刚才。 ③ 特操:独立的操守。 ④ 有待:有所依赖。 ⑤ 蛇蚹(fù):蛇的腹下鳞皮。蛇的爬行人们认为是借助于腹下鳞皮。 ⑥ 栩(xǔ)栩然:翩翩起舞的样子。 ⑦ 喻:通"愉"。适志:心意满足。与:通"欤",句尾语气词。 ⑧ 蘧(jù)蘧:一本作"据据"。蘧蘧然:僵直的样子。形容躺在床上一动不动。 ⑨ 物化:指物我之间的界限消除之后,物我化为一体。正因物我不分,所以时而化为庄周,时而化为蝴蝶。

【评析】

《齐物论》写到上面一章,可以说已经发挥到了极致,庄子之所以还要在文章的结尾处留下两则扑朔迷离而富有诗情的寓言,无非是给他的文章留下一点余韵,并以此和文章的开头作一紧密的呼应。

"罔两问景"这则寓言,意在提醒人们:对庄子思想库中的重要问题——"有待"和"无待"的关系及其内涵,必须不断地进行深刻的思索。庄子认为,世间的事理既然是不可知的,那么对于"有待"或"无待"也不必强求,犹如影子的行动,似有所待,又好似无所待,完全出自天机的自动。如果一定要像罔两那样,弄清所以如此的原因,甚至还要由此引发议论,那就违背了自然无为的原则;而影子任其自动的思想,不仅体现了庄子一贯的随顺自然的观点,同时也含有某种"吾丧我"的意味。

"庄周梦蝶"则写出了一种物我交融、物我两忘的境界，这是庄子的现身说法，用以说明"齐物"的美妙结果。庄子认为，"万物皆种，以不同形相禅"（《寓言》），意思是说物与物、人与物之间根本就不存在不可逾越的界限，不仅物与物之间可以无界限地转化，就是人与物之间也能够无条件地自由转化，这种现象，庄子称之为"物化"。就像《大宗师》篇所描述的，人的左臂可以变化为鸡，右臂可以变化为弹，臀部可以变化为轮，精神可以变化为马，因此庄子本人当然也可以变化为蝴蝶，蝴蝶也可以变化为庄子。当然，庄子所谓的"物化"，从根本上来说，是为了表现他"通天下一气"和"万物固将自化"的思想，在他看来，既然万物的生死变化都产生于自然，都不可避免，那么物我的界限也就无从分辨，所以就不应该拘滞于表象的东西，而应当任凭万物的自然发展，任凭是非非的此起彼伏，如此一来，万物自然一齐，物论也就自然齐一了。

在《齐物论》的开头，庄子提出了"吾丧我"，所谓"吾丧我"，就是摒弃个人的私心偏见，留下一个真实的我，从而达到物我交融的境界。而"庄周梦蝶"所表述的物我不分、生死和谐的现象，正是"吾丧我"的一种具体表现。刘凤苞曾对本篇后半部分的几则寓言加以评论说："'啮缺'一段，即居处食色之不齐，衬出是非淆乱之机。'瞿鹊'一段，即生死梦觉之不齐，扫尽是非异同之迹。其用笔忽纵忽擒，忽起忽落，节节凌空，层层放活，能使不待齐、不必齐、不可齐、不能齐之意，如珠走盘，如水泻瓶，如砖抛地，乃为发挥尽致也。末幅撰出'罔两问景'一层，骤读之，不知从何处落想，细玩之，分明是'吾丧我'三字，顶上圆光，空中变相，眼光直射题巅，而真宰已了然言下矣。随借庄周梦为蝴蝶，现身说法，齐而不齐，不齐而齐，而以'物化'一句结住通篇，更从何处拟议分辨？仙乎仙乎，非庄生无此妙境也！"（《南华雪心编·齐物论》）所以，以"吾丧我"为开端，以"影子不知其然而然"和"庄周梦蝶"作结尾，共同表现了"物化"的思想及其过程，正是首尾呼应的妙文。

养生主第三

【解题】

本篇是论养生之道和处世之道的。"养"是养护的意思,"生"指身体和生命,"主"在这里有两层意思,一是宗主,二是主宰,因此"养生主"这一题目也就具有两种意义:一是指养生之道为万事关键,二是指生命的主宰在于精神。正因为如此,所以本篇有关养护身体、保全生命的养生之道,始终是和养神的问题结合在一起论述的。其实在庄子看来,养神更重于养生,因为生理上的舒适安逸固然重要,但精神上的逍遥自在更是不可或缺。从这一角度来说,精神就是生命的主宰。有关生命和精神的不同意义,庄子在本篇中为我们作了形象的描述:"指穷于为薪,火传也,不知其尽也。"人的生命就像照明用的烛薪,燃烧到一定的时间必然熄灭;而人的精神却犹如火种,世世代代能延续久远。

那么,人究竟应该如何养生,又该如何养神呢?庄子所主张的总的原则是:缘督以为经。所谓"缘督以为经",就是说人们的一切行为皆应随顺自然之道去进行。除此之外,庄子还提出了"为善无近名,为恶无近刑""以无厚入有间""安时而处顺,哀乐不能入也"等原则和方法。在庄子看来,这样做既可以保护身体不受伤害,又可以保持精神上的逍遥自在,既养生,又养神。

另外有一点是值得我们注意的:庄子所谓的养生方法,实际上也是他的处世方法,在庄子那里,养生和处世是密不可分的。养生之道即处世之道,处世之道也就是养生之道,若分而析之,是两种概念;其实质内容,则并无差别,二者实为一而二、二而一的关系。这是由于在庄子的时代,"处世""全身"是首要的难题,当时正逢乱世,生灵涂炭,伏尸千里,人的生命犹如蝼蚁似的没有保障,若无妥善的处世之道,随时可能引来杀身之祸。命将不存,焉谈养生?因此本篇虽然重在谈论养生,但随处可见对付浊世的处世之道。从表面看来,庄子的处世之道颇有一点玩世不恭甚至圆滑的味道,但只要细细体味,便可以从中听到他发自心灵深处的痛苦呻吟。

吾生也有涯①,而知也无涯②。以有涯随无涯,殆已③!已而为知者④,殆而已矣!为善无近名⑤,为恶无近刑,缘督以为经⑥,可以保身,可以全生,可以养亲⑦,可以尽年⑧。

【今译】

我们的生命是有限的,而知识却是无限的。用有限的生命去追求无限的知识,就疲惫不堪了。已经疲惫不堪却还要追求知识,那可就太危险了!做善事不要贪图好名声,做坏事不要去触犯刑律,顺着自然中正的道路并将它作为恒久的行为准则,就可以保护自身,可以保全生命,可以奉养双亲,可以终享天年。

【注释】

① 涯:边际,界限。 ② 知:知识。 ③ 殆(dài):疲惫至极。已:句末语助词,同"矣"。 ④ 已:已经。为知:追求知识。 ⑤ 无:通"毋",不要。 ⑥ 缘:沿着,顺着。督:中央、中间。经:常。郭象注:"顺中以为常也。"缘督以为经:遵循自然中正的道路并将它作为恒久的法则。与"得其环中,以应无穷"之义相近。 ⑦ 亲:父母。 ⑧ 年:寿命,此指自然寿命。

【评析】

生命是有限的,而知识却是无限的,因此试图凭借有限的生命,而要在无限的知识海洋中作永无尽止的追求,只能得到身心极度疲乏的结果。尤其是在身心不堪重负的情况下,却仍然不肯放弃所谓的追求,那就极其危险了。很显然,这样做是完全不符合养生之道的。

那么,如何才是正确的做法呢?庄子提出了"缘督以为经"的原则,也就是顺着自然之理应对一切,并把它作为经常不变的生活法则。也就是说,"缘督以为经"既是养生之法,也是处世之道,它是养生和处世的根本原则,也是《养生主》全篇的宗旨。

如果说"缘督以为经"是养生、处世的根本原则,那么"为善无近名,为恶无近刑"则是较为具体的方法,由于后者比较通俗浅显,便于指导实践操作,因此千百年来深入人心,已经成了脍炙人口的民间格言。不过,我们千万不可仅仅根据这两句话的表层含义,就以为庄子真的要努力避免去做那些世俗的善事或恶事,不是的,庄子只不过是以此告诉世人:人生在世,应当致力于处在"善"和"恶"这样两个极端的中间,因为"善"会招来名誉,"恶"会惹祸上身。在庄子看来,名誉和刑罚都是有害于养生的,名誉会引起别人的注意,从此难得安闲;而刑罚更是直接危害生命。只有在名誉和刑罚之间那条狭窄的中间路上,才是比较安全的处所。其实"缘督"就是"持中"的意思,因此所谓"为善无近名,为恶无近刑",归根到底也就是"缘督",只是"缘督"较为抽象,不易理解而已。

庖丁为文惠君解牛①,手之所触,肩之所倚,足之所履②,膝之所踦③,砉然响然④,奏刀𬴃然⑤,莫不中音⑥,合于《桑林》之舞⑦,乃中《经首》之会⑧。

文惠君曰:"嘻,善哉!技盖至此乎⑨?"庖丁释刀对曰⑩:"臣之所好者,道也,进乎技矣⑪。始臣之解牛之时,所见无非全牛者;三年之后,未尝见全牛也;方今之时,臣以神遇而不以目视,官知止而神欲行⑫。依乎天理⑬,批大郤⑭,导大窾⑮,因其固然。技经肯綮之未尝⑯,而况大軱乎⑰！良庖岁更刀，割也；族庖月更刀⑱，折也⑲；今臣之刀十九年矣，所解数千牛矣，而刀刃若新发于硎⑳。彼节者有间而刀刃者无厚㉑，以无厚入有间，恢恢乎其于游刃必有余地矣㉒。是以十九年而刀刃若新发于硎。虽然，每至于族㉓，吾见其难为，怵然为戒㉔，视为止㉕，行为迟，动刀甚微。謋然已解㉖，如土委地㉗。提刀而立，为之四顾，为之踌躇满志，善刀而藏之㉘。"文惠君曰："善哉！吾闻庖丁之言，得养生焉。"

【今译】

庖丁替文惠君解牛，他用手抓的时候，用肩靠的时候，用脚踩的时候，用膝盖顶的时候，"哗啦咔嚓"的声音，以及进刀时骨肉分离的声音，无不合乎美妙的音乐，既符合《桑林》舞曲的节奏，也合于《经首》乐章的韵律。

文惠君说："嘻嘻，真是太好了！你的技术怎么会达到如此地步的呢？"庖丁放下刀回答道："我所追求的，是'道'啊，已经超过技术了。当初我刚刚开始解牛的时候，所看见的没有不是一头整牛的；三年以后，看到的就都不是完整的牛了；到了现在，我运用心神与牛接触而不用眼睛去看它，感官的作用停止了，而心神还在运行。依照牛的自然生理结构，劈割开筋骨间大的空隙，引刀进入骨节之间的大空穴，顺着牛的天然结构去分解。筋络聚结之处和筋骨连结的地方都未曾用刀碰撞，更何况是大骨头呢！优秀的厨工一年更换一把刀，因为他们是用刀割筋肉；一般的厨工一个月换一把刀，因为他们是用刀砍骨头；如今我这把刀已经用了十九年，所宰杀的牛已经有了几千头，而刀刃却还像是刚刚在磨刀石上磨过的一样。因为牛的骨节之间有缝隙，而刀刃却没有厚度，用没有厚度的刀刃插入有缝隙的骨节，对于刀刃的运动来说，必定是绰绰有余的了。因此十九年用过了，而这把刀还像刚刚在磨刀石上磨过的一样。虽然如此，但是每当遇到筋骨盘结的地方,我看到难于下刀,就小心仔细,有所警惕,眼神专注,动作放慢,动刀十分轻微。最终牛哗啦一下完全解体,犹如一堆泥土被抛在地上。于是我提着刀站在那里,为刚才的成功而环顾四周,为刚才的成功而志得意满,这才把刀擦干净收藏起来。"文惠君说:"真是太好了!我听了庖丁的这番话,从中领悟到了养生的道理。"

【注释】

① 庖(páo):厨工。庖丁:名"丁"的厨工。文惠君:当为受封于某大国的国君。事迹不详。旧注谓梁惠王,但据《竹书纪年》,梁惠王谥号为"惠成",未见有"文惠"之谥。解:分解,剖杀。　② 履:踩,踏。　③ 踦(yǐ):一腿弯曲,膝盖着地以抵住。　④ 砉(huā)、响:均为状声词,形容解牛时发出的声音。　⑤ 奏刀:进刀。騞(huō)然:状声词,形容骨肉分离的声音。　⑥ 中(zhòng)音:合乎音乐之声。　⑦《桑林》:商汤王时的舞曲名。　⑧《经首》:尧时乐曲名,《咸池》乐曲中的一章。会:韵律,节奏。　⑨ 盖:通"盍",何,何以。　⑩ 释:放下。　⑪ 进:超过。　⑫ 官:器官。指耳、目等感觉器官。神:心神。　⑬ 天理:自然纹理。　⑭ 批:劈割。郤:筋骨间的空隙。　⑮ 导:引入。窾(kuǎn):洞穴,此指骨节间的空处。　⑯ 技:"枝"字之讹写。枝经:经络聚结之处。肯:附着于骨头上的肉。綮(qìng):筋骨连结的地方。　⑰ 大軱(gū):大骨。　⑱ 族:众多,一般。　⑲ 折:断,指用刀将牛的骨头砍断。　⑳ 发:指新刀首次使用前将刀刃打磨锋利,俗称"开口"。硎(xíng):磨刀石。　㉑ 间:间隙。无厚:没有厚度,即很薄。　㉒ 恢恢乎:宽绰的样子。游刃:刀刃的运转回旋。　㉓ 族:筋骨盘结之处。　㉔ 怵(chù)然:小心仔细的样子。　㉕ 止:固定。视为止:眼神专注。　㉖ 謋(huò)然:形容牛体分解开来时的样子。　㉗ 委:抛弃。　㉘ 善:通"拭",擦。

【评析】

《养生主》里的"庖丁解牛",与《逍遥游》中的"大鹏高飞"、《齐物论》里的"风吹众窍",都是《庄子》内篇中最有名的奇文。

庄子阐述庖丁解牛的高超技艺，是为了向世人说明真正的养生之道和处世之道。庄子笔下的庖丁，解牛时的举手投足，"莫不中音，合于《桑林》之舞，乃中《经首》之会"。庖丁的技艺何以能达到如此奇妙的境地呢？这是因为他在长期的实践中，逐步积累了经验，最后完全掌握了其中的奥妙——"依乎天理""因其固然"。所谓"依乎天理""因其固然"，就是顺应自然的意思，其实也就是上一章所说的"缘督以为经"。将"缘督以为经"的原则运用于具体的解牛，就是对牛的生理结构了然于心，于是解牛时就能顺着牛的天然生理结构进行分解，这样便能"以无厚入有间"地"游刃有余"，解剖筋骨盘结的牛而不损其刀，而且使得解牛的劳作进入了艺术的境界——"砉然响然，奏刀騞然，莫不中音，合于《桑林》之舞，乃中《经首》之会"。

庄子其实是用筋骨盘结的牛，来比喻复杂混乱的现实社会；而以庖丁的用刀，来比喻善于处世全身的人们。刀入牛体，犹如人处世上，因此庖丁每至于此，便"怵然为戒，视为止，行为迟"，从而顺利地化解困难，并且终于获得成功后"踌躇满志"的喜悦，这其实也可以看作是庄子设想其理想的处世方法获得成功以后的生动写照。"庖丁解牛"的故事告诉人们，世人的一切行为必须顺应自然的法则，解牛如此，养生如此，处世更是如此。因为处世比解牛更复杂，所以处世更应小心谨慎。

庄子写"庖丁解牛"的故事，当然是为了借助解牛的方法引申阐发养生的道理，不过其中的含义可能还不止于此。在庄子看来，"养生"与"治国"的道理也是相通的，而且"养生"比"治国"更重要，"治国"的关键还在于"养生"，因为性命假若不能保全，国家永无宁日。那么，解牛与治国又有什么关系呢？许慎《说文解字》释"物"字曰："物，万物也。牛为大物，故从牛。"也就是说，"牛"是大物，又是万物的代表。而《在宥》篇则说："夫有土者有大物也，有大物者，不可以物。物而不物，故能物物。明乎物物者之非物也，岂独治天下百姓而已哉！"可见庄子是把"国家"当成"大物"的，因此庄子在这里很可能是以"解牛"喻指

"治物",他是借解牛说明治国的方法,并最终归结为养生,这也就是"养生"为"主"的道理。

公文轩见右师而惊①,曰:"是何人也?恶乎介也②?天与?其人与?"曰:"天也,非人也。天之生是使独也③,人之貌有与也。以是知其天也,非人也。"

泽雉十步一啄④,百步一饮,不蕲畜乎樊中⑤。神虽王⑥,不善也⑦。

【今译】

公文轩看到右师后十分惊讶,说:"这是什么人啊?怎么只有一只脚呢?是天生只有一只脚吗?还是人为的结果呢?"右师回答说:"是天生的,不是人为的。是上天生就了这个样子而使我只有一只脚,人的外貌是上天所赋予的。因此可以知道这是天生的,不是人为的。"

草泽中的野鸡走十步才能啄到一口食物,走一百步才能喝到一口水,但是它们还是不会祈求被关在笼子里喂养。养在笼子里神态虽然旺盛,但并非是好的生活方式。

【注释】

① 公文轩:姓公文,名轩,宋国人。右师:官职名,此指任过右师的某人。 ② 介:一足。 ③ 是:此,这样。 ④ 泽雉:草泽中的野鸡。 ⑤ 蕲:求。畜(xù):养。樊:笼。 ⑥ 王:通"旺"。 ⑦ 善:好。不善:不好,指被禁闭于笼中不得自由。

【评析】

在庄子的观念中,养神重于养形,所以形体的健全残缺与否,在庄子看来,都无须在意。因此见到像右师那样只有一只脚的人,庄子也认为根本不必大惊小怪,因为那是天赋的自然形貌。这样也就是做到了"依乎天理"。当然也有另外一种解释,认为右师的一只脚是因为受刑而失去的,但是右师并不因此懊丧悔恨,而是安之若命,所谓"天也,非人也。天之生是使独也,人之貌有与也",都是右师的自言自语,也是他安命守分的表白。能将自身所遭遇的一切看作是不可避免的命运,因而不喜不悲,无动于衷,庄子认为就是极高的道德修养;否则时时刻刻笼罩于残疾的阴影之下,则是丧德的表现。《德充符》篇说:"知不可奈何而安之若命,唯有德者能之。"《人间世》篇也说:"哀乐不易施乎前,知其不可奈何而安之若命,德之至也。"所以即使是人为的灾祸,但也应该看作是命运的安排,这也是"依乎天理",而且是至高的道德表现。庄子于《德充符》篇塑造的兀者王骀、申徒嘉、叔山无趾等等,也都是这样形残神全、道德高尚的人物。

形残并不可怕,可怕的是形全而神残。所以庄子在用右师独脚的寓言说明了养生不必介意形体缺陷的思想观点之后,紧接着便用泽雉的寓言进一步说明:养生主要是为了求得精神上的自由。草泽中的野鸡自食其力,十步一食,百步一饮,生活颇为艰辛,其饮食远不如身居樊笼之中的家鸡所获得的丰足,但野鸡却决不愿像家鸡那样,决不祈求生活于樊笼之中。为什么呢?庄子的回答是:"不善也!"为什么不好呢?庄子没有明说。唐人成玄英在《庄子疏》中说:"夫泽中之雉,任于野性,饮啄自在,放旷逍遥,岂欲入樊笼而求服养!譬养生之人,萧然嘉遁,唯适情于林籁,岂企羡于荣华!"唯求逍遥,尽管贫困;不愿荣华,怕受拘束。成玄英的这番话,正确地解释了这则寓言中庄子意欲表现的向往自由的精神追求。

老聃死^①,秦失吊之^②,三号而出^③。弟子曰:"非夫子之友邪?"曰:"然。""然则吊焉若此,可乎^④?"曰:"然。始也吾以为其人也,而今非也。向吾入而吊焉^⑤,有老者哭之,如哭其子;少者哭之,如哭其母。彼其所以会之^⑥,必有不蕲言而言⑦,不蕲哭而哭者。是遁天倍情⑧,忘其所受⑨,古者谓之遁天之刑⑩。适来⑪,夫子时也⑫;适去,夫子顺也。安时而处顺,哀乐不能入也,古者谓是帝之县解⑬。"

指穷于为薪⑭,火传也,不知其尽也。

【今译】

老聃死了,秦失去吊丧,大哭三声就走了出来。老聃的弟子问道:"你不是先生的朋友吗?"秦失说:"是的。"老聃的弟子又问:"既然如此,那么像这样吊唁他能行吗?"秦失说:"可以的。开始的时候我把他当作不一般的人看待,现在我不是这样看了。刚才我进去吊丧,那里面有老年人在哭他,就像父母在哭自己的孩子;有年轻人在哭他,就像孩子在哭自己的父母。他们之所以聚集在这里,其中必定有本来不想吊唁而吊唁、本来不想痛哭而痛哭的。这样的行为是不合乎自然本性和违背真情的,是忘记了自己所禀受的天性的,古时候的人把这叫做'违背天性而受到的刑罚'。正该来的时候,老聃应时而生;应该去的时候,老聃顺势而死。只要安于时命和顺应处境,哀伤和欢乐就都不能侵入心怀,古时候的人把这叫做'自然地解除倒悬之苦'。"

动物的脂肪作为烛薪被燃尽了,火种却传了下来,且不知道什么时候才会穷尽。

【注释】

① 老聃(dān):老子,道家学派创始人。据司马迁《史记》记载,为楚国苦县(今河南鹿邑县东)厉乡曲仁里人。相传姓李名耳,"聃"为其字。　② 秦失(yì):姓秦名失,老子的朋友。　③ 号(háo)哭:大声地哭。　④ 焉:之,指老聃。　⑤ 向:刚才。　⑥ 彼:指哭者。会:聚集。　⑦ 言:通"唁"。　⑧ 是:此,指上述众人不想吊唁而来吊唁、不愿哭泣而来哭泣的情状。遁:逃避,引申为"不合于"。遁天:不合乎自然本性。倍:通"背"。倍情:违背真情。　⑨ 所受:指人们生来禀受的本性。　⑩ 遁天之刑:背离自然本性而受到的刑罚。因为人一旦

失去自然本性,人为的虚伪就会越来越严重地困扰束缚自身,就好像自己给自己添上了枷锁,自己给自己上刑。　⑪ 适:合适,正该。　⑫ 时:应时。　⑬ 帝:天帝。县:同"悬",倒悬。帝之县解:自然地解除倒悬。　⑭ 指:通"脂",脂肪。古时用柴草裹住动物脂肪制成"烛薪",点燃后用以照明(据闻一多《庄子内篇校释》)。薪:烛薪。

【评析】

这则秦失吊唁老聃的寓言,表达了庄子对生和死的态度。那么,"养生"和生死究竟有什么关系呢？因为庄子认为,养生并非只是"缘督以为经",也不仅仅是设法摆脱纷繁的世事的牵累,养生要致力于存身全性,就无法避免生死问题。人假如悦生恶死,对于死的恐惧不能消除,那就必然为之烦恼,也就必然影响养生。

庄子认为,对于生死,应该采取一切顺应自然的态度,这也就是秦失所说的"适来,夫子时也;适去,夫子顺也。安时而处顺,哀乐不能入也",这是一种以豁达心胸直面死亡的超然态度。

为什么庄子对于生死能抱有如此豁达的态度呢？因为在他看来,人的生死是无可避免的形态变化,是一种无法改变的自然现象,既然"命运"无法改变,所以不如"安时而处顺",使"喜怒哀乐不入于胸次"(《田子方》);不如"齐一生死",从对生的喜悦和死的恐惧的情绪中解脱出来,以此获得心境的安宁,这就叫做"悬解"。进而庄子又认为,尽管人的形体会自然消失,但精神却是永存的,所以庄子以"指穷于为薪,火传也,不知其尽也"这么三句话来结束他的《养生主》全文。在这里,庄子以"烛薪"比喻人的形体,用"火"喻指人的精神,"烛薪"虽有时而尽,而火种却可以传承延续,永不熄灭。后世那充满乐观精神的名言"火传薪尽",就是从庄子这三句话演化而成的。

庄子对于生死的态度和理论,与老子有较大差异,与后世道教提倡的养生之术也有明显不同,胡朴安说:"庄子之学与老子异者,在于生死一事。老子求长生,庄子忘死生;老子以谷神不死为养生,庄子以任自然为养生。养生之道,入于物而不滞,顺乎天而不撄,不伤生,不畏死,视死生为一致,真养生之主也。后世呼吸吐纳,以及服食之类,决非庄子养生之道。"(《庄子章义·养生主》)庄子以养神助养生、养神重于养生的养生方法,正是他超越其他理论方法的特征所在。

人间世第四

【解题】

所谓"人间世",就是人间社会,本篇集中论述了庄子"涉乱世以自全而全人"(王夫之《庄子解·人间世》)的处世哲学。

在庄子的笔下,人间社会被描摹成为一幅可怕的"乱世图":在上层人士之中,到处是猜忌与争斗,陷阱遍地;暴君们"轻用其国""轻用民死",因此人人自危,朝不保夕。世道如此艰险,处境最难的则是当时的知识分子阶层——"士"。士人以维系天下安危为己任,具有关怀社会的强烈意识,因此虽然身处乱世,却又不愿超尘遁世;虽然尽力辅佐暴君,却又不甘沦为暴君的工具。他们希望找到一种两全其美的方法,一种既有利于国家,又不危害自身的处世与自处之道。于是,庄子在本篇中帮助士人们设计了一套处世之方,包括如何与暴君相处,如何出使敌国完成外交使命,如何诱导本性恶劣的太子等等,其总的原则不外是"虚己""顺物"。具体来说,则是强调在君臣之间保持一定的距离,留有进退回旋的余地,凡事要掌握分寸,与世无争;时时要藏智匿才,甘愿无用……庄子认为只有这样,才能免遭暴君的嫉恨和陷害。

当然,上述处方,只是在迫不得已的情况下才采取的。庄子认为,最好的办法还是远离官场,抛弃名利,与世无争,养"无用之用",这样才能滋养其身,安享天年。张默生说:"庄子的这套处世法宝,大体说来,是承受了老子的'和光同尘,与世能忤'的原则('能忤'疑为'无忤'之讹写)。但是庄子的处世态度,则较老子更觉圆通,更不着痕迹。因为他在本篇中,极力发挥一'虚'字,发挥'无用为用'之旨,与

《养生主》篇所谓'缘督为经'的道理,完全是一贯的。"(《庄子新释·人间世》)

不过,学术界对于本篇的作者问题尚有争议,部分学者认为《人间世》或许并非庄子或庄子学派所作。他们认为,从《庄子》全书的思想来看,它的主基调是表现了庄子或庄子学派一种轻世离俗的态度。由于不愿与当权派合作,因此对于君主王公,作者总是采用奚落的语言,并且保持冷淡而蔑视的态度。但本篇前面三章所述故事的主人公:颜回、叶公子高、颜阖,却都是主动接近当权者,或者向国君诤谏,或者做太子老师,或者充当出国使臣,总之,一概积极参与政治活动,这一切显然与《庄子》一书的主基调很不一致。更有人指出:从前面三章,特别是从第一章所表现的"禁攻寝兵"的思想来看,这几章的作者很可能是宋钘、尹文学派之人;至于本篇后四章,主要讲"终其天年而不中道夭"的"无用之用"的道理,与庄子一贯的思想完全吻合,因此认为它们应该出自庄子或庄子学派之手(参见张恒寿《庄子新探》)。

以上所述有关《人间世》作者真伪问题的探讨,应该说都有一定的道理。但是仅仅从作品的主人公热衷政治这一点来否定本篇出自庄子或庄子学派之手,论据还是很不充分的。因为庄子本人的思想究竟包含有多少内容,还不是十分清楚,而且庄子一生的种种观点也不可能是一成不变的,尤其是庄子后学的思想,已经掺杂了大量同时代各家的学说,这是无可辩驳的事实。如果一概以所谓纯粹的庄子思想来衡量,那么不要说《人间世》,就是整部《庄子》的三十三篇之中,也几乎难以找出一篇绝对属于庄子的作品。所以我们这里仍然采用传统的观点,把《人间世》看作是庄子的作品,同时也不否认其中某些部分也许经过庄子后学较大程度的加工。

颜回见仲尼①,请行②。曰:"奚之③?"曰:"将之卫④。"曰:"奚为焉?"曰:"回闻卫君,其年壮⑤,其行独⑥。轻用其国而不见其过。轻用民死,死者以国量乎泽若蕉⑦,民其无如矣⑧!回尝闻之夫子曰:'治国去之,乱国就之,医门多疾⑨。'愿以所闻思其则⑩,庶几其国有瘳乎⑪!"

仲尼曰:"嘻,若殆往而刑耳⑫!夫道不欲杂,杂则多,多则扰,扰则忧,忧而不救⑬。古之至人,先存诸己而后存诸人⑭。所存于己者未定,何暇至于暴人之所行!且若亦知夫德之所荡而知之所为出乎哉⑮?德荡乎名,知出乎争。名也者,相轧也;知也者,争之器也。二者凶器,非所以尽行也。且德厚信矼⑯,未达人气⑰;名闻不争,未达人心。而强以仁义绳墨之言术暴人之前者⑱,是以人恶有其美也⑲,命之曰菑人⑳。菑人者,人必反菑之。若殆为人菑夫㉑。且苟为悦贤而恶不肖,恶用而求有以异㉒?若唯无诏㉓,王公必将乘人而斗其捷㉔。而目将荧之㉕,而色将平之,口将营之㉖,容将形之,心且成之㉗。是以火救火,以水救水,名之曰益多,顺始无穷。若殆以不信厚言㉘,必死于暴人之前矣!

且昔者桀杀关龙逢㉙,纣杀王子比干㉚,是皆修其身以下伛拊人之民㉛,以下拂其上者也㉜,故其君因其修以挤之。是好名者也。昔者尧攻丛、枝、胥敖㉝,禹攻有扈㉞。国为虚厉㉟,身为刑戮。其用兵不止,其求实无已㊱,是皆求名实者也,而独不闻之乎?名实者,圣人之所不能胜也,而况若乎!虽然,若必有以也㊲,尝以语我来㊳。"

颜回曰:"端而虚㊴,勉而一㊵,则可乎?"曰:"恶!恶可!夫以阳为充孔扬㊶,采色不定㊷,常人之所不违,因案人之所感㊸,以求容与其心㊹,名之曰日渐之德不成㊺,而况大德乎！将执而不化，外合而内不訾㊻，其庸讵可乎！”

“然则我内直而外曲，成而上比㊼。内直者，与天为徒㊽。与天为徒者，知天子之与己，皆天之所子，而独以己言蕲乎而人善之㊾，蕲乎而人不善之邪？若然者，人谓之童子，是之谓与天为徒。外曲者，与人之为徒也。擎跽曲拳㊿，人臣之礼也。人皆为之，吾敢不为邪？为人之所为者，人亦无疵焉(51)，是之谓与人为徒。成而上比者，与古为徒。其言虽教谪之实也(52)，古之有也，非吾有也。若然者，虽直而不病，是之谓与古为徒。若是则可乎？”仲尼曰：“恶！恶可！大多政法而不谍(53)。虽固(54)，亦无罪。虽然，止是耳矣，夫胡可以及化！犹师心者也(55)。”

颜回曰：“吾无以进矣，敢问其方。”仲尼曰：“斋(56)，吾将语若。有心而为之，其易邪？易之者，皞天不宜(57)。”颜回曰：“回之家贫，唯不饮酒不茹荤者数月矣(58)。如此则可以为斋乎？”曰：“是祭祀之斋，非心斋也。”

回曰：“敢问心斋。”仲尼曰：“若一志(59)，无听之以耳而听之以心；无听之以心而听之以气。听止于耳(60)，心止于符(61)。气也者，虚而待物者也。唯道集虚。虚者，心斋也。”

颜回曰：“回之未始得使(62)，实自回也；得使之也，未始有回也，可谓虚乎？”夫子曰：“尽矣！吾语若：若能入游其樊而无感其名(63)，入则鸣，不入则止。无门无毒(64)，一宅而寓于不得已则几矣(65)。绝迹易(66)，无行地难。为人使易以伪，为天使难以伪。闻以有翼飞者矣，未闻以无翼飞者也；闻以有知知者矣，未闻以无知知者也。瞻彼阕者(67)，虚室生白(68)，吉祥止止(69)。夫且不止，是之谓坐驰(70)。夫徇耳目内通而外于心知㉞,鬼神将来舍,而况人乎！是万物之化也,禹、舜之所纽也㉟,伏戏、几蘧之所行终㊱,而况散焉者乎㊲！"

【今译】

　　颜回拜见孔子,向他辞行。孔子问:"到哪里去呢?"颜回说:"我将要到卫国去。"孔子又问:"去干什么呢?"颜回说:"我听说卫国国君三十来岁,年壮气盛,处事独断专行。他轻率地处理国事,却看不见自己的过错,随意将百姓置于死地,国内死去的人就像沼泽地里的茅草一样众多,百姓都将无家可归了。我曾听先生说过:'已经治理好了的国家就离开它,混乱的国家就应主动前往,这就好像医生的门前总是有很多病人一样。'我愿以先生的教导为准则,或许卫国还能治理好吧！"

　　孔子说:"嘻嘻,你大概到了卫国就会遭到杀戮啊！'道'是不该混杂的,混杂了头绪就多,头绪多了心情就被扰乱,心情扰乱就会产生忧患,忧患滋长就无法挽救。古时候的'至人',首先在自己身上确立'道'的修养,然后才促使他人确立。如果自己的道德修养尚未确立,哪里还顾得上去干涉暴君的所作所为呢！而且你也懂得道德之所以丧失和智慧之所以产生的原因吧？道德由于争名而丧失,智慧由于争胜而产生。'名'这个东西,它诱使人们相互倾轧;'智'这个东西,它是人们互相争斗的手段。这两种东西都是凶器,是不可以尽力将它们推行于世的。而且尽管你道德淳厚、信行实诚,可是声望还未达人心;虽然你不争取名声,但是他人并不了解。你硬要将仁义礼法之类的言论在暴君面前述说,这就是用别人的丑行来炫耀自己的美德啊,这样的做法就会被认为是在'害人'。害别人的人,别人必然反过来害他。你将要被别人伤害了。假如卫君喜爱贤德之才而讨厌不善之人,那么又何必要你去标新立异呢？除非你不去告诫,否则卫君一定会抓住你说话的漏洞,用他的巧辩与你斗嘴。到那时候,你的目光将惶惑,你的脸色将平服,你的嘴巴将只顾辩解,你的态度将顺从渐趋,你的内心将认可妥协。这样就像是用火救火,用水救水,这就叫作火上添油,沿着这样的开始发展下去就会没完没了。危险的是如果他不相信你是忠言谏说,那么你必定会死在这个暴君的面前。

从前夏桀杀害关龙逢,纣王杀王子比干,他俩都注重自身修养,并且以下臣的身份去爱抚君王的百姓,这就是以下犯上啊,所以他们的君王就因为他们的修养高尚而杀害他们。这就是喜好名声的结果啊。从前唐尧攻打丛、枝、胥敖,夏禹进攻有扈。使得这些国家成为废墟,恶鬼遍地,国君本身也遭到杀戮。他们不停地发动战争,他们无止境地追求实利,他们都是追求名利的人啊,你难道没有听说过吗?追求名声和利益的欲望,就是圣人也不能克制,何况是你呢!虽然如此,但是你必定有你的理由,试着把它们说给我听听吧。"

颜回说:"我外貌端严而内心谦虚,勉力行事而始终如一,这样大概可以了吧?"孔子说:"不行!这怎么可以呢!卫君脾气骄矜暴戾,性格喜怒无常,平常人都不敢违抗他,因此他总是压制人们的思想感情,以此求得自己的随心所欲,这就是人们常说的:让他每天积点儿小德都办不到,更何况是建立大德呢!他必将执迷不悟,顽固不化,即使表面赞同而内心不会接受,你的这些办法怎能行得通呢!"

颜回说:"既然如此,那么我就内心保持正直而外表委曲求全,说辞允当而且引用古人的话作为依据。所谓'内心正直',就是'与自然为类'。和自然为类的人,知道国君和自己都是上天养育的孩子,又何必希望人们称赞自己的言论,或者计较别人批评自己的言论呢?像这样的人,人们说他像天真的孩子,这就是所谓'与自然为类'。所谓'外表委曲求全',就是'与人为类'。执笏跪拜,鞠躬拱手,这是臣子应有的礼节。别人都是这样做的,我敢不这样做吗?做大家都做的事,别人也就不会指责我了,这就是所谓'与世人为类'。所谓'说辞允当而且引用古人的话作为依据',就是'与古人为类'。我的言辞虽然是教育讽谏的内容,但那是古时候就有的,并非我所创造的。像这样做,即使我正直不阿也不会招致灾难,这就是所谓'与古人为类'。这样做该可以了吧?"孔子说:"不行!怎么可以呢!法规太多而且不稳当。当然这些方法虽然浅陋,但也不会招致罪责。不过即使这样,也仅仅如此而已,又怎么能够感化他呢!你过于自以为是了。"

颜回说:"我没有更好的办法了,请问老师可有什么办法。"孔子说:"心斋,我告诉你。有心去做感化卫君的事,难道就容易吗?如果真的那么容易,就不合乎自然的道理了。"颜回说:"我家境贫困,不喝酒不吃荤已经好几个月了。像这样可以算是心斋了吧?"孔子说:"你这是祭祀之前的斋戒,并非'心斋'啊。"

颜回说:"请问什么是'心斋'呢?"孔子道:"你排除杂念而心志专一,不要用耳去听,而要用心倾听;不要用心去听,而要用气倾听。耳的功用仅仅在于聆听外界的声音,心的作用仅仅在于感觉外界的现象。气这种东西,虚空而能容纳万物。唯有'道'才能集结于虚空之中。虚空的心境,就叫做'心斋'。"

颜回说:"我未曾得到'心斋'的教诲之前,总觉得有个实在的颜回存在;我在接受了'心斋'的教诲之后,就觉得不曾有过真实的颜回,这样可以说是达到了虚空的心境吗?"孔子说:"可以说是尽善尽美了。我告诉你:假如你能进入并周游于名利的樊笼之中而不为名位所动,别人能接纳你的意见你就说,不能接纳你的意见你就住口。不设医门救人,不用药物治病,心志专一而凡事都遵循不得已而为之的原则,这样也就差不多了。行走而不留痕迹容易,不在地上行走就困难了。被世人驱使就容易产生虚伪,受自然驱使就难以产生虚伪。只听说过有翅膀能飞,没听说过没有翅膀也能飞;只听说过凭借智慧才能了解事物,没听说过不凭借智慧也能了解事物。观望那虚静空明的心灵,虚空的心境中一片光明,善事福事都聚集在那里。如果心境不能宁静,这就叫做形体端坐而心神飞驰。如果能够使耳目感官专注于内心而排除外界的干扰,那么鬼神都会来依附你那空明的心宅,何况是人呢!这样万物都可以感化,夏禹、虞舜就是以此作为治世的关键,伏羲、几蘧以此作为终身奉行的原则,何况普通的人呢!"

【注释】

① 颜回:姓颜名回,字子渊,鲁国人,孔子的入室弟子。仲尼:孔

子(名丘)的字。本文中的孔丘,并非真实的儒家宗师的孔子,而是庄子虚构改造的人物,是利用名人之口,来表述他庄子的思想。　②请行:请求出行,即前来辞行。　③奚:何,何处。之:去,往。奚之:即"之奚"的倒装,去哪里。　④卫:国名,位于今河南汤阴县南。　⑤壮:指三十岁,或称三四十岁为壮年。　⑥独:独断专行。　⑦量:比,比作。泽:沼泽。蕉:干枯的茅草。死者以国量乎泽若蕉:意为如果把国家比作草泽地,那么死者就好像草泽中的茅草密密麻麻。　⑧如:往,去。无如:无处可去,无所依归。　⑨医门:医生家门。疾:此指病人。　⑩所闻:指从孔丘那里听说的话。则:方法,准则。　⑪庶几:或许,差不多。瘳(chōu):病愈,此指治理好。　⑫若:你。殆:恐怕,大概。刑:受刑。耳:句尾助词。　⑬不救:无法挽救。　⑭存:立,指道的修养的确立。　⑮荡:丧失。所为出:所以产生的原因。　⑯信:信行。矼(qiāng):确实的样子。　⑰达:到,影响到。人气:别人的感情。　⑱绳墨:木匠画线用的工具,引申为礼仪法规。术:通"述"。　⑲有:"育"字之误。育,通"鬻",卖,此指炫耀。(据俞樾《诸子平议》)　⑳命:命名,称之为。菑:通"灾",害。　㉑若:你。为:被。　㉒恶(wū):何,何必。而:你。　㉓诏:告,告诫。　㉔捷:敏捷,此指巧辩。　㉕荧:眩惑。　㉖营:救,自救。此指为自己辩解。　㉗成:顺,意为妥协。　㉘殆:始,开始。信:取信,被相信。厚言:忠厚之言。　㉙桀:夏王朝的亡国之君,暴君的典型。关龙逄:桀时贤臣,忠言进谏而遭斩首。　㉚纣(zhòu):商王朝的亡国之君,与桀同为暴君典型,史称"桀纣"。王子比干:纣王叔父,因忠谏而被纣王挖心。　㉛伛拊(yǔ fǔ):爱抚。　㉜拂:违逆。　㉝丛、枝、胥敖:均为尧时小国名。"丛、枝",《齐物论》篇作"宗、脍"。　㉞有:语助词。扈(hù):夏代小国名,位于今陕西境内。　㉟虚:通"墟",废墟。厉:恶鬼。　㊱实:实利,即实在的利益。　㊲以:原因。　㊳尝:试,试着。语:告诉。　㊴端:端正,指外表端严。虚:谦虚。　㊵勉:勉力,积极。一:专一,始终如一。　㊶阳:指骄矜暴戾的脾气。充:满。孔:甚。扬:张扬。　㊷采色:神采颜色,即面部表情。　㊷ 案:抑,压制。　㊹ 容与:放纵。　㊺ 日渐:一天天地增长。日渐之德:每天有所进步的道德,即"小德"。　㊻ 外:表面。合:投合,赞同。訾(zī):通"资",取,采纳。　㊼ 成:平,允当。比:合。上比:上合于古人,即以古人为依据。　㊽ 与天为徒:天,自然。徒:类,同类。与天为徒:和天(自然)为同类。　㊾ 蕲:求,希望。善:称善,赞赏。　㊿ 擎:手举,此指手持着笏。笏,大臣上朝时拿着的手板,用以记事备忘。跽(jì):一种挺直上身、屈膝触地而臀不挨踵的跪姿。曲:弯腰鞠躬。拳:抱拳拱手。　㉛ 疵:毛病,此指挑毛病。㉜ 教:教育引导。谪:斥责。实:内容。　㉝ 大:通"太"。政:通"正"。政法:法规,法则。谍:安,稳当。　㉞ 固:鄙陋,浅薄。　㉟ 师心:以自己的心为师,意为自以为是。　㊱ 斋:斋戒,此指心斋,即涤除心中一切杂念。　㊲ 皞(hào):通"昊",广大。皞天:指自然。宜:适,合。㊳ 茹:吃。　㊴ 一志:意念专一,排除杂念。　㊵ 听止于耳:"耳止于听"的倒装。　㊶ 符:合,引申为感应,与外界事物的接触感应。㊷ 得使:受到教诲。　㊸ 樊:藩篱。名:名位。　㊹ 门:指前文所谓"医门多疾"之"门"。毒:药。无门无毒:没有医门,没有药。意为没有医门,则人人都是医生;没有药,则到处都是药。如此一来,讳疾忌医者就无所回避、无法逃遁了。　㊺ 宅:心灵的位置。一宅:安心于凝聚的状态而没有杂念。寓于不得已:将心意寄托于无可奈何的境地,即所思所想都是不得已的反应,不可有意勉强。几:近,差不多。㊻ 绝迹:行路不留痕迹。《老子》二十七章:"善行无辙迹。"无行地:不行走于地上。喻指乘云驾雾、御龙飞天。　㊼ 瞻:观望。阕(què):空。　㊽ 室:喻指心。《天地》篇:"机心存于胸中,则纯白不备。纯白不备,则神生不定。神生不定者,道之所不载也。"扫除机心而纯白完备,故喻为"虚室生白"。　㊾ 止止:止于所当止。　㊿ 坐驰:形体安坐而心神飞驰。　㉛ 徇:使。外:排斥。　㉜ 纽:关键。　㉝ 伏戏、几蘧(jù):皆传说中的上古帝王。"伏戏"即"伏羲"。所行终:终生奉行的准则。　㉞ 散焉者:没有成就的人,即寻常的人。

【评析】

卫国国君专横跋扈,百姓生灵涂炭,颜回怀抱救世之心,试图游说卫君,解除百姓倒悬之苦。孔子却认为颜回此行肯定凶多吉少,于是,颜回阐述自己前去的决心和理由,孔子分析其必然失败的道理和可行的策略方法,师生之间就此展开了一场令人深思的对话。

庄子笔下的孔子,已经不再是儒学宗师,实际上成了庄子思想的代言人。"孔子"指出,对于不讲道德的暴君,进谏的方法是绝对行不通的,颜回此时去向卫君进谏,其结果只能是"以火救火""以水救水",成为暴君的帮凶。"孔子"告诫颜回说,处于乱世之中的君子,于辅君或伴君之时,首先应该设法妥善自处,即救世当先救己,否则不但不能救世,反而会因此丢了性命。但颜回仍然书生气十足地以为,采用"端虚勉一"(外貌端严而内心谦虚,勉力行事而始终如一)、"内直外曲"(内心保持正直而外表委曲求全)、"成而上比"(说辞允当而且引用古人的话作为依据)的方法可以感化卫君,"孔子"则指出,拯民应先养心,能保持虚空的心境,才是掌握了真正的处世之道。

"孔子"阐述救世先救己的处世之道时,是从反面立论的,即专论如何免祸的法则。他指出,交浅言深,必然惹来杀身之祸,因为只有自己站稳了脚跟,才能去帮助别人,所以对于暴君的接触感化,不能操之过急。其次,不可争名逐利,因为名利是产生倾轧斗争的根源。再次,不可在恶人面前展示自己的仁义道德,否则就是拿他人的罪恶来映衬自己的美德,也就难免灾祸上身。最后,不可迫于暴君的淫威而暂时顺从,否则一发而不可收拾,反而增添君主的罪恶。"孔子"阐发拯民先养心的处世之道时,则是从正面立论的,主要阐述了"心斋"之道及其效果,这也是本章的中心议题。

所谓"心斋",与《大宗师》篇颜回提出的"坐忘",其实是同一种境界,它同时也是指"养心"和"养气"的方法。"心斋"能使心灵通过修养活动涤除一切欲念,从而达到"虚室生白"那样一种空明的境界。这种空明的心境,能涵容万物,感化万物。所以,"心斋"对于个人来说,不失为身心修养的一种妙法。不过,经过"心斋"修养的颜回,是否真能因此而感化暴戾的卫君呢? 其实仍然是个问题。庄子身处乱世,目睹事君之危,在此提出"心斋"之法,其实主要还是为了避祸。因为"心斋"之人,虚己待物,恬淡忘名,与世无争,自然可以保全性命于乱世了。

清初思想家王夫之对于本篇阐述的处世之道深有体会,其《庄子解》揭示本篇大意时说:"此篇为涉乱世以自全而全人之妙术,君子深有取焉。"在另一部研究庄子的著作中他还说,他曾利用《人间世》阐述的处世方法,度过了吴三桂在湖南称帝的整整五个危险年头(参见《庄子通·自序》)。于此可见王夫之对于《人间世》篇的重视程度,同时也说明庄子于此阐述的处世之道的确具有相当的实用价值。

叶公子高将使于齐①,问于仲尼曰:"王使诸梁也甚重。齐之待使者,盖将甚敬而不急。匹夫犹未可动,而况诸侯乎! 吾甚栗之②。子常语诸梁也曰:'凡事若小若大③,寡不道以欢成④。事若不成,则必有人道之患⑤;事若成,则必有阴阳之患⑥。若成若不成而后无患者,唯有德者能之。'吾食也执粗而不臧⑦,爨无欲清之人⑧。今吾朝受命而夕饮冰,我其内热与! 吾未至乎事之情而既有阴阳之患矣⑨! 事若不成,必有人道之患。是两也,为人臣者不足以任之,子其有以语我来!"

仲尼曰:"天下有大戒二⑩:其一命也,其一义也。子之爱亲,命也,不可解于心;臣之事君,义也,无适而非君也,无所逃于天地之间。是之谓大戒。是以夫事其亲者,不择地而安之,孝之至也;夫事其君者,不择事而安之,忠之盛也;自事其心者,哀乐不易施乎前⑪,知其不可奈何而安之若命,德之至也。为人臣子者,固有所不得已,行事之情而忘其身,何暇至于悦生而恶死!夫子其行可矣!

丘请复以所闻⑫:凡交近则必相靡以信⑬,远则必忠之以言。言必或传之。夫传两喜两怒之言,天下之难者也。夫两喜必多溢美之言⑭,两怒必多溢恶之言。凡溢之类妄⑮,妄则其信之也莫⑯,莫则传言者殃。故法言曰⑰:'传其常情⑱,无传其溢言,则几乎全⑲。'

且以巧斗力者,始乎阳⑳,常卒乎阴㉑,泰至则多奇巧㉒;以礼饮酒者,始乎治㉓,常卒乎乱㉔,泰至则多奇乐㉕。凡事亦然,始乎谅㉖,常卒乎鄙㉗;其作始也简㉘,其将毕也必巨㉙。言者,风波也;行者,实丧也㉚。夫风波易以动,实丧易以危。故忿设无由㉛,巧言偏辞。兽死不择音㉜,气息茀然㉝,于是并生心厉㉞。剋核大至㉟,则必有不肖之心应之,而不知其然也。苟为不知其然也,孰知其所终!故法言曰:'无迁令㊱,无劝成㊲。过度益也㊳。'迁令劝成殆事㊴。美成在久,恶成不及改,可不慎与!且夫乘物以游心,托不得已以养中㊵,至矣。何作为报也㊶!莫若为致命㊷,此其难者?"

【今译】

　　叶公子高将要出使齐国,去向孔子请教,说:"楚王交给我的使命极其重要,而齐国接待使者,总是态度十分恭敬而内心十分怠慢。一个普通人尚且难以说动,何况是去感化一个诸侯呢!因此我十分害怕。先生常常这样对我说:'凡事无论大小,很少不是由于双方有了欢愉的心情才办成的。事情如果办不成,就必然有人为的祸害;事情如果办成了,那又一定会因为阴阳不调而导致病患。无论事情成功还是不成功都不会留下祸患的,只有盛德之人才能做到。'我平日的饮食是粗茶淡饭而不求精美,因此为我烧火做饭的人从来不会想到要清凉散热。今天我早晨受命出使而晚上就喝冰水,因为我心中焦躁啊!我还没有正式接触到这件事的实际,就已经被阴阳之气激荡得生病了!事情如果办不成,必然受到君王人为的惩罚。这成与不成的两种结果,作为臣子的我都难以承受,先生大概有什么高见可以告诉我吧!"

孔子说:"天下有两条不可违背的大法:一是天命,一是义理。子女敬爱父母,这是自然的天性,是无法通过内心思考作出解释的;臣子侍奉国君,这是人为的义理,无论去到哪里都不可能没有君主,这是人处在天地之间而无法逃避的现实。这就叫做'不可违背的大法'。因此那侍奉双亲的,无论在哪里居住都要使父母安适,这是尽'孝'的极点;那侍奉国君的,无论办什么事都要安然处之,这是尽'忠'的极点;注重自我修养的人,眼前的悲哀或欢乐都不会改变他的心境,他知道许多事是命中注定、无法用人力改变而就泰然处之,这是道德修养的最高境界。作为臣子的,自然会有不得已的事情,只要遇事按照实际情况去做而忘却自身,哪里还顾得上眷恋人生、害怕死亡呢!先生你只管出行就是了!

我还想把我听到过的道理告诉你:大凡与邻近国家交往,一定要用诚信相互维系,与相距较远的国家交往,则一定要用忠实的言语相互维系。言语必须要有人传达。传达两国国君或喜或怒的言语,是天下最难的事情。那使两国国君都高兴的,必定是夸大了好处的言辞;而使两国国君都愤怒的,必定是夸大了坏处的言辞。凡是过分夸张的言辞就类似于说谎,谎言就使得双方都不太相信,不太相信那么传言的使者就要遭殃。所以古代的格言说:'要传达基本的内容,不要传达夸张的言过其实的言辞,那么差不多可以保全自己了。'

那些以智巧相斗的人们,开始时用公开的方法,但常常以暗使计谋告终,计谋太过就产生许多阴谋诡计;那些按照礼仪饮酒的人们,开始时规规矩矩,但常常以一片混乱告终,饮酒太过分就发生许多荒诞淫乐。任何事情都是这样,开始时以诚相待,但常常以相互欺诈告终;

事情发生时简简单单,临近结束时却变得复杂严重了。言语,就像风吹动的水波;传达言语,一定有得有失。风波容易引起动荡,得失容易招致危机。所以愤怒的发作没别的什么原因,就是由于听信了花言巧语或不公允的言辞。野兽临死时狂嚎乱叫,气急喘粗而愤怒万分,于是产生咬人的恶念。凡事要求过分苛刻,别人的心里就一定会产生不好的念头来应付,但他自己还不知道这是什么缘故。如果做了什么而自己又不知道是怎么回事,那谁能知道他的最终结果会是怎样的呢!所以古代的格言说:'不要随意改变命令,不要勉强求得事情的成功。过分就是多余。'改变命令、强求事情成功都会坏事。做成一件好事要花费很长时间,而坏事一旦做了就来不及悔改,怎么可以不谨慎呢!心神顺着事物的变化而优游,一切寄托于无可奈何而保养心中的精气,这就足够了。何必究心于国君的回报啊!不如如实地传达国君的指令,这样做有什么困难呢?"

【注释】

① 叶(shè)公子高:楚庄王的玄孙,名诸梁,字子高,封于叶,故称"叶公"。《论语·子路篇》有叶公问政于孔子之记载,盖即叶公子高。使:出使。　② 栗:颤栗,发抖的样子,此指恐惧,害怕。　③ 若:或。　④ 寡:很少。道:由。欢:欢愉。　⑤ 人道之患:人为的祸患。⑥ 阴阳之患:阴阳不调而产生的疾病。意为事情成功则大喜,不成则大恐,大喜导致阳盛阴亏,大恐使得阴盛阳亏,于是伤害身体而疾病发生。参见《在宥》篇。　⑦ 执:取,择取。执粗:选择粗糙的饭食。臧:好,精美。　⑧ 爨(cuàn):烧火做饭。欲清:试图清凉散热。意为自己对饮食要求不高,因此厨师烹制简单,无须长时间站在灶前,就不会有热得难受的感觉。　⑨ 情:实际内容。既:已经。　⑩ 戒:法则。⑪ 易:改变。施:移动,变化。　⑫ 复:再。　⑬ 交:交往,此指两国之间的外交。靡:通"縻",维系。　⑭ 溢:过分,夸张。　⑮ 类:类似。妄:虚妄。　⑯ 莫:通"漠",冷漠。信之也莫:不太相信。　⑰ 法言:古时候流传下来的、足以为法的言辞,类似今天所谓"格言"。　⑱ 常

情:基本内容。 ⑲ 几乎:近于,差不多。 ⑳ 阳:明争。 ㉑ 阴:暗斗。 ㉒ 泰:通"太"。泰至:太过,太甚。奇巧:巧而不合乎道义,指阴谋诡计。 ㉓ 治:合乎规矩。 ㉔ 乱:混乱,指醉酒后乱了规矩。 ㉕ 奇乐:乐而不合乎常礼,指淫乐。 ㉖ 谅:诚信。 ㉗ 鄙:险恶,欺诈。 ㉘ 作:发生。简:简约,简单。 ㉙ 巨:大,严重。 ㉚ 实丧:得和失。 ㉛ 忿:愤恨,愤怒。设:立,产生。 ㉜ 不择音:不管声音是否合适动听,喻指狂嚎乱叫。 ㉝ 气息:吐气喘息。茀(bó):通"怫",忿恨的样子。 ㉞ 厉:恶毒。 ㉟ 剋(kè)核:限期核实,喻指要求苛刻。大至:太过分。 ㊱ 迁:更改。 ㊲ 劝:勉励,促进。 ㊳ 益:同"溢"。 ㊴ 殆:害,坏。 ㊵ 养中:保养心中的精气。 ㊶ 何:何必。作:作意,究心于。报:回报。 ㊷ 莫若:不如。致命:致君之命,传达国君的指令。

【评析】

如果说上一章阐述的主要是"事君"之道,那么本章则是论述"外交"之道。叶公子高将要出使齐国,为此心情焦灼,因为在他看来,如果使命不能完成,必定会受到君王的惩罚;即使侥幸获得成功,也终究无法避免事成之前的忧虑和事成以后的喜悦,而大忧大喜必然导致阴阳失调,阴阳失调就会酿成疾患……本章的开头,作者将身处乱世的使臣的进退失据和惶恐不安的两难境地,通过叶公子高之口作了生动描述。

而接下来"孔子"与叶公子高的对话,则表现了庄子的处世哲学以及他对当时社会的深刻认识。针对叶公子高既想获得国君赏赐、又怕失败而遭受惩罚的患得患失,"孔子"指出,人处在天地之间,有两条不可违背的大法:一是天命,一是义理。自然的天命必须归依,人为的义理必须遵循,这是无法逃避的现实。只要明白眼前的一切都是命中注定,都是无法用人力改变的,自然就会摒除自私的心理,自然就会泰然处之。针对叶公子高对于外交辞令的表达而左右为难的心理,"孔子"指出,不要夸张,不要过分,无须在意事情的成功与否,只要"传其常情,无传其溢言",即如实地传达双方的话语,就能不辱使命,而且保全自身。"孔子"的言语之中,诸如"始乎阳,常卒乎阴""始乎谅,常卒乎鄙""其作始也简,其将毕也必巨"等等,都是对社会现象的深刻概括。至于"言者,风波也""美成在久,恶成不及改"等等,更是分析现实社会行为的深刻的至理名言。由此可见,庄子对当时上层统治集团中的险恶情状,有着极为透彻的认识。

面对狡诈险恶的官场和混乱的人世,究竟如何才是最佳的处世方式呢?在本章结束之时,庄子通过孔子之口,对叶公子高说了一番意味深长的话:"且夫乘物以游心,托不得已以养中,至矣。何作为报也!"这里所谓"乘物以游心",其实与《逍遥游》中的"乘云气,御飞龙,而游乎四海之外"意思相似。所不同的是:《逍遥游》要求人们逍遥自在地优游于天地六合之外,而《人间世》则希望人们优游于人间社会、现实世界。至于"养中",意思是说保养自我心中的精气,也就是本文首章孔子向颜回推荐的"心斋"之法,其具体的办法则是:让自我心神随顺事物的变化而优游,不必在意国君的褒贬,不必在意自身的得失,一切寄托于自然的不可抗拒的变化轨迹,以此保养心中的精气,自然就可避免阴阳不调带来的疾患,就能保全性命于乱世。这就是庄子给当时身处乱世官场的人们所开的一张处方。

颜阖将傅卫灵公大子①,而问于蘧伯玉曰②:"有人于此,其德天杀③。与之为无方则危吾国④,与之为有方则危吾身。其知适足以知人之过,而不知其所以过。若然者,吾奈之何?"蘧伯玉曰:"善哉问乎!戒之,慎之,正女身也哉⑤!形莫若就⑥,心莫若和⑦。虽然,之二者有患⑧。就不欲入⑨,和不欲出⑩。形就而入,且为颠为灭⑪,为崩为蹶⑫;心和而出,且为声为名,为妖为孽⑬。彼且为婴儿⑭,亦与之为婴儿;彼且为无町畦⑮,亦与之为无町畦;彼且为无崖⑯,

亦与之为无崖。达之，入于无疵⑰。

汝不知夫螳螂乎？怒其臂以当车辙⑱，不知其不胜任也，是其才之美者也⑲。戒之，慎之，积伐而美者以犯之⑳，几矣㉑！汝不知夫养虎者乎？不敢以生物与之㉒，为其杀之之怒也；不敢以全物与之，为其决之之怒也㉓。时其饥饱，达其怒心㉔。虎之与人异类，而媚养己者㉕，顺也；故其杀者，逆也。

夫爱马者，以筐盛矢㉖，以蜄盛溺㉗。适有蚊虻仆缘㉘，而拊之不时㉙，则缺衔毁首碎胸㉚。意有所至而爱有所亡㉛，可不慎邪！"

【今译】

　　颜阖将要去做卫灵公太子的老师，他请教蘧伯玉说："这里有个人，天性喜欢杀人。与他相处如果不讲原则就会危害我们的国家，与他相处如果讲原则就会危及我自身。他的智力仅足以知道别人的过错，却不知道自己为什么有过错。对于这样的人，我该怎么办呢？"蘧伯玉说："问得好啊！要警惕，要小心，首先要端正你自身的行为！表面上不如对他亲近一些，内心里不如存有调和诱导之意。尽管如此，但这两种做法仍有隐患。亲近不能过于深入，诱导不能过于显露。假如表面的亲近陷入过分的亲密，就会引起堕落，引起毁灭，导致崩溃，导致失败；假如内心的诱导过于显露，就会被认为是追求声望，追求名誉，就会招致灾难祸害。他如果像婴儿那样天真烂漫，你也就随着他像婴儿那样；他如果不讲规矩，你也就随着他那样不讲规矩；他如果无拘无束，你也就随着他无拘无束。如果做到了这一切，也许就能引导他走上没有过错的正道。

　　你不了解那螳螂吧？它奋力举起臂膀去阻挡车轮，却不知道自己的力量不能胜任，正是自以为自己才能很高的缘故呀。要警惕啊，要小心啊，如果你总是夸耀你自以为得意的才能而触犯了他，就危险了！

你不了解那饲养老虎的人吧?他不敢用活的动物去喂虎,因为担心老虎扑杀动物时会激起凶残的怒气;他也不敢用完整的动物去喂虎,因为担心老虎撕扯动物时会触发残忍的怒气。他按照老虎饥饱的时刻喂食,以此疏导老虎的性情。老虎与人并非同类,却驯服于养虎的人,就是由于养虎人顺着它的性子;而老虎之所以要伤害人,则是因为人们触犯了它。

那爱马的人,用竹筐装马粪,用大蛤的壳盛马尿。如果碰巧有蚊虻叮在马身上,那爱马的人出其不意地扑打蚊虻,那么马就会受惊而咬断勒口、撞毁笼头、挣碎胸络。本意在于爱马结果适得其反,马逃走了,这能不谨慎吗!"

【注释】

① 颜阖(hé):姓颜名阖,鲁国贤人。鲁哀公曾想召见,而颜阖避走他乡。参见《让王》篇。傅:贵族子弟的老师,此用作动词。卫灵公:名元,无道之君。大:同"太"。卫灵公大子:蒯聩。 ② 蘧(jù)伯玉:姓蘧,名瑗,字伯玉,卫国贤大夫,孔子之友。 ③ 德:性。天杀:生来嗜杀。 ④ 方:法,原则。无方:没有原则。 ⑤ 正:端正。女:通"汝"。身:自身,本身。 ⑥ 形:外表。莫若:不如。就:主动接近,亲近。 ⑦ 和:调和,诱导。 ⑧ 之:这。患:隐患。 ⑨ 入:深入,陷入。 ⑩ 出:显露。 ⑪ 颠:坠落,堕落。 ⑫ 崩:崩溃,指一切努力和成就被毁坏。蹶(jué):跌倒,失败。 ⑬ 妖、孽:喻指凶恶的结局。 ⑭ 婴儿:喻指天真无知。 ⑮ 町(tǐng)畦:田界。引申为规矩,界限,约束。 ⑯ 崖:山边,边际。引申为拘束。 ⑰ 疵:毛病。 ⑱ 怒:奋力,奋力举起。当:通"挡"。车辙:车轮碾出来的痕迹,此借指车轮。 ⑲ 是:自是,自我得意。 ⑳ 积:屡屡,多次。伐:夸耀。而:你。犯:触犯。之:指卫灵公太子。 ㉑ 几:危险。 ㉒ 生物:活的动物。 ㉓ 决:裂开,撕开。 ㉔ 达:含疏导、引导之意。 ㉕ 媚:亲近,依顺。 ㉖ 矢:通"屎"。 ㉗ 蜄(shèn):大蛤,此指大蛤的壳。溺:尿。 ㉘ 适:恰巧。虻(méng):一种类似于蚊子的小虫,好叮咬牛马。仆:

附着于。缘:攀附。仆缘:此指叮咬。　㉙ 拊:拍打。不时:不得其时,不是时候。此指马没有防备的时候。　㉚ 缺:坏,断。衔:置于马口中的马嚼子,用以制驭马的行动。首:此指马笼头。胸:此指马胸前的络带。　㉛ 亡:逃跑,失去。此指马打碎束缚而走脱。

【评析】

颜阖即将给卫灵公的太子去当老师,临行之前,他忧心忡忡,因为太子生性残忍,若有违于他,自身性命难保;若依顺于他,自己的国家就要遭殃。处于两难境地的颜阖想到了向蘧伯玉求教,于是本章通过蘧伯玉之口,提出了一套如何教导暴戾之人、如何与权贵和平共处的原则。当然,这一切其实也就是庄子的方法。

蘧伯玉认为,首先,务必小心谨慎,事事当心。其次,对于权贵"形莫若就",即表面上要亲近;然而"就不欲入",即不可过分亲密,相互之间应当保持一定的距离,因为这不是普通的师生关系,而是君臣关系。再次,对太子要时时存有教育诱导之心,即所谓"心莫若和",但是"和不欲出",诱导之心不可过于外露,因为外露容易引起误会,会被认为是在追求声誉,就会招惹是非,导致灾祸。最后,要和太子保持一致,保持一致就容易沟通、容易交融。凡此种种,都是顺应和诱导的原则。

庄子为了进一步说明这些原则方法,又一连用了三则寓言加以引申阐说。"螳臂当车"说明不顾力量对比悬殊而逆势而动,有意显示或夸耀自己的所谓长处,必然遭致粉身碎骨的下场,意在指斥那种不自量力,逞才扬己而自取灭亡的处世行为。"虎媚养己者"表面是说,即使残忍如虎,只要顺其性情,也能使他驯服于养虎之人,尽管虎与人根本就不是同类。其实庄子是把猛虎比喻为统治者,所谓"伴君如伴虎",其危险程度不言而喻,但只要能先顺其意,然后再因势利导,那么即使暴戾如卫灵公太子,也能"达之于无疵"。"爱马者失马"的寓言则是说,教育者固然不能没有爱心,但假如方法失当,或者爱过了头,以至于有违物性,结果将适得其反。文章以"意有所至而爱有所亡,可不慎邪"作结,寓意是颇为深刻的。总之,物性只可顺应,不能违逆,否则祸患难免。

以上所述的方法和原则,原本是庄子生逢乱世,处于不得已的境况下提出来的"全身"的方法和对策,但如果从一般教育、教养方法和策略的角度来审视庄子的理论,也能发现颇有价值的东西存在,尤其是其中顺应被教育者的个性特点进行诱导的方法,值得肯定。

匠石之齐①,至于曲辕②,见栎社树③。其大蔽数千牛,絜之百围④,其高临山十仞而后有枝⑤,其可以为舟者旁十数⑥。观者如市,匠伯不顾⑦,遂行不辍⑧。弟子厌观之⑨,走及匠石⑩,曰:"自吾执斧斤以随夫子⑪,未尝见材如此其美也。先生不肯视,行不辍,何邪?"曰:"已矣,勿言之矣!散木也⑫。以为舟则沉,以为棺椁则速腐⑬,以为器则速毁,以为门户则液樠⑭,以为柱则蠹⑮,是不材之木也。无所可用,故能若是之寿。"

匠石归,栎社见梦曰⑯:"女将恶乎比予哉⑰?若将比予于文木邪⑱?夫柤、梨、橘、柚、果蓏之属⑲,实熟则剥⑳,剥则辱㉑。大枝折,小枝泄㉒。此以其能苦其生者也。故不终其天年而中道夭,自掊击于世俗者也㉓。物莫不若是。且予求无所可用久矣!几死,乃今得之,为予大用。使予也而有用㉔,且得有此大也邪?且也若与予也皆物也㉕,奈何哉其相物也㉖?而几死之散人,又恶知散木!"匠石觉而诊其梦㉗,弟子曰:"趣取无用㉘,则为社何邪?"曰:"密㉙!若无言!彼亦直寄焉㉚,以为不知己者诟厉也㉛。不为社者,且几有翦乎㉜!且也彼其所保与众异,而以义喻之㉝,不亦远乎!"

【今译】

　　一个名叫"石"的木匠到齐国去,走到曲辕这个地方,看见一棵被供奉为土地神的栎树。它的树荫范围大到可以遮蔽几千头牛,用绳子量一量它的树身,足足一百多尺,它的身高高出山头七八十尺以上才分枝,可以用来造船的枝杈就有数十来根。观赏的人多得像集市上的人流,可是匠石连看都不看一眼,只管一步不停地往前走。他的徒弟站在树旁看了个够,然后跑步赶上了师傅,说:"自从我拿着斧头跟随先生以来,还从来没有看见过如此好的木材。可是先生连看都不愿看一眼,只顾走路不肯停步,这是为什么呢?"匠石说:"算了吧,不要再说它了!这是一棵毫无用处的树。用它制成船就会沉没,用它做棺材很快就会腐烂,用它制造器具很快就会毁折,用它制作门户就会像橘树一样流出脂液,用它做柱子就会遭虫蛀,这是一棵不能用作材料的树啊。因为没有什么用处,所以才能有这样长的寿命。"

　　匠石回到家里,那被当作土地神的栎树托梦给他说:"你要拿什么东西和我相比呢?你要拿有用的文木来和我相比吗?那山楂、梨树、橘树、柚子树之类的果木,果实熟了就被采摘,采摘就会被扭折。大枝被折断,小枝被牵扯。这都是因为它们的才能而害苦了自己的一生啊。所以不能尽享天年而中途夭折,这是自身招惹世俗之人的打击啊。世间的事物无不如此。我追求无所可用的目标已经很久了!多少次都差点儿被砍死,到现在才达到无用的境界,无用正是我的大用。假如我也是有用的树,能够长得像现在这样大吗?而且你和我一样都是'物',为什么还要这样看待事物呢?你只不过是一个濒临死亡的无用之人,又怎么会懂得无用的树木呢!"匠石醒来后将梦中情形告诉给他的弟子,他的弟子说:"这栎树既然追求无用,又为什么要做社树呢?"匠石说:"闭嘴!你别说了!它也只不过是寄托于土地神而已,因此而遭到不了解它的人的讥讽辱骂啊。即使它不做社树,难道就会遭到砍伐吗!况且它用以保全自己的方法与众不同,你只是用常理来说明它,不也是相差太远了吗?"

【注释】

① 匠石:名为"石"的木匠。《徐无鬼》篇谓匠石技艺超群,宋元君召见,匠石自称为臣,则当为宋人。之:往。　② 曲辕:地名,属于齐国。　③ 栎(lì):树名。社:土地神。社树:被供奉为土地神的树。　④ 絜(xié):量,用绳子计量。围:长度单位,直径一尺的圆周为一围。　⑤ 临:从高处往下看,此指高出于。仞:长度单位,八尺为一仞。　⑥ 旁:旁枝,横生的枝杈。　⑦ 伯:长。匠石当是工匠首领,故称之为"匠伯"。顾:回头看,看。　⑧ 遂:而。辍:停止,止步。　⑨ 厌:饱,满足。　⑩ 走:跑,快跑。　⑪ 斤:斧头的一种,亦泛指斧头。　⑫ 散木:无用的木材。　⑬ 棺:棺材。椁(guǒ):外棺。古时棺木有两层,内层称棺,外层称椁。　⑭ 门:屋外的大门,多为双扇。户:屋内小门,多为单扇。樠(mán):树名,树心似松,有脂液流出。　⑮ 蠹(dù):蛀虫。　⑯ 见(xiàn)梦:托梦。　⑰ 女:通"汝"。　⑱ 文木:纹理正常的树木,即有用的树木。　⑲ 柤(zhā):通"楂",山楂。果蓏(luǒ):有核称果,无核叫蓏。　⑳ 剥:剥落,此指人为的采摘。　㉑ 辱:通"朒",扭折。　㉒ 泄:通"抴",扭拉,牵扯。　㉓ 掊(pǒu):打。　㉔ 使:假如。　㉕ 若:你。　㉖ 相:观察,此指看待。　㉗ 诊:通"畛",告诉。　㉘ 趣:通"趋"。趣取:追求。　㉙ 密:闭口,住嘴。　㉚ 直:只是。　㉛ 诟(gòu):辱骂。厉:病,此指讥斥。　㉜ 几:通"岂",难道。翦:砍伐。　㉝ 义:常理。喻:说明。

【评析】

本篇前三章里,庄子提出了在现实社会中与他人相处的方法,本章开始,则阐说自处的原则。本章以树木为喻,指出像栎社树那样的"不材"之木,因为无用而尽享天年,"无所可用,故能若是之寿";而柤、梨、橘、柚之类的果树,则因为"有用"而"大枝折,小枝泄",性命不保。庄子认为,有才者"以其能苦其生",就像材质可用的"文木",终究难以避免被砍伐的命运一样。因此,为了全身避害,人也应该效仿栎社树那样的"不材"之木,韬光晦迹,不求闻达,不为当权者所用。

陈鼓应认为,本章有关"不材"可以全身的思想,"与《逍遥游》篇末欲避'机辟''斧斤'之害,而求'无所可用',具有相同的'困苦'处境与沉痛感"(参见《庄子今注今译》)。不过,正因为和庄子一样处于困苦之境和具有沉痛之感的中国古代文人很多,所以庄子关于"栎社树"的假想,常常能激起他们的共鸣。金人蔡松年有诗说:"哲人乃知机,曲士迷其方。愿我类社栎,匠石端相忘。"(《明秀集·庚申闰月从师还自颍上对新月独酌》之十一)但愿能像不材之木,免遭砍伐而长保生命,这正是蔡松年悔于为官、试图归隐避患的真情流露,同时也说明庄子的自处之道,对于士大夫来说,的确具有实用价值。

南伯子綦游乎商之丘①,见大木焉,有异:结驷千乘②,隐,将芘其所藾③。子綦曰:"此何木也哉?此必有异材夫!"仰而视其细枝,则拳曲而不可以为栋梁;俯而视其大根④,则轴解而不可以为棺椁⑤;咶其叶⑥,则口烂而为伤;嗅之,则使人狂酲三日而不已⑦。子綦曰:"此果不材之木也,以至于此其大也。嗟乎,神人以此不材⑧!"

宋有荆氏者,宜楸柏桑。其拱把而上者⑨,求狙猴之杙者斩之⑩,三围四围,求高名之丽者斩之⑪;七围八围,贵人富商之家求樿傍者斩之⑫。故未终其天年而中道之夭于斧斤,此材之患也。故解之以牛之白颡者⑬,与豚之亢鼻者⑭,与人有痔病者,不可以适河⑮。此皆巫祝以知之矣⑯,所以为不祥也。此乃神人之所以为大祥也。

【今译】
　　南伯子綦在商丘一带周游,看见一棵大树,与众不同:即使集结一千辆四马拉的车,隐藏在那里,都能将它庇护于树荫之下。子綦说:"这是什么树啊?它肯定具有出众的木质吧!"抬头看那大树的细枝,却是弯弯曲曲的,不可以做栋梁;低头看它粗大的根部,树心分裂,不可以做棺材;用舌头舔舔树叶,嘴就会溃烂受伤;用鼻子闻一闻,就会使人大醉如狂,三天也醒不过来。子綦说:"这果然是棵无用的树啊,所以它才能一直长到这么大。唉,神人也因为这个原因而肯定它呀!"

宋国有个叫"荆氏"的地方,适宜于种植楸树、柏树和桑树。当这些树长到两手合握或一手满握的时候,那些需要拴猴子的小木桩的人就来把树木砍去;当这些树长到直径三四尺的时候,那些寻觅高屋栋梁的人就来把树木砍去;当这些树长到直径七八尺的时候,那些贵族富商人家寻找整幅棺材板的人就来把树木砍去。所以这些树都不能享尽天年,中途就遭到斧子砍伐而夭折了,这就是有用之材的祸患。所以祭神祈祷的时候,凡是白额的牛、高鼻的猪,以及患有痔疮的人,都是不可以沉入河中作为祭品的。这些巫师们都是知道的,认为它们是不吉祥的。然而这正是神人所认为的最大的吉祥啊。

【注释】

① 南伯子綦:即《齐物论》篇中的南郭子綦。伯,长。子綦为南郭之长,故称"南伯"。商之丘:商丘,今在河南省商丘市,当年为宋国国都。 ② 结:集合,集结。驷:四匹马拉的车。乘(shèng):车辆。 ③ 芘:通"庇",庇护。籁(lài):荫。 ④ 根:本。大根:树干的粗大的下部。 ⑤ 轴:车轴,车轴置于车轮中心,故此借指树心。解:松散。轴解:树心开裂。棺椁:古时棺木有两重,内棺称棺,外棺称椁。 ⑥ 咶(shì):同"舐",舔。 ⑦ 酲(chéng):醉酒。狂酲:喝醉酒以后发酒疯。 ⑧ 以:因,因为。此:这,这个。以此:因为这个。 ⑨ 拱、把:均为民间测量圆周的方法,两手合握称"拱",一手满握称"把"。 ⑩ 杙(yì):较小的木桩。 ⑪ 高名:高大。丽:同"欐",屋栋,屋中央的正梁。 ⑫ 樿(shàn)傍:单幅板的棺木。 ⑬ 解:禳解,求神去邪除恶的祈祷。颡(sǎng):额。 ⑭ 豚(tún):小猪。亢:高。 ⑮ 适:往。 ⑯ 祝:男巫。巫祝:泛指巫师。

【评析】

本章承上而来，仍然借用树木作比，说明"不材"可以"尽年"，即"无用"得以"全生"的道理。那商丘大木，由于无所可用而免遭砍伐的厄运，得以茂盛蔽天，终享天年；而荆氏之地的楸树、柏树和桑树，则因其材质有用而屡遭砍伐，中道夭折，这样一正一反的两个例证，已经足以说明"无用"即"全生"的观点，然而庄子意犹未尽，又将大笔挥洒开去。树木如此，人类和动物也是一样，那些不得终其天年而中道夭折的人，在庄子看来，大多为"以其能苦其生者"，都是显才扬己招来的灾祸，实在是自作自受；那些被人猎取宰杀的动物，也无一不是因为"有用"才走向了不归之路。与之相反，那被巫祝们视为大不吉祥的白额的牛、高鼻的猪和患有痔疮的人，却由于无所可用而安享天年。因此为了保身，庄子强调"不材"，"不材"也就是"无用"。"无用"，就是说世人应该懂得隐才匿智、含锋藏芒，这就是庄子针对"人间世"而倡导的自处原则。

本章两处提及神人，一是说"神人以此不材"，二是说"此乃神人之所以为大祥也"。世人鄙视的"不材"，神人极力肯定；世人回避的不吉祥，神人却认为是大吉祥。因为"不材"能免于夭折，世人忌讳则可保全性命。可见这里的"神人"，还不是指后世传说中的出神入化、超越生死的仙人，而是指精神修养达到极高境界的至人。而《庄子》一书之中，神人与至人、圣人常常是异名同实的，以此类推，庄子阐述的"全生"思想，也就是"神人""至人""圣人"所共同拥有的，所以庄子常常凭借他们的形象和行为加以说明。当然，这里所谓的"神人不材"，并非真是无才，而是"神人无功"的意思。

支离疏者^①，颐隐于脐^②，肩高于顶，会撮指天^③，五管在上^④，两髀为胁^⑤。挫针治繲^⑥，足以糊口；鼓筴播精^⑦，足以食十人^⑧。上征武士^⑨，则支离攘臂而游于其间^⑩；上有

大役⑪，则支离以有常疾不受功⑫；上与病者粟⑬，则受三钟与十束薪⑭。夫支离其形者，犹足以养其身，终其天年，又况支离其德者乎⑮！

【今译】

　　有个名叫支离疏的人，下巴隐藏在肚脐下，肩膀高过头顶，后脑发髻朝天，五脏的腧穴都向上，两条大腿和两侧胸肋并生在一起。他给人缝缝补补、浣洗衣裳，足以糊口度日；再替人卜卦算命，足可养活十个人。国君征募战士，支离疏捋袖扬臂地游逛于人群中间；国君大征徭役，支离疏因为长期残废而免除徭役；国君向残病之人发放谷子，支离疏得到将近二百斗谷子和十捆柴草。那形体残缺不全的人，还足以养活自身，终享天年，更何况是那道德残缺的人呢！

【注释】

　　① 支离疏：作者虚构的人名。"疏"为其本名，因其形体离奇，给人支离破碎之感，故于名前加"支离"二字。　② 颐：下颔，下巴。隐：藏。　③ 会：通"髻"，束发，发髻。撮：用以束发的头巾。古时发髻在脑后接近后颈处，驼背弓腰，故下巴抵肚脐，发髻朝天。　④ 五管：五脏的腧穴，皆针灸穴位，在人后背。指驼背严重，后背朝上。　⑤ 髀(bì)：大腿。为胁：成为胸肋的一部分，即大腿与肋并生。　⑥ 挫针：缝补。繲(jiè)：旧衣。治繲：浣洗衣裳。　⑦ 鼓：振动，摇动。筴：蓍草。鼓筴：筴人占卦时的动作。占卦时，摇动蓍草求得卦号，然后根据此号卦文推测吉凶。播：扬，撒。精：精米。播精：将精米撒于神位，此指占卜。古时求卦之人占卜之前将精米撒于神位以供神，占卜之后则归卖卜人所有。　⑧ 食(sì)：供食，供养。　⑨ 武士：战士。⑩ 攘臂：捋袖出臂，表示无所顾忌。　⑪ 役：劳役，徭役。　⑫ 常疾：长期残疾。功：工，工作。　⑬ 与：赐予。病：重病，此指残疾。粟：谷。　⑭ 钟：容量单位，六斛四斗为一钟。（一斛为十斗。）薪：柴。⑮ 支离其德："其德支离"的倒文，指道德破碎残缺，即被世俗认为是

道德不正常的。喻指超脱于世俗道德。

【评析】
前两章假借树木为喻,本章则直接说人,不过采用的仍然是寓言的形式。文中所谓"支离疏",其实正是上一章提及的"神人"的形象写照。"神人"钟情于"不材",因此支离疏既不能应征出战,又不能负担劳役,无所可用,废人一个。"神人"以不吉祥为大吉祥,因此支离疏肩膀高过头顶,大腿并连胸肋,怪模怪样,为人所憎,可谓太不吉祥;可是他于募兵出征之际,大摇大摆地闲逛于穷凶极恶的征募者与痛苦惊惶的被征人中间,毫无亲人离散的怨恨和死亡逼迫的恐惧,却是大吉祥;他在天灾人祸降临的时候,由于残疾而得到正常人无法获得的政府救济,有了粮食和柴草,饥寒交迫的担忧因而不复存在,这也是大吉祥。

文中用了不少笔墨渲染支离疏的奇形怪状,似乎是重在表现他的"形"异,其实不然。本章结尾之处,庄子发议论说:"夫支离其形者,犹足以养其身,终其天年,又况支离其德者乎!"可见描述"支离其形"是表象,借以烘托表现"支离其德",才是作者的深意所在。所谓"支离其德",意思是说其德行在世人的眼里,是不正常的,有缺陷的,也就是有别于或超脱于世俗道德的。德行超脱于世俗的境界,当然是指"神人"一类的人物。而上一章所谓神人不材以"全生"的目标,与本章支离疏"终其天年"的结果是一致的,因此,"支离其德"以养生的"神人",和"支离其形"以"全身"的异人,到此就合而为一了。

孔子适楚,楚狂接舆游其门曰①:"凤兮凤兮②,何如德之衰也③。来世不可待,往世不可追也。天下有道,圣人成焉;天下无道,圣人生焉。方今之时,仅免刑焉!福轻乎羽,莫之知载④;祸重乎地,莫之知避。已乎,已乎!临人以德⑤。殆乎,殆乎!画地而趋⑥。迷阳迷阳⑦,无伤吾行⑧,吾行郤曲⑨,无伤吾足。"

山木,自寇也⑩;膏火⑪,自煎也⑫。桂可食⑬,故伐之;漆可用,故割之。人皆知有用之用,而莫知无用之用也。

【今译】

孔子来到楚国,楚国的狂士接舆走过他的门口,唱道:"凤鸟啊,凤鸟啊,道德的衰败何以如此严重!未来的世界不可期待,过去的世界无法挽回。天下有道的时候,圣人成就事业;天下无道的时候,圣人保全生命。当今这个时代,只求避免刑戮!幸福比羽毛还轻,无人知道如何获取;灾祸比大地还重,无人知道怎样躲避。算了吧,算了吧!在别人面前炫耀自己的德行。危险啊,危险啊!在地上画圈子自己往里钻。荆棘啊荆棘,不要妨碍我的前行,我要退却绕着弯儿走,该不会伤了我的脚。"

山中的树木,自己招致砍伐;燃火照明的油脂,自己导致煎熬。桂树可以食用,所以遭到砍伐;漆树的漆有用,所以遭受采割。世人都知道有用的用处,却没人知道无用的用处啊。

【注释】

① 接舆:楚国的隐士,"接舆"非其真名。据《论语·微子篇》记载,孔子车行至楚,接舆到孔子车前吟唱,歌词内容与此有相似之处,但较为简略。　② 凤:祥瑞之鸟,此喻指孔子。　③ 何如德之衰:"德之衰何如"的倒文。　④ 载:承受,得到。　⑤ 临:居高视下,此指标榜,炫耀。　⑥ 趋:跑。画地而趋:与"画地为牢"意思相近,意为自己束缚自己。　⑦ 迷阳:一种多刺的草。　⑧ 伤:害,妨碍。　⑨ 郤(xì):盖"卻"字之讹写。卻(却),退却。曲:绕弯,即绕道而行。　⑩ 寇:砍伐。　⑪ 膏:油脂。膏火:古时用动物的油脂点火照明,故称。　⑫ 煎:烧火加热,此指火烧。　⑬ 桂可食:桂皮、桂心、桂枝等皆可作药用或食用。

【评析】

本篇最后两句说,世人都知道"有用"的用处,却没人知道"无用"

的用处。"有用之用"不如"无用之用",这是庄子于本文强调的中心意思。所谓"有用"和"无用"的讨论,始于《老子》。《老子》第十一章说:"三十辐共一毂,当其无,有车之用。埏埴以为器,当其无,有器之用。凿户牖以为室,当其无,有室之用。故有之以为利,无之以为用。"意思是说,车轮如果没有中心的毂眼,车轴就无法贯穿,当然就不能使用;器皿缺少了中间的空处,也就失去了作用;房屋没有四壁中间和门窗的空处,也就没有了房屋的用处。老子的本意,是强调有、无相互依存和不可分离的关系,只因为世人大多只看见"有"的功用,所以对于"无"才着力强调,他强调一切的"有",都是通过"无"发挥作用的。而庄子似乎更进一步,他认为"无用"本身就是"有用","无用"就是"大用";而"有用"却常常招来灾难,以至于丧生而终究归于"无用",如同山木、桂树招致砍伐、漆树招惹割剥、油脂导致煎熬一样。

那么"无用"作为"大用",究竟如何体现呢?钟泰有一个较为贴切的比喻,他说,任何的"用"和"不用"都是相对和暂时的,这就好像刀的使用和保藏。假如刀坚固锋利,使用时游刃有余,这当然体现了刀的用处;然而这刀一旦不用,收藏起来,"有用"就无法体现,而似乎是"无用"了。但是尽管收藏不用,这刀的使用价值并未消失,如果认真擦拭,仔细保管,随时可以取出"大用";而如果随意丢弃,任其生锈、缺口、折断,那么它的用处也就无从体现了(参见《庄子发微》卷一)。可见庄子所谓的"无用",正是为了最大限度地"有用";庄子所谓的"不材",也是为了有朝一日物尽其用。因此他极力强调"全身",在乱世之中保有生命,就是最大的成功。而且这受到仔细保养和认真磨砺的生灵一旦有了用武之地,犹如利剑出鞘,其"大用"立刻可以显现。也就是说,当前"无用",或许将来"有用";于世"无用",于己则成"大用",这就是庄子的"无用"胜过"有用"。

庄子处在一个社会动荡、权力倾轧、暴力相向的时代,因此他不肯与统治者合作,不为统治者利用。他一再鼓吹"无用""全身",而对世人所竭力追求的功名、利禄、权势、尊位,都视之为罗网而始终回避,在痛苦与艰难之中苦苦地寻求着自己的生存方式,以追求自身价值的实现。本篇以孔子、颜回的问答开始,而以楚狂接舆"凤兮"之歌结束,似乎是在感慨有道的孔子终究未受重用,其实庄子对于孔子,不论是悲叹、讥讽,还是改造,其中蕴含的恐怕还是自身的悲怆,借孔子之酒,浇胸中块垒,或许是庄子真正的用意。

庄子的上述思想,集中地表现在作为《人间世》全篇结束时的"凤兮"歌中。《人间世》中的"凤兮"之歌,似乎是从《论语》之中转引而来,但二者其实存在着很大的不同。《论语》中接舆所唱的"往者不可谏,来者犹可追",到了庄子手里,就改成了"来世不可待,往世不可追",接舆所言尚有期待来世之意,庄子则对过去和未来都彻底地否定了。犹可注意的是,庄子还以"天下有道"或"天下无道"作为标准,将社会历史划分为两个不同阶段,认为"方今之世"正是"天下无道"的衰败时代,认为"方今之世""福轻乎羽""祸重如山",令人满目悲凉。这就是庄子提出"无用之用"的处世原则的社会背景,也是"凤兮"之歌最后结语的思想动因。所谓"吾行郤曲,无伤吾足",意思是说让我稍作退却,绕个弯儿避开这险恶之地,大概就可以不伤自己的脚了。避害全身,正是庄子处于那样险恶的人间世而提出的处世原则。

德充符第五

【解题】

"德"指道德,"充"指充实或完美,"符"指象征和标志。"德充符"就是指道德完美的标志。本篇是庄子的"道德论",但这里所说的道德,却并非等同于儒家所说的那种专指人伦关系、行为规范的道德,而是由人际关系拓展到了人与自然的关系。庄子将人置于广大的宇宙之中,认为只有那种能够认识到宇宙的规律性、无限性以及人与自然之间的不可分割的整体性的人,才能说是有德之人。

本篇以寓言的形式,描写了王骀、申徒嘉、叔山无趾、哀骀它、闉跂、大瘿等六个肢体残缺、外貌奇丑而道德极其充实的人,他们能令学子自动依附、能使弟子肃然起敬、能叫君王叹羡不止,就连儒家泰斗孔子这样誉满世界的人物,都远远不如。作者意在说明:人的外貌无关紧要,精神才是最重要的,只要道德完美,即使面貌极为丑陋、形体严重残缺,也可以化丑为美,变缺为全。也就是说,人生修养必须重德不重形,人际交往应该以德不以形,而这正是世人普遍轻视的。

在具体论述外在形貌与内在道德这一对关系时,庄子为了强调"德"的重要,完全撇开了"形",要求忘"形"弃"智"而以"德"实之。因为在庄子看来,"神"无二用,注重外貌修饰的人,其才智必然流荡于外;再比如,贫富、贵贱、荣辱等等,本属命运掌握,然而世俗之人总是忧心忡忡,或者拼命追逐,或者极力回避,或者交相竞争,以致让这些身外之物扰乱了自己本性的平和,这对人是个大患,所以人们必须忘掉自己的形骸。只有忘掉了自己的形骸,才能忘记自己的生死;只有忘记了自己的生死，才能忘掉竞争；只有把一切竞争都忘掉，才能不忘本来就不该忘怀的"德"，这样才能成为一个道德充实完美的人。所以，庄子用"人不忘其所忘，而忘其所不忘，此谓诚忘"来警醒世人，要求世人重视生命内在价值的提升。

鲁有兀者王骀①，从之游者与仲尼相若②。常季问于仲尼曰③："王骀，兀者也，从之游者与夫子中分鲁④。立不教，坐不议⑤，虚而往，实而归。固有不言之教⑥，无形而心成者邪⑦？是何人也？"仲尼曰："夫子，圣人也，丘也直后而未往耳⑧！丘将以为师，而况不若丘者乎！奚假鲁国⑨，丘将引天下而与从之。"

常季曰："彼兀者也，而王先生⑩，其与庸亦远矣⑪。若然者，其用心也独若之何？"仲尼曰："死生亦大矣，而不得与之变；虽天地覆坠，亦将不与之遗⑫；审乎无假而不与物迁⑬，命物之化而守其宗也⑭。"

常季曰："何谓也？"仲尼曰："自其异者视之，肝胆楚越也；自其同者视之，万物皆一也。夫若然者，且不知耳目之所宜，而游心乎德之和⑮。物视其所一而不见其所丧，视丧其足犹遗土也。"

常季曰："彼为己⑯，以其知得其心⑰，以其心得其常心⑱。物何为最之哉⑲？"仲尼曰："人莫鉴于流水而鉴于止水⑳。唯止能止众止。受命于地，唯松柏独也正，在冬夏青青；受命于天，唯尧、舜独也正，在万物之首㉑。幸能正生，以正众生㉒。夫保始之征㉓，不惧之实㉔，勇士一人，雄入于九军㉕。将求名而能自要者而犹若是，而况官天地、府万物、直寓六骸、象耳目、一知之所知而心未尝死者乎㉖！彼且择日而登假㉗，人则从是也。彼且何肯以物为事乎㉘！"

【今译】

鲁国有个受刑被砍去一只脚的人，名叫王骀，跟从他学习的人却和孔子学生的人数差不多。孔子的弟子常季问孔子说："王骀是受刑被砍断了脚的人，跟随他学习的人却和先生的弟子在鲁国各占一半。他站着不教学生，坐着不发议论。但从学者们却空空而来，充实而归。果真有不用言语的教诲，能使学子无形之中受到感化而内心有所收获吗？他是个什么样的人呢？"孔子道："那位先生是个圣人啊，我也落后于他，只是还没前往求教而已！我准备拜他为师，更何况不如我的人呢！岂止是鲁国，我还要引导普天下的人都跟从他学习。"

常季说："他是一个被砍去了脚的人，却超过了先生，那么和普通人相比差距就更大了。如果真是这样，他在运用心智方面究竟是怎样的呢？"孔子道："死生是人生的大事，但或生或死都不能使他的心境发生变化；即使是天塌地陷，他也不会因此而感觉失落；他处于无所依赖的境界而不跟随外物变迁，主宰事物的变化而固守自己的根本。"

常季说："这话是什么意思呢？"孔子道："如果从事物的差异性的角度来看事物，那么肝与胆的微小距离就好像楚国和越国那样相距遥远；如果从事物的同一性的角度看待事物，那么万物都是一样的。如果能明白这样的道理，就不会试图知道耳朵眼睛所适宜的是哪些声音和色彩，而是让自己的心灵遨游在和谐的道德境界。对待万物，视之同为一体，就看不到有什么丧失，所以看自己失去一只脚就好像看到失落了块土一样。"

常季说："他致力于自身修养，运用自己的智慧感觉自己的心灵，又用自己的心灵去领悟永恒不变的常心。但是为什么会有那么多人聚集在他的身边呢？"孔子道："没有人把流水当作镜子，而只将静止的水面作为镜子。唯有静止的事物才能使其余的事物静止下来。各种植物都从大地领受生命，唯独松柏禀受了自然真性，所以无论冬夏总是郁郁青青;所有的人都从上天领受生命,唯独尧、舜禀受了自然真性,所以他们身处万众之首。幸而他们能使自我心性纯正,才能使得众人的心性随之纯正。保全本性的验证,就是无所畏惧的品格,就像勇士只身一人,也敢雄赳赳闯入敌人的千军万马之中。为了求取功名而能自我要求的勇士尚且如此,何况那主宰天地、包容万物、只不过把躯体作为暂时寄身的寓所、把耳目所闻所见当作幻象、天赋的智慧能够洞察所有的境界而心中从未有过生死念头的人呢!他将选择某一天远离尘世而去,人们将追随他。他哪里还会把聚集弟子当作一回事呢!"

【注释】

① 兀(wù)者:被处刑砍去一只脚的人。王骀(tái):虚构的人名。"骀"即"驽骀",意为无用。　② 相若:相当。　③ 常季:孔子弟子,事迹不详。　④ 中分:一分为二,对半分。　⑤ "立不教"二句:意为无论什么时候都不讲学。　⑥ 固:果真,确实。　⑦ 无形而心成:意为潜移默化的收获。　⑧ 直:当,处于。　⑨ 奚假:岂止,何止。　⑩ 王(wàng):称雄,超过。　⑪ 庸:常,常人。　⑫ 遗:失去,失落。　⑬ 审:处。无假:无所凭借,即"无所待"。　⑭ 命:主宰,同于下文"官天地"之"官"。宗:本,根本。　⑮ 和:和谐,指取消对立、没有界限、万物为一的境界。　⑯ 彼:他,指王骀。为:治理。为己:完善自己,即致力于自我的修养。　⑰ 知:通"智",智力。　⑱ 常心:恒心,即死生不变、天地覆坠亦将不遗之心。　⑲ 物:外物,针对王骀而言,此指王骀的弟子。最:聚集。　⑳ 莫人:没有人。鉴:镜子,此指以水为镜而照。　㉑ "受命于地"六句:正,自然真性。原本作"受命于地,唯松柏独也在冬夏青青;受命于天,唯舜独也正",据《庄子阙误》引张君房本改。　㉒ "幸能正生"二句:生,通"性"。正生,修正心性,使心性纯正。意为尧、舜心性纯正,故众人效仿而归于纯正。实即"唯止能止众止"之意。　㉓ 保:守,保全。始:初始,指人最初的本性,即人的本根。征:验证。　㉔ 实:实在,实际。　㉕ 九军:天子六军,诸侯三军,

合称"九军"。此借指军队众多。　㉖ 官:主宰。府:包容,包藏。六骸:头、身和四肢,此指身体。象:虚象,幻象。一:万物为一之"一",即天道。一知:得之于天性的智慧。心未尝死:心中从未有过死的念头。　㉗ 登:升。假:通"遐",高远。　㉘ 物:此作动词,即"物物",意为治物,"物"指自身以外的一切人或物。此指召集门徒、接纳弟子授学。

【评析】

王骀是庄子心目中一个理想的道家人物形象。尽管他曾被处以酷刑而失去了一只脚,但是追随在他周围的学子人数却与孔子的门徒相当;尽管他"立不教,坐不议",从未认真讲学授课,但是追随他的人全都切切实实地获得了教益。甚至连孔子本人与弟子常季对话时,也极力称扬作为得道之人王骀的精神境界,并且准备拜王骀为师,打算引领天下众人都向他学习。

为什么一个肢体残缺的人,具有如此巨大的吸引力呢?为什么庄子总是喜欢通过身有残疾的人物,来寄托并表现他崇高的道德理想呢?因为庄子认为,善于养生的人致力于养神,精神完善了,人生也就完美了,而形体的残缺与否,无碍于大局。既然形体的残废对于养生毫无影响,那么,利用残疾人物形象来表现庄子的理想精神,对于正常的人就更具有说服力。

庄子在《齐物论》中说:"生死无变于己。"在《养生主》中说:"哀乐不入。"在《人间世》里又说:"忘其身而不暇悦生以恶死。"这些在不同场合说的话,实际上都是同一个意思,只是未作进一步的阐发和形象的演绎。而本章终于通过孔子之口,凭借王骀这一人物,形象地表现了上述思想。在王骀看来,世间万物或者千差万别,或者齐同为一,关键取决于观察者和评论人的视点或角度,即使如此,差别总是暂时的、相对的,而一致则是永恒的、绝对的。正因为王骀认识到了这一点,因此他对于自己的耳朵眼睛究竟喜欢接受什么样的音乐和色彩毫不关心,因此他认为自己缺少一只脚就像大地失落了一块泥巴一样平常。

甚至是生死大事,甚至是天崩地陷,也丝毫不能影响于他。这样的人,完全处于无所待的境界,于是他能够不随外物的变迁而变迁,能够主宰事物的变化而固守事物的根本。总之,像王骀这样的人,能够把握宇宙万物统一的整体,能够不拘泥于一时一事的得失,能够超越具体的感知而使心灵畅游于宇宙的奇妙的和谐境地,这就是所谓"游心于德之和"。

正因为王骀是这样的脱俗,所以他哪里会把吸引弟子的事情放在心上呢?而且他执着于修己悟道,似乎并没有吸引众人归依于他的魅力和号召力,但是世上的事情就是这样奇怪,王骀不肯汲汲然召集吸纳弟子,但是世人却总是乐意追随如此出尘拔俗的人。所以说,人以德性为重,而所有外在的装饰,都是虚妄。

申徒嘉①,兀者也,而与郑子产同师于伯昏无人②。子产谓申徒嘉曰:"我先出则子止,子先出则我止③。"其明日,又与合堂同席而坐。子产谓申徒嘉曰:"我先出则子止,子先出则我止。今我将出,子可以止乎?其未邪?且子见执政而不违④,子齐执政乎⑤?"申徒嘉曰:"先生之门固有执政焉如此哉?子而说子之执政而后人者也⑥。闻之曰:'鉴明则尘垢不止,止则不明也。久与贤人处则无过。'今子之所取大者⑦,先生也,而犹出言若是,不亦过乎!"

子产曰:"子既若是矣⑧,犹与尧争善。计子之德⑨,不足以自反邪⑩?"申徒嘉曰:"自状其过以不当亡者众⑪,不状其过以不当存者寡。知不可奈何而安之若命,唯有德者能之。游于羿之彀中,中央者,中地也;然而不中者,命也⑫。人以其全足笑吾不全足者多矣,我怫然而怒⑬,而适先生之所,则废然而反⑭。不知先生之洗我以善邪⑮?吾与夫子游十九年矣,而未尝知吾兀者也。今子与我游于形骸之内⑯,

而子索我于形骸之外⑰，不亦过乎！"子产蹴然改容更貌曰⑱："子无乃称⑲！"

【今译】

申徒嘉是个受刑被砍掉了一只脚的人，他和郑国的子产一同拜伯昏无人为师。子产对申徒嘉说："如果我先出去，你就等一会儿再走；如果你先出去，我就等一会儿再走。"第二天，申徒嘉又和子产在同一个屋子里、在同一条席子上坐着。子产又对申徒嘉说："我先出去你就等一会儿再走，你先出去我就等一会儿再走。现在我要出去了，你能等一会儿吗？还是不能等一会儿呢？再说你遇见我这个执政大臣也不回避，难道你要和执政大臣平起平坐吗？"申徒嘉说："伯昏先生的门下，能有像你这样的执政大臣吗？你得意于自己执政大臣的职位而不把别人放在眼里吗？我听到过这样的话：'镜子明亮，灰尘就不会沾染；沾染灰尘，镜子就不会明亮。长久地与贤人相处，就不会有过失。'如今你所借重的，是伯昏先生，而你居然说出这样的话，不也太过分了吗！"

子产说："你已经是这样受刑断足的样子了，还想和尧较量德行吗？估量估量你自己的德行吧，难道还不足以令你自我反省吗？"申徒嘉说："自己陈述自己的过错而认为不该受刑断足的人很多，默认自己的过错而认为自己应该受刑断足的人很少。懂得凡事不可用人力改变，将它看作命运的安排而处之泰然，只有有德的人才能做到。人在世上犹如活动于后羿弓箭的射程之内，若处于中心地段，则是必然射中的境地啊；但是也有不被射中的，这是命运的安排。因为自己拥有完整的双脚而讥笑我只有一只脚的人很多，我常常勃然大怒，但是只要来到伯昏先生的住处，我就怒气全消而恢复正常神态了。不知道先生是怎样用善德来洗净我的呀？我跟随先生十九年了，可是先生从未感觉到我是个受刑断足的人。如今你和我通过内在的道德相交，可是你却用外在的形貌来要求我，不也太过分了吗！"子产显出惭愧不安的样子，改变了先前的脸色，说："你不要再讲了！"

【注释】

①申徒嘉:复姓申徒,名嘉,郑国贤人。 ②子产:复姓公孙,名侨,字子产,郑国宰相,于郑简公、郑定公时执政二十二年。伯昏无人:庄子虚构的人名。"伯"喻指德高,"昏"指韬光隐晦,为道家推崇的人生境界,"无人"指忘却物我之别。 ③"我先出则子止"二句:子产不愿与受刑残缺之人同行,故提此要求。 ④执政:宰相,子产自称。违:避开,回避。 ⑤齐:等同于。 ⑥说:通"悦",此指得意。后:作动词用。后人:认为别人落后于自己、不如自己。 ⑦取大:取以张大自己,即"借重"之意。 ⑧既:已经。若是:如此,指申徒嘉受刑断足的现状。 ⑨计:估计,估量。 ⑩自反:自我反省。 ⑪状:陈述。以:认为。亡:失,此指受刑被砍去一足。 ⑫"游于羿之彀中"五句:羿(yì),神话传说中的神射手,相传为夏代有穷国的君主,故称"后羿"。彀(gòu),将弓拉满。彀中:弓弩射程范围之内。中(zhòng)地:必然被射中的境地。意为人处乱世,就好像处在羿的弓箭的射程之内,射程之内也就是刑网之中,而身居一官半职之人,则如同置身于靶子的中央,必然将被射中,即难以避免受刑的命运;但是也有未被射中的,像子产那样,当然这也是命运的安排,不过只是侥幸而已。 ⑬怫(fú)然:发怒的样子。 ⑭废:除去,消除。废然:此指怒气全消的样子。反:通"返",返回原先自然的神态。 ⑮洗我以善:即"以善洗我",用他的善德教育我而洗净我的心灵。 ⑯形骸之内:指"德"。 ⑰索:求,要求。形骸之外:指"貌",外表。 ⑱蹴(cù)然:不安的样子。 ⑲无:通"毋"。乃:通"仍"。称:称述。乃称:再次称述。

【评析】

在上一则寓言中,庄子着意塑造了一位道家的理想人物——王骀,从正面陈述"忘形贵德"的基本道理;在本则寓言中,庄子又塑造了另一个人物形象——郑子产,从反面揭示重视名位、不以平等之心待人接物而自高自矜的虚伪面孔。为了凸现子产这一反面形象,庄子又用两个理想人物与子产进行对比,这两个人物就是伯昏无人和申徒嘉。伯昏无人是申徒嘉推崇备至的人物，申徒嘉则是王骀一流的人物，一个刑余之人，一个失掉了一只脚，然而道德充实完满的人。

郑子产和申徒嘉虽然是师从于同一位老师的同学，但却分属于两个不同的阶层。申徒嘉是饱尝艰辛、久不得志的知识分子的代表，因此对于战国之时危机四伏的生存环境感慨颇深，对于下层知识分子在刑网密布的社会中的不幸深有体会："游于羿之彀中，中央者，中地也；然而不中者，命也。"这是他对当时人人自危的社会现实的生动写照。不过，申徒嘉并未就此恐惧不安，也没有因此而投机攀附，他对自己的不幸遭遇能够泰然处之，能够安之若命，他所追求的只是内在生命的充实。郑子产则身居要职，虽然未必竭尽全力地追求功名利禄、权势尊位，但是已经拥有了这一切的他，不能不受世俗意识的影响，免不了趾高气昂、洋洋得意起来，因此他不愿意和申徒嘉同行，认为与刑余之人走在一起有辱自己的身份；因此他以势压人、以貌取人，即使是对于自己的同门。总之，申徒嘉所注重的是"游于形骸之内"，而郑子产却索之于"形骸之外"，这正是两种截然不同的价值取向。

尚须一提的是：历史上真实的郑子产，是春秋时期闻名中原的贤大夫，他出任郑国宰相的时候，正值晋、楚争霸之际，当时的郑国成了两个大国拉拢或征服的对象，命运岌岌可危。子产却能周旋于这两个大国之间，既不低声下气，也不妄自尊大，终于使郑国赢得了安全。子产不愧为杰出的政治家和外交家，他得到当时和后世之人的尊敬，孔子就曾称赞他有四种行为合乎君子之道，他谢世之后，孔子又誉之为"古之遗爱"。但是，庄子在此却将子产塑造成了反面形象，这或许是因为庄子对于任何统治者都深恶痛绝的缘故，或许是因为他要打碎一切传统的楷模和偶像，暂时借他作为攻击的靶子。不过这是寓言，所以不必当真。

鲁有兀者叔山无趾^①，踵见仲尼^②。仲尼曰："子不谨③，前既犯患若是矣④，虽今来，何及矣！"无趾曰："吾唯不知务而轻用吾身⑤，吾是以亡足。今吾来也，犹有尊足者存⑥，吾是以务全之也。夫天无不覆，地无不载，吾以夫子为天地，安知夫子之犹若是也！"孔子曰："丘则陋矣⑦！夫子胡不入乎？请讲以所闻。"无趾出。孔子曰："弟子勉之！夫无趾，兀者也，犹务学以复补前行之恶⑧，而况全德之人乎⑨！"

无趾语老聃曰："孔丘之于至人，其未邪？彼何宾宾以学子为⑩？彼且蕲以諔诡幻怪之名闻⑪，不知至人之以是为己桎梏邪⑫？"老聃曰："胡不直使彼以死生为一条、以可不可为一贯者⑬，解其桎梏，其可乎？"无趾曰："天刑之，安可解！"

【今译】

鲁国有一个因受刑而被砍掉脚趾的人，名叫叔山无趾，他用脚后跟走路去拜见孔子。孔子说："你不谨慎，早年已经惹祸而造成如此后果了，虽然今天你来向我请教，哪里还来得及呢？"无趾说："我只是因为不懂世务而轻率地使用我的身体，因此才失去了脚趾。如今我来这里求教，是因为还有比脚更尊贵的东西存在着，所以我想尽力保全它。天是无所不盖的，地是无所不载的，我把先生当作天地，哪里知道先生居然是这样的啊！"孔子说："我太浅薄了！先生为什么不进屋来呢？请把你所听说的讲一讲吧！"无趾掉头走了。孔子对学生说："弟子们勉励呀！那叔山无趾是一个受刑而失去脚趾的人，尚且致力于学习并以此弥补以前行为中的过错，更何况是身体完好无缺的人呢！"

叔山无趾对老聃说："孔子与得道的至人相比，恐怕还不够格吧？他为什么常常来求教于您呢？他还在追求凭借奇怪虚妄的名声传闻于天下，难道不懂得至人正是把这名声看作是束缚自己的枷锁的吗？"

老聃说:"你为什么不直接使他懂得生和死是相连的、可以和不可以是相通的,以此解除他的精神枷锁,大概也就可以了吧?"无趾说:"上天施予他的刑罚,哪里能够解脱呢!"

【注释】

　　① 叔山无趾:作者虚构的人物,居于"叔山",遭刑而失去脚趾,故称。　② 踵:脚后跟,此用作动词。　③ 谨:谨慎。　④ 犯:触,惹。患:祸。　⑤ 务:世务。不知务:不知事势,不识世务。轻用吾身:轻率地使用自己的身体去做一些如今看来没有价值的事情。　⑥ 尊足者:尊于足者,比脚还要珍贵的东西。指性命之德。　⑦ 陋:鄙,浅薄。　⑧ 恶:瑕,瑕疵,毛病。《考工记·筑氏》曰:"敝尽而无恶。"郑注:"虽至敝尽,无瑕恶也。"可见"恶"与"瑕"意同。　⑨ 德:德之本,指身体。《天地》篇曰:"物得以生谓之德。"全德之人:身体没有亏损的人。　⑩ 宾宾:犹"频频",常常。子:对老聃的尊称,即"您"。学子:学于您。为:疑问助词。　⑪ 蕲(qí):求,追求。淑(chù)诡:奇异。⑫ 桎(zhì)梏(gù):镣铐。在脚为桎,在手为梏。　⑬ 一条、一贯:均为相连相通的意思。

【评析】

　　又是一个刑余之人——叔山无趾,这个失去脚趾的人和前面两章所描述的断脚人一样,虽然形貌残缺,道德却照样充实完美;又是一个孔子,不过这里的孔子却和前一则寓言中的孔子不同,上一则寓言中的孔子,完全是道家化了的人物,而本章中的孔子,又回复到了原本儒家的立场。一部《庄子》,孔子的形象不断出现,但他只是一个多功能的演员,庄子根据需要,让他扮演不同的角色。在本则寓言之中,儒家圣人孔子,就被描绘成了一个浅薄无知而追求名声的人,庄子是希望通过他来反衬兀者的高尚,即表现叔山无趾虽然外形残缺,但致力于追求充实道德的精神境界。

　　叔山无趾历尽磨难地主动来到孔子的寓所,原本是因为听说孔子是个"至人",希望从孔子那里学到保全"尊足者"(性命之德)的方法,未曾想到孔子也是一个以貌取人的世俗之人,一见面就责备叔山无趾早年惹祸上身,说如今试图弥补已是无济于事。于是在叔山无趾的眼里,"孔圣人"便失去了光辉,他认为孔子好学、好名的行为,都与道家的无为思想背道而驰;他认为孔子缺乏广阔的视野,不懂得顺乎自然的道理;他指斥孔子受世俗观念束缚至深,已经无可救药。本章正是这样通过叔山无趾和孔子的对比,反映出儒、道两家价值观的高下不同。

至于本章最后老聃所谓的"以死生为一条、以可不可为一贯",则是从更高的境界正面阐述庄子的道德理想。"以死生为一条",就是齐一生死,当人的观念里不再有生与死的界限时,当人超脱于生死问题所带来的人生困惑的时候,所有因为死亡而产生的恐惧和因为生存引起的欢欣也就荡然无存,也就是达到了"喜怒哀乐不入于胸次"的境界;"以可不可为一贯",则是齐一是非,就是将是与非都交予自然来评判,因此是非就没了界限,人的心境自然空明,精神也就获得了彻底的自由。

鲁哀公问于仲尼曰①:"卫有恶人焉②,曰哀骀它③。丈夫与之处者④,思而不能去也;妇人见之,请于父母,曰'与为人妻,宁为夫子妾'者,十数而未止也。未尝有闻其唱者也⑤,常和人而已矣。无君人之位以济乎人之死⑥,无聚禄以望人之腹⑦,又以恶骇天下⑧,和而不唱,知不出乎四域⑨,且而雌雄合乎前⑩,是必有异乎人者也。寡人召而观之⑪,果以恶骇天下。与寡人处,不至以月数⑫,而寡人有意乎其为人也;不至乎期年⑬,而寡人信之。国无宰,寡人传国焉。闷然而后应⑭,泛若辞⑮。寡人丑乎⑯,卒授之国⑰。无几何也⑱,去寡人而行。寡人恤焉若有亡也⑲,若无与乐是国也。是何人者也？"

仲尼曰："丘也尝使于楚矣，适见独子食于其死母者⑳。少焉眴若㉑，皆弃之而走。不见己焉尔㉒，不得类焉尔㉓。所爱其母者，非爱其形也，爱使其形者也㉔。战而死者，其人之葬也不以翣资㉕；刖者之屦㉖，无为爱之。皆无其本矣㉗。为天子之诸御㉘：不爪翦，不穿耳；取妻者止于外，不得复使㉙。形全犹足以为尔㉚，而况全德之人乎！今哀骀它未言而信，无功而亲，使人授己国，唯恐其不受也，是必才全而德不形者也㉛。"

哀公曰："何谓才全？"仲尼曰："死生、存亡、穷达、贫富、贤与不肖、毁誉、饥渴、寒暑，是事之变、命之行也㉜。日夜相代乎前㉝，而知不能规乎其始者也㉞。故不足以滑和㉟，不可入于灵府㊱。使之和豫㊲，通而不失于兑㊳。使日夜无郤㊴，而与物为春㊵，是接而生时于心者也㊶。是之谓才全。""何谓德不形？"曰："平者，水停之盛也㊷。其可以为法也，内保之而外不荡也。德者，成和之脩也。德不形者，物不能离也㊸。"

哀公异日以告闵子㊹，曰："始也吾以南面而君天下，执民之纪而忧其死㊺，吾自以为至通矣。今吾闻至人之言，恐吾无其实，轻用吾身而亡其国。吾与孔丘非君臣也，德友而已矣！"

【今译】

鲁哀公向孔子问道："卫国有一个长相十分丑陋的人，名叫哀骀它。但是男人和他相处，倾心思慕而不肯离去；女人看到他，就向父母提出请求，说'与其做别人的妻子，宁愿做哀骀它先生的小妾'，这样的人已经有了十几个,而且人数还在增多。未曾听说他倡导什么,只是常常附和他人而已。他没有统治众人的地位可以拯救人们于死地,他没有聚敛大量的财富可以使人们吃饱肚子,而且面貌丑陋得惊骇天下之人,他只是附和却并不倡导,他的知识只是局限于人世间,然而不论男女都簇拥在他的身前,这样的人必定有不同于常人的地方。我把他召来,看他的长相,果真相貌奇丑,足以惊骇天下之人。但跟我相处之后,还不到一个月,我对他的为人就有了倾慕之意;不到一年,我就信任他了。当时国内没有宰相,我就把国事托付给他。他神情淡漠地回答,不着边际地似乎是在推辞。我自感羞愧,最后还是把国事交给了他。可是没过多久,他就离开我走了。我闷闷不乐地好像失去了什么似的,好像这个国家里再也没有人可以和我一起共享欢乐似的。他究竟是怎样的人呢?"

孔子说:"我曾出使楚国,碰巧看见一群小猪在吮吸刚刚死去的母猪的奶。不一会儿小猪又惊惶地眨巴眼睛,都丢弃母猪逃跑了。小猪们发现母猪不看它们了才这样的,它们发现母猪已不像活着时候的样子才这样的。可见小猪之所以爱母猪,并非是爱它的形体,而是爱主宰那个形体的精神。战死于疆场的人,他们下葬时不用供给棺材装饰品;遭受刖刑的人对于原先穿过的鞋子,没有理由再去爱惜。这都是因为他们本体的东西已经失掉了。作为天子的侍从人员:不剪指甲,不穿耳眼;结婚娶妻后只能呆在官外,不能再进宫服役。为了保全形体尚且能够如此,何况德性完美的人呢!如今哀骀它未曾开口说话就能取信于人,没有功绩也能赢得他人的亲近,能使别人把自己的国家交付给他,还唯恐他不肯接受,这样的人一定是才智完备而德不外露的人啊。"

鲁哀公问道:"什么叫做'才智完备'呢?"孔子答道:"死亡与生存、存在和消亡、失意和得意、贫穷与富贵、贤能和愚顽、诋毁和荣誉、饥饿与干渴、寒冬与盛暑,这些都是事物的变化,都是天道的运行。就像白天和黑夜在人们眼前不停地更替,但是人的智慧却无法探知它们的开始。因此不值得让它们扰乱心性的平和,不可以使它们侵入人们的心灵。要使心灵和顺安乐,与物相通而心智又不流失。要使心灵日日夜夜永不间断地随顺万物而保持春天般的生气,这样与外物接触后心灵中就会产生四季的感应啊。这就叫做'才智完备'。"鲁哀公又问:"什么叫做'德不外露'呢?"孔子说:"所谓'平',就是水极端静止的状态。它可以作为标准,由于内部保持静止而外表也就不动荡。所谓'德',就是成就了和顺的修养。德不外露的人,别人自然就不肯离去。"

后来有一天,鲁哀公将孔子的这番话告诉闵子骞,说:"当初我以国君的地位治理天下,掌握着管理人民的法纪而为他们的生死忧虑,我自认为这样已是非常通达的了。如今我听到了至人的这些议论,便深怕自己没有治国忧民的实绩,只是轻率地使用自己的君位而导致国家灭亡。我和孔子并非君臣,只是以德相交的朋友而已!"

【注释】

① 鲁哀公:鲁国国君,姓姬,名蒋,鲁定公之子,继定公而即位,在位二十七年。"哀"是其谥号。　② 恶:容貌丑陋。　③ 哀骀它(tuó):庄子虚构的人名。"它"同"驼"。由于他生性驽钝、弓腰驼背而值得哀怜,故称"哀骀它"。　④ 丈夫:成年男子。　⑤ 唱:倡导,发起。　⑥ 济:救。　⑦ 聚:积蓄。禄:俸禄。古代官吏的俸给多以粮食计算,故此借指粮食。望:本指十五的月亮,满月;此指满。望人之腹:使人肚子吃得饱满。　⑧ 骇:惊动,震骇。　⑨ 四域:四方,四方之内,指人世间。　⑩ 且而:而且。雌雄:女人和男人。　⑪ 寡人:国君自称。　⑫ 不至以月数:"以月数不至"之倒文,意为以月来计算,不到一个月。　⑬ 期(jī)年:一周年。　⑭ 闷然:漠然,无动于衷的样子。　⑮ 泛:浮泛,空泛,不着边际。　⑯ 丑:羞耻,羞愧。意为鲁哀公看到哀骀它对于权位的态度,自愧不如。　⑰ 卒:最终。　⑱ 无几何:没过多久。　⑲ 恤(xù)焉:忧虑伤感的样子。亡:失。　⑳ 适:恰巧,碰巧。独:同"豚"。独子:小猪。食:吃奶。　㉑ 少焉:不一会儿。指发现母猪有所异常之后。眴(shùn)若:惊惶而眨巴眼睛的样子。　㉒ 见:看。焉尔:所以这样,指弃之而走的行为。　㉓ 不得

类:不能类似活着时候的样子。 ㉔ 使其形:主宰其形体。 ㉕ 翣(shà):棺材的装饰品。战死沙场的战士下葬没有棺材,当然用不着棺材的装饰物。资:供给。 ㉖ 刖(yuè):一种将脚砍去的酷刑。刖者:受过刖刑的人。屦(jù):鞋子。 ㉗ 本:本体,相对于从属物而言。如棺材是翣的本体,脚是鞋的本体。 ㉘ 诸御:各种侍从人员,男女皆包括在内。 ㉙ "不爪翦"四句:取,通"娶"。止于外:只能留在宫外服侍。意为宫中侍从人员都必须是形体完整、精气充足之人,若剪指甲、穿耳洞则伤形体,结婚娶妻则伤精气。 ㉚ 尔:指示代词,那样。指侍从人员为了留在宫中而不剪指甲、不穿耳、不结婚的行为。 ㉛ 才全:才智完备。德不形:德不外露。 ㉜ 命:天命,即天道。命之行:天道的运行。 ㉝ 代:更替,替代。 ㉞ 规:通"窥",窥探,探知。 ㉟ 滑:乱。和:和顺,平和。 ㊱ 灵府:心灵。 ㊲ 和豫:和顺安乐。 ㊳ 兑:穴,此指道家所谓心智外流的道穴,如耳、目、鼻、口等。不失于兑:不从道穴流失。《老子》第五十二章:"塞其兑,闭其门,终身不勤。开其兑,济其事,终身不救。" ㊴ 郤:同"隙"。 ㊵ 与物:随顺外物。为春:变成如同春天一样有生气。 ㊶ 生:反映。时:四时,四季。 ㊷ 盛:极度,极端。 ㊸ 物,此指人。物不能离,即前所谓"雌雄合乎前"。 ㊹ 异日:他日,有一天。闵子:姓闵,名损,字子骞,鲁国人,孔子弟子。 ㊺ 纪:法纪,纲纪。

【评析】

本章刻意渲染哀骀它的相貌奇丑和无穷魅力之间不可思议的矛盾现象,以此阐发庄子有关道德修养的中心主张:才全而德不形。庄子通过孔子之口告诉人们,哀骀它之所以能够具有"未言而信,无功而亲"的影响力,之所以能够赢得上至国君大人、下至平凡男女的普遍青睐,就因为他是一个"才全而德不形"的人。

所谓"德不形",就是说德性不要体现在外表,也就是"内保之而外不荡"。庄子始终重视内在精神的保养和保全,强调"治其内而不治其外"(《天地》),因此,内在的精神自由、宁静的心理环境,就是他认为人生首先必须保持的。只要保持内心的宁静,就能使自己心中的天和不失,成为盛德,别人也就会倾心于你,自动聚合在你的身旁而不愿离去,即"德不形者,物不能离也"。这其实也就是所谓"唯止能止众止"的道理。这种"德不形"的修养方式,即不注重外在的表现形式而着重内在生命充实完美的追求,正是道家最为推崇的。

所谓"才全",就是说人的天性不受外物的戕害而得到完整的保存和发展。在庄子看来,人的天性、人的精神比外在的形体更为重要,因为形体尚存而精神已失的现象是常常发生的。为了说明这个道理,"孔子"举了个猪崽和母猪的例子,因为庄子从来就认为,人与动物虽然外貌习性有所不同,但是心理表现却是一致的。猪崽不吃母猪的奶而纷纷逃窜,因为那个曾经令它们难舍难分的母猪如今无声无息了,母猪的可爱在于它的精神的存在,母猪的可怕则是因为其精神的丧失。人类也是一样,所以说,一切导致天性损伤和精神流失的思想行为,都是不足取的。庄子进一步认为,人的生死、存亡、贫富、毁誉等似乎截然相反的遭遇,都不过是命运的变化,其中的奥秘仅凭人的知见是无法窥探清楚的。因此不能让它们扰乱了自己平和的心境,而应让心灵与外界保持和谐的相通。在这里,庄子引用老子的有关主张并作了发展,《老子》第五十二章说:"塞其兑,闭其门,终身不勤。开其兑,济其事,终身不救。"意思是说只要堵塞关闭耳目口鼻等孔穴和门户,就能终身安逸,就不受劳累疾病的困扰;而一旦打开这些孔穴,以此助成人世间的各种事物,那就终身不可救药。所谓塞兑闭门,就是指"无视无听,抱神以静",但是感官不与外界交涉,是否就意味着不和外界接触了呢?庄子并不这样认为。他主张采用"听之以气"、以心感应的方法,即"通而不失于兑""接而生时于心",也就是说,既能通达于万物,又不使心智无谓地流失。庄子的主张尽管听来神秘,却是颇诱人的。

闉跂支离无脤说卫灵公^①,灵公说之^②,而视全人:其脰肩肩③。瓮㼜大瘿说齐桓公④,桓公说之,而视全人:其脰肩肩。故德有所长而形有所忘⑤。人不忘其所忘而忘其所不忘⑥,此谓诚忘⑦。

故圣人有所游⑧,而知为孽⑨,约为胶⑩,德为接⑪,工为商⑫。圣人不谋,恶用知?不斫⑬,恶用胶?无丧⑭,恶用德?不货⑮,恶用商?四者,天鬻也⑯。天鬻者,天食也⑰。既受食于天⑱,又恶用人!

有人之形,无人之情。有人之形,故群于人;无人之情,故是非不得于身⑲。眇乎小哉⑳,所以属于人也;謷乎大哉㉑,独成其天。

【今译】

一个瘸腿、驼背、没有嘴唇的人去游说卫灵公,灵公很喜欢他,再去看那些形体完整的人,反而感觉他们的脖颈太细小了。一个脖子上长着瓮盆般大肉瘤的人去游说齐桓公,桓公很喜欢他,再去看那些形体完整的人,反而感觉他们的脖颈太细小了。所以只要某个人的德性有过人之处,他形体上的缺陷就会被人忘记。世人不忘记他所应当忘记的,却忘记了他所不该忘记的,这才是真正的忘记。

所以圣人游心自适,他认为智谋犹如灾孽,誓约如同胶粘,德行是交接的手段,工巧是商贾的行为。圣人从不谋划,哪里用得着智谋?圣人随顺自然,哪里用得着利用誓约结合?圣人没有任何丧失,何必还要利用德行与人交接?圣人不贩卖货物,何必还要经商?智谋、誓约、德行、工巧这四者,都来自上天的养育。所谓上天的养育,就是接受自然的喂养。已经接受了自然的养育,又哪里用得着人为的行径呢!

圣人具有人的形体,但没有人的感情。因为有人的形体,所以能合于人群;因为没有人的感情,所以人世间的是与非都不能侵扰他。渺小啊,因为他同属于人类;伟大啊,唯独他能与自然同为一体。

【注释】

① 闉(yīn):弯曲,驼背。跂:通"企",走路脚跟无法着地,指瘸足走路的姿势。支离:肢体残缺。脤(shèn):同"脣"(唇),嘴唇。说(shuì):游说。 ② 说(yuè):通"悦"。 ③ 脰(dòu):脖颈。肩肩:细小的样子。 ④ 瓮(àng):瓦盆。瘿(yǐng):长在颈部的囊状瘤子。 ⑤ 长(cháng):优,长处。 ⑥ 不忘其所忘:即不忘记所当忘,意为不忘记形体上的缺陷。忘其所不忘:即忘却所不当忘,意为忘却道德上的缺陷。 ⑦ 诚:真,真实。诚忘:真正的忘记。 ⑧ 有所游:有游心之所,即所谓"游心于德之和"。 ⑨ 知:通"智",智谋。孽:妖孽,灾孽。 ⑩ 约:约定,盟约。胶:喻指人为的约定犹如用胶粘合物体,只是勉强结合,不可能牢固。 ⑪ 德:德行。接:接触,交接,指人与人的交接行为。 ⑫ 工:工巧。 ⑬ 斫(zhuó):劈开,指人为分离。 ⑭ 丧:失去。 ⑮ 货:卖。 ⑯ 鬻(yù):通"育"。 ⑰ 食(sì):饲养,喂养。 ⑱ 既:已经。 ⑲ 不得于身:不得侵扰于身。 ⑳ 眇(miǎo):细小的样子。 ㉑ 謷(áo):伟大的样子。

【评析】

本章文字看似无关紧要,其实是《德充符》全文总结性的论述,全篇主旨于此获得集中阐释,其要有二。

一、通过闉跂支离无脤和瓮㼜大瘿两个外貌丑恶却赢得了卫灵公和齐桓公宠爱的故事,再一次说明:一个人只要有过人的德性,形体外貌上的缺陷就会被人自然遗忘。然而,世人却常常迷惑于表象,金玉其外而败絮其中的人物,往往能够轻易掠取人们的好感,也就是说,世人常常钟情于不该贪恋的表象,而忽视至关重要的内在本性。庄子在这里针对这一普遍性的问题加以精确的概括:"人不忘其所忘而忘其所不忘,此谓诚忘。"时至今日,仍为至理名言。

二、"圣人有所游"。所谓"有所游",就是本篇首章说到的"游心乎德之和",也就是《逍遥游》篇所谓"乘天地之正,而御六气之辩,以游无穷",这是道家追求的最高境界。庄子认为,要达到这一境界,必须摒除一切人为的智谋、盟约、德行和工巧。因为天道无为,如果追求这些虚伪的东西,将不利于人的自然天性的发展。人应该一切顺其自然,任其自化,无须用人力去巧作安排。在庄子看来,人既然生而为人,当然有其形表,但"形"为宾,"神"为主,如果为"形"而伤"神",则是本末倒置。因此,应当泯灭喜怒哀乐之情,保持无情无欲的心境,避免是非彼此的世俗意识侵袭身心。这样才可以心灵清静,潇然无累,可以与天地交流而遨游于自然。

惠子谓庄子曰①:"人故无情乎?"庄子曰:"然。"惠子曰:"人而无情,何以谓之人?"庄子曰:"道与之貌,天与之形,恶得不谓之人?"惠子曰:"既谓之人,恶得无情?"庄子曰:"是非吾所谓情也。吾所谓无情者,言人之不以好恶内伤其身,常因自然而不益生也②。"惠子曰:"不益生,何以有其身?"庄子曰:"道与之貌,天与之形,无以好恶内伤其身。今子外乎子之神③,劳乎子之精,倚树而吟,据槁梧而瞑④。天选子之形⑤,子以坚白鸣⑥。"

【今译】

惠子对庄子说:"人本来就没有情感吗?"庄子说:"是的。"惠子又问:"人如果没有情感,为什么还能称作人呢?"庄子答:"天道赋予人容貌,自然赋予人形体,怎么能不称之为人呢?"惠子又问:"既然称之为人,怎么会没有情感呢?"庄子答道:"这并非我所说的情感呀。我所说的无情,是说人不因为喜好或憎恶的情感而伤害自己的身心,总是顺应自然而不是人为地增益生命。"惠子说:"不是人为地增益生命,如何来保有自己的身体呢?"庄子说:"天道赋予人容貌,自然赋予人形体,不要因为好恶之情而伤害自己的身心。如今您追逐外物而消损您的心神,耗费您的精力,倚着树干吟叹,靠着干枯的梧桐树睡觉。上天授予您形体,您却以'坚''白'的诡辩自鸣得意。"

【注释】

① 惠子:惠施。　② 益生:增益生命,指对于生命的人为增进。③ 外:因追逐身外之物而使心神外泄。　④ 据:凭,靠。槁梧:干枯的梧桐树。瞑:眠。　⑤ 选:选择,授予。　⑥ 坚白:当时名家辩论的重要命题,参见《齐物论》注释。

【评析】

本章尊称庄周为"庄子",尊称惠施为"惠子",明显出自庄子后学之手,是庄子后人对于其先师事迹的追录。不过,这并不妨碍我们对于庄子真实思想的理解。庄子与惠子关于"有情""无情"的争论,其实是承接了上一章"有人之形,无人之情"的话题而来的,不过上章是正面立论,本章则是反面阐说,通过惠子言行的描写和庄子的讥斥,说明既不能忘形、又不能忘情的人的可怜可悲。庄子在这里还进一步说明了"无情"的真正含义,即"不以好恶内伤其身"。庄子认为,人的喜怒哀乐等情感变化,是最容易斫伤性命、毁灭灵性的,所以,只有对外界的一切人事变化顺其自然,处之泰然,才能保持身心的和谐。只有这种有"德"而无"情"的人,才能真正体悟到天地之大美,才能与天地并生而与万物为一。

为了身心的和谐,庄子还认为不可以"益生"。所谓"益生",就是主动地、人为地增益生命,这在常人看来,是有百利而无一害的,正如惠施所说:"不益生,何以有其身?"但是庄子对此却予以断然否定。因为在庄子看来,凡事有增则有减,有益则有损,因此"益生"绝对是有害的。"夫不知益生者,善养生者也;不材而见弃于人间世者,善世者也。"(明李贽《老庄解》)"不知益生"的"善养生者"能够一切顺应自然,那么无所谓增益,也就无所谓减损,身心与外物就能和谐交流,也就进入了神圣的和顺境界。

反对人为"益生"的主张,原本是老子提出来的,《老子》第五十五章说:"益生曰祥,心使气曰强,物壮则老,谓之不道,不道早已。"意思是说:"益生"就会导致灾殃,以心使气就是逞强,物体过分强壮就趋于衰老,这一切都被称作不合于天道,不合于天道,很快就会死亡。可见老子认为,"益生"的行为不合乎天道。至于为什么不合乎天道呢?庄子在这里为我们作了进一步的说明。

大宗师第六

【解题】

《庄子》内七篇中,《齐物论》和《大宗师》两篇最为重要,《齐物论》是庄子的认识论,《大宗师》则是庄子的本体论,文中既论"道",又论如何修"道"。

《老子》第二十五章说:"有物混成,先天地生。寂兮寥兮,独立而不改,周行而不殆,可以为天地母。吾不知其名,强字之曰'道'。"庄子的《大宗师》,就是讲老子的这个"道",并加以发挥的。庄子认为,"道"为天地万物之宗,为万众之师,因此他将"道"命名为"大宗师"。庄子又认为,"道"是无所不在的,"道"可以"神鬼神地""生天生地";"道"是有生命的,"道"的生命,就是万物的生命,万物的生命,也就是"道"的生命。"道"的生命既然可以由万物来体现,那么也能够通过人来体现,人一旦得了"道",便可以和造化交朋友,遨游于天地万物之间,与万物融为一体。得"道"者,庄子称之为"真人"。

"真人"虽然生活于尘世之中,但能超脱于是非之外,他们摆脱了生死问题的烦扰,也就是认识了生命的大道,因而能够随心所欲,"自适其适","不以心捐道,不以人助天",随顺于自然的变化而获得自在逍遥。庄子形象化地通过得"道"真人表达了人对宇宙的亲切感、融合感,体现了"道"的无限性、整体性和自由性。而"天人合一"的自然观、"生死一如"的人生观、"安化"的人生态度、"相忘"的生活境界,则是全文最为突出的几个思想观点。

知天之所为,知人之所为者,至矣!知天之所为者,天而生也①;知人之所为者,以其知之所知以养其知之所不知,终其天年而不中道夭者,是知之盛也②。虽然,有患③:夫知有所待而后当④,其所待者特未定也⑤。庸讵知吾所谓天之非人乎⑥?所谓人之非天乎?

且有真人而后有真知。何谓真人?古之真人,不逆寡⑦,不雄成⑧,不谟士⑨。若然者,过而弗悔,当而不自得也;若然者,登高不栗⑩,入水不濡⑪,入火不热,是知之能登假于道者也若此⑫。

古之真人,其寝不梦,其觉无忧,其食不甘,其息深深。真人之息以踵⑬,众人之息以喉。屈服者⑭,其嗌言若哇⑮。其耆欲深者⑯,其天机浅⑰。

古之真人,不知说生⑱,不知恶死。其出不欣⑲,其入不距⑳。翛然而往、翛然而来而已矣㉑。不忘其所始,不求其所终。受而喜之,忘而复之㉒。是之谓不以心捐道㉓,不以人助天,是之谓真人。若然者,其心志㉔,其容寂㉕,其颡頯㉖。凄然似秋,暖然似春,喜怒通四时,与物有宜而莫知其极㉗。故圣人之用兵也,亡国而不失人心。利泽施乎万世,不为爱人。故乐通物,非圣人也㉘;有亲,非仁也㉙;失时,非贤也㉚;利害不通,非君子也㉛;行名失己,非士也㉜;亡身不真㉝,非役人也㉞。若狐不偕、务光、伯夷、叔齐、箕子、胥余、纪他、申徒狄㉟,是役人之役,适人之适,而不自适其适者也。

古之真人,其状㊱:义而不朋㊲,若不足而不承㊳;与乎其觚而不坚也㊴,张乎其虚而不华也㊵;邴邴乎其似喜也㊶,

崔乎其不得已也㊷,滀乎进我色也㊸,与乎止我德也㊹,广乎其似世乎㊺,謷乎其未可制也㊻,连乎其似好闭也㊼,悗乎忘其言也㊽。以刑为体㊾,以礼为翼㊿,以知为时[51],以德为循[52]。以刑为体者,绰乎其杀也[53];以礼为翼者,所以行于世也;以知为时者,不得已于事也;以德为循者,言其与有足者至于丘也,而人真以为勤行者也。故其好之也一[54],其弗好之也一。其一也一[55],其不一也一。其一与天为徒[56],其不一与人为徒,天与人不相胜也[57],是之谓真人。

【今译】

通晓天的所为,了解人的所为,这样认识就达到了最高境界。通晓天的所为,就明白了万物自然生成的道理;了解人的所为,就能用他的智力所能懂得的知识去滋养他的智力所未能了解的知识,使自己享尽自然寿命而不至于中途夭折,这是认识的最高境界了。虽然如此,但还是存在隐患:因为认知必须有所针对的对象然后才能允当,但它所针对的对象却是不稳定的。怎么知道我所说的自然的东西不是出于人为的呢?怎么知道所谓人为的东西就不是出于自然的呢?

有了"真人"然后才有真知。什么叫做"真人"呢?古时候的"真人",不人为地促进有所不足的事物,不自我夸耀事情的成功,也不谋划任何事情。像这样的人,有了过失不会后悔,处事得当也不自我得意;像这样的人,登上高处不会颤栗,没入水里不会浸湿,进入火中不觉灼热。这只有智力登临大道境界的人才能如此。

古时候的"真人",他睡觉时不做梦,他醒来时无忧愁,他的饮食不求精美,他的呼吸深沉通畅。"真人"的呼吸自脚踵起,常人的呼吸用喉咙。常人理屈词穷的时候,气息就无法调和,言语就梗塞在喉咙里,就像要呕吐的模样。那些嗜好和欲望过于强烈的人,他们自然的本能也就浅薄了。

古时候的"真人",不知道贪生,也不知道怕死。出生不欣喜,入土不抗拒。无拘无束地死亡、自由自在地出生而已。不忘记自己来自哪里,不企求自己归向何方。得到生命就欣然接受,失去生命则复归原处。这就叫做不用心智去损害大道,也不以人为的努力去辅助自然,这样的人就叫做"真人"。像这样的人,他的心神凝聚专一,他的容貌淡漠安静,他的额头高凸而有风采。他严肃的样子像秋天,温和的样子像春天,喜悦愤怒的表现犹如四季的循环一样自然,他和外物相处合宜而无人知道他的定则。所以圣人使用武力,即使消灭敌国也不会失去那里的人心。他带来的利益和恩泽可以造福万代,却并非只是为了偏爱民。所以乐意与外物交往的,并非圣人;有偏爱的,并非仁人;丧失时机的,并非贤人;不能把利与害视为一体的,并非君子;追求名声而丧失自我天性的,并非有识之士;毁灭自身并迷失本性的,并非役使世人的人。像狐不偕、务光、伯夷、叔齐、箕子、胥余、纪他、申徒狄这些人,都是把别人的劳役看作自己的劳役,把别人的安逸当作自己的安逸,而不是自求安逸的那种人啊!

　　古时候的"真人",他的情状是:巍峨高大从不退缩畏惧,似乎不足却又从不接受;性格倔强独立而不顽固,胸怀虚空宽广而不浮华;神采焕发似乎十分欣喜,一举一动又好像迫不得已;和颜悦色使我喜欢接近,德性宽厚令我倾心归依;辽阔啊,犹如宽广的世界;高远啊,没有什么可以限制;流连啊,似乎喜欢闲逸;心不在焉啊,好像要说什么却又忘记。以刑律作为根本,以礼仪作为辅助,以智慧适应时变,以德行作为依据。"以刑律作为根本",就是尽量地减省刑罚;"以礼仪作为辅助",就是将礼仪施行于俗世;"以智慧适应时变",就是遇事不得已而采用智慧;"以德行作为依据",就如同有脚的人登上山丘一样自然平常,而别人却以为他是一个勤于行走的人呢。所以他喜欢什么是出于自然,他憎恶什么也是出于自然。他与别人相同是出于自然,他与别人不同也是出于自然。能将喜爱和憎恶等同看待的就是与"天"同类,不能将喜爱和憎恶等同看待的就是与"人"同类。认为"天"和"人"不是相互对立抵触的,这就叫做"真人"。

【注释】

① 天而生：自然地产生。意为无须人为。 ② 盛：极,极点。 ③ 患：隐患。 ④ 待：依赖。所待：所依赖的,此指认知所依附的本体,即认知所反映的对象。 ⑤ 特：但,但是。未定：不确定,指认知所反映的事物都不是稳定不变的。 ⑥ 庸讵：何以,凭什么。 ⑦ 逆：违背。寡：少,不足。逆寡：违背自然规律而人为地促进本来有所不足的事物。 ⑧ 雄：夸,夸耀。 ⑨ 谟(mó)：谋,谋划。士：通"事"。 ⑩ 栗：颤栗,发抖。 ⑪ 濡(rú)：浸湿,湿润。 ⑫ 登：升。假(gé)：通"格",到。登假：达到。 ⑬ 踵：脚后跟。息以踵：呼吸时气息自脚跟发动。《应帝王》："名实不入,而机发于踵。"真人之息以踵：意谓真人气息起自脚跟,气运深沉博厚,遍及周身。 ⑭ 屈服者：指辩论中被折服的人。 ⑮ 嗌(ài)：此指不能下咽,犹如梗塞于喉头。哇：呕吐。喻比众人之息以喉,气息短浅,一旦遇阻,则气运不调,犹如喉头被梗。 ⑯ 耆：通"嗜",嗜好。 ⑰ 天机：天然的本能。 ⑱ 说：通"悦"。 ⑲ 出：出生。欣：高兴。 ⑳ 入：入土,死亡。距：通"拒",抗拒。 ㉑ 翛(xiāo)然：自由自在的样子。往：死。来：生。如同《养生主》所谓"适来,夫子时也；适去,夫子顺也"中的"来""去"。 ㉒ 忘：通"亡",失。 ㉓ 捐：损。 ㉔ 志：用志不分。 ㉕ 寂：安静,漠然。 ㉖ 颡(sǎng)：额头,脑门。頯(kuí)：高凸而显露风采的样子。形容有道之人的额头,《天道》篇："老子曰：而容崖然,而目冲然,而颡頯然。" ㉗ 极：准则,定则。莫知其极：无人能探知他的定则。因为真人与外物相处采取无为而随顺的态度,故无定则。 ㉘ "乐通物"二句：乐,乐意。意为乐意出于有心之人,如果外物与己意有所不合,必然愤懑或有所作为,这就不是顺人心,而是循己意,故并非圣人的行为。 ㉙ "有亲"二句：意为有亲近,则必有不亲近,就是偏爱,偏爱并非大仁。 ㉚ "失时"二句：意为贤者的特征,就是能抓住时机,利用时机,否则就不能称"贤"。失时,原本作"天时",钟泰《庄子发微》认为尽管历代注家勉强解释,终究难以说通,其实"天"是"失"字的讹写。此说有理,故径为改正。 ㉛ "利害不通"二句：意为君子识见通

达，如果看不到利益与祸害其实是相通的，就不是君子。 ㉜“行名失己”二句：行名，矫正行为以追求名声。失己，丧失自己的本性。意为有道之士不求名声，唯求自适其适，不失天性。 ㉝不真：失去真性。 ㉞役人：役使世人。 ㉟狐不偕：姓狐，字不偕，尧时贤人，相传尧曾想让天下给他，不肯接受，投河而死。务光：夏时人，相传商汤王欲让天下给他，不受，负石自沉于庐水。伯夷、叔齐：商时孤竹君的两个儿子，周武王灭商，不肯食周粟，饿死于首阳山。参见《让王》篇。箕子：名胥余，殷纣王叔父，谏说纣王而遭囚禁，后贬为奴仆，于是装疯。纪他、申徒狄：皆商汤时逸民，纪他听说商汤王欲让天下给务光，务光不肯接受，唯恐让给自己，遂率弟子投水自尽；申徒狄听说后，亦投河而死。参见《外物》篇。以上数人皆传说中的贤人，均为名、义而死。 ㊱状：情态。 ㊲义：通“峨”，高耸的样子。朋：通“崩”。 ㊳承：接受。本句意为真人无所谓足或不足，只不过是好像不足，所以无须承受外物。 ㊴与：容与，放纵。与乎：放纵的样子。觚(gū)：有棱角的器皿，引申为不合群。容乎其觚：放纵自我而特立不群。坚：固执，顽固。 ㊵张乎：广大的样子。 ㊶邴(bǐng)邴乎：神采焕发的样子。 ㊷崔乎：运动的样子。 ㊸滀(chù)：积聚。滀乎：水聚则有光泽，以此形容脸色的和泽可亲。 ㊹与乎：宽厚的样子。止：安，归依。 ㊺广：原本作“厉”，据《经典释文》所引崔譔本改。 ㊻謷：通“敖”，放纵而高远。 ㊼连乎：流连、悠游的样子。闭：当为“闲”字之讹，宣颖本作“闲”。 ㊽悗(mèn)乎：心不在焉的样子。 ㊾体：根本。 ㊿翼：羽翼，辅助。 (51)知：通“智”。时：时变。 (52)循：遵循，遵循的依据。 (53)绰：宽简。杀：减，削减。 (54)一：天，自然。 (55)前“一”：相同。后“一”：自然。 (56)徒：类，同类。 (57)天与人不相胜：相胜，相互对立、相互抵触。意为天人合一。

【评析】

这是庄子论述“天人关系”的专门章节，所以文章一开始就提出所谓“知天”“知人”的问题。在常人看来，一个人知道了“天”的作用是什么,知道了"人"的作用是什么,也就是能够明白"天"与"人"的分际的,他的认知就算达到了顶点。然而庄子认为,这样的认知终究是不可靠的,因为与知识相对应的事物是多变的,所以"天"与"人"的分界不可能确定。只有以"道"为宗,纯任天机,能够以人顺天,天人合一,才是具有真知的人,才能正确处理天人关系。

庄子认为,"有真人而后有真知",真人忘知,忘知才有真知;真人契合天道,契合天道才是真知。也就是说,最能正确体现"天人关系"的是"古之真人",能够超脱于人生困境的也是"古之真人",那么,"真人"的形象及其特征到底是怎样的呢?

第一,"真人"具有非凡的淡漠天性,因此一贯地顺应时命。他们不会因为事物的寡少而作人为的促进,不会因为成功而自夸自大,凡事听任自然,从不殚精竭虑地筹划打算。他们忘记取舍,忘记得失,因此胸襟博大。如此的天性,还造就了他们超凡绝俗的功能,因此登高不颤栗,入水不沾湿,入火而不热。第二,"真人"具有超常的修养功夫。庄子认为,常人由于嗜欲深,所以天机浅,因此只能用喉呼吸,不能以踵呼吸。唯有"真人"呼吸深沉,能够以踵呼吸,所以他们睡觉不做梦,醒来不发愁,饮食不求甘美,本能不受遏制。第三,"真人"对于生死取安然态度,不贪恋人生,不惧怕死亡;自由自在地来到世上,无拘无束地离开人间。由于能"齐一生死",忘怀一切,容貌便安静闲逸。第四,"真人"具有脱俗的情态,形象高大而不会崩坏,心胸广阔而不浮华,内心充实而面色可亲,德行宽厚而令人归依。最后,"真人"具有崇高的境界,即天人合一的精神世界。所谓"天人合一",就是本章结尾所谓"天与人不相胜"。也就是说,既不可以令天来灭人,也不可以用人来制天,天、人自可两行,互不相争,互不抵触,任凭它们自由发展或相互渗透转化。

所谓"古之真人",其实是庄子对于"道"的拟人化、具体化的描写。因为"道"是"有情有信,无为无形;可传而不可受,可得而不可见"的,只有为它添上形象化的肉身,才能恰到好处地表现它的特征和作用。

本章自"故圣人之用兵也"至"而不自适其适者也",凡二十句,似与上下文义不偕。闻一多先生指出:"案自篇首至'天与人不相胜也,是之谓真人',中间凡四言'古之真人',两言'是之谓真人',文意一贯,自为片段,惟此一百一字与上下词指不类,疑系错简。"闻一多认为这段文字所述思想与庄子的主张颇有出入,而且其中数句又互见于外篇,因此怀疑它们可能出自庄子后学之手。因为上、下文字都在描述真人,突然插进这段议论,使得文章无法连贯。他还认为自"以刑为体"至"而人真以为勤行者也"凡十三句,也可能是错简(参见闻一多《庄子内篇校释》)。张默生《庄子新释》也指出,上述两段文字"在本节中虽可勉强解释,终觉不类庄子思想,时人已有疑者,或为他书错简。若删去此若干句,则上下文义悉顺"。

闻一多与张默生的怀疑颇有道理。但是,既曰"错简",则当有其原始位置,这两段文字的原始位置如今难以断定,盲目移易恐怕失之武断;径行删除,亦属不妥。我们认为,《庄子》一书是庄子及其后学的集体著述,庄子后学的言论也应保留,既然其本来的位置次序已无从知晓,不如维持现状。

死生,命也,其有夜旦之常①,天也。人之有所不得与②,皆物之情也③。彼特以天为父④,而身犹爱之,而况其卓乎⑤!人特以有君为愈乎己⑥,而身犹死之,而况其真乎⑦!

泉涸,鱼相与处于陆,相呴以湿⑧,相濡以沫⑨,不如相忘于江湖。与其誉尧而非桀也,不如两忘而化其道。夫大块载我以形⑩,劳我以生,佚我以老⑪,息我以死。故善吾生者⑫,乃所以善吾死也⑬。

夫藏舟于壑⑭,藏山于泽,谓之固矣!然而夜半有力者负之而走,昧者不知也⑮。藏小大有宜⑯,犹有所遁⑰。若夫藏天下于天下而不得所遁,是恒物之大情也⑱。特犯人之形而犹喜之⑲,若人之形者,万化而未始有极也,其为乐可胜计邪?故圣人将游于物之所不得遁而皆存⑳。善妖善老㉑,善始善终㉒,人犹效之,又况万物之所系而一化之所待乎㉓!

【今译】

人的死生,是必然的,无法避免的,就像黑夜和白天的永恒交替,是自然的规律。万事万物的发展是人力所不能干预的,这都是事物发展的常情。世人只是认为天是生命之父,从而终身爱戴它,何况那卓然独立的天道呢!人们只是认为国君胜过自己,从而愿意为他舍生忘死,何况是至高无上主宰宇宙的天道呢!

泉水干涸了,困在陆地上的鱼儿相互依偎,吐着湿气用口沫相互润湿,还不如让它们在江湖里彼此相忘。与其赞美唐尧而诋斥夏桀,还不如把他们的是非功过都忘却而融化于大道。大地负载着我的形体,使我活着的时候承受劳累,暮年的时候得到安逸,死去的时候得到安息。所以如果认为我的生存是好事,那么也就应该把我的死亡看作是好事。

把船藏在山沟里,把山藏在湖泽中,可以说是十分牢靠了吧!然而夜半三更时有个大力士背着它们跑了,睡梦中的人们还根本不知道。将小的东西藏在大的东西里是合宜的,但是仍然会有丢失。假如把天下藏之于天下就不可能有所丢失了,这就是万事万物生存的实情。人们仅仅因为获得了人的形体就欣然自喜,殊不知人的形体千变万化不曾有过穷尽,他们为此得到的快乐岂不是难以计数了吗?所以圣人要游于万物都不亡失的境地而与大道共存。把夭折视为快事,把长寿看作快事;把生看作快事,把死也视为快事,这样的人,人们尚且要效法,更何况是万物所从属的、一切变化所依赖的大道呢!

【注释】

① 夜旦:黑夜和白昼。常:永恒的现象。　② 与:参与,干预。

③ 情:常情。　④ 彼:指世人。特:仅,只是。以天为父:意为天是人生育的根本。　⑤ 其卓:那卓越的,此指天道。　⑥ 愈:通"逾",过,超过。　⑦ 真:真宰,即天道。　⑧ 呴(xǔ):吐气。　⑨ 濡:沾湿。　⑩ 大块:大地。　⑪ 佚:通"逸",安逸。　⑫ 善:好,此指认为好。　⑬ 按:"夫大块载我以形"至"乃所以善吾死也"六句,与上下文义不相连贯,而本文后面子来与子犁的对话中也有此六句,故王懋竑、马叙伦疑为错简重出。　⑭ 壑:山沟。　⑮ 昧:通"寐",睡觉。　⑯ 藏小大:藏小于大。宜:适宜,合适。　⑰ 遁:失,丢失。　⑱ 大情:常情,实情。　⑲ 犯:通"范",本指冶铸金属器具的模型,引申为铸造,塑造。《淮南子·俶真训》引作"范人之形"。　⑳ 物之所不得遁而皆存:万物都不亡失而完全保存的境界,即天道。　㉑ 妖:通"夭",夭折。　㉒ 始:出生。终:死亡。　㉓ 系:依附,从属。一化:一切变化。待:依赖。

【评析】

本章沿袭上一章"天人合一"之意而来,主要阐述了"安化"的观点。在庄子看来,人的生死如同昼夜的不断交替往复,是不以人的意志为转移的自然规律,是人力所不能、也无法干预的,因此应当安心于造化的安排,而不该执着于自我,徒然耗费心力。庄子在此提出了两个观点。

一是"两忘而化其道"。作者以"鱼"为例,假设泉水一旦干涸,池塘枯竭,鱼儿只能生活于陆地,于是相依相偎,相濡以沫,但终不能相救其死;倒还不如在江湖里的时候,虽然彼此相忘,各行其道,但却可以自适其适。作者认为,鱼是如此,人也是一样,与其是非相争,互不相让,倒不如忘了是非成见,用天道来化解彼此一切对立的界限。而一旦超脱于世俗的是非成见,也就是解除了身心内外的一切束缚,这样才能获得真正的精神自由。

二是认为应该将自己的一切"藏于天下",即把一切托付给天道。世人总是看重"小我",将自己的利益守护得十分牢固,但是他们未曾想到过,有限的自我以及所有局部的东西,都不能脱离自然的范围,都无法超越天道的控制。例如,将船藏于山谷,把山藏在深泽,似乎无人能够窃取,似乎是很牢靠的了,谁知天道的运转威力无比,就在人们不知不觉之中,河东成了河西,高山变为谷底,往日的"牢固"须臾之间无影无踪,此即所谓"夜半有力者负之而走,昧者不知也"的内在含义。因此,人,作为个体的人,决不能从自然这个母体中游离出来,当然也毋须斤斤计较所谓的得失,只有把自己安放在大宇宙里面,在无所不包的大道之中,寄托自己的渺然之身,这样才能遨游于万物不失的境地,而与大道共存。

　　本章所谓"与其誉尧而非桀也,不如两忘而化其道"的"两忘"之说,被北宋程颢汲取,成为他"定性"理论的主要依据。程颢的"定性"其实就是"定心",他首先断言"心无内外",然后又说:"与其非外而是内,不若内外之两忘也。两忘则澄然无事矣。无事则定,定则明,明则尚何应物之为累哉!"(《明道文集》卷三《答横渠先生定性书》)程颢认为人性本来就是"仁"的,尽管人心有时受到外物的诱惑,被私欲所蒙蔽,但只要奉行"无有所将,无有所迎"(《知北游》)的原则,忘内、忘外、忘我,就能做到"定心",定心也就"澄然无事",也就能到达"仁"的境界。这也就是说,庄子的是非两忘、内外两忘的理论,被程颢用作了外在的包装,"定性"的实质则是得"仁",而非得"道"。

　　夫道,有情有信①,无为无形②;可传而不可受③,可得而不可见④;自本自根⑤,未有天地,自古以固存;神鬼神帝⑥,生天生地;在太极之先而不为高,在六极之下而不为深⑦,先天地生而不为久,长于上古而不为老⑧。狶韦氏得之⑨,以挈天地⑩;伏戏氏得之⑪,以袭气母⑫;维斗得之⑬,终古不忒⑭;日月得之,终古不息⑮;堪坏得之⑯,以袭昆仑⑰;冯夷得之⑱,以游大川⑲;肩吾得之⑳,以处大山㉑;黄帝得之㉒,以登云天;颛顼得之㉓,以处玄宫㉔;禺强得之㉕,立乎北极;西王母得之㉖,坐乎少广,莫知其始㉗,莫知其终㉘;彭祖得之㉙,上及有虞㉚,下及五伯㉛;傅说得之㉜,以相武丁㉝,奄有天下㉞,乘东维、骑箕尾而比于列星㉟。

【今译】

那"道",是实在的和有信验的,却又是无所作为和没有形迹的;它可以凭借心灵感知而不能口授,可以领悟却不可能看见;它自身就是自己的根、自己的本,尚未有天地之前,自从久远的古代它就已经存在;它产生了鬼、产生了帝,诞生了天、诞生了地;它处于太极之上却不算高,处在六合之下也不算深,比天地的产生更早却不算久,自从上古时代就开始生长也不算老。狶韦氏得到它,用来开天辟地;伏羲氏得到它,用来调和元气;北斗星得到它,永远不会偏离运行轨道;太阳和月亮得到它,永远运行不息;堪坏得到它,用来入主昆仑山;冯夷得到它,用来畅游大江大河;肩吾得到它,用来占据泰山;黄帝得到它,用来攀云登天;颛顼得到它,用来居住于玄宫;禺强得到它,用来立足于北极;西王母得到它,安居于少广山,没有人知道它的出生,也没有人知道它的死亡;彭祖得到它,存活的时间上达虞舜时代,下至春秋五霸;傅说得到它,用来辅佐武丁,统辖整个天下,死后乘着东维、骑着箕宿和尾宿,与众星并列争辉。

【注释】

① 情:实情,实在。信:信验。有情有信:意为道是客观存在的。 ② 无为无形:意为道是非物质性的。 ③ 传:心传,通过心灵传导。受:通"授"。 ④ 得:心得,心领神会。 ⑤ 本:根。自本自根:意为道是自己生自己,和其他事物以"根"作为生存和发展的基础有所不同。 ⑥ 神:通"身",身孕,引申为出生。 ⑦ "在太极之先而不为高"二句:太极,本指天地尚未形成之前、阴阳未分的那股元气,此指天。先,上。六极,亦称"六合",指天、地和东、西、南、北四方。意为道

在空间上具有无限性。 ⑧"先天地生而不为久"二句:意为道在时间上具有无限性。 ⑨ 狶(xī)韦氏:传说中上古的帝王。 ⑩ 挈(qiè):提,举。此指开辟。 ⑪ 伏戏氏:伏羲氏,相传为上古三皇之一,畜牧业由他开创。 ⑫ 袭:合,调和。气母:指阴阳未分时候的元气。阴阳调和则草盛畜壮。 ⑬ 维斗:北斗。由于从地面观望,看到众星皆向着北斗,似乎北斗维系着其他的星辰,故称维斗。 ⑭ 忒(tè):差错。不忒:此指北斗的运行不会偏离轨道。 ⑮ 息:停息,停止。 ⑯ 堪坏(pēi):昆仑山神,相传为人面兽身,得道后入昆仑山为神。 ⑰ 袭:入,进入。此指入主。 ⑱ 冯夷:河神名,亦称河伯。 ⑲ 川:河。 ⑳ 肩吾:泰山神。 ㉑ 大(tài)山:泰山。 ㉒ 黄帝:轩辕氏。相传黄帝于首山采铜,于荆山下铸鼎,鼎成,有黄龙垂十鼎以迎帝,黄帝遂率群臣及后宫七十二人,白日乘龙升天,仙化而去。 ㉓ 颛顼(zhuān xū):相传为黄帝孙,又称高阳氏,亦曰玄帝。上古五帝之一,相传采羽山之铜为鼎,能召四海之神,有灵异,为北方之帝。 ㉔ 玄:北方之色。玄宫:北方帝宫。 ㉕ 禺强:又称禺京,亦为轩辕后裔,相传为人面鸟身,乘龙而行,为北方水神。 ㉖ 西王母:神话传说中的人物,为太阴之精,《山海经》《汉武内传》等均有记载。据汉人传说,西王母经常居住于西方的少广山,为太阴之精,虎齿,豹尾,善笑。常葆青春,无生无死。舜时,西王母遣使献玉环;汉武帝时则献青桃,容颜仍似十六七岁的美人。 ㉗ 始:生。 ㉘ 终:死。 ㉙ 彭祖:传说中的得道长寿之人。 ㉚ 有虞:舜,此指舜的时代。 ㉛ 五伯(bà):五霸,即春秋时的齐桓公、晋文公、秦穆公、楚庄王、宋襄公等五位霸主。 ㉜ 傅说(yuè):商代贤臣,早先在陕州傅岩从事版筑,为奴隶,高宗武丁梦中见之,遂遣人访求,任命为宰相,死后精神升天,成为星神。 ㉝ 武丁:商王高宗名。 ㉞ 奄(yǎn):覆盖,包括。 ㉟ 东维:位于箕星和北斗之间,正当天汉之东。箕、尾:均属二十八星宿之列。相传傅说之星在尾宿之上、箕宿与尾宿之间,故后世诗文常以"骑箕尾"喻指国家重臣的死亡。比:并,并列。

【评析】

庄子在本章中对"道"的性质作了明白而又集中的阐述。庄子谈"道",基本上是继承老子的思想观点,并加以发展。

老子对"道"作过许多描述,而庄子在内篇中却很少描述"道"的形貌内容,更多的是描述得"道"以后的境界,唯独在本章中,对于"道"的本质和作用作了集中阐述。"道"的性质究竟是怎样的呢?为什么称"道"是大宗师呢?庄子的描述分为四个层面。一、"道"是确实存在着的:"有情有信"。《老子》第二十一章说:"道之为物,惟恍惟惚。……其中有物。窈兮冥兮,其中有精;其精甚真,其中有信。"老子认为,尽管"道"不能直接示人以形貌,但确实有它的实物、精质和信验存在。庄子的"有情有信",其实是对老子这段话的概括。二、"道"是自我生存的:"自本自根"。三、"道"的存在早于天地万物的产生,并且是衍生万物的根源:"未有天地,自古以固存;神鬼神帝,生天生地。"《老子》第二十五章说:"有物混成,先天地生。……周行而不殆,可以为天地母。吾不知其名,强字之曰'道'。"第三十九章又说:"天得一以清,地得一以宁,神得一以灵,谷得一以盈,万物得一以生,侯王得一以为天下正。""一"就是"道"。总之,"道"的存在无始无终,它派生并作用于天地万物,庄子在此正是沿袭了老子的观点。四、"道"是超越时间和空间界限的,是无所不在的主宰:"在太极之先而不为高,在六极之下而不为深,先天地生而不为久,长于上古而不为老"。这也就是《齐物论》篇所谓"道未始有封"的意思。

在这里,庄子提出了"太极"这一概念。"太极"是指空间的最高极限,在以后的中国哲学史上,它成为一个重要的范畴。而这个重要范畴,正是庄子在本章中首先创立的。不过,由于本章引用了诸多神话,因此有人怀疑它并非出自庄子之手。严复评论说,此章文笔板滞,意境卑浅,"是庄文最无内心处"(《庄子评点·大宗师》)。钱穆则干脆认为是"晚周神仙家言、阴阳家言窜入"(《庄子纂笺·大宗师》)。张恒寿《庄子新探》也认为此章较为晚出,他的主要论据是两个:一是本章阐述的神仙家思想,并非庄子的思想;二是文中列举的神人,与《楚辞·远游》篇和《韩非子·解老》篇有些雷同。但这些论据都还不足以证明本章不是庄子的作品。张默生《庄子新释》认为,"实则庄子以此等神话入说,不过借以证明'道'为一切事理变化的总原理,意谓不但六合之内的事物不能自外于道的范围,即六合之外的事物亦同样受道的作用。他所着重的,不在这些神话的本身,而在这些神话以外的寓意。"习惯以"荒唐之言、无端崖之辞"立论的庄子,在这里偶尔借用诸多神仙、帝王、圣贤得"道"而变化神异的事例,来证明"道"的神奇威力,似乎是可以理解的。

南伯子葵问乎女偊曰①:"子之年长矣,而色若孺子②,何也?"曰:"吾闻道矣。"南伯子葵曰:"道可得学邪?"曰:"恶!恶可!子非其人也。夫卜梁倚有圣人之才而无圣人之道③,我有圣人之道而无圣人之才。吾欲以教之,庶几其果为圣人乎④?不然,以圣人之道告圣人之才⑤,亦易矣。吾犹守而告之⑥,参日而后能外天下⑦;已外天下矣,吾又守之,七日而后能外物;已外物矣,吾又守之,九日而后能外生⑧;已外生矣,而后能朝彻⑨;朝彻而后能见独⑩;见独而后能无古今;无古今而后能入于不死不生。杀生者不死,生生者不生⑪。其为物无不将也,无不迎也,无不毁也,无不成也⑫,其名为撄宁⑬。撄宁也者,撄而后成者也。"

南伯子葵曰:"子独恶乎闻之?"曰:"闻诸副墨之子⑭,副墨之子闻诸洛诵之孙⑮,洛诵之孙闻之瞻明⑯,瞻明闻之聂许⑰,聂许闻之需役⑱,需役闻之于讴⑲,于讴闻之玄冥⑳,玄冥闻之参寥㉑,参寥闻之疑始㉒。"

【今译】

　　南伯子葵问女偊说:"您的年岁已经很高了,但是脸色却仍像孩童一样,这是什么原因呢?"女偊回答:"我听说'道'了。"南伯子葵问:"'道'可以学得到吗?"女偊说:"不行! 怎么可能呢! 你不是可以学'道'的人。那卜梁倚有圣人的材质却没有圣人的道术,我有圣人的道术却没有圣人的材质。我试图将道术教给他,或许他果真能成为圣人了吧? 即使结果不能这样,将圣人的道术教导具有圣人材质的人,也就容易些。于是我坚持着教导他,三天以后他就能把天下置之度外;已经把天下置之度外了,我仍然坚持着教导他,七天以后他便能把万物置之度外;已经把万物置之度外了,我仍然坚持着教导他,九天以后他便能把生死置之度外;已经把生死置之度外了,然后豁然顿悟,心灵如朝阳般明彻;心灵如朝阳般明彻以后便能体悟那独立自存的大道;体悟到大道以后就能超越古今的时限;超越古今的时限以后便能进入无生无死的境界。能杀死所有生物的东西本身不会死,诞生最初的生命的东西自身不会生。'道'对于万物,无不送行,无不迎接,无不破坏,无不形成,这就叫做'撄宁'。所谓'撄宁',就是经受干扰以后形成的宁静自如的境界。"

　　南伯子葵又问:"您到底是怎样听说'道'的呢?"女偊说:"我是从副墨(文字)的儿子书册那里听说的,副墨的儿子是从洛诵(背诵)的孙子那里听说的,洛诵的孙子是从瞻明(所见)那里听说的,瞻明是从聂许(所闻)那里听说的,聂许是从需役(实践)那里听说的,需役是从于讴(咏叹歌谣)那里听说的,于讴是从玄冥(深远幽寂)那里听说的,玄冥是从参寥(高邈寥旷)那里听说的,参寥是从疑始(迷茫之始)那里听说的。"

【注释】

　　① 南伯子葵:即《齐物论》中的南郭子綦,"葵"与"綦"上古音同。女偊(yǔ):庄子虚构人名。　② 色:神色。孺子:小孩。　③ 卜梁倚:姓卜梁,名倚。才:材质,即今天所谓"天才"。道:道术,修炼的方法。

④ 庶几：或许。 ⑤ 告：告知，传授。 ⑥ 守：坚持。 ⑦ 参：同"三"。外：遗弃，舍弃。 ⑧ 生：生命。 ⑨ 朝彻：朝日初升而照彻万物。 ⑩ 见独：见到常人见不到的、独特的东西，即大道。 ⑪ "杀生者不死"二句：解释上述得道之人"不死不生"的缘故。意为有生有死之物皆寻常之物，"道"并非物，它能杀死所有的生物，自身当然不死；最初的生物由它诞生，它本身当然无所谓出生。 ⑫ "其为物无不将也"四句：为物，对待万物。将，送。意为道对于天下万物，听任它们各自发展。 ⑬ 撄：扰乱。宁：安定。撄宁：虽经扰乱，复归安定。 ⑭ 副墨：文字。副墨之子：喻指书册。 ⑮ 洛诵：反复诵读，背诵。副墨之子闻之洛诵之孙：意为书册是纪录先人口授的东西。 ⑯ 瞻：见，看见。 ⑰ 聂许：耳听，听到。 ⑱ 需役：实行，实践。 ⑲ 于讴：咏叹歌谣。 ⑳ 玄冥：深远幽寂。 ㉑ 参寥：寥廓无极的境界。 ㉒ 疑始：迷茫之始。

【评析】

本章主要述说女偊帮助卜梁倚悟"道"的过程。王孝鱼先生于《庄子内篇新解》中将女偊所述悟"道"过程归纳为"破三关"和"四悟"。

所谓"破三关"，即"外天下""外物""外生"。"外"即遗忘，含有舍弃、透破的意思。"外天下"就是遗忘身外的世界，也就是舍弃世俗的价值，舍弃世俗的牵系；"外物"就是不为物役，也就是不受物质支配的意思；"外生"就是忘记生死，将生死置之度外，到了这一步，也就是达到了忘我的境界。

在"外天下""外物""外生"这三关中，天下泛而远，万物亲而近，因此"外天下"要比"外物"容易，"外天下"只需三日，而"外物"则要五日。但是若以"外物"和"外生"相比，则"外生"难于"外物"，因为"外生"必须忘我，"物"与"我"相较，当然"物"远而"我"近，所以"外生"需要九日。三日、五日、九日，在这里都是虚指而非实指，意思是随着过关难度的提高而时间也有所增加而已。

"四悟"：一为"朝彻"，二为"见独"，三为"无古今"，四为"不死不生"。一悟为"朝彻",就是说一旦觉悟而豁然贯通,心灵就像清晨的朝阳,照彻万物。二悟为"见独","见独"就是见"道","道"是独立无待的,因此用"独"来指称。三悟为"无古今",就是说在"见独"的基础上,可以泯灭时间的界限,将过去、现在和未来的区别统统消灭。四悟为"不死不生",就是说到了这个程度,就打破了人与天的界限,如此一来,就可以达到"天地与我并生""万物与我为一"的境界。

"四悟"全凭一时的慧觉灵感,所以没有时日的限制。"四悟"实为学"道"过程中的心灵状态。在庄子看来,宇宙万物无时无刻无不处在生成往来的激烈变化运动之中,只有在这种纷纭烦乱之中保持宁静的心境,才能完成学"道"的进程,达到体"道"的最高境界。在扰乱之中保持安宁心境的做法,从生死对立的恐惧之中解脱出来而臻于不生不死的境界,庄子称之为"撄宁"。

所谓"破三关"和"四悟",是对于得"道"方法、过程和结果的明确描述,然而是否每个有志于学"道"的人,最终都能得"道"呢?并非如此。女偊强调得"道"者必须同时具有两个条件,一是"圣人之才",二是"圣人之道",前者指天生的素质,后者指知晓得"道"的术。所以卜梁倚有"圣人之才"而无"圣人之道"不能得"道",女偊本人有"圣人之道"而无"圣人之才"也不能得"道"。这也就是说,"道"并非每个人都可以认识的,也不是仅仅通过理论学习可以把握的,因为"道"是一种精神修炼的功夫,关键在于体悟。而且所谓"朝彻""见独""无古今""不死不生"的悟"道"过程,强调玄妙的个人体验;女偊所谓从"副墨"到"疑始"的"闻道"过程,尽管是别出心裁的拟人化描述,仍然具有玄虚莫测的色彩,这就使得庄子有关悟"道"的理论,给人相当神秘的感觉。

  子祀、子舆、子犁、子来四人相与语曰①:"孰能以无为首,以生为脊,以死为尻②;孰知死生存亡之一体者,吾与之友矣!"四人相视而笑,莫逆于心③,遂相与为友。俄而子舆有病④,子祀往问之。曰:"伟哉,夫造物者⑤!将以予为此拘拘也⑥。"曲偻发背⑦,上有五管⑧,颐隐于齐⑨,肩高于顶,句赘指天⑩,阴阳之气有沴⑪。其心闲而无事⑫,跰𨇤而鉴于井⑬,曰:"嗟乎!夫造物者又将以予为此拘拘也⑭。"

子祀曰:"女恶之乎⑮?"曰:"亡⑯,予何恶!浸假而化予之左臂以为鸡⑰,予因以求时夜⑱;浸假而化予之右臂以为弹,予因以求鸮炙⑲;浸假而化予之尻以为轮⑳,以神为马,予因以乘之,岂更驾哉㉑!且夫得者,时也;失者,顺也。安时而处顺,哀乐不能入也,此古之所谓县解也㉒,而不能自解者,物有结之㉓。且夫物不胜天久矣㉔,吾又何恶焉!"

俄而子来有病,喘喘然将死㉕。其妻子环而泣之㉖。子犁往问之,曰:"叱㉗!避!无怛化㉘!"倚其户与之语曰㉙:"伟哉造化!又将奚以汝为㉚?将奚以汝适㉛?以汝为鼠肝乎?以汝为虫臂乎?"子来曰:"父母于子㉜,东西南北,唯命之从。阴阳于人,不翅于父母㉝。彼近吾死而我不听㉞,我则悍矣㉟,彼何罪焉?夫大块载我以形,劳我以生,佚我以老,息我以死。故善吾生者,乃所以善吾死也。今大冶铸金㊱,金踊跃曰:'我且必为镆铘㊲!'大冶必以为不祥之金。今一犯人之形而曰㊳:'人耳㊴!人耳!'夫造化者必以为不祥之人。今一以天地为大炉,以造化为大冶,恶乎往而不可哉!"成然寐㊵,蘧然觉㊶。

【今译】

子祀、子舆、子犁、子来四个人在一起闲谈时说:"如果谁能把'无'当作头颅,把'生'当作脊柱,把'死'当作尾骨;如果谁能知道生死存亡浑为一体的道理,我们就和他交朋友!"四个人相视而笑,心心相印,于是相互结交成为朋友。不久子舆有病,子祀前往探视。子舆说:"伟大啊,那造物主的神力!将我变成这样一个拘挛屈曲的模样。"子舆腰弯背驼,背骨凸露,脊背朝上,下巴隐藏在肚脐里,肩膀高过了头顶,颈椎弯曲朝天,这是阴阳二气乖戾不和的缘故啊。可是子舆的心境却十分安闲而若无其事,他蹒跚着来到井边对着井水照看自己,说:"哎哟!那造物主竟然把我变成了这样拘挛屈曲的模样!"

子祀说:"你厌恶这个模样吗?"子舆说:"没有,我为什么要厌恶呢!假如造物主逐渐地把我的左臂变成一只鸡,我就用它来报晓;如果逐渐地把我的右臂变成弹丸,我就用它来射取斑鸠烤熟了吃;如果逐渐地把我的尾骨变成车辆,把我的精神变化为马匹,那我就用来乘坐,那里还用得着另外找车呢!再说生命的获得,是因为适时;生命的丧失,是因为顺应。安于时变而顺应变化,哀伤或喜悦的情绪就不会侵入心中,这就是古人所说的解除了倒悬之苦,而不能自我解脱的那些人,则是因为被外物束缚住了。况且人力不能胜过自然由来已久,我又何必要厌恶自己的变化呢!"

不久子来也生病了,上气不接下气地将要死去。他的妻子和孩子围着他哭泣。子犁前往探视,对子来的妻子和孩子们说:"去!走开!无须害怕生死的变化!"子犁靠在门上对子来说:"伟大啊,造物主!又将把你变成什么了呢?又要把你送往哪里去了呢?把你变成老鼠的肝吗?把你变成虫子的臂膀吗?"子来说:"孩子对于父母,不论父母要他们去向何方,都只能听从吩咐。阴阳造化对于人,岂止是父母对于孩子。它要我走近死亡而我却不听从,我岂不是太蛮横不顺了吗,那阴阳有什么罪过呢?大地负载着我的形体,使我活着的时候承受劳累,暮年的时候得到安逸,死去的时候得到安息。所以如果认为我的生存是好事,那么也就应该把我的死亡看作是好事。比如现在有一个技艺高超的从事冶炼的工匠要铸造金属器具,铜块在熔炉中跳起来嚷道:'我将必然成为镆铘宝剑!'那工匠必定会认为这是不吉祥的金属。如今人一旦被铸造成了人的形貌,就说:'我是人!我是人!'造物主必然会认为这是不吉祥的人。如今一旦将天地当作大熔炉,把造物主当作技艺高超的工匠,把我驱遣到什么地方不可以呢!"说完他就酣然睡去,又自在无忧地醒来了。

【注释】

① 子祀、子舆、子犁、子来:庄子虚构的寓言中人物。相与语:相互交谈。　② 尻(kāo):尾骨,借指终了。　③ 莫逆于心:感觉相互顺心,情投意合。即心心相印。　④ 俄而:不久。　⑤ 造物者:指"道"。后文"造化"之意同此。"造物者""造化"后来成为哲学常用词,其源盖出于此。　⑥ 拘拘:拘挛屈曲的样子。　⑦ 曲偻:弓身驼背。发背:背骨向上凸露。　⑧ 五管:指五脏之腧穴。上有五管:五脏之腧穴朝上,即《人间世》篇所谓"五管在上",指驼背的程度相当厉害而背脊朝天。　⑨ 颐:下巴。隐:藏。齐:通"脐",肚脐。　⑩ 句(gōu):同"勾",弯曲。赘:突起,指颈椎。颈椎弯曲,故指向天。　⑪ 沴(lì):通"戾",不和。　⑫ 闲:安闲,闲逸。无事:若无其事。　⑬ 跰𨇤(pián xiān):行走艰难的样子,近似于"蹒跚"。鉴:照镜子,此指以井水当镜。　⑭ 又:加重语气,意为竟然,居然。　⑮ 恶:厌恶。　⑯ 亡:无,没有。　⑰ 浸:逐渐。假:假使,假如。　⑱ 时夜:司夜,指公鸡鸣叫报晓。　⑲ 鸮(xiāo):斑鸠。炙:烤肉。　⑳ 轮:此指车。㉑ 更(gēng):更换。驾:马车。　㉒ 县:通"悬",倒悬。县解:解除倒悬之苦。意为世人受物欲驱使,犹如时时刻刻遭受倒悬之苦。参见《养生主》注。　㉓ 物有结之:意为被外物束缚。　㉔ 物:万物,包括人以及人力。　㉕ 喘喘然:气息急促的样子。　㉖ 妻子:妻子以及儿女。　㉗ 叱(chì):呵斥的声音。　㉘ 无:通"毋",不要,无须。怛(dá):惊恐,害怕。化:生死变化。　㉙ 倚:倚靠。户:门,指屋内的单扇门。　㉚ 奚:何。为:此指变化,改变。　㉛ 适:往。　㉜ 父母于子:"子于父母"的倒装。　㉝ 不翅:同于"不啻",不仅,不止。㉞ 近:作动词用,使之近。　㉟ 悍:蛮横而不肯顺从。　㊱ 大冶:从事冶炼的高明工匠。金:战国时期多指铜。　㊲ 镆铘:亦称"莫邪",

吴王阖闾的宝剑。　㊳犯:通"范",使用模子铸造。　㊴人耳:意为成了人就永远是人,以做人自豪。　㊵成然:酣睡的样子。成然寐:酣然熟睡,即上文所谓"其寝不梦"。　㊶蘧然:"蘧蘧然",悠然自得的样子。蘧然觉:上文所谓"其觉无忧"。

【评析】

死亡,是人生最后一个大关,世上每个人都必须过此一关,而死亡带给人们的情绪变化,也正是最最困扰人的精神枷锁。在庄子看来,世上很少有人能够"以无为首,以生为脊,以死为尻",也就是不能认识"死生存亡之一体"的道理。其实,人之得以出生,乃是"适时";人之走向死亡,则为"顺应"。"安时而处顺,哀乐不能入也",这便是庄子提倡的对于生死存亡变化的态度。

本章采用寓言形式,通过虚构的四个人物,即子祀、子舆、子犁、子来四人面对死亡的具体表现及其对话,表现庄子本人对于生死的态度。

寓言中的这四个人,结成了莫逆之交,作为他们之间友谊的基础,便是共同的观念,他们都懂得"死生存亡之一体",他们面对死亡,都无所畏惧。子舆将死亡看作是解除人生的倒悬之苦,子来把死亡看成是大自然赐予自己的安息之乐。子来认为,人的形体是大自然赐予的,而人获得的劳苦和欢乐也是均衡的,他活着的时候感受劳累,老年的时候获得安逸,死去的时候得到安息。所以,如果认为人的生存是件乐事,那么也就应该把人的死亡看作是同样的欢乐。人如果能以如此安详的态度面对生死存亡的变化,就意味着彻底摆脱了任何形式的精神束缚,也就是获得了"悬解"。道家这种视死亡为回归自然的超然态度,应该说是充满了辩证法思想的。

子桑户、孟子反、子琴张三人相与友①,曰:"孰能相与于无相与②,相为于无相为③?孰能登天游雾,挠挑无极④,

相忘以生,无所终穷⑤?"三人相视而笑,莫逆于心。遂相与为友。

莫然⑥。有间而子桑户死,未葬。孔子闻之,使子贡往侍事焉⑦。或编曲,或鼓琴,相和而歌曰:"嗟来桑户乎⑧!嗟来桑户乎!而已反其真,而我犹为人猗⑨!"子贡趋而进曰:"敢问临尸而歌,礼乎?"二人相视而笑曰:"是恶知礼意!"子贡反,以告孔子曰:"彼何人者邪?修行无有而外其形骸,临尸而歌,颜色不变,无以命之。彼何人者邪?"孔子曰:"彼游方之外者也⑩,而丘游方之内者也。外内不相及,而丘使女往吊之⑪,丘则陋矣!彼方且与造物者为人⑫,而游乎天地之一气。彼以生为附赘县疣⑬,以死为决疣溃痈⑭。夫若然者,又恶知死生先后之所在!假于异物,托于同体⑮;忘其肝胆,遗其耳目⑯;反复终始,不知端倪⑰;芒然彷徨乎尘垢之外⑱,逍遥乎无为之业。彼又恶能愦愦然为世俗之礼⑲,以观众人之耳目哉⑳!"

子贡曰:"然则夫子何方之依?"孔子曰:"丘,天之戮民也㉑。虽然,吾与汝共之。"子贡曰:"敢问其方?"孔子曰:"鱼相造乎水,人相造乎道㉒。相造乎水者,穿池而养给;相造乎道者,无事而生定㉓。故曰:鱼相忘乎江湖,人相忘乎道术㉔。"子贡曰:"敢问畸人㉕?"曰:"畸人者,畸于人而侔于天㉖。故曰:天之小人,人之君子;人之君子,天之小人也。"

【今译】

子桑户、孟子反、子琴张三人相互结交为友,说:"谁能与人交往而纯出于无心,相互帮助却又像什么也没有做?谁能上登高天畅游于云雾之中,循环往复于无穷无尽的境界,相互将生命忘却,而不知其终极?"三人相视而笑,心心相印。于是相互结成好友。

就这样他们漠然安静地生活着。不久子桑户死了,尚未下葬。孔子听说了这个消息,派遣子贡前去帮助料理丧事。孟子反和子琴张却一个编曲,一个弹琴,两人相互应和着在歌唱:"哎呀,子桑户啊!哎呀,子桑户啊!你已经返归本真,可是我们还寄生于人间呀!"子贡快步来到他们面前,说:"我冒昧地请问,对着尸体唱歌,这合乎'礼'吗?"孟子反和子琴张二人相互看着对方,笑着说:"这样的人哪里会懂得'礼'的真实含义!"子贡回去以后,把见到的情况告诉了孔子,问道:"他们都是些什么人呢?不讲究德行的修养,将自己的形体置之度外,面对着死尸歌唱,脸色毫无改变,简直难以用语言来形容他们。他们都是些什么人呢?"孔子道:"他们是逍遥于尘世之外的人,而我则是生活在尘世之中的人。尘世之外和尘世之内是彼此不相干的,而我却让你前去吊唁,这是我的浅陋啊!他们正将和造物者结为朋友,遨游于天地浑一的元气之中。他们把生看成是身体上多余的肉瘤和悬垂的肉结,把死亡看作是毒疮的溃破出脓。像这样的人,又哪里会想要知道生与死的先后次序呢!他们借助于不同的外物,寄托于它们并且聚合成人的身体;他们忘却体内的肝胆,也忘却体外的耳目;让生命随着自然由始到终、又由终到始地循环往复,不知道哪里是开端、哪里是尽头;他们茫茫然徘徊在尘世之外,逍遥自在地畅游于无所作为的境界。他们又怎么肯烦累不堪地拘守世俗的礼仪,并且有意将它们显示于众人的面前呢!"

子贡说:"既然如此,那么先生您究竟依从于尘世之内还是尘世之外呢?"孔子说:"我孔丘乃是上天惩罚的罪人啊。虽然是这样,我仍然要和你们一起去追求尘世之外的生活。"子贡说:"请问将采用什么方法?"孔子说:"鱼争相入水,人争相求'道'。对于争相入水的鱼,挖个水池便足够资养;对于争相求'道'的人,虚静无事就心性安定。所以说:鱼游于江湖便感觉舒适而忘却一切,人游于大道就逍遥自在而忘怀一切。"子贡又问:"再冒昧地请问什么是'异人'?"孔子答:"所谓'异人',就是不同于世俗常人而与天道相合的人。所以说:天道所认为的小人,世俗认为是君子;世俗认为是君子的,天道却认为是小人。"

【注释】

① 子桑户、孟子反、子琴张:皆庄子虚构的人物。子桑户,又称子桑雽,见《山木》篇。或谓即《论语·雍也篇》之"子桑伯子"。孟子反,或谓即《论语·雍也篇》之"孟之反"、《左传·哀公十一年》之"孟之侧"。　② 孰:谁。相与无相与:意为相互交往完全是出于自然,毫无功利目的。　③ 为(wèi):此指帮助。　④ 挠挑:循环往复。无极:无穷无尽。　⑤ 终穷:终极、穷尽,此处指死亡。　⑥ 莫然:漠漠然,淡漠无心的样子。　⑦ 侍事:指帮助料理丧事。　⑧ 嗟来:感叹词。　⑨ 猗(yī):句尾助词。　⑩ 方之外:上、下、东、西、南、北六方之外,指现实世界以外,即所谓超脱于尘世。游方之外者:指虽然生活于现实世界,但是能够超越于世俗的事务和道德观念的人。　⑪ 女:通"汝"。　⑫ 方且:正将。与造物者为人:为人,为偶,结为朋友。《淮南子》中《原道训》所谓"与造物者俱",《本经训》所谓"与造化者相雌雄",《齐俗训》所谓"上与神明为友,下与造化为人",意皆同此。　⑬ 附赘:附生于身体的多余肉块。县:通"悬"。疣(yóu):皮肤上的赘生物。　⑭ 痪(huàn)、痈(yōng):均为毒疮。　⑮ "假于异物"二句:意为借助于不同的若干物质,暂时结合于一处而成为人的形体。　⑯ "忘其肝胆"二句:意为遗忘虚幻多变的形体。　⑰ 端:开头。倪:边际,尽头。　⑱ 芒然:茫然。　⑲ 愦愦(kuì)然:烦乱的样子。　⑳ 观:被动用法,显示于。　㉑ 戮:刑戮。天之戮民:受上天惩罚的人。　㉒ 造:至,到。　㉓ 生:通"性",心性。　㉔ "鱼相忘乎江湖"二句:意为鱼游于江湖,要比处于池塘之内更快活,便能忘掉一切;人游于大道之中,就能逍遥自在,就会忘怀一切。　㉕ 畸人:异人,不寻常的人。　㉖ 侔(móu):齐,等同于。

【评析】

本章仍然采用寓言形式,且用对比手法,指出了儒、道两家对待生死问题的不同态度。子桑户去世后,孔子派遣子贡前往吊丧,子贡与子琴张、孟子反二人对待死亡的态度截然相反,孔子听说后,深自反省,感叹说,能做到"相忘以生"的人,才是真正的君子。文中的子桑户、孟子反和子琴张,都是庄子理想的道家人物,而孔子,也变成了庄子学说的代言人。

在道家人物看来,生命不过是"气"的凝结。"气"聚则生,"气"散则死。他们认为享有生存并不值得欢喜,面临死亡也不需要恐惧,因为生存犹如"附赘县疣",死亡仿佛"决疣溃痈",生与死的界限以及由此引起的悲喜之情、现实生活中囿于伦理道德的丧葬礼仪,在他们那里都已不复存在。他们希望生命能随着自然循环变化,他们主张开阔心胸,他们强调"相忘",忘怀生死、忘怀世俗之礼、忘怀一切,从而保持恬静自适的心境。活着,便与造物者为友,"芒然彷徨乎尘垢之外,逍遥乎无为之业";面对死亡,也总是超脱宁静,决不"愦愦然为世俗之礼,以观众人之耳目"。因此,子桑户死后,他活着的两位朋友不但没有哀泣号啕,反而编曲弹琴,唱起歌来。对于这种现象,在拘守世俗虚文礼节的儒士看来,当然是咄咄怪事,所以孔门弟子子贡便忍不住要上前质问:"敢问临尸而歌,礼乎?"这便是儒、道两家对待生死问题的不同态度的生动写照。

正因为儒、道两家对待生死的观念不同,所以两家的心胸宽度不同,视野深广不一,对人的道德评价的标准也就不同,甚至相反。所以,在本章末尾,庄子借孔子之口指出:按照道家的自然观点来看是"小人"的,在世俗观点看来,竟然是人间的"君子";而根据自然观点来看是"君子"的,却被世俗之人视之为"小人"。

颜回问仲尼曰:"孟孙才①,其母死,哭泣无涕②,中心不戚③,居丧不哀④。无是三者,以善处丧盖鲁国,固有无其实而得其名者乎⑤?回壹怪之⑥。"仲尼曰:"夫孟孙氏尽之矣,进于知矣⑦,唯简之而不得⑧,夫已有所简矣。孟孙氏不知所以生，不知所以死；不知孰先，不知孰后⁹。若化为物，以待其所不知之化已乎。且方将化，恶知不化哉？方将不化，恶知已化哉⁰？吾特与汝⑪，其梦未始觉者邪⑫！且彼有骇形而无损心⑬，有旦宅而无情死⑭。孟孙氏特觉⑮，人哭亦哭，是自其所以乃⑯。且也相与吾之耳矣⑰，庸讵知吾所谓吾之乎？且汝梦为鸟而厉乎天⑱，梦为鱼而没于渊。不识今之言者，其觉者乎？其梦者乎？造适不及笑，献笑不及排⑲，安排而去化⑳，乃入于寥天一㉑。"

【今译】

颜回问孔子说："孟孙才这个人，他的母亲死了，哭泣没有眼泪，心中又不悲伤，守丧也不哀痛。没有这三条，却以善于处理丧事而冠绝于鲁国，难道真会有无其实际而取其虚名的情况吗？我真是感到奇怪。"孔子说："孟孙才已经尽了守丧之道，比起那些只知丧葬礼仪的人他已经超越了。人们总想从简治丧却无法做到，而孟孙才已经有所简化了。孟孙才不知道生的原因，也不知道死的缘故；不知道生和死哪个在先，哪个在后。如果生死已经变化为某一物，那么此物它只在等待那些它所不知道的变化而已。况且正要发生变化，怎么就知道不变化了呢？正将不再变化，又怎么知道已经变化了呢？就拿我和你来说吧，恐怕都还是处在梦中尚未觉醒的人呢！而且那孟孙才虽然因居丧哭泣形体上有所变化，但内心并无损伤；虽然呈现惊惧的样子，精神却并未耗损消亡。他尤为清醒，别人哭他也哭，这只不过是随着别人那样做而已。而且人们相互交往时都称自己的身体为'我的'，又怎么知道我所谓的'我的身体'就是真实的呢？况且你梦见自己变成了鸟而直飞蓝天，梦见自己变成了鱼而没入深渊。不知道今天正在这里谈话的我们，究竟是清醒的呢？还是在做梦呢？一旦出现适意的心境而总是来不及笑，发自内心的笑声总是来不及事先安排，听任自然的安排而顺应变化，于是就进入到与寂寥虚空的天道混同一体的境界。"

【注释】

①孟孙才:姓孟孙,名才,鲁国贤人。 ②涕:眼泪。 ③戚:忧伤。 ④居丧:在直系亲长的丧期之中服丧事,又称守丧。 ⑤固:难道。 ⑥壹:强调语气,意为实在,确实。 ⑦进:超过。 ⑧唯:通"惟",想,想要。 ⑨"不知孰先"二句:孰,哪一个,代指"生"和"死"。意为不知生与死哪个在前,哪个在后。两"孰"字原本皆作"就",钟泰《庄子发微》认为是"孰"字之讹:"上文有云'又恶知死生先后之所在','恶知先后之所在',即不知孰先、孰后也。'先''后'承'生''死'言。若曰就先就后,则与生死义不相属矣。孰、就字形似,易讹。故依文义改正之。"所言有理,此从之。 ⑩"且方将化"四句:方将,正要、正将。意为万物的变化或不变化,我们无法知晓,只管随任自然而已。 ⑪特:但,只是。 ⑫其:抑或,恐怕。 ⑬彼:指孟孙才。骇:动,变。骇形:指居丧哭泣时形体上的变化。 ⑭旦宅:《经典释文》引李本作"怛侘",惊惧的样子。情死:精神耗损以至于消亡。《淮南子·精神训》引此文,"情死"作"耗精",正与上句"损心"相对。 ⑮特觉:尤为清醒。 ⑯自:从,依从。乃:如此,那样。 ⑰吾之:我的,此指"我的躯体"。 ⑱厉:通"戾",到达。 ⑲"造适不及笑"二句:造,至,到达。适,适意。献,发。意为人的适意和笑声都是自然而然的,是不能依赖于人为的安排的。 ⑳安排:安于自然的安排。去:行。去化:顺应变化。 ㉑寥天:虚空寂寥的天道。一:混为一体。

【评析】

生死问题,在道家看来,实乃人生一大关键问题,要修"道"就必须在认识上过好这一关。因此在本篇中,庄子一而再、再而三地论及于此。先是在"子祀、子舆、子犁、子来四人相与语"和"子桑户、孟子反、子琴张三人相与为友"两则寓言中,反复阐述他的生死观,即安时处顺,善死善生。然而庄子意犹未尽,紧接着又在本章中以"重言"的形式,借孔子之口,再一次阐明自己的生死观。所不同于前两章的是,本章不再是借友朋的病死直接或形象地阐述生死问题,而是从评述孟孙才如何办丧事入手,申明自己的生死观。

儒家极其重视丧葬礼仪,强调厚葬,强调尽礼,而孟孙才的母亲死了,他居然"哭泣无涕,中心不戚,居丧不哀",这在儒家的代表颜回看来,简直是不可思议,大逆不道。但是,孟孙才却受到"孔子"的高度赞许,因为他这样做符合道家的生死观。在这里,孔子又一次成了道家的代言人。在道家看来,人的生死只不过是气的聚散,只是躯体的变化,而非精气的死亡。明白这一点,便大可不必因为亲人的辞世而悲痛欲绝,倒是应该听任自然的安排而顺应这种生死的变化。能够做到这一点,就达到了"道"的最高境界——"乃入于寥天一"。

意而子见许由①,许由曰:"尧何以资汝②?"意而子曰:"尧谓我:汝必躬服仁义而明言是非③。"许由曰:"而奚来为轵④?夫尧既已黥汝以仁义⑤,而劓汝以是非矣⑥。汝将何以游夫遥荡恣睢转徙之涂乎⑦?"

意而子曰:"虽然,吾愿游于其藩⑧。"许由曰:"不然。夫盲者无以与乎眉目颜色之好⑨,瞽者无以与乎青黄黼黻之观⑩。"意而子曰:"夫无庄之失其美⑪,据梁之失其力⑫,黄帝之亡其知,皆在炉捶之间耳⑬。庸讵知夫造物者之不息我黥而补我劓⑭,使我乘成以随先生邪⑮?"许由曰:"噫!未可知也⑯。我为汝言其大略:吾师乎!吾师乎!齑万物而不为义⑰,泽及万世而不为仁,长于上古而不为老,覆载天地、刻雕众形而不为巧。此所游已!"

【今译】

意而子去拜见许由,许由说:"尧是怎样指教你的呢?"意而子答道:"尧对我说:你必须亲身实践仁义,而且明辨利害、阐明是非。"许由说:"你为什么还要到我这里来呢?尧已经用'仁义'在你的额头和脸颊上刻下了印记,又用'是非'割掉了你的鼻子。你将如何遨游在逍遥放荡、变化不定的道的境界中呢?"

意而子说:"虽然如此,我还是希望能遨游于大道的边缘地带。"许由说:"不行的。那盲人是无法参与欣赏漂亮的容颜的,瞎子是无法参与观赏礼服上各种颜色的华丽纹饰的。"意而子说:"美女无庄忘却自己的美貌,力士据梁忘却自己的力气,黄帝忘却自己的智慧,这都是在陶冶锻炼之中形成的。怎么知道那造物者就不会养好我脸上受过黥刑的伤痕,并且补好我遭受劓刑而被割去的鼻子,使得我得以依托完整的形体而跟随先生呢?"许由说:"噫嘻!这是无法预知的啊。我给你说说'道'的大概情形吧:我的大宗师啊!我的大宗师啊!它调和万物而不是为了什么'义',恩泽施及万世而不是为了什么'仁',他在上古就已经生长却并不老,它笼罩上天、托载大地、雕刻塑造众多物体的形状却不显露技巧。这才是大宗师游心于天地万物的境界啊!"

【注释】

① 意而子:人名,事迹不详。或为庄子虚构的人物。 ② 资:资助,帮助,此引申为指教。 ③ 躬服:亲身实践。明言:明辨与阐说。"明"指观察辨别的能力,"言"指论述问题的能力。 ④ 而:你。 轵(zhǐ):通"只",语助词。 ⑤ 黥(qíng):在犯人额头或面颊上用刀刻刺,然后涂上墨的一种刑法。又称"墨刑"。 ⑥ 劓(yì):割鼻的刑罚。 ⑦ 遥荡:逍遥放荡。恣睢:放纵任意。转徙:变化。涂:通"途",道路。 ⑧ 藩:偏远的地域,此指大道的边缘地带。愿游于其藩:希望能遨游于大道的边缘地带。此为意而子表示谦虚的说法,意思是说自认为没有涉足大道中心区域的条件和能力,但还是想到大道边缘地带领略一番。 ⑨ 与:参与。 ⑩ 瞽(gǔ):目盲。黼黻(fǔ fú):礼服上所绣的花纹。观:华丽。 ⑪ 无庄:虚构的美人名,意为无须借助于妆饰。失:亡,忘却。下句"失"字同此。 ⑫ 据梁:虚构的大力士的名字,意为倚仗自己的强梁。 ⑬ 捶:通"锤"。炉、锤:皆冶炼所用工具,此作

动词用。喻指造物者(即自然之道)的陶冶锻炼。　⑭ 息：生，养。　⑮ 乘：载。成：全，此指完整的身躯。　⑯ 未可知：意为造物者是否能满足你的这种愿望，未可预知。　⑰ 齑(jī)：粉碎，引申为调和。

【评析】

本章以寓言形式，假借许由与意而子的对话，批判了儒家所标榜的仁义和是非准则，指出仁义和是非，都是有害于"道"的。许由是庄子理想中的至人，所以许由的议论，实质上都是庄子的观点。

在道家看来，儒家所标举的那一套仁义、是非的准则，无异于强加给自由人的墨刑和劓刑。这是因为，道家标举自然，追求人性的自由和开放；而儒家的那些仁义和是非标准，正是束缚人性的罗网。因此，如果按照儒家的教条"躬服仁义而明言是非"，人的原本自由的心灵便必然受到拘束，使人无法逍遥放荡，无法自由自在地遨游于变化无穷的境地。如此一来，便破坏了自然，便失却了自我。所以说，如果要以"道"作为自己的大宗师，就必须摒弃仁义是非。

道家心目中的大宗师(道)极富魅力，他调和万物而不为义，泽及万世而不为仁，长于上古而不为老，覆载天地、刻雕众形而不为巧。一旦达到了这样的境界，人的精神便从束缚中解放出来，呈现出一种自由自在的状态，庄子把这种境界称之为"游"或"逍遥游"。而这种境界，只有当人们领悟了大道以后才能达到。

颜回曰："回益矣①。"仲尼曰："何谓也？"曰："回忘仁义矣。"曰："可矣，犹未也。"他日复见，曰："回益矣。"曰："何谓也？"曰："回忘礼乐矣。"曰："可矣，犹未也。"他日复见，曰："回益矣。"曰："何谓也？"曰："回坐忘矣②。"仲尼蹴然曰③："何谓坐忘？"颜回曰："堕肢体④，黜聪明⑤，离形去知⑥，同于大通⑦，此谓坐忘。"仲尼曰："同则无好也⑧，化则无常也⑨。而果其贤乎⑩！丘也请从而后也⑪。"

【今译】

　　颜回说:"我进步了。"孔子问道:"你说的进步是指什么呢?"颜回说:"我已经忘却仁义了。"孔子说:"可以说有进步,但是还不够。"过了一些日子,颜回又去拜见孔子,说:"我又有进步了。"孔子问他:"你又有什么进步呢?"颜回说:"我已经忘却礼乐了。"孔子说:"可以说有进步了,但是还不够。"又过了几天,颜回又去拜见孔子,说:"我又进步了。"孔子问:"你的进步是什么呢?"颜回说:"我'坐忘'了!"孔子神色突变,问道:"什么叫做'坐忘'呢?"颜回说:"忘却了自身的肢体,废除了耳聪和目明,离弃了身体而除去了心智,混同于大道而融为一体,这就叫做'坐忘'。"孔子说:"与大道同一就没有偏好了,随大道变化就不会执着了。你果真成了贤人啊! 我希望能跟从你学习而步你的后尘。"

【注释】

　　① 益:进步。　② 坐忘:端坐而忘怀一切。指一种求得内心虚空的修养方法或境界。　③ 蹴(cù)然:由于惊奇而神态突然变化的样子。　④ 堕(huī):通"隳",废弃。　⑤ 黜(chù):废除。黜聪明:废除耳力和视力,意为不求知道外物。　⑥ 离形:精神脱离自我的形体,承上"堕肢体"而言。去知:废除心智,承上"黜聪明"而言。　⑦ 同:混同。大通:大道。　⑧ 好:喜好,偏爱。有喜好则必有不喜好,故从"道"的观点来看,喜好必然是偏狭的。　⑨ 常:经常不变,引申为偏执,执着而拘泥。　⑩ 而:你。下句"而"字同此。　⑪ 按:元人吴澄《庄子内篇订正》认为此章是错简,其原始位置应该是在《人间世》篇"颜回见仲尼,请行"一章之后,故径为移易。并非无理,然无版本可证,故此不予改动。

【评析】

　　在本章中,学生颜回和老师孔子对换了一下位置,作者让颜回向孔子阐述道家的修养方法:"坐忘"。也就是说,颜回在这里成了道家的代言人,而孔子则成了听众,可见驱遣历史人物为自己所用,在庄子那里是随心所欲、无所顾忌的。所谓"坐忘",是指在静坐的过程中,非但忘记了万物,就连自身也忘却了的那种境界。《齐物论》中所谓"隐机而坐,仰天而嘘,苔焉似丧其耦",所谓形如槁木、心如死灰等等,正是"坐忘"的形象写照。《庄子》一书之中,"丧其耦"、"心斋"(《人间世》)、"养神之道"(《刻意》),所说的都是和"坐忘"相类似的境界。

其实,《庄子》书中有关"心斋""坐忘"的这类描写,颇似今天的气功修炼者所能达到的那一种境界,但是在庄子那里,它们不属于养生方法的范畴,而是归于修"道"的过程,是修道过程中所达到的一种境界,也是庄子心目中理想人物的精神境界。

本章有关"坐忘"的具体解释,是"堕肢体,黜聪明,离形去知",其中"堕肢体"和"离形"是同义的,其真实含义并非是真的要人们抛弃肢体,而是指摆脱由生理激起的各种贪欲;"黜聪明"和"去知"也是同义的,其真实含义也不是要人们放弃与外界的接触,放弃知识的学习,而是主张摒弃心智对于贪欲的推波助澜。贪欲和智巧都足以扰乱心灵,扬弃它们,才能使心灵从世俗的桎梏中解脱出来。所以在庄子看来,"离形"和"去知"是达到"坐忘"的重要的内省功夫,而"坐忘"的根本目的,则是为了追求精神的绝对自由。

庄子认为,人之所以得不到自由,是因为失去了"自我",而"自我"的丧失,则是由于人的精神受到身心内外的束缚所致。在庄子看来,"人要达到破除外在条件的束缚,相对地说还好办,但是要达到破除自我身心的束缚就更难了。因此,人要达到精神上自由的境界,就不仅要破除外在条件的束缚,而且要破除对'自我'的执着,要忘掉'自我',即用'无我'来实现'真我'。庄子认为,'无我'才可以完满地实现'自我',而'有我'反而会丧失'真我'"……"'坐忘'不仅要求超功利、超道德、超对待,而且要求超生死,超越自己的耳目心意的束缚,这样才可以和自然融为一体,而达到精神上的自由境界"(参见汤一介《自我和无我》,文载陈鼓应主编《道家文化研究》第十辑)。这就是"坐忘"的真正价值。

子舆与子桑友①。而霖雨十日②,子舆曰:"子桑殆病矣③!"裹饭往食之④。至子桑之门,则若歌若哭,鼓琴曰:"父邪!母邪⑤!天乎?人乎⑥?"有不任其声而趋举其诗焉⑦。子舆入,曰:"子之歌诗,何故若是?"曰:"吾思夫使我至此极者而弗得也⑧。父母岂欲吾贫哉?天无私覆,地无私载,天地岂私贫我哉?求其为之者而不得也!然而至此极者,命也夫!"

【今译】

子舆和子桑是朋友。连绵的大雨整整下了十天,子舆说:"子桑大概饿得病倒了吧!"于是包好了饭食给子桑送去。来到子桑的门前,听见里面传出的声音既像歌唱,又像哭泣,是子桑一边弹琴一边在唱:"爹啊!娘啊!是天造成的吗?是人造成的吗?"歌声微弱得好像气力已无法胜任,诗句急促似乎也不成歌调。子舆走进门去,问道:"您唱歌吟诗,为什么会唱成这样的调子?"子桑答道:"我在思考使我陷入如此绝境的原因,但是没有找到。父母难道会希望我贫困吗?苍天无私地覆盖一切,大地无私地托载着一切,天地难道会偏心而使我贫困吗?我寻求使我贫困的原因却总也找不到!然而我确实已经到了这样的绝境,这是'命'啊!"

【注释】

① 子桑:或谓即上文所谓"子桑户"。 ② 霖:持续三天以上的雨。 ③ 殆:大概,恐怕。病:此指极其饥饿。 ④ 裹饭:包起饭食。子舆亦贫困,无法用粮食接济,只能省下自己的饭食,解救子桑的燃眉之急。食(sì):拿食物给别人吃。 ⑤ "父邪"二句:表示感叹,呼唤父母而向其哭诉。 ⑥ "天乎"二句:表示疑问,探寻自身贫困的原因,

究竟是上天造成的,还是人为的。　⑦ 任:胜任。不任其声:由于饥饿而无力承受发声的重负,形容声音十分微弱。趋:急促。趋举其诗:唱诗时声音急促而不成调子。　⑧ 极:绝境。

【评析】

文章到了颜回和孔子论"坐忘",《大宗师》的题旨似已发挥净尽。本章文意与上面各章似乎没有直接关联,它描写子桑的贫困及其对于命运的感慨,究竟是为了说明什么呢?

在庄子看来,天道流行,命运也是"道"的作用的显现,而人世间万物的生死存亡、祸福利害,则是命运所致,是人力所无法改变的。世人往往忌穷求富、避害趋利,于是劳心劳力,甚至不计生死,庄子认为全属枉然。既然以"道"为大宗师,就不能对抗命运的安排,而且所谓生死、穷富、利害等等,归根结底是没有区别的。所以说,子桑最初的哀怨,正是不安于时命的感情流露;而后来的归于平静,则是"守分安命"的具体表现,是符合"以人合天"原则的。如果说,庄子强调的"无待""逍遥"的精神境界是得"道"的某种象征,那么,超世、遁世和顺世的处世态度也是得"道"的具体表现。顺世就是"守分安命",因此,"安命"事实上也是以"道"为师,只不过较为浅近,世人常常忽略而已。林纾说:"《大宗师》一篇,说理深邃宏博,然浅人恒做不到。庄子似亦知其过于高远,故以'子桑安命'一节为结穴,大要教人安命而已。此由博反约,切近人情之言也。"(《庄子浅说·大宗师》)

庄子在这里其实还提出了一个尖锐的社会问题——贫富悬殊,并且对这一社会现象作了努力的探寻和深刻的质询:究竟是谁造成的这一切? 由于历史条件的限制,庄子当然不可能懂得这是由于社会上人与人之间的生产关系造成的。所以他想了很久,唱了很久,还是弄不清这样尖锐的社会矛盾的起因究竟是在哪里——"求其为之者而不得"。所以,他最终不得不将这一切归诸命运的安排——"命也夫"。

把贫富悬殊的社会现象完全归结为命运的安排,这当然是错误的。然而在当时,又有谁想到去搜寻造成这一现象的背后的那个人——"为之者"呢?没有。庄子不仅注意到了这一问题,而且作了思索和探讨。因此从某种角度可以这样说,庄子是一个深刻关注下层社会现实的思想家。

应帝王第七

【解题】

如果说《大宗师》篇侧重于论述"道"的内涵和"道"的修养,是庄子的本体论,本篇则强调"道"的社会应用及其治理天下的效果,是庄子的政治论。庄子认为,掌握了大宗师的真理至道,便可以无为而化,任百姓自治而使天下太平。本篇主要论述帝王如何治理天下的问题,也可以说是阐发了庄子的政治理想。篇中大力贬斥"有为"的主张和措施,强调帝王之道应当顺应自然,顺应民心,实行无为而治。《老子》第二十五章说:"域中有四大,而王处一。人法地,地法天,天法道,道法自然。"本篇之所以取名"应帝王",就是秉承老子的观点,强调帝王之术必须相应于自然之道。不过与老子相比,庄子似乎更强调"无为",强调"无心"。郭象说:"夫无心而任乎自化者,应为帝王也。"这既是对篇名的注释,其实也是对全文大意的概括。

庄子的政治论与儒家的政治观明显不同。儒家提倡德治和人治,因此起决定作用的往往是制定政策的统治集团中的人物,常常由于统治者的一己好恶或人事变更,导致治国方针发生变化,不仅使得国家的各种规章制度缺乏历史的统一性和一贯性,也根本谈不上客观性和公正性。庄子则反对儒家的德治和人治,进而提出无为而治、无为而无不为的主张。庄子认为,若要获得天下大治,帝王应该"游心于淡,合气于漠,顺物自然而无容私焉",就是说统治者不应该按照自己的意志去统治人民,而应该适应自然人性,随百姓任意而行,让百姓自由自在地生活。要而言之,帝王应该虚己无为、无心无知。本篇篇首赞赏

"四问而四不知"的王倪，篇末哀叹心智大开而夭折的浑沌，正是为了弘扬听任自然的帝王之道而抨击逞才用智的君主之术。

庄子提倡的这种政治理想，在当时你争我夺、兵戈相向的战国时代，客观上与人民的意愿是一致的。所以可以这样说：庄子的政治论，是古代民主色彩相当浓厚的一种政治学说。

啮缺问于王倪①，四问而四不知②。啮缺因跃而大喜③，行以告蒲衣子④。蒲衣子曰："而乃今知之乎⑤？有虞氏不及泰氏⑥。有虞氏其犹藏仁以要人⑦，亦得人矣，而未始出于非人⑧。泰氏其卧徐徐⑨，其觉于于⑩。一以己为马，一以己为牛⑪。其知情信⑫，其德甚真，而未始入于非人。"

【今译】

啮缺向王倪提问，一连提了四个问题，可是王倪都回答说不知道。啮缺因此大喜过望跳了起来，来到蒲衣子的住处将上述情况告诉给他。蒲衣子说："你如今才知道这个道理吗？虞舜比不上伏羲氏。虞舜他尚且心怀仁义来笼络人心，虽然也能赢得人们的拥戴，然而未曾摆脱外物的牵累。伏羲氏则睡卧时安安稳稳，醒来后自得其乐。听任别人把自己称作马，听任他人把自己称作牛。他的智慧真实可信，他的德性毫无虚伪，因而未曾陷入外物的牵累。"

【注释】

① 啮缺、王倪：人名，并见《齐物论》。　② 四问而四不知：所谓"四问"，一问"子知物之所同是乎"，二问"子知子之所不知邪"，三问"物无知邪"，四问"至人固不知利害乎"。参见《齐物论》。　③ 因跃而大喜：啮缺从王倪始终回答"不知"的态度中，领悟到圣人之道就是以"不知"为"知"，因此高兴得跳了起来。　④ 蒲衣子：《天地》篇、《知

北游》篇所谓"被衣",旧注或谓王倪之师,或谓尧时隐士。《经典释文》引《尸子》曰:"蒲衣八岁,舜让以天下。"显然离奇不可信。当属庄子虚构的人物。　⑤ 而:你。乃:才。　⑥ 有虞氏:舜,上古五帝之一,继尧而为天子,相传姓姚,名重华。泰氏:即伏羲氏,三皇之一,亦称五帝之一,相传他始画八卦,教民捕鱼畜牧。　⑦ 藏仁:怀仁于心。要(yāo):笼络。　⑧ 出:超出,引申为摆脱。非人:指外物。　⑨ 徐徐:安稳的样子。形容"其寝不梦"。　⑩ 于于:自得的样子。形容"其觉无忧"。　⑪ "一以己为马"二句:任凭他人称呼自己是马是牛,都无所谓。意为与物俱化,不再执着于自我。　⑫ 知:通"智"。情:实。

【评析】

王倪在篇首出现,其表现赢得齧缺大声叫好,却是个"四问而四不知"的人物;随后作者极力宣扬的"泰氏",又是个任凭他人无端毁誉、似乎浑浑噩噩的怪人。庄子通过这样两个形象想要说明的,正是他去智去私、无为无心的政治理想。

"有虞氏"即虞舜,儒家心目中的圣王;"泰氏"即伏羲氏,道家心目中的圣王。庄子于本章中借蒲衣子之口说:"有虞氏不及泰氏。"为什么有虞氏不及泰氏呢?因为有虞氏假借仁义哗众取宠,笼络人心。作者认为,这样的"德治"只能造成人心的束缚和天下的大乱。至于泰氏,能忘却物我之分,遗弃是非之争,"一以己为马,一以己为牛",任凭他人称呼,全不为外在的声名挂心;然而"其知情信,其德甚真",并非真正的牛马。这说明泰氏也有"知",不过是实在可信的"知",而非自逞其才的"知";泰氏也讲"德",不过是毫不虚伪的"德",而非欺世盗名的"德"。这就是有虞氏和泰氏之所以能分出高下的原因。庄子还从根本上探讨了有虞氏和泰氏的优劣和差别,那就是有虞氏没能超脱于外物的牵累,而泰氏则从来不受外物牵累。因此泰氏的"知",是指出自本性的心智,是与生俱来的,并非通常人们所说的才智。在道家看来,知识和智慧既害己,又误国,而帝王治国之道莫若"忘知",老子说:

"以智治国,国之贼;不以智治国,国之福。"(《老子》第六十五章)这也代表了庄子对于才智的态度。

襟怀坦荡,德性纯真,浑同自然,超然物外——这就是庄子心目中理想的帝王形象。

肩吾见狂接舆①。狂接舆曰:"日中始何以语女②?"肩吾曰:"告我:君人者以己出经式义度③,人孰敢不听而化诸④!"狂接舆曰:"是欺德也⑤。其于治天下也,犹涉海凿河而使蚊负山也。夫圣人之治也,治外乎⑥?正而后行⑦,确乎能其事者而已矣⑧。且鸟高飞以避矰弋之害⑨,鼷鼠深穴乎神丘之下以避熏凿之患⑩,而曾二虫之无知⑪!"

【今译】

肩吾去见狂人接舆。狂人接舆问他:"日中始对你说了些什么?"肩吾说:"他告诉我:做国君的按照自己的意志来推行法度,人们谁敢不听从、谁敢不接受这样的教化!"狂人接舆说:"这真是欺诈虚伪的道德啊。如果用这种手段去治理天下,那就好像入海开凿河道,好像让蚊虫背负大山一样。圣人治理天下,难道是治理外在的表象吗?圣人端正自身而后加以推行,听任人们各尽所能也就是了。鸟儿尚且知道高飞以躲避弓箭的伤害,小老鼠也懂得深藏于神坛之下的洞穴以躲避烟熏和掘地的灾难,而人难道还不如这两种小动物!"

【注释】

① 肩吾、狂接舆:均见《逍遥游》篇注。 ② 日中始:虚构的人名。 ③ 出:发布,公布。经:法典。式:程式,规定。义:通"仪",规矩。度:准则。经式义度:均指治理社会、统治人民的法度。 ④ 化:教化,此指接受教化。诸:句尾语助词。 ⑤ 欺德:欺诈虚伪的道德。意为以正统道德的名义,做欺诈虚伪的勾当。 ⑥ 治外:治标,治表。

⑦ 正而后行：先端正自身，后推行于他人。　⑧ 确：确定。确乎能其事：按照人们能够干的来确定各自该干的事。即听任人们根据自己的意愿和能力做事。　⑨ 矰(zēng)：一种用丝绳系住以便收回猎物的短箭。弋(yì)：弋射，用绳系箭而射。　⑩ 鼷(xī)鼠：小家鼠。深穴：深挖地洞。神丘：社坛，祭祀土地神所用的台。　⑪ 二虫：指鸟儿与鼷鼠这两种动物。知：疑为"如"字之讹。本句谓人难道还不如鸟、鼠。意为鸟、鼠尚且懂得避害全身，而人必然也知道如何躲避法律约束，因此依靠人君己意制定的法令统治国家是不可能奏效的。

【评析】

本章是儒、道两家关于帝王应该如何施政的争辩。文中的"日中始"，代表了儒家的思想；"狂接舆"，则是庄子的代言人。日中始认为，人君只需按照自己的意志制定国家的法规制度就行了，因为强权之下，百姓无人胆敢不从。狂接舆却认为，这完全是欺诈他人的德行。统治者之所以要施行仁义礼法，其实质就是企图利用各种貌似公正的典章法律为自己谋取私利，其实也就是《胠箧》篇中所说的："为之斗斛以量之，则并与斗斛而窃之；为之权衡以称之，则并与权衡而窃之；为之符玺以信之，则并与符玺而窃之；为之仁义以矫之，则并与仁义而窃之。"但这只能欺瞒于一时，决不可能长久。这样的做法，狂接舆认为就好像到大海中开挖河道、让蚊虫去背负大山一样，必定彻底失败。因为老百姓即使不是公然起来反抗，难道他们还没有鸟儿和老鼠那种全身避害的本能和智力吗？

在狂接舆看来，人们完全有自我保护、自我治理的能力，这是人类的自然本能，犹如鸟、鼠之类的动物懂得自动躲避伤害一样。因此，统治者制定的种种"经式义度"终究是无效的，一切法规制度甚至统治者的存在都是多余的，人们应该享有自由和自足的生活。狂接舆的观点其实也就是庄子的思想，《马蹄》篇说："彼民有常性，织而衣，耕而食，是谓同德；一而不党，命曰天放。"享有天放自由的百姓，根本不需要帝王的管制。然而帝王不可避免地出现于现实社会了，又该如何处理其中的矛盾呢？庄子认为，对于帝王来说，治理天下的当务之急是治内，而不是治外，应该先正己，然后推及万物。也就是说，首先端正自己的德行，从而使人民自然而然地受到感化；对于百姓，不必指手画脚，说三道四，尽管让他们根据自己的能力和兴趣去做就可以了。

这就是庄子的"无君论"和无为而治的政治观，与儒家、墨家、法家的有关理论是截然不同的。儒家、墨家和法家都认为，人的本性是"自以为是"和"相互争夺"的，因而不能没有君王的管制，也不能没有伦理制度的约束；而庄子认为，人的自然本性并非是贪婪的，而是自足的，是容易满足的，相互之间是能够自然地和平共处的，因此他认为，日中始所谓"君人者"根据自己的好恶制定"经式义度"的做法，根本就是"欺德"的行为。

庄子的"无君论"和任凭百姓自治自由的思想，给予近代改革家许多启示。严复认为，本章所谓治国应该听任人民自由自化的思想，与近代西方盛行的政治主张是一致的，他说："凡国无论其为君主，为民主，其主治行政者，即帝王也。为帝王者，其主治行政，凡可以听民自为自由者，应一切听其自为自由，而后国民得各尽其天职，各自奋于义务，而民生始有进化之可期。"（《庄子评点·应帝王》）因此，说庄子是中国历史上最早从政治角度探讨并且主张自由的思想家，并不过分。

天根游于殷阳①，至蓼水之上②，适遭无名人而问焉③，曰："请问为天下？"无名人曰："去！汝鄙人也④，何问之不豫也⑤！予方将与造物者为人⑥，厌则又乘夫莽眇之鸟⑦，以出六极之外⑧，而游无何有之乡⑨，以处圹埌之野⑩。汝又何帠以治天下感予之心为⑪？"又复问，无名人曰："汝游心于淡⑫，合气于漠⑬，顺物自然而无容私焉⑭，而天下治矣。"

【今译】

　　天根在殷山之南闲游，来到蓼水之上，正巧碰见无名人，就向他请教："请问应该如何治理天下？"无名人说："走开！你真是个浅薄的人，为什么问这样让人不愉快的问题！我正要和造物者交朋友，厌烦了就乘上那只虚无飘渺的神鸟，飞出天地四方之外，遨游于虚无的境界，居住在广阔无垠的旷野。你又为什么用所谓治理天下的梦话来扰乱我的心呢？"天根还是重复刚才的问题，无名人说："你的心境要恬淡，你的意气要平和，顺应事物的本性而不是从中掺杂私念，天下就可以获得大治了。"

【注释】

　　① 天根：虚构的人物，喻指有心统治天下的人。钟泰《庄子发微》曰："'天根'盖假名，取喻于《易》之《震卦》。震，动象也。为天下者，每喜于动，故以是为名。"殷：山名。阳：山的南面。　② 蓼(liǎo)水：河名。旧注谓在赵国境内。　③ 适：恰巧。遭：碰上。无名人：虚构的人名，喻指圣人。《逍遥游》曰："圣人无名。"　④ 鄙：卑陋，浅薄。　⑤ 不豫：不愉快，此指使人不快。　⑥ 方将：正要，正将。为人：为偶，结为朋友。参见《大宗师》篇注。　⑦ 莽眇：飘渺。莽眇之鸟：飘渺的鸟儿，喻指清虚之气。　⑧ 六极：指上、下和东、西、南、北四方。　⑨ 无何有：虚无。参见《逍遥游》篇。　⑩ 圹垠(kuàng làng)：旷荡无垠。圹垠之野：《逍遥游》篇所谓"广漠之野"，喻指寂静虚空的境界。　⑪ 㜗(yì)：呓语，梦话。原本作"帛"，《经典释文》曰："一本作'㜗'。"据以改正。感：触动，惊扰。　⑫ 游心于淡：意为保持心境的恬淡。　⑬ 漠：淡漠。本句意为意气安静而不受惊扰。　⑭ 无容私：没有个人的私意成见夹杂其中。

【评析】

　　本章所谓"无名人"，是和大道为友、能够随心所欲地翱翔于人寰之外、将自己的精神世界与宇宙融为一体的人物。庄子在《逍遥游》篇中曾说:"圣人无名。"可见所谓"无名人",其实就是道家心目中的圣人。

无名人认为,治人不如不治,不治天下反倒安宁,所以他十分厌恶天根关于治理天下的提问。但是因为天根的纠缠不休,迫于无奈,无名人还是正面阐述了自己的看法,表述了他认为正确的治理天下的原则。一是作为统治者,自身必须保持心境的恬淡和意气的平和。因为"淡"则无欲,"和"则清静。正如老子所说:"我无为,而民自化;我好静,而民自正;我无事,而民自富;我无欲,而民自朴。"(《老子》第五十七章)老子还说:"不欲以静,天下将自定。"(《老子》第三十七章)意思是说没有贪欲便会归于安静,天下自然也就安定。无名人所述,与此如出一辙。二是统治者处理世事,必须顺应事物的自然本性。因为自然就能无为,无为才能使人民享受充分的自由,才能使天下和睦安宁,这和老子"我无为而民自化"的观点也是一致的。三是统治者不能为了满足自己的私利,将自己的意志强加给人民。因为只有无私才能不计个人的得失,才能以国家的利益为重,才能真正得到人民的爱戴,才能称王于天下。恰如《老子》第七十八章所说:"受国之垢,是谓社稷主;受国不祥,是谓天下王。"

总而言之,治理天下应当"顺物自然而无容私焉",清静无为,无私无欲,天下必然大治。

阳子居见老聃①,曰:"有人于此,向疾强梁②,物彻疏明③,学道不倦④。如是者,可比明王乎?"老聃曰:"是于圣人也,胥易技系⑤,劳形怵心者也⑥。且也虎豹之文来田⑦,猿狙之便、执斄之狗来藉⑧。如是者,可比明王乎?"阳子居蹴然曰⑨:"敢问明王之治?"老聃曰:"明王之治:功盖天下而似不自己,化贷万物而民弗恃⑩。有莫举名⑪,使物自喜。立乎不测⑫,而游于无有者也⑬。"

【今译】

　　阳子居去拜见老子,问道:"假如现在有这样一个人,反应敏捷,体格强健,洞察事理,学'道'勤奋而从不厌倦。像这样的人,可以和贤明的君王相比吗?"老子说:"这样的人在圣人的眼里,只不过像供人轮番役使的小吏和因为有技术而遭受束缚的工匠,是身体劳苦、心神不安的人而已。况且虎豹由于皮毛花纹的美丽而招来围猎,猿猴因为纵跳敏捷、猎狗因为善于捕获斄牛而遭到拴缚。像这样的动物,能和贤明的君王相比吗?"阳子居神色骤变,不安地问:"那么请问圣明的君王是如何治理天下的呢?"老子说:"圣明的君王治理天下:功德普及天下却又好像不是出于自己的努力,化育之恩施及万物而老百姓却又不觉得有所依赖。虽有功德却又不愿显露名声,使万物各得其所而欣然自喜。他立足于神妙莫测的变化,而遨游于虚空的境界。"

【注释】

　　① 阳子居:庄子虚构的人物,姓阳名居,"子"为古时男子的通称。旧时注家多以为阳子居即主张"贵生"的杨朱,恐非。　② 向:通"响",回声。疾:快速。向疾:像回声一样反应快捷。强梁:刚健有力。③ 物彻:洞彻事物的道理。疏明:犹如疏窗般通明。　④ 道:当指儒家之道。　⑤ 胥:胥徒,小吏。易:轮番当差。技:技能。系:束缚。技系:指工匠拥有技能而反受其累。　⑥ 怵:惊。　⑦ 文:花纹。田:通"畋",围猎。　⑧ 猿狙:猿猴。便:巧捷。执:捉住。斄(lí):形状如牛而尾巴较长。按:林希逸云:"斄,合作'狸'。"(《庄子鬳斋口义·应帝王》)盖谓斄牛庞大,狗岂能捉住。愚意围猎时众狗齐出,未始不能制服大猎物,故仍从旧。藉:拴系。又,《天地》篇有"执留之狗成思,猿狙之便自山林来",与此"虎豹之文来田,猿狙之便、执斄之狗来藉"二句相似,王叔岷认为"执斄之狗"四字为衍文,"疑涉《天地》篇文窜入",若删去则"文正相耦"(参见《庄子校释》)。所言不无道理,然未敢径删。　⑨ 蹴然:脸色骤变的样子。　⑩ 化:化育。贷:施予,恩赐。恃:依赖。　⑪ 有:指有功德。举:显示。　⑫ 不测:指神妙莫测的变

化道路。　⑬无有者：虚空的境界，即"无何有之乡"。

【评析】

在上一章里，庄子从"顺物自然而无容私"这个角度阐述了帝王的治世之道，本章中他又借用道家的祖师老子之口，从另一个角度对这一问题加以论述。

在老、庄看来，那种仅仅只是反应敏捷、身体强健、洞察事理、学道不倦的帝王，是不能称作明君的，至多只能算是掌握技能的胥吏而已；真正的明君，应当具有"功盖天下而似不自己，化贷万物而民弗恃"的品德魅力。这也就是说，圣明的帝王在治理天下的过程中，即使是功德普施、泽及万物，也不可居功自傲，也不能张扬自己，应当把自己完全融化在百姓和万民的事业之中，使老百姓在毫无知觉之中得到恩惠。这就是道家理想的帝王形象。

老聃在这里对阳子居阐述的道理，其实在《老子》一书中也有体现。老子曾歌颂"道"的作用说："衣养万物而不为主，常无欲，可名于小；万物归焉而不为主，可名为大。以其终不自为大，故能成其大。"（《老子》第三十四章）这种"不为尊主"的"道"的精神，庄子认为正是帝王应该效仿的。那么，有意"不为尊主"的帝王，又如何赢得天下人的推崇呢？老子认为，谦卑自处，先人后己，正是最终获得崇高地位的必要手段："是以圣人欲上民，必以言下之；欲先民，必以身后之。是以圣人处上而民不重，处前而民不害。是以天下乐推而不厌。以其不争，故天下莫能与之争。"（《老子》第六十六章）这就好比江海，水平面越低，能够接纳的水流也就越多，面积也就越大，最终得以成为"百川之王"。老子所说并非没有道理，但是如果有心上攀而故作卑浅，显然就是伪诈，就是玩弄权术。因此庄子在这里借用老聃之口阐述其政治思想，主要强调不矜不伐，主张无私奉献，弘扬精神上的高蹈，而不存在玩弄权术的意味。

郑有神巫曰季咸①,知人之死生存亡、祸福寿夭②,期以岁月旬日若神③。郑人见之,皆弃而走④。列子见之而心醉⑤。归,以告壶子⑥,曰:"始吾以夫子之道为至矣,则又有至焉者矣。"壶子曰:"吾与汝既其文⑦,未既其实。而固得道与?众雌而无雄,而又奚卵焉⑧!而以道与世亢⑨,必信⑩,夫故使人得而相汝。尝试与来,以予示之。"

明日,列子与之见壶子。出而谓列子曰:"嘻!子之先生死矣!弗活矣!不以旬数矣⑪!吾见怪焉⑫,见湿灰焉⑬。"列子入,泣涕沾襟以告壶子。壶子曰:"乡吾示之以地文⑭,萌乎不震不止⑮。是殆见吾杜德机也⑯。尝又与来。"明日,又与之见壶子。出而谓列子曰:"幸矣!子之先生遇我也,有瘳矣⑰!全然有生矣!吾见其杜权矣⑱!"列子入,以告壶子。壶子曰:"乡吾示之以天壤⑲,名实不入⑳,而机发于踵㉑。是殆见吾善者机也㉒。尝又与来。"明日,又与之见壶子。出而谓列子曰:"子之先生不齐㉓,吾无得而相焉。试齐,且复相之。"列子入,以告壶子。壶子曰:"吾乡示之以太冲莫胜㉔,是殆见吾衡气机也㉕。鲵桓之审为渊,止水之审为渊,流水之审为渊㉖。渊有九名㉗,此处三焉。尝又与来。"明日,又与之见壶子。立未定,自失而走㉘。壶子曰:"追之!"列子追之不及。反,以报壶子曰:"已灭矣,已失矣,吾弗及已。"壶子曰:"乡吾示之以未始出吾宗㉙。吾与之虚而委蛇㉚,不知其谁何,因以为弟靡㉛,因以为波流,故逃也。"

然后列子自以为未始学而归。三年不出,为其妻爨㉜,食豕如食人㉝,于事无与亲㉞。雕琢复朴㉟,块然独以其形立㊱,纷而封哉㊲,一以是终㊳。

【今译】

郑国有个占卦算命十分灵验的巫师名叫季咸,能预测别人的生死存亡和祸福寿夭,所预言的时间包括年、月、旬、日都准确如神。郑国的人见到他,都躲开他而逃走(生怕他预卜自己的死期或灾祸)。列子见到他却心悦诚服、如痴如醉。回去以后,列子将见到的情况告诉壶子,说:"原先我以为先生的道行是最高的了,如今才知道还有更为高的。"壶子说:"我传授给你的还尽是些'道'的表面的东西,尚未教授你'道'的实质内容。你难道就算得'道'了吗?犹如只有众多的雌鸟而无雄鸟,又怎么能够生出卵来呢!你仅凭所学到的'道'的皮毛与世人抗衡,必然要表现自己,因此使得别人得以窥见底细而给你相面。你设法把他带来,让他给我看看相吧。"

第二天,列子和季咸一起来拜见壶子。季咸出门后就对列子说:"哎呀!你的先生快要死了!活不成了!过不了十天了!我见到了他临死前的怪异征兆,看见他的神情就像湿透了的灰烬。"列子回到屋里,泣不成声,泪湿衣襟,把季咸的话告诉壶子。壶子说:"刚才我在季咸面前显示的是大地般寂静的心境,似乎茫然不动而又并非静止。如此说来,他大概看到我闭塞的生机了吧。你设法再把他带来。"第二天,列子和季咸又一起来拜见壶子。季咸出门后就对列子说:"万幸啊!你的先生正巧碰上了我,有恢复的可能了!完全有救了!我看见他闭塞的生机又变得活动了!"列子回进屋来,将季咸的话告诉壶子。壶子说:"刚才我在季咸面前显示的是天地间的生气,虚名实利皆不入心,而生机从脚后跟开始发动。这样,他大概已经看见我的这一线生机了。你设法再把他带来。"第二天,列子再次陪着季咸来拜见壶子。季咸出门后就对列子说:"你的先生神情恍惚、变化不定,我无法给他看相。等到他心神安定的时候,我再来给他看相吧。"列子回到屋里,把季咸的话告诉壶子。壶子说:"我刚才显示给他看的是阴阳二气均衡和谐的状况,这样,他大概看到了我平静的气机。小鱼盘桓的深水叫做渊,河水静止处的深水叫做渊,流水汇聚的深水也叫做渊。渊有九种,我只给他看了其中三种。你设法再把他带来。"第二天,列子再一次陪伴季咸来拜见壶子。季咸尚未站定,就惊惶失控而逃走了。壶子对列子说:"去追上他!"列子赶紧追赶却没能追上。回来告诉壶子说:"已经不见踪影了,已经让他跑掉了,我没能追上他。"壶子说:"刚才我显示给他看的是我与天浑然一体的状况。我对他显露出虚无之相而随顺自然,季咸弄不清我是怎样一个人,于是他只看见我像茅草般随风而倒,如河水般逐波而流,所以就逃跑了。"

从此以后,列子才知道自己就像未曾学过"道"的人一样,于是回到家中。三年不出家门,替他的妻子烧火做饭,喂猪就像侍候人一样,处理世事不分亲疏而没有偏向。摒弃浮华而返朴归真,像土块一样木然无知地存活于世上,对于纷纭的世事,他封闭起自己的心窍,就这样坚守纯一之道而度过了一生。

【注释】

① 神巫:对于占卜预测十分灵验的巫师的称呼。季咸:神巫姓名。关于季咸的这个故事亦见于《列子·黄帝》篇。 ② 知:测知。 ③ 期:预约,预言。 ④ 弃:抛弃,此指躲避。走:逃跑。 ⑤ 心醉:形容从心里佩服而至于如痴如醉的程度。 ⑥ 壶子:列子之师,郑国人。 ⑦ 与:授予。既:尽。文:表面,外表。 ⑧ "众雌而无雄"二句:有雌无雄就不能生育。意为列子所学的"道"有文无实,是不能算真正学到了"道"的。 ⑨ 而:你。道:此指列子所学到的"道"的皮毛。亢:通"抗",抗衡,较量。 ⑩ 信:通"伸",表露于外。 ⑪ 不以旬数:无须用旬来计算。即距离死期不会超过十天。 ⑫ 怪:怪异,指临死前怪异的征兆。 ⑬ 湿灰:被水浸湿的灰烬,喻指生机全无。因为死灰尚有复燃的可能,湿灰则无望矣。 ⑭ 乡:通"向",过去,刚才。地文:大地宁静的气象,喻指寂静的心境。 ⑮ 萌乎:芒乎,茫然,无知的样子。震:动。止:静止。原本作"正",《列子·黄帝》篇、《经典释文》引崔譔本皆作"止",据以改正。 ⑯ 是:此,这。殆:恐

怕,大概。杜:闭塞。德机:生机。《天地》篇曰:"物得之以生谓之德。"　⑰ 瘳(chōu):病愈。　⑱ 权:变。杜权:闭塞之中呈现变化。即出现了生机。　⑲ 天壤:天与地,天地之间的生气。喻指人体之内神与气相结合以后产生的生气。　⑳ 名实:虚名与实利。不入:不入于心。神、气结合必须依托于恬淡的心境,名利入心则无法平静。　㉑ 机发于踵:生机自脚后跟向上发动。类似《大宗师》篇所谓"真人之息以踵"。　㉒ 善:生意的萌动。　㉓ 不齐:不一,指神情气色变化不定。　㉔ 冲:涌动。太冲:太和。指阴阳二气交相冲涌而形成的均衡调和状态。《老子》第四十二章:"万物负阴而抱阳,冲气以为和。"莫胜:没有偏胜,不分胜负。指阴阳二气十分均衡。　㉕ 衡:平。衡气机:气机平静。喻指心气处于地文、天壤之间,动静平衡。　㉖ "鲵桓之审为渊"三句:鲵(ní),小鱼。桓,盘桓,盘旋。审,深。"鲵桓之审"喻指静中有动的"地文","流水之审"喻指动中含静的"天壤","止水之审"喻指动静均衡和谐的"太冲莫胜"。　㉗ 渊有九名:渊的称呼共有九种。另外六种渊的名称见于《列子·黄帝》篇。　㉘ 自失:惊惶而无法自控。　㉙ 吾宗:宗:指天,《天下》篇:"以天为宗。"未始出吾宗:《达生》篇所谓"圣人藏于天",意为人与天浑然一体。　㉚ 委蛇(wēi yí):随顺自然的样子。　㉛ 弟:通"稊",一种草。弟靡:形容草随风而倒的样子。借指季咸所见壶子随顺自然而多变的样子,下句"波流"含义同此。　㉜ 爨(cuàn):烧火做饭。为其妻爨:意为忘却世俗的男尊女卑等观念。　㉝ 食(sì):喂。食豕如食人:意为忘却万物差别。　㉞ 无与亲:无所亲疏。　㉟ 雕琢:斫削,此指除去浮华。复朴:恢复纯朴心性。《山木》篇曰:"既雕既琢,复归于朴。"　㊱ 块然:形容像土块一样无知无觉。　㊲ 纷:指世事纷纭。封:封闭,此指封闭心窍,即《达生》篇所谓"不开人之天"。　㊳ 一以是终:固守纯一之道而终其身。

【评析】

前面四则寓言,庄子从不同的角度阐释了他的政治观,其总的意图都是发挥"无为而治"的思想。而本章所述发生在壶子和季咸之间的寓言故事,给人的直感似乎和前面四则寓言有明显差异,其实本章所阐发的思想仍然是:明王应该无为而治。所不同的是,前几则寓言是通过寓言中的人物直接说出切合主题的话语,而本章则是通过壶子和季咸的言行比较,让读者自己体会其中的无为而治的思想。

季咸,是一个颇具社会知名度的神巫,由于他扬才露己,夸夸其谈,因此世人都以为他具有"知人之死生存亡、祸福寿夭,期以岁月旬日若神"的非凡功能,但是季咸却被壶子的千变万化弄得晕头转向,以至最后一次上门给壶子看相时,立脚未定即仓皇逃窜。庄子在这里当然不是着意比较季咸和壶子两人道术上的优劣,而是通过壶子的随机而动的无穷变化,说明机在我而不在人,机在内而不在外,治天下者,应当效法壶子,谨守天道,随机而动,才能感化众人,才能驾驭万物而不被外物所驱使。

季咸代表了那种貌似神奇而其实浅薄无知的人物。季咸的失败,其实就是他的道术的失败,是他把握事物的方法的失败。他只看局部、不看全面,只看表象、不看本质,只见静态、不见变化,舍本逐末、一味卖弄聪明,因此必然遭到唾弃。而壶子,则是那种貌似平庸而实际神奇无比的人物,他藏而不露,虚己待物,顺应变化,无为而化。如果将季咸和壶子二人拟之于帝王,那么季咸无疑是庄子所鄙弃的对象,壶子则是庄子理想中的明王形象。

无为名尸①,无为谋府②,无为事任③,无为知主④。体尽无穷,而游无朕⑤。尽其所受乎天⑥,而无见得,亦虚而已! 至人之用心若镜,不将不迎⑦,应而不藏⑧,故能胜物而不伤。

【今译】

不要成为名誉的得主,不要成为智囊人物,不要成为工作的承担者,不要成为智慧的主持人。体悟无穷的大道,遨游于虚无的境域。

保全天赋的本性,即使终生无所得,那也就是将人生看作虚无而已! 至人用心就像镜子照物,物去不送而物来不迎,只是如实反映而从不隐藏,所以能超越万物而不被物损伤。

【注释】
　　①尸:主,承受者。　②谋府:储藏智谋的仓库,略同于今天所谓"智囊"。　③事任:以事自任。　④知主:智慧的主宰。　⑤朕(zhèn):形迹,迹象。无朕:无迹,喻指虚无。　⑥所受乎天:指天赋的心性。　⑦将:送。　⑧应:反映。应而不藏:意为镜子对于万物,物来就照,物去则无所滞留,仍然空明如前。

【评析】
本章是全篇之中唯一不采用寓言的一段,作者以正面立论的方式,集中阐述了本篇的主旨,实际上也是对前面各章的理论总结。作者认为,帝王治理天下,应该不求名誉,不用智谋,不以人助天,虚己任物,游心于大道,听任百姓自由自治,如此无忧无劳的,天下自然可以大治。

本章一开始,连续四句都以"无为"二字开头,其实是在强调世人应该效仿"至人",不要执着于"有为"。至人无名,所以"无为名尸";至人不谋,所以"无为谋府";至人无为,所以"无为事任";至人不知,所以"无为知主"。当然,"无为事任"并非指不要做事,而是指将天下的事还给天下,使天下的人各尽其职,各尽其能,最终获得"无为而无不为"的效果。"无为",就是顺其自然,对于帝王来说,"自然无为"尤其重要。作者认为,帝王不该把什么都揽在自己手里,更不能用智巧去算计人民,而应让人民任其所为,这样,百姓的才能才可以得到充分的发挥。只有统治者"无为",老百姓才能"有为",这是辩证的统一。

帝王"无为",就能体会无穷的大道,游心于寂静的境域,达到空明的心境,而具有这种空明心境的人就是至人。作者十分形象地把空明的心境比作镜子。"空",就无不可容;"明",就无不可照;能容能照,则万物无所逃遁。这也就是说至人的心能如实地反映外在的客观事物，能正确地反映民心意向。然而至人的心又是"不将不迎，应而不藏"的，意思是说他能保持自由的心性，已经逝去的事物不随之而去，尚未出现的既不迎接也不阻挡，接纳万物而不求探知。总之，心境与外物互不妨碍，就不会受到外物的牵累。《知北游》说："其用心不劳，其应物无方。"用心不劳，所以心性不会受到伤害；应物无方，就是应接和顺应事物时没有固定的方式，所以能驾驭万物，胜过万物。《知北游》中，作者借孔子之口还说："圣人处物不伤物，不伤物者，物亦不能伤也。唯无所伤者，为能与人相将迎。"这也可以看作是对本段总结性的阐释。当然，为了使镜面（心境）不被尘埃所蒙，就要求统治者清除私心。只有"无为"和去私，才能吸纳广大人民的意见，才能使人民"有为"，使人民的才智得到真正的发挥。

《天下》篇叙述关尹学说及其为人时说："其动若水，其静若镜，其应若响。"与本章所谓"至人之用心若镜"之论颇为相似；而且本章文辞整齐，近似于韵文，故张恒寿《庄子新探》怀疑此章为关尹遗说，并经过庄子后学的整理和加工。

南海之帝为儵①，北海之帝为忽，中央之帝为浑沌。儵与忽时相与遇于浑沌之地，浑沌待之甚善。儵与忽谋报浑沌之德②，曰："人皆有七窍以视听食息③。此独无有，尝试凿之。"日凿一窍，七日而浑沌死。

【今译】
　　南海的帝王名叫儵，北海的帝王名叫忽，中央的帝王名叫浑沌。儵和忽经常在浑沌的住处相会，总是受到浑沌的热情款待。儵和忽商量如何报答浑沌的恩惠，说："人人都有眼、耳、口、鼻七个洞孔，用以视、听、吃喝与呼吸。唯独这浑沌没有，我们试着帮他凿出这七个洞孔来吧。"就这样一天凿一个洞，七天中凿成了七个洞，而浑沌也就死了。

【注释】

①儵(shū):与下文的忽、浑沌,都是庄子虚构的名字。浑沌意为混成不分,喻指无为。儵、忽意为神速,喻指有为。钟泰《庄子发微》:"《楚辞·少司命》云'儵而来者忽而逝'。儵言知之来,忽言知之逝。一来一逝,迅如飘风,故名之以'儵''忽'也。来者其出也,象阳明,故曰'南海之帝'。逝者其入也,象阴晦,故曰'北海之帝'。'浑沌'喻不知之体,居中以运其知者,故曰'中央之帝'。" ②谋报:商量报答。德:恩惠。 ③七窍:七孔,指两眼、两鼻孔、两耳、一口。息:呼吸。

【评析】

如果说,前面数章都是从正面阐扬庄子顺应自然、无为而治的政治观,本章则是从反面揭示统治者逆之而动、实行"有为"的恶果。在庄子看来,"常因自然而不益生"《德充符》),"因其固然"(《养生主》),"去知与故"(《刻意》)等等,都是不可或缺的人生态度和精神修养的方法,都是必须遵循的,但是世人尤其是帝王,总是不能认识到这些道理,因而造成了种种无可弥补的恶果,本则寓言即对此现实加以形象的揭露。

浑沌本无眼、耳、口、鼻七窍,南海之帝儵与北海之帝忽,为报浑沌善待之恩,想要为他增添各种感觉器官,决定给浑沌开窍。于是每天凿开一窍,七日而七窍成,谁知浑沌因为心智大开,反而死了。这就像苏轼诗里说的:"大朴初散失浑沌,六凿相攘更胜坏。"(《次韵秦太虚见戏耳聋》)"大朴"的境界一旦遭到破坏,"浑沌"也就消失了。这里的"浑沌",其实就是指"有物混成,先天地生"的"道"体,而儵与忽的开凿七窍,犹如治天下者的逞才用智和一味"有为"。儵与忽并非残暴的君王,恰恰相反,他们想有一番作为,可是,因为不能顺应自然而破坏了事物的客观规律,因此适得其反,造成了严重的悲剧。庄子通过这则寓言,试图说明统治者"有为"的害处,希望统治者能顺应自然,无为而治。在庄子看来,"无为而治"是帝王治理天下的法宝,如果以这一法宝治理天下，则天下治；如果违反了无为而治的原则和精神，必然会得到相反的结果。

本则寓言，与《齐物论》中的"庄周梦蝶"和"罔两问景"一样，都是文学色彩极浓、妙不可言的短章名篇。林纾曾评论说，本章所谓儵、忽为浑沌开凿七窍的故事，"以有凿无，想入非非，为通篇之后殿。设想之奇，无可伦比"，认为唯有庄子才能有如此神奇的文笔（参见《庄子浅说·应帝王》）。

外篇

骈拇第八

【解题】

《庄子》分内、外、杂篇三部分,世人大多将内篇看作一类,而将外、杂篇视为另一类。那么,为什么要区分内、外呢?区分内、外的根据究竟是什么呢?较早回答这一问题的是唐代的成玄英,他认为区别内篇与外、杂篇的标准,主要在于各篇的命名方法和内容的深浅,他说:"内则谈于理本,外则语其事迹。事虽彰著,非理不通;理既幽微,非事莫显。欲先明妙理,故前标内篇,内篇理深,故每于文外别立篇目……'逍遥''齐物'之类是也;自外篇以去,则取篇首二字为其题目,'骈拇''马蹄'之类是也。"(《南华真经注疏·序》)后人大多赞同这一看法,但也发现其中仍有漏洞,因为内篇并非只谈理本而不言事迹,外篇也不是只说事迹而不讲理蕴,而且外、杂篇中也有精蕴深奥的义理阐发。于是有人在成玄英的基础上又加以阐发,明人陆长庚说:"内篇七篇,庄子有题目之文也,其言性命道德、内圣外王备矣;外篇则标取篇首两字而次第编之,盖所以羽翼内篇而尽其未尽之蕴者。"(《南华真经副墨·骈拇》)也就是说,内篇与外、杂篇的主要区别在于标题,内篇是"有题目之文",外、杂篇的题目只不过是起一个标记的作用,至于内容方面,外、杂篇则起到了辅助内篇、补充说明的作用。

大致从唐代的韩愈和北宋的苏轼开始,对于《庄子》一书的作者问题有了争议。韩愈认为杂篇中的《盗跖》《说剑》并非庄子所作(参见归有光、文震孟《南华真经评注》引韩愈语),苏轼除了赞同韩愈之外,对《渔父》《让王》是否出自庄子之手也表示怀疑(参见苏轼《庄子祠堂记》）。于是后人纷纷附和，渐渐形成了一个为多数人所认可的观点：即内篇为庄子自著，外、杂篇则为庄子后学所作。清初王夫之《庄子解》就认为杂篇掺有伪作，而外篇全非真迹，他说："外篇非庄子之书，盖为庄子之学者，欲引申之，而见之弗逮，求肖而不能也。……盖非出一人之手，乃学庄者杂辑以成书。"王夫之认为"外篇"是庄子后学效颦之作，并非出于一人之手，故内容庞杂，水平较差，不仅篇与篇之间缺乏内在联系，而且缺乏"内篇"那种生动隽永的韵味，其中尤以《骈拇》《马蹄》《胠箧》《天道》《缮性》《至乐》等篇为低劣。这其实就是说，可以将作者作为划分内、外、杂篇的标准，按此标准，那么庄子自著就是内篇，庄子后学所撰则为外、杂篇。

然而清人孙星衍另有见解，他说："凡称子书，多非自著。"（《问字堂集·晏子春秋序》）也就是说，先秦著述大多口口相传，难免掺杂或连缀后人的理解和心得。孙星衍的观点比较符合实际，因此我们认为，《庄子》各篇其实都不能避免庄子后学的染指和加工，至于内、外、杂篇的区分，可能出自整理者之手，是整理者根据自己的理解加以编排的，当然这样的区分不会晚于魏晋时期，因为那时的《庄子》注本已经有内、外、杂篇之分了。

外篇共计十五篇，这是根据郭象的注本确定的，至于《汉书·艺文志》著录的目前所知最早的《庄子》五十二篇本，则未言有内、外篇的区分。据陆德明《经典释文》记载，司马彪注本外篇为二十八篇，崔譔注本、向秀注本的外篇均为二十篇，皆与郭象注本不同。《经典释文·序录》曰："内篇众家并同，自余或有外而无杂。"据此可以肯定的是，魏、晋直至隋、唐，《庄子》的各种版本大多是区分内、外篇的。隋、唐以后，郭象注本独行，其他注本皆已亡佚，至于古本更是无从知晓，不过，尽管郭象注本或许较大幅度地改动了古本原貌，但可能只是限于外、杂篇的删改合并，因为诸本内篇全为七篇，而司马迁《史记·庄子列传》所举《渔父》《盗跖》和《胠箧》诸篇，均属外、杂篇，且均为郭象注本所保留。由此推测，郭象注本的内容择取和内、外、杂篇的划分，应该是有所依据的。

本篇以人的生理上的骈拇枝指现象作为比喻,指出人的行为必须合乎自然,只有自然纯真的本性才是美好的,而一切超出自然本性或人之常情的行为,不管是淫僻的行为还是仁义的举动,诸如标榜聪明、巧言善辩,以及追求名利、为家为国的行为,都属于道德上的骈拇枝指,一概违反"性命之情",都是伤害自然人性的。

为了保全人的纯朴真实的自然本性,庄子提出了他的做人原则,即"上不敢为仁义之操,而下不敢为淫僻之行",认为只有"自适其适",只有"缘督以为经"(《养生主》),方能复归于人类天真率意的自然本性。庄子指出,三代以后,虞舜标榜仁义以诱惑天下,致使天下之人"莫不奔命于仁义",世界因此而骚动不安,人们因此而"失其性命之情",甚至耽溺其中而不知回头,正是由于君子贤人的鼓吹,仁义道德才四处泛滥,为害天下。为了批驳仁义道德,庄子还将仁义的典范伯夷与罪恶的首领盗跖相提并论,指出伯夷等人为了仁义献身和盗跖等人为了货财丧命,都是"适人之适而不自适其适",其结果都是"残生损性",因此盗跖与伯夷同属淫僻之人,二者之间并无君子、小人之分。

全文始终围绕"性命之情"做文章,因此有人认为,本篇可以作为道家的"人性论"看待。明人陆长庚更是认为,整部《庄子》的宗旨,全在此篇。篇名则摘取篇首二字而成,外、杂篇的题目大多如此。

骈拇枝者①,出乎性哉? 而侈于德②。附赘县疣③,出乎形哉? 而侈于性。多方乎仁义而用之者④,列于五脏哉⑤! 而非道德之正也。是故骈于足者,连无用之肉也;枝于手者,树无用之指也;多方骈枝于五脏之情者⑥,淫僻于仁义之行⑦,而多方于聪明之用也。

是故骈于明者,乱五色⑧,淫文章⑨,青黄黼黻之煌煌⑩;非乎? 而离朱是已⑪。多于聪者,乱五声⑫,淫六律⑬,

金石丝竹、黄钟大吕之声⑭;非乎?而师旷是已⑮。枝于仁者,擢德塞性以收名声⑯,使天下簧鼓以奉不及之法⑰;非乎?而曾、史是已⑱。骈于辩者,累瓦结绳、窜句棰辞⑲,游心于坚白同异之间⑳,而敝跬誉无用之言㉑;非乎?而杨、墨是已㉒。故此皆多骈旁枝之道,非天下之至正也㉓。

彼正正者㉔,不失其性命之情㉕。故合者不为骈,而枝者不为跂;长者不为有余,短者不为不足。是故凫胫虽短㉖,续之则忧;鹤胫虽长,断之则悲。故性长非所断,性短非所续,无所去忧也。意仁义其非人情乎㉗!彼仁人何其多忧也?

【今译】

脚的大趾和二趾连为一体,一只手生六个手指,是出于自然本性吗?乃是超出了正常人天性所得。附着在身上的赘肉和悬坠的肉瘤,是出自本形吗?乃是超出了自然本性。多余于本性之外的仁义被用来说教,是分配在人的五脏之中的吗?乃并非天然纯正的道德啊。因此脚趾连在一起的,是连上了无用的肉;一只手生六个手指的,是长出了无用的指头;多余于五脏之真性的,淫邪于仁义的行为,乃是超出了聪明的正常运用。

因此视力过于好的,就会搅乱五色,混淆文采,因此才有那青色、黄色、白的、黑的混杂一起、令人眼花缭乱的花纹,不是吗?像离朱就是这样的人。耳力过分好的,就会搅乱五声,混淆六律,才有那八音纷杂、变乱声律标准的音声,不是吗?像师旷就是这样的人。在仁义方面过分要求的,标榜抬高自己的道德品性来博取名声,使得满世界喧哗躁动来奉行根本达不到的礼法,不是吗?像曾参、史鲥就是这样的人。辩论口才过分出色的,耗神费力,牵强附会,锻炼言辞,用心于"坚白""异同"之类的辩论,疲弊心力于一时的荣誉和无用的言辞,不是吗?像杨朱、墨翟就是这样的人。所以这都是些像"骈拇枝指"一样的品性，并非世界上最纯正的德性。

那具有最纯正德性的人，不违背人的自然天性状况。所以不把两指合生看作"骈"，也不认为手上多生一指是"跂"；原本就是长的不认为有所多余，原来就是短的也不认为有所不足。因此野鸭的腿虽短，但是接上一段它就会难受；鹤鸟的腿虽长，如果截去一段它就会悲伤。所以天性是长的就不应截短，天性短的不该接长，根本没有什么可忧愁的，所以也就用不着抛弃。想来仁义并非人的天性实质啊！那些讲求仁爱的人为什么会有那么多忧虑呢？

【注释】

① 骈拇：脚的大指和第二指连生，合为一个脚指头。骈：合并。拇：大脚指头。枝指：手的大拇指旁多生一指，成为六个手指。② 侈：多余。德：此指天性。这里"德"与下文"性"对举，含义相似。《天地》篇："物得之以生谓之德。"此句意为骈拇枝指都属不该生而多生，违背正常天性，是多余的。③ 县：通"悬"。疣：肉瘤。附赘县疣是后天所生，故对天性而言也是多余的。④ 方：通"旁"。依附，附加。⑤ 列于五脏：指仁义配附于五脏。五脏，指人的五个脏器，即肝、心、脾、肺、肾。古人认为人的道德品质与其器官具有内在联系，即所谓仁配肝，礼配心，信配脾，义配肺，智配肾。⑥ 骈枝：骈拇枝指，此作动词用，意为多余。"骈拇"前"多方"二字，当为衍文。⑦ 淫僻：亦作动词用，与"骈枝""多方"含义相似，意为多余而趋于邪僻。淫：过多，过甚。僻：不正，邪。⑧ 五色：青、黄、赤、白、黑五种颜色。⑨ 文：青与赤相配。章：赤与白相配。此处"文章"泛指文采。⑩ 黼：白与黑相交。黻：黑与青相交。煌煌：眩目貌。⑪ 而：如，像。离朱：人名。相传为黄帝时人，视力极佳，能于百步之外看清秋毫之末。⑫ 五声：指宫、商、角、徵、羽。⑬ 六律：本指黄钟、太蔟、姑洗、蕤宾、夷则、无射六音，此指乐音的各个标准音。相传黄帝时人伶伦截竹为管，并以不同长短的竹管吹出高低清浊各异的十二个标准音，乐器的音调，都以它为准则。这十二个标准音又称作"十二律"，或

"六律六吕",阴阳各六,阳为律,阴为吕。　⑭ 金石丝竹:指所谓"八音"。古人称金、石、丝、竹、匏、土、革、木等八类乐器发出的声音为"八音",钟为"金",磬为"石",琴、瑟为"丝",箫、管为"竹",笙、竽为"匏",埙为"土",鼓为"革",柷、敔为"木"。黄钟:六律的第一音。大吕:六吕的第一音。　⑮ 师旷:春秋时代晋平公时的著名乐师,据说辨音能力极强,善于辨音审律,以占吉凶。两眼皆盲,故又称"瞽旷"。见《齐物论》注释。　⑯ 擢(zhuó):拔。塞:当为"搴"字之误。搴(qiān):拔取。《淮南子·俶真训》:"俗世之学……擢德搴性。"　⑰ 簧鼓:簧片振动。指吹奏笙、竽等乐器。笙、竽等皆有簧片,吹奏时簧片振动而发声。喻指喧闹躁动。《诗经·小雅·鹿鸣》:"吹笙鼓簧,承筐是将。"不及:不可企及。　⑱ 曾:曾参,字子舆,孔子弟子,以秉性仁孝闻名。史:史䲡,字子鱼,卫灵公之臣。卫灵公宠爱小人弥子瑕而疏远贤臣蘧伯玉,史鱼自杀,以尸谏,为孔子称许。　⑲ 累瓦、结绳:累积瓦石、用绳打结,皆上古百姓用以记事之法。古记事法相当麻烦费事,用以喻指善辩者多费口舌而收效甚微。《齐物论》曰:"大辩不言,大仁不仁。"窜句棰辞:穿凿文句,锤炼言辞。"棰辞"二字原本无,据王叔岷《庄子校释》引唐写本(经典释文)补入。　⑳ 坚白:即"坚白论",战国时期著名辩题之一。参见《齐物论》注。同异:亦为当时辩题,《天下》篇载惠施辩言曰:"大同而与小同异,此之谓'小同异';万物毕同毕异,此之谓'大同异'。"　㉑ 敝:疲弊。跬(kuǐ):长度单位,指半步的距离。跬誉:短暂或眼前的荣誉。　㉒ 杨:杨朱,字子居,宋人。倡"为我"之论。墨:姓墨,名翟,即墨子,墨家学派的创始人。参见《天下》篇。㉓ 至正:最为纯正的德性。　㉔ 正正:当为"至正"之误。　㉕ 情:实。此指实在的状况。　㉖ 凫(fú):野鸭。胫(jìng):小腿。此指腿。㉗ 意:想来,认为。

【评析】

本章为本篇的总论,意思约分两层:首先以骈拇枝指、附赘悬疣比拟仁义,说明贤人鼓吹的仁义、聪明、口才等等,并非人性的本然,追求这些必然有损于天性；随后又以凫腿与鹤腿为例，指出虽然同样是腿，但是前者特短，后者奇长，说明世间万物的天性并非齐一，强求一致是违反自然本性的。

庄子认为，生来就是如此的，称为天性。正常人的视力、听力、智力、口才，包括仁义之性都应该是均衡的，就像他们普通而正常的躯体。然而有的人视力过人，例如"骈于明"的离朱；有的人听力超群，例如"多于聪"的师旷；有的人"仁"有所亢进，例如"枝于仁"的曾参；有的人"义"有所多余，例如"枝于义"的史䲡；有的人惯于鼓唇弄舌，例如"骈于辩"的杨朱和墨翟，这些人的天赋本领，就像那骈拇枝指，虽为天生，实属畸形。至于世俗的毁誉、声名的荣辱，则是后天增加的，犹如附赘悬疣，就属于病态了。总之，不论畸形还是病态，这一切都是多余的。

随后庄子又指出，世间万物的物性并不整齐，就像野鸭的腿短、鹤鸟的腿长，这是它们各自的天性，如果要强行改变这一切，只能给它们带来痛苦。与此同理，世间众人的天性也不一致，有的目明，有的耳聪，假如一定要所有的人向离朱、师旷看齐，必然导致天下大乱。世间众人的习性也不一样，有的标榜仁义，有的热衷论辩，假如将仁义之士、善辩之人作为楷模，令天下众人群起效仿；如果把仁德礼仪作为道德规范，要天下众人循规蹈矩，必然导致残生损性，这样做就违反了自然无为的原则，与庄子在这里强调的"任其性命之情"的主张是背道而驰的。

宋人林希逸说，本章"故合者不为骈，而枝者不为跂"等数句"极有味"，并认为其真正含义其实就是所谓"天下莫大于秋毫之末，而泰山为小也"（《庄子鬳斋口义校注》卷三）。林希逸所指出的，正是庄子独特的"齐物""相对"的审视世界的方式。在常人看来，骈拇枝指均属畸形，而庄子从"本性"的角度观察，就发现世间万物的天性本来就不一致，所以只要是出于自然的，就都是正常的；然而若要人为追求并非属于自己本性的东西，或者将自己本性的东西强加于他人，则是畸形或病态了。庄子在这里深刻地指出,由于立场和角度的不同,人们对同一事物的认知结果和价值判断很可能是不同的或相对的,正像本文后面所提到的,按照儒家伦理道德观点来看是绝对对立的义士和盗贼、君子与小人,庄子从"伤性殉身"的角度来看,则是完全相同的。

且夫骈于拇者,决之则泣①;枝于手者,龁之则啼②。二者,或有余于数,或不足于数,其于忧一也。今世之仁人,蒿目而忧世之患③;不仁之人,决性命之情而饕贵富④。故意仁义其非人情乎!自三代以下者⑤,天下何其嚣嚣也⑥?

且夫待钩绳规矩而正者⑦,是削其性者也;待绳约胶漆而固者⑧,是侵其德者也;屈折礼乐⑨,呴俞仁义⑩,以慰天下之心者,此失其常然也。天下有常然。常然者,曲者不以钩,直者不以绳,圆者不以规,方者不以矩,附离不以胶漆⑪,约束不以纆索⑫。故天下诱然皆生而不知其所以生⑬,同焉皆得而不知其所以得。故古今不二,不可亏也。则仁义又奚连连如胶漆纆索而游乎道德之间为哉?使天下惑也!

夫小惑易方,大惑易性。何以知其然邪?自虞氏招仁义以挠天下也⑭,天下莫不奔命于仁义,是非以仁义易其性与?

【今译】

况且那脚趾生来就合并的,将它剖开就会流泪;手指多生一个的,把它咬掉就会啼哭。这两种状态,有的多于正常的数目,有的少于正常的数目,但所产生的忧伤是一样的。如今世界上讲求仁爱的人,高瞻远望而担忧世间的患难;不讲仁爱的人,败坏天然本性而贪图富贵。因此我认为仁义大概不是人的天性本质吧!自从三代以来,这世界为什么这样喧闹混乱呢？

　　况且那些依赖钩、绳、规、矩等工具加以矫正的物件，是削损了它的天性的；依靠绳子捆束或用胶、漆粘合而加固的东西，是损伤了它的本性的；躬腰屈膝地遵习礼乐，和颜悦色地推行仁义，以此来慰抚天下人的心灵，这是丧失了人的正常状态的。天下万物皆有常态。所谓常态，弯的不是利用钩加工的，直的不是用墨绳来取直的，圆的用不着规，方的用不着矩，黏合不用胶、漆，捆扎不用绳索。所以天下万物都是自然而然地出生，但并不知晓它们生长的原因；都是同样各自获得形貌禀赋，但并不知晓它们为什么得到的缘故。所以万物的自然天性古今都是一样的，不可加以亏损。但是仁义又为什么要连续不断地、像胶漆绳索一样附着并游动于道德之中呢？这样一来就使天下人受到迷惑啊！

　　那些小的迷惑使人颠倒方向，大的迷惑令人改变本性。怎么知道会这样呢？自从虞舜标举仁义而淆乱天下，天下的人们无不拼命地追求仁义。这不是用仁义来改变人的本性吗？

【注释】

　　① 决：裂开，剖开。则：而。　② 龁(hé)：咬断。　③ 蒿目：高瞻远望貌。蒿，"睢"之假借字，远视之貌。　④ 饕(tāo)：贪财。　⑤ 三代：指夏、商、周三代。　⑥ 嚣嚣：喧闹混乱貌。　⑦ 钩绳规矩：均为工匠所用工具。"钩"用以画曲线，"绳"用以拉直线，"规"划圆，"矩"划方。　⑧ 约：束缚。　⑨ 屈折：使肢体弯曲。意为施行礼乐时要弯腰屈膝。　⑩ 呴(xǔ)俞：和颜悦色貌。　⑪ 附离：依附。离，通"丽"。　⑫ 纆(mò)索：绳索。纆：三股索搓成的绳子。　⑬ 诱然：油然，天然诱生貌。　⑭ 虞氏：舜帝。招：标举，标榜。挠：扰乱。意为唐尧以前，民俗质朴；虞舜之后，世风日下，实为舜帝标举仁义而扰乱天下的结果。

【评析】

本章仍然以骈拇枝指为例，说明人的自然本性的差别是客观存在，对此应该采取宽容、放任的态度，而不应该以仁义强求，否则必然导致伤性乱世。

庄子认为，人的本性是一种无善无恶的自然存在——"常然"，如果说其中蕴含有"仁义"的成分，那么它们是和其他非仁义的成分同时存在着的。也就是说，儒家认为仁义就是"性"，庄子却把仁义看作是"性"外增添的东西，即使出自本然的"仁义"偶然接近于儒家的仁义标准，但它们和儒家所提倡的含有倾向性的"仁义"有着质的差别。如果这种"仁义"的成分本来有所突出或后天有所夸张，那么不是骈拇枝指，就是附赘悬疣，绝对不值得提倡。所以庄子针对儒家的"仁义"，才提出"大仁不仁"之说；又认为"仁人"对于世事人情的担忧，也并非出自人的天然本性。总之，庄子认为追求"仁义"会丧失"常然"，是对自然本性的破坏。

庄子同时又认为，天然存在的，就应该是合理的。骈拇枝指虽属畸形，但也无须纠正，因为人类的天性千差万别，骈拇枝指就像凫的短胫、鹤的长腿，无须人为加工，否则徒然增添痛苦。与此同理，那些以仁义自我标榜或用仁义来约束世人的所谓贤哲，因为追求仁义而导致改变本性或试图改变世人的天性，不仅是愚蠢的，而且是有害的。也就是说，庄子注意并强调道德、人性甚至天性的非普遍性和非绝对性，重视个体的差异性及其合理性。那些虞舜之类的圣人和儒家学者的错误在于：他们认为对自己有价值的东西，对其他人也必然有利，因此致力于将自己的价值观强加于他人身上，而不顾是否束缚人性。

庄子对仁义礼乐压抑人性、违背自然的特征，用"屈折礼乐，呴俞仁义，以慰天下之心者，此失其常然"等数语给予揭露，后世与名教抗争的人士，往往从这里汲取营养。魏晋名士嵇康就说："六经以抑引为主，人性以从欲为欢。抑引则违其愿，从欲则得自然。……故仁义务于理伪，非养真之要术；廉让生于争夺，非自然之所出也。"（《难自然好学论》）嵇康此论与庄子上述言论的渊源关系，十分清晰。

故尝试论之，自三代以下者，天下莫不以物易其性矣①。小人则以身殉利②，士则以身殉名，大夫则以身殉家，圣人则以身殉天下。故此数子者③，事业不同④，名声异号，其于伤性以身为殉，一也。

臧与谷⑤，二人相与牧羊，而俱亡其羊。问臧奚事⑥，则挟策读书⑦；问谷奚事，则博塞以游⑧。二人者，事业不同，其于亡羊均也。

伯夷死名于首阳之下⑨，盗跖死利于东陵之上⑩，二人者，所死不同，其于残生伤性均也，奚必伯夷之是而盗跖之非乎！天下尽殉也。彼其所殉仁义也，则俗谓之君子；其所殉货财也，则俗谓之小人。其殉一也，则有君子焉，有小人焉；若其残生损性，则盗跖亦伯夷已，又恶取君子小人于其间哉⑪！

【今译】

所以我曾试着加以论说：自从夏、商、周三代以来，天下之人无不因为外物而改变本性！平民百姓为追求财利而拼命，士子为获取名声而牺牲，大夫为了家族利益而甘愿献身，圣人为了赢得天下而牺牲生命。所以这几类人，从事的事业虽然不同，名声也不一样，但是他们在损伤本性、将自身作为牺牲品这一方面，却是一致的。

臧和谷，两人在一起放羊，却都把羊给弄丢了。问臧在干什么，是拿着书册读书；问谷在干什么，是玩棋去了。这两个人，做的事情虽然不同，就丢羊这一结果来说是一样的。

伯夷为了名声而死在首阳山下，盗跖为了财利而死在东陵山上。这两个人，死亡的原因虽然不同，就残害自己生命、伤害自我本性这一结果来说却是一样的。何必一定要肯定伯夷而否定盗跖呢？天下之人都是为了外物而牺牲自己？那些为了仁义而献身的，世人称他们为君子；那些为了财物而死亡的，世人把他们叫做小人。就为了某些事物而不惜生命这一点而言是一致的，但有的是君子，有的就是小人。如果就残害生命、损伤本性这一点而言，那么盗跖也就是伯夷，又何必在他们中间采用君子、小人不同的称呼呢？

【注释】

① 物：指身外之物，即下文所谓利、名、家族、天下等。　② 殉：为了某种目的而失去自己生命。　③ 数子：指上述小人、士、大夫、圣人各类。　④ 事业：从事的职业，做的事情。　⑤ 臧、谷：皆人名。　⑥ 奚：何。奚事：做什么。　⑦ 挟策：拿着书。策，竹简，古人用以写书，此指书册。　⑧ 博塞：带有赌博性质的棋类游戏。　⑨ 伯夷：商孤竹君长子。相传孤竹君欲立次子叔齐为继承人，孤竹君死后，叔齐让位给伯夷，伯夷不受，叔齐亦不继位，先后逃到周国。后周武王灭商，二人耻食周粟，逃至首阳山，采薇而食，饿死在山里。详见《让王》篇。　⑩ 盗跖：见《盗跖》篇注。东陵：山名，位于山东济南附近。　⑪ 恶取：何需择取。

【评析】

本章紧接上一章所谓贤哲之人追求仁义而导致改变本性的议论，通过臧、谷、伯夷和盗跖的故事进一步论证，指出尽管为名、为利、为私、为公、为仁义的行为，其出发点似乎存在着差异；尽管圣人、君子和小人的名称，在世人眼里具有高贵和卑贱的区别，但是他们以身殉物、伤情易性的结果却是一致的，按照庄子的话来说，就是"天下尽殉也"。所殉为仁义，则俗谓之君子；所殉为货财，则俗谓之小人。"小人"和"君子"的区别，其实也就是上一章所谓"小惑易方，大惑易性"的差异。然而惑于货财的"小人"也终将发展为改变本性，因此，从"易性"这一角度评判，惑于仁义和惑于货财是等同的，二者之间无所谓是非优劣，当然也就无所谓君子、小人。

值得一提的是，庄子在这里将世人认为截然对立的两种人物（伯夷和盗跖)、两种行为(为义献身与图利而死)置于一处,不分等第优劣地给予批判,生动体现了庄子笔锋犀利、纵横捭阖的论辩特色。按照儒家的道德观,"义"和"利"是两个完全对立的道德标准:"孳孳为善者,舜之徒也……孳孳为利者,跖之徒也。欲知舜与跖之分,无他,利与善之间也。"(《孟子·尽心上》)庄子则将"为善(义)"和"逐利"都看成是丧失本性的行为,认为它们残生伤性、扰乱人心、扰乱天下的结果完全一致,因此从根本上看,无所谓是非优劣。毋庸讳言,庄子的说法未免失之偏颇,有本末倒置、混淆是非之嫌,因为是与非的客观标准还是存在的,孔子"见利思义"(《论语·宪问》)的"利义"观还是应当遵循的。不过,那些借"义"捞"名"的伪君子确实大量存在,他们危害社会、伤害他人的罪恶程度丝毫不亚于盗跖,从这个角度来看,庄子上述论辩又是极富现实批判意义和相对正确的。

且夫属其性乎仁义者①,虽通如曾、史,非吾所谓臧也②;属其性于五味,虽通如俞儿③,非吾所谓臧也;属其性乎五声,虽通如师旷,非吾所谓聪也;属其性乎五色,虽通如离朱,非吾所谓明也。吾所谓臧者,非仁义之谓也,臧于其德而已矣;吾所谓臧者,非所谓仁义之谓也,任其性命之情而已矣;吾所谓聪者,非谓其闻彼也④,自闻而已矣;吾所谓明者,非谓其见彼也,自见而已矣。夫不自见而见彼、不自得而得彼者,是得人之得而不自得其得者也,适人之适而不自适其适者也。夫适人之适而不自适其适,虽盗跖与伯夷,是同为淫僻也。余愧乎道德,是以上不敢为仁义之操,而下不敢为淫僻之行也。

【今译】

况且将自己的本性归属在倡行仁义上的人,虽然精通得像曾参、史䲡一样,并非我所认可的道德好;将自己本性归属在辨别五味上的人,虽然精通得像俞儿一样,并非我所认可的味觉好;将自己本性归属在识辨五声上的人,虽然精通得像师旷一样,并非我所认可的听力好;将自己本性归属在辨认五色上的人,虽然精通得像离朱一样,并非我所认可的视力好。我所说的"善",并不是说仁义,善于保持他的天然品德罢了;我所说的"好",并非世人所说的仁义,任随他的天性的真情表现罢了;我所说的耳力好,不是说他能听到外界的声音,能听到自己内部的声音罢了;我所说的视力好,不是说他能看见外界的事物,能看见自己内部的一切罢了。那些看不见自己而只看到外界事物的、不能获得自我而只得到外物的人,是得到了他人所应得的,而没有得到他自己所应获得的,是求适于适合他人天性的,而不是求适于适合自我天性的。求适于他人的适性而不是求得自我的适性,虽然盗跖和伯夷为人不一样,在这方面都一样属于淫邪歪道。我在道德方面自感惭愧,因此就上等而言,我不敢遵行仁义的操守;就下等而言,我也不敢做出淫邪歪道的行为。

【注释】

①属:附着,归属。乎:于。 ②臧:好,善。 ③俞儿:齐人,精于辨味,善于烹饪。 ④彼:与"自我"相对,指自身以外的人和事物。

【评析】

本章为全篇的总结,明人陆长庚说:"《骈拇》篇以'道德'为正宗,而以'仁义'为骈附,正好与《老子》'失道而后德,失德而后仁,失仁而后义'参看。一部《庄子》宗旨,全在此篇末用一句叫出:'予愧于道德,是以上不敢为仁义之操,而下不敢为淫僻之行。'上下俱不为,则虚静恬淡、寂寞无为,而道德之正,性命之情,于是乎得之矣。"(《南华真经副墨·骈拇》)所谓"以'道德'为正宗,而以'仁义'为骈附",即强调仁义道德并非自然天性,而最为纯粹的(即最佳的)人性,应该是人的自然本性的自然状态,即"任其性命之情而已"。故无论是孔子、孟子,还是曾参、史䲡,他们一个个忧心于世上仁义的衰落,庄子认为其实全是多余。

庄子在这里将仁、义一并作了彻底的否定,这在先秦诸子中是不多见的。当然,先秦诸子排斥仁义的并非仅止老、庄,告子已将"义"归于外学,告子曾说:"食、色,性也。仁,内也,非外也。义,外也,非内也。"(参见《孟子·告子上》)。而庄子更为彻底,他将"仁"和"义"一并予以摒弃,因为他认为"仁"和"义"在当时都不具备积极向上的价值,它们已成为道德败坏者谋取名利的手段,提倡仁义等于为奸邪之人提供作恶的工具:"爱利出乎仁义,捐仁义者寡,利仁义者众。夫仁义之行,唯且无诚,且假乎禽贪者器。"(《徐无鬼》)

庄子推崇本于自然的任性而为,即所谓"任其性命之情",这也是本篇的主旨。明代陆长庚之所以认为整部《庄子》的宗旨就在此篇,正是因为他看到本篇相当透彻地阐述了道家的"人性观"。宋人林希逸对此章也给予极高评价,认为庄子所谓"任其性命之情",就是顺其自然;至于"吾所谓聪者,非谓其闻彼也,自闻而已矣;吾所谓明者,非谓其见彼也,自见而已矣"数语,更是精妙绝伦,甚至认为一部《大藏经》千册万卷,万语千言,也都不出此"自见自悟"之意,但是《大藏经》却绝对没有这样精辟的妙语(参见《庄子鬳斋口义》卷三)。

"自闻自见"也好,"任其性命之情"也罢,其实都是强调"自适"。庄子认为由于统治者标榜聪明,吹嘘仁义,因而造成举世之人的矫揉造作,高尚到隐士伯夷,卑贱至大盗盗跖,庄子认为都未能避免所谓"适他人之适"而非"自适其适"的毛病,"是同为淫僻也",最终则造成残生伤性的恶果。林希逸说:"看来庄子亦是愤世疾邪而后著此书,其见既高,其笔又奇,所以有过当处。"(《庄子鬳斋口义》卷三)也就是说,林希逸分明已经认识到庄子的讥讽带有强烈的现实社会批判意义,尽管不无偏激。

马 蹄 第 九

【解题】

本篇大旨与《骈拇》篇相似,都是强调说明最佳的人性绝非仁义,而是人之天性,是人的本性的自然发展。所不同的是,《骈拇》篇侧重指出仁义对于身心的危害,而本篇则强调仁义给天下带来的灾难。

文章开头以"马"设喻,用驯马违背天性的事例来说明治民戕害人性。马儿吃草饮水,翘尾蹦跳,这一切都是它真实性情的流露,都是在无拘无束的状态下才能拥有的天真自然;而一旦有所谓精于驯马的伯乐出现,设想出许多手段,施加了各种约束,以至马儿伤的伤,死的死,幸存的则学会了"诡衔窃辔"的伎俩,这一切当然都是伯乐造成的,是伯乐的罪过。与此同理,庄子认为人的天性得以最完满表现的时代是"至德之世"(原始时代),那时的人们与禽兽为伍,与万物并生,"织而衣,耕而食","含哺而熙,鼓腹而游",纯朴自然,无知无欲,没有所谓君子小人的区分,没有所谓典章制度的束缚,因此人的本性能够自然流露;而一旦有了所谓明君圣人,提倡仁义道德,规定礼乐制度,于是人们开始费心尽力地追求才智,争先恐后地追逐利益,导致人性的败坏和道德的衰落,这也正是圣人和明君的罪过。

总之,伯乐的善驯马,陶工的善治埴,匠人的善治木,工匠的残朴以为器,圣人的毁道德以为仁义,都是在用智巧破坏天下万物的自然本性,犹如《应帝王》篇中的儵与忽,自作聪明,凿开七窍而终于导致浑沌魂归西天一样。

本篇用开头二字作为篇名,与文章大意无关。

马，蹄可以践霜雪，毛可以御风寒。龁草饮水①，翘尾而陆②，此马之真性也。虽有义台路寝③，无所用之。及至伯乐④，曰："我善治马⑤。"烧之⑥，剔之⑦，刻之⑧，雒之⑨。连之以羁馽⑩，编之以皁栈⑪，马之死者十二三矣！饥之，渴之，驰之，骤之⑫，整之，齐之，前有橛饰之患⑬，而后有鞭策之威⑭，而马之死者已过半矣！陶者曰⑮："我善治埴⑯，圆者中规，方者中矩。"匠人曰："我善治木，曲者中钩⑰，直者应绳。"夫埴木之性，岂欲中规矩钩绳哉！然且世世称之曰："伯乐善治马，而陶匠善治埴木。"此亦治天下者之过也。

【今译】

马，它的蹄子可以行走于霜雪，它的毛可以抵挡风寒。吃草饮水，翘尾蹦跳，这一切都是马的真实性情的流露。纵然有高大灵台、宽敞宫室，对于马来说毫无用处。后来有了伯乐，他说："我善于驯马。"于是给马烙火印，修剪马毛，削平马蹄，给马戴上笼头，又用戴嚼子的络头和绊索把马拴起来，用马槽马棚把它们圈起来，这样一来马就会死掉十分之二三了；然后又使它们饥，令它们渴，要它们飞驰，逼它们疾跑，训练它们队形整齐、步调一致，马的前面有衔木、铃铛的忧苦，而后面有鞭子的威胁，这样一来死去的马就已超过半数了。制造陶器的工匠说："我善于调制黏土，能使圆形陶器圆得符合圆规所画的圆形，能令方形陶器符合角尺所量的直角。"木匠说："我善于整治木材，若要弯的，必能符合'钩'所画的弧线；若要直的，定使合乎墨线所画的直线。"那黏土和木头的本性，难道是希望符合标准的圆形、直角、弧形和直线的吗？然而人们世世代代都称许他们说："伯乐善于整治马，陶工、木匠善于整治黏土和木头。"这一切也正是治理天下的人所犯的过错。

【注释】

①龁(hé)：咬。　②翘尾：原本作"翘足"，崔譔注本(陆德明《经典释文》引)作"翘尾"，此从崔譔注本。陆："跱"字之讹写。"跱"本意为曲胫，即弯腿，此指跳。　③义台：灵台，古时帝王祭天观天的高台，用土筑成。路：大，正。路寝，指正室。　④伯乐：姓孙名阳，秦穆公(公元前659—前621在位)时人，以精于鉴马、驯马、养马著称。"伯乐"为天星之名，相传此星掌管天马，孙阳精于驯马，故以为号。(参见《列子》、石氏《星经》)　⑤治：此指驯养。　⑥烧：此指烧红烙铁给马烙上印记。　⑦剔：剪。　⑧刻：用刀刻削。此指削治马蹄甲。　⑨雒：通"络"，给马戴上笼头。　⑩羁：马勒，即带嚼子的马络头。絷(zhí)：用于绊住马的前足的绳索。　⑪编：此指圈养。皂：马槽。栈：马栅。　⑫骤：疾驰。　⑬橛：马口所衔的横木，又称马衔。饰：此指装饰于马的额头和马的脖颈的铃铛。　⑭鞭策：打马的用具。有皮的称鞭，无皮的称策。策，竹棍类。　⑮陶者：制陶器的人。　⑯埴(zhí)：制陶器用的黏土。　⑰中(zhòng)：符合。

【评析】

庄子首先极富感情色彩地描写了野马的自由自在、放荡不羁，以此喻示葆有自然本性的人们是多么的愉快，随后又用伯乐驯马、陶工制陶和木匠治木的例子，说明人为的加工和管理有违事物的"真性"，甚至于导致戕害生灵。并以此推论，指出所谓"善治天下"的统治者的治理天下，只能是践踏或败坏人性，并导致破坏世界的纯朴和自然。

保护世界的纯朴和自然，也就是保持万物的"真性"。就像那马的吃草饮水，翘尾蹦跳，完完全全是"马之真性"的自然流露，那是只有在无拘无束的状况下才可能出现的。那么，人在现实社会中如何才能拥有这样自然的生活呢？很显然，在物欲横流的社会，要想彻底挣脱有形或无形的束缚是很困难的，要想完全葆有"真性"其实是不可能的，于是习惯于向内心探求的中国人，就想方设法致力于摆脱外界的影响，保持心境的安静和自由。后来禅宗强调"识本心"，以及"本自天然,不假雕琢"的"自然观",其实正是庄子"真性观"的延伸。尤其那些宦途失意的士大夫,痛定思痛的时候,往往更加珍视那种丧失了的或从未有过的无拘无束的"真性"。例如北宋苏舜钦革职为民以后,在苏州购置了私园"沧浪亭",日日与"鱼鸟共乐",从水竹林木之中,从风光月影之间,终于感悟到自由生活的美好和往日仕宦生涯的可悲,他说:"形骸既适,则神不烦;观听无邪,则道以明,返思向之汩汩荣辱之场,日与锱铢利害相磨戛,隔此真趣,不亦鄙哉!"(《苏学士集·沧浪亭记》)苏舜钦所谓的"真趣",其实也就是他对于庄子所谓"真性"的感悟。

本章遣词用语颇为精巧,比如叙述伯乐驯马的技术:烧之、剔之、刻之、雒之、连之、编之,连用数个"之"字,紧接着却告知马死亡十之二三的结果;然后述及伯乐驯马的手段:饥之、渴之、驰之、骤之、整之、齐之,又是数个"之"字连用,随后又揭示马死亡过半的事实。逻辑缜密,极具气势。因此林希逸说:"或曰外篇文粗,误矣!"(《庄子鬳斋口义》卷三)

  吾意善治天下者不然①。彼民有常性,织而衣,耕而食,是谓同德②。一而不党③,命曰天放④。故至德之世,其行填填⑤,其视颠颠⑥。当是时也,山无蹊隧⑦,泽无舟梁⑧;万物群生,连属其乡⑨;禽兽成群,草木遂长。是故禽兽可系羁而游⑩,鸟鹊之巢可攀援而窥。

  夫至德之世,同与禽兽居,族与万物并⑪。恶乎知君子小人哉!同乎无知,其德不离;同乎无欲,是谓素朴。素朴而民性得矣。及至圣人,蹩躠为仁⑫,踶跂为义⑬,而天下始疑矣⑭。澶漫为乐⑮,摘僻为礼⑯,而天下始分矣。故纯朴不残⑰,孰为牺尊⑱!白玉不毁,孰为珪璋⑲!道德不废,安取仁义! 性情不离,安用礼乐! 五色不乱,孰为文采! 五声不乱,孰应六律! 夫残朴以为器,工匠之罪也;毁道德以为仁义,圣人之过也。

【今译】

我想善于治理天下的人不是这样做的。那人民有一贯的本性:纺织而供穿衣,耕地而供吃饭,这叫做共性;禀性纯一而无所偏爱,这叫做自然放任。因此在道德最为高尚的时代,人们的行为都是质朴稳重的,人们的精神都是稳固专一的。在那个时代,山中没有小路大道,水上不见船舶桥梁;万物共同生长,乡土相互连接;禽兽成群,草木茂盛。因此人们可以将禽兽用绳子拴着一块儿遨游,鸟窝鹊巢都可以任凭人们爬上去窥视。

那道德最为高尚的时代,人们同禽兽一起居住,万物聚集共处,哪里知道还有君子、小人的区别呢! 人们都同样没有知识,他们的本性不会迷失;都同样没有欲望,这就叫做纯朴。由于纯朴,而人民的本性就得以保全。到后来圣人出现了,用心尽力地推行仁德,劳神费劲地提倡道义,于是天下百姓开始迷惑了。他们放纵淫逸学习音乐;繁琐浮靡施行礼节,于是天下百姓开始有分歧了。因此原木如果不剖开加工,怎么能制造牛头酒器! 白玉如果不破开雕琢,怎么能制成圭璋玉器! 最为高尚的道德如果不废弃,哪里用得着仁义! 本性真情如果不迷失,哪里用得着礼乐! 五色如果不淆乱,怎么会产生图画彩色! 五声如果不混乱,怎么能符合六律! 那破坏原木而制造酒器,是木匠的罪过;而破坏道德来施行仁义,则是圣人的罪过啊。

【注释】

①不然:不是这样。然,指代上述陶工、木匠的行为。 ②同德:共性。 ③党:偏爱。 ④命:命名,称作。天放:自然放任。 ⑤填填:质朴稳重貌。 ⑥颠颠:稳固专一貌。 ⑦蹊:小路。隧:大道。 ⑧梁:桥。 ⑨连属:相互连接。 ⑩系羁:用绳子拴着。

⑪ 族：聚集，聚居。并：共处。与上句"居"字对举，意相似。　⑫ 蹩躠（bié xiè）：本指跛者走路吃力的样子。此喻用心尽力貌。　⑬ 踶跂（zhì qǐ）：费心用力貌。　⑭ 疑：迷惑。　⑮ 澶（dàn）漫：放纵淫逸貌。⑯ 摘僻："僻"当作"擗"，"摘"指摘取，"擗"指分开。喻指繁琐细碎貌。⑰ 纯朴：未经人为加工的木头。残：此指全木因加工而有所缺损。⑱ 牺尊：刻绘有牛头的木制酒器。多用以祭神。　⑲ 珪：古代君臣上朝或举行典礼时手持的一种上尖下方的玉器。璋：形如剖开的半个珪。

【评析】

在上一章抨击统治者之后，本章接着指斥所谓"圣人"，认为圣人施行仁义礼乐而损伤人的本性，以至惑乱天下，以至原始而又素朴的"至德之世"荡然无存，因此同样犯有严重的罪过。

基于"自然无为"的观点，庄子对原始、素朴的理想社会作了富有诗意的描绘。在庄子看来，至德之世之所以可爱，因为它容许人们悠哉游哉地"织而衣，耕而食"；"民有常性"，享有"天放"（即充分的自由和放任），毫无政治和精神上的压制束缚；因为它"不尚贤，不使能"（《天地》），没有君子、小人之分，社会成员之间享有充分的平等；因为能"甘其食，美其服，乐其俗，安其居"（《胠箧》），百姓享有充分快乐和安定的生活。这一切，都是有等级差别、有阶级之分、有战争饥饿的现实社会所缺乏的，因此庄子又对有君子小人之分、强调知识智慧、充满欲望的文明社会进行了猛烈的抨击。

庄子的"至德之世"，比老子的"小国寡民"更富魅力，它直接启迪了后来陶渊明有关"桃花源"的浪漫情思，表现了社会下层人民对于自由理想人生的那种渴望。当然，庄子对于"至德之世"的构想，带有浓重的幻想色彩，甚至不乏荒诞。因为山中没有小路大道、水上不见船舶桥梁的原始环境不可能使人获得充分的自由，与鸟儿共处、和禽兽同居的生活也不可能给人带来任何的安全感，荒蛮时代的所谓"至德"

是根本不存在的。但是从庄子的幻想之中,我们可以发现他对精神自由的不懈追求、对人与自然相亲相爱的眷恋、对人与人之间充分平等的憧憬,以及对种种社会弊病的批判,这一切都具有强烈的现实意义,因此是不容忽视的。近代改良派代表人物严复曾评论说:"此篇持论极似法之卢梭,所著《民约》等书,即持此义。"(《庄子评点·马蹄》)将卢梭《民约论》与此篇相提并论,恰恰说明庄子的自由民主意识在这里的表现十分鲜明。

夫马,陆居则食草饮水,喜则交颈相靡①,怒则分背相踶②。马知已此矣③!夫加之以衡扼④,齐之以月题⑤,而马知介倪闉扼鸷曼诡衔窃辔⑥。故马之知而态至盗者⑦,伯乐之罪也。

夫赫胥氏之时⑧,民居不知所为,行不知所之⑨,含哺而熙⑩,鼓腹而游⑪。民能以此矣⑫!及至圣人,屈折礼乐以匡天下之形⑬,县跂仁义以慰天下之心⑭,而民乃始踶跂好知⑮,争归于利,不可止也。此亦圣人之过也。

【今译】

那马,居住在陆地吃草喝水,高兴时就伸长脖子互相磨蹭,发怒时就屁股对着屁股相互蹬踢。马的智慧仅此而已。一旦给他套上车辕,装饰了额镜,于是马就知道窥视情状、摆脱车轭、两边冲突、偷偷吐出嚼子、暗暗咬断缰绳。因此马的心智和神态之所以会变得像盗贼一样,正是伯乐的罪过啊。

在那上古赫胥氏时代,人们安居而不知该干什么,行路而不知该到哪里,嘴里嚼着食物嬉戏,拍打着肚子唱游,人民的能力仅此而已。到后来圣人出现了,用弯腰屈体演习礼乐来矫正天下人的举动,以提倡仁义来抚慰天下人的心灵,于是人们才开始费心尽力地追求才智,争先恐后地追逐利益,这一切已无法阻止。这也正是圣人的罪过啊。

【注释】

①靡:同"摩",摩擦。　②分背:背对着背,此指马臀尾相对。马发怒时,相互用后蹄弹踢,必然相背,故曰"分背"。踶(dì):通"踢"。③知:通"智"。已:止。　④衡:车辕前端的横木。扼:通"轭"。夹贴于马颈的曲木,两端与衡木连接。　⑤齐:装饰。月题:戴于马额上的金属装饰物,其形如月,故名。又称"额镜"。张默生《庄子新释》认为即俗称"遮眼"的物件,用以防止马瞥见身旁事物而受惊。　⑥介倪:睥睨,意为斜眼窥视,不欲就范。闉(yīn):曲。闉扼:指马弯曲脖子,试图挣脱车轭。鸷:猛戾。曼:突。鸷曼:指马猛烈冲突,不受羁束。诡衔:狡诈地吐出衔子。窃辔(pèi):悄悄地咬断缰绳。　⑦知:通"智"。而:与。　⑧赫胥氏:传说中的上古帝王。俞樾怀疑即《列子》书中所称"华胥氏"。(参见俞樾《诸子平议》)　⑨之:往。⑩哺:嘴里所含的食物。熙:通"嬉",嬉戏。含哺而玩耍,是婴孩的习惯行为,此以喻指上古百姓的至淳和天真。　⑪鼓腹:拍打着肚子。⑫以:一本作"止"。　⑬屈折礼乐:弯腰屈体以施行礼乐。匡:纠正。天下之形:世上所有人的形体。　⑭县:通"悬"。县歧:高悬,提倡。慰:使安定,使满意。　⑮好知:追求智巧。

【评析】

首章用驯马比喻治民,末章仍然以驯马为喻,文中形容马的喜怒之情,曲尽其态,以此描画伯乐驯马而马变得狡诈的经过,说明圣人提倡仁义礼乐直接招致了世人的好智和争利,改变了原始时代"民居不知所为,行不知所之,含哺而熙,鼓腹而游"的浑朴生活,人们素朴的道德因此被破坏殆尽。所以说,人性的迷失,天下的扰乱,都是圣人的罪过,都是仁义在作祟。

庄子所处的战国时代,儒家理论已被统治者普遍采用,"仁义"几乎成为当时公认的道德标准。按照儒家的说法,"仁义礼智根于心"(《孟子·尽心上》),就是说"仁义"是人所固有的善性。儒家对此所谓善性极力张扬,把"仁义"作为伦理道德规范、作为圣人的品德而加以标榜,认为"居仁由义,大人之事备矣"(《孟子·尽心上》)。庄子则针锋相对,认为"仁义""礼乐"都是人为的道德规范,它们直接束缚或伤害了人的自然本性,"圣人"对仁义礼乐的提倡直接导致了世人的争名逐利,引起了天下的大乱。也就是说,招致天下大乱的罪恶根源就是儒家宣扬的所谓仁义道德。

庄子对"仁义"的批判和攻击,有其必要性与合理性。因为当时普遍存在着"诸侯之门,仁义存焉"(《胠箧》)的情况,"仁义"成为权贵富豪掠夺名利的手段,变成了诸侯们压制束缚百姓的工具,所以庄子对仁义的批判,不仅是对当时的社会状况、对当时的统治者的抨击,而且具有反思人类早期文明制度的意义。不过,庄子从自然主义的立场,基于"无为"的观点,认为一切人为的道德规范,除了束缚人性、滋长人们名利欲望的作用以外,一无是处,并且近乎荒诞地美化蒙昧落后的原始社会,这样的观点明显是过激和不尽合理的。我们必须看到,提倡道德,包括推行"仁义"在内,对于社会的进步,对于人类精神文明的进步,对于人性的提高,无疑起着相当大的作用,对此一概否定,当然是荒谬的。

胠箧第十

【解题】

本篇是对上文"马之知而态至盗者"一语的进一步阐发,也是对老子"绝圣弃智"思想的全面发挥。钟泰认为,《骈拇》《马蹄》《胠箧》大概出自一人之手,故此三篇不仅主旨相近,而且内容各有侧重、前后连贯。可见当初郭象整理删订《庄子》一书时,将此三篇汇聚于一处,应该是有所依据的(参见《庄子发微》卷二)。

本篇直接剖析圣智仁义导致祸国殃民的深层原因,比前两篇又推进一层,推论说理,更是痛快无比。《史记·老庄申韩列传》说:"(庄子)作《渔父》《盗跖》《胠箧》,以诋訾孔子之徒,以明老子之术。"可见本篇主要是针对当时的显学——儒家学说的,矛头直指儒家所赞颂的"圣人"及其理论观念。文中指出,智慧是罪恶的源泉,所谓圣人以及圣、智之法,不仅不能治乱防患,反而对盗贼有利,反而对"窃国者"有利,因为它们成了"窃钩者"和"窃国者"所凭借的工具。盗贼窃取了圣人之道,用以结党营私,横行天下,以至于"大盗不止";篡位者利用了圣人之道,用于收买人心,扼杀人性,以至于"诸侯之门,而仁义存焉"。所以说,"圣人不死,大盗不止",所以必须"绝圣弃智"。作者进而指出,只有毁弃一切圣智、仁义、礼法和所谓的文明智巧,才能同归于三代以前、上古十二氏时期那种天下安宁、民风朴鄙的世界。

本篇的文采亦常常为人称道,或谓篇首起语突兀,将世俗所谓智慧一笔抹煞,犹如说书人伴随着惊堂木的开场白,振聋发聩;或谓行文奇快,才情溢发,通篇如一笔书,尤其结尾"哼哼已乱天下矣"一句,淡淡着笔,冷处传神,言尽而意不尽。刘凤苞更是看到了本篇写作手法给于后人的启示,他指出,本篇强调"绝圣弃智",遂将各种聪明巧诈之人一齐批倒,说理议论犹如层波叠浪,气势非凡,而唐代韩愈"文起八代之衰"的《原道》诸篇,笔法全是从这里脱化而得(参见《南华雪心编·胠箧》)。

篇名摘取首句二字而成。

将为胠箧探囊发匮之盗而为守备①,则必摄缄縢②,固扃鐍③,此世俗之所谓知也。然而巨盗至,则负匮揭箧担囊而趋④,唯恐缄縢扃鐍之不固也。然则乡之所谓知者⑤,不乃为大盗积者也?

故尝试论之:世俗之所谓知者,有不为大盗积者乎?所谓圣者,有不为大盗守者乎?何以知其然邪?昔者齐国邻邑相望⑥,鸡狗之音相闻,罔罟之所布⑦,耒耨之所刺⑧,方二千余里。阖四竟之内⑨,所以立宗庙社稷⑩,治邑屋州闾乡曲者⑪,曷尝不法圣人哉⑫?然而田成子一旦杀齐君而盗其国⑬,所盗者岂独其国邪?并与其圣知之法而盗之,故田成子有乎盗贼之名,而身处尧舜之安。小国不敢非,大国不敢诛,十二世有齐国⑭,则是不乃窃齐国并与其圣知之法,以守其盗贼之身乎?

尝试论之:世俗之所谓至知者,有不为大盗积者乎?所谓至圣者,有不为大盗守者乎?何以知其然邪?昔者龙逢斩⑮,比干剖⑯,苌弘胣⑰,子胥靡⑱。故四子之贤而身不免乎戮。故跖之徒问于跖曰⑲:"盗亦有道乎?"跖曰:"何适而无有道邪⑳?夫妄意室中之藏㉑,圣也;入先,勇也;出后,义也;知可否,知也;分均,仁也。五者不备而能成大盗者,天下未之有也。"由是观之，善人不得圣人之道不立，跖不得圣人之道不行。天下之善人少而不善人多，则圣人之利天下也少而害天下也多。故曰：唇竭则齿寒㉒，鲁酒薄而邯郸围㉓，圣人生而大盗起㉔。掊击圣人㉕，纵舍盗贼㉖，而天下始治矣。

【今译】

　　为了防御开箱子、掏口袋、撬柜子的盗窃者，那么必然要勒紧绳索，加固锁具，这便是世俗所谓的聪明人。然而胆大妄为的盗窃者来了以后，就会背着柜子、手提箱子、挑起口袋快速跑掉，还生怕你绳子不紧、锁具不坚固呢。既然如此，那么原先人们所说的聪明人，不正是在为"大偷"做准备吗？

　　因此我就试着谈谈这个问题：世俗之人所说的聪明人，有不是在为"大偷"做准备的吗？世俗所说的圣人，有不是在为"大偷"作守卫的吗？怎么会知道是这样的呢？过去的齐国，相邻的城市互相看得见，鸡叫狗吠之声互相听得见，可供打猎捕鱼的场所、可以耕作的田地，方圆有二千余里。所有四乡边境之内，统属于一个国家，而治理城镇乡村的各级官员，何尝不是在效法圣人呢？然而田成子一旦杀害齐简公并窃取了齐国政权，所窃取的难道仅仅是齐简公的国家吗？连同那圣人的礼制法度也窃取了。所以田成子有盗贼的名声，却身处尧、舜的安乐地位。小国不敢非议，大国不敢讨伐，世世代代享有齐国，那么不正是窃取齐国、连同窃取圣人的礼制法度，来守护他自己盗贼的身体吗？

　　试着再谈谈这个问题：世俗之人所说的最聪明的人，有不是在为"大偷"做准备的吗？世俗所说的最崇高的圣人，有不是在为"大偷"作守卫的吗？怎么会知道是这样的呢？过去关龙逢被斩杀，王子比干被剖胸挖心，苌弘遭车裂，伍子胥糜烂江中。所以这四个人如此贤明而自身却未能幸免于杀戮。所以盗跖的徒弟问盗跖说："盗窃也有'道'

吗?"道跖回答:"干什么没有'道'呢?能凭空猜测房里所藏的财物及其地点,这就是'圣';能带头进去,这就是'勇';出来时断后,这就是'义';行动前知道能否动手,这就是'智';分赃时能保持平均,这就是'仁'。这五项如果不具备而能成为大盗窃者的,天下还没出现过呢。"由此看来,好人得不到圣智之法就不能成功,盗跖得不到圣智之法也不能横行,这世上好人少而坏人多,可见圣人有利于天下的作用少,而为害于天下的作用多。所以说:嘴唇没了,牙齿就会受冻;鲁国贡酒酒味淡薄,赵国都城邯郸就遭围困;圣人产生以后,大盗就会出现。打倒圣人,放任盗贼,那么天下就太平了。

【注释】

① 胠(qū):从旁边打开,此指撬开。箧(qiè):较小的箱子。探囊:此指手伸入袋子窃取。匮(guì):柜子。盗:偷窃者。 ② 摄:收束,勒紧。缄(jiān)、縢(téng):皆指绳索。 ③ 扃(jiōng):本指从外关门的门闩,此指箱柜上的栓子、插销等。鐍(jué):安装于箱柜上用来加锁的环状部件。 ④ 负:背负。揭:手举,手提。趋:疾走,跑。 ⑤ 乡:通"向",原先,早先。 ⑥ 邻邑相望:意为城与城之间相互不设防,没有高耸的城墙遮挡视线。 ⑦ 罔:用于捕鸟的网。罟(gǔ):用来捕鱼的网。布:设置。 ⑧ 耒:犁。耨(nòu):锄头。刺:指犁、锄破土。 ⑨ 阖(hé):总合,全部。竟:通"境"。 ⑩ 宗庙:天子、诸侯祭祀祖先的场所。帝王将天下视为一家所有,希望世代相传,故宗庙也成为国家代称。社:祭祀土地神的祠庙。稷:祭祀谷神的祠庙。天子、诸侯建立王朝、王国,必然先设立社稷;推翻前朝或消灭他国,必然要改变前朝、被灭国的社稷,因此社稷也是国家政权的标志。立宗庙社稷,即表示建立国家。 ⑪ 治:统治,管理。邑、屋、州、闾:皆计量土地、户口的单位名称,亦为行政单位名称。其中邑、屋着眼于土地的划分,州、闾则根据户口划分。据《周礼·小司徒》"四井为邑"郑注所引《司马法》:六尺为步,步百为亩,亩百为夫,夫三为屋,屋三为井,井四为邑。《周礼·大司徒》曰:五家为比,五比为闾,四闾为族,五族为党,

五党为州。郑玄则谓:二十五家为一闾,二千五百家为一州。乡曲:山野水边,此指无法归属于邑、屋、州、间,散居在偏僻地方的人。　⑫ 曷尝:何曾。　⑬ 田成子:春秋时齐国大夫田常,亦称陈桓。"田"与"陈"古音同。齐本属太公姜尚世袭封国。鲁哀公十四年(前481),田常杀国君齐简公于舒州,割安邑以东至郎邪,自为封邑。田常任齐相,立简公弟骜为王,史称齐平公。田常专政,占有的土地人口均超过国君,齐平公仅为傀儡而已。后宣公继位,又传康公。康公被田常曾孙田和放逐于海上,田和乃自立为诸侯,国号仍旧为"齐"。下文"盗其国"即指此事。　⑭ 十二世有齐国:清人俞樾疑原本作"世世有齐国"。谓自田成子以后,世世占有齐国。古书凡遇重字,多以符号"ゝ"表示,传写者误为颠倒,成"二世有齐国",然又与史实不合,遂又臆加"十"字于"二"字之上。(参见《诸子平议》)所言有理,故译文从之。　⑮龙逢:关龙逢,桀时贤臣,忠言进谏而遭斩首。　⑯ 比干:又称王子比干,商纣王叔父,因忠谏而被纣王挖心。　⑰ 苌(cháng)弘:周敬王时贤大夫,与晋国范中行氏有交往,晋赵鞅与范中行氏有仇而伐周,周人因此杀苌弘。事见《左传·鲁哀公三年》。相传苌弘死后,由于怨气郁结,赤血化为碧玉。参见本书杂篇《外物》。胣(chǐ):裂,此指受车裂之刑。　⑱ 子胥:姓伍名员,原为楚国人,后投奔吴王夫差。吴、越交战,越王勾践求和,试图再起,子胥极力反对。吴王不听,反而赐剑令子胥自杀,又将其尸体装进皮袋,抛入江中。靡:同"糜",糜烂。此指伍子胥的尸体在江水中糜烂。　⑲ 跖(zhí):盗跖,古时著名大盗。参见本书杂篇《盗跖》。　⑳ 适:往,到。何适:到哪里。此指无论干什么。道:方法,原则。　㉑ 意:估计,揣测。　㉒ 竭:尽,丧失。　㉓ 鲁酒薄而邯郸围:楚宣王令各国诸侯上朝会盟,鲁恭公不仅迟到,而且所献贡酒酒味不浓。宣王欲以此羞辱鲁恭公,恭公不辞而还。楚宣王大怒,发兵讨伐鲁国。而梁惠王早就想攻打赵国,担心鲁国援赵而一直不敢出兵,这时乘机大举进攻,包围了赵国的国都邯郸。　㉔ 起:出现。以上三句谓"唇竭""鲁酒薄""圣人生"这些现象的产生,当初并非为了导致"齿寒""邯郸围""大盗起",然而却是相生相连的趋势、自然必然的结果。　㉕ 掊(pǒu)：抨击，引申为打倒。　㉖ 纵舍：放任，不以法律拘束。《老子》五十七章："法令滋彰，盗贼多有。"与此文义相同。

【评析】

本章通过常人运用智慧却为盗贼提供方便、田成子标榜仁义而弑君篡权、龙逢、比干、苌弘、子胥四位臣子尽忠反遭杀戮，以及大盗借用圣、智、仁、义的理论实施盗窃的事例，论证所谓圣人以及圣人提倡的仁义礼智，并非能使世人得益，反而扰乱了天下。

庄子的论辩，往往从极简单、极常见的事例入手。给箱柜上锁、将口袋扎紧，这些普通人（包括现代人）用来对付小偷的手段，怎么在庄子的眼里，就成为愚蠢至极的事了呢？乍一看来，真有些莫名其妙。但是顺着庄子的思路进一步探求，你却不得不佩服庄子的睿智和庄子的逻辑，你不得不承认人们（包括我们自己）常常在干着傻事。庄子的讥刺，又是极其犀利的。以田成子为代表的新贵"有乎盗贼之名，而身处尧舜之安"，究竟是什么原因呢？是得益于"圣智"之法。以比干、龙逢为代表的忠臣，为什么惨遭杀戮呢？是受害于"圣智"之法。于是，聪明成了谬误，智慧成为罪恶，仁义变成陷阱，无论是忠臣还是奸臣，不管是大盗还是小偷，到头来统统都是"倡圣用智"的产品或牺牲品。

仁义圣智，在世人的眼里，本来应该是君子的象征或标志，庄子却认为它们不仅不能有助于人们成为君子，反而成了盗贼的资本和工具，而且因为天下善人少而不善之人多，所以仁义圣智危害天下的程度就足够严重了。庄子这一似乎不可思议的推论，宣颖却认为不难理解，他用辩证对立的阴阳关系与之比附，说："盖天道一阳即有一阴，人事一利必有一害，通长算来，果然有之，不是庄子谬为怪谈也。比前二篇又推进一层，直是充义至类之尽，故其痛快亦更无比。"（《南华经解·胠箧》）

庄子犀利的论辩和辩证的思想给后人带来的影响极其深刻。举一个极端的例子,就连以批评庄子著称的晋人王坦之也未能摆脱《庄子》对他的影响,他的《废庄论》说:"庄子之利天下也少,害天下也多。故曰'鲁酒薄而邯郸围',庄生作而风俗颓。"(参见《晋书·王湛传》)也就是说,王坦之在指责《庄子》是败坏社会风俗的"鲁酒"(即祸根)的同时,事实上已经承认庄子的思想在当时风靡朝野,并且无意中还透露出《庄子》对于他本人思想的深入浸染,因为十分明显,他在批驳庄子的时候,仍然在借用着庄子的语言。

夫川竭而谷虚①,丘夷而渊实②。圣人已死,则大盗不起,天下平而无故矣③。圣人不死,大盗不止。虽重圣人而治天下,则是重利盗跖也。为之斗斛以量之④,则并与斗斛而窃之;为之权衡以称之⑤,则并与权衡而窃之;为之符玺以信之⑥,则并与符玺而窃之;为之仁义以矫之,则并与仁义而窃之。何以知其然邪?彼窃钩者诛⑦,窃国者为诸侯,诸侯之门而仁义存焉,则是非窃仁义圣知邪?故逐于大盗⑧,揭诸侯⑨,窃仁义并斗斛权衡符玺之利者,虽有轩冕之赏弗能劝⑩,斧钺之威弗能禁⑪。此重利盗跖而使不可禁者,是乃圣人之过也!

故曰:"鱼不可脱于渊,国之利器不可以示人⑫。"彼圣人者⑬,天下之利器也,非所以明天下也。故绝圣弃知,大盗乃止;擿玉毁珠⑭,小盗不起;焚符破玺,而民朴鄙⑮;掊斗折衡⑯,而民不争;殚残天下之圣法⑰,而民始可与论议;擢乱六律⑱,铄绝竽瑟⑲,塞瞽旷之耳⑳,而天下始人含其聪矣㉑;灭文章㉒,散五采㉓,胶离朱之目㉔,而天下始人含其明矣;毁绝钩绳而弃规矩,攦工倕之指㉕,而天下始人有其巧矣。故曰:大巧若拙。削曾、史之行㉖,钳杨、墨之口㉗,攘弃仁义㉘,而天下之德始玄同矣㉙。

彼人含其明,则天下不铄矣㉚;人含其聪,则天下不累矣;人含其知,则天下不惑矣;人含其德,则天下不僻矣㉛。彼曾、史、杨、墨、师旷、工倕、离朱,皆外立其德而以爚乱天下者也㉜,法之所无用也㉝。

【今译】

流水枯竭,谷道就会虚空;山丘削平,深渊就会填满。圣人死了,大盗贼就不会出现,天下就太平无事了!圣人不死,大盗贼就不会止息。虽然尊重圣人并且由他们来治理天下,但是却使盗跖获得极大利益。圣人创制了斗、斛来量东西,恶人连同斗、斛都窃取了去;圣人创制了秤砣秤杆来称东西,恶人连同秤砣秤杆都窃取了去;圣人创制了符契印信来保证信用,恶人连同符契印信都窃取了去;圣人创制了仁义礼法来纠正过错,恶人连同仁义礼法都窃取了去。怎么知道是这样的呢?那些偷小东西的人会遭诛杀,而窃取国家政权的人却成为诸侯,并且仁义的好名声总是存在于诸侯家中,这就是窃取了仁义和圣人的智慧吗?所以那些追随大盗贼、称霸于诸侯、窃取了仁义和斗斛、秤砣秤杆、符契玺印好处的人,虽然有加官晋爵的赏赐也不能激励他行善,虽然有大斧诛杀的严刑也不能禁止他作恶。如此让盗跖大大得利而使恶人恶行不可禁止,这就是圣人的过错所造成的啊!

所以说:"鱼不可脱离于深渊,国家的赏罚制度不可以让众人知晓。"那些圣人的智慧,是扰乱天下的锐利武器,是不能公开出来让天下人知道的。所以抛开圣人、丢弃智慧,大盗贼就会止息;扔掉宝玉、砸烂珍珠,小盗贼就不会产生;烧毁符契、打碎玺印,人民就会淳朴老实;砸烂斗斛、折断秤杆,人民就不会争夺;彻底破坏世上圣人所制定的法则,才能和人民谈论天道;搅乱所谓标准音,烧尽竽、瑟等乐器,塞住瞽旷的耳朵,天下人才能个个保全其灵敏的听力;消灭文采,分散五色,粘住离朱的眼睛,天下人才能个个保全其明亮的眼力;彻底毁弃用以划曲线、拉直线、划圆和划方的工具,折断工倕的手指,天下人才能个个具备技巧。所以说:大巧好似笨拙。削除曾参、史鱼的品行,钳住杨朱、墨翟的嘴巴,排斥并抛弃仁义,天下人民的德性才能混同为一。

人人保全自己眼力的明亮,那么天下就无人感觉耀眼眩目;人人保全自己耳力的灵敏,那么天下就无人感觉忧患;人人保全自己的德性,那么天下就无人走向邪僻。那些曾参、史鱼、杨朱、墨翟、师旷、工倕、离朱,都是些对外炫耀自己的品德而因此迷乱天下的人,按照自然法则治理天下是用不着他们的。

【注释】

① 川:两山之间的流水。谷:两山间的水道。　② 夷:平,削平。　③ 故:变故,意外的事件。　④ 斛(hú):量器,容量为十斗。　⑤ 权:秤砣。衡:秤杆。　⑥ 符:符契,用木或竹等材料制成,分为两片,合而成一,当事双方各执一片作为证据,借以证明身份或权益。玺:印章。秦始皇以后专指皇帝的印章。以上数句谓圣人创制量器符玺等等,本来是为了公平交易、保证信用,恶人却加以利用,玩弄花样,使他们的欺诈给人以合理合法的假象。　⑦ 钩:衣带钩。此泛指不值钱的东西。　⑧ 逐:追随,效法。　⑨ 揭:举。引申为"居于其上",即"称霸于"之意。　⑩ 轩:贵族高官所乘的车。冕:贵族高官所戴礼冠。轩冕:此指高官厚禄。劝:勉励,鼓励。　⑪ 钺(yuè):形似斧而较大的一种兵器。斧钺:此指严刑峻法。　⑫ "鱼不可脱于渊"两句:语出《老子》三十六章。国之利器,此指国家的赏罚制度,因赖以维护国家统治,故称"利器"。　⑬ 圣人:此当指圣人的智慧。　⑭ 擿(zhì):同"掷",扔掉。　⑮ 朴鄙:朴实无华。　⑯ 掊:打坏,击毁。　⑰ 殚残:完全破坏,彻底摧毁。　⑱ 擢(zhuó),"搅"之假借字。六律:本指黄钟、太蔟、姑洗、蕤宾、夷则、无射六音,此指乐音的各个标准音。相传黄帝时人伶伦截竹为管,并以不同长短的竹管吹出高低清浊各异的十二个标准音,乐器的音调,都以它为准则。　⑲ 铄(shuò):销毁。竽:类似笙的一种吹奏乐器。瑟(sè):一种弦乐器。　⑳ 瞽旷:师

旷。参见《骈拇》注释。　㉑含：包藏不露。此指保全。　㉒文：青与赤相配。章：赤与白相配。文章：泛指文采。　㉓散：离散。此指使五色分离，各自恢复其原来单纯的颜色。五采：五色。　㉔离朱：相传为黄帝时人，视力极佳，能于百步之外看清秋毫之末。　㉕攦(lì)：折断。工倕(chuí)：相传为尧时著名巧匠，规、矩的发明者。　㉖曾：曾参，以秉性仁孝闻名。史：史鱼，以忠直敢谏著称。参见《骈拇》注文。　㉗杨：杨朱。墨：墨翟。均见《骈拇》注文。　㉘攘弃：排斥抛弃。　㉙玄同：混同为一。语出《老子》五十六章："塞其兑，闭其门，挫其锐，解其纷，和其光，同其尘，是谓玄同。"　㉚铄：眩目，耀眼。㉛僻：邪恶。　㉜爚(yuè)：本意为火花四溅。此处"爚乱"意为惑乱，迷乱。　㉝法：自然法则，庄子心目中的大道、真理。

【评析】

本章承上而来，强调既然圣人生而大盗起，既然圣智之法不能利国而适足以利盗，既然仁义礼智除了扰乱天下以外毫无是处，那么就该抛弃仁义，"绝圣去智"。

庄子的批判矛头，实际直指文明社会两个最基本的要素——道德和智慧，因为他认为，正是所谓道德和智慧，才使人类脱离了自然状态而被物欲驱使。由"无为"的观点出发，他认为所有的法律制度、礼乐典章、契约印玺、度量衡器、工艺器皿、图画音乐……统统都应摒弃。这样极端虚无的社会批判思想，无疑是反文明、反进步的。

但是，庄子的批判又是极富现实主义和极具开拓精神的，正因为当时普遍存在着"窃钩者诛，窃国者为诸侯，诸侯之门而仁义存焉"的状况；正因为当时真正履行仁义忠孝的正人君子往往不得善终；正因为当时"并与斗斛而窃之"（即剽窃和利用文明成果）的狡诈之徒大有人在，或大斗进、小斗出而欺诈百姓，或小斗进、大斗出而笼络人民……因此，庄子反复申明圣人与盗贼相因相承的关系，在他看来，文明制度和仁义道德不必推行，即使强令推行也不可能真正获得实行。

庄子似乎已经意识到，原始社会中人们的道德行为是无所谓规范的,是不带强制性的,是自然而然的。因此庄子及其后学认为仁义并非人的本性,主张抛弃仁义,"于是庄子学派提出了孔子决不会想到的一个重要问题:'意仁义其非人情乎?彼仁人何其多忧也!'《骈拇》正是提出和解决这个问题,使得庄子及其学派并未从根本上否定孔子'仁者爱人'的思想,同时又大大超出孔子,最后确定了他们哲学的核心——反对人的异化,追求人的自由的思想。这在我国古代思想的发展史上,是一个意义重大的跃进。"[李泽厚、刘纲纪《中国美学史(先秦两汉编)》]也就是说,尽管庄子提出的回归原始的解决方案失之荒诞,但是这种摆脱物欲驱使、追求自由人生的构想,却是相当可贵的。

子独不知至德之世乎?昔者容成氏、大庭氏、伯皇氏、中央氏、栗陆氏、骊畜氏、轩辕氏、赫胥氏、尊卢氏、祝融氏、伏牺氏、神农氏①,当是时也,民结绳而用之。甘其食,美其服,乐其俗,安其居,邻国相望,鸡狗之音相闻,民至老死而不相往来。若此之时,则至治已。今遂至使民延颈举踵②,曰"某所有贤者③",赢粮而趣之④,则内弃其亲而外去其主之事,足迹接乎诸侯之境⑤,车轨结乎千里之外⑥。则是上好知之过也⑦!

上诚好知而无道,则天下大乱矣!何以知其然邪?夫弓弩毕弋机变之知多⑧,则鸟乱于上矣;钩饵罔罟罾笱之知多⑨,则鱼乱于水矣;削格罗落罝罘之知多⑩,则兽乱于泽矣;知诈、渐毒、颉滑、坚白、解垢、同异之变多⑪,则俗惑于辩矣。故天下每每大乱,罪在于好知。故天下皆知求其所不知而莫知求其所已知者,皆知非其所不善而莫知非其所已善者,是以大乱。故上悖日月之明⑫,下烁山川之精⑬,中堕四时之施⑭,惴耎之虫⑮,肖翘之物⑯,莫不失其性。甚矣，夫好知之乱天下也！自三代以下者是已！舍夫种种之民而悦夫役役之佞㉗；释夫恬淡无为而悦夫啍啍之意㉘，啍啍已乱天下矣！

【今译】

　　您难道不知道人人保全自然道德的时代吗？远古的容成氏、大庭氏、伯皇氏、中央氏、栗陆氏、骊畜氏、轩辕氏、赫胥氏、尊卢氏、祝融氏、伏牺氏、神农氏，在那个时代，人民用结绳的方法来记事。他们认为自己的食物甘甜，认为自己的服饰美丽，认为自己的习俗令人快乐，认为自己的居室令人安逸，邻国之人相互能看见，鸡叫狗吠之声相互能听见，然而人民直到老死也不互相交往。像那样的时代，可以说是最为太平了。如今却使得人民伸长脖子、抬起脚跟，听到有人说"某某地方有贤明的诸侯"，就背负着干粮赶紧跑到那里去，那么对家庭内部来说是丢弃了自己的亲人，而对外就是抛弃了为自己原先主人服务的工作，他们的足迹遍及各个诸侯国的国土，他们车子所留下的痕迹交汇于千里之外。而这一切就是君王推崇才智的过失啊！

　　君王真的推崇才智而不尊崇天道，那么天下就大乱了！怎么知道会这样的呢？那制造弓、弩、网、箭的机关变化的智巧一多，那么鸟在天上就不能正常飞翔了；设计各种钓具网具的智巧一多，那么鱼在水中就不能正常生活了；安排各种捕兽器具的智巧一多，那么野兽在沼泽地里就不能正常驰骋了；巧妙欺诈、深刻毒辣、花言诡语、无谓巧辩、胡编乱造、妄加分辨的诈变一多，那么世俗之人就会被诡辩迷惑了。所以天下常常大乱，罪因就在于崇尚才智。所以天下之人都知道追求自己所不知道的，而没有人懂得追求自己已经知道的东西；都知道排斥自己所不喜欢的，而没有人懂得排斥自己已经喜欢的东西，因此天下就大乱。所以就亏蚀了天上日月的光明，销毁了地上山川的精灵，破坏了人世间四季的运行，缓缓蠕动的小虫，环绕飞舞的生物，没有不因此丧失它自己的本性的。那崇尚才智而扰乱天下的罪过，真是太严重了！自从夏、商、周三代以来就是这样的了！舍弃那淳朴的人民而喜欢那四处奔走的奸佞小人,废弃那清静寡欲、无为而治,却喜欢那喋喋不休的教诲辩论,其实喋喋不休的教导争辩就已经扰乱天下了!

【注释】

①"容成氏"至"神农氏":此十二氏皆传说中上古时代的氏族首领。　②延颈:伸长了脖子。举踵:抬起脚后跟,即踮起脚。　③所:处所,地方。贤者:指贤明的诸侯。下文曰"去其主之事",意为不再为原来的主人服务,正与此相对。　④赢:背负,担负。趣:通"趋",赶紧跑去。　⑤接:连接。此指众人竞相追随,遍及各诸侯国的国境,以至足迹相连。　⑥结:交错。　⑦上:此指诸侯王。好知:喜好才智。　⑧弩:装有机关可以发射连珠箭的弓。毕:安有长柄、用于捕鸟兽的小网。弋(yì):一种带有绳子、用于射鸟的箭。机变:机关巧变。　⑨罔、罟:此皆指渔网。罾(zēng):形似伞盖的鱼网,用竹竿或木棍制成支架,成倒伞状置于水底,若鱼入其中则吊起。笱(gǒu):笼状的竹制捕鱼器,鱼游进笼口就无法出来。　⑩削格:"削"即"箾",竹竿;"格",木棍,"削""格"均用于张挂罗网。罗落:"落"通"络","罗络"是一种用竹蔑制成的藩篱形状的网,用于遮拦禽兽,使之掉进陷阱。罝(jiē):专用于捕兔的网。罘(fú):通"罜","罜"是装有机轮的捕兽网,又名"覆车"。　⑪知诈:巧智多诈,含贬义,意为设计欺诈。渐(jiān):深刻。頡滑:"滑稽"之倒语,指言语浮夸,滔滔不绝。坚白:辩题之一,参见《齐物论》注文。解垢:即"邂逅",本意为不期而遇,引申为没有根据地胡编乱造。同异:辩题之一,参见《骈拇》篇注文。　⑫悖(bèi):乱,此指亏蚀。　⑬烁(shuò):熔化,销毁。　⑭堕:通"隳",破坏。弛:施行,运行。　⑮惴耎(zhuì ruǎn):形容虫类蠕动的样子。　⑯肖翘之物:指环绕飞舞的小虫。"惴耎之虫"和"肖翘之物"都指无足轻重的低级动物。　⑰种种:淳厚质朴貌。役役:狡猾奸黠貌。佞(nìng):狡诈谄媚之人。　⑱释:废弃。恬淡:清静淡泊。啍啍(zhūn):通"谆谆","谆谆"本指不厌其烦、诲人不倦的样子,此处

引申为教诲或争辩时的唠叨和繁琐。

【评析】

本章首先描绘并颂扬上古氏族社会的容成氏至神农氏的十二氏时期,是快乐太平的"至德之世";进而指出,自从夏、商、周三代以来,天下大乱的根本原因就在于统治者的"好知"和"无道"。

"好知"和"无道"其实是相互联系的,是一回事儿,只不过这里从两个方面来说。庄子所推崇的,本来是"有道",即自然之道的实行;庄子希望人们保持的,是一种无知无识的状态,是一种"同乎无知,其德不离;同乎无欲,是谓素朴"(《马蹄》)的境界。"无道"则是不实行自然之道,也就是不实行"无为而治",因而必然促进"好知",即崇尚才智。那么"崇尚才智"究竟有什么害处呢？在庄子看来,人一旦追求才智,就必然要索求自己的能力和智力本来无法获取的东西,那么自我的本性就丧失了;人一旦追求才智,相互之间必然争夺利益,那么混沌的状态就被打破了。于是虫啊、鸟啊、鱼啊、兽啊、天呀、地呀、日月呀、山川呀,都不得安宁,就更不用说人类了。庄子在这里强调的,正是"好知"的社会行为给整个世界带来的种种弊端。

当然,庄子所指出的种种弊端,是从消极的角度着眼的,不免以偏概全;庄子所描绘的"至德之世"的种种好处,也充满理想的夸张。但是不容否认,由于社会文明制度的建立和人类智慧的增长,导致自然状态的丧失和罪恶滋生的状况却是真实存在着的。十八世纪法国启蒙思想家卢梭也曾有过和庄子相类似的言论,他说:"一切进步只是个人完美方向上的表面的进步,而实际上它们引向人类的没落。"(《论人类不平等的起源和基础》)说"一切进步"导致"人类的没落"固然是夸大其词,然而如何在人类社会进步的同时消除上述弊端,却是值得世人(包括我们在内的现代人)认真思考的。

在宥第十一

【解题】

本文承接以上三篇而来,继续批评"治天下"的天子,贬斥"讲仁义"的圣人,指出自从黄帝以仁义治理天下以来,天下惑乱,不得安宁,而且就毁损人性这一点来说,倡仁义和行邪恶的结果是一样的,因此必须绝圣弃智,抛弃仁义。但本文的主旨与以上三篇有所不同,《骈拇》《马蹄》《胠箧》的重点都在于批判,希望破除一切束缚自然人性的有形或无形的伽锁,其立意在于"破";本文的侧重点则在于"立",主张任随人们按照自我的本性自由发展。文章以开篇首句的"在宥"二字作为篇名,其实也概括了本文的主旨。"在宥",就是自在安定、宽容随意的意思,即主张任凭天下万事万物的自然存在和自由发展,不加任何人为的约束或促进,实行无为而治。其中虽然有激烈的批判,但更有正面的主张,且以后者为重点,致力于创建一种崇尚自然人性的"无为政治论"。因此也可以说,本文是对内篇《应帝王》主旨的阐释和补充。

本文的作者问题颇有争议。钟泰认为,本文与以上三篇并非一人所作,本文可以断定出自庄子之手,而以上三篇则是庄子后学对本文的因袭或扩充。钟泰提出了三个论据:"文章有论有喻,又有引证,完全与内七篇同一格局。一也。'尸居龙见,渊默雷声,神动天随',以至'与日无始,颂论形躯,合乎大同,大同而无己'之言,皆理趣宏深,非庄子不能道。二也。篇首非仁义,捃礼乐,极道无为之盛,而末乃言'粗而不可不陈者法也,远而不可不居者义也,亲而不可不广者仁也,节而不可不积者礼也',本末精粗并举不废,不似三篇之偏重一端,三也。然则其言性、言德、言聪明、言仁义,意乃相因,何耶? 曰:是三篇之因袭此文,非此文之因袭三篇也。"(《庄子发微·在宥》)钟泰的说法可供参考,但他将本文"本末精粗并举不废"(既讲无为,又谈有为)的特点,也说成是庄子的特征,则是我们不能同意的。

我们认为,本文应该是庄子后学在庄子理论的基础上加工而成的,其中可能较多地引录了庄子的原文,因此本文的风格及其精深的理趣都显示出那种只能属于庄子的特点,至于文中几处出现吸收并折衷儒家理论的说法,则与内七篇有着根本观点上的不同,应该是出自庄子后学之手。

闻在宥天下①,不闻治天下也②。在之也者,恐天下之淫其性也③;宥之也者,恐天下之迁其德也④。天下不淫其性,不迁其德,有治天下者哉⑤?

昔尧之治天下也,使天下欣欣焉人乐其性⑥,是不恬也⑦;桀之治天下也,使天下瘁瘁焉人苦其性⑧,是不愉也。夫不恬不愉,非德也;非德也而可长久者,天下无之。

【今译】

只听说过安定和宽容天下,没听说过用仁义礼法治理天下。所谓安定天下,是生怕天下之人迷失自己的本性;所谓宽容天下,是担心天下之人改变自己的自然品德。天下之人都不迷失自己的本性,都不改变自己的品德,还需要治理天下的人吗?

过去尧治理天下的时候,使得普天下喜洋洋的、人人都感觉身心快乐,这就是失去了安静;桀治理天下的时候,使得普天下疲劳憔悴、人人身心受苦,这就是失去了舒畅。得不到安静、得不到舒畅,就失去了人的自然品德。使人民都失去自然品德而能保持长久统治的君主,天下是没有的。

【注释】

①在宥天下：在，存在，引申为安定。宥，宽容。意为不作任何人为的治理和约束，任凭世界自然发展。　②治：指采用仁义道德、礼制刑法统治管理。　③淫：淆乱，迷失。　④迁：改变。　⑤有："岂有""哪有"的省略，此为反问语气。　⑥欣欣焉：快乐貌。　⑦恬：安静，清静。　⑧瘁瘁焉：忧劳憔悴貌。

【评析】

本章以"在宥天下"与"治天下"相比较，论证并举例说明统治者施行"在宥"政策的必要性。因为如果"不在"（即不安定），那么人心皆受物欲驱使，而物欲一旦横流，人的本性必然迷失；因为如果"不宥"（即不宽容），那么人心不得恬静，而人心不恬静就易受刺激，人的自然品德就会随之改变。人性一旦改变，万物就会跟着受到伤害，天下就不可能获得治理。

"在宥"其实就是"无为而治"，就是使天下人都不迷失自己的本性，让所有人都不改变自己的自然品德，就是听任天下自然发展，这实际上也就是全篇的主旨。作者认为，只要人们都能保持自然本性，天下就会太平，因此所有的道德规范和仁义理论都是多余的；所有的统治者，不管是暴戾君主的令人痛苦，还是仁慈天子的给人以愉快，二者性质似乎截然不同，但其后果却是完全一致的，都是对人的自然本性的伤害。因为从"无为"和安定守性的立场来看，不但暴君"夏桀"的"治天下"导致百姓心性忧苦，是为害于天下；就是圣明天子"唐尧"统领天下的时候，人民欣欣然心性快乐，也是"无德"的表现。然而一旦"在宥天下"，则有"不治而无不治"、不忧不劳而天下安宁的奇效，王夫之说："在宥天下者，喜怒忘于己，是非忘于物，与天合道而天下奚不治，又奚治邪？"（《庄子解·在宥》）所以说，君王如欲不治不劳，莫若"在宥天下"。

人大喜邪,毗于阳;大怒邪,毗于阴①。阴阳并毗②,四时不至③,寒暑之和不成④,其反伤人之形乎!使人喜怒失位⑤,居处无常,思虑不自得,中道不成章⑥。于是乎天下始乔诘卓鸷⑦,而后有盗跖、曾、史之行。故举天下以赏其善者不足⑧,举天下以罚其恶者不给⑨。故天下之大不足以赏罚。自三代以下者,匈匈焉终以赏罚为事⑩,彼何暇安其性命之情哉!

而且说明邪⑪,是淫于色也⑫;说聪邪,是淫于声也;说仁邪,是乱于德也;说义邪,是悖于理也;说礼邪,是相于技也⑬;说乐邪,是相于淫也⑭;说圣邪,是相于艺也⑮;说知邪,是相于疵也⑯。天下将安其性命之情,之八者,存可也,亡可也;天下将不安其性命之情,之八者,乃始脔卷獊囊而乱天下也⑰。而天下乃始尊之惜之。甚矣,天下之惑也!岂直过也而去之邪⑱!乃齐戒以言之⑲,跪坐以进之,鼓歌以儛之⑳。吾若是何哉㉑!

故君子不得已而临莅天下㉒,莫若无为。无为也,而后安其性命之情。故贵以身于为天下,则可以托天下;爱以身于为天下,则可以寄天下㉓。故君子苟能无解其五藏㉔,无擢其聪明㉕,尸居而龙见㉖,渊默而雷声㉗,神动而天随,从容无为而万物炊累焉㉘。吾又何暇治天下哉!

【今译】

人过于高兴,就会伤害阳;过于愤怒,就会伤害阴。阴、阳都受伤害,就感觉不到四季的变化来临,对于冬寒夏暑的适应也不能做到,反而会伤害人的身体啊!使人喜怒失常,心神所居不得安定,所思所想不能遂其本性,自然之道也就无法彰显。于是啊天下开始有人乔妆掩饰，或者凶猛超群，而后就有盗跖和曾参、史鱼等人的行为。所以将天下所有的财物爵位用来赏赐那些好人也不会够，将天下所有的刑法用来惩罚坏人也还不够。所以天下如此之大，但还是不能满足赏罚的需求。自从三代以来，这世上乱哄哄地始终把赏罚当作专门的事务，老百姓哪里还顾得上安心固守自己天然本性的状况呢！

而且褒奖眼力明亮，就会扰乱五色；褒奖耳力灵敏，就会扰乱五声；提倡仁，就会扰乱自然之德；提倡义，就会违背自然之理；提倡礼，就会助长技能的学习；提倡乐，就会助长淫逸的风气；提倡圣，就会助长技巧的使用；提倡智，就会助长挑剔他人毛病的习气。天下人如果安心于自己天然本性的状况，那么这明、聪、仁、义、礼、乐、圣、智八种技能品德，有也可以，没也可以。天下人如果不安心于自己天然本性的状况，那么这八种技能品德，就会促使人忍性拘束或者放纵喧闹而扰乱天下了。然而天下人却始终尊崇并珍重这八种技能品德。天下的惑乱啊，真是太严重了！哪里只是暂时利用它们一下就丢弃了呢！甚至于斋祀祝祷而谈论它们，跪拜施礼而尊崇它们，击鼓歌唱而舞弄它们。我对于这一切又有什么办法呢！

所以君子如果不得已而统治天下，没有比无为更好的办法了。只有实现无为，然后才能使老百姓安心于自己天然本性的状况。所以将自身看得比天下政权更为贵重的人，才可以将天下托付给他；对自身比对天下政权更为珍惜的人，才可以把天下交给他。所以君子如果能不放纵人民的性情，不拔高人民的能力，那么有时寂然不动，而有时如神龙腾现；有时深沉静默，而有时如雷声震响，动如神灵而随顺天然，从容自在、清静无为而万物如同风吹尘土一样自然运动于天下。我又何必花时间去治理天下呢！

【注释】

① "人大喜邪"四句：毗（pí），"毗"为"毗刘"之省略。"毗刘"为象声词，即"爆烁"，意为剥落，引申为破坏，伤害。《淮南子·原道训》曰："人大怒破阴，大喜坠阳。"与此同义。　② 阴阳并毗：阴、阳俱受伤

害,即阴、阳皆亏。　③ 四时不至:意为人阴阳俱亏,无法平衡体内阴阳来适应四季气候的变化,也就无法分辨四季的来临和变换。④ 和:和谐,适应。《大宗师》曰"喜怒通四时",故喜怒失常就会导致无法适应四时变化。　⑤ 失位:失常。　⑥ 中道:正道,即自然中和之道。章:显著,彰显。　⑦ 乔诘:形容乔妆、诡诈,指曾参、史鱼一类"忍情性"者。卓鸷:形容出众、凶猛,指盗跖一类"纵情性"之人。⑧ 举:全部。天下:此指天下所有的名爵利禄。　⑨ 天下:此指天下所有的严刑峻法。不给:"不足"。　⑩ 匈匈焉:形容乱哄哄的样子。⑪ 说(yuè):通"悦",喜爱,引申为褒奖、提倡。　⑫ 淫:乱。　⑬ 相:助益,助长。技:技术,技能。此指礼节、礼制范畴所需掌握的技能,不仅是作揖行礼等繁文缛节,还包括射箭、驾车等技能。《周礼·天官·保氏》所谓"六艺",其中就有五射、五驭。　⑭ 淫:淫逸。　⑮ 艺:技巧,才艺。《尚书·金縢》谓周公"多材多艺",《论语·子罕》谓孔子"多能鄙事",可见多才多艺为圣人的一种特征。　⑯ 疵:弊病。　⑰ 脔(luán)卷:形容拘束收敛的样子。即"忍性情"。㺞(cāng)囊:"抢攘"之假借字,指放纵喧闹的样子,即"纵情性"。　⑱ 岂直:哪里只是。过:经过,过去。　⑲ 齐:通"斋"。　⑳ 儛:同"舞"。　㉑ 若是:对于这一切。　㉒ 临莅(lì)天下:就天子位,统治天下。　㉓ "故贵以身于为天下"四句:"贵以身于为天下""爱以身于为天下",皆倒装句,正常语序为"以身贵于为天下""以身爱于为天下"。意为将自身看得比统治天下的权力更珍贵的人,才可以统领天下。语出《老子》第十三章:"故贵以身为天下,若可寄天下;爱以身为天下,若可托天下。"㉔ 解:解散。藏:通"脏"。无解五藏:意为不能人为地刺激而放纵情性。古人认为五德分别配附于五脏,故有此说。参见《骈拇》注释。㉕ 擢:拔。此指人为的拔高。　㉖ 尸居:如尸之居坐,寂然不动。"尸"指古代祭祀时,代替死者接受祭拜、象征死者神灵的人。见:通"现"。　㉗ 渊默:如深渊之沉静。　㉘ 炊累:通"吹塿(lóu)"。塿,尘埃。"吹塿"形容大气中的尘埃舞动不息的样子。

【评析】

本章指出保持阴阳调和是维护人类安宁和天下太平的根源。作者认为,大喜大怒会引起阳气或阴气的过甚,造成阴阳失衡,使人无法适应气候环境的变化,导致人体遭受伤害而致病,这一说法与我国传统医学理论是一致的。大约成书于春秋战国时期的《黄帝内经素问·阴阳应象大论篇》曰:"天有四时五行,以生长收藏,以生寒、暑、燥、湿、风;人有五藏,化五气,以生喜、怒、悲、忧、恐。故喜怒伤气,寒暑伤形;暴怒伤阴,暴喜伤阳。厥气上行,满脉去形。喜怒不节,寒暑过度,生乃不固。"也就是说,在庄子的时代,人们已经清楚地认识到,过分的喜悦或过分的愤怒对于养生是极其有害的。不过,在这里作者的真正用意并非仅仅讨论个人的养生问题,而是试图从养生问题拓展到他的"无为政治论"。因为在庄子看来,养生与修道、治生与治世是密切不可分的,"喜怒不节"而阴阳失调,阴阳失调而身体受损,身体受损就无法安守本性,因此就有了盗跖的邪恶和曾参、史鱼的仁义等等不同的行为,因此就有了三代以来层出不穷的赏罚手段,于是自然无为之道无从体现,天下从此就遭殃了。也就是说,自身不得安康,天下就无法安宁。

但是致力于"治天下"的统治者们,推崇聪、明、圣、智,提倡仁、义、礼、乐,标榜曾参、史鱼所谓忠孝的品行,到头来恰恰就是煽动人的喜怒之心,使得满世界的人都不能"安其性命之情",于是阴阳失调,这天下就哗然大乱了。然而天下人却始终虔诚地信奉这样的八种标准,可见蒙蔽至深。最后作者得出结论:只有把自身看得比政权更要珍贵的人才可以统领天下。这是为什么呢?因为珍视自身的人不愿意被其他的事物拖累,他的"临莅天下",是出于"不得已",他所谓的"治理",就必然摒弃"有为"的手段,他所崇尚的,必然是一种悠哉游哉、"从容无为"的处世态度,于是无须治理而天下就已经获得"大治"了。

不过,作者又并非完全排斥仁义道德,而是认为仁、义、礼、智等偶尔也可以利用,当然必须"过也而去之",就是说不可拘泥,用过就该放弃。《天运》篇曰:"仁义,先王之蘧庐也,止可以一宿而不可久处。觏而多责。古之至人,假道于仁,托宿于义,以游逍遥之虚。"与本章的旨意显然是一致的。这一切和《庄子》内篇彻底否定儒家仁义道德的主张有明显距离,故一般认为这是庄子后学的手笔,反映的是他们吸收儒家学说以后的折衷主张。

崔瞿问于老聃曰①:"不治天下,安藏人心②?"老聃曰:"女慎,无撄人心③。人心排下而进上,上下囚杀④,淖约柔乎刚强⑤,廉刿雕琢⑥,其热焦火,其寒凝冰⑦,其疾俯仰之间而再抚四海之外⑧。其居也,渊而静⑨;其动也,县而天⑩。愤骄而不可系者⑪,其唯人心乎!

昔者黄帝始以仁义撄人之心,尧、舜于是乎股无胈,胫无毛,以养天下之形⑫。愁其五藏以为仁义⑬,矜其血气以规法度⑭。然犹有不胜也⑮。尧于是放讙兜于崇山⑯,投三苗于三峗⑰,流共工于幽都⑱,此不胜天下也。夫施及三王而天下大骇矣⑲。下有桀、跖,上有曾、史,而儒、墨毕起。于是乎喜怒相疑,愚知相欺,善否相非⑳,诞信相讥㉑,而天下衰矣;大德不同,而性命烂漫矣㉒;天下好知,而百姓求竭矣㉓。于是乎斤锯制焉㉔,绳墨杀焉㉕,椎凿决焉㉖。天下脊脊大乱㉗,罪在撄人心。故贤者伏处大山嵁岩之下㉘,而万乘之君忧栗乎庙堂之上㉙。

今世殊死者相枕也㉚,桁杨者相推也㉛,刑戮者相望也㉜,而儒、墨乃始离跂攘臂乎桎梏之间㉝。意㉞,甚矣哉!其无愧而不知耻也甚矣!吾未知圣知之不为桁杨椄槢也㉟,仁义之不为桎梏凿枘也㊱,焉知曾、史之不为桀、跖嚆矢也㊱！故曰：绝圣弃知而天下大治。"

【今译】

　　崔瞿问老聃说："不治理天下，怎么能使人心向善？"老聃说："你千万小心，不要扰动人心。人心总是受抑制就往下，而受激励就向上，如此忽上忽下就像被囚禁绞杀似的难受，柔弱的事物总是屈服于刚强的外力，人心因此变得尖刻狡诈，它受热时如同焦灼的火炭，它受寒时又如同凝结的冰块，它速度之快，在一俯身一抬头之间就能到四海之外巡游两个来回。他不动的时候，沉静如同深渊般隐秘；它运动的时候，玄远如同天空般莫测。放纵疾驰而无法约束的，大概只有人心吧！

　　过去黄帝开始用仁义扰乱人的心思，尧、舜为供养天下人的身体奔波，因而脱尽了大腿、小腿上的细毛。为了推行仁义而约束天下人的性情，为了建立法度而消磨天下人的血气。然而仍然有礼仪法规不能制服的。尧于是将讙兜放逐到了南蛮之地崇山，把三苗放逐到了西疆荒地三峗，把共工流放到了北方僻地幽都，这便说明仁义礼法不能克制天下所有人啊。延至夏、商、周三代君王执政而天下就大大地受到惊扰了。贬斥的有夏桀、盗跖，崇尚的有曾参、史鱼，而且儒家墨家都产生了。于是高兴的和愤怒的相互猜疑，愚蠢的和聪明的互相欺骗，好人与坏人相互非难，荒诞的与诚实的互相讥嘲，因而天下从此就衰落了；天道不能统一于人心，因而人民的自然本性就大受伤害了；天下都推崇才智，因而百姓的财物就耗尽了。于是斧头锯子用来截断人的肢体，法度用于杀人，木椎铁凿也用于杀人。天下之人相互欺压践踏而大乱，罪因就在于扰乱人心。所以贤明之人隐居在大山深岩之下，而大国国君却在朝廷上担惊受怕。

　　如今世上死于斩首之刑的人尸体交叠，颈上脚上戴着枷锁的人互相拥挤，受鞭笞墨黥之刑的人到处都能看得见，而儒家之士、墨家学者却正在遭羁押的犯人中间阔步挥臂地奔走高谈。噫嘻，太过分了！他们真是不懂惭愧和不知羞耻到极点了！我不知道圣智是否在为木枷作接头和楔子啊，仁义是否在为桎梏作榫眼和榫头啊，怎么知道曾参、史鱼就不是引发夏桀、盗跖的起因呢！所以说：灭绝圣人、抛弃智慧，而天下就会太平。"

【注释】

①崔瞿：未详何人，疑为作者虚拟的人物。 ②安：怎样，如何。臧：一本作"臧"。臧，善也，此作动词用。 ③女：通"汝"。无：通"毋"，不要。撄：挠，扰动。 ④上下囚杀：意为人心时刻牵挂着地位的高低，就像被囚禁绞杀似的难受。 ⑤淖（chuò）约：柔弱，此指柔弱的事物。柔：屈服，顺从。 ⑥廉刿（guì）：本指物体磨制成尖锐锋利的样子，此喻指人心被撄挠以后变得尖刻。雕琢：喻指人心变得巧诈。 ⑦"其热焦火"两句：焦火，同"爝火"，火炬的火。意为人心蕴积喜怒，就会产生剧烈变化，或灼热得如同火炬的火，或寒冷得像凝结的冰。 ⑧疾：迅速，快捷。抚：巡游。 ⑨渊而静：与下句"县而天"不相对，且"静"和"天"韵亦不协，当作"静而渊"。而：如。 ⑩县：通"玄"，玄妙。 ⑪偾（fèn）骄：本指马奔驰而无法遏止之势，此喻指人心。 ⑫"尧、舜于是乎股无胈"三句：于是乎，因此，因而。股，大腿。胈（bá），大腿表面的细毛。胫：小腿。天下之形，天下人的身体。此为强调"股无胈，胫无毛"而予以提前，正常语序当是"尧、舜以养天下之形，于是乎股无胈，胫无毛"。 ⑬愁：通"挈"。挈，束也。"挈其五藏"，即约束天下人的五脏，意为使百姓忍性情。 ⑭矜：苦，此指消磨。 ⑮不胜：不堪，不能克服。 ⑯讙（huān）兜：相传是帝鸿氏之子，人称"浑沌"，为共公同党。崇山：位于当时南方蛮荒之地，在今湖南省境内。 ⑰投：与"放""流"同义，流放。三苗：此指三苗国君。相传三苗国君是缙云氏之子，人称"饕餮"，为尧时诸侯，封于三苗。三苗国位于洞庭湖和彭蠡湖之间。三峗（wéi）：山名，位于当时西边荒僻之地，今甘肃境内。 ⑱共公：据说是少昊氏之子，人称"穷奇"，初为尧的水官，后作乱。幽都：幽州，位于当时北方僻地，在今河北省北部。据《尚书》等典籍记载，浑沌、饕餮、穷奇、梼杌（gǔn）四人皆不服尧的教化统治，尧无法制服，后来舜将他们流放到四裔之地。此述及其

中三凶。 ⑲ 施：延。三王：指夏、商、周三代君王。骇：惊扰。 ⑳ 否(pǐ)：恶。 ㉑ 信：诚实。 ㉒ 烂漫：散乱。 ㉓ 求竭："竭求"，竭尽全力追求无法满足的欲望。 ㉔ 斫：通"斤"，斧头。斫锯，此指用斧头、锯子截断人的肢体的酷刑。制：制定。 ㉕ 绳墨：此指法度。 ㉖ 椎凿：此指用椎、凿杀人的刑法。决：断。 ㉗ 脊脊：通"藉藉"，形容相互践踏倾轧。 ㉘ 嵁(kān)：深。 ㉙ 栗：战栗。庙堂：本指宗庙明堂。古时帝王遇大事，告于宗庙，议于明堂，故亦以庙堂指代朝廷。 ㉚ 殊：身首异处。 ㉛ 桁(háng)杨：一种夹住头颈和脚踝的长刑具，供多人共用，故必相互推拥而行。 ㉜ 戮：通"僇"，意为受辱。相望：喻指人多。 ㉝ 离跂：阔步行走。攘臂：挥舞手臂，即"奋臂"。桎(zhì)：脚镣。梏(gù)：手铐。此以"离跂攘臂"者与于脚被桎梏束缚者作对比，强调儒墨之徒"无愧而不知耻"。 ㉞ 意：通"噫"。 ㉟ 桛楹(jiē xí)：尖头小木块，即"楔子"。此指用于加固桁杨的楔子。 ㊱ 凿：此指凿子凿出的卯眼。枘(ruì)：榫头。 ㊲ 嚆(hāo)矢：响箭。古时盗贼抢劫之前，先发响箭作为信号。此喻指曾参、史鱼之流是引发暴君大盗的先声。

【评析】

崔瞿误以为治天下能促使人心向善，却不知"治"则天下多事，"治"适足以扰乱人心。本章假借崔瞿和老聃的问答语，并通过老聃之口指出：统治者不可以扰动人心，否则扰不胜扰，后患无穷。因为"人心排下而进上"，就是说人心总是排斥卑贱而追求高贵，不管是物质的富裕还是精神的享受，都习惯于向高于自身的标准看齐。而一旦有了利欲等目标，必然拼命追求，于是天下就不得安宁。因此统治者必须"在宥"天下，使老百姓安于本分、安守本性；因此统治者必须绝圣去智，因为圣智仁义恰恰是煽动或助长人心"上进"的催化剂。本于这样的观点，提倡圣智仁义的黄帝、尧、舜和儒家、墨家，就都成了批判的对象。

本篇首章说"昔尧之治天下也，使天下欣欣焉人乐其性"，本章则进一步列举史实,证明扰动人心所带来的危害。继"黄帝始以仁义撄人之心"之后,尧、舜以仁义与刑法并施,但是仁义礼法并未能使天下安宁。到了夏、商、周三代,恶人与贤人一并出现,尔虞我诈,各逞其能,于是有严刑峻法的出现,反而造成天下更为混乱的局面。这根本的原因就在于人心遭到了扰动。作者认为,自从文明社会以来,尽管黄帝、尧、舜等所谓圣明天子奔波劳苦,鞠躬尽瘁,但只知赡养老百姓有形的身体,却不知赡养他们无形的心灵,故而是极端错误的。至于儒、墨之徒和曾参、史鱼之辈,高呼圣智,标榜仁义,搅得天下大乱,却还自鸣得意,则真正是所谓"无愧而不知耻也甚矣"。

那么,圣智礼法又是如何为害于天下的呢?作者举例说,斧头、锯子本来是智者发明的用于提高生产力的工具,却被用于折磨人的酷刑;礼法本来是圣人用来规范人们的行为的,却被用作杀人的依据,这一切固然是好智者、圣贤者始料未及的,但却是严酷的现实。正是从这样的角度出发,庄子一针见血地指出:圣智、仁义,以及曾参、史鱼之类的所谓贤哲之人,其实都是罪恶的先导,是直接促成犯罪和灾难的祸根。

黄帝立为天子十九年,令行天下,闻广成子在于空同之山①,故往见之,曰:"我闻吾子达于至道,敢问至道之精②?吾欲取天地之精③,以佐五谷,以养民人。吾又欲官阴阳以遂群生④,为之奈何?"广成子曰:"而所欲问者⑤,物之质也⑥;而所欲官者,物之残也。自而治天下,云气不待族而雨⑦,草木不待黄而落,日月之光益以荒矣⑧,而佞人之心翦翦者⑨,又奚足以语至道!"

黄帝退,捐天下⑩,筑特室⑪,席白茅⑫,闲居三月,复往邀之⑬。广成子南首而卧⑭,黄帝顺下风膝行而进⑮,再拜稽首而问曰⑯:"闻吾子达于至道,敢问:治身奈何而可以长久?"广成子蹶然而起⑰,曰:"善哉问乎!来,吾语女至道:至道之精,窈窈冥冥⑱;至道之极,昏昏默默⑲。无视无听⑳,抱神以静,形将自正。必静必清,无劳女形,无摇女精,乃可以长生。目无所见,耳无所闻,心无所知,女神将守形,形乃长生。慎女内,闭女外㉑,多知为败㉒。我为女遂于大明之上矣㉓,至彼至阳之原也㉔;为女入于窈冥之门矣,至彼至阴之原也。天地有官,阴阳有藏。慎守女身,物将自壮。我守其一以处其和㉕。故我修身千二百岁矣,吾形未常衰㉖。"

黄帝再拜稽首曰:"广成子之谓天矣!"广成子曰:"来!余语女:彼其物无穷㉗,而人皆以为有终;彼其物无测,而人皆以为有极。得吾道者,上为皇而下为王;失吾道者,上见光而下为土㉘。今夫百昌皆生于土而反于土㉙。故余将去女,入无穷之门,以游无极之野。吾与日月参光㉚,吾与天地为常㉛。当我缗乎㉜,远我昏乎!人其尽死,而我独存乎㉝!"

【今译】

黄帝登天子之位已有十九年,教令施行于天下,听说广成子在崆峒山居住,所以就到那里去拜见他,问道:"我听说您已达到最为高尚的道的境界,请问最高之道的精微道理是什么?我想取得天地的精华,用来帮助五谷的生长,用来养育人民。我又想掌管阴阳的变化来满足各种生物的需求,怎样才能做到这一切呢?"广成子回答:"你所想问的,只是事物的形质;而你所想掌管的,更只是事物的残余。自从你治理天下,云气没等到凝聚就下雨,草木没等到枯黄就坠落,太阳和月亮的光辉越来越昏暗,你这个玩弄心计的人,心地短浅,又哪里值得我来告诉你最高之道呢!"

黄帝只得告退，回去后将政权抛弃不管，修建一座供自己独居的房子，用白茅草当席，这样悠闲地居住了三个月，再次前往崆峒山求教。广成子头朝南躺着，黄帝谦恭地跪着行走而来到他面前，拜了两拜、磕头到地，问道："听说您已经到达最高的道的境界，请问：怎样修治身心才可以保持长久？"广成子猛然起身，说："问得好啊！来，我告诉你什么是最高的道：最高的道的精华，深藏不露；最高的道的精髓，昏暗沉默。不要看不要听，凝聚精神而保持安静，形体就会自然正常。必须保持安静，必须做到心清，不要使你的形体劳累，不要摇动你的精神，就可以获得长生。眼睛什么也不去看，耳朵什么也不去听，心中什么也不知道，你的精神就将守护住你的形体，形体就能长久生存。小心养护你的内心，关闭你的感觉器官，知道得多了就会坏事。我和你已经到达异常光明的境界之上了，到了那极盛之阳的本原；和你已经进入异常幽邃的境界之门了，到了那极盛之阴的本原。天地自有最高的道来掌管，阴阳自有最高的道来蓄藏。谨慎守护你自己的身体，万物将自然茁壮。我坚守天道并与万物和谐相处。所以我已经修养身心一千二百年了，我的形体未曾衰老。"

黄帝又拜了两拜，磕头到地，说："广成子可以称得上是'天'了！"广成子说："来！我告诉你：万物没有穷尽，而人们都以为有终止；万物不可测量，而人们都以为有极限。得到我所说的'道'的，地位高的可以为皇，而地位低的可以称王；失去我所说的'道'的，在上显露光芒，而在下则成为泥土。如今那众多生物都出生于土壤而返归于土壤。所以我将要离开你，进入变化无穷的门户，而遨游于无边无际的原野。我和日月一样光明，我与天地一样长久。万物来接近我，我浑浑噩噩的；万物离我远去，我昏昏沉沉的！人们或许完全死亡，而我独自存于世上！"

【注释】

① 广成子：未详何人。或谓是老子别号。空同：山名，亦作"崆峒"。《史记·五帝本纪》曰："黄帝西至于空桐。"空桐、空同、崆峒，当

属同一座山，在今甘肃境内。　②　精：精微，奥妙。　③　精：精华。　④　官：掌管。遂：满足，满意。群生：各种生物。　⑤　而：你。　⑥　质：形质。　⑦　族：聚集。　⑧　荒：昏暗。　⑨　蹩蹩：通"戋戋"，短浅的样子。　⑩　捐：抛弃。　⑪　特：独立。　⑫　席：通"藉"，铺垫。　⑬　邀：通"要"，求。　⑭　南首：头朝南。　⑮　下风：本指风向的下方，此喻指下等、卑贱的位置。膝行：用膝盖代替脚走路，即跪着行走。　⑯　稽首：一种表示最为恭敬、磕头到地的跪拜礼。　⑰　蹶(jué)然：吃惊而立即有所反应的样子。　⑱　窈窈冥冥：深远的状态。　⑲　昏昏默默：暗昧的状态。　⑳　无：通"毋"，不要。　㉑　"慎女内"二句：内，指内心活动。外，指耳、目等感觉器官。此二句再次强调"目无所见，耳无所闻，心无所知"。　㉒　多：嘉奖，喜好。　㉓　为女：与你，领你。遂：至，到。大明：极其光明，指"至阳"的境界。　㉔　原：本源。"至阳之原"与"至阴之原"为同一物，即"至道"。　㉕　一：指"道"，《老子》曰："天得一以清，地得一以宁。"以，而，并且。处其和：始终处于阴阳和谐状态。　㉖　未常：未尝，未曾。　㉗　彼其物：指至阴至阳之本原，即"至道"。　㉘　"得吾道者"四句：意为假如获得至道，那么上逢纯朴之世，就可成为伏羲、神农似的皇帝，而下遇浇薄之世，也能成为商汤、周武般的帝王；假如丧失至道，那么活着能看见光明，而死后就变为土壤。　㉙　百昌：指众多昌盛之物。反：同"返"。　㉚　参：同，同样。　㉛　常：恒久。　㉜　缗(mín)：同"冥"，浑然无心貌。　㉝　"人其尽死"两句：意为获得至道之人，视生死为一体，无所谓去，无所谓来，无所谓始，无所谓终，故无时无地不存在。

【评析】

本章以更为形象的语言，虚构了黄帝向广成子问道的故事，并借得道之人广成子之口，阐释其静养心性、随顺自然的思想，并且强调治国之术与长生之法并无根本不同，其关键都在于"清静无为"。也就是说，治国首先在于治身，只有将自身看得比天下还要重要的人，只有不使天下万物成为自身负担的人，才能统治天下。

应该注意的是，本章在描述黄帝向广成子求教的经过及其对话时，十分夸张地渲染了广成子前后两次接待黄帝时截然不同的态度。先是黄帝询问治国之道，广成子认为他过于浅薄，不足以谈论所谓"至道"，断然予以拒绝；而第二次黄帝前往探讨"治身奈何而可以长久"的问题，广成子却"蹶然而起"，热情解答其"守其一以处其和"的养生方法，前后判若两人。也就是说，本章在强调"无为而治"的同时，在标榜"得吾道者，上为皇而下为王"之前，提出了一个相当实用的人生目标——长生。换句话说，在"达于至道"的广成子看来，自我的"长生"比天下的治理更为重要。

本来《庄子》内篇中阐述的人生修养的目标，是对精神自由、自我超脱的强烈追求，修道是为了摆脱物欲的牵累、生死的烦忧、情感的困扰，是为了到达那样一种宁静而逍遥的精神境界。而本章则曰："必静必清，无劳女形，无摇女精，乃可以长生。"又说："我守其一以处其和。故我修身千二百岁矣，吾形未尝衰。"显然认为"养心""修道"的意义和好处，首先就在于保全自身和长生不老。换句话说，修道的方法或途径就是"养生"，而"道"最终修成（即"达于至道"）的特征，则表现为"长生"。

这种"达于至道"就能长生不老的观点，似乎与内篇中《大宗师》"无古今而后能入于不死不生"的说法相似，其实不然。《大宗师》篇强调的是意念或精神上的"长生"，即一旦把古今看作没有区别，那么就无所谓死，也无所谓生，并非是指某一真实生命的永不毁灭；而本章"修道以长生"的论说，显然是庄子后学为了迎合世人功利性的需要，对庄子思想所作的加工和修改，强调的是可以在实际生活中运用的"养生之道"。

应该说这样的加工并非庄子的本意，但它对后世养生方法的形成却具有十分积极的意义，道家和玄学家"养生""长生"思想的确立和扩展，更是与此密切相关。三国魏之名士嵇康曾撰《养生论》说："外物以累心不存，神气以醇白独著，旷然无忧患，寂然无思虑，又守之以一，养之以和,理日济,同乎大顺。……忘欢而后乐足,遗生而后身存。"无论从文中所用术语,还是从所陈述的养生方法来看,《庄子》对他的影响是显而易见的。至于本章"无视无听,抱神以静,形将自正。必静必清,无劳女形,无摇女精,乃可以长生。目无所见,耳无所闻,心无所知,女神将守形,形乃长生"数语,更是直接促成了道教养气、养精、养神的理论。所谓"仙人道士非有神,积精累气乃成真"(《黄庭经·仙人章第二十八》),就是说养气养精是成仙的基础,这一观点与庄学思想的渊源关系,十分清晰。

云将东游①,过扶摇之枝而适遭鸿蒙②。鸿蒙方将拊脾雀跃而游③。云将见之,倘然止④,贽然立⑤,曰:"叟何人邪?叟何为此?"鸿蒙拊脾雀跃不辍,对云将曰:"游⑥!"云将曰:"朕愿有问也⑦。"鸿蒙仰而视云将曰:"吁⑧!"云将曰:"天气不和,地气郁结,六气不调⑨,四时不节⑩。今我愿合六气之精以育群生,为之奈何?"鸿蒙拊脾雀跃掉头曰⑪:"吾弗知!吾弗知!"云将不得问。

又三年,东游,过有宋之野⑫,而适遭鸿蒙。云将大喜,行趋而进,曰:"天忘朕邪⑬?天忘朕邪?"再拜稽首,愿闻于鸿蒙。鸿蒙曰:"浮游⑭,不知所求;猖狂⑮,不知所往。'游'者,鞅掌⑯,以观无妄⑰。朕又何知⑱!"云将曰:"朕也自以为猖狂⑲,而民随予所往;朕也不得已于民⑳,今则民之放也㉑!愿闻一言。"鸿蒙曰:"乱天之经㉒,逆物之情㉓,玄天弗成㉔,解兽之群而鸟皆夜鸣㉕,灾及草木,祸及止虫㉖。意!治人之过也。"云将曰:"然则吾奈何?"鸿蒙曰:"意!毒哉㉗!仙仙乎归矣㉘!"云将曰:"吾遇天难,愿闻一言。"鸿蒙曰:"意!心养㉙!汝徒处无为㉚,而物自化。堕尔形体㉛,吐尔聪明㉜,伦与物忘㉝,大同乎涬溟㉞。解心释神㉟,莫然无魂㊱。万物云云㊲,各复其根㊳,各复其根而不知㊴。浑浑沌沌,终身不离。若彼知之,乃是离之。无问其名,无窥其情,物固自生㊵。"云将曰:"天降朕以德,示朕以默㊶。躬身求之,乃今也得。"再拜稽首,起辞而行。

【今译】

　　云将到东方游历,经过旋风将尽时的余风时,正巧碰上鸿蒙。鸿蒙正拍着大腿、像鸟雀跳跃般地游玩。云将看见他,惊疑地停了下来,呆呆地站住,问:"老先生是干什么的? 老先生为什么这样呢?"鸿蒙仍不停地拍着大腿、鸟雀似地跳跃,对云将说:"游你的吧!"云将又说:"我有问题想问啊。"鸿蒙抬起头来看着云将,叹道:"唉!"云将说:"天上的气不和谐,地下的气郁结阻塞,六气不能调和,四季没有规律。如今我想汇合六气的精华来养育所有生物,该怎么做呢?"鸿蒙拍打大腿、跳跃着摇头说:"我不知道! 我不知道!"云将无法再问了。

　　又过了三年,云将到东方游历,经过宋国的疆土时,恰巧碰上鸿蒙。云将高兴极了,小步疾跑来到鸿蒙面前,问:"您忘记我了吗? 您忘记我了吗?"拜了两拜,磕头到地,希望听到鸿蒙的指教。鸿蒙说:"我任随自然而游,不知道该追求什么;放纵不受束缚,不知道该到达哪里。所谓'游',就是放任随便,因而可以观察到万物的本来面目。我又懂得什么呢?"云将说:"我也自认为能放纵而不受束缚,然而到哪里人民都跟随着我。我也无法使人民停止跟随,如今我已摆脱了追随的人民! 希望能听您说上一句。"鸿蒙说:"扰乱天道的正常运行,违背万物的本性,浑然自然的状态不能生成,使得群居的野兽离散而鸟在夜里叫唤,灾难降临到了草木,祸害殃及无脚之虫。噫! 这都是治理人民引起的过失啊。"云将说:"既然如此,那么我该怎么办呢?"鸿蒙回答:"噫! 中毒太深了! 你还是慢慢飘回去吧!"云将说:"我碰到您不容易,希望还能听您说上一句。"鸿蒙说:"噫! 养你的心! 你只要保持无为,那么万物自然就会演化。废弃你的形体,杜绝你的聪明,忘却自身与万物的类别差异,完全混同于自然浑沦之气。不耗心思,放弃用神,茫茫然丢弃灵魂。万物纷繁,各自恢复他们的本性,各自恢复本性而他们本身并不知晓。浑浑沌沌的,终身都不失自己本性;如果他们知道如何恢复本性,便是失去了本性。不要询问它的名字,不要窥探它的情状,万物本来就是自然生长。"云将说:"您把天道传授给我,将沉默不语的道理指示给我,我亲身寻求天道,如今总算得到了。"拜了两拜,磕头到地,起身告辞而去。

【注释】

① 云将:神话中云之主帅。 ② 扶摇:自下而上的旋风。即"飚"。扶摇之枝:旋风将尽时的余风。此以旋风拟树,旋风骤起时的中心像树干,余风则如树枝。鸿蒙:主宰元气之神。 ③ 拊脾:拍打大腿。脾,通"髀",大腿外侧。 ④ 倘然:惊疑的样子。 ⑤ 贽然:不动的样子。 ⑥ 游:意为招呼云将一起随着自然变化遨游而无须多问。 ⑦ 朕(zhèn):第一人称代词,我。 ⑧ 吁:叹气声。表示埋怨云将多事。 ⑨ 六气:指阴、阳、风、雨、晦、明。 ⑩ 四时:春夏秋冬四个季节。不节:节令反常。 ⑪ 掉头:摇头。 ⑫ 有:语助词,无义。有宋:宋国。 ⑬ 天:对鸿蒙的尊称。 ⑭ 浮游:任随自然而游。 ⑮ 猖狂:放纵而不受束缚。 ⑯ 鞅掌:语出《诗经·小雅·北山》,毛传曰:"失容也。"此引申为放任随意。 ⑰ 无妄:没有虚妄。指万物之本来面目。 ⑱ 何知:懂得什么。此为反问句,意为除了任心而游之外,其余均不知晓。 ⑲ 以为:认为。 ⑳ 不得已于民:无法令百姓停止追随。已,停止,此为使动用法。 ㉑ 放:脱,摆脱。民之放:摆脱(追随的)百姓。"民"是"放"的对象,此为宾语提前。 ㉒ 经:常。 ㉓ 逆:违背。情:性。 ㉔ 玄:浑然之状。天:自然之态。 ㉕ 散:解散,分散。使动用法。 ㉖ 止:通"豸"。豸,无脚之虫。 ㉗ 毒哉:斥责语。盖鸿蒙已教以"勿乱其经、勿逆其情"之原则,云将犹有"吾奈何"之问,故感叹其受"治人"思想毒害已深。 ㉘ 仙仙:轻

飘飞升的样子。　㉙ 心养:养心。为强调宾语"心"而提前。　㉚ 徒:只需,只要。　㉛ 堕:通"隳",废弃。堕尔形体:意为忘身。　㉜ 吐:通"杜",杜塞、杜绝。　㉝ 伦:类,类别。伦与物忘:"与物忘伦"之倒装,意为忘却自身与万物之类别差异。　㉞ 涬(xìng)溟:自然浑沦之气。　㉟ 解、释:均为放弃、不用之意。　㊱ 莫:通"漠"。莫然:茫然。无魂:无意识状态。　㊲ 云云:通"芸芸",草木纷繁貌。　㊳ 根:根本,本原。《老子》十六章:"夫物芸芸,各复归其根。"　㊴ 不知:指万物自身并未意识到。　㊵ "无问其名"三句:固,本来。意为不必询问其名,窥探其情而试图治之,万物本来就是自然生长。　㊶ 示:指示。默:沉默不言。

【评析】

本章虚构鸿蒙与云将的对话,以云将为求教者,以鸿蒙为悟道人,其形式与前一章黄帝与广成子的问答十分相似。先是写云将求教而遭到拒绝,表示对有心治理天下、好圣尚智思想的否定;然后借三年之后鸿蒙对云将的回答,说明只要浑浑沌沌,终身愚昧;只要无为顺物,养心守性,那么天下就自然大治,万物就自然昌盛。宣颖指出:"黄帝一问,广成子不取其治天下,而告以治身;云将数问,鸿蒙不取其治人,而语以心养;此二大段,所以发明在宥之微处也。夫在宥,岂一味廓落而已哉!"(《南华经解·在宥》)意思是说,本章强调的"养心"之道和上一章阐述的"治身"之理,其实就是"在宥天下"的具体实践方式。

但是,假如世人尽皆无为养心,整天老是浑浑沌沌,万物又如何养育、社会又如何发展呢? 换言之,促使万物发展变化的根本原因是什么呢? 庄子认为,世界万物变化运动的终极动力在于它自身的内部,所谓"汝徒处无为,而物自化",所谓"无问其名,无窥其情,物固自生",就是说决定万物存在形式和内在本性的根本原因,就是它自己。这样来解释万物运动变化的终极原因,显然是相当含糊的,而且容易导致对于事物必然性和规范化的随意否定。但是,要想比较精确和深刻地回答万物滋生、变化、运动、灭亡这些现象及其过程的根本原因,按照当时的科学水平和哲学条件，是根本不可能的。因此，庄子这一"自化"的假说固然比较粗糙，但它的理论魅力却非同小可，因为强调"自化"，实际上就是否定了所谓"造世主"的存在，也就是说否定了宇宙万物的运动过程中具有所谓第一推动者的存在，中国传统的无神论思想的诞生和发展，与此大有关系。"正是在这里，庄子自然哲学中的'自化'观点的理论意义超出了庄子思想本身范围，它和儒家伦理思想中的'为仁由己'（《论语·颜渊》）的观点，共同地和自然地筑成了中国传统思想中防范宗教的主宰世界的神或上帝观念越入的观念屏障。"（崔大华《庄学研究·庄子思想述评》）

庄子"而物自化""物固自生"的观点，还直接被近世改良家所引用，成为他们宣传以进化论为代表的近代科学思想的立足点。严复说："知有生之物，始于同，终于异。造物立其一本，以大力运之，而万类之所以底于如是者，咸其自己而已，无所谓创造者也。"（《天演论·察变》按语）所谓万物变化的动力"咸其自己"，其实就是庄子"自化"观的另一种表述。基于此，严复还曾援引西人的说法，称庄子为"古之天演家"（参见严复《庄子评点》）。

尽管庄子"自化"的理论为后世"无神论"的建立和"进化论"的宣传开拓了道路，尽管庄子创作寓言只是为了表述他对想象中的逍遥境界和自由人物的渴慕之情，但是他"修身千二百岁，形未尝衰""人其尽死，而我独存"（皆见前章）的构想，却成了道教长生不老、成仙升天的宗教目标；他笔下的云将、鸿蒙之类人物，成了后来刘向《列仙传》和葛洪《神仙传》里面的神仙，这恐怕是庄子及其后学始料未及的。

世俗之人，皆喜人之同乎己而恶人之异乎己也。同于己而欲之，异于己而不欲者，以出乎众为心也①。夫以出乎众为心者，曷常出乎众哉②？因众以宁所闻③，不如众技众矣。而欲为人之国者④，此揽乎三王之利而不见其患者也⑤。此以人之国侥幸也⑥。几何侥幸而不丧人之国乎？其存人之国也，无万分之一；而丧人之国也，一不成而万有余丧矣！悲夫，有土者之不知也！

夫有土者，有大物也⑦。有大物者，不可以物⑧。物而不物，故能物物⑨。明乎物物者之非物也⑩，岂独治天下百姓而已哉！出入六合，游乎九州，独往独来⑪，是谓独有。独有之人，是谓至贵。

大人之教⑫，若形之于影，声之于响⑬。有问而应之，尽其所怀⑭，为天下配⑮。处乎无响⑯。行乎无方⑰。挈汝适复之⑱，挠挠以游无端⑲，出入无旁⑳，与日无始㉑。颂论形躯㉒，合乎大同㉓。大同而无己㉔。无己，恶乎得有有㉕。睹有者，昔之君子㉖；睹无者，天地之友。

【今译】

世俗之人，都喜欢赞同自己的人而讨厌与自己有分歧的人。赞同自己的就喜欢，与自己有分歧的就不喜欢，是因为想高出于众人啊。那些设想高出于众人的人，何曾高出于众人呢？因为众人的附和而满足于自己的认识，其实不如众人的技巧多啊。而想当一国统治者的人，是想全部获取三王的利益，却没有看到他们受害之处啊。侥幸成功而充当一国的统治者，又有多少能侥幸而不丧失诸侯之位呢？他们中间保存诸侯之位的，一万个之中没有一个；然而丧失国家政权的，连一个侥幸成功的机会都不存在，而只有一万个以上的可能会失去！可悲呀，拥有国家的人不明白这个道理！

那拥有国家的人，就是拥有了"大物"。拥有大物的人，不可以拘泥于事物。从容看待物而不拘泥于物，所以才能主宰万物。明白了主宰万物的并非是物，哪里只是治理天下百姓就完了呢！还能出入于天地之外，遨游在九州之间，独往独来，这就叫做独自享有。能做到独自享有的人，就是最为尊贵的。

得道之人的教化，如同影子和形体、响声与本声的关系，有人发问就随之应答，倾尽自己心中所有的东西，以此来和天下人交往。居住在寂静的地方，出行时没有定向。带着你去回复自己的本性，宛转遨游，没有尽头，出来进去，没有边际，和时间一样无始无终。言语形态举动，符合"大道"。符合大道便无视自己的特异，无视自己，哪里还会把拥有的看作自己的所有。着眼于"有"的人，是过去的君子；着眼于"无"的人，才是天地的朋友。

【注释】

① 出乎众：高出于众人。 ② "夫以出乎众为心者"二句：曷常，何曾。意为世俗之人都想出人头地，那么所谓"出众"者，实际上就和众人一样，并无差异。 ③ 宁：安，满意。所闻：所知，此指认识、见解。 ④ 为人之国：管理、统治一国之人。 ⑤ 揽：求。患：害处。 ⑥ 以：因为，由于。人之国："为人之国"。 ⑦ 大物：指天下、国家。 ⑧ 不可以物：不能视其为大物。意为不重视，故不会被物所驱使。 ⑨ "物而不物"两句：物物，驾驭或使用物。谓虽有大物而不为物所驱使，因此能够驾驭大物。意为只有超出物外、具有天德之人，才能统治国家和管理天下。 ⑩ 非物：此实指"非人"。人常常不能用物，反而为物所用，陷于物中，因此"人亦物"也。非物者，即不以物喜、不以己悲之人，就是具有天德的人。 ⑪ 独往独来：意为能摆脱万物牵累，遨游随心。 ⑫ 大人：得天道者，即具有天德之人。教：教化。 ⑬ "若形之于影"二句："影之于形，响之于声"的倒装，以"大人"喻指影子和声响，因为发问者为主，回答者为"配"。 ⑭ 所怀：心中蕴藏的所有东西。 ⑮ 为：与。配：对应。 ⑯ 无响：指寂静的状态。 ⑰ 无方：不定方向。喻指随意自由。 ⑱ 挈：携带。适：往。复之：回复其本性。 ⑲ 挠挠：婉转回旋貌。无端：没有尽头。此句与《内篇·大宗师》"挠挑无极"义同。 ⑳ 旁：边际。 ㉑ 日：此指时间。无始：没有开端。无所谓始，亦无所谓终。 ㉒ 颂论：言语。指"大

人"之教化应答。形躯：形态举动。即"大人"之行处遨游。　㉓ 大同：大道，天道。天道视万物浑然一体、没有分别，故称"大同"。　㉔ 无己：不再表现自身个体的差异和特殊。　㉕ 有有：拥有物。此"物"包括自己在内，能做到"无己"之人，连自身都看作无，当然不会产生占有欲。　㉖ 君子：立法度、讲仁义的君王、儒士，包括尧、舜、禹、孔子等。

【评析】

本章分析统治者习惯于采用圣智礼法治理天下的心理根源，以及因此而造成的危害，并进一步推论："有大物者，不可以物；物而不物，故能物物"，意思是说，拥有万物的人（物物者）不能为物所累或被物驱使，只有超然物外，无视自身，才能主宰万物，才可以称得上是获得彻底自由的"独有"之人。紧接着，作者又用雅洁的文字，对"独有"之人（即"天地之友"）的特征作了形象的描述。和前几章以人物问答的故事来表现思想不同，本章转而为理论的论述，也可以说是对前几章所作的简明概括。

值得一提的是，本章有关"为人之国"这样重大的社会政治主题，作者又是从习见的社会心理现象入手探讨的："世俗之人，皆喜人之同乎己而恶人之异乎己也"，世人皆欲领导潮流，都想鹤立鸡群，一句话，都是"以出乎众为心"。然而他们万万没有想到，或压根儿也没这样想过："以出乎众为心"的"众人"中的每一个个人，又何曾高出于众人呢？又怎么能高出于众人呢？因为他们的"一般"的动机，决定了他们只能是彻头彻尾的"众人"中的一个。由此看来，所谓"众人的"，所谓"普通的"，不仅仅是指事物所表现的实际状况，还应当包括方式、动机、原因之类比较隐蔽的现象。比如，身任君王，主宰万物，如果从现象来看，当然是独一无二的；但是企图主宰万物或实际拥有万物的人，总是拘泥于物，被物所累，与上述"以出乎众为心"者并无本质区别，从"道"的高度来看，这样的人仍然属于世俗一类，称不上是"独有"之人。"独有"之人则从无高明过人的念头,他总是混同于众人,因此绝无占有的欲望,因此绝不"以出乎众为心",从不试图显示自己,于是可以成为天地的朋友而逍遥自由。

从寻常人的寻常心理中找寻那些极其普遍而又相当荒谬的缺陷,从俯视的角度给予归纳,并加上由表及里的剖析和批判,庄子在这里又一次显示了他不同凡响的视角和论辩说理的机智。

贱而不可不任者①,物也;卑而不可不因者②,民也;匿而不可不为者③,事也;粗而不可不陈者④,法也;远而不可不居者⑤,义也;亲而不可不广者⑥,仁也;节而不可不积者⑦,礼也;中而不可不高者⑧,德也;一而不可不易者⑨,道也;神而不可不为者⑩,天也。故圣人观于天而不助⑪,成于德而不累⑫,出于道而不谋,会于仁而不恃⑬,薄于义而不积⑭,应于礼而不讳⑮,接于事而不辞,齐于法而不乱⑯,恃于民而不轻⑰,因于物而不去⑱。物者莫足为也⑲,而不可不为。

不明于天者,不纯于德;不通于道者,无自而可⑳;不明于道者,悲夫! 何谓道? 有天道,有人道。无为而尊者,天道也;有为而累者㉑,人道也。主者,天道也;臣者,人道也㉒。天道之与人道也,相去远矣,不可不察也!

【今译】

　　轻贱而不能不使用的,是物品;卑下而不能不依顺的,是人民;微小而不能不操办的,是事情;粗糙而不能不施行的,是法律;疏远空泛而又不可不遵守的,是义;互相亲爱而又不可不推广的,是仁;节度分明而又不可不繁多的,是礼;讲究中庸而又不可不高明的,是德;永恒固定而又不可不变更的,是道;神妙莫测而又不可不发生作用的,是天。所以圣明之人对上天只是观察而不去帮助,使德性自然形成而不去操心,任万物随自然之道出生而不去谋划,与众人会同于仁爱而自身并不依赖,自然符合于义理而不有意积累,对礼节适应而不回避,对事务接受而不推辞,对法令求整齐社会秩序而不扰乱,对人民依靠而不轻视,对万物根据其特性利用而不使它们失去本性。上述各种事物没有什么值得去做,但又不可不做。

对天不明了的人,德就不纯;对道不通晓的人,无论干什么都会碰壁。可悲啊,那些不明白"道"的人!什么叫做"道"呢?有天道,有人道。无所作为而享有尊贵的,是天道;有所作为而身心劳累的,是人道。君主,好比天道;臣子,好比人道。天道与人道,二者距离太远了,不能不明白啊!

【注释】

① 任:使用。　② 因:依,顺。　③ 匿:细微。　④ 粗:法制不可能事无巨细,面面俱到,故谓粗疏。陈:施设,施行。　⑤ 远:谓义理与现实距离较大。居:遵守。　⑥ 亲:亲亲,即亲近自己的亲人。"亲亲"即"仁",仁本来施行于自己亲人,但又必须推广。此意与孟子"老吾老以及人之老,幼吾幼以及人之幼"相近。　⑦ 节:礼重修饰和节制,故称。积:多。古人以礼配地(见《乐记》),地积而厚,故称"积"。　⑧ 中:德贵"中庸",故称。高:高明。古人以德配天(见《礼记·中庸》),天高而明,故称"高"。　⑨ 一:固定,永恒。易:变化。道是永恒的,但不是僵化的。　⑩ 为:有为,指产生作用。　⑪ 观:观察。意为根据天象顺势而为。　⑫ 累:劳神,操心。　⑬ 会:会同,会合。恃:依赖。《庚桑楚》篇曰:"至仁无亲。"无亲,则无所依靠。　⑭ 薄:迫近,此指符合。　⑮ 应:应接、应答。讳:通"违",回避。　⑯ 齐于法:使法令整齐社会秩序。　⑰ 轻:此指轻用。　⑱ 因于物:根据事物特性而利用。不去:不令事物失其本性。　⑲ 物:总括上述事、法、义、仁、礼等。　⑳ 自:由,往。无自而可:意为无论干什么都会碰壁。　㉑ 累:劳累。　㉒ "主者"四句:以君主比喻天道,以臣下比喻人

道。意为天道犹如君王安逸,人道则似臣子操劳。

【评析】

本章阐说天道和人道的关系。作者认为天道无为,人道有为;天道为主,人道为辅;天道为上,人道为下。认为天道与人道差别极大,天道远较人道重要。然而作者强调天道,却并未否定人道,所谓"任物""因民""为事""陈法""居义""广仁""积礼""高德"等等,显然都是属于有为的人道的;所谓"圣人"的十种治政措施,除了"观于天""成于德""出于道"还合乎内篇阐述的庄子的政治思想,其余"会同仁爱""符合义理""适应礼节""接受事务""整齐法令""依靠人民""利用万物"的主张,显然都不符合庄子摒弃仁义、毁灭礼法、无君无为、返朴归真的社会政治理想。

由于本章阐述的内容有悖于内篇中庄子的思想,因此长期以来受到非议,许多研究者认为它不是庄子的作品。清人宣颖说:"此一段意肤文杂,与本篇之义不甚切,且其粗浅,全不似庄子之笔。盖本篇正文在上段已完,此段或系后人续貂,未可知也。"(《南华经解·在宥》)王先谦《庄子集解》对宣颖的说法表示赞同。今人冯友兰也说:"这段话在本篇的末尾,跟本篇前一部分的精神不合。可能前一部分比较早,后一部分是后来加上去的。"(《再论庄子》)陈鼓应肯定上述说法,认为"这段文义不仅和本篇主旨相违,且与庄学思想不合",故其《庄子今注今译》将本章径行删去。钟泰则持相反意见,他秉承并发挥苏东坡"庄子盖助孔子者"之说,用儒家理论来映证或解释《庄子》,并以《大宗师》篇所谓"知天之所为,知人之所为,至矣"为证,认为庄子并非鄙薄人道、不为人道,并非只言无为、不讲有为,甚至认为本章正是全篇的"大关键处","若遂删之,岂徒于理不全,即文字亦无收煞"(参见《庄子发微·在宥》)。

我们认为,《大宗师》篇所谓"知人之所为",庄子本人对此已有明确解释,是指"以其知之所知,以养其知之所不知",用现在的话来说,就是"用他的智慧所能了解的知识,来培养(产生和增加)他的智慧所未能了解的知识",这里说"养",显然是强调知识自然而然的积累,并非主张人们强求自己所不知道的东西。而且原文后面又有"庸讵知吾所谓天之非人乎?所谓人之非天乎?且有真人而后有真知"等语,意思是说"真知"只存在于不用心智去破坏大道、不用人为因素去帮助自然的"真人"那里,当然更不是主张"人道"或"有为"了。因此,用儒家理论来阐释《庄子》,或将庄子归于儒家一派,显然是行不通的。

但是,本章所阐述的内容明显掺杂有儒家学说的痕迹,与内篇一贯的思想不合,究竟应该如何解释呢?这是因为《庄子》一书所反映的并非只是庄子的观点,而是庄子及其学派的思想,庄子后学在外篇和杂篇的不少篇章中表述的观点,常常与《庄子》内篇的思想不尽一致,若要精细辨析并完全删去,是根本不可能的,也是不必要的。对此,崔大华认为,"事实上,《庄子》是庄子及其后学的著述总集,《庄子》中不同篇章思想特色上的差异、变化,正是庄子学派在先秦的历史发展的反映。就像在人生哲学方面庄子后学吸收儒家思想,提出'内圣外王''知恬交养',表现出折衷倾向一样,在这里,庄子后学从庄子自然主义立场为起点("观于天"),不是返回原始自然,而是走向文明社会;不仅广泛地吸收儒家的社会政治观点("仁""义""礼"),而且采纳了法家的主要社会政治观点("齐于法"),也表现一种明显的、早期庄子思想所不具有的折衷特色。"(《庄学研究·庄子后学在社会思想方面表现出的新特色》)崔大华将本章的内容归结为折衷调和的结果,认为是庄子后学吸收本来与之对立的儒、法思想以后,对本门学派理论所作的修正,显然比较客观,比较符合事实。

天地第十二

【解题】

本篇是庄子政治论的中心。庄子的政治论,就是"无为",也就是本篇所谓君道。清人王夫之认为,《天地》篇畅言无为之旨,对于"道"的阐述的深邃程度在外篇之中无与伦比,某些章节其实是对内篇《应帝王》的补充和说明(参见《庄子解》卷十二)。胡朴安也认为,本篇阐述的天地之道就是君道:"君道出发点,原于德,任德之自然,无为也;君道之归束点,成于天,任天之自然,无为也。君原于德,成于天,此无为之实在,故曰:古之君天下无为也,天德而已矣。"(《庄子章义·天地》)

本篇共分十五章,章与章之间的联系较为松散,但各章的主要内容仍具有一致性,即侧重于阐说"君德",论述理想的君主应该具有怎样的道德,以及应该如何进行道德方面的修养。作者指出,君德其实就是天德,君道也就应当体现天道,因此统治者应该顺应天德之自然,以远古时代的君主为榜样,绝圣弃智,无欲无为,去除机心,随遇而安。其中前三章主要从正面说明君德成于天德的道理,认为君王无为无欲,就是体现天道,并且描述了帝王保持无为心态以后所产生的魅力。第四至第八章,主要表述求道与为政都不可以依赖聪明才能,而应无所用心,随顺自然的观点。第九至第十五章,多为寓言故事,或从反面否定"有为"的心思、"尚贤"、"使能"的人为治理和仁孝道德的教化,批评世俗的美丑善恶的标准,或从正面描述"圣治""德人""神人"共同的特征,弘扬无为无欲的思想。

本篇取篇首二字为题,虽非有心概括全文大意,然与主旨有关,因为"天地"之道就是"君道",就是自然无为。

天地虽大,其化均也①;万物虽多,其治一也②;人卒虽众③,其主君也。君原于德而成于天④。故曰:玄古之君天下⑤,无为也,天德而已矣⑥。以道观言而天下之君正⑦,以道观分而君臣之义明⑧,以道观能而天下之官治⑨,以道泛观而万物之应备⑩。故通于天地者⑪,德也;行于万物者⑫,道也;上治人者,事也⑬;能有所艺者⑭,技也⑮。技兼于事⑯,事兼于义⑰,义兼于德,德兼于道,道兼于天。故曰:古之畜天下者⑱,无欲而天下足,无为而万物化,渊静而百姓定⑲。《记》曰⑳:"通于一而万事毕㉑,无心得而鬼神服㉒。"

【今译】

天和地虽然广大,它们的演化法则却是平均的。万物虽然繁多,它们的治理原则只有一个;民众虽多,他们的主人只是君王。君王执政以德为本,而成就于天然。所以说:远古时候的君王执掌天下,实行自然无为的方法,只不过符合"天德"罢了。用天道来表示名称,那么天下的君王名号就正确了;用天道来表示职责分工,那么君王与臣子的含义就明白了;用天道来表示能力,那么天下的官员就能安心称职;用天道来显示一切,那么万物的供应就能完备。所以通达于天地的,是德;作用于万物的,是道;君上治理人民的,是事务;能力有所专攻的,是技术。技术被事务包容,事务被义理包容,义被德包容,德被道包容,道则被天包容。所以说:古时管养天下万民的人,没有欲望而天下富足,无所作为而万物自然演化,沉默安静而百姓安定。古书记载前贤的话说:"通达于天道而万事都能完成,保持无心之德而鬼神都将顺服。"

【注释】

①均:平均。此指遵循相同的法则,即"不为而自化"。 ②一:

一个原则,即以无为自得为治。　③卒:徒,"徒"即"众"。人卒:民众,百姓。　④原:本。成于天:自然而成。　⑤玄古:远古。　⑥天德:自然无为。即下文所谓"无为为之之谓天,无为言之之谓德"。　⑦观:表示,显示。言:名,名称。正:正确,此指称号与事实相符。　⑧分(fèn):职分。　⑨能:能力,技能。治:安,此指称职。　⑩泛:广,博。应备:供应完备。此句意为天道无为,各依本性,任随自然而无所奢求,故不会不满足。　⑪通:贯串,普及。　⑫行:作用。以上二句,陈景元《庄子阙误》引江南古藏本,作"故通于天者,道也;顺于地者,德也;行于万物者,义也"。　⑬事:政事。　⑭艺:才艺。　⑮技:技能,技术,指比较专门的能力,而"能"则泛指能力。　⑯兼:统属。技工各有专攻,专则常常不能相通,故必须有主事者加强协调管理。　⑰义:此指君臣之义。君臣名分确立,则万事皆有条理。　⑱畜(xù):养。以德养民,故曰"畜"。　⑲"无欲而天下足"三句:渊静,如深渊之水一样安静。此三句从《老子》所引先哲之语变化而成,《老子》第五十七章:"故圣人云:'我无为而民自化,我好静而民自正,我无事而民自富,我无欲而民自朴。'"与此意思相仿。差异在于《老子》四句皆着眼于"民",而本章三句则天下、万物、百姓,分而言之,较为严谨完备。　⑳记:记载上世传言之书,不详。　㉑一:指"道"。毕:完成。　㉒得:通"德"。无心得:无心之德。

【评析】

本章指出,堪称楷模的君德就是天德,天德就是"无为"。国君治理天下,应当向远古时代的君主看齐,无欲无为而天下自然富足、百姓自然安定。

庄子认为,天地万物在本质上都是"无为"的,"天无为以之清,地无为以之宁,故两无为相合,万物皆化"(《至乐》)。既然天地万物都是"无为"的结果,因此人间社会的任何措施都不能违反自然无为的原则,因此远古时候的君王执掌天下,就只求符合"天德",就必然推行无为而治的方法。

庄子接着又提出根据天道来正名的主张。"正名"在当时是个热门话题，诸子百家中的许多学派常常为了某个名号的正确与否展开论辩，因为"名不正则言不顺"（《论语·子路》），所以庄子也不能免俗，他试图从名称的起源上寻找君主与天道的关系。所谓"以道观言而天下之君正"，如果只是用现代语言简单地加以翻译，可以说成是：用天道来表示名称，那么天下君王的名号就与事实相符了。但这似乎只是说了结论，为什么可以这样说呢？庄子没有明确的推理和说明。宋人林希逸对此有过分析，他说："天地之间，有气则有声，有声而后有名，名之为君，则天下之分定矣，此自天地之初，才有声时，便自定了，此是自然底，故曰'以道观言而天下之君正'。言，声也；道，自然也。"（《庄子鬳斋口义》卷四）因为庄子说过："通天下一气耳。"那么，"气"出于自然，"声音"是气的产物，而"名称"则是声音的内容，所以归根结底，"名"是自然的。而自然也就是"道"，因此从根本上来说，"君主"必然选择自然无为之道。《在宥》篇末章说："主者，天道也。"又说："无为而尊者，天道也。"也就是说，由自然命名的君主必然符合天道，并且自然享有尊贵的地位。

当然，语言诞生于社会形成之后，"君主"的名号不可能产生于"天地之初"和"才有声时"，它只能是人类社会发展到一定阶段的产物，庄子对于"君"的正名以及后来林希逸的演绎，当然是他们的臆测，经不起仔细的推敲。不过，暂且不论"君"的名号是否出于自然之声，庄子接下来的推论逻辑确实颇为严密：既然名称是自然产生的，也就是由"道"决定的，因为名称有所不同，所以职责由此确立，君主不能干臣子的事，臣子也不能越俎代庖，这就叫"以道观分而君臣之义明"。天下的事情极为繁杂，必须由众人承担，而人的能力存在差异，这也是自然决定的，所以根据能力授予职务，使能各尽其职，这就是"以道观能而天下之官治"。天下万物皆出于自然，特征有别，作用各异，但总是能满足人类社会的一切需要，这就是"以道泛观而万物之应备"。

按照上述说法，自然无为之道是贯穿并作用于天地万物的，但是君主日常处理的事务却又是那样具体琐碎,那么,具体的政务与"无为"、与"天道"又该如何联系呢？作者接着说道,君主通过事务治理人民,人民凭借各自的技术完成事务；而技能之士各有专攻,他们以及他们所从事的工作必须由主持事务的官员安排管理,这叫"技兼于事"。主事官员则受"君臣之义"节制,君臣名分清清楚楚,万事皆有条理,这叫"事兼于义",否则就会出现《天道》篇所谓"上无为,下亦无为；下有为,上亦有为"的混乱局面。"君臣之义"的确立,主要取决于君主的德行,所以说"义兼于德"。君主的德行是"道"的显现,是"天"的作用,或者说"君德"就是"天德",就是"无为",这就叫"德兼于道,道兼于天"。如此一来,"道"与"事"就有了因果关系,就能贯穿起来了。

夫子曰①："夫道,覆载万物者也②,洋洋乎大哉③！君子不可以不刳心焉④。无为为之之谓天⑤,无为言之之谓德⑥,爱人利物之谓仁,不同同之之谓大⑦,行不崖异之谓宽⑧,有万不同之谓富⑨。故执德之谓纪⑩,德成之谓立⑪,循于道之谓备⑫,不以物挫志之谓完⑬。君子明于此十者,则韬乎其事心之大也⑭,沛乎其为万物逝也⑮。若然者⑯,藏金于山,藏珠于渊⑰,不利货财⑱,不近贵富⑲；不乐寿,不哀夭⑳;不荣通,不丑穷㉑；不拘一世之利以为己私分㉒,不以王天下为己处显㉓。显则明㉔,万物一府,死生同状㉕。"

【今译】

先生说："道,是覆盖并承载万物的,大得广阔无边啊！因此君子不能不摒弃心中的所有。自然无为地对待一切,称为'天'；不作任何表白或解说,称为'德'；爱护人民并有利于万物,称为'仁'；使不同的事物会同合一,称为'大'；行为不标新立异,称为'宽'；拥有不同的万物,称为'富'。所以保持德操,称作'具备纲纪'；养成自然之德,称作

'立身成人';遵循自然之道,称作'完备';不因外物扰乱心志,称作'完美'。君子如果明白了这十个方面,那么他立心之大可以包容万物,他与万物一起运动变化而无所阻碍。如果是这样,那么任随黄金藏于高山,珍珠藏在深渊,丝毫不会动心;不认为得到财物是获得利益,不追求尊贵富裕;不因为长寿而高兴,不因为短命而悲哀;不因为飞黄腾达而感到光荣,不因为穷困潦倒而感觉羞愧。不会攫取全天下的利益当作自己私人所有,不把称王天下看作自己是处在出众的地位。出众就是显露自己。与万物不分彼此,把生死视为同样。"

【注释】

① 夫子:未详何人,历来注家或谓老子,或谓孔子,或谓庄子,然均无确凿证据。或疑为庄子后学转述其师(庄子弟子)之语,原因有二:一是本书其余篇章称老子、庄子皆直称"老聃""庄子",不应唯独于此处改称"夫子";二是文中所述之意与老子、孔子、庄子理论皆有差距。故怀疑是庄子弟子吸收、折衷其他学派理论以后形成的观点。 ② 覆载:上覆下载,意为包容。 ③ 洋洋乎:广大辽阔状。 ④ 刳(kū):挖空。刳心:摒弃心中一切。意为效法天道之包容,刳则虚空,虚空才能包容。 ⑤ 此句意为没有任何人为的勉强,任随自然,率性而动,即所谓"不为之为",就可以说是符合天道。 ⑥ 无为言之:意为不作任何解说,让事物自己显示或证明,即所谓"不言之言"。德:天德。 ⑦ 不同同之:意为事物本有不同,但从道的高度审视,就能取消差异、去除对立,从而混同为一。 ⑧ 崖异:突出,标新立异。宽:宽容。 ⑨ 有万不同:拥有(包容)不同的万物。 ⑩ 执:掌握,保持。纪:纲纪,纲要。此句意为能保持并施行天德,可谓得做人之纲要。 ⑪ 立:立身成人。此句意为以德养成方可称为立身成人。德为立身之本,非德而成者,不可谓"立"。 ⑫ 此句意为遵循虚通之道而行,无所偏心,则德行完备。 ⑬ 挫:干扰。志:心志。不以物挫志:不因外物而扰乱自己的心志。意为善于养心者,只求内心自得,至于环境的顺逆、他人的毁誉,根本不关心,因此不会干扰其心志。完:指德行

完美。　⑭ 韬(tāo)：形容胸怀宽广、包容万物的样子。事心：立心。　⑮ 沛：自由流淌、无所阻碍的样子。《孟子·梁惠王上》："沛然谁能御之。"为(wèi)：与。逝：往。为万物逝：《齐物论》篇所谓"物化"，《应帝王》篇所谓"顺物自然"。　⑯ 若然：如果这样。意为如果明白并尽心力于上述十个方面。　⑰ "藏金于山"二句：意为任随金、珠等贵重物品藏于深山深渊，毫不心动。　⑱ 利：名词作动词用，"以……为利"。　⑲ 近：主动接近。不近：意为不要，不求。以上四句均为说明追求财富是有害的。　⑳ "不乐寿"二句：乐，形容词作动词用，"以……为乐"。以下三句哀、荣、丑用法同此。意为无己得道之人对寿命的长短并不在意。　㉑ "不荣通"二句：通，显达。丑，羞耻。意为对于地位的变化并不在意。　㉒ 拘：揽取。私分(fèn)：私自所占有的。　㉓ 王(wàng)：称王，为王。处显：处于显贵、突出的地位。　㉔ 明：彰。彰显与韬晦沉默正相反，有害于道。　㉕ "万物一府"二句：府，聚集之处。一府，聚万物而归于一理，故曰一府。意为道无物我之分，亦无生死之异。

【评析】

本章引录"夫子"的话，进一步论证首章旨意，指出"道"能包容并作用于万物，而君王无为无欲，就是"刳心"，就是体现天道，就能具有最高尚的君德。

本章具体论述了"君德"（也就是"无为"）的十个特征。一是"天"，即效仿天道，无为而无不为。二是"德"，即效法上天自然之德，施行不言之教。三是"仁"，即所谓仁德，就是爱护人民并有利于万物。不过此处所说"爱人利物之谓仁"，将"人"与"物"并举，实指"仁"就是爱惜人与物的自然本性，与儒家所倡"仁者爱人"、墨家所谓"兼爱"并不一样。四是"大"，就是"不齐之齐"，即从道的高度把握万物，取消事物的固有差异而去除对立，同归于一。五是"宽"，即行为不求标新立异，而求混同于众人万物。六是"富"，即拥有包容万物的能力，犹如天道的容量。七是"纪"，指保持德操就是掌握了君临天下的要领。八是"立"，指立身成人的标志,就在于自然之德的养成。九是"备",指只要遵循自然之道,无论发生什么都能应付。十是"完",指不以物累,即不因外物扰乱心志。上述十种特征之中,前六种说的是"体",即君德(也就是天道)本身的特点;后四种说的是"用",即养成君德加以运用的效果。"十种特征"列举过以后,本章后段所谓"藏金于山,藏珠于渊""不利货财,不近贵富"等等,则是具体阐述拥有"君德"的君王所具有的行为和品德。

本章所述的某些观点与儒家、与孔子和孟子的理论近似。比如,"有万不同之为富",意为拥有或包容不同的万物就叫作"富",这和孟子所谓"万物皆备于我"(《孟子·尽心》上)的意思相近。又如,据《孔子家语·三恕》记载,楚国国君曾经在出游时丢失了一张弓,身边侍卫、左右臣子纷纷请求四处搜寻,楚王却喝令停止,说:"我楚王在楚地丢失了弓,最终总还是落在楚人手中,又何必去搜寻呢?"众人听说楚王此语,纷纷喝彩,称赞楚王心胸开阔,故能不以得失挂心。孔子却认为楚王所谓"楚王失弓,楚人得之"的说法,只是将眼光局限于楚国,胸襟未免过于狭窄,境界终究不够高尚;不如放眼天下,说成"人遗弓、人得之",就是说天下万物终究为天下人所有,不必拘泥于归属我国还是归属彼国、属于他人还是属于自我。本章所谓"藏金于山,藏珠于渊""不拘一世之利以为己私分"等等,显然含有天下财物应当与天下人共享的意思,与上述孔子的思想也是一致的。

正因为本章掺杂有相当的儒家思想,而且本篇另一章转载孔丘和老聃的对话时,称孔丘为"夫子",所以有人认为这里所谓"夫子",其实也就是孔子(参见钟泰《庄子发微·天地》)。然而本章所述"无为为之""无为言之""万物一府,死生同状"等等,却又是典型的老、庄思想,无论如何是无法归于儒家一派的。因此我们认为,本章仍然属于庄子后学折衷的理论范畴,而本章以及下一章所谓的"夫子",可能是庄子的某一位弟子或再传弟子,也可能是作者借"重言"立论而虚构的"孔子",决非真实的孔子形象。

夫子曰："夫道，渊乎其居也^①，漻乎其清也^②。金石不得^③，无以鸣。故金石有声，不考不鸣^④。万物孰能定之^⑤？夫王德之人^⑥，素逝而耻通于事^⑦，立之本原，而知通于神^⑧，故其德广。其心之出，有物采之^⑨。故形非道不生^⑩，生非德不明^⑪。存形穷生^⑫，立德明道，非王德者邪！荡荡乎^⑬！忽然出，勃然动，而万物从之乎^⑭！此谓王德之人。视乎冥冥^⑮，听乎无声。冥冥之中，独见晓焉；无声之中，独闻和焉^⑯。故深之又深而能物焉，神之又神而能精焉^⑰；故其与万物接也，至无而供其求，时骋而要其宿，大小，长短，修远^⑱。"

【今译】

先生说："道，静止如同深渊，清亮似水透彻。钟、磬得不到道的作用，就无法有声响，（所以钟、磬虽然本来蕴含声音，但不敲它就不响。）万物中道的作用谁又能确定呢？那具有高尚道德的人，抱定纯真的本性行事，而羞于被事务所牵累；立足于天道这一根本，而智慧与神明相通，所以他的'德'广阔辽远。人心一旦显露，就有外物加以毁伤。所以说身体如果缺乏'道'就没有生命，本性缺乏'德'就不能灵明。保养自身，穷尽天性，树立'德'而明白'道'，不就是具备高尚道德的人吗？他的作用广阔辽远啊！忽然出现，猛然动作，而万物都追随着他！这就是具备崇高道德的人。看上去幽暗无光，听起来寂静无声。然而在这幽暗之中，唯独有道之人可以发现光明；在这寂静之中，唯独有道之人可以听到和声。所以道虽然隐藏得很深很深，却能支配万物；虽然神秘莫测，却总是能显示它的精微作用。所以天道与万物的交往，虽然虚无至极，却能满足万物的需求；虽然无时无刻都在飞驰，但能不离本位、成为万物的归宿，它可大可小、可长可短、可久可远。"

【注释】

① 渊：渊常呈现幽深寂静的状态，以此喻指神秘莫测的道。居：

不动。　②漻(liáo)：清澈的样子。喻指道之神明。　③金石：此指金属或石制的乐器，如钟、磬等。不得：得不到道的作用。　④"故金石有声"二句：考，敲击。钟泰认为此二句本为郭象注文，后人误入正文，当删。其《庄子发微》曰："郭注本云：'声由寂彰，故金石有声，不考不鸣，因以喻体道者物感而后应也。'后人以注散入正文各句下，传写者偶未能明，遂成此误。其迹甚显。夫既言'金石不得，无以鸣'，又言'金石有声，不考不鸣'，已嫌重复，况加以'故'字，又如何连接得上！故断然删去。"其说有理，可供参考。　⑤孰：谁。定：确定，分辨。此句谓万物各自蕴含的道的作用谁又能分辨清楚呢。言外之意唯有"王德之人"能够分辨，故而紧接着叙说"王德之人"。此与《天道》篇"夫道，于大不终，于小不遗，故万物备。……非至人孰能定之"意思相同。　⑥王(wàng)德：盛德，大德。　⑦素：纯真。逝：往，行。此指生命的进程，引申为生活，处事。通：交往，牵涉。　⑧知：通"智"。　⑨采：采伐，喻指外物的牵累毁伤。心与道同，本属清静，而外物却要毁伤，故必须"立德明道"。　⑩形：形体，人之躯体。生：生命。　⑪生：通"性"，天性，本性。　⑫存形：保身。穷生：尽性。　⑬荡荡：空旷广阔的样子。　⑭"忽然出"三句：意为心神活动任随自然而出、而动，并不受外物的牵制影响；而心与道是相一致的，万物随道变化，当然也就是跟随心神活动而变化。　⑮冥冥：幽暗的样子。　⑯"冥冥之中"四句：晓，光明；和，和谐之声。意为领悟天道之圣人，具有超凡的能力，能在昏暗之中发现光明，又能在万籁俱寂的世界听到和谐的声音。　⑰"故深之又深而能物焉"二句：精，微妙。意为道隐藏得很深很深，但能支配万物；道神秘莫测，但永远在显示着它的微妙作用。《周易·系辞传》曰："唯深也，故能通天下之志；唯几也，故能成天下之务；唯神也，故不疾而速，不行而至。"文义与此二句相似。　⑱"故其与万物接也"四句：接，接触、联系；至无，无之极端；要(yāo)，求。宿，归宿，修远，久远。意为天道始终与万物接触联系，虽然它"深之又深"，无迹可寻，似乎虚无至极，但物来则有求必应；神虽"周行而不殆"(《老子》)，无时无刻不在飞驰，却总也不离其位；而且它可大可小、可长可短,完全随顺事物之自然;它可久可远,不受时间限制,永无终结。最后一句语意似不完整,疑有文字脱落,《淮南子·原道》因袭此文,以下又有"各有其具"四字。

【评析】

本章承上而来,仍然转载"夫子"语录,仍然阐发首章旨意,说明天道与万物之间的"应物"关系,并进一步宣扬"王德之人"立足于天道以后产生的魅力。

作者认为,"道"虽然清静,但却是万物之主,它能够根据不同事物的需要而作出感应,例如钟、磬等乐器,虽然其内部本来就蕴有声音,但如果缺乏道的作用,就不会发出响声。扩而广之,万事万物都不能没有道的作用,即使是至人——"王德之人",其内心虽然怀有自然圣德,但如果没有道的作用,也无从显现,无法应接万事万物。总之,"道"无处不在,无时不在。万物得到了道,就有了生命,就能自然存在和生长;人一旦禀受了道,就可以成为"王德之人"。"王德之人"立足于天道,故而智慧与神相通,道德影响深远,作用深不可测。

作者认为,人心本该与天道一致:含而不露,清清静静。然而人心极易受到外物的损伤,所以"立德明道"是不容忽视的。人一旦树立了"德",意志必然坚定而外物无法使它动摇;人一旦明白了"道",必将洞察事理而不会迷惑。不动摇不迷惑,就能自然随顺外物、应接万物,心灵就不可能受到外物的牵累和损伤。"王德之人"在处理纷繁世务的同时,仍能穷尽天性而保养自身,就是因为坚持了"立德明道"的原则。"立德明道"的功效还不止于此,它能在幽暗之中发现光明,它能在寂静之中察觉和声,它能使万众追随……这一切其实也就是"道"的作用,关键就看君王是否能够得"道"了。

黄帝游乎赤水之北①,登乎昆仑之丘而南望②,还归,遗其玄珠③。使知索之而不得④,使离朱索之而不得⑤,使喫诟索之而不得也⑥。乃使象罔⑦,象罔得之。黄帝曰:"异哉! 象罔乃可以得之乎?"

【今译】
　　黄帝到赤水以北游历,登上昆仑山顶向南遥望。回归的时候,丢失了他的玄妙的珍珠。派遣聪明的人去寻找,没能找到;派遣视力极佳的离朱去寻找,没有找到;派遣能说会道的人去寻找,还是没能找到。于是派遣浑浑噩噩、毫无心机的象罔去寻找,象罔找到了。黄帝说:"真是奇怪,象罔竟然能够找到它呀?"

【注释】
　　① 赤水:河名,位于昆仑山之南。　② 南望:向南望。古时帝王座北朝南,此以登山南望喻指黄帝有意显示自己帝王身份。　③ 玄珠:玄妙的珍珠。喻指天道。黄帝违背"不以王天下为己处显"之天德,丧失天道,故谓"遗其玄珠"。　④ 知:通"智"。假设人名,喻指聪明之人。　⑤ 离朱:眼力极佳之人。详见《骈拇》注。　⑥ 喫(chī)垢:努力争辩的样子。假设人名,喻指能言善辩之人。　⑦ 象罔:恍惚的样子。此为假设人名,喻指无心之人。

【评析】
此章为寓言,形象地表现了庄子有关"道"本虚空无为的思想。作者以玄珠喻指天道,并且杜撰智者、眼力佳者、善辩者和浑浑噩噩者相继寻觅玄珠而结果大相径庭的故事,说明求"道"不可依赖聪明才能,而应无所用心、随顺自然。

　　凭智慧、用知觉、靠口才,都无法寻觅到"道",唯有无心之人才可得"道",说明求"道"不在于聪明,不能靠言语,愈是用心追求,离"道"就愈远。如此断言看似武断荒谬,其实不然。佛经中也有类似的说法,《圆觉经》说:"以有思惟心测度如来圆觉境界,如取萤火烧须弥山,终不能著。"意思是说学佛之人如果试图获得圆满的灵觉境界,不能指望通过思量、辨析的手段,否则就如同采用微不足道的萤火来焚烧佛教传说中的巨大宝山——须弥山,其结果可想而知。思量、辨析的方法不可采用,也就是说世俗的聪明才智对于学佛求法是不起作用的。求佛如此,求"道"也是一样,所谓浑浑噩噩的象罔能获得"玄珠",其实是说象罔的行为自然地合乎天道;他无所用心而能得"道",正说明"道"是可遇而不可求的。那么,求道不可依赖聪明而只能出于无心,与此同理,治天下也一样不能凭借圣智,而必须遵循无为的原则。

尧之师曰许由①,许由之师曰啮缺②,啮缺之师曰王倪③,王倪之师曰被衣④。尧问于许由曰:"啮缺可以配天乎⑤?吾藉王倪以要之⑥。"许由曰:"殆哉,圾乎天下⑦!啮缺之为人也,聪明睿知,给数以敏⑧,其性过人⑨,而又乃以人受天⑩。彼审乎禁过⑪。而不知过之所由生⑫。与之配天乎?彼且乘人而无天⑬,方且本身而异形⑭,方且尊知而火驰⑮,方且为绪使⑯,方且为物絯⑰,方且四顾而物应⑱,方且应众宜⑲,方且与物化而未始有恒⑳。夫何足以配天乎?虽然,有族,有祖,可以为众父,而不可以为众父父㉑。治,乱之率也㉒,北面之祸也㉓,南面之贼也㉔。"

【今译】
　　尧的老师叫许由,许由的老师叫啮缺,啮缺的老师叫王倪,王倪的老师叫被衣。尧问许由说:"啮缺可以担任天子吗?我想通过王倪去邀请他。"许由说:"危险啊,天下岌岌可危了!啮缺的为人,聪明睿智,快捷而且灵敏,他的天性过人,而且又要用人的才智强加于自然。他明察于制止过错,但是却不明白过错产生的原因。让他充当天子吗?他将倚仗人的才智而无视天道。将要以自身能力为本钱,使得处处与别人不同；将要尊崇才智，使得智慧的作用像大火一样迅速蔓延；将要被细微的事物驱使，将要被外物拘束，将要四下张望以应接万物，将要处理万物之事宜，将随着万物的变化而变化，但是未能保持恒久。这样怎么可以居天子之位呢？虽然如此，下有族人，上有祖宗，可以作为族人的首领，但不可以作为族人首领的首领。施治，是导致混乱的起因，是臣子的祸害，是君王的劫难啊。"

【注释】

　　① 许由：尧时隐士。参见《逍遥游》注。　② 啮(niè)缺：相传为尧时贤人。　③ 王倪：相传亦为尧时贤人。　④ 被衣：又称蒲衣子，尧时贤人，相传舜受尧禅，又欲让其位给被衣，被衣不受，时年仅八岁。参见《应帝王》篇。　⑤ 配：相称。天：天德。配天：具备天德，意为可任天子。　⑥ 藉：借助。要：通"邀"，邀请。　⑦ 殆：危险。圾：通"岌"，危险的样子。　⑧ 给(jǐ)：敏捷。数(shuò)：快。以：而且。敏：灵敏。　⑨ 此句意为其本身天性"过人"，那么必然会苛求他人，百姓将难以承受。　⑩ 乃：将要。受：通"授"，加于，引申为代替。　⑪ 审：明察。过：过错。　⑫ 所由生：产生的缘由。　⑬ 且：将，将要。乘人：倚仗人的才智。无天：无视天道。　⑭ 方且：正将。本身：以自身为根本。异形：形迹差异。意为不是混同于万物，而是有意显示与他人的差异，借以突出自己。　⑮ 尊知：尊崇智慧，即用智为首。火驰：比喻其智慧的使用像大火一样迅速蔓延。　⑯ 绪：丝头，喻指细微事物。使：役使。　⑰ 絯(gāi)：束缚。　⑱ 四顾：四面张望，喻指应接不暇。物应："应物"，应接于万物。　⑲ 应众宜：意为凭借一己之智慧，处理万物之事宜，结果可想而知。　⑳ 与物化：随着万物变化。未始：未曾。恒：常，即《天道》篇"以无为为常"之"常"。意为虽然能随着万物变化，但不可能恒久，因为缺乏"无为"之心。　㉑ 族：一族之人。祖：祖宗。此四句意为下有族人，故能为众人之父；而上有祖宗，故不能为众父之父。　㉒ 率：原因。　㉓ 北面：面朝北，指为臣子。　㉔ 南面：指为君王。

【评析】

上一章用寓言阐说求道不可凭借聪明才智的道理,本章则假托许由对于尧的告诫,强调"治,乱之率也",认为"治"天下适足以"乱"天下,一切聪明才智、一切"有为"的思想和做法,都将为祸于君臣,都是有害于天下的。

作者认为,聪明睿智、快捷灵敏、天性过人的人,是不可统领天下的。因为才智过人的人,必然以自己的眼光挑剔别人,肯定用自己的标准来要求他人,也就是说,他的要求必然过分,过分要求就会使得人民不堪负担。而且聪明人又总是试图"以人代天",企图将人的才智强加于自然,希望用人力来代替天然,那么又必然会造成如《胠箧》篇所谓"上悖日月之明,下烁山川之精,中堕四时之施"的局面,也就是说,万物自然和顺的状态也被打破了。人民不堪重负,万物无法承受,天下必然大乱,而自以为拥有聪明才智的统治者却"审乎禁过,而不知过之所由生",就是说只知道用礼法来约束人民,用刑法来压制百姓,却不明白正是自己的所作所为才造成了这样混乱的局面,只管一意孤行,不知道应该悔过自新。而他的聪明才智一旦穷尽的时候(这是不可避免的),天下也就不再是他的天下了。

正是因为许由看到"天子的聪明"与"天下的丧失"之间存在着必然的因果关系,所以当他听说尧希望邀请啮缺出任天子的时候,立刻惊呼"殆哉,圾乎天下",因为啮缺是一个聪明睿智、快捷灵敏、天性过人、有我有为的人。

尧观乎华①。华封人曰②:"嘻,圣人!请祝圣人③。使圣人寿。"尧曰:"辞④。""使圣人富。"尧曰:"辞。""使圣人多男子⑤。"尧曰:"辞。"封人曰:"寿,富,多男子,人之所欲也。女独不欲⑥,何邪?"尧曰:"多男子则多惧,富则多事,寿则多辱⑦。是三者,非所以养德也,故辞。"封人曰:"始也我以女为圣人邪,今然君子也⑧。天生万民,必授之职。多男子而授之职,则何惧之有⑨!富而使人分之,则何事之有!夫圣人,鹑居而鷇食,鸟行而无彰⑩;天下有道,则与物皆昌;天下无道,则修德就闲⑪;千岁厌世⑫,去而上仙⑬;乘彼白云,至于帝乡⑭;三患莫至⑮,身常无殃;则何辱之有!"封人去之。尧随之,曰:"请问⑯。"封人曰:"退已⑰!"

【今译】

尧到华州巡视,华州一个看守边疆的人说:"哎哟,圣人来了!请允许我为圣人祝祷,祈使圣人长寿。"尧说:"不要。""祈使圣人富足。"尧说:"不要。""祈使圣人多生儿子。"尧仍说:"不要。"守边人说:"长寿,富足,多生儿子,这都是人们所希望的。唯独你不想要,为什么呢?"尧回答说:"儿子多了,恐惧就多;富裕了,麻烦事就多;年寿高了,受辱就多。惧怕、繁忙、受辱这三样,并非可以用来养德的,所以我不要。"守边人说:"起先我以为你是圣人呢,如今才知道只是个君子而已。老天生下这数以万计的人,必然要授予他们一定的职务。儿子虽多,但都授予他们职务,那么有什么惧怕的呢?财富多了就让人把它分掉,那么还有什么麻烦的事呢?那些圣人,居住犹如鹌鹑,随处而安;饮食如同鷇鸟,不挑不拣;行动好似鸟雀飞翔而不留痕迹。天下如果正常,就和万物共同昌盛;天下如果混乱,就修养道德、避世闲居。千岁已满、一生用尽,就离开人世而升仙,乘上那白云,飞到天帝居住的地方。多惧、多事、多辱这三种忧患都不会来临,身体永远不会遭殃,那么还有什么耻辱呢?"守边人离开时,尧尾随其后,说:"请允许我提问。"守边人说:"你回去吧!"

【注释】

①观:视察。华(huà):华州。今陕西渭南市华州区。 ②封人:看守边疆之人。 ③祝:祷祝。 ④辞:不受。 ⑤多男子:多养儿子。 ⑥女:通"汝"。 ⑦"多男子则多惧"三句:意为儿子一

多,供养匮乏,必然担忧害怕;财富一多,生怕损失而处处设防,事情就繁;年老无法自养,必然有求于人,难免受辱。　⑧ 然:乃,乃是,只是。　⑨ 何惧之有:倒装句,即"有何惧"。　⑩ "鹑居而鷇食"二句:鹑(chún),鹌鹑。鷇(kòu),初生小鸟。彰,迹象。喻指圣人衣食住行皆顺其自然,如鸟雀般无所用心,不留痕迹。　⑪ 就闲:闲居,隐逸。⑫ 厌:足,尽。厌世:一生用尽。　⑬ 去:离开(人世)。上仙:升仙。⑭ 帝乡:天帝居住之处。　⑮ 三患:指上述多惧、多事、多辱三种担忧。　⑯ 请问:请允许我再提问。意为尧虽然有所领会,但仍有不明白处,希望华封人再予指教。　⑰ 退已:意为华封人不愿进一步解说,让尧回去自己体会。

【评析】

　　本章假借一个看守边疆的无名小吏对唐尧的告诫,指出世俗之人对于长寿、富贵、多子的欲望和追求,固然不利于道德的修养,然而如果有意回避这些东西,也是未能悟"道"的表现。也就是说,对于世俗之人崇尚的利益,不管是追求还是回避,都同样是出于有心、有为和有我;只有无心无为,不以物累,不随物迁,既来之,则安之,才是"圣人"的品德。此外,若能保持生命的安全和自然状态,始终坚持道德的修养,还能带来飞天升仙的功效,即所谓"千岁厌世,去而上仙;乘彼白云,至于帝乡"。

　　应该指出的是,本章阐述的所谓"圣人"应当持有的明哲保身的处世态度,与内篇中庄子的人生哲学是有距离的。所谓"天下有道,则与物皆昌;天下无道,则修德就闲",是主张根据不同的社会环境而选择相适宜的或出仕或归隐的处世态度和生存方式。类似的说法其他篇章中也还有,如《缮性》篇曰:"当时命而大行乎天下,则反一无迹;不当时命而大穷乎天下,则深根宁极而待:此存身之道也。"强调的也是根据不同的社会环境而变换处世之道,而且这样的变换必须基于一个不容变更的前提:避害保身。将保全生命置于人生的首要目标,这与内篇中宣扬的"逍遥"心境、自适其适,以及无功、无名、无己为宗旨的自然的人生态度，显然存在着差异，却和孟子"穷则独善其身，达则兼善天下"(《孟子·尽心上》)的观点有些近似。因此，上述人生原则应该也是庄子后学综合吸收世俗意识和其他学派理论以后的折衷产物。

尧治天下，伯成子高立为诸侯①。尧授舜②，舜授禹，伯成子高辞为诸侯而耕③。禹往见之，则耕在野。禹趋就下风④，立而问焉，曰："昔尧治天下，吾子立为诸侯⑤。尧授舜，舜授予，而吾子辞为诸侯而耕，敢问其故何也？"子高曰："昔尧治天下，不赏而民劝⑥，不罚而民畏。今子赏罚而民且不仁⑦，德自此衰，刑自此立，后世之乱自此始矣。夫子阖行邪⑧？无落吾事⑨！"俋俋乎耕而不顾⑩。

【今译】

尧治理天下的时候，伯成子高被封为诸侯。后来尧将天子之位传给了舜，舜又传给禹，伯成子高却辞去诸侯之位而耕地去了。禹去看他，他正在田野里耕作。禹谦恭地快步来到伯成子高面前，处于下人的位置，站着向他询问，说："过去尧治理天下的时候，您被封为诸侯。尧传位于舜，舜又传位于我，而您却辞去诸侯之职来此耕地，请问究竟是什么缘故？"子高回答："过去尧治理天下，不用奖赏而百姓都十分勤勉，不用处罚而百姓都有所畏惧。如今您赏罚并用而百姓却不善良，道德从此衰落下去，刑罚从此建立起来，后世的混乱从此就开始了！您为什么不走开呢？不要妨碍我做事！"子高专心致志地只顾耕地，根本不回头看禹一眼。

【注释】

① 伯成子高：人名，事迹不详。　② 授：传授天子之位。　③ 为：以，从。辞为诸侯：从诸侯位上自动辞退下来。　④ 趋：小步快走，表示恭敬。下风：相对卑贱的位置，即"下位"。　⑤ 吾子：尊称，与今天

所称"您"相似。　⑥ 劝:勉励,激励。此指十分努力,似乎受到了勉励。　⑦ 仁:善良。　⑧ 阖:通"盍",何不。行:走开。　⑨ 无:通"毋",不要。落:废,此指妨碍。　⑩ 伋伋:即"抑抑",专心致志的样子。不顾:不回头看,即不理睬禹。

【评析】

本章通过伯成子高和夏禹的对话,指斥夏禹施行赏罚,扰乱民心,造成世人道德的衰败,因此夏禹是导致天下大乱的罪魁祸首。

本章表现出伯成子高(其实也就是庄子)对于现实政治的强烈不满,以及他对于包括法治和礼治在内的所有政治制度的厌恶和彻底否定。文中将尧的社会和禹的天下加以对照,认为尧的上古社会施行的是无为的"天道",所以"不赏而民劝,不罚而民畏",天下自然太平;而自从夏禹执政以来,采取的统治手段主要就是赏罚,被赏者成为榜样,世人纷纷仿效;遭罚者受到唾弃,人们不敢追随。如此施治,社会固然能够获得暂时的治理,然而与此同时,百姓不仁之心逐渐滋长,道德日益衰败,乱的根苗也在悄悄萌生和壮大。有鉴于此,庄子在本篇第五章就已断言:"治,乱之率也,北面之祸也,南面之贼也。"为什么这样说呢?因为执政者无论采用什么治理手段,必然遵循顺我者赏、逆我者罚的原则,不管是政治教化、礼乐制度,还是标榜仁义、实行刑法,都是"有为""有我"的具体措施,是"乘人而无天"也。然而统治者的才智有限,赏罚的威力也有限,因此必然越禁越糟,越治越乱。所以伯成子高有先见之明,见到夏禹执政,知道天下从此不得安宁,立即辞去诸侯职位,还乡耕地去了。当然,伯成子高自动抛弃诸侯之位,甘愿还乡耕田,并非觉得田园生活要比官宦生涯高尚,像后世人们习惯认为的那样。伯成子高或者出仕,或者隐居,都是出于"自适其适"的需要,与后来道家的崇尚隐逸、标榜清高,是有较大差别的。

夏禹在本章中,作为尧、舜的对立面出现,尧、舜则成了虚己无为的代表,然而在其余篇章里,尧、舜却又常常成为作者批判的对象,可见这些历史名人,包括孔子在内,都只是庄子立论时借用的工具,并不能代表庄子对他们的真实评价。宣颖早就认识到了这一点,他说:"观此,则尧、舜尚是无为之世;据《在宥》篇,则黄帝已撄人心矣。可见《庄子》引文,止要明得言下之意,故或抑之,或扬之,全不曾以此衡定古人。"(《南华经解·天地》)张默生先生也说:"重言是借重古先圣哲或是当时名人的话,来压抑时论的。不过庄子的真意,并不是崇拜古先圣哲和当时名人的,他是利用世人崇拜偶像的观念,来借着偶像说话的。"(《庄子新释·庄子研究答问》)由此可见,读《庄子》不可拘泥于具体的历史人物或历史真实,因为庄子往往本来就没把它当真。

泰初有无①,无有无名②;一之所起,有一而未形③。物得以生④,谓之德;未形者有分⑤,且然无间⑥,谓之命;留动而生物⑦,物成生理⑧,谓之形;形体保神,各有仪则,谓之性⑨。性修反德⑩,德至同于初⑪。同乃虚,虚乃大⑫。合喙鸣⑬;喙鸣合,与天地为合。其合缗缗⑭,若愚若昏⑮,是谓玄德⑯,同乎大顺⑰。

【今译】
　　远古开始的时候什么都没有,既没有任何的存在,也没有名称。道就从"无"产生,当时有道存在,但没有形状呈现。万物获得道的作用而产生,这叫做德;无形的道就有了实在的形状,而且保持流动的状态,这叫做生命;道在流行时有所留滞而形成不同的万物,万物形成并产生各自的纹理,这叫做形体;形体中寄寓着精神,而且各自具有自身的表现形式,这就叫做本性;修养本性就能回复于"德"——最初得道时的境界,达到了"德",就是混同于泰初。混同于泰初,就是进入虚无境界,虚无就是最为广大。如同鸟儿张嘴鸣叫,张嘴鸣叫的声音不约而同。与天地自然融合,这种融合是浑然无心而获得的,如同愚昧,如同无心,这就叫做天德,会同于自然之理。

【注释】

① 泰初:远古之开端。亦作"太初",古人指元气刚刚萌生、世界尚未产生之时。有无:意为什么都不存在。　② 无有无名:什么都没有,当然也就不可能有事物名称。　③ "一之所起"二句:谓"一"为"有"之初,当其蕴于"无"时尚未有形。意为从无到有,始于"一","一"本就蕴藏于"无"之中,因未成形,故不得称"一"而只称"无";然而"一"本来存在,故能起于"无",有别于"无"则称作"一"。"一"就是所谓"道"。　④ 物得以生:以,而。意为万物获得"一"而产生,即"道"是万物产生的直接动力。　⑤ 未形者:指"道"。有分:意为道本无形,亦即浑然一体之"无",一旦有形就是分。　⑥ 且然:"然且"。无间:无间断,即"流动"。此句谓天道流动而赋予物,就产生生命。⑦ 留:留滞。动:流动,流行。此句意为道于流行之中会有留滞,于是"有分",分有差异,因此产生万物。　⑧ 此句谓物得以形成,产生各自的纹理。　⑨ "形体保神"三句:保,安、居。仪则,形式。意为形体中寄寓着的、具有一定表现形式的精神就是本性。　⑩ 反:通"返"。德:指上文"物得以生"之"德"。　⑪ 初:泰初。　⑫ "同乃虚"二句:意为同于泰初,就是进入虚无境界;相对于"有"来说,"无"不可测量,所以最为广大。因为凡是存在的事物,总有一定的时间、空间界限。"无"其实就是"道",于此强调它贯通万物、无所不包的作用。⑬ 合:合乎,同于。喙(huì):嘴,此指鸟嘴。鸟儿鸣叫,处于无心而合于天然,此处用以比喻修性得道后的自然状态。　⑭ 缗(mín)缗:无心的样子。　⑮ 昏:亦指无心。　⑯ 玄德:天德。天德玄妙莫测,故称。　⑰ 大顺:自然之理,即"道"。《老子》六十五章:"玄德深矣,远矣,与物返矣,然后乃至大顺。"

【评析】

本章追溯万物本源及其演化进程,旨在说明生命和德性都成于自然,因此世人必须去除一切杂念,从而领悟并回归于天地的自然本性。

《在宥》篇中,庄子曾阐述过有关万物运动变化的终极原因——

"自化",也就是说,事物的运动有着各自的独立性和多样性。而本章则从万物变化的内在本质过程着眼,指出万物自化的规律性历程,就是"自然循环"。庄子在《在宥》篇提出"自化"观点的时候,并未对"自化"的表现形式及其具体演变步骤作过详细的描述,显得比较含糊,本章叙述万物循环自化的历程则较为具体,在一定程度上可以弥补《在宥》篇有关论述的不足,可以视为庄子有关自然史和生命发展历史的代表性论述。

庄子认为,万物生成变化的过程是一个从无到有、又从有到无的循环过程,即:万物的产生从无名无形的"无"开始,又是在蕴含于"无"中的、有名而无形的"一"(即"道")的作用下,经历过"德""命""形""性"几个阶段以后,得以长成的;随后则又从成熟返回到"德",返回到泰初的虚无。庄子所描绘的这一连串景象,其实正是生物从出生到长成,又从长成到灭亡的全过程,像种子的发芽、茁壮、结果、衰亡,都是先民们能够直接观察得到的具体的自然现象,庄子只不过对此作了比较抽象的描述而已。

但是,庄子的描述又蕴有其独特的、理智的思考。首先,庄子认为在万物的出生、成长和衰亡的过程中,隐伏于虚无并且包容于所有一切事物之中的"道",起着根本的、至关重要的作用。其次,万物的衰亡过程,就是逐渐返回虚无,也就是向着"道"的回归。"物"会亡,而"道"不会亡,因此衰亡并不可怕,因此灭亡本身就孕育着生机。"万物皆种也,以不同形相禅,始卒若环,莫得其伦,是谓天均。"《寓言》篇的这段话,说的正是这个意思。也正因为"道"不会亡,所以作为万物之首的人类的回归于"道",就有着更高一层的意境,庄子认为得"道"之人能够做到"不生不死",正是基于其"循环自化"观点的生发;而所谓"与天地为合",所谓"吾与日月参光,吾与天地为常"(《在宥》),更足以显示得"道"之人的精神魅力。

夫子问于老聃曰①:"有人治道若相放②,可不可,然不然③。辩者有言,曰:'离坚白若县寓④。'若是则可谓圣人乎?"老聃曰:"是胥易技系劳形怵心者也⑤。执留之狗成思,猿狙之便自山林来⑥。丘,予告若⑦,而所不能闻与而所不能言⑧。凡有首有趾无心无耳者众,有形者与无形无状而皆存者尽无⑨。其动,止也;其死,生也;其废,起也。此又非其所以也⑩。有治在人⑪,忘乎物,忘乎天,其名为忘己⑫。忘己之人,是之谓入于天⑬。"

【今译】

　　孔子问老聃说:"有人修道而似乎与道相违,不可行的认为可行,不正确的当作正确。公孙龙等人就有这样的言论,说:'"离坚白论"的正确,就好像高悬的屋檐一样显而易见。'像这样的人就能称作圣人吗?"老聃说:"这就像那些轮流值班、被技能束缚终身、身体劳累而心境不得安宁的小吏啊。能逮氂牛的狗要遭捕获,敏捷的猿猴就会被人从山林中抓来。孔丘,我告诉你,是你未曾听说过的和你说不出来的道理:大凡具备人的形体,但却糊里糊涂的人很多;既具备有形的人体而又拥有无形无状的'道'的人,几乎没有。或动或静,或死或生,或废弃或产生,这一切的变化并非是他们有意这样做的。有心施治则在于人为。忘掉万物,忘掉天道,这就叫做忘掉自己。忘掉自己的人,就称为进入了天道的境界。"

【注释】

　　① 夫子:此指孔丘。　② 治道:学习、研究道术,即修道。放:通"妨",违碍,违背。　③ "可不可"二句:意为修道时总是将自己的意识强加进去,不可行的认为可以,不正确的当作正确。　④ "辩者有言,曰"三句:辩者,指公孙龙等人。离坚白,分离坚硬与白色,即分别看待同一物体的质地和颜色。公孙龙等人认为,白石头的坚硬质地和白色是可以分离的,比如只用眼睛去看,就只知道并称呼它是白石;而只用手触摸,就只知道也只能称呼它是坚石。(参见《齐物论》注释)

县,通"悬",高耸。寓,通"宇",屋檐。意为公孙龙等人把荒谬的理论说成是神圣崇高的。 ⑤胥:胥徒,小吏。易:轮番当差。技:技能。系:束缚。怵:惊。此句意为小吏工匠由于拥有技能反而忧心劳累。 ⑥"执留之狗成思"二句:留,留牛,又称氂牛。思,疑为"田"之讹写;田,围猎,此指被猎取。狙:猿猴类动物。便:便捷,敏捷。此二句似有脱文,意为狗与猿猴之所以被捕获,就是由于它们有特殊的功能。以此说明具有才能反而带来害处。《应帝王》篇曰:"虎豹之文来田,猿狙之便、执斄之狗来藉。"意思与此接近。 ⑦若:你。 ⑧而:你。 ⑨"凡有首有趾"二句:有首有趾,从头部到脚趾都有,指具备人的形体。无心无耳,指能说而不知说什么、能听而不懂听什么的糊涂人,即众多的世俗之人。有形者,即有首有趾的人。无形无状,指"道"。有形者与无形无状而皆存者,指下文子贡所谓"形全者神全"之人,即得道之人。尽无,几乎没有,极端罕见。此处未及"可不可、然不然"之所谓"圣人","圣人"少见,等级高于世俗之人,承上而略。 ⑩以:为,人为。非其所以:并非他有意这样做的。 ⑪此句承上而言,意为凡是有心施治的,均非自然之道。 ⑫"忘乎物"三句:意为如果不忘外物,不忘天道,时刻存有助天益物、依天行事之心,那么就是在利用天道,其实质仍是"为己",故而"忘物""忘天"归根结底就是"忘己"。 ⑬入于天:进入天道境界。

【评析】

本章借老聃之口指出,修道之人在学道的时候不能加入人为的意识,不可去干勉强的事,而应忘却一切,甚至忘记天道的存在,忘记自己的存在,这样才能顺应自然,才能达到天道的境界。与此同理,治理天下也必须忘我和无为,如果依赖人为的聪明才智,只能得到败坏天下和损害自身的结果,就像那狗和猿猴,之所以遭人捕获,之所以受到束缚,正是因为它们具有才能的缘故。

这里强调修道之人应该做到"忘己",所谓忘己,就是"无我"。无我之人,不仅忘却外物,就连天(自然)也一并忘却了。也就是说,庄子所认为的最高境界的理想人物,如至人、真人、圣人等等,都是做到"忘物"的,均属"万物无足以铙心者"(《天道》),也都是能够"忘天"的,不会去操心如何利用天道。这样虚空内心的结果,就能"入于天",就能"伦与物忘,大同乎涬溟。解心释神,莫然无魂"(《在宥》),成为"象罔"一类的人物。或许有人会说,既然已经"忘乎天",如何又能"入于天"呢?因为入于天就是与天合而为一,而只有忘却天,才能自然混同于天,其实也就是进入了《则阳》篇所谓"圣人未始有天,未始有人,未始有始,未始有物,与世偕行而不替"的理想境界。

将闾葂见季彻①,曰:"鲁君谓葂也曰:'请受教②。'辞不获命,既已告矣,未知中否③,请尝荐之④。吾谓鲁君曰:'必服恭俭⑤,拔出公忠之属而无阿私⑥,民孰敢不辑⑦!'"季彻局局然笑曰⑧:"若夫子之言,于帝王之德,犹螳螂之怒臂以当车轶⑨,则必不胜任矣。且若是,则其自为处危,其观台多物⑩,将往投迹者众⑪。"将闾葂覤覤然惊曰⑫:"葂也汒若于夫子之所言矣⑬。虽然,愿先生之言其风也⑭。"季彻曰:"大圣之治天下也,摇荡民心⑮,使之成教易俗⑯,举灭其贼心而皆进其独志⑰,若性之自为⑱,而民不知其所由然⑲。若然者,岂兄尧、舜之教民溟涬然弟之哉⑳?欲同乎德而心居矣㉑!"

【今译】

将闾葂拜见季彻,说:"鲁国国君对我说:'请给予指教。'我推辞而得不到允许。现在已经告诉他了,就是不知道说得对不对。请允许我试着向你陈述一遍。我对鲁国国君说:'必须做到谦恭、节俭,将公正忠诚的那一类人提拔出来而不要偏爱自己的亲信,人民谁还敢不顺从呢!'"季彻咯咯地笑道:"像先生的话那样实行,对于帝王的德业来说,犹如螳螂扬起胳臂来阻挡车轮,必然是不能胜任的!而且真要像那样,就是自己使自己处于危险的境地,朝廷的事情多了,前往投奔求职的也就多。"将闾葂表现出震惊的样子,说:"我对先生所说的话茫然不解!虽然如此,还是希望先生讲一讲它的大概意思。"季彻说:"大圣人治理天下的方法,是解放民心,使百姓接受教化改变旧俗,完全灭绝他们有害的心思而一概增进他们得道的心志。顺着自己的本性去做,而人民并不知道这样做的原因。像这样做,哪里只是尊崇尧、舜教化人民的方法而糊里糊涂地跟从他们呢?是希望使天下人都有共同的德性而心神安定啊!"

【注释】

① 将闾葂(miǎn):人名,"将闾"为复姓,事迹不详。季彻:人名,事迹不详。 ② 受:通"授"。 ③ 中(zhòng):得当。 ④ 荐:陈,陈述。 ⑤ 服:行,实行。 ⑥ 拔:提拔。阿(ē):偏爱,亲近。私:指亲近受宠的人。 ⑦ 辑:和顺,顺从。 ⑧ 局局然:笑的状态。"局局"为象声词。⑨ 怒:奋,此指扬起。当:通"挡"。轶:"辙"之古字;辙,车轮的行迹,此借指车轮。 ⑩ 观(guàn):宫阙,宫门前两边的望楼。台:台榭。观台:借指帝王所居之地。物:事,事情。 ⑪ 投迹:留下足迹,此指抬脚走来。 ⑫ 觑(xì)觑然:震惊的样子。 ⑬ 汒(máng)若:无知茫然的样子。 ⑭ 风:通"凡",大略,大概。 ⑮ 摇荡:此指顺应民心之自然,犹如风雨摇荡万物、春风摇动草木,使之自我解放,自得其性。成玄英疏云:"夫圣治天下,大顺群生,乘其自摇而作法,因其自荡而成教。" ⑯ 成教:成就教化。此指接受天道自然的教化。 ⑰ 举:皆,全。贼心:有害之心,指伤害本性的心思。独志:独特的心志。世人尚"有"者多,尚"无"者罕见,故称。 ⑱ 若:顺,顺着。 ⑲ 所由然:如此做的原因。 ⑳ 兄:做动词用,"以……为兄";此指尊尚,尊崇。滨泽然:混沌不分貌,指糊里糊涂的样子。弟:作动词用,意为跟从。 ㉑ 居:安定。

【评析】

本章描述的将闾葂对于鲁国国君的施政建议,按照世俗的眼光来看,已经是相当高明和正确的了,因此将闾葂求教于季彻的时候,虽然语气不无谦恭,内心恐怕颇为得意,否则就没有必要将已经说过的话再向他人称道。没想到得道之人季彻兜头泼了他一盆冷水,季彻一针见血地指出,所谓"必服恭俭,拔出公忠之属而无阿私"的政治措施,貌似圣明公正,但是不仅不能使得天下安定,反而会开启并增进伪诈奔竞的风气。如此施政,犹如螳臂挡车,其结果必将一败涂地。

季彻认为,为政者治理天下,不能只是保持自己的谦恭清廉,也不能指望依靠所谓公正忠诚的属下,而应"摇荡民心,使之成教易俗,举灭其贼心而皆进其独志",即顺应自然,解放人心,使百姓的思想获得自由,从而接受自然的教化,进而改变旧俗。要彻底消灭"有为"的心思,因为"有为"必然逆天而动,逆天而动就会伤害自我的本性;同时应该增进得道的心志,顺着自己的本性去做,使天下人都有共同的德性而心神安定。人心一旦安定,天下自然安宁。

子贡南游于楚①,反于晋②,过汉阴③,见一丈人方将为圃畦④,凿隧而入井⑤,抱瓮而出灌,搰搰然用力甚多而见功寡⑥。子贡曰:"有械于此⑦,一日浸百畦⑧,用力甚寡而见功多,夫子不欲乎?"为圃者卬而视之曰⑨:"奈何?"曰:"凿木为机⑩,后重前轻,挈水若抽⑪,数如泆汤⑫,其名为槔⑬。"为圃者忿然作色而笑曰⑭:"吾闻之吾师,有机械者必有机事,有机事者必有机心。机心存于胸中,则纯白不备⑮;纯白不备,则神生不定⑯;神生不定者,道之所不载也⑰。吾非不知,羞而不为也。"子贡瞒然惭⑱,俯而不对。有间,为圃者曰:"子奚为者邪?"曰:"孔丘之徒也。"为圃者曰:"子非夫博学以拟圣⑲,於于以盖众⑳,独弦哀歌以卖名声于天下者乎㉑?汝方将忘汝神气㉒,堕汝形骸㉓,而庶几乎!而身之不能治，而何暇治天下乎！子往矣，无乏吾事㉔！"

子贡卑陬失色㉕，顼顼然不自得㉖，行三十里而后愈㉗。其弟子曰："向之人何为者邪㉘？夫子何故见之变容失色，终日不自反邪？"曰："始吾以为天下一人耳㉙，不知复有夫人也㉚。吾闻之夫子㉛，事求可，功求成。用力少，见功多者，圣人之道。今徒不然㉜。执道者德全㉝，德全者形全，形全者神全㉞。神全者，圣人之道也。托生与民并行而不知其所之㉟，汒乎淳备哉㊱！功利机巧必忘夫人之心㊲。若夫人者，非其志不之，非其心不为。虽以天下誉之，得其所谓㊳，謷然不顾；以天下非之，失其所谓，傥然不受㊵。天下之非誉，无益损焉㊶，是谓全德之人哉！我之谓风波之民㊷。"

反于鲁，以告孔子。孔子曰："彼假修浑沌氏之术者也㊸；识其一，不知其二㊹；治其内，而不治其外㊺。夫明白入素㊻，无为复朴㊼，体性抱神，以游世俗之间者，汝将固惊邪㊽！且浑沌氏之术，予与汝何足以识之哉！"

【今译】

子贡到南方楚国游历后，返回晋国，途经汉水之南，看见一个老人正在园子里整治菜畦，挖掘渠道通往水井，抱着水瓮取水灌溉，吭唷吭唷的用力很多而效率很低。子贡对老人说："如果有一种器械在这里，一天可以浇灌一百畦，用力很少而效率很高，先生您不想试试吗？"整治菜园的老人抬起头来看着子贡说："怎样做呢？"子贡："砍凿木头成为机器，后面重而前面轻，取水就像抽引，快捷得好像决口之水汹涌浩荡，它的名字叫做桔槔。"整治菜园的老人面露怒容，然后又笑着说："我听我的老师说过，有机巧的器械必有机巧的事务，有机巧的事务必有机巧的心思。机巧的心思存在于心中，就会破坏纯白的品质。不具备纯白的品质，就会使精神的产生无法稳定，精神产生不能稳定的人，就会被'道'所抛弃。我并非不知道桔槔，而是羞于成为机心之人才不那样做啊。"子贡满脸惭愧，低下头来，无言以对。过了一会儿，整治菜园的老人说："您是干什么的呢？"子贡回答："孔丘的学生。"老人说："您不就是那用博学来与圣人比拟，用夸张狂妄的鼓吹来压倒众人的声音，独自悲哀地又弹又唱、来向天下人出卖名声的人吗？你要遗忘你的神气，废弃你的形体，才有可能接近于道啊！你自身不能妥善修持，哪有什么时间治理天下呢！您走吧，不要妨碍我的工作。"

子贡惭愧不安而脸色尴尬，低垂着头情绪不舒畅，走出三十里路以后才恢复常态。他的弟子问道："刚才那个人是干什么的呢？先生为什么见了他就脸色失常，一整天都不能恢复呢？"子贡说："起初我以为天下只有一个圣人，没想到还有这个人啊。我听孔夫子说：做事唯求可行，用功唯求成效，费力应少，见效要多，这是圣人处事的法则。如今却知道不是这样。坚守自然之道的人，德性就完美；德性完美的人，形体就完整；形体完整的人，精神就健全。保持精神的健全，这才是圣人处事的法则啊。寄托生命于世上、和众人一样地生活，却没人知道他将到达何种境界，茫然无知而具备纯真清白的品质啊！功利机巧必定不存于这种人的心上。像这种人，不合于自己志愿的，他不会去；不合乎自己心思的，他不会干。即使天下人都称赞他，都符合于他的主张，他傲然不予理睬；即使天下人都批评他，都与他的主张相反，他漠然不予接受。天下人的批评或称誉对于他来说，既无增益，亦无损失，这种人就是德性完全的人啊！我们却是些容易受外界影响而波动的人。"

返回鲁国后，子贡把这一切告诉孔子。孔子说："那是个修习浑沌氏道术的人啊。只懂得天道，不懂得其他；只修炼自我心性，而不治理有关外界的事物。是心地明净而进入纯洁素朴的境界，清静无为而回复质朴，体悟真性而抱守精神，以此遨游于世俗之间的人，所以你会惊奇啊！况且浑沌氏的道术，我和你怎么能够懂得呢！"

【注释】

① 子贡:孔子弟子,姓端木,名赐,字子贡,卫人,比孔子小三十一岁。楚:诸侯国名,都城曾建于今湖北江陵。　② 反:通"返"。晋:诸侯国名,位于今山西一带。　③ 汉阴:汉水之南。　④ 丈人:对年长者的称呼。方将:正在。圃:菜园。畦:田园中用小水沟分割开来、供种植蔬菜或庄稼的小块区域,方便浇水管理。　⑤ 凿:掘。隧:道,此指通往水井的水道,即水渠。　⑥ 搰(gǔ)搰然:用力的样子。⑦ 械:器械,即下文所谓"槔"。　⑧ 浸:灌溉。《逍遥游》:"时雨降矣,而犹浸灌。"浸、灌连用,可见词义相近。　⑨ 卬:通"仰",抬起头来。⑩ 机:设计构造巧妙的自动、半自动器械。　⑪ 挈:取。抽:引,引水而流。　⑫ 数(shuò):急速,快捷。泆(yì):通"溢"。汤:通"荡",水势汹涌的样子。　⑬ 槔(gāo):利用杠杆原理制作的抽水机,又名桔槔。⑭ 忿然:发怒的样子。而:而后,然后。　⑮ 纯白不备:不再具备纯白的品质。意为人心本来纯洁清白,受机巧心思的影响而遭到污染。⑯ 神生不定:意为受机心杂念影响,精神的产生不能稳定。　⑰ 载:覆载,包容。前谓"夫道,负载万物者也",此谓"不载",指被道所抛弃。⑱ 瞒然:惭愧的样子。　⑲ 拟圣:以圣人自比。　⑳ 於(wū):夸张狂妄的样子。㉑ 独弦哀歌:独自悲哀地又弹又唱。　㉒ 忘汝神气:与上篇鸿蒙所谓"吐尔聪明"之意相近。　㉓ 堕:通"隳"。堕汝形骸:鸿蒙所谓"堕尔形体"。　㉔ 乏:空,旷。此指使……空,妨碍。㉕ 卑陬(zōu):惭愧不安的样子。　㉖ 顼(xū)顼然:低垂着头的样子。自得:精神上自我感觉舒适。　㉗ 愈:复,恢复,此指恢复常态,即下文子贡弟子所谓"反"。　㉘ 向:刚才。　㉙ 天下一人:指孔子,意为天下像孔子那样杰出的只有一个。　㉚ 复:又。夫人:那人,指"为圃者"。　㉛ 夫子:指孔子。　㉜ 徒:却。　㉝ 执道:坚守自然之道。　㉞ 形全者神全:意为精神赖以寄托的是形体,形体健全,精神才会健全。《在宥》篇曰:"抱神以静,形将自正。"是以精神作为形体的基础;此处似乎是先形而后神,其实是对为圃者所谓"神生不定论"的补充,仍是以神为主。故紧接着又说:"神全者,圣人之道也。"　㉟ 托

生：寄托生命，即活在世界上。与民并行：和众人一样生活。之：往，到达。不知其所之：没人知道他将到达何种境界。　㊱ 汒乎：将闾葂所谓"汒若"，见前。淳：通"纯"。淳备：即所谓"纯白之备"。　㊲ 忘：通"亡"，不存在。　㊳ 得其所谓：合乎其所倡导的。　㊴ 謷(ào)然：謷，通"傲"，自视甚高的样子。　㊵ 侻然：毫不理会、不屑一顾的样子。　㊶ 无益损：既无增益，亦无损失。意为不受影响。　㊷ 风波之民：意为德性不全之人，无法保持操守的固定，容易受是非毁誉等影响而波动。　㊸ 假：托。修：修习，学习。浑沌氏：《庄子》寓言中虚构的所谓没有七窍，不具备视、听、饮食、呼吸功能的"中央之帝"，参见《应帝王》篇。　㊹ "识其一"二句：意为只懂得天道，不懂其他。　㊺ "治其内"二句：意为只是修炼心性而不从事有关外界的事务。　㊻ 入素：进入纯素的境界。　㊼ 复朴：回复质朴。　㊽ 固：通"故"，所以。

【评析】

本章通过汉阴丈人对子贡的一番说教，说明精神的保养就是道德的保全，而世人对功利机巧的追求，恰恰是助长"人为"之心，导致人本来的纯洁清白的品质被破坏，导致人固有精神的不能稳定，也就是说严重影响精神的保养。影响精神保养，就是妨碍道德的完备，因此功利机巧都不应该提倡；只有坚守自然之道，保持无为恬淡的精神，才是圣人之道。本章还利用孔子、子贡对汉阴丈人及浑沌氏道术的赞美，阐扬"无为""复朴"的理论，从而贬低儒家，标榜道家思想和道家法术的高明。

但是汉阴丈人所谓"有机械者必有机事，有机事者必有机心"的观点，未免失之偏颇。这种以偏概全、彻底否定功利机心的主张，后来被许多否定物欲、认为人欲有害于天理的理学家所采用，理学家甚至进一步加以引申，主张摒弃所有涉及功利目的的追求和做法。南宋朱熹就对当时士大夫为治国而读史、主张从史书中吸取经验教训的做法表示异议，他援引《庄子》的话说："看此等书，机关熟了，少间都坏了心术。庄子云：有机械者必有机事，有机事必有机心，则纯白不备，纯白

不备者,道之所不载也。今浙中于此二书(指《左传》和《东莱大事记》)极其推尊,是理会不得。"(《朱子语类》卷一百二十二)

平心而论,孔子提倡并教导子贡的有利可行、低耗高效的办事原则,即"事求可,功求成,用力少,见功者多"的说法并无过错,而庄子则从彻底的自然主义的立场出发,强调追求功利机巧会促使机诈心思的萌生,认为一切人为的器械固然有提高生产力的作用,但它们破坏自然、败坏人心的恶果却是任何其他好处所无法弥补的。从自然无为走向彻底的虚无主义,这正是庄子哲学思想的一个突出弱点。

谆芒将东之大壑①,适遇苑风于东海之滨②。苑风曰:"子将奚之?"曰:"将之大壑。"曰:"奚为焉?"曰:"夫大壑之为物也,注焉而不满③,酌焉而不竭④;吾将游焉。"苑风曰:"夫子无意于横目之民乎⑤?愿闻圣治⑥。"谆芒曰:"圣治乎?官施而不失其宜⑦,拔举而不失其能⑧,毕见其情事而行其所为⑨,行言自为而天下化⑩,手挠顾指⑪,四方之民莫不俱至,此之谓圣治。""愿闻德人。"曰:"德人者,居无思,行无虑,不藏是非美恶。四海之内共利之之谓悦,共给之之为安,怊乎若婴儿之失其母也⑫,傥乎若行而失其道也⑬。财用有余而不知其所自来,饮食取足而不知其所从,此谓德人之容⑭。""愿闻神人。"曰:"上神乘光,与形灭亡⑮,此谓照旷⑯。致命尽情⑰,天地乐而万事销亡,万物复情⑱,此之谓混冥⑲。"

【今译】

谆芒将要往东到大海去游历,恰巧在东海之滨碰到苑风。苑风问道:"您要到哪儿去?"谆芒回答:"将要到大海去。"又问:"干什么呢?"谆芒说:"大海那种东西啊,向里灌水而永不会满溢,往外舀水而总不会干涸。我将到那里游历!"苑风又说:"先生对人民不感兴趣吗?我想听您说说圣人的教治。"谆芒答道:"圣人的教治吗?政令措施的颁布不失时宜,提拔荐举人才而不丢失贤能,洞察事物的情状而顺着自然的趋势去做,行动说话都是自然行为而天下人民都受到感化。举手一挥、眼神一动,四方百姓无不尽数到来,这就叫做圣人的教治。""希望能听您说说德人的情况。"谆芒又答:"所谓德人,休憩时无所思考,行动时无所思虑,心中不存是非褒贬的念头。见四海之内百姓共享利益才认为是喜悦,让百姓共同充足才认为是安乐。愁苦时就像婴儿失去母亲一样尽情悲哀,处事时茫茫然就像出行迷失了道路。财物有所富余却不知它们是怎么来的,食物充足但不知道它们来自何方,这就是德人的情状。""还希望听您说说神人。"谆芒又答:"神人腾跃而上,驾驶日月之光,不见形迹,这就叫做虚明空旷。臻于天命,尽其情性,以天地之道自乐而万事万物无所挂心,与万物恢复其本来情状,这就是大同于玄冥。"

【注释】

① 谆芒:如同上篇所谓"鸿蒙""云将",假设人名,象征"云雾之气"。大壑:指大海。　② 适:恰巧。苑风:亦为假设人名,表示"小风"。　③ 注:灌入。　④ 酌:舀取。　⑤ 横目之民:指人,人的双眼横向而生,故称。此句其实是询问谆芒是否对当百姓的君主不感兴趣。　⑥ 圣治:圣人的教治。　⑦ 官施:政令措施。　⑧ 拔举:人才的选拔荐举。　⑨ 毕:尽,完全。　⑩ 行言自为:行动和说话出于自然而然的举动。　⑪ 挠:挥动。顾指:顾盼示意,即用眼睛的动作发出指示。　⑫ 怊(chāo)乎:惆怅的样子。此句意为德人的惆怅与世俗之人不同,天真得像婴儿失去母爱时一样,尽情尽性地悲伤,毫不做作或掩饰。　⑬ 傥乎:同"傥然",无心的样子。行而失其道:行路而迷失了道路。意为做事茫无目的,并无事先拟定的方向和目标。以上两句与《庚桑楚》篇"行不知所之,居不知所为,与物委蛇而同其波"意同。　⑭ 容:情状。　⑮ 形:形迹。　⑯ 照:当作"昭",晋人避讳而

改。昭旷:虚明空旷。　⑰ 致命:到达、臻于天命。尽情:竭尽性情,即完全满足自我情性。　⑱ 复情:恢复到本来情状,即回到混同为一、事物尚未产生时的状态。　⑲ 混:同,混同。混冥:混同于玄冥的至道。

【评析】

本章通过虚构的人物谆芒与苑风的对话,描述"圣治""德人""神人"共同的特征,就是无为无欲,任随天地万物的自然变化。

文中借苑风之口,接连向谆芒提出三个问题,希望能告知圣治、德人、神人的具体状况,问题虽然是三个,其实意思是贯通的,而且阐述的道理并无差异。所谓"圣治",主要是指圣人(即远古帝王)的所作所为总是随顺自然的趋势,因此成为四方百姓自愿追随的领袖人物。所谓"德人",是指他的心中从来没有道德是非的标准和成见,就像佛家所说的"不思善,不思恶","德人"感到喜悦,是因为看到四海之内的百姓能够共享利益,即"与民同乐";"德人"感觉安乐,是在促使百姓的生活达到共同富裕之后,即"同甘共苦"。所谓"神人",则是指能安守于天地之道的人,万事万物无所挂心,因此没有牵累,因此快乐满足,由于"神人"坚持无为之道,从不逆天而动,所以万物就能自然地恢复其本来情状。谆芒的回答,始终围绕天下万物,始终不离自然无为的原则,这其实就是圣人、德人和神人的共同作用及其特征。

当然,尽管上述三者的作用和特征大致相同,但其境界还是有所差异,其中神人所代表的境界是最高的:神人能臻于天命,超然物外,尽其情性,以天地之道自乐;神人犹如大海,浩瀚涵虚,"注焉而不满,酌焉而不竭,而不知其所由来"(《齐物论》),与自然浑沌合为一体。事实上,神人象征了"道"的理想境界。

门无鬼与赤张满稽观于武王之师①。赤张满稽曰:"不及有虞氏乎! 故离此患也②。"门无鬼曰:"天下均治而有虞氏治之邪？其乱而后治之与？"赤张满稽曰："天下均治之为愿③，而何计以有虞氏为④！有虞氏之药疡也，秃而施髢，病而求医⑤；孝子操药以修慈父，其色燋然，圣人羞之⑥。至德之世，不尚贤，不使能，上如标枝⑦，民如野鹿⑧。端正而不知以为义⑨，相爱而不知以为仁，实而不知以为忠，当而不知以为信⑩，蠢动而相使不以为赐⑪。是故行而无迹，事而无传。"

【今译】

　　门无鬼和赤张满稽一起观看周武王出征的军队，赤张满稽说："我们没能赶上虞舜时代啊！所以才遭到这种祸害。"门无鬼问："是天下太平了虞舜才加以治理的呢？还是天下混乱以后才治理的呢？"赤张满稽回答："我只希望天下太平，哪里考虑过依靠虞舜来治理啊！虞舜治政就像治疗头疮，头秃了就安装假发，病重了才求医问药；就像孝子端药送到慈父面前，一脸的忧虑，但是圣人对此感到羞耻。而最高道德的世界，不崇尚贤人，不重用能人，君主如同树梢，高而不尊；百姓好像野鹿，自由自足。人们行为正直，却不懂何为是正义；相亲相爱，但不知什么是仁爱；老老实实，却不懂怎样是忠诚；办事可靠，但不知什么是信用；出自本能地相互帮助，都不认为是有所恩赐。因此当时的行动没有迹象遗留，当时的事情也就没有流传下来。"

【注释】

　　① 门无鬼、赤张满稽：均为假设人名。武王之师：周武王的军队。此盖指周武王率军征讨殷纣王，兵渡孟津时，二人一起观看。　② "不及有虞氏乎"二句：不及，没来得及，没能赶上。有虞氏，虞舜。离，通"罹"，遭到。患：祸害，此指用兵征伐及其恶果。意为出生太晚，没能生活在虞舜执政的时代，虞舜注重德政，而周武王兴兵征伐，难免生灵涂炭，故为之感叹。　③ 均治：均衡地获得治理，即天下太平。天下均治之为愿：为"为愿天下均治"之倒装，意为希望天下太平。

④ 计:考虑。　⑤ "有虞氏之药疡也"三句:药,名词作动词用,治疗。疡(yáng),头上的疮疖。髢(dí),假发。意为虞舜治政不是养民以求自然太平,而总要等到祸乱发生才加以治理,因此并非理想的至德之世。　⑥ "孝子操药以修慈父"三句:操,持、拿。修,通"羞",进上。燋(qiáo)然,憔悴的样子,此指忧心忡忡。意为孝子应尽心侍奉父母,使父母身体康健。等到慈父生病,虽能进药服侍,但并非彻底的孝顺,因此圣人为之羞耻。　⑦ 上:君上,帝王。标枝:树的梢枝。此句以树梢比拟当时的君王,所处位置虽高,但并不尊贵。　⑧ 此句意为百姓自由自在,但并不因为无人管理而生活受到影响。　⑨ 端正:行为端正,正直。　⑩ 当:正确,可靠。　⑪ 蠢:虫的蠕动。蠢动:出自本能而动。相使:相互役使,即互相帮助。此句意为人们相互帮助完全是出自本能的行动,并不认为是给予恩赐或受到恩惠。以上五句,均为说明至德之世人们的所有举动,都是自然本性的自然流露,不像后世要依赖人为的教化。

【评析】

本章假托赤张满稽之口,赞颂"至德之世"无为而治、自然浑朴的社会政治状况,并且陈述了一代不如一代的原因所在。赤张满稽认为西周之所以不如有虞氏,有虞氏之所以不如蒙昧而"至德"的社会,就是因为远古时代人们的所作所为,完全出于自然本性,而后世那种"尚贤""使能"的人为治理,以及仁孝道德的教化,只能助长世人的虚伪和道德的败坏。

庄子的理想社会,是原始而又充满自由、人人无欲无为的"至德之世",有关至德之世的状况,本章通过赤张满稽之口作了极其夸张的、富有幻想色彩的描述。首先,在那样的社会里,"不尚贤,不使能",没有所谓德政,没有所谓擢贤荐能的举措,人们也就不受道德规范的约束,也就没有不甘落后的心理压力,精神上绝对自由。其次,君主如同树梢,高而不贵;君民之间的等级差异,貌有实无,人们可以充分享受平等的待遇和自给自足的生活,就像野鹿似的自在快活。最后,那个时代人们的所作所为,虽然出自本能,毫无矫揉造作,但是却自然地符合所谓仁义道德,因此,那是一个人人都是"君子"、个个都讲道德的社会,那样的社会安宁祥和,令人神往。

当然,庄子神往的远古理想社会是从来不曾存在过的。原始状态下的人类社会,生存条件的恶劣使得人们时刻处于和自然的对立、和野兽的争斗之中,"无为"是做不到的,"安适"更是天方夜谭,庄子所描绘的"至德之世",只不过是他虚幻的想象而已。不过,庄子有关自由、平等、自然的社会构想,又是建立在对现实社会种种弊病的批判的基础之上,建立在对文明制度和文明社会的反思的基础之上,因此它的精神作用和对后人改造社会方面的启迪,还是相当深刻的。

孝子不谀其亲,忠臣不谄其君,臣、子之盛也①。亲之所言而然②,所行而善③,则世俗谓之不肖子;君之所言而然,所行而善,则世俗谓之不肖臣。而未知此其必然邪?世俗之所谓然而然之,所谓善而善之,则不谓之道谀之人也④!然则俗故严于亲而尊于君邪⑤?谓己道人,则勃然作色;谓己谀人,则怫然作色⑥。而终身道人也,终身谀人也⑦。合譬饰辞聚众也⑧,是终始本末不相坐⑨?垂衣裳⑩,设采色⑪,动容貌⑫,以媚一世,而不自谓道谀;与夫人之为徒⑬,通是非⑭,而不自谓众人,愚之至也。知其愚者,非大愚也;知其惑者,非大惑也。大惑者,终身不解;大愚者,终身不灵⑮。三人行而一人惑,所适者,犹可致也⑯,惑者少也;二人惑则劳而不至,惑者胜也。而今也以天下惑,予虽有祈向⑰,不可得也。不亦悲乎!大声不入于里耳⑱,《折杨》《皇荂》⑲,则嗑然而笑⑳。是故高言不止于众人之心㉑;至言不出㉒,俗言胜也。以二缶钟惑㉓,而所适不得矣。而今也以天下惑,予虽有祈向,其庸可得邪！知其不可得也而强之,又一惑也！故莫若释之而不推㉔。不推,谁其比忧㉕！

【今译】

　　孝子能不奉承自己的父母,忠臣能不讨好自己的君主,就是臣子、儿子中最好的。父母所说的就认为是对的,父母所做的就认为是好的,那么世人就把这种人叫做不肖之子;君主所说的就认为是对的,君主所做的就认为是好的,那么世人就把这种人称为不肖之臣。然而并不知道世人的评论是否一定正确啊？世人说是对的就认为是对的,世人说是好的就认为是好的,却没人把这种人叫作阿谀奉承之人！如此看来,世俗之人确实比父母还可敬、比君主还尊贵吗？别人说自己是阿谀小人,就勃然发怒;说自己是谄媚的人,就愤然变色。然而却是一生都在奉承他人,一生都在讨好别人啊。凑合众多譬喻、修饰自己言辞来邀集众人,这样的"始""本"(讨好世俗的行为)与"终""末"(谄谀的名声)相互之间不存在因果联系吗？讲究衣服装饰,装模作样,变化表情姿态,以此来讨好世上所有的人,可是不承认自己是谄媚阿谀;与那些世俗之人同属一类,是非标准相同,可是不承认自己是世俗之人,愚蠢至极啊。知道自己愚蠢的人,还不是非常愚蠢的;知道自己糊涂的人,还不是十分糊涂的。非常糊涂的人,一辈子也不能解除迷惑;十分愚蠢的人,到死也不会觉悟过来。假如三人一起行路而其中有一个糊涂的,他们所要去的地方,仍然可以到达,这是因为糊涂的人少;如果其中有两个人糊涂,就会徒然劳累而到不了目的地,因为糊涂的人超过了清醒的。而如今全天下的人都糊涂了,我虽然有所祈求和向往,不可能实现了。不也是令人悲伤的吗！对于雅乐,里巷俗人的耳朵听不进去,听到《折杨》《皇荂》等俗曲,他们却哈哈哈笑出声来。所以高尚的言论不会驻留于众人的心中;至理名言不出现,是因为被粗俗的言论掩盖了。就像用两只瓦缶来扰乱一个黄钟的声音,而所要追求的就不会如愿了。而如今全天下的人都糊涂了,我虽然有所祈求和向往，还怎么可能实现呢？知道不可能实现却勉强要去做，这又是一种糊涂啊！所以不如放弃它而不去推行。不去推行，谁还能给我带来忧愁呢？

【注释】

①"孝子不谀其亲"三句：谀、谄，均指讨好奉承。《渔父》篇："希意道言谓之谄，不择是非而言谓之谀。"盛，最。意为儿子对于父母、臣子对于君主能够坚持原则而不奉承，就是品德最好的。　②然：肯定，即认为正确。　③善：形容词作动词用，"认为……好"，"认为……对"。　④道谀：谄谀，"道"通"谄"。　⑤故：通"固"。　⑥怫(fú)然：发怒的样子。　⑦"而终身道人也"二句：意为虽然自己不承认或没能意识到，其实一辈子都在谄人谀人。　⑧合譬：凑合众多譬喻。饰辞：修饰自己的言辞。　⑨坐：因，此指因果联系。此句意为附和世俗的人，既有谄媚阿谀之实，却又不愿接受"道人""谀人"之名，就好比有始无终、有本无末，否认事物的因果联系。　⑩衣：上衣。裳：下身的服装，与裙子相似。垂衣裳：意为讲究服饰打扮。⑪采色：脸色，神色。《人间世》："采色不定。"设采色：调整脸色，即装模作样。　⑫动容貌：变动表情形态，即为蛊惑别人而作出各种表情姿态。　⑬徒：一党，一群。　⑭通：同，一致。　⑮灵：智，觉悟。⑯致：到达。　⑰祈向：祈求向往。　⑱大声：正声，即雅乐。里耳：里巷世俗之人的耳朵。　⑲《折杨》《皇荂(fū)》：通俗乐曲的曲名。⑳嗑(xiā)然：描摹笑的象声词。　㉑止：停留，深入。　㉒至言：高言，崇高的言论。　㉓缶：瓦制乐器，俗乐所用。李斯《谏逐客书》："夫击瓮叩缶弹筝搏髀而歌呼呜呜快耳者，真秦之声也。"钟：雅乐所用乐器。两个缶而一个钟，缶声必定盖过钟声，意为俗乐足以扰乱雅乐。《楚辞·卜居》："黄钟毁弃，瓦釜雷鸣。"意思与此相近。　㉔推：推行。　㉕比：与，给予。

【评析】

作者于本章深刻地剖析并鞭挞了世人的从众心理，同时对于人云亦云、阿谀奉承的风气感觉无能为力,因而感叹道德之论被世俗之说掩盖的可悲。

文章以"孝子不谀其亲、忠臣不谄其君"发端,意思是说尽管父母严厉、君主尊贵,但是仍然有诤臣谏子敢于直抒胸臆、当面批评,而世人也都知道不诤不谏实属不肖猥琐。然而对于世俗的议论,却群起附和,无人胆敢逆风而动,也没人将附和世俗的人及其行为说成是谄谀。所以作者认为,真可以说是整个世界的人都惑乱糊涂了,而且是一味地糊涂。这里表面上是在指斥世俗风气的丑恶,实际上也暗含着对执政者的抨击,因为能够取媚于当世的人物及其行为,都是因为受到了统治者的褒奖;所有统治者制定的礼法制度,都是促成世人的大愚和大惑的。

因此作者感慨道:"知其愚者,非大愚也;知其惑者,非大惑也。大惑者,终身不解;大愚者,终身不灵。"既然世人尽皆大惑不解、大愚不灵,既然糊涂之人远远超过了清醒的人,那么作者空有许多的理想抱负,终究是无法推广的了。于是他最终只好自我宽慰说:"知道不可能实现却勉强要去做,又是一种糊涂啊!所以不如放弃它而不去推行。"当然,放弃而不推行,其实也是"自然无为"。

厉之人①,夜半生其子,遽取火而视之②,汲汲然唯恐其似己也③。百年之木④,破为牺尊⑤,青黄而文之⑥,其断在沟中。比牺尊于沟中之断,则美恶有间矣⑦,其于失性一也。跖与曾、史,行义有间矣⑧,然其失性均也。且夫失性有五:一曰五色乱目⑨,使目不明;二曰五声乱耳⑩,使耳不聪;三曰五臭熏鼻⑪,困惾中颡⑫;四曰五味浊口⑬,使口厉爽⑭;五曰趣舍滑心⑮,使性飞扬⑯。此五者,皆生之害也。而杨、墨乃始离跂自以为得⑰,非吾所谓得也。夫得者困,可以为得乎?则鸠鸮之在于笼也⑱,亦可以为得矣。且夫趣舍声色以柴其内⑲,皮弁鹬冠搢笏绅修以约其外⑳。内支盈于柴栅㉑,外重缱绻㉒,睆睆然在缱绻之中而自以为得㉓,则是罪人交臂历指而虎豹在于囊槛㉔,亦可以为得矣!

【今译】

　　患有癞疾的人,半夜自己的孩子出生,赶紧取火照明观瞧,慌里慌张唯恐孩子长得像自己一样。生长已有百年的树木,剖开后雕刻成为牺牛形状的酒器,又用青、黄等彩色涂饰花纹,树木砍断后剩下的另一段则丢弃在水沟中。将牺牛形状的酒器与丢在水沟中的那一段相比,那么它们的美丽和丑陋有明显区别,但是就它们丧失了本性这一点来看,是一样的。盗跖和曾参、史鰌,品行道德有区别,然而他们都丧失了本性,这是一样的。而且丧失本性有五种情况:一是五色扰乱视力,使得眼睛不明亮;二是五声扰乱听力,使得耳朵不灵敏;三是五种气味熏伤嗅觉,使得鼻子壅塞不通、伤及脑门;四是五种味道搅混味觉,使得口舌染病而丧失辨味功能;五是为决定取舍而扰乱心神,使得心性浮躁荡漾。这五种情况,都是性命的祸害。然而杨朱、墨翟却以此炫耀、自以为得到了好处,但这不是我所说的"得"啊。得"益"者被"益"所困,可以算是得到好处了吗?如果是的话,那么斑鸠、鸱鸮困在笼子里,也可以算是得到好处了。况且利益的取舍、声色的享受犹如柴草壅塞他们的内心,而皮冠鹬冠、朝服长带束缚他们的外形;内心塞满了柴篱,体外又加上绳索捆绑,睁大眼睛看着自己被困在绳索之中还自以为得了好处,那么犯人两臂交叉被绑、手指遭刑具挤夹,还有虎豹被困在圈里,也可以算是得到好处了!

【注释】

　　①厉:患有癞疾,即头上长黄癣,俗称"癞子"。　②遽(jù):急忙。　③汲汲然:匆忙、焦虑的样子。　④木:树。　⑤破:剖开。牺尊:雕刻成牺牛形状的尊,是一种华美酒器,多用作祭神的礼器。　⑥文:画上纹彩。　⑦有间:有区别。　⑧行(xíng)义:品行道德;表露于外的行为称"行",内心所持的道德叫"义"。　⑨五色:青、黄、

赤、白、黑。　⑩ 五声：宫、商、角、徵、羽。　⑪ 五臭(xiù)：指膻、焦、香、腥、朽五种气味。(此取《礼记·月令》之说。)　⑫ 困惾(zōng)：壅塞不通。中(zhòng)：遭受，此指遭受伤害。颡(sǎng)：额头，脑门。　⑬ 五味：酸、苦、甘、辛、咸。(此取《礼记·月令》之说。)浊：使味觉不清爽。　⑭ 疠：病。爽：丧失，此指失去辨味功能。　⑮ 趣舍："趣"通"取"，获取和舍弃。滑(gǔ)：扰乱。　⑯ 生：通"性"，性命。　⑰ 离跂：阔步、炫耀、出风头的样子。参见《在宥》篇。　⑱ 鸠：斑鸠，即《逍遥游》所谓鷽鸠。鸮：又名鸤鸠、鸬鹚，像麻雀而较小，亦属鸠类。　⑲ 柴其内：犹如柴草壅塞其内心。　⑳ 皮弁：皮质的冠，状如清人所戴瓜皮小帽。鹬(yù)冠：用鹬鸟羽毛装饰的冠。搢(jìn)：插。笏(hù)：手版，玉、象牙或硬木制成，官员上朝时手持，用以记事备忘。绅：束衣并作装饰用的大带。约：约束。　㉑ 支盈：塞满。柴栅(zhà)：树枝木棍编扎而成的篱墙。　㉒ 重(chóng)：再加上。缠(mò)：绳索。缴(zhuó)：缠绕、捆绑。　㉓ 睆(huǎn)睆然：睁大眼睛的样子。　㉔ 历指："历"通"枥"，"枥指"为古代一种酷刑，即用绳子穿上数根小棍制成刑具，用以绑夹犯人手指。槛：圈，一种用来捕捉虎豹的工具，能进而不能出，如囊，故称"囊槛"。

【评析】

本章说明世俗的利益取舍的根据和美丑善恶的标准，都是破坏人的本性的东西，作者以曾参、史鱼、杨朱、墨翟和盗跖为例，指出尽管他们的行为不同，在社会上的声誉或影响也存在着巨大差别，但是从丧失本性的角度着眼，他们之间没有区别。

本章一开头，叙述了一个"厉人生子"的故事：患有癞疮的母亲半夜生孩子，心急慌忙地点火照明观瞧，急于知道孩子是否遗传了自己的长相。对此作者未加任何的说明或评判，那么他究竟是想告诉读者什么呢？以往的《庄子》注本，都将这一故事归于上一章，至于为什么这个故事出现得有些突兀，历代众多研究《庄子》的学者认为，很可能是由于文字的脱落造成的。唯有钟泰的《庄子发微》将它纳入本章，而且认为从"失性"的角度分析，与下文完全可以沟通。

庄子认为，万事万物都是出于自然、回归自然的，因此世人都该顺其自然，丑人自丑，美人自美，美丑一也，因为从"道"的高度来看，根本不存在所谓美丑。那么，"厉之人"唯恐孩子长得像自己那样，只是因为世俗的美丑标准扰乱了她的心性。但是，孩子的长相并不因为父母的忧虑而稍有改变，她们的"汲汲然"都是徒劳的。

丑者由于自己的丑陋而自惭形秽，反过来说，美人总是因为自己的漂亮而顾影自怜，这是世俗社会常见的现象，但在庄子看来，这两者都是丧失天性的结果。于是作者顺势而下，从"厉之人"的叙述转入了对于牺尊和朽木、盗跖与曾、史的比较和评判：那百年的大树被一分为二，一段修饰成美丽的牺尊，供人瞻仰祭拜；另一段被抛弃在水沟里，日晒雨淋而逐渐腐朽，牺尊与朽木在世人的眼里当然有天壤之别，但是从它们都已丧失了树木的天性这一点来说，毫无差异。由此推论，盗跖偷窃他人财物是丧失天性的结果，曾参、史鱼超出常人的孝顺忠直其实也是丧失天性的表现——"其失性均也"。更为可悲的是，那些已经丧失天性的"成功者"自我感觉却极佳，作者以杨朱、墨翟为例，说他们凭借自己出众的口才到处炫耀，自以为赢得了世俗的赞誉就是得到了好处，却没有意识到正是这些好处使得他们丧失了自我，丧失了自由。这就像被人豢养在笼子里的虎豹，它们获得吃食的代价，就是被圈在笼子里不得脱身。所以说，得"益"者被"益"所困，绝对不能算是得到了好处的。

由此我们不妨深入一步，再结合上一章加以分析。上一章说"知其愚者，非大愚也；知其惑者，非大惑也。大惑者，终身不解；大愚者，终身不灵"，尽管"厉之人"对自己不如他人的长相耿耿于怀，但尚有自知之明，其"失性"尚浅；而曾参、史鱼、杨朱、墨翟等等中毒太深，迷途不返，则应属于大愚大惑之流的了。所以说，美人不如丑者，智者不如低能，大愚不如小愚，大惑不如小惑，因为成功之人受到外物的牵累更为严重。这或许正是作者在本章开头讲述这样一段"厉人生子"故事的深意所在。

天道第十三

【解题】

本篇取篇首"天道"二字为题。所谓"天道",就是自然规律。《在宥》篇末段说:"不明于天者,不纯于德;不通于道者,无自而可。……何谓道?有天道,有人道。无为而尊者,天道也;有为而累者,人道也。主者,天道也;臣者,人道也。天道之与人道也,相去远矣,不可不察也!"本篇就是在此基础上,对天道、人道的内涵及其关系所作的进一步阐发。有人认为,《在宥》篇末段原本就是《天道》篇中的一节,是后人抄写或整理时给弄错了。从文义的衔接来看,此说有理。本文既论天道自然之理,又谈"有为"为何应当归于"无为"的原因,指出君道既然是对天道的仿效,那么君主就应该遵循自然界的规律,倡导自然无为,就应保持虚静心态,坚持无为之治,并且摒弃一切仁义智巧的思想和行为。刘凤苞说:"《天地》篇只重无为,是从源头上说道;《天道》篇兼言有为,是因原以竟委,仍由委以溯原。"(《南华雪心编·天道》)从"有为"上溯"无为",正是本文的特点。

清初王夫之《庄子解》认为,"此篇之说,有与庄子之旨迥不相侔者;特因老子'守静'之言而演之,亦未尽合于老子;盖秦、汉间学黄、老之术,以干人主者之所作也。"今人陈鼓应先生据此认为,本篇"由八节文字杂纂而成,各节意义不相关联,属于杂记体裁",尤其"夫帝王之德"至"非上之所以畜下也"一节(本篇第二章),违背庄周及其学派的思想,王夫之以后,许多学者指出是伪作掺入,应当删除(参见《庄子今注今译·天道》)。

我们认为,尽管本篇第一、第二两章所阐发的君主无为而尊、臣下有为而卑以及上下、主从关系的论说,与庄子一贯强调的齐一万物、绝圣弃智的思想明显不同,但这并不足以证明它们就是伪作。因为《庄子》一书出于庄子及其后学之手,这是确定无疑的,本篇之所以掺杂有明显的儒、法思想,就是因为庄子后学对庄子的理论作了相当程度的加工,但是它和儒家、法家的思想观点毕竟是有差异的。比如,文章中把儒家所倡导的伦理道德关系,说成是圣人对"天地之行"的效法;将尚亲、尚尊、尚贤的社会行为,归结为"大道之序",于是就给社会道德伦理关系以及有关理论奠定了"自然"和"天道"的基础,并且还能自圆其说,使之符合道家虚静自然的基本精神。此外,本篇的前后脉络是相当清楚和前后连贯的,第一、第二两章基本上是论述主旨,以下五章则分别援引古代圣贤的故事和言论,从不同的形式和不同的角度加以证明,各章的内容仍能联系中心,因此不能说它是不相连贯的杂纂文字。

天道运而无所积①,故万物成;帝道运而无所积,故天下归②;圣道运而无所积,故海内服。明于天,通于圣,六通四辟于帝王之德者③,其自为也,昧然无不静者矣④!圣人之静也,非曰静也善,故静也。万物无足以铙心者⑤,故静也。水静则明烛须眉⑥,平中准⑦,大匠取法焉⑧。水静犹明,而况精神!圣人之心静乎!天地之鉴也⑨,万物之镜也。

夫虚静恬淡寂漠无为者,天地之平而道德之至。故帝王圣人休焉⑩。休则虚,虚则实,实者伦矣⑪。虚则静,静则动,动则得矣⑫。静则无为,无为也,则任事者责矣⑬。无为则俞俞⑭。俞俞者,忧患不能处⑮,年寿长矣。夫虚静恬淡寂漠无为者,万物之本也。明此以南乡⑯,尧之为君也;明此以北面⑰,舜之为臣也。以此处上,帝王天子之德也;以此处下,玄圣素王之道也⑱。以此退居而闲游,江海山林之士服;以此进为而抚世⑲,则功大名显而天下一也。静而圣,动而王,无为也而尊,朴素而天下莫能与之争美⑳。

夫明白于天地之德者㉑,此之谓大本大宗㉒,与天和者也㉓;所以均调天下㉔,与人和者也。与人和者,谓之人乐;与天和者,谓之天乐。庄子曰:"吾师乎,吾师乎!鳖万物而不为戾,泽及万世而不为仁,长于上古而不为寿,覆载天地、刻彫众形而不为巧㉕。"此之谓天乐。故曰:知天乐者,其生也天行㉖,其死也物化㉗。静而与阴同德,动而与阳同波㉘。故知天乐者,无天怨,无人非,无物累,无鬼责㉙。故曰:其动也天,其静也地,一心定而王天下;其鬼不祟㉚,其魂不疲㉛,一心定而万物服。言以虚静推于天地㉜,通于万物,此之谓天乐。天乐者,圣人之心以畜天下也㉝。

【今译】

天道运行而无所停滞,所以万物得以生成;帝道运行而无所停滞,所以天下人民归附;圣道运行而无所停滞,所以四海之内顺服。明白天道,通晓圣道,对于帝王之道无往不通、无所不晓,当他自己行动的时候,懵懵懂懂的,却无不保持安静了!圣人的安静,并非是听说安静有好处,所以才设法安静,而是因为万物都无法扰乱他的心思,所以才安静的。水静止了就能清晰地照见人脸上的胡须眉毛,它的平正合乎标准,高明的工匠就将它拿来作为标准。水静止了尚且明澈,何况精神呢!圣人的内心安静啊!它是天地的镜子,它是万物的镜子。

那虚静、恬淡、寂寞、无为,乃是天地平正的基础、最高道德的根源。所以帝王圣人都休止于平静的境界。休止就能清虚,清虚就能充实,充实就合乎自然之理。清虚就能安静,安静就能自由运动,万物运动就自然有所收获。安静就是无为,君主无为而治,那么臣子就会各自尽责了。无为就能恬淡自得。保持恬淡自得,忧患就不能驻留于心头,寿命就可长久了。那虚静、恬淡、寂寞、无为,乃是万物的本原。明白此理后登临王位,便可做到像尧一样的君王;明白此理后就职为臣,便能做到像舜一样的臣子。地位高尚的人运用这个道理,能成就帝王天子的德业;地位卑下的人运用这个道理,能彰显玄圣素王的道德。辞官还家、悠闲游历的人运用这个道理,江海山林的隐士就会佩服;入朝做官而统治百姓的人运用这个道理,就能获取大功、名声远扬而使天下一统。保持清静就可成为圣人,自然行动就能成为帝王,无为就能受到尊崇,保持质朴纯真,天下就无人能和他比美。

明白了天地之道,这就是掌握了根本和本原,就能与自然和谐。用它来均平万物、调谐天下,就是与众人和谐。与众人和谐,称作"人乐";与自然和谐,称为"天乐"。庄子说:"我师法自然之道啊,我师法自然之道啊! 杂糅万物而没人说它暴戾,恩及千秋万代而没人说它仁爱,从上古就开始生长而无人说它长寿,上笼天、下载地、塑造各种形状的事物而无人说它工巧。"这就叫做"天乐"。所以说:懂得天乐的人,他活着的时候随顺自然一起运行,他死了以后和万物一样转化。安静时与阴气一致,运动时和阳气合流。所以懂得天乐的人,不怨恨上天,不指责他人,不受外物的牵累,不向鬼神索求。所以说:他的运动像上天运行,他的安静像大地静止,一心凝定而成为天下之王;他的鬼神不会制造祸害,他的精神不会疲倦,一心凝定而万物顺服。这就是说把清静推广于天地之间,使之通行于万物,这就叫做"天乐"。天乐,就是圣人用虚静之心来统治天下啊。

【注释】

① 运:运行。积:停滞。　② 归:归附。　③ 六通四辟:喻指无往不通、无所不晓。帝王之德:帝王之道。帝道本于天道,故以"帝王之德"喻指天道。　④ 昧然:糊涂无知的样子。本句谓天道不停地运

行,通晓天道的人始终随顺自然的运动而运动,糊里糊涂的,不作任何勉强人为的努力,在运动中保持自然的安静。　⑤ 铙:通"扰"。　⑥ 烛:照,名词作动词用。明烛:清晰地照见。　⑦ 中(zhòng)准:合乎标准。　⑧ 大匠:高明的工匠。取法:拿来作为法则或标准。《德充符》篇:"平者水停之盛,其可以为法。"　⑨ 鉴:镜子。此句意为心静就能反映天地万物,犹如镜子。　⑩ 休:止。焉:于此。休焉:指休止于平静的境界。　⑪ "休则虚"三句:伦,理。意为休止于平静的境界,就能使心神清虚;心神清虚如镜,就能映照万物而无比充实;内心充实,由此产生的一切就合乎自然的道理。　⑫ "虚则静"三句:意为心神清虚就能使自身保持安静,自身安静就能随着天道的运行而自然运动,既然万物随道而变,因此万物也就是随着心神的运动而运动的,万物运动而自然生长,万物生长自然就有所得。《天地》篇所谓"忽然出,勃然动,而万物从之",可与此参看。　⑬ "无为也"二句:意为君主抱定无为而治的宗旨,那么担负各种事务的人就会各自尽责。　⑭ 俞俞:愉愉,恬淡的样子。　⑮ 处:居,此指进入。《刻意》篇云:"忧患不能入。"　⑯ 南乡:"乡"通"向",君王座北朝南,此指处于君王之位。　⑰ 北面:面朝北,即处于臣子的地位。　⑱ 玄圣:玄默的圣人。素王:素白之王,指具有王者品质而无王者之位的人,即后世所谓"无冕之王"。玄圣素王:皆指具有世人仰慕的道德品质而无圣人帝王的称呼或地位的人。　⑲ 进为:进而有所为,即入朝做官。抚世:安抚世人,即统治百姓。　⑳ "静而圣"四句:静,就自身而言;动,就天道而言;朴素,不掺杂丝毫人为主观因素的天然本性。意为坚持安静就是无为,无为就能成圣;随顺天道运动也是保持无为,无为就能成王;无为而能成圣成王,就能享受尊贵;保持天然本性,天下就没人能与他媲美。　㉑ 天地之德:天地之道,指无为。　㉒ 大本:最为根本的。大宗:同于"大本"。　㉓ 和:和谐。　㉔ "所以均调天下"二句:意为无为可以用来协调天下,是与人自然和谐的。　㉕ "吾师乎"以下六句:已见于《大宗师》篇,谓出自许由之口,可参见之。　㉖ 天行:随顺自然运行。　㉗ 物化:和万物一样转化。　㉘ "静而与阴同德"

二句:同波,合流。意为不论静处还是运动,都与阴阳和谐。　㉙ 责:索求。　㉚ 祟:祸害。鬼不祟:意为鬼不来制造祸害,因为"无鬼责",即不向鬼神索求的缘故。　㉛ 魂不疲:意为精神不会疲倦,因为"无物累",即没有外物牵累的缘故。　㉜ 推:推行,推广。　㉝ 蓄:养,实指统治。

【评析】

本章阐说天道、帝道、圣道的作用及其关系。反复说明"天地之平""道德之至"和"万物之本"就是虚静、恬淡、寂寞、无为,而且既然天道是自然运行的,那么君主就必须实行无为之治。作者之所以先说天道而后言帝道、圣道,因为帝道和圣道都是基于天道的;之所以将帝道和圣道分开阐说,因为帝道应当合乎圣道,而拥有圣道之人则不一定出任帝王,下文所谓"以此处上,帝王天子之德也;以此处下,玄圣素王之道也",说的就是这种区别。

作者认为,只要坚持本心的安静,就是无为,无为就能成圣;只要随顺天道运动,也是保持无为,无为就能成王。成圣成王,并以"天乐"之心管理天下,就能使天下太平,万物顺服。本章强调本心安静,其实就是对老子所谓"守静笃"的进一步阐发。作者认为,一个"静"字,应该包括"虚静、恬淡、寂寞、无为"等多方面的内容。"守静"就是随顺自然,随顺自然也就是融合于自然。能与自然和顺的人,与他人也一定和顺;而与他人和顺的人,未必能与自然和顺,因此随顺自然是最根本的。随顺自然的人,虚怀若谷,内心必然时时保持安静,总能坦然面对世事的纷扰,这就是"虚静";他不企求标新立异、独树一帜或追名逐利、与人竞争,这就是甘于"恬淡";他不至于非要他人附和或跟随自己,这就叫做安于"寂寞";他任随天地万物的自然运动而无须操劳,这就是"无为"。静定之人总是享有快乐的心情,因为这样的快乐是自然而然的,所以是恒久不变的。

其实"快乐"的庄子一直认为"天在内,人在外"(《秋水》),讲究"治其内而不治其外"(《天地》),否定一切追求世俗事功而导致本心受累的行为,总之,庄子是追求超凡脱俗的"逍遥"的人生境界的。但是,本章某些观点却与上述思想有所不合,所谓"静而圣,动而王,无为也而尊,朴素而天下莫能与之争美",所谓"一心定而王天下",将庄子认为对立的内与外、动与静、道德修养和世俗事功,加以调和统一起来了。很显然,这里阐述的思想,与庄子"芒然徬徨乎尘垢之外,逍遥乎无为之业"(《大宗师》)的主张有相当距离,明显是庄子后学的观点。

庄子后学认为,理想的人生境界应该是内与外的和谐统一,是修养和事功的完美体现,这种说法当然是汲取了儒家积极入世的思想精神以后,对庄子理论所作的修正。后来,西晋玄学家郭象指出庄子"通天地之统,序万物之性,达死生之变,而明内圣外王之道,上知造化无物,下知有物之自造也。……是以神器(指国家政治)独化于玄冥之境而源流深长也"(《庄子序》),则更进一步从"自化"的观点强调自然与社会的和谐,论证并发挥了庄子后学提出的"内圣外王"(《天下》)之道,从而也促成了魏晋那些谈"玄"的名士们既放任自然性情、又维护纲常名教的思想特征。

本章所谓的"水静则明烛须眉,平中准,大匠取法焉。水静犹明,而况精神!圣人之心静乎!天地之鉴也,万物之镜也",以水喻心,强调心静则明,认为心明就能映照万物而无比充实,内心充实就能自然随顺天道而运动,这一观点后来被北宋思想家邵雍借用,却成为他"万化万事皆生于心"的"心法"的理论根据之一。邵雍说:"夫鉴之所以能为明者,谓其能不隐万物之形也。虽然,鉴之能不隐万物之形,未若水之能一万物之形也。虽然,水之能一万物之形,又未若圣人能一万物之情也。圣人之所以能一万物之情者,谓其圣人之能反观也,所以谓之反观者,不以我观物也。不以我观物者,以物观物之谓也。"(《皇极经世书·观物篇六十二》)邵雍所谓"不以我观物""以物观物"的认识世界的方式,用他自己的话来说,就是指"能以一心观万心,一身观万身,一物观万物,一世观万世者"(《皇极经世书·观物篇五十二》),也就是所谓"非观之以目而观之以心也,非观之以心而观之以理也"(《皇极经世书·观物篇五十二》)。也就是说,在本章作者看来,无欲则静,心静则明,心静就是无为的表现,因此具有"不隐万物之形""一万物之形"和"一万物之情"的非凡功能的,其实是自然,是"道",而到了邵雍的笔下,它却变化成为圣人的心了。

夫帝王之德①,以天地为宗②,以道德为主,以无为为常③。无为也,则用天下而有余;有为也,则为天下用而不足④。故古之人贵夫无为也。上无为也,下亦无为也,是下与上同德。下与上同德则不臣⑤。下有为也,上亦有为也,是上与下同道。上与下同道则不主⑥。上必无为而用天下,下必有为为天下用。此不易之道也。

故古之王天下者,知虽落天地⑦,不自虑也;辩虽雕万物⑧,不自说也;能虽穷海内⑨,不自为也。天不产而万物化⑩,地不长而万物育,帝王无为而天下功⑪。故曰:莫神于天,莫富于地,莫大于帝王。故曰:帝王之德配天地⑫。此乘天地⑬,驰万物⑭,而用人群之道也⑮。

本在于上,末在于下;要在于主⑯,详在于臣⑰。三军五兵之运⑱,德之末也;赏罚利害,五刑之辟⑲,教之末也;礼法度数⑳,形名比详㉑,治之末也;钟鼓之音,羽旄之容㉒,乐之末也㉓;哭泣衰绖㉔,隆杀之服㉕,哀之末也。此五末者,须精神之运,心术之动,然后从之者也㉖。末学者,古人有之,而非所以先也。君先而臣从㉗,父先而子从,兄先而弟从,长先而少从,男先而女从,夫先而妇从。夫尊卑先后,天地之行也,故圣人取象焉㉘。天尊地卑,神明之位也㉙;春夏先，秋冬后，四时之序也；万物化作㉚，萌区有状㉛，盛衰之杀㉜，变化之流也㉝。夫天地至神也，而有尊卑先后之序，而况人道乎！宗庙尚亲，朝廷尚尊，乡党尚齿㉞，行事尚贤，大道之序也。语道而非其序者，非其道也。语道而非其道者，安取道哉！

是故古之明大道者，先明天而道德次之，道德已明而仁义次之，仁义已明而分守次之㉟，分守已明而形名次之，形名已明而因任次之㊱，因任已明而原省次之㊲，原省已明而是非次之，是非已明而赏罚次之，赏罚已明而愚知处宜㊳，贵贱履位㊴，仁贤不肖袭情㊵。必分其能，必由其名。以此事上，以此畜下，以此治物，以此修身，知谋不用，必归其天㊶。此之谓大平㊷，治之至也。故书曰㊸："有形有名。"形名者，古人有之，而非所以先也。古之语大道者，五变而形名可举、九变而赏罚可言也㊹。骤而语形名㊺，不知其本也，骤而语赏罚，不知其始也㊻。倒道而言，迕道而说者㊼，人之所治也㊽，安能治人！骤而语形名赏罚，此有知治之具㊾，非知治之道。可用于天下，不足以用天下。此之谓辩士㊿，一曲之人也[51]。礼法数度，形名比详，古人有之。此下之所以事上，非上之所以畜下也。

【今译】

那帝王治理天下的法则，就是以天地为本，以道德为主，把无为当作不变之法。无为，作用于天下而仍有富余；有为，被天下所用而仍然不足。所以古时候的人重视无为啊。帝王无为，臣民也无为，这样就是臣民与君主执行相同的法则。臣民和君主的法则相同，那么臣民就丧失了臣民的道德。臣民有为，君主也有为，这样就是君主与臣民运用相同的法则。君主和臣民的法则相同,那么君主就丧失了君主的法则。对于君主,必须推行无为而利用天下;对于臣民,必须推广有为而被天下所用。这是无法改变的法则啊。

所以古代统治天下的人,他的智慧虽然足以包罗天地,但从不考虑自己;他的口才虽然能够粉饰万物,但从不夸说自己;他的能力虽然四海之内首屈一指,但从不为自己的利益努力。上天自身不会生产而万物赖以化生,大地本身不能生长而万物赖以养育,帝王施行无为而天下得以成功。所以说:没有什么能比上天更灵,没有什么能比大地更富,没有什么能比帝王更大。所以说:帝王的道德合乎天地的品质。这就是驾驭天地,驱使万物,和利用众人的法则啊。

"无为"是根本,靠君主掌握;"有为"是枝节,由臣民处理。纲要由君主施行,细目靠臣民操作。军队兵器的运用,这是道德的枝节;有功行赏、为害处罚,五刑的运用,这都是教化的枝节;礼仪法规、条款制度,考察名实,比勘验证,这都是治理天下的枝节问题;钟鼓的声音、舞蹈的姿容,这都是音乐的枝节;痛哭流涕、披麻戴孝,穿着丧服的规矩制度,这都是哀悼的枝节。这五种枝节的事物,都必须运用精神,动用心术,然后才产生出来的。这种枝节的学问,古人已经有了,但不是把它们当作首要的事物。君主在先而臣子在后,父亲在前而孩子在后,哥哥在前而弟弟在后,年长的在前而年少的在后,男的在前而女的在后,丈夫在前而妻子在后。那天地的运行啊,是有高低先后的,所以圣人就效法这种现象了。天高地矮,是天地的位置;春夏在前,秋冬在后,是四季的时序;万物化生,萌芽弯曲而呈现各自的形状,又从茂盛走向衰落,是变化的自然进行。那天地是最为神明的,尚且有高低前后的次序,何况人道呢!宗庙之中推尊血缘近的,朝廷之内推尊爵位高的,乡里之间推尊年寿高的,做事的时候尊重有才能的,这就是自然之道的次序啊。谈论道而否定它的次序,就不是真正的道。谈论道而又否定道的人,哪里能获得道呢!

因此古时候明白自然之道的人,首先要明了上天,而道德放在第二位;道德明了以后,然后是仁义;仁义明了以后,然后是职责;职责确定以后,然后是名实;名与实弄清以后,再根据情况授予相应任务;任务安排妥贴之后,然后是考察;考察明白以后,然后是肯定或否定;表扬批评已经明确,然后是赏罚。赏罚明确,那么不论愚昧的或聪明的,都能处置合宜;尊贵的或卑贱的,各就各位;仁人贤士或不成器的,一概根据实际情况安排。必须使他的职责适合他的能力,必须根据他的职务名称考察他的实绩。用这样的方法侍奉君主,用这样的方法抚养臣民,用这样的方法处理事物,用这样的方法来修养自身,智谋一概抛弃,必然回归于自然。这就叫做太平,就是天下获得了最好的治理。所以书上说:"有表象,有名称。"表象名称,古人有所谈论,但不是把它们当作首要的事物。古时候谈论自然之道的人,依次阐发到第五阶段,就可以列举表象名称;阐发到第九阶段,就能谈论赏罚之道了。如果一开头就谈论表象名称,就不知道根本的东西是什么;如果一开头就谈论赏罚,就不知道首要的应该是什么了。颠倒道的顺序来谈论道、违反道的次序来阐发道的人,只能被他人所统治,哪里能够治理他人呢!一开头就谈论表象名称、赏罚之道的人,这是只知道施治的手段,并不懂得治理的道理。他只能被天下所用,不足以利用天下。这样的人就叫做"辩士",是孤陋寡闻的人啊。礼仪法规、条款制度,考察名实、比勘验证,古人已有所论述。这一切都是臣民用来侍奉君主,并非君主用来抚养臣民的啊。

【注释】

① 德:道。帝王之道,即帝王管理天下的法则。 ② 宗:根本。 ③ 常:不变之法。 ④ "无为也"四句:意为"无为"乃天地之道,并非仅仅用于治理天下,用来治理天下只是其功能的一部分,故称"有余";"有为"则事事操劳,被天下万事万物所牵累,而其所治事物却因此败坏,不能满足天下的需求,故称"不足"。 ⑤ 不臣:丧失臣子之德。 ⑥ 不主:丧失君主之道。 ⑦ 知:通"智"。落:通"络",包罗。 ⑧ 辩:口才。雕:雕饰,粉饰。 ⑨ 穷:极,尽。 ⑩ 化:化生。 ⑪ 功:成功。 ⑫ 配:合乎,合于。本句谓帝王的道德和上天一样灵妙,与

大地一样富有。 ⑬乘:驾驭。 ⑭驰:驱使。 ⑮用:役使。 ⑯要:纲要。 ⑰详:细目。 ⑱三军:按周朝制度,大国为三军,一万二千五百人为一军。五兵:五种兵器,即戈、殳、矛、楯、弓矢。运:运用。 ⑲赏罚利害:赏利罚害之意,有利的行赏,有害的处罚。五刑:墨(额上刺字并染上黑色)、劓(割鼻)、刖(断足)、宫(破坏生殖机能)、大辟(处死)。辟:使用刑法。 ⑳礼法度数:当作"礼法数度",《天下》篇曰:"其明而在数度者,旧法世传之史尚多有之。"又曰:"明于本数,系于末度。"可见"数"应在"度"前。度出于数,数出于法,法出于礼。礼指上下尊卑等级,法律根据礼而制定,法律条款的序目差别称为数,序目下具体法则措施称作度。 ㉑形名:指名与实,根据外在名声考察其内容实质。比详:比较审核。此二句谓依据法律条文来勘察验证。 ㉒羽:鸟毛。旄(máo):兽毛。羽旄:舞者持于手中或用于装饰,此指跳舞。容:阵容姿态。 ㉓乐之末:意为世俗的音乐歌舞都是人为的,高尚的音乐则是自然的天乐。 ㉔衰(cuī):通"缞",丧服。绖(dié):麻布所制的冠、带,举行丧事时佩戴。 ㉕隆:加隆,即升级。杀:降杀,即降级。依据礼制,丧服分为"五服",即斩衰、齐衰、大功、小功、缌麻五种不同等级的丧服。此句意为根据与死者不同的亲疏关系,选择不同等级的丧服穿着。 ㉖从之:随之而生。 ㉗从:跟从,即处于后。 ㉘取象:效法。 ㉙"天尊地卑"二句:《天地》篇曰,"神何由降,明何由出"。神,由天降生,故指"天"。明,自地焕发,故指"地"。意为天高而尊,地下而卑,天地的位置是固定不变的。 ㉚作:生。 ㉛区:通"句"(gōu),植物弯曲的幼芽。《礼记·月令》:"季春之月……句者毕出,萌者尽达。" ㉜杀:降。本句谓由盛而衰,逐渐下降。 ㉝流:自然进行。 ㉞齿:人的年龄。《孟子·公孙丑下》曰:"天下有达尊三:爵一,齿一,德一。朝廷莫如爵,乡党莫如齿,辅世长民莫如德。"《汉书·武帝纪》载建元元年诏:"古之立教,乡里以齿,朝廷以爵,扶世导民,莫善于德。"可与此参看。 ㉟分守:职责。 ㊱因任:根据职责名号授予任务。 ㊲原省:考察。 ㊳知:通"智"。处宜:处理合宜,安排妥当。 ㊴履位:就位,就任。

㊵ 袭情:合乎实际。　㊶ 归其天:归于自然。　㊷ 大:通"太"。　㊸ 书:书名及其作者皆不得而知。　㊹ "五变而形名可举"二句:变,变化演绎,即理论阐述的推演。举,列举。据上文论述"明大道"的过程,依次为天、道德、仁义、分守、形名、因任、原省、是非、赏罚,自"先明天"起,至"形名"为五变,至"赏罚"为九变。　㊺ 骤:猛然,一上来。　㊻ 始:首要的。　㊼ "倒道而言"二句:意为辨明大道必须依照先后顺序,形名赏罚是道之末流枝节,如果首先提倡末流的东西,就是违背了大道,即"倒道"和"连道"。　㊽ 人之所治:被人所统治。　㊾ 治之具:用于统治的工具、手段。　㋀ 辩士:能言善辩、华而不实的人。或谓指名家一派。　㋁ 一曲之人:闻见狭隘、孤陋寡闻之人。《天下》篇:"不该不遍,一曲之士也。"

【评析】

本章在上一章的思想基础上进一步加以阐发,主要论述君道"无为"、臣道"有为"的道理。作者认为,君王治理天下万民,即"用天下",故当"无为";臣子被统治者所用,即"为天下用",故应"有为",并且强调这样的等级尊卑秩序是符合天道的,是不可改变的。当然,其中"无为"是主要的原则,是起根本作用的,"有为"则是次要的,不过作者同时指出,根据"有为"的需要而规定的种种伦理道德、法律制度,也是不可忽视的。

上一章作者曾强调"无为"是万物之本,本章则说"上必无为而用天下,下必有为为天下用。此不易之道也",认为"无为"应该是在"上"者的行为准则,而在"下"者的行为标准却应该是"有为",二者是相对立的,否则就会导致"不臣""不主",引起社会混乱,并且认为由礼制、名分确定的上下、尊卑、主从等关系是符合天道的不易之理。本章还正面肯定了军事战争、赏罚刑法、礼教音乐等对于社会的有益作用。这样并不从根本上否定礼法制度、明显为统治者代言的说法,显然与内篇中阐述的齐同万物、绝圣弃智的思想是矛盾的。

本章其实是庄子后学在上一章汲取儒家思想后提出"内圣外王"

的人生哲学以后，进一步吸收儒家和法家思想后推出的社会政治主张。调和"无为"和"有为"，肯定"三军五兵""赏罚利害"等"五末"，就是作者将道家的"自然"和儒家的"用世"混合折衷以后的主张。因此，后世政治家十分注意从中汲取有用的思想，为现实政治服务，北宋王安石就曾注意到本章有关"无为"和"有为"的论述，并且直接加以引用，他说："爱民者以不爱爱之乃长，治国者以不治治之乃长。惟其不爱而爱，不治而治，故曰无为。夫无为者用天下之有余，有为者用天下之不足。"（容肇祖编《王安石老子注辑本》）可见这里有关"无为"和"有为"关系的论述，王安石十分赞同，并借用来阐述他爱民治国的思想。

除了儒家的主张以外，本章对于法家思想的借用尤其明显。先秦法家将人与人的所有关系归结为相互利用的关系，因此强调是非功利，提出了法令、权术、威势为核心的政治思想。法家认为"定名分"是治理国家的必要手段，如《商君书·定分》所谓"名分定，势治之道也"。认为官府必须根据民心定法令、施刑罚，如《韩非子·定法》所谓"法者，宪令著于官府，刑罚必于民心"。主张君王应当致力于观察臣子的言行，促使其"形名"（即言行）一致，如《韩非子·主道》所谓"有言者自为名，有事者自为形。形名参同，君乃无事焉"。主张君王无为而又能威势慑人，如《韩非子·主道》所谓"明君无为于上，群臣竦惧乎下"。凡此种种，与本章提出的治理社会的九条原则相比较，除了"天""道德""仁义"之外，其余"分守""形名""因任""原省""是非""赏罚"诸条，无论其名称、内涵，还是考察官吏的步骤，都有不少相近相似的地方。

然而庄学思想毕竟不同于儒家或法家的思想，庄子后学在汲取这些"外来思想"的同时，又对它们作了加工整理和进一步的理论发掘，尤其是把儒家所谓的伦理道德关系，如君臣、父子、兄弟、长少、男女、夫妇的尊卑先后，说成是圣人对"天地之行"的效法；将尚亲、尚尊、尚齿、尚贤的社会行为，归结为"大道之序"，于是就给社会道德伦理关系以及有关理论奠定了"自然"和"天道"的基础，后来汉代董仲舒的"天人合一"理论以及宋、明理学家的诸多论说，都是在此根基上发展延伸出来的。

由于本章肯定君臣父子伦理，肯定赏罚是非和法度，显然违背庄子有关"至德之世"的自然原始的社会政治理想，因此不少学者曾经对它的真伪表示怀疑。清人王夫之说："上不自为而任之下，亦与用人则逸、自用则劳之言相似。然君子之任人，以广益求治，而此以自尊求乐，既非老、庄无为之旨，抑且为李斯、赵高冈上自专之倡。甚矣，其言之悖也！"又说："其意以兵刑、法度、礼乐委之于下，而按分守、执名法以原省其功过。此形名家之言，而胡亥督责之术，因师此意，要非庄子之旨。""盖秦、汉间学黄、老之术，以干人主者之所作也。"（均见《庄子解》。）王夫之认为本章阐述的主要思想与法家理论接近，这无疑是正确的，由此也可证明《庄子》一书所表现的思想的多样和复杂，但据此认定本篇出自秦、汉间人之手，则未免失之武断。

昔者舜问于尧曰："天王之用心何如①？"尧曰："吾不敖无告②，不废穷民③，苦死者④，嘉孺子而哀妇人⑤，此吾所以用心已⑥。"舜曰："美则美矣，而未大也。"尧曰："然则何如？"舜曰："天德而出宁⑦，日月照而四时行，若昼夜之有经⑧，云行而雨施矣！"尧曰："胶胶扰扰乎⑨！子，天之合也；我，人之合也。"夫天地者，古之所大也，而黄帝、尧、舜之所共美也。故古之王天下者，奚为哉？天地而已矣⑩！

【今译】

古时候，舜问尧说："您治理天下是怎样花费心思的呢？"尧回答说："我对无处投诉的小民不傲慢，不把穷人抛在一边不闻不问，对死者表示悲切怜悯，优待小孩而怜惜妇女，这就是我花费心思的地方。"舜说："好倒是好，但是还算不上伟大。"尧问："既然如此，那么应该怎样做呢？"舜说："天王之德施行而万物萌生，天下安宁，像日月的照耀、四季的转换，像昼夜的交替具有规律，像云气的飘行、雨水的降落。"尧回答说："我真是拘泥不化而心神紊乱啊！您，合乎天道；我，合于人道而已。"那天和地，古时候就认为是伟大的，而被黄帝、尧、舜所共同赞美。所以古时候统治天下的人，做了什么呢？效法天地而已！

【注释】

① 天王：天子，这里用作对尧的尊称。　② 敖：通"傲"，傲慢。无告：有苦无处投诉的人，即穷人。《尚书·大禹谟》："不虐无告。"　③ 废：抛在一边而不理不问。　④ 苦：哀苦，悲悯。　⑤ 嘉：优待，仔细爱护。孺子：小孩。哀：哀怜，怜惜。　⑥ 所以用心：花费心思的地方。已：同"矣"。　⑦ 天德：天王之德。出：万物萌生。宁：安宁。《易·乾卦彖传》："首出庶物，万国咸宁。"与此同义。　⑧ 经：常则，规律。　⑨ 胶胶：拘泥不化的样子。扰扰：心神紊乱的样子。本句谓尧领悟天王之德以后，感叹以往用心操劳均属过失。　⑩ 天地而已：效法天地之无为法则罢了。

【评析】

本章假借舜与尧的对话，比较君道与臣道（即"无为"和"有为"）的优劣，说明人道不如天道。

在舜看来，古时候的天子，从不为人事而忧心操劳，"天地而已矣"。为什么天子要效法天地呢？因为老子说过："天大，地大，王亦大。"(《老子》二十五章)也就是说，君王效仿天地是很自然的选择。由于上古天子只是效法天地"无为"的原则施治，因此天地万象没有异常，日月、云雨、四季都自然地发挥作用，自然地奉献其成果，天子则享有安逸和快乐；而以尧为代表的所谓贤明天子，谦恭待人，抚恤死者，怜悯孤苦，拘泥于人事，事事操心，忙忙碌碌，到头来只是徒劳而已。换句话说，舜所主张的是至尊的"君道"，尧所谨守的则是卑下的"臣道"，因此只有无为而治才是理想的治国之道。

钟泰认为，本章是承接首章"明此以南乡，尧之为君也；明此以北面，舜之为臣也"一语而作的进一步阐发，说明舜虽然处于臣子的位置,却具有君王的德行,并借以赞赏尧慧眼识珠、主动让位于贤能的行为(参见《庄子发微·天道》)。其实不然。第一章里,"南乡"之尧与"北面"之舜,都是明"道"之人,都是作者正面表扬的对象;而本章则将尧作为"臣道"的执行者,把舜当作"君道"的宣传人,贬尧褒舜的倾向十分明显。庄子撰写"重言",本来是借重古人以立论,是希望通过这样的艺术手法,形象而又生动地阐述自己的主张,至于借重的对象是否可以打击、打击的对象是否可以褒赏等等诸如此类的矛盾,显然是不在意的。如果执意要将各篇各章的人物形象及其言行前后贯穿起来,并加以疏通,难免走入歧途。

孔子西藏书于周室①,子路谋曰②:"由闻周之征藏史有老聃者③,免而归居,夫子欲藏书,则试往因焉④。"孔子曰:"善。"往见老聃,而老聃不许⑤,于是繙十二经以说⑥。老聃中其说⑦,曰:"大谩⑧,愿闻其要。"孔子曰:"要在仁义。"老聃曰:"请问:仁义,人之性邪?"孔子曰:"然,君子不仁则不成,不义则不生。仁义,真人之性也,又将奚为矣⑨?"老聃曰:"请问:何谓仁义?"孔子曰:"中心物恺⑩,兼爱无私⑪,此仁义之情也。"老聃曰:"意⑫,几乎后言⑬!夫兼爱,不亦迂乎!无私焉,乃私也⑭。夫子若欲使天下无失其牧乎⑮,则天地固有常矣⑯,日月固有明矣,星辰固有列矣⑰,禽兽固有群矣,树木固有立矣⑱。夫子亦放德而行⑲,循道而趋,已至矣!又何偈偈乎揭仁义⑳,若击鼓而求亡子焉㉑!意,夫子乱人之性也。"

【今译】
孔子西行,想把自己的著作藏到周王室,子路为他谋划说:"我听说周王朝管理图书的官员中有一个叫老聃的,已退休而回乡居住,您要藏书,就试着前往托他把您介绍到朝廷图书馆去吧。"孔子说:"好。"前往拜见老聃,但老聃不答应,孔子于是反复阐说《春秋》,试图说服他。老聃打断他的话,说:"太繁琐了,希望听你说一说它的中心意思。"孔子说:"中心在于仁义。"老聃说:"请问:仁义是人的本性吗?"孔子答:"是的,君子不仁就不能成为君子,不义就不能生存。仁义,确实是人的本性啊,除此之外还要追求什么呢?"老聃又问:"再请问:什么叫做仁义?"孔子回答:"心地保持中正,希望万物安乐,爱自我以及他人,大公无私,这就是仁义的实际内容。"老聃说:"噫嘻,近似于那些迂远不实的言论!那爱自己以及他人的说法,不也有些迂腐吗!所谓无私,就是有私啊。先生如果希望使天下万物不丧失自然的养育,那么天地本来就具备恒久不变的运动,日月本来就具备光明,星辰本来就具备次序排列,飞禽走兽本来就具备群居的场所,树木本来就具备生长的地方。先生也仿效自然之德而行事,沿着自然之道而行走,已经能够到达古代帝王用心的最高境界了!又何必费尽气力高举仁义的招牌,这样就好像敲响大鼓来寻觅逃亡的人!噫嘻,先生是在扰乱人的本性啊。"

【注释】

① 西藏书于周室:将自己写的书藏到西边的周王室。周朝国都在鲁国之西。周为当时共主,春秋诸国之间战争不太可能殃及,藏书于周王室,当时认为比较安全。　② 子路:孔子弟子,姓仲名由,子路为其字,卞(今山东泗水)人。比孔子小九岁。谋:筹谋,指设法为孔子找到介绍人。　③ 征藏史:管理国家收藏的图书典籍的官员。④ 因:由,通过。　⑤ 不许:不答应。盖老聃认为孔子的著作不够国家收藏的资格,不答应为之介绍,故以下谓孔子阐说其书大旨,试图说服老聃。　⑥ 繙(fán):反复。十二经:指《春秋》,《春秋》为孔子编定,按春秋时期鲁国十二个国君的顺序编排,故又可称为"十二公经"。说(shuì):说服。　⑦ 中:中断,指当孔子说到一半时插话打断。⑧ 大:通"太"。谩:冗长。　⑨ 奚:何。又将奚为:意为除了仁义还要

追求什么呢。 ⑩中心:使心地保持中正不偏。物恺(kǎi):万物安乐。 ⑪兼爱无私:兼爱,体现"物恺";无私,体现"中心"。 ⑫意:通"噫"。 ⑬几,近,接近。后,太长太远。本句意为近似于那些迂远不实的话语。 ⑭"夫兼爱"四句:迂,迂腐。意为天道本来无所不爱,既言兼爱,则必然有人力所不能涉及的,故为多余,故属迂腐;既倡无私,则将对不合己意者以"私心"苛求,想使众人皆顺乎自己心思,故曰"无私乃私"。 ⑮牧:养。 ⑯常:恒久不变。 ⑰列:排列次序。 ⑱立:定位生长。 ⑲放:通"仿"。 ⑳偈(jié)偈乎:用力的样子。揭:高举。 ㉑亡子:逃走的人。本句谓击鼓招呼众人寻觅逃走的人,鼓声愈急,逃离的人躲得愈远。以此喻指越是提倡仁义,就离大道越远。

【评析】

据《史记·老子列传》,孔子曾前往东周王宫,问礼于老聃。至于本章所谓孔子试图藏书于王宫,并向老聃演绎《春秋》经一事,未见史书记载,明显出于杜撰,是寓言的笔法。因为《春秋》结尾写到"获麟",距孔子谢世仅为两年,而那时老子应该入土多年了。也有人怀疑这里所谓"十二经"不是指《春秋》"十二公经",一说是《诗经》《尚书》《礼经》《乐经》《周易》《春秋》六经加上六种讳书,一说是《周易》上、下经加上"十翼"为十二,钟泰则以细密严谨的推理,一一指出破绽,都予以否定了(参见《庄子发微·天道》)。

本章写孔子试图通过老聃介绍,将自己的著作珍藏于周朝的国家图书馆,以便儒家的思想和道术流传后世,为了说服老聃,他还特意阐说了《春秋》经的大意。孔子为何对《春秋》经情有独钟呢?据《史记·孔子世家》说,孔子根据历史记载编撰《春秋》以后,不但亲自给弟子讲授,还说:"后世知丘者以《春秋》,而罪丘者亦以《春秋》。"可见他是把《春秋》当成得意之作,要藏之名山,传之后人的了。尽管有关孔子撰写《春秋》的记载未必可靠,《春秋》可能根本就是鲁国史官编修的史书,但是"信而好古"的孔子熟读《春秋》,却是完全可能的,因为《春秋》

忠实记录了历史的真实人物和事件，它可以示后人以教训，给后人以启迪，所以本章虚构所谓孔子向老聃阐说《春秋》的情节，并不违背情理。然而庄子的认识与孔子恰恰相反，他说，"道"在己而不在人，在内而不在外，书本所载都是古人的糟粕（参见本篇末章）。于是他借老聃之口批评孔子的著述过于冗长，指斥孔子书中所阐述的仁义道德，并非人的本性；所谓"兼爱"，实在迂腐；所谓"无私"，就是有私，认为标举这些虚假的道德，不仅有违于自然的秩序和规律，而且是对人的自然本性的扰乱。因此"老聃"说，与其高举"仁义"的招牌到处宣传，还不如仿效自然的规律行事，听任万物自由发展。

士成绮见老子而问曰①："吾闻夫子圣人也，吾固不辞远道而来愿见②，百舍重趼而不敢息③。今吾观子非圣人也，鼠壤有余蔬而弃妹之者④，不仁也⑤！生熟不尽于前⑥，而积敛无崖⑦。"老子漠然不应⑧。士成绮明日复见，曰："昔者吾有刺于子⑨，今吾心正却矣⑩，何故也？"老子曰："夫巧知神圣之人，吾自以为脱焉⑪。昔者子呼我牛也而谓之牛，呼我马也而谓之马⑫。苟有其实，人与之名而弗受，再受其殃⑬。吾服也恒服，吾非以服有服⑭。"士成绮雁行避影⑮，履行遂进⑯，而问修身若何。老子曰："而容崖然⑰，而目冲然⑱，而颡頯然⑲，而口阚然⑳，而状义然㉑。似系马而止也，动而持㉒，发也机㉓，察而审㉔，知巧而睹于泰㉕，凡以为不信㉖。边竟有人焉，其名为窃㉗。"

【今译】
　　士成绮拜见老子，问老子说："我听说先生是个圣人，所以我不顾路途遥远而来，希望能见到您，连续走了三千多里，脚底磨出了重重老茧也不敢休息。如今我看到您的所作所为，并不像个圣人啊，鼠洞周围有老鼠丢弃的菜,却遗弃自己的妹妹,这是不讲仁爱啊!生的熟的食物在你面前,根本吃不完,还要囤积敛取而不知停止。"老子神情淡然,不作回答。士成绮第二天又来拜见,说:"昨天我对您有所讽刺,今天我怨恨的心思却正在平息,这是什么缘故呢?"老子回答:"那所谓巧智神圣的人,我自认为超脱而不会去追求。昨天您称我为牛,我就答应是牛;您叫我为马,我就答应是马。如果有'弃妹'的事实,别人这样说我却又不肯接受,这样就是犯了双重的过失。我的顺服是一贯的顺服,我不是因为某些必须服从的原因才表现出顺服的。"士成绮侧身尾随老子行走,一步紧跟一步地往前,又问如何修养身心。老子说:"你的面容骄傲而不愿屈服于人,你的目光四射而不能内敛,你的额头高凸而显露风采,你的嘴巴不停地动弹,你的状貌显得高傲。你就好像一匹马被拴住而停步,本想运动而暂时约束,你的心思就像弩机一动而箭矢发射,你洞察事物而明白是非,你聪明灵巧而呈现骄奢的表情,这一切都不是真实的本性。你就像边境上常有的那种人,他们的名字是窃贼。"

【注释】

①士成绮:人名,士成为其姓,绮为名。老子:老聃。 ②固:通"故"。 ③舍:古时以行三十里或三十五里留宿一晚称为一舍。百舍即三千余里。趼:通"茧"。重趼:指长途跋涉而脚底磨出重重老茧。 ④鼠壤:鼠洞洞口的土壤。余蔬:老鼠丢弃于洞口的菜。弃妹:抛弃妹妹,不予赡养。 ⑤不仁:意为菜食多得连老鼠也吃不完,却不赡养妹妹,显然缺乏仁爱之心。 ⑥不尽:吃不完。 ⑦无崖:无涯,没有边际。 ⑧漠然:冷淡而无动于衷的样子。老子"漠然"的神情表明其虚静的气度,感染了士成绮,因此他第二天再次造访。 ⑨刺:讽刺。指前一日指责老子。 ⑩却:空,息。正却:正在平息。 ⑪"夫巧知神圣之人"二句:知,通"智"。脱,超脱。意为世俗所谓巧智神圣的人,我自认为超脱,不愿成为那样的人。这是针对士成绮所谓"吾闻夫子圣人也"的回答。 ⑫"昔者子呼我牛也而谓之牛"二

句:意为过去您呼我牛则答应为牛,您呼我马则答应为马。其实指士成绮说他"弃妹"之事。《应帝王》篇:"一以己为马,一以己为牛。"意思与此相似。 ⑬ "苟有其实"三句:实,事实,指弃妹的事。名,指不仁的名声。殃,罪责,过失。意为如果有弃妹的事,不管是出于什么原因,总是一个过失;如果别人以此指责你,又不肯接受,是使自己又加上一个过失,故曰"再受其殃"。 ⑭ "吾服也恒服"二句:服,服从,接受。意为先前对于士成绮的指责,之所以表现出"漠然不应"、十分顺服的样子,是由于一贯保持顺服心态,而不是为了什么必须服从的原因才表现出顺服。 ⑮ 雁行:像大雁侧飞一样侧身而行。避影:避开自己的影子,指尽量蜷缩身体,尾随他人而行。喻指士成绮自感羞愧,小心翼翼地行走。 ⑯ 履行:一步跟着一步,尾随老聃而行。 ⑰ 而:你。崖然:岸然,骄傲而不愿屈服于人的样子。 ⑱ 冲然:目光四射、不能内敛的样子。 ⑲ 颡:额头。頯(kuí)然:高凸而显露风采的样子。 ⑳ 阚(hǎn)然:屡屡张口说话的样子。 ㉑ 义然:"义"通"峨";高傲的样子。 ㉒ 持:拘持,暂时约束。 ㉓ 机:弓弩上发箭的装置。发也机:喻指行动起来犹如箭栝已装入弩机,机动即发,迅捷无比。《齐物论》篇"其发若机栝,其司是非之谓也",是讥刺大知小知之间的争斗,可与此参看。 ㉔ 察而审:洞察事物而明白是非。意为追求明察,则巧智必然产生;追求明审,则必然坚持是非标准,而对人必然有所苛求。 ㉕ 知:通"智"。泰:骄泰。本句谓智巧而呈现出骄泰之色。 ㉖ 凡:一切。信:诚实,真实。本句指上述一切都不是真实的本性。 ㉗ "边竟有人焉"二句:竟,通"境"。窃,贼。意为士成绮犹如边境上试图偷越入境的窃贼,并非真正希望进入道的境界,只是前来窃取某些自以为有用的东西而已。

【评析】

　　本章描写了老聃和士成绮两个截然不同的人物形象,借以赞赏不计毁誉是非的自然无心的心性,同时指斥自恃智巧、矫饰仁义的人物及其行为。

老聃浑浑噩噩，对于激烈的批评漠然不应，听任他人随意地评价自己，完全是逆来顺受的模样，但这正是天道无为的表现，用老聃自己的话来说，就是"吾服也恒服，吾非以服有服"。在这样的有道之士面前，士成绮怨恨和反感的情绪却在无形之中得到了化解。与老聃质朴的性格相反，士成绮是个性情外露的人物，他内心浮躁，巧舌如簧，仁义不离于口，聪明而又傲慢，这一切对于虚静无为的天道来说，都是有害的。士成绮之所以要接近老聃，并且请教所谓修身的问题，并非是真正希望进入"道"的境界，而只是想要得到某些自认为有用的东西，因此老聃指斥他是一个妄想盗取"道"的窃贼。

老聃与士成绮初次见面的时候，面对士成绮的激烈指斥，他漠然不应，而且事后还表明自己的心迹，说"昔者子呼我牛也而谓之牛，呼我马也而谓之马"，这是一种似乎冷漠得近于麻木的心态，实际上作者是借此表彰老聃，表彰那种任随他人褒贬、无心计较的自然无为的为人处世态度。但是，后来这两句话也常常被用来表达任心而行、自尊自重的浓烈情绪，南宋遗民谢枋得不愿接受元朝政府的征聘，在上书丞相表示拒聘时就这样写道："庄子曰：'呼我为马者，应之以为马；呼我为牛，应之以为牛。'世之人有呼我为宋逋播臣者亦可，呼我为大元游惰民者亦可。……为轮为弹，与化往来；虫臂鼠肝，随天付予……"（《叠山集·上丞相刘忠斋书》）那种坦荡，那种英气，那种外柔内刚和无所畏惧的性格，借助于庄子的话语，表达得淋漓尽致，且耐人咀嚼回味。

夫子曰："夫道，于大不终①，于小不遗，故万物备②。广广乎其无不容也③，渊乎其不可测也④。形德仁义⑤，神之末也，非至人孰能定之⑥！夫至人有世⑦，不亦大乎，而不足以为之累；天下奋棅而不与之偕⑧；审乎无假而不与利迁；极物之真，能守其本⑨。故外天地⑩，遗万物，而神未尝有所困也。通乎道,合乎德,退仁义⑪,宾礼乐⑫,至人之心有所定矣⑬!"

【今译】

先生说:"道,说它大,无穷无尽;说它小,无所遗漏,所以为万物具备。广大啊,它无所不容;深远啊,它不可测量。形貌仁义,是精神的枝节,若不是得道之人,谁能分辨它们呢!那得道之人拥有天下,所拥有的不也是很大的吗?却不足以成为他的牵累;天下的人都争夺权柄,而得道之人和他们不一样;明察万物而无所依赖,不因追求利益而转移心性,能洞察万物的本性,能坚守无为之道。所以忘却天地,忘记万物,而精神未曾有所束缚。通达于道,吻合于德,不要仁义,抛弃礼乐,得道之人的心就安定了!"

【注释】

① 终:尽。　② 万物备:万物具备道的内容,即万物都体现了道。　③ 广广乎:广大的样子。　④ 渊乎:一本作"渊渊乎",深远的样子。　⑤ 德:容。形德:形貌。　⑥ 至人:得道之人。定:确定,分辨。⑦ 有世:拥有世界,即统治天下。　⑧ 奋:争夺。棁:通"柄",权柄。偕:同。　⑨ "审乎无假而不与利迁"三句:无假,无所凭借。迁,移。极,尽。真,本性。本,天道。意为能明察万物而无所凭借,不因为追求利益而转移心性;能洞察万物的本性,能坚守天道。《德充符》篇:"审乎无假而不与物迁,命物之化,而守其宗也。"意思与此相近。⑩ 外:置之心外。　⑪ 退:斥退,不要。　⑫ 宾:通"摈",抛弃。⑬ 定:安。

【评析】

本章指出,"道"的特征在于虚无,唯有虚无才能容物,因此,"道"是包容并且拥有一切事物的,即所谓"于大不终,于小不遗,故万物备"。与此同理,得"道"的"至人"胸怀宽广,无所不容;"至人"所具有的理想人格,在于忘却外物,在于超脱世俗,在于忘怀一切人为的社会伦理和道德规范。世上所有的东西，包括天地万物、权势利益、仁义礼乐等等，"至人"一概不会放在心上，从而造就一种安宁恬静的"定"的心境，得以始终自然地遵循无为的天道行事。反过来说，只要能定心于自然无为的天道，也就不会遭受任何外物的牵累。

庄子对于社会和人生所采取的超脱的主张和态度，是建立在对现实社会全面的厌恶和批判基础之上的，因此他对人间事务一概摒弃，对世俗道德统统否定。这样的生活态度，与他的精神追求也是一致的，正如《逍遥游》中所说的，"孰弊弊焉以天下为事""孰肯以物为事"，清高孤傲的庄子决不愿意被世俗事务牵累，影响他对"道"的追求。在庄子看来，作为世界万物本源的"道"，既是超越任何个体存在的整体实在和高远境界，又是自本自生、无所不在的，因此既要超越感性的个体的自然存在，又要坚持"道"的根本的自然无为的立场，那么"退仁义，宾礼乐"，抛弃所有他认为是有伤于本性、有害于人性的仁义礼乐之类的世俗桎梏，就是很自然的事了。

世之所贵道者，书也。书不过语，语有贵也。语之所贵者，意也，意有所随①。意之所随者，不可以言传也，而世因贵言传书②。世虽贵之，我犹不足贵也，为其贵非其贵也。故视而可见者，形与色也③；听而可闻者，名与声也④。悲夫！世人以形色名声为足以得彼之情⑤！夫形色名声果不足以得彼之情⑥，则知者不言，言者不知，而世岂识之哉！

桓公读书于堂上⑦，轮扁斫轮于堂下⑧，释椎凿而上⑨，问桓公曰："敢问：公之所读者，何言邪？"公曰："圣人之言也。"曰："圣人在乎？"公曰："已死矣。"曰："然则君之所读者，古人之糟魄已夫⑩！"桓公曰："寡人读书，轮人安得议乎！有说则可⑪，无说则死！"轮扁曰："臣也以臣之事观之。

斫轮,徐则甘而不固,疾则苦而不入⑫,不徐不疾,得之于手而应于心,口不能言,有数存焉于其间⑬。臣不能以喻臣之子⑭,臣之子亦不能受之于臣,是以行年七十而老斫轮⑮。古之人与其不可传也死矣⑯,然则君之所读者,古人之糟魄已夫!"

【今译】

世人所珍贵的道,都记载在书上。书上记载的不可能超越于语言文字之外,语言确实有可贵之处。语言之所以可贵,在于它表达的意思,而意思之外又附带有另外的内容。意思附带的内容,是不可能用言语来传达的,然而世人却因为推崇言语而利用书籍来传授。虽然世人推崇它,我仍然认为它不值得珍重,因为世人珍重的并非真正可贵的。所以用眼睛看就能看见的,是文字;用耳朵听就能听见的,是言语。可悲啊!世人以为通过文字言语就足以获得事物的真实情况。那文字言语,确实难以从中得到事物的真实,就像知道的不说,说话的其实并不知道,而世人难道明白这个道理吗!

齐桓公在堂上读书,轮扁在堂下砍削木头、制作车轮,他放下椎子和凿子走上殿堂,问桓公说:"我大胆地请问:您所读的书,说的是什么呢?"桓公回答:"圣人说的话啊。"轮扁又问:"圣人还在世吗?"桓公答:"已经死了。"轮扁说:"既然如此,那么您所读的,只是古人的糟粕而已!"桓公说:"国君我在此读书,制作车轮的下人怎么可以议论呢!有什么道理说出来还可以原谅,说不出道理就将你处死!"轮扁说:"我从我所从事的工作观察到这个道理。砍削车轮,榫眼宽了,榫头就松滑而不牢固;榫眼窄了,榫头就紧涩而难以安入,不松不紧,得心应手,嘴里虽然说不出来,但有分寸存在于心间。我无法把这些明明白白地告诉我的儿子,我的儿子也无法从我这里接受这些技巧,因此我已经七十岁了,到老还在砍削车轮。古时候的人以及他无法传授的东西都已经死了,既然如此,那么您所读的书,只是古人的糟粕而已啊!"

【注释】

①随:随附,附带。 ②贵言:推尊语言。传书:通过书籍传授。 ③形与色:指文字。 ④名与声:指言语。 ⑤情:实际。 ⑥果:果然,确实。 ⑦桓公:齐桓公,名小白。 ⑧轮扁:专门制造车轮的工匠,名扁。古时造车,制造车厢和制造车轮有专业分工,故《考工记》有"舆人""轮人"之称。斫轮:砍削木头,制成车轮。 ⑨释:放下。椎、凿:制车轮的工具。 ⑩魄:通"粕"。 ⑪说:阐说,解释。 ⑫"徐则甘而不固"二句:徐,宽;甘,滑;疾,紧;苦,涩滞。指车轮上的榫眼凿得宽了,榫头就松滑而不牢固;榫眼凿得小了,榫头就紧涩而难以安入。 ⑬数:分寸。 ⑭喻:明白,此指使他人明白。 ⑮行年:经历过的年岁,即指目前的年龄。 ⑯其不可传:指古人之道。死矣:意为古人已死,其道无法凭借书本流传,也已随之消失了。

【评析】

本章先作正面论述,然后借助"轮扁斫轮"的寓言加以证明,指出世人学"道"的毛病,就在于拘泥书本文献所记载的圣人言论,其实语言文字并非能完整准确地表达真实的意思,何况"知者不言,言者不知"的现象由来已久,可是世人对此全都茫然不知。作者认为,"道"存在于虚无之间,就像轮扁斫轮的技艺诀窍,是只可意会、不可言传的,至于书本记载的所谓"圣人之言",都是古人的糟粕,因为"古之人与其不可传也死矣",古人的精华早已随着古人的逝去而销声匿迹了。也就是说,要想从书本典籍之中学习真正的"道",是根本不可能的,"道"无法通过言语或文字传授,只能依靠修道者自己的亲身体验。

作者在这里指出的"词不达意""言不尽意"的情况,是恒久而且普遍地存在着的,也就是说,利用语言文字来表达思想,确实存在着某些局限或障碍,庄子的理论,无疑有助于我们突破语言文字的表象而去探求无限的言外之意。陈详道说:"书之于意,犹形色名声(语言文字)之于情。情不可得之于形色名声,意不得传之于书言,必矣。故善《易》者,得意而忘象,得象而忘言;善《诗》者,得志而忘辞,得辞而忘文。"(褚伯秀《南华真经义海纂微》引)所谓"得象而忘言""得志而忘辞",正是超越表象而得其意趣的结果。此外还需指出的是,庄子在这里把语言文字传达的所有一切都说成是古人的糟粕,并非是存心否定书本文献的作用,而是有心夸大其词,耸人听闻,试图以此警醒世人,以此破除世人对于书本的迷信。因为假如拘泥于书本记载的所谓圣人的言论,必然束缚自我心性,必然舍本逐末,当然也就必然影响悟"道"。

"轮扁斫轮"的寓言和其中轮扁对于齐桓公的一段说辞,受到历代《庄子》注家和评论家的重视,刘凤苞说:"轮扁一段妙论,托出正意,事外逸致,弦外余音,使人低徊不尽,当与庖丁对文惠君语,及濠梁观鱼一段,同为绝顶文心,绝妙机锋,迥非寻常意境。"(《南华雪心编·天道》)尽管庄子已经声明,仅凭"形色名声"不足以探知其背后的真正内涵,但后人仍然试图从庄子留下来的"糟粕"之中,觅取其中的真情实意和无限的言外之意,而且乐此不疲。可见"言"还是需要的,否则"言外之意"也就没有了。

天运第十四

【解题】

本篇摘取首句两字为题,所谓"天运",是指"天道的运行"。全文七章,基于"天运"立论,根据《天道》篇所谓"天道运而无所积""帝道运而无所积""圣道运而无所积"展开,说明宇宙间万事万物的运行变化,都出于自然,都是不断变化发展而且永无休止的,而一切所谓人间之道,如帝道和圣道,都必须效法天道,顺应天道,如此天下就能得到大治,否则天下就不得安宁。

本文首章虽然以"天运"发端,以下所论却都是帝道、圣道之事,如商大宰荡问仁于庄子、黄帝对北门成以乐喻道、老聃与孔子的两次对话,都是论圣道之运;而师金向颜渊谈论孔子的所作所为、老聃对子贡的一番训诫,则是论帝道之运。其实,所谓帝道、圣道,都源于天道,而天道也就是"自然"。王夫之说:"此篇之旨,以自然为宗。天地之化,无非自然。上皇因而顺之,不治而不乱;后世自勉以役其德,而自然者失矣。"(《庄子解》)所谓"自然者失",是自我勉励、修身修德的结果,也就是推行礼乐、强调"有为"的结果,因此只有抛弃礼乐,无为而治,才能回归自然。本篇最后说到,"失于自然"的孔子得"道"后立志"与化为人",所谓"与化为人",意思是说为人处事随顺天地的自然变化,也就是"随天而运"。如此一来,天人合一,本篇的首尾也就衔接呼应了。

"天其运乎?地其处乎①?日月其争于所乎②?孰主张

是③？孰维纲是④？孰居无事推而行是？意者其有机缄而不得已邪⑤？意者其运转而不能自止邪？云者为雨乎？雨者为云乎？孰隆施是⑥？孰居无事淫乐而劝是⑦？风起北方，一西一东⑧，有上彷徨⑨。孰嘘吸是⑩？孰居无事而披拂是⑪？敢问何故？"巫咸𧘂曰⑫："来，吾语女。天有六极五常⑬，帝王顺之则治⑭，逆之则凶。九洛之事⑮，治成德备，监照下土⑯，天下戴之⑰，此谓上皇。"

【今译】

"天是不停运行的吗？地是静止不动的吗？日月交替是在争夺地盘吗？谁在主宰天的运转？谁在维系地的静止？谁闲着没事而推动日月这样运行的呢？或者大地是因为有机关的闭合才不得不那样的吗？或者上天不停运转是因为自己无法静止吗？是云变成了雨吗？是雨成为了云吗？是谁在兴云降雨呢？谁闲着没事而交媾才助成了云雨吗？风起自北方，一会儿向西吹，一会儿往东刮，或者直上高空而盘旋。是谁在吐气吸气？是谁闲着没事而鼓风排气？大胆地请问这是什么原因？"巫咸告诉说："来，我告诉你。天地之间包容六合五行，帝王依顺它的变化天下就太平，违反自然行事天下就有祸乱。《洛书》记载的九个方面的内容一一施行，太平实现而道德完备，如同日月照临大地，天下百姓都拥戴他，这就叫做崇高的帝王。"

【注释】

① 处：静止不动。　② 争：争夺。所：处所，地方。本句谓日月交替出没，仿佛为争夺地盘而互不相让。　③ 孰：谁。主张：主宰而施张，即主宰施行。是：此，指天的运行。　④ 维纲：维系。　⑤ 意者：或者。机：关。缄：闭。　⑥ 隆：兴，指云的兴起。施：行，指雨的降落。　⑦ 淫乐：古代神话传说中，将云雨的产生说成是天地阴阳之气的交媾所致，故此称淫乐。劝：劝勉，助成。　⑧ 一：一会儿，忽而。　⑨ 有：有时，或者。彷徨：回旋的样子。　⑩ 嘘：吐气，吹。　⑪ 披

拂:鼓风送气,指采用类似于风箱的器具鼓风。　⑫ 巫咸:神巫,名咸。诏:通"诏",告,告诉。　⑬ 天:此指天地。六极:同"六合",上、下、东、西、南、北。五常:即金、木、水、火、土五行。本句谓自然界包容六合五行,各种因素相互作用、相生相克,因此运行变化,永不停息。　⑭ 治:太平。　⑮ 九洛:《洛书》九畴,指《洛书》记载的九个方面的内容,一、五行,二、五事,三、八政,四、五纪,五、皇极,六、三德,七、稽疑,八、庶徵,九、五福六极。据《尚书·洪范》记载,大禹治水时,天帝将洛水神龟背上显示的书赐给了大禹,人称"洛书",书上所载,被认为是治理天下的大法。　⑯ 监:临,自上临下。　⑰ 戴:爱戴,尊崇。

【评析】

与《楚辞·天问》的形式和风格颇为相似,本文一开头,针对天地、日月、云雨等各种自然现象的产生和变化,接连提出种种疑问,这是一个不知名的人士的提问,其实也反映出当时人们共同的疑惑。随后则是巫咸的解答,然而好像是答非所问,巫咸只说"天有六极五常,帝王顺之则治,逆之则凶",对于上述的问题全都未作正面的回答。这是为什么呢?

因为在庄子看来,宇宙万物的存在、变化和发展,都是由其自身内部的动因决定的,所谓"天之自高,地之自厚,日月之自明"(《田子方》),所谓"物之生也,若骤若驰,无动而不变,无时而不移,何为乎?何不为乎?夫固将自化"(《秋水》),所谓"汝徒处无为,而物自化……无问其名,无窥其情,物固自生"(《在宥》)等等,都是强调万物的"自化"是普遍存在着的。但是,"万物自化"的现象千千万万,这种种现象的背后,是否有着某种单一的最终原因呢?换句话说,是什么首先引起万物自化的呢?本章列举了许许多多的自然现象,其实就是在探讨:引起这些纷繁现象的最后的、统一的根源究竟是什么。然后作者又通过巫咸之口,把这一切都归于"六极五常"的作用,也就是说,宇宙之间金、木、水、火、土五种因素的相生相克,造就了一切的事物及其变化,而这一切的变化发展,均无须借助外力的推动,明白了这一点,其余的问题也就迎刃而解了。

当然,作者的真正用意并非是讨论宇宙万物的生成原因,而是企图借此喻示:好高骛远、自以为是的帝王,总以为能操纵一切,其实他们的力量微不足道,因为天地、日月、风云等等,根本不是人力所能控制的。既然宇宙万物的生成发展都是"六极五常"的作用,都是"自化"的结果,那么,治天下者只要顺应自然,不违背自然的运行规律行事,天下一定能够大治,否则必将祸乱丛生。

商大宰荡问仁于庄子①。庄子曰:"虎狼,仁也。"曰:"何谓也?"庄子曰:"父子相亲②,何为不仁!"曰:"请问至仁。"庄子曰:"至仁无亲。"大宰曰:"荡闻之,无亲则不爱,不爱则不孝。谓至仁不孝,可乎?"庄子曰:"不然,夫至仁尚矣,孝固不足以言之。此非过孝之言也③,不及孝之言也④。夫南行者至于郢⑤,北面而不见冥山⑥,是何也?则去之远也。故曰:以敬孝易,以爱孝难⑦;以爱孝易,以忘亲难⑧;忘亲易,使亲忘我难⑨;使亲忘我易,兼忘天下难⑩;兼忘天下易,使天下兼忘我难⑪。夫德遗尧、舜而不为也⑫,利泽施于万世,天下莫知也⑬,岂直大息而言仁孝乎哉⑭?夫孝悌仁义,忠信贞廉,此皆自勉以役其德者也⑮,不足多也⑯。故曰:至贵,国爵并焉⑰;至富,国财并焉;至愿⑱,名誉并焉。是以道不渝⑲。"

【今译】
宋国的太宰荡问庄子什么是"仁"。庄子说:"虎狼身上就有'仁'。"太宰荡说:"你说的是什么意思啊?"庄子说:"虎狼父子相亲相爱,为什么就不是'仁'呢!"太宰荡又问:"请问仁的最高境界是怎样的?"庄子回答:"仁的最高境界就是没有亲情。"太宰荡说:"我听说有这样的说法:不讲亲情就是不讲慈爱,不讲慈爱就是不孝。如果说仁的最高境界就是不孝,可以吗?"庄子说:"不是这样的,那仁的最高境界非常高尚,孝本来就不足以说明它。这并不是说孝有什么过失,而是说孝并不能达到仁的境界。譬如那南行之人到了郢都,向北眺望而看不见冥山,这是什么原因呢?是因为相隔太远了啊。所以说:出自恭敬的孝顺容易做到,出自慈爱的孝顺难以做到;出自慈爱的孝顺容易做到,而忘却父母难以做到;忘却父母容易做到,而使父母不为孩子我挂心则难以做到;使父母忘却我容易做到,而我要将天下人一并忘却就难了;我忘却天下所有的人容易做到,而使天下人一并忘却我就难了。那具备天德的人抛弃尧、舜而不愿学习他们,利益恩德施舍于千秋万代,天下无人知晓,哪里只是叹息着宣传仁道孝道啊!那所谓孝顺父母、尊敬兄长、仁爱、节义、忠厚、诚实、坚贞、廉洁,这一切都需要自己努力去做,因而必然牵累人的真性,是不值得夸赞的。所以说:若要获得最高的尊贵,就把国君的爵位抛弃;若要获得最大的富有,就把国家的财产抛弃;若要获得无上的显耀,就把名誉抛弃。这样去做,道德才不会随外物而变迁。"

【注释】

① 商:指宋国。宋为商的后裔,国都设在商丘,故亦称"商"。大(tài)宰:官名。荡:大宰之名。　② 父子:指虎狼的父与子。　③ 过孝:把孝当作过失。　④ 不及孝:孝不能达到。　⑤ 郢(yǐng):楚国国都,位于今湖北江陵。　⑥ 北面:向北而望。冥山:位于今河南信阳。　⑦ "以敬孝易"二句:意为敬孝注重于表面的迹象,可以勉强,故容易施行;而爱孝发自内心,故难以做到。　⑧ 忘亲难:意为忘却父母要做到不是出于有心,而是顺乎本性,故不易。　⑨ 亲忘我:父母不挂念我。　⑩ 兼忘天下:意为对天下视而不见,即不把天下看作是自身以外的东西,做到"万物一体"。　⑪ 天下兼忘我:意为天下人忘却"我"的存在、"我"的仁爱和好处。因为所谓"天德",是自然的流

露和自然的吸收,就像天生万物而万物并不感激,其仁爱无限而又隐晦;而"我"的仁义和好处假如被天下人知道,说明"我"的仁爱有迹象显露,有迹象的事物终究是有限的。　⑫德遗尧、舜而不为:遗,弃。意为具备天德之人甚至连尧、舜也要抛弃而不愿学习模仿。　⑬天下莫知:意为"天下兼忘我"。　⑭直:只,只是。大(tài)息:叹息。　⑮勉:勉力,努力。役:劳,累。德:真性。　⑯多:夸赞。　⑰并:同"摒",抛弃。　⑱至愿:"愿"疑为"显"字之误。本篇下文曰:"以富为是者,不能让禄;以显为是者,不能让名。"《庚桑楚》篇曰:"贵、富、显、严、名、利六者,勃志也。"说明"显"不仅与"富"相连,而且与"名"相关。　⑲渝:变。道不渝:意为道德淳厚,不随外物变迁。

【评析】

本章写太宰荡和庄子谈"仁",太宰荡认为,仁道与亲情、与孝道是相符合的,庄子却说,若要做到所谓仁爱、节义、孝顺、忠厚、诚实、坚贞、廉洁等等,都需要人为的努力,因而必然牵累人的真性,因此是与自然背道而驰的,是不值得夸赞的。庄子认为,"仁"的最高境界,其实就是返归自然本性,而返归的方法只有一个:"忘"。忘却亲情,忘却外物,忘却天下,物我相忘,你我相忘,也就是说"至仁无亲"。人的本性一旦没有了任何牵累,也就自然契合于天道了。

庄子所说的"仁",不仅不是指儒家鼓吹的社会伦理道德规范或个人的品德修养,甚至不是单纯指向人类社会的。本章所谓"虎狼,仁也",就是说动物也有和人类一样的相亲相爱的自然本能,就是说"仁"不是人类所特有的品质或本性。那么,既然"仁"是一切生物的自然本性,动物们可以没有礼仪道德而活得潇洒自在,动物们没有仁义规范却能将它自身的"仁"发挥得淋漓尽致,为什么人类非得要实现所谓道德人性的提高,非得要有这种种的束缚呢?因此庄子认为,人为的"仁"消除得越是彻底,"仁"的境界就越是高尚,所谓"大仁不仁""至仁无亲",就是要摆脱一切有局限的、有倾向性的亲情,而回归于最初的"浑沌"的人性。

正因为庄子所理解的"仁",是和儒家截然不同的,所以对于儒家作为"仁之根本"的、以"敬"、"爱"为中心内容的"孝",他照样嗤之以鼻。庄子认为"孝"与"至仁"是风马牛不相及的,若想通过"孝"来实现"仁",犹如冥山在北而往南去寻求,完全背离了方向,"固不足以言之"。

主张"不仁""不孝"的庄子,其实就是主张"无情"。惠施对此曾有疑惑,问庄子说:"既然是人,怎么可能没有人的情感呢?"庄子答道:"吾所谓无情者,言人之不以好恶内伤其身,常因自然而不益生也。"(参见《德充符》篇)意思是说他所谓的"无情",是指不因为内心的喜悦或憎恨而伤害自己的身体,一切顺应自然,不作人为的增益。换言之,庄子其实也主张有情,包括仁、孝在内的一切情感,他并非一概摒弃,只是要求遵循一个原则:自然。也就是说,庄子的"情",是既出于自然,又顺应自然的。

北门成问于黄帝曰①:"帝张《咸池》之乐于洞庭之野②,吾始闻之惧,复闻之怠③,卒闻之而惑④,荡荡默默⑤,乃不自得⑥。"帝曰:"汝殆其然哉⑦!吾奏之以人,征之以天,行之以礼义,建之以大清⑧。四时迭起,万物循生⑨。一盛一衰,文武伦经⑩。一清一浊⑪,阴阳调和,流光其声。蛰虫始作⑫,吾惊之以雷霆。其卒无尾,其始无首。一死一生,一偾一起⑬,所常无穷⑭,而一不可待⑮。汝故惧也。

吾又奏之以阴阳之和,烛之以日月之明⑯。其声能短能长,能柔能刚,变化齐一,不主故常。在谷满谷,在阬满阬。涂郤守神,以物为量⑰。其声挥绰⑱,其名高明。是故鬼神守其幽,日月星辰行其纪⑲。吾止之于有穷⑳,流之于无止。子欲虑之而不能知也㉑,望之而不能见也,逐之而不能及也。傥然立于四虚之道㉒,倚于槁梧而吟㉓:'目知穷乎所欲见㉔,力屈乎所欲逐㉕,吾既不及,已夫㉖!'形充空虚,乃至委蛇㉗。汝委蛇,故怠。

吾又奏之以无怠之声㉘,调之以自然之命㉙。故若混逐丛生㉚,林乐而无形㉛,布挥而不曳㉜,幽昏而无声。动于无方㉝,居于窈冥㉞,或谓之死,或谓之生;或谓之实,或谓之荣㉟。行流散徙㊱,不主常声㊲。世疑之,稽于圣人㊳。圣也者,达于情而遂于命也㊴。天机不张而五官皆备㊵。此之谓天乐,无言而心说㊶。故有焱氏为之颂曰㊷:'听之不闻其声,视之不见其形,充满天地,苞裹六极。'汝欲听之而无接焉㊸,而故惑也。

乐也者,始于惧,惧故祟㊹;吾又次之以怠,怠故遁㊺;卒之于惑,惑故愚;愚故道,道可载而与之俱也。"

【今译】

北门成问黄帝说:"您在广漠的原野里演奏乐曲《咸池》,开头我听的时候感到恐惧,又听下去恐惧之心有所消退,听到最后感到糊涂,精神恍惚,木然无知,无法把握自己。"黄帝说:"你恐怕应该如此吧!我演奏乐曲来表现人事,用它与天道相应,用它来贯彻礼义,并且建立于无为的基础之上。仿佛四季的轮流更替,仿佛万物依照顺序出生。忽而昌盛,忽而衰落,文武象征顺序规律。忽而上天,忽而大地,阴阳二气调和,声光相互交流。冬眠的虫开始活动,我用雷霆之声惊动它们。乐声终了,没有结尾;乐声初起,没有开端。忽而消失,忽而响起;忽而低沉,忽而高昂,各种变化无穷无尽,而一概无法预料。所以你感到恐惧啊。

我又用阴阳的调和来演奏,用日月的光明来照耀。它的声音能够短促,能够悠长;能够柔弱,能够刚强;变化多端而不失条理,不守陈规和老调。它飞临山谷,就布满山谷;飘在坑洼,就充满坑洼。涂满缝隙,驻留于神妙莫测的地方,根据物体的容量而全部填满。它的声音振响而悠长,高亢如上天而明亮似日月。因此鬼神驻留于他们幽暗的地方,日月星辰都驰行在各自的轨道上。我时而使乐曲停止于不得不终止的地方,时而又让它流行于不得不流行之处。您试图思量它,可是无法知晓;眺望它,可是无法见着;追逐它,而又无法追到。您茫然地站立在四周虚旷的道路上,身子靠着枯槁的梧桐树低声叹道:'眼睛和智力穷竭于我想发现的事物上,精力耗尽在我想追逐的东西上,我已经追不到了,停止了吧!'你的形体内充满了空虚,终于跟随音乐动了起来。你跟随音乐动起来,所以感觉松弛。

接着我又用不懈怠的声音来演奏,用自然的流行节奏来调和它。所以像风儿吹动,随丛林而出声,合奏时浑然和谐,乐声播扬而不拖拉,情意深沉淡泊而无声响。它播扬时没有固定程式,静止时显得深沉而玄妙,有的说它消失了,有的说它正兴起;有的说它在结果,有的说它正开花。如云行水流,像雨飘洒,像风吹动,不拘泥于寻常老调。世人如果怀疑这种乐曲,不妨验证于圣人。所谓圣人,通达万物之情而又随顺于自然变化的规律啊。五官具备而天然神理不动。这就叫做天乐,不必说明而心中喜悦。所以有焱氏赞颂这种音乐说:'听它而不闻其声,看它而不见其形,但它充满于天地,包容于六合。'你想倾听而无法捉摸到它,所以你感觉糊涂了。

这种乐曲,由恐惧开始,因为恐惧,所以有警戒之心;随后我又演奏松弛的音乐,松弛,先前惊惧的情绪就退隐了;最后我用音乐使你糊涂,糊涂,所以才茫然无知;愚钝无知,所以能暗合于道,合于道,道就可以载着你和它一起同游共处了。"

【注释】

① 北门成:人名,姓北门,名成,黄帝之臣。　② 张:施设,即演奏。《咸池》:乐曲名。洞庭之野:广漠之野。　③ 怠:退息,松弛。此指稍悟乐旨以后,最初的惧心有所消退,紧张的心情得以松弛。
④ 卒:最终。惑:糊涂。此指视而不见、听而不闻的茫然境界。

⑤ 荡荡：精神恍惚的样子。默默：无知的样子。 ⑥ 不自得：失去自我，即不能自主。 ⑦ 殆：恐怕，大概。 ⑧ "吾奏之以人"四句：以，于；征，应；顺。建，立。大（tài）清，无为之化，即天道。意为我演奏的乐曲虽然是表现人事内容的，但是它与天道相应，贯彻礼义，并以天道为本。此四句陈述乐曲的意旨。按：原本于"建之以大清"之下，又有"夫至乐者，先应之以人事，顺之以天理，行之以五德，应之以自然，然后调理四时，太和万物"，凡三十五字，唐写本无。当是郭象注文而误入正文，今删去。（参见王叔岷《庄子校释》） ⑨ 循：顺，顺序。 ⑩ 文：喻指发生。武：喻指肃杀。《礼记·乐记》："始奏以文，复乱以武。"以文和武表现盛与衰。伦经：次序。 ⑪ 清：指天。浊：指地。 ⑫ 蛰（zhé）虫：冬眠的虫。作：活动。 ⑬ 偾（fèn）：跌倒。喻指乐音突然低沉。 ⑭ 所常：所以为经常的。意为将各种变化当作经常的状态。 ⑮ 一不可待：全部无法预料。 ⑯ 烛：照，照耀。 ⑰ "在谷满谷"四句：阬，通"坑"。郤（xì），缝隙；守，驻留；量，容量。意为乐声荡漾，大到山谷地洞，小到缝隙和神妙难测的地方，根据物体的容量而全都充满。 ⑱ 挥：动，引申为振动。绰：宽，引申为悠长。 ⑲ 纪：纲，引申为轨道。 ⑳ 穷：尽，终止。 ㉑ 子：指北门成。原本作"予"，今据曹础基《庄子浅注》引唐写本改。 ㉒ 傥然：无心的样子。 ㉓ 倚于槁梧而吟：《德充符》篇"倚树而吟，据槁梧而瞑"之句，与此相似。 ㉔ 知：通"智"。 ㉕ 屈：不及。 ㉖ 已：停止。 ㉗ 委蛇（wēi yí）：随顺自然，此指跟随乐曲而动作的样子。 ㉘ 无怠之声：以无怠为主旨的音乐。 ㉙ 调：和。 ㉚ 混：同。逐：动。生：出。混逐丛生：意为同于风之动吹，随丛林而出声。 ㉛ 林乐：群乐，即合奏。无形：指合奏时五音浑然和谐，分辨不出各音的具体情状。 ㉜ 布挥：播扬。曳：牵而长。本句谓乐声播散悠扬而不拖拉。 ㉝ 无方：没有一定的程式。此句补充说明"不挥而不曳"。 ㉞ 窈冥：深沉昏暗的样子。此句补充说明"幽昏而无声"。 ㉟ 荣：花。 ㊱ 行流：如云行水流。散徙：如雨飘散，如风吹动。均喻指乐曲旋律的变化。 ㊲ 常声：寻常老调。 ㊳ 稽：考察，验证。 �439 达：通。遂：顺。

㊵ 天机不张而五官皆备:"五官皆备而天机不张"的倒装。天机,天然神理。张,动。五官,指眼、耳、鼻、口、心五种器官。　㊶ 说:通"悦"。　㊷ 有焱(yàn)氏:"焱"同"炎",指神农氏。　㊸ 接:接触,此指听到。　㊹ 祟:警示,警戒。徐锴《说文系传》:"祟,神出以警人。"　㊺ 遁:退隐。

【评析】

本章表面上是描述黄帝演奏乐曲《咸池》的步骤,以及北门成于聆听过程中产生的先后不同的心境变化,其实是借以论"道",是通过《咸池》之乐的演奏喻示修"道"过程中可能会经过的三个阶段:开始惧怕,然后松弛,最终迷惑。

为什么开始有惧怕之感呢?因为乍闻天道,闻所未闻,眼前的各种变化无穷无尽,而一概无法预料,周身的感官为之震动,因此陡然一惊,这是修道的第一阶段。继而试图思量,试图眺望,试图追逐,然而精疲力竭,毫无所获,终于发现以前的追求全属虚妄,终于发现天真的本性原来最值得尊贵,于是将往日的积习一概捐弃。由于不再受外物的牵累,精神必然随之松弛,这是第二阶段。当进入第三阶段时,又发现天道是那样神秘莫测和实实在在,听它而不闻其声,看它而不见其形,但它充满于天地,包容于六合,一心想对它有所领略,却又无法捉摸,所以感觉被迷惑了。迷惑,也就是进入浑沌世界的前奏,从而无知无为,一切随顺自然的变化,最终进入"道可载而与之俱也"的境界,自然地合乎天道,并且乘着天道同游共处,即所谓"天运"。

在这里,黄帝的乐曲(也就是"大道")是建立在无为的基础之上的,既与天道相应,又能表现人事、贯彻礼义。也就是说,作者认为"天"与"人"、自然天性和道德规范能够获得和谐统一,而且并不妨碍它成为"天乐"。当然产生这种结果的前提,必须是以"无为"作为总的原则。这样的思想与持"天人对立"观点的庄子其实是有所区别的,是庄子后学对儒家以"礼义"治理社会的政治思想的认可。

刘凤苞对本章评价极高："借乐以明道,极精微,极炫烂,千古论乐者,无此妙文。"(《南华雪心编·天运》)本章采用大量的文学比喻来描摹音乐的形象,来表现深邃的哲理,因而洋溢着绚烂的美感和神秘的气氛。

孔子西游于卫①,颜渊问师金曰②："以夫子之行为奚如③?"师金曰："惜乎!而夫子其穷哉!"颜渊曰："何也?"

师金曰："夫刍狗之未陈也④,盛以箧衍⑤,巾以文绣⑥,尸祝齐戒以将之⑦。及其已陈也,行者践其首脊,苏者取而爨之而已⑧。将复取而盛以箧衍,巾以文绣,游居寝卧其下,彼不得梦,必且数眯焉⑨。今而夫子亦取先王已陈刍狗⑩,聚弟子游居寝卧其下⑪。故伐树于宋⑫,削迹于卫⑬,穷于商、周⑭,是非其梦邪？围于陈、蔡之间,七日不火食,死生相与邻⑮,是非其眯邪？夫水行莫如用舟,而陆行莫如用车。以舟之可行于水也,而求推之于陆,则没世不行寻常⑯。古今非水陆与？周、鲁非舟车与？今蕲行周于鲁⑰,是犹推舟于陆也！劳而无功,身必有殃。彼未知夫无方之传⑱,应物而不穷者也。且子独不见夫桔槔者乎⑲？引之则俯,舍之则仰⑳。彼,人之所引,非引人也㉑,故俯仰而不得罪于人。故夫三皇五帝之礼义法度㉒,不矜于同而矜于治㉓。故譬三皇五帝之礼义法度,其犹柤梨橘柚邪㉔！其味相反而皆可于口㉕。故礼义法度者,应时而变者也。今取猨狙而衣以周公之服㉖,彼必龁啮挽裂㉗,尽去而后慊㉘。观古今之异,犹猨狙之异乎周公也。故西施病心而矉其里㉙,其里之丑人见之而美之,归亦捧心而矉其里。其里之富人见之,坚闭门而不出;贫人见之,挈妻子而去走㉚。彼知矉美而不知矉之所以美。惜乎!而夫子其穷哉!"

【今译】

孔子到西面的卫国去游说,颜渊问鲁国太师金说:"您认为先生此行会怎么样呢?"太师金说:"可惜啊!你的先生大概要倒霉了!"颜渊问:"为什么呢?"

太师金说:"那刍狗尚未陈设于神灵面前的时候,用竹箱子盛放,又用绘有五彩花纹的丝巾覆盖,颂祷祝词的巫师斋戒以后才用它供奉。但等到陈设过之后,走路的人践踏它的头部脊梁,割草的人拾去把它用于烧火做饭而已。如果有人重新把它拿来盛放在竹箱子里,并且用五彩花纹的丝巾覆盖,不论游历还是定居都睡卧在它的下面,那么即使他不做恶梦,也一定会屡屡在梦中受惊。如今你的先生也是拾取先王已经陈设过的刍狗,招聚弟子,不论游历还是定居都睡卧在它的下面。所以在宋国,他遮荫讲学的大树被砍去;在卫国,他被禁止入境;在东周各国,都遭受困厄,这不就是他的恶梦吗?他曾被围困于陈国和蔡国之间,连续七天吃不到烧熟的食物,走到了死亡的边缘,这不就是他的梦中惊扰吗?走水路没有什么比用船更方便的,走陆路没有什么比用车更方便的。如果认为船可以通行于水上,就指望推着船在陆地上行走,那么一辈子也走不了几尺远。古与今不正像水上和陆地的区别吗?周朝和鲁国不就像船与车的不同吗?如今企图将周朝的一套在鲁国推行,犹如在陆地上推着船行走啊!徒然劳累而不见功效,自身必定会招致祸害。他不懂得那没有固定方向的驿车,可以应接一切事物而不会受阻被困的啊。况且你难道没见过那桔槔吗?人往下拉它就下倾,人放手它就抬头。它是受人牵引的,并非牵引人的东西啊,所以无论俯下还是抬头都不会得罪人。因此那三皇五帝的礼仪、义理和法度,并不因为相同才受到尊重,而是因为它们能使天下太平才获得尊崇。所以拿三皇五帝的礼仪、义理和法度打个比方,大概就像山楂、梨、橘和柚子吧!它们的味道完全不同,但都可口。因此礼仪、义理和法度,都是顺应时代变化而变化的啊。假如现在捉来猿猴,给它穿上周公旦的衣服,它肯定咬破撕碎,将衣服完全扯去以后才满意。我们看古今的不同,正像猿猴与周公的差异啊。所以西施心口疼而在村里皱着眉头,同村的丑女看见她这样觉得很美,回家的时候也在村里捂着心口皱着眉头,村里的富人见到她,紧闭大门而不出去;穷人见她这样,带着老婆孩子而逃走开去。她只知道皱眉头美而不知道皱眉头为什么美。可惜啊!你的先生大概要倒霉了!"

【注释】

① 卫:国名,地处今河南省,位于鲁国之西。 ② 师金:鲁国太师,名金。 ③ 以:认为。夫子:指孔子。奚如:如何,怎样。 ④ 刍(chú)狗:用茅草结扎成狗的形状,祭神时摆在神位面前的祭品。 ⑤ 箧:竹箱子。衍:通"笥",盛放饭食或衣物的小竹箱。 ⑥ 文:花纹。绣:绘画设色,五彩俱全。 ⑦ 尸:祭祀时,因神不可见,故以熟悉礼仪之少年作为替身,称作"尸"。祝:祭祀时手持祭版对"尸"祝祷的人。齐:通"斋"。古时祭神前素食静心,称"斋戒"。将:送,进,此指供奉。 ⑧ 苏:割草用作柴火。古时打柴的称"樵",割草的称"苏"。爨(cuàn):烧火做饭。 ⑨ "彼不得梦"二句:数(shuò),屡次;眯(mì),魇,梦中受惊骇。意为那些珍重过时的刍狗的人们,如果不招来恶梦,也一定会屡屡在梦中受惊。 ⑩ 先王已陈刍狗:喻指先王信奉的那些政治理论。 ⑪ 游居寝卧:喻指学习信奉。 ⑫ 伐树于宋:孔子游历宋国,曾在大树下对弟子讲学。宋司马桓魋欲杀孔子,孔子离去后,桓魋砍掉那棵大树,表示对孔子坐过的地方也十分厌恶。 ⑬ 削迹于卫:削迹,削除踪迹,表示不允许再踏上这块土地。孔子曾离开鲁国前往卫国,卫灵公派人监视,孔子只能离开,途经匡地时,匡人把孔子误认为曾带兵骚扰过此地的阳虎,因此孔子被围困了五天。孔子被放出来的时候,占据匡城的公孙戍警告他不许再到卫国来。 ⑭ 穷于商、周:商,指原属殷商的地方;周,指东周。孔子曾周游列国,屡屡受挫。 ⑮ "围于陈蔡之间"三句:孔子曾旅居陈、蔡之间,陈、蔡

士大夫和他主张不同。后楚昭王征召孔子,陈、蔡士大夫担心孔子到楚国后对陈、蔡不利,将孔子围困七日,以至于孔子及其弟子粮尽炊灭,几近死亡。　⑯ 没(mò)世:终生。寻常:计量单位,八尺为一寻,二寻为一常。　⑰ 蕲(qí):通"祈",求。　⑱ 彼:他,此指孔子。无方:没有限定方向的。传(zhuàn):传车,驿站的车,用于传递官方文书或接送信使。　⑲ 桔槔:"槔",一种用于抽水的简单机械,参见《天地》篇。　⑳ "引之则俯"二句:引,拉。舍,松手,放。指手拉吊竿将水桶送入水中时,桔槔横木前端就下俯;随后打水者松手,桔槔利用杠杆原理将汲满水的水桶吊上来时,横木前端就上翘。　㉑ "人之所引"二句:意为若要免祸,不如学桔槔,为人所用而不去用人。　㉒ 三皇:伏羲、神农、黄帝。五帝:少昊、颛顼、高辛、尧、舜。"三皇五帝"之说起于战国,多附会之谈,说法不一,此取汉代孔安国《尚书·序》的说法。　㉓ 矜(jīn):尊重,崇尚。　㉔ 柤(zhā):山楂。　㉕ 其味相反:指楂、柚味酸,梨、橘味甜。　㉖ 猨狙(jū):猴子。　㉗ 龁(hé)啮(niè):咬。挽:撕。裂:扯碎。　㉘ 慊(qiè):满意。　㉙ 病心:心口痛。矉(pín):通"颦",皱眉。里:民户聚居的地方。　㉚ 挈(qiè):携带。妻子:老婆和孩子。去:离开。走:跑。

【评析】

本章借师金之口讥讽孔子,说他不顾现实条件而顽固地推行古代礼法,犹如将"先王已陈刍狗"拿来珍藏供奉,犹如推舟船于陆地之上,实在迂腐可笑。师金强调"应时而变",认为儒家、法家所倡导的道德规范和法律制度并非不可运用,只是不可拘泥。比如三皇五帝制定礼义法度,其可贵之处就在于能够根据时势的不同而作出相应的变化,而孔子鼓吹并推行西周的政治措施,不顾现实客观条件,必然遭致"劳而无功,身必有殃"的恶果。当然,师金赞同礼义法度的心态和儒家仍然有着巨大的差别,他主张效法"无方之传"(没有固定方向的驿车),因为"无方之传"具有"应物而不穷"的效用。也就是说,保持自然无为心态的人,就像为人所用而听任召唤的驿车,是根据现实需要和自然规律调整其"礼义法度"的,因此无论什么处境都能够应付。

本章讥嘲孔子的理论不合时宜,为了加强说服力,连续采用了六个譬喻:第一,将孔子信奉并倡扬的理论,比作先王已陈之"刍狗",讥刺孔子这样做是拾取垃圾当作珍宝。第二,讥讽孔子在鲁国推行西周的礼法,犹如把船当作车辆在陆地上推。第三,把三皇五帝的礼仪、义理和法度比作抽水的桔槔,桔槔的下倾或抬头,完全取决于人的牵引,以此喻示典章制度是为人所用、因时而变的,如果反而受它的牵制和束缚,则是本末倒置。第四,将三皇五帝不同的礼仪法度比作山楂、生梨、橘子和柚子等水果,意思是说古代不同时期的典章制度由于能因时而变,尽管其内容不尽一致,却都能切合时用,就像各种水果的滋味不同,但都可口一样。第五,指出古今社会、古今思想必然存在差异,就像人类和动物的情感好恶肯定不同一样,如果硬要将周公旦的礼服(先王的礼法)套在猿狙(今天的人们)身上,猿狙当然要把它彻底撕裂而后快。第六,描述丑女效仿西施捂胸皱眉的走路姿态而丑上加丑的故事,借以讥讽孔子不合时宜、违背时代潮流的主张和做法。

如此生动、通俗、巧妙、连续的譬喻,无疑极大地增添了本章的艺术感染力。人们常说,《庄子》"入理能深,出笔能浅"(方人杰《庄子读本·天运》),于此可见一斑。

孔子行年五十有一而不闻道,乃南之沛见老聃①。老聃曰:"子来乎?吾闻子,北方之贤者也!子亦得道乎?"孔子曰:"未得也。"老子曰:"子恶乎求之哉?"曰:"吾求之于度数②,五年而未得也。"老子曰:"子又恶乎求之哉?"曰:"吾求之于阴阳,十有二年而未得。"老子曰:"然,使道而可献,则人莫不献之于其君;使道而可进③,则人莫不进之于其亲;使道而可以告人,则人莫不告其兄弟;使道而可以与人,则人莫不与其子孙。然而不可者,无佗也④,中无主而不止⑤,外无正而不行⑥。由中出者,不受于外,圣人不出;由外入者,无主于中,圣人不隐⑦。名,公器也⑧,不可多取。仁义,先王之蘧庐也⑨,止可以一宿而不可久处。觏而多责⑩。古之至人,假道于仁⑪,托宿于义⑫,以游逍遥之虚⑬,食于苟简之田⑭,立于不贷之圃⑮。逍遥,无为也;苟简,易养也;不贷,无出也。古者谓是采真之游⑯。以富为是者⑰,不能让禄;以显为是者,不能让名;亲权者⑱,不能与人柄⑲。操之则栗,舍之则悲⑳,而一无所鉴㉑,以窥其所不休者㉒,是天之戮民也㉓。怨、恩、取、与、谏、教、生、杀八者㉔,正之器也㉕,唯循大变无所湮者为能用之㉖。故曰:正者,正也。其心以为不然者,天门弗开矣㉗。"

【今译】

　　孔子已经五十一岁了还没听说过"道"的理论,于是往南来到沛地拜见老聃。老聃说:"您来了啊!我听说您是北方的贤士啊!您也得'道'了吗?"孔子说:"还没有得到。"老子又说:"您怎样寻求大道的呢?"孔子回答:"我在制度、条款方面找寻大道,找了五年没能得到。"老子又问:"您后来又是怎样寻求大道的呢?"孔子答:"我从阴阳关系方面找寻大道,找了十二年还是没有找到。"老子说:"是这样的,假如大道可以拿来贡献,那么人们没有谁会不把它贡献给他们的国君的;假如大道可以进奉,那么人们没有谁会不把它进奉给自己的父母的;假如大道可以转告他人,那么人们没有谁会不把它告诉自己的兄弟的;假如大道可以赠与他人,那么人们没有谁会不把它赠送给自己子孙的。但是这一切都不可能做到,没有其他的原因,内心没有主宰,因而大道不会驻留;外界无人响应,因而大道无法推行。从内心发出的思想,如果不能被外界所接受,那么圣人就不会发出;从外部进入内心的理论,如果不能在内心形成自我的主见,那么圣人的思想就不可能深藏心中。名声,是公众的器物,不可过多地获取。仁义,是先王的旅馆,只可以住一夜而不可以长久居住。假如仁义的名声宣扬于世,就会招致许多指责。古时候最为高尚的人,对于'仁'的利用好比暂时借路,对于'义'的利用犹如寄居旅舍,因此而游乐于自由自在的境界,食物来自耕作粗略的田地,自身依靠自给自足的菜园。自由自在,就是无为;粗略简单,就容易养活;不借给他人,就没有输出。古时候的人将这一切称为神采真实的遨游。认为富裕是好事的人,不可能推辞爵禄;认为显达是好事的人,不可能推让名声;热衷权势的人,不可能把权位送给别人。掌握了权位就有随之而来的恐惧,失去权位又会引起悲伤,然而对这一切却完全没有觉察,眼睛紧盯着他们所不断追求的权势名利,这些人真好像是遭受自然刑戮的人啊。怨恨、思德、获取、赠与、谏净、教诲、免死、杀戮八种做法,都是纠正人们行为的工具,只有遵循自然变化而无所阻滞的人才能使用它们。所以说:所谓正,就是端正人心。假如他的内心认为不是这样,天道之门是不会向他打开的。"

【注释】

① 之:往。沛:今江苏沛县。　② 度数:制度条款。参见《天道》篇"礼法度数"注文。　③ 进:进献。　④ 佗:同"他"。　⑤ 中:内心。主:主宰。　⑥ 正:"匹"字之误,匹,匹配,附和。　⑦ "由外入者"三句:外,外界;隐,深藏。意为通过学习而进入内心的圣人的思想理论,应该永久驻留,但假如内心不愿接受,圣道就不会藏在心中。　⑧ 公器:公共的器物。　⑨ 蘧(qú)庐:传舍,旅馆。　⑩ 觏(gòu):见,引申为表现。本句谓若以仁义的名声表现于世,世人就会经常以仁义的标准来指责你。　⑪ 假道:借路。　⑫ 托宿:借住,寄居。　⑬ 虚:通"墟",境界。　⑭ 苟简:苟且简略。苟简之田:耕种粗略而能有所收获的田地。　⑮ 立:立身,养活自身。贷:出借。圃:菜园。　⑯ 采真:神采真实。　⑰ 是:肯定,认为有益。　⑱ 亲权:热衷于权势。　⑲ 柄:权位。　⑳ "操之则栗"二句:操,执掌;栗,害怕而发抖;

舍,放弃,此当指被迫舍弃。意为执掌权位而又害怕不测,一但失去而又难免悲伤。　㉑ 鉴:明察。　㉒ 以:而。窥:注视,觊觎。不休者:指对权势名誉的追求,其欲望是永无止境的。　㉓ 戮(lù):杀。天之戮民:意为追逐权势之人,即使未受刑戮,本性却因此受到伤害,就好像受到自然的刑戮。　㉔ 与:给予。生:挽救,免死。　㉕ 正:使之正,纠正。正之器:治理天下的手段。　㉖ 大变:自然变化,即天道。湮(yīn):阻塞,停滞。　㉗ "其心以为不然者"二句:天门,天道之门。意为如果心里认为治理天下的根本不在于遵循天道而滥用上述八种手段的人,天道是不会接纳他的,只能成为"天之戮民"。《达生》篇:"不开人之天而开天之天,开天者德生,开人者贼生。"意思与此相同。

【评析】

本章假借老聃对于孔子的告诫,指出不断追求权势名利的人,就好像"天之戮民",就是遭受自然刑戮的人,因为他们总是烦累不堪地拘守世俗的礼仪,他们始终无法避免恐惧和忧伤;而只有逍遥无为、情感真实的人,才能获得大道。老聃同时又说,真正的"道"是无法受之于他人的,是不可能通过学习传授获得的,并且指出"度数""阴阳""仁义"等法家、阴阳家、儒家的学说,都不合乎大道。不过,作者同时又认为,假如能够遵循大道的变化而无所拘泥的话,那么上述诸家提倡的理论及其治理国家的手段,比如仁、义、怨、恩、取、与、谏、教、生、杀等等,也是可以采用的。

仁、义本来是儒家最重要的道德规范,也是儒家学者认为臻于最高道德境界的必由途径,孟子说:"仁,人之安宅也;义,人之正路也。"(《孟子·离娄上》)又说:"居仁由义,大人之事备矣。"(《孟子·尽心上》)这些言论正是儒家有关理论中具有代表性的观点。与此针锋相对,庄子则极力抨击和抵制仁义,《大宗师》说:"夫尧既已黥汝以仁义,而劓汝以是非。汝将何以游夫遥荡恣睢转徙之涂乎?"明确指出仁义道德以及由此生发的是非观念,都是束缚自由的枷锁,是伤害人的本性的刑具,是通往逍遥自由境界的障碍。本篇下一章也借老聃之口诋斥仁义说："夫仁义憯然，乃愤吾心，乱莫大焉。"认为仁义扰乱人心、淆乱天下，为害极大。然而，本章对于仁义却未彻底否定，认为至人照样可以"假道于仁，托宿于义"，而且并不妨碍他"游夫遥荡恣睢转徙之涂"，即进入自由逍遥的境界。很显然，庄子后学对于庄子思想的补充和修正，导致《庄子》某些篇章的内容出现了不和谐甚至自相矛盾的现象，同时也证实庄学思想发展到后期，出现了道家学派借用其他学派的理论以及学派之间相互渗透的事实。

孔子见老聃而语仁义。老聃曰："夫播糠眯目①，则天地四方易位矣②；蚊虻噆肤③，则通昔不寐矣。夫仁义憯然④，乃愤吾心⑤，乱莫大焉。吾子使天下无失其朴⑥，吾子亦放风而动⑦，总德而立矣⑧！又奚杰然若负建鼓而求亡子者邪⑨！夫鹄不日浴而白⑩，乌不日黔而黑⑪。黑白之朴，不足以为辩⑫；名誉之观，不足以为广。泉涸，鱼相与处于陆，相呴以湿，相濡以沫，不若相忘于江湖⑬。"

孔子见老聃归，三日不谈⑭。弟子问曰："夫子见老聃，亦将何规哉⑮？"孔子曰："吾乃今于是乎见龙。龙，合而成体，散而成章，乘云气而养乎阴阳。予口张而不能嗋⑯。予又何规老聃哉？"子贡曰："然则人固有尸居而龙见，雷声而渊默⑰，发动如天地者乎⑱？赐亦可得而观乎？"遂以孔子声见老聃⑲。

老聃方将倨堂而应⑳，微曰㉑："予年运而往矣㉒，子将何以戒我乎㉓？"子贡曰："夫三王五帝之治天下不同㉔，其系声名一也㉕。而先生独以为非圣人，如何哉？"老聃曰："小子少进㉖！子何以谓不同？"对曰："尧授舜，舜授禹。禹用力而汤用兵㉗，文王顺纣而不敢逆㉘，武王逆纣而不肯顺㉙，故曰不同。"老聃曰："小子少进,余语汝三皇五帝之治天下:黄帝之治天下,使民心一㉚。民有其亲死不哭而民不非也㉛。尧之治天下,使民心亲。民有为其亲杀其服而民不非也㉛。舜之治天下,使民心竞㉜。民孕妇十月生子,子生五月而能言㉝,不至乎孩而始谁㉞,则人始有夭矣㉟。禹之治天下,使民心变,人有心而兵有顺㊱,杀盗非杀人㊲。自为种而'天下'耳㊳。是以天下大骇㊴,儒、墨皆起。其作始有伦㊵,而今乎妇女㊶,何言哉！余语汝:三皇五帝之治天下,名曰治之,而乱莫甚焉。三皇之知,上悖日月之明,下睽山川之精,中堕四时之施㊷。其知憯于蛎虿之尾、鲜规之兽㊸,莫得安其性命之情者,而犹自以为圣人,不可耻乎？其无耻也！"子贡蹴蹴然立不安㊹。

【今译】
　　孔子拜见老聃而谈论仁义。老聃说："假如簸谷时扬起的糠屑侵入眼睛,那么就会感到天地上下、东南西北都改变了位置;假如有蚊虻叮咬皮肤,那么通宵都睡不着觉了。那仁义惨毒啊,甚至于搅得我们内心不舒畅,没有什么祸乱比它更大的了。您要想让天下人都不丧失他们的天然纯真,您也可以像风一样自然而然地行动,保持天然德性而自立啊！又何必吃力地宣传仁义,好像背着鼓、敲打着寻觅逃跑的人似的呢！天鹅并非天天洗浴而羽毛洁白,乌鸦并非每日用黑色渍染而毛色乌黑,这黑与白都是它们的天然本色,无需以此作为辩论的话题;名声荣誉那些外在的东西,不值得将它们扩大。泉源枯竭了,鱼儿共同居住在陆地上,相互吐着湿气,相互用唾沫来润湿,还不如它们处于江湖之中而相互忘却呢。"
　　孔子拜见老聃后归去,接连三天不说话。学生们问道："先生见到老聃,又将如何形容他呢？"孔子说："我现在才算见到了龙。龙,蜷合时成为整体,发散时成为灿烂的文采,驾御着云气而靠天地阴阳之气滋养。我惊得张大嘴巴而无法闭合,我又如何能描摹老聃呢?"子贡说:"如此说来,那么人果真有寂然不动而又如神龙腾现,如雷声震响而又能深沉静默,发动起来像天地那样变化莫测的吗?我也能有机会看到他吗?"于是以孔子的名义去拜见老聃。

老聃正坐在堂上,回答过子贡的问候,轻声说:"我年已老迈,您将用什么来教导我呢?"子贡说:"那三皇五帝治理天下的方法不同,但与他们的功绩相联系的声名却是一样的。然而唯独先生认为他们不是圣人,这是为什么呢?"老聃说:"小子你稍微上前来一点!你为什么说他们治理的方法不同?"子贡回答说:"尧将天下传给了舜,舜又传给了禹。夏禹用力治水而商汤使用武力,周文王顺服于商纣王而不敢叛逆,周武王伐纣而不肯归顺,所以说不同。"老聃说:"小子你稍微上前来一点,我告诉你三皇五帝治理天下的方法:黄帝治理天下的方法,是使人民的内心浑然而不辨是非。老百姓有死了父母却不哭的,但众人并不加以非议。尧治理天下的方法,是使人民的内心保持亲爱。老百姓有为了自己的父母而降低服丧等级规格的,但是众人并不加以非议。舜治理天下的方法,是使人民内心产生竞争。民间的孕妇怀孕十个月生下孩子,孩子出生五个月就能说话,还没等到会笑就能分辨不同的人,因此人们开始有夭折的了。禹治理天下的方法,是使民心改变,人们有了是非之心,因而战争就成了合理的,杀盗贼就不算杀人了。为了自身的利益而结成团伙,却说是'为了天下国家'。因此天下大受惊扰,儒家、墨家都兴起来了。儒家、墨家开始产生的时候还有道理,而如今却像妇女矫揉造作,说的都是什么话啊!我告诉你:三皇五帝的治理天下,名义上是治理,然而造成的惑乱却没有什么更胜于他们的了。三皇的智慧,在上亏蚀了日月的光明,在下销毁了山川的精灵,在天地之间则破坏了四季的运行。他们的智慧比蝎子的尾巴、比猎取生物的猛兽还要惨毒,他们之中没有人能安心于自己性命的真实,但是却仍然自认为是圣人,不觉得可耻吗?他们是无耻啊!"子贡感到惊恐而站立不安。

【注释】

　　① 播糠：簸糠，谷子碾过以后，用簸箕簸扬，利用轻风吹去糠皮杂质而留下米粒。眯(mǐ)目：异物侵入目中。　② 易位：变更位置。意为分辨不清。　③ 虻(méng)：一种生活于野草丛中的小昆虫，吸人畜的血或植物汁液。噆(zǎn)：叮咬。　④ 憯(cǎn)然：憯，通"惨"。惨毒的样子。　⑤ 愤：懑，心中不舒畅。　⑥ 吾子：您。朴：天然纯真。　⑦ 放：通"仿"，依顺。放风而动：依顺自然之风而动。　⑧ 总：持。　⑨ 杰然：或作"杰杰然"，用力的样子。负：背着。建：敲击。亡子：逃跑的人。　⑩ 鹄(hú)：天鹅。日浴：每天洗澡。　⑪ 乌：乌鸦。黔(qián)：黑，此指染黑。　⑫ 不足以为辩：意为无须辩说而明显可见。　⑬ "泉涸"五句：参见《大宗师》篇注释。　⑭ 谈：说话。　⑮ 规：描摹，形容。　⑯ 噆(xié)：闭合。　⑰ "然则人固有尸居而龙见"二句：参见《在宥》篇注释。　⑱ 如天地：意为像天地一般变化莫测。　⑲ 以孔子声：凭借孔子的名声。　⑳ 倨：通"踞"，坐。倨堂：坐在堂上。应：应接，应答。此指对子贡的寒暄问候表示回答。　㉑ 微：轻轻地。　㉒ 年运而往：年已老迈。　㉓ 戒：教导。　㉔ 三王："王"或作"皇"。　㉕ 系：连，与其实绩相关的。　㉖ 少进：稍微往前来。　㉗ 禹用力：指大禹治水。汤用兵：指商汤伐夏桀。　㉘ 本句谓周文王曾遭商纣王囚禁于羑里的监狱而不反抗。　㉙ 本句谓周武王率军讨伐商纣王。　㉚ 一：浑然茫然。　㉛ 杀其服：降低服丧的规格等级。此当指为了有利于照顾自己的父母而减少守丧的时间，或删减其他繁琐礼节。参见《天道》篇"隆杀之服"注释。"服"原本作"杀"，据王孝鱼《庄子集释·校记》引唐写本改。　㉜ 竞：争，争斗。　㉝ 生五月而能言：意为家长为了竞争，加紧开发孩子的智力，使孩子很早就能说话。　㉞ 孩：婴儿笑。始谁：开始懂得分辨不同的人。　㉟ 夭：夭折。早慧者往往短命，故有此说。　㊱ 有心：有所谓是非之心。兵：战争。顺：正当，合理。　㊲ 本句意为正因为有了所谓是非之心，有所谓正义和非正义的认识，所以认为杀盗贼不是残害生命。《墨子·小取》曰："爱盗，非爱人也……杀盗，非杀人也。"与此意同。　㊳ 种：类，一

伙。本句谓为了某些共同的利益而结成团伙,却谎称是为了天下国家。《孟子·离娄上》曰:"人有恒言,皆曰天下国家。"可见当时这种现象比较普遍。　㊴骇:惊扰。　㊵其:指儒、墨等。作:产生。伦:理。　㊶今乎妇女:谓如今如同妇女。讥刺儒、墨之士虽然身为男子,行为却像女人般矫揉造作。　㊷"上悖日月之明"三句:睽(kuí),乖离,扰乱。参见《胠箧》篇注释。　㊸憯:通"惨",毒害。蛎(lì)虿(chài):今俗称为蝎子。蝎子尾巴有毒。鲜:鲜肉,此指生物。规:取。鲜规:即规鲜,猎取生物为食。　㊹蹴(cù)蹴然:惊恐的样子。

【评析】

本章假借老聃和孔子的对话,指斥仁义戕害人的本性,令人迷失方向,主张废弃仁义,保持天然德性;又借老聃对于子贡的训诫,抨击"三皇之知"、儒、墨之行,指出"三皇五帝之治天下,名曰治之,而乱莫甚焉",意思是说不安其性命之情的圣人贤王,纷纷沉迷于所谓治理天下的举措,因此改变了百姓原本浑朴自然的心性,开启了人民相互竞争的心扉,导致儒、墨蜂起,祸乱丛生,以至于不可收拾。当然,老聃当着孔子和子贡的面,直斥仁义祸害人心,否定"三皇五帝之治",讥刺儒、墨之徒的行为,其实质仍然是倡导无为之治。不过,老子的时代尚无儒、墨等名称,这里显然是假托老子之言,意在抨击儒、墨而显得有根有据。此外,文中还借助孔子和子贡之口,绘声绘色地将老聃描摹成龙的形象,以至于孔子见之震惊,张口结舌;子贡闻之羡慕,倾心向往。其实所谓"合而成体,散而成章,乘云气而养乎阴阳",所谓"尸居而龙见,雷声而渊默,发动如天地者",正是天道的形象展现,作者的根本目的,是以此喻示"道"的神妙莫测和威力无限。

据潘雨庭先生统计,今存《庄子》一书三十三篇之中,有二十一篇记载孔子之事,且各篇常有数次提及,"故《庄子》书中之人名,孔子独多。盖庄子者生人以惠施为质,古人实以孔子为质"(《易与老庄·庄子人名释义》)。所谓"以孔子为质",就是把孔老夫子当作靶子。庄子不仅常常将孔子作为辩论的对手或批驳的对象,而且还常常利用老聃作为自己的代言人,因此《庄子》全部三十三篇之中,有十三篇记载老聃言论,且多为与孔子的对话,本章就是其中典型的一例。

孔子谓老聃曰:"丘治《诗》《书》《礼》《乐》《易》《春秋》六经,自以为久矣,孰知其故矣①,以奸者七十二君②,论先王之道而明周、召之迹③,一君无所钩用④。甚矣! 夫人之难说也? 道之难明邪?"老子曰:"幸矣⑤,子之不遇治世之君也! 夫《六经》,先王之陈迹也,岂其所以迹哉⑥! 今子之所言,犹迹也。夫迹,履之所出,而迹岂履哉! 夫白鶂之相视⑦,眸子不运而风化⑧;虫,雄鸣于上风,雌应于下风而风化。类自为雌雄⑨,故风化。性不可易⑩,命不可变,时不可止,道不可壅。苟得于道,无自而不可;失焉者⑪,无自而可。"

孔子不出三月,复见,曰:"丘得之矣。乌鹊孺⑫,鱼傅沫⑬,细要者化⑭,有弟而兄啼⑮。久矣夫,丘不与化为人⑯! 不与化为人,安能化人。"老子曰:"可,丘得之矣!"

【今译】
　　孔子告诉老聃说:"我研究《诗经》《尚书》《礼》《乐》《易》《春秋》六种经书,自认为时间很久了,已经熟知其中的故事了,带着它们去拜见众多的国君,谈论先王的治理原则,并且阐明周公、召公的事迹,但是没有一个国君采纳的。太难了! 到底是人难以说服呢? 还是'道'难以阐明呢?"老子说:"你没有碰上有能力治理天下的君主,真是幸运啊! 那六种经书,是先王的陈旧脚印呀,哪里是他们用来产生脚印的东西呢! 如今你所说的,就像脚印啊。脚印,是鞋子踩出来的,但是脚印难道和鞋子是一回事吗! 那雄的和雌的白鶂相互注视,眼珠子一动不动而交配孕育;虫儿,雄的在上风头鸣叫,雌的在下风应答而交配孕育。同类而又分为雌雄,所以能交配孕育。天性不可改变,性命不可变更,时间不可能停止,天道不可以壅塞。如果获得'道',就没有行不通的;如果丧失了'道',就没有行得通的。"

  孔子整整三个月闭门不出,然后又去拜见老子,说:"我得到'道'了。乌鸦和鹊鸟孵卵生子,鱼儿以唾沫相交而哺育,细腰的螺蠃养育桑虫而变化为自己的孩子,有了弟弟而哥哥就会哭泣。太久了啊,我做人不能随顺自然而变化! 不能依顺自然变化而做人,怎么能感化别人呢。"老子说:"可以,孔丘得'道'了!"

【注释】

  ① 孰:通"熟",熟悉。故:故事。　② 奸:通"干",干谒,有所求而拜访。本句谓孔子用《六经》故事去游说众多国君。史称孔子周游列国,其实西未至秦、晋,南不到吴、越,所见国君仅鲁定公、鲁哀公、齐景公、卫灵公等数人,受聘国也仅齐、卫、陈、宋诸国。此谓"七十二君",是个虚数,只为夸说其多。　③ 周:指周公,姓姬,名旦,周文王之子,周武王之弟,成王之叔。曾辅佐成王主持国政,又是鲁国的始祖。召(shào):召公,姓姬,名奭,成王时为三公,与周公旦分别主持治理陕西、陕东,深得民心。　④ 钩:取。　⑤ 幸:幸运,侥幸。　⑥ "先王之陈迹也"二句:所以迹,产生足迹的东西,即下文所谓"履"。意为《六经》所载只是先王留下来的过了时的东西,并非先王实际的行为。　⑦ 白鶂(yì):一种水鸟,因其雌、雄之间常常相睨(斜视),故称。　⑧ 眸(móu)子不运:眼珠子不转动,即定睛注视。风:交配。化:孕育。　⑨ 类:同类。　⑩ 易:变更。　⑪ 焉:于此。"此"指不壅之道。　⑫ 孺:孵化而生子。　⑬ 傅:通"哺"。傅沫:通过口沫相交而哺育。　⑭ 要:通"腰"。细腰:螺蠃之类,一种土蜂。据晋·干宝《搜神记》卷十三:"土蜂名曰螺蠃……细腰之类。其为物,雄而无雌,不交不产,常取桑虫或阜螽子育之,则皆化成己子,亦或谓之螟蛉。"按:螺蠃以桑虫作幼虫食物,古人误以为它们养育桑虫而变为自己的后代。

⑮ 啼:哭。本句谓有了弟弟以后,哥哥就会失去宠爱,所以啼哭。
⑯ 与化:随顺自然而变化。

【评析】

本章描写孔子接受老聃的教导而终于悟"道"的经过。

文中首先让孔子自述"论先王之道而明周、召之迹"所遇到的尴尬,随后借助老聃之口,指出所谓记载先王之道、圣人之言的《六经》,只不过是先王残留的"鞋印",不仅不足以明道,且无用于治世。接着,老聃又以白鹢和虫子似乎未曾交配而照常生育的事实为证,一方面说明自然造化的功力是人类无法企及的,另一方面借此喻示本性和天命无须也无法改变。本章最后所述孔子对于"自然"的感悟,就是他闭门不出三个月,通过观察各种生物的自然现象获得的。

依照庄子一贯的"道不可言""道不可传"的观点,其实所谓"鞋印",就是喻指古人的糟粕。因此作者认为,尽管孔子熟读《六经》,尽管他极力推行《六经》记载的所谓先王之道,但是因为学到的、鼓吹的只不过是糟粕,就只能落得个劳而无功的结果。其实"道"本自然,它存在于生活之中,只有顺应自然变化,才能得"道",只有掌握了"无为"之道,才能应时而变,无所不通。以孔子为代表的儒者的致命错误,就在于推行"有为","有为"的思想和行为既不合时宜,又违背"自然"的道理,所以处处碰壁。

不过,这里所谓老聃与孔子的对话以及老聃对孔子的训诫,都是杜撰的,不能当真。因为所谓《六经》,是孔子逝世之后,他的门生传授孔子学问时为这几部书所起的名号,决不可能出自孔子之口。很显然,这是本书作者为了阐扬自家理论、为了贬低孔子而创造的寓言。

刻意第十五

【解题】

本篇主要论述精神养护的重要，说明过分追求外物的行为，对于养神、养生和修道都是极其有害的。本文文义其实与《天道》篇第一章相似，都是倡导"虚静恬淡寂漠无为"的"天乐"，不过《天道》篇是从正面阐述，本文则是从反面立论。

作者首先列举世俗社会引人注目的山谷之士、平世之士、朝廷之士、江海之士、导引之士等五类人士的各种追求和人生目标，紧接着又描述圣人"恬淡、寂漠、虚无、无为"的德性，用以反衬上述五种人士的微不足道。随后连续六个"故曰"，强调圣人之所以成为圣人，关键在于保持"虚静无为"和谨守"养神之道"，为了说明这一点，作者又援引宝剑的养护方法和民间俗语，重复申明决不能让精神丧失的观点。篇末称扬能体现纯真和朴素心性的"真人"，其实就是在暗示本文的主旨：养生之本在于保全纯真而朴素的心性，而要保全纯素心性，关键在于守神和养神；因此那些有为、有"我"的行为，必然扰乱人的天真本性，因此篇首列举的那些刻意尚行的所谓"高士"，都不可能成为"真人"。

篇名摘取起首二字而成。

　　刻意尚行①，离世异俗②，高论怨诽③，为亢而已矣④；此山谷之士，非世之人⑤，枯槁赴渊者之所好也⑥。语仁义忠信，恭俭推让，为修而已矣⑦；此平世之士⑧，教诲之人⑨，游居学者之所好也⑩。语大功,立大名,礼君臣,正上下,为治而已矣;此朝廷之士,尊主强国之人,致功并兼者之所好也⑪。就薮泽⑫,处闲旷⑬,钓鱼闲处,无为而已矣;此江海之士,避世之人,闲暇者之所好也。吹呴呼吸⑭,吐故纳新,熊经鸟申⑮,为寿而已矣;此道引之士⑯,养形之人⑰,彭祖寿考者之所好也⑱。

若夫不刻意而高,无仁义而修,无功名而治,无江海而闲,不道引而寿,无不忘也,无不有也⑲。淡然无极而众美从之⑳。此天地之道,圣人之德也。

【今译】
　　磨练意志、力求高尚,超脱于凡世、有别于俗众,高谈阔论、抱怨非议,都是为了表现清高而已;这一切都是避居山谷的隐士、抨击现实社会的辩士,以及为了故国而饿得干瘦、为了正义而投水自尽的人士所热衷的。谈论仁爱、节义、忠贞、诚实和恭敬、节俭、推辞、谦让,都是为了修身而已;这一切都是有志于平定天下的人士、以教育者自居的人士,以及四处游历求学或定居一处学习的人所喜好的。宣传卓越功勋,树立伟大名声,使君臣以礼相待,纠正上下等级的秩序,都是为了治理天下而已;这一切都是朝廷官员、推尊君主而致力于国家强盛的人,以及追求功勋、兼并别国的人士所热衷的。走向草泽湖泊,居住在荒凉空旷的地方,钓鱼消遣而悠闲地生活,只是为了无所事事而已;这一切都是隐居江海的人士、逃避世事的人,以及悠闲无事的人所喜好的。长嘘短呼、一吐一吸,吐出混浊的气息,吸入新鲜的空气,像熊一样悬吊在树上,似鸟一般伸展开双臂,这都是为了获得长寿而已;这一切都是练习导引的人士、保养身体的人,以及像彭祖那样享有高寿的老人所追求的。

　　至于那无需磨练意志而表现高尚的,不讲求仁义而得到修身的,不追求功名而治理自然成功的,不隐居江海而享有悠闲的,不练习导引而获得高寿的人,没有什么足以使他们放在心上,但没有一样是他们得不到的。他们对一切都淡泊,但一切美好的东西却总是跟随着他们。这正是天地自然之道,是圣人的道德啊。

【注释】

① 刻意:刻削意志,即通过克勤克俭等行为磨练意志。 ② 离世:超脱世俗。 ③ 怨诽:怨言和非议,此指针对时政的不满和批评。 ④ 亢:高,高尚,清高。 ⑤ 非世:否定当世,即抨击、非难现实社会。 ⑥ 枯槁:身体干瘦。赴渊:奔赴深渊,指投水自尽。指隐逸之士和节烈之人。 ⑦ 修:修身。 ⑧ 平世:致力于治理天下而使世界太平。 ⑨ 悔:通"诲"。 ⑩ 游居学者:四处游历、遍访名师或定居一地、专从一师的求学者。 ⑪ 致功:追求功勋。并兼:兼并他国。 ⑫ 就:主动地来到。薮(sǒu)泽:草生长茂盛的泽地和湖泊。 ⑬ 闲:空。闲旷:无人居住的荒凉空旷之地。 ⑭ 吹呴(xǔ):出气急速叫"吹",出气缓慢为"呴"。 ⑮ 熊经:经,悬吊。模仿熊悬吊在树上的动作。申:通"伸"。鸟申:模仿鸟临风展翅的动作。均为炼身的动作姿势。《后汉书·方伎传》载华佗所创五禽戏:一曰虎,二曰鹿,三曰熊,四曰猿,五曰鸟。当为总结前人经验技法而成。 ⑯ 道引:《黄帝内经素问·异法方宜论》作"导引",通导气血、柔和肢体的炼身养生方法。 ⑰ 形:指身体。 ⑱ 考:年老。 ⑲ "无不忘也"二句:意为前述刻意、仁义、功名、隐逸、导引等一概不在心上,而清高、修身、平治、无为、长寿等全都能自然获得。 ⑳ 淡然:淡漠的样子。无极:无限。众美:所有美好的事物。

【评析】

本章夸赞淡漠无为而又拥有世上一切美好事物的圣人,借以反衬世俗社会所谓高人名士的浅薄。作者首先列举社会上倍受关注的五种类型的人士及其热衷的行为:立志高尚者抨击时政,高谈阔论;推行仁义者克己复礼,诲人不倦;追求功名者治理国事,建功立业;隐逸江湖者避人而居,无事悠闲;企求长寿者练习气功,健身养生。对此作了概括描述之后,作者未作任何的批判和评论,只用了一个"若夫"表示语气的转折,随后推出一个事事与之相反的"圣人",一个"无不忘也,无不有也"的圣人。

庄子心目中的圣人,"法天贵真,不拘于俗"(《渔父》),具有"淡然无极"的品质,为人处事完全随顺自然本性,一概遵循天地之道(即"无为"),因此得以无视世俗的道德规范,因此能够从纷繁的世俗事务中超脱出来。尽管圣人朴素无为,毫无世俗的杂念,然而世上一切美好的东西,包括世俗之人梦寐以求的、带有功利性质的事物,却总是自然而然地追随着他们。也就是说,圣人拥有上述五类人(其实代表了一切怀抱志向、有所追求的人)渴望的所有东西,却从不涉足那些叨叨扰扰的行为,从不殚精竭虑、受苦受累。这就是庄子给读者、给修道之人描画的虚幻却又极富魅力的成效图。两相比较,圣人与其他五类人之间的是非优劣也就昭然若揭,无须再加评判了。

庄子在这里强调的是精神方面的修养,而所谓"吹呴呼吸,吐故纳新,熊经鸟申"的"道引之士"和"养形之人",则着重于养生和长寿,是作为圣人的对立面列举的。然而后来道家的养生理论,却把他们和"不食五谷、吸风饮露"的姑射山上的"神人"(《逍遥游》)等结合在一起,进而生发出一整套修炼形体、养生长生的经验方法。就这一点来说,庄子可以称得上是道家养生理论的开荒者了。

故曰:夫恬惔寂漠,虚无无为,此天地之平,而道德之质也①。故曰:圣人休焉,休则平易矣②,平易则恬惔矣。平易恬惔,则忧患不能入,邪气不能袭,故其德全而神不亏。

故曰:圣人之生也天行,其死也物化。静而与阴同德,动而与阳同波③。不为福先,不为祸始④。感而后应,迫而后动,不得已而后起。去知与故⑤,循天之理。故无天灾,无物累,无人非,无鬼责⑥。其生若浮,其死若休。不思虑,不豫谋⑦。光矣而不耀,信矣而不期⑧。其寝不梦,其觉无忧⑨。其神纯粹,其魂不罢⑩。虚无恬惔,乃合天德。

故曰:悲乐者,德之邪;喜怒者,道之过;好恶者,德之失。故心不忧乐,德之至也;一而不变,静之至也;无所于忤⑪,虚之至也;不与物交,惔之至也;无所于逆,粹之至也。

【今译】

所以说:恬淡、寂寞、虚无、无为,这一切正是天地赖以公平的基础,也是道德的实质啊。所以说:圣人休止于自然,休止就能心平气和,心平气和就能安静淡泊了。保持心平气和、安静淡泊,那么忧患的情绪就不会侵入内心,邪气就不会侵袭肌体,因此他们的德性就能保全,精神就不会缺损。

所以说:圣人活着的时候随顺自然一起行动,他们死了以后和万物一样转化。静处时与阴气一致,运动时和阳气合流。既不给幸福开道,也不为祸害奠基。外有所感而内有所应,有所逼迫然后才有行动,被迫无奈然后奋起。抛弃智慧与习惯,遵循自然的道理。因此不受天灾,不受外物的牵累,不指责他人,不向鬼神索求。他们活着就像顺水漂浮,他们死去犹如休息。事后不思考,事先不谋划。有光但不照耀,守信却不定约。他们睡觉的时候不做梦,他们睡醒以后没有忧愁。他们的心神单纯洁净,他们的灵魂不会疲累。虚无、安静、淡漠,才合乎自然的德性。

所以说:悲哀与欢乐,是偏离德性的歪邪;喜悦和愤怒,是违背自然的过错;爱好与憎恨,是有损德性的过失。因此内心既无忧愁也无喜悦,就是德性的最高境界;保持一贯的态度而不改变,就是安静的最高境界;与任何事物都不矛盾,就是虚涵的最高境界;不和外物交往,就是淡漠的最高境界;与任何事物都不抵触,就是精神纯粹的最高境界。

【注释】

①"夫恬惔寂漠"四句:惔,通"淡";寂漠,即寂寞;平,公平,不偏不倚;质,实。《天道》篇作"夫虚静恬淡、寂漠无为者,天地之平,而道德之至也"。　②平易:与"天地之平"之"平"义同。此二句原本作"圣人休休焉则平易矣","休焉"二字传写误倒。《天道》篇曰:"故帝王圣人休焉,休则虚,虚则实。"故据以订正。　③"圣人之生也天行"四句:已见《天道》篇。　④"不为福先"二句:意为不行善,不作恶。因为善是福的先导,恶为祸之根由,善事恶事均不做,福祸自然不上身。　⑤去:抛弃。知:通"智"。故:习惯。　⑥"故无天灾"四句:已见《天道》篇,稍有差异。《天道》篇作"故知天乐者,无天怨,无人非,无物累,无鬼责"。　⑦豫:通"预"。　⑧"光矣而不耀"二句:期,约定。意为无意显示自己,纯粹顺乎自然行事。　⑨"其寝不梦"二句:觉,睡醒。意为夜无所梦,正是日无所思的结果;醒来不忧,正因不受外物的牵累。这正是"真人"的表现,参见《大宗师》篇。　⑩"其神纯粹"二句:罢,通"疲"。《天道》篇作"其鬼不祟,其魂不疲"。　⑪忤(wǔ):逆。

【评析】

本章接连用了四个"故曰",描写得道之人保持"恬淡、寂寞、虚无、无为"以后产生的各种效用,以及影响"虚无恬淡"心性的诸多因素,与《天道》篇首章的内容颇多雷同。不过本章标举圣人,尤其注重采用形象的描述来表现养神之道。

作者认为,圣人之所以成为圣人,关键在于他能保持恬淡虚空的心境。圣人将生死的变化、阴阳的交替、祸福的出现,看得十分透彻,就是说能齐同生死、齐同祸福、齐同万物,因此他的为人处世必然合于天德,必然任随自然而运动。所以圣人能够抵挡忧患邪气的侵袭,精神丝毫不会亏损,德性能保持完整,既无天灾的担忧,也无外物的牵累。至于世俗之人的各种悲哀欢乐、喜悦愤怒和爱好厌恶之类的情感,都将伤害虚空恬淡的心性,也就是有违于天德的,因此圣人一概予以抛弃。所以说,内心无忧无喜,始终如一,就是最为高尚的德性;不交外物,顺天而行,就是最为纯粹的虚涵的精神境界。

本章所谓"悲乐者,德之邪;喜怒者,道之过;好恶者,德之失。故心不忧乐,德之至也"等等,强调圣人的无忧无喜,将常人的喜怒哀乐之情一笔抹煞,彻底是彻底了,但未免过于绝对。钟泰认为,此处所论与内篇的思想有明显差异。《齐物论》篇说"不喜求",未曾说"不喜";《大宗师》篇说"不知说生,不知恶死",又说"喜怒通四时",又说"其好之也一,其弗好之也一",不仅没说"不悦不恶",而且明明肯定人是有喜怒好恶之情的;《德充符》篇还说:"吾所谓无情者,言人之不以好恶内伤其身,常因自然而不益生也。"可见庄子并非认为至人的无情,就是没有情感,他其实肯定一切出自本性的喜怒哀乐之情,而且认为这样的喜怒哀乐就是自然,就是天理。而本章根本不问这些情感是否真实,是否出之自然,就一概指斥为"德之邪""道之过""德之失",显然有违于《庄子》内篇思想。因此钟泰认为,这是庄子后学所为(参见《庄子发微·刻意》)。

故曰:形劳而不休则弊,精用而不已则劳,劳则竭。水之性,不杂则清,莫动则平;郁闭而不流①,亦不能清;天德之象也。故曰:纯粹而不杂,静一而不变,惔而无为,动而以天行,此养神之道也。

夫有干、越之剑者②,柙而藏之③,不敢用也④,宝之至也。精神四达并流⑤,无所不极⑥,上际于天⑦,下蟠于地⑧,化育万物,不可为象⑨,其名为同帝⑩。

纯素之道,唯神是守。守而勿失,与神为一⑪。一之精通,合于天伦⑫。野语有之曰⑬:"众人重利,廉士重名,贤士尚志,圣人贵精⑭。"故素也者,谓其无所与杂也;纯也者,谓其不亏其神也。能体纯素⑮,谓之真人。

【今译】

　　所以说:身体劳累而得不到休息就会疲敝,精神使用过度而不停息就会劳损,精神劳损就会枯竭。水的本性,不含杂物就清澈,没人搅动就平静;但是闭塞不通而水不流动,也不能清澈;这就是自然道德的象征。所以说:单纯洁净而不混杂,安静一贯而不改变,淡漠而无为,行动依顺自然而行,这就是保养心神的原则啊。

　　有吴、越之剑的人,把剑放在盒子里藏起来,不敢使用,因为是最为珍贵的宝贝。精神四通八达而到处流淌,没有到不了的地方,向上直与高天会合,往下托付于大地,化生并养育万物,但无法找到迹象,它的名字就叫"如同天帝"。

　　获得纯真朴素的方法,就是只管守护着自己的精神。守护而不要丧失,使天地神明与自身精神凝聚为一体。纯一之道精粹通达,就符合于自然之理。民间谚语有这样的说法:"俗人看重利益,廉洁的人看重名声,贤达的人崇尚志向,圣人推崇精神。"因此所谓朴素,就是说它没有掺杂其他的东西;所谓纯真,就是说它不亏损自己的精神啊。能体现纯真和朴素的,就称他们为"真人"。

【注释】

　　① 郁:郁结,不通。　② 干:小国名,为吴国所灭,此借指吴国。吴越之地,当时以宝剑产地著名。　③ 柙:通"匣"。　④ 不敢用:不敢经常使用,即舍不得用。　⑤ 并:旁。　⑥ 极:至,到达。　⑦ 际:会合。　⑧ 蟠:委,托付。　⑨ 象:迹象。　⑩ 帝:天帝。同帝:如同天帝,即同于天。　⑪ 与神为一:指形与神凝聚为一。　⑫ 天伦:自然之理。　⑬ 野语:俗语。　⑭ 精:纯粹之极,此指精神。　⑮ 体:体现。

【评析】

　　如果说,"恬淡、寂寞、虚无、无为"是圣人美德的实质和体现,那么养神就是达到这一目标的必要手段。因此本章承上而来,侧重讲述保养心神、守护精神的必要及其原则。作者于篇末指出:"圣人贵精",真人"能体纯素"。所谓圣人、真人,名称不同而实质一样;所谓"贵精"和"体纯素",只不过是"养神"的另外一种说法。这里的"精"实指精神,"贵精"就是珍视和守护精神,否则精神就会亏损;而所谓能体现纯真朴素的真人,其特征是心性质朴而不亏损,显然也不能脱离养神。也就是说,德全而神不亏,是圣人和真人的特征,圣人和真人要保持虚静无为的心性,养神是不可或缺的。

作者首先将精神比作了水,水中不掺杂物就清澈,不搅动就平静,但是,不搅动并非意味着不流动,死水是不可能清澈的。既清澈、平静,而又保持自然的流动,这是水的特性,也是心性、精神的保养原则。作者随后又用吴、越宝剑喻指精神,剑为宝物,"柙而藏之",轻易不敢动用,生怕有所毁伤;精神也是一样,守护更应慎重,"守而勿失",才能与天地神明凝为一体,才能与"大道"合而为一。正因为守护和保养精神是成为"真人"或"圣人"的必要条件,所以本章开头列举的五类扼杀本性以求取名利的人物,尽管享有盛誉,但归根结底是不合于大道的精神的。

本章所谓"形劳而不休则弊,精用而不已则劳,劳则竭",本来是强调身体的休养和精神的保养,对于养生来说,是必不可少、相辅相成的两个方面。西汉初年,司马谈据以引申,认为对于养生来说,"神"在先而"形"在后,养神比养形更为重要。司马谈曾评论阴阳、儒、墨、名、法、道六家要旨,对于道家尤其推崇,他说:"凡人所生者神也,所托者形也。神大用则竭,形大劳则敝,形神离则死。……由是观之,神者生之本也,形者生之具也。不先定其神,而曰'我有以治天下',何由哉?"(《史记·太史公自序》)司马谈养神重于养形的理论明显导源于本章,对于后世的养生理论产生了重大影响。

此外,本章所谓"纯素之道,唯神是守,守而勿失,与神为一",本指保持心境的恬淡、力求人与自然合而为一的精神修养,它强调精神修养(即"养神"或"守神")是得"道"而成为真人的重要手段。这一说法后来被道教借用并加以引申,成为道教许多重要理论的出发点。道教理论家认为,庄子的"唯神是守"其实就是说精神是生命的主宰,因此他们的经典把精神比作"君"或"长吏"。他们略而不谈"守神"的精神修养方面的效果,却把它纳入其养形养生的范畴,把"守神""守一"当作了祛病长生的手段。《太平经》说:"人有一身,与精神常合并也。形者乃主死,精神者乃主生。常合即吉,去则凶。无精神则死,有精神则生,常合即为一,可以长存也。常患精神离散,不聚于身中,反令使随人念而游行也。故圣人教其守一,言当守一身也。念而不休,精神自来,莫不相应,百病自除,此即长生久视之符也。"(《太平经合校》卷一三七至一五三)这样的说法与庄子"养神以全性"的初衷显然并不符合。

缮性第十六

【解题】

本篇主要论述如何涵养情性，兼及怎样"存身"的问题。

作者首先指出，修养性情的目的，就是要做到自然和顺的性情（即道德）自然产生于本性之中，而这正是"知与恬交相养"的结果；然而世人只知道采用世俗的学说和世俗的思想来修缮性情，只知道采用礼乐制度强加约束，因而导致本性蒙蔽，天下纷争。这是本篇的基本思想。然后作者引古证今，指出社会发展变迁的历史，就是道德逐渐衰败的过程，就是"世与道交相丧"的过程，而"世丧"首先就是因为"道丧"。作者称颂人民质朴、阴阳和静、万物安宁的太古时代，鄙视所谓开创文明的君主，认为他们都是扰乱天下的罪魁祸首，因为他们致力于治理天下，以至人心浇薄，各逞智巧，万物丧其本性，也就是丧失了自然之道。于是作者主张返朴归根，主张回归自然本性，并且提出了具体的方法，就是"缮性"，即摒弃外物以养心，最终恢复本来的纯朴。

本篇构思相当精巧，篇首拈出受"俗学""俗思"影响的"蔽蒙之民"，作为立论的根据和批判的靶子，然后借古论今，既斥前代俗学，又批当世俗思，篇末则缀以"丧己""失性"的"倒置之民"，用以照应篇头，发人深省。篇名虽然是篇首二字的直接摘取，但也已经概括了全文的宗旨。

缮性于俗学①，以求复其初②；滑欲于俗思③，以求致其明④：谓之蔽蒙之民⑤。

　　古之治道者，以恬养知⑥。生而无以知为也⑦，谓之以知养恬。知与恬交相养，而和理出其性⑧。夫德，和也；道，理也。德无不容，仁也；道无不理，义也；义明而物亲，忠也；中纯实而反乎情，乐也⑨；信行容体而顺乎文，礼也⑩。礼乐偏行⑪，则天下乱矣。彼正而蒙己德，德则不冒，冒则物必失其性也⑫。

【今译】

　　用世俗的学问来修养心性，试图以此回复自己的本性的；用世俗的思想来修正情感，试图以此造就自己的明智的：这样的人就叫作本性被蒙蔽的人。

　　古时候修"道"的人，用恬淡的性情培养智慧。活在世上而无需靠智慧处事，这就叫做用智慧来培养恬淡的性情。智慧与恬淡的性情互相培养，因而道德就产生于自己的本性之中。德，就是"和"；道，就是"理"。德无所不能容，这就是"仁"；道无不合乎天理，这就是"义"；义理昌明而与万物相亲，这就是"忠"；内心纯朴充实而反过来影响性情，这就是"乐"；行为守信用、凡事讲宽容，并且合乎自然的文理节度，这就是"礼"。礼乐偏离了自然纯朴而流行开来，于是天下就乱了。他人的德性本来纯正，却要用自己的德性遮盖上去，德性是不能被蒙蔽的，蒙蔽就必然失却他人自身的本性。

【注释】

　　① 缮：修。缮性：修身养性。俗学：当时社会流行的学派学说，如儒学、法学等。原本"俗学"作"俗俗学"，后一"俗"字当属衍文，今删去。　② 初：本性。　③ 滑：通"汩"，本意为治水，此指"治"，与"缮性"之"缮"义近。欲：情感。《礼记·乐记》："感于物而动，性之欲也。"　④ 致：得到。明：明智。　⑤ 蔽蒙：蒙蔽，指本性之明被俗物蒙蔽。　⑥ 知：通"智"。　⑦ 原本"生"前有"知"字，郭庆藩《庄子集释》谓《阙

误》本无"知"字,当属衍文,今删。　⑧ 和:德。理:道。"和"出于"恬","理"出于"智","和理"指道德。　⑨ "中纯实而反乎情"二句:纯实,纯朴充实。意为心中纯朴充实,道德天性就从自身延伸而对外物发生影响,同时又从外物返回来作用于自身的性情,物我和顺,其乐融融。　⑩ "信行容体而顺乎文"二句:顺,合。意为行为守信用,凡事讲宽容,就能合乎自然的文理节度,这就是礼。　⑪ 偏行:原本作"徧行",据陈景元《庄子阙误》所引江南古藏本改。　⑫ "彼正而蒙己德"三句:冒,覆盖,引申为蒙蔽。意为他人德性本来纯正,却要用自己的所谓美德来蒙盖它,德性是不能被蒙蔽的,蒙蔽就会使它失去天然本性。

【评析】

本章指出,世人都以为世俗流行的儒家、法家的学说能够修养心性、端正情感,即足以"缮性",其实恰恰相反,它们正是导致本性蒙蔽和心术败坏的罪恶根源。因为人的心性是自然生成的,原本就没有缺损,根本无须修缮。作者认为,古代修道之人用智慧与恬淡交相涵养的方法,则是通往道德境界的最佳手段。

所谓"以恬养知""以知养恬"和"知与恬交相养,而和理出其性"等等,表面看来是强调智慧和恬淡都有利于道德的修养,其实作者是有所侧重的。刘凤苞说:"'以恬养知',知由恬生,不见为知,只见为恬而已。"(《南华雪心编·缮性》)他分明看到了作者更加注重恬淡的一面,因为在作者看来,智慧是为恬淡服务的,而恬淡反过来又养育了智慧,所谓"和理",可以包含恬淡的成分,却绝对没有智慧的内容,因此,智慧绝不是道德修养的目标。

不过,尽管作者对于智慧和恬淡在道德修养过程中所起的作用不是等同看待的,但他还是肯定"知"有利于道德修养,认为"知"是通往"道"的精神境界的重要因素,这与庄子一贯的"绝圣弃知"的观点大相径庭。庄子认为,"知"——不管是指"智慧"还是"知识",对于道德修养,对于回归本性,都是有害无益的。《大宗师》篇说:"离形去知,同于大通,此谓坐忘。"《胠箧》篇说:"世俗之所谓知者,有不为大盗积者乎?"《在宥》篇说:"多知为败。"《刻意》篇说:"去知与故,循天之理,故无天灾,无物累,无鬼责。"凡此种种,都是认为"知"对于道德修养是起破坏作用的,认为"知"与道德修养、与"大道"是根本不相容的。本章所谓"知"能养恬,所谓"知"与恬交相涵养而"和理"(即道德)就自然产生于本性之中等观点,明显出自庄子后学。当然其中肯定自然恬静的思想,还是和庄子一脉相承的。

古之人,在混芒之中①,与一世而得淡漠焉②。当是时也,阴阳和静,鬼神不扰,四时得节③,万物不伤,群生不夭,人虽有知,无所用之,此之谓至一④。当是时也,莫之为而常自然⑤。逮德下衰⑥,及燧人、伏羲始为天下⑦,是故顺而不一⑧。德又下衰,及神农、黄帝始为天下⑨,是故安而不顺⑩。德又下衰,及唐、虞始为天下⑪,兴治化之流⑫,浇淳散朴⑬,离道以善,险德以行⑭,然后去性而从于心⑮。心与心识知而不足以定天下⑯,然后附之以文⑰,益之以博⑱。文灭质,博溺心,然后民始惑乱,无以反其性情而复其初⑲。

由是观之,世丧道矣,道丧世矣⑳,世与道交相丧也。道之人何由兴乎世㉑,世亦何由兴乎道哉!道无以兴乎世,世无以兴乎道,虽圣人不在山林之中,其德隐矣㉒。隐,故不自隐㉓。古之所谓隐士者,非伏其身而弗见也㉔,非闭其言而不出也,非藏其知而不发也,时命大谬也㉕。当时命而大行乎天下,则反一无迹㉖;不当时命而大穷乎天下,则深根宁极而待㉗:此存身之道也㉘。古之存身者,不以辩饰知,不以知穷天下,不以知穷德,危然处其所而反其性已㉙,又何为哉!

道固不小行㉚,德固不小识㉛。小识伤德,小行伤道。故曰:正己而已矣㉜。乐全之谓得志㉝。古之所谓得志者,非轩冕之谓也㉞,谓其无以益其乐而已矣。今之所谓得志者,轩冕之谓也。轩冕在身,非性命也,物之傥来㉟,寄者也。寄之,其来不可圉㊱,其去不可止。故不为轩冕肆志㊲,不为穷约趋俗㊳,其乐彼与此同㊴,故无忧而已矣!今寄去则不乐㊵,由是观之,虽乐,未尝不荒也㊶。故曰:丧己于物,失性于俗者,谓之倒置之民㊷。

【今译】

　　古时候的人,处于混沌之中,整个世界的人都葆有淡泊的心态。在那个时候,阴阳和谐而又宁静,鬼神不来打扰,四季的转换都合乎节令,万物不受伤害,所有的生物都不会夭折,人们虽然拥有智慧,但没处可用,这就叫做最为纯粹的时代。在那个时候,人们逍遥无为而总是合于自然。到了德性衰落的时候,燧人氏、伏羲氏开始统治天下,因此人心顺服而并不纯一。后来德性又衰落,到了神农氏、黄帝开始统治天下的时候,因此人心安稳而并不顺服。后来德性又衰落,到了唐尧、虞舜开始统治天下的时候,开始了治政和教化的风气,扰乱破坏纯朴的习俗,行为偏离自然之道,行事危害自然之德,然后抛弃天性而遵从私心。人心与人心相互识别窥探,因而不可能使天下安定。然后又添加虚浮的文辞,又增添广博的学问。虚浮的文辞毁灭质朴,广博的学问淹没天然心性,然后众人开始迷惑混乱,无法再返归他们恬淡的性情而恢复他们的本性。

　　由此看来,世风败坏而导致道德败坏,道德败坏而引起世风败坏,世风与道德相互都败坏了啊。明"道"的圣人通过什么来使世界复兴,世人又能通过什么来复兴天道啊!天道无法复兴于人世,人世无法使天道复兴,即使圣人不是隐居山林之中,他的德性也隐匿了。隐逸,本来不是自己有心隐藏。古时候的所谓隐士,并非隐藏自己的身体而不肯出现，并非锁住自己的言论而不肯出声，并非深藏自己的智慧而不发表意见，只是因为时势和命运极端乖厄啊。时运顺当而天道盛行于天下，就返归至一之道而不留痕迹；时运不顺而天道极其困顿于天下，就使本性深藏而安宁地等待：这是保全自身的方法啊。古时保全自身的人，不用巧辩装饰自己的智慧，不用自己的机智令天下人窘迫，不用智慧来困扰自己的德性，傲然独处于属于自己的地方而恢复他的本性，又有什么要做的呢！

"道"本来就不是琐碎的行为，"德"本来就不是细微的认识。细微的认识会伤害"德"，琐碎的行为将伤害"道"。所以说：只要端正自身就足够了。天性获得充实而保全，就叫做心满意足。古时候的所谓心满意足，并非指的是高官厚禄啊，指的是保全纯粹充实的天性而无需再添加什么而已。今天所谓的心满意足，指的是高官厚禄。高官厚禄在身，并非性命固有的东西，犹如偶然到来的外物，只是临时寄托罢了。寄托的东西，它们到来时不能阻挡，它们离去时无法阻止。所以不能因为高官厚禄而放纵荒淫，不能因为穷苦困顿而趋附世俗，他的快乐不因荣华或困穷的境遇变化而不同，所以只要无忧无虑而已！如今的人，寄居的东西一旦离开就不快乐。由此看来，虽然貌似快乐，未必不是心慌意乱啊。所以说：为了外物而丧失自我的，趋附世俗而迷失本性的，就叫做本末倒置的人。

【注释】

① 混芒：混沌。　② 与：通"举"，皆，全。淡漠：淡泊。　③ 得节：符合节令。　④ 至一：最为纯粹。　⑤ 莫之为：没有人去操心做事，即无为。　⑥ 逮：及，等到。　⑦ 燧人：燧人氏，相传为发明钻木取火、率先改变生食习惯的远古帝王。伏羲：传说中时代晚于燧人氏的远古帝王，开始驯服野兽，开展畜牧业。　⑧ 顺而不一：意为顺于本性而不违逆，与上述"至一"时代所谓"德性合一"已有分别。　⑨ 神农：传说中发明农业的远古帝王。黄帝：神农氏之后的上古帝王，又称轩辕氏、有熊氏，据说宫室、器用、衣服、货币制度以及医药方

法等等,皆创于黄帝。 ⑩ 安而不顺:神农氏曾征伐共工,黄帝曾讨伐蚩尤,可见当时的安定往往借助于武力,人民并非真正顺服。 ⑪ 唐:尧,相传初封于陶,又封于唐,故号陶唐氏。虞:舜,其先封国于虞,故号有虞氏。 ⑫ 兴:开始。治化:治政和教化。流:风,风气。 ⑬ 澆(jiāo):通"烰",扰乱。 ⑭ "离道以善"二句:善,疑为"为"字之误。险:危害。《淮南子·俶真训》曰:"杂道以伪,俭德以行。"(伪,古"为"字;俭,通"险"。)《文子·上礼》曰:"离道以为伪,险德以为行。"意为行事背离天道,行动危害天德。 ⑮ 去性:抛弃天性。从于心:遵从于私心,即根据自我的认识理解。 ⑯ 识知:认识,窥知。《人间世》曰:"知也者,争之器也。"本句意为人们相互窥探内心的隐秘,然后设法对付,故天下从此不得安宁。 ⑰ 附:添加。文:文饰,虚浮的言语文辞。 ⑱ 益:增加。 ⑲ 反:通"返"。 ⑳ "世丧道矣"二句:丧,败坏。意为世风愈下而道德愈坏,道德愈坏而世界就更难回复到上古境界。 ㉑ 道之人:明道之人,即圣人。何由:通过什么,凭什么。兴:复兴。 ㉒ 其德隐:圣人的德性不为人所知。 ㉓ 故:通"固",本来。 ㉔ 伏:隐藏。见:通"现"。 ㉕ 时命:时势和命运。谬:悖乱。 ㉖ 反一:回返于纯一之道。无迹:不留痕迹。因为与万物混同为一,所以没有迹象。 ㉗ 深根宁极:宁,安静,不动。极,本。使本性深深扎根,性根不受骚扰。 ㉘ 存身:保全自身。按:下句"存身"原本作"行身",据王孝鱼《庄子集释·校记》引世德堂本改。 ㉙ 危然:傲然独立、无所依附的样子。处其所:驻留于属于他自己的地方。 ㉚ 小行:与天道相违背的琐碎行为,指仁、义、礼、乐等等。 ㉛ 小识:与天德相违背的细微见识,指善恶、是非等等。 ㉜ 正己而已:意为己正然后物正,用不着强加于人。《孟子·尽心》:"有大人者,正己而物正者也。" ㉝ 乐:上文所谓"中纯实而反乎情"。乐全:保全纯朴心性。得志:心满意足。学道是为了保全德性,而实现"乐全"就意味着目标实现,故称"得志"。 ㉞ 轩冕:指高官厚禄。 ㉟ 傥:偶然。 ㊱ 圉(yǔ):抵御,抗拒。 ㊲ 肆:放纵,荒废。 ㊳ 穷约:穷困。 ㊴ 彼:指轩冕。此:指穷约。 ㊵ 寄:指暂寄于身的轩冕富贵。

去:失去。　㊶ 荒:通"慌"。此句意为俗人之乐,患得患失的情绪不断出现,内心不能真正宁静。　㊷ 倒置:本末倒置。

【评析】

作者认为,人类社会从古到今的历史发展,从道德水平、社会状况和人性本身各方面的演变来看,是一个"德又下衰"的过程:从"古之人"的"莫之为而常自然"(逍遥无为而总是合于自然),到燧人氏、伏羲氏时代的"顺而不一"(尽管人心顺服却并不纯粹统一),又到神农、黄帝时代的"安而不顺"(人心安稳而并不顺服),发展到唐尧、虞舜时代的"离道以伪,险德以行"(行事背离自然之道,行动危害自然之德),进而导致人民惑乱,终于"无以反其性情而复其初"。总之,人类道德呈现逐级而又全面的衰退。而从人与自然的关系来分析,则是二者日渐分离,人与自然对立的局面愈演愈烈,人的本性所受的蒙蔽也就越来越深。因此,从自然主义的立场出发,作者必然称颂太古而贱视尧、舜,主张返朴归根,这与《在宥》《天运》等篇的论说颇为相近。

如何返朴归根呢?作者提出:首先"存身",然后"全性"。"存身"就是保全自家的生命,因为皮之不存,毛将焉附?处在那变幻莫测的动乱社会,首先必须设法保全生命这张"皮",假如没有了生命,什么保全天性,什么返朴归根,都将无从谈起。作者因此提出了明哲保身的对策:"当时命而大行乎天下,则反一无迹;不当时命而大穷乎天下,则深根宁极而待:此存身之道也。"这里所谓"反一",按字面理解,是"返回大道"的意思,联系上下文来看,则是指运用掌握的"大道"来振兴社会。也就是说,假若时运昌盛,就可以出仕为官,运用智慧,为现实社会出力;如若时运不济,就隐匿不出,等待时机。当然,无论出山还是遁隐,都是以不殃及生命为前提的。

"全性"又可以称作"乐全",是指纯朴的心性获得保全。作者又说"乐全之谓得志",这个"志",应该是指自由意志,这个"乐",就是与自由意志相联系的精神快乐,因此"保全心性"也可以理解为"心意获得快乐和满足"。当然，同样是"心意满足"，"全性"之人与世俗之人是有本质区别的，"全性"之人不会因为获得高官厚禄而快乐，也不会由于贫穷困顿而趋炎附势，荣华或困穷的境遇变化不会影响他的快乐，无忧无虑、心满意足地对待遭遇的一切，他的天性就不会丧失。也就是说，为了追求外物而牵累自身、趋同于世俗而迷失了本性的人，虽然似乎也有心满意足的时候，但是由于他的快乐是建立在不牢靠的基础上的，所以他的"得志"不可能长久；而随顺自然、乐观豁达地生活，既是保全天性的手段，也是天性保全的标志。

"全性"是建立在"存身"基础之上的，"全性"的境界当然高于"存身"；不过，"全性"本身其实也包括"存身"，因为很明显，"全性"的原则完全适用于"存身"，二者是无法截然分开的。

秋水第十七

【解题】

本篇宣传万物一齐、自然无为的思想,并斥责所有扰乱和伤害自然本性的行为。因此清初王夫之《庄子解》指出,《秋水》篇实际上是《逍遥游》和《齐物论》的进一步推衍。

作者首先借黄河神与北海神的七次对话,依次说明所谓大小、是非、贵贱、荣辱的区分均属虚幻,一切"有为"的努力都是徒劳,因为世间的万事万物都是变化无常、因时而变、因人而异的。这是全文的总论。总论过后则是分论,作者或用寓言,或用重言,进一步证明总论中的主张。作者认为,既然一切有为的举动和是非的标准皆属虚妄,那么就该抛弃所有世俗的价值观念,不用人力毁灭天性,不用人事毁灭性命,不因为功名而牺牲天德,即"无以人灭天,无以故灭命,无以得殉名"。也就是说,凡事都该随顺自然,而一切违背自然天性的行为,即使是文明社会中已经成为习惯的、被认为是合理的和值得追求的,都必须抛弃,进而坚持彻底的无为,并最终"反其真",即回归于自然无邪的天性。

本篇不采用作者正面阐述的形式,而是全部采用寓言或重言,或是河伯与海神的问答,或是魏牟对公孙龙的训诫,或是孔子对子路的慷慨陈辞,或是夔、蚿、蛇、风的争相倾慕,天上人间,动物神灵,尽皆为作者如椽之笔所驱使,即使是本书经常出现的主人公庄子和惠施,本篇中有关他们争辩的故事显然也并非据实描述,而是作者根据行文的需要临时虚构的。因此本篇尤其鲜明地体现了庄子文章的特点:亦谐亦庄,寄庄于谐,机锋绝妙,文情恣肆。林云铭说:"《秋水》自内篇《齐物论》脱化出来,立解创辟,既踞绝顶山巅;运词变幻,复擅天然神斧,此千古有数文字,开后人无数法门。"(《庄子因·秋水》)此言绝非虚饰,后世诗文作家,确实从《秋水》中汲取了无数营养。

篇名系摘取篇首二字而成,与文章大意没有联系。

秋水时至①,百川灌河②。泾流之大③,两涘渚崖之间④,不辩牛马⑤。于是焉河伯欣然自喜⑥,以天下之美为尽在己。顺流而东行,至于北海,东面而视,不见水端。于是焉河伯始旋其面目⑦,望洋向若而叹曰⑧:"野语有之曰⑨:'闻道百,以为莫己若者⑩。'我之谓也。且夫我尝闻少仲尼之闻而轻伯夷之义者⑪,始吾弗信。今我睹子之难穷也,吾非至于子之门则殆矣⑫,吾长见笑于大方之家⑬。"

北海若曰:"井蛙不可以语于海者,拘于虚也⑭;夏虫不可以语于冰者⑮,笃于时也⑯;曲士不可以语于道者⑰,束于教也。今尔出于崖涘⑱,观于大海,乃知尔丑⑲,尔将可与语大理矣⑳。天下之水,莫大于海:万川归之,不知何时止而不盈;尾闾泄之㉑,不知何时已而不虚;春秋不变,水旱不知。此其过江河之流㉒,不可为量数。而吾未尝以此自多者㉓,自以比形于天地㉔,而受气于阴阳,吾在于天地之间,犹小石小木之在大山也。方存乎见少㉕,又奚以自多!计四海之在天地之间也,不似礨空之在大泽乎㉖?计中国之在海内,不似稊米之在大仓乎㉗?号物之数谓之万,人处一焉;人卒九州㉘,谷食之所生,舟车之所通,人处一焉;此其比万物也,不似豪末之在于马体乎㉙?五帝之所连㉚,三王之所争㉛，仁人之所忧，任士之所劳㉜，尽此矣㉝！伯夷辞之以为名，仲尼语之以为博，此其自多也，不似尔向之自多于水乎？"

【今译】
　　秋天涨水的景象按时来临，所有的河流都往黄河注入河水。水流浩大，两岸高崖以及水中洲屿之间，隔水望去无法分辨清楚牛或马的形状。于是黄河神乐呵呵地暗自高兴，认为天下的美景完全聚集到自己的身上来了。他顺着水流向东行走，来到北海，向东望去，看不见水的尽头。于是河神掉转脸来，仰面向着海神叹道："俗语有这样的说法：'听到了许多道理，就以为没有人能比得上自己。'说的就是我呀。而且我曾经听说有人小看孔子的见闻、轻视伯夷的节义，起初我不相信，今天我看到了您的难以穷尽的广博。我要不是来到您的门前就危险了，我将永远被获得大道的高人所耻笑。"

　　北海神说："井里的蛙，不可以和它谈论大海，因为它受到居住地域的限制；夏天的虫，不可以和它谈论冰冻，因为它受到生存时间的限制；孤陋寡闻的人，不可以和他谈论大道，因为他受到以往教育的约束。如今你走出了河岸，看到了大海，才知道你自身的鄙陋，这样就可以和你谈谈大道之理了。天下的水，没有比海更大的了：所有的河流都归向它，不知什么时候才能停止，但它永远不会被灌满；尾闾排泄海水，不知什么时候才会停止，但它永远不会被排空；不论春天还是秋季，大海不会改变；无论水涝还是天旱，大海不会感知。这大海超过江河的水流，无法用数字来计量。然而我从未因此自我夸赞，自认为我通过天地的恩赐而具备了形体，又从阴阳变化之中禀受了生气，我在天地之间，如同小石头、小树木在大山之中啊。正存有自身显得太小的念头，又怎么会自我夸赞呢！估计四海在天地之间，不就像蚁穴在大沼泽里一样吗？估计中国在四海之内，不就像小米粒儿在大粮仓里一样吗？称呼物件数量多得难以计数，就叫做'万'，人只占其中之一；人众聚居于天下，谷物粮食生长的地方，舟船车辆通行的地方，个人只占有其中的一小块。人类与万物相比,不就像马身体上的一根毫毛的末梢吗?五帝所继承的天下,三王所争夺的政权,仁人所忧虑的社会,以天下为己任的贤士所操劳的事物,全部囊括在这'毫毛的末梢'里面了!伯夷辞去君位以获取名声,孔子谈论天下以显示渊博,这是他们的自我夸耀,不正像你刚才对于河水的自我夸耀吗?"

【注释】

① 时:按时。　② 百川:众多河流。灌:注入。河:黄河。　③ 泾(jīng):通"巠",巠,直流的水波。泾流:水流。　④ 涘(sì):水边。渚(zhǔ):水中的小块陆地。崖:高的河岸。　⑤ 辩:通"辨"。　⑥ 焉:乎。河伯:河神。相传姓冯名夷。　⑦ 旋:掉转。　⑧ 望洋:仰视的样子。若:海神名。即下文"北海若"。　⑨ 野语:俗语。　⑩ 莫己若:与下句"我之谓"一样,均为宾语提前,即"莫若己""谓我"。　⑪ 伯夷:商代诸侯孤竹君的长子,主动推辞君位,与弟叔齐一起逃到周。后周武王伐纣,伯夷、叔齐认为臣伐君是不义行为,于是避隐首阳山,并为表示节义而不吃周朝的粮食,后饿死。　⑫ 殆:危险。　⑬ 长:长久,永远。方:道。大方之家:获得大道的高人。　⑭ 虚:通"墟",指居住地。　⑮ 夏虫:只能生存于夏天的昆虫,如螟蛄之类,天冷即死。　⑯ 笃:稳固,引申为"限制"。　⑰ 曲士:《天下》篇所谓"一曲之士",指孤陋寡闻的人。　⑱ 崖涘:此指河。　⑲ 丑:鄙陋,低劣。　⑳ 大理:大道之理。　㉑ 尾闾:相传为海底泄水之处,位于海的东边。　㉒ 过:超过。　㉓ 自多:自我夸赞。　㉔ 以:认为。比形:具形。　㉕ 存:存有。见:通"现"。　㉖ 礨(lěi)空:蚁穴。　㉗ 稊(tí)米:稗籽似的细小米粒。大(tài)仓:储藏粮食的大仓库。　㉘ 人卒:人众。九州:天下。　㉙ 豪:通"毫"。豪末:毫毛的末梢。　㉚ 连:续,传承。　㉛ 三王:指夏禹之子启、商汤、周武王。三人皆弑君而自立为王。　㉜ 任士:以天下为己任的贤能之士。　㉝ 此:指上文所谓"豪末"。　㉞ 向:从前,刚才。

【评析】

"江神河伯两醯鸡,海若东来气吐霓"(苏轼《八月十五日看潮五绝》之五),黄河神狭隘无知,北海神魅力无限,前者犹如微不足道的蠛蠓,后者仿佛天边相伴怒潮的虹霓,这就是苏东坡对于《秋水》篇中"河伯"与"海若"形象所作的比较。本章是黄河神与北海神的第一段对话,通过黄河神的所见所闻以及北海神的谆谆告诫,生动地说明"小知不及大知"(《逍遥游》)的道理,并且以此破除了黄河神囿于门户的浅陋。

"小知"之所以成为"小知",庄子认为是由于受到各种制约束缚的缘故。就以黄河神为例,在尚未见到大海以前,他对黄河以外的世界必定是茫然无知的,更为可悲的是,在那个时候和他谈论有关大海的、超出他认知范围的事情也是徒劳的:"井蛙不可以语于海者,拘于虚也;夏虫不可以语于冰者,笃于时也;曲士不可以语于道者,束于教也。"这样的观点与《逍遥游》"朝菌不知晦朔,蟪蛄不知春秋"的说法极其相似,但又有着范围和广度上的差异,《逍遥游》强调"小年不及大年",侧重于生存时间长短的对比;而本章则广泛得多,除了时间以外,空间、环境、所受教育内容的局限等等,作者认为都可以成为导致"无知"的关键因素。

正因为"无知"是由种种客观的因素决定的,因此"无知"是普遍存在的,"小知"与"大知"、"已知"和"未知"也就是相对的,而且不是固定不变的。问题在于世俗之人往往缺乏自知之明,总是将"未知"当作"已知",把"小知"吹嘘成为"大知",就连孔子也不能免俗,喜欢谈论天下以显示渊博。本章拈出黄河神作为讥嘲的对象,其用意正在于批判这种相当普遍的社会现象。

庄子所揭示的人的"无知"现象其实普遍存在,因此从积极的方面来说,它能促使人们正视个人的渺小,也能激起世人探求未知世界的欲望,后世也有一些学者采用它作为思想武器,充实自己的理论。比如宋代理学家批判"以空寂为本"的佛教学说时,就曾尖锐地指出,所谓"心外无物"的观点,是极端狭隘和无知的表现。因为个人生存时间短暂、活动范围有限而导致的"无知"现象的不可避免,只能说明未知的世界很大很大,却并不能证明客观世界不存在。张载说:"释氏不知天命,而以心法起灭天地,以小缘大,以末缘本,其不能穷,而谓之幻妄,真所谓'疑冰'者欤!"并自注曰:"夏虫疑冰,以其不识。"(《正蒙·大心》)意思是说,佛家认为天地万象都是由人心创造的,因此一切都是幻妄,其实天地万物是"大"是"本",人心是"小"是"末",将人心无法穷尽的大千世界说成是虚幻空妄,正像庄子所讥讽的"井蛙不知有大海""夏虫怀疑有冰冻"一样,他们的孤陋寡闻,是认识方法上的错误造成的。

河伯曰:"然则吾大天地而小豪末,可乎?"北海若曰:"否。夫物,量无穷①,时无止,分无常②,终始无故③。是故大知观于远近④,故小而不寡,大而不多:知量无穷。证向今故,故遥而不闷,掇而不跂:知时无止⑤。察乎盈虚⑥,故得而不喜,失而不忧:知分之无常也。明乎坦涂⑦,故生而不说⑧,死而不祸:知终始之不可故也⑨。计人之所知,不若其所不知;其生之时,不若未生之时;以其至小,求穷其至大之域,是故迷乱而不能自得也⑩。由此观之,又何以知豪末之足以定至细之倪⑪,又何以知天地之足以穷至大之域!"

【今译】
　　黄河神说:"既然如此,那么我认为天地是大的事物,而毫毛末梢是小的东西,可以吗?"北海神说:"不行。事物,它的容积无法穷尽,它的时间没有止息,它的界限不能永恒,它的终结和开始不可固定。因此具有大智慧的人无论远近都观察,所以小的东西从近处来看并不小,大的事物从远处观察并不大:于是知道物的数量是无法穷尽的。求证于过去和今天的事情,所以遥远的古事并不隐晦,近在眼前的今事却无法捉摸:于是知道时间的变化不会止息。观察到盈满和亏虚相互转化的现象,所以得到并不喜悦,失去也不忧愁:因为知道得失的界限不会恒久。明白人生犹如人人必走的平坦大道,所以活着并不喜悦,死亡也不认为是灾祸:因为知道终结和开始是无法固定的。估计人所知晓的事物,不如他所不知道的那样多;他所生存的时间,不如他没有生命的时间那样长;以他极其有限的人生,试图穷尽无限广大的知识领域,因此迷糊混乱而丧失了自我。由此看来,又怎么能知道毫毛末梢就足以确定为最细微的限度,又怎么能知道天地就足以穷尽最为广大的领域呢!"

【注释】

①量:容积。无穷:无法穷尽,无论大还是小。 ②分(fèn):分际,界限。此指物体随着时间空间变化而变化的界限。 ③故:通"固",固定。 ④知:通"智"。 ⑤"证向今故"四句:向今,古今,过去和现在。故,事。遥,远。闷,昧。掇,拾取,喻指近。跂(qǐ),通"企",企及。意为求证于古今的事情,所以用今事证明古事,古事仿佛今事,遥远然而清楚;用古事证明今事,今事犹如古事,近在眼前而又不可企及:因而知道古今的概念是相对的,时间是无止境的。 ⑥察:理解。盈虚:满和空。此指天道有盈有亏属于自然现象,此处盈满,彼处就亏空,反之亦然。 ⑦坦涂:涂,通"途",平坦的大道。指人从生到死的过程犹如坦途,每个人都必然经历。 ⑧说:通"悦"。 ⑨故:通"固"。 ⑩"以其至小"三句:至小,指有限的人生和个人的知识。至大之域,指人未生之时和未知之事。《养生主》篇曰:"吾生也有涯,而知也无涯。以有涯随无涯,殆已!"这里进一步加以阐发。 ⑪倪:通"仪",度,标准。

【评析】

本章是黄河神与北海神的第二段对话,其主旨与《齐物论》"万物一齐"的观点相近,作者分别从事物的容积、时间、界限和终始等四个方面分析,认为站在"道"的高度来看,这一切都是不确定的、相对的和可以转化的,因此,"小"与"大"、"古"与"今"、"有限"和"无限"、"生存"和"死亡"等等就都是统一的。

"计人之所知,不若其所不知;其生之时,不若未生之时",是指人由于受到生存时间等条件的限制,因此他所能认识到的,必定少于他所不知道的。也就是说,人的"已知"只能是相对和有限的,而人的"无知"却必然是绝对和无限的。对于人类知识存在相对性这一特征,庄子的论断极其深刻和卓越,当社会发展到如今这样前所未有的科学昌明的时代,人们对这个世界的知识了解得越多,对自身"无知"的体会就越真切,庄子的智慧给予现代人的启迪也就更加具体。

庄子的"相对论",蕴含着积极的怀疑主义性质的理性因素,然而运用不当,也容易走入诡辩的歧途。比如道教理论家、晋代的葛洪就曾这样说:"浅识之徒,拘俗守常,咸曰世间不见仙人,便云天下必无此事。夫目之所曾见,当何足言哉?天地之间,无外之大,其中殊奇,岂遽有限。"(《抱朴子内篇·论仙》)葛洪援引庄子有关事物的特殊性、人的认识的相对性的理论,为他论证神仙的存在寻找依据,认为"万殊之类,不可以一概断之",世上不见"仙人",并不足以证明神仙的不存在,而是因为世俗之人目光短浅,无缘结识神奇莫测的人物。这样一来,他把庄子所谓人的认识未能知晓的事物,与客观世界根本不可能存在的东西混淆起来了。又如,北宋邵雍也曾借用庄子古今相对和可以转化的理论,进一步加以引申,他说:"夫古今者,在天地之间犹旦暮也。以今观今,则谓之今矣;以后观今,则今亦谓之古矣;以今观古,则谓之古矣;以古自观,则古亦谓之今矣。是知古亦未必为古,今亦未必为今,皆自我而观之也。安知千古之前,万古之后,其人不自我而观之也?"(《皇极经世书·观物篇五十五》)如此完全否定古今时间变动的客观存在,认为时间的变化都是个人主观上的感觉,这是他把庄子"以道观之而无古无今"的观点,修改成为"以我为主""自我而观之"的结果。

河伯曰:"世之议者皆曰:'至精无形,至大不可围。'是信情乎①?"北海若曰:"夫自细视大者不尽,自大视细者不明。夫精,小之微也;垺②,大之殷也③:故异便④。此势之有也⑤。夫精粗者,期于有形者也⑥;无形者,数之所不能分也;不可围者,数之所不能穷也。可以言论者,物之粗也;可以意致者⑦,物之精也;言之所不能论,意之所不能察致者,不期精粗焉。是故大人之行⑧:不出乎害人,不多仁恩;动不为利,不贱门隶⑨;货财弗争,不多辞让;事焉不借人,不多食乎力,不贱贪污⑩;行殊乎俗,不多辟异⑪;为在从众⑫,不贱佞谄⑬;世之爵禄不足以为劝,戮耻不足以为辱⑭;知是非之不可为分,细大之不可为倪。闻曰:'道人不闻⑮,至德不得,大人无己。'约分之至也⑯。"

【今译】
　　黄河神说:"世上善于议论的人都说:'最为精微的东西没有形体,最为广大的事物无法包围。'这是真实的情况吗?"北海神说:"从细小事物的立场来观察巨大的事物,是无法穷尽的;从巨大事物的立场来观察细小的事物,也无法看清。所谓'精',是细小之中最微小的;所谓'垺',是广大之中最盛大的:所以无论大者小者都从自己的观点出发,对便利的看法就有差异。这是自然形状所带来的固有区别。所谓精细或粗大,都依赖于有形体的东西才能体现;没有形体的东西,无法用数字来划分单位数量;不可包围的巨大事物,用数字测量是无法穷尽的。可以用语言论述的,是事物粗浅的方面;可以用思想体会的,是事物精微的方面;至于语言所无法论述、思想所无法体味到的,就不能依赖精或粗的概念来品定了。因此得道之人的行为:既不从害人出发,也不赞美仁爱恩惠;行动不是为了有利于他人,但也不鄙视地位卑贱的人;物品钱财不去争夺,但也不夸赞推辞谦让的行为;做事不借助于别人,但也不赞美自食其力,不鄙视贪婪而卑劣的行为;行事与大众不同,但也不赞美乖僻新异的举动;行为随俗,但也不鄙视巧语献媚的人;世上的高官厚禄对他不足以产生鼓励,刑法耻辱也不足以使他感到羞辱;他知道是与非是无法区分的,小和大是不可能设定标准的。听见有人这样说:'对道有所觉悟的人不求闻名,修养最高的人不求有所获得,道德最高的人忘却自我而任随自然。'这是因为缩小得失差异的分别到了极点啊。"

【注释】

① 信:实际,实在。 ② 垺(fú):通"郭",外城墙。以"郭"不被城墙围在里面,喻指宏大无限的事物。 ③ 殷:盛,极度。 ④ 异便:对便利的看法不同。此句意为无论大者小者,都习惯于从自身角度出发来观察事物,而认为从对方的观点出发就有所不便。 ⑤ 势:自然的形状。 ⑥ 期:限。 ⑦ 意致:通过思维而体会到,意识到。 ⑧ 大人:得道之人。 ⑨ 贱:鄙视。门隶:守城门的仆隶,此泛指地位卑贱的人。 ⑩ 贪污:贪婪而卑劣。此句意为没有世俗的是非善恶的成见。 ⑪ 辟:通"僻",偏。辟异:乖僻新异。 ⑫ 从众:跟从于众人,即随俗。 ⑬ 佞谄:花言巧语向人献媚。 ⑭ 戮耻:刑法和耻辱。 ⑮ 道人:悟道得道的人。不闻:不被人所闻。 ⑯ 约:收敛,缩小。分:分别,指得与失的分别。此句意为将得失差异的分别缩小到极点,即无视所有的矛盾和对立,臻于混沌。

【评析】

本章是黄河神与北海神的第三段对话,从"大"与"小"的区别延伸至"是"和"非"的分辨,也就是从宇宙空间又回到世俗人事。文中指出,所谓小大、精粗、有无、得失以至于是非的界限和标准,都是不能穷尽和无法固定的,所以是相对和统一的,因此得道之人根本不会拘泥于世俗所谓的矛盾和对立,所谓得失利害、善恶荣辱等等,一概不放在心上,一切随顺自然,因为他们清楚地知道,这一切归根结底都是虚妄。如此一来,他们不受外物的牵累,心性也就得到了保全。庄子对于事理的推究,说到底都是为了悟"道"全性,是为他的道德理论服务的,这和当时名家穷究物理、强辩是非、"弱于德、强于物"(《天下》篇)的倾向明显不同。

本章所谓"可以言论者,物之粗也;可以意致者,物之精也;言之所不能论,意之所不能察致者,不期精粗焉",是指人的认识对象和理解能力可以分成三个层次:一是语言可以描述,并且可以通过语言直接了解到的感性形象及其经验;二是语言无法描述,而必须通过推理、思辨等才认识得到的"象外之意";三是超越形象、意念之外的,"言不能论、意不能察"的内心直观的体验和感悟。显然,这第三个层次,就是指"道"的境界。

河伯曰:"若物之外①,若物之内②,恶至而倪贵贱③?恶至而倪小大?"北海若曰:"以道观之,物无贵贱;以物观之,自贵而相贱;以俗观之,贵贱不在己。以差观之,因其所大而大之,则万物莫不大;因其所小而小之,则万物莫不小④。知天地之为稊米也,知豪末之为丘山也,则差数睹矣⑤。以功观之⑥,因其所有而有之,则万物莫不有;因其所无而无之,则万物莫不无。知东西之相反而不可以相无,则功分定矣⑦。以趣观之⑧,因其所然而然之,则万物莫不然;因其所非而非之,则万物莫不非。知尧、桀之自然而相非⑨,则趣操睹矣⑩。昔者尧、舜让而帝,之、哙让而绝⑪;汤、武争而王,白公争而灭⑫。由此观之,争让之礼,尧、桀之行,贵贱有时,未可以为常也。梁丽可以冲城而不可以窒穴[13],言殊器也[14];骐骥骅骝一日而驰千里[15],捕鼠不如狸狌[16],言殊技也;鸱鸺夜撮蚤[17],察毫末,昼出瞋目而不见丘山,言殊性也。故曰:盖师是而无非、师治而无乱乎[18]?是未明天地之理、万物之情者也。是犹师天而无地,师阴而无阳,其不可行明矣!然且语而不舍,非愚则诬也[19]!帝王殊禅[20],三代殊继[21]。差其时[22],逆其俗者[23],谓之篡夫;当其时,顺其俗者,谓之义之徒。默默乎,河伯!女恶知贵贱之门[24],小大之家!"

【今译】

　　黄河神说:"或者是事物的表面现象,或者是事物的内在性质,根据什么确定贵或贱的标准呢? 根据什么确定小或大的标准呢?"北海神说:"从道的观点来看,事物本无贵贱;从事物自身的观点来看,总是自己看重自己而相互鄙视;从世俗的观点来看,贵贱的标准不存在于自身。从物与物之间的差别来看,如果根据它大的一面认为它是大的,那么万物就没有不是大的;如果根据它小的一面认为它是小的,那么万物就没有不是小的。懂得天地就像一颗小米粒儿,懂得毫毛末梢就像一座山丘,那么差别的分寸就清晰可见了。从功效的观点来看,如果根据它有效的一面认为它是有用的,那么万物就没有什么不是有用的;如果根据它无效的一面认为它是无用的,那么万物就没有什么不是无用的。懂得东与西只是方向的相反而不能相互间不存在,那么功效的分寸就能够确定了。从倾向的观点来看,如果根据他所认为是正确的一面而肯定它,那么万物就没有什么不是正确的;如果根据他所认为是错误的一面而否定它,那么万物就没有什么不是错误的。懂得唐尧、夏桀都是自以为正确而相互非难,那么倾向立场就清晰可见了。古时候唐尧、虞舜禅让而成为帝王,子之、燕王哙禅让却遭灭绝;商汤王、周武王争夺而称王天下,白公胜争夺却遭灭亡。由此看来,争夺或者禅让的体制,唐尧或者夏桀的行为,哪些应该尊崇、哪些应当鄙视都是有一定的时宜的,不可以认为是永恒不变的啊。梁木可以撞破城墙却不可以堵塞小孔,这是说器用有所不同;出名的骏马一天可以飞驰千里,捉老鼠却不如野猫和黄鼠狼,这是说技能有所不同;猫头鹰在黑夜能抓跳蚤,能看清毫毛的末梢,白天出来睁大着眼睛却看不见山丘,这是说天性有所不同。所以说:怎么能认为是正确的就无视错误的、肯定太平的说法就看不到祸乱的情况呢?这样做是未能明白天地的道理、万物的实况啊。这样做犹如信奉天而否定地,信奉阴而否定阳,明显是行不通的!然而还是将这样的话说来说去地不肯抛弃,那么不是愚蠢就是在骗人!五帝三王禅让的方式不同,夏、商、周三代继承的方法有别。不合于时机,违背世俗民情的,叫做篡权的家伙;合于时机,顺乎世俗民情的,称为道义之人。闭口无言吧,黄河神!你哪里知道贵与贱的区别、大和小的界限!"

【注释】

① 物之外:事物的表面现象。　② 物之内:事物的内在性质。　③ 恶:何。恶至:从何,根据什么。　④ "以差观之"五句:意为从物与物之间的差别来看,事物的大小都是相对的,如果只是根据事物大的一面加以强调,即把它与比较小的事物相比,那么万物都可以说是大的;反之亦然。　⑤ 差数:差别的分寸。　⑥ 功:功效,指事物的实用成效。　⑦ 功分:功效的程度。　⑧ 趣:通"趋",趋向,人的倾向。　⑨ 自然:自以为然,自认为正确。　⑩ 操:操守,立场。趣操:倾向立场。　⑪ 之:燕国丞相子之。哙:燕国国君。燕王哙曾重用丞相子之,又效法舜、禹禅让,将王位让给子之。燕人不服,不及三年,大乱。齐宣王乘机伐燕,杀哙及子之,燕几乎亡国。　⑫ 白公:白公胜,楚平王之孙。白公胜之父曾为太子,遭诬陷而流亡国外,生白公胜。后白公胜被召回国,夺权,杀令尹子西与司马子期,一度控制国都。最终被镇压,白公胜逃至山中,上吊自杀。　⑬ 丽:通"欐",即栋,屋中央的正梁。梁丽:泛指梁木。冲城:撞破城墙。窒:堵塞。　⑭ 殊器:用途有差异,所用器具也就不同。　⑮ 骐骥、骅骝:都是骏马名称。

⑯ 狸:野猫。狌:鼬鼠,俗称黄鼠狼。 ⑰ 鸱鸺(chī xiū):鸱鸮,俗称猫头鹰。撮:捉。 ⑱ 盍:通"盇",何,怎么能。师:信奉,肯定,认为正确。 ⑲ 诬:欺骗。 ⑳ 帝王:五帝三王。 ㉑ 三代:夏、商、周。 ㉒ 差:不合于。时:时机。 ㉓ 逆:违背。俗:世俗民情。 ㉔ 女:"汝",你。门:喻指界限,下句"家"字与此义同。

【评析】

本章是黄河神与北海神的第四段对话,从"大"与"小"的标准的确定,引申至事物的价值判断,从而断言尊贵或者卑贱都取决于评判者的立场和一定的时宜,并非是永恒不变的。

作者认为,所谓事物等级贵贱的区分,其实只存在于人们的观念之中,是浅薄的世俗的看法:"以物观之,自贵而相贱;以俗观之,贵贱不在己。"所谓"贵贱不在己",就是说尊贵或者卑贱的价值观念都是外加的,如果就事物本身来说,如果从"道"的高度来看,其实并不存在这样的区别。正因为所谓"大小""尊卑"等价值判断并非是事物自身所固有的,这些观念的确立,完全取决于观察人和评判者,所以价值观念的不确定性,也就是不可避免的。

这也就是说,因为人们对具体事物的认识和评判都是从"物"的角度观察,所以是相对的和不固定的,认识或评判的结果总是随着观察立场的不同而改变,随着观察角度的变化而变化。作者还认为,大小的差别是通过比较产生的,然而人们通过经验所认识的"大"和"小"并不是固定的,"因其所大而大之,则万物莫不大;因其所小而小之,则万物莫不小",这是通过观察物与物之间的差别而得出的结论。例如,天地与小米粒儿比较,山丘和毫毛的末梢并列,当然天地、山丘极大,小米粒儿与毫毛的末梢极小。但若将天地、山丘与广袤的宇宙比较,天地、山丘则成了极小;若将小米粒儿、毫毛的末梢与微细至极的事物比较,那么毫毛的末梢和小米粒儿则变成了"山丘"和"天地"了。正如苏轼诗中所说的那样:"太山秋毫两无穷,巨细本出相形中。"(《轼在颍州与赵德麟同治西湖未成改扬州三月十六日湖成德麟有诗见怀次韵一首》)因为观察和比较的立场、标准没有穷尽,所以"大"和"小"的判断结果只能是多变的。与此同理,"有"和"无"不是固定的,"正确"和"错误"不是绝对的,"有用"和"没用"也不是能一概而论的,文中列举梁木、骐骥、鸱鸺等种种事物,十分夸张而又极其生动地阐述了上述道理。作者以此喻示我们,正因为相对性是普遍存在的,所以必须正视万物各异的特性,必须承认"尺有所短,寸有所长",设想用某种统一固定的标准来裁定万物,那是根本行不通的。

作者还认为,同样性质的事件、完全一致的行为,由于时代的差异和环境的不同,也会产生截然相反的两种结果。比如同样是实行禅让,尧、舜成了帝王,丞相子之和燕王哙却惨遭灭绝。又如一样是武力争夺,商汤王、周武王战胜而称雄天下,白公战败而流窜自杀。与此同理,相同性质的事件由于时代的变换和结果的不同,价值评判也就迥然有异:"差其时,逆其俗者,谓之篡夫;当其时,顺其俗者,谓之义之徒。"意思是说政变失利或夺权失败者之所以被称为"篡夫",是因为他不合时宜和违反世俗民情;反之则将被称颂为"义之徒",会受到当时和后世的赞赏。也就是说,相同性质的事件的结果及其价值不是固定的,而是多变的、相对的。

庄子相对主义的认识论如果被过分强调,难免令人无所适从,但是从积极的方面来说,它给予后人的启示则是巨大的。它使人们明白,多侧面、多角度地审视世界万物和社会人生,不失为比较客观正确的做法。所谓"天下莫大于秋毫之末,而泰山为小也",正是摆脱寻常观物方法以后得到的新鲜认识,而这种多角度多元化观照世界的方式,恰恰又是艺术创新的重要条件。中国传统艺术的所谓大俗大雅,所谓"横看成岭侧成峰",所谓以丑为美、以怪异为妖娆等等,都是多侧面、多角度观照世界的结果。

河伯曰:"然则我何为乎?何不为乎?吾辞受趣舍①,

吾终奈何?"北海若曰:"以道观之,何贵何贱,是谓反衍②;无拘而志③,与道大蹇④。何少何多,是谓谢施⑤;无一而行⑥,与道参差⑦。严乎若国之有君⑧,其无私德;繇繇乎若祭之有社⑨,其无私福;泛泛乎其若四方之无穷⑩,其无所畛域⑪。兼怀万物⑫,其孰承翼⑬?是谓无方⑭。万物一齐⑮,孰短孰长?道无终始,物有死生,不恃其成⑯。一虚一满,不位乎其形⑰。年不可举⑱,时不可止。消息盈虚,终则有始。是所以语大义之方⑲,论万物之理也。物之生也,若骤若驰。无动而不变,无时而不移。何为乎,何不为乎?夫固将自化⑳。"

【今译】
　　黄河神说:"既然如此,那么我应该做什么呢?不该做什么呢?我该推辞还是接受、进取还是舍弃,我究竟应该怎么办呢?"北海神说:"从道的观点来看,无所谓贵,无所谓贱,这就叫做向相反方向演进;不要固守你的心志,否则将与大道严重抵触。无所谓少,无所谓多,这就叫做代谢转化;不要固执地行事,否则将与大道不相符合。庄重严肃,好像一国之君,对谁都没有偏心;悠然自得,犹如受祭的土神,对谁都不偏袒;广阔无垠,仿佛四面八方永无止境,没有界限。对万物兼容并包,又有谁能独自接受庇护?这就叫做随意而无所偏向。万物都是一样,如何分辨哪个短哪个长?大道没有终结和开始,万物都有或死或生的变化,不可依赖一时的成就。一会儿亏虚,一会儿满盈,不可专守一时的形态。未来的岁月无法提取,将逝的时光不可止留。消亡、生息、盈满、空虚,有终结就有开始。这就是用来讲述大道的方向,谈论万物的道理啊。万物的生长,犹如快马奔驰一般,没有哪个动作不在变化,没有一个时辰不在推移。该做什么呢,不该做什么呢?万物本来就会自行变化。"

【注释】

①趣:通"趋",进取。　②衍:通"延",演进。反衍:向相反方向演变发展。　③无:通"毋"。拘:固守。而:你。　④謇(jiǎn):阻塞难行,引申为抵触。　⑤"何少何多"二句:谢,代谢,衰减。施,移,转化。意为什么是少,什么是多,多、少其实并非一定,多会削减而少,少能增添为多,这就叫做代谢转化。　⑥一:与上文"拘"义同。　⑦参差:有出入,不相符合。　⑧严:通"俨"。严乎:俨然,庄重的样子。有:语助词,下面"有社"之"有",与此同。　⑨繇繇乎:悠悠然,自得的样子。社:土神。　⑩泛泛乎:广阔的样子。　⑪畛(zhěn)域:范围,界限。　⑫怀:容。　⑬孰:谁。承:接受。翼:庇护。　⑭无方:随意而无所偏向。　⑮一齐:齐一。　⑯恃:依赖。　⑰位:固守。形:现象。　⑱年:此指未来的岁月。举:提取。　⑲大义之方:大道的方向。　⑳固:本来。自化:自然变化。

【评析】

本章是黄河神与北海神的第五段对话,作者将事物的产生、发展、演变以及差异等等的原因,归结为两个字:自化。

虽然从表面上看来,大自然和社会生活中充斥着矛盾的现象,诸如天地、阴阳、山水、冷热;是非、贵贱、贫富、治乱等等,无不截然对立,但是庄子站在"道"的高度审视世界,就发现了"万物一齐之理"。他将对立矛盾的双方捏合在了一起,并且指出它们是相互转化的:"以道观之,何贵何贱,是谓反衍。"也就是说,万事万物在其根源上是统一的整体,它们"自化"而生,"自化"而亡,本无所谓生死,本无所谓对立,而是各自向着相反的方向演进。

正因为万事万物在其根源上不存在等级差别,是同一的,所以作者认为人们认识事物的观念上的对立、矛盾和差异等等,都是不可取的,相反应该采取"齐万物"的态度,破除或弥消这些裂痕,也就是所谓"无方"。"兼怀万物,其孰承翼?是谓无方。万物一齐,孰短孰长",说的正是齐同万物、不可拘泥表象的意思。

庄子"万物一齐"和"贵贱反衍"的思想，给予后世文人和思想家许多启迪。元末章溢据此认识到人生的苦与乐是相对的，是可以转化的，他说："乐与苦，相为倚伏者也。人知乐之为乐，而不知苦之为乐；人知乐其乐，而不知苦生于乐。则乐与苦，相去能几何哉！"（明·刘基《诚意伯文集·苦斋记》引）章溢如此豁达的"苦乐观"，明显来源于庄子"反衍"的思想。又如，康有为曾在其《自编年谱》中叙述他二十七岁时的一段读书经历，其中谈到采用近代科学知识阐释庄子的哲学思想，尤其是对"齐物论"和"相对论"，康有为深有感悟："秋冬独居一楼，万缘澄绝，俯读仰思，至十二月，所悟日深。因显微镜之万数千倍者，视虱如轮，见蚁如象，而悟大小齐同之理；因电机光线一秒数十万里，而悟久速齐同之理。知至大之外，尚有大者；至小之内，尚包小者，剖一而无尽，吹万而不同。"正是从庄子"万物一齐"的思想出发，康有为决定采取一种宽容的、兼容并包的治学态度，"合经、子之奥言，探儒、佛之微旨，参中西之新理，穷天地之赜变，搜合诸教，披析大地，剖析今故，穷察后生"，进而产生出属于康有为自己的、一种包含中西古今各种观念的救世改良思想。

河伯曰："然则何贵于道邪①？"北海若曰："知道者必达于理，达于理者必明于权②，明于权者不以物害己。至德者，火弗能热，水弗能溺，寒暑弗能害，禽兽弗能贼。非谓其薄之也③，言察乎安危，宁于祸福④，谨于去就，莫之能害也。故曰：'天在内，人在外，德在乎天。'知天人之行⑤，本乎天，位乎得⑥，蹢躅而屈伸⑦，反要而语极⑧。"

曰："何谓天？何谓人？"北海若曰："牛马四足，是谓天；落马首⑨，穿牛鼻，是谓人。故曰：'无以人灭天，无以故灭命⑩，无以得殉名⑪。谨守而勿失，是谓反其真。'"

【今译】

黄河神说:"既然如此,那么道又有什么可尊贵的呢?"北海神说:"知晓大道的人必然通达事理,通达事理的人必然懂得机变,懂得机变的人不会让外物侵害自己。拥有最高道德的人,火不能烤热他,水不能淹着他,寒冬酷暑不能伤害他,禽兽不能杀害他。并非说他有意去触犯它们而不受伤害,而是说他能明察安危的境地,冷静对待祸福的来临,谨慎决定离开还是靠近,因此就没有什么能加害于他的了。所以说:'天性隐藏在内心,人事表现于外表行动,天德在于自然。'知道了天性和人事的运动规律,就以自然为根本,安守天德,或进或退或屈或伸,随机应变,归根返本而沉默无语。"

黄河神又问:"什么是天性?什么是人事?"北海神答:"牛马生来有四条腿,这就叫做天性;用辔笼住马头,用绳穿过牛鼻,这就叫做人事。所以说:'不要用人力去毁灭天性,不要用人事去毁灭性命,不要因为功名而牺牲天德。'小心守护自我天性而不要使它丧失,这就叫做返朴归真。"

【注释】

① 何贵于道:道有什么可尊贵的。此句意为既然万物齐一,并无贵贱之分,那么又何必尊崇道呢。 ② 权:变。即适应环境,随机应变。 ③ 薄:迫近,引申为触犯。 ④ 宁:安。 ⑤ 天人:天性和人为,即自然规律与人事变化。行:运动。 ⑥ 位:固守。得:通"德"。 ⑦ 蹢躅(zhí zhú):同"踯躅",进退不定的样子。 ⑧ 反:通"返"。要:关键,根本。极:尽。语极:言语不出,即沉默无语。大道之要,言之所不能论,意之所不能察,故称"语极"。 ⑨ 落:通"络",用辔笼住。 ⑩ 故:事。 ⑪ 得:德。

【评析】

本章是黄河神与北海神的最后两段对话。作者借北海神之口,指出"道"之所以值得尊崇,就因为它能使人通达事理,明哲保身,并进一步明确划分天与人的界限及其内涵,从而推出全篇的宗旨:"无以人灭天,无以故灭命,无以得殉名。谨守而勿失,是谓反其真。"认为只要顺其自然,谨守天性,就能回复到天然纯真的境界。

在"天"与"人"的关系上,即针对如何处理"自然天性"和"人类行为"的矛盾方面,北海神认为"天"与"人"是绝对对立、不可调和的,因此提出了彻底"无为"的主张,因此要求"无以人灭天,无以故灭命,无以得殉名",也就是说,凡事都该随顺自然,而一切违背自然天性的行为,即使是文明社会中已经成为习惯的、对人类生活有好处的、通常被认为是合理的,都必须抛弃。为了简单而又明确地说明"天德在于自然"的观点,北海神以人们熟视无睹的"络马首,穿牛鼻"的举动为例,虽然本章并未对"穿牛络马"的危害进一步加以阐述,但是联系《马蹄》篇对于治马采用的各种手段,如烧之、剔之、刻之、络之等造成的后果的渲染,以及对伯乐治马的抨击,那么本章所谓"牛马四足,是谓天;落马首,穿牛鼻,是谓人",其实就是指斥人类"穿牛络马"的行为违背而且摧残了牛马天然四足、自由奔逸的天性,因此是不可取的。与此同理,人类要顺天返真,也就必须抛弃所有摧残和束缚人性的有形或无形的枷锁。

夔怜蚿,蚿怜蛇,蛇怜风,风怜目,目怜心①。夔谓蚿曰:"吾以一足趻踔而行②,予无如矣③。今子之使万足,独奈何?"蚿曰:"不然。子不见夫唾者乎?喷则大者如珠④,小者如雾,杂而下者不可胜数也。今予动吾天机⑤,而不知其所以然。"蚿谓蛇曰:"吾以众足行,而不及子之无足,何也?"蛇曰:"夫天机之所动,何可易邪⑥?吾安用足哉!"蛇谓风曰:"予动吾脊胁而行,则有似也⑦。今子蓬蓬然起于北海⑧,蓬蓬然入于南海,而似无有,何也?"风曰:"然,予蓬蓬然起于北海而入于南海也,然而指我则胜我,鳅我亦胜我^⑨。虽然,夫折大木、蜚大屋者^⑩,唯我能也。"故以众小不胜为大胜也^⑪。为大胜者,唯圣人能之。

【今译】

　　独脚的夔羡慕百足虫,百足虫羡慕无脚的蛇,蛇羡慕无形的风,风羡慕眼睛,眼睛羡慕心灵。夔对百足虫说:"我用一只脚跳跃着行走,我没有能力拖动更多的脚。如今你能使用这么多的脚,究竟怎么使用的呢?"百足虫说:"不是这样的。你没见过那吐唾液的人吗?用力喷出来时,大的像珍珠,小的如雾气,夹杂着落下来的数也数不清。如今我是使用我天生的机能,并不知道为什么能这样。"百足虫对蛇说:"我用许多脚走路,却不如你没有脚的走得快,为什么呢?"蛇说:"这是天生机能运动的结果,怎么可以交换呢?我哪里用得着脚啊!"蛇对风说:"我运动我的脊骨肋骨而行走,就好像有脚行走一样。如今你呼啦啦兴起在北海,又呼啦啦吹入南海,却好像没有任何形迹,为什么呢?"风回答说:"是这样的,我呼啦啦兴起于北海而吹入南海,但是人们用手指着我就能胜过我,用脚踩着我也能胜过我。虽然如此,那折断大树、刮飞大屋之类的事,只有我能做到啊。"因此不胜过各种事物,就是任随自然而又能主宰一切。能做到任随自然而又主宰一切的,只有圣人能够做到。

【注释】

　　① "夔怜蚿"五句:夔(kuí),独脚兽,形似牛而无角。怜,羡慕。蚿(xián),马蚿,多足的虫,俗名"百足"。意为夔仅有一只脚,行走不便,因而羡慕蚿的脚多;蚿却羡慕蛇,蛇没脚也能行走;蛇却羡慕风,风无形而飘行更快;风却羡慕眼睛,眼睛不必行动就能看到很远;眼睛却羡慕心,心能洞察天地万物。　② 趻踔(chěn chuō):跳跃而行的样子。　③ 无如:无能,没有能力。意为只使用一只脚,尚觉吃力,故感叹自己缺乏用脚的能力。引出对百足虫何以能轻松驾御那么多脚的疑问。　④ 喷(pèn):打喷嚏。　⑤ 天机:天生的机能,即本能。　⑥ 易:交

换。　⑦有似:当作"似有",好像有脚一样。　⑧蓬蓬然:风吹动的声音。　⑨"然而指我则胜我"二句:鰌(qiū):通"蹴",踩,踏。意为人们用手指我,用脚踩我,我都只能承受而无法反抗。　⑩蜚:通"飞",刮飞。　⑪众小:各种事物。众小不胜:不胜众小。大胜:任随自然,超然于物外而又能主宰一切。

【评析】

本章以寓言的方式,对总论中"无以人灭天"一语加以形象的阐发。夔一足而行,因此羡慕马蚿驾驭百足而行;马蚿百足,却又羡慕蛇无足而行;蛇凭借脊骨肋骨行走,因此对于风的不留行迹的疾行羡慕不已。作者通过夔、蚿、蛇、风、目和心递相羡慕、自叹不如的拟人化的描述,说明世人一切的向外追求、效仿或者羡慕他人的行为和心态,都是因为没能意识到天机出于自然,都是丧失自我本性的表现,尽管其中有着程度上的差别。正如北宋黄庭坚诗中所说:"小黠大痴螳捕蝉,有余不足夔怜蚿。"(《寺斋睡起二首》之一)夔自叹脚生得太少,蚿却又哀叹脚生得太多,这种心理的产生,都是因为不能忘却得失而相互争胜的结果。然而争胜绝无好结果,就像捕蝉的螳螂,自以为聪明,自以为得利,到头来性命不保,因此终究还是"大痴"。所以说,天机自动,各尽其能,不作非分妄想,任其自然而然,才是正确的为人处世之道。

本章开头说夔、蚿、蛇、风、目和心递相羡慕,然而在具体论述时,说到"风"时却戛然而止,对于开头言及的"目"与"心"都没作进一步的说明,或许是因为眼睛和心灵的作用,人人皆知,却又难以喻示、未易说透的缘故吧,因此作者有意存而不论,留给读者慢慢去"悟"。至于"风"的魅力,作者认为在于"以众小不胜为大胜"。林希逸说:"就风之中又添说个'小不胜大胜',愈见奇特,即人众胜天,天定胜人之意。小虽不胜而大胜,则万物孰能出于造化之外哉!自然而然者,物物不可违也。"(《庄子鬳斋口义·秋水》)由此可见,所谓"以众小不胜为大胜",其实与"无为而无不为"的意思相近,其中显然蕴含有自然胜于人力的深意。所以说,天下万物的变化发展,决不能违背自然规律;所以说,"无以人灭天",否则徒劳无功、自取灭亡。

孔子游于匡①,宋人围之数匝②,而弦歌不惙③。子路入见,曰:"何夫子之娱也④?"孔子曰:"来,吾语女。吾讳穷久矣⑤,而不免,命也;求通久矣⑥,而不得,时也⑦。当尧、舜而天下无穷人,非知得也⑧;当桀、纣而天下无通人,非知失也⑨:时势适然⑩。夫水行不避蛟龙者⑪,渔父之勇也⑫;陆行不避兕虎者⑬,猎夫之勇也;白刃交于前,视死若生者,烈士之勇也;知穷之有命,知通之有时,临大难而不惧者,圣人之勇也。由,处矣⑭!吾命有所制矣⑮!"无几何,将甲者进⑯,辞曰⑰:"以为阳虎也⑱,故围之;今非也,请辞而退。"

【今译】

孔子游宦来到匡地,宋国的人把他重重包围,孔子却还是不停止弹唱。子路入屋求见,问道:"先生为什么还这样高兴呢?"孔子说:"上前来,我告诉你。我忌讳困穷已经很久了,但是仍然不能避免,这是命运的缘故啊;我追求通达已经很久了,但是始终得不到,这是时机的原因啊。当尧、舜执政的时候天下没有困穷的人,并非是他们靠智慧得到的啊;当桀、纣执政的时候天下没有通达的人,并非他们的才智不足啊:这是时机命运造成的结果。在水中行动而不躲避蛟龙的,是渔夫的勇敢;在陆地行走而不躲避猛兽的,是猎人的勇敢;雪亮的刀锋横在面前,将死亡看作和活着一样的,是刚强志士的勇敢;明白困穷是由于命运,知道通达是在于时机,面临巨大灾难却毫不惧怕的,是圣人的勇敢。仲由,你安心居住吧!我的命运是上天所控制的!"没过多久,有个率领甲士的首领进来,道歉说:"原先以为你是阳虎,所以围困你们;

如今知道不是阳虎,请允许我谢罪告退。"

【注释】

① 游:游宦,为就任官职而出游。匡:地名,位于宋、卫、郑三国之间,故或称卫邑,或称郑邑,又谓宋邑。 ② 匝:一圈儿为一匝。《史记·孔子世家》曰:"(孔子)去卫,将适陈,过匡。颜刻为仆,以其策指之曰:'昔吾入此,由彼缺也。'匡人闻之,以为鲁之阳虎,阳虎尝暴匡人,匡人于是遂止孔子。孔子状类阳虎,拘焉五日。……匡人拘孔子益急,弟子惧。孔子曰:'文王既没,文不在兹乎?天之将丧斯文也,后死者不得与于斯文也。天之未丧斯文也,匡人其如予何!'孔子使从者为宁武子臣于卫,然后得去。"《史记》所谓孔子因貌似阳虎而遭匡人拘禁,与本章所述一致;然最终得以解围的原因,《史记》谓是孔子派遣随从充当宁武子臣下的缘故,则与此处有异。 ③ 惙:通"辍",中断,停止。 ④ 娱:乐。 ⑤ 讳:忌,憎恨。穷:困顿,处于逆境。 ⑥ 通:顺当,通达。 ⑦ 时:时势。 ⑧ 知:通"智"。 ⑨ 知失:才智不足。 ⑩ 适:遇。 ⑪ 蛟:传说中属于龙类而无角的动物。 ⑫ 渔父:渔夫。 ⑬ 兕(sì):一种形似牛的动物。 ⑭ 处:此指安心居住。 ⑮ 制:控制,支配。有所制:指受天命控制。 ⑯ 将:率领。甲士:披甲的战士。 ⑰ 辞:道歉,谢罪。 ⑱ 阳虎:原为鲁国季孙氏家臣,后篡夺鲁国政权。曾率兵掠夺匡地(当时属于郑国),匡人恨之入骨。

【评析】

本章讲述孔子被困于匡地而最终脱险的故事:当孔子及其弟子身处困境之时,孔子丝毫不加介意,终日弦歌不辍,结果围兵发现是一场误会,于是谢罪撤军,孔子终究安然无恙。

有关孔子在匡地身处困境而最终获救的原因,历来有几种传说:《孔子家语·困誓》说:"子路弹剑而歌,孔子和之,曲三终,匡人解围而去。"似乎是说音乐的魅力打动了围兵,而且弦歌的主角不是孔子,而是其弟子子路。《史记·孔子世家》则谓孔子被围困时,曾派遣随从的弟子去充当卫国宁武子的臣僚,因此得以解围。上述两种说法显然都非空穴来风,或许是有一定的史实依据的,然而本章的作者却都不予采纳,因为这样的两种传说与他的立论都不吻合。首先,派遣随从充当他人属下而使自己解围,并非圣人的风度。其次,利用乐曲感染围兵的情绪而使对方撤军,显然也是"有为"的举动。那么,只有以不变应万变,才是自然无为心态的具体显现。

作者在这里其实是以重言的形式,进一步阐释总论中的"无以故灭命"一语。因为在"孔子"看来,自己所遭遇的一切,都是命运的安排,都是时势的必然,并非人力所能干预,因此就不存有战胜命运或侥幸一博的心理,因此也就无所畏惧,无所忧心。不忧不惧,无为自然,那么,"以众小不胜为大胜",天然的本性能够保全,其生命也一定安然无恙。如此说来,本章其实也是承接上一章"为大胜者,唯圣人能之"一语而作的具体阐发,仍然是在强调"以不胜胜之"的作用。

公孙龙问于魏牟曰①:"龙少学先王之道,长而明仁义之行;合同异,离坚白;然不然,可不可②;困百家之知③,穷众口之辩④:吾自以为至达已⑤。今吾闻庄子之言,汒焉异之⑥。不知论之不及与?知之弗若与?今吾无所开吾喙⑦,敢问其方⑧。"

公子牟隐机大息⑨,仰天而笑曰:"子独不闻夫埳井之蛙乎⑩?谓东海之鳖曰:'吾乐与!出跳梁乎井干之上⑪,入休乎缺甃之崖⑫。赴水则接腋持颐⑬,蹶泥则没足灭跗⑭。还虷、蟹与科斗⑮,莫吾能若也⑯。且夫擅一壑之水⑰,而跨跱埳井之乐⑱,此亦至矣。夫子奚不时来入观乎⑲?'东海之鳖左足未入,而右膝已絷矣⑳。于是逡巡而却㉑,告之海曰:

‘夫千里之远不足以举其大[22]，千仞之高不足以极其深[23]。禹之时，十年九潦[24]，而水弗为加益[25]；汤之时，八年七旱，而崖不为加损。夫不为顷久推移[26]，不以多少进退者[27]，此亦东海之大乐也。’于是坎井之蛙闻之，适适然惊[28]，规规然自失也[29]。且夫知不知是非之竟[30]，而犹欲观于庄子之言，是犹使蚊负山、商蚷驰河也[31]，必不胜任矣。且夫知不知论极妙之言，而自适一时之利者[32]，是非坎井之蛙与？且彼方跐黄泉而登大皇[33]，无南无北，奭然四解[34]，沦于不测[35]；无东无西，始于玄冥[36]，反于大通[37]。子乃规规然而求之以察[38]，索之以辩[39]，是直用管窥天，用锥指地也[40]，不亦小乎？子往矣！且子独不闻夫寿陵余子之学行于邯郸与[41]？未得国能[42]，又失其故行矣[43]，直匍匐而归耳[44]。今子不去，将忘子之故，失子之业。”

公孙龙口呿而不合[45]，舌举而不下，乃逸而走[46]。

【今译】

公孙龙问魏牟说：“我年轻的时候学习先王的道术，年长以后明白仁义的行为；而且能够从理论上混合相同和不同的事物，分解同一事物质地和颜色的区别；不正确的可以说成是正确的，不可以的也能说成是可以的；各位理论家的才智都被我困住，众多论辩高手的口才都因此穷尽：我自认为是最为通达的了。如今我听到庄子的言论，感觉迷茫而又惊异。不知道是我的辩论不如他呢？还是我的智慧不如他？现在我无法开口谈论，请问这是什么道理。”

公子牟倚靠着桌子长叹一声，又仰面朝天笑着说：“你难道没有听说过那浅井里的蛤蟆的故事吗？他对东海的大鳖说：‘我实在快乐呀！出来就在井栏上跳跃，进去就在井壁中的破洞里休憩。游在水里，水就托着我的两腋、抬着我的两腮；踩在泥中，泥就遮住我的脚丫、吞没我的脚背。回头看看蚧蛤、螃蟹和蝌蚪,没有一个能像我一样快乐的。况且独占着这一洼之水,而且有盘踞浅井的快乐,这也是最大的快乐了。先生您为什么不常常进来观赏呢?'东海的大鳖左脚还没能跨入,右腿已经被绊住了。于是退缩徘徊而终于退却,并将大海的情况告诉蛤蟆说:'千里的遥远,不足以形容它的广大;七八千尺的高度,不足以穷尽它的深度。大禹执政的时候,十年九涝,可是海水并未因此增多;商汤执政的时候,八年七旱,但是海岸并不因此缺少。面积不因为时间的短暂或长久而改变,水位不因为雨水的增多或减少而升降,这也是东海的大快乐啊。'浅井中的蛤蟆听说之后,惊恐万分,局促不安,失去了刚才的自豪。况且你的智力还不足以明白是与非的界限,却仍要窥探庄子的言论,这就像叫蚊子背负大山,让百足虫在河水中游动啊,必然是不能胜任的。而且你的智力还不足以了解如何论说极其微妙的言论,却满足于自己一时口舌上的胜利,这不正像浅井中的蛤蟆吗?而且庄子及其理论正下踩黄泉而上登高天,不管是南是北,毫无阻碍,四面通达,渗透到不可测量的境地;无论是东是西,开始在微妙的境界,回归于无所不通境界。你却刻板短浅地用细察的方式去探求,用诡辩的手段去探索,这简直就像使用竹管窥测天空的宽广,使用锥尖指着大地一点一点地测量一样,不也是太渺小了吗?你走开吧!而且你难道没听说过那寿陵的少年到邯郸学习走路的故事吗?既未学到赵国都城的人走路的技能,又忘却了他原先走路的本领,只好爬行回家。如今你还不离去,你将忘记原来的本领,丧失你原先的职业。"

公孙龙惊得张大嘴巴,不能合拢;翘着舌头,无法落下,于是飞快地逃走了。

【注释】

① 公孙龙:战国时著名诡辩家,赵国人。魏牟:魏国国君之子,故又称公子牟。　② "合同异"四句:参见《齐物论》注释。　③ 知:通"智"。　④ 辩:辩才,口才。　⑤ 至达:无所不通。　⑥ 汇:通"茫"。异:惊异。　⑦ 喙(huì):嘴。　⑧ 方:道理。　⑨ 隐:倚靠。机:通

"几",几案,矮桌。大息:叹息。 ⑩ 坎井:浅井。 ⑪ 跳梁:梁,通"踉"。跳跃。井干:井栏。 ⑫ 甃(zhòu):此指井内壁砖。缺甃:破砖。崖:此指井壁。 ⑬ 颐:颊,腮。接腋持颐:指蛙在水中浮游,两腋及两腮以上露出水面,好像水托着一样。 ⑭ 蹶(jué):踩,踏。跗(fū):脚背。 ⑮ 还:回顾,回头去看。虷(hán):蚊蛤类。科斗:"蝌蚪"。 ⑯ 莫吾能若:"莫能若吾"的倒装,宾语"吾"提前。 ⑰ 擅:独自占有。 ⑱ 跨跱(zhì):盘踞。 ⑲ 时:时时,常常。 ⑳ 絷(zhí):绊住。 ㉑ 逡(qūn)巡:迟疑徘徊的样子。却:退却,返回。 ㉒ 举:称,形容。 ㉓ 仞(rèn):长度单位,约七八尺为一仞。极:尽,穷尽。 ㉔ 潦:同"涝"。 ㉕ 益:增。 ㉖ 顷:短暂。推移:改变。 ㉗ 进退:指海水水位的升降。 ㉘ 造(ti)适然:惊恐的样子。 ㉙ 规规然:局促不安的样子。自失:自己若有所失。 ㉚ 前一个"知":通"智"。下同。竟:通"境"。 ㉛ 商蚷(jù):马蚿。 ㉜ 自适一时之利:因辩论时占有一时的上风而自我满足。 ㉝ 趾(cǐ):踩,蹬。黄泉:地下较深处的泉水。大(tài)皇:皇天之皇,指天的高处。 ㉞ 奭(shì)然:无所阻碍的样子。四解:四散。此句谓庄子的思想理论,四通八达,不论东西南北,均可毫无阻碍地涉及。 ㉟ 沦:渗入。不测:无法测量,喻指极深之处。 ㊱ 玄冥:微妙的境界。 ㊲ 反:通"返"。大通:无所不通的境界。 ㊳ 规规然:拘泥的样子。察:琐细的观察。 ㊴ 辩:诡辩。 ㊵ 指地:点着地测量。 ㊶ 寿陵:地名,燕国的一个城市。余子:未成年之少年人。《孟子》中称"余夫"。学行:或作"学步",学习模仿走路的姿势。邯郸:赵国京城。与:通"欤"。 ㊷ 国能:一国之中最为出众的才能。 ㊸ 故行:原先走路的样子。 ㊹ 直:只,只好。 ㊺ 呿(qū):口张开的样子。 ㊻ 逸:逃。

【评析】

本章假借公子牟对于辩士公孙龙的训诫,阐发总论中的"无以得殉名"一语。公孙龙是战国时热衷于"名"的人士的代表,他自以为通达,自认为口才了得,辩驳无碍,所向披靡。但是在公子牟看来:公孙龙其实就像那未曾领略过大海的坎井之蛙，无知、狂妄而又浅薄，如此小人要想利用细察的方式和诡辩的手段，去探知庄子的理论，犹如蚊子试图背负大山，百足虫要在河水中游动，必然是不能胜任的；而且最终必然会像邯郸学步的寿陵少年一样，丧失自我天性而狼狈不堪。

战国之世，诸侯争雄，百家争鸣，善辩之人奔走于列国，试图凭借自己的口才求得名声、赢取利益。张仪善于游说而博得秦惠王欢心，苏秦嗜谈纵横而身挂六国相印，这样辉煌的地位显然是各国辩士们梦寐以求的。至于自己鼓吹的主张是否正确，理论是否符合现实，辩士则根本不予关心，当时像公孙龙这样"然不然，可不可"、颠倒黑白的人物，应该不在少数。庄子则认为，名、利皆身外之物，即使汲汲然求得名利，也必将为名利所困，并最终导致伤生失性的恶果。庄子在《德充符》篇里曾讥斥博学而好辩的惠施，认为驰骋才学、热衷辩驳的行为必将引起好恶之情的产生，因此必然"内伤其身"。《天地》篇也说："杨、墨乃始离跂自以为得，非吾所谓得也。夫得者困，可以为得乎？"在庄子看来，惠施、杨朱、墨翟等人自以为得名、得利、得意，其实是在用自己的学说束缚自身，并且必将因为利益的取舍而扰乱自我的心性，导致本性的丧失，这和禽兽以失去自由的代价而换取牢笼中的吃食，毫无区别。公孙龙也正是这样的人物。

本章讥斥公孙龙所采用的语言，十分生动，所谓"用管窥天""用锥指地"以及"寿陵余子邯郸学步"的寓言故事，后来常常为人引用，用以讥笑那些拘泥不化、见识浅薄的人物。如明代李贽就曾讥斥某些貌似博学的儒士说："儒臣虽名为学而实不知学，往往学步失故，践迹而不能造其域，卒为名臣所嗤笑。然其实不可以治天下国家，亦无怪其嗤笑也。"(《李氏藏书》卷一《藏书世纪列传总目后论》)李贽笔下的"学步失故"的儒臣，其实就是本章公孙龙的再现。

庄子钓于濮水①。楚王使大夫二人往先焉②，曰："愿以境内累矣③！"庄子持竿不顾④，曰："吾闻楚有神龟⑤，死已三千岁矣。王巾笥而藏之庙堂之上⑥。此龟者，宁其死为留骨而贵乎？宁其生而曳尾于涂中乎⑦？"二大夫曰："宁生而曳尾涂中。"庄子曰："往矣！吾将曳尾于涂中。"

惠子相梁⑧，庄子往见之。或谓惠子曰："庄子来，欲代子相。"于是惠子恐，搜于国中三日三夜。庄子往见之，曰："南方有鸟，其名为鹓鶵⑨，子知之乎？夫鹓鶵，发于南海而飞于北海，非梧桐不止⑩，非练实不食⑪，非醴泉不饮⑫。于是鸱得腐鼠⑬，鹓鶵过之，仰而视之曰：'吓⑭！'今子欲以子之梁国而吓我邪？"

【今译】

　　庄子在濮水旁垂钓，楚威王派遣两位大夫先来致意，说："我们国王希望能麻烦您管理国内政事！"庄子手持钓竿头也不回，说："我听说楚国有一只神龟，已经死了三千年。楚王将它放进小竹箱，用巾包裹着珍藏在宗庙的大堂上。这只神龟，它是情愿死去留下骨头而享有尊贵呢？还是情愿活着拖着尾巴在泥里爬呢？"两个大夫说："宁愿活着拖着尾巴在泥里爬行。"庄子说："你们走吧！我仍将拖着尾巴在泥里。"

　　惠施在梁国任宰相，庄子前往看望他。有人对惠施说："庄子到梁国来，是想取代你的宰相位置。"于是惠施感到恐慌，在都城里搜寻了三天三夜。庄子前去看他，说："南方有一种鸟，它的名字叫鹓鶵，你知道它吗？那鹓鶵从南海出发而飞往北海，不是梧桐树它不栖息，不是楝树果实它不吃，不是甘美的泉水它不喝。这时有个鸱鹰得到一只腐烂的老鼠，鹓鶵飞过那里，鸱鹰抬起头来看着它，呵斥道：'嗷嘘！'如今你也想用你的梁国来'嗷嘘'我吗？"

【注释】

　　① 濮(pú)水：古水名，位于今豫北与山东交界处，现已湮没。

②楚王:楚威王,名熊商,楚怀王之父。先:指先用非正式的方式传达楚王的意思。 ③境内:国境之内的一切,即国家政事。累:辛苦,麻烦。《史记·老庄申韩列传》:"威王闻庄周贤,使使厚币聘之,许以为相。"当即指此事。 ④不顾:不回头看,不理睬。 ⑤神龟:龟壳用于占卜,决事如神,故称。 ⑥笥(sì):小竹箱。巾笥:用巾包裹竹箱。庙堂:宗庙的大堂。 ⑦曳:拖。涂:泥。 ⑧惠子:惠施,梁惠王时曾任丞相。 ⑨鹓鶵(yuān chú):传说中鸾凤一类的鸟。 ⑩止:栖息。相传鸾凤只栖息于梧桐,《诗经·大雅·卷阿》:"凤凰于飞……于彼高冈。梧桐生矣,于彼朝阳。" ⑪练:通"楝",今称苦楝。练实:楝树的果实,状如小铃,可以练丝,故称"练"。相传凤凰喜食。 ⑫醴泉:甘甜的泉水。 ⑬鸱(chī):鹞鹰。 ⑭吓(hè):呵斥的声音。

【评析】

本章讲述庄子拒绝楚王征聘、鄙视宰相之位的故事,继续阐发"无以得殉名"一语。

庄子不应楚王之聘,或许实有其事,因为《史记》所载庄子列传,记有楚威王派遣使者聘请庄子为楚国宰相而终究未能如愿的故事。只是《史记》中庄子对楚国使者的一席话,与本章出入较大:"庄周笑谓楚使者曰:'千金,重利;卿相,尊位也。子独不见郊祭之牺牛乎?养食之数岁,衣以文绣,以入大庙。当是之时,虽欲为孤豚,其可得乎?子亟去,无污我。我宁游戏污渎之中自快,无为有国者所羁,终身不仕,以快吾志焉。'"此谓庄子宁愿为小豚得以活命,而不愿是大牛而成为祭坛上的贡品,显然是司马迁根据另外的历史传说记载的。至于说惠施在梁国身居相位而又担心庄子夺权,《史记》中对此却毫无记载,可见明显是出于本书作者的杜撰。

钟泰说:"以庄、惠相交之厚,惠子岂有不知庄子之轻视万乘者,而乃疑其欲夺之相位乎?且云'搜于国中三日三夜',使搜而得之,而庄子果有梁相之意,将遂加害于庄子乎?惠子虽贪恋相位,谅必不至此,然则搜之何为?即此亦可知其为虚构矣。"(《庄子发微·秋水》)钟泰所言有理,作者杜撰惠施的行为以及他和庄子的这一番对话,其真实目的还是为了烘托庄子无视世俗利益的清高自傲。世人为之心醉神迷以至于发狂的"相位",在庄子的眼里只不过是"腐鼠"一般,庄子的言行,适足以反衬"以得殉名"之人的可笑和无耻,庄子的笔锋可谓犀利无比。

庄子鄙视名爵、逍遥自适的处世思想和人生道路,为后世文人士大夫所倾慕,尤其当现实生活中遭遇无法克服的矛盾和苦闷时,他们往往想到庄子,想到那个"在泥地上摇曳尾巴的龟",于是就会自然而然地选择放旷山水、逍遥人间的避世道路。西晋潘岳三十来岁的时候,身任闲官,虽出入于深宫大殿,但感觉犹如池中之鱼和笼内之鸟,于是"有江湖山薮之思",他撰文抒写感慨说:"闻至人之休风兮,齐天地于一指……龟祀骨于宗祧兮,思反身于绿水。"(《秋兴赋》)正是因为从庄子那里获得了"万物齐一"的思想,所以潘岳认识到人生是一个自然的过程,因而忘却得失,唯求自在;正是因为《秋水》篇里有关神龟与泥龟故事的影响,潘岳才有心挣脱种种束缚,优游于自然山水之间。

庄子于本章中讥斥惠施的语言,生动形象,因此也常常被后人引用,用以抨击贪图富贵之人,用以表白自己超凡脱俗的心迹。例如三国时的山涛,是"竹林七贤"中的人物,但他并非真心隐逸,相反时刻觊觎朝廷高官之职,后来山涛任职吏部郎,曾想举荐嵇康接替自己,嵇康于是指斥他说:"己嗜臭腐,养鹓雏以死鼠也。"(《与山巨源绝交书》)嵇康自拟为择木而栖、清高脱俗的鹓雏,而把山涛比作嗜好"死鼠"的小人,并将山涛试图举荐自己的行为,说成是用"死鼠"来喂养他人。嵇康能有如此辛辣生动的讽刺语言,当然也是得益于庄子。

庄子与惠子游于濠梁之上①。庄子曰:"儵鱼出游从容②,是鱼之乐也。"惠子曰:"子非鱼,安知鱼之乐?"庄子曰:"子非我,安知我不知鱼之乐?"惠子曰:"我非子,固不知子矣;子固非鱼也,子之不知鱼之乐,全矣③!"庄子曰:"请循其本④。子曰'汝安知鱼乐'云者,既已知吾知之而问我⑤。我知之濠上也。"

【今译】

　　庄子与惠施一起在濠河的拦河堰上游赏。庄子说:"鲦鱼悠闲自在地游出来,这就是鱼的快乐呀。"惠施说:"你又不是鱼,怎么会知道鱼的快乐?"庄子说:"你又不是我,怎么知道我不知道鱼的快乐?"惠施答道:"我不是你,确实不知道你;不过你确实也不是鱼,你不知道鱼的快乐,这理由足够了!"庄子说:"请允许我追溯到开头的话。你说'你怎么知道鱼的快乐'那句话,表明你已经知道我知道鱼的快乐,然后才来问我。我是在濠河拦河堰上知道鱼的快乐的。"

【注释】

　　① 濠:水名,位于今安徽凤阳。梁:用石头垒成的拦河堰。② 鲦(tiáo):通"鲦"。鲦鱼:身体窄小而有条纹,俗称"苍条鱼"。从容:悠然自得的样子。　③ 全:完全,充足。指据以驳斥庄子的理由很充分。　④ 循:追溯。　⑤ "子曰'汝安知鱼乐'云者"二句:意为你问我怎么知道鱼很快乐,也就是承认我是知道鱼的快乐的。既然你不是我,却可以推测我知或不知;那么我虽然不是鱼,也应该可以推测鱼是否快乐。

【评析】

本章通过"濠梁观鱼"的故事,形象地说明了"物我齐一"的道理。

庄子认为,人游濠梁之上,鱼乐濠梁之下,既是共享自适之乐,也是同返自然的结果。同返自然,就是"反其真",反其真则本性不失,就能与万物同乐。刘凤苞说:"《秋水》篇尤妙在濠梁观鱼一段,从寓意中显出一片真境,绝顶文心,原只在寻常物理上体会得来。末二句更为透彻圆通,面面俱到。内篇庄化为蝶,蝶化为庄,可以悟《齐物》之旨;外篇子亦知我,我亦知鱼,可以得'反真'之义。"(《南华雪心编·秋水》)也就是说,《秋水》篇的主旨与《齐物论》其实是一致的,本章描述"我"和鱼皆活泼泼地自由自在,就是以"寻常物理"喻示万物齐一的真乐境界。

惠施与庄子关于"人类是否能够知晓鱼的快乐"的争论,表明他们两人在认识事物的立场和态度方面有着不可调和的矛盾。庄子所谓的"鱼乐",是他从鱼儿在水中自由嬉戏的欢快场面中直观地感受到的,在持有"万物齐同为一"观点的庄子看来,人和鱼儿之间本来就不存在情感联系的障碍,鱼儿与人的精神密切关联甚至相通。因此,他夸张地强调鱼儿在水中的舒畅,试图借此证明:"自由就是快乐"的原则,不论对于人类还是对于其他生物,都是适用的,而且是相互之间可以感受到的。至于惠施,对各种事物,不论大小,都喜欢探究争辩,故以口才享誉于天下,是所谓"散于万物而不厌,卒以善辩为名"(《天下》)的人。惠施针对庄子的论断,强调人和鱼分属不同的类别,认为异类的生物不可以、也不可能相互了解。聪明的庄子并不直接回答惠施"异类如何相通"的质询,反而抓住了"异"字大作文章:既然你我不是同一个人,但是你惠施可以了解我("异人"的相通),那么我庄子也能够了解鱼("异类"的相通)。

庄子和惠施关于"鱼乐"的争辩,其实并不存在谁对谁错的问题,庄子表达的是一种审美的心理和情感的抒发,惠施表现的则是理智的推论和冷静的思索。但是就思维方法的多样化来说,尤其是对于文艺创作来说,庄子这种换一个角度、换一种立场的方法,能促使更多新鲜美妙构想的产生,因此更有价值和魅力。但是,由于一般人习惯了按照常规的、理智的思维习惯考虑问题,因此常常会对艺术家的奇思妙想产生种种类似的疑惑,类似惠施与庄子的争辩,其实是经常发生的。例如,苏轼有一首饶有情趣而又通俗易懂的题画诗,是为宋初僧人惠崇所画的《春江晚景》所作的,诗曰:"竹外桃花三两枝,春江水暖鸭先知。蒌蒿满地芦芽短,正是河豚欲上时。"此诗后来之所以会招惹非议,是因为有人从常理推断,认为所谓"水暖鸭先知"的推论不能成立。清人毛奇龄说:"水中之物,皆知冷暖,必先及鸭,妄矣!"(《西河诗话》卷五)他指责东坡关于鸭先知晓水温变暖的推测过于武断,其实也就是认为诗人并非水中之物,是不可能知道水禽的真实情况的。毛奇龄针对苏东坡的非议和惠施对于庄子的责难,可谓如出一辙。毛奇龄不能明白,超凡脱俗的形象构思和艺术遐想,正是常常来源于非同寻常的观察立场和思考角度。

中华经典直解

庄子直解

下册

姚汉荣　孙小力　林建福 ◎ 撰

复旦大学出版社

至乐第十八

【解题】

本篇主旨,在于揭示"至乐活身之术",即如何获得无与伦比的快乐,以及如何保养身体和保全生命。作者认为,"至乐"因"无为"而存,只有"无为",只有彻底顺其自然,才能长乐而长存。本篇摘取首句"至乐"二字为题,其实已经概括了全文的大意。

本文首章为总论,从正面阐说"至乐"的内涵,同时批判世俗之人汲汲然追求快乐的行为。在世俗之人看来,富贵、长寿、美色、佳肴、荣誉等等,是天下所有的人都渴望得到的,而且一旦获得,必定快乐无比;假如不能如愿,则忧心沮丧。作者从"道"的高度指出,一切世俗的利益对于"至乐"其实都无所增益,所有世俗的灾难对于"至乐"也无所损害,而且一切追求世俗利益的行为,必然招致伤性害身的结果,与此同时,快乐也就不复存在。因此只有效法天地,自然无为,才是"至乐"。以下五章,则从不同的侧面证明上述理论,或谓生死疾病都是自然的衍化,因此不必惧怕死亡,只要勘破生死,则至乐长存;或强调万物各有天性而应顺其自然,说明"至乐在于无为"的道理;或列举各种生物循环演变的事例,说明万物皆出于自然,而又回归自然,因此"生"不值得庆幸,"死"亦不足以忧伤。此五章之所以主要围绕生死问题展开,因为作者认为,生死是人生头等大事,只要明白了生死的真谛,其余穷富、荣辱、哀乐等等,都不会牵挂于心,"至乐"自然也就能够来临。

天下有至乐无有哉?有可以活身者无有哉[①]?今奚为

奚据②？奚避奚处？奚就奚去③？奚乐奚恶？

夫天下之所尊者，富、贵、寿、善也；所乐者，身安、厚味、美服、好色、音声也④；所下者⑤，贫、贱、夭、恶也；所苦者，身不得安逸，口不得厚味，形不得美服，目不得好色，耳不得音声。若不得者，则大忧以惧⑥，其为形也亦愚哉⑦！夫富者，苦身疾作，多积财而不得尽用，其为形也亦外矣⑧！夫贵者，夜以继日，思虑善否，其为形也亦疏矣！人之生也，与忧俱生。寿者惛惛⑨，久忧不死，何苦也！其为形也亦远矣！烈士为天下见善矣⑩，未足以活身。吾未知善之诚善邪？诚不善邪？若以为善矣，不足活身；以为不善矣，足以活人。故曰："忠谏不听，蹲循勿争⑪。"故夫子胥争之⑫，以残其形；不争，名亦不成。诚有善无有哉？今俗之所为与其所乐，吾又未知乐之果乐邪？果不乐邪？吾观夫俗之所乐，举群趣者⑬，誙誙然如将不得已⑭，而皆曰乐者，吾未之乐也，亦未之不乐也。果有乐无有哉？吾以无为诚乐矣，又俗之所大苦也。故曰："至乐无乐，至誉无誉。"天下是非果未可定也。虽然，无为可以定是非⑮。至乐活身，唯无为几存⑯。

请尝试言之：天无为以之清，地无为以之宁⑰。故两无为相合⑱，万物皆化⑲。芒乎芴乎，而无从出乎！芴乎芒乎，而无有象乎⑳！万物职职㉑，皆从无为殖。故曰："天地无为也而无不为也㉒。"人也孰能得无为哉㉓！

【今译】

世界上有没有无与伦比的快乐呢？有没有可以保养身体、保全生命的方法呢？如今该做些什么、安于什么？躲避哪些、居住哪里？趋向什么、离开什么？喜欢什么、厌恶什么？

世界上所尊贵的，是富有、显贵、长寿和好名声；所喜欢的，是身体的安逸、可口的佳肴、美丽的服饰、漂亮的女人和动听的声音；所鄙视的，是贫困、卑贱、短命和坏名声；所苦恼的，是身体得不到安逸，嘴巴吃不到美味，外表得不到美丽的服饰，眼睛看不到漂亮的女人，耳朵听不到动听的声音。如果得不到这些，就会非常忧愁和恐惧，他们对于身体的护养，不也是够愚蠢的吗！那富有的人，身体辛苦，拼命快速工作，积攒许多钱财而不能够完全受用，他们对于身体的护养，不也是够外行的吗！那显贵的人，日日夜夜为官运的亨通或不顺而思虑，他们对于身体的护养，不也是够荒疏的吗！人自从出生开始，就是和忧愁一同生长。长寿的人总是糊里糊涂的，长久忧虑着如何才能不死，多么苦恼啊！他们对于身体的护养，不也是够迂远的吗！壮烈的人士被天下人看作是美好的，但是却不能够保全自己的性命。我不知道这美好是真的美好呢？还是真的不美好呢？如果认为是美好的，却不能保全自己的性命；如果认为是不美好的，却能够使他人活着。所以说："忠诚进谏而君主不听，那么就退转身来不必力争。"所以那伍子胥和吴王力争，他的身体受到残害；但是如果不力争，也就不能成名。果真有美好没有呢？如今世俗之人所从事的和他们所认为快乐的，我也不知道这快乐果真是快乐的呢？果真是不快乐的呢？我看到那世俗之人所引以为乐的，整个人群都趋往那里，争先恐后好像迫不得已似的，然而人们都说是快乐的事，我对它却不感到快乐，也并不是不快乐。果真有快乐没有呢？我认为"无为"是真的快乐，但世俗之人却认为那样非常痛苦。所以说："无与伦比的快乐就是没有快乐，无与伦比的声誉就是没有声誉。"天下的是非果真是没法确定的啊。虽然如此，"无为"的态度可以确定是非。无与伦比的快乐和身体的保养保全，只有采取"无为"也许可以获得。

请允许我试着谈谈这个问题：天因为无为而自然清静，地因为无为而自然安宁。所以天和地相配合，万物都得以化生。恍恍惚惚的，然而"无为"就从中出现了！恍恍惚惚的，然而"无为"就产生物象了！

万物繁多,都是从"无为"繁殖出来的。所以说:"天地是无为的,又是无所不为的啊。"人们啊,谁能获得"无为"之道啊!

【注释】

①活身:全身保身。 ②据:安,安宁。与"为"相对。 ③就:靠近,趋往。去:离开。 ④厚:浓。厚味:此指美味佳肴。好:美丽。 ⑤下:鄙薄,讨厌。 ⑥以:而。 ⑦为形:保养保全身体,即"活身"。 ⑧外:外行。与下文之"疏"、"远"义近,均指违背丧失本性。 ⑨惛惛(hūn):神志不清的样子。 ⑩烈士:立志建功立业而为之献身的人。见善:意为称美。 ⑪"忠谏不听"二句:蹲循,通"逡巡",迟疑不前而退却。意为忠直的谏诤君王多不愿听,而且往往因此招致杀身之祸,所以不如退却而保全自身。 ⑫子胥:伍子胥,参见《胠箧》篇"子胥靡"注释。 ⑬举:皆,全。趣:通"趋"。 ⑭誙誙(kēng):通"硁硁",勇敢坚定的样子。 ⑮本句意为无为则平易,任随是非自然地存在,不加人为的评判,因此"是""非"也就呈现真实的状态,故说"可以定是非"。 ⑯"至乐活身"二句:几,庶几,差不多,也许可以。意为唯有无为也许能有至乐,唯有无为也许可以全身。 ⑰"天无为以之清"二句:以,因为。意为天和地因为获得了无为之道才清静安宁。实即《老子》"天得一以清,地得一以宁"的演化。 ⑱两无为:指天与地。 ⑲化:化育,化生。 ⑳"芒乎芴乎"四句:芒乎芴乎,即"恍惚",形容无为的景象。意为恍恍惚惚的,而"无为"从中出生,无为就能显示物象和无物之象。此数句亦从《老子》化出,《老子》二十一章:"道之为物,惟恍惟惚。惚兮恍兮,其中有象;恍兮惚兮,其中有物。"《老子》十四章:"是谓无状之状,无物之象,是谓惚恍。" ㉑职职:各受其职,各安其职。 ㉒天地无为:指天清地宁。无不为:指能使万物繁殖并自然保持各自状态。 ㉓孰能得无为:感叹世人只知有为而不求无为。

【评析】

本章反复论证"至乐活身,唯无为几存"的道理,这也是全篇的基本思想。

作者指出,举世之人皆以为快乐产生于富有、显贵、长寿、盛名、安逸、佳肴、美丽服饰、漂亮女人和动听音乐等等,而忧苦则源于上述种种欲望的无法实现。其实世俗的利益不仅不能带来快乐,而且妨碍养形,有害于养性。因为追逐利益,免不了殚精竭虑、巧智齐出。不能如愿,则怨天尤人、伤心沮丧;一旦获得,又紧张忧虑,担心失去。得利而又为利所困,到头来既害身又伤性,可谓愚蠢之至。那么,究竟应该如何获得"至乐存身"之道呢?

文中说到,对于世俗之人感觉快乐的东西,作者似乎毫无感觉,既不欣赏,也不厌恶:"吾未之乐也,亦未之不乐也。"因为感觉快乐,就是同于世俗之人;感觉不快乐,其实就是有意排斥这一切,而"有意排斥",终究还是标新立异,是"有己""有为"的思想表现。至于"无为"之人,则是既来之,则安之,一切听任于自然的。作者认为,从"道"的高度来看,富、贵、寿、善、安逸、美味、美服、美色和音乐等的获得,对于人生的"至乐"都无所增益;假如得不到,其实也无所损伤。因为"无为"是天地万物的本性,它既是天地万物的生成方式,也是天地万物的存在方式,所以作为万物之一的人,他的生存方式和行为方式也不应该违背"无为"的原则。"无为"就是活身之道,遵循"无为"就是最大的快乐。这一"至乐活身,唯无为几存"的观点,后来被北宋周敦颐袭取,形成了他的"富贵观":"君子以道充为贵,身安为富,故常泰无不足。"(《通书·富贵第三十三章》)所谓"常泰",其实就是"至乐"。

庄子妻死,惠子吊之,庄子则方箕踞鼓盆而歌①。惠子曰:"与人居②,长子、老身③,死不哭亦足矣,又鼓盆而歌,不亦甚乎!"庄子曰:"不然。是其始死也,我独何能无概④!然察其始而本无生⑤;非徒无生也,而本无形;非徒无形也,而本无气。杂乎芒芴之间,变而有气,气变而有形,形变而有生。今又变而之死。是相与为春秋冬夏四时行也。人且偃然寝于巨室⑥,而我噭噭然随而哭之⑦,自以为不通乎命,故止也。"

【今译】

　　庄子的妻子死了,惠施前往吊唁,庄子却正叉开两腿坐着,敲着瓦缶在唱歌。惠施说:"你和她共同居住生活,她为你生育儿女,直到身体衰老,她死了你不哭也已经够可以的了,还要敲着瓦缶歌唱,不也太过分了吗!"庄子说:"不是你说的那样。她刚死的时候,我怎么能不感叹呢!但是考察她起初本来是没有生命的;不仅是没有生命,而且本来是没有形体的;不仅是没有形体,而且本来是没有气息的。是那种微妙的东西混杂于恍惚之间,衍变而有了气息,气息衍变而有了形体,形体衍变而有了生命。如今又衍变而成死亡。这样的生死变化就好像春夏秋冬四季的运行一样啊。她尚且安安静静地躺在天地之间,而我却呼天抢地对着她啼哭,自己认为是没能悟透天命,所以就停止了哭泣。"

【注释】

　　① 箕踞:双腿叉开伸直而坐,好像簸箕的形状,这是一种不拘礼节的坐姿。盆:瓦缶。鼓盆:敲击瓦缶,作为节拍。　② 人:此指庄子之妻。居:共同居住生活。　③ 长子:生育儿女。　④ 概:通"慨",感叹。　⑤ 察:考察,推原。其始:指其妻出生之前。　⑥ 偃然:安然。寝:卧。巨室:此指天地之间。　⑦ 噭(jiào)噭然:模拟哭的状声词。

【评析】

　　本章讲述庄子于妻子死去之后"鼓盆而歌"的故事,作者借此喻示:生存或死亡犹如四季的轮番出现,归根结底都是自然的演化,对此应当顺其自然,不必因为生存而欢欣,也无须由于死亡而悲伤。

　　庄子对于亲人的死亡所表现出来的违反常理的自然主义态度,一般人是难以理解的,因为人是社会的人,是具有七情六欲的,亲人的离去,不可能不在其内心掀起或大或小的波澜,不可能不表露出种种忧伤的情绪。难怪惠施对于庄子的"欢快"举动难以理解,忍不住指责他说:"死不哭亦足矣,又鼓盆而歌,不亦甚乎!"其实庄子在妻子刚刚撒手而去的时候,也曾经历过"何能无概"的阶段,或许也曾"嗷嗷然随而哭之",但转念一想,"自以为不通乎命",因而立即停止了哭泣,并且很快就摆脱了忧伤。庄子对于死亡所采取的这种态度,其实是建立在他一贯的"安于天命"的哲学基础之上的,正因为哀伤哭泣是不通晓天命的表现,而不哭不哀才是真正的随顺自然和安于天命,所以他也就自然地采取了豁达和恬淡的态度。在此基础上,庄子转而理智地推究人生,他发现人从无气、无形、无生的根本不存在的状态,变为有气、有形、有生的生灵,这一过程纯属自然。那么,人的死亡,其实就是重新安安静静地躺在天地之间,就是返归于原先的自然状态。既然生和死都是纯粹的自然现象,那么为生而欢欣或者为死而感伤,就都是多余的。正是因为站在了超脱世俗情感的高度,庄子才能用理智的思考和冷峻的态度来淡化一时的情感表现。

庄子一贯认为,"通天下一气耳"(《知北游》),他认为人类和天地万物一样,都产生于无物无状的"芒芴"之中,是"气"的凝聚变化而生成的,这也就是本章所谓"察其始而本无生,非徒无生也,而本无形;非徒无形也,而本无气。杂乎芒芴之间,变而有气,气变而有形,形变而有生"数语蕴含的意思,从中表露的正是庄子的自然史观和生命史观。后来,道教却从中吸收了有关"道"和"气"的观点,创造出了他们自己的宗教神灵:"《真书》曰:昔二仪未分,溟涬鸿濛未有成形,天地日月未具,状如鸡子,混沌玄黄,已有盘古真人,天地之精,自号元始天王,游乎其中。"(《元始上真众仙记·葛洪枕中书》)也就是说,道教的最高神灵——"盘古真人",作为天地之精灵,是产生于天地未分、日月未成之前的。那么,自号"元始天王"的"真人"究竟是怎样形成的呢?道教学说对此也有解释:"元者,本也。始者,初也,先天之气也。此气化为开辟世界之人，即为盘古；化为主持天界之祖，即为元始。"（清·徐道《历代神仙通鉴》卷一）也就是说，"盘古真人"其实就是先天之气的化身。与庄子观点不同的是，庄子认为万事万物以及所有的人都是禀气而生，道教则认为尽管俗人、仙人都是禀气而生的，"盘古真人"却是禀受先天之气而变成的第一人。不过，正因为"气"是"真人"和"俗人"都禀有的，所以"俗人升仙"在道教看来并非没有可能，道教号召所有人都去修炼"元气"（又称"灵气"），正是将"炼气"看成了俗人与仙人之间的一座桥梁。这或许是庄子始料未及的。

支离叔与滑介叔观于冥伯之丘、昆仑之虚①，黄帝之所休。俄而柳生其左肘②，其意蹶蹶然恶之③。支离叔曰："子恶之乎？"滑介叔曰："亡④，予何恶！生者，假借也⑤。假之而生生者，尘垢也⑥。死生为昼夜⑦。且吾与子观化而化及我⑧，我又何恶焉！"

【今译】
　　支离叔和滑介叔一同到冥伯丘、昆仑山去游览，那是黄帝休憩过的地方。忽然滑介叔的左臂肘上长出了一个瘤，他的脸上表现出震惊和厌恶。支离叔问道："你嫌恶它吗？"滑介叔答："没有，我怎么会嫌恶呢？人的生命，只是'大道'的一种寄托啊。从寄托而生的生命中衍生出来的瘤子，就像尘垢般微不足道。死亡与生存的变化就像昼夜交替一样的自然。况且我和你正在观察万物的变化而变化涉及到了我，我又怎么会嫌恶呢！"

【注释】
　　① 支离：有支离破碎之意，引申为形貌奇特，参见《人间世》篇有关"支离疏"的描写。滑介：滑稽。支离叔、滑介叔：均为虚拟的人物。冥伯：山丘名，喻指恍惚不清。虚：通"墟"。昆仑之虚：喻指渺远而不易达到的境界。《天地》篇曰："黄帝游乎赤水之北，登乎昆仑之丘。"即

指"昆仑之虚",亦即下句所谓黄帝休止的地方。　②柳:通"瘤"。其:指滑介叔。　③蹶蹶(guì)然:惊动的样子。恶(wù):嫌恶。此指滑介叔开始发现肘上生瘤时的表情,如同上一章所述,庄子于妻子刚死之时,"何能无概"。　④亡:通"无"。此谓不嫌恶,是指继最初情感上的厌恶之后,又从人生的道理上加以推究,因而愤懑之情获得排遣,重新归于平淡。　⑤假借:寄托。即《大宗师》篇所谓"假于异物,托于同体"。　⑥尘垢:喻指渺小。　⑦昼夜:喻指自然而又普通的变化。此句意为死生变化尚属平常,肘上生瘤就更不用大惊小怪。⑧观化:观察事物的变化。化及我:变化涉及于我,指生瘤。

【评析】

本章仍为寓言故事,主要称赏滑介叔对于自身的肿瘤所表现出来的豁达态度,说明疾病虽然属于人生旅程中的意外,但也是"物化"的表现,是发生在人身上的自然现象,因此不必介意,只要能以自然无为的态度对待疾病,一样可以体悟"至乐"之道。

文中写到,滑介叔发现左臂肘上长出了瘤,随即表现出震惊和厌恶的表情,这就像庄子在妻子刚刚撒手人寰的时候,也曾有过短暂的悲怆伤心一样。但是面对支离叔的询问,滑介叔却断然否认他对肿瘤有嫌恶之心,他当然不是有意说谎,而是强调自己已经恢复了平静,已经能够理智地用平常心看待疾病了。滑介叔说,正在观察万物变化的时候,变化就涉及他,然而涉及他身上的变化,就像尘垢般微不足道。言外之意就是说,与眼前天地万物的变化相比,个人身上的变化不值一提,生命有始有终,疾病来去无常,这一切就像昼夜交替一样的自然,如果揪心于生死疾病,必然将导致损性伤身,那就是昧于"至乐"之道了。

在庄子看来,决定万物的存在形式及其发展变化的根本原因或动力,在于"自化"。《秋水》篇说:"物之生也,若骤若驰。无动而不变,无时而不移。何为乎,何不为乎?夫固将自化。"万物的出生和变化无时无刻不在发生，然而这样的"自化"又是只见结果、不露真容的："汝徒处无为，而物自化……无问其名，无窥其情，物固自生。"（《在宥》）正因为万物自生自化，所以就不必探究其生、老、病、死的原因，只管听任它自然地发展变化就是。这也就是滑介叔对待疾病的态度。

  庄子之楚，见空髑髅①，髐然有形②。撽以马捶③，因而问之，曰："夫子贪生失理而为此乎④？将子有亡国之事、斧钺之诛而为此乎⑤？将子有不善之行，愧遗父母妻子之丑而为此乎⑥？将子有冻馁之患而为此乎⑦？将子之春秋故及此乎⑧？"于是语卒，援髑髅⑨，枕而卧。夜半，髑髅见梦曰⑩："子之谈者似辩士，视子所言，皆生人之累也，死则无此矣。子欲闻死之说乎⑪？"庄子曰："然。"髑髅曰："死，无君于上，无臣于下，亦无四时之事，从然以天地为春秋⑫，虽南面王乐，不能过也。"庄子不信，曰："吾使司命复生子形⑬，为子骨肉肌肤⑭，反子父母、妻子、闾里、知识⑮，子欲之乎？"髑髅深矉蹙頞曰⑯："吾安能弃南面王乐而复为人间之劳乎！"

【今译】

  庄子到楚国去，路上看见一个空的死人头骨，干枯但仍具有头颅的形状。庄子用马鞭敲击它，并且问道："你是因为过于纵欲、违反天理而变成这样的吗？还是你碰上了亡国的变故、遭到兵器的砍杀而成为这样的呢？还是你曾经有不好的行为，对留给父母、妻子和孩子的耻辱感到羞愧而自杀身亡的呢？还是你遭遇受冻挨饿的痛苦而导致这样的呢？还是你的年寿已尽本来就该这样的呢？"就这样说完了，庄子拉过这死人头骨，当作枕头躺了下来。半夜时分，这死人头骨出现在梦中，对庄子说："刚才你谈论时的模样好像是辩士，看你所说的那一切,都是活人的牵累啊,死了就没有这些忧患了。你愿意听听死者的快乐吗?"庄子说:"愿意。"死人头骨说:"死者的世界,在上没有君主,在下没有臣子,也没有四季的各种事务,放纵而自在地享有天地一样的寿命,即使是君王的快乐,也不能超过我们。"庄子不相信,说:"假如我让掌管生死的神灵恢复你的形体,重新塑造你的骨骼、肌肉和皮肤,使你返回到父母、妻子、孩子、乡邻和朋友身边,你愿意回到人间吗?"死人头骨紧锁眉头,说:"我怎么能放弃君主般的快乐而重新承受人间的劳苦呢!"

【注释】

① 髑髅(dú lóu):死人的头骨。 ② 髐(xiāo)然:白骨干枯的样子。 ③ 撽(qiào):敲击。捶:通"棰",鞭子。 ④ 贪生:贪图生的快活,即纵欲。失理:丧失人生常理。为此:意为导致这样的结局。 ⑤ 将:抑或,或者。 ⑥ 遗(wèi):给予,留给。 ⑦ 馁(něi):挨饿。 ⑧ 春秋:年龄,寿命。故:通"固",本来。 ⑨ 援:拉,拉过来。 ⑩ 见:通"现"。 ⑪ 说:通"悦"。 ⑫ 从:通"纵"。从然:自我放纵而自由自在的样子。以:与。以天地为春秋:与天地一样的年龄,即与天地同老。 ⑬ 司命:掌管人的生死的神灵。 ⑭ 为:此指塑造、制造。 ⑮ 反:通"返",返还。闾里:乡邻。知识:熟知熟识的人。 ⑯ 矉(pín):通"颦",皱眉。頞(è):鼻梁上部。蹙頞:皱眉头。深矉蹙頞:喻指极其厌烦的样子。

【评析】

写髑髅开口,让庄子和死者对话,作者的设想可谓奇妙,因为死者的境况,让活人来说终究难以贴切,所以本章假借髑髅之口,叙说死亡以后的生活。髑髅强调死了比活着更加快乐,因为死去以后可以安享"无君无臣"的自由自在,可以摆脱现实社会不可避免的忧患劳苦。

钟泰认为,本章故事是从《大宗师》篇"大块载我以形,劳我以生,佚我以老,息我以死"数句衍化而成,不过,《大宗师》于此数句之下又有"故善吾生者,乃所以善吾死也"二句,也就是将"善生善死"一起提出,着重点却仍在于"善生"的一面;而"此则以死比之南面王乐不能过,而视生人之累避之唯恐不及,不独意偏,揆之内篇《人间世》安命正身之大义,亦矛盾甚矣"。钟泰认为本章表现的是乐死恶生的观点,与庄子安于时命、齐一生死的思想差异甚大,因此怀疑本篇并非庄子的作品(参见钟泰《庄子发微》卷三)。

其实,与其说本篇阐述的是极端的厌世思想,不如说它主要阐发的是庄子"无君无臣"、自然无为的治世观点,因为庄子询问髑髅的若干导致死亡的原因,诸如"贪生失理""亡国之事""斧钺之诛""不善之行""冻馁之患"和寿尽而亡等等,其实都是人世间的忧愁,而且主要是"文明制度"带来的灾难;而髑髅向庄子倾诉的主要快乐,则在于"无君于上,无臣于下,亦无四时之事,从然以天地为春秋",即不必对君王承担义务,不必向社会担负责任,不必为了自身以外的事务忙忙碌碌,自由自在地享受生活,这一切其实就是庄子为人们描述的原始的理想国——"至德之世"的境况。因此,庄子借髑髅之口极言死者的乐趣,并非真是希望避生就死,而是用死者的安乐衬托生者的忧患,并且以此表现他"齐一生死"的思想:"生者可悲,转觉死者可乐,不言死之乐,不足以见生之忧,毕竟生死一致,有何悲乐之不同?能自适于清虚而不为形骸所累,则至乐存焉矣。"(刘凤苞《南华雪心编·至乐》)这也就是说,要跻身于"至乐"世界,并不是非得离开人世,只要摒弃世俗的牵累,就能享有自适和至乐。

颜渊东之齐①,孔子有忧色。子贡下席而问曰②:"小子敢问:回东之齐,夫子有忧色,何邪?"孔子曰:"善哉汝问!昔者管子有言③,丘甚善之,曰:'褚小者不可以怀大④,绠短者不可以汲深。'夫若是者,以为命有所成而形有所适也,夫不可损益⑤。吾恐回与齐侯言尧、舜、黄帝之道,而重以燧人、神农之言⑥。彼将内求于己而不得⑦,不得则惑,人惑则死。且女独不闻邪？昔者海鸟止于鲁郊⑧,鲁侯御而觞之于庙⑨,奏《九韶》以为乐⑩,具太牢以为膳⑪。鸟乃眩视忧悲,不敢食一脔⑫,不敢饮一杯,三日而死。此以己养养鸟也,非以鸟养养鸟也。夫以鸟养养鸟者,宜栖之深林,游之坛陆⑬,浮之江湖,食之鳅鲦⑭,随行列而止,委蛇而处⑮。彼唯人言之恶闻⑯,奚以夫譊譊为乎⑰！《咸池》《九韶》之乐⑱,张之洞庭之野,鸟闻之而飞,兽闻之而走,鱼闻之而下入⑲,人卒闻之⑳,相与还而观之㉑。鱼处水而生,人处水而死。彼必相与异其好恶,故异也㉒。故先圣不一其能,不同其事。名止于实㉓,义设于适,是之谓条达而福持㉔。"

【今译】

　　颜渊向东出发到齐国去,孔子脸上显出忧愁。子贡走下席位问道:"我冒昧地请问:颜渊返回东方到齐国去,先生却面带愁容,为什么呢？"孔子说:"你问得好啊。从前管仲有句话,我非常赞赏,他说:'小的袋子不能用来容纳大的东西,短的绳索无法用以打捞深井的水。'按照这样的说法,就是认为性命有各自养成的特征,而形体有各自所适宜的归属,都是不可任意减少或增加的。我担心颜回去向齐王宣传唐尧、虞舜和黄帝的主张,还要加上燧人氏和神农氏的言论。齐王将要求自己的内心能理解和认同圣贤的主张,但是做不到,做不到就产生疑惑,人的疑惑不能解除就会苦闷而死。况且你难道没听说过吗？从前有一只爰居鸟栖止于鲁国都城城郊,鲁国国君亲自迎接到太庙,并送酒给它喝,演奏《九韶》乐曲试图使它快乐,供应牛、羊、猪肉作为它的膳食。这鸟却只感觉眼花缭乱,忧伤悲切,不敢吃一块肉,不敢喝一杯酒,三天后就死去了。这是国君用供养自己的方式养鸟,不是用养鸟的方式来养鸟啊。用养鸟的方式来养鸟,应该使它们栖息于茂密的森林,使它们漫游于广阔的大陆,使它们浮游在大江大湖,给它们吃泥鳅小鱼,让它们跟随着鸟群队列而止息,任随自然而生活。那鸟最讨厌听到人的说话,为什么还要弄出那种喧闹的声音呢!《咸池》《九韶》的乐曲,假如在广阔的原野中演奏,鸟听到就惊飞,兽听到就逃跑,鱼听到就下潜而没入水中,人们听到了,却一起围绕着观赏。鱼处在水中就活,人处在水中就死。他们的天性必然相互存在差异,他们的好恶本来就不同。所以先圣不认为人们的能力是一样的,因而不使他们做相同的事情。名义要依据实际而限定,义理要根据适宜的原则设置,这就叫做条理通达而拥有幸福。"

【注释】

① 颜渊:颜回,字子渊,鲁国人,孔子最得意的学生。　② 下席:走下席位,离开原先的座位。　③ 管子:管仲,春秋时齐国人,名夷吾,曾任齐桓公宰相,凡四十年,使齐称霸诸侯。　④ 褚(zhǔ):装衣服的袋囊。怀:容纳。　⑤ "以为命有所成而形有所适也"二句:成,定。适,宜。《骈拇》篇曰:"凫胫虽短,续之则忧;鹤胫虽长,断之则悲。故性长非所断,性短非所续。"与此二句义同。　⑥ 重:再加上。　⑦ 彼:指齐侯。内求于己:要求自己理解和认同尧、舜等圣贤的理论主张。　⑧ 海鸟:一种高大的鸟,古人认为是神鸟,或称爱居。《国语·鲁语》:"海鸟曰爱居,止于鲁东门之外三日,臧文仲使国人祭之。"⑨ 御:通"迓",迎接。　⑩ 《九韶》:舜时代的乐曲,演奏于盛大隆重的场合,乐有九章,故称"九韶"。　⑪ 太牢:牛、羊、猪三者皆备的祭祀规格,诸侯所用。　⑫ 脔(luán):切成块的肉。　⑬ 坛:通"坦"。坛陆:广阔的陆地。　⑭ 鳅:泥鳅。鲦:鲦,苍条鱼。　⑮ 委蛇:通"逶迤",随顺的样子。　⑯ 人言之恶闻:"恶闻人言"的倒装。　⑰ 夫:那。谆谆(náo):喧闹嘈杂的声音。指《九韶》之乐。　⑱ 《咸池》:黄帝时的乐曲名称。　⑲ 下入:指深入水中。　⑳ 人卒:众人。㉑ 还:通"环",围绕。　㉒ "彼必相与异其好恶"二句:好恶,此指适应就有好的结果,不适应就是恶果。意为由于天性所决定的适应和不

适应存在差异,所以就有生或死的区别。　㉓ 止:限于。此句意为名要符实。　㉔ 条达:条理通达。福持:持福,拥有幸福。

【评析】

颜渊东游齐国,孔子预计颜渊会向齐王宣传尧、舜、黄帝之道,以及燧人氏和神农氏的主张,因此十分担忧。孔子为什么担心颜渊在齐王面前宣传圣贤的理论呢? 因为他认为,齐王与尧、舜的天性禀赋存在差异,他们所处的时代环境也有很大的不同,颜渊要求齐王效仿圣贤,无异于揠苗助长,齐王对于圣贤之道非但不能接受和实行,还会因此迷惑,甚至惑而至死。孔子指出,由于时间、地点、环境、种类等的差异,形成了万物不同的自然本性、习惯和好恶,而自然本性是万事万物存在的基础,这是客观现实,是不容人为地修正改变的,如果相互勉强,如果强加于人,必然酿成悲剧。也就是说,只有保持无为自然,才能存身全性而达到自适至乐的境界。当然,这里所谓孔子和子贡的对话,都是作者虚构的。

本章其实是对《德充符》篇"常因自然而不益生"的人生哲学观点的进一步阐发,不过这里不是采取直接说理的方式,而是借助于鲁侯豢养海鸟的寓言故事,又援引实在的人类社会的某些经验和事实,形象地揭示人为"益生"(即"以己养养鸟")和"因自然"(即"以鸟养养鸟")两种养生方式的不同结局,指出前者导致戕害生灵,而后者逍遥自在、颐养天年,从而得出人类一切行为务必坚持"无为"原则、务必任随自然本性的结论。

列子行①,食于道,从见百岁髑髅②,攓蓬而指之曰③:"唯予与汝知而未尝死、未尝生也。若果养乎④? 予果欢乎?"

种有几⑤,得水则为㡭⑥,得水土之际则为蛙蠙之衣⑦,生于陵屯则为陵舄⑧,陵舄得郁栖则为乌足⑨,乌足之根为蛴螬⑩,其叶为胡蝶。胡蝶胥也化而为虫⑪,生于灶下,其状若脱⑫,其名为鸲掇⑬。鸲掇千日为鸟⑭,其名为干余骨。干余骨之沫为斯弥⑮,斯弥为食醯⑯。颐辂生乎食醯⑰,黄軦生乎九猷⑱,瞀芮生乎腐蠸⑲,羊奚比乎不箰⑳,久竹生青宁㉑,青宁生程㉒,程生马,马生人㉓,人又反入于机㉔。万物皆出于机,皆入于机。

【今译】

列御寇出行,在路上吃饭,因而看见一个一百来年的死人头骨,列御寇拔去蒿草,手指着死人头骨说:"只有我和你知道你并未死亡、也并非活着啊。你果真忧愁吗?我果真欢乐吗?"

万物的种子具有一种极微小的要素,这要素如果获得水就成为水绵,如果获得水土相依的环境就成为能遮盖蛙、蚌的植物,如果生在高坡就成为车前草,车前草获得粪土的滋养就成为乌足,乌足的根变为地蚕,乌足的叶化为蝴蝶。蝴蝶不久又变化为虫,生在灶下,它的状貌好似刚刚脱壳般的稚嫩,它的名字叫做鸲掇。鸲掇生长千日以后变成飞虫,它的名字叫做"干余骨"。干余骨的粘液变成斯弥,斯弥变成了"醯"。蠛蠓滋生于"醯",黄軦滋生于过时变质的酒,蟊蚋滋生于腐烂的野猪肉。竹蓀产生并附着于不能生笋的老竹,年久的竹子生出竹根虫,竹根虫生出了豹,豹生出马,马生出人,人又返回到极微小的要素。万物都出自这极微小的要素,又都复归于这种微小要素。

【注释】

① 列子:列御寇。参见《逍遥游》注释。 ② 从:因。 ③ 攓(qiān):通"搴",拔。蓬:蒿草。 ④ 若:你。恙:通"恙",忧愁。 ⑤ 几:微。《寓言》篇曰:"万物皆种也,以不同形相禅。""几"指构成"种"的要素,即篇末所谓"机"。 ⑥ 䘈:同"继",水绵。断之而又能重新生长,恢复如故,故称"继"。 ⑦ 蠙(bīn):蚌之类。蛙蠙之衣:指生长于水边而能覆盖蛙、蚌之类的植物,即蕴藻、浮萍等。 ⑧ 陵

屯:高地。陵舄(xì):车前草。 ⑨ 郁栖:粪土。乌足:车前草的变种。
⑩ 蛴螬(qí cáo):今所谓地蚕,金龟子的幼虫。 ⑪ 胥:不久。
⑫ 脱:脱壳而出。指刚刚孵化出来的幼嫩样子。 ⑬ 鸲(qú)掇:干余骨的幼虫。 ⑭ 鸟:此指飞虫。古时飞虫亦称鸟。 ⑮ 沫:虫之生子,有用粘液包裹的,状如唾沫,故称。 ⑯ 食醯(xī):醋。本句谓斯弥日久发酸,像醋。 ⑰ 颐辂(lù):醯鸡,亦称蠛蠓。 ⑱ 黄軦(kuàng):小虫名,蠛蠓之类。九:通"久"。猷:通"酉",酒。九猷:过时变质的酒。 ⑲ 瞀(mào)芮(ruì):即蜹蚋,亦属蠛蠓一类。罐(quán):通"獾",野猪。 ⑳ 羊奚:不详。疑即竹蓐,又名竹菰。《本草》曰:"竹蓐生朽竹根节上,似木耳而色赤,可作食用及药用。"比:连缀而生。箰:同"笋"。不箰:不能生笋的老竹。 ㉑ 久竹:老竹,陈腐的竹。青宁:竹根虫。 ㉒ 程:未详,或谓指豹。 ㉓ 马生人:谓马生出了人。盖古时有此传闻,《竹书纪年》曾记载马变化为人,《搜神记》卷六亦曰:"秦孝公二十一年,有马生人。" ㉔ 机:本段开头之"几"。

【评析】

本章主要说明万物虽然形态各异,大小不一,但它们的最后根源——"机"却是同一的,它们在最后的本质上是相通的,用庄子的话来说,就是"万物皆出于机,皆入于机"。那么,既然万物的变化是循环相生、周而复始的,人的生死也就不能超出循环往复的范畴,从"道"的观点来看,死者"未尝死",生者也"未尝生",就像列御寇所见到的百岁髑髅一样。明白了这一点,就可以平静地对待生死,"生"不值得庆幸,"死"不足以忧伤,顺其自然而臻于"至乐"的境界。

对于本章文字的解释,历来争论很大,一方面是因为其中许多名物可能出于当时的土语方言,其确切含义始终难以定夺,如"䘒",或说是一种断续如丝的草,或说指水上的尘垢即将产生苔的模样,或说是指水绵;又如"鸲掇",或说是指唐代笔记《酉阳杂俎》中提到的状如蟋蟀的虫子,名叫"灶马",或说是指"干余骨"的幼虫;又如"干余骨",究竟是虫名还是鸟名,莫衷一是;又如"斯弥",究竟是虫名还是别的什么东西,无法断定;又如"程",或说是指野禾,或说是指豹,分歧很大。另一方面则关系到庄子撰写这段文字时所采用的手法,他是根据经验,根据生物的真实演变所作的如实描写呢?还是为了阐明他"万物一齐""固将自化"的观点而采撷传闻,加以杜撰虚构的呢?如果是根据传闻虚构的,那么所谓老竹产生了"青宁"虫,"青宁"虫变成了豹,马儿生出了人,都是可以理解的;但假如是如实描写,文章中的诸多名词就不能按照字面意义去理解了,否则不可能做到自圆其说。

尽管某些名物字词的训诂一时难以确定,不过本章的主旨还是应该而且能够有一个大概明确的说法。清末康有为在万木草堂对弟子讲学时,曾经援引此段文字作过进化论的启蒙教育:"告以'程生马,马生人',人自猿猴变出,则信而证之。"(参见康有为《自编年谱》)后来严复也对庄子在生物有规律的变易现象方面的细致观察表示肯定,认为尽管本章有些名词难以解释,但足以用来和近代西方生物学的发明相互映证,并且称赞道:"然有一言可以断定者,庄子于生物功用变化,实已窥其大略,至其细琐情形虽不尽然,但生当二千余岁之前,其脑力已臻此境,亦可谓至难能而可贵矣。"(《庄子评点·至乐》)后来胡适于一九一七年发表《先秦诸子进化论》一文,则干脆认定庄子在这里阐述的是"生物进化论",是描述某种原始的微生物("几")历经植物、动物等阶段,最终演变为人的过程。

但是仔细分析本章文字,可以发现其中描述的生物演变,与"生物进化"的过程并不一致,而且各个环节无法连缀,存在着脱节现象。因此我们认为,庄子所要表述的,归根到底还是万物循环演变的思想。假如说作者试图在此描写的是生物的演变进程,就不应该离开生物从低级到高级、一步一步连缀演进的轨迹,然而本章历述数种生物从低级植物逐渐演变为飞虫之后,又有所谓蠛蠓滋生于"醯"、黄軦滋生于过时变质的酒、蛪蚋滋生于腐烂的野猪肉等等的描述,可见作者在叙述生物的种种演变现象时,并非严格按照逻辑程序,他所注重的,还是表现万物自化和相互转化的思想，因此不管是事实经验，还是道听途说的传闻，他都给予采撷。诸如叶子化成了蝴蝶，虫子生出了豹，豹生出马，马生出了人等等，显然都是为了证明自然界的万物变化是不分等级、不分种类的相互演变。类似的例子在散见于类书的《庄子》佚文中也能见到，《艺文类聚》卷八十七有"朽瓜化为鱼，物之变"的说法，《太平御览》卷八百八十七所载庄子佚文，则描述了多种动物相互之间的转化："鹞之为鹯，鹯之为布谷，布谷之复为鹞也。燕之为蛤也，田鼠之为鹌也，老韭之为苋也，老羭之为猿也，鱼卵之为虫也，此皆物之变者。"庄子之所以对"物之变"如此感兴趣，之所以如此渲染生物演变的现象，最终还是为了表现他"万物一齐"的思想。本章罗列的种种事例，当然也是为了说明万物在本质上是循环演变（从"几"到"机"）的观点。

达生第十九

【解题】

本篇秉承内篇《养生主》和《大宗师》的主旨,主要论述如何达生、达命之情,以及阐明养生得道之理。篇首"达生之情者,不务生之所无以为;达命之情者,不务知之所无奈何"数句,其实就是全篇所要论述的中心议题。"达"即通晓,"情"指实际状况,所谓"生之情",就是生之所以为生的内涵;所谓"命之情",就是命之所以为命的缘由;而所谓"生之所无以为",则是指性分以外的事情,所谓"知之所无奈何",则是指人的智力无法把握的东西。

因此,人一旦通晓"生"与"命"的真正内容,自然就能理解应该如何存身养生;一旦明白应该忘却物我之别,知道如何回避有害于性命的行为,自然就可以保全自我的天然本性。所以说,"生"其实包含有两方面的内容,一是指生命,二是指自然本性。养生其实并不仅仅是养护形体,对于精神的养护更为重要,只要精神得以保全,天性能够不失,生命就可长存,明白了这一点,也就是做到了"达生"。以下十一章则围绕首章的基本思想展开论证,或用寓言,或用故事,或明示养神之妙法,或指斥养形之荒谬,反复说明养生的关键,就在于保全精神。末章则借孙休的怨天尤人和扁庆子的深沉感慨,抱怨世人的所作所为其实都是在"务生之所无以为""务知之所无奈何",作者事实上是借此暗示:世人对于真正的养生之道都漠然无知,因此需要撰此文章来警醒世人。如此一来,全篇文章的结构就显得紧密而且完整了。

达生之情者①,不务生之所无以为②;达命之情者,不务知之所无奈何③。养形必先之以物,物有余而形不养者有之矣。有生必先无离形④,形不离而生亡者有之矣⑤。生之来不能却,其去不能止。悲夫!世之人以为养形足以存生,而养形果不足以存生,则世奚足为哉⑥!虽不足为而不可不为者,其为不免矣!

夫欲免为形者⑦,莫如弃世⑧。弃世则无累,无累则正平⑨,正平则与彼更生⑩,更生则几矣⑪!事奚足弃而生奚足遗⑫?弃事则形不劳,遗生则精不亏。夫形全精复⑬,与天为一。天地者,万物之父母也。合则成体⑭,散则成始⑮。形精不亏,是谓能移⑯。精而又精,反以相天⑰。

【今译】

通晓生命的实际状况的人,不追求对于生命没有意义的东西;通晓命运的真实状况的人,不追求智力无法企及的东西。保养形体必然首先需要物质,但是物质有余而形体得不到保养的人还是有的啊。保有生命必然首先不能使形体脱离性命,但是形体未曾脱离而生命已经消亡的人也是有的啊。生命的到来无法拒绝,它的离去不能阻止。可悲哟!世上的人认为只要保养形体就足以保存生命,然而保养形体的结果是不足以保存生命,那么世人所做的一切又哪里值得去从事呢!虽然不值得从事,却又不可不从事,因为从事的这一切是不可免除的!

要想免除单纯为了谋生所做的一切,不如抛弃世俗之见。抛弃世俗之见就无所牵累,无所牵累心性就能纯正平和,纯正平和就能使形体随着心性一起滋养更新,滋养更新就接近大道了!世事为什么值得抛弃、生命为什么值得忘怀呢?因为抛弃世事,形体就不劳累;遗忘生命,精神就不会消耗。形体健全而精神恢复,就与天地合为一体。天地,是万物的创造者。天地相合就生成万物,天地分离就成为天与地。

形体与精神都不亏损,这就叫做能随天地变化。精纯而又精纯,就能反过来帮助天地自然发展。

【注释】

① 达:通晓,明白。情:实际状况。　② 务:追求。所无以为:没有意义的,不必要的。　③ 知:通"智"。所无奈何:不可企及的,无能为力的。　④ 无:通"毋"。离形:性命脱离形体,即死亡。　⑤ 形不离而生亡者:指人虽活着而心已先死的人。《田子方》篇:"哀莫大于心死,而人死次之。"　⑥ 世:世人之所为,即世人为养形所做的一切。此句意为既然养形不足以存生,那么何必还要像世上俗人那样为谋生操劳呢。　⑦ 为形者:为了谋生所做的一切。　⑧ 弃世:抛弃世俗之见,即摒弃世人所谓"养形足以存生"的认识。　⑨ 正平:心性纯正平和。　⑩ 彼:指形体。更生:滋养更新。　⑪ 几:庶几,接近,差不多。此指接近于大道。　⑫ 遗:忘怀。　⑬ 复:恢复,恢复于本然。　⑭ 体:万物的形体,此指万物。　⑮ 始:此指天地之原始。　⑯ 移:变化。　⑰ 相:助。

【评析】

世俗之人对于养生的错误认识,就在于将"养形"与"养生"混为一谈,于是拼命索取物质方面的利益,力求获得身体的安适。但是物质的丰裕,并不能保证形体的保养;而且即使形体得到保养,也未必就能阻止生命的离去。作者认为,养生的关键并非保养形体,而在于抛弃世事,忘怀自我,保全精神,做到"形精不亏"。只要形体健全而精神恢复,就能与天地合为一体,就能随顺自然而变化,从而获得真正的养生和精神的长存。世俗之人对于养生的错误认识,还在于认为保有形体就是获得了生命,但在作者看来,"有的人活着,他已经死了",世上"形不离而生亡者"并非少数,这些形体尚存而心已先死的人,犹如行尸走肉,是不能算作有生命的。所以说,养生决不能忽视养神,精神的保养是至关重要的。

本章结尾"形精不亏,是谓能移。精而又精,反以相天"数句,强调形体和精神都"能移",只要保持精神的精纯,就能反过来帮助自然的发展,从这个意义上说,只要得道,就无所谓生死,死者亦能生存,生死通为一体了。清初王夫之对此评价极高:"唯此篇揭其纲宗于'能移而相天',然后见道之不可不知,而守之不可不一,则内篇所云者,至此而后反要而语极也。"(《庄子解·达生》)王夫之指出,有关生死的问题,除了庄子以外,佛教和玄学也都曾给予关注,玄学家专门谈"生",妄图长生不老,然而一旦身死,则弃置于朽木败草、荒郊野外,毫不怜惜;佛教徒精于论"死",妄图死后能成正果,因此早在未死之前,就欣欣然遥想死后的乐趣,以至精神枯槁,虚度此生。唯有庄子阐扬"能移",而且说"能移以相天",于是生死通于一贯,于是人世间与另外一个世界就合为一体了。尽管王夫之对于玄学家的生死观带有偏见,批评有失当之处,但是就整体而言,这里对玄学、佛教和庄子有关生死问题的分歧及其特点的分析,还是颇为允当的。所以说,庄子主张精神的保全,并不仅仅是针对现实的养生问题,在强调不生不死的庄子看来,精神的养护是泽及久远的。

子列子问关尹曰①:"至人潜行不窒②,蹈火不热,行乎万物之上而不栗③。请问何以至于此?"

关尹曰:"是纯气之守也④,非知巧果敢之列⑤。居⑥,予语女。凡有貌像声色者⑦,皆物也,物与物何以相远!夫奚足以至乎先⑧!是色而已⑨。则物之造乎不形⑩,而止乎无所化⑪。夫得是而穷之者⑫,物焉得而止焉⑬!彼将处乎不淫之度⑭,而藏乎无端之纪⑮,游乎万物之所终始⑯。壹其性⑰,养其气,合其德,以通乎物之所造⑱。夫若是者,其天守全⑲,其神无郤⑳,物奚自入焉?

夫醉者之坠车,虽疾不死㉑。骨节与人同而犯害与人异㉒,其神全也。乘亦不知也,坠亦不知也,死生惊惧不入乎其胸中,是故遻物而不慴㉓。彼得全于酒而犹若是㉔,而况得全于天乎㉕?圣人藏于天㉖,故莫之能伤也。复仇者,不折镆干㉗;虽有忮心者㉘,不怨飘瓦。是以天下平均㉙。故无攻战之乱,无杀戮之刑者,由此道也㉚。

不开人之天㉛,而开天之天㉜。开天者德生㉝,开人者贼生㉞。不厌其天,不忽于人㉟,民几乎以其真㊱。"

【今译】

　　列子问关令尹说:"得道的人潜水而行不会窒息,踩火而走不觉炎热,行走在无与伦比的高处不会颤栗。请问凭什么能达到这样的境界?"

　　关令尹说:"这是因为能保持纯正之气啊,并非聪明、灵巧、果敢之类的人能做到的。坐下,我告诉你。凡是具有形象、声音、颜色的,都是物,物与物之间为什么相差那么大?怎么能够到达万物产生之前的状态?这一切都只不过是形象、声音、色彩的变化罢了。而万物产生于没有形体的道,又终止于无所变化的道。那获得这道理而又能透彻理解的人,外物哪能驻留于他的心上呢!他将置身于不过分的法度,而居心于无始无终、循环往复的法则,游神于万物的开始和终结的境界。使他的心性专一,涵养他的神气,使德性和天道融合,以此通达于造物者。像这样的人,他的纯气完备,他的精神凝聚而没有缺损,外物能从哪里侵入呢?

　　那醉酒的人从车上坠落,虽然受点儿伤,却不会死。骨节仍然和常人一样,而受到的侵害却和常人不同,因为他的精神健全啊。乘车他也不知道,坠车他也不知道,死亡、生存、惊骇、恐惧等念头都进不了他的胸中,因此触犯外物而不震惊。那由于醉酒而精神得以保全的人尚且能像这样,何况随顺自然而保全精神的人呢?圣人的心藏于天道,所以没有人能伤害他。复仇的人,不会折断仇敌的利剑;虽然是有猜忌之心的人,也不会怨恨砸伤自己的飘落的瓦片。因此天下人都平等对待。所以没有战争的祸乱、没有杀戮的刑法的世界,就是凭借这无心无为之道啊。

不要开启人的智巧,而应开启天然本性。开启天然本性就能养成良好道德,开启人的智巧就会产生祸害。不要压制人的天性,不要忽视人为的祸害。这样人民差不多都能按照他们的天性行事了。"

【注释】

① 子:冠于姓氏之前的"子",是学生对自己老师的尊称。此段文字亦见于《列子·黄帝》篇,盖源于列子门生所录师说。关尹:老子弟子,姓尹名喜,字公度,曾任函谷关令,故称。 ② 潜行:潜水而行。 ③ 万物之上:最高的地方。栗:颤栗。 ④ 纯气之守:保持纯正之气。 ⑤ 知:通"智"。列:类。 ⑥ 居:坐。 ⑦ 貌象:形象。 ⑧ 先:万物产生之前。 ⑨ 色:"貌象声色"的省略。 ⑩ 不形:没有形体。指"道"。 ⑪ 无所化:无所变化。指"道"。 ⑫ 是:此,指上述万物从道产生而又返归于道、循环不已的道理。穷:穷尽,此指透彻理解。 ⑬ 物:外物。止:驻留。 ⑭ 彼:指"得是而穷之者"。处:守。淫:过分,超过。度:法度。 ⑮ 无端:没有头尾两端,即无始无终,循环往复。纪:准则。 ⑯ 此句意为与万物相终始。 ⑰ 壹其性:使心性专一。 ⑱ 物之所造:创造万物者,即"道"。 ⑲ 天守:自然守护的,即上述"纯气之守"之"纯气"。 ⑳ 郤(xì):通"隙",缝隙。 ㉑ 疾:本指较轻的病,此指受轻伤。 ㉒ 犯害:所受侵害。 ㉓ 遻(è):通"遌",触忤。慹:震惊。 ㉔ 全于酒:由于醉酒而精神保全。 ㉕ 全于天:由于天守而保全精神。 ㉖ 藏于天:心处于天道。 ㉗ 镆干:镆铘、干将的简称。相传春秋时吴地有夫妇二人精于铸剑,夫叫干将,妻为镆铘,曾铸有二剑,锋利无比,取名干将、镆铘,献给吴王阖闾,后遂以镆铘、干将代指利剑。此句意为报仇者针对仇敌而不针对武器,虽然武器杀人,但武器无心而人有心。 ㉘ 忮(zhì)心:猜忌之心。 ㉙ 平均:平等,平等待人。由于人人无心伤害别人,故不生怨恨,不起

争端。 ㉚ 此道:指无心之道。 ㉛ 人之天:人的智巧。 ㉜ 天之天:天然本性,天道。 ㉝ 德生:良好道德养成。 ㉞ 贼生:祸害产生。 ㉟ "不厌其天"二句:厌,通"掩",掩盖。意为不压制人的天性,不忽视人为的祸害。 ㊱ 几乎:近乎,差不多。真:天性。

【评析】

本章通过关尹和列子的对话,阐述养神必先守"气"的道理。关尹指出,人的精神是依附于"气"而运行的,所以只要守护纯正之气,精神就足以凝聚而不会缺损;精神一旦保全,外物自然无法侵入;外物不干扰心性,那么就可以优游于万物之中而不受侵害,就像醉汉坠车而不会受重伤一样。因此,列子为之惊诧不已的"至人"的神奇功夫,即"潜行不窒,蹈火不热,行乎万物之上而不栗"的超人境界,其实就是守护纯气、保全精神的结果。至于聪明、灵巧、果敢之类的品德和行为,关尹却认为都是"有为"的表现,与"纯气之守"大相径庭,因此对于精神的修养是有害的。当然,这里所谓关尹的思想,都代表了作者的观点。

本章有关"纯气之守"的论述,具体体现了道家的养生功夫,使得养神有了可供操作的方法和途径,因此历来受到重视。刘凤苞说:"此篇与内篇《养生主》参看,各具妙境。《养生》者不以无涯之知伤其生,重在'缘督为经',孟子所谓以直养者此也;《达生》者不以无益之病养其生,重在'纯气之守',《中庸》所谓达天德者此也。"(《南华雪心编·达生》)达于天德,其实就是指臻于"道"的境界,而守护纯气以养神,则是通往"道"的不可或缺的阶梯。

本篇首章论"精",此章则谈"气""神",后来道家以精、气、神为"三宝",大概就肇始于此。林云铭说:"此篇中大旨,发内篇《养生主》所未备,阐出精、气、神三宝妙用,为《玄箓》开山秘法。段段设喻,精言知屑,长生久视之道尽于此矣。"(《庄子因·达生》)不过,尽管后来的道家认为庄子在这里所谈的就是"三宝",就是"长生久视之道",就像林云铭所说的那样,事实却并非如此。

庄子对于"精"和"神"的使用,其实并无多大差别,在庄子看来,"精"与"神"的内涵是基本相同的,如上一章所谓"弃事则形不劳,遗生则精不亏。夫形全精复,与天为一",所谓"形精不亏,是谓能移"等等,若将其中的"精"字换成"神"字,并无妨碍,因为这里的"精"字本来就是指"精神"。而本章所谓"其天守全,其神无郤",所谓"骨节与人同而犯害与人异,其神全也",其中的"神"字显然也是指"精神"。庄子的"精"和"神"常常都是指和"形"相对的心智或思维,是指无形无态的那样一种存在。后来道教将庄子的思想加以改造,"精""神"都被改变成为实体化的东西或神灵,"精"被说成是气血所化的精液,"神"也被说成是精气化成的某种感性的存在,那已经不是庄子的原意了。

仲尼适楚①,出于林中②,见痀偻者承蜩③,犹掇之也④。仲尼曰:"子巧乎,有道邪?"曰:"我有道也。五六月累丸二而不坠,则失者锱铢⑤;累三而不坠,则失者十一;累五而不坠,犹掇之也。吾处身也⑥,若厥株拘⑦;吾执臂也⑧,若槁木之枝。虽天地之大,万物之多,而唯蜩翼之知⑨。吾不反不侧⑩,不以万物易蜩之翼,何为而不得!"

孔子顾谓弟子曰:"用志不分,乃疑于神⑪。其痀偻丈人之谓乎⑫!"

【今译】

孔子到楚国去,经过树林之中,看见一个驼背的人正在用长竹竿粘取蝉儿,仿佛俯身拾取蝉儿似的轻松。孔子说:"您真灵巧啊,有什么道术吗?"粘蝉儿的人回答:"我有道术呀。五六个月训练下来,在竹竿顶端累叠两个弹丸而不会坠落,那么粘蝉儿时失手就很少了;后来累叠三个弹丸而不坠落,那么粘蝉儿时十次只有一次失手;累叠五个弹丸而不坠落,粘蝉儿就好像拾取蝉儿一样了。我稳住身体,好像那树身固止不动;我控制胳臂,仿佛枯树的枝干。虽然天地如此之大,万物如此之多,然而我只知道蝉儿的翅膀。我不回头看,也不向两边瞧,不因任何事物转移我对蝉儿翅膀的关注,怎么会捉不到它们呢!"

孔子回头看着弟子们说:"'用心而不分散,就能与神仙相比',大概就是说这驼背老人吧!"

【注释】

① 适楚:往楚国去。此指孔子应楚昭王聘请前往楚国。 ② 出:此指经过。 ③ 痀偻(gōu lóu):"佝偻",驼背。蜩(tiáo):蝉。承蜩:用顶端置有粘性物的长竹竿粘取树上的蝉儿。 ④ 掇:俯身拾取。 ⑤ "五六月累丸二而不坠"二句:累丸,将弹丸重叠而置放。锱(zī)、铢(zhū),皆重量单位,六铢等于一锱,四锱等于一两。喻指很少。意为此粘蝉儿的人为了提高技术,训练手的稳定性,就在竹竿顶端重叠摆放弹丸,手持竹竿而使弹丸长久不坠,经过五六个月的锻炼,能叠放两个弹丸而不坠落,因此粘起蝉儿来就很少有失败的了。 ⑥ 处身:处置身体,指身姿的安排和保持。 ⑦ 厥:其,那个。株:树身。拘:固止不动。 ⑧ 执:持。 ⑨ 唯蜩翼之知:"唯知蜩翼"的倒装。粘蝉儿就是要粘住蝉儿翅膀,故只注意蝉翼。 ⑩ 不反不侧:不返身回视,不向两侧张望。形容专心致志。 ⑪ 疑:原本作"凝",俞樾《诸子平议》认为"凝当作疑"。疑,通"拟",比拟。以下所谓"津人操舟若神""梓庆削木为鐻"而"见者惊犹鬼神"之"若"与"犹",皆同此意。 ⑫ 丈人:对老人的尊称。

【评析】

本章描述驼背老人粘取蝉儿时所表现出来的出神入化的技艺,以及老人练就这一技艺的过程和经验,说明"用志不分,乃疑于神"的道理。

所谓"用志不分",其实就是心不二用,但是"心不二用"怎么就能臻于神仙的境界呢?"心不二用"与修道、得道又有什么关系呢?用竹竿粘取蝉,本来是微不足道的技艺,但是也不能说容易,更何况驼背老人习惯于俯身向下,要训练成时时抬头观察,捕捉那稍有动静就会逃之夭夭的小蝉,困难可想而知。不过驼背老人并不夸耀自己功夫的巧妙,反而认为其中有"道",这与《养生主》中的庖丁自称"臣之所好者,道也,进乎技矣"如出一辙。作者借此试图告诉读者的是:世上的事情常常看似毫无关系,其实是彼此相通的。唐代草书大师张旭自称观看公孙大娘舞剑器而领悟草书之妙,宋代书家雷简夫也曾说闻听涛声而悟得运笔的方法,那么,从驼背老人累丸粘蝉的经历当中,同样可以感悟养生、学道的真谛。

刘凤苞认为,本章其实仍然是在强调保全精神的作用:"神以气为之运行,故上段归重纯气之守,气合于神也;神以志为之驱使,故此段揭明'用志不分',志合于神也。"(《南华雪心编·达生》)心志专一,就能保养精神;精神获得保全,必然无往而不胜。驼背老人能够摆脱残疾躯体的拘限,其技艺之巧妙,甚至达到了正常人难以企及的程度,这都是心志专一的结果。那么,粘蝉儿尚需志向精专、心不二用,何况养生?何况学道呢?

颜渊问仲尼曰:"吾尝济乎觞深之渊①,津人操舟若神②。吾问焉,曰:'操舟可学邪?'曰:'可。善游者数能③。若乃夫没人④,则未尝见舟而便操之也⑤。'吾问焉而不吾告⑥,敢问何谓也?"

仲尼曰:"'善游者数能',忘水也⑦;'若乃夫没人之未尝见舟而便操之也',彼视渊若陵,视舟之覆,犹其车却也。覆却万方陈乎前而不得入其舍⑧,恶往而不暇⑨!以瓦注者巧⑩,以钩注者惮⑪,以黄金注者殙⑫。其巧一也。而有所矜⑬,则重外也⑭。凡外重者内拙。"

【今译】

颜渊问孔子说:"我曾在'觞深渊'渡河,摆渡的人撑船如同神仙。

我问他说:'撑船能学会吗?'他说:'能。善于游泳的人很快就能掌握。至于那善于潜水的人,即使从未看见过船也能轻巧熟练地操纵它。'我问的问题他却不告诉我,请问他的话是什么意思?"

孔子说:"'善于游泳的人很快就能掌握',因为他们不把水放在心上;'至于那善于潜水的人从未看见过船却能轻巧熟练地操纵它',因为他们看待深渊就好像高地,看待船的倾覆,就好像那车子的倒退。倾覆倒退种种景象出现在面前,但是并不能侵入他的内心,到哪儿他不是从容的呢!用瓦块作赌注的人心思灵巧,用衣带钩作赌注的人心里害怕,用黄金作赌注的人心神紊乱。他们的技巧都是一样的,然而对钱财有所怜惜的人,就注重于外物。凡是注重外物的人内心就笨拙。"

【注释】

① 济:渡。觞深:渊名。渊:水深而水流呈漩涡状的河段。 ② 津人:以撑船摆渡谋生的人。操舟:撑船。 ③ 数(shuò):快速。数能:很快就掌握。 ④ 没人:没于水中的人,即善于潜水的人。 ⑤ 便:轻巧熟练。 ⑥ 不吾告:不告诉我。此句意为颜渊不理解摆渡人的话,不知道他为什么答非所问。 ⑦ 忘水:指由于熟悉水性而不把水放在心上。 ⑧ 万方:万端,各种情况。覆却万方:喻指变故无数。舍:神明之舍,即"心"。 ⑨ 恶往:何往,到哪里。暇:闲暇,从容。 ⑩ 注:赌博时投下以博输赢的钱或物品。巧:灵巧。此句意为用瓦块作赌注,即使输了也没有钱财上的损失,所以心理没有负担,技巧能完全发挥出来。 ⑪ 钩:衣带钩。惮:害怕。衣带钩虽然不值多少钱,但想赢怕输。 ⑫ 殙(hūn):心神紊乱。 ⑬ 矜:慎重,怜惜。 ⑭ 重外:注重外物。

【评析】

本章假借孔子和颜渊的对话,进一步论证上述"神全而物莫能伤"的观点,说明无视外物,忘却得失,保持心性的安逸和平静,不仅有助于技艺的学习和发挥,而且可以避免外物的伤害。"孔子"首先以"操舟"为例,说善于游泳的人学习驾船,一学便会,因为他们不怕水;精于潜水的人前来驾船,不学就会,因为他们根本就忘却了水患,驾船如履平地,覆舟无所畏惧,他们的精神不受干扰,他们的才智也就充分发挥。随后"孔子"又用"赌博"为证,指出用瓦块作赌注的人,心思灵巧;用衣带钩作赌注的人,内心害怕;用黄金作赌注的人,心神紊乱——赌注越是贵重,心神越是迷乱,这是吝惜钱财的结果。"操舟"的故事是从正面证明"内心无扰"的效果,"赌博"的事例则是从反面说明"外重内拙"的道理,从而得出结论:神全之人根本无视外物的轻重。反过来说,正是因为无视外物,精神才能够保全,而精神得到保全,生命才能够无恙。因此一切注重养形而忽视养神的思想行为,都是不可取的。

　　后来,苏东坡借鉴上述"善游者数能"的故事,作有《画水官》诗,诗曰:"高人岂学画,用笔乃其天。譬如善游人,一一能操船。"(《诗林广记》后集卷三引录)苏轼是用善游人对于操船的不学而能,来证明高人天生就有的绘画天才,其着眼点显然在于人的天赋能力的利用和发挥,与庄子的本意并不一致。

　　田开之见周威公①,威公曰:"吾闻祝肾学生②,吾子与祝肾游,亦何闻焉?"田开之曰:"开之操拔篲以侍门庭③,亦何闻于夫子!"威公曰:"田子无让④,寡人愿闻之。"开之曰:"闻之夫子曰:'善养生者,若牧羊然,视其后者而鞭之。'"威公曰:"何谓也?"田开之曰:"鲁有单豹者⑤,岩居而水饮,不与民共利⑥,行年七十而犹有婴儿之色,不幸遇饿虎,饿虎杀而食之。有张毅者⑦,高门县薄⑧,无不走也,行年四十而有内热之病以死⑨。豹养其内而虎食其外,毅养其外而病攻其内。此二子者,皆不鞭其后者也⑩。"

　　仲尼曰:"无入而藏⑪,无出而阳⑫,柴立其中央⑬。三者若得⑭,其名必极⑮。夫畏涂者⑯,十杀一人,则父子兄弟相戒也⑰,必盛卒徒而后敢出焉,不亦知乎⑱!人之所取畏者⑲,衽席之上⑳,饮食之间,而不知为之戒者,过也!"

【今译】

田开之去看周威公,周威公说:"我听说祝肾学习养生,你和祝肾一起游学,也听到过什么吗?"田开之答:"我只是拿着拂尘和扫帚在他家里做杂务,又能从先生那里听到什么呢?"周威公说:"田先生不要谦让,我希望听你说上一些。"田开之说:"我听先生说:'善于养生的人,就好像牧羊一样,看见那落在后面的就鞭打它。'"周威公问:"说的是什么意思呢?"田开之说:"鲁国有个单豹,深居山岩,饮用泉水,不与百姓共享利益,年已七十,却仍然有着婴儿般的面容,不幸遭遇饿虎,饿虎杀死他并且把他吃了。又有个叫张毅的,不论高门大户还是悬帘当门的穷人家,没有不去走动的,年至四十,患内热病而死。单豹调养自己的内心,而饿虎吃了他的身体;张毅滋养自己的身体,而疾病攻击他的内心。这两个人,都不鞭策自己落后的地方。"

孔子说:"不要深入潜藏,不要四出显扬,要像枯木般直立于它们的中央。假如这三项都能做到,他的名称必然最高。那凶险的道路,如果十人之中有一人被杀害,那么父子兄弟之间就会相互告诫,一定要聚集众多人马以后才敢出门上路,不也是很聪明的吗!而人们所应该畏惧的,是在枕席之上,是在饮食之间,却不知道对此有所戒备,这真是过失啊!"

【注释】

① 田开之:姓田名开之,事迹不详。周威公:西周桓公之子,继桓公之后登位。《史记·周本纪》:"考王封其弟于河南,是为桓公,以续周公之官职。桓公卒,子威公代立。" ② 祝肾:祝为其姓氏,名肾,事迹不详。疑"祝"为其官职,职责为主持祠庙中的祭礼,遂以官为氏。学生:学习养生之道。 ③ 操:持。拔:通"拂",拂尘,其功能类似今

天鸡毛掸子。篲(huì):扫帚。操拔篲:做掸尘扫地的杂务。 ④ 无:通"毋"。让:谦让。 ⑤ 单(shàn)豹:姓单名豹,鲁国隐士。《吕氏春秋·必己》:"单豹好术,离俗弃尘……身处山林岩堀,以全其生,不尽其年,而虎食之。" ⑥ 共利:共享利益,即争夺而分享利益。 ⑦ 张毅:姓张名毅,为人谦恭好礼,事迹不详,亦当为鲁国人。《吕氏春秋·必己》:"张毅好恭,门闾帷薄聚居众无不趋,舆隶姻媾小童无不敬,以定其身。不终其寿,内热而死。" ⑧ 高门:豪富之家。县:通"悬"。薄:通"箔",竹帘。县薄:悬挂竹帘当门,喻指贫穷之家。 ⑨ 内热之病:指因争权夺利而引起心火过旺,焦躁成疾。 ⑩ 鞭其后:喻指关注另一头。此针对单豹、张毅顾头不顾尾,取利忘身的行为而以牧羊作比。 ⑪ 无:通"毋"。入而藏:深深地埋藏。喻指单豹只顾退隐。 ⑫ 阳:显露。出而阳:喻指张毅只顾进取。 ⑬ 柴立:像枯木般直立,不迁就,不偏倚。其中央:指"入"与"出"的中间。 ⑭ 三者:指前述三句话。 ⑮ 名必极:名称必然是最高的,即获得神人、至人一类的称呼。 ⑯ 涂:通"途"。畏涂:危险的道路。 ⑰ 戒:告诫。 ⑱ 知:通"智"。 ⑲ 取畏:取以自危,即自己招致灾祸。 ⑳ 衽(rèn)席:睡觉用的席子。衽席之上:指男女之事。

【评析】

田开之援引祝肾的话告诫周威公说,养生的关键在于"鞭其后"。所谓"鞭其后",就是要时刻警惕自己,对于形体的养护和内心的保全是否做到了兼顾,一旦有所偏向,对于不足的方面就要加以激励和鞭策,促使两方面同时进行。"鞭其后"也就是本章的主旨。为了加强说服力,田开之以两个现实人物的不同心性以及因此而产生的相似恶果作为例证,一心隐逸的单豹,偏养内心,独居山中,离俗弃世,执意退隐,而饿虎食其身;热衷交游的张毅,偏修外表,游走四乡,交朋结友,只管进取,而疾病攻其心。南朝梁人江淹曾以诗歌形式对此加以总结说:"张子暗内机,单生蔽外像。一时排冥筌,泠然空中赏。"(《杂体诗·许征君询自叙》)也就是说,"偏内"或"偏外"都不足取,否则灾难不可避免。不如"柴立其中央",也就是抱一守中,内外兼养,也就是恪守《养生主》篇所说的"缘督以为经",从而获得精神上的自在洒脱。

不过,尽管养生的"偏内"或"偏外"都属弊病,都要不得,但是世人"偏外"的弊病尤其明显,世人往往更注重形体的滋养和感官的舒畅,往往贪图高官厚禄、男欢女爱和美味佳肴带来的一时快感,以至养生成为戕生,快心之境变成痛心之事。因此田开之最后特地为世人"鞭其后",他拈出"衽席之上"和"饮食之间"的隐患,以此告诫并警醒所有贪图享受而不重视精神修养的人。

祝宗人玄端以临牢策说彘①,曰:"汝奚恶死!吾将三月豢汝②,十日戒③,三日齐④,藉白茅⑤,加汝肩尻乎雕俎之上⑥,则汝为之乎?"为彘谋曰⑦:"不如食以糠糟而错之牢策之中⑧。"自为谋,则苟生有轩冕之尊⑨,死得于腞楯之上、聚偻之中则为之⑩。为彘谋则去之,自为谋则取之,所异彘者何也⑪!

【今译】

主持祭祀祈祷的官员穿着礼服到猪圈来劝说猪,他说:"你为什么不愿死呢!我将用粮食喂养你三个月,然后我还有十天的戒期,三天的斋期,然后再垫上洁白的茅草,托肩抬臀地将你放置于雕俎之上,你愿意这样吗?"假如为猪设想就会说:"不如用谷糠酒糟来喂它而将它放在猪圈之中。"但是替自己打算,如果活着能享有荣华尊贵,即使死了以后放在画盾上面、裹在干草之中也愿意。为猪设想就抛弃荣华高贵,为自己设想就索取荣华高贵,这样和猪的差别又在哪里呢!

【注释】

① 祝宗人:指祝人和宗人,均为主持祭祀祷祠的官员。《周礼·春官》记载有大祝、小祝、都宗人、家宗人等。玄端:祭祀时所穿斋服,

黑色,样式端庄,不缝边。临:靠近。牢策:猪圈。说(shuì):劝说,说服。彘(zhì):猪。　②豢(huàn):同"豢",指用粮食喂养。　③戒:戒、斋均是祭祀的人为了表示自己的洁净的一种方式。斋必有所戒,如不喝酒、不吃荤等等。　④齐:通"斋"。　⑤藉:垫。用白茅做垫子,以示洁净。　⑥尻(kāo):臀部。肩尻:肩在前而臀在后,托肩抬臀,实指将整只猪放在雕俎上。俎(zǔ):祭祀或设宴时陈放牲口的木制礼器。雕俎:有雕饰的俎。　⑦谋:考虑,设想。　⑧食(sì):喂,给它食物。错:通"措",放置。　⑨苟:如果。轩:卿大夫以上官员所坐的车子。冕:卿大夫以上官员所戴的礼帽。　⑩腞(zhuàn):通"篆",画。楯(shǔn):通"盾"。腞楯:画盾,雕饰花纹的盾牌。此指征战而死者,用画盾载其尸体。聚:通"叢",即"丛"之异体字。偻:通"褛"。"褴褛"之"褛"。聚偻:许多干草。此指死于刑戮者用干草包裹后埋葬,即所谓藁葬。　⑪所异彘者何:意为智力与猪没有区别,和猪一样蠢。

【评析】

《秋水》篇中,面对奉楚王之命前来征聘的使者,庄子毫不动心,他坦然以泥中之龟自比,说宁愿曳尾于泥中而生,不愿被供作神龟、藏之庙堂而死。本章所谓"祝宗人说彘"的故事,表达的大致也是这样的意思。

作者将作为祭品的猪和贪图荣华富贵的人相提并论,指出享有高官厚禄而失去自由、枉送性命的人,实在与享受美食和礼遇以后送去斩首的供猪没有区别。尽管世俗的人们都能够明白,如果摆在猪的面前有两条路:糟糠喂养、居于猪圈者生;粮食喂养、卧于白茅者死,那么设身处地为猪考虑,自然会排斥高贵的死亡而选择痛苦的生存。但是,当这样的选择降临到人类自己头上的时候,人们却总是揽取富贵而不顾命在旦夕。因此,在作者看来,贪图轩冕之尊或体面葬礼的人,简直就和只顾眼前快活的猪一样愚蠢。作者的用意十分明显:荣耀以死,不如贫贱而生。这就是本章的主旨。

桓公田于泽①,管仲御②。见鬼焉③,公抚管仲之手曰:"仲父何见④?"对曰:"臣无所见。"公反⑤,诶诒为病⑥,数日不出。齐士有皇子告敖者⑦,曰:"公则自伤,鬼恶能伤公!夫忿滀之气⑧,散而不反,则为不足;上而不下,则使人善怒;下而不上,则使人善忘;不上不下,中身当心,则为病。"桓公曰:"然则有鬼乎?"曰:"有。沈有履⑨。灶有髻⑩。户内之烦壤⑪,雷霆处之⑫;东北方之下者倍阿⑬,鲑蠪跃之⑭;西北方之下者,则泆阳处之⑮。水有罔象⑯,丘有峷⑰,山有夔⑱,野有彷徨⑲,泽有委蛇⑳。"公曰:"请问委蛇之状何如?"皇子曰:"委蛇,其大如毂㉑,其长如辕㉒,紫衣而朱冠。其为物也恶㉓,闻雷车之声则捧其首而立㉔。见之者殆乎霸㉕。"桓公辴然而笑曰㉖:"此寡人之所见者也。"于是正衣冠与之坐,不终日而不知病之去也㉗。

【今译】

齐桓公到泽地里打猎,管仲驾车。看见有鬼在泽地里,齐桓公摸住了管仲的手,问:"你看见了什么吗?"回答说:"我没有看见什么。"齐桓公回去以后,失魂落魄地病倒了,连着几天不出门。齐国士人中有个叫皇子告敖的,对桓公说:"您是自己伤害自己,鬼怪怎么能伤害您呢!那郁结的气,如果只是散去而不能回还,那么精神就会不足;如果只是上通而不能下达,就令人容易发怒;如果只是下行而不上升,就使人健忘;如果不上不下,积聚于胸中和心口,就会生病。"桓公说:"既然如此,那么是否有鬼呢?"皇子告敖说:"有鬼。积水的烂泥处有履神。灶下有灶神。室内尘土积聚的地方,雷霆神盘踞在那里。土堆东北方的下面,鲑蠪神在那里跳跃;土堆西北方的下面,有泆阳神在那里居住。水中有水神罔象,丘陵有鬼怪峷,山中有鬼怪夔,原野里有鬼怪彷徨,泽地中有鬼怪委蛇。"桓公问:"请问委蛇的状貌是怎样的?"皇子告敖说:"委蛇,它的大小像车毂,它的长度如车辕,穿紫衣而戴红帽。这种鬼怪长得丑陋,听到雷鸣般的车声就会捧着头站起来。见到它的人大概就要成为霸主了。"齐桓公高兴地笑着说:"这正是我所见到的啊。"于是整肃自己的衣服帽子,和皇子告敖坐在一起谈话,不到一天的工夫,不知不觉地病已经消失了。

【注释】

① 桓公:齐桓公,名小白。春秋五霸之一。田:打猎。泽:草木丛生的沼泽地。当指齐国沿海之地。　② 管仲:齐桓公时任丞相。参见《至乐》篇"管子"注释。御:驾车。　③ 见鬼:沿海之地多罕见动物,故齐桓公以为是鬼。　④ 仲父:桓公对管仲的尊称。　⑤ 反:通"返"。　⑥ 诶诒(ài tái):失魂落魄的样子。　⑦ 皇子告敖:皇告敖,姓"皇"名"告敖","子"为尊称。　⑧ 忿:满。滀(chù):结聚。忿滀:郁结。　⑨ 沈:积水造成的污泥处。履:鬼神名。　⑩ 髻(jì):灶神。相传身穿红衣,状如美女。　⑪ 烦壤:尘土所积聚的地方。　⑫ 雷霆:鬼神名。盖相传其声如震雷而得名。　⑬ 倍:通"培"。倍阿:土堆。东北方之下者倍阿:指倍阿的东北方之下。下文"西北方之下者"承前省略"倍阿",即指倍阿的西北方之下。　⑭ 鲑蠪(wā lóng):鬼神名,相传状似小孩,长一尺四寸,黑衣大冠,红头巾,身上配剑,手持长戟。　⑮ 泆(yì)阳:鬼神名,相传为豹头马尾。　⑯ 罔象:水神名,相传状如小孩,黑色,穿红衣,大耳长臂。　⑰ 峷(shēn):怪兽名,相传状如狗,有角,身上有五彩花纹。　⑱ 夔(kuí):怪兽名。独脚,体大如牛,状似大鼓。参见《秋水》篇注释。　⑲ 彷徨:怪兽名,状如蛇,两个头,身有五彩花纹。　⑳ 委蛇:怪兽名。㉑ 毂(yǔ):车轮中央贯穿车轴的圆木。　㉒ 辕:车辕,车前驾牲畜的直木。　㉓ 恶:丑陋。㉔ 雷车:车行进时发出雷鸣般的响声。　㉕ 殆乎:近于,差不多。㉖ 蹍(zhěn)然:欢笑的样子。　㉗ 不终日:不等一天终结,不到一天。

【评析】

《在宥》篇说:"抱神以静,形将自正,必静必清,无劳女形,无摇女精,乃可以长生。"这里的"精"和"神"都指精神,也就是说,精神的养护是获得长生的必要条件。为什么这样说呢?本章对此作了形象的阐释。

齐桓公到泽地里打猎时看见了鬼,于是神不守舍,失魂落魄,终于自忧成疾,而皇子告敖一番妙谈,却将齐桓公疑虑彻底打消。告敖指出,齐桓公的病因,并不是"鬼"在作祟,而是因为"气"的运行受到了阻碍,是因为"气"不上不下,积聚于胸中和心口所致。简而言之,是"气"乱造成的。"气"乱,就意味着没能固守纯气,纯气不守,精神的运行就有问题,精神不能保全,外物乘隙而入,心神必然受损。于是告敖杜撰了一个令齐桓公闻之兴奋的鬼神,促使齐桓公受损的心神得到抚慰,疾病终于不治而愈。作者试图借此说明:守神和养神对于养生来说,是至关重要的。因为"神"是生命的主宰,精神的受损或恢复,会直接导致疾病的发作或痊愈,所以必须"唯神是守"(《刻意》)。

纪渻子为王养斗鸡①。十日而问:"鸡已乎?"曰:"未也,方虚憍而恃气②。"十日又问,曰:"未也,犹应向景③。"十日又问,曰:"未也,犹疾视而盛气④。"十日又问,曰:"几矣,鸡虽有鸣者,已无变矣⑤,望之似木鸡矣,其德全矣。异鸡无敢应者⑥,反走矣⑦。"

【今译】

纪渻子为周宣王驯养用于打斗的鸡。十天之后周宣王问道:"鸡已经驯养好了吗?"纪渻子答:"还没有,它正处在那种空虚自傲而且仅凭一时意气的状态。"十天以后周宣王又问,纪渻子说:"还没有,它仍然对响声和影子的晃动有反应。"十天以后又问,答道:"还没有,它仍然是怒目而视、气势很盛的样子。"十天以后又问,纪渻子答:"差不多了,虽然有别的鸡在鸣叫,它已经不动声色了,看上去好像是一只木头鸡了,它的德性已经完备了。其他的鸡没有敢应战的,一见就转身逃走了。"

【注释】

① 纪渻(shěng)子:姓纪名渻子,事迹不详。王:指齐王。斗鸡:专供争斗比赛用的鸡。纪渻子当为纪国王族后裔,纪国被齐国所灭,故纪渻子为齐王驯养斗鸡。　② 憍:同"骄"。虚憍:并无实际能力而骄傲自满。恃气:依赖一时的意气。　③ 应:反应。向:通"响"。景:通"影"。此句意为听到响声或看见有影子来临,仍然有反应。说明心未能内敛,故为外物所动。　④ 疾视:瞪眼怒视。此句意为心虽能不为外物所动,但气仍然没有收敛。　⑤ 无变:不动声色。　⑥ 异鸡:其他鸡。　⑦ 反:通"返"。

【评析】

灵敏好斗、气势旺盛的鸡不能战斗,因为它内心虚弱;呆若木鸡、不动声色的鸡却所向披靡,因为它德性完备。作者以此告诉人们,守气养神,是制胜的法宝,也是养生的真谛。

呆若木鸡,却神勇无比,这样的描写当然含有夸张的意味,是作者为了强调守气全神的作用而做的艺术加工,不过从中也确实表现出中国人一贯提倡的某些习性。比如说,习武者常言"后发制人","后发"之所以能制服"先发",因为先发者"虚憍而恃气",气浮而荡,难免破绽;后发者气敛而沉,稳扎稳打,因此无往而不胜。《水浒传》中身高马大的蒋门神之所以败在武松手里,就是因为他骄横而不知守气。又比如,性情"沉稳",在中国人眼里,总是被视为成熟、成功的标志;在将士们看来,则是克敌制胜的法宝。《明儒学案·王阳明传》附载有王阳明的一段轶事,王阳明曾率军前往赣南,欲讨平当地的叛乱,临行前,其友王司舆告诉王阳明的弟子说:"阳明此行,必立事功!"弟子不解,问其缘故,王司舆说:"吾触之不动矣。"王司舆判断王阳明此战必胜的理由,就是他触摸王阳明时,王阳明呆若木鸡,毫无反应。这样的推论似乎十分玄虚,其实不然,因为纪渻子驯养的斗鸡就是最好的例证。当然,由于王阳明是明代中期著名的思想家,由他引发的"心学"思潮,曾波及久远,因此有关他的传闻五花八门,未必都可当真。不过,是否真有其事,对于我们的讨论并无多大妨碍,因为我们感兴趣的是,为什么人们会有这样的传闻?联系庄子有关守气养神的理论,个中缘由不烦细说,上述传闻的思想源头,其实也已经明明白白。

孔子观于吕梁①,县水三十仞②,流沫四十里③,鼋鼍鱼鳖之所不能游也④。见一丈夫游之⑤,以为有苦而欲死也。使弟子并流而拯之⑥。数百步而出,被发行歌而游于塘下⑦。孔子从而问焉,曰:"吾以子为鬼,察子则人也。请问:蹈水有道乎⑧?"曰:"亡⑨,吾无道。吾始乎故⑩,长乎性,成乎命。与齐俱入⑪,与汩偕出⑫,从水之道而不为私焉⑬。此吾所以蹈之也。"孔子曰:"何谓'始乎故,长乎性,成乎命'?"曰:"吾生于陵而安于陵⑭,故也;长于水而安于水,性也;不知吾所以然而然,命也。"

【今译】

孔子在吕梁游览,只见瀑布高悬二十多丈,飞流溅沫延伸四十里,鼋鼍鱼鳖都无法在此游水。却看见一个男子在这里游泳,孔子以为他是有什么痛苦的事情而想寻死,就让弟子们沿着水流去救他。这男子游出数百步以后又从水里出来了,披散着头发、边走边唱,游览于堤岸之下。孔子跟随着他问道:"我以为你是鬼,仔细看过才知道你是人啊。请问:游水有什么道术吗?"男子答道:"没有,我没有道术。我开始于习惯,长久了就成为习性,最终成为性命一般。我和回旋而下的漩涡一起没入水中,又随着涌出的水流一起浮出水面,顺着水流的规律而不是按照自己的意愿游泳。这就是我能如此游水的原因。"孔子问:"什么叫做'开始于习惯,长久成为习性,最终成为性命'呢?"这男子答道:"我生在高地就安于高地,这就是习惯;长久在水中而又能安于水上的生活,这就是习性;不知道自己为什么这样,却自然而然地这样做,这就是性命。"

【注释】

① 观:游观,游览。吕梁:吕城城南水上的石桥,故称。位于今江苏铜山县东南,人称"吕梁洪"。郦道元《水经注》曰:"泗水过吕县南,水上有石梁,谓之吕梁。" ② 县:通"悬"。仞:长度单位,约七八尺为一仞。 ③ 流沫:飞流溅沫。 ④ 鼋(yuán):类似鳖而比鳖大。鼍(tuó):或称扬子鳄,俗名猪婆龙,体长六尺至一丈有余,四足,背、尾皆有鳞甲,力大。鳖:甲鱼。 ⑤ 丈夫:对成年男子的称呼。 ⑥ 并流:傍流,沿着水流。 ⑦ 被:通"披"。行歌:一边行走一边歌唱。游:游览。塘:堤岸。 ⑧ 蹈水:游水。 ⑨ 亡:通"无"。 ⑩ 故:习惯。 ⑪ 齐:通"脐",水漩涡处旋转而下,形如肚脐,故称。 ⑫ 汩(gǔ):涌出的水流。 ⑬ 从水之道:顺着水流的规律。不为私:不以自我的意思行动。 ⑭ 陵:高地。

【评析】

吕梁男子善于游泳,他能够在鼋鼍鱼鳖都无法涉足的湍急河流中浮潜自如,因为他掌握了游泳的诀窍,就是完全随顺水流的规律行动,而不是按照自己的主观意愿游泳。作者以此说明,只要顺从于自然,就不会被物所伤,游泳是这样,养生也是如此。

尽管吕梁男子的游泳技艺已经达到了炉火纯青的地步,但是当孔子问他游泳是否有"道"的时候,他却坦言没有"道",这和精于解牛的庖丁曾自称"所好者道",似乎明显不同(参见《养生主》篇)。吕梁男子自述其学习游泳的经历时说:"吾始乎故,长乎性,成乎命。"也就是说,他自认为对于游泳技能的掌握,是从习惯到自然的过程,是不知所以然而然的,是没有一定方法的。其实从某种角度也可以这样说:没有方法本身就是方法。庖丁"依乎天理"的宰牛,是"因其固然",是"自然";吕梁男子"与齐俱入,与汩偕出,从水之道而不为私焉"的游水,也是"因其固然",也是"自然"。所以说,无"道"就是有"道",庖丁和吕梁男子自我表述的方式虽然不同,但其内涵是一致的,都是在强调"依乎天理,因其固然""以无厚入有间"(《养生主》),这也是庄子养生法的核心内容。

所谓"始乎故,长乎性,成乎命",其实还精确地概括了技能学习、学术研究的不同阶段和最高境界,钟泰认为:"此语于此文中为最精,而亦最要。一切学问,不至此境地,皆不得谓之成。"(《庄子发微·达生》)古往今来的思想家、科学家、艺术家,凡是有极高造诣的,无不将自己从事的事业视为性命一般,否则难有成就。

梓庆削木为鐻①,鐻成,见者惊犹鬼神。鲁侯见而问焉,曰:"子何术以为焉?"对曰:"臣,工人,何术之有!虽然,有一焉:臣将为鐻,未尝敢以耗气也②,必齐以静心③。齐三日,而不敢怀庆赏爵禄;齐五日,不敢怀非誉巧拙;齐七日,辄然忘吾有四枝形体也④。当是时也,无公朝⑤。其巧专而外骨消⑥,然后入山林,观天性⑦;形躯至矣⑧,然后成见鐻⑨,然后加手焉;不然则已⑩。则以天合天⑪,器之所以疑神者,其是与⑫!"

【今译】

梓庆砍削木头制造簴簴,簴簴制成以后,看见的人都惊叹说仿佛是鬼神的创造。鲁国国君见到梓庆就问他:"你使用什么道术做成的呢?"梓庆回答说:"我只是个工匠,能有什么道术啊!虽然如此,倒是有一个缘故:我准备制造簴簴的时候,从未敢白白消耗神气,必定要施行斋戒来安静心灵。斋戒三日之后,不敢怀有庆贺赏赐、高官厚禄的念头;斋戒五日之后,不敢去想他人的批评或赞誉、自己手工的精巧或笨拙;斋戒七日之后,就忘记自己是有四肢身体的了。在这个时候,不去上朝。专心于制作的精巧而使外界的影响一概消除,然后深入山林,观察木材的天然形状和纹理;合乎要求的木材形状选到了,然后似乎已构成了一个现成的簴,然后就动手加工,如果找不到这样天然的材料就停止不做。这就是用天然的自我结合了天然的木材,这簴之所以被怀疑为鬼神的创作,大概就是这个缘故吧!"

【注释】

① 梓(zǐ):管理木工的官员。庆:梓人之名。鐻(jù):通"簴","簴簴"的略称。簴簴是悬挂钟、磬、鼓等乐器的木架,雕刻有精美的图案花纹。 ② 耗气:白白消耗神气。 ③ 齐:通"斋"。 ④ 辄然:"辄",就,于是。枝:通"肢"。 ⑤ 无公朝:不上朝,由于斋戒的原因。 ⑥ 巧专:专心于制作的精巧。骨:通"滑",滑落。外骨消:使外界事物的影响统统去除。 ⑦ 天性:木材的天性,即木材的天然形状和纹理。 ⑧ 形躯:木材的形状。 ⑨ 见:通"现"。成见鐻:构成一个现成的簴。 ⑩ 已:停止。 ⑪ 以天合天:以天然的自我结合天然的木材。 ⑫ 与:通"欤"。

【评析】

梓庆制造的簴簴,观者惊羡不已,叹为鬼斧神工,因为出自他手中的作品犹如天然生成的一般。成功的秘诀何在呢?梓庆认为是"以天合天"的结果。所谓"以天合天",简单地说,就是制作的主体和制作的材料都保持天然的状态,因此最终的作品也就没有人工的痕迹。

大凡御用的工匠制作器具,免不了考虑主人的好恶,要顾忌观者的评价,要表现自我的才华,还要企盼可能的封赏,于是筹划构思,精心选材,雕琢涂绘,以求美观。然而工匠如此这般地逞才用智,必然要体现于器具之上,于是主体和客体就都丧失了天然和质朴。所以梓庆首先致力于保持自我的质朴,这是通过养神全性而获得的。他说,在开始动手制作之前,就"未尝敢以耗气也,必齐以静心",于是养气凝神,摒弃名利,忘怀物我,然后深入山林,观察树木的自然天性,挑选天然合适的材料,专心于制作的精巧而排除外界的影响,从而以神注物,天人合一。《山木》篇曰:"既雕既琢,复归于朴。"其实也就是梓庆的工艺制作所遵循的原则。

作者在这里其实是借助梓庆制造鐻鐻的故事讲述养生的方法和原则:守气、静心、凝神,从而自然地清除一切富贵名利之类的杂念,既忘外物,又忘自我,用自己的天然本心,去顺合万物的自然之性,这正是养生全性的过程。

东野稷以御见庄公①,进退中绳②,左右旋中规③。庄公以为文弗过也④。使之钩百而反⑤。颜阖遇之⑥,入见曰:"稷之马将败⑦。"公密而不应⑧。少焉,果败而反。公曰:"子何以知之?"曰:"其马力竭矣,而犹求焉,故曰败。"

【今译】

东野稷凭借驾驭马车的本领去见卫庄公,前进后退的轨迹合乎墨绳所画的直线,左转右旋的轨迹则合乎圆规所画的曲线。卫庄公认为造父的本领也不能超过他。庄公又令他驾车转一百个圈再回来。颜阖遇到了他,然后进宫见庄公说:"东野稷的马将要坏事。"庄公沉默而不应答。不一会儿,果然出了事故回来了。庄公问颜阖说:"你怎么知道要坏事呢?"颜阖说:"他的马力气已经用尽了,但是他仍然要求它们照旧转圈,所以说要坏事。"

【注释】

① 东野稷:东野为姓氏,名稷。御:驾驭马车。庄公:卫庄公。② 绳:木匠用以取直线的工具,即墨绳。中(zhòng)绳:合乎墨绳所画直线,喻指马车行驶得很直。 ③ 左右旋:或向左转,或向右转。中

规:合乎圆规所画出的圆。喻指转圈时马车行驶的轨迹很圆。　④ 按:此句亦见于《吕氏春秋·适威》,作"以为造父不过也",清人吴汝纶《庄子点勘》据此认为"文"字当属"父"字之误,且前脱一"造"字。造父是周穆王时驾驭马车的行家。　⑤ 钩:弧形,此指转圈。反:通"返"。　⑥ 颜阖:鲁国贤士,曾为卫灵公太子的老师。参见《人间世》篇。　⑦ 败:坏事,此指马垮车毁。　⑧ 密:沉默。

【评析】

《刻意》篇说:"形劳而不休则弊,精用而不已则劳,劳则竭。"意思是说,精神的耗损,对于修身养性,对于全身养生,都是大忌。本章则对此加以形象的阐释。

东野稷是个智巧之人,驾驭马车的本领无与伦比,颜阖却认为他的马车注定要出事。因为在颜阖看来,东野稷不能顾全事物的天性,不能随顺自然,只顾逞才用智,只知道依照自己的主观意愿使用马力,却不知道应该让马歇息恢复的道理,因此难逃失败的命运。驾车如此,养生也是一样,如果只是追逐物质利益,也就难免身败名裂的结局。因为追逐外物必然用智,用智必然耗神,神不能全,养生也就失去了基础。所以说,耗神者必败,智巧对于养生来说,绝对有害而毫无益处。

工倕旋而盖规矩^①,指与物化而不以心稽^②,故其灵台一而不桎^③。忘足,屦之适也;忘要^④,带之适也;知忘是非,心之适也;不内变^⑤,不外从^⑥,事会之适也^⑦;始乎适而未尝不适者,忘适之适也。

【今译】

　　工倕随手画圈就能合乎圆规画出来的圈儿,由于手指与物象化而为一,不需要用心度量,所以他的心灵纯一而不滞塞。忘却了脚,鞋子就总是合适的;忘却了腰,腰带就总是合适的;知道忘却是非,内心就总是舒适的;不变于内心,不追随外物,与外界事物的交涉接触就总是适宜的;从一开始就安适而且从未有不安适的,也就是忘却安适的安适。

【注释】

① 工倕(chuí):名倕,相传为尧时工匠。旋:画圈。此指不用工具,徒手画圈。盖:掩盖,此指合乎。规矩:圆规和矩尺,木匠用以画曲线和直角的工具,此指圆规。 ② 指与物化:手指与物象化而为一。稽:度量。 ③ 灵台:心。一:纯一。桎:通"窒",滞塞。 ④ 要:通"腰"。 ⑤ 不内变:不变于内心,意为心神专一。 ⑥ 不外从:不追随外物。 ⑦ 事会:会事,指与外界事物的交涉接触。

【评析】

工倕画圆,既不使用心思,也不依靠工具,信手画去,有随物变化之妙,这就是所谓"指与物化而不以心稽"。林希逸说:"如吴道子画佛像圆光,只一笔便成,遂入神品,即此类也。"又说:"'指与物化',犹山谷论书法,曰'手不知笔,笔不知手'是也。手与物两忘而略不留心,即所谓官知止、神欲行也,故曰'不以心稽'。"(《庄子鬳斋口义·达生》)工匠画圆,画家用笔,书家挥毫,一旦具有非凡的功力,就可臻于随心所欲而又心手合一的境界,因为当时的他们,"不内变,不外从","官知止,神欲行",心境无碍,任何的规矩模式统统不复存在,只管凭借自我的本能,自然而然地驱使工具,因此无往而不适,无往而不神。

工倕的神妙,正是"灵台一而不桎"的结果,这与上一章的东野稷恰恰形成鲜明对照。东野稷有意表现技艺,因此心境必然滞塞不通,于是忘乎所以,竭尽马力而一败涂地。所以说,忘物忘己,忘怀一切,既是技艺精湛的前提,也是养生全神的关键。

有孙休者①,踵门而诧子扁庆子曰②:"休居乡不见谓不修③,临难不见谓不勇。然而田原不遇岁④,事君不遇世⑤,

宾于乡里⑥，逐于州部⑦，则胡罪乎天哉⑧？休恶遇此命也⑨？"

扁子曰："子独不闻夫至人之自行邪？忘其肝胆，遗其耳目，芒然彷徨乎尘垢之外，逍遥乎无事之业⑩，是谓为而不恃，长而不宰⑪。今汝饰知以惊愚⑫，修身以明污⑬，昭昭乎若揭日月而行也⑭。汝得全而形躯⑮，具而九窍⑯，无中道夭于聋盲跛蹇而比于人数亦幸矣⑰，又何暇乎天之怨哉⑱！子往矣！"

孙子出，扁子入。坐有间，仰天而叹。弟子问曰："先生何为叹乎？"扁子曰："向者休来，吾告之以至人之德，吾恐其惊而遂至于惑也。"弟子曰："不然。孙子之所言是邪，先生之所言非邪，非固不能惑是；孙子所言非邪，先生所言是邪，彼固惑而来矣，又奚罪焉！"

扁子曰："不然。昔者有鸟止于鲁郊，鲁君说之，为具太牢以飨之，奏《九韶》以乐之。鸟乃始忧悲眩视，不敢饮食。此之谓以己养养鸟也。若夫以鸟养养鸟者，宜栖之深林，浮之江湖，食之以委蛇，则平陆而已矣⑲。今休，款启寡闻之民也⑳，吾告以至人之德，譬之若载鼷以车马㉑，乐䲡以钟鼓也㉒，彼又恶能无惊乎哉！"

【今译】
　　有个叫孙休的人，来到扁庆子的家并且惊讶地问他说："我居住在乡村，并未被人说成是不修身的；遭遇危难，并未被人说成是不勇敢的。但是耕作于大地而碰不上好年成，侍奉国君而遇不到盛世，在乡里被抛弃，在城镇被驱逐，哪里得罪了上天啊？我为什么碰到这样的命运呢？"

扁庆子说:"你难道没有听说过那最高道德的人的自身品行吗?忘却自己的肝胆,忘却自己的耳朵眼睛,茫茫然徘徊于尘世之外,逍遥于无为的事情,这就叫做从事而不依赖,助长而不主宰。如今你夸示自己的智力,为了惊醒愚顽的人们;修养自己的身心,为了对照他人的污浊,明明亮亮的好像高擎着日月走路似的。你能够保全你的身体,能够具备你的九窍,没有半路上因为耳聋、眼瞎、腿瘸、行走不便而夭折,能够列于人群之中也已经是够幸运的了,又哪来的闲工夫来抱怨上天呢!你走开吧!"

孙休出门去了,扁庆子进入屋内。坐了一会儿,仰起头来朝天叹息。他的弟子问道:"先生为什么叹气呢?"扁庆子说:"刚才孙休到这儿来,我把最高尚的人的道德告诉了他,我担心他感到震惊而导致迷惑啊。"弟子说:"不会这样的。假如孙先生所说的是正确的,而先生您说的是错误的,那么错误的本来就不可能迷惑正确的;如果孙先生所说的是错误的,而先生您说的是正确的,那么他本来就是受了迷惑才来这里的,又能怪罪谁呢!"

扁庆子说:"不是这样的。从前有一只海鸟在鲁国都城的郊外歇脚,鲁国国君喜欢它,准备了猪、牛、羊供它吃,演奏《九韶》乐曲来取悦它。这海鸟就开始忧伤悲切、眼睛昏花,不敢喝也不敢吃。这就叫做用供养国君自己的方式来供养鸟啊。至于那用养鸟的方式来养鸟,应该使它栖居于茂密的树林,使它浮游于江河湖泊,给它吃泥鳅小鱼,那么从容自在地生活于原野上也就可以了。如今孙休,只是个一管之见、孤陋寡闻的人啊,我告诉他最高尚的人的道德,就好像让小老鼠乘坐马车,好像用钟鼓之乐来取悦小雀儿一样,它们又怎么能不震惊呢!"

【注释】

①孙休:姓孙名休,鲁国人。　②踵门:登门。古人相见,须通过"介"(介绍人)引进,不通过"介"而直接叩门求见就叫"踵门"。诧(chà):惊讶地问。扁庆子:"扁庆"为复姓。下文称"扁子",盖为略称。

③ 见:被。修:修身养德。 ④ 田原:耕作于大地。岁:好年成。 ⑤ 世:盛世。 ⑥ 宾:通"摈"。 ⑦ 州部:州邑,如今之城镇。 ⑧ 胡:何。 ⑨ 恶(wū):为何,何以。 ⑩ "忘其肝胆"四句:已见《大宗师》篇。 ⑪ "为而不恃"二句:出自《老子》第十章、第五十一章。 ⑫ 知:通"智"。此句意为彰显自己的智力。 ⑬ 修身以明污:意为炫耀自身的修养。 ⑭ 昭昭:光明的样子。揭:高举。此句意为大肆张扬以自我炫耀。 ⑮ 而:你,你的。下同。 ⑯ 九窍:九孔。古人有所谓"阳窍七、阴窍二"之说,"阳窍七"指两眼、两耳、两鼻孔和嘴巴,"阴窍二"指大、小便处。 ⑰ 蹇(jiǎn):因跛足而行走艰难。比:列。比于人数:列于人群之中,意为还算是个人。 ⑱ 天之怨:"怨天"的倒装。 ⑲ "昔者有鸟止于鲁郊"十二句:此寓言已见于《至乐》篇,文字有出入。其中末二句"食之以委蛇,则平陆而已矣",文义不能贯通,《至乐》篇则作"食之鳅鲦,随行列而止,委蛇而处",本处当据以改成"食之以鳅鲦,则委蛇平陆而已矣"。 ⑳ 款:通"窾"。款启:开启一小孔,喻指一管之见,所知甚少。 ㉑ 鼷(xī):小老鼠。 ㉒ 乐:使之乐。鷃(yàn):《逍遥游》篇所谓"斥鷃",生活于小池泽的小雀。

【评析】

孙休好智好勇,炫耀张皇,却又总是牢骚满腹,他埋怨君主不加赏识,埋怨乡邻有眼无珠,埋怨官府无端降罪,埋怨年成不够丰盛,埋怨上天不予青睐,但就是对自身没有任何的反省。因此在扁庆子的眼里,孙休只是一个孤陋寡闻、目光短浅的人。这样的人对于至人的道德修养茫然无知,因此和他谈论养生之道纯属枉然。扁庆子因此感叹道:世人常犯的错误,就是"以己养养鸟",而并非"以鸟养养鸟",意思是说,他们总是将自己的追求目标或价值标准强加于人,而不顾是否符合实际,如此一来,就造成了既不能使自己自适其适,也不能让他人随顺自然的后果。与此相反,扁庆子所谓的"以鸟养养鸟",其实就是作者极力提倡的自然无为的养生方式。

孙休,是世俗之人的代表,作者塑造这样一个人物形象,其实是要树立一个批判的靶子。宣颖认为,作者的用意正在于"借子扁庆子寄慨","盖深惧此篇知希,叹一孙休,便叹尽古今万万人也"(《南华经解·达生》)。也就是说,作者是借助扁庆子之口抒发自我深沉的感慨,借以指斥世人的所作所为,以此揭示世人殚精竭虑追求外物的可笑。正因为世人对于真正的养生之道全都漠然无知,正因为人们都不明白"达生之情者,不务生之所无以为;达命之情者,不务知之所无奈何"的道理,所以作者要撰此文章警醒世人。如此一来,全文首尾呼应,文章的结构就显得紧密而且完整了。

山木第二十

【解题】

本篇秉承内篇《人间世》的主题,继续阐发处世之道。虽然两篇的主旨大体一致,但本篇有关全身免患之道的阐述更为详尽,可补《人间世》篇之不足。作者主要强调生逢乱世,凶险叵测,贤人君王也难免窘迫忧患,因此只有抛弃名利权位,清除彰显自我的心思,洗心寡欲,因顺自然,无欲无用,才能全身免祸,才能求得解脱。

全文各章均采用寓言的形式来阐发上述思想:鲁侯不能清心寡欲而"不免于患",建德国民愚朴恬淡而"蹈乎大方";北宫奢顺应自然,赋敛立见成效;孔子夸饰道德智慧,困于陈、蔡之乡;蝉与螳螂、异鹊争相逐利,不料性命难保;客栈美妾孤芳自赏,却遭主人轻视。凡此种种,都为了说明"有为"就遭殃、"无为"则无恙的道理。也正因为各章均采用寓言形式,所以其中的人物及其故事并不严格按照历史的真实来描写,尤其孔子在本篇中数度出现,忽而被说成是见识短浅的受教者,忽而又被描写成胸怀旷达的贤人哲士,完全根据文章的内容需要而让他扮演不同的角色,充分表现了庄子随心所欲、灵活多变的写作风格。

本篇首章以山中大木为喻,故以"山木"为题。

庄子行于山中,见大木,枝叶盛茂。伐木者止其旁而不取也①。问其故,曰:"无所可用。"庄子曰:"此木以不材得终其天年②。"夫子出于山,舍于故人之家③。故人喜,命竖子杀雁而烹之④。竖子请曰："其一能鸣,其一不能鸣,请奚杀?"主人曰："杀不能鸣者。"

明日,弟子问于庄子曰："昨日山中之木,以不材得终其天年;今主人之雁,以不材死。先生将何处?"庄子笑曰："周将处乎材与不材之间。材与不材之间,似之而非也⑤,故未免乎累。若夫乘道德而浮游则不然,无誉无訾⑥,一龙一蛇⑦,与时俱化⑧,而无肯专为⑨。一上一下⑩,以和为量⑪,浮游乎万物之祖⑫。物物而不物于物,则胡可得而累邪!此神农、黄帝之法则也。若夫万物之情,人伦之传则不然⑬。合则离,成则毁,廉则挫⑭,尊则议⑮,有为则亏,贤则谋,不肖则欺。胡可得而必乎哉⑯!悲夫!弟子志之⑰,其唯道德之乡乎!"

【今译】

庄子在山里行走,看见一棵大树,枝叶茂盛,伐木的人却站立在树旁不动手砍取。庄子问他们是什么原因,回答说:"没有一点能用的。"庄子说:"这棵树因为没有用处而得以享尽它的自然寿命。"庄子从山中出来,借宿在老朋友的家里。老朋友很高兴,叫年少的仆人杀鹅来款待他。少年仆人请示说:"一只鹅会叫,另一只不会叫,请问杀哪一只?"主人说:"杀那只不会叫的。"

第二天,弟子问庄子说:"昨天山中看见的那棵树,因为'无用'得以尽享它的自然寿命;如今这主人的鹅,却因为'无用'而被杀死,先生您将站在哪一边呢?"庄子笑着说:"我将置身于'有用'和'无用'之间。'有用'和'无用'之间,好像合乎天道而并非与天道相合,因此仍不能免于拖累。至于那顺应自然而自在畅游的就不是这样了,没有赞誉也没有诋毁,时而像龙飞黄腾达,时而如蛇蛰伏避世,随着时机的变化而一起变化,却不愿偏执于某一方面。时而进取,时而退却,以顺应自然为法则,自在畅游于虚无的境界,役使万物而不被外物所役使,那样怎么可能受到拖累呢!这就是神农氏和黄帝的处世法则啊。至于万物的实况,人类的习俗,就不是这样的了。有聚合就有分离,有成功就有毁坏,锐利就会遭受挫折,尊贵就会导致倾侧,有为就会受到亏损,贤能就会遭到谋算,没有出息的就会受到欺侮,怎么可能偏执于某一方面呢!可悲啊!弟子们记住这些,大概只有畅游于自然的境界吧!"

【注释】

① 止:止步,站立。　② 不材:不能作为有用的木材,即无用。天年:自然寿命。　③ 舍:住宿。　④ 竖子:年少的仆人。雁:鹅。鹅由雁驯养变化而成,此处用其本名。烹:古字作"亨","亨"与"享"通,"享"通"飨",用酒食款待人。　⑤ 似之而非:好像合乎天道而其实并非天道。　⑥ 訾(zǐ):诋毁。　⑦ 龙:龙能高升,喻指得志时飞黄腾达。蛇:蛇喜蛰伏,喻指失意时避世隐居。　⑧ 此句意为随着时机的变化而变化。　⑨ 专为:偏执于一个方面。　⑩ 上:进取。下:退却。　⑪ 和:顺,顺于自然。量:度,法则。　⑫ 万物之祖:万物产生之前,即虚无的境界,道的境界。　⑬ 伦:类。传:习俗,习惯。　⑭ 廉:锋利,锐利。　⑮ 议:通"俄",歪斜倾倒的样子。　⑯ 必:固定,拘滞。即上文所谓"专为"。　⑰ 志:记住。

【评析】

本章叙说了一正一反两个故事:首先说山中有棵大树由于无用,得以终其天年;其次讲朋友家中的鹅因为不会鸣叫,而遭到宰杀。也就是说,大树如果"成材",就难免被砍伐,因此不如不成材;鸣叫是鹅"有用"的表现,鹅如果缺乏鸣叫的本领就会被视为"不材",就难逃厄运,因此又不能"不材"。那么,"有用"会遭到砍杀,"无用"也难逃灭顶之灾,究竟应该怎么办呢?庄子认为,为保全生命起见,应该"处于材与不材之间"。

"处于材与不材之间",并非是指始终置身于"有用"和"无用"之间,而是指不可拘泥于"材"或"不材"的某一方面,否则就是"似之而非","未免乎累"。宣颖说:"材,则以有用致伤;不材,则以无用致伤;若材若不材,犹以两界而不免于伤。唯道德则材、不材之迹俱化,超然万物之上,累何自至邪?"(《南华经解·山木》)所谓"材、不材之迹俱化",其实就是指超脱于"有用"和"无用"之上,立足于"无为"的境界,"无为"就无所谓置身于哪一方面了。对此我们还可以结合《人间世》中两个与此相似的故事一起分析,或许能有更加清晰的认识。

《人间世》中,匠石在齐国见到的栎树,以及南伯子綦于商丘看见的大树,都是世人认为无所可用的"不材之木",然而前者获得高寿,并被尊为"社树";后者长成了参天大树,可以供一千辆车遮蔽风雨。作者的深意在于:"无用"才能保身,保身就有福分,"无用"可作"大用"。那么,所谓"不材",并非真的无用,"材"或"不材"其实是根据不同时期的实际情况、根据观察者不同的评判立场决定的,归根到底,它们只是世俗之人的价值观念,只是外在的东西。因为就树木本身来说,并不存在所谓"有用""无用"的分别。既然树木的"材"或不材"不可固定,那么人的"有用"或"无用"也是不可确定的,当世道昌盛之时,尽情展露"有用"之才,为世所用,仿佛飞龙升腾;在时运不济的时候,明哲保身,退隐避世,好像长蛇蛰居。时而是"材",时而"不材",一切随顺时机的变化,不可拘泥,这就是本章"一龙一蛇,与时俱化,而无肯专为"的意思。

但是,"处于材与不材之间"只能是一种自然而然的生存方式,是得道之人处世原则的自然显现,如若刻意追求,就是"似之而非也",就不合于天道了。因为人如果时时刻刻想着要在"材与不材之间"求得生路,其实就是偏执于某一方面,就是被"外物"所驱使,也就不能避免俗事俗物的"牵累",就像偏执于事业、荣誉、地位的世俗之人,终究无法避免分离、毁坏、挫折、倾倒、谋算和欺侮的结局一样。高尚而理想的生存之道,庄子认为应该是积极而自然的,驾驭万物而不是被万物所驱使,凡事都随着时运的变化而变化,时而进取,时而退却,以顺应自然为法则,从而"浮游乎万物之祖",随心所欲地畅游于无为的道德境界。

"浮游乎万物之祖",与天道相辅而行,这是庄子心目中最高的人生境界。尽管庄子对于人生理想境界的思考并不完整,但它却给后世许多哲人提供了思考的基础和遐想的空间,后来冯友兰对此加以引申说明,就产生了他崇高的"天地境界"。他说:"《庄子·山木》篇说'乘道德而浮游','浮游乎万物之祖,物物而不物于物',此是'道德之乡'。此所谓'道德之乡',正是我们所谓'天地境界'。"又说:"在天地境界中底人,自同于大全,体与物冥,我与非我的分别,对于他已不存在。"(《三松堂全集》卷四《新原人》第三章"境界"、第七章"天地")冯友兰认为,人所能拥有的境界可以分成四种,也就是四个等级,即自然境界、功利境界、道德境界和天地境界,四个等级自下而上,分别表示对于人生意义具有不同的自我觉悟程度的四种人。其中臻于天地境界的人,思想觉悟已经发展到最高程度,他们不再存有彼我对立的观念,能自觉地混同于天地万物,也就是已经到达庄子所说的"无己"的境界。

市南宜僚见鲁侯①,鲁侯有忧色。市南子曰:"君有忧色,何也?"鲁侯曰:"吾学先王之道,修先君之业;吾敬鬼尊贤,亲而行之,无须臾居②。然不免于患,吾是以忧。"

市南子曰:"君之除患之术浅矣!夫丰狐文豹③,栖于山林,伏于岩穴,静也;夜行昼居,戒也;虽饥渴隐约④,犹且胥疏于江湖之上而求食焉⑤,定也⑥。然且不免于罔罗机辟之患⑦,是何罪之有哉?其皮为之灾也。今鲁国独非君之皮邪?吾愿君刳形去皮⑧,洒心去欲⑨,而游于无人之野⑩。南越有邑焉,名为建德之国。其民愚而朴,少私而寡欲;知作而不知藏,与而不求其报;不知义之所适,不知礼之所将⑪。猖狂妄行⑫,乃蹈乎大方⑬。其生可乐,其死可葬⑭。吾愿君去国捐俗⑮,与道相辅而行⑯。"

君曰:"彼其道远而险,又有江山,我无舟车,奈何?"市南子曰:"君无形倨⑰,无留居⑱,以为君车。"君曰:"彼其道幽远而无人,吾谁与为邻?吾无粮⑲,我无食,安得而至焉?"市南子曰:"少君之费,寡君之欲,虽无粮而乃足。君其涉于江而浮于海,望之而不见其崖⑳,愈往而不知其所穷。送君者皆自崖而反,君自此远矣!故有人者累㉑,见有于人者忧㉒。故尧非有人,非见有于人也。吾愿去君之累,除君之忧,而独与道游于大莫之国㉓。

方舟而济于河㉔,有虚船来触舟㉕,虽有惼心之人不怒㉖。有一人在其上,则呼张歙之㉗。一呼而不闻,再呼而不闻,于是三呼邪,则必以恶声随之。向也不怒而今也怒,向也虚而今也实。人能虚己以游世㉘,其孰能害之!"

【今译】

市南宜僚拜见鲁国国君,鲁国国君面带忧容。市南宜僚就问:"您脸上表现出愁容,是什么原因呢?"鲁国国君说:"我学习先王的道理,从事先君的事业;我崇敬鬼神,尊重贤能,身体力行,没有片刻的休息。但是仍然不能免除祸害,我因此而忧伤。"

市南宜僚说:"您免除祸害的方法也太浅陋了!那硕大的狐狸和有花纹的豹子,居住在山林,潜伏于山洞,这是沉静啊;夜晚出来行动,白天在洞中居留,这是戒备啊;虽然饥饿干渴困苦,仍然到遥远的江湖之上去寻求食物,这是审慎啊。然而还是不能避免罗网机关带来的祸害,它们有什么罪过呢?是它们的毛皮给它们带来的灾难呀。如今鲁国难道不正是您的'毛皮'吗?我希望您剖开身体,去除毛皮,洗净内心,抛弃物欲,而遨游于虚无的原野。越地的南面有个地方,国名叫做

'建德'。那里的人民愚昧而朴素,私心和物欲都极少;只知道工作而不知道储藏,只知道帮助他人而不要求回报;不知道怎样合乎道义,不知道怎样施行礼节。随心所欲地胡乱行事,却都合乎大道。他们活着的时候能有欢乐,他们死去以后可以安葬。我希望您丢开国家,抛弃世事,和大道相互帮助、一起前进。"

鲁国国君说:"那条道路既遥远又危险,还有江河山岭阻隔,我没有船只车辆,又有什么办法呢?"市南宜僚说:"您不要表现出倨傲,不要留恋目前的位置,就用这作为您的车辆。"国君说:"那条道路幽静遥远而且见不到人,我和谁结伴?我没有粮食,我没有食物,怎么才能到那里呢?"市南宜僚说:"缩小您的花费,减少您的欲望,虽然没有粮食也能满足。您要是渡过了大江而浮游于大海,眺望而看不见海岸,越往前去,越不知道它的尽头。送您的人都从岸边返回去,您从此就远远地离开俗世了!所以统治别人的人有牵累,被人统治的人有忧愁。因此尧不统治别人,也不被别人统治。我希望您抛弃您的牵累,去除您的忧愁,而仅仅伴随大道遨游于广漠之国。

将两船并连起来渡河,假如有一条无人的船撞过来,即使有心胸狭窄的人在这船上也不会发怒。但是如果有一个人在那条船上,就会向他呼叫'撑开'或者'靠拢'。呼叫一遍对方不听,呼叫第二遍对方不听,于是第三遍呼叫的时候,就必然有骂人的声音伴随着了。先前不发怒而现在发怒,因为以前是空船而现在有人。人如果能看空自己并以此遨游世界,谁又能伤害他呢!"

【注释】

① 市南宜僚:姓熊,名宜僚,楚人。以勇猛著称于世。家居市南,故以为号。《左传·哀公十六年》记载楚白公之乱,曰:"市南有熊宜僚者,若得之,可以当五百人矣。" ② 须臾:片刻,极短暂的时间。居:止。此句指时时刻刻都不停止上述敬鬼尊神、亲而行之的行为。原本"居"前有一"离"字,据《经典释文》所引崔譔本删。 ③ 丰:大。 ④ 隐约:穷困。 ⑤ 胥疏:远。 ⑥ 定:止,审慎而止步。 ⑦ 罔:

同"网"。机辟:机括、机关,参见《逍遥游》注释。 ⑧ 刳(kū):剖开掏空。刳形:剖开身体。此句意为希望鲁侯抛弃国家。 ⑨ 洒心:洗心。此句意为忘却自身。 ⑩ 无人之野:虚无之地,道德之乡。 ⑪ "不知义之所适"二句:将,行。意为合于义却并非存心行义,行于礼却并非有心为礼。 ⑫ 猖狂:随心所欲的样子。 ⑬ 大方:大道。 ⑭ "其生可乐"二句:意为无论生死都能各得其所。 ⑮ 捐俗:抛弃世事。 ⑯ 相辅:相助。道与人可相互辅助。《达生》篇曰:"精之又精,反以相天。" ⑰ 形倨:形态倨傲。 ⑱ 留居:留恋所处的位置。 ⑲ 粮:粮食,事先准备在路上吃的粮食,即《逍遥游》所谓"宿舂粮""三月聚粮"之"粮"。而下句"食",则指路上临时烹制或得到的食物。 ⑳ 崖:岸。 ㉑ 有人:以他人为私有,即统治人民。 ㉒ 见有于人:被他人所统治。 ㉓ 莫:通"漠"。大莫:广漠。 ㉔ 方舟:两船并连。水流湍急处,并连两船以保安全。济:渡。 ㉕ 虚船:空船。 ㉖ 惼(biǎn)心:心胸狭窄。 ㉗ 张:开,指呼叫对方将船撑开。歙(xī):收敛,此指合拢、靠拢。 ㉘ 虚己:视自己为虚无。

【评析】

本章借市南宜僚之口,开导"不免于患"的鲁侯,指出国君之所以有牵累,就是因为有国、有民、有己。扩而言之,人之所以有忧愁,就是因为统治别人,或者被别人统治,而要消除忧患,获得身心自由,不能指望效法先君、学习圣贤和敬鬼尊神,而应抛弃权势,清心寡欲,虚己忘我,从而遨游于道德之乡。与此同时,也就能使自身获得保全。

那么,既不统治他人、也不受别人约束的地方在哪里呢?它是虚无飘渺的呢?还是存在于现实世界的呢?市南宜僚接着就为我们描述了他(其实也就是庄子)的理想世界——"建德之国"。和《马蹄》篇中描述的理想天地——"至德之世"有所不同,"至德之世"被描写成是在久远的过去,是只可企盼而无法亲临的世界,而"建德之国"则是存在于当世的,只不过地处遥远的边陲而已。当然,"至德之世"和"建德之国"的基本面貌及其性质还是相似的:人民愚昧而朴素,私心和物欲都极少；只知工作而不知储藏，只知帮助他人而不要求回报；不知礼节是怎么回事，不懂道义是什么意思，随心所欲地行事，各种行为却都能合乎大道……至于"建德之国"的生活状况究竟是如何质朴和原始的呢？作者却并未像描写"至德之世"时那样大肆渲染。其实，在庄子的眼里，久远的过去和遥远的边陲有着许多相似之处，其中最根本的一点就是：它们都未曾或很少被文明打扰过。因此，它们的环境存在着相同的原始落后的特征，它们的人民都表现出愚昧质朴的精神面貌，它们的社会都没有等级区分和政治压迫，没有礼仪道德的束缚，没有钩心斗角的倾轧。所以那里拥有最充分的自由，那里的百姓享有最安逸的生活，那里的人民具有高尚而又自然的道德修养。当然，不论久远的"至德之世"，还是遥远的"建德之国"，其实并不存在，它们都是幻想的产物，作者借以表达的是对现实社会的不满和批判，借以倡导的是对"建德之国"人民所具有的高尚精神的效仿和追求。

这种精神上的孜孜追求，在市南宜僚与鲁侯的两段对话中表露得十分清楚。首先，因为通往"建德之国"的路程遥远而又艰险，没有船只和车辆代步，鲁侯有畏难情绪，市南宜僚对此提出"君无形倨，无留居，以为君车"的对策，认为摒弃倨傲的举止、去除贪恋高位的心态，就是无形而又最佳的"舟车"；随后，鲁侯又担心道路荒僻，无人结伴同行，没有粮食供应等等，市南宜僚则说："少君之费，寡君之欲，虽无粮而乃足。……送君者皆自崖而反，君自此远矣！故有人者累，见有于人者忧。"认为保有寡欲知足的心态，就无所不足；置身清静无人的环境，就没有统治他人或被他人统治的忧愁，就能摆脱所有的物累和心累。从这里可以清楚地看到，鲁侯所问均属物质方面的问题，而市南宜僚则巧妙地变换为精神方面的回答。但正是从这样似乎答非所问的回答里面，我们可以悟出庄子的真实用心：道德境界（"建德之国"）的标志，表现为每个人精神世界的完美，而通往道德境界的途径，其实就在于每个人精神方面的修养。

市南宜僚向鲁侯提出的"抛弃权势""清心寡欲"的对策，其实都是道德修养的方法和表现，而要做到这一切，关键在于"虚己"。庄子认为，道德境界的一个重要标志，就是"虚己"。"虚己"既是精神修养的重要方法，是得道之人所应有的处世态度，也是保全自身、免除祸害的最佳手段。对此他采用了一个观察得来的事实现象（"方舟渡河"），用以说明"人能虚己以游世，其孰能害之"的道理。作者将世俗之人喻为"实船"（载人之舟），认为假如载人之舟碰撞他人之船，不管是出于有意还是无心，必然会遭致怒斥、辱骂，也就是所谓"不能免祸"；他又以"虚己之人"比作"虚船"，指出空无一人的"虚船"之所以不会遭致敌意，就因为它的"虚"。"虚己"就是主动泯灭自我，使对方失去针对的目标，从而消除彼此的对立；"虚己"就是"无己"，无己就能无为，无为就无所牵累，无所牵累也就没有忧患缠身，也就能彻底地免除祸害。因此，"虚己"绝对是有利于自己、有利于他人、有利于天下的修身之道，"虚己以游世"则是全性存身的处世之道。

作者于此描摹的理想世界——地处南越的建德之国，尽管虚幻，但其中蕴含有他的政治理想和精神追求，因此历代文人，当他们不满现实而又无力改变的时候，常常也效法庄子，虚构这样的理想天地，用以寄托自己的情思。与"建德之国"相似，陶渊明创造了尽人皆知的"桃花源"，而唐代初年王绩虚构的"醉乡"，则是庄子笔下的理想世界和"桃花源"的混合体："醉之乡，去中国不知其几千里也。其土旷然无涯，无丘陵阪险；其气和平一揆，无晦明寒暑；其俗大同，无邑居聚落；其人甚精，无爱憎喜怒，吸风饮露，不食五谷；其寝于于，其行徐徐，与鱼鳖鸟兽杂处，不知有舟车器械之用。"（《醉乡记》）其中"旷然无涯，无丘陵阪险"的自然环境的描写，显然来自《桃花源记》；所谓"吸风饮露，不食五谷"的居民，是《逍遥游》中神仙的再现；至于其地理位置、民俗民风等等的描绘，则明显是因袭于本章。

北宫奢为卫灵公赋敛以为钟①，为坛乎郭门之外②。三月而成上下之县③。王子庆忌见而问焉④,曰:"子何术之设⑤?"奢曰:"一之间无敢设也⑥。奢闻之:'既雕既琢,复归于朴⑦。'侗乎其无识⑧,傥乎其怠疑⑨。萃乎芒乎⑩,其送往而迎来。来者勿禁,往者勿止。从其强梁⑪,随其曲傅⑫,因其自穷⑬。故朝夕赋敛而毫毛不挫⑭,而况有大涂者乎⑮!"

【今译】

北宫奢为卫灵公征收并敛集财物来铸造编钟,将铸钟的工场建造在城门之外。三个月就铸成了上下两排的所有编钟。王子庆忌见到了就问他,说:"你使用的什么方法?"北宫奢答:"我坚持纯任自然的原则,不敢使用什么方法。我听说过这样的话:'雕过琢过之后,仍然返归于纯朴。'我纯粹朴实而无知无识,毫无思想而痴痴呆呆。材料聚集在一起,多得无法分辨,我只顾送离去的,又迎接前来的。前来的不拦阻,离去的不挽留。任凭那强硬的不缴纳,任随那顺从的缴多少,任由他们自觉地尽其所能。所以从早到晚地征收敛集而人民丝毫未受损伤,何况还有地处大道之旁的便利啊!"

【注释】

① 北宫奢:卫国大夫,名奢,因居住北宫,故以为号。卫灵公:名元,无道之君。参见《人间世》篇注释。赋敛:征收敛集。此当指征收铸钟用的铜。　② 坛:铸造铜器铁器的场所,用土筑成。郭:外城墙。③ 县:通"悬"。上下之县:钟有多只,悬挂于钟架,架分上下两层,此即所谓编钟。　④ 王子庆忌:周王族子弟,名庆忌。其事迹不详,或许是出使卫国的周大夫,或许已在卫国任职。　⑤ 设:设计,使用。何术之设:用的什么方法逼迫赋敛。　⑥ 一:纯一,纯任自然。⑦ "既雕既琢"二句:既,已经。意为铲除虚伪世俗的习性之后,重新回归于原始的质朴本性。　⑧ 侗乎:纯朴的样子。　⑨ 傥(tǎng)乎:毫无思想的样子。怠疑:通"怡拟",痴呆的样子。　⑩ 萃乎:聚集的样子。芒乎:分辨不清的样子。　⑪ 强梁:强硬而不肯顺从的样子。

⑫ 傅:通"附"。曲傅:委曲顺从的样子。　⑬ 自穷:自愿竭尽其所有。　⑭ 挫:损伤。　⑮ 大涂:大道。此句意为地处郭门之外的大路,是人们的交通要道,因此赋敛更容易。

【评析】

北宫奢奉命向世人征收材料用以铸造编钟,他既不摊派,也不强求,听任百姓自由捐助,仅仅三个月就大功告成。作者借此说明,如果存心赋敛,不仅百姓不胜负担,而且往往徒劳无功;而凡事只要随顺自然、不予勉强,就能获得最为省心省力和最佳的效果。不过,上述这一切只是表面的意思,本章其实还有更为深层的含义,就是进一步阐释上一章"虚己以游世"的处世之道。

北宫奢自称赋敛材料时坚持遵循"一之间无敢设"的原则,所谓"一",用《缮性》篇里的说法,就是"至一",就是"莫之为而常自然",因此北宫奢始终听任自然,坚持无心无为。如此一来,"人虽有知,无所用之"(《缮性》),北宫奢也就自然表现出"侗乎其无识,傥乎其怠疑"的无知无识、浑浑噩噩的状态,这恰恰是"虚己""无为"的表现。"虚己"则与人无争,"无为"则万物不伤,所以说,"一之间无敢设",就足以存身全性;所以说,北宫奢奉行的正是所谓"虚己以游世"的为人处世之道。

孔子围于陈、蔡之间①,七日不火食。大公任往吊之②,曰:"子几死乎?"曰:"然。""子恶死乎?"曰:"然。"任曰:"予尝言不死之道③。东海有鸟焉,其名曰意怠④。其为鸟也,翂翂翐翐⑤,而似无能;引援而飞⑥,迫胁而栖⑦;进不敢为前,退不敢为后;食不敢先尝,必取其绪⑧。是故其行列不斥⑨,而外人卒不得害,是以免于患。直木先伐,甘井先竭。子其意者饰知以惊愚,修身以明污,昭昭乎如揭日月而行⑩,故不免也。昔吾闻之大成之人曰⑪:'自伐者无功⑫,功成者堕,名成者亏。孰能去功与名而还与众人⑬!'道流而不明居,得行而不名处⑭;纯纯常常⑮,乃比于狂⑯;削迹捐势⑰,不为功名。是故无责于人,人亦无责焉⑱。至人不闻⑲,子何喜哉⑳!"

孔子曰:"善哉!"辞其交游,去其弟子,逃于大泽,衣裘褐㉑,食杼栗㉒,入兽不乱群,入鸟不乱行。鸟兽不恶,而况人乎!

【今译】

　　孔子被围困在陈国和蔡国接壤的地方,七天没有生火做饭吃。太公任前往慰问他,说:"你快要被困死了吧?"孔子回答:"是的。"太公任又问:"你讨厌死吗?"答:"是的。"太公任说:"我试着给你说说不死的方法。东海有一种鸟,它的名字叫做意怠。这种鸟啊,飞行舒缓,好像软弱无力;跟从着其他鸟飞行,相互依偎着栖息;前进的时候不敢在前,退却的时候不敢落后;吃食时不敢先尝,一定要拿剩余的吃。因此它在行列中不受排斥,而外人终究也不能伤害它,所以能免于祸害。挺直的树木必然首先遭到砍伐,甘甜的井水必定首先枯竭。你的心意是夸示自己的智力,为了惊醒愚顽的人们;修养自己的身心,为了对照他人的污浊,明明亮亮的好像高擎着日月走路似的,所以不能避免祸害啊。从前我听道德修养高尚的人说:'自我夸耀的人反而没有功绩,事功有成的人就会败坏,出了名的人就会受到损伤。谁能抛弃功名而将它们还给众人!'大道流动而并不居于显露的地方,大德流行而并不处在被称颂的位置,纯粹而又普通,竟然被比作癫狂,不留痕迹,抛弃权势,从不求取功名。因此不求于他人,他人也不求于我。道德最高的人不求名声,你为什么喜好名声呢!"

　　孔子说:"说得好极了!"于是辞别朋友,离开学生,逃到了广漠的泽野,穿上质朴粗陋的衣服,吃着橡实、栗子等野果,进入兽群,兽不乱跑;走进鸟群,鸟不乱飞。鸟、兽都不讨厌他,何况人呢!

【注释】

① 孔子围于陈、蔡之间:此事已见《天运》篇注释。　② 大公:太公,对男性老人的尊称。任:此太公之名,事迹不详。吊:问候。　③ 尝:试。　④ 意怠:海燕名,寓有怠惰无能之意。　⑤ 翂(fēn)翂翐(zhì)翐:飞行舒缓的样子。　⑥ 引援:受牵引,即跟从。　⑦ 迫胁:偎依。　⑧ 绪:剩余。　⑨ 行列:队伍,即鸟群。斥:排斥。　⑩ "子其意者饰知以惊愚"三句:参见《达生》篇注释。　⑪ 大成之人:道德养成之人,即至人。　⑫ 伐:夸耀。自伐者无功:语见《老子》第二十四章。　⑬ "功成者堕"三句:堕,通"隳",毁坏。意为有所成必有所坏,有所得必有所失,若能抛弃功名而将这一切还给众人,就能免除出头之苦。今本《老子》无此,近似的有:"功成而不居"(第二章),"功遂身退"(第九章)。《管子·白心》所载与此相似,作"故曰功成者隳,名成者亏,故曰孰能弃名与功而还与众人同"。　⑭ "道流而不明居"二句:不明,不显露。得,通"德"。不名,不称颂。指道是流动的,而并不居于显露的地方;德是流行的,而并不处在被称颂的位置。意为道德作用于有道之人,并非使他们突出于众人之上,而是要使他们泯没于万物。　⑮ 纯纯常常:纯粹而又普通的样子。　⑯ 乃:竟然。比于狂:谓世俗之人将他们比作狂人。然此狂非真狂,实即上文市南宜僚所谓"猖狂妄行,乃蹈乎大方"。　⑰ 削迹:不留痕迹。捐势:抛弃权势。　⑱ "是故无责于人"二句:无责,不求,此指不求回报。意为只知给予而不求回报,他人也就不会向自己索取。本篇第二章市南宜僚所述建德之国,其民"与而不求其报",与此意同。　⑲ 不闻:不以功名显扬于世。　⑳ 喜:"喜闻"之省,即喜好功名被传闻于世。㉑ 衣(yì):穿。裘:皮衣。褐:粗毛织的短衣。裘褐:质朴粗陋的衣服。㉒ 杼(shù):通"芧",橡实,栎树的果实。

【评析】

本章所谓大公任慰问并教训处于困境中的孔子,明显是虚构的故事,作者其实是借此揭示"直木先伐,甘井先竭"的道理,说明只有抛弃功名、与世无争,才能避免灾祸。

本章所谓大公任的"不死之道",表述的其实就是庄子的思想。"不死之道",换个说法就是保身之法。有关保身、存身的方法,《庄子》书中屡屡涉及,不过叙述的手法常常变换。本章描述的那样一个柔弱无力、不敢单飞、不愿独栖、不肯先食而能拥有安全、免于灾祸的意怠鸟,事实上是一个拟人化的典型形象。在它身上,凝聚了作者数十年的生活阅历,反映出作者众多有关保身的正反两方面的体验;从它身上,我们还可以悟得许多民间流传的、有关处世的哲语俗谚的思想源头。作者将诸如此类的经验和体验作了形象集中的加工,于是就创造出了貌似愚怠而实际聪睿的意怠鸟,从而反映出庄子独特的生存智慧:安于时命,虚己以待,弥消对立。用本篇第二章市南宜僚的话来说,就是:"人能虚己以游世,其孰能害之!"

但是,决不可误以为庄子的生存智慧仅仅只是停留在"保身"的阶段,如果只是为了生存保身而绞尽脑汁,庄子也就不成其为庄子了。庄子的"不死之道",不是消极被动的活命哲学,而是一种道德完善的途径,是一种彻底自觉的生存方式。它要求主动抛弃权势,将功名还给众人,行善树德而不留痕迹,只管付出而不求回报,因此自身与他人之间互不索取,自然地潜隐于众人之中而没有丝毫的显露。更重要的是,归根结底,这样的"不死之道"与天道的性质是一致的,所谓"道流而不明居,得行而不名处",意思就是说"大道"流行而滋养万物,功德无量,但它并不需要显露和称颂,而有道之人(大成之人)潜隐于众人、泯没于万物的生存方式,其实就是天道的仿效和显现。与"大成之人"默默无闻的习性相比,孔子"饰知以惊愚,修身以明污,昭昭乎揭日月而行"的行为就显得十分浅薄了。

当然,本章最后所谓孔子辞交游、弃弟子而逃往大泽的说法毫无史实根据,不可当真,不过尽管故事是虚构的,但是其中大公任阐述的"直木先伐,甘井先竭"的道理,却往往为历代有心明哲保身的文人士大夫所铭记。南朝宋人谢灵运的《游赤石进帆海》诗,抒发其舟游海上而心境豁然开朗的感受,诗中最后写道:"矜名道不足,适己物可忽。请附任公言,终然谢天伐。"富贵名爵不值得争取,顺天适己的原则实在不可忘记,看来谢灵运是决心把大公任对"孔子"的教训,当作自己的座右铭了。

孔子问子桑雽曰①:"吾再逐于鲁②,伐树于宋,削迹于卫,穷于商、周,围于陈、蔡之间③。吾犯此数患④,亲交益疏,徒友益散⑤,何与?"子桑雽曰:"子独不闻假人之亡与⑥?林回弃千金之璧⑦,负赤子而趋⑧。或曰:'为其布与⑨?赤子之布寡矣;为其累与⑩?赤子之累多矣。弃千金之璧,负赤子而趋,何也?'林回曰:'彼以利合,此以天属也⑪。'夫以利合者,迫穷祸患害相弃也⑫;以天属者,迫穷祸患害相收也⑬。夫相收之与相弃亦远矣,且君子之交淡若水,小人之交甘若醴。君子淡以亲,小人甘以绝⑭,彼无故以合者,则无故以离⑮。"孔子曰:"敬闻命矣!"徐行翔佯而归⑯,绝学捐书⑰,弟子无挹于前⑱,其爱益加进。

异日,桑雽又曰:"舜之将死,真泠禹曰⑲:'汝戒之哉!形莫若缘,情莫若率⑳。'缘则不离,率则不劳。不离不劳,则不求文以待形㉑。不求文以待形,固不待物㉒。"

【今译】

孔子问子桑雽说:"我在鲁国两次被驱逐,在宋国我憩息讲学的大树被砍伐,在卫国我被禁止入境,在商、周我的事业没有出路,在陈、蔡交接的地方我遭到围困。我遭遇这样好多患难,亲戚老友更加疏远,弟子新朋更加离散,为什么会这样呢?"子桑雽说:"你难道没有听说过殷人逃亡的故事吗?殷人林回抛弃价值千金的玉璧,背着婴儿快步逃走。有人问他说:'你是为了钱财吗?婴儿的价值和玉璧相比太小了;是为了怕拖累吗?婴儿的拖累比起玉璧大多了。然而你却抛弃价值千金的玉璧,背着婴儿逃走,这是为什么呢?'林回说:'那选择玉璧的行为是出于利益的结合,而我选择赤子是出于天性的联系。'由于利益而结合的,穷困、灾祸、患难、伤害逼近的时候就会相互抛弃;由于天性而联系的,穷困、灾祸、患难、伤害逼近的时候就会相互收留。互相收留的和互相抛弃的,差别也就很大了。况且君子之间的交情淡薄如水,而小人之间的交情甘甜如酒。君子交往淡薄却亲切,小人交往甜蜜却容易断绝,那无缘无故结合的,就无缘无故离散了。"孔子说:"我恭敬地接受您的教诲了!"于是缓步安闲地回家,终止游学,抛弃书本,但是弟子比起从前并未减少,他们对孔子的敬爱反而更加增进了。

又有一天,子桑雽又说:"舜将要死的时候,他告诫大禹说:'你要警惕啊!行为不如随顺,情感不如率真。'随顺就不会与本性分离,率真就不会劳累身体。不分离,不劳累,就不会企求用文饰来美化形体。不求用文饰来美化形体,所以就不需要依赖外物。"

【注释】

① 子桑雽(hù):《大宗师》篇中的"子桑户"。 ② 再:两次。再逐于鲁:指孔子两次被驱逐出鲁国。鲁昭公时,昭公欲除掉季氏,失败,逃亡国外,孔子被迫随之逃往齐国,此为初次。鲁定公时,孔子为大司寇,参与国政。齐国生怕鲁国强盛后危及自己,故向鲁定公及季桓子赠送女乐,季桓子接受后沉溺声色,不再上朝,孔子愤而出走,到了卫国,此为再次。 ③ "伐树于宋"四句:参见《天运》篇注释。 ④ 犯:通"逢"。 ⑤ 徒:门生、弟子。 ⑥ 假:当为"叚"字之讹写。亡:逃跑。 ⑦ 林回:殷地逃亡者之 。 ⑧ 赤子:小孩。趋:疾走。 ⑨ 布:货币。此指钱财。 ⑩ 累:拖累。 ⑪ "彼以利合"二句:谓选择玉璧是出于利益的结合,而选择赤子是出于天性的联系。 ⑫ 迫:逼近。 ⑬ 收:收留。 ⑭ "且君子之交淡若水"四句:醴(lǐ),甜酒。此四句又见于《小戴礼记·表记》,文字稍有出入,作"君子之接如水,

小人之接如醴。君子淡以成,小人甘以坏"。 ⑮"彼无故以合者"二句:无故,没有原因的。此针对孔子所谓"亲交益疏,徒友益散"的困惑而言。 ⑯翔佯:徜徉,安闲自在的样子。 ⑰绝学:终止游学。捐:抛弃。 ⑱挹(yì):损,减少。 ⑲真泠:当为"其命"之讹写。 ⑳"形莫若缘"二句:形,身体,引申为行为。缘,随顺。率:任性而动,率真。与《人间世》篇"形莫若就,心莫若和"二句义同。 ㉑文:文饰,装饰。文以待形:即"以文待形",用文饰来美化形体。 ㉒固:通"故"。

【评析】

孔子屡遭困厄,以至亲朋离散,弟子疏远,于是他颇感困惑。子桑雽一针见血地指出,这是世态炎凉的表现,也是世人"以利相交"的结果。

正因为长期以来,人与人的关系是通过各种各样的实际利益或礼文道德相互维系的,所以一旦遭遇穷困灾难,就会相互抛弃。尽管以利相交的人,往往表现出非同寻常的亲热,但那并非是出自天性的情感,所以只是暂时的,并不可靠。而真正的道德君子的相互交往,则是出于天性的结合。虽然出自天性而结合的朋友,交往时显得平平淡淡,却比势利小人表面亲密的关系要可靠得多。所以说,"君子之交淡若水,小人之交甘若醴。君子淡以亲,小人甘以绝"。所以说,人与人的交往,必须去除虚伪的繁文缛节,而一概顺应自然,听任真率天性的流露,因为随顺自然就能保全本性,情感率真就用不着外在的掩饰,也就免除了外物牵累的忧患。

庄子衣大布而补之①,正絜系履而过魏王②。魏王曰:"何先生之惫邪?"庄子曰:"贫也,非惫也。士有道德不能行,惫也;衣弊履穿,贫也,非惫也,此所谓非遭时也。王独不见夫腾猿乎③?其得楠、梓、豫章也④,揽蔓其枝而王长其间⑤,虽羿、蓬蒙不能眄睨也⑥。及其得柘、棘、枳、枸之间也⑦,危行侧视⑧,振动悼栗⑨,此筋骨非有加急而不柔也⑩,处势不便,未足以逞其能也⑪。今处昏上乱相之间而欲无惫⑫,奚可得邪?此比干之见剖心⑬,征也夫⑭!"

【今译】
　　庄子穿着缝有补丁的粗布衣服,正了正腰带,系好鞋子去见梁惠王。梁惠王说:"先生为什么如此困顿啊?"庄子回答:"是贫穷,并非困顿啊。士人怀有道德却不能实行,这是困顿啊;衣服破旧、鞋子洞穿,这是贫穷,不是困顿啊,这正所谓没能遭遇好时光啊。大王难道没见过那善于跳跃的猿猴吗?它身处楠树、梓树、樟树等大树的时候,抓住树枝向上攀援,在这中间称王称长,即使是精于射箭的羿和蓬蒙也无法瞄准。然而等到它置身于柘、棘、枳、香橼等长满刺的小树中的时候,小心行走而不敢向两边瞧,稍有震动就恐惧发抖,这并非因为它的筋骨比以前更紧而不再松软啊,而是因为身处的形势不利,不能够展现它的才能啊。如今士人身处昏君乱相的中间而要想不困顿,怎么可能呢?这正如比干的被剖身挖心,是亡国的征兆啊!"

【注释】
　　① 大布:粗布。　② 縰(xié):通"絜",带子,腰带。系履:用绳子绑住鞋子。过:过访。魏王:梁惠王。　③ 腾猿:善于跳跃的猿猴。　④ 得:处在。楠:楠树。梓:楸树。豫章:樟树。此三者皆大树。　⑤ 揽:抓住。蔓:通"曼",引,攀引。王长其间:在这中间称王称长。　⑥ 羿:相传为尧时著名神射手。蓬蒙:羿的学生,亦以善射著称。或作"逢蒙"。《孟子·离娄》曰:"逢蒙学射于羿,尽羿之道,思天下惟羿为愈己,于是杀羿。"眄睨(miàn nì):斜着眼看,此指瞄准时候的眼神。不能眄睨:无法瞄准,意为无可奈何。　⑦ 柘(zhè):一种树皮灰褐色、有长刺的树,叶可用以喂蚕。棘:似枣树而较小,多刺。枳(zhǐ):茎上有刺的落叶灌木。枸(jǔ):香橼,一种常绿小树,有刺,短而硬。

⑧危行:行动时保持戒惧之心。侧视:害怕而不敢正视。 ⑨振:通"震"。悼:恐惧。栗:发抖。 ⑩加:更。急:紧。 ⑪逞:尽显。 ⑫昏上:昏庸的君王。乱相:胡作非为的宰相。 ⑬比干:商纣王时的忠臣,进谏而纣王不纳,于是接连三天不肯离去,终遭纣王杀害并剖心。见:被。 ⑭征:征兆。

【评析】

善于跳跃的猿猴,身处楠树、梓树、樟树等大树之间的时候,奋力攀援,称王称长;然而一旦置身于柘、棘、枳、香橼等长满刺的小树丛中,就小心翼翼,不敢侧视,稍有震动就浑身颤栗。作者通过这一拟人化的艺术形象,生动揭示了生逢乱世的士人处于昏君乱相之间而难以明哲保身的险恶处境,同时也表达了他们对于清明政治的希冀和渴望施展才干的心情。

本章不称"庄周"而尊呼"庄子",表明是出自庄子后学之手;文中对于庄子衣着打扮和行为举止的描写虽然不能说是详尽,有关鞋子洞穿、粗衣破旧的细节却相当清晰,因此可以推断,作者与庄子的关系十分亲近。那么,庄子及其弟子所阐发的政治思想,他们对黑暗现实的揭露和批判,之所以始终含有相当强烈的民主意识、自由精神和激烈情绪,和他们所处的较低的社会地位是密切有关的。

孔子穷与陈、蔡之间,七日不火食①。左据槁木②,右击槁枝,而歌猋氏之风③。有其具而无其数④,有其声而无宫角⑤。木声与人声,犁然有当于人之心⑥。颜回端拱还目而窥之⑦。仲尼恐其广己而造大也⑧,爱己而造哀也,曰:"回,无受天损易⑨,无受人益难⑩。无始而非卒也⑪,人与天一也⑫。夫今之歌者其谁乎!"

回曰:"敢问'无受天损易'?"仲尼曰:"饥渴寒暑,穷桎不行⑬,天地之行也,运物之泄也⑭,言与之偕逝之谓也⑮。为人臣者,不敢去之⑯。执臣之道犹若是,而况乎所以待天乎?""何谓'无受人益难'?"仲尼曰:"始用四达⑰,爵禄并至而不穷。物之所利⑱,乃非己也⑲,吾命其在外者也。君子不为盗,贤人不为窃,吾若取之何哉? 故曰:鸟莫知于鹢鹌⑳,目之所不宜处不给视㉑,虽落其实㉒,弃之而走。其畏人也而袭诸人间㉓,社稷存焉尔㉔!""何谓'无始而非卒'?"仲尼曰:"化其万物而不知其禅之者㉕,焉知其所终? 焉知其所始? 正而待之而已耳㉖。""何谓'人与天一邪'?"仲尼曰:"有人㉗,天也;有天,亦天也。人之不能有天,性也。圣人晏然体逝而终矣㉘!"

【今译】

孔子被困在陈、蔡两国接壤的地方,七天没能生火做饭吃。他左手扶着枯槁的树木,右手敲击干枯的树枝,唱着神农氏时期的歌谣。虽有敲打节拍的器具,但全不按那歌曲的节奏;虽有那歌谣的声调,但全不合歌曲的音律。枯木的敲击声和孔子的歌唱声,听来令人心惊而正符合周围人们的心情。颜回肃立拱手,悄悄转动眼睛注视着孔子。孔子担心他由于张扬自己的情绪而至于夸大,因为爱惜自己而至于悲哀,就说:"颜回,不遭受自然的损伤还容易做到,不接受人为的增添就困难了。没有哪一个'开始'同时不是'终结'的,人事与自然是一体的啊。你说如今这唱歌的人究竟是谁啊!"

颜回说:"请问什么是'不遭受自然的损伤容易做到'?"孔子说:"饥饿、干渴、寒冬、盛暑,穷困不通,这都是天地的运行啊,都是天道的发动啊,所谓'不遭受自然的损伤容易做到',就是说随顺天道万物的运行而变化。作为臣子的,不敢违背君命。遵守臣子的规矩尚且能够如此,何况是对待自然呢?"颜回又问:"什么是'不接受人为的增添就困难'?"孔子说:"开始被用于世的时候,四处通达,高官厚禄一起到来而没有穷尽。但是爵禄所带来的利益,并非是对自己性命有利的,对于我的性命来说,这一切都属于外物啊。君子不干盗贼的事,贤人不做偷窃的事,我们如果窃取不属于自己的东西,怎么可以呢? 所以说:鸟儿之中没有比燕子更聪明的了,看到所不宜居住的地方就不再多看一眼,即使口中的食物落在那里,也放弃而飞走。它害怕人类,却又将自己托付于人间,它的国家也就存在于人间了!"颜回又问:"什么叫做'没有哪一个开始同时不是终结'?"孔子答:"化育那万物而不知道它们如何相互替代,怎么知道它们的终结? 怎么知道它们的开始? 只管固守正道并以此对待自然的变化而已。""什么叫做'人事与自然一体'呢?"孔子答:"主宰人的,是天;主宰天的,也是天。人不能主宰天,是人的本性决定的。圣人安然体味天道的运行变化而终结一生!"

【注释】

①"孔子穷与陈蔡之间"二句:此事已见《天运》篇。 ②据:手持,手扶。 ③焱(biāo)氏:"焱(yàn)氏",又称炎帝、神农氏。风:歌谣。 ④具:用以打拍子的器具。数:节奏。此句谓只有打拍子的形式而不按照节奏。 ⑤宫、角(jué):五音(宫、商、角、徵、羽)的略称。无宫角:不合五音。 ⑥犁然:栗然,受惊的样子。当于:中于,符合于。 ⑦端拱:端正站立并且拱手。还:旋。还目:转动眼睛。 ⑧广己:张扬自己的情绪。造:至。造大:至于夸大。 ⑨天损:自然的损害,包括所有并非自身造成的、不可避免的灾难损伤,例如眼前的"穷于陈、蔡之间"。此句意为一切顺乎自然就能免于灾难,故容易做到。 ⑩人益:人为增加的,指爵禄富贵等等。 ⑪卒:终结。 ⑫人:人事。天:自然。一:一体。 ⑬桎:通"窒",塞,困住。不行:不通。 ⑭运物:运物者,天道。泄:发,发动。 ⑮与之:和天地万物。偕逝:一同运行变化。 ⑯去:离开,引申为违背。 ⑰始用:开始被用于世,即出仕之初。四达:四处通达,即处处顺利。 ⑱物:此指爵禄。 ⑲非己:并非对自己性命有利。 ⑳知:通"智"。鹪鹩

(yìér)：燕子。　㉑ 目：视，见。给：给于。　㉒ 实：口实，此指燕子口中的食物。　㉓ 袭：因，托。诸：之于。　㉔ 社稷：国家，喻指燕子的巢穴。　㉕ 化其万物：化育万物。禅：相互替代。　㉖ 正而待之：固守正道而以此对待自然的变化。　㉗ 有：拥有，主宰。　㉘ 晏然：安然。体逝：体味天道的运行变化。终：一生终结。然而"终结"就是"开始"，故以此喻示生命的无穷转化，告诫颜回无需为眼前的困境忧伤。

【评析】

本章表现孔子身处困境但仍保持超旷心态的圣人形象，并且假借孔子训诫颜回之口，强调人生如寄，因此不必惧怕困窘，也无须希冀通达，因为人事是融于自然的，人事与自然是一体的，所以客观的情势、人事的变化都必然受到天道的支配，世人只需保持天性，任随自然的发展，就能做到天人合一。

庄子及其后学经常把孔子当作议论和教训的对象，一是因为在他们的时代，以孔子为代表的儒家思想被许多当权者采用，儒学已经成为显学，影响广泛，将孔子作为靶子，必然惹人注意。二是由于孔子宣扬积极入世的观点，其人生态度与主张超脱遁世的庄子恰恰成为鲜明的对比，将孔子作为对立面加以批判，不仅相当自然，而且更容易表现庄子的思想。但是，本章却并未将孔子当作批判的对象，而是借助孔子之口，宣扬庄子后学某些折衷的观点。说明庄子及其后学习惯于利用世人重视名人、崇拜偶像的心态，一方面批判孔子，一方面却又常常借重于孔子，将他作为说教的工具。另外，本章这种"拉大旗作虎皮"的现象也可表明，在庄子后学的时代，道、儒合流的迹象已经十分明显了。

庄周游于雕陵之樊①，睹一异鹊自南方来者②。翼广七尺③，目大运寸④，感周之颡⑤，而集于栗林⑥。庄周曰："此何鸟哉！翼殷不逝⑦，目大不睹。"蹇裳躩步⑧，执弹而留之⑨。睹一蝉,方得美荫而忘其身⑩;螳螂执翳而搏之⑪,见得而忘其形;异鹊从而利之,见利而忘其真⑫。庄周怵然曰⑬:"噫!物固相累⑭,二类相召也⑮。"捐弹而反走⑯,虞人逐而谇之⑰。

庄周反入,三月不庭⑱。蔺且从而问之⑲:"夫子何为顷间甚不庭乎?"庄周曰:"吾守形而忘身⑳,观于浊水而迷于清渊㉑。且吾闻诸夫子曰:'入其俗,从其令㉒。'今吾游于雕陵而忘吾身,异鹊感吾颡;游于栗林而忘真,栗林虞人以吾为戮㉓,吾所以不庭也。"

【今译】

庄子到雕陵栗园里游玩,看见一只从南方飞来的奇异的喜鹊。它的翅膀长达七尺,它的眼睛直径一寸,撞到庄子的额头上,又飞落在了栗树林里。庄子说:"这是什么鸟啊!翅膀那么大却飞不远,眼睛那么大却看不清。"于是撩起衣裳,疾步跟随而去,手持弹弓而等候机会。这时看见一只蝉儿,正因获得美妙的树荫而忘记了自己的身体;又有一只螳螂,抬起前臂准备捕捉蝉儿,看见猎物而忘记了自己的形体;那只奇异的喜鹊试图从中取利,见利而忘记了自己的本性。庄子猛然警觉,说:"噫唏!万物本来就是相互牵累的,这是两种相反相成的事物互相招致的结果呀。"于是丢掉弹弓转身就跑,看守栗园的人追赶着骂他。

庄子回家后进入内室,三天没有走出门庭。弟子蔺且就问他说:"先生为什么最近总是不出门庭呢?"庄子说:"我守护自己的形体,却忘记了自己的身躯;能在混浊的水里观察,在清澈的水中反而迷糊。而且我听先生说过:'入乡而随俗,入境而服从那里的禁令。'如今我到雕陵游玩而忘记了自身,以至那奇异的喜鹊撞在了我的额头;我在栗树林里游玩而忘记了自己的本性,看守栗园的人辱骂了我,我所以不出门庭呀。"

【注释】

① 雕陵:栗园之名。樊:藩篱,此指藩篱之内。 ② 异鹊:奇异的鹊,貌似喜鹊而又有差异。 ③ 广:本指地之东西距离,此指翅膀长度。 ④ 运:本指地之南北距离,此指鹊眼直径。 ⑤ 感:通"撼",触碰,撞到。颡(sǎng):额头。 ⑥ 集:栖止。 ⑦ 殷:大。逝:飞走,飞远。 ⑧ 蹇(jiǎn):通"褰",用手提起,撩起。躩(jué)步:疾行。 ⑨ 留之:等候,等待机会。 ⑩ 忘其身:忘记自身的安危。 ⑪ 翳(yì):螳螂之臂。螳臂前有锯齿,其形好似跳舞者手持之旗,此旗名"翳",旗边为锯齿形。搏:击。 ⑫ 真:本性。有翅能飞、有眼能看是雀鸟的天性,如今见利则不飞不看,故谓"忘其真"。 ⑬ 怵(chù)然:警觉的样子。 ⑭ 累:牵累。 ⑮ 二类:两种相反而往往互为因果的事物成为一类,如祸与福,穷与富,害与利,失与得,苦与乐,忧与喜等等。召:招致,导致。 ⑯ 捐:抛弃。反:通"返"。走:跑。 ⑰ 虞人:管理林园的人。谇(suì):斥责,骂。怀疑庄子偷栗子,故追赶着骂。 ⑱ 不庭:不出门庭。 ⑲ 蔺且(lìn jū):庄子弟子。 ⑳ 守形:守护自身。守形而忘身:意为静知守身而动则忘身。 ㉑ 此句喻指对于容易迷惑的能保持清醒,而对于该清醒的反而迷惑。 ㉒ "入其俗"二句:指入乡而随俗,进入某地就应服从某地的禁令。《礼记·曲礼上》:"入竟而问禁,入国而问俗。" ㉓ 戮:侮辱。

【评析】

本章讲述了蝉儿、螳螂、异鹊和庄子本人争相逐利而反受祸害的故事,主要是为了说明逐利忘形而必有后患的道理。为什么利能召害、福会惹祸呢?为什么好的原因会引出坏的结果呢?庄子认为,"物固相累,二类相召",意思是说万物总是相互关联,互有牵累的,两种相反相成的事物各自总是成为对方的原因或结果,就像利益与危害、福分与灾祸,都是会相互转化的。由此类推,乐与苦、喜与忧、得与失等等,其实也都是这样相反相成的关系,因此世人切不可拘泥于所谓有利的事物,更不可见得忘形,见利忘真,迷恋于外物的诱惑而丧失自我。

不可丧失自我,按照庄子的话来说,就是不可"忘真"。庄子认为,"忘真"是由于贪恋外物引起的,就像蝉儿的迷恋绿荫,螳螂、异鹊以及庄子本人的觊觎猎物,都属于"见得而忘其形""见利而忘其真"。而"忘真"的直接后果,就是陷入纠葛无穷的物累之中;所导致的,往往就是灾祸,就像蝉儿有被螳螂搏杀的危险,螳螂可能成为异鹊的美餐,异鹊或许成为庄子的弹下之鬼,庄子则遭到守林人的追逐辱骂等等。那么,所谓"不可忘真",就是要安心守护自己的本性,不使心性被外物扰动,始终超脱于世俗世界错综复杂的万事万物的网络。所谓"不可忘真",就是指保持心性本来的纯净,不被外物蒙蔽,因为心性一旦被迷惑,就会失去灵明,就像异鹊只管瞻望栗林的美丽而误撞庄子的额头;庄子只顾惊讶于鹊鸟的奇异而不知躲避异鹊的撞击,只知游赏雕陵的美景而不知"入其俗,从其令",忘记了应该询问和遵守栗林的禁令。事实上庄子已经注意到,通常人们有所注意的同时,必然有所忽视,比如见小失大,见近遗远;或者见大失小,见远遗近,这都是因为有所蒙蔽的缘故,然而灾祸往往就发生在有所忽视的地方。庄子"葆真全身"理论的实用价值,于此可见一斑。

本章的章法和文采也时常获得后人称道,刘凤苞认为此段极写世途之危险,说透病根,扼要而又精当,尤其描写祸机之辗转相生,极富错综离合之奇(参见《南华雪心编·山木》)。刘凤苞的称赏并非过誉之词,本章故事后来演化为"螳螂捕蝉,黄雀在后"的寓言故事,历代传诵,正说明它恰到好处地概括了这一类的人生经验。

西汉初年的《韩诗外传》卷十曾援引本章故事,并且巧妙地加以改编,写成发生在楚国丞相孙叔敖家园中的"真实事件":"楚庄王将兴师伐晋……(孙叔敖)进谏曰:'臣园中有榆,其上有蝉。蝉方奋翼悲鸣,欲饮清露,不知螳螂之在后,曲其颈,欲攫而食之也。螳螂方欲食蝉,而不知黄雀在后,举其颈,欲啄而食之也。黄雀方欲食螳螂,不知童子挟弹丸在榆下,迎而欲弹之。童子方欲弹黄雀,不知前有深坑,后有掘株也。此皆贪前之利而不顾后害者也。非独昆虫众庶若此也，人主亦然。君今知贪彼之土，而乐其士卒。'楚国不殆，而晋以宁，孙叔敖之力也。"

也就是说，庄子创作的故事至迟在西汉初年已经演变成"螳螂捕蝉，黄雀在后"的寓言，由于其中添加了若干政治内容、社会背景和真实的历史人物，显得更为生动和丰满。而其中"挟弹丸"的童子，其原型当然就是庄子，至于本章中追逐辱骂庄子的"虞人"，《韩诗外传》中不再出现，却添加了即将给童子带来厄运的"深坑""掘株"（树桩），作者如此处理，当然是为了方便于表现蝉儿、螳螂、黄雀、童儿数者之间一环紧扣一环的关系，为了有利于昭示因小失大、见利忘身的悲剧结局。后来，刘向又将《韩诗外传》中有关螳螂、黄雀的故事摘编收入其《说苑·正谏》之中，于是它的影响愈加广泛，最终成了众人皆知的成语，往往被用来警醒那些目光短浅、只顾眼前而不顾后患的人们。

阳子之宋①，宿于逆旅②。逆旅人有妾二人③，其一人美，其一人恶。恶者贵而美者贱。阳子问其故，逆旅小子对曰："其美者自美④，吾不知其美也；其恶者自恶⑤，吾不知其恶也。"阳子曰："弟子记之：行贤而去自贤之行⑥，安往而不爱哉⑦！"

【今译】

　　杨朱到宋国去，投宿于旅店。旅店主人有两个小老婆，其中一个漂亮，另一个丑陋。丑陋的得到尊崇，漂亮的却被轻视。杨朱询问其中的缘故，旅店主人回答说："那个漂亮的自以为漂亮，但是我不知道她哪里漂亮；那个丑陋的自认为丑陋，我却不知道她哪里丑陋。"杨朱说："弟子们记住：行为贤明而又抛弃那些彰显自我贤明的品行，到哪里会不受到喜爱啊！"

【注释】

①阳子:杨朱,《列子·黄帝》篇作"杨朱"。之:往。　②宿:寄宿。逆旅:旅馆。　③逆旅人:旅馆主人。即下文所谓"逆旅小子",此旅馆主人年岁不大,故又称"小子"。　④自美:自以为美丽。自以为美就骄傲,骄傲就讨人嫌。　⑤自恶:自认为丑陋。自知丑陋就谦卑和顺,谦和就惹人爱怜。　⑥去:抛弃。自贤:彰显自己的贤明。　⑦不爱:不被喜爱。

【评析】

旅店主人的美妾不受宠爱,丑妾反被尊崇,似乎不太符合人之常情,但是旅店主人自有道理:"其美者自美,吾不知其美也;其恶者自恶,吾不知其恶也。"因为美妾自以为漂亮,必然加意修饰,于是本真不存,甚或骄横无礼,趾高气扬,于是令人嫌恶,美丽因而丧失。丑妾自认为丑陋,于是不加掩饰,于是谦和待人,如此本色率真,形象亲切,惹人爱怜,反而使人忘其貌丑。本章通过这样一正一反、形成鲜明对照的两个人物,形象地说明:自我彰显就会受人鄙视,为人谦和才能得到敬重。

旅店主人所谓的"其美者自美,吾不知其美也;其恶者自恶,吾不知其恶也",还十分朴实地证明了庄子"物固相累,二类相召"的观点,正因为美、丑的标准不是固定不变的,正因为它们会向各自的对方转化,所以旅店主人才会有美者不美、丑者不丑的真切感受。所以说,世人拘泥于区分美丑善恶的举动实在可笑,因为美与丑是不可分的,善和恶是齐一的。一旦能够超脱地看待诸如美丑善恶之类的世俗价值标准,也就必然可以奉行自然无为的处世之道。

作者在这里其实是用故事的形式阐发"自伐者无功,功成者名堕,名成者亏"的观点,也是对世上那些矜才自傲者的有力鞭挞,是对无数追求名利之人最终身败名裂现象的形象总结,更是在宣扬"虚己以游世"的处世之道的无穷魅力。常言说:"炫才而召祸,抱璞而自全。"因此作者最终通过阳子之口,强调应当"行贤而去自贤之行",就是说要自觉行善,而不该有炫耀自我的意识和行为。所以,从修身的角度着眼,本章故事实际上也是在重申《逍遥游》篇"无名、无功、无己"的思想。

田子方第二十一

【解题】

本篇针对世俗之人热衷学"道"而又不得要领,以至于误入歧途的现状,强调悟"道"的要诀在于"缘而葆真"(随顺外物而又保养内心的纯真),其主旨与内篇《德充符》《大宗师》所阐发的思想有明显关联。围绕这一中心,文中既鞭挞了儒家的圣智、礼仪以及矫揉虚伪的习气,又弘扬了自然纯真、无为寡欲的人物及其行为,并主张喜怒哀乐不入于胸次,忘爵禄,忘得失,忘生死,忘权力,忘国家。其中第一、第二两章主要说明"葆真"的思想,强调"道"存本心,不可以从言论探求;第三、第四两章侧重阐说"道"的初始情状、生命与"道"的变化发展关系等等;以下诸章则借助形象进一步说明或扩充上述的思想内容。

全文各章均采用寓言的形式阐发思想,或援引真实的历史人物事件加以引申,亦真亦假;或根据内容的需要临时编写故事,纯粹虚构。想象丰富,形象生动,完全避免了抽象枯燥的说理,给人以亲切熟悉的感觉,因此宣颖曾如此评价本篇说:"散散叙十一段话说,段段精微,段段闪烁,一再读之,耳目心思之外,隐隐如有所遇。"(《南华经解·田子方》)人物似曾相识,场景似曾亲历,读之思之,深有感触,其实是读者从《庄子》书中经常能够获得的感受,这与庄子寓哲理于形象的写作特点密切有关,只不过本篇表现得较为集中强烈而已。

本篇取篇首三字为题,与文章大意没有关系。

田子方侍坐于魏文侯①,数称谿工②。文侯曰:"谿工,子之师邪?"子方曰:"非也,无择之里人也。称道数当③,故无择称之。"文侯曰:"然则子无师邪?"子方曰:"有。"曰:"子之师谁邪?"子方曰:"东郭顺子④。"文侯曰:"然则夫子何故未尝称之?"子方曰:"其为人也真⑤。人貌而天虚⑥,缘而葆真⑦,清而容物⑧。物无道,正容以悟之⑨,使人之意也消⑩。无择何足以称之!"

子方出,文侯傥然⑪,终日不言。召前立臣而语之曰:"远矣⑫,全德之君子! 始吾以圣知之言、仁义之行为至矣⑬。吾闻子方之师,吾形解而不欲动⑭,口钳而不欲言。吾所学者,直土梗耳⑮! 夫魏真为我累耳⑯!"

【今译】

田子方陪伴魏文侯坐着,屡屡称赞谿工。魏文侯说:"谿工,他是你的老师吗?"田子方说:"不是,是和我同住一个街坊的人。发表见解常常十分正确,所以我称赞他。"魏文侯说:"如此说来,那么你没有老师吗?"田子方回答:"有的。"又问:"你的老师是谁呢?"田子方答:"是东郭顺先生。"魏文侯又说:"既然如此,那么您为什么从未称道过他呢?"田子方回答:"他的为人纯真。状貌如同常人,但心性能保持自然;随顺外物,而又能保养内心的纯真;清廉自洁,却又能容纳万物。有人或事不合天道,他只是端正自己的品行而使那人醒悟,使那人的不良意念自动消除。我哪有资格称道东郭顺先生呢!"

田子方走了以后,魏文侯茫然若失,整天不说话。后来把站着侍候的臣子召到面前,告诉他们说:"高远啊,那道德完备的君子! 起初我以为圣人智士的言论、仁义的行为是最高尚的了。我听说了田子方的老师之后,我的身体松弛而不想动弹,嘴巴紧闭而不想说话。以往我所学习的那些东西,只是泥土枯草而已! 魏国真是我的累赘啊!"

【注释】

①　田子方：魏文侯之师，姓"田"，名"无择"，"子方"为其字。侍坐：地位较低者陪伴尊贵者而坐。魏文侯：魏国国君，名"斯"，梁惠王之祖，魏武侯之父。　②　数(shuò)称：屡屡称赞。谿工：姓谿，名工，魏国贤人。　③　称道：发表言论。当(dàng)：有道理，正确。　④　东郭顺子：家住东郭，故以"东郭"为氏，"顺"当为其字。　⑤　真：纯真。⑥　虚：心。本句意为虽是常人的状貌，但保持自然的心性。　⑦　缘：随顺。　⑧　物：包括所有的人、事、物。　⑨　正容：端正自己的品行。⑩　意：意念，不良的意念。　⑪　傥然：茫然失意的样子。　⑫　远：高远，意为不可企及。　⑬　知：通"智"。圣知：圣人智者。　⑭　解：解散，引申为松弛。形解而不欲动："傥然"。　⑮　直：只是。土梗：土苴，泥土和枯草。　⑯　魏真为我累：意为由于操心国家的治理，就无法深入研究自然无为之道，魏国对于他来说，就成了研修无为之道的拖累。

【评析】

本章通过田子方之口，褒奖其师东郭顺子"其为人也真"的人品，称道他是"人貌而天虚，缘而葆真，清而容物"的纯真之人。所谓"缘而葆真"，是指既能随顺外物，又能保养内心而不失纯真，这是作者理想的"全德君子"的标志，也是本文所要阐述的中心思想。"缘而葆真"的得道之人，并非不食人间烟火的神仙，他们具有常人的容貌，而且能够随顺世俗和包容众人，但是与此同时，他们又时刻保持质朴的本质和纯真的天性。他们口不论"道"，因为"道"不可言传，论"道"则属于"有为"的举措；他们奉行"不言之教"，因为他们是"无为""随俗"的全德君子。

有意思的是，田子方最初屡屡向魏文侯称道的"谿工"，并非是他内心真正佩服的人物；而他打心底里敬重的老师"东郭顺子"，起初却未予称赞。为什么会这样呢？按照田子方的说法："无择何足以称之？"意思是说自己根本不具备褒奖东郭顺子的资格，其实他的话中蕴含的深意却是：像东郭顺子这样的"全德之君子"是无法用言语称述的。"豨工"值得称道，并且可以称道，因为他有值得称道的地方，即发表的见解常常十分正确。可是如果反过来看，显然"豨工"的见解也有不恰当的，他的其他言论和其他行为必然有许多是不值得肯定的，因为有"恰当"就一定有"不恰当"，有"正确"则必然有"不正确"。至于东郭顺子，在田子方的眼里，根本就是属于那种不能称赞、亦无法称赞的"至当"之人，他清廉虚己，不声不响，却能令身边的人自我觉悟、痛改前非；他一切的言论和行为都顺应自然，故而呈现为最最的恰当、完全的正确。这样的人，是无法用言语来形容的，因为天道"大"而言语"小"，天道"长"而言语"短"，既然言语无法包容天道，当然也就无法充分展示那些体现天道的"至人"的品行。不过，这样的"全德之君子"并非不食人间烟火的仙人，他们也是常人，而且能够容纳世俗之人，他们的价值就在于无与伦比的人格魅力及其"不言之教"。

　　作者赞扬无法用言语称述的"全德君子"，其实也就是在抨击那些标榜仁义道德的所谓圣贤智士。因为"大言不言"，所言必有缺憾；因为天道流动不息而言语有所拘泥，所有的经验理论都是"死"的。尽管圣贤的言论所表述的，或许是前代有所成就的事物，或许是当时某些成功人士的体验和总结，但是这些言论不仅是不周全的，而且其内容都是已经终结了的东西。所以说，即使以往"圣人"的言论、"贤哲"的行为曾经体现了天道，也只能说明它们在彼时彼地曾经是正确的，并不能证明它们在此时此地是有用的。假如不加分析、不管场合地照抄照搬，必然不会有成效。王夫之说："道大而言小，道长而言短，道圆而言方，道流行而言止于所言，一言不可以摄万言，万言不可以定一言，占言不可以为今言，此言不可以为彼言。所言者皆道之已成者也，已成则逝矣。道已逝而言犹守之，故以自善则不适，以治人则不服，以教人则不化。"（《庄子解·田子方》）从这个角度来看，所谓仁义之人的行为，所谓圣贤智者的言论，只会起到束缚人性的恶劣作用，其实全都是古人的糟粕，魏文侯所谓"吾所学者，直土梗耳"，说的就是这个意思。

温伯雪子适齐①,舍于鲁。鲁人有请见之者,温伯雪子曰:"不可。吾闻中国之君子②,明乎礼义而陋于知人心③。吾不欲见也。"

至于齐,反舍于鲁,是人也又请见。温伯雪子曰:"往也蕲见我④,今也又蕲见我,是必有以振我也⑤。"出而见客,入而叹。明日见客,又入而叹。其仆曰⑥:"每见之客也⑦,必入而叹,何耶?"曰:"吾固告子矣:中国之民⑧,明乎礼义而陋乎知人心。昔之见我者,进退一成规⑨,一成矩;从容一若龙,一若虎⑩。其谏我也似子,其道我也似父⑪,是以叹也。"

仲尼见之而不言。子路曰:"吾子欲见温伯雪子久矣。见之而不言,何邪?"仲尼曰:"若夫人者,目击而道存矣⑫,亦不可以容声矣⑬!"

【今译】

　　温伯雪子到齐国去,投宿在鲁国客店。鲁国有人请求要来看他,温伯雪子说:"不行。我听说中原一带的君子,对于礼节仁义十分精通,而在认识人心方面十分浅薄。我不想见他。"

　　到了齐国之后,返回时投宿在鲁国客店,那个人又请求拜见。温伯雪子说:"过去请求见我,如今又请求见我,看来这人必定有什么话要来启发我。"于是出去见客,回到屋里就叹气。第二天去见这个客人,回到屋里就叹气。第三天去见这个客人,又是回到屋里就叹气。他的弟子说:"每次会见这个客人,总是回到屋里就叹气,为什么呢?"温伯雪子说:"我本来就告诉过你了:中原一带的人,精通礼节仁义,而对于认识人心方面十分浅薄。刚才来看我的那个人,进来出去,处处循规蹈矩;一举一动,令人眼花缭乱。他规劝我的时候,好像儿子对着父亲；他开导我的时候，好似父亲对待儿子，因此叹息啊。"

孔子见了他却没有说话。子路说："先生想见温伯雪子已经很久了。见了他却不说话，为什么呢？"孔子说："像那个人啊，眼睛一看就明白天道存在于他身上，也就不能再用言语了！"

【注释】

① 温伯雪子：姓"温"，"雪"为其字，年纪较长，故尊称为"伯"。适：往。　② 中国：指当时中原一带，其范围大致东起于鲁而西至于周。　③ 陋：浅陋，浅薄。人心：人的内心，此指自我心性。此句意为中原士大夫的心窍被礼义所蒙蔽了，只求精通于礼义等"有为"之学，却不能认识自己的本心。　④ 蕲(qí)：通"祈"，请求。　⑤ 振：兴起，启发。　⑥ 仆：此指弟子。　⑦ 之：于。见之客：被客人拜见。　⑧ 民：人。　⑨ 一：或。　⑩ "从容一若龙"二句：从容，举动。意为有关礼仪的举动相当娴熟，令人眼花缭乱。　⑪ "其谏我也似子"二句：道，通"导"，开导。意为并非出自真情天性的流露，交情极浅而言语过深，可见此鲁人习惯性的虚伪造作和以教导者自居的特性。　⑫ 击：触。目击：眼睛一看。道存：拥有天道。温伯雪子即类似本篇首章所谓"物无道，正容以悟之，使人之意也消"的有道之人。　⑬ 容：通"庸"，用。容声：使用言语。

【评析】

本章以楚国的温伯雪子和中原儒士相互对照，并借温伯雪子之口，讥讽中原一带的儒士恪守礼仪，浅薄做作，心窍被礼义蒙蔽而不能随意自然，即所谓"明乎礼义而陋乎知人心"；随后又通过孔子之口，极力褒奖拥有大道的温伯雪子，说他无与伦比的人格魅力令人欲赞无言。如此两相对照，既揭示儒士的矫揉失真，又弘扬温伯雪子的纯真天性，贬低儒家而弘扬道家的意图十分明显。

温伯雪子指责中原儒士"明乎礼义而陋于知人心"，反过来说，能"知人心"的人，就有可能得道。这里其实有所暗示：意思是说求道不可企求他人,只能指望自我;不可向外探求,而应反求本心。因为道不可言传,只能靠个人感悟。儒士循规蹈矩地遵行礼仪,无时无刻地宣传仁义,但终究不能得道,因为礼仪仁义并非天性,他们的所言所行也不是出自本心。而有道之人,表里是一致的,温伯雪子未曾和孔子交流片言只语,却令孔子由衷羡慕:"目击而道存矣,亦不可以容声矣!"也就是说,温伯雪子的"道"的精神境界,由内而外地表现出来,因此孔子可以直接感悟和领受。

颜渊问于仲尼曰:"夫子步亦步,夫子趋亦趋,夫子驰亦驰,夫子奔逸绝尘①,而回瞠若乎后矣②!"夫子曰:"回,何谓邪?"曰:"'夫子步亦步'也,夫子言亦言也;'夫子趋亦趋'也,夫子辩亦辩也;'夫子驰亦驰'也,夫子言道,回亦言道也;及'奔逸绝尘而回瞠若乎后'者,夫子不言而信,不比而周③,无器而民滔乎前④,而不知所以然而已矣。"

仲尼曰:"恶⑤!可不察与!夫哀莫大于心死,而人死亦次之⑥。日出东方而入于西极⑦,万物莫不比方⑧,有目有趾者⑨,待是而后成功⑩。是出则存,是入则亡⑪。万物亦然,有待也而死,有待也而生。吾一受其成形⑫,而不化以待尽⑬。效物而动⑭,日夜无隙⑮,而不知其所终⑯。薰然其成形⑰,知命不能规乎其前⑱。丘以是日徂⑲。吾终身与汝交一臂而失之⑳,可不哀与?女殆著乎吾所以著也㉑。彼已尽矣㉒,而女求之以为有,是求马于唐肆也㉓。吾服㉔,女也甚忘㉕;女服,吾也亦甚忘。虽然,女奚患焉㉖!虽忘乎故吾,吾有不忘者存㉗。"

【今译】

　　颜渊问孔子说:"先生慢步,我也慢步;先生快走,我也快走;先生马车奔驰,我也驾马车奔驰;先生的马车奔驰如飞,而我只能在后面干瞪眼了!"孔子说:"颜回,你说的是什么意思呢?"颜渊说:"所谓'先生慢步,我也慢步',是指先生论说,我也跟着论说;所谓'先生快走,我也快走',是说先生辩论,我也跟着辩论;所谓'先生马车奔驰,我也跟着驾车奔驰',是说先生谈论大道,我也跟着谈论大道;至于'先生的马车奔驰如飞,而我只能在后面干瞪眼',是指先生不必说话而能取信于人,不偏不向而爱心自然普遍,没有权势地位而人民簇拥于身前,但是我却不知道为什么能这样的原因而已。"

　　孔子说:"嗨!对此能不体察吗!最大的悲哀莫过于心死,而人死也还是次于它的。太阳从东方出来而没入西边的尽头,万物没有不跟随着太阳的方向的,凡是有眼睛有脚趾的人,凭借太阳才能完成小事大功。太阳出来,人为的活动就存在;太阳落下,人为的活动就消失。万物也是如此,凭借着天道而死亡,凭借着天道而生存。我们一旦禀受天道赋予的形体,就只能依赖天道无所变迁地等待终结。随着万物而一起行动,日日夜夜永不间断,而不知道天道运行终结的地方。自然萌生而成为形体,知道命运是不可预先测算的。我因此而每天偕同天道一起向前。我终身与你如此接近,而你却当面错失了学习的机会,能不让人悲哀吗?你大概只看见了我得以显著的地方,那些都已经消逝了,然而你仍将它们当作存在的来追求,这就好像到空旷的市场上寻求马匹一样。我的行为,你尽可忘却;你的行为,我也尽可能忘却。虽然如此,你何必担忧呢!即使忘掉了过去的我,我还有不可遗忘的东西存在。"

【注释】

　　① 奔逸:马车飞驰。绝尘:脚不沾尘,形容跑得极快。　② 瞠(chēng)若:瞪大眼睛的样子。　③ 比:偏爱。周:普遍。《论语·为政篇》:"子曰:君子周而不比,小人比而不周。"　④ 器:权势地位。

滔:喻指簇拥。 ⑤ 恶:叹词,表示不赞成颜渊的说法。 ⑥ "夫哀莫大于心死"二句:孔子以此强调他心中的极度悲哀,因为颜渊日日在其身旁,居然不能领会他的行为思想,故下文又曰:"吾终身与汝交一臂而失之,可不哀与?" ⑦ 极:尽头。 ⑧ 比:从。比方:此指跟随着太阳的方向。 ⑨ 有目有趾:指人。 ⑩ 待:依靠,凭借。是:指代太阳。成功:成就事功。 ⑪ "是出则存"二句:意为随着太阳的出入,事功也就有得有失。 ⑫ 受其成形:禀受天道赋予的形体。 ⑬ 不化:无所变迁。待尽:等待终结。 ⑭ 效:仿。物:事物。 ⑮ 隙:间歇,间断。 ⑯ 不知其所终:意为循环往复,没有尽头。 ⑰ 薰然:自然萌生的样子。 ⑱ 规:测算、测度。 ⑲ 以是:以此,因此。徂(cú):往。日徂:天天偕天道俱往。 ⑳ 交一臂:"交臂",本指相互走得相当靠近而胳臂碰着胳臂。交一臂而失之:与"失之交臂"义同,喻指当面错过。 ㉑ 女:通"汝",你。殆:大概。前一"著"字:注视到,看见。后一"著"字:明显的,显著的。所以著:显著的原因。指前述孔子的辩论、言道、取信于人、人们簇拥等等。 ㉒ 彼:指上句所谓"显著"的形迹。尽:无。 ㉓ 唐:"荒唐"之"唐",空。肆:市场。 ㉔ 服:行。 ㉕ 甚忘:尽可能忘却。 ㉖ 奚患:忧虑什么。 ㉗ 不忘者:不被遗忘的。

【评析】

孔子在这里又是作为悟"道"之人出现,在和颜渊的对话中,他对"道"作了阐说,主要说明万物及其生命与大道的关系:生命总是随顺大道运行,生命的消亡固然难以避免,但新生同样不可抑制,就好像"日出东方而入于西极",因此人们只能"日徂",永远参与并跟随这一无始无终的"大化"而发展,无须事先谋划,也不能与之脱离,永远保持自然的精神。至于像颜渊那样亦步亦趋地效仿那些已经过时了的光辉典范,学习那些已经使用过了的哲理名言,则用力愈勤,离道愈远,而且如此一来,必然忽视自我心性的保全和发展,当然也就无法逍遥,也就无从追随于万古常新的大道了。孔子指出,颜渊的所作所为,其实比死亡还要令人感到可悲,因为"哀莫大于心死,而人死亦次之"。将颜渊比作"心死"之人,意思是说他徒具形躯,精神却已经丧失了。

本章其实是从颜渊对老师孔子的真实的赞叹之语演化而来的。《论语·子罕》篇这样记载:"颜渊喟然叹曰:'仰之弥高,钻之弥坚。瞻之在前,忽焉在后。夫子循循然善诱人,博我以文,约我以礼,欲罢不能。既竭吾才,如有所立卓尔,虽欲从之,末由也已。'"其大意是说,颜渊感叹道:"我们老师的学术,越是仰起头来看,越是觉得它高尚;越是用心钻研,越是觉得它精深。它是那样难以学习和仿效,看着它似乎是在前面,忽然却又出现在后头。不过老师善于循序渐进地诱导我们,采用各种文献来丰富我们的知识,运用各种礼节来约束我们的行为,我们要想停止学习都无法办到。我已经用尽了自己的才力,前面似乎还是矗立着一个高高的目标,我虽然想要跟从前往,但是又无从获得途径。"在这里,颜渊既感叹孔子学识的高深莫测和难以企及,又简略地谈到了孔子的教学方法。

本章显然汲取了上述《论语》原文的某些意思,又加以引申和改变,具体文字则并未袭取。这里将原本颜渊所夸赞的孔子的学术境界,变化为道德境界,并且对于颜渊的学习方法以及孔子的高尚之处,作了相当明确具体的阐发和描述。更为重要的是,本章无中生有,添加了孔子有关"天道"、有关"无为"的理论总结,对孔子所谓"不言而信,不比而周,无器而民滔乎前"的道德魅力,也有夸张的描绘。这样一来,作为儒家学者的孔子摇身一变,就成了道家理论的倡导者和施行人了。

孔子见老聃,老聃新沐①,方将被发而干②,慹然似非人③。孔子便而待之④。少焉见,曰:"丘也眩与⑤?其信然与⑥?向者先生形体掘若槁木⑦,似遗物离人而立于独也。"老聃曰:"吾游心于物之初。"孔子曰:"何谓邪?"曰:"心困焉而不能知,口辟焉而不能言⑧。尝为汝议乎其将⑨:至阴肃肃⑩,至阳赫赫⑪。肃肃出乎天,赫赫发乎地。两者交通成和而物生焉,或为之纪而莫见其形⑫。消息满虚⑬,一晦一明,日改月化⑭,日有所为而莫见其功。生有所乎萌⑮,死有所乎归,始终相反乎无端⑯,而莫知乎其所穷。非是也,且孰为之宗⑰!"

孔子曰:"请问游是。"老聃曰:"夫得是至美至乐也。得至美而游乎至乐,谓之至人。孔子曰:"愿闻其方⑱。"曰:"草食之兽,不疾易薮⑲;水生之虫,不疾易水。行小变而不失其大常也⑳,喜怒哀乐不入于胸次。夫天下也者,万物之所一也㉑。得其所一而同焉,则四支百体将为尘垢㉒,而死生终始将为昼夜,而莫之能滑㉓,而况得丧祸福之所介乎㉔!弃隶者若弃泥涂㉕,知身贵于隶也。贵在于我而不失于变㉖。且万化而未始有极也㉗,夫孰足以患心已!为道者解乎此㉘。"

孔子曰:"夫子德配天地,而犹假至言以修心㉙。古之君子,孰能脱焉㉚!"老聃曰:"不然。夫水之于汋也㉛,无为而才自然矣;至人之于德也,不修而物不能离焉。若天之自高,地之自厚,日月之自明,夫何修焉!"

孔子出,以告颜回,曰:"丘之于道也,其犹醯鸡与㉜!微夫子之发吾覆也㉝,吾不知天地之大全也。"

【今译】

孔子去拜见老聃,老聃刚洗完头,正披散着头发让它吹干,一动不动的样子好像木头人似的。孔子隐蔽一旁等候,过了一会儿才去见他,说:"是我眼花了呢,还是真实的呢?刚才先生的形体直挺挺的好像枯槁的树干,好似舍弃了万物、脱离于人世而站立在独自一人的境界啊。"老聃说:"我让心遨游于万物初始的境界。"

孔子问道:"为何不把那里的境况给我说说呢?"老聃回答:"对此我内心疲困而仍然无法知晓,对此我嘴巴张开却不能论说,试着为你谈谈它的大概吧。最为纯粹的阴气肃肃寒冷,最为纯粹的阳气赫赫炎热,肃肃的寒气出自上天,赫赫的热气出于大地,阴阳二气相互交流混和,而万物就产生了,有什么在支配这一切,然而见不到它的形象。有的消亡,有的生长,有的盈满,有的空虚,时而晦暗,时而明亮,天天更改,月月变化,每天都有所作为,然而见不到它的功绩。出生有开始的地方,死亡有归返的地方,开始与终结相互返回于没有头尾的循环,而没有人知道它穷尽的时候。不是这看不到的东西,有谁能作为万物的主宰!"

孔子说:"请问你的心遨游于那里的境况。"老聃说:"获得这种境界是最为美妙、最为快乐的啊。获得最为美妙的境界并且遨游于最为快乐境界的,称为'至人'。"孔子说:"希望能听听达到那种境界的方法。"老聃说:"吃草的野兽,不担心更换草泽;生长在水里的虫类,不担心变换水塘。只是作了小小的变动,却并没有失去他们生活中重要而不可缺少的东西。喜怒哀乐的情绪,都不会进入心中。所谓天下,就是万物所统一于其中的地方。得天道而又能通天道,那么四肢百骸将视为尘垢,而死亡与生存、终结和开始将看作昼夜的变化,没有什么能扰乱他们,何况只是得失、祸福的分界呢!他们抛弃附属的东西就好像抛弃泥土,因为知道自身比附属物尊贵。知道可贵在于自身,而不因外界的变化失掉自我。况且万物的变化未曾有尽头,又有什么足以忧心的啊!修道的人都明白这一点。"

孔子说:"先生的道德能与天地匹配,却仍然借助至人的言论来修养心性。至于古时候的君子,谁能免去修心的功夫啊!"老聃说:"不是这样的。就像那水自然涌出的样子,无为才能自然;至人的德性,不加修饰而万物已不能脱离它了。就像上天的自然高远,大地的自然厚实,日月的自然明亮,又何必修饰呢!"

孔子出来,将老聃的话告诉颜回,说:"我对于大道的认识啊,大概就像醯鸡吧!如果不是先生为我揭开缸盖,我不会知道天地的广大和全貌的。"

【注释】

　　① 新沐:刚洗完头。　② 被:同"披"。　③ 慹(zhé)然:一动不动的样子。　④ 便:通"屏",隐蔽。　⑤ 与:通"欤"。　⑥ 信然:确实如此。　⑦ 掘:通"倔",独立的样子。　⑧ 辟:张,张开。　⑨ 将:粗略,大概。　⑩ 肃肃:寒冷的样子。　⑪ 赫赫:炎热的样子。　⑫ 纪:纲纪,支配。　⑬ 息:生息。　⑭ 改:变。　⑮ 萌:开始。　⑯ 反:通"返"。　⑰ 宗:主人,主宰。　⑱ 方:道术,方法。　⑲ 疾:患,担忧。易:更换。　⑳ 小变:指地理位置的改变。大常:指生活的基本条件。　㉑ 所一:所统一于其中的地方。　㉒ 支:通"肢"。此句意为与天道的尊贵相比,肢体十分卑贱。　㉓ 滑:乱,扰乱。　㉔ 介:分界。此句意为对于得失祸福的区分不再关心,因为它们其实是互为因果的一体。　㉕ 隶:属。隶者:附属的,即富贵爵禄等身外之物。泥涂:泥土。　㉖ 不失于变:不因外界的变化而失掉自我。　㉗ 极:穷尽。　㉘ 为道者:修道之人。　㉙ 假:借助于。至言:至人的理论。　㉚ 脱:免。　㉛ 汋(zhuó):水自然涌出的样子。　㉜ 醯(xī)鸡:蠛蠓,一种常生于醋瓮、酒瓮中的极小的飞虫。　㉝ 微:没有,不是。发吾覆:为我揭开缸盖。醯鸡居住瓮中,瓮的盖子一旦揭开,得以见瓮外之天。

【评析】

　　孔子在本章里,又成了"受教者",他向老聃请教有关"大道"的问题,老聃则向他逐层深入地说明了"道"的本质和特性,其中包括万物初始境界的情状,自然运行的规律,遨游大道的感受,以及如何臻于大道境界的途径等等。老聃指出,人一旦游心于万物之初,即对万物的本源有了一定的认识之后,就能不受外物的干扰,就能参与大道永无止息的变化和发展,并且最终臻于"至美至乐"的境界;而要游心于万物之初,却又是以忘却祸福、无视生死为前提的。孔子聆听过老聃的高论之后,终于有所觉悟,并且由衷感叹儒家学问的浅薄,以及道家理论的高尚。

老聃(其实也就是庄子)强调,遨游大道的至人之所以"至美至乐",就是因为"喜怒哀乐不入于胸次",也就是能始终置身于一种似乎无情无欲的精神境界,始终保持安静、恬淡的随和心理,这就是得道之人理想的人格境界。当然,人非草木,孰能无情?如果将"喜怒哀乐不入于胸次"理解为完全不能拥有喜怒哀乐的感情,这就误解了作者的本意。作者在这里是强调人的感情应该随顺于自然,不可造作,不可作人为的增添,不可由于情感的抒发而伤害自己的身体。《德充符》篇中,庄子曾这样对惠施说:"吾所谓无情者,言人之不以好恶内伤其身,常因自然而不益生也。"所谓"常因自然"的"无情",也就是指"喜怒哀乐不入于胸次"。

至于如何才能做到"喜怒哀乐不入于胸次"呢?作者认为,关键在于摆脱外物的牵累,因为人的好恶之情,通常都是由利益的得失引起的,如果对于得失能够熟视无睹,那么人就可以进入"无情"的境界。按照世俗的理解,人的最大的得失,应该就是生死,人必须"生存"才有"获得",假如"死亡"则一切都将"失去"。于是作者紧接着就从"生死"的问题入手,强调如果能从"万物为一"的高度着眼,就会发现生与死的对立根本就不存在,所谓"夫天下也者,万物之所一也",其实蕴含有"万物一府,死生同状"(《天地》)的意思。作者认为,宇宙间其实没有所谓人的生死,只有物的始终,而且万物的终始又总是呈现出无穷的变化。人一旦明白了这一点,那么死亡就不会扰乱恬淡的心境,对于死亡和生存、终结和开始,将会看作如同昼夜变化一样的平常,至于得失、祸福等琐碎的事情,就更不会放在心上。也就是说,金钱财富、权势地位,甚至于人的身体,相对于真正的"自我"来说,其实都是所谓"隶",都是附属的东西。所以至人"弃隶者若弃泥涂,知身贵于隶也",

附属的东西的失去，在至人看来，就好像泥土的丢弃，并不感到可惜，因为他们知道"自我"比附属的东西更加尊贵。这样一来，也就是做到了彻底摆脱外物的牵累。

庄子见鲁哀公，哀公曰："鲁多儒士，少为先生方者①。"庄子曰："鲁少儒。"哀公曰："举鲁国而儒服②，何谓少乎？"庄子曰："周闻之：儒者冠圜冠者知天时③，履句屦者知地形④，缓佩玦者事至而断⑤。君子有其道者，未必为其服也；为其服者，未必知其道也。公固以为不然，何不号于国中曰⑥：'无此道而为此服者，其罪死！'"于是哀公号之五日，而鲁国无敢儒服者。独有一丈夫，儒服而立乎公门。公即召而问以国事，千转万变而不穷⑦。

庄子曰："以鲁国而儒者一人耳，可谓多乎？"

【今译】

庄子去见鲁哀公，鲁哀公说："鲁国有很多儒士，但是很少有从事先生您的道术的。"庄子说："鲁国儒士很少。"鲁哀公说："鲁国所有的人都穿着儒士的服装，怎么能说少呢？"庄子说："我听说过：儒士头上戴着圆形的冠，表明他们懂得天文气象；脚上穿着方形的鞋，表明他们知晓地理；身上宽松地佩带着玉玦，表明他们临事能够决断。但是君子有那种道术的，未必穿那种服装；而穿那种服装的，未必懂得那种道术啊。您如果坚持认为不是这样，为什么不在国内发布号令说：'没有这种道术而穿这种服装的人，就处以死罪！'"于是哀公发布号令，五天之后，鲁国没有敢穿儒服的人了。只有一个男子，穿着儒服站立在朝廷大门那里。鲁哀公立即召见并询问国事，问题变化多端而应答自如。

庄子说："在整个鲁国当中，儒士只有一人而已，难道可以说多吗？"

【注释】

①为:从事。方:道术。　②举:全。　③前一"冠"(guàn)字:指戴冠的动作。圜:通"圆"。古人认为"天圆地方",冠圆像天,故曰"知天时"。　④履:指穿鞋的动作。句:通"矩",方形。屦(jù):鞋子。鞋方像地,故曰"知地形"。　⑤缓:宽松。佩:佩带。玦(jué):开缺口的玉环。古人常以佩玦或赠玦表示决断、决绝。缓佩玦:喻示事发之前当从容处置,而事到临头应当机立断。　⑥号:发布号令。⑦千转万变:指问题变化多端。

【评析】

本章所述庄子去见鲁哀公并与之对话的故事,明显是杜撰的,因为庄子与梁惠王、齐威王同时,比鲁哀公大约要晚一百几十年,他们两人显然不可能有会面的机会。当然,"哀公"之"哀"字也有可能是讹误所致,庄子或许真的和鲁国执政的某位"王公"谈论过有关儒生的话题,只是如今无从确考而已。但是,即使庄子和鲁君真有过类似的谈话,所谓鲁君为了儒服之事而"号于国中",以及最终唯独一个儒士"立乎公门"的场景,也明显是不可能出现的。那么,庄子的后学虚构这样一个寓言性质的故事,究竟是为了什么呢?

首先当然是为了攻击儒家。在庄子后学的时代,儒家获得鲁哀公之类的统治者的扶持,基础十分稳固,势力空前盛大,本章所谓举国多为儒士而很少有人参与其他学术派别的现象应该不在少数,庄子后学抬出自己的宗师与鲁哀公对话,既有利于正面抨击儒家学者的行为举止,又有助于遏制儒家的势头。

其次则是为了说明,某种道术或理论的正确与否,并不取决于支持者的人数多少和受欢迎的程度如何。鲁国的儒者不可胜数,但"真儒"却微乎其微,而且这仅此一人的学问,其实又是和"道家"相通的。也就是说,只要有真才实学,能够体悟大道,即使一人也不算少;如果虚张声势,道术虚伪杂乱,人数再多也无济于事。正如常言所说:有理不在声高,得势不在人多。这也从侧面反映出,当时的庄子学派伸张自家理论和试图摆脱困境的努力。

最后则是为了抨击表里不一的社会现象。世人常常被假象迷惑,头戴圆形冠、脚穿方形鞋的儒士之所以能横行天下,就是因为这样的服饰象征着所谓上知天文、下晓地理,能够赢得世人的夸赞,因而群起效仿,鱼目混珠,以至呈现了"举鲁国而儒服"的局面。当然,本章最后还是描述了一个"千转万变而不穷"的真正"儒者"的形象,说明儒家的学说以及儒者的形象当时已经深入人心,若想彻底否定,也是不现实的。

百里奚爵禄不入于心①,故饭牛而牛肥②,使秦穆公忘其贱,与之政也。

有虞氏死生不入于心③,故足以动人④。

宋元君将画图⑤,众史皆至⑥,受揖而立⑦,舐笔和墨⑧,在外者半⑨。有一史后至者,儃儃然不趋⑩,受揖不立,因之舍⑪。公使人视之,则解衣般礴裸⑫。君曰:"可矣,是真画者也。"

【今译】
　　百里奚不把富贵地位放在心里,所以他喂养牛,牛就很肥,使得秦穆公忘却了他身份的卑贱,将政事交给了他。
　　虞舜不把生死放在心里,所以就能令人感动。
　　宋元君要画图画,许多画师都来了,接受过国君的揖谢后各自就位,又是舔笔,又是调墨,站在门外的还有一半人。有一个最后才到的画师,安闲舒缓地走来,也不加快步子,接受揖谢后也不就位,随即回到客馆去了。宋元君派人去窥视他的举动,只见他解开了衣服,赤身露体地叉开腿坐着。宋元君说:"行啊,这才是真正画画的人哟!"

【注释】

①百里奚:姓"孟",字"百里奚"。本为虞人,虞被秦灭,遂入秦国。起初贫困,养牛为生,后被召用,为秦穆公所器重。　②饭:喂养。　③有虞氏:舜。死生不入于心:指舜父瞽叟、后母及后母之子常欲杀舜,或纵火烧廪,或投土填井,欲置之于死地,而舜屡屡脱险,且无所记恨。参见《史记·五帝本纪》。　④动人:令人感动。　⑤宋元君:宋国国君,平公之子,名"佐",谥号为"元"。参见《外物》篇。图:图画。　⑥史:此指画师。　⑦揖:拱手行礼。受揖:接受揖谢之礼。古时臣子拜见,君王须拱手答谢。立:古之"位"字,就位。　⑧舐笔:用唾液润湿笔毛。和墨:调和墨汁。　⑨在外者半:无法进入大殿,站在门外的尚有一半。形容前来献艺的画师很多。　⑩儃儃(tǎn)然:安闲舒缓的样子。趋:跨步较小而频率较快的一种行走方式。按照礼节,走向国君时应"趋"。　⑪之:往。舍:客馆。　⑫般礴(pán bó):两腿叉开而坐,即"箕坐"。

【评析】

这里列举的百里奚、有虞氏和无名画师,都是保全天然真性、不受外物干扰的人,因此地位卑贱却不受轻视,不求爵禄而爵禄自至,不欲执政而众人拥戴,无心感人而魅力四射,无意于画图而被称赞为"真正的画者"。作者其实是以此喻示:"道"是可遇而不可求的,若执意求"道",就是心存"有为",不仅于"道"无补,而且有害于"道";与此相反,无心求"道",真"道"却往往自动前来。因此,人生在世,就应像那无名画师,不拘形迹,放旷天真。

"宋元君将画图"一节,谓宋元君不挑选"舐笔和墨"、认真谦恭的画工,而唯独青睐"解衣般礴"、不拘礼仪的画师,作者的本意,当然是以此"真画师"比拟得"道"之人,作者似乎是有意与上一章"儒服而立乎公门"之"真儒"相互映衬,并以此宣传自然随意的处世之道。但是这一无名画师后来却被看成是中国古代艺术家的典型形象,这一节也常常被视为"不求形似""意在笔先"等中国传统艺术主张的源头。无名画师的"解衣般礴",就是人们常说的"神闲气定,意在笔先",它是艺术家创作之前,摒弃一切利害得失的杂念,从而进入某种忘我无人境界时的表现,通常认为如果达不到这种状态,就不可能创造出神妙之作,即所谓"不到解衣盘礴裸,敢希神妙秋毫颠"(清·翁方纲《蕴山以近诗寄惠州舟中点定漫书纸尾》)。无名画师的"解衣般礴",影响到唐代的张旭,以头发濡墨挥洒,因而草书入圣;影响到北宋的陈直躬,作画时精神凝聚,形同枯木,因而能捕捉并表现出野雁安然自在的神态(参见苏轼《高邮陈直躬处士画雁》诗之一,其中有"无乃槁木形,人禽两自在"句);又影响到清初的"八大山人",醉酒泼墨而令人叫绝。那些"天机所触,不求形似"的艺术风格和"不拘形迹,一派天真"的心性发露,始终受到中国古代艺术理论的推崇表彰,其源头正在于此。

文王观于臧①,见一丈人钓②,而其钓莫钓③。非持其钓有钓者也,常钓也④。文王欲举而授之政⑤,而恐大臣父兄之弗安也⑥;欲终而释之⑦,而不忍百姓之无天也⑧。于是旦而属之大夫曰⑨:"昔者寡人梦见良人⑩,黑色而𩑔⑪,乘驳马而偏朱蹄⑫,号曰:'寓而政于臧丈人⑬,庶几乎民有瘳乎⑭!'"诸大夫蹴然曰⑮:"先君王也⑯。"文王曰:"然则卜之⑰。"诸大夫曰:"先君之命,王其无它⑱,又何卜焉。"

遂迎臧丈人而授之政。典法无更,偏令无出⑲。三年,文王观于国⑳,则列士坏植散群㉑,长官者不成德㉒,𪓐斛不敢入于四竟㉓。列士坏植散群,则尚同也;长官者不成德,则同务也㉔,𪓐斛不敢入于四竟,则诸侯无二心也。文王于是焉以为大师㉕,北面而问曰:"政可以及天下乎㉖?"臧丈人昧然而不应㉗,泛然而辞㉘,朝令而夜遁㉙,终身无闻。

颜渊问于仲尼曰:"文王其犹未邪㉚?又何以梦为乎?"

仲尼曰："默，汝无言！夫文王尽之也，而又何论刺焉㉛！彼直以循斯须也㉜。"

【今译】

　　周文王到臧地巡察，看见一个老人在钓鱼，然而他的钓鱼钓不着什么。并非手持钓竿真的要钓鱼，钓竿常常拿在手中而已。周文王想要起用他，并将政事交付给他，但是恐怕大臣和自己的父辈、兄弟们不服；想要放弃这个打算不起用他，又不忍心让老百姓无所依靠和仰望。于是早晨就召集大夫们说："夜里我梦见了一个君子，黑黑的面色，黑黑的颊毛，骑着一匹杂色的马，马蹄的半边是红色的，他对我下令说：'将你的政事托付给臧地的老人，大概人民就能得到拯救了！'"众大夫震惊地说："这是我们已故的君王呀。"周文王说："既然如此，那么就占卜决定。"众大夫说："既然是已故君王的命令，君王您又没有其他的疑虑，又何必占卜呢？"

　　于是迎接臧地的老人前来，而且将政事授予了他。典章法令没有变更，政府文诰也没发布。三年之后，周文王巡视全国，就见各种士人朋党离散，官长不建立个人的功德，外国的量器不敢进入境内。各种士人朋党离散，就是崇尚同心；官长不建立个人的功德，就是努力从事共同的事业；外国的量器不敢进入境内，就是诸侯没有异心。于是周文王拜臧地老人为太师，面朝北方而对着老人问道："政事可以推广于天下吗？"臧地老人默默地没有应答，漫不经心地给予拒绝，早晨还发布政令而夜里就逃走了，终身不再有讯息。

　　颜渊问孔子说："周文王还不能取信于人吗？又何必谎称是梦呢？"孔子说："闭嘴，你不要说话！周文王已经尽可能地完美了，你又何必议论讥刺呢！他只是以此随顺一时的需要啊。"

【注释】

　　① 文王：周文王。观：巡察。臧：地名，近于渭水，即今陕西西安附近。　② 丈人：对老者的尊称，实指姜太公。原本作"丈夫"，然下

文三称"臧丈人",此处当属笔误。　③ 莫钓:钓不着什么。　④ 常钓:钓竿常在手。　⑤ 举:提拔,起用。　⑥ 弗安:不顺服。　⑦ 释:舍弃。　⑧ 无天:无所依靠仰望。　⑨ 旦:早晨。属:召集。　⑩ 昔夜。良人:君子。　⑪ 頯(rán):同"髯",颊毛。　⑫ 驳马:杂色的马。偏朱蹄:马蹄的一边为红色。　⑬ 寓:托,托付。　⑭ 庶几:近于,差不多。瘳(chōu):病愈,引申为获得拯救。　⑮ 蹴(cù)然:震惊的样子。　⑯ 先:死去的。先君王:此指文王父亲季历,因为以上文王描述的梦中人就是季历的形象。　⑰ 卜:以占卜的方式预测吉凶。⑱ 无它:无他,没有其他的疑虑。　⑲ 偏:通"篇"。偏令:文诰。⑳ 观于国:观政于国中。　㉑ 列士:各种士。植:植党,即私党。坏植散群:即朋党离散。　㉒ 成德:建立个人的功德。　㉓ 斔(yǔ):通"庾",一种量器。斛(hú):亦为量器。竟:通"境"。当时各诸侯国的量器单位不尽一致,担心受骗或试图骗人的只相信自己的量器,而如今别国的量器不敢带入境内,说明境内的量器已能取信于境内境外的所有人,行骗者不敢再来。　㉔ 同务:努力从事共同的事业。　㉕ 大师:即"太师",君主的老师。　㉖ 及天下:推广于天下。当时文王尚未统一天下,故有此问。　㉗ 昧然:沉默的样子。　㉘ 泛然:漫不经心的样子。辞:拒绝。　㉙ 朝令:早晨发布政令。　㉚ 未:未能取信于人。　㉛ 论刺:议论讥刺。　㉜ 直:只是。循:随顺,根据需要做某事。斯须:须臾,极短暂的时间。

【评析】

臧丈人的垂钓,是不钓之钓,却引来周文王的光顾;臧丈人的执政,是无为而治,却赢得国宁家安的局面,然而一旦周文王试图将其治理方法推广于天下,丈人却朝令而夜遁,终身不再露面。这是为什么呢?原来臧丈人是个内心虚静之人,一旦接受了周文王的委托而执政,"典法无更,偏令无出",无心施治,凡事皆因循自然,然而政局平稳,民风朴素,正是他无为感化的结果。后来文王有推广之心,也就是说,要变"无为"为"有为"了,因此丈人听说后要逃之夭夭。施行"无为",就同心同德,国家安宁;一旦"有为",则朋党纷争,朝令夕改,作者是以此表彰虚静自然的行为和抨击有为有我的举措。

本章所谓垂钓而遇周文王的"臧丈人",其原型其实就是辅佐周文王和周武王建功立业的姜太公,不过,《史记·齐太公世家》所载姜太公的事迹,仅有他以垂钓引起文王重视的记载,而没有所谓功成名就、国泰民安以后"夜遁"之事,作者显然有意在此采用虚虚实实的笔法,借以阐发其自然无为的理论,与《德充符》篇中鲁哀公与哀骀它的故事,十分相似。

列御寇为伯昏无人射①,引之盈贯②,措杯水其肘上③,发之,适矢复沓,方矢复寓④。当是时,犹象人也⑤。

伯昏无人曰:"是射之射,非不射之射也。尝与汝登高山⑥,履危石,临百仞之渊,若能射乎⑦?"于是无人遂登高山,履危石,临百仞之渊,背逡巡⑧,足二分垂在外,揖御寇而进之⑨。御寇伏地,汗流至踵。伯昏无人曰:"夫至人者,上窥青天,下潜黄泉,挥斥八极⑩,神气不变。今汝怵然有恂目之志⑪,尔于中也殆矣夫⑫!"

【今译】

列御寇为伯昏无人表演射箭,拉满了弓,又将一杯水放在左臂肘上,然后放箭。一箭射出,第二箭紧跟而去;第二箭刚射,第三箭已扣在弦上。在这个时候,仿佛雕像一般。

伯昏无人说:"这只是平常射箭的射法,并非不射箭的射法啊。我试着和你一起登上高山,脚踩危石,身临百丈深渊,你能射吗?"于是伯昏无人登上高山,踏着危石,身临百丈深渊,背对着深渊移步后退,脚掌有三分之二悬空在外,向着列御寇拱手作揖,招呼他往前来。列御寇趴在地上,冷汗一直流到脚跟。伯昏无人说:"那最高尚的人,上能窥探青天,下可潜伏黄泉,自由放纵于八方,神情气色不会改变。如今你惊恐得眼光里表现出摇晃不定的意念,你要想射中目标也就困难了。"

【注释】

① 列御寇:列子,参见《逍遥游》篇。伯昏无人:虚构的人名,《德充符》篇谓郑国大夫公孙侨以之为师。 ② 引:拉弓。贯:通"弯"。盈贯:弓已拉满。 ③ 措:放置。此句喻指其拉弓放箭时心神极其镇定。 ④ "适矢复沓(tà)"二句:适,往,去;沓,重,又;寓,寄托,放置。谓第一箭射出,第二箭紧跟而去;第二箭刚刚射出,第三箭已扣在弦上。形容动作神速。 ⑤ 象人:雕像,泥土或木头等材料制作的人像。 ⑥ 尝:试,试着。 ⑦ 若:你。 ⑧ 背逡巡:背对深渊挪步后退。 ⑨ 进之:使之进,令列御寇往前来。 ⑩ 挥斥:放纵,自由奔放。八极:八方。 ⑪ 怵(chù)然:惊恐的样子。恂(xún):摇晃不定。志:意。 ⑫ 中:射中,命中。

【评析】

上一章从臧丈人的"不钓之钓"开头,本章则以伯昏无人的"不射之射"收尾,两章的主旨其实大致相同,都是强调"葆真守全"。自以为射技精湛的列御寇,虽能弯弓如满月,箭去似流星,然而一旦身处险境,却匍匐于地,冷汗直淌,更别指望他拉弓放箭了,于是,伯昏无人所谓"不射之射"与"射之射"的境界高低的差异,昭然若揭。

"射之射",是指通常的射箭,尽管射手的技艺水平存在高低,但究竟属于俗人的范畴;"不射之射",则指射手根本不将射箭放在心上,神定气闲,忘怀得失,这才是得"道"之人的境界。宣颖说:"太公有莫钓之钓,无人有不射之射。射以神定为主,妙如御寇,犹技也。必如无人,则进于道矣。写无人登高临渊,险极吓极,此际四边无倚,非真全者,其孰能之?"(《南华经解·田子方》)"真全"之人,无视高山、危岩、深渊的危险,因为他们知道,外物无心害人,就像登山涉渊之人,未必皆有危险;而人心足以为害,心性一旦有了缺陷,常至丧命也不知觉悟。所以说,真正的危险不在于身外,而在于内心,"葆真守全",就有希望到达至善至美的境地。

不过,伯昏无人所谓的"上窥青天,下潜黄泉,挥斥八极,神气不变",是庄子对于"至人"的精神世界的向往,是庄子理想的超脱尘世的精神生活情态,如果要作实际的探求,当然是不可能的。南宋的理学家朱熹对此就曾大感不解,他说:"若曰旁日月、扶宇宙,挥斥八极、神气不变者,是乃庄生之荒唐。"(《朱子语类》卷一百二十五)庄生的荒唐浪漫的情思,当然不是循规蹈矩的理学家所能理解的。

肩吾问于孙叔敖曰①:"子三为令尹而不荣华,三去之而无忧色②。吾始也疑子,今视子之鼻间栩栩然③,子之用心独奈何?"孙叔敖曰:"吾何以过人哉!吾以其来不可却也④,其去不可止也。吾以为得失之非我也,而无忧色而已矣。我何以过人哉!且不知其在彼乎⑤?其在我乎?其在彼邪亡乎我,在我邪亡乎彼⑥。方将踌躇⑦,方将四顾,何暇至乎人贵人贱哉!"

仲尼闻之曰:"古之真人,知者不得说⑧,美人不得滥⑨,盗人不得劫⑩,伏戏、黄帝不得友⑪。死生亦大矣,而无变乎己⑫,况爵禄乎!若然者,其神经乎大山而无介⑬,入乎渊泉而不濡⑭,处卑细而不惫⑮,充满天地,既以与人己愈有⑯。"

【今译】

肩吾问孙叔敖说:"您三次登上楚国宰相的宝座而不认为是荣华,三次免去宰相职位而脸上没有愁容。我起初怀疑你,如今看到了你鼻尖微微抖动的样子,您有关此事的心思究竟是怎样的呢?"孙叔敖说:"我哪有什么过人的地方啊!我只是认为荣华的到来无法推辞,荣华的离去无法阻止。我认为荣华的得失并非取决于我,因此脸上没有愁容而已。我哪有什么过人之处呢!而且我不知道荣华是存在于宰相呢?还是存在于我呢?假如荣华存在于宰相之职呢,就不存在于我;如果存在于我呢,就不存在于宰相之职。我正在徘徊,正在四下眺望,哪有空闲操心人的尊贵或者卑贱呢!"

孔子听到此事以后说:"古代的真人,智者无法将他说服,美女无法使他淫乱,盗贼无法劫持他,伏羲、黄帝无法迫使他亲近。生死也算是大事了,然而对他自己并不能产生影响,何况只是富贵呢!像这样的人,他的精神穿行于泰山而无所阻挡,浸入深渊山泉而不会沾湿,处于卑微的地位而不会困顿,充满于天地之间,尽量给予他人而自己更加充足。"

【注释】

① 肩吾:隐士名,参见《逍遥游》篇和《大宗师》篇。孙叔敖:春秋时楚人,楚庄王时任令尹,执政三月而楚大治,曾辅佐庄王大败晋军。 ② "子三为令尹而不荣华"二句:令尹,楚国对于宰相的专称。《史记·循吏传》曰:"(孙叔敖)三得相而不喜,知其材自得之也;三去相而不悔,知非己之罪也。"与此合。 ③ 栩栩然:轻微抖动的样子。《大宗师》篇有"真人其息深深"之说,呼吸深沉,鼻翼间必然有轻微牵动,而真人修养必高,故肩吾询问其用心如何。 ④ 其:指"荣华"。 ⑤ 彼:指"令尹"。 ⑥ "其在彼邪亡乎我"二句:亡,不存在。意为假如荣华属于令尹之职,就和我没有关系;假如荣华属于我,就和令尹之职没有关系。 ⑦ 方将:正在。踌躇:徘徊。 ⑧ 知:通"智"。说:说服。 ⑨ 滥:淫。 ⑩ 劫:用武力夺取。 ⑪ 伏戏:伏羲,传说中的上古帝王。友:亲近。此句意为帝王也不能拉拢他们。 ⑫ 无变乎己:对自己并无影响。 ⑬ 大:通"太"。大山:"泰山"。介:界,引申为障碍。 ⑭ 濡(rú):沾湿。 ⑮ 卑细:卑贱,卑微。惫:困顿。 ⑯ 既:尽。此句语出《老子》八十一章:"圣人不积,既以为人己愈有,既以与人己愈多。"

【评析】

作者在这里又是采用虚实相间的笔法,将真实的人物与莫须有的情节糅合在一起,为他的立论服务。历史上以"恭俭"著称的孙叔敖,在这里是作为"守真全性"的"真人"形象出现的。他三任宰相之职而不感觉有所荣耀,三去宰相之职也不产生忧戚之情,文章借孔子之口赞扬他说,得道之人抱全守一,心态纯真,因此任何外界的影响,诸如说客、美女、盗贼、帝王、生死、爵禄,都无法使他动心,他忘却所有世俗的价值标准,完全顺应自然,从而获得了精神上的绝对自由。孙叔敖的精神,其实就是"自然无为"的精神,所以文章最后说,它能"充满天地,既以与人己愈有",这也就是《天道》篇所谓"外天地,遗万物,而神未尝有所困"的"至人"的精神,所以就有"无为"而无不为、取之不尽而用之不竭的神奇作用。

楚王与凡君坐①,少焉,楚王左右曰"凡亡"者三②。凡君曰:"凡之亡也,不足以丧吾存③。夫凡之亡不足以丧吾存,则楚之存不足以存存④。由是观之,则凡未始亡而楚未始存也。"

【今译】

楚王和凡国的君王坐在一起,不大一会儿,楚王的侍从多次说到"凡国灭亡了"。凡国的君王说:"凡国的灭亡,并不能使我心中存有的'道'丧失。既然凡国的灭亡不足以丧失我心中存有的'道',那么楚国的存在也不足以保存'道'的存在。由此看来,那么凡国不曾灭亡而楚国不曾存在啊。"

【注释】

① 凡:国名,大约春秋中叶以后灭亡,地处今河南辉县西南。凡君:凡国国君,国亡后寄居楚国。 ② 三:多次。 ③ 丧吾存:丧失我心中所存有的道。 ④ 存存:保存道。

【评析】

亡国之主凡君的一番言论,针对楚国侍从的讥诮而发,表面上是围绕亡国的标志展开,是有关究竟"凡"灭还是"楚"亡的争辩,其实不然。在庄子看来,"葆真"之人将富贵、名誉、国家等等,都看作是身外之物,因此国家的存亡与否,对于有"道"之人来说并无本质的损益,因为判断存亡的根本标志不在于迹象,而在于"道"。国亡,"道"可以不失;而国存,"道"已消亡的现象却并不少见。所以说,"道"存而一切皆存,"道"亡而一切皆亡。

那么这个"道"究竟是指什么呢?《庄子·在宥》篇说:"何谓道?有天道,有人道。"然而天道与人道归根结底又是统一的,因为"道通为一"(《齐物论》)。所以对于得"道"之人来说,"道"在于其内心,"道"就是他的精神,也可以说就是他本人。本篇第二章孔子见到温伯雪子之后,说:"目击而道存矣!"恰恰证明了上述"道"与人的关系。而"凡君"能不以得失忧心,不以存亡为念,说明在作者的心目中,他也正是这样的有"道"之人。

庄子及其后学所处的战国时代,诸侯并起,兼并成风,家破国亡的现象比比皆是。然而亡者并不一定就是昏君恶主,存者也未必就是明主贤王,仁不必存,暴不必亡,因而作者以楚王、凡君为喻,宣扬抱朴守真的非凡魅力,寄予他无可奈何的深沉感慨,同时也多少反映了当时混乱的社会状况。

知北游第二十二

【解题】

明人陆长庚认为本篇"所论道妙,断言语,绝名相,混溟晦昧,迥出思议之表,读《南华》者,《知北游》最为肯綮"(《南华真经副墨·知北游》)。也就是说,陆长庚认为整部《庄子》之中,本篇最能反映庄子思想的精髓。为什么这样说呢?本篇九章,全为寓言故事,各章均采用人物对话的形式,从不同角度在阐述同一个主题,即"论道"。所以说,本篇与内篇《大宗师》都属于本体论,不过本篇在探求天地万物和人类生成的本原问题方面,在论述"道"的作用和客观性方面,是颇具特色的,而且各章均采用形象化的阐述,因此比《大宗师》更为生动。所谓《庄子》独具的"文学的哲学,哲学的文学"的特点,本篇和《秋水》篇表现得尤其明显。

本篇论述了"道"的本然存在及其生育、支配万物的特性,指出"道"是无处不在、无所不包的,宇宙间的万事万物,大至天地日月,小到蝼蚁屎溺,都在它的笼罩和控制之下。文章还揭示了"道"本身的绝对虚无、玄空神秘的特质,指出"道"生于无而处于虚,因此不可知、不可见、不可言和不可得,只有像文章中的"无为谓"那样无思无虑,方可体悟真道,只有像"啮缺"那样形若槁骸,心若死灰,才能领悟大道。也就是说,无为才能悟"道",无心才是有"道",要而言之,"无"就是"道"。如果说上篇《田子方》主要发挥一个"真"字,那么本篇则通体反映了一个"无"字,"'真'者道之本根,'无'者道之化境,由'真'以返于'无',即'无'以窥其'真'"。刘凤苞认为,一部《庄子》,仅此"真""无"二字就足以囊括了(参见刘凤苞《南华雪心编·知北游》)。
　　篇名摘取起首三字而成,与文章大意无关。

　　知北游于玄水之上①,登隐弅之丘②,而适遭无为谓焉③。知谓无为谓曰:"予欲有问乎若:何思何虑则知道?何处何服则安道④?何从何道则得道?"三问而无为谓不答也。非不答,不知答也。知不得问,反于白水之南⑤,登狐阕之上⑥,而睹狂屈焉⑦。知以之言也问乎狂屈⑧。狂屈曰:"唉⑨!予知之,将语若。"中欲言而忘其所欲言⑩。知不得问,反于帝宫,见黄帝而问焉。黄帝曰:"无思无虑始知道,无处无服始安道,无从无道始得道。"知问黄帝曰:"我与若知之,彼与彼不知也⑪,其孰是邪⑫?"黄帝曰:"彼无为谓真是也,狂屈似之,我与汝终不近也。"

　　夫知者不言,言者不知⑬,故圣人行不言之教⑭。道不可致,德不可至⑮。仁可为也,义可亏也,礼相伪也⑯。故曰:"失道而后德,失德而后仁,失仁而后义,失义而后礼。礼者,道之华而乱之首也⑰。"故曰:"为道者日损。损之又损之,以至于无为。无为而不无为也⑱。"今已为物也,欲复归根,不亦难乎⑲!其易也其唯大人乎⑳!生也死之徒,死也生之始㉑,孰知其纪㉒!人之生,气之聚也。聚则为生,散则为死。若死生为徒,吾又何患!故万物一也。是其所美者为神奇,其所恶者为臭腐;臭腐复化为神奇,神奇复化为臭腐。故曰:"通天下一气耳㉓。"圣人故贵一。

　　知谓黄帝曰:"吾问无为谓,无为谓不应我,非不我应,不知应我也;吾问狂屈,狂屈中欲告我而不我告,非不我告,中欲告而忘之也;今予问乎若,若知之,奚故不近?"黄帝曰:"彼其真是也,以其不知也;此其似之也,以其忘之也;予与若终不近也,以其知之也。"狂屈闻之,以黄帝为知言㉔。

天地有大美而不言,四时有明法而不议,万物有成理而不说㉕。圣人者,原天地之美而达万物之理㉖。是故至人无为,大圣不作,观于天地之谓也㉗。今彼神明至精㉘,与彼百化㉙。物已死生方圆,莫知其根也。扁然而万物㉚,自古以固存㉛。六合为巨,未离其内;秋豪为小,待之成体㉜。天下莫不沈浮㉝,终身不故㉞;阴阳四时运行,各得其序;惛然若亡而存㉟;油然不形而神㊱;万物畜而不知㊲:此之谓"本根",可以观于天矣!

【今译】

智向北游历来到玄水岸边,在隐弅登上山丘,恰巧在那里碰到了无为谓。智对无为谓说:"我有问题想问你:如何思索、如何考虑才能懂得道?如何处世、如何行事才能安于道?通过什么途径、运用什么方法才能获得道?"接连问了三次无为谓都不回答。并非不愿回答,而是不知怎样回答啊。智得不到解答,就返回到白水的南岸,登上了狐阕山,在那里看见了狂屈。智就将先前的问话用来问狂屈。狂屈说:"唔!我知道如何解答,我马上告诉你。"谁知内心正想说却又忘记了自己本想要说的话。智得不到解答,返回到黄帝的宫室,见到黄帝而问他这些问题。黄帝说:"没有思索,没有考虑就能懂得道,取消处世、取消行事就能安于道,没有途径、没有方法就能获得道。"智问黄帝说:"我和你知道这些道理,无为谓和狂屈不知道这些道理,究竟谁是对的呢?"黄帝说:"那无为谓真正是合乎天道的,狂屈接近于天道,我和你终究未能接近天道啊。"

知道的人不说,说的人不知道,所以圣人施行不用言语的教育。道不可能靠努力获得,德不可能凭努力达到。仁是可以实行的,行事合宜就可能有所损弃,而礼的施行则是相互的虚伪表现。所以说:"失去道以后才有德,失去德以后才有仁,失去仁以后才有义,失去义以后才有礼。"礼,乃是道的虚饰、乱的开端呀。所以说:"进行道的修养的人一天天地消除人为的虚伪。消除而又再消除,因此而达到无为的境界。达到无为,也就无所不为了。"如今常人已在追求身外之物了,要想重新返回虚无的根本,不也是很困难的吗!要说是容易的,恐怕只有得道的人吧!生是死的后继,死是生的开始,谁能知道什么在支配它们!人的诞生,乃是气的聚合啊。聚合便成生命,离散就成死亡。如果死亡与生存是相互延续的,我又忧愁什么呢!所以万物是一体的。如此看来,人们所赞美的就是神奇的,人们所厌恶的就是腐臭的;而腐臭的会重新变化为神奇,神奇的会重新变化为腐臭。所以说:"贯通天下的只是一种'气'的物质而已。"所以圣人看重同一。

智对黄帝说:"我问无为谓,无为谓不回答我,并非不愿回答我,不知道如何回答我啊;我又问狂屈,狂屈内心想要告诉我而最终没告诉我,并非不愿告诉我,内心想要告诉而又忘了该如何表达;如今我再问你,既然你知道如何回答,为什么又说不近于天道呢?"黄帝说:"无为谓真正是懂得天道的,因为他不知道怎么说;狂屈是接近于天道的,因为他忘记了该如何说;我和你终究是与天道不接近的了,因为我们知道如何解说啊。"狂屈听说了这件事,认为黄帝懂得天道的理论。

天地有众多的好处却不言语,四季有明显的法则却不议论,万物有自然生成的条理却不说话。圣人,推究天地的好处而通晓万物的道理。所以至人无所作为,大圣不妄自创造,就是说他们效仿于天地。那天地最为精妙,参与万物的千变万化。万物已呈现或死或生或方或圆的状态,没有人知道他们的根本的样子。自然生长的万物,自古以来就是存在着的。天地四方是巨大的,未能超出道的范围;秋天鸟兽新生的毛是微细的,也要依赖"道"才能成形。天下的一切无不升降变化,它始终不会陈旧;阴阳四季的变化运行,各自遵守它的秩序;昏昏暗暗的好像一无所有而其实是存在的;自然出现、没有形迹而神奇无比;万物受它养育却不知情。这就叫做"本根",明白了这些就可以观察天道了!

【注释】

① 知(zhì):虚构人名。玄水:虚构的河名。 ② 隐弅(fén):虚构的地名。 ③ 无为谓:虚构人名。 ④ 处:处世。服:行,行事。 ⑤ 反:通"返"。白水:神话中虚构的河名,相传发源于昆仑山,饮后可以长生。此处"白水",实与前述北方"玄水"(玄,黑色)相对。 ⑥ 狐阕(què):虚构的山名。 ⑦ 狂屈:虚构人名。 ⑧ 之:此,指上述对无为谓的问话。 ⑨ 唉(ǎi):表示应答的拟音词。 ⑩ 中:心中,内心。 ⑪ 彼与彼:指无为谓与狂屈。 ⑫ 是:正确,此指合乎天道。 ⑬ "知者不言"二句:知,通"智"。语见《老子》第五十六章。 ⑭ 行不言之教:语见《老子》第二章:"是以圣人处无为之事,行不言之教。" ⑮ "道不可致"二句:意为道无处不在,德源于自然,关键在于自己体味,自然而得。 ⑯ "仁可为也"三句:义,宜,行事得当。意为有所偏爱的"仁"可以通过努力达到,要做到行事得当就必然有所裁决,裁决则有所舍弃,而礼的施行源自文饰,文饰则是虚伪的基础。 ⑰ "失道而后德"六句:语出《老子》第三十八章,末二句与《老子》通行本有所不同。《老子》通行本作:"夫礼者,忠信之薄而乱之首。前识者,道之华而愚之始。" ⑱ "为道者日损"四句:为道,修道,学道。日损,每天抛弃一点人为的、虚伪的东西。语出《老子》第四十八章,文字与《老子》通行本稍有出入。《老子》通行本作:"为学日益,为道日损。损之又损,以至于无为,无为而无不为。" ⑲ "今已为物也"三句:为物,与"为道"相对,指追求身外之物。归根,归返于虚无的道的境界。意为如今常人都已在追求外物,若要使他们重新回到虚无之道,是很困难的,因为常人不能随顺自然,不愿抛弃那些人为的、外在的东西。《老子》第十六章:"夫物芸芸,各归其根。归根曰静,静曰复命。复命曰常,知常曰明。" ⑳ 大人:至人,真人。至人无为,自然易于"归根"。

㉑"生也死之徒"二句：徒，类，属。意为生与死属于一类，从单个事物的角度来看，有生有亡；而从"合万物"的高度观察，其实无所谓生、无所谓死。此二句仍然是从《老子》演化而来，不过意思大不一样。《老子》第五十章："出生入死。生之徒，十有三；死之徒，十有三；人之生，动之于死地，亦十有三。"《老子》此章是讲养生保命之道的，上引文字是其中的一节，意思是说：人的生存和死亡，是自然现象，其中长寿的(生之徒)、短命的(死之徒)和原本能够长命却自投死路的，各占总人口的近三分之一。 ㉒纪：纲纪，支配。 ㉓通：贯通。 ㉔知言：理解有关天道的理论。 ㉕"天地有大美而不言"三句：大美，大善，众多的好处、恩惠。明法，明显的法则。成理，自然生成的条理。此三句与《论语·阳货篇》载孔子所说"天何言哉？四时行焉，百物生焉"语义相近。 ㉖原：推原，推究。达：通晓。 ㉗观：明察，引申为效仿。 ㉘神明：实指天地，因为"神"降自天，"明"出自地。 ㉙彼：万物。百化：各种变化。 ㉚扁：通"翩"。翩然，自然而又突然的样子。 ㉛自古以固存：以，而。固，本来。意为万物变化的本根(天道)自古以来就存在。语见《大宗师》篇："自本自根，未有天地，自古以固存。" ㉜"六合为巨"四句：六合，天、地、四方。谓至大至小的事物都不能脱离道的主宰，都依赖道才得以生成。喻指天道的极其伟大和极其精微。换言之，从天道的观点来看，无所谓大，无所谓小。 ㉝沈浮："沉浮"，下降和上升。 ㉞故：陈旧。 ㉟惛(hūn)然：暗昧不清的样子。 ㊱油然：不留迹象的样子。 ㊲畜：养育，此指被养育。

【评析】

对于"道"究竟应该如何认识，是本章的中心议题，对此作者是采用寓言形式加以说明的：知凭借智慧求"道"，毫无所获；狂屈"中欲言而忘其所欲言"，即虽能忘言而不能忘闻，所以只是近似而无法真正悟"道"；只有无为谓无闻无言，才是真正的知"道"。林云铭说："末收狂屈，终不点出无为谓，盖无为谓惟以不知知终也，狂屈便多此一闻矣。"(《庄子因·知北游》)所以说，求知不如不知，有闻不如无闻，有言不如欲言，欲言不如不言，不知、不闻、不言，才是真正懂得大道的表现，因为大道本身虚无而无从捉摸，任何有为的举动都是与大道相违背的。作者同时指出，一旦领悟万物变化的根源在于天道，并且能够效法天地、无为顺物，就可以达到至人的境界。

历代注家大多将本章分为两章，认为"狂屈闻之，以黄帝为知言"之前为第一章，所录皆知与无为谓、狂屈、黄帝等人的对话；"天地有大美而不言"以下则为第二章，主要说明庄子的自然观。唯独钟泰持有异议，他认为本章采取的是夹叙夹议的手法，不仅"夫知者不言，言者不知"至"圣人故贵一"这一大段属于作者的议论，并非出自黄帝之口，而且"天地有大美而不言"以下一段，仍然是承接上文的议论。他说："向来注家，胥莫不分'天地有大美'以下别为一节，不知言'大美不言''明法不议''成理不说'，乃承上'知者不言，言者不知'为说，而末云'此之谓本根'，亦即指点上文'欲复归根'，归根之所在。"（《庄子发微》卷三）钟泰所说有理，故此合为一章，并根据叙述、议论的转换变化，分成四个段落。

第一段落是"叙"，假托知与无为谓、狂屈、黄帝的对话和行为描写，说明"知者不言，言者不知"。第二段落是"议"，阐明"圣人行不言之教"的道理。此节屡屡援引老子的名言加以阐发，是所谓"重言"的手法，即引用历史名人的有关论断来加强议论的气势，以便取信于读者。第三段落又是"叙"，如果按照自然顺序，这节本来是应该连接在第一节之后的。此节主要记录了知与黄帝进一步的对话，并且通过黄帝之口，强调"有言"不如"忘言"，"忘言"不如"无言"，而只有"无言"才是真正合乎天道的表现。第四段落又转为"议"，所谓"天地有大美而不言，四时有明法而不议，万物有成理而不说。圣人者，原天地之美而达万物之理。是故至人无为，大圣不作，观于天地之谓也"等等，是说天地有无穷的好处，总是自然显露，根本无须利用语言来展示；四季具有明显的变化法则，不必通过议论来使人认识；万物都有自然生成的形式纹理可以区分，不需要人为的说明。正是从对于自然的思索和万物之理的探究之中,庄子发现了永恒的"道"的存在。庄子认为,天地万物的本性都是"无为"的,圣人只需观察天地就能知晓天道,只要随顺自然就可获得天道、安于天道,所以说:"至人无为,大圣不作。"庄子还认为,天地万物的特性是"不言""不议""不说"的,而天道正是在这"无声"之中自然显露,说明言语对于人的修"道"毫无益处,而谈论天道正是不通天道的表现,所以说:"知者不言,言者不知!"这一节其实也是对第一段落黄帝所谓"无思无虑始知道,无处无服始安道,无从无道始得道"数句的进一步阐发,因为既然天道是自然显现的,那么何必要思索考虑,何必绞尽脑汁寻求什么得道的方法和途径呢?

本章有关"人之生,气之聚也。聚则为生,散则为死。……通天下一气耳"的论说,后来成为道教"气为生命基础"观点的滥觞,道教有关"炼气"的理论往往从这里开始生发。它后来又被宋代理学家借用,发展成为有关宇宙开创的假说。张载说:"太虚无形,气之本体,其聚其散,变化之客形尔。……气本之虚则湛本无形,感而生则聚而有象。……造化所成,无一物相肖者,以是知万物虽多,其实一物;无无阴阳者,以是知天地变化,二端而已。"(《正蒙·太和》)张载将一切物体的产生变化都归结为气的聚散,除此之外,他还从庄子其他有关"气"的论说中汲取营养,庄子"气本虚无"(《人间世》"气也者,虚而待物者也")、"气分阴阳"(《则阳》"阴阳者,气之大者也")以及"阴阳之气相互作用而产生万物"(《田子方》"至阴肃肃,至阳赫赫。肃肃出乎天,赫赫发乎地。两者交通成和而物生焉,或为之纪而莫见其形")等等假想,给了张载许多启示,从而发展构造成了他自己的宇宙图景。

本章所谓"人之生,气之聚也。聚则为生,散则为死。若死生为徒,吾又何患"等论说,也为后世文人的追求精神超脱创造了理论基础。既然人生只不过是"气"的暂时凝聚,既然死亡与生存可以相互转化延续,那么根本无须为死亡忧愁恐惧。西汉的贾谊在遭受贬谪和感觉会不久于人世之时,就曾大量引用庄子的语言抒发他达观、超脱的思想:"且夫天地为炉兮,造化为工;阴阳为炭兮,万物为铜。合散消息兮,安有常则?千变万化兮,未始有极。忽然为人兮,何足控抟;化为异物兮,又何足患!"(《鵩鸟赋》)这种置生死忧患于不顾的精神追求、遗形忘我的自得超脱,都明显出自庄子。

  齧缺问"道"乎被衣①,被衣曰:"若正汝形②,一汝视,天和将至③;摄汝知④,一汝度⑤,神将来舍⑥。'德'将为汝美,'道'将为汝居⑦。汝瞳焉如新生之犊而无求其故⑧。"言未卒,齧缺睡寐。被衣大说⑨,行歌而去之,曰:"形若槁骸,心若死灰⑩,真其实知⑪,不以故自持⑫。媒媒晦晦⑬,无心而不可与谋⑭。彼何人哉⑮!"

【今译】

  齧缺向被衣询问如何得"道",被衣说:"你要使你的形体端正,使你的视线专一,自然的和顺就会来临;收敛你的智力,始终不改变你的态度,神明就会驻留。'德'将使你显示完美,'道'将栖居在你身上。你无知无识的好像刚刚出生的牛犊而不会探求事物的缘故。"话还没说完,齧缺已经睡着了。被衣非常高兴,一路走、一路唱着歌离开了齧缺,歌词中说:"形体如同枯骨似的静止,心灵如同熄灭的灰烬似的沉寂,真正而又实在地懂得天道,不会因为探求事物的缘故而强自操持。懵懵懂懂的,没有心机因而不可能参与谋划。那是怎样的人哟!"

【注释】

  ① 齧缺:相传为尧时贤士,王倪弟子,许由之师。被衣:王倪之师,又称"蒲衣子"。参见《天地》篇、《应帝王》篇。 ② 若:你。 ③ 大和:自然和顺。 ④ 摄:收敛。知:通"智"。 ⑤ 一:专一,不变。度:态度。 ⑥ 舍:居住。 ⑦ "德将为汝美"二句:德,承前"天和"而言,《德充符》篇曰:"德者,成和之修也。"道,承前"神"而言,神是道的作用的显现。 ⑧ 瞳:无知的样子。故:缘故。《淮南子·道应训》作:"惷乎若新生之犊。" ⑨ 说:通"悦"。 ⑩ "形若槁骸"二句:

槁骸,枯骨。语出《齐物论》篇:"形固可使如槁木,心固可使如死灰乎!" ⑪ 真其实知:其,语助词。真正的、实在的理解。实即"不知之知"。 ⑫ 故:缘故。同上"无求其故"之"故"。自持:自我操持。 ⑬ 媒媒晦晦:蒙昧无知的样子。 ⑭ 与谋:参与谋划。 ⑮ 彼何人哉:含赞叹意。

【评析】

尧时贤士齧缺问"道"于披衣,披衣循循善诱,不料话未说完,齧缺已酣然入睡,披衣却为之大喜,认为这正是得"道"顿悟的表现。作者通过如此形象的描绘,说明虚静无为、无心无知就可得"道"的道理。那么,如何才能做到无心无知呢? 具体的步骤和过程究竟是怎样的呢? 披衣对此是以歌唱的形式加以说明的:首先应该"形若槁骸",即端正自我形体,集中注意力,不受外界事物的诱惑;其次则是"心若死灰",即收敛智力,态度专一,对待任何事物都不作人为的探求。当外表与内心都达到了一致的安静和顺的状态时,天道就自然可以降临并驻留在他的身上。

方人杰曾称赞《知北游》篇生动形象的写作手法,认为"笔墨之灵,能将人之隐微曲曲传出","令人眼头心头,隐隐跃跃,有如神观止之叹"(《庄子读本·知北游》)。刘凤苞则直接称赏本章的写作方式:"闻大道而睡寐,极写悟道之境,惝恍入神,梦梦者无从领会。被衣大说(悦),说者与寐者皆在化境中矣。道之妙处,不可以言传,而但寄之以歌,歌词真道著妙处也。"(《南华雪心编·知北游》)刘凤苞之所以说歌词能传达"妙处",因为"道"只可意会,不可言传,而歌词语短意富,可以提供引申和想象的空间,其特性恰恰比较适合表现比较模糊、含蓄和深奥的内容。后来佛教、道教的法语真言,往往采用韵语或歌谣的形式,道理正在这里。

舜问乎丞曰①:"道可得而有乎?"曰:"汝身非汝有也,

汝何得有夫道!"舜曰:"吾身非吾有也,孰有之哉?"曰:"是天地之委形也②;生非汝有,是天地之委和也;性命非汝有,是天地之委顺也;子孙非汝有③,是天地之委蜕也。故行不知所往,处不知所持,食不知所味。天地之强阳气也④,又胡可得而有邪!"

【今译】

　　舜问丞说:"'道'能够获得并保有吗?"丞回答说:"你的身体都不是你自己拥有的,你怎么能保有那'道'呢!"舜说:"我的身体不是我自己所拥有的,那么谁拥有它呢?"丞答道:"你的身躯是天地所授予的形体;生命并非你所保有,它是天地赋予的气的调和;性命并非你所保有,它是天地托付的气的顺畅;子孙并非你所拥有,他们是天地所交付的蜕变。所以出行不知走向何方,居住不知驻守哪里,饮食不知味道如何。那是天地间气的运动啊,又怎么能够获得并保有呢!"

【注释】

　　① 丞:官名。据《小戴礼记·文王世子》篇,古代天子身边有四个辅佐官员,前为左丞右丞,后有左疑右疑。　② 委:授予,赋予。　③ 子孙:原本作"孙子",陈景元《庄子阙误》引张君房本作"子孙",据以更改。　④ 强阳:运动。本句意为主宰并促使万物变化的,是天地间气的运动。

【评析】

　　本章强调人所有的一切,包括其形体、生命、子孙,甚至饮食起居等日常行为,都是天地的造化,都是受天地支配的。而且,既然天地万物的变化其实都体现了"道"的作用,人当然也是受"道"支配的,某个个人身体的存在或消亡当然也就是"道"的瞬间的变化。人是"道"的派生,"道"是人的主宰,所以人不可能拥有"道"。

　　"道",视之无形,听之无声,不可论说,无法言传。《大宗师》篇里的女偶自称向卜梁倚传授学"道"的方法步骤,就是守气守神、外天下、外物、外生、朝彻、见独、无古今而进入不死不生境界的过程;本篇后面提到悟"道"者老龙吉的超凡入圣的表现,则是"藏其狂言而死"。可见所谓学"道",只能是个人的行为,只能通过个人独自体验的方法去把握,从这个角度来看,人也只能接近"道"、体悟"道"、顺应"道",而不能拥有"道"。所以丞对舜说:"汝身非汝有也,汝何得有夫道!"

强调人的一切都不是个人所有,强调"道"主宰一切,其根本目的当然还是为了宣扬作者自然无为、顺应天道的主张。

孔子问于老聃曰:"今日晏闲①,敢问至道。"老聃曰:"汝齐戒②,疏瀹而心③,澡雪而精神④,掊击而知⑤。夫道,窅然难言哉⑥!将为汝言其崖略⑦:

"夫昭昭生于冥冥,有伦生于无形⑧,精神生于道,形本生于精,而万物以形相生⑨。故九窍者胎生⑩,八窍者卵生⑪。其来无迹⑫,其往无崖⑬,无门无房⑭,四达之皇皇也⑮。邀于此者⑯,四肢强,思虑恂达⑰,耳目聪明。其用心不劳,其应物无方⑱。天不得不高,地不得不广,日月不得不行,万物不得不昌,此其道与!且夫博之不必知,辩之不必慧⑲,圣人以断之矣⑳!若夫益之而不加益、损之而不加损者㉑,圣人之所保也㉒。渊渊乎其若海,魏魏乎其终则复始也㉓。运量万物而不匮㉔,则君子之道,彼其外与㉕!万物皆往资焉而不匮㉖,此其道与!

"中国有人焉㉗,非阴非阳㉘,处于天地之间,直且为人㉙,将反于宗㉚。自本观之㉛,生者,喑醷物也㉜。虽有寿夭,相去几何?须臾之说也,奚足以为尧、桀之是非!果蓏有理㉝,人伦虽难㉞,所以相齿㉟。圣人遭之而不违㊱,过之而不守[37]。调而应之[38],德也;偶而应之[39],道也。帝之所兴、王之所起也[40]。

“人生天地之间,若白驹之过郤[41],忽然而已。注然勃然,莫不出焉;油然漻然,莫不入焉[42]。已化而生[43],又化而死。生物哀之,人类悲之。解其天弢,堕其天帙[44]。纷乎宛乎[45],魂魄将往,乃身从之[46]。乃大归乎[47]!不形之形,形之不形[48],是人之所同知也,非将至之所务也[49],此众人之所同论也。彼至则不论,论则不至;明见无值[50],辩不若默;道不可闻,闻不若塞[51]:此之谓大得[52]。”

【今译】

孔子问老聃说:“今天安静闲暇,冒昧请问最高的‘道’是怎样的?”老聃说:“你应该斋戒,疏通你的心灵,洗涤你的精神,毁弃你的智慧。那‘道’啊,是深奥而难以叙说的!就为你说说它的大概吧:

“那光明产生于幽暗,有形出生于无形,精神诞生于‘道’,形体最初是从精气中萌生的,万物则是以各种形态相互变化而生的。所以有九个孔穴的动物是胎生的,有八个孔穴的动物是卵生的。它的来临没有痕迹,它的离去没有边际,不知从哪个门出现,不知在哪间房安歇,无所不通而无比广大。遇上这个‘道’的人,四肢强健,思虑通达,耳聪目明。他的用心无须劳苦,他应对万物而并不拘滞于某一方面。天得不到它就不能高远,地得不到它就不能广大,日月得不到它就不能运行,万物得不到它就不能昌盛,这就是‘道’啊!况且学问广博的人不一定聪明,善于辩论的人不一定灵慧,圣人对此已有断言了!像那天道增添了却看不出增加、减少了却看不出缺少的品质,乃是圣人所保有的。天道深奥的样子像大海,高大的样子如山峰,周而复始地运行着,运载并计量万物而不会匮乏。然而君子的道,那是游离在天道之外的吧!万物都前往索取而不会穷尽,这就是‘道’呀!

“国家中央有一个人,不偏于阴也不偏于阳,置身于天地之间,暂且做人而已,将要返回于本原。从本原的立场来看人,所谓生命,只是气的聚集而形成的物啊。虽然有长寿和夭折的不同,相差能有多少呢?说起来人生只是短暂的瞬间而已,哪里能够确定唐尧和夏桀的是非啊!树和草的果实都有纹理,人与人的关系虽难分辨,可以相互通过年龄排序。圣人遇到人伦之事而不违背,随它逝去而不拘守。调和并且顺应万物,就是'德';和谐并且适应万物,就是'道'。道德就是帝赖以兴隆、王赖以崛起的根源啊。

"人生在天地之间,就像透过缝隙看到白马飞驰而过,一瞬间而已。犹如水的喷涌、苗的破土,没有什么不是自然生出的;好像云彩飘散、积水消退,没有什么不是自然消亡的。已经变化而出生,又变化而死亡。生物为之哀痛,人类为之悲伤。其实死亡是解除了天然的束缚,破坏了天然的包裹。散乱啊,宛转啊,魂魄将要离开,于是身体跟从逝去。这就是死亡呀!从无形变为有形,又从有形变为无形,这是人所共知的,并非将要达到'道'的境界的人所追求的,但这又是众人所共同议论的。那些到达'道'的境界的人不议论,而议论的人又到不了'道'的境界;自称对'道'看得很清楚的人其实什么也看不见,争辩其实不如沉默;'道'是不可能听说的,听到不如塞住耳朵:这就叫做深得大'道'的奥秘。"

【注释】

① 晏闲:安静闲暇。 ② 齐:通"斋"。 ③ 疏瀹(yuè):瀹,通"瀹"。疏导而使清澈。而:你。 ④ 澡雪:洗涤而使洁净。 ⑤ 掊击:打破,引申为抛弃。知:通"智"。 ⑥ 窅(yǎo)然:深奥的样子。 ⑦ 崖略:轮廓,大概。 ⑧ 伦:理,纹理。有伦:有形。《天地》篇:"物生成理谓之形。" ⑨ 相生:相互转化。 ⑩ 胎生:指人类和兽类。 ⑪ 卵生:指鱼、鸟、昆虫类。 ⑫ 其:指道、神。 ⑬ 崖:边际。 ⑭ 无门:不知从何处出现。无房:不知在哪里归宿。 ⑮ 四达:无所不通。皇皇:广大的样子。 ⑯ 邀:遭遇。此:指"道"。 ⑰ 恂(xún):通"徇",通畅。 ⑱ 无方:不拘滞于某一方面。 ⑲ "且夫博之不必知"

二句:知,通"智"。慧,聪慧。语出《老子》第八十一章:"善者不辩,辩者不善;知者不博,博者不知。" ⑳ 以:通"已",已经。断之:对此有断言。 ㉑ 益之而不加益、损之而不加损:语意与《老子》第四章"道冲而用之久不盈"一句类似。 ㉒ 保:保有。 ㉓ 魏魏:通"巍巍",高大的样子。"魏魏乎其"之下当有"若山"二字,方与"渊渊乎其若海"成对文。 ㉔ 运:运载。量:度量。 ㉕ 彼:指君子之道。外:游离于天道之外。与:通"欤"。 ㉖ 资:取资。匮:乏、穷。本句语意同于《老子》第三十四章:"大道泛兮,其可左右。万物恃之以生而不辞,功成而不有,衣养万物而不为主。" ㉗ 中国:国之中央。 ㉘ 非阴非阳:阴阳和谐。 ㉙ 直且:暂且,姑且。 ㉚ 反:通"返"。宗:指"天"。《天下》篇曰:"以大为宗。"又曰:"不离于宗,谓之大人。" ㉛ 本:亦指"天"。"宗""本"同一所指,着眼于有所归返则谓"宗",着眼于生命起始则谓"本"。 ㉜ 喑醷(yīn yì):聚气的样子。 ㉝ 果蓏(luǒ):树木所结果实称"果",草类的果实称"蓏"。理:纹理。 ㉞ 人伦:人与人的关系。 ㉟ 所以:可以。相齿:相互以年龄排次。 ㊱ 遭:遇。之:指人伦。 ㊲ 过:逝去,往。 ㊳ 调:和顺。 ㊴ 偶:和谐。 ㊵ "帝之所兴"二句:意为帝王的兴起,依靠的是无为自然之道。 ㊶ 白驹:白马。郤:同"隙",缝隙。《盗跖》篇曰:"天与地无穷,人死者有时。操有时之具而托于无穷之间,忽然无异骐骥之驰过隙也。"与此句意相似。 ㊷ "注然勃然"四句:注然,水喷涌而出的样子。勃然,幼苗破土而出的样子。出,喻指"生"。油然,云彩飘散的样子。漻(liáo)然,积水消退的样子。入,喻指"死"。意为万物的兴起和消逝,都出于自然。 ㊸ 化:转化。 ㊹ "解其天弢"二句:弢(tāo),通"韬",弓的套子。堕:通"隳",毁坏。帙:包在书外面的布套。意为死亡其头是解除了天然的束缚。 ㊺ 纷乎:散乱的样子。宛乎:宛转的样子。形容万物千变万化的情状。 ㊻ "魂魄将往"二句:古时相传人死的时候,魂飞上天,魄散入地,然后身体跟从而去。 ㊼ 大归:死亡。 ㊽ "不形之形"二句:之,往。指从无形(人尚未出生时的状态)转化为有形,又从有形变为无形。意为从无生命到有生命、又从有生命到生命消亡的过程。 ㊾ 将至:将要达到道的境界。 ㊿ 值:通"直";直,正见,此指看见。 ㉛ 塞:塞耳不听。 ㉜ 大得:深得大道之理。

【评析】

本章借老聃之口,阐述"道"的化育万物的作用及其渊乎若海的特性,说明万物(包括人类)都是生于道而又返于道的,进而探讨得"道"的手段。

首先,老聃向孔子介绍"道"的情状:"昭昭生于冥冥,有伦生于无形,精神生于道,形本生于精,而万物以形相生。"这一切或许并非老聃的原话,但肯定是有所依据的。《老子》第一章说:"玄之又玄,众妙之门。"第十四章又说:"其上不皦,其下不昧,绳绳兮不可名,复归于无物。是谓无状之状,无物之象,是谓惚恍。"两相对照,有关"道"是无声、无形、无体的观点,有关"道"是所有微妙变化的终极原因的观点,都是一致的。老聃接着又向孔子形容"道"的作用:"天不得不高,地不得不广,日月不得不行,万物不得不昌。"类似的观点在《老子》书中也屡屡出现,《老子》第四十章就说:"天下万物生于有,有生于无。"然后老聃又告诉孔子如何去认识"道",他指出博学的人不一定聪明,善辩之人不一定灵慧,对于"道",无法用通常所谓的智慧论说去把握,也就是说世俗所谓的"智者"是得不到"道"的。但是"道"确确实实是存在的,它深奥的样子像大海,高大的样子如山峰,无论什么力量都无法使它增加或减少,而且总是供养万物而永不匮乏。类似的说法在《老子》书中也都能找到(参见本章注释)。由此可见,相传孔子问"道"于老子的传说应当是可信的,上述记载很可能是庄子或庄子后学根据有关史料所作的追记。

老聃认为,人的精神产生于"道",万物产生于"道",而且万物的生长、变化、兴盛、衰亡,都是由"道"来支配的。至于人,原本就是万物中的一类,人的所谓生命,只不过是"气"的暂时聚集而形成的物,"气"一且消散，生命随之消亡，正如本篇首章所说："人之生，气之聚也。聚则为生，散则为死。""气"当然也是由"道"产生的，那么人的生死从根本上来说也就是"道"的一瞬间的变化。作者认为，在这短暂的瞬间，人们根本无法确定唐尧与夏桀的谁是谁非，当然也无从判断什么该做什么不该做。那么，既然连是非都搞不清楚，又怎么能够把"道"阐说明白呢？而且既然"精神生于道"，那么人的感觉认知能力和理智思辨能力也都是"道"的衍生和局部，衍生和局部的事物当然无法把握本体和总体，因此人对于"道"，是无法通过一般的认知手段认识清楚的。所以，"至则不论，论则不至；明见无值，辩不若默；道不可闻，闻不若塞"，对于"道"只有不议论、不窥探、不争辩、不打听，保持无知无识、浑浑噩噩的状态，才能真正到达"道"的境界。

"道"字在《庄子》一书中频繁出现，有人粗略统计，出现次数多达三百二十余次，而且其含义变化多端。本章老聃为孔子讲解的"道"和"君子之道"，就有根本不同。"道"，或称"至道"，其实就是自然之道、无为之道，也就是所谓"天道"；"君子之道"则是有为之道，即所谓"人道"。君子运用"有为"之道，也能产生"运量万物而不匮"的功效，但是却被外物役使，用心操劳；至人运用"无为"之道，则"万物皆往资焉而不匮"，任凭万物自来借取，不烦运之量之，故而应物无方、不忧不劳。因此同样是一个"不匮"，前一"不匮"依靠操劳，后一"不匮"来自安逸，操劳是人为勉强的表现，安逸则是本于自然的结果，"自然"也就是"道"。

东郭子问于庄子曰①："所谓道，恶乎在②？"庄子曰："无所不在。"东郭子曰："期而后可③。"庄子曰："在蝼蚁④。"曰："何其下邪？"曰："在稊稗⑤。"曰："何其愈下邪？"曰："在瓦甓⑥。"曰："何其愈甚邪？"曰："在屎溺⑦。"东郭子不应。

庄子曰："夫子之问也，固不及质⑧。正获之问于监市履豨也⑨,'每下愈况⑩'。汝唯莫必,无乎逃物⑪。至道若是,大言亦然⑫。周、遍、咸三者,异名同实,其指一也⑬。尝相与游乎无何有之宫⑭,同合而论⑮,无所终穷乎!尝相与无为乎!澹而静乎!漠而清乎!调而闲乎⑯!寥已吾志⑰,无往焉而不知其所至⑱,去而来而不知其所止。吾已往来焉而不知其所终,彷徨乎冯闳⑲,大知入焉而不知其所穷⑳。物物者与物无际㉑,而物有际者㉒,所谓物际者也。不际之际,际之不际者也㉓。谓盈虚衰杀㉔,彼为盈虚非盈虚㉕,彼为衰杀非衰杀,彼为本末非本末,彼为积散非积散也。"

【今译】

东郭先生问庄子说:"所谓道,在哪里呢?"庄子说:"无处不在。"东郭先生说:"必须指出确切所在,然后人们才能认可。"庄子说:"在蝼蛄和蚂蚁身上。"东郭先生说:"怎么这样卑下呢?"庄子说:"在稊草和稗草那里。"东郭先生说:"怎么更加卑下了呢?"庄子说:"在瓦片和砖块那里。"东郭先生说:"怎么越来越过分了啊?"庄子又说:"在屎和尿那里。"东郭先生不再和庄子对话了。

庄子说:"先生的问题,本来就没能触及道的实质。就像正获询问监管市场的官员如何用踩猪腿的方法检验猪的肥瘦,那官员说'越往下越能真切反映猪的肥瘦'。除非你不要求必须指明道的所在,因为任何事物都不能逃离道的范围。最高的道是这样,最伟大的言论也是如此。就像'周''遍''咸'这三个词,名称不同而实质是一样的,它们的含义是一致的。我们试着一起邀游于一无所有的宫殿,混同汇合各种理论,没有终结没有穷尽啊!我们试着一起来到无为的境界吧!淡泊而宁静啊!寂寞而清虚啊!协调而悠闲啊!我的心志虚寂,出发了却不知道究竟要到哪里,去了又来也不知道在哪里停留。我已经来来往往无数遍,却不知道哪里是终点,倘徉于高大虚廓的空间,大智之人进入其中,也不知道它的尽头。塑造万物的天道作用于万物而自身没有界限,而万物是有界限的,就是人们所说的物的界限。都是没有界限的界限,界限中的没有界限啊。说到盈满和虚空、昌盛和衰落,道使万物有的盈满有的虚空,而自身并未盈满虚空;道使万物有的昌盛有的衰落,而自身并未昌盛衰落;道使万物有始有终而自身并无始终;道使万物时而积聚时而散落,而自身并不积聚散落。"

【注释】

① 东郭:城东的外城墙。东郭子:居住于东郭附近,因而得名。② 恶(wū):哪里。 ③ 期而后可:期,必。可,认可,赞同。意为必须指出道的确切所在,然后才能认可。 ④ 蝼:蝼蛄,一种对庄稼有害的昆虫。蚁:蚂蚁。 ⑤ 稊(tí):一种杂草,结实貌似小米。稗(bài):一种生长在稻田的杂草,貌似禾稻。 ⑥ 甓(pì):砖。 ⑦ 溺(niào):同"尿"。 ⑧ 固:本来。质:实质,此指道的实质。 ⑨ 正获:"正"为官职名,执掌狱讼的官员;"获"为此官员名。监市:市监,监管市场的官员。履:踩。狶(xī):大猪。古时买猪,用踩猪腿的方法来辨别猪的肥瘦;猪腿的下部难以养肥,是否真肥,只需检测那里就能比较和挑选。 ⑩ 况:象,反映。此句当为监市的答语,意为越是下部越能真实反映猪的肥瘦。 ⑪ "汝唯莫必"二句:意为"必"则有限,有限就不能无所不包,不能无所不包的就不是道。《大宗师》篇曰:"圣人将游于物之所不得遁而皆存。" ⑫ 大言:表现道的言论。 ⑬ 指:通"旨",含义。 ⑭ 尝:试,试着。无何有之宫:《逍遥游》篇之"无何有之乡",喻指虚无的境界。 ⑮ 同合而论:混同汇合各种理论。⑯ "澹而静乎"三句:皆描述无为的情状。 ⑰ 寥已吾志:"吾志寥已"的倒装句。寥,虚寂,即《大宗师》篇所谓"入于寥天一"之"寥"。 ⑱ 无往焉:当作"往焉",此句曰"往",下句曰"来",往不知所至,来不知所止,文正相对,曰"无往"则不通,故马叙伦《庄子义证》谓"无"字属衍文,当删。 ⑲ 彷徨:徜徉,即《逍遥游》篇"彷徨乎无为其侧"之"彷徨"。冯闳(hóng):高大虚廓的样子。 ⑳ 大知:大智之人。 ㉑ 物物者:使万物成为物的,塑造万物的,指天道。与:给于,作用于。际:

分界，界限。与物无际：道作用于万物，物大则随之而大，物小则随之而小；它体现于万物，但本身是没有界限的，即无法从具体的物窥测到具体的道。　㉒物有际者：意为天道无际，而体现天道的万物则有际。　㉓"不际之际"二句：意为所谓界限其实都是相对的，说没有界限的有相对的界限，说有界限的也不存在绝对的界限。　㉔衰杀：下文"盈虚""本末""积散"皆相对而言，唯此为同义词并列，疑误。《天道》篇有"衰德隆杀之服"语，疑此"衰杀"为"隆杀"之误。隆，盛。杀，衰。　㉕彼：指天道。

【评析】

本章可以说是对于《天地》篇所谓"道，覆载万物者也"的形象而又具体的说明。"道"既是宇宙的最后根源，是崇高神圣而无从窥测的；"道"又是无所不在、随处可见的，它体现在一切事物之中，它甚至充盈于蝼蚁、稊草、碎瓦、屎尿里面。正因为任何事物归根结底都是"道"的存在，所以说物与物之间其实并无界限，拘泥于是非、利害、生死等思想和行为，都是毫无必要的。

相比《老子》和本书《大宗师》篇有关"道"的阐述，本章的描写要具体实在得多，作者甚至将崇高神秘的"道"，下置于极为琐细、极为卑贱的蝼蚁、稊稗、瓦甓和屎溺之中。作者的本意，固然是以此强调"道"的无所不包和无处不在，不过这样的论述方法，却为理论的通俗化和平民化指明了方向；如此生动的形象化的阐述，给读者增添了许多想象的空间。后来佛教禅宗的参禅说法，就常常采用这样的方式。

例如，唐代有位僧人曾问禅师大珠慧海说："大师您学佛修禅，是否用功呢？"慧海答道："当然用功。"僧人又问如何用功，慧海说："饥来吃饭，困来即眠。"僧人不解，又问："凡人都是如此，岂不是和大师一样在用功吗？"慧海摇了摇头，说："并不一样，他们该吃饭时不肯吃饭，万般挑剔；该睡觉时不肯睡觉，千般计较，所以说他们的用功和我完全不同。"(参见《五灯会元》卷三) 大珠慧海的"饥来吃饭，困来即眠"，后来成为禅林传诵的名言,它体现了学佛参禅应该保持随意自然的思想,而且蕴含有禅道就存在于日常生活之中、无须外求的观点,因此受到普遍欢迎。不过这样的思想和表达方式,却与庄子所谓"汝唯莫必,无乎逃物。至道若是,大言亦然"以及"道在屎溺"的说法,有着惊人的相似。又如,五代时期,曾有僧人问高僧云门文偃禅师:"什么是佛?"文偃不假思索地答道:"干屎橛!"(参见《五灯会元》卷十五)所谓"干屎橛",是古人大便以后用以拭去残留屎迹的小木片,根本就是令人嫌恶的物件,文偃禅师将"佛"比作如此污秽不堪的东西,其用意显然是借以破除世人对于"佛"的执迷和畏惧,是对"自心是佛""佛道在于日常生活"的另外一种表达形式。这样的说教方式,犹如给受教者以当头棒喝,令人心惊之际,猛然醒悟,不过这样出人意料的比拟,与庄子的"道在屎溺"之说,显然又是一脉相承的。

庄子"道在屎溺"的观点,也给中国的艺术家许多启示,他们认为,既然大道无处不在,那么与此同理,艺术的来源、形式和表现方法等等,也是随处可见、可供任意撷取的。明代杨慎曾说:"庄子云:瓦砾秕稗,无非道也。例是而言,东坡深于文者也,故嬉笑怒骂皆成文章也;张旭深于书者也,故歌舞战斗皆草书也。"(《瑯嬛编》)东坡的文章、张旭的书法,之所以奇妙无比,就因为他们并不是把艺术看作多么神秘高尚的东西,于是俯拾皆是,触类旁通,于是就一切皆文、一切皆书了。

妸荷甘与神农同学于老龙吉[①]。神农隐几[②],阖户昼瞑[③]。妸荷甘日中奓户而入[④],曰:"老龙死矣!"神农拥杖而起[⑤],曝然放杖而笑[⑥],曰:"天知予僻陋慢诞[⑦],故弃予而死。已矣,夫子无所发予之狂言而死矣夫[⑧]!"弇堈吊[⑨],闻之,曰:"夫体道者,天下之君子所系焉[⑩]。今于道,秋豪之端万分未得处一焉[⑪],而犹知藏其狂言而死,又况夫体道者乎!视之无形[⑫],听之无声,于人之论者,谓之冥冥[⑬],所以论道,而非道也。"

　　于是泰清问乎无穷⑭,曰:"子知道乎?"无穷曰:"吾不知。"又问乎无为⑮,无为曰:"吾知道。"曰:"子之知道,亦有数乎⑯?"曰:"有。"曰:"其数若何?"无为曰:"吾知道之可以贵、可以贱、可以约、可以散⑰,此吾所以知道之数也。"泰清以之言也问乎无始⑱,曰:"若是,则无穷之弗知与无为之知,孰是而孰非乎?"无始曰:"不知深矣,知之浅矣;弗知内矣,知之外矣。"于是泰清卬而叹曰⑲:"弗知乃知乎,知乃不知乎!孰知不知之知?"无始曰:"道不可闻,闻而非也;道不可见,见而非也;道不可言,言而非也!知形形之不形乎⑳!道不当名㉑。"无始曰:"有问道而应之者,不知道也;虽问道者,亦未闻道。道无问,问无应。无问问之,是问穷也㉒;无应应之,是无内也㉓。以无内待问穷㉔,若是者,外不观乎宇宙㉕,内不知乎大初㉖。是以不过乎昆仑㉗,不游乎太虚㉘。"

　　光曜问乎无有曰㉙:"夫子有乎? 其无有乎?"光曜不得问而孰视其状貌㉚:窅然空然㉛。终日视之而不见,听之而不闻,搏之而不得也㉜。光曜曰:"至矣,其孰能至此乎!予能有无矣,而未能无无也㉝。及为无有矣㉞,何从至此哉!"

【今译】

　　妸荷甘和神农一起在老龙吉那里求学。神农倚靠在矮桌旁,大白天关着房门睡觉。中午妸荷甘打开房门走进来,说:"老龙吉死了!"神农扶着手杖站起身来,又"砰"的一声将手杖扔掉,笑了,说:"老师知道我偏狭、浅薄和狂妄,所以抛弃我而死去。来不及了,先生没能留下启发我的至言就死了啊!"弇堈前来吊唁,听说了这件事,就说:"那体现了天道的人,是天下的君子所依赖的。如今老龙吉对于道,连秋毫末梢的万分之一都没能得到,却仍然知道藏起他的至言而死,又何况那体现了天道的人呢! 看它,却没有形象;听它,却没有声音;在人群中谈论它的,称它为"冥冥",所以议论的道,就不是道啊。"

这时泰清问无穷,说:"你知道天道吗?"无穷说:"我不知道。"泰清又问无为,无为说:"我知道天道。"泰清说:"你所知道的天道,也有名称含义的具体数目吗?"无为说:"有。"泰清又问:"它的具体名称含义是怎样的呢?"无为说:"我知道天道可以尊贵、可以卑贱、可以收拢、可以离散,这就是我所知道的天道的名称含义的具体数目。"泰清又拿这问题来问无始,说:"像这样,那么无穷的不知道和无为的知道,究竟谁是正确的、谁是错误的呢?"无始说:"不知道的,对天道的认识深刻;知道的,对天道的认识浅薄。不知道的是内行,知道的是外行啊。"于是泰清仰天叹息,说:"不知道的就是知道啊,知道的就是不知道啊! 那么谁能懂得不知道的知道呢?"无始说:"道是不能听说的,听说的就不是道;道不能看见,看见的就不是道;道不能谈论,谈论的就不是道! 你知道塑造形体的东西本身是没有形体的吧! 道是不应该有名称的。"无始说:"遇见有人询问天道而回答他的人,是不知道天道的;即使是询问天道的人,也从未听说过天道。天道没什么可问,问了也无法回答。没什么可问的却仍要问,便是空洞的问;无法回答却仍要回答,便是没有内容。用没有内容的回答来对待空洞的询问,像这样的人,对外不能观察宇宙,对内不知道万物的根本。因此他不能越过昆仑高山,不能遨游于虚无的境界。"

光曜问无有说."先生是'有'呢? 还是'没有'呢?"光曜得不到回答,就仔细察看无有的形状面貌:空空然什么也没有。从早到晚地看他却看不见,听他也听不见,触摸他也摸不着。光曜说:"至高无上哟,谁能达到这样的境界啊! 我能拥有'无',却未能一概皆无。如今要做到'无有',如何才能到达这样的境界啊!"

【注释】

①妸(ē)荷甘、神农、老龙吉:皆作者虚构的人物。　②隐:倚靠。几:案,矮桌。　③阖:闭合,关闭。户:内室的门。瞑:古"眠"字。　④奓(zhà):开,大开。　⑤拥杖:扶着手杖。原本"拥杖"前又有"隐几"二字,盖承前而衍,《昭明文选·王简栖头陀寺碑文》"拥锡来游"注所引无"隐几"二字,据以删去。　⑥嚗(bó)然:手杖落地的声音。放杖:扔掉手杖。　⑦天:指老龙吉。慢诞:荒唐。"慢诞"原本作"慢訑",《白孔六帖》卷八十八所引作"漫诞","漫诞"与"慢诞"同,皆属叠韵连绵词,訑通"诞"。　⑧夫子:指老龙吉。发:启发。狂言:至言,至言并非常人所能理解和认可,故曰"狂"。本句谓老龙吉临死没有留下至言来启发我。　⑨弇堈(yān gāng):虚构的人物。吊:吊丧。　⑩系:连接,依靠。　⑪秋豪之端万分未得处一:假如把秋毫末梢分成一万份而未能获得其中的一份。喻指老龙吉对于天道所知极少。　⑫之:指"道"。下同。　⑬"于人之论者"二句:冥冥,昏暗沉默的情状。谓在人群中谈论天道的人,称天道为"冥冥"。　⑭泰清、无穷:均为虚构的人物。　⑮无为:虚构的人物。　⑯数:名数,指名称及其详细旨意的罗列。　⑰约:收敛。　⑱无始:虚构的人物。　⑲卬:古"仰"字。原本"卬"作"中",盖形近而讹,据《经典释文》所引崔譔本改。　⑳形形:塑造形体的,使形成其为形的,指"道"。　㉑道不当名:意为道既无形,不应设名。《老子》第一章:"道可道,非常道;名可名,非常名。"同书第二十五章:"吾不知其名,强字之曰'道',强为之名曰'大'。"　㉒穷:空,没有。　㉓内:内容。　㉔待:对。　㉕宇:天、地、四方,即"六合"。宙:古往今来。宇宙:借指远大。　㉖大初:"太初",万物的根本。　㉗昆仑:山名,喻指高远的境界。　㉘太虚:极其虚无的境界。　㉙光曜、无有:均为虚构的人物,分别喻指光明和虚无。　㉚孰:通"熟",仔细全面。《淮南子·道应训》"光曜不得问"前有"无有弗应也"五字,文义较为完备。　㉛窅(yǎo)然:本指深远,引申为空无。　㉜"终日视之而不见"三句:搏之,触摸他。语出《老子》第十四章:"视之不见,名曰夷;听之不闻,名

曰希;搏之不得,名曰微。此三者不可致诘,故混而为一。" ㉝ "予能有无矣"二句:意为"光"不具备形体,听不见,摸不着,故可称之为"无";但是可以看见,并非完全虚无,故曰"未能无无"。 ㉞ 无有:无所有,没有。"有无"与"无有"不同,前者着眼于"有",后者强调"无","无有"才是虚无境界。

【评析】

本章主要说明"道"的不能被世人所认识的超凡特性。文中借用至人无始之口指出,"道"既是超越人类的感知范围的,也是无法被人的理智思辨所探知的,而能够听说的、看见的和谈论的,都不是"道"。用弇堈的话来说,就是"视之无形,听之无声,于人之论者,谓之冥冥,所以论道,而非道也";用无始的话来说,就是"道不可闻,闻而非也;道不可见,见而非也;道不可言,言而非也";用无有的状貌来喻示,就是"无无",是"窅然空然,终日视之而不见,听之而不闻,搏之而不得"的。总之,"道"在于虚无。

老龙吉对于"道",尚未能领略万分之一,就明白"道不可言,言而非也"的道理,所以藏其狂言而死;无穷自述不知"道",无为自称知"道",所以无始认为前者所得深而后者所得浅;光曜没有形体,却有光芒,而且有心发问,所以只能处于"有无"的范畴,而不能臻于"无无",即不能真正达到"道"的境界。刘凤苞说:"写'无'字妙矣,写'无无'更妙。光曜无质而尚有其光,是能为有无,而仅及于无有之无有。至无有,则举其有者而无之,并其无者而亦无之。无无之妙,乃真无也。"(《南华雪心编·知北游》)

那么,虚无的"道"似乎终究是无法被人所认识的了,既然不能被认识,又如何理解庄子所谓"道无所不在"的论断呢? 无始的解释十分巧妙:"形形之不形乎!"意思是说,既然万物是由"道"来塑造的,那么用来塑造形体的东西本身当然是没有形体的了。这样一来,人们对于"道"的认知方面的困惑就可以消除了。

但是，"道"无法被常人认识，并非说"道"就完全不可认识。所谓"道不可言，言而非也"，意思是说无形无声的"道"是任何言语或文字无法完整地表述清楚的，要想通过语言来准确地把握"道"是不可能的。但是，庄子并不否认语言文字可以充当"中介"，可以使人获得某种意会，否则他本人也就没有必要在此喋喋不休了。而且人们还能通过另外的"体验"的途径来认识"道"，庄子在这里描述的道行高深的人物——老龙吉，就是一个能够接近"道"、把握"道"的至人，书中称之为"体道者"。所谓"体"，就是"体验"，既然"道"不可见、不可言、不可议，无法直接通过传授来学习，那么就只能靠自己亲身的体验了。

事实上，与其说"体道"是一种认识活动，还不如说是精神上的修养和实践活动，"体道者"正是在体悟的过程中逐渐感受"道"、接近"道"，最后才能到达"道"的精神境界，而只有在他达到"道"的境界的时候，他才能有对于"道"的真切认识。如此说来，"体道"只能并且永远是单独的个人行为，而真正成功的"体道者"又认为"道"是不可言说的，于是得"道"与否只能是一个永远无法破解的谜，这样就给庄子的"道"蒙上了一层神秘的色彩，必然削弱庄子理论的渗透力和影响力。不过这种理想主义的对于"道"的渴望，却为古人追求无待、无累、无患的绝对自由的精神境界提供了无穷动力，因而又是不乏积极意义的。

大马之捶钩者①，年八十矣，而不失钩芒②。大马曰："子巧与！有道与？"曰："臣有守也③。臣之年二十而好捶钩，于物无视也，非钩无察也。"是用之者④，假不用者也以长得其用⑤，而况乎无不用者乎⑥！物孰不资焉⑦！

【今译】
　　大司马属下一个锻造"钩"的工匠，已经八十岁了，打造出的钩刃却仍然没有丧失往日的锐利。大司马问："你是有技巧呢？还是有道术呢？"工匠回答："我有所恪守啊。我二十岁的时候就喜欢锻造钩，对于其他的物品看也不看,不是钩就不去观察。"这就是用以观察钩、锻造钩的心力,借助了没有用于其他方面的精力而获得长久的运用,更何况是那无所不用的天道啊!万物哪个不借助于它呢!

【注释】

① 大马:大司马,楚国的官名。捶:锻造。钩:一种兵器,形似剑而弯曲,格斗时钩而杀人。捶钩者:属大司马管辖的一个工人。　② 芒:锋芒。钩芒:钩之锋芒,即钩的刃端。不失钩芒:"钩芒不失",钩刃的锐利没有丧失。钩的作用主要体现于芒,此谓捶钩者技术精良,尤其锻造钩芒有独到之处。"钩芒"原本作"豪芒",据王孝鱼《庄子集释·校记》引唐写本及《淮南子·道应训》改。　③ 有守:有所恪守。意为执着于捶钩之道而"于物无视""非钩无察"。　④ 用之者:用以察钩、捶钩的心力。　⑤ 假:借助。不用者:指"于物无视"而节省的精力。以:而。长:久。　⑥ 无不用者:指"道",道不致力于运用,却又无所不用,与"无为而无不为"义同。　⑦ 资:取资,借助。

【评析】

捶钩的工匠自述提高技艺水平的诀窍,是"用之者,假不用者也以长得其用",意思是说,专注于所从事的工作而终身不改志向,就能节省本来可能用于其他方面的精力而汇聚于一处,因而能使这项技能达到无与伦比的境地。作者是借此说明"寓用于不用"和"不用"方为"大用"的道理,进而引申出"无为"才能无所不为的思想,所以本章最后说,天道是自然无为而又无所不用的,万事万物都要依赖于它。

尽管作者的本意在于阐述"无为"的思想及其作用,但是其中论说的道理,却对学术的研究、技能的学习都有指点迷津的作用。世人常常强调成功在于苦学苦干,但是过分要求,往往适得其反,因为人的精力、能力和时间都有限,如果面面俱到,必然不见效果。正因为是看到了这一矛盾现象,作者才提出所谓"用之者,假不用者也以长得其用"的原则。因此大凡学有所成的人,都是有所为、有所不为的,这就像

《养生主》篇中的庖丁,解牛以后总是习惯于"善刀以藏之"的道理一样,"善刀""藏刀"是为了有朝一日更好地发挥刀的作用,如果只是用刀而不能"善""藏",这刀也就废了。

冉求问于仲尼曰①:"未有天地可知邪?"仲尼曰:"可。古犹今也。"冉求失问而退②。明日复见,曰:"昔者吾问'未有天地可知乎?'夫子曰:'可。古犹今也。'昔日吾昭然,今日吾昧然。敢问何谓也?"仲尼曰:"昔之昭然也,神者先受之③;今之昧然也,且又为不神者求邪④!无古无今,无始无终。未有子孙而有子孙,可乎?"冉求未对。仲尼曰:"已矣,未应矣⑤!不以生生死,不以死死生⑥。死生有待邪⑦?皆有所一体⑧。有先天地生者物邪?物物者非物,物出不得先物也⑨,犹其有物也⑩。犹其有物也无已⑪!圣人之爱人也终无已者,亦乃取于是者也。"

【今译】

冉求问孔子说:"天地产生以前的状况可以知道吗?"孔子答:"可以。古时候的情况就像今天一样。"冉求不知如何再问就回去了。第二天又来求见,说:"昨天我问'天地产生之前的状况可以知道吗?'先生说:'可以。古时候的情况就像今天一样。'昨天我明白了,今天我却糊涂了。请问你说的是什么意思呢?"孔子说:"昨天你明白,是出自本能的知觉首先领会了;今天你糊涂了,是又拘泥于后天的见闻知识而寻求答案呀!没有古代就没有今天,没有开始就没有终结。没有古代的子孙就已经有了今天的子孙,可能吗?"冉求没有回答。孔子说:"算了吧,不必回答了!不是因为有活着的,就能使死者复活;不是因为有死亡,就连活着的也让他死去。死亡和生存是相互对立的吗?它们都是浑然合一的。有天地诞生之前产生的物品吗?塑造物品的东西并非物品,物品的出现不可能早于物品的存在,是'道'化育了万物啊。'道'化育万物而没有止境!圣人的爱护他人而永无止境,也正是取法于'道'啊。"

【注释】

① 冉求:姓冉名求,字子有,孔子弟子,多才多艺。 ② 失问:丢失了问意。意为乍一听见孔子答非所问的回答,不知如何再问。 ③ 神者:出自本能的知觉。 ④ 不神者:受外界物象影响而获得的见闻知识。 ⑤ 未应:不必回答。 ⑥ "不以生生死"二句:以,因。不会因为有生者,就能使死者复生;不会因为有死者,就连生者也叫他死亡。意为生或死都只能顺其自然。 ⑦ 待:相互对立。 ⑧ 一体:浑然合一。 ⑨ 物出不得先物:物的出现不能在物之前,意为造物者非物。 ⑩ 犹:且。其:指上述非物之造物者。有:为,此指创造,变化。 ⑪ 无已:不会停止,没有止境。

【评析】

孔子所谓"古犹今也",意思是说世人通常认为的事物对立的两个方面其实是统一的,从"道"的观点来看,不仅古今一体,就连始与终、生与死也都是统一的。也就是说,天地万物虽然林林总总,气象万千,而且是辗转变化,永无止息的,但最初都是产生于无形无迹的"物物者",就是说都由"道"化育的。从这个角度来看,天地万物都是统一于"道"的。

本章所谓"神者",是指出自本能的知觉;所谓"不神者",则是指受外界物象影响而获得的见闻知识。作者看重本能知觉的作用,因为它出自人的天然本性,鄙视见闻知识,因为它们使心灵受到蒙蔽。这样的观点直接影响了南宋的陆九渊和明朝的王守仁等人,所谓"心学",正是在此基础上发展起来的。晚明李贽更是从否定一切见闻知识入手,褒赏"绝假纯真"的"本心",认为世人读书识理,道理闻见日益增多,以至真心丧失,真人失却,于是"所言者皆闻见道理之言,非童心自出之言也",于是假言、假事、假文、假人盛行(参见李贽《童心说》)。李贽所指斥的一切,其实都和本章所谓的"不神者"密切有关;后来袁宏道表彰"童子真趣",认为"夫趣得之自然者深,得之学问者浅。当其为童子也,不知有趣,然无往而非趣也"(《解脱集·叙陈正甫会心集》)。如此夸赞童子无拘无束、无知无识的"真趣",其目的也是弘扬"自然"而贬低"学问"。凡此种种,都是为了倡导"神者",其源头显然可以上溯至庄子,上溯到本章。

颜渊问乎仲尼曰:"回尝闻诸夫子曰:'无有所将,无有所迎①。'回敢问其游②。"仲尼曰:"古之人外化而内不化③,今之人内化而外不化。与物化者,一不化者也④。安化安不化⑤?安与之相靡⑥?必与之莫多⑦。"

狶韦氏之囿⑧,黄帝之圃⑨,有虞氏之宫,汤、武之室⑩。君子之人,若儒、墨者师,故以是非相䪢也⑪,而况今之人乎!圣人处物不伤物。不伤物者,物亦不能伤也。唯无所伤者,为能与人相将迎⑫。山林与,皋壤与,使我欣欣然而乐与⑬!乐未毕也,哀又继之。哀乐之来,吾不能御,其去弗能止。悲夫,世人直为物逆旅耳⑭!夫知遇而不知所不遇⑮,能能而不能所不能⑯。无知无能者,固人之所不免也。夫务免乎人之所不免者⑰,岂不亦悲哉!至言去言⑱,至为去为。齐知之⑲,所知则浅矣!

【今译】

颜渊问孔子说:"我曾听先生说过:'不要有送行,不要有迎接。'我请问这话的道理。"孔子说:"古时候的人言行举动变化而心神不变化,现在的人心神变化而言行举动不变化。随着外物变化的,有一种东西是不变化的。什么在变化而什么不变化呢?什么随着万物变化而相互会伤害呢?随顺外物的人与外界相处一定不至于太过。"

　　狶韦氏的大苑,黄帝的园林,虞舜的宫殿,商汤王、周武王的宫室。君子一类的人,像儒学、墨学的老师,过去因为是非的争论而相互诋毁,何况现在的人呢!圣人与物相处却不伤物。不伤害物,物也不能伤害他啊。只有无所伤害的人,才能与他人相互送行或迎接。山林哟,原野哟,是供我们高高兴兴地取乐的吗!欢乐还没结束,哀痛又接着来了。哀痛和欢乐的到来,我无法抗拒,它们的离去我也无法阻止。可悲啊,世上的人们只是外物寄居的客店而已!我们只知道遇见过的东西而不知道未曾见过的东西,只能做力所能及的事情而不能做力所不及的事情。无从知晓和无能为力,本来就是人所不能避免的。那致力于避免人所不能避免的事物的人,难道不也是可悲的吗!最高明的言论就是不用言论,最高尚的行为就是抛弃行为。要想同样地知道所有的事物,所知道的就浅薄了!

【注释】

　　①"无有所将"二句:将,送。意为静以待物,静以处世。　②游:通"由",缘由,道理。　③外:指言行举动。化:变化,顺应万物的变化而变化。内:指心神。　④一不化者:有一样不变化的东西,即"道"。　⑤安:何。此句意为没有什么在变化、没有什么不在变化的。　⑥靡:伤。《齐物论》篇:"与物相刃相靡。"此句意为既然没有变化,外物就无从伤害。　⑦与之:与外界相处。多:侈,过多。本句意为既然没有什么不是顺应万物在变化,故相处时必然恰到好处,不至于过侈。　⑧狶(xī)韦氏:上古帝王的称号,参见《大宗师》篇。囿(yòu):园林。　⑨圃:本指菜园,此指园林。　⑩汤:商汤王。武:周武王。　⑪故:旧时,过去。瑿(jī):毁伤。《大宗师》篇:"瑿万物而不为义。"《齐物论》篇:"故有儒、墨之是非,以是其所非,而非其所是。"　⑫"唯无所伤者"二句:意为无所送,因此能送;无所迎,因而能迎。　⑬"山林与"三句:皋(gāo)壤,原野。与,通"欤",下同。形容世俗之人陶醉于游赏山林原野的欢欣。意为人被物所伤常常是在不知不觉

或愉悦之中。　⑭ 直:只,只是。逆旅:客店,旅舍。此句意为外物借宿于人的内心,人们每天将外物送去迎来而不得停息。　⑮ 遇:碰到,见过。　⑯ 此句原本作"知能能而不能所不能",句首"知"为衍字,据王孝鱼《庄子集释·校记》引敦煌写本删。　⑰ 务:致力于,追求。免:避免。　⑱ 至言:最高的言论,即合乎道的言论。去:抛弃。　⑲ 齐:等同,同样。齐知:对已知未知、易知难知、可知不可知的事物,都等同看待,并致力于去了解。

【评析】

本章借助孔子与颜渊的对话,进一步阐明为人处世之道,解释自然无为的意义和作用。孔子提出"无有所将,无有所迎",其实就是号召人们不要行使任何人为的意志,一切都必须顺应自然。比如说,世人都追求快乐而排斥悲伤,于是汲汲然迎接所谓能带来好处的事物,同时又回避有害的事物。也就是说,世人不能顺应万物的变化而变化,与事物的交往就不能保持自然的状态。然而他们送往迎来的其实都是"外物",外物容易激起人的好恶悲喜之情,必然损伤人的自然天性,因此说,不必有所"将",也不必有所"迎"。而落实到具体的行为措施方面,则是"去言""去为"。因为有言有为,必然要动用心智,而动用心智的结果,则是扰乱心性、破坏大道,更何况人的所言所为,从"道"的高度来看,毫无意义可言。

作者认为,人能够遇见的、做到的、知道的,和他所碰不到的、做不到的、不能知道的相比,实在是少得可怜,因为人的认识能力受到时间和空间的制约,不可能完全彻底,正如《养生主》篇所说:"吾生也有涯,而知也无涯,以有涯随无涯,殆已!"而且从根本上来说,人的认知能力是有限的和相对的,这是"命之所无可奈何"的、无法改变的,因此他说:"无知无能者,固人之所不免也。"因此他认为,人不应该追求超出人的能力范围以外的事物,即所谓"达生之情者,不务生之所无以为;达命之情者,不务知之所无奈何"(《达生》)。从这样的角度来看,"有言"不如"无言","有为"不如"无为",只要能坚守无为之道,随顺万物而变化,就可以与外界保持谐和的状态,就不会招来祸害,这也就是内篇《应帝王》所谓"至人之用心若镜,不将不迎,应而不藏,故能胜物而不伤"的确切含义。

杂篇

庚桑楚第二十三

【解题】

杂篇是《庄子》中的一部分,关于杂篇之"杂"的意义,古今学者多有解释。成玄英《庄子序》认为:"内篇明于理本,外篇语其事迹,杂篇杂明于理事。"王夫之《庄子解》认为:"杂云者,博引而泛记之谓。故自《庚桑楚》《寓言》《天下》而外,每段自为一义,而不相属,非若内篇之首尾一致,虽重词广喻,而脉络相因也。"钟泰《庄子发微》称杂篇"其先后之序,羌无统绪,推其意,所以名之为杂篇者,殆在此"。张恒寿《庄子新探》则以为杂篇中除《天下》及《让王》以下四篇外,其余六篇都是"开始先列较长的章节",其后"多有较短的绪言","自数条至数十条不止","很可看出这是编辑有意附入的材料"。而内篇及外篇的《秋水》以下六篇,虽"偶有篇末记言,但条数较少,且多有羼入之嫌,和杂篇中有意这样排列的性质不同","所谓杂篇之名,或者由是而来"。大致杂篇特点有三:一是博杂,即所谓"杂明于理事","博引而泛记",较长的章节后有多条较短的绪言;二是杂俎,即所谓"每段自为一义,而不相属","其先后羌无统绪";三是杂中有整,虽篇中各章节之间联系不甚紧密,思想内容也不甚一致,但往往有一个基本的思想能覆盖全篇的大部分。

关于"杂篇"名目的确立者和确立时间。汉代流行的五十二篇《庄子》古本已有内外篇之分。魏晋之际的崔譔注本与向秀注本均为内篇七、外篇二十,无杂篇。但据陆德明《经典释文·序录》介绍,西晋司马彪注本分为"内篇七,外篇二十八,杂篇十四,解说三"。其中"解说"三篇系西汉时淮南王刘安及其宾客所作,主要是对《庄子》的解释。今传郭象注本亦分为内、外、杂三部分。各家注本中,内篇的篇数相同,差别在于其余诸篇,或分为外、杂两部分,或有外而无杂。亦即陆氏所说:"其内篇众家并同,自余或有外而无杂。"(同上)据此似可说,《庄子》一书,最初仅分内、外篇,魏晋之际此种情况仍存在。自西晋司马彪起,始从外篇中分出杂篇。郭象又在司马彪五十二篇本的基础上,删去其中"十分有三"的"巧杂"者(高山寺本郭象《庄子注·后叙》),因成三十三篇之今貌。但也有人认为,三分体例始于刘安,崔、向二本已删去司马本中的杂篇,今郭本中的杂篇系从崔、向本中的外篇分出。

一般认为杂篇为庄子后学所作,但也有个别学者认为系出自庄子本人之手。内容方面,杂篇除《天下》及《让王》以下四篇外,大多是阐释发挥内篇的思想,而很少提出新的观点。因此,历来评价不高。但也有学者持不同的看法,如宋代林希逸称《庚桑楚》"文字何异于内篇"(《庄子鬳斋口义》);明清之际王夫之也说:"杂篇多微至之语,学者取其精蕴,诚内篇之归趣也。"(《庄子解》)

关于本篇的要旨,谭元春《南华真经评点》说:"妙思是篇,唯'不厌深渺'足以尽之。"文章主要谈养生之道,而养生的要领正在于藏身"不厌深眇"。作者指出养生要从形(身体)生(本性)两方面着手,即所谓"全其形生",而重点在后者。为此,文章重点阐述了有关"养心"的问题,指出必须解除扰乱束缚人心的一切世俗情感,以保持或复归纯朴自然的本性。本篇取首句中人名作篇名。

老聃之役有庚桑楚者①,偏得老聃之道②,以北居畏垒之山③,其臣之画然知者去之④,其妾之挈然仁者远之⑤;拥肿之与居⑥,鞅掌之为使⑦。居三年,畏垒大壤⑧。畏垒之民相与言曰:"庚桑子之始来,吾洒然异之⑨。今吾日计之而不足,岁计之而有余。庶几其圣人乎!子胡不相与尸而祝之⑩,社而稷之乎⑪?"

庚桑子闻之,南面而不释然⑫。弟子异之。庚桑子曰:"弟子何异于予?夫春气发而百草生,正得秋而万宝成。夫春与秋,岂无得而然哉⑬?天道已行矣。吾闻至人,尸居环堵之室⑭,而百姓猖狂不知所如往⑮。今以畏垒之细民而窃窃焉欲俎豆予于贤人之间⑯,我其杓之人邪⑰?吾是以不释于老聃之言⑱。"

弟子曰:"不然。夫寻常之沟⑲,巨鱼无所还其体,而鲵鳅为之制⑳;步仞之丘陵㉑,巨兽无所隐其躯,而孽狐为之祥㉒。且夫尊贤授能,先善与利㉓,自古尧舜以然㉔,而况畏垒之民乎!夫子亦听矣!"

庚桑子曰:"小子来!夫函车之兽㉕,介而离山㉖,则不免于罔罟之患㉗;吞舟之鱼,砀而失水㉘,则蚁能苦之。故鸟兽不厌高,鱼鳖不厌深。夫全其形生之人㉙,藏其身也,不厌深眇而已矣㉚。且夫二子者㉛,又何足以称扬哉!是其于辩也,将妄凿垣墙而殖蓬蒿也㉜。简发而栉㉝,数米而炊,窃窃乎又何足以济世哉㉞!举贤则民相轧,任知则民相盗。之数物者㉟,不足以厚民。民之于利甚勤,子有杀父,臣有杀君,正昼为盗,日中穴阫㊱。吾语女㊲,大乱之本,必生于尧舜之间,其末存乎千世之后。千世之后,其必有人与人相食者也!"

【今译】
　　老聃的学生中,有一个叫庚桑楚的,唯独他学得了老聃学说的精髓,因而跑到北方,住在畏垒山上。仆役中凡有卖弄聪明的,庚桑楚就让他离开;侍妾中凡有标榜仁义的,就疏远她。他同淳朴的人相处,任用知足的人。过了三年,畏垒山一带获得了大丰收。畏垒的百姓在一起谈论道:"庚桑子刚来时,我们觉得他很怪。如今,按天计算他来后的收获是不足的,但按年一算就有余了。他大概是个圣人吧。我们为什么不一齐立他为主、为他祝祷,并敬奉他呢?"

庚桑子听了这话,脸朝着南方很不高兴。弟子们对此感到很奇怪。庚桑子说:"你们对我有什么可奇怪的呢?春气发动而百草丛生,秋天来临而万实结成。那春花秋实的现象,岂是无缘无故会产生的?那是天道运行的结果。我听说至人安居在斗室之中,而百姓却六神无主地不知要到哪里去。如今,这些畏垒小百姓却私下议论要把我放在贤人中间加以尊奉,难道我是为了做人们的表率吗?因此,对照老子的教导,我心中感到不安。"

弟子说:"不是这样。那些平常的小水沟,大鱼在里面无法转动躯体,小鱼却把它当成回旋自如的好地方。低低的小土丘,巨兽无法隐蔽它的身体,妖狐却把它当作藏身的好地方。况且尊贤授能,敬奉有道之人,给予其利禄,从古代尧舜起就已经这样做了,何况区区畏垒百姓呢!先生还是让他们这样做吧。"

庚桑子说:"后生们,过来!那吞得下车的巨兽,如果孤孤单单地离开深山,也会免不了被罗网捕获的祸患;能吞得下船的大鱼,如果因波涛荡溢而离开了水,那么蝼蚁也能使它困苦不堪。所以,鸟兽藏身不嫌高,鱼鳖藏身不嫌深。那些想要保全他的生命和天性的人,潜藏他的身体,也就不嫌深远了。况且那尧舜二人,又有什么值得称道的呢!他们对于贤愚善恶的区分,不就像凿掉原先好端端的墙壁却又种了蓬蒿来当墙一样吗?拣着头发来梳理,数着米粒来做饭,对于琐细之处如此计较的人,又怎么能拯救天下呢?推举贤才,人们就会相互倾轧;任用智者,人们就会相互欺诈。这几种做法并不能使人心淳朴。人们对于利的追逐是很急切的,所以才会有子杀父、臣杀君、大白天做盗贼、正午时分挖墙行窃的事出现。我告诉你们,大乱的根源,一定产生于尧舜之时,它的流弊将持续到千年之后。千年之后,一定会有人吃人的情况出现。"

【注释】

①役:门人,弟子。庚桑楚:人名。复姓庚桑,名楚。《史记·老庄申韩列传》作"亢桑子",《列子·仲尼篇》作"亢仓子"。 ②偏得:独得。 ③畏垒:其地有多种说法,实际上是虚构的山名,不必坐实。 ④臣:仆役。画然:鲜明的样子。知:通"智"。 ⑤挈然:自矜的样子。 ⑥拥肿:淳朴的样子。 ⑦鞅掌:自得的样子。 ⑧壤:通"穰"。大壤:大丰收。 ⑨洒然:惊讶的样子。异:奇怪。 ⑩"子胡不相与尸而祝之"句:尸,立神主。祝,祝祷。意为要立他为主并为他祝福。 ⑪"社而稷之乎"句:社,土地神。稷,谷神。意为要像对待神一样地敬奉他。 ⑫南面:脸朝南。释然:喜悦的样子。按,庚桑楚本由南方而北居畏垒,此处"南面"的动作止表示他的不快。 ⑬"夫春气发而百草生"四句:得,值,遇。宝,当作"实",结果实。无得,无从。意为春天百草生长,秋天万物成熟,这不是无缘无故产生的,而是天道运行的结果。 ⑭尸居:静居,安居。环堵:四周围绕着每边高长各一丈的土墙,形容居室的狭小简陋。 ⑮猖狂:旧注多释为随心所欲的样子。疑当释为无所适从的样子。 ⑯以:此。细民:小民。窃窃:私下议论。俎豆:祭祀所用的器具,这里是尊奉的意思。 ⑰杓(dí):标的,标准。 ⑱本句意为老聃教导弟子要功成弗居,长而不宰,而畏垒之民却要像尊奉贤人那样来尊奉我,这同老聃的话是相违背的,因此我不高兴。 ⑲寻常:八尺曰寻,寻的一倍曰常。此处指深广程度一般的沟。一本"沟"下有"洫"字,以与下句"步仞之丘陵"成对文。洫(xù):田间水道。 ⑳还(xuán):回旋。鲵(ní)鳅(qiū):泛指小鱼。制:通"折",曲折回转。 ㉑步仞:六尺曰步,七尺曰仞,亦有以八尺或四尺为一仞者。此处指广一步、高一仞的小丘。 ㉒孽(niè):通"孽",妖孽。祥:善。 ㉓"且夫尊贤授能"二句:先,尊崇。意为尊崇有道之人,给予其利禄。 ㉔以:通"已"。以然:已经这样。 ㉕函:通"含"。函车之兽:口能含车的巨兽。 ㉖介:孤独。 ㉗罔:通"网"。 ㉘砀:荡溢。 ㉙形生:身体与天性。 ㉚深眇:深远。 ㉛二子:指尧舜。 ㉜"是其于辩也"二句:辩,通"辨",区

别,分辨。将妄,同"将无",莫非,岂非。殖,种植。蓬、蒿(hāo),两种草名。意为尧舜忽视根本而专注于事物间琐细的区别,就如同凿穿墙壁这样真正的屏障,却另去种植蓬蒿来当作屏障一样的荒唐。 ㉝ 简:选择。 ㉞ 窃窃:计较的样子。 ㉟ 之:这。数物:数事。指举贤任知等。 ㊱ 阫(péi):墙。穴阫:挖墙洞。 ㊲ 女:通"汝",你。

【评析】

本章指出,只有深藏行迹,才能全身远患。

庚桑楚"偏得老聃之道",他来到畏垒之山,弃智绝仁,专一与淳朴自足者为伍,实行的是老子无为而治那一套,三年而"畏垒大壤"。可惜畏垒的小百姓只是看到了"无为"带来的好处,却体会不到"无为"的真谛,竟然要把庚桑楚当圣贤供起来。这下庚桑楚不高兴了,因为在他看来,畏垒的"大壤"是"正得秋而万宝成"——天道运行的结果。要说自己的功劳,也不过是顺乎天道而已。如果因此而接受尊奉,那就有愧于其师"圣人处无为之事,行不言之教。万物作而弗始,生而弗有,为而弗恃,功成而弗居"(《老子》二章)的教导,所以坚决不答应。

对此,庚桑楚的弟子并不理解,他们认为"尊贤授能,先善与利",自尧舜以来就是这么做的。庚桑楚就此作了一番解释。从中可以看出他拒绝接受尊奉的两个主要原因:第一,接受尊奉就必然会扬名于世,而这是极其危险的。庚桑楚明确表示不愿当"杓",因为所谓"杓",既是人们学习的典范,也是人们中伤的对象,实质上就是众矢之的,所谓"峣峣者易缺,皦皦者易污"(《后汉书·黄琼传》),自古皆然。林希逸说:"名见于世,能害其身也。"(《庄子鬳斋口义》)。这话只讲对了一半。因为在道家看来,显露行迹不仅害身,更害真性。肉体消亡,如庄子那样死后"以天地为棺椁,以日月为连璧,星辰为珠玑,万物为赍送"(《庄子·列御寇》)倒也能很快融入自然之中。而处在被捧的地位,则真性会渐被销蚀,这才是最可怕的。所以庚桑楚的养生主张是从形生两方面来谈的:"夫全其形生之人,藏其身也,不厌深眇而已矣。"这是他养生的基本纲领,也是本篇的主要思想。第二,推尊圣贤足以启后世祸端。庚桑楚针对尧舜的做法,指出"举贤则民相轧,任智则民相盗",断言"大乱之本,必生于尧舜之间,其末存乎千世之后。千世之后,其必有人与人相食者也!"因为实行举贤任智,则必开利禄之途;此途既开,则必激发起世人奔竞之心,乃至为逐利而相互残杀。这后一点并非本篇主要内容,但在庚桑楚看来,他正生活在"人与人相食"的乱世,而藏身于深眇是乱世之人的"存身之道"。因此,这一点成了他提出养生主张的现实动机。

然而,"赢得生前身后名"是古往今来大多数知识分子的人生追求,作为实现人生价值的一条重要途径,只要不是不择手段,本也无可厚非。倒是庚桑楚的这一套养生主张真要实行起来却颇难,真能笃诚服膺的恐怕也寥寥无几,因为它比通常所说的淡泊名利更为超脱,一般人做不到。就以庄子本人而论,他大力主张敛迹自晦以全生保真,自己却一口气写了洋洋十余万言,倾倒了无数后人,这岂不是大露行迹吗?他自己说过,古代的隐士在"时命大乖"的情况下,则被迫"闭其言而不出"(《缮性》),而同样身处乱世的他不也讲了这么多吗?可见只要"为"了,不管有心无心,总会有人知道,这"名"也总会缠上来。

当然,藏身深眇,不露行迹,作为一种全身远祸的手段,也使士大夫们从中受惠不少。作为一种人生境界,更令人们神往不已。尽管它难以达到,但有了这份人生追求,人们便可以涤去许多俗气,于是就有了六朝以来盛行的隐逸之风和反映此风的大批诗文书画之作。

南荣趎蹴然正坐曰①:"若趎之年者已长矣,将恶乎托业以及此言邪②?"庚桑子曰:"全汝形,抱汝生③,无使汝思虑营营④。若此三年,则可以及此言矣。"南荣趎曰:"目之与形,吾不知其异也,而盲者不能自见;耳之与形,吾不知其异也,而聋者不能自闻;心之与形,吾不知其异也,而狂者不能自得⑤。形之与形亦辟矣⑥,而物或间之邪⑦,欲相求而不能相得。今谓赵曰:'全汝形,抱汝生,勿使汝思虑营营。'趎勉闻道达耳矣⑧!"庚桑子曰:"辞尽矣。曰奔蜂不能化藿蠋⑨,越鸡不能伏鹄卵⑩,鲁鸡固能矣⑪。鸡之与鸡,其德非不同也⑫,有能与不能者,其才固有巨小也。今吾才小,不足以化子⑬。子胡不南见老子!"

南荣趎赢粮⑭,七日七夜至老子之所。老子曰:"子自楚之所来乎?"南荣趎曰:"唯⑮。"老子曰:"子何与人偕来之众也⑯?"南荣趎惧然顾其后⑰。老子曰:"子不知吾所谓乎?"南荣趎俯而惭,仰而叹曰:"今者吾忘吾答,因失吾问。"老子曰:"何谓也?"南荣趎曰:"不知乎,人谓我朱愚⑱;知乎,反愁我躯⑲。不仁则害人,仁则反愁我身。不义则伤彼,义则反愁我己。我安逃此而可?此三言者,趎之所患也,愿因楚而问之⑳。"老子曰:"向吾见若眉睫之间㉑,吾因以得汝矣,今汝又言而信之。若规规然若丧父母㉒,揭竿而求诸海也㉓。女亡人哉㉔,惘惘乎㉕!汝欲反汝情性而无由入,可怜哉!"

南荣趎请入就舍㉖,召其所好,去其所恶,十日自愁,复见老子。老子曰:"汝自洒濯㉗,熟哉郁郁乎㉘!然而其中津津乎犹有恶也㉙。夫外韄者不可繁而捉㉚,将内揵㉛;内韄者不可缪而捉㉜,将外揵。外内韄者,道德不能持,而况放道而行者乎㉝!"南荣趎曰:"里人有病,里人问之,病者能言其病,然其病㉞,病者犹未病也。若趎之闻大道,譬犹饮药以加病也,趎愿闻卫生之经而已矣㉟。"老子曰:"卫生之经,能抱一乎㊱?能勿失乎?能无卜筮而知吉凶乎?能止乎㊲?

能已乎[38]？能舍诸人而求诸己乎？能翛然乎[39]？能侗然乎[40]？能儿子乎[41]？儿子终日嗥而嗌不嗄，和之至也[42]；终日握而手不掜，共其德也[43]；终日视而目不瞚，偏不在外也[44]。行不知所之[45]，居不知所为，与物委蛇[46]，而同其波。是卫生之经已。”南荣趎曰：“然则是至人之德已乎？”曰：“非也。是乃所谓冰解冻释者[47]，能乎？夫至人者，相与交食乎地而交乐乎天[48]，不以人物利害相撄[49]，不相与为怪，不相与为谋，不相与为事，翛然而往，侗然而来。是谓卫生之经已。”曰：“然则是至乎？”曰：“未也。吾固告汝曰：‘能儿子乎？’儿子动不知所为，行不知所之，身若槁木之枝而心若死灰[50]。若是者，祸亦不至，福亦不来。祸福无有，恶有人灾也！”

【今译】

南荣趎惊惧地端正了一下坐相，问道：“像我这样年纪已经很大的人，要学些什么，才能达到您所说的境界呢？”庚桑子说：“保护你的身体，保全你的天性，不要使你的思虑纷扰。如此三年之后，就能达到我所说的境界了。”南荣趎说：“就外形而言，我不明白人们的眼睛之间有什么不同，而盲人却不能使自己看见什么；就外形而言，我不明白人们的耳朵之间有什么不同，而聋子却不能使自己听见什么；就外形而言，我不明白人们的心灵之间有什么不同，而疯子却不能使自己心有所得。就外形而言，人们的身体也是相像的，但或许有物欲阻隔在人与人之间吧，故尽管努力寻求沟通，却不能使彼此融洽。如今您对我说：‘保护你的身体，保全你的天性，不要使你的思虑纷扰。’虽然我努力去体会您所讲的道理，却只能听到耳朵里，而不能进入心中。”庚桑子说：“我的话已说尽。俗话说，细腰土蜂不能孵化豆里的小青虫，越地的小种鸡不能孵化鹤蛋，鲁地的大鸡倒原本是能的。鸡和鸡之间，它们的性质并无不同,但有能和不能的区别,它们的才能本来就有大小之分啊。如今我才小,不足以教育感化你,你为什么不到南方去见老子呢?"

南荣趎挑着粮食,经过七天七夜来到老子的住处。老子问道:"你是从庚桑楚那里来的吗?"南荣趎说:"是的。"老子问道:"你为什么和这么多人一起来啊?"南荣趎吃惊地朝后看了看。老子问:"你不懂我所说的意思吗?"南荣趎低着头十分惭愧,继而抬起头来叹息道:"如今我忘了自己该怎样回答,于是也就忘了该怎样提问。"老子问:"你指的是什么?"南荣趎说:"不用智慧吧,人家会说我笨;用智慧吧,却反而束缚了自己。不行仁会伤害别人,行仁却反而束缚了自己;不行义会伤害别人,行义却反而束缚了自己。我该怎样脱离这窘境才好呢?这三件是我所忧虑的,希望通过我老师庚桑楚的介绍来向您请教。"老子说:"刚才我看到你眉睫之间的神情,由此而掌握了你的心思。如今你又说了这些话,更证实了我的判断。你一副失魂落魄的样子,好像失去了父母,却拿着竹竿要到大海里去寻找他们。你是一个丧失天性的人,实在是无所适从啊!你要使你的真性情回归,却不得其门而入,真可怜啊!"

南荣趎请求让他住到老子家中以求其所好、去其所恶。过了十天,依然自感束缚没有解除,故又去见老子。老子说:"你自己已将内心洗涤了一番,为什么还是闷闷不乐呢?可见虽经洗涤,然而其中仍然流露出了恶念。大凡耳目被外物束缚的,不能用捆绑的办法去捕捉它,要考虑关闭内心;内心被物欲束缚的,也不能用捆绑的办法去捕捉它,要考虑关闭耳目。耳目与内心都被束缚,即使是有道德的人也不能自持,何况是背弃道德而任意妄为的人呢!"南荣趎说:"乡里有人病了,邻居去问候他,病人能说出自己的病症,认定自己的病情,这样的病人还没有大的疾病。像我这样的人,聆听了大道之后,却好比服了药反而加重了病情。所以,我只是想听听养生的原则而已。"老子说:"说到养生的原则,你能固守纯一之道吗?能不离开它吗?能不经卜筮而预知吉凶吗?能将自己的追求控制在本分之内吗?能不追求已经消逝的事物吗？能不求别人而在自己身上得到满足吗？能做到无拘无束吗？能做到淳朴无知吗？能像婴儿一样吗？那婴儿成天啼哭却喉咙不哑，因为这声音平和之极；成天握拳却手不弯曲，因为这动作是婴儿共同的本性；成天看着却眼睛不动，因为它的眼睛并不专注于外物。走着，并不有意要到哪里去；呆着，并不有意要做什么。随顺万物而与其同波。这就是养生的原则啊。"南荣趎说："那么这就是至人的德吗？"老子说："不是的，这只是所谓的冰融冻解而已，你能做到吗？那至人，和人们一起求食于地而求乐于天，不因人事上的利害而相干扰，不和别人一起标新立异，不和别人一起出谋划策，不和别人一起干事情，无拘无束地去，朴朴实实地来。这就是养生的原则啊。"南荣趎问道："那么这是达到道的极致了吗？"老子说："还没有。我本来就问过你：'能像婴儿一样吗？'婴儿动着，却不有意要干什么；走着，却不有意要到哪里去。身体像枯树之枝而心境如死灰一般的平静。像这样的人，祸不会降临，福也不会降临，没有了祸福，哪还会有常人的灾难呢？"

【注释】

① 南荣趎(chú)：庚桑楚弟子。复姓南荣，名趎。趎：或作"畴""俦""梼""寿"。蹴(cù)然：惊惧的样子。　② 托业：受业。　③ 抱：保全。　④ 营营：纷乱，烦忙。　⑤ 自得：自心有所得。　⑥ 辟：类，相似。　⑦ 间：间隔，阻隔。　⑧ "趎勉闻道达耳矣"句：勉，努力。达耳，达于耳。意为因彼此有隔阂，故对于庚桑楚的话仅能达于耳，而不能入于心。　⑨ 奔蜂：细腰土蜂。藿(huò)蠋(zhú)：生长在豆中的大青虫。　⑩ 越鸡：越地出产的鸡，又称荆鸡，形体较小。伏：孵。鹄：通"鹤"。鹄卵：鹤蛋。按，因鹤蛋的形体较大，故越鸡无法孵化。⑪ 鲁鸡：鲁地出产的鸡，又称蜀鸡，形体较大。按，在以上二句中，庚桑楚以奔蜂、越鸡喻指自己，以藿蠋、鹄卵喻指南荣趎，以鲁鸡喻指下文的老子。　⑫ 德：性质，功能。　⑬ 化：教。　⑭ 赢(yíng)：担，挑。　⑮ 唯(wěi)：答应声。　⑯ 按，老子说这句话是讥讽南荣趎带着许多杂念来求见，即郭象所说的"挟三言而来"。　⑰ 俱然：吃惊的

样子。 ⑱ 朱愚:愚昧无知的样子。 ⑲ 愁(jiū):敛束,束缚。 ⑳ 因:凭借,通过。 ㉑ 向:刚才。若:你。 ㉒ 规规然:失神的样子。 ㉓ 揭:举,持。 ㉔ 亡人:丧失天性之人。一说,流亡之人。 ㉕ 惘惘:无所适从的样子。 ㉖ 本句意为请求让其借住老子的馆舍以完成学业。一说,请求让他回家。 ㉗ 洒(xǐ):通"洗"。洒濯(zhuó):洗涤。 ㉘ 孰:通"孰",何。郁郁:忧愁、沉闷的样子。 ㉙ 津津:外溢的样子。 ㉚ 外:指耳目。鞼(hù,一音 huò):原指缠在佩刀把上的熟牛皮带,引申为束缚。繁:俞樾以为系"繁"字之误。繁(jiǎo):俗作"缴",缠绕。 ㉛ 内:指心。揵(jiàn):关闭。 ㉜ 缪(móu):缠绕。 ㉝ 放:背弃。 ㉞ 然:肯定,认可。 ㉟ "若趎之闻大道"三句:卫生,养生。经,常道,原则。意为南荣趎无法接受大道,只希望了解养生原则。 ㊱ 抱一:固守纯一之道。 ㊲ 能止:能使所求止于分内。 ㊳ 能已:能停止追求已经消失的事物。 ㊴ 翛(xiāo)然:无拘无束的样子。 ㊵ 侗然(tóng):无知的样子。 ㊶ 儿子:赤子,婴儿。 ㊷ "儿子终日嗥而嗌不嗄"二句:嗥,号哭。嗌(yì),喉咙。嗄(shà),声音嘶哑。和,平和。意为婴儿终日啼哭却喉咙不嘶哑,因为其哭是一任声音自然发出,故平和之极,而并非出于喜怒。 ㊸ "终日握而手不挽"二句:挽(yì),卷曲。共,同。德,本性。意为婴儿终日握拳却手不弯曲,因为他并不有意要抓住什么,而这是婴儿共同的自然本性。 ㊹ "终日视而目不瞚"二句:瞚(shùn),眼睛转动或眨动。偏,偏滞。意为婴儿终日看着却眼睛不动,因为他并不专注于某一外物。 ㊺ 之:往。 ㊻ 委(wēi)蛇(yí):随便的样子。 ㊼ "是乃所谓冰解冻释者"句:释,消溶。意为以上所说的只是解除了胸中的凝滞,尚未达到至人的境界,犹如冰消雪融,但其中的杂质尚未滤去。 ㊽ 交:通"徼",求。 ㊾ 撄(yīng):扰乱。 ㊿ 死灰:火灭后的冷灰。

【评析】

本章指出养生必须物我两忘,无所执着。

对于庚桑楚以上所谈的养生道理,他的学生南荣趎觉得很难实行。为此庚桑楚进一步指点他："全汝形，抱汝生，无使汝思虑营营。"声称如照此去做，则三年可见效，但南荣趎仍不理解。无奈，只好介绍他去见老子。这里，庚桑楚之所以不能说服南荣趎，所谓"辞尽""才小"，不过是托辞。根本原因有二：一是庚桑楚本人虽能处无为、任自然、不居功，却不能深藏行迹，结果在畏垒一带声名四播。他自己尚且无法摆脱声名之累，当然也就不能说服弟子了。二是南荣趎其人时时把一个"我"字放在心中，这样他当然也就听不进老师的话了。

这个"我"也妨碍着南荣趎接受老子的教诲。他请求在老子家闭门反思，以"召其所好，去其所恶"，但十天后仍然是一脸愁容。关键就在于"我"字横亘在胸中。于是，他知难而退，表示不求大道，只想了解"卫生之经"。

在本段中，老子关于"卫生之经"讲了很多，最根本的是要求人们必须保持婴儿般的天真，亦即保持人的天真纯朴的本性，无心而为，和光同尘，身若槁木，心如死灰。如此，则既无福亦无祸，自然也就彻底摆脱了世俗的烦恼。值得注意的是，老子虽然声称"卫生之经"不等于"圣人之德"，但从内容看，他又是把二者看成一回事。吴世尚批评南荣趎舍大道而求卫生说："岂知卫生正大道之至焉者乎"（《庄子解》），阐明了二者的关系。既如此，那么老子为什么要闪烁其辞呢？照林希逸的解释，他是怕南荣趎"住着于此，又成窠臼"。至人，庄子在本书内篇《逍遥游》中指出其本质特征是"无己"。无己的另一面则是无人、无物。也就是说，至人决不执着于己与人、内与外的区别，因为他早已与万化冥合。"卫生之经"要求"行不知所之，居不知所为，与物委蛇而同其波"，也正是无所执着的意思。老子在表述上把实质相同的二者关系处理为同与不同之间，正体现着这种无所执着的精神。反观南荣趎，他怀着"知"与"不知"、"仁"与"不仁"、"义"与"不义"三个忧虑去请教老子，这是他执着于人我纠葛的明证。他之问老子以"卫生之经"也是从"我"出发的。当他聆听了老子的一番要言妙道后，两次问及这是否就是"至人之德"。一方面固然表明他似有所悟，另一方面，其中恐怕还是有"我"的影子在。王夫之一针见血地指出：南荣趎之所以不化者，"唯见有己，因见有人。"(《庄子解》)在这种情况下，倘老子作肯定的回答，则南荣趎必定会执着于二者的异同，从而落入新的窠臼。而这一执着将使他既不能获得"卫生之经"，也不能达到"至人"的境界。

无所执着作为一种养生之道，自有其作用。唯其不执着，便能省却许多烦恼，于身心两方面都有好处。但是，过了火，则会成为无是非、无抱负的投机家或庸人。所以，对它的理解和运用也要随机、不可偏执了。

宇泰定者①，发乎天光。发乎天光者，人见其人，物见其物②。人有修者③，乃今有恒；有恒者，人舍之④，天助之。人之所舍，谓之天民；天之所助，谓之天子。

学者，学其所不能学也；行者，行其所不能行也；辩者⑤，辩其所不能辩也。知止乎其所不能知，至矣；若有不即是者，天钧败之⑥。

备物以将形⑦，藏不虞以生心⑧，敬中以达彼⑨，若是而万恶至者，皆天也，而非人也，不足以滑成⑩，不可内于灵台⑪。灵台者有持，而不知其所持，而不可持者也⑫。

不见其诚己而发⑬，每发而不当⑭，业入而不舍⑮，每更为失⑯。为不善乎显明之中者，人得而诛之；为不善乎幽闲之中者⑰，鬼得而诛之。明乎人，明乎鬼者，然后能独行。

券内者⑱，行乎无名⑲；券外者，志乎期费⑳。行乎无名者，唯庸有光㉑；志乎期费者，唯贾人也㉒，人见其跂㉓，犹之魁然㉔。与物穷者㉕，物入焉㉖；与物且者㉗，其身之不能容，焉能容人！不能容人者无亲，无亲者尽人㉘。兵莫憯于志，镆铘为下㉙；寇莫大于阴阳，无所逃于天地之间。非阴阳贼之,心则使之也㉚。

【今译】

　　心境安宁的人,他所表现的,都来源于自然的光辉。表现于自然光辉的,则人能显现出其作为人的本相,物也能显现出其作为物的本相。坚持自身修养的人,如今就能长久保持自己的本性。能长久保持本性的人,人们就会来归附他,天也会来帮助他。人所归附的,叫做"天民";天所帮助的,叫作"天子"。

　　所谓学,就是要学人所不能学的;所谓做,就是要做人所不能做的;所谓辨别,就是要辨别人所不能辨别的。懂得在人所无法懂得的地方停下来,这是最高的智慧。如有不这样做的,造化就会使他失败。

　　造化创造万物而顺应其自然发展之势,退藏到不思虑之境来养心,敬修内心来与外境相沟通。能这样而众多灾难仍降临,那都是天数,而不是人为所能达到的了,但它不足以扰乱浑成之德,因此不能把外物纳入心中。所谓心虽然是有所主宰的,但并不知其所主,且不可有意立主。

　　不显示自己真诚的内心而随意表现自己,即使表现了也一定不得当。世事入于心中而不抛弃,即使改变自己行为也会丧失天性。在光天化日之下干坏事的人,人可以惩罚他;在阴暗之处干坏事的人,鬼可以惩罚他。在人和鬼面前都光明正大的人,这以后就能独自行动而毫不畏惧了。

　　致力于内心的人,有所行动也不留名迹;致力于外物的人,其志在聚敛财富。行动而不留名迹的人,虽然平常却显出自然的光辉;志在敛财的人,只是商人而已。人们已经看到他拼命追求财富的危险,他却还泰然处之。与外物相始终的人,外物就会归附他,与外物相阻隔的人,自容尚且不能,又怎能容人呢!不能容人的人就没有人亲近他;没人亲近的人,他的周围就全是陌路之人。没有比有所执着的心更锋利的兵器了,即使莫邪宝剑也在它之下;没有比阴阳之气对人的伤害更大了,它使人处在天地之间而无处逃避。但并不是阴阳之气直接伤害人,而是人心躁锐才导致了阴阳之气对人的伤害。

【注释】

① 宇:心境。泰定:安然镇定。　② "发乎天光者"三句:发,表现。天光,自然之光。见(xiàn),通"现",显现。意为在自然之光的照射下,人和物都显现出各自的本来面目。　③ 修:修养自身。④ 舍:舍止,引申为归附。　⑤ 辩:通"辨",辨别。　⑥ 天钧:自然造化。　⑦ 备:具。将:顺。形:趋势。　⑧ 不虞:不思。生:养。⑨ 中:内心。彼:外境。　⑩ 滑(gǔ)成:扰乱浑成之德。　⑪ 内:通"纳"。灵台:心。　⑫ "灵台者有持"三句:有持,有所主。意为心灵是有所主的,但并不知其所主或所以主,若有意立主,则反害其心。⑬ 诚:真实,真诚。　⑭ 每:虽,即使。　⑮ 业:事。不舍:不弃。⑯ 更:变更。　⑰ 幽间(jiān):深暗隐蔽处。　⑱ 券:通"倦",劳,务。⑲ 无名:没有名迹。　⑳ 期:会合。费:财用。　㉑ 唯:虽然。庸:平常。　㉒ 贾(gǔ)人:商人。　㉓ 跂(qǐ):踮起脚跟。这里比喻拼命地追求。　㉔ 魁然:泰然,安然。　㉕ 穷:始终。　㉖ 入:归附。㉗ 且:通"阻"。　㉘ 尽人:全是他人。按,这里的"人"与上文的"亲"相对,犹陌路之人。尽人,又释为空无一人或弃绝于人,亦通。㉙ "兵莫憯于志"二句:兵,兵器。憯(cǎn),锋利。志,这里指心有所执着。镆(mò)铘(yé),通常作"莫邪",古代良剑名,相传系春秋时吴国人莫邪所造,故称。意为心有所执着之人所受的伤害比刀剑所伤更为严重,因为后者仅仅伤及人的肉体,前者更伤害人的心灵。㉚ "寇莫大于阴阳"四句:寇,侵犯,伤害。贼,伤害。意为阴阳之气对人的伤害最大,其充溢于天地之间,使人无处逃避。但若人心气平和,则阴阳之气便不能为害。人心躁锐,它们才得以入侵。所以,并非阴阳之气直接伤害人,而是人心躁锐所致。

【评析】

本章着重强调养生的关键在于养心,认为只有心境安然镇定,才能长久保持其真性。

文章指出，要保证心境安定，就必须使人的一切行为认识都顺乎自然，止于其"所不能"，倘强自为之，必将因"不能"而徒增烦忧；心中要有所主，却不知所主，且不有意立主，一切思想感情都应从内心自然流出，坚决摒弃侵人心中的世俗之事，一切作为要无愧于心；要注重内心的修养，防止不良情感对心灵的伤害。

成玄英解释庚桑楚藏身"不厌深眇"的养生主张道："全形养生者，故当远迹尘俗，深就山泉，若婴于利禄，则粗而浅也。"(《庄子疏》，见《庄子集释》，以下引成氏语均出此)他理解的藏身深眇就是"远迹尘俗，深就山泉"。然而，仅做到这一步，并不足以全形养生，不过一隐士而已。隐士中处身江湖、心存魏阙者大有人在。高尚其志如庚桑楚者，尚不免为名所累，遑论其他。藏身深眇的关键倒不在于身的深就山泉，而在于心的脱离尘俗，如陶渊明《饮酒》诗中所说的"心远地自偏"。古人有所谓"市隐"一说，那大半是既要标榜高洁，又不肯放弃世俗享受的士大夫们冠冕堂皇的幌子。然倘真能做到"心远"，则市隐又有何妨。心境的"泰定"状态是最自然也是最安全的状态，这好比是筑起了一条稳固的精神防线，一切非分之想、尘俗之念统统被拒于其外，于是，人们忘怀了是非得失、荣辱毁誉，乃至生命，从而使肉体和真性都得以保全。因此，养心才是最根本、最有效的养生手段。

林希逸以为本章中"为不善乎显明之中者"等七句与《礼记·中庸》所说的"莫见乎隐，莫显乎微，故君子慎其独也"实质相同，"独行，即慎独也。似此数语，入之经书亦得"。马其昶《庄子故》也认为这七句话"论'慎独'义最悚切"，并批评嵇康在《与山巨源绝交书》中自言"读《老》《庄》，重增其放"是"非善读《老》《庄》者也"。其实二者是根本不同的。就内容而言，"慎独"是指君子即使独处于隐秘之处，也应当事事谨慎，有所戒惧。这就要求人们心中须念念不忘儒家的道德标准，并自觉地以此来规范自己的言行视听，排除其中一切不符合这一标准的成分。而"独行"归根到底是要使人退藏到无所思虑的状态中以养心，即所谓"藏不虞以生心"。即使心有所主，这入主的也是自然之道,更何况还并不自知其所主。它所要排除的"不善",是一切与自然之道相悖的欲望念头。就目的而言,"慎独"是修身的一部分,由此而达齐家、治国、平天下;"独行"则是养心的一部分,由此而实现全生保真。当然,保全了自己也能影响外物,乃至达到"治",但那是无心而为的结果,即所谓"无为而物自化"。故认为"独行"就是"慎独"那只是看到了二者表面上的相似。

道通,其分也,其成也毁也①。所恶乎分者,其分也以备②;所以恶乎备者,其有以备③。故出而不反,见其鬼④;出而得,是谓得死。灭而有实⑤,鬼之一也。以有形者象无形者而定矣⑥。

出无本⑦,入无窍⑧。有实而无乎处⑨,有长而无乎本剽⑩,有所出而无窍者有实⑪。有实而无乎处者,宇也⑫。有长而无本剽者,宙也⑬。有乎生⑭,有乎死,有乎出,有乎入,入出而无见其形,是谓天门⑮。天门者,无有也⑯,万物出乎无有。有不能以有为有⑰,必出乎无有,而无有一无有⑱。圣人藏乎是。

古之人,其知有所至矣。恶乎至?有以为未始有物者,至矣,尽矣,弗可以加矣⑲。其次以为有物矣,将以生为丧也,以死为反也,是以分已⑳。其次曰始无有,既而有生,生俄而死;以无有为首,以生为体,以死为尻㉑;孰知有无死生之一守者㉒,吾与之为友。是三者虽异,公族也,昭景也㉓,著戴也㉔,甲氏也㉕,著封也㉖,非一也。

有生,黬也,披然曰移是㉗。尝言移是㉘,非所言也。虽然,不可知者也。腊者之有膍胲,可散而不可散也;观室者周于寝庙,又适其偃焉,为是举移是㉙。

请常言移是㉚。是以生为本,以知为师,因以乘是非㉛;果有名实,因以己为质;使人以为己节,因以死偿节㉜。若然者㉝,以用为知㉞,以不用为愚,以彻为名㉟,以穷为辱㊱。移是,今之人也,是蜩与学鸠同于同也㊲。

【今译】

　　道贯通于一切千差万别的事物中,也贯通于事物的生成和毁灭中。有人所以讨厌事物的差别,因为他是以求全责备的眼光来看待差别;有人所以讨厌完备,因为他有追求更完备的想法。所以,这些想法一旦产生而不及时收回,死期也就临近了;即使这种想法产生后似乎还有所得,这得到的最终结果也是死。本性已灭而徒具形骸的人,其实与鬼一样。使有形的人去效法无形的道,那样心灵就安宁了。

　　道的显现没有根源,隐蔽没有孔穴。道是实际存在的,却不见它存在的处所;道有绵长的源流,却不见它的始与终。从某处显现却不见孔穴的道是实在的。虽实存,却不见其所在之处的叫"宇"。源远流长,却不见其始终的叫"宙"。有生、有死、有出、有入,生死出入于其中却不见其形体的,叫"天门"。所谓"天门",就是"无有",万物都是从"无有"中产生的。"有"不能从"有"中产生,一定是从"无有"中产生,而"无有"就是一切皆无,圣人就藏于此。

　　上古时代的人,他们的认识达到了最高的境界。最高境界在哪里?有认为宇宙之初是不曾有物的,这样的认识是最高的了,达到极限了,无以复加了。其次,认为宇宙之初是有物的,这种认识虽把生看作失去,把死看作回归,但这已经是对生死有所区分了。再次,认为宇宙之初是无物的,后来有了生命,不久生命又死了;这种认识以"无有"为开端,以生为中间过程,以死为末端。谁能懂得有无生死本是一体的道理,我就同他交朋友。这三种看法虽然不同,却像昭、屈、景三家都是楚王的同族一样。昭景两家以任职闻名,屈氏以得到封邑闻名,三家的不同如此而已。

生命的产生是气的凝聚,就好像锅底结了一层烟灰。忽然间气又离散,生命随之而死。这种忽死忽生表明了是非的变化不定。我想试着谈谈是非不定的问题,可这又不是用语言所能表达清楚的。虽然这个问题很重要,但它是不可知的。(只能用举例的方法来约略说明:)腊祭仪式上供着牛胃和牛蹄,应当散发的时候,散发了就是对的;不应当散发的时候,散发就是错的。参观宫室的人,遍览寝庙是对的;参观结束后,又去上厕所也是对的。所举这些都是是非变化的事例。

请让我再试着谈谈是非变化的问题。有些人以生命为本,以智慧为师,以此来驾驭是非。他们以为事物的名称和实际果真一致,于是把自己当作判断名实是非的主体。使人们都认为自己的名节是最高的,于是以死来保全名节。这些人都以为世所用为聪明,以不用于世为愚蠢;以声名显达为荣耀,以处境困窘为耻辱。是非的变化不定,(使大家都以自己的是非为是非,)这是当今人们的看法。这种看法跟蜩与鷽鸠的看法完全相同。

【注释】

①"道通"三句:通,贯通,贯穿。分,区别。意为从具体的事物看,彼此间是有差别的,但所有的事物都是产生于道,也都统一于道,在道的面前,事物间没有根本的差别,其"分""成""毁"中也都体现着道。 ②备:求完备。 ③有以备:有追求完备之想。 ④"见其鬼"句:鬼,死处,死期。意为死期临近。 ⑤实:形骸。 ⑥以:使,让。有形者:人。象:效法。无形者:道。定:安定。 ⑦出:显现。本:根源。 ⑧入:隐藏。窍:孔穴。 ⑨实:实在。处:处所。 ⑩长:指道的源远流长。本剽(biāo):本末,始终。 ⑪按,这句或以为系误增,或以为句中的"出"当改为"入",且句前应补上"有所出而无本者有长"一句。 ⑫宇:上下四方。 ⑬宙:古往今来。 ⑭乎:语助词,无义,以下三句之"乎"同。 ⑮天门:万物自然出入之门,类似《老子》所说的"众妙之门"。 ⑯无有:"无",指无形的道。 ⑰以:自,从。有:实际存在的事物,与"无"相对。为:产生。 ⑱一:全部,

一切。　⑲"古之人"七句：均见《齐物论》。　⑳以：通"已"。分：区分。已：通"矣"。　㉑尻(kāo)：臀部，引申为末端。　㉒一守：一体。　㉓"是三者虽异"三句：三者，指上文的"以为未始有物"者、"以为有物"者和"以无有为首，以生为体，以死为尻"者。公族，君王的同族。昭、景，楚国两家贵族的氏，加上屈氏，这三家都与楚王同姓。意为以上三种观点虽然不同，但都未离道，就好比楚国的昭、屈、景三家，其氏虽不同，姓却一样，都是楚王的同族。　㉔著：著称，闻名。戴：任职。　㉕甲：通"屈"。　㉖封：封邑。　㉗"有生"三句：䰙(jiān)，锅底所结烟灰；一说，黑痣。披然，分散的样子。移，转变。是，肯定，这里指生命的存在。意为气之所聚而产生生命，犹如锅底烟灰的形成，气之分散又导致生命的死亡。因气之聚散不定，故生与死、是与非、肯定与否定，都是变化不定的，即所谓此亦一是非，彼亦一是非。　㉘尝：试。　㉙"腊者之有膍胲"五句：腊，祭名。膍(pí)，牛胃，俗称牛百叶。胲(gāi)，牛蹄。散，分发，散布。周，周游，遍览。寝庙，古代宗庙，前面的正殿叫庙，后殿叫寝。适，往，到。偃，厕所。举，都，全部。意为当祭祀仪式没有结束时，不散发祭品是对的；祭祀完毕，散发祭品也是对的。参观宫室的人，在寝庙四处游览是对的，时间长了要上厕所也是对的。这些事实都说明了是非的变易不定。按：上文言"移是"之理不可知，这几句话又分明是谈这个问题。其意盖以为该问题的精奥之处是不可言传的，但可用类比的方法来约略言之。　㉚常：通"尝"，试。　㉛乘：驾驭。　㉜"果有名实"四句：果，果真。名，名称，概念。实，事实，实在。这里的名实是指名与实的一致。质，主。节，名节，节操。偿，成就保全。意为认为事物的名称与实际果真一致的人，把自己当作判断是非名实的主体，这就使得人们都把自己的名节(名)看得很重，乃至以死来保全它。　㉝若然：如此，这样。　㉞用：为世所用。　㉟彻：通，显达。　㊱穷：困窘。　㊲"移是"三句：蜩与鸴鸠，见《逍遥游》。于，而。蜩与鸴鸠的看法是相同的，当今之人的看法又跟蜩与鸴鸠相同，故曰"同于同"。意为由于是非标准的不确定，因而当今之人都执着于各自的标准，以己为是，以人为非，就像蜩与鹖鸠以自己的"抢榆枋"之飞为是而嘲笑大鹏的九万里高翔一样。

【评析】

本章是从道的角度谈养生,强调对于道本身,以及由道所派生的一系列呈对立状态现象的理解不可偏执。

首先,作者认为,道贯通一切,事物的成毁分合都体现着道的自然运动。求全恶分,只是找死;循道而行,才是最好的养生。

其次,道虽然无所不在,却是"出无本,入无窍。有实而无乎处,有长而无乎本剽"。道像一道门,一切人和事物都须出入于其中,可这门又是看不见、摸不着的,庄子称之为"天门"。所谓"天门"就是"无有",而"万物出乎无有"。万物究竟生于有,还是生于无,这有无之辨成了魏晋玄学讨论的一个大题目。郭象是"崇有"论者,他在注"必出乎无有"一句时说:"此所以明有之不能为有而自有耳,非谓无能为有也。若无能为有,何谓无乎!"(《庄子注》,见《庄子集释》,以下引郭氏语均出此)认为,若无能生有,则不得谓无,所以他的所谓"无"就是绝对的无,而万物(有)是欻然自生,并非生于无,这就是他的"独化"论。但这不符合庄子的原意。庄子的所谓"无"或"无有"并非绝对的"没有",因而能生万物,这也就是道。在庄子看来,道是个既"有情有信",又"无为无形","可传而不可受,可得而不可见"(《庄子·大宗师》)的无形的实体。既如此,对道的把握亦当立足于"无"而不可执着于"有"。

再次,在道的面前,一切生死、是非、名实、智愚的区别都是相对的,它们都统一于道。文章标举古人关于宇宙本原的三种看法,认为虽层次有高低之分,但没有本质的区别,因为有无生死是一体的。又指出今之人皆以自己为判断是非的主体,以世俗的眼光去看上述现象,妄加区分,偏执一端,其结果适足害形伤生。这一部分的内容,大都在《齐物论》中作了详尽发挥,兹不赘述。

蹍市人之足①,则辞以放骜②,兄则以妪③,大亲则已矣④。故曰,至礼有不人⑤,至义不物⑥,至知不谋,至仁无亲⑦,至信辟金⑧。

彻志之勃⑨,解心之谬⑩,去德之累,达道之塞⑪。贵、富、显、严、名、利六者,勃志也。容、动、色、理、气、意六者,谬心也。恶、欲、喜、怒、哀、乐六者,累德也。去、就、取、与、知、能六者,塞道也。此四六者不荡胸中则正,正则静,静则明,明则虚,虚则无为而无不为也。道者,德之钦也⑫;生者,德之光也;性者,生之质也⑬。性之动,谓之为;为之伪,谓之失。知者,接也;知者,谟也⑭;知者之所不知,犹睨也⑮。动以不得已之谓德,动无非我之谓治,名相反而实相顺也⑯。

【今译】

某人在路上踩着了陌生人的脚,就得用责备自己放纵傲慢的方式来向他表示道歉;哥哥踩了弟弟的脚,抚慰一下就行了;父母踩了子女的脚,那就什么都不用说。所以说,最高的礼不分人与己,最高的义不分物与我,最高的智慧用不着谋划,最高的仁不和谁特别亲热,最高的信用不用金玉来表示。

必须消除意志的悖乱,解脱心灵的束缚,去掉德性的牵累,打通与大道之间的障碍。高贵、富有、显赫、尊严、名誉、利禄六项,会悖乱意志。容貌、行为、颜色、辞理、气息、情意六项,会束缚心灵。憎恶、欲望、喜好、愤怒、悲哀、欢乐六项,会牵累德性。舍弃、趋就、贪得、给与、智慧、技能六项,会堵塞大道。这四个六项不骚动于心中,心神就平正,平正就宁静,宁静就明澈,明澈就虚通,虚通就无所为而无所不为。道是由德来体现的,化生万物是天地大德的光辉,天性是化生万物的根本。依天性而动叫真为,为而矫情叫失道。感性的知识是接触外物的结果,理性的智慧是谋虑的结果。聪明人也有他所不了解的地方,就好像斜着眼睛看,视野总要受到局限一样。因不得已而动叫做"德",动中无不体现着"我"的真性叫做"治",这二者名义上相反而实质上是一致的。

【注释】

① 蹍(niǎn):踩。市人:在集市或城中街上行走的人。　② 辞:道歉。放骜(áo):放纵,傲慢。　③ 妪(yǔ):抚慰。　④ 大亲:父母。　⑤ 不人:不分人我。　⑥ 不物:不分物我。　⑦ 无亲:无所偏爱。按:这句语本《老子·七十九章》"天道无亲"。《齐物论》:"大仁不仁。"意思相近。　⑧ "至信辟金"句:辟,除去。意为最高的信用是不必用金玉来表示的。　⑨ 彻:撤除,除去。勃:通"悖",乱。　⑩ 谬:通"缪"(móu),系缚。　⑪ 达:通。　⑫ "道者"二句:钦,通"廞"(xīn),陈列。意为道是无形的,它通过德来体现。　⑬ 质:本。　⑭ 谟:谋,虑。　⑮ "知者之所不知"二句:睨(nì),斜视。意为再聪明的人,也有不懂的地方,就好像斜着眼睛看事物一样,视野总要受到局限。⑯ "动以不得已之谓德"三句:治,不乱。顺,一致。意为因外物所感不得已而动和一任自己的性情而动,这二者表面看来是相反的,实际上是一致的,因为都是本乎自然而动。

【评析】

本章强调养生者必须解除束缚真性的种种挂累。

文中所说的礼、义、知、仁、信之所以为"至"者,因为它们都是人之真性的自然流露,是道在人性上的自然体现,故毋须矫饰而至为醇美。为了保持这五"至",必须摒弃勃志、谬心、累德、塞道等四个"六者",从而使一切行为无不发乎真性。这里有两种行为,一种是"不得已"而动,一种是"无非我"而动。作者认为这两种动是"名相反而实相顺也"。林希逸解释道:"凡所动用,皆以不得已为之,则谓之德,即忘我也,于忘我之中而又无非我,此即形中之不形,不形中之形也。"(《庄子鬳斋口义》)这个解释很有道理。不得已者,乃"感而后应"(成玄英语)、"无心之应"(林希逸语)。不得已而动是其势不得不动,"若得以而动,则为强动"(郭象语),因并非有心而动,故曰"忘我"。因其动并未失去真性,故曰"德"。德者,得也,谓得真性而不失也。所谓"无非我"而动,意为其动无不有我之真性在,即郭象所谓"率性而动"。因其动不乱真性,故曰"治"。两种动都是发乎自然,故曰"名相反而实相顺也"。所可注意者,本章中的五"至"及道、德、性、治等概念也都是儒家所常用的,但含义不同,决不可混为一谈,所以林希逸又提醒道:"此处字义,与《语》《孟》不同,以庄子读《庄子》可也,不可自拘泥。"(《庄子鬳斋口义》)

羿工乎中微而拙乎使人无己誉①。圣人工乎天而拙乎人②。夫工乎天而俍乎人者③,唯全人能之④。唯虫能虫⑤,唯虫能天。全人恶天?恶人之天?而况吾天乎人乎⑥!

一雀适羿⑦,羿必得之,威也;以天下为之笼,则雀无所逃。是故汤以胞人笼伊尹,秦穆公以五羊之皮笼百里奚⑧。是故非以其所好笼之而可得者,无有也。

介者拸画⑨,外非誉也;胥靡登高而不惧⑩,遗死生也。夫复謵不馈而忘人;忘人,因以为天人矣⑪。故敬之而不喜,侮之而不怒者,唯同乎天和者为然⑫。出怒不怒,则怒出于不怒矣;出为无为,则为出于无为矣⑬。欲静则平气,欲神则顺心⑭。有为也欲当,则缘于不得已。不得已之类,圣人之道⑮。

【今译】

羿善于射中细小的目标,却不善于让别人不称赞自己;圣人善于契合自然,却不善于让世人忘掉自己。大凡既善于契合自然又善于应和人事的,只有全人能做到这样。只有鸟兽才能安于其作为鸟兽的本分,只有鸟兽才能合于自然。全人哪里知道纯粹的自然?又哪里知道人为的自然?何况又是按自己的意思而分出的纯粹的自然和人为的自然!

一只小雀向羿飞来,羿一定能抓获它,这就是羿的威力。但如果把整个天下当作笼子,那么所有的鸟雀就都无处逃跑了。所以商汤用厨师的职务来笼络伊尹,秦穆公用五色羊皮来笼络百里奚。所以不依对象所好来加以笼络却能得到他(它)们,这样的事是没有的。

只有一只脚的人放弃修饰打扮,因为他们早已将毁誉置之度外;服役的苦力登高而不怕,因为他们早已弃生死于不顾。大凡受到别人的一再威吓而不报复,这样的人是忘却了人道之情;忘却了人道之情的人,于是可以称其为天人。所以,尊敬他却不高兴,侮辱他却不愤怒,只有与自然冲和之气融而为一的人才能做到这样。发怒却不是有心之怒,那么这怒是出于不怒;有所为却不是有心而为,那么这为是出于无为。要想精神宁静就要心平气和,要想保全精神就要顺乎心意。要想有所作为而又无不得当,那就要出于不得已而为之。出于不得已而为之,这就是圣人之道。

【注释】

① 羿(yì):古代传说中善射的人。　② 天:自然。人:人为。拙乎人:不善于处理人事。这里指不善于自晦,从而使世人忘记自己。　③ 俍(liáng):善于。俍乎人:善于处理人事。这里指善于使世人忘记自己。　④ 全人:全德之人。　⑤ 虫:鸟兽的总称。　⑥ "全人恶天"三句:意为全德之人既妙合自然,又应和人事,浑自然与人为而为一。故既不知纯粹的自然,又不知人为的自然,更不知按己意去强自分出纯粹的自然和人为的自然。　⑦ 适:往。　⑧ "是故汤以胞人笼伊尹"二句:汤,商汤。胞,通"庖",厨师。伊尹,原系商汤妻陪嫁的臣仆。相传善于烹调,商汤任为庖人,后举以为相。秦穆公,春秋时秦国国君,五霸之一。百里奚,春秋时人,曾在宛地被楚人所拘。相传他喜欢穿用五色羊皮做的衣服,秦穆公于是用五色羊皮(一说用五张羊

皮)将其赎出,后委以重任,人称"五羖大夫"。意为商汤、秦穆公是顺伊尹、百里奚之所好而笼络他们;然就伊尹、百里奚方面而言,倘若他们没有嗜好,则也就不会被笼络。 ⑨ 介者:只有一只脚的人。扡(chǐ):去除。扡画:不饰容貌。一说不拘法度。 ⑩ 胥靡:服役的奴隶或犯人。 ⑪ "夫复謵不馈而忘人"三句:謵(xí),用语言来威吓人。复謵,受到别人的反复威吓而不报复。馈,赠送。这里有报复的意思。忘人,忘却人道之情。天人,合于天道的人。意为受了别人的威吓而不报复,这是不符合人之常情的,但它却消除了"人"与"我"的界限,因此是符合天道的。 ⑫ 天和:自然冲和之气。 ⑬ "出怒不怒"四句:意为同乎天和者,其所怒、所为均出于无心,并非有意。 ⑭ 神:保全精神。 ⑮ "有为也欲当"四句:意为欲有所为而无不得当,须是出于不得已而后为之,因而并非有心而为,其实质是无为,其结果是无不为,这正是圣人之道。

【评析】

本章提出必须在"工乎天"的同时又"俍乎人",方能达到"藏身深眇"的境界以全身葆真。

作者先以"羿工乎中微而拙乎人无己誉"为喻,提出"圣人工乎天而拙乎人"的问题,这正与文章开头庚桑楚之事遥相呼应。成玄英说:"圣人妙契自然,功侔造化,使群品日用不知,不显其迹,此诚难也。"唯其难,所以文章在最后再一次提出这个问题。足见在作者看来,能否自晦其迹,这是"藏身深眇"所必须解决的。有关这个问题,前文从庚桑楚到老子已提出了一系列的方案,这里又主张要效法"全人"。郭象注称"全人则圣人也",这是错的。前一句明言"圣人工乎天而拙乎人",紧接着便标举出"工乎天而俍乎人"的"全人"以相对照,显见"全人"非"圣人"。全人之所以能既顺乎天道又浑然无迹,因为其所为虽皆合于自然,但自己并不意识到这一点,因而不刻意求合自然,也不去明辨自然和人为的区别,而是将自身完全消融于自然中,分不出何为天何为人。正如郭嵩焘所说:"能天者,不知所谓天。若知有天,则非天矣。……天也者,吾心自适之趣,全人初未尝辨而知之,岂吾心所能自喻乎!"(《庄子集释》)又如成玄英所说:"不见人天之异,都任之也。"若处处求合自然、强分天人,则反露行迹,自然亦为所戕。

要混一天人,就必须戒除种种嗜好。旧注多以为"一雀"三句主要是批评羿以威猛得雀的做法,不确。林希逸《庄子鬳斋口义》说,这三句"主意不在羿,只引生下句而已。此意盖谓人有所好恶,则必为好恶所迷,伊尹、百里奚亦因其所好而为人所笼耳。我若无所好,则超出乎万物之外,谁得而笼之!"这样的理解是符合文意脉络的。雀之被羿所得,在羿而言,固然是以威猛得之,这是"深乖大造"的。然就雀而言,它是主动朝着羿飞过去的。请注意文中的这个"适"字,适者,往也。必定是羿那里有什么东西吸引着雀,引起了它的兴趣,方不惜自投罗网。故羿之得雀,又是顺其本性的,非独凭威猛。刘凤苞《南华雪心编》曰:"若不适羿者,则羿不可得而射之矣。"点明了问题的症结。若看不到这一层,只在"威"字上做文章,便难以与下文贯通。下文紧接着说:"以天下之为笼,则雀无所逃。"但实际上不可能以天下为笼,只能依对象之所好来笼络之:汤以庖人笼伊尹,秦穆公以五羊之皮笼百里奚,均系投其所好。看来雀之适羿,羿也是顺其所好,预先作了安排的。所以只有淡泊无欲,才能使彼等欲牢笼者无下手处,从而游心自然,无往不适。而这一点在"一雀"等三句中已用类比的方式含蓄道出。

既然认识到有所好恶的害处,那么就必须使自己超脱于好恶之上。推而广之,举凡毁誉、生死、敬侮,统统不以为意。一句话,要"忘人",即忘却一切世俗情感。能忘人者谓之"天人"。这一境界要大大高于宋荣子的"举世誉之而不加劝,举世非之而不加沮"和娄师德的唾面自干。因为宋荣子还"定乎内外之分,辩乎荣辱之境",娄师德恐怕擦掉对方吐在脸上的唾沫会"违其怒"(《新唐书·娄师德传》),都摆脱不了世俗情感的缠缚,而"天人"则是"无人之情"(郭象注)。试想,一个不带一点人的感情的"人",还有什么东西牢笼得了他?

文章最后归结到欲使有为而无不当,此为应是出于"不得已",并称"不得已之类,圣人之道"。这里的"圣人"不同于前文的"圣人",而跟"全人""天人""至人"大体相似。既是不得已而为之,则心底不起波澜,因而就能敛迹自晦,最后达到"藏身深眇"的养生目的。

徐无鬼第二十四

【解题】

本篇取篇首三字为题。篇中各段内容似不相连属，缺乏中心。然细玩文意，大致相对集中于谈去惑以悟道的问题。去惑主要从为政和个人修养两方面着手。为政方面，作者反对有为政治，主张无为而治。文中对魏武侯劳一国之民以奉其私及为义偃兵，管仲廉洁刚直，不能和混是非，尧推举贤人、施行仁义，舜拘于盛名而勤苦一生的做法均有所批评，肯定了徐无鬼、牧马小童、隰朋等戒嗜欲、顺民性、不苛察的态度。个人修养方面，指出必须摆脱外物的束缚，力戒执着是非、卖弄智巧、炫耀才能，做到虚静无为、不求分外。按作者的意思，去除了这两方面的困惑，离大道也就不远了。

　　徐无鬼因女商见魏武侯①，武侯劳之曰②："先生病矣③！苦于山林之劳④，故乃肯见于寡人。"徐无鬼曰："我则劳于君，君有何劳于我！君将盈耆欲⑤，长好恶，则性命之情病矣⑥；君将黜耆欲，掔好恶，则耳目病矣⑦。我将劳君，君有何劳于我！"武侯超然不对⑧。

　　少焉，徐无鬼曰："尝语君，吾相狗也⑨。下之质执饱而止，是狸德也⑩；中之质若视日⑪，上之质若亡其一⑫。吾相狗，又不若吾相马也。吾相马，直者中绳，曲者中钩，方者中矩，圆者中规⑬，是国马也，而未若天下马也。天下马有成材⑭,若恤若失⑮,若丧其一,若是者,超轶绝尘⑯,不知其所。"武侯大悦而笑。

徐无鬼出,女商曰:"先生独何以说吾君乎⑰?吾所以说吾君者,横说之则以《诗》《书》《礼》《乐》⑱,从说之则以《金板》《六弢》⑲,奉事而大有功者不可为数⑳,而吾君未尝启齿。今先生何以说吾君,使吾君说若此乎?"徐无鬼曰:"吾直告之吾相狗马耳㉑。"女商曰:"若是乎?"曰:"子不闻夫越之流人乎?去国数日,见其所知而喜;去国旬月,见所尝见于国中者喜;及期年也㉒,见似人者而喜矣;不亦去人滋久,思人滋深乎?夫逃虚空者㉓,藜藋柱乎鼪鼬之径㉔,踉位其空㉕,闻人足音跫然而喜矣㉖,又况乎昆弟亲戚之謦欬其侧者乎㉗!久矣夫,莫以真人之言謦欬吾君之侧乎㉘!"

【今译】

徐无鬼通过女商引荐去见魏武侯,武侯慰问他说:"先生多么困乏啊!你是苦于隐居的艰辛,所以才肯来见我的。"徐无鬼说:"我倒是来对君王表示慰问,君王有什么可对我表示慰问的!君王如果心中充满嗜好和欲望,不断滋长着好恶之情,那么您的生命的实质就会受损害;君王如果去除嗜好和欲望,摒弃好恶之情,那么耳目就会受损害。我正要慰问君王,君王有什么可对我表示慰劳的!"武侯闷闷不乐,无法回答。

过了一会儿,徐无鬼说:"让我试着告诉您,我的相狗术是怎么回事。下等素质的狗一吃饱肚了就停止抓捕,这是如同猫一般的素质,中等素质的狗犹如昂首望日;上等素质的狗好像忘却了自身。但我的相狗术又不如我的相马术。我观察马,直线行走符合绳的标准,曲线行走符合钩的标准,走方阵符合矩的标准,跑圆场符合规的标准,这是一国之中最好的马,但还不如天下之良马。天下之良马有着天生的材质,它冷冷漠漠,一无所思,又像忘却了自己,像这样的马,超越众马,脚不着尘,而不知所往。"武侯听后很高兴地笑了。

徐无鬼出来后,女商问道:"先生究竟是靠什么来游说我们君王的?我说服我们君王,远的用《诗》《书》《礼》《乐》等儒家六经,近的用《金板》《六弢》等兵书,把这些书中的道理运用于实际事务并取得巨大成效的例子,多得无法计算,而我们君王却不曾开口一笑。如今先生靠什么来游说我们君王,使我们君王高兴到如此程度呢?"徐无鬼说:"我只是把我的相狗相马术告诉他罢了。"女商问道:"是这样吗?"徐无鬼说:"你没有听说那些越国的流亡之人吗?离国几天,碰见所熟悉的人就很高兴;离国十天个把月,碰见曾经在国内见过的人就很高兴;等到离国一年后,碰见好像是故国的人就很高兴。岂不是离别故人越久,思念就越深吗?那些逃到荒无人烟之处的人,(在那里)野草堵住了黄鼠狼来往的小径,他们长期住在这样的地方,听到人的脚步声就会很高兴,何况是兄弟亲戚在身边谈笑呢?已经很久没有人依照真人之言在我们君王身边谈说了。"

【注释】

① 徐无鬼:缗山人,战国时魏国隐士。女商:魏武侯宠臣。魏武侯:魏国国君,名击。 ② 劳:慰劳。 ③ 病:困乏。 ④ 山林之劳:隐居生活的困苦。 ⑤ 将:若。耆:通"嗜"。 ⑥ 情:真实。性命之情:人的自然真情。 ⑦ "君将黜耆欲"三句:擎(qiān),引却,除去。意为魏武侯久溺嗜欲、好恶中,若勉强戒除,则耳目必定不适。 ⑧ 超然:怅然,失意不乐的样子。 ⑨ 相(xiàng):观察。 ⑩ "下之质执饱而止"二句:质,素质,品质。执,抓,捕。狸,猫。德,品性,资质。意为,素质低下的狗,一旦吃饱,就会停止抓捕,如同猫一样。 ⑪ 若视日:形容意气高远,犹如抬头望日。 ⑫ 亡:通"忘"。一:身。亡其一:忘却自身。 ⑬ "直者中绳"四句:钩,画曲线的工具。意为马的直行、曲行、走方阵、跑圆场均符合要求。 ⑭ 成材:天生的材质。 ⑮ 若恤若失:冷漠不觉的样子。 ⑯ 超轶(yì):超越。绝尘:

脚不沾尘土,形容奔驰神速,犹如不着地而行。　⑰ 独:究竟。　⑱ 横:远。　⑲ 从:通"纵",近。《金板》《六弢》:《周书》篇名。或以为是太公所作兵法。　⑳ 奉事:施行于事。　㉑ 直:只,仅。　㉒ 期(jī)年:一年。　㉓ 虚空:空旷无人烟之处。　㉔ 藜(lí)藋(diào):草名。柱:堵塞。鼪(shēng)鼬(yòu):黄鼠狼。　㉕ 踉(liàng):踉跄,困顿。位:处,居。空:空间,处所。　㉖ 跫(qióng)然:形容脚步声。　㉗ 謦(qǐng)咳:咳嗽,借指谈笑、谈说。　㉘ 莫:没有人。真人:道家称存养本性而得道的人。

【评析】

本章意在说明,达到了"忘我"的境界也就实现了真性的复归。

魏武侯内外交困,"病"得不轻。对于这样一位特殊的"病人",徐无鬼的治疗方法颇为别致:找出"病根"后,他连下相狗、相马二喻,而魏武侯听了竟"大悦而笑",霍然"病"愈。这二喻看似言不及义,然"药方"正在其中,即忘我。二喻中的下质之狗唯求口腹之饱,固不足挂齿。中质之狗昂首忘日,志向自是不凡。然正如胡文英所说:"视日,犹未免高望远志而有好大喜功之心。"(《庄子独见》)那国马虽行来中规中矩,不失为良马。可正因其拘守规矩,所以真性便被束缚得死死的。而上质之狗、天下之马却是"若亡其一",正是这四字打入魏武侯心坎,使其精神为之一振:既忘我,则内外之病便无着脚处,忘我的结果恰恰是保全了"我",其焉得不喜!

宣颖《南华经解》称此二喻"以狗马之真,动人之真,是从武侯所好通之",可谓点到了其中的妙处。武侯所好者,犬马声色也。徐无鬼顺其所好,亦以犬马为喻,却又以世俗犬马衬托出上质之狗、天下之马的超然忘我。武侯听了,如久客他乡的游子,忽闻乡音而欣喜不已,猛然间,他那麻痹多时的本真复苏了。由此可见徐无鬼因势利导、循循善诱的本事。

再看女商,横说《诗》《书》《礼》《乐》,纵说《金板》《六弢》,这些说教化、论攻伐之书,用于世俗事务固不无成效,但有意求功,必伤真性。以此来说服被世俗的嗜欲好恶缠得烦恼不堪而亟盼解脱的武侯,自然扞格难入,无法博得其启齿一笑。

两相对比,作者的倾向也就十分明确了。

徐无鬼见武侯,武侯曰:"先生居山林,食芧栗①,厌葱韭②,以宾寡人③,久矣夫! 今老邪? 其欲干酒肉之味邪④? 其寡人亦有社稷之福邪?"

徐无鬼曰:"无鬼生于贫贱,未尝敢饮食君之酒肉,将来劳君也。"君曰:"何哉,奚劳寡人?"曰:"劳君之神与形。"武侯曰:"何谓邪?"徐无鬼曰:"天地之养也一⑤,登高不可以为长,居下不可以为短。君独为万乘之主⑥,以苦一国之民,以养耳目鼻口,夫神者不自许也⑦。夫神者,好和而恶奸⑧;夫奸,病也,故劳之。唯君所病之,何也?"

武侯曰:"欲见先生久矣。吾欲爱民而为义偃兵⑨,其可乎?"徐无鬼曰:"不可。爱民,害民之始也;为义偃兵,造兵之本也⑩;君自此为之,则殆不成。凡成美,恶器也⑪;君虽为仁义,几且伪哉⑫! 形固造形⑬,成固有伐⑭,变固外战⑮。君亦必无盛鹤列于丽谯之间⑯,无徒骥于锱坛之宫⑰,无藏逆于得⑱,无以巧胜人,无以谋胜人,无以战胜人。夫杀人之士民⑲,兼人之土地,以养吾私与吾神者⑳,其战不知孰善? 胜之恶乎在? 君若勿已矣㉑,修胸中之诚,以应天地之情而勿撄。夫民死已脱矣,君将恶乎用夫偃兵哉!"

【今译】

徐无鬼拜见魏武侯,武侯说:"先生住在山林中,吃着橡子,饱食葱韭,以此来断绝和我交往已经很久了。如今您是老了呢?还是想要享用酒肉的美味呢?难道我也有先生来为国家出谋划策的福分呢?"

徐无鬼说:"我出生于贫贱,没敢指望吃君王的酒肉,我是打算来慰劳君王的。"武侯说:"什么,慰劳我什么?"徐无鬼说:"慰劳君王的心神和身体。"武侯问道:"你说的是什么呀?"徐无鬼说:"天地生养人类是一视同仁的,登上高位的不要以为比别人长一截,身处低贱的也不要觉得比别人矮三分。而您作为大国的君王,却辛苦一国之民来奉养您一人的耳目鼻口,(虽然耳目鼻口得到奉养)但你那心神是不得安宁的。那心神,喜欢跟外物和谐交融而厌恶自私。自私是一种病,所以我来慰劳您。然而,只有君王一个人得这种病,这是什么原因呢?"

武侯说:"渴望见先生已经很久了。我想要爱护百姓并为仁义而停止战争,这样做行吗?"徐无鬼说:"不行。爱护百姓,实际上是祸害百姓的开始;为了仁义而停止战争,实际上是产生战争的根源。君王从这两方面去做,恐怕是不会成功的。大凡用来成就美名的,同时也是作恶的用具。君王虽然是要行仁义,却是更接近于虚伪啊!有了仁义的形迹,一定会有人来模仿;有成功,也一定会有失败;心之妄动于内,一定会导致战乱爆发于外。请君王务必不要大摆阵势在华丽高楼之间,不要布置人马在锱坛宫之内,不要包藏悖逆之心于仁德之中,不要靠机巧去战胜别人,不要用计谋去战胜别人,不要用战争去胜过别人。靠杀死别人的百姓,兼并别人的土地,来奉养自己的私欲和精神,我不知这类战争好在哪里?胜在何处?君王如果不能打消爱百姓的念头,那就请您潜心培养内心的真诚,来顺应天地的真实自然的本性而不加干扰。那样的话,百姓死亡的威胁脱离了,君王还哪里用得着去停止战争呢?"

【注释】

①芧(xù)栗:橡实。 ②厌:饱食。 ③宾:通"摈",弃。④干:求。 ⑤一:同。 ⑥独:单独一人。与下文的"一国之民"相对。乘(shèng):一车四马。万乘:万辆兵车。古代能出万辆兵车者

为大国,故又可指代大国。　⑦ 神:心神。不自许:犹不自得、不自安。　⑧ 和:和同。奸:自私。　⑨ 偃:息,止。兵:战争。　⑩ "爱民"四句:意为道家在政治上主张无为而治,而魏文侯声称"吾欲爱民而为义偃兵",则是有意而为。有意于爱民,则必出于伪;示民以伪,则必害其民,故曰"爱民"乃"害民之始"。为了仁义而停止战争,必出于对名的追求;竟相求名,则必启争端,战争祸根已伏于其中矣,故曰"为义偃兵"乃"造兵之本"。　⑪ "凡成美"二句:意为有心成就美名,便会促成争名的不良风气,所以用来成就美名者,同时也是作恶之器。　⑫ 几:几乎。且:将近。　⑬ 形:形迹。固:必。　⑭ 伐:失败。　⑮ 变:心之妄动。　⑯ 盛:多设。鹤列:战阵名,因陈兵如鹤之行列,故称。丽谯:华丽的高楼。　⑰ 徒:步兵。骥:骑兵。锱(zī)坛:宫名。因宫内有坛曰锱坛,故称。　⑱ 得:通"德"。藏逆于德,包藏悖逆之心于仁德中。这里是针对魏武侯的表面行仁义,却内怀图名争雄之心而言的。　⑲ 士民:人民,百姓。　⑳ 私:私欲,指前文的"耳目鼻口"之欲。　㉑ 勿已:不能止息,意为不能去除行仁义之心。

【评析】

本章指出统治者戒除私欲,实现无为而治,则对于自己和百姓都有好处。

针对武侯的"病",徐无鬼开了两个处方:

一曰戒自私,一贵贱。徐无鬼一开始指出天地养人不分贵贱,无所偏私,人的心神本得之于天,故亦好和同而恶自私。可魏武侯却凭着万乘之主的身份,不惜劳动一国之民来满足其耳目鼻口之欲,这就既伤形,更伤神。于是,魏武侯的心神便染上自私的恶疾而不得自安。要治好这"病",就必须力戒自私,把自己放在与众人齐等的地位。

二曰为无为,复真性。魏武侯提出"欲爱民而为义偃兵",对此徐无鬼断然予以否定。因为在他看来,魏武侯的"爱民"和"为义偃兵"是一种出于求名的虚伪之举,适足成为"害民之始""造兵之本",其思想根源盖在于多欲而有为。所以文中连下六"无",就是要魏武侯寡欲无为。指出倘真的爱民，则应修己之真性，以顺应天地之真性。如不得已而治国临天下也当以"无为"为上。这样，民自然能免于死亡，也不劳武侯费心思来止兵戈了。

战国时代，诸侯间的兼并战争日趋激烈。以孟子为代表的儒家对这种以武力取天下的"霸道"是坚决反对的，主张施仁政、行王道，以仁义教化的力量来争取民心，止息战争，进而取得天下。庄子等也反对兼并战争，所以文中责问这类杀害百姓、兼并土地以满足一己私欲的战争，"不知孰善？胜之恶乎在？"但他们又对儒家的仁义那一套表现出强烈的反感，指出在这"窃钩者诛，窃国者为诸侯"的弱肉强食、人欲横流的社会中，仁义已经成了诸侯用以掩盖其贪暴行为的遮羞布，即所谓"诸侯之门而仁义存焉"（《庄子·胠箧》）。本段揭露魏武侯"为义偃兵"的虚伪性，正体现了这种思想。因此，徐无鬼为武侯所开的两个处方，实在是出于对现实的强烈不满。

黄帝将见大隗乎具茨之山①，方明为御②，昌寓骖乘③，张若、謵朋前马④，昆阍、滑稽后车⑤；至于襄城之野⑥，七圣皆迷，无所问涂⑦。

适遇牧马童子，问涂焉，曰："若知具茨之山乎？"曰："然。""若知大隗之所存乎⑧？"曰："然。"黄帝曰："异哉小童！非徒知具茨之山，又知大隗之所存。请问为天下⑨。"小童曰："夫为天下者，亦若此而已矣⑩，又奚事焉！予少而自游于六合之内⑪，予适有瞀病⑫，有长者教予曰：'若乘日之车而游于襄城之野。'今予病少痊⑬，予又且复游于六合之外。夫为天下亦若此而已。予又奚事焉！"

黄帝曰："夫为天下者，则诚非吾子之事⑭。虽然，请问为天下。"小童辞。黄帝又问。小童曰："夫为天下者，亦奚以异乎牧马者哉！亦去其害马者而已矣⑮！"黄帝再拜稽首,称天师而退⑯。

【今译】

　　黄帝打算到具茨山去见大隗,方明当驾车的,昌寓陪乘,张若、諲朋马前引路,昆阍、滑稽车后跟随。来到广漠荒野,七位圣人都迷失了方向,也无处问路。

　　正巧碰上一位牧马少年,黄帝于是向他问路道："你知道具茨山吗?"少年说："是的。"又问："你知道大隗住的地方吗?"少年说："是的。"黄帝说："这位少年真是非同一般啊！不但知道具茨山,还知道大隗住的地方。请问如何治理天下?"小童说："治理天下的道理,也不过如此而已,还用得着做些什么呢? 我幼年时独自遨游在尘世之中,碰巧生了眼花目眩的病。有位老人指点我说:'你还是乘着太阳车到襄城郊外去漫游吧。'如今我的病稍有好转,我又将再到尘世之外去遨游了。治理天下也不过如此而已,我还用得着做些什么呢?"

　　黄帝说："这治理天下,确实不是你的事。虽然如此,但我还是要向你请教如何治理天下。"少年拒绝回答。黄帝又问。少年说："治理天下的道理,跟牧马又有什么不同呢！也不过是去除那些伤害马的天性的做法罢了！"黄帝拜了两拜,并叩了头,口称天师而离去。

【注释】

　　① 大隗(wěi):虚构的古代圣人之名,喻指大道。具茨:山名,在今河南密县东南。　② 方明及下文的昌寓(yǔ)、张若、諲朋、昆阍(hǔn)、滑(gǔ)稽,均为虚构的人名。御:驾车。　③ 骖(cān)乘(chēng):车右陪乘。　④ 前马:马前引导。　⑤ 后车:车后跟从。　⑥ 襄城之野:陈寿昌《南华真经正义》曰:"襄,除也。……除去城府之野,即所谓广漠之野也。"类似于《逍遥游》中的"无何有之乡"。　⑦ 涂:通"途"。　⑧ 所存:所在。　⑨ 为:治理。　⑩ 若此:指牧马。　⑪ 六合之内:尘世之中。　⑫ 瞀(mào)病:目眩之病。

⑬ 少：稍，略。　⑭ 吾子：对男子的美称。　⑮ 害马者：指有损于马的天性的牧马方法。　⑯ 天师：合乎天道之师。

【评析】

本章谈治天下之道。

黄帝同方明等六人去见大隗问大道，到襄城之野，七人都迷了路。这段文字寓意颇深，暗示了大道是不能以世俗之智求得的。

黄帝未见到大隗而先遇牧马童子，这位小童不仅知道具茨山，还知道大隗之所在，这又暗示出他也是个得道者。于是黄帝"请问为天下"。小童起先没有正面回答，而是介绍了他由得病到病愈的一段经历。从而再次暗示了，处于尘世之中，执着于治天下，则不免目迷五色，不辨方向。倒是远离尘世，处无为之心，反而能得其要领。这一番意思，实际上小童在一开始已经点出了："夫为天下者，亦若此而已矣，又奚事焉！"可惜黄帝被尘俗缠扰太甚，不能领会，因而又固执地再问。

这一次小童以牧马作比，指出要紧的是"去其害马者"，即去除如《马蹄》中所列举的一系列损害马之真性的做法。古代称统治百姓为"牧民"，牧马牧民，其理相通，则欲治天下者无他，但顺民之性而已。黄帝终于明白了，于是"再拜稽首，称天师而退"。

表面看，黄帝最后似乎并未见到大隗，但这已无关紧要，因为他已从小童那里悟得了无心无为、纯任自然的治天下之道，所以王先谦意味深长地说："已见大隗矣。"（《庄子集解》）

知士无思虑之变则不乐①，辩士无谈说之序则不乐②，察士无凌谇之事则不乐③，皆囿于物者也。招世之士兴朝④，中民之士荣官⑤，筋力之士矜难⑥，勇敢之士奋患⑦，兵革之士乐战⑧，枯槁之士宿名⑨，法律之士广治⑩，礼教之士敬容⑪，仁义之士贵际⑫。农夫无草莱之事则不比⑬，商贾无市井之事则不比⑭。庶人有旦暮之业则劝⑮，百工有器械之巧则壮⑯。钱财不积则贪者忧,权势不尤则夸者悲⑰。势物之徒乐变⑱,遭时有所用,不能无为也。此皆顺比于岁⑲,不物于易者也⑳,驰其形性,潜之万物㉑,终身不反,悲夫!

【今译】

　　足智多谋的人,没有思考的灵活多变就不高兴;能言善辩的人,谈论没有条理就不高兴;专注于细小之处的待人严苛、斤斤计较之人,没有供其欺凌辱骂的对象就不高兴。这都是些被外物所束缚的人。招纳贤才的人会被朝庭起用,合乎民心的人以获得官爵为荣,身强体壮的人以排难解纷自夸,勇武果决的人因患难而振奋,久经沙场的人以征战为乐,隐居山林的人是为了谋取高名,崇尚刑法的人致力于推广法治,提倡礼教的人注重仪态容饰,推行仁义的人注重人际交往。农民没有耕作之事就不快活,商人没有买卖之事就不快活。平民即使有短暂的工作,也会奋发努力;工匠们掌握了操作器械的技巧,做事效率就会提高。钱财积聚不起来,贪婪的人就会忧愁;权势不突出,浮夸而喜欢炫耀的人就会伤心。依据时势来权衡利弊的人喜欢世道多变,一旦遇上合适的时机,他们就有了用武之地,他们是不能清静无为的。这些人随时俯仰,各自被所执着的外物束缚着而不能相通,他们的身心驰骛于尘世之内,沉溺于万物之中,一辈子也不回头,可悲啊!

【注释】

　　① 思虑之变:思考的灵活多变。　② 序:条理。　③ 察士:苛察之士。凌谇(suì):凌辱责骂。　④ 招世之士:推荐忠良,招揽贤才之人。兴:起用。　⑤ 中(zhòng):符合。中民:合乎民心,得民心。⑥ 筋力:体力强壮。矜难:以解救危难而自夸。　⑦ 勇敢之士:勇武果决之士。奋患:见患难而兴奋。　⑧ 兵革之士:久经沙场之士。⑨ 枯槁之士:隐士。宿:同"缩",取。宿名:谋取高名。　⑩ 广治:推广法治。　⑪ 敬容:注重仪态。　⑫ 贵际:注重交际。　⑬ 草莱之事:耕作之事。比:和乐。　⑭ 市井之事:买卖之事。　⑮ 旦暮之业:短

暂的职业。劝:努力。　⑯ 壮:快,这里指做事效率高。　⑰ 尤:出众。　⑱ 势物:依据形势来权衡利害。　⑲ 顺比:顺从附和。岁:时。顺比于岁:随时附仰。按,这里是指以上诸种人的行为情感都受着时势的制约。　⑳ 不物于易:依马叙伦《庄子义证》,当作"不易于物",意为各自囿于一物,不能相通。　㉑ 潜:汩没,沉溺。

【评析】

本章强调执着于外物者必然会丧失真性。

文中罗列了十九种人,指出其共同之处是人为物役,真性受损。这些人五花八门的表现都是出于各自的职业身份特点,从一定意义上说,这种由职业所引发的物欲也是人的本性的自然流露。

然而,这同庄子所追求的理想人格是格格不入的。在庄子那里,人对于外物一无所求,这是保持恬静的心境所必须的。人虽然不能避免与外物接触,但决不是为物所役,而是"与物委蛇,而同其波"(《庚桑楚》),内心仍是波澜不起,一平如镜,即所谓"外化而内不化"(《知北游》)、"顺人而不失己"(《外物》),这种与外物的周旋,本质上是对物的超越——"物物而不物于物"(《山木》)。而上述诸色人等,对外物的追求过于投入,以至于悲喜好恶,尽形于色。这样,真性便为物欲所蔽,所以胡远濬《庄子诠诂》将本章的意思概括为"逐物者丧真"。

庄子曰:"射者非前期而中①,谓之善射,天下皆羿也,可乎?"惠子曰:"可。"庄子曰:"天下非有公是也②,而各是其所是③,天下皆尧也,可乎?"惠子曰:"可。"

庄子曰:"然则儒、墨、杨、秉四④,与夫子为五,果孰是邪?或者若鲁遽者邪⑤?其弟子曰:'我得夫子之道矣,吾能冬爨鼎而夏造冰矣⑥。'鲁遽曰:'是直以阳召阳⑦,以阴召阴⑧,非吾所谓道也。吾示子乎吾道。'于是为之调瑟⑨,废一于堂⑩,废一于室⑪,鼓宫宫动,鼓角角动⑫,音律同矣。夫或改调一弦⑬,于五音无当也⑭,鼓之,二十五弦皆动,未始异于声,而音之君已⑮。且若是者邪⑯?"

惠子曰:"今夫儒、墨、杨、秉,且方与我以辩⑰,相拂以辞⑱,相镇以声,而未始吾非也,则奚若矣?"

庄子曰:"齐人蹢子于宋者⑲,其命阍也不以完⑳,其求钘钟也以束缚㉑,其求唐子也而未始出域㉒,有遗类矣㉓!夫楚人寄而蹢阍者㉔,夜半于无人之时而与舟人斗,未始离于岑而足以造于怨也㉕。"

【今译】

庄子说:"射箭的人还没有瞄准目标就射中了,如果这样的人可称之为善射,那天下之人便都成了羿了,可以这样说吗?"惠子说:"可以。"庄子说:"天下本没有公认正确的是非标准,人们都认为自己所肯定的就是正确的,这样的话,那天下之人便都成了尧那样的圣人了,可以这样说吗?"惠子说:"可以。"

庄子说:"那么儒家的郑缓、墨翟、杨朱、公孙龙四家,加上先生您一共是五家,究竟谁是正确的呢?还是你们五家都是像鲁遽那样的人呢?鲁遽的弟子说:'我们学到了先生的本领,能在冬天烧煮鼎中之物,在夏天造出冰块。'鲁遽说:'这只不过是用阳气招来阳气,用阴气招来阴气,并不是我所说的本领。我把我的本领演示给你们看。'于是为他们弹瑟,把一张瑟放在堂上,一张放在室内,拨动一张瑟上的宫音,另一张也应之以宫音;拨动一张瑟上的角音,另一张也应之以角音。这是两张瑟音律相同的缘故啊。如果再调整其中一张瑟上的某一根弦,这就跟原定五音的调门不相符合了。如果要弹奏音乐,那么二十五根弦都要变动。调整后的五音跟音律原理没有不同,但这根弦上的变调却是众音之主啊。(这时,假如弹这张瑟,那张瑟还会像调整前这样应和吗?)你们不就像鲁遽这种人吗?"

惠子说:"如今那郑缓、墨翟、杨朱、公孙龙四家,正跟我辩论着,我们用言辞相抗衡,用声望相压制,大家都不曾认为自己是错的,这怎么说呢?"

庄子说:"有一个齐国人,在宋国砍了儿子的腿,让他当了看门人,因为宋国看门不用肢体健全的人。他得到一只长颈小酒盅会仔细捆扎好,寻找失散的儿子却连家门都不肯迈出,这是犯了忘记同类的毛病。有一个楚国人借住在别人家里却辱骂这家的看门人,又在夜半无人时上船和船家打架,船还不曾靠岸,却已经结上了仇怨。"

【注释】

① 前期:预定目标。　② 公是:公认为正确的。　③ 这句中的两个"是"都是肯定、认为正确的意思。　④ 儒:旧注以为是儒家郑缓。墨:墨翟。杨:杨朱。秉:公孙龙的字。　⑤ 或者:表示选择关系的连词。鲁遽:周初人。　⑥ 爨(cuàn):烧煮。冬爨鼎:在冬天用千年燥灰取火来烧煮鼎中之物。夏造冰:在盛夏时用瓦瓶装了水,放在沸水中烧煮,再把瓦瓶悬挂在井中,很快就能结成冰。　⑦ 以阳召阳:千年灰属阳,火又属阳,用千年灰取火以烧鼎,故曰以阳召阳。⑧ 以阴召阴:井中属阴,水又属阴,将瓶中水悬于井中以造冰,故曰以阴召阴。　⑨ 调瑟:弹瑟。　⑩ 废:置。堂:房舍中处于前半部分的厅,用以接客行礼,不住人。　⑪ 室:堂后用于住人处。　⑫ "鼓宫宫动"二句:宫,古代五音之一,角,亦为五音之一。意为拨动其中一张瑟的宫音,则另一张瑟也应之以宫音,拨角音也同样。这其实就是声学上的共鸣现象。　⑬ 或:假如。　⑭ 无当:不符合。意为后来所调一弦的调门不符合原先五音的调门,即所谓变调。　⑮ "而音之君已"句:君,主。意为新调的音是众音之上,所有该瑟上的弦都要随之调整。按,"夫或"七句系庄子批评鲁遽之语,意为鲁遽固然能使两瑟之同音相应,但如果改变一张瑟上某一根弦的调门,这改动的调门就跟原先所定的五音调门不相符。此时如果要在这张瑟上弹奏出像样的音乐,那么瑟上的全部二十五根弦都要随变调重新调整。调整后的五

音跟音律原理并无不同,那是另一种调门的五音,但这根弦上的变调却是新调整的五音的依据(即所谓"君")。另一张瑟若不依变调作调整,则两弦之声便不会相应。鲁遽批评弟子"以阳召阳,以阴召阴",其实他的这套伎俩也是同声相招。然他却以己为是,以弟子为非。庄子以此来讽刺儒墨等五家各执一偏,是其所是的错误。 ⑯ "且若是者邪"句:是,指鲁遽。意为惠子等五家也正像鲁遽这样自以为是。 ⑰ 以:一本无此字,疑误增。 ⑱ 拂:违背,对立,抗衡。 ⑲ 蹢(zhí):蹢躅,徘徊不进的样子,这里指腿残之人行走的样子。蹢子:砍断儿子之腿,使其蹢躅而行。 ⑳ 不以:不用。完:肢体健全。 ㉑ 求:得到,获得。铏(xíng)钟:古代一种长颈盛酒器。束缚:捆扎。意为恐怕损坏铏钟。 ㉒ 唐:丢失。域:居处。 ㉓ "有遗类矣"句:有,产生。遗,忘。类,族类,同类。意为齐人这种重物轻人的态度是忘记了自己的同类。 ㉔ 寄:寄居。蹢:当读"谪"(zhé),怒责。 ㉕ 离:通"丽",附着,这里是停靠的意思。岑:崖岸。造于怨:构怨,结怨。

【评析】

本章批评了儒墨诸家"各是其所是"的错误,指出天下不存在"公是",一味纠缠于是非之争是难以求得大道的。

庄子和惠子都承认事物的相对性,都不承认存在着人所公认的是非标准(公是),又都看到了人们"各是其所是"现象的存在。但庄子认为,既然所谓是与非是相对的,那么"各是其所是"就是荒谬的,他要齐一是非。惠子则认为这个现象是正常的,管他目标是不是预定,只要能射中,就能成为羿那样的神箭手;只要认为自己是对的,就能成为尧那样的大圣人。就此两人展开了一场争论。

庄子以鲁遽为例,指出他的那一套同声相应的伎俩和其弟子的"以阳召阳,以阴召阴"是一路货,凭什么以己为是,以弟子为非?同样,你惠子和儒、墨、杨、秉四家争来争去,究竟哪个对,谁说得清楚?

惠子不服气,于是庄子进一步讽刺他像那愚蠢的齐人和楚人,干了蠢事,还自以为是。对于那个齐人"其求铏钟也以束缚,其求唐子也而未始出域"的行为,林云铭分析道:这是比喻惠子"轻其性命之情而不知保,唯加意于词辩名声之间,颠倒之甚者也","不知他求大道,唯于四子之中欲求相胜,终不得道也"(《庄子因》)。这话讲得很对。作者借这段文字正是要说明,欲求大道,必须超脱于是非之外。如果像惠子那样企图争是非胜负于唇吻之间,其结果一定是丧失性命之情而做出种种荒唐事。

庄子和惠子的这一番对话,有其现实的根源。战国时期,诸子间的论争辩难极为激烈,但在持相对主义观点的庄子看来,这些都是无谓的争吵,所谓的是非都是一孔之见。《天下》篇中所概括的"天下大乱,贤圣不明,道德不一,天下多得一察焉以自好"的学术大势,还是能代表庄子本人看法的。所以,庄子对惠子的批评实际上是借题发挥。

庄子送葬,过惠子之墓,顾谓从者曰:"郢人垩慢其鼻端若蝇翼①,使匠石斫之②。匠石运斤成风③,听而斫之④,尽垩而鼻不伤,郢人立不失容。宋元君闻之,召匠石曰:'尝试为寡人为之。'匠石曰:'臣则尝能斫之⑤。虽然,臣之质死久矣⑥。'自夫子之死也,吾无以为质矣,吾无与言之矣。"

【今译】

庄子送葬,经过惠子的墓地,回过头来对跟随的人说:"郢地有个人,让一块薄如苍蝇翅膀的白泥抹上了鼻尖,他让匠石把泥砍削掉。匠石挥动斧头呼呼生风,随意一砍,白泥削尽而鼻尖丝毫未伤。那郢人笔直站着,脸不失色。宋元君听说了这事,召来匠石道:'你试着为我照样做一次。'匠石说:'我曾经能这样砍。但如今能让我施展技艺的对象死去很久了。'自从惠子死后,我再也没有可以作为对手的人了,再也没有可以同他谈谈的人了。"

【注释】

①郢(yǐng):楚国都,在今湖北江陵西北。垩(è):白色土。慢:一本作"漫",涂抹。 ②匠石:名叫石的木匠。斫(zhuó):砍削。 ③斤:斧头。运斤成风:挥斧而成风声。 ④听:听任,任凭,这里有随意的意思。 ⑤则:句中语助词,无实义。 ⑥质:对手,对象。

【评析】

本章表达了对已故老朋友的深切怀念,从中体现了出自真诚的友情之可贵。

惠子是庄子论辩的对手、调侃的对象,同时也是感情甚笃的好友。甚至可以说,他们正是经过频繁的舌战方成知交的。因此,对这位劲敌、老朋友的死,庄子感到深深的悲伤、惋惜和惆怅。他在惠子墓前所讲的一番话,特别是最后接连几个语气词,将上述情感表达得极为恳挚而饱满。其中"运斤成风"的故事,更是脍炙人口,它描写生动,含意隽永,给人以无穷的启迪。

从哲学上说,矛盾双方既相互对立,又相互依存,失去了一方,另一方便不能存在。匠石确实将自己手中的那把斧子摆弄得出神入化,然而没有作为"质"的郢人的"立不失容",其"尽垩而鼻不伤"的高超技艺便无从表现。同样,正是由于惠子的善辩,才使得庄子那精警的思想、惊人的智慧,在两人之间反复的思想碰撞中得到了更充分的展示。

在美学上,这个故事对于探索美的本质和审美活动中的主客体关系也有启发意义。匠石的本事、庄子的思想学识都可说是一种客观存在,但如果没有郢人、惠子这样的"质",则前者就无所施其技。生活中美的事物也是客观存在的,但倘若没有作为审美主体的人去发现,那么这美的事物就永远像个养在深闺的少女,因无人知晓而在孤独寂寞中褪尽红颜。可见美的事物的存在虽不以人们的意志为转移,但却只有在人们发现之后,才能显示出其美的价值。而且人们在发现美后,还能依照一定的审美理想,经过加工、改造使之更美,甚至可以创造出新的美。因为审美的主客体之间也是相互依存的。

　　庄子的这番话所表达的知音难觅的感叹,同伯牙、钟子期的故事一样,拨动着后世无数人的心弦。嵇康在《赠兄秀才入军(其十四)》一诗中叹息道:"郢人逝矣,谁可尽言。"《晋书·嵇康传》曰:"盖其胸怀所寄,以高契难期,每思郢质。"表现了一个游心大道者的傲然独立,寂寞无偶。东晋高僧支遁在其好友法虔死后,"精神霣丧,风味转坠",对人曰:"昔匠石废斤于郢人,牙生辍弦于钟子,推己外求,良不虚也!冥契既逝,发言莫赏,中心蕴结,余其亡矣!"(《世说新语·伤逝》)一年后,支遁也去世了。足见失去知音对其精神打击之大。唐代诗人骆宾王《夏日游德州赠高四》诗曰:"缔交君赠缟,投分我忘答。成风郢匠斫,流水伯牙弦。"李白《古风(三五)》:"《大雅》思文王,《颂》声久崩伦。安得郢中质,一挥成风斤。"罗隐《重过随州忆故兵部李侍郎思知因抒长句》曰:"庄周高论伯牙琴,闲夜思量泪满襟。四海共谁言近事?九原从此负初心。"都是有感于高山流水、知音难觅而发为浩叹的。人类确实存在着某些共同的情感,因而百代之下,庄子的知音仍是绵延不绝;我们也可以思接千载,同这位智者、达人作倾心晤谈。

　　管仲有病①,桓公问之②,曰:"仲父之病病矣③,可不讳云④,至于大病⑤,则寡人恶乎属国而可⑥?"管仲曰:"公谁欲与?"公曰:"鲍叔牙⑦。"曰:"不可。其为人絜廉善士也⑧,其于不己若者不比之⑨,又一闻人之过,终身不忘。使之治国,上且钩乎君⑩,下且逆乎民。其得罪于君也,将弗久矣!"公曰:"然则孰可?"对曰:"勿已⑪,则隰朋可⑫。其为人也,上忘而下畔⑬,愧不若黄帝而哀不己若者⑭。以德分人谓之圣,以财分人谓之贤。以贤临人⑮,未有得人者也;以贤下人,未有不得人者也。其于国有不闻也,其于家有不见也。勿已,则隰朋可。"

吴王浮于江,登乎狙之山⑯。众狙见之,恂然弃而走⑰,逃于深蓁⑱。有一狙焉,委蛇攫搔⑲,见巧乎王⑳。王射之,敏给搏捷矢㉑。王命相者趋射之㉒,狙执死㉓。王顾谓其友颜不疑曰:"之狙也,伐其巧、恃其便以敖予㉔,以至此殛也㉕!戒之哉!嗟乎,无以汝色骄人哉㉖!"颜不疑归而师董梧以助其色㉗,去乐辞显㉘,三年而国人称之。

南伯子綦隐几而坐㉙,仰天而嘘。颜成子入见曰㉚:"夫子,物之尤也㉛。形固可使若槁骸㉜,心固可使若死灰乎㉝?"曰:"吾尝居山穴之中矣。当是时也,田禾一睹我,而齐国之众三贺之㉞。我必先之,彼故知之;我必卖之,彼故鬻之㉟。若我而不有之,彼恶得而知之?若我而不卖之,彼恶得而鬻之?嗟乎!我悲人之自丧者㊱,吾又悲夫悲人者㊲,吾又悲夫悲人之悲者㊳,其后而日远矣㊴。"

【今译】

　　管仲生了病,齐桓公去慰问,并说道:"仲父的病很厉害了,再不能忌讳什么了,如果到了您去世的那一天,那么我把国事托付给谁才合适呢?"管仲问道:"您想要给谁?"桓公说:"鲍叔牙。"管仲说:"不行。他的为人,可算得是一个廉洁的有德之人,但他对于不如自己的人就不肯去亲近。再有,他一听到别人的过失,就一辈子不忘。让他去治理国家,对上,他将会违背君心;对下,他将会违背民意。他得罪了君王,所以他的执政将不会长久。"齐桓公问:"那么谁合适呢?"管仲回答说:"不得已的话,那么隰朋还算是比较合适的。他的为人,对上不自矜,容易让别人忘掉他,对下也不严格区分贵贱的界限。他惭愧比不上黄帝而又怜悯比不上自己的人。把道德赐予人的叫作圣人,把财物给予人的叫作贤人。以贤人的身份高居别人之上的人,没有能得人心的。以贤人的身份甘居别人之下的人,没有能不得人心的。他对于国事有意听而不闻,他对于家事有意视而不见。不得已的话,那么隰朋还算是比较合适的。"

吴王坐船在长江上游览,又登上了猕猴山。猕猴们见了,惊怕地四处乱跑,逃进了茂密的灌木丛中。只有一只猕猴,从容自得地跳来跳去,在吴王面前卖弄它的灵巧。吴王用箭射它,它敏捷地接住了飞速而来的利箭。吴王命令左右随从急速上前射它,于是猕猴抱着树死了。吴王回头对他的朋友颜不疑说:"这只猕猴炫耀它的灵巧、倚仗它的敏捷来轻视我,以至于遭到这样的惩罚。要以此为戒啊!唉,不要用你骄矜的态度去对待别人啊!"颜不疑回去后拜董梧为师来去除他的骄气,他摒弃佚乐,推却荣显,三年后,一国之人都交口称赞他。

南伯子綦靠着几案坐着,仰望天空,不住地叹气。颜成子进来看见了说:"先生真是人中的佼佼者。身体固然可以使它像枯骨,难道心也可以使它像死灰吗?"南伯子綦说:"我曾经住在山洞里。在这期间,齐王田禾来看了我一次,因而齐国的人们再三向他表示庆贺。这一定是我有名声在先,所以他才能知道;一定是我卖弄自己的名声,所以他才能加以炫耀。假如我没有名声,他怎能知道我呢?假如我不卖弄自己的名声,他怎能加以炫耀?唉!我对丧失自己真性的人表示悲哀,我又对那为别人而悲哀的人表示悲哀,我又对那为别人的悲哀而悲哀的人表示悲哀,此后我就离开悲哀之情一天比一天远了。"

【注释】

① 管仲:春秋时齐人,名夷吾,字仲。因鲍叔牙推荐,齐桓公用为相,尊称"仲父"。曾辅佐桓公九合诸侯,一匡天下,成为春秋五霸之一。　② 桓公:即齐桓公,春秋时齐国国君。　③ 这句中的第二个"病"字是厉害、严重的意思。　④ "可不讳云"句:讳,忌讳。意为在病人面前本不可谈及身后之事,然今因管仲病危,事关国家大计方针,也就顾不得忌讳了。　⑤ 大病:死的婉辞。　⑥ 属(zhǔ):托付。　⑦ 鲍叔牙:春秋时齐人,与管仲友善。　⑧ 絜(jié):通"洁"。絜廉:廉洁。　⑨ 比:亲近。　⑩ 钩(gōu):逆,违背。　⑪ 勿已:不得已。

⑫ 隰(xí)朋:春秋时齐贤人。 ⑬ 上忘:意为对上不表现自己,从而让别人忘掉他,放弃忌妒或戒备之心,以达到保全自己的目的。畔:界限。"畔"前当有"不"字。不畔:不划分贵贱界限。 ⑭ 哀:怜悯,同情。 ⑮ 临:居高临下。 ⑯ 狙(jū):猕猴。 ⑰ 恂(xún)然:惊惧的样子。弃:离。 ⑱ 蓁(zhēn):通"榛",灌木丛。 ⑲ 委(wēi)蛇(yí):雍容自得的样子。攫(jué)搔(sāo):腾跃。 ⑳ 见(xiàn):表现,显示。 ㉑ 敏给(jǐ):敏捷。搏:接。捷矢:快速飞行的箭。 ㉒ 相者:在吴王左右协助其打猎的人。趋:快速行走,奔跑。 ㉓ 执死:抱树而死。 ㉔ 便:敏捷。敖(áo):通"傲",傲视,轻视。 ㉕ 殛(jí):惩罚。这里指杀身之祸。 ㉖ 色:脸色。这里指骄矜的态度。骄人:轻视别人。 ㉗ 董梧:吴国的贤人。助(chú):通"锄",除去。 ㉘ 辞:推辞。 ㉙ 南伯子綦:人名,或以为即《齐物论》中的南郭子綦。隐几:靠着几案。 ㉚ 颜成子:子綦门人,或以为即《齐物论》《寓言》中的颜成子游。 ㉛ 物之尤:人中的最杰出者。 ㉜ 固:固然。槁骸:枯骨。 ㉝ 固:岂,难道。 ㉞ "田禾一睹我"二句:田禾,齐国国君,即齐太公田和。意为南伯子綦是声名远扬的贤士,田禾以一见为荣,并由此可博得尊贤的美名,所以一国之人竟至于再三庆贺。 ㉟ "我必卖之"二句:鬻(yù),贩卖,这里有炫耀的意思。意为一定是我卖弄了自己的名声,田禾才能借着看我这件事来加以炫耀。 ㊱ 自丧者:丧失自己真性的人。 ㊲ 悲人者:为别人而悲哀的人。 ㊳ 悲人之悲者:为别人的悲哀而悲哀的人。 ㊴ "其后而日远矣"句:日远,一天天地远离悲哀。意为只有远离悲哀等各种世俗情感,才能达到心如死灰的境界。

【评析】

本章由三个寓言组成,分别从不同的侧面指出了显露行迹的危害性。

第一个寓言从治国的角度来谈。管仲之所以不同意鲍叔牙继任齐相,因为鲍是个廉洁善士,不肯接近不如自己的人,闻人之过又终身不忘。成玄英称他是"率性廉直","不能和混";林希逸称他是"黑白太分明"(《庄子鬳斋口义》)。这样一个生性耿直、廉洁自守的人,在是非曲直的问题上,一定不肯苟且。这就必然上违于君,下逆于民,在相位上呆不久。所以,尽管鲍叔牙有大恩于管仲,管仲也曾说过"生我者父母,知我者鲍子"(《史记·管晏列传》)这样发自肺腑的话,但是出于"恐毁社稷,虑害叔牙"(成玄英语)的想法,还是没有推举他。而隰朋的为人同鲍叔牙恰恰相反,他混高卑、一荣辱,于国事家事听而不闻、视而不见,这就必然上下融洽。因此,尽管管仲对隰朋的为人处世态度并不很满意(这从评论隰朋一段文字中首尾都有"勿已,则隰朋可"二语可以看出),而敬重鲍叔牙的人品,在感情上也偏向鲍氏,但他还是认为由隰朋继任齐相要比鲍叔牙来得合适。

第二个寓言从全身的角度来谈。众猿猴看到吴王都"逃于深蓁",因而得以保全性命。而那只特别灵巧大胆的猴子,却"伐其巧、恃其便",结果反而丧了命。颜不疑从中吸取正反两方面的教训,除骄、去淫乐、辞荣显,三年后受到了国人的称赞。这个故事描写生动,耐人寻味。

第三个寓言从葆真的角度来谈。南伯子綦隐居深山,这本来有利于他成为形若槁骸,心如死灰的全真之人。然而他没有严格做到深藏行迹,所以为名所累,使真性受到了损害。后来他作了深刻的反省,意识到了自己"先之""卖之"的责任。并推己及人,为各种丧失真性的人而悲哀。这一方面固然可看作是他认识上的进步。但从另一方面看,正如林云铭所说:"知其丧为可悲,尚有悲哀之迹,未臻化境。"(《庄子因》)又如范耕研所说:"展转悲人,逐物愈远,丧真愈多,将不知所届。故应以不悲悲之,泊然无心,枯槁其形,斯反真也。"(《庄子诂义》)所幸南伯子綦后来逐渐去除了悲哀之迹,终于达到了"泊然无心,枯槁其形"的精神境界。可见能否葆真,居处并非决定因素。刘凤苞《南华雪心编》指出:"能葆其真,则朝市皆大隐之地;苟丧其真,则山林亦自鬻之媒。"关键在于能否敛迹自晦。他将人的纯朴本性比作宝玉,认为:

"炫玉以求售,不如抱璞以自完,使人共见为宝,则在我已先失其为宝。"

总之,在作者看来,清虚无为、韬光晦迹既是治国之道,也是全身葆真之宝,倘不遵循,则祸患无穷。

仲尼之楚①,楚王觞之②,孙叔敖执爵而立③,市南宜僚受酒而祭曰④:"古之人乎!于此言已⑤。"曰:"丘也闻不言之言矣⑥,未之尝言⑦,于此乎言之。市南宜僚弄丸而两家之难解⑧,孙叔敖甘寝秉羽而郢人投兵⑨,丘愿有喙三尺⑩。"

彼之谓不道之道⑪,此之谓不言之辩⑫。故德总乎道之所一⑬,而言休乎知之所不知⑭,至矣。道之所一者,德不能同也⑮;知之所不能知者,辩不能举也⑯,名若儒墨而凶矣⑰。故海不辞东流⑱,大之至也;圣人并包天地,泽及天下,而不知其谁氏⑲。是故生无爵,死无谥,实不聚⑳,名不立,此之谓大人㉑。狗不以善吠为良,人不以善言为贤,而况为大乎㉒!夫为大不足以为大,而况为德乎㉓!夫大备矣,莫若天地;然奚求焉,而大备矣。知大备者,无求,无失,无弃,不以物易己也㉔。反己而不穷,循古而不摩㉕,大人之诚。

【今译】

孔子到楚国去,楚王请他喝酒,孙叔敖拿着酒壶站立一旁,市南宜僚接过酒并祝祭道:"古时的人啊!在这样的场合总要说一点什么吧。"孔子说:"我听说有一种不用语言来表达的言论,我不曾向别人谈起过,今天在这里就谈谈它。市南宜僚玩弄于弹丸之间而使两家的危难得以解除,孙叔敖安寝高卧、手持雉羽而使楚人止息干戈。我真希望有三尺长的嘴。"

那二位所之为,可说是不言而道自存;这一位之所为,可说是不言而自雄辩。所以德最终归结到道的浑一不分状态,而语言停留在智慧所不能了解的境域,这也就是道的极致了。道的浑一不分状态,是德所不能具有的;智慧所不能了解的境域,是辩辞所不能列举的。以善辩著称者如儒墨之徒,却因名声而招致凶祸。所以海不拒纳东流之水,从而使它成为博大的极致;圣人之胸怀兼容天地,其恩泽遍及天下,而人们却不知道他的姓氏,因此活着没有爵禄,死了没有谥号,财物不聚,名声不立,这种人就叫作大人。狗不因其会叫就算良种,人不因其会说就算贤才,何况是存着心思想成为大人呢!大凡存着心思想成为大人的人是成不了大人的,何况是存心求德呢!若论一切都具备,则没有谁能比得上天地;然而天地不求取什么,却一切具备了。由此可知,所谓一切具备,指的是无所求,无所失,无所弃,不因外物而改变自己的本性。复归本性而不加穷究,顺应古道而不加揣摩,这就是大人的真实本性。

【注释】

① 之:往,到。 ② 觞(shāng):请人饮酒。 ③ 孙叔敖:春秋时楚人,曾为楚庄王相。爵:古代酒器。 ④ 市南宜僚:楚国勇士。姓熊,市南当是其所居处。按,孙叔敖、宜僚在世时,孔子尚未出生,这一节文字纯属寓言。 ⑤ "古之人乎"二句:是宜僚借古之成例来启发孔子讲话。 ⑥ 不言之言:无言之言。 ⑦ "未之尝言"句:未尝言之。 ⑧ 弄丸:游戏名。将多个弹丸连续交替抛接,不使落地。按,市南宜僚事见于《左传》哀公十六年,说的是楚平王之孙白公胜同卿士子西、子期结怨,想让宜僚除掉二人,遭拒绝;以剑架脖威胁他,亦不为所惧,只得作罢。但最后白公胜还是作乱,杀了子西、子期。文中并不涉及解两家之难事,前人解释大多勉强,唯陈景元《南华真经章句音义》所引文如海的说法尚称圆通,然未知所据。文语云:"白公胜及大夫子西两家举兵相伐,二家大夫曰:'宜僚陆沉之士,一人当五百。'并

遗使往召之。宜僚高枕安卧以见二大夫之使者,以两手弄丸不止,眠复不起。承之以剑,不动。二大夫使者各还,具论宜僚之意。二大夫曰:'高枕而卧者,示我无为也;承之以剑不动者,兵不足恃也;两手者,喻两家也;丸者,形圆无为之物也;两手弄之不止者,俱至于困也。明两家构兵不止,必至灭亡。'二大夫解兵而归,不复用兵也。" ⑨ 甘寝:安寝,高卧。秉:持。羽:用雉羽制成的舞具,文舞者所持。郢人:楚人。投兵:放下武器,意为罢兵息战。 ⑩ 喙(huì):嘴。这句是正话反说,意为既然我愿有三尺长嘴而不可得,那就不必多说了。按,"市南"三句是孔子针对宜僚要他讲话而言的,意为你们宜僚和孙叔敖二人都是不言而言,无为而为,那我也不必多说什么了。 ⑪ 彼:指宜僚弄丸解难和孙叔敖高卧息兵二事。不道之道:不言而道自存,意为二人不言而解难息兵。 ⑫ 此:指孔子的不言。不言之辩:不言而自雄辩。 ⑬ 总:归结。一:指道的浑一不分状态。按,老庄认为道是宇宙的本原,道最初是无形无名的,当它化生万物时发展而为"有",但此"有"还处于浑一不分的状态,叫作"一"。又由"一"分出阴阳,由阴阳而产生万物。陈鼓应称"一""就是形容道('无')在创生活动中向下落实一层的未分状态"。(《庄子论"道"——兼评庄老道论之异同》)德是事物的特殊规律或特性,它们都是道(一)的具体体现。老子说:"道生一,一生二,二生三,三生万物。"(《老子·四十二章》)庄子说:"泰初有无,无有无名;一之所起,有一而未形。物得以生,谓之德……。"(《庄子·天地》)上文的市南宜僚、孙叔敖、孔子三人的"不道之道""不言之辩",都以自己的独特方式体会并显示着道的存在,这就是德。另一方面,各人的"德"虽都有其特殊性,但最后都归结到道的浑一状态。 ⑭ 休:止。 ⑮ "道之所一者"二句:意为由于德各具特性,所以不可能具有道的浑一性。 ⑯ 举:列举。 ⑰ "名若儒墨而凶矣"句:而,则。意为儒墨两家以善辩著名,但他们同所不能同,举所不能举,故其名声适足以招致凶祸。 ⑱ 辞:拒绝。 ⑲ "圣人并包天地"三句:意为圣人虽然兼容天地,恩及天下,但不居功,不擅名,故人们连其姓氏都不知道。 ⑳ 实:财物。 ㉑ 大人:大德之人。

㉒ 为大：有心求为大人。　㉓"夫为大不足以为大"二句：意为大人是不能有心求得的，德的本质是顺应自然，因而也是有心难求的。　㉔"夫大大备矣"九句：大备，一切具备。易己，改变自己的本性。意为本性的复归原本是极自然的事，犹如天地无心而大备。倘对此穷加探究，则是有心为之，所谓本性复归也就无从说起。　㉕ 不摩：不费心揣摩。

【评析】

本章主要谈"不言"的问题。

《庄子》一书谈"言"，有时着眼于其与"意"的关系。而本章则是从"言"与"道"、"不言"与"无为"的关系，强调了保持"无言"的必要性。

保持"无言"之所以必要，首先在于人们总是力图借助语言这一工具来描述"道"，而"道"又是语言所无法详尽准确描述的。《老子》一书开宗明义就是"道可道，非常道"（一章）。尽管老子竭力描摹其状，并且还"字之曰'道'"，"为之名曰'大'"（二十五章），但他自己也承认这名字起得很勉强。因为"道"之中虽然"有象""有物""有精""有信"，但毕竟是"惟恍惟惚"（二十一章）的"无状之状，无物之象"（十四章）。庄子也认为"道"虽是"有情有信"的实际存在，但却是"无为无形"，"可传而不可受，可得而不可见"（《庄子·大宗师》）。它超乎名相，超越时空，因而无法用感觉和语言去把握和表达。本段中所说的"不道之道"，"言休乎知之所不知，至矣"，"知之所不能知者，辩不能举也"，也正是说明对于至大而无形、虽信而无象的"道"的极致，一切智慧和语言都是无可名状的，正如德不能穷尽浑一的道一样。故陈寿昌说："知之所不知，则无可言矣，故休乎此。此无可言处，即理之至精至微者也。"（《南华真经正义》）既如此，则不如不言。因为任何语言在"道"的面前都会暴露出其局限性。但是，"道"虽不可言传，却可意会。因此，就与"道"的关系而言，文中要求"不言"，实际上是主张用"意"即通过心灵的体验去悟道。

其次，在老庄那里，"不言"是"无为"的组成部分。《老子》曰"圣人处无为之事，行不言之教"（二章），正说明了二者的关系。这与儒家的"垂拱而天下治"（《书·武成》）、"其身正，不令而行；其身不正，虽令不从"（《论语·子路》）异曲同工。市南宜僚、叔孙敖都是不言而解决问题，可见"不言"同"无为"一样，是施政处事的最佳方法。而儒墨两家"以是其所非而非其所是"，易以好辩之名而致祸。

推而广之，大海一任百川归己而成其有容；圣人泽及天下，并包天地，却不立名、不聚财而成其大德。并且从文中"狗不以"五句来看，作者似乎还认为，"不言"是"为大""为德"的必要条件。因为如有言，则是有心求之，结果必然适得其反。而"不言"则无心、无为，于是就一如天地之圆满具足而不假外求。在庄子看来，天地正是"有大美而不言"（《庄子·知北游》）。

子綦有八子①，陈诸前②，召九方歅曰③："为我相吾子，孰为祥④？"九方歅曰："梱也为祥⑤。"子綦瞿然喜曰⑥："奚若？"曰："梱也将与国君同食以终其身⑦。"子綦索然出涕曰⑧："吾子何为以至于是极也⑨！"

九方歅曰："夫与国君同食，泽及三族⑩，而况父母乎！今夫子闻之而泣，是御福也⑪。子则祥矣，父则不祥。"

子綦曰："歅，汝何足以识之，而梱祥邪？尽于酒肉，入于鼻口矣，而何足以知其所自来⑫？吾未尝为牧而牂生于奥⑬，未尝好田而鹑生于宎⑭，若勿怪⑮，何邪？吾所与吾子游者，游于天地。吾与之邀乐于天⑯，吾与之邀食于地；吾不与之为事，不与之为谋，不与之为怪；吾与之乘天地之诚而不以物与之相撄⑰，吾与之一委蛇而不与之为事所宜⑱。今也然有世俗之偿焉⑲！凡有怪征者⑳，必有怪行㉑，殆乎㉒，非我与吾子之罪，几天与之也㉓！吾是以泣也。"

无几何而使梱之于燕，盗得之于道㉔，全而鬻之则难，不若刖之则易㉕，于是乎刖而鬻之于齐，适当渠公之街㉖，然身食肉而终㉗。

【今译】
　　南伯子綦有八个儿子，他让儿子们依次排列在面前，请来九方歅说道："请替我给儿子们相相面，哪一个是吉祥有福的。"九方歅说："梱吉祥有福。"子綦惊喜地问："这话怎么说？"九方歅回答说："梱将和国君一同进食以至终身。"子綦流着泪说："我的儿子为什么会陷入这样的困境啊！"

　　九方歅说："大凡和国君一同进食，其福泽将遍及三族，何况是父母呢！如今你听了这个好消息却哭了，你这是拒绝福泽啊！你的儿子是吉祥有福的，倒是你做父亲的没福分了。"

　　子綦说："歅，你哪能知道梱有福呢？（你的所谓吉祥有福）全在酒肉里，不过是酒肉气味进入到鼻口之中而已，你又哪能知道这酒肉是从什么地方来的？我没有当过牧羊人，而母羊却出现在屋子的西南角；我不曾喜欢过打猎，而鹌鹑却出现在屋子的东南角。你对此不感到奇怪，这是什么缘故呢？我和我的儿子遨游于天地之间。我们一起求乐于天，求食于地；我们不干世俗之事，不出谋划策，不标新立异；我们顺乎天地的本性而不与外物相扰，一任自然而不干世俗所谓合适的事。（我们虽然不涉世务）如今却竟然有世俗的酬报了！大凡有怪异征兆的，一定会有怪异的事随之出现，危险啊！这不是我和我儿子的罪过，莫非是老天爷降临给他的啊！我因此而哭泣。"

　　不久，子綦让梱到燕国去，强盗在半路上抓住了他。（强盗觉得）要四肢齐全地卖掉他很难，不如砍掉他的脚以后再卖就容易了，于是砍了脚把他卖到了齐国，正好看守渠公之街，由此一辈子吃上了肉。

【注释】
　　① 子綦：或以为即上文的南伯子綦。　② 陈：列。　③ 九方歅

(yīn):古代的善相马者,或以为即九方皋。 ④ 祥:善,吉。 ⑤ 梱(kǔn):子綦的儿子。 ⑥ 瞿然:惊喜的样子。 ⑦ 与国君同食:隐指做官。 ⑧ 索然:流泪的样子。 ⑨ 极:困境。 ⑩ 三族:父族、母族、妻族。 ⑪ 御:拒绝。 ⑫ 而:你。 ⑬ 牂(zāng):母羊。奥:房屋的西南角。 ⑭ 窔(yào):房屋的东南角。一说,房屋的东北角。 ⑮ 若:你。 ⑯ 邀:求取。下句之"邀"同。 ⑰ 乘天地之诚:犹《逍遥游》中的"乘天地之正"。撄:干扰。按,此上六句亦见于《庚桑楚》,文字稍有不同。 ⑱ "吾与之一委蛇而不与之为事所宜"句:委(wēi)蛇(yí),随顺的样子。一委蛇,一切顺乎自然。意为既然不涉世务,则自可一任自然,不必去考虑做什么才是恰当的。 ⑲ 然:乃,竟然。偿:酬报。世俗之偿:指与国君同食以终其身。 ⑳ 怪征:怪异的征兆,指未立世俗之功而得世俗之偿。 ㉑ 怪行:怪异之事。 ㉒ 殆:危险。 ㉓ 几:通"岂",莫非。 ㉔ 得:抓获。 ㉕ "全而鬻之则难"二句:全,肢体齐全。意为如将他肢体齐全地卖掉很困难,恐怕他会逃跑;砍掉脚后卖就容易了,毋须再担心其逃跑。 ㉖ 当:执掌。渠公之街:齐国街名。 ㉗ 然:乃,于是。

【评析】

关于本章的宗旨,林云铭《庄子因》曰:"此言祸福倚伏无常,术者之谓祥,即道之不祥也。"

老子也讲过祸福倚伏无常的话:"祸兮,福之所倚;福兮,祸之所伏。"(《老子》五十八章)那是指祸福作为对立的双方,在一定条件下可以彼此转化。而本段讲的是不同的人们所持的不同祸福观。

九方歅是相马高手,他按相马的标准去相人,于是认为子綦的儿子梱有吉相,可以一辈子同国君在一起吃饭,亦即做官。这在世俗眼光看来,确实是一种福气。

但是,子綦和他的儿子却并非世俗之人。他们逍遥于天地之间,顺乎自然而无求于世,不迕于物。然而,就是这样的不涉世务之人却偏偏被世俗之偿缠上,子綦认为这是个"怪征",以后必有凶险,所以

"索然出涕"。果然,后来梱在去燕国途中被盗贼抓住砍了腿,又被卖到齐国,当了一名小小的街正,倒也"食肉而终"。看来九方歅的预言也没有错,梱还是享受到了食肉终身的福气。但是,若依子綦的眼光去看,梱是遭受了莫大的灾祸:就"形"一面而言,被砍了腿;就"性"一面而言,肉是吃上了,人却成了官家身,受尽束缚,再也不得在天地间作逍遥之游。由此足见两人祸福观之大相径庭。而作者显然是站在子綦一边的。值得注意的是,子綦认为,其父子所行均系顺应天道,却仍会遭此厄运,那就是天降之灾了。这里的"天"既不是指有人格、有意志的神,即上帝,也不是指客观规律,而是一种抽象的自然而然的必然性,犹如《庄子》一书多次揭到的另一个概念"命"。这种必然性是人所无法抗拒的,子綦虽有远见,但他做不到像庄子那样"人与天一"(《山木》),"知其不可奈何而安之若命"(《人间世》),从而在对"天""命"的顺应中获得宁静和自由,所以就只能发出无可奈何的悲鸣了。

啮缺遇许由,曰:"子将奚之?"曰:"将逃尧①。"曰:"奚谓邪?"曰:"夫尧,畜畜然仁②,吾恐其为天下笑。后世其人与人相食与③!夫民,不难聚也:爱之则亲,利之则至,誉之则劝,致其所恶则散④。爱利出乎仁义,捐仁义者寡⑤,利仁义者众。夫仁义之行,唯且无诚⑥,且假乎禽贪者器⑦。是以一人之断制利天下,譬之犹一覕也⑧。夫尧知贤人之利天下也,而不知其贼天下也⑨,夫唯外乎贤者知之矣⑩。"

【今译】

啮缺碰到许由,问道:"您打算到哪里去?"许由答道:"打算躲开尧。"

啮缺问:"为什么这样说呢?"许由说:"这个尧啊,辛辛苦苦地推行仁义之道,我怕他会被天下人所耻笑。后代大概要人吃人了吧!那百姓是不难把他们凝聚起来的:爱护他们,他们就会亲近你;给他们好处,他们就会归顺你;称赞他们,他们就会更奋发努力;把百姓所厌恶的东西强加给他们,他们就会离开你。爱护百姓和给百姓以好处的行为虽说是出于仁义之心,但是为仁义而献身的人少,利用仁义的人多。推行仁义,只怕将导致人们丧失真性,而且还会被贪婪的人利用来当作谋利的工具。因此想靠一个人的决断来造福于天下之人,就好比企图靠匆匆一瞥就看遍整个世界一样。这位尧只知道贤人能造福天下,却不知道他们会残害天下,大凡只有超脱于贤人之外的人才能懂得这一点。"

【注释】

①逃尧:尧要把天下让给许由,故许由要逃避他。按,许由辞天下一事见《逍遥游》。 ②畜畜然:恤爱勤劳的样子。 ③"后世其人与人之相食与"句:意为后世之人将奔竞于仁义之途,不再从事农耕,导致仓廪空虚,百姓相食。按,《庚桑楚》中亦有类似论述。 ④致:给予。 ⑤捐:弃。这里指抛弃生命以殉仁义。 ⑥唯:只。且:将要。 ⑦假:借。禽贪者:贪婪的人。 ⑧"是以一人之断制利天下"二句:断制,决断。睨(piē),瞥。意为凭一个人的决断,企图造福于天下之人,这有很大的局限性,就好像匆匆一瞥不能看尽世界万物一样。 ⑨贼:残害。 ⑩外乎贤者:使自己处在贤者之外的人。

【评析】

本章主要通过假设许由与啮缺的对话,批评了尧举贤人、行仁义的行为。

这两方面的内容在老庄书中都有过不少论述。如《老子·十八章》:"大道废,有仁义。"《老子·三十八章》:"故失道而后德,失德而后仁,失仁而后义,失义而后礼。"《老子·十九章》:"绝仁弃义,民复孝慈。"《庄子·马蹄》在描述了"至德之世"的素朴美好后指出:"及至圣人,蹩躠为仁,踶跂为义,而天下始疑矣……道德不废,安取仁义……毁道德以为仁义,圣人之过也。"前《庚桑楚》篇则指出尧舜的举贤任智实为"大乱之本",本篇又指出魏武侯"为义偃兵"是"造兵之本"。总之,仁义是在上古浑朴之世被破坏而继之以浮华纷乱之世的背景下,由圣人煞费苦心炮制出来的,这使它从呱呱堕地之日起就与自然之道势不两立,而与虚伪结成了孪生兄弟。也就是陶渊明《感士不遇赋》中所叹息的"自真风告逝,大伪斯兴"的意思。本章进一步揭示出贤人不可举、仁义不可行的原因。

作者指出,虽然尧舜等圣人的爱民利民之举是出于仁义之心,但世人为仁义献身的少,利用仁义谋私利的多,仁义甚至被贪婪小人当成了作恶的工具。事情发展到了这一步,推行仁义除了摧残人的真性之外,已别无他用。这样的东西还要它作甚!而圣人是靠着起用贤人来推行仁义的,所以贤人行仁义的结果必然会"贼天下"。

许由声称以上弊端只有"外乎贤者"才能看清,言下之意他自己就是"外乎贤者"。因此,当尧将他当贤人来物色时,他逃走了。

历史上统治阶级利用人们公认的某些道德规范以服务于一己私利者不乏其例。魏晋之际,司马氏集团为了在权力斗争中占据优势,打着维护礼法的旗号以党同伐异,"好为青白眼"的阮籍因此屡遭礼法之士暗算,赖其善于韬晦,方得以幸免。桀骜不驯的吕安和嵇康则以"不孝"的罪名被杀。在这"天下多故,名士少有全者"(《晋书·阮籍传》)的严酷形势下,士大夫们不是口不臧否人物,便是高谈玄理以避祸。对于司马氏将礼法当砖头的这套把戏,嵇阮等人也看得十分清楚,所以不遗余力地对礼法的虚伪性加以抨击嘲讽。但他们又和老庄的攻击仁义不一样,老庄从一开始就对仁义深恶痛绝,而嵇阮之反对礼法,是因为它被司马氏利用了,即所谓"坐制礼法,束缚下民"(阮籍《大人先生传》),其实他们在心底里是把礼法当宝贝的。因此他们就不是站在外乎礼法的立场上来批判礼法,如同老庄批判仁义那样。

有暖姝者①,有濡需者②,有卷娄者③。

所谓暖姝者,学一先生之言,则暖暖姝姝而私自说也,自以为足矣,而未知未始有物也④,是以谓暖姝者也。

濡需者,豕虱是也,择疏鬣自以为广宫大囿⑤,奎蹄曲隈⑥,乳间股脚⑦,自以为安室利处,不知屠者之一旦鼓臂布草操烟火⑧,而己与豕俱焦也。此以域进,此以域退,此其所谓濡需者也⑨。

卷娄者,舜也。羊肉不慕蚁,蚁慕羊肉,羊肉膻也⑩。舜有膻行⑪,百姓悦之,故三徙成都⑫,至邓之虚而十有万家⑬。尧闻舜之贤,举之童土之地⑭,曰冀得其来之泽。舜举乎童土之地,年齿长矣,聪明衰矣,而不得休归,所谓卷娄者也。

是以神人恶众至,众至则不比,不比则不利也⑮。故无所甚亲,无所甚疏,抱德炀和以顺天下⑯,此谓真人⑰。于蚁弃知,于鱼得计,于羊弃意⑱。

以目视目,以耳听耳,以心复心⑲。若然者,其平也绳⑳,其变也循。古之真人,以天待人,不以人入天㉑。古之真人,得之也生,失之也死;得之也死,失之也生㉒。

【今译】

有自满自得的人,有偷安一时的人,有弯腰曲背、勤劳一生的人。

所谓自满自得的人,他们学得了一位老师的学说,就洋洋得意、窃窃自喜起来,自以为已经够了,却不知道其实并没有学到什么,所以称之为自满自得的人。

所谓偷安一时的人,他们就像猪身上的虱子,挑中了猪头颈上稀疏的长毛寄居下来,自以为住进了深宫大院;躲进了猪的胯下脚边、大腿内侧、乳间腿隙,自以为住到了安静居室、方便处所。殊不知屠夫一旦捋袖举臂,放好柴草,点起烟火,它就将和猪一起被烧焦。进退围于所处的环境,这就是所谓偷安一时的人。

所谓弯腰曲背、勤劳一生的人,就像舜那样。羊肉不会喜欢蚂蚁,蚂蚁却会喜欢羊肉,因为羊肉有膻味。舜有仁义之行,百姓就喜欢他,所以他三次迁居,而所到处都自然形成通都大邑,当来到邓邑旧址时,跟从的百姓有十多万家。尧了解到舜的贤能,于是把他从寸草不长的荒郊野村中选拔上来,说是希望得到他来之后的好处。舜被从荒野之中选拔上来的时候,年纪已经大了,听力视力也都衰退了,却还不能退休,这就是所谓的弯腰曲背、勤劳一生的人啊。

所以神人讨厌民众聚集到他身边,因为民众聚集到他身边就会彼此不和睦,不和睦就对他不利。所以这种人对于众人,没有特别亲近的,也没有特别疏远的,他保持着一视同仁的德行与温和不偏的态度来顺应天下,这就叫做真人。真人同蚂蚁相比,则弃绝了蚂蚁的智慧;同鱼相比,则鱼之悠游于水正符合他的心意;同羊相比,则弃绝了羊的念头。

用眼睛看所能看到的,用耳朵听所能听到的,用心灵来召回逐物之心。像这样的人,他们的公平正直就像墨线一样,他们的变化顺应着自然。古代的真人用自然之道来对待人事,不用人事来干扰自然之道。古代的真人对于生死得失,一任自然,(此一时)人说生是得,就算得;死是失,就算失。(彼一时)人说死是得,就算得;生是失,就算失。

【注释】

① 暖(xuān)姝(shū):自满的样子。 ② 濡需:偷安一时。 ③ 卷(quán)娄:弯腰曲背,勤苦一生。 ④ "而未知未始有物也"句:意为学得一家之言就自满自得,这是有悖于大道的,故学了也等于没学。 ⑤ 鬣(liè):动物颈部的长毛。 ⑥ 奎蹄.胯下蹄边。曲隈(wēi):深曲隐蔽之处,此指两股内侧。 ⑦ 脚:当作"郤"(xì),同"隙",空隙,间隙。"股郤"与"乳间"正成对文。 ⑧ 鼓臂:振臂,举臂。布草:放置柴草。 ⑨ "此以域进"三句:以,凭借,根据。域,境域,环境。进,指虱子寄居于猪身而获得暂时的安宁。退,指虱子与猪

共亡。意为虱子寄生于猪身自以为可保安定,最终却不免与猪一起灭亡。作者借以讽刺那些一味依赖世俗环境的苟且偷安者。　⑩ 膻(shān):羊肉的气味。　⑪ 膻行:喻仁义之行。　⑫"故三徙成都"句:相传舜三度迁移,百姓慕德而从,以至所到处自成都邑。　⑬ 邓:邑名。虚:通"墟",废墟,旧址。有:通"又"。十有万:十多万。　⑭ 举:选拔。童土:草木不长之地。　⑮"是以神人恶众至"三句:神人,不求功业之人。《逍遥游》中有"神人无功"之说。不比,不和。意为神人之所以讨厌民众聚集到他那里,因为众人聚集一起就会不和睦,不和睦而强求和睦,就必然要耗尽心力,故曰不利。　⑯ 抱德:持守德行。此处的"德"系等量齐观之德。炀和:温和,此处指一种无所亲疏的态度。　⑰ 真人:保持真性之人。　⑱"于蚁弃知"三句:得计,契合心意。意为如果说蚂蚁的偏爱羊肉是一种起码的智慧,则真人对众人无所亲疏,就是连这种起码的智慧也弃绝了。如果说羊以膻气招蚁是一种起码的想法,则神人讨厌人们跟从聚集,就连这种起码的想法也弃绝了。真人无知无虑,悠然自得,好比鱼之在水,最契合其心意。　⑲"以目视目"三句:复,返回。意为真人目之所视、耳之所听、心之所用,均止于分内而无所求索。　⑳ 绳:木工用以取直的墨线。　㉑ 入:参与,干预。　㉒"得之也生"四句:意为生死得失,一任自然。

【评析】

本章通过对四种人的描述评价,表明了作者对于世俗人生态度的否定和对于以"真人"为代表的理想人格的向往。

第一种暖姝者,学得一点皮毛便沾沾自喜,《秋水》中的"曲士"和不知天高地厚而"以天下之美为尽在己"的河伯便属此类。这大概表示了作者对于战国之世诸子蜂起、百家争鸣现象的批评。在作者看来,诸子奋其私智,游说骋辞,各是其是,实乃一隅之见,与大道相去甚远。

第二种濡需者,觅得一栖身之地便以为可保太平,却不虑有"俱焦"之患,最后与"安乐窝"同归于尽。作者意在说明,世俗之名利地位实不足恃,若迷恋于此,则必致亡身。文章描绘这类人物时,将其比作豕身之虱,竭力加以嘲讽,既生动形象又蕴含哲理。后来阮籍在《大人先生传》中也以裈中之虱比世俗君子,对其表示了极端的鄙视。

第三种卷娄者,如舜之类,因有意无意地露出行迹而为世人所推戴,挑起了治理天下的重担。虽然疲惫不堪,却又不肯辜负了盛名,直干得年老体衰、耳聋眼花,仍不得休息,最后在勤苦中终了一生。

这三种人,眼界有宽窄,情操有高低,但都是囿于外物,心有所蔽:暖姝者"束于教",濡需者"拘于虚",卷娄者殉于名,终致伤身失性。

于是作者推出了第四种人,即真人。这种人弃智绝意,超然于世俗的亲疏好恶、生死得失之上,收视返听,不求分外,因此能悠然自得地与造化相推移。

以上四种人实际上分为两类,"真人"与前三种人对照鲜明,由此可见作者的人生价值取向:要像"真人"一样超脱世俗,守真保和,以虚静的内心与自然相交融,从而获得绝对的精神自由。

药也,其实堇也①,桔梗也②,鸡雍也③,豕零也④,是时为帝者也⑤,何可胜言。

勾践也以甲楯三千栖于会稽⑥。唯种也能知亡之所以存,唯种也不知其身之所以愁⑦。故曰,鸱目有所适,鹤胫有所节,解之也悲⑧。

故曰,风之过河也有损焉,日之过河也有损焉。请只风与日相与守河,而河以为未始其撄也,恃源而往者也⑨。故水之守土也审,影之守人也审,物之守物也审⑩。

故目之于明也殆,耳之于聪也殆,心之于殉也殆⑪。凡能其于府也殆⑫,殆之成也不给改⑬。祸之长也兹萃⑭,其反也缘功⑮,其果也待久⑯。而人以为己宝,不亦悲乎!故有亡国戮民无已,不知问是也⑰。

　　故足之于地也践,虽践,恃其所不蹍而后善博也⑱;人之于知也少,虽少,恃其所不知而后知天之所谓也⑲。知大一⑳,知大阴㉑,知大目㉒,知大均㉓,知大方㉔,知大信㉕,知大定㉖,至矣。大一通之,大阴解之㉗,大目视之,大均缘之,大方体之㉘,大信稽之㉙,大定持之㉚。

　　尽有天㉛,循有照㉜,冥有枢㉝,始有彼㉞。则其解之也似不解之者,其知之也似不知之也,不知而后知之㉟。其问之也,不可以有崖,而不可以无崖㊱。颉滑有实㊲,古今不代,而不可以亏,则可不谓有大扬榷乎㊳!阖不亦问是已㊴,奚惑然为!以不惑解惑,复于不惑,是尚大不惑㊵。

【今译】

　　药,其实不过就是乌头、桔梗、芡子、猪苓等,这些药物依照具体病情而交替轮换着成为主药,(这种主次更迭的情况)哪里能说得尽啊!

　　勾践带领三千士兵退守在会稽山。只有文种才能想出使濒临灭亡的越国得以保全的办法,也只有文种才不清楚造成他自己悲哀的原因。所以猫头鹰的眼睛有适合它发挥作用的时候,鹤的腿也有适合它发挥作用的地方,如果截断了,那就是鹤的悲哀。

　　所以说,风吹过河面,河水就会减少;太阳晒过河面,河水也会减少。如果让风和太阳一起呆在河面上,而河却感到它的水量并没有减少,这是因为它靠着源头活水的不断涌入。所以水依傍土就流而不枯,影依傍人就随而不灭,物依傍造物者就生生不息。

　　所以眼睛一味追求明察一切就危险了,耳朵一味追求听清一切就危险了,心灵一味追求献身外物就危险了。大凡才能从胸中显露出来就会有危险,危险一旦酿成就来不及消除。祸患的产生会日益增多,到时再要复归本性,就非下大功夫不可,而且须经过长时间才能收效。

而人们却把目明、耳聪、殉物等心智才能当作自己的宝贝,岂不是很可悲的吗?所以葬送国家、屠杀百姓的惨剧之所以无休无止,都是由于不知道去探究这内中的原因。

所以,脚踩在地上,所占的地方是不多的,虽然不多,却还是要靠着那脚没有踩到之处才能顺利走向远方;人对知识的了解是很少的,虽然少,却可以使人们靠着不知去了解天道自然。于是人们知道了天,知道了地,知道了"大目",知道了"大均",知道了"大方",知道了"大信",知道了"大定",这是认识的最高境界了。天贯通万物,地解脱万物,"大目"观照万物,"大均"顺应万物,"大方"区别万物,"大信"稽考万物,"大定"扶持万物。

万物中自有自然在,顺乎自然以后自有明了在,玄理中自有枢机在,万物之初自有对方在。(人们对于以上这些玄奥的现象和道理)了解了好像还不了解,知道了好像还不知道,唯其不知,而后才会有真知。问这些玄奥的现象和道理时,不能有边际,也不能没有边际。纷繁杂乱的万物背后都有一个实理,这实理自古至今不曾被取代,也不能损害它,那么,这岂不就是道的大略吗?何不探究这个大略,为什么会疑惑到如此程度?以不惑之理来解除天下人之惑,又复归于本性的不惑,这也许可说是大不惑了。

【注释】

① 堇(jǐn):药草名,即乌头,治风痹,有毒。　② 桔梗:多年生草本植物,根可入药,有宣肺、祛痰、排脓等功用。　③ 鸡痈(yōng):药草名,即鸡头,一名芡,与藕子合为散,服之可延年。　④ 豕零:药草名,即猪苓,可治消渴病。　⑤ 时:随时,依照具体情况。帝:君主。这里指主药。按,中医方剂讲究配伍,一剂中所含药物有主药(君)、有副药(臣)。所谓君臣主副并非固定不变,而是依据病情,随时而定,方中所举的四种药物也是如此。以此类推,一切都是相对的,因此不能执着。　⑥ 勾践:春秋时越国国君。甲楯:披甲持盾的士兵。会稽:指会稽山,在今浙江绍兴东南。勾践为吴军所败,曾带兵退居此山。

⑦"唯种也能知亡之所以存"二句:种,春秋时越国大夫文种。存,保全。当勾践为吴兵大败,越国濒临灭亡时,文种设计与吴求和,从而保全了越国,并最后消灭了吴国。但他不懂得功成身退的道理,结果为勾践所忌,被迫自杀。 ⑧"故曰"四句:鸱(chī),猫头鹰。适,指猫头鹰的眼睛仅适宜于夜间视物,白昼则视而不见。胫(jìng),腿。节,适,指鹤腿之长在某种情况下是适宜的。解,截断。这四句以鸱目的宜夜不宜昼、鹤腿的宜长不宜短来比喻文种的长于存国而拙于全身。 ⑨"风之过河也有损焉"六句:只,句中语助词,无义。撄,扰乱,这里有损耗、减少的意思。意为风吹日晒应当会使河水有所损耗,但河并不觉得其水量有所减少,这是因为它倚仗着不绝的源头。这里是以风、日喻世俗的牵累,以河喻人,以源喻道,意在说明人只有固守自然之道而保持真性,才能摆脱世俗之累,虽与外物相接而不为所扰。 ⑩"故水之守土也审"三句:守,依傍。审,安定。后一"物"字作"造物者"解。这三句以水依土则安、影依人则安、万物依造物者则安,来比喻人依道而行则无往而不安。 ⑪"故目之于明也殆"三句:明,眼力好。殆,危险。聪:听力好。殉,殉物,为外物而献身。按,这三句与上文"以目视目"三句正成对比。 ⑫"凡能其于府也殆"句:能,才能。府,通"腑",脏腑,这里是胸中的意思。意为自显其能会招致祸患。
⑬不给:不及。 ⑭兹:今通作"滋",增加。萃:多。 ⑮反:通"返"。缘:凭借。 ⑯果:效果。 ⑰问是:探究产生上述这些祸患的根源。 ⑱"故足之于地也践"三句:践,俞樾以为当作"浅"。下一"践"字同。浅,少,不多。蹍(zhǎn),踩,践踏。善,容易。博,广远。意为脚之踩地所占并不多,但不能就此认为脚未踩之地就没有用,正因有未踩之地在,人们才能借此走向远方。 ⑲"人之于知也少"三句:天之所谓,通常所说的天道自然的道理,即下文的"七大"。意为人的知识是很少的,但却可以凭借有所不知的虚心去了解天道自然。 ⑳大:通"太",以下六"大"字均同。太一:天。 ㉑大阴:地。 ㉒大目:听任万物各视其所见。 ㉓大均:使万物各顺其本性而无所偏私。 ㉔方:法则。大方:使万物各依其法则而行。 ㉕信:实。大

信:使万物各得其真实。 ㉖ 大定:使万物各定其位互不相扰。 ㉗ 大阴解之"句:解,解脱。意为大地使万物得以解脱,各复归其本性。 ㉘ 体:区别。 ㉙ "大信稽之"句:稽,稽考,查核。意为大信使万物各得其真,故可一一稽考。 ㉚ 持:扶持。 ㉛ 尽:全,都。 ㉜ 照:明。 ㉝ 冥:玄深奥妙之理。枢:枢机,关键。 ㉞ 始:万物形成之初。彼:对方。 ㉟ "则其解之也似不解之者"三句:意为对以上这些玄奥的现象和道理,如果有心去解释、去了解,是徒劳的,只有持无心了解的态度,明白自己的无知,才能获得真知。 ㊱ "其问之也"三句:崖,边际。而:亦。意为以上这些玄奥的现象和道理都是道的体现,所以倘要探究的话,既不能就事论事(有崖)——因为道是"无形"的,无形则无边际;又不能不着边际(无崖)——因为道又是无处不在的。必须问在有崖无崖之间,而不能偏执一端。只有这样,才能既体悟到道的深刻奥妙,又使这种体悟亲切而不浮泛。 ㊲ 颉滑:错乱纷繁。实:实理。 ㊳ 扬榷:约略,大概。 ㊴ 阖(hé):通"曷",何。阖不:何不。是:指道的大略。 ㊵ 尚:庶几,也许可以。

【评析】

本章内容颇杂,大致是谈对道的体悟问题。

作者先从药的主副君臣之无常谈起,画龙点睛地说道:"是时为帝者也,何可胜言!"成玄英认为"此事必然",这"必然"正体现着道。也就是说世上的任何事物都是有所适、有所不适:鸱目适夜不适昼,鹤胫宜长不宜短;药能愈病者为主,不能愈病者为副;人遇时者为君,不遇时者为臣;才能存国,却不能全身。这一切都显示了道的无处不在却又难以捉摸。

由此论及道的作用。真人之所以口口与世俗人事相接而不失其本性,全赖心中有道。犹如风吹日晒而河不减其水量,全赖有源头在。故人之依道,犹水之依土,影之依人,物之依物,须臾不可离。反之,若放任耳目心思妄逐外物,则真性将为外物所扰。这是与道相悖的,悖道者必致危殆。

最后谈如何悟道。既然道无处不在,又难以捉摸,所以对道的体认就不能胶着偏执,应当在知与不知、解与不解、有崖无崖之间去领悟把握。用自己初步获得的不惑之理来解除天下人之惑,然后复归于本性的不惑,从而达到"大不惑"的境界,这也就是悟道的过程。

这章文字写得飘忽闪烁,或许作者的本意就在于表现道的神秘和悟道的不易。

则阳第二十五

【解题】

本篇围绕道的本质问题而展开。文章的前半部分主要通过一系列寓言故事,从正反两方面指出道的本质在于自然无为。文中公阅休等得道之人虽不言不为,却能使人在不知不觉中受其感化,他们的一动一静无不本乎自然。即使像冉相氏、商汤等不得已而治天下,也是奉行无为的原则。所有这些都是道的体现。而诸侯间的兼并战争、为政养生方面的灭裂行为、对名利的追求、对是非的执着,都是因不能摆脱物累而强自作为,故而与道相悖。由此说明,只有晦迹逃名、清虚寡欲、无心忘言、一任自然,才真正合于道。文章的后半部分对道作为精神实体的性质作了多方面深入的阐发,指出道既超乎名相,又不是纯粹的无,只有通过直觉体验的途径,才能认识道的这种性质。

则阳游于楚①,夷节言之于王②,王未之见,夷节归。彭阳见王果曰③:"夫子何不谭我于王④?"王果曰:"我不若公阅休⑤。"彭阳曰:"公阅休奚为者邪?"曰:"冬则擉鳖于江⑥,夏则休乎山樊⑦。有过而问者,曰:'此予宅也。'夫夷节已不能,而况我乎!吾又不若夷节⑧。夫夷节之为人也,无德而有知,不自许⑨,以之神其交固⑩,颠冥乎富贵之地⑪,非相助以德,相助消也⑫。夫冻者假衣于春,暍者反冬乎冷风⑬。夫楚王之为人也,形尊而严;其于罪也,无赦如虎;非夫佞人正德⑭,其孰能桡焉⑮!故圣人,其穷也使家人忘其贫⑯,其达也使王公忘爵禄而化卑⑰。其于物也,与之为娱矣⑱;其于人也,乐物之通而保己焉⑲;故或不言而饮人以和⑳,与人并立而使人化。父子之宜,彼其乎归居㉑,而一闲其所施㉒。其于人心者若是其远也㉓。故曰待公阅休㉔。"

【今译】

　　则阳周游来到楚国,夷节向楚王谈起这事,但楚王没有接见则阳,夷节只得回家了。则阳去见王果说:"您为什么不在楚王面前称道我呢?"王果说:"因为我不如公阅休。"则阳问:"公阅休是干什么的?"王果答道:"公阅休冬天到江中捉甲鱼,夏天在山崖上休息。有过路人问他,他说:'这是我的住处。'像夷节这样的近臣尚且不能把你推荐给楚王,何况我呢!(因为在好富贵、善交际方面)我又不如夷节。那夷节的为人,没有恬淡退让之德行,却有谋求进用之智术,他不显山露水,利用这一点来使他的交际神秘化。他长期沉湎于追富逐贵之地,不是用良好的德行去帮助别人,而是使别人的德操不断受到损害。(你企图借夷节以求进,就像)那些受冻的人向春天借衣御寒,中暑的人向冬天借风降温一样(是无济于事的)。那楚王的为人,外表高贵而威严;他对于别人的过失,一概不予宽恕,就像虎狼一样残酷;不是那些伶牙俐齿或德行纯正的人,又有谁能使他屈服呢!所以,圣人在穷愁潦倒的时候,能使家人忘掉贫困;在显达荣耀的时候,能使王公忘掉爵禄而转尊为卑。他同外物相处得和谐快乐;他乐于和别人沟通却又不丧失自己的本性;所以他有时不说话却能用和顺之气使人感受到温暖欢畅,与人共处而使人受到感化。他使父子间自然的关系得以恢复,从而使他们各归其所,他做了这么多,却好像闲着什么都没做。他的心思与世人的心思相比,距离是如此之远。所以你还是等公阅休吧。"

【注释】

　　① 则阳:周初鲁人,姓彭名阳,则阳是字。　② 夷节:楚臣。

③ 王果:楚之贤大夫。　④ 谭:称说。　⑤ 公阅休:隐士。　⑥ 擉(chuò):戳,刺。　⑦ 山樊:山崖。　⑧ "吾又不若夷节"句:意为在好富贵、善交际方面自己不如夷节。　⑨ 自许:自负。不自许:不显露自己,即所谓韬晦。　⑩ 之:指善于韬晦的本事。神其交:使他的交际神秘化。固:久。　⑪ 颠冥:迷惑,沉湎。　⑫ 消:消损,毁损。　⑬ 喝(yē):中暑。反:求。按,这句中的"冬"和"冷风"当互换。　⑭ 佞(nìng)善辩之人。正德:有纯正德行之人。　⑮ 桡(náo):屈服。　⑯ 穷:处境困窘。　⑰ 化卑:化尊为卑。　⑱ "其于物也"二句:娱,乐。意为圣人能穷尽万物之理,故虽与物相接而各得其所宜。　⑲ "其于人也"二句:物,人。意为圣人乐于与别人交往沟通而又保全着自己的本性。　⑳ 饮:享受,感受。　㉑ "父子之宜"二句:宜,适宜,此谓正当合理的关系。彼其,那,指代"父子之宜"。归居,回到应处的位置。按,这里是指父子间自然存在的关系得以恢复,父子各得其所,而并非指儒家所谓的"父父子子"的伦理关系。　㉒ "而一闲其所施"句:一,尽,都。闲,闲暇。施,施行,做事。意为圣人做了这许多事,却好像一切都不曾做过。即上文所说的"不言而饮人以和"。　㉓ 其:指圣人。　㉔ 本句意为则阳与其求得楚王的赏识,还不如听从公阅休的指正。

【评析】

本章赞扬了得道之人的巨大"化人"力量,批判了世人干禄求进的思想行为。

彭阳来到楚国,夷节向楚王推荐他不成;于是,彭阳又让王果引荐。王果也是高士一类人物,自然不屑于此事。他看出彭阳求荣心切,真性扭曲,故推出隐士公阅休,并以夷节作对比,反衬出公阅休的无心利禄,意在打消彭阳的荣进之心。

夷节是个富于机巧,又沉溺于富贵之境而难以自拔的小人,同样醉心富贵的彭阳靠他引荐,只会消损自己的德操,这是一大错。更何况是要通过推荐,来效力于楚王这样一个暴君,是错上加错。所以宣

颖批评他说:"干进已是大病,况干进于暴主之前,岂非病昏而然乎!"(《南华经解》)

　　同夷节相反,在公阅休身上显示出了一个道家心目中的圣人所具有的那种"不言而物自化"的巨大魅力。这不是儒家所推崇的以深厚道德修养为底蕴的人格力量,而是一种至为醇美,同时又最具本色的人的自然真性。他常飘然于江湖山林,但又不同于那些避世的隐士,他也乐于同世人相接,然而他的心灵又是远离世俗的。这就使他的真性非但没有在同世人的交往中被湮没,而且发挥了其"化人"的威力:他使贫穷者挺起腰杆,使尊贵者收敛了骄气,使父子间天然的关系得以恢复。人们和他在一起,如浴春日,如坐和风,不知不觉中受到了深深的感染,而他却似乎一言未发,一事未做。这就是《老子》中所说的:"圣人处无为之事,行不言之教。"(二章)他与追逐富贵而泯灭真性的夷节相比,高尚何止千百倍!作者似乎有意要让这一形象同世俗的权势富贵相抗衡。

　　王果认定只有公阅休才能使彭阳从世俗名利的泥淖中解脱出来,所以让他"待公阅休"。

　　圣人达绸缪①,周尽一体矣②,而不知其然,性也。复命摇作而以天为师③,人则从而命之也④。忧乎知而所行恒无几时⑤,其有止也若之何!

　　生而美者,人与之鉴⑥,不告则不知其美于人也。若知之,若不知之,若闻之,若不闻之⑦,其可喜也终无已⑧,人之好之亦无已,性也。圣人之爱人也,人与之名,不告则不知其爱人也。若知之,若不知之,若闻之,若不闻之,其爱人也终无已,人之安之亦无已⑨,性也。

　　旧国旧都⑩,望之畅然⑪;虽使丘陵草木之缗⑫,入之者十九⑬,犹之畅然。况见见闻闻者也⑭,以十仞之台县众间者也⑮!

冉相氏得其环中以随成⑯,与物无终无始,无几无时⑰。日与物化者,一不化者也⑱,阖尝舍之⑲!夫师天而不得师天⑳,与物皆殉㉑,其以为事也若之何㉒?夫圣人未始有天,未始有人,未始有始,未始有物㉓,与世偕行而不替㉔,所行之备而不洫㉕,其合之也若之何㉖?汤得其司御门尹登恒为之傅之,从师而不囿;得其随成,为之司其名;之名嬴法,得其两见。仲尼之尽虑,为之傅之㉗。容成氏曰㉘:"除日无岁,无内无外㉙。"

【今译】

　　圣人超脱于世俗的纠缠,与万物普遍相接,融为一体,却不知道为什么会这样,这就是其自然的本性。圣人的动静举止都以自然为师,人们于是随之而称其为圣人。而世人忧虑智巧的运用常常不能持久,一旦不能运用就不知怎么办才好。

　　天生漂亮的人,别人给他镜子,但如果不告诉他很漂亮的话,那么即使照了镜子也不知道自己比别人漂亮。他(对于自己的天生之美和别人的赞扬)好像知道,又好像不知道;好像听见,又好像没听见。这样,他的可爱就会长驻不褪,别人对他的喜爱也会历久不衰,因为这是一种体现自然本性的美。圣人爱众人,所以人们给了他一个"圣人"的称号。但如果别人不告诉他,他就不知道自己爱众人。(他对于自己的爱众人和别人尊他为圣人)好像知道,又好像不知道;好像听见,又好像没听见。这样,他的爱众人就会永不终止,人们对他的爱也会历久不衰,因为这是一种体现自然本性的爱。

　　旧都旧邑,远远看到它就会感到欣喜欢快;即使茂盛的丘陵草木遮住了它的十分之九,但看到了这十分之一,还是会令人高兴。何况那曾经看到听到的东西,此刻正像十仞高台耸立在众人面前呢!

　　冉相氏掌握了道的要领,虚心待物以成其自然,他同外物的相接无始无终、无日无时。他天天和外物一起变化，但他虚寂的本性是不变的，又何尝舍弃过它！那些有心效法自然而一无效果的人，和追逐外物的人一样，都是为了有心的追求而献身，他们硬要以有心效法自然为本业又有什么办法呢？那圣人不曾知道有天，也不曾知道有人；不曾知道有始，也不曾知道有终。与世上万物同行而不息，其所行无所不至而无所沉溺，他的举动无不与道暗合，这又是什么原因呢？商汤物色到司御门尹登恒当他的师傅，他向师傅学习又不被师教所束缚；掌握了顺应万物以成其自然的道理，而他的师傅却承担了治天下、理万物的名声；为了这名声就一定要有许多作为，于是，名迹二者都显示出来了。孔子也是竭尽智虑，去当人君的师傅。所以容成氏说："取消日就没有年，没有我就没有物。"

【注释】

① 达：超脱，解脱。绸缪(móu)紧密缠缚，引申为纠缠。 ② 周尽：周遍，普遍。 ③ 复命：静。摇作：动。 ④ 命：命名，称为。 ⑤ 行：运用。 ⑥ 鉴：镜子。 ⑦ "若知之"四句：系描述一种不自知、不在意的无心状态。 ⑧ 可喜：可爱，指天生之美。无已：不止。 ⑨ 安：喜欢。 ⑩ 国：国都。都：城邑。旧国旧都都是故乡的意思。此喻人的自然本性。 ⑪ 畅然：欢快欣喜的样子。 ⑫ 虽使：即使。缗(mín)：茂盛。 ⑬ 入：没，掩蔽。 ⑭ 见见：见到了所曾见到过的。闻闻：听到了所曾听到过的。 ⑮ 以(sì)：通"似"。县：通"悬"，耸立。 ⑯ 冉相氏：古代圣王。环中：圆环之中空处，此处比喻道之要领，即虚心以待物之理。随成：顺应万物以成其自然。 ⑰ 几：期。 ⑱ "日与物化者"二句：一：指虚寂的本性。按，二句已见《知北游》。 ⑲ 阕尝：何尝，何曾。 ⑳ "夫师天而不得师天"句：师天，效法自然。意为自然创造万物本出于无心，倘有心效法自然，则有悖自然之旨，故不能获得效法自然的结果。 ㉑ "与物皆殉"句：物，逐物者。意为有心效法自然者与逐物者在本质上都是为某种有心的追求而献身。 ㉒ 其：指有心效法自然者。以为事：以有心效法自然为本业。

㉓"夫圣人未始有天"四句：物，或以为当作"殁"（mò）。殁，同"殁"，终。意为圣人心中本虚空无一物。　㉔替：息，停止。　㉕"所行之备而不洫"句：备，周至。洫（xù）：执着沉溺。意为圣人之行无所不至，但从不执着沉溺于某处。　㉖"其合之也若之何"句：合之，与道暗合。意为圣人不有心效法自然，但所行无不暗合自然之道。　㉗"汤得其司御门尹登恒为之傅之"八句：司御，官名。门尹登恒，相传是商汤时圣人。傅，师傅。司，承担。赢，通"赢"，多余。法，行迹。两见，谓名迹两显。按，这八句中的"为之司"以下五句疑有脱落错简，前人所解歧义百出，大意是商汤得门尹登恒为师，向师傅学习又不拘于师教，终于掌握了虚心待物的奥妙，顺应万物而成其自然，他不求功业名声，无心治天下而天下治。但门尹登恒却是有心辅佐他，所以为他承担了治天下、理万物的名声。为维护其名则必多有作为，于是在商汤之世名迹两显，但汤本人却是垂拱而天下治的。如今孔子竭智尽虑，学习门尹登恒为人君之傅，结果也必然是大显名迹。　㉘容成氏：相传是黄帝时代造历的人。　㉙"除日无岁"二句：内，自我。外，外物。二句以除去日就没有年来比喻没有自我就没有外物，强调唯有以"我"之虚寂内心来顺应外物方能成其自然。

【评析】

本章主要谈真性问题。

作者指出，圣人之所以为圣，是因为他一切都做了，却又对所做的一切茫无所知。这种为而无为、为而无心，正是圣人真性的体现，这种真性是极其美好可贵的。即以"爱人"而言，当圣人并不自知其爱人时，这种爱纯然出于本性，最为真挚自然，能永久保持。因而人们对圣人的爱也是发乎本性的。如果他自己意识到了，就会为维护"圣人"之名而去爱，这种有心之爱就是虚伪的，也不能持久。犹如天生丽质者，不经意中，动静颦笑自然仪态万方，倾倒众人。倘一自知其美，则必顾盼自怜，刻意修饰，以期他人垂青，天然风致于是丧矣。足见唯有发乎天性者才是美的。屈原的《离骚》之所以千百年之后仍能强烈地震撼人心,最根本的就因为它是诗人思想情感全面真实的袒露。许多艺术家常常喜欢酒后创作,陶渊明诗中据说是篇篇有酒;李白是"斗酒诗百篇"(杜甫《饮中八仙歌》);怀素"枕糟藉麹犹半醉,忽然大叫三五声,满壁纵横千万字"(同上);张旭"每大醉,呼叫狂走,乃下笔,或以头濡墨而书。既醒自视,以为神,不可复得也"(《新唐书·文艺传》)。原因在于,在酒力的作用下,原本被压抑束缚的精神获得了暂时的解放,可以无所顾忌,率性而行了。这种由性命之情流出的诗文书画,自是天下第一等的妙品。

对一般人来说,真性往往有被物欲掩蔽的时候。但只要没有完全泯灭,这残留的部分仍然是可贵的,它是悟道的灵犀,足以唤回那失去的部分。就好像那旧国旧都,即使被遮住了十分之九,看到余下的十分之一,仍会使人欣喜不已。

而圣人也并非不同外物接触,这种接触还是无始无终、无时不刻的,并且又与外物日日一同变化,然而,其真性却永不变化。关键在于圣人以虚静之心与外物相接,而决不沉溺于其中。好比商汤虽治天下,却出以无心,而让他的老师去费心思,结果是名迹两显。郭象说:"嬴然无心者,寄治于群司,则其名迹不见于彼。"商汤的高明处就在这里,他通过无为而治保持了自己的虚寂真性。孔子好为人师,为治天下而殚精竭虑,结果也是担了"有为"之名。成玄英疏解"仲尼之尽虑,为之傅之"两句曰:"孔丘圣人,忘怀绝虑,故能开化群品,辅禀自然。若蕴纤芥有心,岂能坐忘应感!"这样的解释显然曲解了文意。林希逸虽也看出这两句讲的是孔子欲"尽其思虑,将以为辅相于斯世",但又批评"此是讥侮圣人之意"(《庄子鬳斋口义》卷八)。其实,这里并无讥侮之意,孔子就是一个"有为"者。他虽然说过"天下有道则见,无道则隐"(《论语·泰伯》)的话,但即使在"隐"的时候,他也不甘寂寞,或聚徒讲学,或整理六经,或砥砺道德,为一旦可"见"时作准备。正因如此,所以孔子就常常成为庄子们批评嘲讽的对象。

魏莹与田侯牟约①，田侯牟背之。魏莹怒，将使人刺之。犀首公孙衍闻而耻之②，曰："君为万乘之君也，而以匹夫从仇③！衍请受甲二十万④，为君攻之，虏其人民，系其牛马⑤，使其君内热发于背，然后拔其国⑥。忌也出走⑦，然后扶其背⑧，折其脊。"季子闻而耻之曰⑨："筑十仞之城⑩，城者既十仞矣⑪，则又坏之，此胥靡之所苦也⑫。今兵不起七年矣⑬，此王之基也。衍乱人⑭，不可听也。"华子闻而丑之曰⑮："善言伐齐者⑯，乱人也；善言勿伐者，亦乱人也；谓伐之与不伐乱人也者，又乱人也。"君曰："然则若何？"曰："君求其道而已矣！"惠子闻之而见戴晋人⑰。戴晋人曰："有所谓蜗者，君知之乎？"曰："然。""有国于蜗之左角者⑱，曰触氏；有国于蜗之右角者，曰蛮氏。时相与争地而战，伏尸数万，逐北旬有五日而后反⑲。"君曰："噫！其虚言与？"曰："臣请为君实之。君以意在四方上下有穷乎⑳？"君曰："无穷。"曰："知游心于无穷㉑，而反在通达之国㉒，若存若亡乎㉓？"君曰："然。"曰："通达之中有魏，于魏中有梁㉔，于梁中有王。王与蛮氏，有辩乎㉕？"君曰："无辩。"客出而君惝然若有亡也㉖。客出，惠子见。君曰："客，大人也㉗，圣人不足以当之㉘。"惠子曰："夫吹管也㉙，犹有嗃也㉚；吹剑首者㉛，吷而已矣㉜。尧舜，人之所誉也；道尧舜与戴晋人之前，譬犹一吷也。"

【今译】

魏惠王莹跟田侯牟订立了盟约，田侯牟违约。魏莹大怒，打算派人去刺杀他。

犀首公孙衍听说后，感到这是可耻的，说道："君王是大国之君，却用普通百姓的方式去报仇!请允许我率领甲士二十万,替君王去攻伐他们,俘虏他们的百姓,捆绑他们的牛马,使他们国君内心的焦虑在背上发作,然后占领他们的国家。迫使田忌出逃,然后鞭打他的背,折断他的脊梁骨。"季子听说后,感到公孙衍的主张是可耻的,说道:"筑十仞高的城,已经筑了七仞,却又去毁掉它,这是苦力们所痛心的。如今已经有七年不打仗了,这是王业的基础。公孙衍是制造祸乱的人,他的话不能听。"华子听了季子的话感到可耻,说道:"热衷于主张伐齐的,是制造祸乱的人;热衷于主张不伐齐的,也是制造祸乱的人;称主张伐齐者和不主张伐齐者都是制造祸乱的人,他自己则更是制造祸乱的人。"魏惠王问:"那怎么办呢?"华子说:"君王只要虚心求道就行了。"惠子听说后,就推荐戴晋人去拜见魏惠王,说:"有一种叫做蜗牛的动物,君王知道吗?"魏惠王回答:"知道。"戴晋人说:"有一个建立在蜗牛左角上的国家叫触氏,有一个建立在蜗牛右角上的国家叫蛮氏,它们时常为争地盘而打仗,(一仗下来)总要留下几十万具尸体,(胜的一方)追赶败逃的一方,往返一次要十五天。"魏惠王说:"哟!你说的这些大概都是假话吧。"戴晋人说:"请允许我来为君王证实它。君王的意思,考察这四方上下有穷尽吗?"魏惠王说:"没有穷尽。"戴晋人说:"当意识到自己的精神遨游在无边无际的空间中,然后反观人迹所到的九州四海,岂不是渺小得似有似无吗?"魏惠王说:"是的。"戴晋人说:"九州四海中有魏国,魏国中有国都大梁,大梁城中有君王。君王的渺小和蛮氏有什么不同吗?"魏惠王说:"没有不同。"客人退出后,魏惠王感到心中一阵惆怅,若有所失。客人出了宫,惠子去谒见魏惠王。魏惠王说:"这位客人是得道的大人,就连圣人也不能跟他相比。"惠子说:"那吹管乐器的,(无论技艺如何)总还能发出洪亮的声音;吹剑柄小孔的,就只能发出微弱的声音了。尧舜是世人所称誉的;然而,在戴晋人面前称道尧舜,就好比吹剑柄小孔所发出的一丝微弱之声。"

【注释】

① 魏莹:战国时魏惠王名。田侯牟(móu):旧注以为是齐威王,

但齐威王名因齐。或以为"牟"系"午"字之误。午,田齐桓公之名,威王父。然桓公与魏惠王又不同时。按,齐国本姜姓,后为田氏所代,因姓田。　②犀首:官名。公孙衍:魏将军。　③匹夫:平民男子,这里指普通百姓。从仇:报仇。　④甲:甲士。　⑤系:捆绑。　⑥拔:攻占。　⑦忌:田忌,齐国大将。　⑧抶(chì):鞭打。　⑨季子:魏国贤臣。　⑩十仞之城:喻下文的"王之基"。　⑪十:俞樾《庄子平议》以为当系"七字"之误。　⑫胥靡:服劳役的人。　⑬兵:战争。不起:不发生。　⑭乱人:制造祸乱之人。　⑮华子:魏国贤臣。丑:耻辱。　⑯善:喜好,热衷。　⑰见:介绍,荐举。戴晋人:魏国贤者。　⑱国:建国。　⑲北:败逃。　⑳以:之。在:察。　㉑无穷:无限广大的空间。　㉒通达之国:人迹所至处,即九州四海,天下。　㉓存:有。亡:无。　㉔梁:魏都大梁,在今河南开封。　㉕辩:通"辨",区别。　㉖客:指戴晋人。惝(chǎng,又音tǎng)然:若有所失的样子。亡:失。　㉗大人:得大道的人。　㉘圣人:与前文的"圣人"含义不同,指儒家心目中道德高尚,以治天下为己任的人,如下文的尧舜。当:匹敌。　㉙管:古代的管状吹奏乐器。　㉚嗃(xiāo):吹管所发出的声音,较洪亮。　㉛剑首:剑柄顶端的装饰品,上有小孔。　㉜映(xuè):吹小孔时发出的细小声音。

【评析】

本章主要借着抨击、讽刺当时诸侯间的兼并战争来批评有为政治。华子认为,主张伐齐者如公孙衍之流,妄动兵戈,固是乱人;反对伐齐者如季子之流,意在巩固王基、积蓄实力,最后战胜敌国,也是乱人;即便他自己批评前二者为乱人,此乃是非存于心,不能忘言行道,因而也未免为乱人。这显然不仅是对兼并战争的否定,更是彻底否定了有为政治。最后,华子建议魏惠王寡欲求道以消除争夺之心。

接着,惠子又介绍高士戴晋人去见魏惠王,继续做说服工作。戴讲了蜗角之争的著名故事,以表明对战国时代诸侯间为争夺土地而进行的频繁战争嗤之以鼻、不屑一顾的态度。这个寓言故事以奇特的构思、辛辣的讽刺,令后人拍案叫绝,因而被广泛引用。如白居易《禽虫十二章》之七:"蟭螟杀敌蚊巢上,触蛮交争蜗角中。应似诸天观下界,一微尘内斗英雄。"而且其鞭挞范围也不断扩大,"蜗角虚名"成了一切受人们蔑视的世俗名利的代名词。苏轼《满庭芳·或注警悟》词曰:"蜗角虚名,蝇头微利,算来着甚干忙。"表达了对追逐虚名微利的懊悔。王实甫《西厢记》中女主角崔莺莺在恋人张珙迫于她母亲的压力赴京应试时,满腔悲愤地说道:"蜗角虚名,蝇头微利,拆鸳鸯在两下里。"在崔莺莺心目中,科举功名与爱情相比,简直不值一提,甚至成了摧残爱情的凶手。

当魏惠王批评戴晋人的故事是"虚言"时,戴进一步将惠王的争霸行为置于无限广大的宇宙中作考察,指出其所谓霸业就同触蛮之争一样的微不足道,终于使惠王心觉其非而若有所失。

作者最后借惠子之口指出,世俗所誉的圣人如尧舜之辈,同得道者戴晋人相比,也是极其渺小的,从而再一次批评了有为政治。

孔子之楚,舍于蚁丘之浆①。其邻有夫妻臣妾登极者②,子路曰:"是稯稯何为者邪③?"仲尼曰:"是圣人仆也④。是自埋于民⑤,自藏于畔⑥。其声销,其志无穷;其口虽言,其心未尝言⑦,方且于世违而心不屑与之俱⑧。是陆沈者也⑨,是其市南宜僚邪?"子路请往召之。孔子曰:"已矣!彼知丘之著于己也⑩,知丘之适楚也,以丘为必使楚王之召己也,彼且以丘为佞人也。夫若然者,其于佞人也羞闻其言,而况亲见其身乎!而何以为存⑪?"子路往视之,其室虚矣。

【今译】

孔子到楚国去,途中借宿在蚁丘的一户卖浆人家。这家的邻居中有夫妻二人和男女奴仆爬上了屋顶,子路问:"这些人聚集在一起干什么呀?"孔子说:"这些人是圣人的仆从。这位圣人自匿于民间,自藏于田间。他的名声已经消失,但他的心志却遨游于无穷的空间;他的嘴在说话,他的心中其实什么都没说。他正准备同世俗相脱离而打心底里不屑和它共处。这是一位隐士,这人莫不是市南宜僚?"子路请求去召请他。孔子说:"算了吧!那人知道我很了解他,得知我来到楚国,以为我一定要让楚王召见他,他将把我看作巧言献媚之人。果真这样,那么他对于巧言献媚之人,就连听到他的话也会感到耻辱,何况亲眼看到他呢!你凭什么认为他会在家呢?"子路去看市南宜僚,他的家里已经空无一人了。

【注释】

① 蚁丘:山名。浆:古代一种微酸的饮料,这里指卖浆的人家。② "其邻有夫妻臣妾登极者"句:夫妻,指下文市南宜僚夫妻。臣妾,男女奴仆。极,屋脊的栋梁。意为市南宜僚不愿见孔子,故有意和妻子一起混在奴仆中,爬上屋顶,观察其为人。 ③ 稯(zǒng)稯:聚集的样子。 ④ 圣人:指下文的市南宜僚。 ⑤ 自埋于民:自匿于民间。 ⑥ 畔:田界。 ⑦ "其口虽言"二句:意为他嘴上虽与世俗应接敷衍,心中却保持着虚寂。 ⑧ 方且:正将。 ⑨ 陆沉:身在陆地,无水而沉,比喻不避人世而自隐。 ⑩ 著:明了。已:指市南宜僚。⑪ 而:通"尔",你。存:在。

【评析】

本章借孔子之口赞赏了市南宜僚的"陆沉",强调隐居的要义在心灵的虚静脱俗而并不拘处所。

市南宜僚身处市朝,却逃其名,口应世俗,心常凝寂,是真正的大隐。后世那些栖身岩穴却志在轩冕,视隐居为仕宦捷径的欺世盗名之徒,实不可与之同日而语。

市南宜僚之不愿见孔子,当然也可能是作者的虚构,却也有事实依据。试看一部《论语》,孔子受隐士的冷落也不是一两次。荷蓧丈人、楚狂接舆、长沮、桀溺对孔子也一样地避而不见。微生亩更挖苦孔子奔走忙碌是为了表现口才,荷蒉者称孔子"有心"(《论语·宪问》),石门司门则批评他是"知其不可而为之者"(同上)。这就可以看出,隐士们之所以对孔子竭尽冷嘲热讽之能事,主要是彼此间处世态度的不同。在隐士们眼里,这世道是乱得不可收拾,所谓"滔滔者天下皆是也"(同上),所以他们采取"避"的方针,干脆撒手不管,冷眼旁观。孔子则是以拯救天下为己任,怀着一副古道心肠,周游列国,努力宣传其道,虽然到处碰壁,"累累若丧家之犬",却依然是"知其不可而为之"(《史记·孔子世家》)。这种积极进取的精神与道家无心天下,"知其不可奈何而安之若命"(《德充符》)的态度格格不入,所以孔子之遭冷遇也就毫不奇怪了。子路访市南宜僚而人去楼空,实际上暗示了像孔子这样"弊弊焉以天下为事"(《逍遥游》)的人,必然与大道失之交臂,就好像知索、离朱、喫诟找不到玄珠,黄帝在襄城之野迷路一样。

长梧封人问子牢曰①:"君为政焉勿卤莽②,治民焉勿灭裂③。昔予为禾,耕而卤莽之,则其实亦卤莽而报予;芸而灭裂之④,其实亦灭裂而报予。予来年变齐⑤,深其耕而熟耰之⑥,其禾蘩以滋⑦,予终年厌飧⑧。"庄子闻之曰:"今人之治其形,理其心⑨,多有似封人之所谓,遁其天,离其性,灭其情,亡其神,以众为⑩。故卤莽其性者,欲恶之孽⑪,为性萑苇蒹葭⑫,始萌以扶吾性⑬,寻擢吾性⑭;并溃漏发,不择所出⑮,漂疽疥痈⑯,内热溲膏是也⑰。"

【今译】

长梧封人告诫子牢说:"你处理政事不要粗疏,管理百姓不要草率。从前我种庄稼,耕地粗枝大叶,锄草马马虎虎,于是收获时也得到了相应的报复。第二年我改变了方法,地耕得深深的,草锄得细细的,那庄稼也就长得繁茂而壮实,所以我一年到头都食物充足。"庄子听到后说:"如今人们调理自己的身体,调养自己的精神,大多有像长梧封人所说的那样,逃避自然,背离天性,泯灭真情,丧失精神,这是因为有诸多卤莽灭裂行为的缘故。所以,那以草率态度对待天性的人,其好恶之情对天性的残害就像萑苇蒹葭,刚生长时紧靠着我们的身体,不久就摧毁了我们的天性;犹如内中疮毒一齐溃烂,泄漏发作,不择部位,随处穿出,所谓脓疮毒疮、内热遗精,就是这样。

【注释】

①长梧:地名。封人:管理疆界的官。问:告。了车:孔了弟了,姓琴。　②卤莽:粗疏。　③灭裂:草率。　④芸:通"耘",锄草。　⑤齐(jì):通"剂",方。变齐:改变耕耘的方法。　⑥熟:仔细。耰(yōu):锄草。　⑦繄:繁茂。滋:茂盛。　⑧厌:通"餍",足。飧(sūn):熟食,泛指食物。　⑨理:治。　⑩众为:众多的行为。指上述诸多卤莽灭裂的行为。　⑪欲恶:好恶。孽:害。　⑫萑(huán)苇:两种芦类植物名,类似芦苇。蒹(jiān)葭(jiā):也是两种类似芦苇的芦类植物。　⑬扶:附。　⑭擢(zhuó):拔除。　⑮"不择所出"句:不择,不分。意为疮毒已使全身溃烂,一齐发作,不分部位,随处穿出。　⑯漂:通"瘭"(biāo)。漂疽:脓疮。疥(jiè)痈(yōng):毒疮。　⑰溲(sǒu)膏:遗精。

【评析】

本章谈身心的修养必须顺乎自然。

长梧封人主张为政治民不能卤莽灭裂,并以种庄稼为喻,指出粗制滥造必尝苦果,深耕熟耰则获丰收。要旨是无论为政治民还是种植庄稼,都必顺其天性。庄子曾经主张"攦工倕之指"(《胠箧》),似乎反对一切智巧技能。然而在这里,他又借长梧封人之口肯定了深耕熟耰作为一种耕作技能的作用。可见他反对的是破坏自然、束缚本性、被统治者所利用的技能,而对于体现自然化工和人的本能创造力的高超技能,如庖丁之解牛、轮扁之斫轮、梓庆之削木为鐻、匠石之运斤成风,都是赞赏不已的。这似乎表明,庄子也认为对人和事物,不加干预固然是顺其天性;有时加以适当的干预和关怀,也同样是顺其天性。关键全在对象是否需要。

后来柳宗元在《种树郭橐驼传》中介绍郭橐驼种树的基本原理是"顺木之天,以致其性"。依此原理,种植时须仔细,就像爱护自己的子女一样,即所谓"其莳也若子";种好以后,就要任其生长,不加干扰,就像将它抛弃了一样,即所谓"其置也若弃"。结果是"其天者全而其性得"。作者由此悟出"养人术",即治民也要顺其天以致其性,适度的关怀是必要的,但不能因过头而变成扰民。

庄子无意于为政治民,他接过长梧封人的话头,要谈的是修养身心,指出在这方面同样存在卤莽灭裂的行为,任其发展,则欲恶缠身,真性尽失;又必然由心而及身,疮毒内热,一齐发作,导致身心俱灭。文中称"今之人治其形,理其心",并且照刘凤苞的意思,这"形"和"心"跟种庄稼不同,是不能"治""理"的:"治形理心,即属遁天离性、灭情亡神之事,而其故皆缘于欲恶之旁生。"(《南华雪心编》)只要去除欲恶,身心毋须"治""理",自然能恢复健康。因此"治""理"也是对身心的卤莽灭裂行为。"治""理"和修养是不一样的,修养可以是由心中自然生出,然后贯通全身。"治""理"却纯然是人为外加的。

庄子是由为政养民、种植庄稼而推及修养身心,柳宗元则是由植树推及养民,两人思考路线相反,但都是主张凡事须顺乎自然、合乎本性,可谓殊途同归。

柏矩学于老聃①,曰:"请之天下游。"老聃曰:"已矣!天下犹是也。"又请之,老聃曰:"汝将何始?"曰:"始于齐。"至齐,见辜人焉②,推而强之,解朝服而幕之③,号天而哭之曰："子乎子乎！天下有大菑④，子独先离之⑤，曰莫为盗⑥？莫为杀人？荣辱立，然后睹所病⑦；货财聚，然后睹所争。今立人之所病，聚人之所争，穷困人之身使无休时，欲无至此⑧，得乎！古之君人者，以得为在民，以失为在己；以正为在民，以枉为在己⑨。故一形有失其形者⑩，退而自责⑪。今则不然。匿为物而愚不识⑫，大为难而罪不敢，重为任而罚不胜，远其途而诛不至。民知力竭，则以伪继之，日出多伪，士民安取不伪⑬！夫力不足则伪，知不足则欺，财不足则盗。盗窃之行，于谁责而可乎？"

【今译】

柏矩向老聃学道，说："请允许我到天下游历一番。"老聃说："算了吧！天下也是这样。"柏矩又向他请求，老聃问："你的游历打算从哪里开始？"柏矩说："从齐国开始。"来到齐国，看到了一个被肢解而死的人，柏矩挪动尸体竭力摆正他的姿势，脱下朝服盖在他身上，对着苍天号啕大哭道："你啊你啊！天下有大灾，你一个人先碰上了。莫非是你当了强盗？莫非是你杀了人？荣辱标准确立起来了，此后就可以看出百姓在忧虑些什么；财富聚敛起来了，此后就可以看出百姓在争夺些什么。如今确立起了百姓所忧虑的东西，聚敛起了百姓所争夺的东西，当统治者用荣辱财富来使百姓的身体困乏不堪而没有休息的时候，百姓想要不走到这一步，可能吗？古时统治百姓的人，把好处归于百姓，把害处归于自己；把正确归于百姓，把错误归于自己。所以只要有一个人丧命，他也会回过头来责备自己。如今的统治者却不是这样。他们隐瞒了事物的真相却责备百姓不了解，加人事情的难度却怪罪百姓不敢做，加重了负担却处罚不能承受的百姓，延长了路程却杀戮不能到达目的地的百姓。百姓的智慧气力耗尽了，紧接着就不得不用弄虚作假来应付，天天出现许多弄虚作假的事，百姓怎么会不弄虚作假呢！大凡气力不足就要作假，智慧不足就要欺骗，财用不足就要偷盗。对于盗窃的风行,要谴责谁才是呢?"

【注释】

①柏矩:老子门人,鲁人。　②辜人:受车裂之刑而死者。车裂,以车分裂肢体。　③朝服:官服。幕:覆盖。　④菑(zāi):通"灾"。　⑤离:通"罹",遭受。　⑥曰:句首语助词,无义。莫为:莫不是。　⑦"荣辱立"二句:病,忧虑。意为统治者确立了荣辱标准,百姓就纷纷求荣而以受辱为忧。　⑧此:指身受极刑。　⑨枉:错误,过失。　⑩形:身。一形:一身,一人。失其形:失其身,丧失生命。　⑪退:回。　⑫愚:一本作"遇",俞樾《庄子平议》以为"遇"系"过"之误。过,责备。　⑬安取:怎么能。

【评析】

本章揭示了统治者立荣辱、聚财货、率先作伪,是导致百姓犯罪受刑的根源。

柏矩要游历天下,老聃劝他:"已矣!天下犹是也。"这是作者借老聃之口,对天下大势作了一言以蔽之的评述。从后文可知,这话也就是"滔滔者天下皆是也"(《论语·微子》),即天下乌鸦一般黑的意思。

然后,作者又借着柏矩吊辜人,对黑暗的现实作了沉痛的揭露控诉。表面看来,辜人的被杀是因为他为盗或杀人,实则根子在统治者身上。正是因为统治者确立荣辱标准、大肆聚敛财富,才使百姓萌生、滋长了追名逐利之心。

于是,作者通过对古今"君人者"的对比,将批判矛头直指战国时代的各国君主,指出他们对百姓欺骗愚弄、剥削压迫日益加重,使之不堪忍受,被迫走上了伪、欺、盗的道路,他们却又反过来施之以罪,这是辜人被杀的根本原因。所以柏矩最后悲愤地责问:"盗窃之行,于谁责而可乎?"胡文英对这一点体会颇深:"人皆知责于盗窃,而不知有教之如此者,迫之如此者,则岂可先问盗窃乎?"(《庄子独见》)郭象则说得更为直截了当:"主日兴伪,士民何以得其真乎?"孟子也曾指出,由于统治者不给百姓以维持生计所必须的"恒产",导致百姓"放辟邪侈,无不为已",而等到百姓"陷于罪",统治者"然后从而刑之",这是"罔民"(《孟子·梁惠王上》),即坑害百姓。这里,庄孟两家的揭露如出一辙,足以说明,统治者的"罔民"是战国之世一种常见的社会现象。

本章中与今之"君人者"形成对照的古之"君人者"实际上是庄子理想中的统治者,由此可知,在庄子看来,要解决上述"罔民"的问题,最好的办法还是回到他所神往的"至德之世"中去。

蘧伯玉行年六十而六十化①,未尝不始于是之而卒诎之以非也②,未知今之所谓是之非五十九非也。万物有乎生而莫见其根③,有乎出而莫见其门。人皆尊其知之所知,而莫知恃其知之所不知而后知④,可不谓大疑乎!已乎已乎!且无所逃⑤。此所谓然与,然乎⑥?

【今译】

蘧伯玉活了六十岁,而六十年中其想法一直在变化,(他对于人或物)没有一次不是从认为其正确开始而最终却批评其是错误的,焉知今年所谓对就不是五十九岁时曾认为是错的。万物有其产生之处,却看不到它的本原;有其显露之处,却看不到它的门户。人人都珍视他的智能所知,却不懂得只有依赖他的智能所不知而后才能获得真知的道理,这岂不是大大的疑惑吗!罢了罢了!人们将无法避免这大疑惑了。这里所说的对,是真的对吗?

【注释】

① "蘧伯玉行年六十而六十化"句:蘧(qú)伯玉,春秋时卫国贤大夫,名瑗,伯玉系其字。行年:经历的年岁。意为蘧伯玉的认识始终随着年龄的增长而变化。 ② 是之:认为是对的。诎(chù):通"黜",贬斥。 ③ 根:喻道。下句的"门"同。 ④ "人皆尊其知之所知"二句:《徐无鬼》曰:"人之于知也少,虽少,恃其所不知而后知天之所谓也。"

其意与此略同。 ⑤"且无所逃"句：意为人无法避免认识上的"大疑"。 ⑥然：对，正确。

【评析】

本章说明，执着是非者是不能体悟大道的。

对于这章的意思，诸家所释多偏重于前半段，而较少顾及后半段，因此认为主要是谈是非的没有定准。陈寿昌《南华真经正义》则认为本章的意思是"大道希夷，难以智索，唯象罔乃可获元珠也。世人狃于识神，失之远矣。"讲得很到位。

大道是"有情有信，无为无形；可传而不可受，可得而不可见"的精神实体(《庄子·大宗师》)，通过一般感性知觉或理性思维的途径只能认知具体事物，或存在于某类事物之中的共性、局部规律。要认识大道，只有靠超越感知和思维的直觉体验，即所谓"恃其知之所不知而后知"。站在道的高度去看，一切是非都是相对的。所谓"彼亦一是非，此亦一是非"(《庄子·齐物论》)，不仅指不同时空条件下的是非标准的相对性，也指在某一具体时空环境下的所谓是或非也是相对的。

蘧伯玉正是明白了以上道理，所以才"行年六十而六十化"，随时注意纠正自己认识上的偏差。这种不执着于一时的是非而"与时俱化"的态度是悟道的必要条件。

仲尼问于大史大弢、伯常骞、狶韦曰①："夫卫灵公饮酒湛乐②，不听国家之政③；田猎毕弋④，不应诸侯之际⑤。其所以为灵公者何邪⑥？"大弢曰："是因是也⑦。"伯常骞曰："夫灵公有妻三人，同滥而浴⑧。史鰌奉御而进所⑨，搏币而扶翼⑩。其慢若彼之甚也⑪，见贤人若此其肃也⑫，是其所以为灵公也⑬。"狶韦曰："夫灵公也死，卜葬于故墓不吉⑭，卜葬于沙丘而吉⑮。掘之数仞，得石椁焉⑯，洗而视之，有铭焉⑰,曰:'不冯其子,灵公夺而里之⑱。'夫灵公之为灵也久矣⑲,之二人何足以识之⑳!"

【今译】

　　孔子向太史大弢、伯常骞、狶韦请教道:"卫灵公饮酒不节,不理国家政务;热衷于野外打猎,张网射箭,不参加诸侯间的会盟活动。他之所以被追谥为'灵'的原因是什么呢?"大弢回答说:"这个谥号是根据他以上这些荒淫无道的行为而定的。"伯常骞回答说:"那卫灵公有三个妻子,他和三个妻子在一个浴盆里洗澡。但史䲡奉召走进卫灵公的住处,灵公总是让人接过他手中的帛并去搀扶他。他轻忽的时候是那样的过分,而见到贤人时又是这样的肃敬,这就是他之所以被追谥为'灵'的原因。"狶韦说:"灵公死后,就当初预建的墓地占卜预测,说是不吉;就沙丘占卜预测的结果却是大吉。将沙丘墓地挖到几仞深的地方,里面有一个石制外棺,清洗之后一看,上面刻的文字说道:'不能靠他的子孙长保此墓,灵公将夺过来而葬于此。'可见灵公之被谥为'灵'已经很久了,这两个人哪里知道!"

【注释】

　　① 大(tài泰)史:太史,史官。大弢(tāo)、伯常骞(qiān)、狶(xī)韦:均为史官的姓名。　② 卫灵公:春秋时卫国国君。湛乐:沉湎享乐。　③ 不听:不理。　④ 毕:用长柄网捕捉禽兽。弋(yì):用绳系箭而射。　⑤ 不应:不参加。际:交际,此指诸侯会盟之事。　⑥ 按,依谥法,作为谥号的"灵"字兼有"乱而不损(克制)"和"德之精明"这样褒贬二义。而孔子认为卫灵公生前荒淫无道,一无可取,死后给他定这样一个谥号是不合适的,故有此问。　⑦ "是因是也"句.因,依据。意为这个谥号是依据卫灵公的上述这些行为而定的。　⑧ 滥:通"鉴",大浴盆。　⑨ 史䲡(qiū):字鱼,卫国的贤大夫。奉御:奉召。所:指卫灵公的居所。　⑩ "搏币而扶翼"句:搏,持。币,帛,系奉召进见时所献之物。扶翼,搀扶。意为卫灵公使人接过史䲡所捧之帛,

并搀扶他。　⑪ 慢:轻忽。彼:指卫灵公与三妻共浴。　⑫ 贤人:指史鳅。肃:肃敬。　⑬ 按,上文大弢的回答是专就"灵"字的贬义一面而言,这里伯常骞的回答是兼及其褒贬二义,认为卫灵公生前的行为中,既有轻忽放肆的一面,也有严肃庄敬的一面,所以予以"灵"这样一个兼有褒贬二义的谥号是合适的。　⑭ 卜(bǔ)葬:以占卜的方式预测下葬之处的吉凶。　⑮ 沙丘:地名。　⑯ 石椁(guǒ):石制外棺。⑰ 铭:刻在石椁上的文字。　⑱ "不冯其子"二句:冯(píng)通"凭",靠。里:居。意为原本葬在这里的死者不要指望靠子孙来永保此墓,卫灵公将夺而葬于此。　⑲ "夫灵公之为灵也久矣"句:意为卫灵公的这个谥号早就定下了。　⑳ 之二人:指大弢和伯常骞。

【评析】

本章指出,凡事须一任自然,不要纠缠到人为的是非之争中去。

大弢和伯常骞解释卫灵公之所以被谥为"灵"的原因,看似各有其一定的道理,而狶韦则指出卫灵公的这个谥号早就定下了。那么是谁定的呢?不少注家认为是天然预定的,解释比较合理。郭象认为决定的因素是"命",也就是必然性,这里也有自然、天然的意义。在作者看来,万事万物,包括人的生死寿夭、吉凶善恶,均系自然运化所致,一切人为的评判都是徒劳的。而大弢和伯常骞的解释,既执着于"灵"字作为谥号所包含的世俗善恶意义,又拘泥于卫灵公的一生行迹,并且力图在这个问题上分出是非,因而注定是错误的,正如宣颖所说:"二子纷纷辨美恶,岂知凡事皆出于天然乎!"(《南华经解》)因而一切都应顺乎自然。这也就是《徐无鬼》中所主张的"以天待之,不以人入天"的意思。

少知问于大公调曰①:"何谓丘里之言②?"大公调曰:"丘里者,合十姓百名而以为风俗也③,合异以为同,散同以为异。今指马之百体而不得马④,而马系于前者,立其百体而谓之马也。是故丘山积卑而为高,江河合水而为大⑤,大人合并而为公⑥。是以自外入者,有主而不执;由中出者,有正而不距⑦。四时殊气,天不赐,故岁成;五官殊职⑧,君不私,故国治;文武殊能⑨,大人不赐⑩,故德备;万物殊理,道不私,故无名。无名故无为,无为而无不为⑪。时有终始,世有变化。祸福淳淳⑫,至有所拂者而有所宜⑬;自殉殊面⑭,有所正者有所差。比于大泽,百材皆度⑮;观于大山,木石同坛⑯。此之谓丘里之言。"

少知曰:"然则谓之道,足乎⑰?"大公调曰:"不然。今计物之数,不止于万,而期曰万物者⑱,以数之多者号而读之也⑲。是故天地者,形之大者也;阴阳者,气之大者也;道者为之公⑳。因其大,以号而读之则可也,已有之矣,乃将得彼哉㉑!则若以斯辩㉒,譬犹狗马,其不及远矣㉓。"

少知曰:"四方之内,六合之里,万物之所生恶起㉔?"大公调曰:"阴阳相照相盖相治㉕,四时相代相生相杀,欲恶去就于是桥起㉖,雌雄片合于是庸有㉗。安危相易,祸福相生,缓急相摩㉘,聚散以成㉙。此名实之可纪,精微之可志也㉚。随序之相理㉛,桥运之相使㉜。穷则反,终则始。此物之所有,言之所尽,知之所至,极物而已。睹道之人,不随其所废㉝,不原其所起㉞,此议之所止。"

少知曰:"季真之'莫为'㉟,接子之'或使'㊱,二家之议,孰正于其情㊲,孰遍于其理㊳?"大公调曰:"鸡鸣狗吠,是人之所知;虽有大知,不能以言读其所自化㊴,又不能以意其所将为㊵。斯而析之,精至于无伦㊶,大至于不可围㊷,或之使㊸,莫之为㊹,未免于物而终以为过。'或使'则实,'莫为'

则虚。有名有实,是物之居㊺;无名无实,在物之虚。可言可意,言而愈疏。未生不可忌㊻,已死不可徂㊼。死生非远也,理不可睹㊽。或之使,莫之为,疑之所假㊾。吾观之本㊿,其往无穷;吾求之末㉛,其来无止。无穷无止,言之无也,与物同理;'或使''莫为',言之本也,与物终始。道不可有,有不可无㉜。道之为名,所假而行㉝。'或使''莫为',在物一曲㉞,夫胡为于大方㉟?言而足㊱,则终日言而尽道;言而不足,则终日言而尽物。道,物之极㊲,言默不足以载㊳;非言非默,议有所极。"

【今译】

　　少知向太公调求教道:"什么叫丘里之言?"太公调说:"所谓'丘里',就是聚合许多姓名的人而形成共同的民风习俗,它一方面会合不同的个体而为混一的共同体,另一方面又分解混一的共同体而为不同的个体。如今有人专注于马体的各个部分,却看不到一匹完整的马,(他们不懂得)那栓在面前的马,正是由各个部分合起来才能称作马。所以山丘积低而成其高,江河合小而成其大,大人合万物之异而成其同。因此,对于从外界进入我心中的他人之言,虽然我早有主见却不固执己见;对于从我心中流出而入于世的一己之言,虽然我心中有所取正却不拒绝别人的意见。四季气候不同,而老天无所偏私,所以一年之中四季更迭的自然秩序才得以形成;五官职责不同,而为君者无所偏私,所以国家才得以太平;文治武功作用不同,而为王者无所偏私,所以文武之道才得以齐备。万物发展各有其不同规律,道无所偏私,所以道是没有名称的;没有名称,所以道常无为;又因无为而无所不为。四季有始终,世事有变化,祸福变动无常,以至在此时此地格格不入的,到彼时彼地却能契合无间。人们各自追求的方向不同,在不断纠正的同时,又会不断出现偏差。这就好比大泽,各种树木都生长在其中;再到大山里去看看,树木和山石同在一处。这就是所谓'丘里之言'。"

少知问道:"那么把它称作'道',可以吗?"大公调说:"不可以。如今计算物的数量,已经远远不止于万,却还约略地称为万物,这是用数目字中最多的字来称呼它。所以天地,是有形之物中最大的;阴阳,是无形之气中最大的;而道是它们的总括。因为它的大而称之为'道'是可以的,但它虽有了名称,却不能用一般的有名之物来同它相比。如果按'道'这个名称来将它同一般的有名之物相区别,就好比是狗与马,它们之间是远不能相比的。"

少知又问道:"四方之内,六合之中,万物的产生是从哪里开始的?"太公调说:"阴与阳相互映衬、相互冲突、相互补充,四季相互更迭、相互促成、相互制约,爱与憎、取与舍的关系由此迅速形成,雌与雄的交配由此经常产生。安与危相互交替,祸与福相互促成,缓与急相互交接,聚与散相互生成。这些都是有名有实,可理出头绪,其中的精深微妙之处也是可以记载下来的。顺应自然次序的相互补充,事物剧变的相互驱动,(无不是)物极则反,终而复始。这些都是万物所共有的,是语言所能表达穷尽的,是智慧所能体察到的,但也不过是究极物理而已。体察到大道的人,不去追寻事物消亡的原因,不去探究事物产生的本原,因为这是议论所望而却步之境。"

少知再问道:"季真的'莫为'学说,接子的'或使'学说,这两家的议论,哪家同实际相符,哪家偏离了大道?"太公调回答说:"鸡啼狗叫,这是人人都了解的现象;但是,即使有大智慧的人,也不能用语言去解说鸡啼狗叫这类自然化育现象产生的原因,又不能用心意去预测它们将会有什么作为。按此道理来分析,对于精微到无与伦比、浩大到不可测量的事物变化原因的解释,'或使'的观点、'莫为'的观点,都不免就物上立论,因而终究是错误的。'或使'的观点过于执着,'莫为'的观点流于虚浮。有名有实,在物之中;无名无实,在物之外。如果以为大道可以言说、可以意测,那么越说就离道越远。没有诞生的不能禁止其诞生,已经死亡的不能阻止它死亡。死和生离人们并不远,但死生的规律却不可得见。'或使'、'莫为'之说,都是惑于大道者所借用来解释事物变化的。我观察万物运行变化的开端,它的过去没有尽头;我探求它的终结,它的未来没有止境。这无穷无止,是语言所无法穷究的,但与万物同一其理。'或使''莫为'之说,其立论的依据,只能与具体物象相始终。道既不可用'有'来表述,又不可用'无'来表述。'道'之成为名称,只不过是惑于道者借以行于世而已。'或使''莫为'之说,各自偏执于事物之一端,怎能同大道相符呢?话如果说得圆满,那么讲话终日都能符合大道;话如果说得不圆满,那么讲话终日都是执着于物。对于道是万物产生消亡的终极原因,言谈和沉默都不足以充分表达;唯有既不用言谈也不用沉默,才是论道的极致。"

【注释】

① 少知、大公调:都是虚构的人名。少知,暗寓知识浅薄。大公调,暗寓道德广大,公正无私,能调和众人。　② 丘里:乡里。古代十家为丘,二十家为里。丘里之言:为乡里之人所认同的看法,即所谓公论。　③ 十姓百名:泛指许多不同姓名的人。　④ 百体:马体的各个部分。　⑤ 水:系"小"字之误。　⑥ 合并而为公:意为合万物之异以为同。　⑦ 距:通"拒",拒绝。　⑧ 五官:司徒、司马、司空、司士、司寇。　⑨ "殊能"二字原缺,今据王叔岷《庄子校释》补。　⑩ 赐:偏私,偏爱。　⑪ "万物殊理"五句:理,规律。意为万物发展自有其不同规律,道对万物无所偏私,所以道没有名称。因无名,故无为。然正因道无为,所以万物都能不受干预地顺己之"理"而生长发展,这又体现着道的自然本质,故曰道无为而无不为。　⑫ 淳淳:流动不止的样子。　⑬ 拂:违逆。　⑭ 殉:追求。面:方向。　⑮ 百材:众木。度:居。　⑯ 同坛:同地。　⑰ 足:可以。　⑱ 期:约略。　⑲ 号:称。读:也是称呼的意思。　⑳ 公:公共,共同,这里有总括的意思。　㉑ "因其大"四句:意为本有名称的"丘里之言"同其实无名而被勉强赋予名称的道是不能相比的。　㉒ 辩:通"辨",区别。　㉓ 不及:不能相比。　㉔ 恶:何。恶起:从哪里开始。　㉕ 盖:害。相治:相济,相互补充。　㉖ 桥(jiāo):劲疾。桥起:迅速兴起。　㉗ 片合:交配。

庸:常。 ㉘ 相摩:相接。 ㉙ 以:相。 ㉚ “此名实之可纪”二句:纪,头绪。志,记。意为以上阴阳、四季等一系列的相生相克都是有名有实,可理出端绪。即使其中的精微者,也不过是具体事物之“理”而并非无象无名、玄之又玄的大道,故仍是可以记载的。 ㉛ 随序:顺应自然的次序。相理:犹相治,相济。 ㉜ 桥运:迅疾的运动变化。㉝ 随:追寻。 ㉞ 原:推究。 ㉟ 季真:战国齐之贤人,曾游稷下。莫为:无为。 ㊱ 接子:战国时齐之贤人,又作接予、捷子,亦曾游稷下。或使:“有为”。 ㊲ 正:符合。情:真实。 ㊳ 遍:原文为“徧”,通“偏”,偏离。 ㊴ 读:解说。 ㊵ 按,成玄英释此句云:“不能用意测其所为。”则“意”下当补“测”字,始与上句相偶。 ㊶ 伦:比,匹。㊷ 围:计量周长的单位,这里是测量外围的意思。按,《秋水》曰:“至精无形,至大不可围。”可相参照。 ㊸ 或之使:或使。 ㊹ 莫之为:莫为。 ㊺ 居:存在。 ㊻ 忌:禁。 ㊼ 徂:一本作“阻”,是。㊽ “死生非远也”二句:意为死与生人人都会遇到,故曰“非远”;但何以会死,何以会生,其中的规律却是难以言说意测,故曰“不可睹”。㊾ 疑:这里指惑于道者。 ㊿ 之:其,指事物的运行变化。本:开端。(51) 末:终结。 (52)有:又。 (53)“道之为名”二句:意为道本无名,起名曰“道”,只不过是借此名以行于世而已。《老子》二十五章:“吾不知其名,强字之曰‘道’。” (54) 一曲:犹一隅。 (55) 大方:大道。 (56) 足:圆通周遍。 (57) 极:终极原因。 (58) 载:表达。

【评析】

本章以少知和大公调对话的形式,谈了道的本质的问题。

两人的对话有四个回合,实际上体现了对道的本质探讨的逐层深入。第一层,文章从谈“丘里之言”入手,指出了它“合异以为同,散同以为异”的特点,但重点是强调后者。作者认为,道也有这样的特点:一方面,万物之理都归结到道;另一方面,道对于万物无所偏私,并通过万物之理得以体现。道无私,故无名;无名,故无为。然正因道是无为的,所以万物都能不受干预地顺己之理而发展,这又体现了道的自然本质，故曰道无为而无不为。这一层从"合异以为同，散同以为异"的角度，将道家之"道"同公孙龙"离坚白"之说的只讲离不讲合和惠施"合同异"之说的只讲合不讲离在性质上作了明确的区分。

第二层，虽然道在表现形式上同"丘里之言"有相似处，但在性质上完全不同："丘里之言"是有名的，而道却无名，只不过因其大，才像老子那样，强名之曰"道"。

第三层，从万物产生的本原的角度，继续对道作探讨。文章指出，诸如阴阳变化、四季更迭、祸福相倚、聚散相成、物极必反、周而复始等均是万物生成发展所循之理，亦即规律。万物是有名有实的，所以可用语言记录。所循之理虽精微，也可用语言表达。但语言和智慧的作用就到穷尽物理为止了。至于事物产生和消亡的终极原因，那是由道决定的。道是比"理"更高一个层次的东西，语言和智慧无法表达和认识它。这也就是《秋水》中所说："可以言论者，物之粗也；可以意致者，物之精也；言所不能论，意所不能察致者，不期精粗焉。"这超越一般物象、物理而使言意都望而止步的就是道。所以文中说"睹道之人，不随其所废，不原其所起"。这里并不是说，事物产生和消亡的本原不能探索或无法了解；而是说，在这方面，亦即对道的认识方面，语言和智慧是无能为力的。那么，究竟通过什么途径才能认识道呢？

本章的第四层回答了上述问题。这一层通过剖析"莫为"和"或使"两种观点，对道的本质作了更深入的探索。"或使"的观点认为万物后面有道在主宰，道是有为的；"莫为"的观点认为万物后面没有主宰者，道是无为的。在作者看来，这两种观点都接触到了世界本体这样一个深层次的问题，但对道的解释却是错误的。因为"道不可有，有不可无"。也就是说，道一方面是"无为无形"（《庄子·大宗师》），所以不能用"有"来表述，认为道是有为的"或使"观点是错的；另一方面，道又是"有情有信"（同上）的精神实体，并非纯然的"无"，所以又不能用"无"来表述，认为道是无为的"莫为"观点也是错的。这两种观点都企图使道"可言可意"，这是"皆未免于言"（林希逸《庄子鬳斋口义》卷八);又都"在物一曲",这是"皆未免于物累"。道的既非"有"又非"无"的精神实体性质决定了语言概念(言)和深沉的理性思索(默)都不足以表达。那么,究竟怎样才能认识和把握道呢?本章最后说道:"非言非默,议有所极。"陈寿昌解释说:"唯于似言非言,似默非默,恍惚中求之,庶此不可名称、超乎色相之真,差堪拟议也。"(《南华真经正义》)可见只有依靠超乎言默的直觉体验了。这样也就回答了上一层提出的问题。

这四层环环相扣,对道的本质作了较为全面而深刻的描述,是《庄子》一书中论道的重要篇章之一。

外物第二十六

【解题】

方人杰《庄子读本》指出:"此篇开口大意,是道甚来,曰'外物不可必',一语尽之矣。"本篇正是围绕这一思想而展开的。全文分为两部分。前半部分由七章组成,除第一章泛举一系列现象以说明身外之物一无定准的道理外,此后六个寓言分别从不同的角度进一步说明上述道理。指出只有不滞于物、忘却利害、戒绝骄矜、闭塞毁誉、去除小智,方能避免卷入世务纠纷而保全身性。后半部分继续集中论述这一问题。首先通过"至人"和持"流遁之志,决绝之行"者对比,说明只有不必外物者方能自由地畅游于世。然后指出要不必外物,应保持内心虚空而与自然相通,一切应顺乎自然,力戒有为殉物。最后从"言"与"意"的关系角度,强调要虚心体会"外物不可必"的道理。文章虽仍以篇首二字为题,但已有囊括全文的作用,与前此外杂诸篇有所不同。

外物不可必①,故龙逢诛②,比干戮③,箕子狂④,恶来死⑤,桀纣亡。人主莫不欲其臣之忠,而忠未必信,故伍员流于江⑥,苌弘死于蜀,藏其血三年而化为碧⑦。人亲莫不欲其子之孝,而孝未必爱,故孝己忧而曾参悲⑧。木与木相摩则然⑨,金与火相守则流⑩。阴阳错行⑪,则天地大絯⑫,于是乎有雷有霆⑬,水中有火⑭,乃焚大槐。有甚忧两陷而无所逃⑮,螴蜳不得成⑯,心若县于天地之间⑰,慰暋沈屯⑱,

利害相摩,生火甚多,众人焚和⑲,月固不胜火⑳,于是乎有僓然而道尽㉑。

【今译】
　　身外之事是不可能有定准的,所以忠臣如龙逢被诛、比干被杀、箕子被逼装疯,佞臣如恶来也不免一死,暴君如桀纣也终归灭亡。为人君者无不希望臣子效忠自己,但忠臣未必受到信任,所以伍员的尸体漂流在江中,苌弘死在蜀地,蜀人把他的血藏了三年而变成碧玉。为人父母者无不希望子女孝顺自己,但孝子未必得到爱抚,所以孝己愁苦而死、曾参终日悲泣。木和木相摩擦就会燃烧,金属和火相接触就会融化。阴阳错乱,则天地大惊,于是乎产生了震雷霹雳,雷雨中夹着闪电,烧毁了大槐树。人们为陷于利害之中却无法逃脱而极为忧虑,惊恐不安的心态使他们不能取得成功,他们的心好像悬在天地之间,抑郁沉闷,利害相互碰撞,使他们心中产生的火气极旺,世俗之人的内火烧尽了中和之气,清明本性原本经受不起利害之火的烧灼,于是乎精神萎靡而天性丧尽。

【注释】
　　① 必:定准,肯定。　② 龙逢:姓关,夏桀时贤臣,因多次直谏而被斩首。　③ 比干:殷纣庶叔,因忠谏被剖心。按,龙逢、比干二事已见《人间世》《胠箧》等篇。　④ 箕子:殷纣庶叔,因忠谏不从,佯狂以避害,但最终仍不免被杀。其事已见《大宗师》。　⑤ 恶来:殷纣佞臣,后与纣一同被杀。　⑥ 伍员:字子胥,春秋时楚国大夫伍奢之子。奢被楚平王杀害后,员投奔吴国,任吴王夫差大夫。后因忠谏夫差,不从,赐剑命自刎,又用马皮袋裹其尸抛入江中。其事已见《胠箧》《至乐》等篇。　⑦ "苌弘死于蜀"二句:苌弘,周灵王(一说周敬王)时贤臣,因遭谗言而被放逐。归蜀后,自恨忠而被谤,遂剖腹挖肠而死。蜀人感其精诚,用盒子盛其血,三年后化为碧玉。　⑧ 孝己:殷高宗太子,有孝行,曾一夜中起床五次,察看其父衣之厚薄、枕之高低。因受

后母虐待,忧苦而死。曾参:孔子弟子,性至孝,却遭父母打骂几死,故常悲泣。 ⑨ 然:通"燃"。 ⑩ 相守:相近,相接。 ⑪ 错行:错乱失常。 ⑫ 絯(hài):通"骇"。惊骇,震惊。 ⑬ 霆:霹雳。 ⑭ 火:指闪电。 ⑮ 两陷:陷于利害之境。 ⑯ 䁱(chén)䁖(dūn):惊惧不安的样子。 ⑰ 县:通"悬"。 ⑱ 慰暋(mǐn):郁闷。沈(chén)屯(zhūn):沉闷。 ⑲ "众人焚和"句:众人,世俗之人。意为世俗之人因陷于利害而烧尽了心中的中和之气。 ⑳ 月:比喻人清明的自然本性。火:由陷于利害而产生的内火。 ㉑ 偾(tuí)然:颓丧不振的样子。道尽:天性丧尽。

【评析】

本章主要谈身外之事无定准的道理。

龙逢、比干、箕子都是赫赫有名的大忠臣,按世俗之理,应得以善终,然而却一个个全没有好下场。既然忠臣惨遭杀戮,那么奸邪如恶来、暴虐如桀纣者该得福了吧,可到头来也都不得好死。忠臣得不到信任,孝子得不到爱护。人世间如此,自然界也一样。木本无火,相磨则燃;金为至坚,遇火却融。水火原不相容,但因"阴阳错行"而"水中有火"。总之,大千世界是纷繁复杂,变化莫测。

倘若想将这个世界捉摸出个究竟,简直不可能;一心趋利避害,更是适得其反。但世俗中为此而费尽心机的仍大有人在,结果是陷于利害之境而不能自拔,物欲之火日炽,中和之气渐销,精神不振,真性都失。

面对这样一个世界,最好的办法就是视而不见,听而不闻,物我两忘,利害双遗,保持内心虚静,一切顺其自然。如此,则外物便无法纠缠上来,也就能够全身远害了。

庄周家贫①,故往贷粟于监河侯。监河侯曰:"诺。我将得邑金②,将贷子三百金③,可乎?"庄周忿然作色曰④:

"周昨来,有中道而呼者。周顾视车辙中,有鲋鱼焉⑤。周问之曰:'鲋鱼来⑥!子何为者邪?'对曰:'我,东海之波臣也⑦。君岂有斗升之水而活我哉⑧?'周曰:'诺。我且南游吴越之王,激西江之水而迎子⑨,可乎?'鲋鱼忿然作色曰:'吾失我常与⑩,我无所处。吾得斗升之水然活耳⑪,君乃言此,曾不如早索我于枯鱼之肆⑫!'"

【今译】
　　庄周家里穷,所以去向监河侯借粮。监河侯说:"好吧。我将要收到封邑的税金,准备借给你三百金,行吗?"庄周气得变了脸色,说:"我昨天来的时候,有人在半路上叫我。我回头一看,车辙中有一条鲫鱼。我问它:'鲫鱼啊!你在这里干什么呢?'它回答说:'我是东海里的水族之臣。您能不能用斗升的水来让我活下去呢?'我说:'好吧。我将到南方去游说吴越两国国君,让我引西江的水来迎接你,行吗?'鲫鱼气得脸色大变,说:'失去了朝夕相处的水,我没有安身之地了。我只要有斗升之水就能活命,您却说出这样的话,还不如早点到干鱼铺里找我吧!'"

【注释】
　　① 监河侯:监督河工之官。旧注以为是魏文侯,恐非。　② 邑金:官吏于年终从封邑所得的赋税金。　③ 金:计算货币的单位。战国和秦时以二十两为一金。　④ 作色:改变脸色。　⑤ 鲋(fù)鱼:鲫鱼。　⑥ 来:语气词。　⑦ 波臣:水族之臣。　⑧ 岂:犹"其",表示祈使。活我:使我活下去。　⑨ 激:引。西江:相对"东海"而言,泛指东海以西的水流。　⑩ 与:相与,相处。常与:常相与者,这里指水。　⑪ 然:则,就。　⑫ 曾:竟,倒。枯鱼:干鱼。肆:店铺,市场。

【评析】
　　本章说明事物的"当"与"不当"并无定准,关键在于是否"适其分"。

话虽如此,实际上关于这一章的主旨,可谓众说纷纭。郭象认为:"此言当理无小,苟其不当,虽大何益。"成玄英依疏不破注的原则,持相同看法:"此言事无大小,时有机宜,苟不逗机,虽大无益也。"王元泽《南华真经新传》以为:"夫不足者依于有余,有余者周于不足,此亦理势之必然也。庄周贫而贷粟于监河侯,其贷所以必得也。河侯语以岁终得金而方贷,见所贷不为必得矣,外物因可必欤?此庄子所以有鲋鱼之喻矣。"现代学者则大多认为这个寓言鞭挞了统治者的吝啬和虚伪。

文中确有鞭挞统治者的意思。并且还不止于此,譬如,作者似乎还批评了儒家礼乐教化的迂阔而不切实际。但仅仅理解到这一层,恐怕还不够。王元泽的解释竭力要往篇题上靠,也未尝不可,但从"所贷不为必得"的角度去讲,不免有点牵强。倒是郭、成二人的解释比较符合原意。

按一般的道理,粟能活人,水能活鱼;活人的粟总是多多益善,活鱼的水也是越大越好。然而,也并非在任何情况下都是如此。粟与水是人与鱼之"常与",人不能连续几天不吃饭,水对于鱼而言,更是须臾不可离的救命之物。所以对饿着肚子的庄周和即将枯死的鲋鱼来说,其所求于粟与水者,斗升而矣,只是要快。可见就活命这一点而言,两者都有很强的时限性。对于对方的要求,监河侯和庄周虽然很爽快地答应了,但一个要等得到邑金后才能贷予三百金,一个要离开魏国去了吴越后才能引来西江之水。三百金、西江水,大则大矣,但到了那时,其所救助的对象由于失去了"常与",一定早已不存在了。超过时限,非但起不了救命的作用,反而引起了对方极大的反感。正如成玄英所说:"升斗之水,可以全生,乃激西江,非所宜也。"胡远濬《庄子诠诂》作了更深一层的解释:"与者不适其分,徒遭受者之怒耳。"郭象、成玄英指出,监河侯和庄周的允诺之所以大而无当,是因为其不"当理"、"不逗机"。胡远濬则进一步指出,这种与"理""机"不相符的实质是"不适其分"。这里的"分"即是本分、常分的意思。一部《庄子》中,多次强调了"适其分"的思想。如《逍遥游》里的"鹪鹩巢于深林,不过一枝;偃鼠饮河,不过满腹",对鹪鹩、偃鼠而言,"一枝""满腹"也就是"适其分"了。而整片林子、整条的河虽然大得多,对它们却是无用的。推而广之,隐逸之人、得道之士,也都无所用天下,硬要把天下塞给他们治理,就不适其分,虽大而无益。可见外物的所谓"当"与"不当",也是没有定准的,全看是否"适其分"。倘一味执着,则必定违背人情物理。所以胡远濬认为本章的主旨是"必外物者,失其常分"(同上)。"常分"这个概念同本性有很密切的关系。因此,说到底,必于外物者的根本错误就在于违背了自然本性。

任公子为大钩巨缁①,五十犗以为饵②,蹲乎会稽③,投竿东海,旦旦而钓,期年不得鱼④。已而大鱼食之,牵巨钩,錎没而下,骛扬而奋鬐⑤;白波若山,海水震荡,声侔鬼神⑥,惮赫千里⑦。任公子得若鱼⑧,离而腊之⑨,自制河以东⑩,苍梧已北⑪,莫不厌若鱼者⑫。已而后世辁才讽说之徒⑬,皆惊而相告也。夫揭竿累⑭,趣灌渎⑮,守鲵鲋⑯,其于得大鱼难矣;饰小说以干县令⑰,其于大达亦远矣⑱。是以未尝闻任氏之风俗⑲,其不可与经于世亦远矣⑳。

【今译】
　　任公子准备了大钓钩和又长又粗的黑绳,用五十头阉牛作鱼饵,蹲在会稽山上,把钓鱼竿放到东海里,天天钓着,但整整一年没钓到鱼。不久,一条大鱼来吞食鱼饵,它拖着巨钩,没入水中而下潜,又扬鳍而迅速浮出水面,掀起的白波犹如山立,海水震荡的声响犹如鬼神吼叫,千里之外闻之震惊。任公子捕获了这条鱼,将它剖开制成鱼干,从浙江以东至苍梧山以北,没有不饱食此鱼的。不久,那些才识浅薄、热衷于道听途说的人,都吃惊地奔走相告。大凡提着细绳钓竿,跑到小渠边,守候着小鱼的人,他们想要钓到大鱼是极难的。那些靠修饰浅薄琐屑之言来谋求崇高美好声誉的人,他们距离大道也是很远的。因此,不曾领略过任公子风度气概的人,也就远不能从容应付世事了。

【注释】

① 任公子:任国的公子。缁(zī):黑绳。　② 犗(jiè):犍牛,阉割过的牛。　③ 会稽:山名,在今浙江绍兴境内。　④ 期(jī)年:一年。　⑤ "牵巨钩"三句:牵,拖。䧟(xiàn),通"陷"。骛(wù)扬,迅疾浮游。鬐,通"鳍"。奋鬐(qí),扬鳍。意为鱼在吞饵时,嘴被巨钩挂住,故只能拖着鱼钩,上下翻腾。　⑥ 侔(móu):齐等。　⑦ 惮赫:惊恐。⑧ 若:此。　⑨ 离:剖。腊(xī):晾干。　⑩ 制河:浙江。　⑪ 苍梧:山名,或以为即九嶷山,在今湖南宁远县南。　⑫ 厌:通"餍",足,饱食。　⑬ 后世:后来。辁(quán)才:浅薄之才。讽说:传说,道听途说。　⑭ 揭:举。累:细绳。　⑮ 趣:通"趋",奔赴。　⑯ 鲵(ní)鲋:泛指小鱼。　⑰ 小说:浅薄琐屑的言论。干:求。县:通"悬",高。令:美,善。县令:崇高美妙的声誉。　⑱ 大达:大道。　⑲ 风俗:风度,气概。　⑳ 经:处理。

【评析】

本章篇幅不长,却意蕴丰富。大致有如下数端:

其一,任公子为钓到大鱼,花了大代价,作了周密的准备,"旦旦而钓",却是"期年不得鱼"。忽然之间竟又钓到了大鱼。而别人同样在钓,却难得大鱼。可见天下之事原本是没有定准的。

其二,任公子钓鱼之初志在必得,却反而不得鱼。此后改变了态度,只是随顺自然,最终大鱼自己上了钩。说明不计功利、忘怀得失、一切顺其自然者方能求得大道。正如《知北游》中所说"无思无虑始知道",而有心求道者,反不得道。

其三,任公子是以大钩巨绳为渔具、以五十头牛为鱼饵,花了一年多的时间才钓到大鱼的。而那些提着细绳钓竿者,当然只能获得小鱼。可见只有具备大气魄者才能得大道,而那些"饰小说以干县令"

者,出于狭隘的功利目的,孜孜以求道,则反离大道益远,因而身处俗世而无法从容应接。郭象释此章云:"此言志趣不同,故经世之宜,小大各有所适也。"意为任公子之得大鱼和他钓者之得小鱼是各适其性。郭象在《逍遥游》中评大鹏之飞与蜩、鷽鸠、斥鷃之飞也是持这样的观点。然而,在《庄子》一书中,一方面认为"道通为一"(《齐物论》),从道的高度去看,万物是无本质差别的;另一方面又承认事物之间的区别,即所谓"万物殊理"(《则阳》),尽管区别是相对的。细玩本章行文的口气,尤其是文末"饰小说"等四句话的意思,足见作者在感情上明显偏向于任公子,而并非无所褒贬。

其四、从文中"饰小说以干县令,其于大达亦远矣"这两句话来看,似乎还对战国诸子骋辞天下、以辩说争胜的风气表示了不满。

之所以短短一段文字中包含着多重意思,原因是本章在表述上的闪烁游移,致使每种意思都能从中找到根据。

儒以诗礼发冢①。大儒胪传曰②:"东方作矣③,事之何若④?"小儒曰:"未解裙襦⑤,口中有珠。""《诗》固有之曰:'青青之麦,生于陵陂。生不布施,死何含珠为⑥!'接其鬓⑦,压其顪⑧,儒以金椎控其颐⑨,徐别其颊⑩,无伤口中珠!"

【今译】

儒生借助诗礼之教来干盗墓的勾当。大胪传话说:"东方亮了,事情干得怎么样了?"小儒说:"死尸的裙袄还没有解开,他嘴里还含着珠呢。"大儒说:"古诗上原本就有这样的话:'青青的麦苗,长在山坡上。活着不肯施财物,死后何必要含珠!'抓着他的鬓发,按住他的胡须,再用金椎敲他的下巴,慢慢分开他的两颊,可不要搞坏了嘴里的珠!"

【注释】

①诗礼:诗书礼乐,系儒家标榜的教化。发冢(zhǒng):发掘坟墓。 ②胪(lú):上传语告下。胪传:传告。 ③作:起。东方作矣:东方露出曙光。 ④何若:如何。 ⑤裙:下衣。襦(rú):短袄。 ⑥"青青之麦"四句:陵陂(bēi),山坡。为(wéi),句末语助词。按,这四句诗今本《诗经》不载,当系古逸诗。 ⑦接:抓住。 ⑧压:按。颒(huì):下巴上的胡须。 ⑨儒:当系"而"字之误,连接词。椎(chuí):捶击的工具。控(qiāng):敲击。颐:下巴。 ⑩徐别:慢慢分开。

【评析】

本章通过对虚伪儒生的尖锐讽刺,说明天下万事是不可预测的。

《庄子》一书中对儒家的礼乐仁义作了多方面的抨击。从历史的角度看,庄子认为上古之世是纯朴美好的,而礼乐仁义是世风日下的产物:"夫赫胥氏之时,民居不知所为,行不知所之,含哺而熙,鼓腹而游,民能以此矣。及至圣人,屈折礼乐以匡天下之形,县跂仁义以慰天下之心,而民乃始踶跂好知,争归于利,不可止也。此亦圣人之过也。"(《马蹄》)从人性的角度看,庄子将礼乐仁义比作束缚真性的"桎梏凿枘","屈折礼乐,呴俞仁义,以慰天下之心者,此失其常然也"(《骈拇》)。从现实的角度看,庄子指出,礼乐仁义到了战国时代,已经被统治者当作愚弄百姓、窃取天下的手段和一切贪婪小人谋取私利的工具:"君虽为仁义,几且伪哉","夫仁义之行……且假乎禽贪者器"(《徐无鬼》)。本章正是在这最后一点上,作了着力的揭露。

诗礼是儒家教化的重要内容,在儒家心目中是极为严肃神圣的东西,而发冢是盗贼的行为,最见不得阳光的。然而这水火不相容的二者却在两个卑鄙儒生身上和谐并存,造成了极为强烈的讽刺效果。当人们看到大儒摇头晃脑地称引古诗来为其卑鄙勾当披上一件合法外衣时,不禁失笑喷饭。刘凤苞评论这段文字道:文中"接连用四个'儒'

字,处处使人醒眼,真有铸鼎象物之奇……庠序其躬而盗贼其行,天下更有何事不可为者?"(《南华雪心编》)确实,作者就是要从此二儒身份和行为的不协调、相矛盾中,揭露出儒家教化的虚伪和堕落。这样的揭露在当时确实有石破天惊的作用。

当初先王圣人编《诗》《书》、制礼乐、立仁义是为了"化天下",然而发展到后来,这些东西却成了戕害真性的刽子手、肮脏行为的遮羞布,这是先王圣人所始料不及的,岂非又成了"外物不可必"的绝妙注脚!

老莱子之弟子出薪①,遇仲尼,反以告,曰:"有人于彼,修上而趋下②,末偻而后耳③,视若营四海④,不知其谁氏之子⑤。"老莱子曰:"是丘也。召而来⑥。"仲尼至。曰:"丘!去汝躬矜与汝容知⑦,斯为君子矣。"仲尼揖而退,蹙然改容而问曰⑧:"业可得进乎?"老莱子曰:"夫不忍一世之伤而骜万世之患⑨,抑固窭邪⑩,亡其略弗及邪⑪?惠以欢为骜⑫,终身之丑⑬,中民之行进焉耳⑭,相引以名,相结以隐⑮。与其誉尧而非桀,不如两忘而闭其所誉⑯。反无非伤也,动无非邪也。圣人踌躇以兴事⑰,以每成功。奈何哉其载焉终矜尔⑱!"

【今译】
　　老莱子的弟子外出打柴,遇见孔子,回去把这事告诉了老师,说:"有个人在那里,上身长而下身短,背脊弯曲而耳朵贴近脑后,周视四方似乎有经营天下之志。不知他是什么人。"老莱子说:"这人是孔丘。去把他叫来。"孔丘来了。老莱子说:"孔丘!只有去掉你身上的骄矜之气和你脸上的聪明之相,才能成为圣人。"孔丘作了揖,然后退下,惶恐得变了脸色,并问道:"我的德业能否再有进展呢?"老莱子说:"那不忍心受害一世却不顾及遭难万世的人,究竟是本来就浅薄无知呢,还是他的智谋不足呢？施惠于人而获取别人欢心并以此为骄傲，这是应当终身引以为羞的行为，庸人的行为只不过进到这个层次而已，他们以名声相招引，以私利相结交。与其赞誉尧而责备桀，不如二者皆忘而停止一切赞誉和责备。违背物情的无不招致伤害，轻举妄动的无不流于邪僻。圣人不得已而行事，因而常常取得成功。为什么要坚持推行你的这一套并始终引以为骄傲呢？"

【注释】

①老莱子：春秋时楚国隐士。薪：这里用作动词，打柴。 ②修上：上身长。趎(cù)：矮，短。 ③末：背脊。偻(lǚ)：弯曲。后耳：耳朵贴近脑后。 ④四海：天下。 ⑤谁氏：何人。 ⑥而：他。 ⑦躬：身。矜：骄矜，骄傲。容知：脸上的聪明相。 ⑧蹙(cù)然：局促不安的样子。 ⑨謷(áo)：傲然不恤。 ⑩婪(jù)：鄙陋，浅薄。 ⑪亡(wú)其：选择连词，抑或，还是。弗及：比不上。 ⑫惠：施加恩惠。 ⑬丑：羞耻。 ⑭中民：平庸之人。焉：兼词，于是，到此。 ⑮隐：私。 ⑯闭：停止。"所"字后当脱"非"字。 ⑰踌躇：徘徊不进，这里有不得已的意思。 ⑱载：行，施行。

【评析】

本章假托老莱子要孔子去除有为之心一事，以继续阐述"外物不可必"的思想。

胡远濬《庄子诠诂》概括本章的主旨曰："必外物者中必有载，矜去则载去。"此处的二"载"字都解释为事情，与文中"载"字的意义有所不同，但都有"有为"的意思。胡氏认为，执着于外物者，心中必怀世事，要忘却世事就必须去掉骄矜之心。这个解释把握文意颇准。

在儒家看来，孔子的"视若营四海"体现了以天下为己任的崇高使命感和奋发有为的积极人生观，值得大大推崇。但在满脑子道家思想的老莱子看来，孔子是以有志于治天下而自负，故面有骄色。因此，他让弟子把孔子召来教训了一大通。指出孔子"营四海"的实质和后果是"不忍一世之伤而骛万世之患"。成玄英解释这一点道:"夫圣智仁义,救一时之伤;后执为奸,成万世之祸。"意思是孔子以仁义治世,虽可救得一时之害。但后世之人凭藉仁义矫情行奸,致使伪风大盛,真性大坏,适足贻万世之患,故实不足取。并且,孔子还因这种施惠于一时的行为而骄傲,这就更是把自己降到"中民"的层次了。要进德修业,成为君子,就必须忘善恶,遣毁誉,循自然,不妄动。老莱子特别要求孔子必须去掉骄矜之色,他在这番话的首尾均提到这一点。因为去骄则无心,无心则无为。即使行事,也是出于不得已,所以仍是无心而为,真性丝毫无损,这也就是《在宥》中所说的:"故君子不得已而临莅天下,莫若无为。无为也,而后安其性命之情。"

于是就出现了如下奇特的现象:举世公认为圣人的孔子,却成了目光短浅的沽名钓誉之徒,一无所思、一事不干的人倒成了君子;孔子将仁义看作救世的良药,可仁义却成了后世一切奸伪的渊薮;殚精竭虑要救一世之伤的仁人,却成了贻万世之患的罪魁祸首,而那些"不得已而后应"者,却"每成功"。这岂非又应了"外物不可必"的话!

宋元君夜半而梦人被发窥阿门①,曰:"予自宰路之渊②,予为清江使河伯之所③,渔者余且得予④。"元君觉,使人占之,曰:"此神龟也。"君曰:"渔者有余且乎?"左右曰:"有。"君曰:"令余且会朝⑤。"明日,余且朝。君曰:"渔何得?"对曰:"且之网得白龟焉,其圆五尺⑥。"君曰:"献若之龟。"龟至,君再欲杀之,再欲活之,心疑,卜之,曰:"杀龟以卜吉。"乃刳龟⑦,七十二钻而无遗策⑧。仲尼曰:"神龟能见梦于元君⑨,而不能避余且之网;知能七十二钻而无遗策,不能避刳肠之患⑩。如是,则知有所困,神有所不及也。虽有至知,万人谋之。鱼不畏网而畏鹈鹕⑪。去小知而大知明⑫,去善而自善矣。婴儿生无石师而能言⑬,与能言者处也。"

【今译】

宋元君半夜梦见有人披头散发在边门窥伺,说道:"我来自宰路潭,我替清江之神出使到河伯那里,渔夫余且把我捕获了。"宋元君醒来,让人就这事占卜,结果说:"这是一只神龟。"宋元君问:"打鱼人中有一个叫余且的吗?"左右之人说:"有的。"宋元君说:"让他到朝廷上来。"第二天,余且来朝见。宋元君问:"你打鱼捕获到了什么?"余且回答道:"我的网捕到了一只大白龟,它的直径有五尺。"宋元君说:"把你的白龟献来。"白龟献到后,宋元君既想杀它,又想让它活下去,心中犹豫不决,因而就此占卜,结果说:"杀掉白龟用来占卜就会大吉。"于是剖杀了白龟,用龟板占卜七十二次而无一失算。孔子说:"神龟能托梦给宋元君,却不能躲避余且的网;它的智慧能达到占卜七十二次而无一失算,却不能躲避被剖腹挖肠的祸患。如此说来,智慧总是有局限的,神灵也有考虑不到之处。即使某人有最高的智慧,也敌不过万人的智谋。鱼儿不怕网却怕鹈鹕(这就是小智慧),因而只有去掉小智慧,大智慧才能显示,去掉有意为善之心则自能达到真善的境界。婴儿出生后没有博学的老师却能自己讲话,这是因为他和会讲话的人在一起的缘故。"

【注释】

① 宋元君:即宋元公,宋国国君,名佐,平公之子。被:通"披"。窥:窥伺,暗中观察。阿(ē)门:旁门。 ② 宰路:渊名。渊:深水潭。 ③ 清江:江名,或以为即扬子江。河伯:黄河之神。 ④ 余且:捕鱼人名。 ⑤ 会朝:赴朝。 ⑥ 圆:通"运",直径。 ⑦ 刳(kū):剖开。 ⑧ 钻:占卜时在龟甲上钻孔而烧灼之,依据裂纹以预测吉凶,一卜钻一孔。这里就是占卜的意思。策:计算。遗策:失策,失算。 ⑨ 见:通"现",显现。见梦:显梦,托梦。 ⑩ 刳肠:挖出肠子。 ⑪ "鱼不

畏网而畏鹈鹕"句:鹈(tí)鹕(hú),水鸟名,善于捕鱼。意为在捕鱼方面,网的威力比鹈鹕大得多,但鱼却怕鹈鹕而不怕网,即只知避小害而不知避大害,以此比喻下句中的"小知"。　⑫ 小知:世俗之智。大知:体悟大道,纯任自然者。　⑬ 石师:硕师,大师,学问渊博之人。

【评析】
本章从去"小知"的角度谈"外物不可必"。

文中的神龟"能见梦于元君,而不能避余且之网;知能七十二钻而无遗筴,不能避剖肠之患",这就是"小知"。"小知"的可悲处在于专恃一己私智来判断世俗的所谓荣辱是非、利弊得失,并在确认后,予以执着的追求。而这样做非常危险,因为世俗外物并无定准,这也是自然而然的。不懂得这个道理,凭着小聪明一意孤行,就是违背自然。于是"知有所困,神有所不及"的情况经常会发生,倚仗"小知"而伤身毁性者也就在所难免。就好像那神龟,满以为托梦给宋元君就能得到其保护,可以从余且的网中脱身。却没有想到,反而落得个被剖腹挖肠的更惨下场。

有鉴于此,故作者借孔子之口提出了"去小知而大知明"的观点。为什么这样说呢？郭象解释道,因为"小知自私,大知任物"。所谓"去小知",照林云铭的说法就是"去其私见,无情顺应"(《庄子因》)。所谓"大知",胡远濬解释道:"能不用知,而任万物之自善,则知道矣。是之谓大知。"(《庄子诠诂》)可见"大知"就是"不用知"。因此,所谓的"去小知而大知明",实际上就是要弃绝任何智慧,一切付诸自然,从而达到"不用知"的"大知"境界。到了这个境界,也就能"与道徘徊"(《盗跖》)而超脱于生死之外了。因为正如前面一再说过,按庄子的看法,道是不能凭世俗智慧所体悟得到的。

"去小知"的关键在于不执着外物,所以胡远濬说本章的主旨是"必外物者必见困,小知去则困去"(同上)。

惠子谓庄子曰:"子言无用。"庄子曰:"知无用而始可与言用矣①。天地非不广且大也②,人之所用容足耳。然则厕足而垫之致黄泉③,人尚有用乎?"惠子曰:"无用。"庄子曰:"然则无用之为用也亦明矣④。"

【今译】

惠子对庄子说:"你的话是没有用处的。"

庄子说:"懂得没用才能跟你谈有用。那地并非不广大,但人所用到的只是能容双脚的地方而已。那么,把除了脚站的那一块之外的地全部挖掉,一直挖到黄泉,大地对人还有用吗?"惠子答道:"没用。"庄子说:"那么没用的用处也就很明显了。"

【注释】

① 始:才。　② 天:系"夫"字之误。　③ 厕足:置足,立足。垫:掘;一作"堑",义同。致:到。黄泉:地下水,因其色黄,故云。　④ "然则无用之为用也亦明矣"句:意为把脚所踩之外的地全部掘掉,则被掘后的地看似对人无用,但正如《徐无鬼》中所说:"故足之于地也践,虽践,恃其所不蹍而后善博也。"地被掘则无以致远。正是从这被掘后的"无用"中体现了它的"用"。这两句一正一反,都说明以无用为用的道理。

【评析】

本章系由"无用之用"来证明"外物不可必"。

惠子批评庄子之言"无用",庄子的回答是:"知无用而始可与言用矣。"因为在庄子看来,所谓有用无用本是相对而言、相互依存的。地之于人,看似有用者仅容足的那一小块而已,余皆无用。但如果将这些容足之外的土地尽数铲去,直至黄泉,其结果就会如成玄英所说"人则战栗不得行动"了。可见这看似无用者,其实也有用,有了它,就不会有如临深渊的恐惧了。更何况如《徐无鬼》中所说,人还能靠着它一步步地走向远方了。庄子之言也是如此。表面看来，全是"谬悠之说，荒唐之言，无端崖之辞"(《天下》)，很少有正经话。要靠它来经世济民、发财致富，或为圣为贤，当然是一无用处。然而，庄子对世界本体的真正哲学意义上的探索，在那个时代独一无二；他主张凡事须顺应自然，面对纷繁复杂的客观世界要保持真性；他向人们展示了虚静纯明、一无所待的绝对自由的精神境界；他向人们提供了无心无为、无可无不可、敛迹自晦等修养方法和处世手段。这一切虽不能说都对，但却充分体现了一位哲人的绝顶智慧，从而给后人以无穷的启迪，这也就是其言之大用。

《庄子》一书中多处讨论到"无用之用"的问题：在惠子看来大而无当的葫芦，庄子却认为正可"虑以为大尊；而浮游于江湖"(《逍遥游》)；那"大本拥肿而不中绳墨""小枝卷曲而不中规矩"，因而"匠者不顾"的大树，庄子却认为，正因其无用，所以能免受斤斧之苦，无所可用，也就无所困苦了(同上)。相反，看似有用者，却反遭残害，如《逍遥游》中的狸狌。庄子在《人间世》中更对这个问题作了较集中的论述，并意味深长地指出："人皆知有用之用，而莫知无用之用也。"从书中所举一系列例子来看，"无用"的最大用处是使这个"无用"之物因其无用而得以自保。

"无用之用"的道理实际上告诉我们，在认识判断外物"有用"或"无用"的问题上也不能"必"。胡远濬对这一点看得很清楚，所以他说："无用之用，不必外物也。"(《庄子诠诂》)

庄子曰："人有能游①，且得不游乎②？人而不能游③，且得游乎？夫流遁之志④，决绝之行⑤，噫，其非至知厚德之任与⑥！覆坠而不反⑦，火驰而不顾⑧，虽相与为君臣，时也，易世而无以相贱⑨。故曰至人不留行焉⑩。夫尊古而卑今，学者之流也⑪。且以狶韦氏之流观今之世⑫，夫孰能不波⑬？唯至人乃能游于世而不僻⑭，顺人而不失己。彼教不学，承意不彼⑮。

“目彻为明⑯，耳彻为聪，鼻彻为颤⑰，口彻为甘⑱，心彻为知，知彻为德。凡道不欲壅⑲，壅则哽⑳，哽而不止则跈㉑，跈则众害生㉒。物之有知者恃息㉓，其不殷㉔，非天之罪。天之穿之㉕，日夜无降㉖，人则顾塞其窦㉗。胞有重阆㉘，心有天游。室无空虚，则妇姑勃谿㉙；心无天游，则六凿相攘㉚。大林丘山之善于人也㉛，亦神者不胜㉜。

“德溢乎名㉝，名溢乎暴㉞，谋稽乎誸㉟，知出乎争，柴生乎守㊱，官事果乎众宜㊲。春雨日时，草木怒生，铫鎒于是乎始修，草木之到植者过半而不知其然㊳。

“静然可以补病㊴，眦𡟰可以休老㊵，宁可以止遽㊶。虽然，若是劳者之务也，非佚者之所未尝过而问焉㊷。圣人之所以駴天下㊸，神人未尝过而问焉；贤人所以駴世，圣人未尝过而问焉；君子所以駴国，贤人未尝过而问焉；小人所以合时㊹，君子未尝过而问焉。

“演门有亲死者㊺，以善毁爵为官师㊻，其党人毁而死者半㊼。尧与许由天下㊽，许由逃之。汤与务光㊾，务光怒之。纪他闻之㊿，帅弟子而踆于窾水(51)，诸侯吊之(52)。三年，申徒狄因以踣河(53)。荃者所以在鱼(54)，得鱼而忘荃；蹄者所以在兔(55)，得兔而忘蹄；言者所以在意，得意而忘言。吾安得夫忘言之人而与之言哉！”

【今译】

庄子说：“人如果能悠游自适，那么到哪里不是悠游自适呢？人如果不能悠游自适，那么到哪里是悠游自适呢？那放纵淫逸的欲望，决然断绝的行为,唉,恐怕不是具备最高智慧和淳厚德性的人的作为吧。面临覆灭却不后悔,(顺着邪路)飞奔而不回头,他们不知道虽然人在一起有君臣之分,但这是时势所致,世道一变也就无从相互鄙视了。所以至人是不执着于一种行为的。那尊崇古代而鄙薄当今的是不知世变的腐儒作风。姑且依狶韦氏时代的风气来看当今之世,谁又能不感到当今的偏颇?只有至人才能遨游于俗世而不流于邪僻,顺应人情而不丧失天性。那世俗之教当然不屑去学,但表面上应稍顺其意而不去明确地拒绝它。

眼睛通彻叫作明,耳朵通彻叫作聪,鼻子通彻叫作颤,口舌通彻叫作甘,心灵通彻叫作智,智慧通彻叫作德。凡路都不能堵塞,堵塞了就会受阻,受阻不止就会相抵触,相抵触的结果各种祸害就会产生。物类有知觉靠的是气息,它们的气息不旺盛,不是自然的罪过。自然使气息在体内运行,日夜不停,人们却反而堵塞了自己的孔窍。胸腹腔中有许多空旷处(才能使气息贯通),心灵虚空才能无拘无束地遨游于自然之中。居室不宽畅,婆媳间就会发生争斗;心灵不能游于自然,七窍就会相互干扰。茂密的山林之所以被人们所喜好,是因为人的心神无法忍受尘嚣的干扰。

道德的败坏在于追求名声,名声的败坏在于显露自己,计谋在急难中得到检验,才智在争斗中得以产生,心灵的闭塞起源于固执,公事的成功在于符合众人的心愿。春雨及时降临,草木蓬勃生长,人们于是开始整修锄草农具,但锄草过半还是不明白所以要这样做的道理。

宁静沉默可以养病,按摩眼角可以防老,心境安定可以止躁。虽说如此,但像以上这几件是劳碌的人所干的事,而闲逸的人是不会去过问的。圣人所用来震惊天下的策略,神人从不过问;贤人所用来震惊一世的策略,圣人从不过问;君子所用来震惊一国的策略,贤人从不过问;小人所用来苟合一时的伎俩,君子从不过问。

宋国演门有一个死了父母的人,由于发自内心的哀痛而使自己的形体憔悴不堪,他因此被封为官师。他的同乡群起而效之,因哀毁而死的竟有一半人。尧要把天下让给许由,许由逃走了;汤要把天下让给务光,务光发脾气了。纪他听说了这事,带着弟子隐退在窾水边,诸侯因此纷纷去慰问他。过了三年,申徒狄因仰慕纪他的高名而投河自尽。鱼筌的用途在于捕鱼,捕到了鱼就要忘掉鱼筌;兔网的用途在于抓兔,抓获了兔就要忘掉兔网;语言的用途在于表达意思,领会了意思就要忘掉语言。我怎么才能找到(领会大道的旨趣而)忘掉语言的人,并和他交谈呢?"

【注释】

① 有:如。游:悠游自适。 ② 且:其。 ③ 而:如。 ④ 流遁:放纵淫逸。 ⑤ 决绝:决然断绝。 ⑥ 任:为。 ⑦ 覆坠:从高处倒栽下来,这里是覆灭的意思。 ⑧ 火驰:火速奔驰。 ⑨ "虽相与为君臣"三句:相贱,相鄙视。意为虽然人与人相处,有人为君,有人为臣,但这是时势造成的,时势一变则先前的君臣关系会随之而变,并无固定不变的君臣贵贱之分,所以不必因一时之贵而鄙视别人。这里是批评以上"流遁""决绝"的偏激人生态度。 ⑩ 留:执着。不留行:不执着于某一行为。 ⑪ 学者:这里是指不知世变的读书人。 ⑫ 狶韦氏:传说中的远古帝王。见《大宗师》注。流:风气。 ⑬ 波:通"颇",偏颇。 ⑭ 僻:偏差。 ⑮ 不彼:不严格区分彼我是非。 ⑯ 彻:通。 ⑰ 颤(shān):嗅觉灵敏。 ⑱ 甘:味觉灵敏。 ⑲ 壅(yōng):堵塞。 ⑳ 哽:哽噎不通。 ㉑ 跈(jiàn):通"抮",乖戾,相违拗,相抵触。 ㉒ 生:起,发生。 ㉓ 息:气息。 ㉔ 殷:盛。 ㉕ 穿:通。 ㉖ 降(jiàng):止。 ㉗ 顾:反。窦:孔窍。 ㉘ 胞:胎衣。这里当指胸腹腔。重(chóng):多。阆(làng):空旷。 ㉙ 妇:儿媳。姑:婆婆。勃谿(xī):争斗。 ㉚ 凿:孔窍。六凿:犹七窍。攘:干扰,排斥。 ㉛ 丘山:山林。善:喜好。 ㉜ 不胜:无法忍受。 ㉝ 溢:与《人间世》"德荡乎名"之"荡"同义,毁坏,败坏。 ㉞ 暴(pù):显露,表露。 ㉟ 稽:考核,查考。諰(xǐ):急。 ㊱ 柴(zhài):闭塞。守:固执。 ㊲ 果:成功。 ㊳ "春雨日时"四句:日,当系"曰"之误。曰,助词。时:及时,适时。怒生,蓬勃生长。铫(yáo),大锄。鎒(nòu),一种短

柄锄草农具。到,通“倒”。到植,被锄而倒伏在地。意为人们在春雨降临,草木怒生的季节,纷纷整修农具以锄草,但直至锄草过半,却仍不明白为什么在草木欣欣向荣之时却要去窒息其中一部分的生命,可见上述行为是不自觉的。但这不自觉恰恰体现了顺应天时、无所容心的态度,一切正是在无为无心中被安排得井井有条。 ㊴ 静然:静默。补病:养病。 ㊵ 眦(zì):眼角。㶊(miè):通“搣”,按摩。休:止。 ㊶ 遽:急躁。 ㊷ 非:此字当删。 ㊸ 駴:同“骇”,惊。 ㊹ 合时:苟合一时。 ㊺ 演门:宋城门名。 ㊻ 毁:哀毁,指居丧时因悲伤过度而损害健康。善毁:出于内心之哀而使自己的形体憔悴。爵:赐予官爵。官师:官名。 ㊼ 党:乡党,古代以五百家为党。党人:同一乡里之人。 ㊽ 许由:见《逍遥游》《徐无鬼》等篇。 ㊾ 务光:见《大宗师》。 ㊿ 纪他(tuó):殷商时隐士。听说汤要让天下给务光,恐累及自己,因率弟子隐于窾水之旁。参见《大宗师》。 (51) 帅:通“率”,率领。踆(qūn):通“逡”,退。窾(kuǎn)水:水名。 (52) 吊:慰问。 (53) 申徒狄:姓申徒,名狄,殷商时隐士。因慕纪他高名,遂自溺而死。参见《大宗师》。踣(bó)河:投河自杀。 (54) 荃(quán):通“筌”,竹制的捕鱼器,又叫鱼笱。 (55) 蹄:捕兔的网。

【评析】

本章宗旨如胡远濬所说,系“申发篇首之义,以见游世者不肯取必外物以伤其生”(《庄子诠诂》)。旧注多分为数章,胡氏则以为“当通为一章”(同上),甚妥,因从之。

作者首先标举出两种人,一种“能游”者,即“至人”,他们不固执其行,“能游于世而不僻,顺人而不失己。彼教不学,承意不彼”,和光同尘而不执着于世俗的古今、贵贱、是非之争,但又保持着自己的真性,所以能畅游六合,无往不适,也就是胡远濬所说:“不必外物者方能游世。”(同上)一种是“不能游”者,即持“流遁之志、决绝之行”的人,他们是“覆坠而不反,火驰而不顾”,尊古卑今,不知世变,为物所役,所以寸步难行。

接着指出,要做到不必外物,必须保持内心的虚通,从而使其不受阻碍地畅游于自然之中。为此,要防止物欲缠缚堵塞心灵,不以世事为意。为而不知其然,一切发乎真性,犹演门孝子之哀亲丧,许由、务光之逃天下。而演门党人、纪他、申徒狄之流纷纷效法,甚或以身相殉,然勉强仿效,已是落下形迹,不免成为笑柄,这也就是必外物的结果。因此胡远濬一针见血地指出:"物不能相必,故能游者与勉者,已不可同日而语。彼不自得之学,不尤足为累乎?"(同上)

由此,作者最后论述了"言"与"意"的关系,联系上文,意为"外物不可必"的真谛(意)是难以用语言文字所能表达清楚的,只有靠自己的虚心体会。

关于语言和思想情感的关系,先秦儒家都认为辞能达意,如孔子说"辞达而已矣"(《论语·卫灵公》),"言以足志,文以足言"(《左传·襄公二十五年》)。确实,语言文字在表达科学范畴、定义和一般较显豁的情志时,是能"尽"的。庄子及其后学则揭示了言和意之间的矛盾,即语言在表达思想时的局限性,认为"言不尽意"。而言之所以不能尽意的根本原因是其不能充分表达道:"语之所贵者意也。意有所随。意之所随者,不可以言传也"(《天道》),"可以言论者,物之粗也;可以意致者,物之精也。言之所不能论,意之所不能察致者,不期精粗焉"(《秋水》)。正因如此,故言当"休乎知之所不知"(《徐无鬼》)。既然连意都不能"察致",则言更是无能为力了。另一方面,庄子们又认为,言虽不足以传道,也不能尽意。但它同时又是意的物质载体和"得意"的工具,"言者所以在意,得意而忘言"正说明了这一点。任何思想都是通过语言文字才得以体现,但语言文字却往往又不能完美地表达思想。为了克服这一矛盾,作者提出了"忘言"的办法:言者在力求使言准确完美地表达意的同时,又须在言所不及处适可而止。听者观者则应依据言所提供的范围和途径逐步地接近和了解意,但又不能拘泥于言之表面。等接触到意的精奥处,则要摆脱言的局限,去作细致入微的体察,最后达到"得意"的目的。"得意忘言"与"言不尽意"这两个命题是密切相关的,正因为言不能尽意,故在循着言的指点而走上"得意"之路后,最终必须"忘言"。可见,言虽不能传道,但在一定程度上能达意。

"言不及意""得意忘言"的思想对后世影响极大。在哲学上,它开了魏晋玄学中"言意之辨"的先河。在文学上,庄子所揭示的言与意的矛盾,道出了千古文人的共同苦恼:"恒患意不称物,文不逮意"(陆机《文赋》),"言不尽意,圣人所难"(《文心雕龙·神思》)。更启发和激励着他们去努力地弥合言意之间的距离。在理论上,文论家们主张文艺作品应做到意余言外,如:钟嵘的"文已尽而意有余"(《诗品序》),刘勰《文心雕龙·定势》所引刘桢的"词已尽而势有余",司空图的"韵外之致""味外之旨"(《答李生论诗书》),梅尧臣的"含不尽之意,见于言外"(欧阳修《六一诗话》引),严羽的"言有尽而意无穷"(《沧浪诗话·诗辨》)等。创作方面,作家们在风格的含蓄隽永上不遗余力,力求使有限的语言包含尽可能多的意蕴,如阮籍《咏怀诗》便具有"言在耳目之中,情寄八荒之表"(《诗品》)的特点。王夫之讲得更惬人意,称其中《夜中不能寐》一首"以浅求之,若一无所怀,而字后言前,眉端吻外,有无尽藏之怀,令人循声测影而得之"(《古诗评选》卷四)。嵇康《赠秀才入军(其十四)》有云:"目送归鸿,手挥五弦。俯仰自得,游心太玄。嘉彼钓叟,得鱼忘筌。"目送归鸿,却手挥五弦;手挥五弦,却心不在焉。这种不泥不滞、俯仰自得的得道境界,一个被言筌所困的作家是决写不出的。陶渊明《饮酒》诗中曰:"采菊东篱下,悠然见南山。山气日夕佳,飞鸟相与还。此中有真意,欲辨已忘言。"悠然采菊而见南山,显示了人与自然的高度契合;优美简淡的画面背后,涌动着宇宙大化无限的生机。而此中的"真意"却是言辞所不能叙说,也毋须叙说。张孝祥《念奴娇·过洞庭湖》词亦云:"悠悠心会,妙处难与君说。"而读者即能循着作品所提供的规定情境,透过一层,去探求领略其所言之意,从而进入审美的境界。

寓言第二十七

【解题】

本篇首章即标举寓言、重言、卮言三种基本表达方式,并详加诠释以明《庄子》一书之体例,故前人多以为其系全书序例。但也有人认为,所谓序例乃专就首章而言,"以统篇言,作全书序例观,未免失之矣"(钟泰《庄子发微》)。首章的序例特征固极为鲜明,然以下五章都是假托他人之言以说明道理,具有"三言"的性质,不妨视为作者在对"三言"作了理论上的解释后,又示以实例,作进一步的说明。

因"三言"都具有虚构寄寓的特点,故人们便统称为"寓言"。这样,以"寓言"二字命篇就有概括全文的意思了。联系庄子及其后学的思想,"三言"不仅是写作手法,更是明道的工具,尽管道无法完全明白地说出,但一定的"言筌"也是必须的。以下五章正是从不同的角度来说明悟道的途径。

寓言十九①,重言十七②,卮言日出③,和以天倪④。

寓言十九,藉外论之⑤。亲父不为其子媒。亲父誉之,不若非其父者也⑥;非吾罪也,人之罪也⑦。与己同则应,不与己同则反;同于己为是之,异于己为非之。

重言十七,所以已言也⑧,是为耆艾⑨。年先矣⑩,而无经纬本末以期年耆者⑪,是非先也⑫。人而无以先人,无人道也;人而无人道,是之谓陈人⑬。

卮言日出,和以天倪,因以曼衍⑭,所以穷年。不言则齐⑮,齐与言不齐,言与齐不齐也⑯,故曰言无言⑰。言无言,终身言,未尝言⑱;终身不言,未尝不言⑲。有自也而可⑳,有自也而不可;有自也而然㉑,有自也而不然。恶乎然?然于然。恶乎不然?不然于不然。恶乎可?可于可。恶乎不可?不可于不可。物固有所然,物固有所可,无物不然,无物不可㉒。非卮言日出,和以天倪,孰得其久㉓!万物皆种也㉔,以不同形相禅㉕,始卒若环㉖,莫得其伦㉗,是谓天均。天均者天倪也㉘。

【今译】

　　(我的书中)寓言占了十分之九,重言占了十分之七,卮言则层出不穷,并同自然的分际相符合。

　　寓言占十分之九,这是借着他事他物来发表言论。(这就好像)生身父亲不替儿子做媒。因为父亲称赞儿子,不如别人的称赞真实可信。这不是做父亲的过错,而是世人的过错。世俗之人,跟自己看法相同的就应和,不同的就反对;跟自己一致的就认为对,不一致的就认为错。

　　重言占十分之七,这是用来制止世人无谓的争论,因为这些重言都是长者的话。(但有些人)年纪虽大,却不能以深通物理的造诣来同他的高寿相称,这种人就不能在道德上超过别人。作为一个人,却没有超过别人的地方,就不能尽其为人之道;一个人却不能尽其为人之道,这种人就叫作老朽。

　　卮言层出不穷,并同自然的分际相符合,因而以此来随物推移,游衍自得,并尽其天年。不发表主观意见则物理自然齐一,物理的齐一与发表己见是不能保持齐一的,既然发表己见与物理的齐一不能保持齐一,还不如讲一些不含己见的话。这样的话即使说上一辈子,也等于没说;(但从另一方面去看)一辈子不说,也未必没有发表己见。人总是有了缘由才表示认可或不认可、肯定或否定的。怎么决定肯定或否定、认可或不认可呢?之所以肯定或否定,在于其本来就应该肯定或否定;之所以认可或不认可,在于其本来就应该认可或不认可。万物原本就有其所应该肯定、认可之处,没有一件外物不具有应该肯定或认可之处。如果不是卮言层出不穷,同自然的分际相符合,怎能传之久远!万物都有其共同的本原,只是以不同的形态相更替传承,首尾相接,犹如圆环,无法找到其端绪,这叫做自然造化。所谓自然造化也就是自然的分际。

【注释】

① 寓:寄托。寓言:寄托之言。十九:十分之九。 ② 重(zhòng)言:受世人尊重者的话。 ③ 卮(zhī)言:俯仰随物的无心之言。日出:天天出现。 ④ 和:符合。以:于。天倪:自然的分际。 ⑤ 藉(jiè):通"借"。外:他事他物。郭象注:"言出于己,俗多不受,故借外耳。" ⑥ "亲父不为其子媒"三句:意为父亲之所以不替儿子做媒,是因为有了这一层父子关系,人们便会对父亲介绍自己儿子的可信度有所怀疑。而让不是做父亲的来介绍,反而更能使人相信。这是说明为什么要大量用寓言。 ⑦ "非吾罪也"二句:吾,指父亲。意为父亲介绍自己儿子的可信度之所以受人怀疑,完全是世人的偏听偏信所致。 ⑧ 已:止。 ⑨ 耆艾:老年人。 ⑩ 年先:年长。 ⑪ 经纬:原指织物的纵横纹理,此处泛指事物的自然之理。本末:事物的始末原委。经纬本末:对事物之理的深刻体察。期:合。年耆:年老。 ⑫ 先:超过。 ⑬ 陈人:老朽。 ⑭ "因以曼衍"句:曼衍,随物推移,游衍自得。意为随自然的变化而变化。按,"和以"三句已见《齐物论》。 ⑮ "不言则齐"句:不言,不发表主观意见。齐,齐一。意为不抒己见,则物理自然齐一。 ⑯ "齐与言不齐"二句:意为人的主观意见各不相同,而客观物理则是齐一的,所以二者之间也不能齐一。 ⑰ 无言:不包含主观意见的话。按,此句"无言"上原缺"言"字,依王孝鱼校记据高山寺本补。 ⑱ 原本"言"上有"不"字,不合文意,据马

叙伦《庄子义证》、王叔岷《庄子校诠》删。　⑲ "终身不言"二句：意为如果参透了物理，即使终身不发表主观意见也未尝不是在发表意见。因为这"不言"正表明了对物理的承认和顺应。　⑳ 自：由来，缘由。可：认可。　㉑ 然：认为正确，肯定。　㉒ "恶乎然"以下十二句，见于《齐物论》，唯文字稍异。　㉓ "非卮言日出"三句：意为卮言随顺物理，合乎自然，而不偏执于固定不变的是非标准，故能传之久远。　㉔ 种：植物的种子。引申为产生万物的本原。　㉕ 禅（shàn）：替代，传承。　㉖ 卒：终。　㉗ 伦：端绪。　㉘ 天均：《齐物论》《庚桑楚》并作"天钧"，自然造化。

【评析】

本章谈全书体例。

寓言、重言、卮言既是《庄子》一书表述思想的三种方式，而三者之间又是密切联系的。张默生《庄子新释》以为，"盖寓言之取材，皆借人类以下之生物或无生物而赋之生命者"，至于借重先哲时贤之言以寄意者当属重言。意思是寓言与重言中的形象，一为物一为人。这就将二者明确区别开来，予人启发良多。但全书的故事中，以人为中心者实不下十分之七，而以物为中心者则远不足十分之九。因此，对"寓言"又可作别一种理解：寓言和重言都有"托之空言"的表现特点，故以物为主的寓言中不妨包容以人为主的重言，这就合"寓言十九"之数。也就是说，书中凡"托之空言"的故事，无论其中角色是人是物，均可视作"寓言"，有人称之为"泛化的寓言"。司马迁《史记•老庄申韩列传》称庄子"著书十余万言，大抵率寓言也"，当也是这个意思。后世研究《庄子》一书之寓言者，也大都作此理解。另一方面，这后一层意思的"寓言"中，重言又占了绝大部分，这就又合了"重言十七"之数。同时，《庄子》中的寓言、重言又大都有随物推移、和以天倪的特点，或者说卮言往往通过寓言和重言的形式表现出来，所以从性质上看，寓言、重言又无一不是卮言。庄子主张"无言"，而又写了这洋洋十余万的精彩绝伦文字。这在别人看来是自相矛盾,但他自己却用"卮言"解决了这个矛盾:"言无言,终身言,未尝言;终身不言,未尝不言。"卮言是无主观定见而又合于物理之言,因为物理原本如此,不烦说明,故说了等于没说;不说也未必是无所表示,而恰恰是对物理的承认和顺应,故所行皆自然合于物理,具有不言而人自化的魅力,于是不说也就收到了说的功效。正如罗勉道所说:"终身不言而人自化之,则虽不言而若有以教之,是未尝不言也。"(《南华真经循本》)这也就是人们常说的,沉默也是一种表示。

借寓言以说明道理,是周秦诸子所广泛运用的表现手段,而其中《庄子》里的寓言(按,指"泛化的寓言")有着特殊的地位和成就。首先,庄子第一次标举"寓言"这一概念,并在理论上作了较具体的说明和大致明确的界定。其次,与诸子寓言相比,《庄子》中的寓言虽然也服务于说理,但因其不仅在书中所占的比重特别大,成为作者表述思想观点的主要材料依据和论证手段,有时甚至通篇或整段纯系寓言,不着议论,而将观点融化于寓言故事中。更以其奇诡的想象、过人的智慧、独特的视角、玄深的思辨、瑰异的色彩,别开出一个空灵飘逸、迷离恍惚、奇特瑰丽、深邃隽永的新境界。鲁迅在《汉文学史纲要》中称庄子"著书十余万言,大抵寓言,人物土地,皆空言无事实,而其文则汪洋辟阖,仪态万方,晚周诸子之作莫能先也",指出了《庄子》一书在散文艺术上所取得的独步晚周的成就同其对寓言的杰出运用是分不开的。由于以上两个原因,所以在使寓言摆脱议论附庸的地位而成为一种独立的文学体裁方面,庄子起着特殊的作用。此外,《庄子》中的寓言因其思想深刻、构思独特、情节生动、形象诡异,又常为后世的诗文、小说、戏曲所取材。凡此种种,足见庄子其人其书对后代的影响之大。

庄子谓惠子曰:"孔子行年六十而六十化,始时所是,卒而非之,未知今之所谓是之非五十九非也[①]。"惠子曰:

"孔子勤志服知也②。"庄子曰:"孔子谢之矣③,而其未之尝言。孔子云:'夫受才乎大本④,复灵以生⑤。鸣而当律⑥,言而当法。利义陈乎前,而好恶是非直服人之口而已矣⑦。使人乃以心服,而不敢蘁立⑧,定天下之定。'已乎已乎⑨!吾且不得及彼乎⑩!"

【今译】

庄子对惠子说:"孔子活了六十岁而六十年中其想法一直在变化,开始时所肯定的,最终却又否定了,焉知今年所谓对,就不是五十九岁时曾认为是错的。"惠子说:"这是孔子为了实现心愿而不懈努力,并充分发挥自己心智的作用。"庄子说:"孔子已经抛弃这些了,但他本人却没有说起过。孔子说:'人的才质受之于自然,必须恢复性灵而全其生理。虽说我一发声就合音律,一讲话就合礼法,但一旦利义的选择摆在面前,就要明确分辨出好坏是非,这只能服人之口而已。应当使人心服而不敢怀对立情绪,这样,自然就奠定了天下安定的局面。'罢了罢了!我还不及那孔子呢!"

【注释】

①"孔子行年六十而六十化"四句:按,《则阳》中称蘧伯玉之辞大致相同。 ②勤志:为实现心愿而努力。服知:运用心智。 ③谢:弃绝。之:指勤志服知。 ④大本:造物者,自然。 ⑤复灵:恢复性灵。 ⑥当:符合。律:音律。 ⑦直:只,仅仅。 ⑧蘁(wù):违逆,不顺从。蘁立:对立。 ⑨已:止。 ⑩彼:指孔子。

【评析】

本章假托庄子和惠子的对话表达了主张顺应自然、反对妄执是非的思想。

孔子"行年六十而六十化",随时改变着自己的所是所非。这在庄子看来是不执是非、与时俱化的大好事,是孔子的大进步。但惠子却认为这是孔子"勤志服知"的结果。可见两人的争论，实质上体现了无为与有为的对立。庄子断然否定了惠子的看法，指出孔子早已抛弃了强用心智这一套，并借孔子之口强调，既然人之才质受于自然，那么就应当复性灵、全生理。仅仅在局部言行上合于自然还不够，必须全面做到无为无言。利义当前，与其陈说好恶是非而仅能服人之口，不如保持无言，反而能服人之心，使其自化，即所谓"行不言之教"（《老子》二章）。这样，既能使本人进入到与道偕游的化境，又能使天下得以安定。

在《庄子》一书中，孔子常常是嘲讽鞭挞的对象，但在本章的最后，庄子却表示比不上孔子。这一方面固然如一些研究者所说，庄子反对孔子制定仁义礼乐以束缚人之真性，特别痛恨这一套被统治者所利用，而对孔子的人品还是敬重的。另一方面，作为寓言，其实也是作者借着孔子的话和对他的称道，来表示对自己在文中所表达思想观点的欣赏，正所谓借他人酒杯，浇自己块垒。

曾子再仕而心再化①，曰："吾及亲仕②，三釜而心乐③；后仕，三千钟而不洎④，吾心悲。"弟子问于仲尼曰："若参者，可谓无所县其罪乎⑤？"曰："既已县矣。夫无所县者，可以有哀乎⑥？彼视三釜三千钟，如观雀蚊虻相过乎前也⑦。"

【今译】

曾参第二次做官时，心境较第一次有了变化，他说："我在父母在世时做官，尽管只有三釜的俸禄却心中很快乐；父母去世后再做官，尽管有三千钟的俸禄却赶不上奉养父母了，所以我心中很悲伤。"孔子的弟子向孔子请教道："像曾参这样，可称得上是没有被世俗罗网所牵累吗？"孔子说："他已经有所牵累了。如果没有受牵累，会有悲哀吗？虽然他看待三釜与三千钟俸禄的差别，就好像鸟雀与蚊子结伴从面前飞过一样。"

【注释】

①曾子：姓曾名参，孔子弟子。　②及亲：父母在世时。仕：出仕，做官。　③釜：古代量器，又称"䩱"，六斗四升为一釜。三釜：这里指微薄的俸禄。　④钟：古代量器。六斛四斗为一钟，即一钟十釜。不洎（jì）：不及。　⑤县：通"悬"，系，牵累。罪：罗网。　⑥"既已县矣"三句：意为曾参虽不以俸禄多少为意，但不能超脱于哀乐，故仍是有所系累。　⑦"彼视三釜三千钟"二句：彼，指曾参。按，据郭象注、成玄英疏，"观"后应有"鸟"字。鸟雀体形大，以喻三千钟。蚊虻体形小，以喻三釜。意为曾参并不在意俸禄的多少。

【评析】

本章指出，人要摆脱世俗罗网的缠缚，就必须去除悲喜之情。

曾参第一次做官时，虽然俸禄仅区区三釜，但因为能用以奉养父母而仍感到很高兴。第二次做官时的俸禄虽万倍于前，却因父母已经去世，因而十分悲伤。曾参心态的前后变化，一方面固然显示出他对于利禄的淡漠——在其眼中，三千钟与三釜的区别跟鹳雀与蚊子的区别并无两样，过眼烟云而已。但另一方面，他还没能从哀乐之情的牵系中解脱出来。正如刘凤苞所说："虽为亲而动念，究未能化去哀乐之心。"（《南华雪心编》）由此说明，人只有凡事顺应自然，保持心气平和，彻底摆脱任何世俗情感的挂累，才能消除痛苦，获得最大的精神自由。这也就是《养生主》中所说"安时而处顺，哀乐不能入也，古者谓是帝之县解"的意思，否则便是"遁天倍情"，会受到惩罚。

颜成子游谓东郭子綦曰①："自吾闻子之言，一年而野②，二年而从③，三年而通④，四年而物⑤，五年而来⑥，六年而鬼入⑦，七年而天成⑧，八年而不知死、不知生⑨，九年而大妙⑩。"

"生有为，死也。劝公以其私，死也有自也⑪；而生阳也,无自也⑫。而果然乎？恶乎其所适？恶乎其所不适⑬？天有历数,地有人据,吾恶乎求之⑭？莫知其所终,若之何其无命也⑮？莫知其所始,若之何其有命也？有以相应也,若之何其无鬼邪？无以相应也,若之何其有鬼邪？"

【今译】
　　颜成子游对东郭子綦说:"自从我听了您的话,一年而归于质朴,两年而随顺世俗,三年而人我融通,四年而与物混同,五年而众人来归,六年而神灵入心,七年而合乎自然,八年而不知生死,九年而得大道之妙。"
　　东郭子綦说:"人而有为,就等于走向死亡。企图用其私智去助天道,这就是他的死因;人的生命力旺盛,死便无由入侵。你果真能做到这样吗？如真能做到,那么,哪是所适之处,哪是所不适之处呢？天上有日月星辰,地上有邦国乡邑,我们还寻求什么呢？不知其何时终结,怎么知道没有命呢？不知其何时开始,怎么知道有命呢？幽明之间有时相应,怎么能说是没有鬼神呢？有时不相应,怎么能说是有鬼神呢？"

【注释】
　　① 颜成子游:子綦弟子,姓颜成,名偃,字子游。已见《齐物论》。东郭子綦:居于城郭之东,因号曰东郭。或以为其与《齐物论》中的南郭子綦、《徐无鬼》中的南伯子綦当为一人。　② 野:质朴,此谓返归质朴。　③ 从:随顺世俗,不自专。　④ 通:人我融通为一。　⑤ 物:与物混同,即所谓如槁木死灰,无任何知觉情感。　⑥ 来:众人来归。即所谓不言而人自化。　⑦ 鬼入:鬼神入于心。意为能透彻体悟物理,如有鬼神主宰于心。　⑧ 天成:合于自然。　⑨ "八年而不知死"句:意为齐一生死,超脱于生死之外。　⑩ 大妙:大道之奥妙。　⑪ "劝公以其私"二句:劝,助。公,天道。私,私智。自,缘由。指"劝公以其私",亦即上文的"有为"。按原本"其"下无"私"字,"死也"归上

句,据陈景元《庄子阙误》引张君房本改。　⑫"而生阳也"二句:阳,亢盛。意为人若无为,则生命力自然旺盛,因而死无由入侵。　⑬"而果然乎"三句:而,通"尔",你。然,如此。指不以私劝公。恶乎,何处。适,适宜。意为如能做到不以私劝公,顺应天道而无为,则将无往而不适。　⑭"天有历数"三句:历数,指日月星辰之运行。人据,指人所凭依的邦国乡邑。意为人就像天之有日月星辰,地之有邦国乡邑,本身自然具足,不必外求。　⑮若之何:怎么。命:《达生》曰:"不知吾所以然而然,命也。"则此处的所谓"命"是指一种不知其所以然而然的抽象必然性,是人力所无法抗拒的。

【评析】

本章主要谈悟道的途径。

文章的前半部分借颜成子游之口纵向描述悟道的过程,指出悟道以性之返朴为基础,只有保持本性的质朴,方能游于俗世而不为所囿,与物相接而不为所役,不言而化人,无为而天成,乃至超脱生死,上接大道。这是一个循序渐进、由浅入深的过程。

文章的后半部分,学者或以为仍然是颜成子游的话,或以为当别作一段。然据文意及行文口气看,当系东郭子綦之语,是他在听了颜成子游的话后作进一步的点拨,横向剖析悟道的要领,强调无为无私是体悟大道的关键。文中指出有为是导致死亡的原因,而有为的根源又在于"劝公以其私",一切有为均由私欲所生,即郭象所说:"由有为,故死;由私其生,故有为。今所以劝公者,以其死之由私耳。"之所以要去除私欲和有为,是因为"造物不可知"(林希逸《庄子鬳斋口义》)。命与鬼神之有无,均非人所能知,倘或奋其私智而强自索解,只是找死而已。在不可知的天道面前,莫若无私无为,顺其自然,如《徐无鬼》中的"真人"那样,"以天待人,不以人入天",则无往不适,自然具足,超乎生死之上而入于得道境界。

众罔两问于景曰①:"若向也俯而今也仰②,向也括撮而今也被发③,向也坐而今也起,向也行而今也止,何也?"景曰:"搜搜也④,奚稍问也⑤?予有而不知其所以。予,蜩甲也,蛇蜕也,似之而非也⑥。火与日,吾屯也⑦;阴与夜,吾代也⑧。彼吾所以有待邪⑨?而况乎以有待者乎⑩!彼来则我与之来,彼往则我与之往,彼强阳则我与之强阳⑪。强阳者又何以有问乎⑫!"

【今译】

许多影边之影向影子提问道:"你先前低着头,现在却抬起了头;先前束着发,现在却披头散发;先前坐着,现在却站了起来;先前走着,现在却停了下来。这是为什么呢?"影子说:"我这是无心而动,何必问呢!我是有这些行为,却不了解其发生的原因。我看起来像蝉壳和蛇皮,但只是表面像而实质并不像。遇到火光和阳光,我就一起出现;遇到阴暗和夜晚,我就消失不见。那有形之物是我所依赖的吗?何况它们本身也已经是有所依赖的呢!它们来了,我就同它们一起来;它们去了,我就同它们一起去;它们动了,我就同它们一起动。对于事物的运动又有什么可问的呢?"

【注释】

① 罔两:影子边的淡薄阴影。景:通"影"。 ② 若:你。向:以前。 ③ 括撮:束发。"撮"字原缺,据成玄英疏及陈景元《庄子阙误》引张君房本补。被:通"披"。 ④ 搜(xiāo)搜:无心运动的样子。搜,通"謏",小。 ⑤ 奚稍:何消,何须。 ⑥ "予"四句:蜩(tiáo)甲,蝉脱下的皮壳。蛇蜕,蛇脱下的皮。意为影同蝉壳、蛇皮既像又不像,因为蝉壳、蛇皮有定质,而影无定质。 ⑦ 屯:聚。 ⑧ 代:隐息,消失。 ⑨ 彼:指形。待:凭借,依赖。 ⑩ 以:通"已"。 ⑪ 强阳:运动的样子。 ⑫ "强阳者又何以有问乎"句:意为事物的运动是自然而然的现象,毋须去问。

【评析】

本章假托罔两与影的对话申述"无待"之旨。

成玄英为了论证郭象"独化"的观点,认为影同形及火日是没有联系的,即影不依赖于形及火日而自生。不仅有悖常理,更不合文意。文中明言"火与日,吾屯也;阴与夜,吾代也",则影必待火日而后生。又说"彼来则我与之来,彼往则我与之往,彼强阳则我与之强阳",则无形便无影。由此足见,对于影的产生而言,形与火日缺一不可。蜩甲之待于蜩,蛇蜕之待于蛇,也是一样的道理。成玄英将影、形、火日三者割裂开来,对影与形、影与火日的关系作分别考察,从而得出"影必不待形""影亦不待于火日"的结论,显然是荒谬的。

现实生活中的人和物都是有待的,但庄子们所追求的却是无待。如何解决这个矛盾呢?作者提出了动于无心的办法。认为影虽有待,然其动乃随形而动,系无心之动,动而实非动,故虽有待而如同无待。推而广之,人倘不得已而动,则照样可以逐步摆脱外物束缚,进入到不求而自足的无待逍遥境界,因为这种"不知其所以"的无心而动是合乎自然之道的。可见这里提倡的是一种随物婉转、虚与委蛇的处世态度。

本章内容在《齐物论》中已出现过,故林希逸说:"此段与《齐物》同,但添'强阳''火日'之说,又要弄笔头,禅家所谓重说偈言也。"(《庄子鬳斋口义》)话虽如此,但多了这"强阳""火日"之说,便将《齐物论》中语焉不详的意思作了进一步的阐发。

阳子居南之沛①,老聃西游于秦,邀于郊②,至于梁而遇老子③。老子中道仰天而叹曰:"始以汝为可教,今不可也。"阳子居不答。至舍,进盥漱巾栉④,脱屦户外⑤,膝行而前曰⑥:"向者弟子欲请夫子⑦,夫子行不闲,是以不敢。今闲矣,请问其过⑧。"老子曰:"而睢睢盱盱⑨,而谁与居?大白若辱,盛德若不足⑩。"阳子居蹴然变容曰⑪:"敬闻命矣!"其往也⑫,舍者迎将其家⑬,公执席⑭,妻执巾栉⑮,舍者避席⑯,炀者避灶⑰。其反也,舍者与之争席矣⑱。

【今译】

　　杨朱南游去沛地,老子西游去秦地,杨朱打算在沛地郊外迎候老子,却在梁地就碰上了。老子在半路上仰天叹息道:"我一开始以为你可以教诲,现在觉得不行了。"杨子没有回答。来到旅馆,他向老子献上洗梳用具,把鞋脱在门外,跪在地上移动双膝上前道:"先前弟子想向夫子请教,夫子行色匆匆不得空闲。现在有空了,请问我的过失在什么地方?"老子说:"你这副傲慢跋扈的样子,谁还肯和你相处呢?就是最纯洁的人也会觉得身上好像有污点,品德再高尚的人也会觉得好像还有不足,何况你呢?"杨朱惊惭地改变了脸色,说道:"敬领教诲了!"当杨朱去沛地途中住旅馆的时候,伙计们将他迎到旅馆,男主人为他安排坐席,女主人拿着毛巾梳子伺候他洗梳,旅客们纷纷让出坐位,正在烤火取暖的让出了灶头。等到他从沛地回来又住进旅馆时,旅客们却都和他争坐位了。

【注释】

　　① 阳子居:杨朱,子居系其字,战国初魏国人。之:往。沛:今江苏徐州。　② 邀:迎候。　③ 梁:沛郊之地名。　④ 进:献。盥(guàn):洗手。栉(zhì):梳篦。盥漱巾栉:泛指洗梳用具。　⑤ 屦(jù):用麻、葛、皮制成的单底鞋。　⑥ 膝行:跪着移动双膝而行。　⑦ 向者:先前。　⑧ "请问其过"句:上文老子批评阳子居不可教,故这里向老子请教自己有什么过失。　⑨ 而:你。睢(huī)睢盱(xū)盱:傲慢跋扈的样子。　⑩ "大白若辱"二句:按,《老子》四十一章有"大白若辱,广德若不足"二句。辱,污浊,污点。意为即使道德很高尚的人也应虚怀若谷,唯恐有所不及。　⑪ 蹴(cù)然:惊惭不安的样子。　⑫ 其:指阳子居。　⑬ 舍者:旅舍仆役。迎将:迎接。家:指旅舍。

⑭ 公:旅舍男主人。执席:安排坐席。　⑮ 妻:指男主人之妻。
⑯ 舍者:旅舍客人。避席:让出坐位。　⑰ 炀(yàng)者:烤火取暖的人。　⑱ "其反也"二句:反,通"返"。意为阳子居改掉了以前的倨傲习气,所以当他回来时,旅舍同居者便不再怕他,而与他争坐了。

【评析】

本章以为学道必须戒绝傲慢跋扈之气。

阳子居大概学道略有所得,故面有骄色,以至老子批评其不可教。当阳子居盛气凌人之时,表面上人们对他畏惧避让,实则在无形中孤立了自己,即老子所说:"而睢睢盱盱,而谁与居?"这是极其危险的。

保护自己的最好办法就是敛迹自晦。而这方面也不一定要"游乎尘垢之外"(《齐物论》),隐居到具茨山或藐姑射山上去,呆在尘世也未尝不可,要紧的是务必打掉骄气,只要保持真性不变,不妨混迹同尘,和光随俗,即所谓"顺人而不失己"(《外物》),"外化而内不化"(《知北游》)。这样做的好处是协调了个人与社会的关系,使自己在人们中间不致显得突出,因而也就不会成为攻击的目标。当阳子居在老子教导下戒除了骄气之后,人们便将他视为常人而来同他争坐了。而这恰恰是最安全的,因为他已一头沉入茫茫人海,人们既不必再怕他让他,当然也就不会去疏远孤立乃至嫉恨伤害他了。这也就是进入了融通人我的境界,向着大道又前进了一大步。

让王第二十八

【解题】

苏轼以为本篇与《说剑》"皆浅陋不入于道"(《庄子祠堂记》),故断定非庄子所作。其后日本学者津田左右吉、武内义雄和中国学者罗根泽均认为系袭自《吕氏春秋》。张恒寿《庄子新探》在肯定"《让王》全篇系杂辑旧说而成"的前提下,更详举条目断言"《让王》为秦汉人抄袭《吕氏春秋》而成的文字,绝无可疑"。刘笑敢《庄子哲学及演变》一书则持相反意见,认为"肯定《吕氏春秋》抄袭了《让王》比认为《让王》抄袭了《吕氏春秋》更为合乎逻辑"。究竟何种意见更合乎实际,迄无定论。

就全篇内容来看,体现的思想并不一致,其中占到大部分篇幅的贵生观念及以身殉名的思想确非庄子所有,但安贫守分的思想、"忘心"的精神修养境界则符合庄子本人的思想。而所有内容都反映出对天子之位、高官厚禄的鄙视。

篇名"让王"者,陆德明《释文》以为系"以事名篇"。让王,即让天子之位。全文正是通过一系列拒绝帝位爵禄的故事来表明对让天下、封爵禄行为的种种不同态度。

尧以天下让许由,许由不受。又让于子州支父①,子州支父曰:"以我为天子,犹之可也。虽然,我适有幽忧之病②,方且治之,未暇治天下也。"夫天下至重也,而不以害其生，又况他物乎！唯无以天下为者③，可以托天下也。

舜让天下于子州支伯④，子州支伯曰："予适有幽忧之病，方且治之，未暇治天下也。"故天下大器也⑤，而不以易生⑥，此有道者之所以异乎俗者也。

舜以天下让善卷⑦，善卷曰："余立于宇宙之中，冬日衣皮毛⑧，夏日衣葛絺⑨；春耕种，形足以劳动⑩；秋收敛，身足以休食⑪；日出而作，日入而息，逍遥于天地之间而心意自得。吾何以天下为哉！悲夫，子之不知余也！"遂不受。于是去而入深山，莫知其处。

舜以天下让其友石户之农⑫，石户之农曰："卷卷乎后之为人⑬，葆力之士也⑭！"以舜之德为未至也，于是夫负妻戴⑮，携子以入于海，终身不反也。

大王亶父居邠⑯，狄人攻之⑰；事之以皮帛而不受⑱，事之以犬马而不受，事之以珠玉而不受，狄人之所求者土地也。大王亶父曰："与人之兄居而杀其弟，与人之父居而杀其子，吾不忍也⑲。子皆勉居矣⑳！为吾臣与为狄人臣奚以异㉑！且吾闻之，不以所用养害所养㉒。"因杖策而去之㉓。民相连而从之㉔，遂成国于岐山之下㉕。夫大王亶父，可谓能尊生矣㉖。能尊生者，虽贵富不以养伤身㉗，虽贫贱不以利累形㉘。今世之人居高官尊爵者，皆重失之，见利轻亡其身，岂不惑哉㉙！

越人三世弑其君，王子搜患之㉚，逃乎丹穴㉛，而越国无君。求王子搜不得，从之丹穴㉜。王子搜不肯出，越人熏之以艾㉝，乘以王舆㉞。王子搜援绥登车㉟，仰天而呼曰："君乎君乎！独不可以舍我乎㊱！"王子搜非恶为君也，恶为君之患也。若王子搜者，可谓不以国伤生矣，此固越人之所欲得为君也㊲。

韩魏相与争侵地。子华子见昭僖侯㊳，昭僖侯有忧色㊴。子华子曰："今使天下书铭于君之前㊵，书之言曰：'左手攫之则右手废㊶，右手攫之则左手废，然而攫之者必有天下。'君能攫之乎？"昭僖侯曰："寡人不攫也。"子华子曰："甚善！自是观之，两臂重于天下也，身亦重于两臂，韩之轻于天下亦远矣。今之所争者㊷，其轻于韩又远，君固愁身伤生以忧戚不得也㊸！"僖侯曰："善哉！教寡人者众矣，未尝得闻此言也。"子华子可谓知轻重矣。

鲁君闻颜阖得道之人也㊹，使人以币先焉㊺。颜阖守陋间㊻，苴布之衣而自饭牛㊼。鲁君之使者至，颜阖自对之㊽。使者曰："此颜阖之家与？"颜阖对曰："此阖之家也。"使者致币，颜阖对曰："恐听者谬而遗使者罪，不若审之㊾。"使者还，反审之，复来求之，则不得已。故若颜阖者，真恶富贵也。

故曰：道之真以治身㊿，其绪余以为国家㉛，其土苴以治天下㉜。由此观之，帝王之功㉝，圣人之余事也㉞，非所以完身养生也。今世俗之君子，多危身弃生以殉物㉟，岂不悲哉！凡圣人之动作也，必察其所以之与其所以为㊱。今且有人于此㊲，以随侯之珠弹千仞之雀㊳，世必笑之。是何也？则其所用者重而所要者轻也㊴。夫生者，岂特随侯之重哉㊵！

【今译】

舜要把天下让给许由，许由不肯接受。舜又让给子州支父，子州支父说:"让我做天子,还是可以的。话虽如此,可我刚生了过度忧劳之病,正打算治疗,没有空去治理天下了。"那天下是最重要的,但子州支父却不肯用天下来害了自己的性命,又何况是别的东西呢?只有那对天下无所用的人,才可以把天下托付给他。

舜要把天下让给子州支伯。子州支伯说:"我刚生了过度忧劳之病,正打算治疗,没有空去治理天下了。"诚然,天下是最重大的东西,可子州支伯却不肯用天下来替换自己的生命,这就是有道之人跟世俗之人的不同处。

舜要把天下让给善卷,善卷说:"我处在宇宙之中,冬天穿皮毛做的衣服,夏天穿葛布做的衣服;春天耕种,我的身体能得到充分的活动;秋天收获,我的身体能得到充分的休养;太阳升起了就劳作,太阳下山了就休息,逍遥在天地之间而心情悠然自得。我要天下有什么用啊!可悲啊,你是不了解我的!"他终于没有接受天下。并因此离开舜而进了深山,没有人知道他的去处。

舜要把天下让给他的朋友石户地方的一个农民,石户之农说:"您为人勤勤恳恳,真是个勤苦尽力的人啊!"但他认为舜的德行还没有达到最高境界,于是夫妻二人背驮头顶着行李,带着子女到海岛上隐居起来,终其一生再不回来。

大王亶父住在邠地,狄人进攻那里。大王亶父把毛皮绸缎献给狄人,他们却不接受;把犬马献给他们,也不接受;把珠玉献给他们,也不接受。狄人所谋求的是土地。大王亶父说:"和别人的哥哥住在一起却杀了他的弟弟,和别人的父亲住在一起却杀了他的儿子,我不忍心这么做。你们好好地住下去吧!当我的臣民和当狄人的臣民有什么不同呢?况且我听说,不要为了争夺所用来养生的土地而伤害了所要养的人的性命。"于是他拄着拐杖离开了邠地。百姓成群结队地跟着他,于是在岐山脚下确定了新的国都。那大王亶父,可称得上是能珍视生命了。能珍视生命的人,即使富贵,也不肯为了争地而伤害身体;即使贫贱,也不肯为了争利而劳累身体。如今占据着高官贵爵的人,都太看重爵禄的得失,见到荣利而使自己的生命轻易丧失,岂不是太糊涂了吗？

越人杀了整整三代他们的国君，王子搜对此十分忧虑，逃进南山洞躲了起来，越国没有了国君。越人找不到王子搜，便追踪到南山洞。王子搜不肯出来，越人便用烧艾草的烟熏他，(等他被迫出洞后)又把国王的专车请他乘坐。王子搜拉着车绳上了车，抬头向天而叫道："君位啊，君位啊！难道不能放过我吗！"王子搜并不是讨厌当国君，而是讨厌当了国君以后所带来的杀身之祸。像王子搜这样的人，可称得上是不肯为了谋取君位而伤害性命了，这一定是越人要立他为国君的原因。

韩国和魏国相互侵夺土地。华子去见韩昭侯，韩昭侯正面有忧色。华子说："现在，如果让天下人在君王面前写下文书，文书上说道：'左手取文书则右手将被砍掉，右手取文书则左手将被砍掉，然而夺到文书的人一定能拥有天下。'君王会去取吗？"韩昭侯说："我不取。"华子说："很好！由此看来，两臂比天下重要，身体又比两臂重要，韩国又比天下轻得多。现今韩魏两国所争夺的，又比韩国轻得多，但君王却因为忧虑夺不到这微不足道的土地而愁坏身体、伤了性命。"韩昭侯说："好啊！教导我的人很多，却没听到过这样的话。"华子可说是懂得轻重了。

鲁哀公听说颜阖是个得道的人，于是派人带着礼物先行致意。颜阖住在简陋的小巷子里，穿着麻布衣服，还自己喂着牛。鲁哀公的使者来到他家，颜阖亲自接待了他。使者问道："这是颜阖的家吗？"颜阖回答说："这是颜阖的家。"使者献上礼物，颜阖回答说："恐怕是您听错了，送错了礼物会给您造成过失，不如再详细了解一下。"使者回去反复打听这事后，再来找颜阖，却找不到他了。因此像颜阖这样的人是真正厌恶富贵的。

所以说，道的精华部分是用来修身的，它的剩余部分则用来治国，它的糟粕部分才用来治天下。由此看来，帝王的功业是圣人的副业，而不是用来保全自己、颐养生命的。现今世俗的君子，大多危害自身、抛弃生命去追逐外物，岂不是很可悲的吗？大凡圣人在有所动作前，一定会审察他之所以想这样做的原因。如果有这样一个人,他用随侯宝珠去弹射栖息在千仞之上的鸟雀,这样,世人一定会嘲笑他。这是为什么呢?因为他所用来获取猎物的工具太贵重而所要获取的东西太轻贱。人的生命的分量难道只是像随侯珠那样吗?

【注释】

① 子州支父:姓子,名州,字支父,隐者。　② 适:刚刚。幽:深。忧:劳。幽忧:过度忧劳。　③ 以:用。为:句尾语助词。无以天下为:《逍遥游》中许由所说"予无所用天下为"。　④ 子州支伯:上文的子州支父。　⑤ 故:诚然。大器:犹"重器",最重大之物。　⑥ 易:换取。　⑦ 善卷:姓善名卷,隐者。《吕氏春秋》作"善绻"。　⑧ 衣:穿。⑨ 葛:植物名,这里指用葛纤维织成的布。绤(chī):细葛布。⑩ 形:身。　⑪ 休食:休养。　⑫ 石户:地名。　⑬ 卷(quán)卷:勤苦用力的样子。后:君,王,这里指舜。　⑭ 葆力:勤苦用力。　⑮ 负:以背载物。戴:以头顶物。　⑯ 大(tài)王亶(dǎn)父:古公亶父。王季之父,周文王之祖。武王时追封为大王。邠(bīn):地名,亦作"豳",在今陕西旬邑县西南。　⑰ 狄人:我国古代北方的少数民族。⑱ 事:侍奉,这里有献的意思。　⑲ "与人之兄居而杀其弟"三句:意为狄人意在占领周人土地,如抵抗的话,则必然会引起相互残杀,伤害许多生命,所以不忍心。　⑳ 子:指邠地百姓。勉:努力。　㉑ "为吾臣与为狄人臣奚以异"句:意为当我的臣民和当狄族的臣民没有什么不同。这是大王亶父宽慰邠地百姓的话。　㉒ "不以所用养害所养"句:所用养,所用来养生者,指土地。所养,所要养者,指人,这里也有指代百姓的意思。意为土地的作用在于养人,如今为了争夺土地而杀人,这是以地害人,所以大王亶父不愿干。　㉓ 杖:执持。策:拐杖。杖策:拄杖。　㉔ 相连:成群结队,接连不断。　㉕ 成:确定。成国:定都。岐山:在今陕西岐山县东北。　㉖ 尊生:珍视生命。　㉗ 养:用以养生之物,这里指土地。　㉘ 累形:使身体劳累。　㉙ 惑:糊涂。㉚ 王子搜:越王勾践五世孙无颛。据《竹书纪年》,越王翳被其子所

杀,其子又被越人所杀,立无余,无余又被杀,而立无颛。 ㉛丹穴:洞穴名,南山洞。 ㉜从:追踪。 ㉝"越人熏之以艾"句:意为焚烧艾草,以其烟熏洞穴,迫使王子搜出来。 ㉞王舆:国王所乘车。 ㉟援:拉。绥:登车时供拉手用的绳子。 ㊱独:难道。 ㊲固:一定。 ㊳子华子:华子,战国时魏国人。昭僖侯:当即韩国国君韩昭侯。 ㊴有忧色:胜负不定,故有忧色。 ㊵铭:文书,契约。 ㊶攫(jué):夺取。废:砍去。 ㊷所争者:指韩魏两国相邻的地区。 ㊸固:通"顾",却。 ㊹鲁君:鲁哀公,一说鲁定公。颜阖(hé):鲁国隐者。 ㊺"使人以币先焉"句:币:缯帛,亦泛指礼物。意为鲁哀公派人先送礼物以致意。 ㊻守:居住。 ㊼苴(jū):麻子。苴布:麻布。饭牛:喂牛。 ㊽对:应答,接待。 ㊾"恐听者谬而遗使者罪"二句:听者,"者"字系误增。遗(wèi),给予。审,详究,细察。意为颜阖不愿接受鲁哀公的礼物,故托以此辞。 ㊿真:真髓,精华。 ㉛绪余:残余。 ㉜土苴:糟粕。 ㉝帝王之功:指治国平天下之业。 ㉞余事:正业之外的事。 ㉟殉物:追逐外物。 ㊱之:往。这里指心之所往。 ㊲今且:发语词。于此:如此,这样。 ㊳随侯之珠:相传随国国君见一大蛇受伤,用药敷之而愈。后蛇于江中衔大珠来报答他,因称随侯珠,又称灵蛇珠,系稀世珍宝。 ㊴所用者:指随侯之珠。要(yāo):求取。所要者:指鸟雀。 ㊵岂特:岂但。按,俞樾《庄子平议》称"随侯"下当脱"珠"字。

【评析】

本章主要阐述贵生的思想。

文凡九段,学者大多分为若干章。其实文中各段思想一致,末段"故曰"云云,系总结之语。据此,似宜归并为一章。

文中许由、子州支伯、善卷、石户之农之辞天下,大王亶父去邠赴岐,王子搜辞国,华子"知轻重",都是不愿以外物而伤生。颜阖辞富贵,作者称其"真恶富贵也"。这段文字录自《吕氏春秋·贵生》,原作"故若颜阖者,非恶富贵也,由重生恶之也"。刘文典《庄子补证》因以为,这句下有脱漏,且"真"当作"非"。如此,则颜阖的辞富贵,也是出于"重生"的目的。由此作者进行了归纳,称"帝王之功,圣人之余事也,非所以完身养生也",并批判了世俗之人"危身弃生以殉物"的行为,犹"以随侯之珠弹千仞之雀",是"所用者重而所要者轻也"。文中子华子"两臂重于天下也,身亦重于两臂"的话典型地体现了重生命、轻天下的贵生思想,因此有的学者认为他是先秦贵生学派的代表人物之一(见崔大华《庄学研究》)。

"贵生"思想作为一种人生哲学,强调生命重于一切,与生命相比,名利富贵,乃至天下,都微不足道。这同儒墨两家的人生哲学是相对立的。儒家要通过以"仁"为核心的道德践履途径来达到"从心所欲不逾矩"(《论语·为政》)的道德自由境界,并实现恢复贵族等级制度(复礼)的社会理想。在儒家心目中,"仁"比生命更重要,提倡为"仁"而克制一切欲望乃至献身的精神:"克己复礼为仁"(《论语·颜渊》),"志士仁人,无求生以害仁,有杀身以成仁"(《论语·卫灵公》)。墨家也为了"兴天下之利,除天下之害"(《墨子·兼爱下》)的社会功利目的而不惜"摩顶放踵"(《孟子·尽心上》),"以自苦为极"(《庄子·天下》)。并且也明显不同于庄子及其后学的人生哲学。庄子追求的是通过对"道"的超理性体悟的途径,实现自然本性的复归,从而达到无待、无累、无患的绝对自由的精神境界,此境界中人"不知说生,不知恶死"(《大宗师》),摆脱了生死对立的世俗人生困境。虽然庄子也重视养生,但他的养生以养性为主:"全汝形,抱汝生(性),无使汝思虑营营"(《庚桑楚》)。庄子后学虽以长生为养生的最终目的,但同时以保持心境的宁静为实现长生的主要途径和方法:"必静必清,无劳女形,无摇女精,乃可以长生"(《在宥》)。同样不以天下为事,庄子的出发点是追求超脱世俗的精神自由,贵生派则是因为挂心天下不利于完身养生。

文中对于许由和舜的事迹的处理正反映了贵生派的人生哲学。许由辞天下之事在《庄子》一书中多次出现,但思想内涵并不相同:在《逍遥游》中是为了阐发"圣人无名"的思想,在《徐无鬼》中是为了揭露仁义的虚伪性,而在本章中,则是为了表达"不以(天下)害其生"的思想,主张"唯无以天下为者,可以托天下也",因为无所用天下者,便不会因争天下而害人害己。同样批评舜的勤苦,《徐无鬼》中指责他显露行迹、为名所役,以致心力交瘁。而本章则批评其因治天下而疲惫伤生。石户之农"以舜之德为未至",这"未至"处就在于舜不懂得"道之真以治身"的道理,而在贵生派看来,善于通过养生来获得长寿也是"通道"的体现。

文中善卷曰:"余立于宇宙之中,冬日衣皮毛,夏日衣葛絺;春耕种,形足以劳动;秋收敛,身足以休食;日出而作,日入而息,逍遥于天地之间而心意自得,吾何以天下为哉!"在这里,善卷之所以不肯接受天下,是因为他的衣食劳逸问题都已完满解决,所谓"心意自得"只是陪衬,或者说是感官获得满足后的一种心理感受。因此,"贵生"的实质是通过感官的满足以实现长生,这是一种缺乏社会责任感、使命感和精神追求的人生哲学。

子列子穷①,容貌有饥色。客有言之于郑子阳者曰②:"列御寇,盖有道之士也,居君之国而穷,君无乃为不好士乎?"郑子阳即令官遗之粟。子列子见使者,再拜而辞。使者去,子列子入,其妻望之而拊心曰③:"妾闻为有道者之妻子,皆得佚乐④,今有饥色。君过而遗先生食⑤,先生不受,岂不命邪!"子列子笑谓之曰:"君非自知我也。以人之言而遗我粟,至其罪我也又且以人之言⑥,此吾所以不受也。"其卒⑦,民果作难而杀子阳⑧。

楚昭王失国⑨,屠羊说走而从于昭王⑩。昭王反国,将赏从者,及屠羊说⑪。屠羊说曰:"大王失国,说失屠羊;大王反国,说亦反屠羊。臣之爵禄已复矣,又何赏之有!"王曰：" 强之！" 屠羊说曰：" 大王失国，非臣之罪，故不敢伏其诛⑫；大王反国，非臣之功，故不敢当其赏⑬。" 王曰：" 见之！" 屠羊说曰：" 楚国之法，必有重赏大功而后得见，今臣之知不足以存国而勇不足以死寇。吴军入郢，说畏难而避寇，非故随大王也⑭。今大王欲废法毁约而见说⑮，此非臣之所以闻于天下也。" 王谓司马子綦曰⑯：" 屠羊说居处卑贱而陈义甚高⑰，子綦为我延之以三旌之位⑱。" 屠羊说曰：" 夫三旌之位，吾知其贵于屠羊之肆也⑲；万钟之禄，吾知其富于屠羊之利也；然岂可以贪爵禄而使吾君有妄施之名乎！说不敢当，愿复反吾屠羊之肆。" 遂不受也。

【今译】

　　列子生活贫困，面有饥色。有人对郑相子阳说：" 列御寇是有道之人，住在您执政的国家中却生活贫困，您恐怕是不重视贤能之士吧？" 子阳马上让有关官吏送粮食给列子。列子见了使者，一再拜谢而拒绝接受粮食。使者离去后，列子进了屋，他的妻子怨恨地对他捶着胸说：" 我听说做有道之人的妻儿，都能享尽安逸快乐，而如今我们却面有饥色。相国派人来拜访并送您粮食，您却不肯接受，岂不是命中注定我们要穷一世吗？" 列子笑着对她说：" 并不是相国本人真正了解我，他是因为听了别人的话才送我粮食的。将来他又会因听了别人的话而把罪名加到我头上。这是我之所以不接受他粮食的原因。" 后来，郑国百姓果然发难而杀死了子阳。

　　楚昭王失去了统治国家的权力而流亡国外，屠羊说也跟随昭王流亡。昭王回国重登王位后，准备奖赏随他流亡的人，奖赏也轮到了屠羊说。屠羊说说：" 大王失去了统治国家的大权，我也失去了宰羊的职业；大王回国重登王位，我也重操起宰羊的旧营生。我的爵禄已经恢复了，还有什么可奖赏的呢！" 楚昭王说：" 强迫他接受奖赏！" 屠羊说说：" 大王失去了统治国家的大权，不是我的过失，所以不敢领受死刑；

大王回国后重登王位,也不是我的功劳,所以不敢领受奖赏。"楚昭王说:"让他来见我!"屠羊说说:"依照楚国的法律,一定是要受过重赏、立过大功的人才能见君王,如今我的智慧不能保全国家而勇力不能杀死敌人。吴国军队攻入郢都,我是怕遭难才躲避敌人,并不是有心追随大王。现在大王要废弃国家法令、破坏祖宗定规而让我来见您,这是我走遍天下所不曾听说的。"昭王对司马子綦说:"屠羊说虽然地位低贱,但陈说的道理却很高明,你替我用三公的职位来聘请他。"屠羊说说:"那三公的职位,我知道比宰羊的行当来得高贵;万钟的俸禄,我知道比宰羊的赢利来得丰厚。然而,怎么能因为我贪图爵禄而使君王担上了滥施恩惠的恶名呢!我不敢领受您的封赏,只希望仍然回到我的宰羊铺子去。"于是他就不接受封赏。

【注释】

① 子列子:列御寇。　② 子阳:时任郑缪公相。　③ 望:怨。拊(fǔ)心:捶胸。　④ 佚:安逸。　⑤ 君:指子阳。过:拜访。　⑥ 且:将。　⑦ 卒:后来。　⑧ 作难:作乱,发难。子阳为人严酷,百姓都恨他。因手下人折断了他的弓,唯恐被杀,于是借国人追逐疯狗之机而把子阳杀了。事见《吕氏春秋·适威》《淮南子·汜论训》。但据《史记·郑世家》,子阳系被郑缪公所杀。　⑨ 楚昭王:名轸,平王之子。失国:楚大夫伍奢及其长子伍尚遭平王杀戮后,次子伍员逃到吴国,后受吴王阖闾重用得以攻破楚都。楚昭王先出逃到随国,后又至郑。　⑩ 说(yuè):屠羊者之名。走:逃跑。　⑪ 及:轮到。　⑫ 伏:受。　⑬ 当:受。　⑭ 故:有心。　⑮ 约:共同遵守的法规。　⑯ 司马:官名。子綦(qí):人名。《左传》作"子期"。　⑰ 居处:住处,这里指所处的地位。陈义:陈说道理。　⑱ 綦:或以为系误增。一说系"其"字之误,表示祈使、命令的语气。延:聘请,招揽。三旌:三公,指公、侯、伯。　⑲ 肆:店铺,这里有职业、行当的意思。

【评析】

本章强调安分守贫的思想。

列子婉拒了郑相子阳所赠之粟,因为他清楚,子阳此举并非真正了解他,只不过是听了别人推崇他的话。那么,将来也完全可能因听了别人诋毁的话而怪罪于他。后来,郑国的百姓发难杀了子阳,而列子却因当初没有接受赠粟而幸免于难。陆西星因此称赞列子"可谓有见几之明者矣"(《南华真经副墨》)。列子的"有见几之明"同其"安分"有密切关系。他穷困而面带饥色,显然是地位卑微的一介寒士。子阳既贵为一国之相,又不了解他,却以粟相赠,则此行为定属妄施;他若接受了,则一定是苟取;而苟取者则是违背真性、不安本分,会受到惩罚。所以他便不接受,情愿继续过穷日子。

　　屠羊说更是一位安分守贫的典型。他曾随楚昭王流亡国外,昭王回国后要奖赏他,他却不肯接受。他的逻辑是:"大王失国,说失屠羊;大王反国,说亦反屠羊。臣之爵禄已复矣,又何赏之有!"他也认定昭王的奖赏是"妄施",坚决要求回到他的宰羊铺子去。一番话义正辞严、丝丝入扣,昭王在软硬兼施之后,不得不顺从了他的要求。屠羊说当然知道三公之位贵于屠羊之肆,万钟之禄富于屠羊之利。但是,在他看来,这些都是"妄施",只有屠羊之肆才是他的安身立命之地,才"适其分",就好像楚国之于昭王。所以林希逸就此事发表评论道:"大王反国,说反屠羊,言各得其本分事也。"(《庄子鬳斋口义》)

　　安分守贫作为一种人生哲学,与庄子安时处顺、安之若命的思想一脉相通,它有助于摆脱由非分之想引起的种种世俗烦恼,并达到全身养性之目的。如果列子当初接受了子阳的赠粟,那么在子阳被杀后,他必将陷入如《吕氏春秋·观世》中所说"受人之养而不死其难,则不义;死其难,则死无道也;死无道,逆也"的两难境地。而他却能"除不义去逆",并得以避免杀身之祸,还保持了其"性命之情",上述人生哲学的确立无疑起了主要的作用。

　　安分守贫的人生哲学对于旷达乐观的生活态度的形成有着极大的影响。苏轼《前赤壁赋》中"天地之间,物各有主,苟非吾之所有,虽一毫而莫取。唯江上之清风,与山间之明月……取之无禁,用之不竭,是造物者之无尽藏也"的人生哲理,《水调歌头·明月几时有》中"人有悲欢离合,月有阴晴圆缺,此事古难全"的人生感悟,无不显现着此种影响。正因如此(当然还得益于佛教),苏轼才能在一次次沉重打击之下,经过积极的自我精神调节,使心境得以从矛盾痛苦中解脱出来而复归于平静,并重新萌生起了对人生的热爱之情。

原宪居鲁①,环堵之室②,茨以生草③;蓬户不完④,桑以为枢⑤;而瓮牖二室⑥,褐以为塞⑦;上漏下湿,匡坐而弦歌⑧。子贡乘大马⑨,中绀而表素⑩,轩车不容巷⑪,往见原宪。原宪华冠𫀉履⑫,杖藜而应门⑬。子贡曰:"嘻!先生何病?"原宪应之曰:"宪闻之,无财谓之贫,学而不能行谓之病。今宪,贫也,非病也。"子贡逡巡而有愧色⑭。原宪笑曰:"夫希世而行⑮,比周而友⑯,学以为人⑰,教以为己⑱,仁义之慝⑲,舆马之饰,宪不忍为也⑳。"

曾子居卫㉑,缊袍无表㉒,颜色肿哙㉓,手足胼胝㉔。三日不举火㉕,十年不制衣,正冠而缨绝㉖,捉衿而肘见㉗,纳屦而踵决㉘。曳縰而歌《商颂》㉙,声满天地,若出金石㉚。天子不得臣,诸侯不得友。故养志者忘形,养形者忘利,致道者忘心矣㉛。

孔子谓颜回曰㉜:"回,来!家贫居卑㉝,胡不仕乎㉞?"颜回对曰:"不愿仕。回有郭外之田五十亩㉟,足以给飦粥㊱;郭内之田十亩,足以为丝麻;鼓琴足以自娱,所学夫子之道者足以自乐也。回不愿仕。"孔子愀然变容曰㊲:"善哉回之意!丘闻之,'知足者不以利自累也,审自得者失之而不惧㊳,行修于内者无位而不怍㊴。'丘诵之久矣,今于回而后见之,是丘之得也㊵。"

【今译】

　　原宪住在鲁国,居处狭窄,屋顶是用青草盖的;蓬草编的门千疮百孔,转轴又是用桑树条做的;夫妻各住一间,都是破缸破坛做的窗,还用破粗布堵塞缝隙;屋里上漏下湿,但原宪依然正襟危坐、弦歌不息。子贡骑着高头大马,穿着天青色的内衣,罩上素白色的外套,车身高大得走不进小巷,他得意洋洋地去看望原宪。原宪戴着桦皮冠,趿着坏了后跟的鞋,拄着拐杖在门口迎候。子贡说:"哎呀!先生莫非得了什么病吗?"原宪回答他说:"我听说,无财叫做贫,学了道却不能身体力行叫做病。我现在是贫,而不是病。"子贡面带愧色地退了出去。原宪笑着说:"那迎合世俗,朋比结党,为了炫耀于人而学,为了谋取一己私利而教,假托仁义而行奸恶,装饰车马而夸富豪一类的事,我是不肯去做的。"

　　曾参住在卫国,穿着用乱麻作里絮的袍子,没有罩衣。面色浮肿,手掌脚底长满老茧。他已经三天没有点火做饭,十年做不上一件衣服了。想把帽子戴戴正,帽带却断了;想把衣襟拉拉平,肘子却露了出来;想穿鞋子,鞋后跟又裂开了。但是,他依然拖着坏了后跟的鞋高唱《商颂》,那歌声充溢于天地之间,犹如钟磬所发。这样的人,天子不能使他做臣子,诸侯不能使他做朋友。所以养心的人能忘却身体,养身的人能忘却利禄,求道的人能忘却心智。

　　孔子对颜回说:"颜回,过来!你家中贫穷、地位低下,为什么不做官呢?"颜回答道:"我不愿做官。我有城外田地五十亩,足以供给稀饭;城内田地十亩,足以种植丝麻来供给衣服;弹琴足以自娱,所学先生教的道理足以自乐。我不愿做官。"孔子听后顿时变了脸色,说道:"你的想法好啊!我听说过这样的话:'知足的人不因利禄而牵累自己,真正感到心有所得的人即使失去了什么也不忧惧,注重内心修养的人没有爵位也不感到羞愧。'我念叨这话也很久了,如今在你身上才算看到了它的真正含义,这真是我的收获啊!"

【注释】

① 原宪:字子思,春秋时鲁人,一说宋人,孔子弟子。 ② 环堵:四周围以长宽各一丈的墙。环堵之室:指狭小的居室。 ③ 茨:以草盖屋。生草:未干之草,即青草。 ④ 蓬户:用蓬草编织成的门。完:全,完整。 ⑤ 枢:门窗的转轴。 ⑥ "瓮牖二室"句:牖(yǒu):窗。意为夫妻各居一室,均以破瓮为窗。 ⑦ 褐(hè):粗布衣。 ⑧ 匡正。弦:弹奏弦乐器。按,"弦"下原无"歌"字,依焦竑《庄子翼》所附陈景元《阙误》引张君房本补。 ⑨ 子贡:姓端木,名赐,孔子弟子。 ⑩ 中:内衣。绀(gàn):天青色,一种深青中透红的颜色。表:外衣。 ⑪ 轩车:高大之车。不容巷:巷小不能容纳。 ⑫ 华:通"桦"。华冠:用桦木皮所做的冠。縰(xǐ)履:无跟之鞋。 ⑬ 藜(lí):野生植物,其茎可做手杖。应门:在门口迎接。 ⑭ 逡(qūn)巡:退避。 ⑮ 希世:迎合世俗。 ⑯ 比周:勾结。友:朋党。 ⑰ "学以为人"句:意为学当为己却为人。 ⑱ "教以为己"句:意为教当为人却为己。 ⑲ 慝(tè):奸恶。 ⑳ 不忍:不愿。 ㉑ 曾子:曾参,字子舆,孔子弟子。 ㉒ 缊(yùn)袍:以乱麻为絮的袍子。无表:没有罩衣。 ㉓ 肿哙:浮肿。 ㉔ 胼(pián)胝(zhī):手掌脚底因长期劳动磨擦而长出的茧子。 ㉕ 举火:生火做饭。 ㉖ 正:纠正,端正。缨:系冠的带子。 ㉗ 捉衿:整理衣襟。见(xiàn):露出。 ㉘ 纳屦(jù):穿鞋。踵决:鞋跟开裂。 ㉙ 曳(yè):拖。商颂:《诗经》分为风、雅、颂三部分,其中颂又分为《周颂》《鲁颂》《商颂》《商颂》共五篇。先秦时代诗与音乐两位一体,诗皆可唱,故曰"歌"。 ㉚ 金石:指钟磬一类乐器。 ㉛ 致道:求道。忘心:忘却心智。 ㉜ 颜回:春秋时鲁国人,字子渊,孔子弟子。 ㉝ 居卑:所处地位卑下。 ㉞ 仕:出仕,做官。 ㉟ 郭:外城。 ㊱ 馇(zhān):厚粥。馇粥:稀饭。 ㊲ 愀(qiǎo)然:脸色改变的样子。 ㊳ 审:确实,真正。自得:自感内心有所得而别无所求。 ㊴ 行修于内:在内心进行修养。怍(zuò):羞愧。 ㊵ 得:收获。

【评析】

本章主要谈人格精神的修养问题。

文章的前两段又见于《韩诗外传》卷一、《新序·节士》,二书均作一段。除一般的文字差异外,尤可注意者是结语的不同。《韩诗外传》云:"故养身者忘家,养志者忘身。身且不爱,孰能忝之?"《新序》"忝"作"累",又少了"养生者忘家"一句。二者差别不大,都是强调了"养志"的重要性。较之上述二书,本章则多了"致道者忘心矣"一句,由此体现了不同的人格精神和修养境界。

同样的安贫乐道,同样的"天子不得臣,诸侯不得友",《韩诗外传》和《新序》所肯定和推崇的是一种人格节操,提倡为了某种执定的"道"和"志"而不惜舍生。原宪具备了这样的节操,所以刘向作《新序》时便入之于其中的《节士》篇。这样的人格层次和修养境界,一些深受儒家明辨义利的思想熏陶的士大夫,是能够达到的,各类隐者要做到这一点也不难。而所谓"忘心",既是"致道者"的本质特征,也是"致道"的前提。忘心就是无心,这是清虚宁静、一无负累的精神境界,也就是"致道"的境界。这种境界只有身如槁木、心如死灰的人才能达到。

第三段中,孔子称颜回"家贫居卑",而颜回则称其有郭外之田五十亩、郭内之田十亩。后人遂依据《论语·雍也》中孔子"一箪食,一瓢饮,在陋巷"的话,认为此处颜回之言未必可信。其实,这段文字本属寓言,不必坐实。值得注意的应是后面的几句话:"知足者不以利自累也,审自得者失之而不惧,行修于内者无位而不怍。"这里同样注重内在的精神修养,而不以外在的世俗利益得失为意,正如刘凤苞所说"明乎自有所得",则"一切外来之物,失之而不惧,失不在内也"(《南华雪心编》)。这符合庄子的思想。在庄子的观念中,内在的精神修养和外在的世俗物质生活是对立的,"外内不相及"(《大宗师》)。要达到"致道"的境界,就必须摒弃追逐外物的私欲,所以他主张"治其内而不治其外"(《天地》),"慎女内,闭女外"(《在宥》),从而保持心境的安宁。颜回的不愿出仕,其原因正在于此。至于庄子后学所标榜的"内圣外王"的理想人格精神则是将内外调和起来了,这在本质上同儒家"穷则独善其身,达则兼善天下"(《孟子·尽心上》)的积极入世精神相一致,而完全不同于庄子"游乎尘垢之外"(《齐物论》)的精神境界。

中山公子牟谓瞻子曰①:"身在江海之上②,心居乎魏阙之下③,奈何?"瞻子曰:"重生。重生则利轻。"中山公子牟曰:"虽知之,未能自胜也④。"瞻子曰:"不能自胜则从⑤,神无恶乎⑥?不能自胜而强不从者,此之谓重伤⑦。重伤之人,无寿类矣⑧。"魏牟,万乘之公子也⑨,其隐岩穴也⑩,难为于布衣之士⑪;虽未至乎道,可谓有其意矣。

【今译】

魏牟问瞻子道:"我虽身在江海之上,心却挂在朝廷之中,怎么办呢?"瞻子说:"必须重视生命。重视了生命就会把名利看得很轻了。"魏牟说:"我虽然明白这个道理,却不能克制自己追求名利的欲望。"瞻子说:"既然不能克制自己的欲望,那就干脆任其自然,这样,精神岂不就不受损伤了吗?不能克制自己的欲望却又强自压抑而不顺其自然,这叫双重伤害。受到双重伤害的人,是不得长寿的。"魏牟是大国的公子,他作出隐居山林这样的举动,要比一般贫寒之士困难得多;他虽然没有达到得道的境界,但也可说是有求道的心愿了。

【注释】

① 中山公子牟:《秋水》中的魏牟,战国魏公子,因封在中山,故称。瞻子:又作"詹何",战国时魏人。　② "身在江海之上"句:意为隐居江湖。　③ "心居乎魏阙之下"句:魏阙,古代宫门两边的楼观,此处借指朝廷。意为心中不能忘却荣利。　④ 自胜:克制自己。　⑤ 从:任从。一通"纵",放纵。　⑥ 恶(wù):伤害。　⑦ 重(chóng)伤:双重伤害。不能克制私欲是一伤,明知无法克制却强自克制,因而更增苦恼是二伤,故称重伤。　⑧ 无寿类:不得长寿一类的人。

⑨ 万乘:指能出万辆兵车的大国。 ⑩ 岩穴:山洞。 ⑪ 难为:难以做到。布衣:平民。

【评析】

本章依然阐发"贵生"思想。

文中的瞻子也是先秦贵生派的主要代表(见崔大华《庄学研究》),他的一番话正是贵生思想的典型体现。瞻子告诉魏牟,解决"身在江海之上,心居乎魏阙之下"矛盾的最好办法是"重生",因为重视了生命就必然会看轻利禄。但当魏牟表示虽懂得"重生则利轻"的道理,却又无法克制名利之欲时,他的回答是"不能自胜则从",因为对无法克制的情欲强加压抑就会受"重伤",而重伤之人是不得长寿的。在这里,节欲和纵欲都是出于"重生"的考虑。在贵生派看来,过分纵欲固然伤生,而当私欲一旦产生又无法克制时,强加压抑同样会伤生,故不如予以适度的宣泄,反而有利于保全生命。这后一方面也就是华子所说的:"全生为上……故所谓尊生者,全生之谓;所谓全生者,六欲皆得其宜也。"(《吕氏春秋·贵生》)所谓"六欲皆得其宜",指的就是为了"全生",人的感官欲望应得到一定的满足。这与庄子主张恬淡寡欲以全神养生的思想显然也是不同的。

《吕氏春秋·审为》《淮南子·道应》亦载本章文字,但二书并无文末对魏牟的赞语,显然是作者加的,意在表明通过重生轻利的途径,也能逐步接近于道。但这和庄子无生无死的得道境界已经是两回事了。

孔子穷于陈蔡之间①,七日不火食,藜羹不糁②,颜色甚惫,而弦歌于室。颜回择菜③,子路、子贡相与言曰:"夫子再逐于鲁,削迹于卫,伐树于宋,穷于商周④,围于陈蔡,杀夫子者无罪,藉夫子者无禁⑤。弦歌鼓琴,未尝绝音,君子之无耻也若此乎?"颜回无以应,入告孔子。孔子推琴喟然而叹曰⑥:"由与赐,细人也⑦。召而来⑧,吾语之。"子路、子贡入。子路曰:"如此者可谓穷矣!"孔子曰:"是何言也!君子通于道之谓通,穷于道之谓穷。今丘抱仁义之道以遭乱世之患,其何穷之为⑨!故内省而不穷于道,临难而不失其德,天寒既至,霜雪既降,吾是以知松柏之茂也⑩。陈蔡之隘,于丘其幸乎⑪!"孔子削然反琴而弦歌⑫,子路扢然执干而舞⑬。子贡曰:"吾不知天之高也,地之下也。"古之得道者,穷亦乐,通亦乐。所乐非穷通也,道德于此⑭,则穷通为寒暑风雨之序矣⑮。故许由娱于颖阳而共伯得乎共首⑯。

【今译】

　　孔子在陈蔡两国间处境困窘,七天没有升火做饭,藜叶汤里看不见一粒米,他一脸倦容,却仍在屋里吟唱弹琴。颜回采着野菜,子路和子贡凑在一起说道:"先生两次被鲁国赶出来,在卫国被削去车轮印,在宋国被砍掉曾讲学于其下的大树,在商周处境窘迫,如今又被困在陈蔡间,想杀先生的人却不被治罪,凌辱先生的却不受制止。而他依然吟唱弹琴,没有中断过歌咏之声。难道君子竟是如此的不以受辱为意吗?"颜回无法回答,只好进屋把这事报告了孔子。孔子推开琴而长叹道:"子路和子贡真是见短识浅的人啊!把他们叫来,我有话对他们说。"子路、子贡进了屋。子路说:"像我们这样可算是穷了。"孔子说:"这是什么话!君子通达大道叫作'通',不通大道才叫'穷'。如今我固守仁义之道而身逢乱世之祸,这算什么穷!所以我心中自省并非不通大道,面对危难而没有丧失我的节操,严寒已经来到,霜雪已经降临,我由此才感悟到松柏的苍翠不凋。在陈蔡所遭的困厄,对我来说恐怕反而是件幸事吧!"说完,孔子又拿过琴弹唱起来,子路也威武地提着盾牌跳起了舞。子贡说:"我真是不知道天高地厚啊!"古代得道的人,穷也快活,通也快活。他们所快活的并不在个人的穷还是通,只要心中悟道,那么个人的穷或通就好像寒暑风雨的循序交替那样自然了。所以许由快活逍遥于颖水之北,共伯怡然自得于共山之巅。

【注释】

①穷:困窘。按,孔子穷于陈蔡事见《天运》注。 ②藜:植物名,嫩叶可食。藜羹:藜叶汤。糁(sǎn):饭粒,米粒。 ③择(zhái)菜:采摘野菜。 ④"夫子再逐于鲁"四句:见《山木》注。"削迹"以下三事均见《天运》注。 ⑤藉:凌辱。 ⑥喟(kuì)然:叹息的样子。 ⑦细人:见短识浅的人。 ⑧而:其,他们。 ⑨为:算作,算是。何穷之为:"为何穷"的倒装。 ⑩"天寒既至"三句:与《论语·子罕》"岁寒,然后知松柏之后凋也"语意略同。意为只有经受了困厄危难的考验,才能看出一个人有无节操。 ⑪"陈蔡之隘"二句:隘(ài),困厄。孔子认为在陈蔡所遇之困厄,恰恰证明自己是有节操的,故引以为幸。 ⑫削然:取琴声。反琴:再取琴而弹。 ⑬扢(qì)然:威武的样子。干:盾。 ⑭"道德于此"句:意为心中悟道。 ⑮序:按次序。 ⑯颍阳:颍水之北。许由娱于颍阳:尧让天下与许由,许由不接受,因隐居于颍水之北。共伯:名和,封于共。共伯得乎共首:周厉王被推翻时,诸侯立共伯为王。在位十四年而天下大旱,又被废,乃退归本邑,逍遥于共山之首。

【评析】

本章说明唯有得道者方能达观地对待穷通,始终保持"穷亦乐,通亦乐"的精神状态。

《论语·卫灵公》中已有关于孔子困于陈的记载:"在陈绝粮,从者病,莫能兴。子路愠见曰:'君子亦有穷乎?'子曰:'君子固穷,小人穷斯滥矣。'"本章文字显然脱胎于此。但只是承袭借用了基本的情节框架,而内涵已经发生了很大的变化,最主要的是增加了"古之得道者,穷亦乐,通亦乐"的内容,而这正是本章的主旨所在。

作者借孔子之口阐明了对穷通的独到理解:"君子通于道之谓通,穷于道之谓穷。"这同以自己的理想主张、才能抱负能否实现为标准的儒家穷通观有明显的区别,它注重的是求道者自身的是否得道,得道者即使身遭乱世之患也不算穷。孔子正因"内省而不穷于道",才能

"临难而不失其德",并且处境的"穷"反而能显示出他这个得道者的超乎寻常。虽然文中明言孔子是"抱仁义之道",但作者在这里似乎并不介意所求之道的性质派别,他要着力表现的是"穷亦乐,通亦乐"的得道境界,而这是一切得道之人的共同精神感受。人到了这样的境界,于是就视穷通变化如同"寒暑风雨之序"般地自然了。

舜以天下让其友北人无择①,北人无择曰:"异哉后之为人也②,居于畎亩之中而游尧之门③!不若是而已④,又欲以其辱行漫我⑤。吾羞见之⑥。"因自投清泠之渊⑦。

汤将伐桀,因卞随而谋⑧,卞随曰:"非吾事也。"汤曰:"孰可?"曰:"吾不知也。"汤又因瞀光而谋⑨,瞀光曰:"非吾事也。"汤曰:"孰可?"曰:"吾不知也。"汤曰:"伊尹何如?"曰:"强力忍垢⑩,吾不知其他也。"汤遂与伊尹谋伐桀,克之⑪,以让卞随。卞随辞曰:"后之伐桀也谋乎我,必以我为贼也⑫;胜桀而让我,必以我为贪也。吾生乎乱世,而无道之人再来漫我以其辱行⑬,吾不忍数闻也⑭。"乃自投稠水而死⑮。汤又让瞀光曰:"知者谋之,武者遂之⑯,仁者居之⑰,古之道也。吾子胡不立乎⑱?"瞀光辞曰:"废上⑲,非义也;杀民,非仁也;人犯其难⑳,我享其利,非廉也。吾闻之曰,非其义者,不受其禄,无道之世,不践其土㉑。况尊我乎!吾不忍久见也。"乃负石而自沈于庐水㉒。

昔周之兴,有士二人处于孤竹㉓,曰伯夷、叔齐㉔。二人相谓曰㉕:"吾闻西方有人,似有道者,试往观焉㉖。"至于岐阳㉗,武王闻之,使叔旦往见之㉘,与盟曰:"加富二等㉙,就官一列㉚。"血牲而埋之㉛。二人相视而笑曰:"嘻,异哉!此非吾所谓道也。昔者神农之有天下也[32]，时祀尽敬而不祈喜[33]；其于人也，忠信尽治而无求焉[34]。乐与政为政，乐与治为治[35]，不以人之坏自成也[36]，不以人之卑自高也[37]，不以遭时自利也[38]。今周见殷之乱而遽为政，上谋而下行货[39]，阻兵而保威[40]，割牲而盟以为信，扬行以说众，杀伐以要利[41]，是推乱以易暴也[42]。吾闻古之士，遭治世不避其任，遇乱世不为苟存[43]。今天下暗[44]，周德衰[45]，其并乎周以涂吾身也[46]，不如避之以絜吾行[47]。"二子北至于首阳之山[48]，遂饿而死焉。若伯夷、叔齐者，其于富贵也，苟可得已，则必不赖[49]。高节戾行[50]，独乐其志，不事于世[51]，此二士之节也。

【今译】

舜要把天下让给他的朋友北人无择，北人无择说："君王的为人真是奇怪啊，他原本住在田野之中却要跑到尧的门下！又不就此罢休，还要拿他的肮脏行为来玷污我。同他相见会使我感到耻辱。"于是他自投在清泠之渊中而死。

商汤准备讨伐夏桀，去跟卞随商量，卞随说："这不是我的事。"汤问："跟谁商量合适呢？"卞随说："我不知道。"汤又去跟务光商量，务光说："这不是我的事。"汤问："跟谁商量合适呢？"务光说："我不知道。"汤问："伊尹怎么样？"务光说："伊尹顽强有毅力，能含垢忍辱，别的我就不知道了。"汤于是和伊尹商量伐桀之事，结果战胜了桀，汤要把天下让给卞随。卞随拒绝说："君王伐桀的时候来同我商量，一定是把我当成了残忍的人；战胜桀后又要把天下让给我，一定是把我当成了贪婪的人。我生在乱世，而无道之人又一再用他的肮脏的行为来玷污我，我不愿一次次地听到这种话。"于是自投稠水而死。汤又要把天下让给务光，说道："聪明的人谋划夺取天下之事，勇武的人完成夺取天下之事，仁义的人就应享有天下。这是自古以来的道理。您为什么不登天子之位呢？"务光拒绝说："废黜天子，这是不义；杀害百姓，这是不仁;别人遭难,我却坐享其利,这是不廉。我听说,对于不义之人,不能接受他的赏赐;对于无道之世,不能踏上那土地。何况是尊我为天子呢!我不愿长久地看到这种情况。"于是背着石头沉到庐水中而死。

  当初周朝兴起的时候,有两个贤士住在孤竹国,名叫伯夷、叔齐。两人商量道:"我们听说西方有一个人,好像是有道者,我们姑且到那里去看看。"他们来到了岐山之南,周武王听说后,派周公旦去见他们,同他们订立盟约道:"给你们两位加两级俸禄,授一等官职。"并用牲口血涂了盟书埋到地下。伯夷、叔齐两人相互看着而笑道:"哈,奇怪啊!这不是我们听说的有道者啊。从前神农治理天下,四季祭祀竭尽敬意,却并不想为自己求福。百姓希望他执政,他就努力执政;希望他治国,他就努力治国。他不借着别人的失败来造就自己的成功,不利用别人的卑微来显示自己的高尚,不趁着遇到有利时机来谋取私利。如今周人看到殷商动乱就急急忙忙抢夺天下大权,崇尚计谋而用财物来收买人心,倚仗军队来保持威势,杀牲为盟来建立信誉,显扬德行来取悦大众,杀戮攻伐来谋取私利,这是助长周之祸乱来取代商之暴虐。我们听说古代的贤士,遇到太平盛世不逃避其责任,遇到喧嚣乱世不干苟且偷生之事。如今天下黑暗,周朝的德运将要衰微,与其和周朝并存而玷污我们自己,还不如避开它而使我们的品行保持高洁。"两人向北走到首阳山,结果饿死在那里。像伯夷、叔齐那样的人,他们对于富贵,就是能得到,也一定不会去取。高尚其气节,磨砺其品行,独自以坚持自己高洁的志向为乐,不任世事,这就是两位贤士的节操。

【注释】

  ① 北人无择:人名,北人是复姓,无择是名。　② 后:君,此指舜。　③ 畎(quǎn)亩:田地,田野。稍低的叫"畎",高的叫"亩"。　④ 若是:如此,这样。这里指舜接受了尧的禅让。　⑤ 辱行:秽行。漫:玷污。　⑥ 羞见之:以同他见面为耻。　⑦ 清泠之渊:深潭名,旧说以为在南阳郡西崿山。　⑧ 因:就,趋赴。卞随:夏商之际隐士。　⑨ 瞀(wù)光:一作"务光",夏商之际隐士。　⑩ 强力:顽强有毅力。

忍垢:能忍受耻辱。 ⑪ 克:战胜。 ⑫ 贼:残忍的人。 ⑬ 无道之人:指汤。 ⑭ 数(shuò):屡次。 ⑮ 稠水:水名,在颍川。 ⑯ 遂:完成。 ⑰ 居:占有,享有。 ⑱ 吾子:对对方(一般是男子)的尊称。 ⑲ 废,废黜。废上:指汤伐桀。 ⑳ 犯:遭受。难:指战乱。 ㉑ "非其义者"四句:均系指责汤伐桀的行为。 ㉒ 沈:旧同"沉"。庐水:水名,旧说以为在辽东西界,一说在北平郡界。 ㉓ 孤竹:商代国名,在今河北卢龙县南。 ㉔ 伯夷、叔齐:孤竹国君的两个儿子。 ㉕ 相谓:相交谈。 ㉖ 试:试着,姑且。 ㉗ 岐阳:岐山之南,即周原,系周族发祥地,在今陕西岐山县东北。 ㉘ 叔旦:周武王的弟弟周公旦。 ㉙ 富:俸禄。 ㉚ 就:授予。一列:一等。 ㉛ "血牲而埋之"句:意为将牲口之血涂于盟书上,并埋在盟坛之下,以示忠信。 ㉜ 有:治理。 ㉝ 时祀:四时的祭祀。喜,通"禧",福。祈喜:求福。 ㉞ 尽治:尽心办事。 ㉟ "乐与政为政"二句:乐与,乐于。意为人民喜欢神农执政,他就努力执政,喜欢神农治国,他就努力治国。一切行为都顺乎民意而无所用心。 ㊱ 坏:败。 ㊲ 卑:低下,卑微。 ㊳ 遭时:遇时,碰到有利时机。 ㊴ 上:通"尚",崇尚。行货:用财物招徕人。按,一本无"下"字,当系误增。 ㊵ 阻:倚仗,凭借。 ㊶ 要(yāo):求取。 ㊷ 推:推动。推乱以易暴:助长周之祸乱来取代商之暴虐。 ㊸ 苟存:苟活,苟且偷生。 ㊹ 暗:黑暗。 ㊺ 德:德运,王朝的气运。 ㊻ 其:与其。并乎周:与周并存。涂:玷污。 ㊼ 絜:通"洁"。 ㊽ 首阳之山:山名,在今山西永济县蒲州南。 ㊾ 则:却。赖:取。 ㊿ 戾(lì):通"厉",磨砺,砥砺。 (51) 不事:不任事。

【评析】

本章旨在表现不以天下爵禄损害名节的思想。

《让王》一文的主要思想是重生轻物,而这一章中的几个人物都是以身殉名,二者显然矛盾。有人因此力图将它们统一起来,如陆树芝《庄子雪》一面说"随、光、夷、齐之伦,宁死不辱,似乎尊生,适以害生矣",一面又肯定他们"既具此清风高节,实尊生之基本也"。然而,贵生派注重的是生命的保全，并没有弃生以殉名的意思，不必曲为之解。其实，作者的本意似乎是要在"让王"这一题目下，将各种辞天下、却利禄的行为表现及其动机都搜罗起来，以"多方表现对让王或赐爵一类行为的否定"（张默生《庄子新释》），因而文章虽多从重生的角度谈，但也不排斥其他角度。

文中诸人之所以坚决拒绝接受天下爵禄，甚至不惜抛弃生命，皆出于维护自己名节的考虑。在卞随等人眼里，这个世界充满了"废上""杀民"等残酷现象，统治者都是些不义不仁之辈，他们"上谋而下行货，阻兵而保威，割牲而盟以为信，扬行以说众，杀伐以要利"。他们凭借权诈杀伐夺得了天下，却又假惺惺地搞什么禅让赐爵。既然卞随等人所向往的神农一类无为而治的有道之世一去难返，而身处"乱世"又"不忍久见"，那么，与其受这乱世的玷污，糊里糊涂地背上"贼""贪"的恶名，还"不如避之以絜吾行"。

这种弃身以殉名的思想显然不是庄子所固有的。庄子曾将伯夷之死和盗跖之死作过比较："伯夷死名于首阳之下，盗跖死利于东陵之上，二人者，所死不同，其于残生伤性均也，奚必伯夷之是而盗跖之非乎！"（《骈拇》）他的结论是："自三代以下者，天下莫不以物易性矣。小人则以身殉利，士则以身殉名，大夫则以身殉家，圣人则以身殉天下。故此数子者，事业不同，名声异号，其于伤性以身为殉，一也。"（同上）肯定了以身殉名同样是伤害自然本性的，在这一点上，伯夷的"死名"和盗跖的"死利"本质并无两样。然而，本章作者却以赞赏的态度来记载并评述上述行为，足见是庄子后学的手笔。

盗跖第二十九

【解题】

司马迁《史记·老庄申韩列传》称庄周"作《渔父》《盗跖》《胠箧》，以诋訾孔子之徒，以明老子之术"，并不否认《盗跖》是庄子的作品。韩愈则认为《盗跖》"讥侮列圣，戏剧夫子，盖效颦庄、老而失之者"（归有光、文震孟《南华真经评注引》），确认非庄子手笔。这一观点为此后绝大多数学者所认同。其写作年代，有战国晚期、秦汉间等说法。大致可以说，本篇虽非庄子的作品，但其中部分内容也见于《骈拇》《马蹄》《胠箧》《在宥》等篇，因此与庄子及庄学是有一定关系的，当系庄子后学之作。

王元泽《南华真经新传》的《盗跖》题解概括本篇的主要思想是"不役富贵利禄而自适其天性"，全文三章正是从不同的角度揭露了名利富贵对人的自然本性的戕害，尤其揭露了儒家忠孝仁义的虚伪性，指出恪守伦理道德，妄逐名利富贵，必然伤身失性、贻患于世，只有摒弃仁义、恬淡寡欲，才能避祸养生，保持真性。以"盗跖"为篇名，可能是因为盗跖斥孔子一章被列于文章之首，并且占了全文大半篇幅的缘故。

孔子与柳下季为友①，柳下季之弟，名曰盗跖②。盗跖从卒九千人③，横行天下，侵暴诸侯，穴室枢户④，驱人牛马，取人妇女，贪得忘亲，不顾父母兄弟，不祭先祖。所过之邑,大国守城,小国入保⑤,万民苦之。孔子谓柳下季曰:"夫为人父者,必能诏其子⑥;为人兄者,必能教其弟。若父不能诏其子,兄不能教其弟,则无贵父子兄弟之亲矣⑦。今先生,世之才士也,弟为盗跖,为天下害,而弗能教也,丘窃为先生羞之。丘请为先生往说之⑧。"柳下季曰:"先生言为人父者必能诏其子,为人兄者必能教其弟,若子不听父之诏,弟不受兄之教,虽今先生之辩,将奈之何哉!且跖之为人也,心如涌泉⑨,意如飘风⑩,强足以距敌⑪,辩足以饰非,顺其心则喜,逆其心则怒,易辱人以言。先生必无往。"孔子不听,颜回为驭⑫,子贡为右⑬,往见盗跖。

盗跖乃方休卒徒大山之阳⑭,脍人肝而餔之⑮。孔子下车而前,见谒者曰⑯:"鲁人孔丘,闻将军高义⑰,敬再拜谒者。"谒者入通,盗跖闻之大怒,目如明星,发上指冠,曰:"此夫鲁国之巧伪人孔丘非邪⑱?为我告之:'尔作言造语,妄称文武⑲,冠枝木之冠⑳,带死牛之胁㉑,多辞缪说㉒,不耕而食,不织而衣,摇唇鼓舌,擅生是非㉓,以迷天下之主,使天下学士不反其本,妄作孝弟而侥幸于封侯富贵者也㉔。子之罪大极重㉕,疾走归!不然,我将以子肝益昼餔之膳㉖!'"

孔子复通曰:"丘得幸于季㉗,愿望履幕下㉘。"谒者复通,盗跖曰:"使来前!"孔子趋而进㉙,避席反走㉚,再拜盗跖。盗跖大怒,两展其足㉛,案剑瞋目㉜,声如乳虎㉝,曰:"丘来前!若所言㉞,顺吾意则生,逆吾心则死。"

孔子曰:"丘闻之,凡天下有三德:生而长大,美好无双,少长贵贱见而皆说之,此上德也;知维天地㉟,能辩诸物㊱,此中德也;勇悍果敢,聚众率兵,此下德也。凡人有此一德者,足以南面称孤矣。今将军兼此三者,身长八尺二寸,面目有光,唇如激丹㊲,齿如齐贝㊳,音中黄钟㊴,而名曰盗跖,丘窃为将军耻不取焉。将军有意听臣,臣请南使吴越,北使齐鲁,东使宋卫,西使晋楚,使为将军造大城数百里,立数十万户之邑,尊将军为诸侯,与天下更始㊵,罢兵休卒,收养昆弟㊶,共祭先祖㊷。此圣人才士之行,而天下之愿也。”

盗跖大怒曰:“丘来前!夫可规以利而可谏以言者,皆愚陋恒民之谓耳㊸。今长大美好,人见而悦之者,此吾父母之遗德也。丘虽不吾誉,吾独不自知邪?且吾闻之,好面誉人者,亦好背而毁之。今丘告我以大城众民,是欲规我以利而恒民畜我也㊹,安可久长也!城之大者,莫大乎天下矣。尧舜有天下,子孙无置锥之地;汤武立为天子,而后世绝灭:非以其利大故邪㊺?且吾闻之,古者禽兽多而人少,于是民皆巢居以避之,昼拾橡栗㊻,暮栖木上,故命之曰有巢氏之民㊼。古者民不知衣服㊽,夏多积薪,冬则炀之㊾,故命之曰知生之民。神农之世,卧则居居㊿,起则于于(51),民知其母,不知其父(52),与麋鹿共处,耕而食,织而衣,无有相害之心,此至德之隆也(53)。然而黄帝不能致德(54),与蚩尤战于涿鹿之野(55),流血百里。尧舜作,立群臣,汤放其主,武王杀纣。自是之后,以强陵弱,以众暴寡(56)。汤武以来,皆乱人之徒也。今子修文武之道(57),掌天下之辩(58),以教后世,缝衣浅带(59),矫言伪行,以迷惑天下之主,而欲求富贵焉,盗莫大于子。天下何故不谓子为盗丘,而乃谓我为盗跖?子以甘辞说子路而使从之,使子路去其危冠,解其长剑,而受教于子⁶⁰,天下皆曰孔丘能止暴禁非。其卒之也⁶¹,子路欲杀卫君而事不成,身菹于卫东门之上⁶²,是子教之不至也⁶³。子自谓才士圣人邪? 则再逐于鲁⁶⁴,削迹于卫⁶⁵,穷于齐⁶⁶,围于陈蔡,不容身于天下。子教子路菹此患,上无以为身,下无以为人⁶⁷,子之道岂足贵邪? 世之所高,莫若黄帝,黄帝尚不能全德,而战涿鹿之野,流血百里。尧不慈⁶⁸,舜不孝⁶⁹,禹偏枯⁷⁰,汤放其主,武王伐纣,文王拘羑里⁷¹。此六子者⁷²,世之所高也,孰论之⁷³,皆以利惑其真而强反其情性⁷⁴,其行乃甚可羞也。世之所谓贤士,伯夷、叔齐。伯夷、叔齐辞孤竹之君而饿死于首阳之山,骨肉不葬。鲍焦饰行非世,抱木而死⁷⁵。申徒狄谏而不听⁷⁶,负石自投于河,为鱼鳖所食。介子推至忠也,自割其股以食文公,文公后背之,子推怒而去,抱木而燔死⁷⁷。尾生与女子期于梁下⁷⁸,女子不来,水至不去,抱梁柱而死。此六子者,无异于磔犬流豕操瓢而乞者⁷⁹,皆离名轻死⁸⁰,不念本养寿命者也⁸¹。世之所谓忠臣者,莫若王子比干、伍子胥。子胥沈江⁸²,比干剖心⁸³,此二子者,世谓忠臣也,然卒为天下笑。自上观之,至于子胥、比干,皆不足贵也。丘之所以说我者,若告我以鬼事,则我不能知也;若告我以人事者,不过此矣,皆吾所闻知也。今吾告子以人之情:目欲视色,耳欲听声,口欲察味,志气欲盈。人上寿百岁,中寿八十,下寿六十,除病瘦死丧忧患⁸⁴,其中开口而笑者,一月之中不过四五日而已矣。天与地无穷,人死者有时,操有时之具而托于无穷之间⁸⁵,忽然无异骐骥之驰过隙也⁸⁶。不能说其志意,养其寿命者,皆非通道者也。丘之所言,皆吾之所弃也,亟去走归⑰,无复言之!子之道,狂狂汲汲⑱,诈巧虚伪事也,非可以全真也,奚足论哉!"

孔子再拜趋走,出门上车,执辔三失⑲,目芒然无见⑳,色若死灰㉑,据轼低头㉒,不能出气。归到鲁东门外,适遇柳下季。柳下季曰:"今者阙然数日不见㉓,车马有行色㉔,得微往见跖邪㉕?"孔子仰天而叹曰:"然。"柳下季曰:"跖得无逆汝意若前乎?"孔子曰:"然。丘所谓无病而自灸也㉖,疾走料虎头㉗,编虎须,几不免虎口哉!"

【今译】

　　孔子同柳下季结为朋友,柳下季的弟弟名叫盗跖。盗跖率领九千士兵横行天下,侵害诸侯,穿室破门,驱掠牲口,强夺别人妇女,贪求财物,抛弃亲情,不顾父母兄弟,不祭先祖。所过之处,大国坚守城池,小国退守城堡,百姓为此痛苦不堪。孔子对柳下季说:"大凡当人父亲的,一定能教导他的子女;当人兄长的,一定能教导他的弟弟。如果父亲不能教导他的子女,兄长不能教导他的弟弟,那么就不值得珍视父子兄弟之类的亲情了。如今您先生是当世的贤才,而弟弟却是盗跖这样一个人,他成了天下的祸害,而您却不能对他进行教导,我私下替先生感到羞耻。请允许我替先生去劝说他。"柳下季说:"先生说当人父亲的一定能教导他的子女,当人兄长的一定能教导他的弟弟,但如果子女不听取父亲的教导,弟弟不接受兄长的教导,即使现在有您先生那样出色的口才,又能拿他怎么样呢?况且盗跖的为人,情感如涌泉般地冲动,意气如暴风般地奔放,强悍足以抵御敌人,辩才足以掩饰过错,顺从他的心意就高兴,违背他的心意就发怒,动不动就用话来侮辱人。请先生务必不要去。"孔子不听柳下季的话,让颜回驾车,子贡当车右陪乘,去见盗跖。

　　盗跖正让士兵们在泰山南面休息,将人肝切得细细的,在津津有味地吃着。孔子下车上前,见了传达官说:"鲁人孔丘,听说将军大义,恭敬地请求拜见。"传达官进去向盗跖通报,盗跖听到后大发雷霆,目光四射犹如明星,头发竖起直顶帽子,说道:"此人不是鲁国奸诈虚伪的小人孔丘吗?替我去告诉他:'你炮制虚辞滥说,随心所欲地宣扬文武之道,头戴树枝般的帽子,腰束牛皮带,多嘴多舌,胡言乱语,不耕而食,不织而衣,摇唇鼓舌,专门制造是非,来迷惑天下君主,使天下的读书人不愿回归其本性,反而假惺惺地鼓吹孝悌之道,妄图借此得以封王侯、享富贵。你罪大恶极,将受严惩,还不快滚回去!不然的话,我要用你的肝来为我的午餐增加一道菜肴!'"

孔子又请传达官进去通报说:"我得以同将军的哥哥柳下季亲近,如今不求别的,只希望在帐下能看到您的鞋就足矣。"传达官又进去通报,盗跖说:"让他进来!"孔子一溜小跑着进去,又远离坐席,迅速倒退几步,对盗跖拜了又拜。盗跖大怒,又开两腿坐着,手抚宝剑,怒目远睁,声如乳虎,说:"孔丘上前来!你说的话,符合我的心意就让你活,违背我的心意就要你死。"

孔子说:"我听说,举凡天下有三等美德:生就的高大魁梧,容貌漂亮无比,无论幼长贵贱,见了都喜欢他,这是第一等美德;智慧足以包罗天地,才能足以辨析万物,这是第二等美德;强悍果敢,聚众率兵,这是第三等美德。大凡只要具备其中一德,就足以朝南称王了。如今将军兼备这三种美德,身高八尺二寸,脸上神彩飞扬,嘴唇犹如鲜亮红润的丹砂,牙齿犹如排列整齐的贝壳,吐字发声符合音律,可名字却叫盗跖,我私下替将军感到耻辱,并认为将军不应当用这个名字。如果将军有心听我的话,我请求向南出使吴越,向北出使齐鲁,向东出使宋卫,向西出使晋楚,让这些诸侯国替将军造数百里长的大城,建立拥有几十万户口的都邑,尊将军为诸侯,与天下人共同除旧布新,罢兵休战,供祭先祖,这是圣人贤士的作为,也是天下人的心愿啊!"

盗跖大怒道:"孔丘,你上前来!大凡能用利禄来劝诱、用言语来劝说的人,都只能算是愚钝浅陋的庸人。如今我魁梧漂亮,人人见了都喜欢,这是我父母留下的恩德,即便你不称赞我,难道我自己不知道吗？况且我听说，喜欢当面称赞别人的人，也喜欢在背后诋毁别人。如今你把建造大城、增加百姓的打算告诉我，这是要用利禄来劝诱我，并且把我当庸人来对待，即使造了大城、增加了百姓，又怎么能保持长久无虞呢！城堡再大，也大不过天下。但尧舜拥有了天下，他的子孙却没有立锥之地；汤武被拥立为天子，而到他们的后代却断了香火：岂不是因为他们占有的好处太大的缘故吗？况且我又听说，古代禽兽多而人少，于是人们都在树上筑巢而居，白天捡橡子充饥，晚上在树上栖息，所以称之为有巢氏之民。古代的人不懂得穿衣服，他们在夏天积聚了干柴，冬天就用来烤火取暖，所以称之为懂得生存的人。神农氏的时代，大家都睡得安安稳稳，起得恬然自适。人们只知有母，不知有父，跟麋鹿生活在一起，靠自己耕种来吃饭，自己织布来穿衣，彼此间没有相互伤害之心，这是道德的鼎盛时代。可黄帝却不能达到这样的道德境界，他和蚩尤在涿鹿之野大战一场，以至于血流百里。尧舜起而称帝，设置百官；商汤放逐了他的君主夏桀，周武王杀了殷纣王。从此之后，这世上以强凌弱、以众欺寡的事比比皆是。汤武以来，就都是作乱之人了。如今你一心研习文武之道，一手把持天下舆论，以此来教导后世之人；宽衣博带，言行做作，以此来迷惑天下之主，企图从中求得富贵，没有比你更大的盗贼了。天下之人为什么不把你称作'盗丘'，却把我称作'盗跖'呢？你用甜言蜜语说动子路而让他跟着你，使他摘掉高冠，解下长剑，从你这里接受教导，所以天下人都说你孔丘能制止强暴、禁绝歹行。其结果呢，子路要杀卫国国君没有成功，自己却在卫国东门之上被剁成了肉酱，这是你的教育不到家啊！你不是自称才士圣人吗？却两次被鲁国赶出来，在卫国被削掉车辙印，在齐国陷入窘境，又在陈蔡两国被围困，偌大的天下竟没有你的容身之地。你调教的子路又遭受了被剁成肉酱的祸患，弄得上不能保己，下不能为人，如此看来，你的这套说教哪里值得推崇呢？世人所尊崇的人，莫过于黄帝，黄帝尚且不能保全德行完美，而征战于涿鹿之野，以至血流百里，那别人就更不用说了：尧不仁慈，舜不孝顺，禹半身不遂，汤放逐其主，武王讨伐殷纣，文王被囚羑里。这六个人，都是世人所尊崇的，但细细论来,他们都是因追求功利而迷失了本真,硬是违背了自己的本性,他们的行为是很可耻的。世人所说的贤士,无非是伯夷、叔齐一类的人物。伯夷、叔齐辞去了孤竹国的君位而饿死在首阳山,尸体也不得安葬。鲍焦矫饰其行、讥刺当世,结果抱树而死。申徒狄劝谏国君而不听,最后背着石头投河自尽,尸体也被鱼鳖吃了。介子推算是最忠心耿耿的,他亲自割了大腿肉来给晋文公吃,文公后来却背弃了他,于是子推怒而离去,抱着树被烧死了。尾生和某一位女子约定在桥下见面,到时那女子却没来,于是潮水涌来他也不离去,结果搂着桥柱而死去。这六个人跟那些被杀的狗、被扔在河里的猪、拿着瓢讨饭的人没有什么不同,都是重名而轻死,不肯顾念本性、颐养生命。世人所说的忠臣,没有人能比得上比干和伍子胥了。可子胥沉江而死,比干被挖出心肝,这两个人就是世人所称道的忠臣,然而最终却被天下人所耻笑。从上面的事情看来,即使达到了子胥、比干那样的境界,也是不值得推崇的。你孔丘来说服我,如果告诉我的是鬼事,那么我是不知道的;如果告诉我的是人事,也就不过是上面这些而已,这些都是我了解的。现在我把人之本性告诉你:眼睛要看靓色,耳朵要听佳音,嘴巴要尝美味,精神要充沛。人生长寿是一百岁,中寿八十岁,短寿六十岁,除去疾病、死丧、忧患的时间,其中开口而笑的,一月中不过四五天而已。天地是无穷的,人的生命是有限的,将有限的形骸寄托在无穷的天地之间,转瞬即逝,就如同骏马从缝隙之上一跃而过。因此,凡是不能使人精神愉快并颐养天寿的人,都不是通达大道之人。你孔丘所说的,都是我所鄙弃的,你还是快快离开这里滚回去吧,不要再说了!你的这套说教丧失本性、到处钻营,全都是巧诈虚伪的货色,不能用来保全人的本真,哪里值得一提啊!"

　　孔子再三叩拜后,急急忙忙地跑了,出门上车时,手中握着的缰绳竟然好几次掉在了地上。他的眼神一片茫然,一无所见,面色如同死灰,靠着车轼低着头,连大气也不敢出。回到鲁国都城东门外,正巧碰上了柳下季。柳下季说:"如今有好几天没有见到你了,你的车马一副远行才归的样子,莫不是去见跖了吧?"孔子仰天长叹道:"是啊!"柳下季问:"莫非跖真像我先前所说的那样违拗了你的意见了吧?"孔子说:"是的。我这真叫没病而自针灸,急急忙忙地跑去摸虎头、捋虎须,我这条命差点不能幸免于虎口啊!"

【注释】

① 柳下季:春秋鲁大夫,姓展,名获,字季禽,或曰字季、子禽,故又称展禽。因食邑柳下,谥惠,故又称柳下惠。按,据《左传》僖公二十六年(前634)"公使展喜犒师,使受命于展禽"。孔子生于襄公二十二年(前551),距展喜受命于展禽已八十三年,故所谓二人为友云云,纯属小说家言。　② 盗跖(zhí):《汉书》李奇注称其为"秦之大盗"。《史记·伯夷列传》张守节正义又云:"跖,黄帝时大盗之名"。故俞樾以为"跖之为何时人,竟无定说。孔子与柳下惠不同时,柳下惠与盗跖亦不同时,读者弗以寓言为实也"。　③ 从:使跟从,率领。　④ 穴:作动词用,凿穿。枢:一本作"抠",挖。　⑤ 保:通"堡",小城。　⑥ 诏:教。　⑦ 贵:以为贵,重视,崇尚。　⑧ 说(shuì):劝说,说服。⑨ 心如涌泉:形容盗跖感情极其冲动。　⑩"意如飘风"句:飘风,暴风。意为盗跖意气奔放。　⑪ 距:通"拒",抵御,抗衡。　⑫ 驭:驾车马的人。　⑬ 右:车右。居于车之右,担任居左尊者的侍卫。⑭ 大(tài)山:泰山。　⑮ 脍:细切。餔(bū):食。　⑯ 谒(yè)者:古代掌通报、传达的人。　⑰ 将军:指盗跖。高义:行为高尚合乎正义。⑱ 此夫:此人。巧伪人:奸诈虚伪之人。　⑲ 文武:周文王、武王。⑳ 冠:戴。枝木之冠:冠上多华丽装饰,如树枝之繁复。　㉑ "带死牛之胁"句:胁,肋。意为束着用牛肋骨部位的皮制作的皮带。㉒ 缪:通"谬"。　㉓ 擅:专门。　㉔ 弟(tì):通"悌",敬爱兄长。侥幸:希求获得意外成功。　㉕ 极:俞樾以为当作"殛"。殛,惩罚。㉖ 益:增加。昼餔:午餐。　㉗ 幸:亲近。　㉘ "愿望履幕下"句意为不敢正面看盗跖面容,只希望在帐下看到其所穿之鞋便满足了。企图让盗跖再度接见。　㉙ 趋:小步快行。　㉚ 避席:离席。反走:小步迅速倒退。按,小步快行上前,又离席迅速倒退几步,均表示敬意。

㉛ 展:伸直。两展其足:又开两腿而坐,即所谓"箕踞"。按,古人席地而坐,箕踞是一种轻慢的行为。 ㉜ 案:通"按",抚。 ㉝ 乳虎:处在哺乳期的雌虎。因其凶猛异常,故以喻盗跖。 ㉞ 若:你。 ㉟ 维:包罗。 ㊱ 辩:通"辨"。 ㊲ 激(jiǎo):明。激丹:鲜亮的丹砂。 ㊳ 齐贝:排列整齐的贝壳。 ㊴ 中(zhòng):符合。黄钟:十二乐律之首。 ㊵ 更始:重新开始,除旧布新。 ㊶ 昆弟:兄弟。 ㊷ 共:通"供"。 ㊸ 恒民:常人。 ㊹ 畜:对待。 ㊺ "尧舜有天下"五句:尧舜汤武拥有天下是获至大之利,故使子孙后代遭难。 ㊻ 橡栗:栎树的果实,可食。又叫橡子、橡果、橡实。 ㊼ 有巢氏:古代传说中巢居的发明者。相传远古时代人们穴居野处,有巢氏教民构木为巢,居住树上,从而避免了野兽的侵害。 ㊽ 衣服:此处用作动词,穿衣服。 ㊾ 炀(yàng):烤火取暖。 ㊿ 居居:安稳的样子。 ㊶ 于于:自得的样子。 ㊷ "民知其母"二句:意为神农之世实行的是群婚制,故人们只知其母,不知其父。 ㊸ 至德:最高的道德。隆:盛。 ㊹ 致德:达到至德的境界。 ㊺ 蚩(chī)尤:传说中东方九黎族首领,后与黄帝战于涿鹿(今河北涿鹿县东南),兵败被杀。 ㊻ 暴:欺凌。 ㊼ 修:研习。 ㊽ 辩:舆论。 ㊾ 缝衣:袖子宽大之衣。浅带:博带,宽大的腰带。缝衣浅带系古代儒者之服。 ㊿ "子以甘辞说子路而使从之"四句:子路好斗,常戴高冠、佩长剑以示勇猛,并曾侮辱过孔子。后孔子教以礼义,遂成为孔门弟子。 ㊶ 卒:结果。 ㊷ "子路欲杀卫君而事不成"二句:菹(zū),把人剁成肉酱。据《左传》哀公十五年及《史记·仲尼弟子列传》,卫灵公太子蒯聩得罪灵公宠姬,惧诛出奔。灵公死,卫立蒯聩子辄为君。后十二年,蒯聩胁迫大夫孔悝作乱,逐辄自立,是为庄公。子路时任孔悝家臣,欲用计杀蒯聩、救孔悝,事不成被杀。此事发生在公元前480年,当时颜回已去世十年。可见上文所谓"颜回为驭"云云,亦属寓言。 ㊸ 不至:不到家。 ㊹ 再逐于鲁:见《山木》注。 ㊺ 削迹于卫:见《天运注》。 ㊻ 穷于齐:据《史记·孔子世家》,鲁乱,孔子至齐,齐景公欲封尼谿之田给孔子,因齐相晏婴阻挠未成。后齐大夫又欲害他,孔子被迫离开齐国。 ㊼ "子教

子路菹此患"三句:马叙伦《庄子义证》以为这三句当在前文"身菹于卫东门之上"下,文理始通。 ⑱ 尧不慈:尧未将天下授予其子丹朱,却禅位于舜,相传又杀丹朱。 ⑲ 舜不孝:舜不告父母而娶妻,相传又放逐其父瞽叟。 ⑳ 禹偏枯:禹因治水辛劳而导致半身不遂。 ㉑ 羑(yǒu)里:监狱名,在今河南汤阴县北。周文王因感叹商纣无道,被崇侯虎告发,纣王乃囚其于羑里。 ㉒ 六子:指尧、舜、禹、汤、文、武。或以为"六"当作"七",则应添上黄帝。 ㉓ 孰:通"熟",详细。 ㉔ 真:本真。反:违背。情性:本性。 ㉕ "鲍焦饰行非世"二句:非世,讥刺当世。《史记·鲁仲连邹阳列传》张守节正义引《韩诗外传》云:"姓鲍,名焦,周时隐者也。饰行非世,廉洁而守,荷担采樵,拾橡充食,故无子胤,不臣天子,不友诸侯。子贡遇之,谓之曰:'吾闻非其政者不履其地,污其君者不受其利。今子履其地,食其利,可乎?'鲍焦曰:'吾闻廉士重进而轻退,贤人易愧而轻死。'遂抱木立枯焉。" ㉖ 申徒狄:见《大宗师》《外物》。 ㉗ "介子推至忠也"五句:介子推,晋文公重耳臣,《左传》作"介之推"。食(sì),给予食物吃。燔(fán)死,烧死。成玄英疏:"晋文公重耳也,遭骊姬之难,出奔他国,在路困乏,推割股肉以饴之。公后还三日,封于从者,遂忘子推。子推作《龙蛇之歌》,书其营门,怒而逃。公后惭谢,追子推于介山。子推隐避,公因放火烧山,庶其走出,火至,子推遂抱树而焚死焉。"按,《左传》亦载介子推事迹,但最后是与其母"遂隐而死",并无割股、燔死事。郭庆藩以为燔死之说实始于庄子。 ㉘ 尾生:《战国策·燕策》作"尾生高",《论语·公冶长》作"微生高",高诱以为鲁人。期:约会。梁:桥。 ㉙ 磔(zhé):分裂牲畜肢体以供祭祀。 ㉚ 离(lí):通"丽",附着。离名:执着于求名。 ㉛ 念本:顾念本性。养寿命:颐养生命。 ㉜ 子胥沈江:见《胠箧》。 ㉝ 比干剖心:见《人间世》。 ㉞ 瘦:王念孙以为当系"瘐"字之误。瘐(yǔ):病。 ㉟ 操:持,拿。具:躯体,形骸。无穷之间:天地之间。 ㊱ "忽然无异骐骥之驰过隙也"句:忽然,迅速的样子。骐骥,骏马。按,这句形容光阴流逝之速,人生旅程之短。《知北游》"人生天地之间,如白驹之过郤,忽然而已",语意略同。 ㊲ 亟(jí):急。

⑧ 狂狂：迷失本性的样子。汲汲：急切追求的样子。　⑧⑨ 执辔三失：手中所持马缰多次掉落在地。形容孔子的惊慌失措。　⑨⓪ 芒然：茫然，模糊不清的样子。　⑨① 死灰：火灭后的冷灰，此处形容脸色惨白。⑨② 据：依靠。轼：车前横木，供乘车者凭靠。　⑨③ 阙然：空缺的样子。⑨④ 行色：出行前后的情态。　⑨⑤ 微，无。得微：莫非。　⑨⑥ 灸：中医疗法之一，点燃艾绒以熏灼人体有关穴位。无病而自灸：犹言无事而自讨苦吃。　⑨⑦ 料（liáo）：通"撩"，逗弄。

【评析】

本章借盗跖之口对以孔子为代表的儒家作了全面的批判。

文中的盗跖是以一个彻底的反儒斗士的面貌出现的，他将儒家所服膺的文武之道、所尊崇的圣贤忠臣、所提倡的道德规范，以及孔子的一切行为一笔抹倒，对在儒家思想影响下形成的传统价值观作了全然相反的评价。如称"黄帝不能致德"，"尧不慈，舜不孝"，"鲍焦饰行非世"，伍子胥、比干之行"皆不足贵"。其所持思想武器，一是全身葆真的人生哲学。

文中批评"世之所高"者如尧、舜、禹、汤、文、武等辈"皆以利惑其真而强反其情性"，"世之所谓贤士"如伯夷、叔齐等辈"皆离名轻死，不念本养寿命者也"，孔子之道"狂狂汲汲，诈巧虚伪事也，非可以全真也"。他直言不讳地宣称人的本性是："目欲视色，耳欲听声，口欲察味，志气欲盈"；在人生短暂"无异骐骥之驰过隙"的必然面前，人的一切欲望都应当满足，"不能说其志意，养其寿命者，皆非通道者也"。二是"至德之世"的社会理想。如神往于有巢氏、神农氏之世，赞美其为"至德之隆"，而称自黄帝、尧、舜之后"则以强陵弱，以众暴寡"，汤武以来"皆乱人之徒也"。

这两件武器并非新发明，在庄子学派，乃至贵生派那里都可以找到。所可注意者，文章的作者非但批判孔子的思想，还诋毁孔子的人格，骂其是："鲁国之巧伪人"，"摇唇鼓舌，擅生是非，以迷天下之主"，

"罪大极重",是天下第一大盗,应当称其为"盗丘"才是。这显然不是庄子本人的手笔。因为庄子虽然并不赞成孔子的政治主张、社会理想和人生观,并常以孔子为对立面来阐明自己的观点,甚至也对其作过调侃和讽刺,但对孔子的人品是敬重的,称自己"不得及彼"(《寓言》),也曾借孔子之口以立论。本章却辞气激烈,咄咄逼人,虽是一篇痛快文字,可惜失之浅露,少了庄子那种大学者的蕴藉气度。

  子张问于满苟得曰①:"盍不为行②?无行则不信,不信则不任,不任则不利。故观之名,计之利,而义真是也③。若弃名利,反之于心,则夫士之为行,不可一日不为乎④!"满苟得曰:"无耻者富,多信者显⑤。夫名利之大者,几在无耻而信。故观之名,计之利,而信真是也。若弃名利,反之于心,则夫士之为行,抱其天乎⑥!"
  子张曰:"昔者桀纣贵为天子,富有天下,今谓臧聚曰⑦,汝行如桀纣,则有怍色⑧,有不服之心者,小人所贱也。仲尼、墨翟,穷为匹夫,今谓宰相曰,子行如仲尼、墨翟,则变容易色称不足者,士诚贵也。故势为天子,未必贵也;穷为匹夫,未必贱也;贵贱之分,在行之美恶。"满苟得曰:"小盗者拘,大盗者为诸侯,诸侯之门,义士存焉⑨。昔者桓公小白杀兄入嫂而管仲为臣⑩,田成子常杀君窃国而孔子受币⑪。论则贱之,行则下之⑫,则是言行之情悖战于胸中也⑬,不亦拂乎⑭!故《书》曰:'孰恶孰美?成者为首,不成者为尾⑮。'"
  子张曰:"子不为行,即将疏戚无伦⑯,贵贱无义⑰,长幼无序⑱;五纪六位⑲,将何以为别乎?"满苟得曰:"尧杀长子⑳,舜流母弟㉑,疏戚有伦乎?汤放桀,武王杀纣,贵贱有义乎？王季为適㉒，周公杀兄㉓，长幼有序乎？儒者伪辞㉔，墨者兼爱㉕，五纪六位将有别乎？且子正为名，我正为利。名利之实，不顺于理，不监于道㉖。吾日与子讼于无约，㉗曰：'小人殉财，君子殉名。其所以变其情，易其性，则异矣；乃至于弃其所为而殉其所不为㉘，则一也。'故曰，无为小人，反殉而天㉙；无为君子，从天之理。若枉若直，相而天极㉚；面观四方，与时消息㉛。若是若非，执而圆机㉜；独成而意，与道徘徊㉝。无转而行㉞，无成而义㉟，将失而所为㊱。无赴而富㊲，无殉而成㊳，将弃而天。比干剖心，子胥抉眼㊴，忠之祸也；直躬证父㊵，尾生溺死，信之患也；鲍子立干㊶，申子不自理㊷，廉之害也；孔子不见母㊸，匡子不见父㊹，义之失也。此上世之所传，下世之所语，以为士者正其言，必其行㊺，故服其殃㊻，离其患也㊼。"

【今译】

　　子张问满苟得："你为什么不修德行呢？没有好的品行就不能受到别人信赖，不受信赖就不会被任用，不被任用就不能获利。所以即使从名的角度去观察，从利的角度去考虑，也总以先修仁义德行为是。如果撇开名利，反求于心，那么士大夫的修德之举，岂非更是连一天都不能中止吗？"满苟得说："去除羞耻之心的人才能得到富贵，喜欢张扬自己的人才能大显名声。那些人之所以能获大名大利，几乎全在于他们的无耻而自夸。所以从名的角度去观察，从利的角度去考虑，也总以张扬自己为是。如果撇开名利，反求于心，那么士大夫的修德，就应当摒弃仁义而保持自己的本性。"

　　子张说："从前桀和纣尊贵到做了天子，富有到拥有天下，但如果现在对仆隶役夫说，你们的品行跟桀纣一样，他们就会面有愧色，他们是有不服之心的，因为桀纣的品行也是这些低贱之人所鄙视的。孔子墨子穷得当了平民,但如果现在对宰相说,你们的品行跟孔墨一样,他们就会惶恐得变了脸色而连称自己还不够,因为孔墨的品行确实是士大夫所敬重的。所以即使权威大得做到天子,也未必高贵;穷困得成了平民,也未必下贱;贵贱之分,在于品行的善恶。"满苟得说:"小偷小摸的要被抓起来,窃国大盗却当了诸侯,所谓义士就在诸侯那里。从前齐桓公小白杀了哥哥,又娶嫂子为妻,可管仲却做了他的臣子;田成子常杀了国君,窃据了治国大权,可孔子却接受了他的礼物。管仲和孔子虽然在言论中看不起他们,在行动上却甘为之下。那么这就是言和行两种情况在胸中发生了冲突,这言行不一岂不是违背本性的吗?所以《尚书》上说:'什么是恶,什么是善?成功的就是善,就能居上;不成功的就是恶,只能屈居其下。'"

子张说:"你不修德行,那么将会导致疏亲没有常规,贵贱没有准则,长幼没有次序,五伦六纪,靠什么来区分呢?"满苟得说:"尧杀了长子,舜流放亲弟,疏亲有常规吗?汤放逐桀,武王杀了纣,贵贱有准则吗?王季立庶子为继承人,周公杀了哥哥,长幼有次序吗?儒家伪造等级名分之辞,墨家倡导相爱互利之说,五伦六纪有区别吗?况且你为的正是名,我为的正是利。为名为利的实质,都是既不符合于你所提倡的理,也不体现于你所提倡的道。我以前曾经和你在无约那里争论过这些,他说:'小人为财而死,君子为名而死。尽管改变他们自然情性的东西并不同,但在抛弃他们所应当做的而去为他们所不应当做的献身这一点上是一致的。'所以说,不要做小人,要回过头来追寻你那失去的天性;不要做君子,要使自己顺应自然之理。管他眼前的路是曲是直,要紧的是依着你看准的自然法则而行;要观察四方,随着四季更迭而消长变化。管他是对是错,要紧的是把定循环变化的机关,与道共游而独会于心。不要偏执你的德行修养,不要成就你的仁义之道,否则将会失去你的真性。不要去追逐你的富贵,不要去为你的建功立业理想而献身,否则也将抛弃你的天性。比干被挖心,伍员被挖眼,这是尽忠导致的灾难;直躬告发他的父亲,尾生被水淹死,这是诚信导致的祸患;鲍焦站着抱树而死,申徒狄自沉于水,这是廉洁导致的危害；孔子见不到母亲，匡章见不到父亲，这是仁义导致的过失。以上这些事都是前代所流传下来，并被后代所津津乐道的，人们以此来端正士大夫的行为，所以使他们遭了殃，受了难。"

【注释】

①子张：孔子弟子，姓颛孙，名师，子张系其字。满苟得：假托的人名。寓"苟且贪得以满其心"(成玄英疏)之意。　②盍：何。为行：修德。　③"故观之名"三句：观，察，专注。计，盘算。是，对。意为欲求名利，应以先修仁义为是。　④"若弃名利"四句：反之于心，反求于心。意为即使不求名利，则反躬自问，也不可一日不修德行。　⑤多信：多言，即善于自夸。　⑥抱：守。天：自然本性。　⑦臧：臧获，奴婢之贱称。聚：刘文典《庄子补正》引孙诒让曰："聚当读为'驺'。"驺，养马人。臧聚：仆隶役夫。　⑧怍(zuò)色：愧色。⑨"小盗者拘"四句：按，《胠箧》中"窃钩者诛，窃国者为诸侯。诸侯之门而仁义存焉"数句与这四句意思相近。　⑩小白：齐桓公名。杀兄入嫂：谓齐桓公杀其兄公子纠，又纳其嫂为妻。但"入嫂"事不见他书。⑪田成子常：春秋时齐国大夫陈恒，又名常。杀君窃国：指田成子常于齐简公四年(前481)杀简公，立平公，自任相国事。又见《胠箧》。孔子受币：谓孔子接受了田成子常所赠礼物。按，《论语·宪问》云："陈成子弑简公，孔子沐浴而朝，告于哀公曰：'陈恒弑其君，请讨之。'"可见孔子对田成子常此举是坚决反对的，"受币"之说亦是寓言。　⑫下之：甘为之下。　⑬悖战：交战。　⑭拂：违背。　⑮"孰恶孰美"三句：为首，为上。为尾，为下。按，这三句不见于今本《尚书》。　⑯戚：亲。伦：伦常，由封建道德所规定的人际关系被视为常道，故云。⑰义：准则，法度。　⑱序：次序。　⑲五纪：五伦，指君臣、父子、夫妇、兄弟、朋友等五种人际关系。六位：六纪，指诸父、兄弟、族人、诸舅、师长、朋友等六种人际关系(依俞樾《庄子平议》之说)。　⑳尧杀长子：陆德明《释文》引崔譔云，"尧杀长子考监明。"　㉑流：流放。母弟：同母之弟。舜流母弟：按《孟子·万章上》的说法，舜封其弟象于有

库,并派遣官吏来治其国而纳其贡税,使象不得为所欲为,故有人认为这是流放。　㉒　王季:周太王幼子季历。因太王欲立其为嫡,故长子太伯、次子仲雍避居江南。適(dí):通"嫡"。　㉓　周公杀兄:指周公杀管叔、蔡叔事。　㉔　伪辞:人为制造名位等级之辞。　㉕　兼爱:意谓天下人必须相爱互利,主张"爱无差等"。系墨子思想的核心内容之一。　㉖　监:通"鉴",明。　㉗　日:陶鸿庆《读庄子札记》云:"日者,昔日也。"陈景元《庄子阙误》引张君房本正作"昔"。讼:争论。无约:假托的人名,意为不受名利所约束而听其自然。　㉘　所为:所应当做的,指保养真性。所不为:所不应当做的,指追逐名利。　㉙　而:通"尔",你。　㉚　"若枉若直"二句:若,或。枉,曲。相:视,效法。极:准则。意为不管眼前道路是曲是直,只要依你认定的自然准则而行就可以了。　㉛　与时消息:随四季更迭而消长变化。　㉜　执:把握。圆机:犹《齐物论》《则阳》中所说的"环中",循环变化之枢纽,以圆环之无端比喻超脱是非的自然循环之理。　㉝　"独成而意"二句:意为与道共游而心中独有所得。　㉞　转(zhuān):通"专",固执。　㉟　义:仁义。　㊱　所为:真性。　㊲　赴:追逐。　㊳　成:成就功业。　㊴　子胥抉眼:抉,挖出。据《史记·伍子胥列传》,伍子胥忠谏吴王夫差不听,反被赐死。自刭前,他叮嘱其舍人"抉吾眼悬吴东门之上,以观越寇之入灭吴也"。又见《国语·吴语》《史记·吴大伯世家》。　㊵　直躬证父:证,检举,告发。《论语·子路》:"叶公语孔子曰:'吾党有直躬者,其父攘羊,而子证之。'"又见《韩非子·五蠹》《吕氏春秋·当务》《淮南子·泛论训》。按,依《论语》,直躬系指正直坦率之人。但在本文中当作人名而寓直率之意。　㊶　鲍子:前章的鲍焦。　㊷　申子不自理:陆德明《释文》云:"本又作'申子自埋'。或云:谓申徒狄抱瓮之河也。"据此,则"不"字系误增,当删。自埋:自沉。申徒狄自沉事又见《大宗师》《外物》等篇。一说,这句仍照旧,指春秋时晋国太子申生事。申生系晋献公太子,其庶母骊姬诬告他想谋害献公,有人劝他申辩,不从,遂自杀。自理,自辩。　㊸　孔子不见母:据成玄英疏,孔子忙于周游列国,以致其母临终而不得一见。按,此事不见于他书。　㊹　匡子不见父：陆德明《释文》引司马彪云，"匡子，名章，齐人，谏其父，为父所逐，终身不见父"。按，此说出自《孟子·离娄下》，"夫章子，子父责善而不相遇也……为得罪于父，不得近……"。 ㊺ 必：固执、拘泥。㊻ 服：受。 ㊼ 离：通"罹"，遭受。

【评析】

本章着重指出儒家行仁义以求名利的虚伪本质。

《论语·为政》中有"子张学干禄"的内容，可见他原本就不是一个对名利毫不动心的人。但子张又是孔子高足，作为儒生，他自有一套获取名利的途径和方法。他曾说过"见得思义"的话（《论语·子张》），就是说，在看见有所得时，必须考虑"得"来是否正当。在子张看来，通过行仁义来求名利，应是正当之"得"。由此看来，本章虽属寓言，也并非空穴来风、向壁虚造了。虽然文中子张也说过，即使抛弃名利不谈，士大夫也不可一天不行仁义；不行仁义，人伦便会失其常道。但真正的意思却是"观之名，计之利，而义真是也"。

与此相反，满苟得则公然宣称：要富贵，就必须去掉羞耻之心；要扬名，就必须学会吹嘘自己。并对子张的矫行仁义和儒家伦理观念的虚伪性作了无情的揭露和讽刺。满苟得是个坦率得可爱，又极为明智的人。他十分清楚，他和子张的求名利之道都是"不顺于理，不监于道"。他借无约之口作了深刻的剖析：就引起"变其情，易其性"的原因而言各不相同，但就"弃其所为而殉其所不为"这一点而言，则并无二致，都是为追逐外物而丧失本性。结论是既不学小人之殉财，也不学君子之殉名，要"反殉而天"，"从天之理"，"与道徘徊"。这些与庄子的思想是相吻合的。如《骈拇》中就说过："小人则以身殉利，大夫则以身殉家，圣人则以身殉天下，故此数子者，事业不同，名声异号，其于伤性以身为殉，一也。"

那么，满苟得既意识到自己以"无耻""多信"求名利也是"不顺于理，不监于道"，同样是"弃其所为而殉其所不为"，为什么还要如此理直气壮地批评子张呢？因为在他看来，求名利固然都不合于道，但毫不避讳地承认自己追求名利，在某种意义上，也是人的欲望的自然流露，虽然不抛弃这种欲望，就永远不能达到"与道徘徊"的境界。而与之相比，子张却打着行仁义的旗号，将求名利的真正目的掩盖起来，这就更等而下之了。林希逸对这一点看得很准，他在《庄子鬳斋口义》中说："子张欲行义以求富贵，因干禄之语而借其名也。满苟得则以苟得而满其欲为自然之道，故设为问答之辞，意谓矫饰以求利达，不如直情之为愈，盖矫孟子'天爵''人爵'之说。"孟子之说见于《孟子·告子上》。所谓"天爵"指的是"仁义忠信，乐善不倦"；所谓"人爵"，指的是"公卿大夫"。孟子认为，修"天爵"，则"人爵"自然会跟着而来。他反对出于求"人爵"的目的来修"天爵"，指出有些人得了"人爵"便抛弃"天爵"，则最终连"人爵"也保不住，可见孟子要的是"天爵"。子张则是以修"天爵"来求"人爵"，满苟得是只要"人爵"不要"天爵"，庄子更是"天""人"双遗，他要的是泊然无欲的自由。

　　无足问于知和曰①："人卒未有不兴名就利者②。彼富则人归之③，归则下之④，下则贵之⑤。夫见下贵者⑥，所以长生安体乐意之道也⑦。今子独无意焉⑧，知不足邪，意知而力不能行邪⑨，故推正不忘邪⑩？"知和曰："今夫此人以为与己同时而生⑪，同乡而处者，以为夫绝俗过世之士焉⑫；是专无主正⑬，所以览古今之时，是非之分也，与俗化世⑭。去至重⑮，弃至尊⑯，以为其所为也⑰；此其所以论长生安体乐意之道，不亦远乎！惨怛之疾，恬愉之安，不监于体；怵惕之恐，欣欢之喜，不监于心⑱；知为为而不知所以为，是以贵为天子，富有天下，而不免于患也。"

　　无足曰："夫富之于人，无所不利，穷美究埶⑲，至人之所不得逮㉘,贤人之所不能及,侠人之勇力而以为威强㉑,秉人之知谋以为明察㉒,因人之德以为贤良㉓,非享国而严若君父㉔。且夫声色滋味权势之于人,心不待学而乐之㉕,体不待象而安之㉖。夫欲恶避就,固不待师,此人之性也。天下虽非我㉗,孰能辞之!"知和曰:"知者之为,故动以百姓㉙,不违其度㉚,是以足而不争,无以为故不求㉛。不足故求之,争四处而不自以为贪㉜;有余故辞之,弃天下而不自以为廉。廉贪之实,非以迫外也,反监之度㉝。势为天子而不以贵骄人,富有天下而不以财戏人㉞。计其患,虑其反,以为害于性,故辞而不受也,非以要名誉也㉟。尧舜为帝而雍㊱,非仁天下也,不以美害生也;善卷许由得帝而不受,非虚辞让也㊲,不以事害己。此皆就其利,辞其害,而天下称贤焉,则可以有之,彼非以兴名誉也㊳。"

无足曰:"必持其名㊴,苦体绝甘,约养以持生㊵,则亦久病长厄而不死者也㊶。"知和曰:"平为福㊷,有余为害者,物莫不然,而财其甚者也。今富人,耳营钟鼓管籥之声㊸,口嗛于刍豢醪醴之味㊹,以感其意㊺,遗忘其业,可谓乱矣㊻;侅溺于冯气㊼,若负重行而上阪㊽,可谓苦矣;贪财而取慰㊾,贪权而取竭㊿,静居则溺㉛,体泽则冯㊾,可谓疾矣;为欲富就利,故满若堵耳而不知避㊾,且冯而不舍㊾,可谓辱矣;财积而无用㊾,服膺而不舍㊾,满心戚醮㊾,求益而不止㊾,可谓忧矣;内则疑劫请之贼㊾,外则畏寇盗之害,内周楼疏㊾,外不敢独行,可谓畏矣。此六者㊾,天下之至害也,皆遗忘而不知察,及其患至,求尽性竭财㊾,单以反一日之无故而不可得也㊾。故观之名则不见,求之利则不得,缭意体而争此⁶⁴，不亦惑乎！"

【今译】

　　无足问知和道："人们没有不热衷于建立美名、追逐利禄的。某人一旦富了，那么别人就会投靠他，投靠后就会对他卑顺，对他卑顺就会尊崇他。受到别人的恭敬尊崇，这也是一条保持长寿健康、心情愉快的途径。现在你难道对这树名求利就没有欲望吗？是你的智慧不足呢，还是虽知道而能力达不到，还是本来就立志追求正理而不妄求名利呢？"知和说："现在有这样一种人，他们以为那跟他同时而生、同乡而居的富人就是超越世俗的人了。这种人自己全无主见，他们按那富人的眼光去看古今之世和是非之分，实际上是附和世俗，被其所同化。他们抛弃了最重要的生命和最尊贵的真性，来做他们所想做的。按他们的这种做法来谈论保持长寿健康、心情愉快的途径，岂不是离真正的途径太远了吗？这种人，他们既看不清悲伤所造成的病痛和愉快所带来的安适对肉体的影响，也看不清惊慌所造成的恐惧和欢欣所带来的喜悦对精神的影响。他们知道在做着什么，却不知道为什么要做。因此，即使他们高贵到做了天子，富有到拥有了整个天下，却还是不能避免祸患。"

　　无足说："大凡富贵对于人是无处不利的，拥有全部的名利，占据最大的权势，这是道德最高尚的人和最贤能的人所不能达到的。有了名利权势的人，就能倚仗别人的勇力来炫耀自己的威势，窃取别人的智谋来吹嘘自己的明察，凭借别人的德行来显示自己的贤良。他们虽不在名义上享有国家，但实际上就像君主一样。况且这声色、美味、权势对于人，心中不用学习就自然喜欢，身上不用仿效就自然舒服。一切喜好、厌恶、躲避、追求，原本就是用不着老师教的，这是人的天性。纵然是天下人都批评我的说法，可又有谁能拒绝这声色、美味、权势的诱惑呢？"知和说："聪明人做事，总是依照百姓的意愿行动，决不违背其自然准则，因此知足不争，自然无为，故不贪求。不知足的人才会去追逐名利，到处争夺而不自以为贪求；德行充实而有余的人才会拒绝名利，抛弃天下而不自以为清廉。造成清廉或贪欲的实际原因，并不是因为迫于外界条件，而应当反观各自的禀性度量。那些内德充实而有余的人，权势大到当上天子，却不因高贵而傲视别人；财富多到拥有天下，却不因富有而侮弄别人。他们估计到富贵会带来的祸患，预测到物极必反的后果，所以拒绝名利而不接受，并不是以此来沽名钓誉。尧舜做了天子而天下安和，并不是他们有意施仁爱于天下，而是不愿因追逐名利而伤害了性命；善卷、许由可以得到天子的位置却不接受，并不是他们假意推让，而是不愿因这类世俗之事而损害了自己的本性。这几位都能依本性而趋利避害，因而被天下人推尊为贤人，这贤名是他们自然享有的，而不是有意去建立的。"

无足说："这些人一定要固守其名声，为此而劳苦身体，弃绝美味，节省生活所需来维持生命，那就跟长病久困而一时又死不了的人没有两样了。"知和说："适如其分就是福，分外之求则为害，万事万物无不如此，而分外之财更是这样。现在那些富人，耳边萦绕着笙箫之声，口中满足于佳肴美酒的滋味，因此动摇意志，忘掉事业，可说是糊涂啊；深深沉溺于为追逐名利而鼓起的充盛之气，就好像背着重物爬坡，可说是辛苦啊；因贪求钱财而招致疾病，因贪求权势而导致精疲力竭，闲居无事则沉溺享乐，身体肥胖则气血不通，可说是疾病啊；为了求富逐利，所以钱财堆得墙一般高还不知足，物欲如此膨胀却仍不肯抛弃，可说是耻辱啊；钱财积得如此之多却不舍得用，心中仍念念不忘钱财而不肯割舍，并为了钱财还不够多而满心烦恼，努力增加财富而无休无止，可说是忧虑啊；在家则担忧强索之祸，外出则害怕抢夺之害，家里环绕着瞭望楼，外出不敢一个人走路，可说是恐惧到了极点。这六条是天下最大的祸害，但追名逐利之人都忘得一干二净而不知审察。等到祸患降临，又为了谋求保命而耗尽钱财，只希望换回哪怕是一天的平安日子，但已经不可能了。所以，名是看不见的，利是求不到的，既然如此，那么扰乱精神、弃绝生命来争夺这名利，岂不是太糊涂了吗！"

【注释】

① 无足：虚构的人名，意为贪婪不知足。知和：虚构的人名，意为知足保和。　② 人卒：人众，人们。兴名：建立名声。就：趋附。　③ 归：归附。　④ 下之：甘居其下，服从他。　⑤ 贵之：尊崇他。　⑥ 见：被。　⑦ 安体：使身体安康。乐意：使心情愉快。　⑧ 独：难道。　⑨ 意：郭庆藩以为当通"抑"，还是。　⑩ 故：通"固"，原本。推正：谋求正理。忘：通"妄"，非分。　⑪ 此人：指兴名就利之人。　⑫ 绝：超。过：超。　⑬ 专：完全。主正：主见。　⑭ 与俗化世：附和世俗，与之同化。按，原以"化"字断句，而以"世"字属下句，文义难通，今从王先谦《庄子集解》断句。　⑮ 至重：生命。　⑯ 至尊：真性。　⑰ 所为：指兴名就利。　⑱ "惨怛之疾"六句：惨怛(dá)，忧伤，悲痛。恬愉，快乐。监：通"鉴"，明察。怵(chù)惕，惊惧。欣欢，欣喜，欢乐。意为兴名就利之人因无主见，故不能看清悲伤喜乐对身心两方面的影响。　⑲ "穷美究埶"句：穷，尽。美：美好的事物，此指名利。究，穷尽。埶(shì)，通"势"，权势。意为名利权势无一不有。　⑳ 逮：及。　㉑ 侠：通"挟"，挟持，倚仗。威强：威力。　㉒ 秉：掌握。　㉓ 因：凭借。　㉔ 享国：拥有国家。严(yǎn)：通"俨"。俨若：好像。君父：君主。　㉕ 不待：不用。　㉖ 象：效仿。安：喜欢。　㉗ 非：非议，批评。　㉘ 辞：拒绝。之：声色滋味。　㉙ 动以百姓：按百姓的意愿行动。　㉚ 度：分寸，准则。　㉛ "无以为故不求"句：意为因无为，故无外求。（依王先谦《庄子集解》说）。　㉜ 争四处：到处争夺。　㉝ "廉贪之实"三句：度，禀性度量。意为造成廉贪的实际原因，并非外界客观条件所迫，而应反观各人的禀性度量。　㉞ 戏：侮弄。　㉟ 要(yāo)：求取。　㊱ 雍：和，和谐安定。　㊲ 虚：假意。　㊳ "而天下称贤焉"三句：意为尧、舜、善卷、许由等人或治理天下、或拒绝天下，都是出于真性，所以被天下人推尊为贤人，这贤名是他们自然享有，而不是有意建立的。　㊴ 持：守。　㊵ 约养：省减生活资料。　㊶ 厄：困厄。　㊷ 平：适如其分。　㊸ 营：通"萦"，萦绕。管籥(yuè)：笙箫一类管制乐器。　㊹ 嗛(qiè)：满足。刍(chú)豢：食草类动物叫"刍"，

食谷类动物叫"豢",这里泛指肉类。醪(láo)醴(lǐ):甜美之酒。 ㊺ 感(hàn):通"撼",动摇。 ㊻ 乱:惑乱,糊涂。 ㊼ 侅(gāi):非常。侅溺:深深沉溺。冯(píng)气:盛气,此谓争名逐利之气充盛于胸中。 ㊽ 阪(bǎn):山坡。 ㊾ 慰:通"蔚",病。取慰:招致疾病。 ㊿ 竭:精疲力竭。 ㉛ 静居:安居,闲居。溺:沉溺于享乐。 ㉜ 泽:肥胖。冯(píng)气:满胀,指血气滞塞不通。 ㉝ 堵:墙。不知避:犹不知足。 ㉞ 冯(píng):膨胀。 ㉟ 无用:不用,舍不得用。 ㊱ 服膺:牢记在心。 ㊲ 醮(qiáo):通"憔",烦恼。戚醮:烦恼,这里指因嫌财富还不够多而烦恼。 ㊳ 求益:力求增加。 ㊴ 劫请:强索。贼:祸害。 ㊵ "内周楼疏"句:周,环绕。疏,窗户。楼疏,瞭望楼。意为住宅内围以周密的防盗设施。 ㊶ 六者:指乱、苦、疾、辱、忧、畏。 ㊷ 尽性:保全生命。 ㊸ 单:但,只。反:通"返"。无故:无事。 ㊹ "缭意绝体而争此"句:缭,缠绕。绝,弃绝。按,原本无此字,依别本补入,"缭意"与"绝体"正成对文。意为心中念念不忘名利,以致抛弃生命来争名夺利。

【评析】

本章主要从人性的角度谈对名利的态度问题。

无足认为"人卒未有不兴名就利",一上来就从人性的层次上来看待对名利的追求。接着,他又顺着这个方向作了更深入的论述:"声色滋味权势之于人,心不待学而乐之,体不待象而安。夫欲恶避就,固不待师,此人之性也。"声称天下之人"孰能辞之"。物欲对人来说,是与生俱来的东西,这也正是庄子所认识到的。

但是庄子又明确地意识到,物欲固然是人之本性所有,但它对人是有害的。庄子后学也从"形""神"即身心两方面来说明这种危害,指出物欲不除必然"劳君之神与形"(《徐无鬼》),而最严重的乃是对"神"(心)的伤害:"贵富显严名利六者,勃志也。"(《庚桑楚》)知和的话正体现了这一思想,他指出,兴名就利者,"惨怛之疾,恬愉之安,不监于体;怵惕之恐,欣欢之喜,不监于心",身心两方面都为名利之欲所麻痹。

而后面所概括的六种"天下之至害"也是从这两方面讲的,尤偏重后者。这种危害讲到底是对人的真性的损害,指出追逐名利必然是"去至重,弃至尊,以为其所为"。与此相反,尧舜为帝而天下安和,并非有意施仁,而是"不以美害生";善卷许由不愿当天子,也并非假意推让,而是"不以事害己"。这里将尧舜当作保持真性的典型而与善卷许由相并列,同书中其他地方的处理不同,这正体现了寓言的虚构特点,同对孔子形象的处理一样。

庄子揭露物欲的危害性是为了最终剔除它而进入无欲因而也就无累、无患的绝对的精神自由境界,而本章则是为了达到"长生安体乐意"的目的,并且认为不有意树立名誉的结果,反可自然享有名誉,这显然又不合庄子的初衷,体现了庄子后学的入世倾向。

说剑第三十

【解题】

韩愈称"此篇类战国策士之雄谈,意趣薄而理道疏,识者谓非庄生所作"(归有光、文震孟《南华真经评注》引),此后不少学者皆持此说。罗根泽《诸子考索》断言"这明是纵横家托之庄子而造出故事"。钱穆则认为系战国时楚人庄辛所作。文中有赵惠文王之谥,故一般认为其写作时间应在战国末年。本篇不但与《让王》《盗跖》《渔父》同被学者确认非庄子手笔,而且内容上与庄子及其后学,乃至道家毫无关系,大概是因为文章自始至终假托庄周以立论,所以才被收入《庄子》书中。但也有少数学者认为文章内容符合庄学基本精神,当为庄学中人所作。

本篇要旨在于劝说统治者当放弃游乐小道而系心天下国家。篇名"说剑",意为谈谈为剑之道,这正是对全文内容的概括。

昔赵文王喜剑①,剑士夹门而客三千余人②,日夜相击于前,死伤者岁百余人,好之不厌。如是三年,国衰,诸侯谋之③。太子悝患之④,募左右曰⑤:"孰能说王之意止剑士者⑥,赐之千金。"左右曰:"庄子当能。"

太子乃使人以千金奉庄子。庄子弗受,与使者俱往见太子曰:"太子何以教周,赐周千金?"太子曰:"闻夫子明圣,谨奉千金以币从者⑦。夫子弗受,悝尚何敢言!"庄子曰："闻太子所欲用周者，欲绝王之喜好也。使臣上说大王而逆王意⑧，下不当太子⑨，则身刑而死，周尚安所事金乎⑩？使臣上说大王，下当太子，赵国何求而不得也！"太子曰："然。吾王所见，唯剑士也。"庄子曰："诺。周善为剑。"太子曰："然吾王所见剑士，皆蓬头突鬓垂冠⑪，曼胡之缨⑫，短后之衣⑬，瞋目而语难⑭，王乃说之。今夫子必儒服而见王，事必大逆⑮。"庄子曰："请治剑服⑯。"治剑服三日，乃见太子。

太子乃与见王，王脱白刃待之⑰。庄子入殿门不趋⑱，见王不拜。王曰："子欲何以教寡人，使太子先⑲？"曰："臣闻大王喜剑，故以剑见王。"王曰："子之剑何能禁制⑳？"曰："臣之剑，十步一人，千里不留行㉑。"王大悦之，曰："天下无敌矣！"庄子曰："夫为剑者，示之以虚，开之以利，后之以发，先之以至㉒。愿得试之。"王曰："夫子休就舍，待命令设戏请夫子㉓。"

王乃校剑士七日㉔，死伤者六十余人，得五六人，使奉剑于殿下㉕，乃召庄子。王曰："今日试使士敦剑㉖。"庄子曰："望之久矣。"王曰："夫子所御杖㉗，长短何如？"曰："臣之所奉皆可㉘。然臣有三剑，唯王所用，请先言而后试。"王曰："愿闻三剑。"曰："有天子剑，有诸侯剑，有庶人剑。"

王曰："天子之剑何如？"曰："天子之剑，以燕谿石城为锋㉙，齐岱为锷㉚，晋魏为脊㉛，周宋为镡㉜，韩魏为夹㉝；包以四夷，裹以四时㉞；绕以渤海，带以常山㉟；制以五行㊱，论以刑德㊲；开以阴阳㊳，持以春夏㊴，行以秋冬㊵。此剑，直之无前，举之无上，案之无下，运之无旁，上决浮云，下绝地纪㊶。

此剑一用，匡诸侯㊷，天下服矣。此天子之剑也。”

文王芒然自失㊸，曰：“诸侯之剑何如？”曰：“诸侯之剑，以知勇士为锋，以清廉士为锷，以贤良士为脊，以忠圣士为镡㊹，以豪桀士为夹㊺。此剑，直之亦无前，举之亦无上，案之亦无下，运之亦无旁；上法圆天以顺三光㊻，下法方地以顺四时，中和民意以安四乡㊼。此剑一用，如雷霆之震也，四封之内㊽，无不宾服而听从君命者矣㊾。此诸侯之剑也。”

王曰：“庶人之剑何如？”曰：“庶人之剑，蓬头突鬓垂冠，曼胡之缨，短后之衣，瞋目而语难。相击于前，上斩颈领㊿，下决肝肺。此庶人之剑，无异于斗鸡，一旦命已绝矣，无所用于国事。今大王有天子之位而好庶人之剑，臣窃为大王薄之(51)。”

王乃牵而上殿。宰人上食(52)，王三环之(53)。庄子曰：“大王安坐定气，剑事已毕奏矣(54)，于是文王不出宫三月，剑士皆服毙其处也(55)。

【今译】

从前赵惠文王爱好剑术，剑士聚集在其门下而成为食客的有三千多人，他们一天到晚在惠文王面前持剑相斗，一年要死伤一百多人，但惠文王依然爱好此道而不知满足。像这样过了三年，赵国国势日衰，于是诸侯图谋要伐赵。太子悝对此很忧虑，在左右之人中征求道：“谁能说服大王让他停止迷恋剑士，我就赏他千金。”左右之人说：“庄子一定能做到。”

太子于是派人带了千金去送给庄子。庄子不肯接受，跟使者一起去见太子道：“太子有什么见教而赐我千金呢？”太子说：“听说先生明达圣哲，我恭敬地献上千金来犒赏您的随从。先生不接受，我还敢说什么呢？”庄子说：“听说太子是想让我去戒绝大王的嗜好。但如果我对上劝说大王而违背了他的心意,对下又不能合乎太子的意愿,那么就会身受刑罚而死去,我哪里还用得着这千金呢!如果我对上说服了大王,对下又符合了太子的意愿,那么赵国要什么而不能得到呢!"太子说:"话是这样说。可我们大王所接见的,只有剑士啊。"庄子说:"好,我就善于击剑。"太子说:"然而我们大王所看到的剑士都是蓬头散发,两鬓突起,帽子低垂,系着粗粗的帽带,穿着后幅短短的衣服,双眼圆睁而讲话结巴,大王就是喜欢他们。现在先生一定要穿着读书人的服装去见大王,事情肯定会很不顺利。"庄子说:"请让我制作击剑服。"三天后击剑服制成了,于是去见太子。

太子和他一起去见惠文王,惠文王正拔出利剑等着他。庄子进了宫门后,既不小步快走以示恭敬,见了惠文王也不下拜。惠文王问他:"你打算用什么来教导我,而让太子来先作传达呢?"庄子回答:"我听说大王喜欢剑术,所以带着剑术来见大王。"惠文王又问:"你的剑术能怎样制服对手?"庄子回答:"我的剑术能十步之内杀一人,行千里而无阻挡。"惠文王很高兴,说:"这样就是天下无敌了。"庄子说:"大凡运剑之道,开始要故意露出破绽给对方看,以此来诱使其进击,要后发制人,而抢先击中其要害。我请求能试一试。"惠文王说:"先生请先到馆舍休息,等我让人将击剑比赛安排就绪再来请您。"

惠文王于是用七天时间考察剑士们的技艺,比试结果,死伤六十多人,从中挑选出五六个人,准备同庄子决斗。惠文王让他们捧着剑等在殿下,于是召见庄子。惠文王说:"今天姑且让剑士们跟您比剑。"庄子说:"我盼望这事已经很久了。"惠文王问:"先生所用之剑长短怎么样?"庄子回答:"我用剑长短都行。然而我有三种剑,任大王选用,请先让我说明后再比试。"惠文王说:"希望听您说说那三种剑。"庄子说:"我的剑有天子之剑,有诸侯之剑,有百姓之剑。"

惠文王问:"天子之剑是怎样的呢?"庄子回答:"天子之剑把燕谿、石城当剑头,齐国的泰山当剑锋,晋卫两国当剑背,周宋两国当剑鼻,韩魏两国当剑把,把四夷四时当剑鞘,把渤海当缠柄的绳,把恒山当柄上之穗,依五行来控制,依刑德来判断,依阴阳来开合,春夏拿着不使,秋冬大显其用。这种剑,直刺则一往无前,高举则上无遮拦,低按则下无阻挡,抡转则旁若无物,向上能劈开浮云,向下能砍断地纪。这种剑一旦使用,就能匡正诸侯,使天下臣服。这就是天子之剑。"

惠文王听了不禁心中茫然若失,又问道:"诸侯之剑是怎样的呢?"庄子答道:"诸侯之剑,把智勇之人当剑头,清廉之人当剑锋,贤良之人当剑背,忠圣之人当剑鼻,豪杰之人当剑把。这种剑,直刺也一往无前,高举也上无遮拦,低按也下无阻挡,抡转也旁若无物;上效法圆圆的青天来顺应日月星辰之运行,下效法方方的大地来顺应春夏秋冬之推移,中顺乎民意来安定四方。这种剑一旦使用,犹如雷霆之响,四境之内,没有不归顺而听从大王之命的了。这就是诸侯之剑。"

惠文王再问:"那百姓之剑又是怎样的呢?"庄子答道:"百姓之剑,击剑的人蓬头散发,两鬓突起,帽子低垂,系着粗粗的帽带,穿着后幅短短的衣服,双眼圆睁而讲话结巴。他们在您面前相互格斗,上斩脖子,下裂肝肺。这就是百姓之剑。它跟斗鸡没有两样,片刻之间就丧失了性命,却对于国事一无所用。如今大王拥有天子般的地位,却喜好那百姓之剑,我私下替大王鄙薄这种做法。"

惠文王于是拉着庄子的手上了殿。膳食官送上酒食,可赵惠文王绕着食桌兜了三圈还不入座。庄子说:"请大王安心坐下,定定神,有关剑术的事我已经说完了。"于是惠文王整整三个月不出宫,那些剑士都气得在住处自杀了。

【注释】

① 赵文王:赵惠文王,名何,赵武灵王之子。 ② 夹门:聚于门下。 ③ 谋之:图谋伐赵。 ④ 太子悝(kuī):赵惠文王太子名。俞樾曰:"惠文王之后为孝成王丹,则此太子盖不立。"(《庄子人名考》)按,这里也是寓言,不必坐实。 ⑤ 募:征求。 ⑥ 说:说服。 ⑦ 币:礼物,这里用作动词,赠送。 ⑧ 逆:违背。 ⑨ 当:合乎。 ⑩ 事:用。 ⑪ 突鬓:两鬓突起。垂冠:帽子低垂,作欲斗状。 ⑫ 曼胡之缨:粗而没有文理的帽带。 ⑬ 短后之衣:衣的后幅较短,便于

格斗。 ⑭ 语难:说话不流利。谓临斗之时,因愤怒填胸,故语气急促,话不流利。 ⑮ 逆:不顺。 ⑯ 治:制造。剑服:击剑服。 ⑰ 脱:拔剑出鞘。白刃:利剑。 ⑱ 趋:小步快走,系古代的一种礼节,用以表示敬意。 ⑲ 先:先作传达。 ⑳ 禁制:制服。 ㉑ "十步一人"二句:留行,因受阻而中止行程。意为十步便可杀一人,所向无敌,行千里而不受阻。 ㉒ "示之以虚"四句:虚,空档,漏洞。开,诱使。利,可利用之处,即"虚"。意为故意露出空档,来诱使对方进击,采取后发制人的策略,抢先击中其要害。 ㉓ 戏:角斗,指比试剑术。 ㉔ 校(jiào):考察。 ㉕ 奉:捧。 ㉖ 敦(duī):通"对"。敦剑:对剑,比剑。 ㉗ 御:用。杖:剑。 ㉘ 所奉:指平日所用之剑。 ㉙ 燕谿:地名,在燕国。石城:山名,在塞外。锋:剑端。 ㉚ 岱:岱宗,泰山。齐岱:齐国的泰山。锷:剑刃。 ㉛ 晋魏:王孝鱼校以为据高山寺本当作"晋卫"。脊:剑背。 ㉜ 镡(xín):剑柄末端的突起部分,中空,上有孔,也称剑鼻、剑首、剑珥。 ㉝ 夹:通"铗",剑把。 ㉞ "包以四夷"二句:四夷,四方之国。四时,四季。意为以四夷、四时为剑鞘。 ㉟ "绕以渤海"二句:绕,缠裹剑柄之绳。带,剑柄之带穗。常山,即北岳恒山。意为以渤海为缠柄之绳,以恒山为柄上之穗。 ㊱ 五行:金木水火土。 ㊲ 论:论断。刑:刑罚。德:德化。 ㊳ 开:开合变化。 ㊴ 持:握定不用。 ㊵ 行:运用。 ㊶ "此剑"七句:直,直刺。案,通"按",向下压。运,转动。决,截断。绝,断。地纪,系地的大绳。意为此剑所向披靡,无可阻挡。 ㊷ 匡:匡正。 ㊸ 芒然:茫然。失意的样子。 ㊹ 忠圣:品德最高的忠臣。 ㊺ 豪桀:豪杰。 ㊻ 三光:日月星。 ㊼ 和:顺。四乡:四方。 ㊽ 四封:四境。 ㊾ 宾服:归服。 ㊿ 领:脖子。 ○51 薄:轻视,鄙薄。 ○52 宰人:掌膳食之官。 ○53 "王三环之"句:环,绕。意为赵惠文王听了庄子的话心中惭愧,故绕着食桌走了三圈而不能安坐进食。 ○54 毕奏:奏毕,说完。 ○55 "剑士皆服毙其处也"句:服,通"伏"。伏毙,伏地而死,这里指自杀。意为剑士恨赵惠文王不用而在居处自杀。

【评析】

本篇仅一章,要旨已如解题所述。

文中庄周论其为剑之道"示之以虚,开之以利,后之以发,先之以至",不过是纵横家故作惊人之语以引对方入彀的惯用伎俩,并非有如成玄英所说"忘己虚心,开通利物,感而后应,机照物先"的道家意蕴。而其论天子之剑、诸侯之剑,虽有法天地、顺四时的思想,但着重点乃在于安四乡、匡诸侯、服天下,是典型的入世观念。

文章标举三种剑,以天子之剑喻统一天下,诸侯之剑喻称霸四方,庶人之剑喻胸无大志、沉湎享乐,通过对三种剑的逐一描述,表达出作者鲜明的褒贬。虽说文章不一定是庄辛所写,但与《战国策·楚策》中庄辛说楚襄王一段列举蜻蛉、黄雀、黄鹄、蔡灵侯四者而逐层铺排,来批评楚襄王"不以天下国家为事",在立意和构思方式上如出一辙,正可相互发明。文章铺张扬厉、渲染夸张的风格也正是纵横家的作风。足见文章系战国策士手笔。

本篇在思想上虽与庄子派无关,但从文学上说,在当时及后代还是有一定影响的,题宋玉所作的《风赋》,藉"大王之风""寡人之风"以讽襄王,并对两种风详加描绘,手法上与本文颇为相似。虽难以断定二者孰先孰后,但说相互影响总是可以的。至于李白《侠客行》诗中"十步杀一人,千里不留行"两句,则更是几乎全用文中"十步一人,千里不留行"的成句了。

渔父第三十一

【解题】

自苏轼称本篇与《盗跖》"若真诋孔子者"(《庄子祠堂记》)而疑为伪作后，一般学者都断定其非庄子所作，而是出自战国末期或秦末汉初的庄子后学手笔。

文章主要批评孔子"擅饰礼乐，选人伦，以化齐民"的"多事"行为，宣传了"法天贵真"的思想。篇名"渔父"，是因为以上的内容要义是借渔父之口来表达的。

孔子游乎缁帷之林①，休坐乎杏坛之上②。弟子读书，孔子弦歌鼓琴。奏曲未半，有渔父者，下船而来，须眉交白③，被发揄袂④，行原以上⑤，距陆而止⑥，左手据膝，右手持颐以听⑦。曲终而召子贡、子路，二人俱对。客指孔子曰："彼何为者也？"子路对曰："鲁之君子也。"客问其族。子路对曰："族孔氏。"客曰："孔氏者何治也⑧？"子路未应，子贡对曰："孔氏者，性服忠信，身行仁义，饰礼乐，选人伦⑨，上以忠于世主，下以化于齐民⑩，将以利天下。此孔氏之所治也。"又问曰："有土之君与？"子贡曰："非也。""侯王之佐与？"子贡曰："非也。"客乃笑而还，行言曰："仁则仁矣，恐不免其身；苦心劳形以危其真。呜呼，远哉其分于道也⑪!"

子贡还,报孔子。孔子推琴而起曰:"其圣人与!"乃下求之,至于泽畔,方将杖拏而引其船⑫,顾见孔子,还乡而立⑬。孔子反走⑭,再拜而进。客曰:"子将何求?"孔子曰:"曩者先生有绪言而去⑮,丘不肖,未知所谓,窃待于下风⑯,幸闻咳唾之音以卒相丘也⑰!"客曰:"嘻!甚矣子之好学也!"孔子再拜而起曰:"丘少而修学,以至于今,六十九岁矣,无所得闻至教,敢不虚心⑱!"客曰:"同类相从,同声相应,固天之理也。吾请释吾之所有而经子之所以⑲。子之所以者,人事也。天子诸侯大夫庶人,此四者自正,治之美也,四者离位而乱莫大焉。官治其职,人忧其事,乃无所陵⑳。故田荒室露㉑,衣食不足,征赋不属㉒,妻妾不和,长少无序,庶人之忧也;能不胜任,官事不治,行不清白,群下荒怠,功美不有㉓,爵禄不持,大夫之忧也;廷无忠臣,国家昏乱,工技不巧,贡职不美,春秋后伦㉔,不顺天子,诸侯之忧也;阴阳不和,寒暑不时㉕,以伤庶物,诸侯暴乱,擅相攘伐,以残民人,礼乐不节,财用穷匮,人伦不饬,百姓淫乱,天子有司之忧也㉖。今子既上无君侯有司之势而下无大臣职事之官,而擅饰礼乐,选人伦,以化齐民,不泰多事乎㉗!且人有八疵,事有四患,不可不察也。非其事而事之,谓之摠㉘;莫之顾而进之㉙,谓之佞;希意道言㉚,谓之谄;不择是非而言,谓之谀;好言人之恶,谓之谗;析交离亲㉛,谓之贼;称誉诈伪以败恶人㉜,谓之慝㉝;不择善否㉞,两容颊适㉟,偷拔其所欲㊱,谓之险。此八疵者,外以乱人,内以伤身,君子不友㊲,明君不臣。所谓四患者:好经大事㊳,变更易常㊴,

以挂功名⑩,谓之叨㊶;专知擅事㊷,侵人自用,谓之贪;见过不更,闻谏愈甚,谓之很㊸;人同于己则可,不同于己,虽善不善,谓之矜㊹。此四患也。能去八疵,无行四患,而始可教已。"

孔子愀然而叹㊺,再拜而起曰:"丘再逐于鲁,削迹于卫,伐树于宋,围于陈蔡㊻。丘不知所失,而离此四谤者何也㊼?"客凄然变容曰㊽:"甚矣子之难悟也!人有畏影恶迹而去之走者,举足愈数而迹愈多㊾,走愈疾而影不离身,自以为尚迟,疾走不休,绝力而死。不知处阴以休影,处静以息迹,愚亦甚矣!子审仁义之间,察同异之际㊿,观动静之变,适受与之度,理好恶之情,和喜怒之节,而几于不免矣。谨修而身,慎守其真,还以物与人,则无所累矣。今不修之身而求之人,不亦外乎㉛!"

孔子愀然曰:"请问何谓真?"客曰:"真者,精诚之至也。不精不诚,不能动人。故强哭者虽悲不哀,强怒者虽严不威,强亲者虽笑不和。真悲无声而哀,真怒未发而威,真亲未笑而和。真在内者,神动于外㉜,是所以贵真也。其用于人理也,事亲则慈孝,事君则忠贞,饮酒则欢乐,处丧则悲哀。忠贞以功为主,饮酒以乐为主,处丧以哀为主,事亲以适为主。功成之美㉝,无一其迹矣。事亲以适,不论所以矣;饮酒以乐,不选其具矣㉞;处丧以哀,无问其礼矣。礼者,世俗之所为也;真者,所以受于天也,自然不可易也。故圣人法天贵真,不拘于俗。愚者反此,不能法天而恤于人,不知贵真,禄禄而受变于俗㉟,故不足。惜哉,子之蚤湛于人伪而晚闻大道也㊱!"

孔子又再拜而起曰："今者丘得遇也，若天幸然。先生不羞而比之服役(57)，而身教之。敢问舍所在，请因受业而卒学大道(58)。"客曰："吾闻之，可与往者与之，至于妙道；不可与往者，不知其道，慎勿与之，身乃无咎。子勉之！吾去子矣，吾去子矣！"乃刺船而去，延缘苇间(59)。

颜渊还车，子路授绥，孔子不顾，待水波定，不闻挐音而后敢乘。子路旁车而问曰㊿："由得为役久矣(61)，未尝见夫子遇人如此其威也(62)。万乘之主(63)，千乘之君(64)，见夫子未尝不分庭伉礼(65)，夫子犹有倨敖之容(66)。今渔父杖挐逆立(67)，而夫子曲要磬折(68)，言拜而应(69)，得无太甚乎？门人皆怪夫子矣，渔人何以得此乎？"孔子伏轼而叹曰："甚矣由之难化也！湛于礼义有间矣(70)，而朴鄙之心至今未去。进，吾语汝！夫遇长不敬，失礼也；见贤不尊，不仁也。彼非至人，不能下人，下人不精，不得其真，故长伤身。惜哉！不仁之于人也，祸莫大焉，而由独擅之(71)。且道者，万物之所由也(72)，庶物失之者死(73)，得之者生，为事逆之则败，顺之则成。故道之所在，圣人尊之。今渔父之于道，可谓有矣，吾敢不敬乎！"

【今译】

孔子在浓荫密布的树林子里散步，在杏坛上闲坐。弟子们读书，孔子弹琴吟唱。曲子演奏没到一半，有一个老渔翁跳下船走了过来。他须眉皆白，披头散发，挥动衣袖，沿着宽平的河滩上了岸，到杏坛边止住了脚步，左手按膝，右手托腮听孔子弹唱。一曲弹毕，渔翁向子贡、子路招手示意，两人一起来见他。客人指着孔子问道："那是什么人？"子路回答说："是鲁国的君子。"客人问他的族姓，子路回答说："族姓孔。"客人问:"姓孔的在做些什么?"子路没有回答。子贡回答说:"姓孔的人,他的天性信服忠诚,亲身实行仁义,修饰礼乐,依着礼的要求来整顿人伦,上用以效忠国君,下用以教育百姓,并打算造福于天下。这就是姓孔的人所做的。"客人又问道:"他是拥有国土的君主吗?"子贡说:"不是。""他是诸侯的臣僚吗?"子贡说:"不是。"客人于是笑着往回走,边走边说道:"仁义倒是仁义,怕的是他自己不能免除祸患。他这样做会使心身劳苦而危及他那自然天性。啊,他离道太远了!"

　　子贡回来报告了孔子。孔子推开琴,起身说道:"这恐怕是位圣人吧。"于是走下杏坛去寻找渔翁。一直找到河边,客人正准备提着桨推他的船。回头看到孔子,就转过身来面对他站着。孔子倒退几步,拜了又拜再走上前。客人问道:"你打算对我有什么要求?"孔子说:"适才先生话刚开了个头,没讲完就走了。我不成器,不懂您说的意思,我私下等在这里,希望能听到您的高见以最终对我有所帮助。"客人说:"啊!你好学得很哪!"孔子又拜了两拜,起身说:"我从少年时起就研习学问,到如今已六十九岁了,无从听到最好的教诲,怎敢不虚心啊!"客人说:"物之同类者相互依从,声之同类者相互应和,这本是自然的道理。请允许我解释我所掌握的道理来分析你所做的事。你所做的是人世间的事。天子、诸侯、大夫、平民,这四者各自摆正了位置,这是统治的良好境界。四种人离开了应处的位置,那就没有比这更大的祸乱了。为官的处理好职责范围内的事,为民的多关心与自己相关的事,天下国家就不会乱。所以地荒屋破,吃穿不足,租税交不上,妻妾不和睦,长幼辈分排列无序,这是百姓的忧虑。能力不能胜任所担任的职务,国家的事没有处理好,行为不清白,众下属放纵懈怠,对国家没有功劳,在百姓中没有良好的声誉,爵位俸禄不能保住,这是大夫的忧虑。朝中没有忠臣,国家黑暗混乱,工匠们的技艺不高明,贡品不好,朝见天子落在别人后面,不能使天子顺心,这是诸侯的忧虑。阴阳不调和,冷热不按季节来临,因而妨碍了万物生长;诸侯暴乱,擅自相互攻伐,因而残害了百姓;礼乐不加节制,导致财富匮乏;人际关系得不到整顿，导致民风不正，这是天子的忧虑。如今你上无王侯的权势，下无大臣的职责，却擅自修饰礼乐，整顿人伦，来教育百姓，岂不是太多事了吗？况且人有八种毛病，事有四种弊端，不能不明察。不是他所应做的事却去做了，就叫作包揽；没人听他却强自进言，就叫作卖弄口才；顺着别人的意思来讲话，就叫作谄媚；不辨是非，随便讲好话，就叫作奉承；喜欢讲别人的坏话，就叫作中伤；离间朋友亲人，就叫作谗毁；称扬奸诈虚伪之人而败坏自己所厌恶的好人，就叫作邪恶；不分善恶，两面讨好，却暗中取得了自己想要得到的东西，就叫作阴险。这八种毛病，外则危害别人，内则伤害自身，君子不把有这些毛病的人当作朋友，圣明的君主也不会把这种人当作臣子。所谓四种祸患，喜欢干大事，以改变常规来谋取功名，就叫作贪婪；自作聪明，大权独揽，侵凌别人，刚愎自用，就叫作霸道；见错不改，听了别人的劝告反而更变本加厉，就叫作执拗；别人和自己意见相同就认可，和自己意见不同，即使是对的也不赞成，就叫作傲慢。这就是四种祸患。只有去除八种毛病，不做会导致以上四种弊端的事，我才能开导你。"

孔子一脸愁容地叹息着，又拜了两拜而起身道："我两次被鲁国赶出来，在卫国被削去车辙印，在宋国被砍掉曾讲学于其下的大树，又在陈、蔡之间被围困过。我不清楚自己的过失在哪里，为什么会遭受这四次伤害呢？"客人脸色凄凉悲伤地说："你真是难觉悟得很啊！有一个人，害怕自己的影子、讨厌自己的脚印，为了要离开它们而拼命奔跑。但它抬脚的次数越多，脚印就越多；跑得再快，影子却还是不离身。而他仍觉得自己跑得慢，于是快跑不止，结果气力用尽而死了。这人不懂得站在阴暗处来消除影子，处于静止状态来灭绝脚印，真是笨得很啊！你详细推究仁与义的差别，仔细考察是与非的区分，观察动与静的变化，调适受与授的分寸，辨别好与恶的感情，调和喜与怒的节度，因而你就几乎不能免除祸患了。你要严格地修养自己，慎重地保持你的本性，将身外之物全还给别人，那就没有什么挂累了。如今你不修养好自身，却要到别人身上去寻求全身之道，岂不是太执着于外了吗？"

孔子严肃而恭敬地问道:"请问什么叫'真'?"客人答道:"所谓'真',就是真诚到了极点。不真诚,就不能打动人。所以勉强哭泣的人虽然悲伤却不哀痛,强作怒容的人虽然严厉却没有威慑力,强作亲热的人虽然笑却不和蔼。真正的悲伤不发于声却极其哀痛,真正的愤怒不形于色却威严无比,真正的亲热没有笑容却十分和蔼。内心保持真诚的人,神采魅力就会自然流露到外面,这就是之所以要珍视'真'的原因。把这种'真'运用到为人之道上,侍奉父母自然就孝顺,侍奉君主自然就忠贞,饮酒时自然就欢乐,居丧时自然就悲哀。忠贞以功业为主,饮酒以欢乐为主,居丧以哀痛为主,侍奉父母以适其意愿为主。功业达到了完美的程度,就没有一点矫饰痕迹;侍奉父母求的是适其意愿,而不论用什么方法;饮酒求的是欢乐,而不挑剔酒食的好坏;居丧求的是哀痛,而不问礼仪的是否周到。礼仪是世俗之人所制订的;人的本性是从自然那里禀受的,自然是不可改变的。所以圣人效法自然,珍视本性,不被世俗所束缚。而愚蠢的人却与此相反,他们不能效法自然而对人却很关心,不懂得珍视本性,却平平庸庸地被世俗所改变,所以常常不知足。可惜啊,你沉溺于世俗人为之中太早而了解大道太晚了。"

孔子又拜了一次而起身道:"今天我能遇见您,这好像是天赐的幸运。如果先生不以教导我为羞,那就请您把我当作您的弟子,并亲自教导我。我冒昧地询问您的住处所在,请求趁此机会来接受学业,并最终学得大道。"客人说:"我听说,能同他一起从糊涂走向觉悟的,就同他一起走,并使他一直达到掌握精妙道理的境界;不能同他一起走向觉悟的,就不要让他了解这精妙道理,千万不要和他同行,这样自己才不会有灾祸。你努力吧!我要离开你了,我要离开你了!"于是渔翁撑船离开了,船缓缓行驶在芦苇丛中。

颜渊调转了车头,子路把登车的绳索递给孔子,孔子却不理会,直到水波平静,听不见桨声以后才敢登车。子路靠近车边问道:"我做您的学生已经很久了,不曾看到先生对人这样敬畏。即使是天子、诸侯见了您也没有不是平等相待的,而您还显出傲慢的神色。如今那渔翁提着船桨面对你站着,您却弯着腰,说话时先行礼,然后才回答,岂不是太过分了吗?弟子们都对先生的行为感到奇怪,渔翁凭什么得到这样的待遇呢?"孔子伏在车前横木上叹息道:"仲由真难教育啊!你沉浸在礼义之中也有不少时间了,但粗野鄙拙之心至今没有去掉。上前来,我告诉你!大凡见了年长之人而不恭敬,这是失礼;见了贤能之人而不尊重,这是不仁。那渔翁如果不是一个修养达到最高境界的人,就不能使别人心悦诚服地处在自己之下;处在别人之下却不心悦诚服,就不能获得自然的本性,所以常会伤害自己。可惜啊!对于人来说,没有比不仁所造成的祸害更大的了,而唯独你仲由有这个毛病。况且道是万物产生的根源,万物失去它就会死,得到它就会生;做任何事,违背它就要失败,顺应它就会成功。所以,道掌握在谁手里,圣人就尊重他。如今那渔翁对于道,可算是掌握了,我岂敢不敬畏他呢!"

【注释】

① 缁帷之林:繁茂如黑色帷幕的林子。　② 杏坛:种着杏树的土台。　③ 交:俱,都。　④ 被:通"披"。揄(yú)袂(mèi):挥动衣袖。　⑤ 原:宽平之地。　⑥ 距:至。陆:高平之处,即上文的杏坛。　⑦ 持颐:以手托腮。　⑧ 治:为,做。　⑨ 选:整饬。人伦:礼教所规定的各种人际关系。　⑩ 齐民:齐等之民,即平民。　⑪ 分:离。　⑫ 杖挐:持桨。　⑬ 乡,通"向"。还乡:调转身子。　⑭ 反走:小步倒退。　⑮ 曩(nǎng)者:刚才。绪言:开了头却没有讲完的话。　⑯ 窃:谦词,私下,私自。下风:谦词,比喻处于卑下的地位。　⑰ 幸:希望。咳唾之音:原指咳嗽和吐唾沫的声音,这里表示对别人言语的称美。卒:终。相:助。　⑱ 敢:岂敢。　⑲ 所有:所了解、掌握的。经:理,治,这里有分析的意思。所以:所为,所做。　⑳ 陵:乱。　㉑ 露:破败。　㉒ 征赋:赋税。不属(zhǔ):不继。　㉓ 功美:功绩美名。　㉔ 春秋:此指春秋两季朝见天子。伦:类,辈。后伦:在同类人之后。　㉕ 不时:不按季节。　㉖ 有司:朝廷官吏,因其皆职有所司,故称。天子有司:这里实际上即是指天子。　㉗ 泰:通"太"。

㉘ 揔(zǒng):同“总”,总揽。 ㉙ 进:献,这里指献言。 ㉚ 希意:迎合别人的意旨。 ㉛ 析:离间。交:朋友。 ㉜ 恶(wù)人:所厌恶的人。 ㉝ 慝(tè):邪恶。 ㉞ 否(pǐ):恶。 ㉟ 两容:两边都能容纳。颊:兼。颊适:兼适,即能使双方均感满意。 ㊱ 拔:取。 ㊲ 不友:不以为友。 ㊳ 经:治理,管理。 ㊴ 变更易常:改变常规。 ㊵ 挂:谋取。 ㊶ 叨(tāo):贪婪。 ㊷ 知:通“智”。 ㊸ 很:执拗。 ㊹ 矜(jīn):妄自尊大。 ㊺ 愀(qiǎo)然:忧愁的样子。 ㊻“丘再逐于鲁”四句:此数事已见《秋水》《让王》《盗跖》《天运》等篇。 ㊼ 离:通“罹”,遭受。 ㊽ 变容:改变脸色。 ㊾ 数(shuò):通“速”,快。 ㊿ 际:界限。 (51)“今不修之身而求之人”二句:王孝鱼校称高山寺本作“今不修身而求之丁人”,则前一“之”字衍。外:执着于外。 (52) 动:发。 (53) 之:到。 (54) 具:酒食。 (55) 禄禄:通“碌碌”,平庸的样子。 (56) 蚤:通“早”。湛(dān):沉溺。人伪:人为。 (57) 服役:弟子。 (58) 因:趁。 (59) 延缘:缓行。 (60) 旁(bàng):通“傍”,靠近。 (61) 役:上文之“服役”,学生,弟子。 (62) 威:通“畏”,敬畏。 (63) 万乘(shèng)之主:天子。 (64) 千乘(shèng)之君:诸侯。 (65) 分庭伉礼:分庭抗礼,以平等之礼相待。古代宾主相见时,主人站在庭院的东边,客人站在庭院的西边,相对行礼,以示平等。 (66) 敖:通“傲”。 (67) 逆立:迎面而立。 (68) 要:通“腰”。曲要:弯腰。磬折:弯腰。因弯腰时的体形像曲尺形的磬,故称。 (69)“言拜而应”句:意为孔子听了渔父的话后必先拜而后回答。 (70) 有间:很久。 (71) 擅:拥有。 (72) 所由:所自,所从来。 (73) 庶:众。庶物:万物。

【评析】

本篇同《说剑》一样,是一个情节完整、思想一贯的故事,所以也毋须分章。

文中的渔父主要不是批评孔子行仁义礼乐,而是怪他“多事”,这是理解本篇思想的一个关键。当子贡介绍了孔子的“所治”后,渔父并没有否定这一切,倒是肯定其“仁则仁矣”,只不过是“苦心劳形以危其真",所以"分于道"就远了。其中的原因并不是孔子沉溺于世俗之事,而是渔父认为孔子"既上无君侯有司之势,而下无大臣职事之官",却去管这些事,这是他"泰多事",所以就被弄得心力交瘁、离道日远。要解决这个问题,只有安于本分,不干八疵四患一类的事。这也就是孔子说的"不在其位,不谋其政"(《论语·泰伯》),没有什么新的内容。实际上,渔父是个冷面热心肠的人物,他对于世俗之事是很关心的,我们只要看看他关于"天子诸侯大夫庶人,此四者自正,治之美也"一段高论,就知道他原本就精于治道。渔父和文中那位孔子的不同处仅仅在于,渔父虽有心世务,只是因为在俗世没有相应的位置,无奈之下,落得作出超凡脱俗的清高样子,来一番潇洒的说三道四。而"孔子"却太不识时务,不在其位却要谋其政,活该四处碰壁,累累若丧家之犬。这样看来,渔父批评孔子"苦心劳形以危其真"之"真"并非纯朴浑融的本性,而是与世推移、全身避患的本能,所离之"道"也不过是孔子"用之则行,舍之则藏"(《论语·述而》)的处世之道。

　　文中提到"法天贵真"的问题,其内涵也并非全然是庄子的效法自然、珍视真性,而具更多世俗的色彩。试看渔父对"真"的解释:"真者,精诚之至也。不精不诚,不能动人。"他认为"真"是一种发自内心的真实情感。尽管渔父称这"真"是"受于天",为它涂上一层自然的色彩,但从他将"真""用于人理"这一点来看,最能体现出此种情感的世俗性质:"事亲则慈孝,事君则忠贞,饮酒则欢乐,处丧则悲哀。"这与儒家的主张是一致的,所不同者仅仅是反对儒家的繁文缛节。而其实儒家也并非都搞这一套,如孔子就说过:"礼,与其奢也,宁俭;丧,与其易(这里的"易"是仪文周全的意思)也,宁戚。"(《论语·八佾》)强调感情的真挚,自然无可厚非,但也应该看到,这与庄子所说的无情无欲、超乎哀乐的理想人格精神是有很大距离的。

　　由此可见,本篇中渔父的形象,既不像愤世嫉俗的楚狂接舆,也不像陆沉的市南宜僚,更不像不以天下为事的许由,而是一个身居江湖却不能忘怀世事的隐居者。这一形象也正体现了庄子后学的入俗倾向。

列御寇第三十二

【解题】

苏轼《庄子祠堂记》认为本篇应上接《寓言》篇的末章"阳子居南之沛",两篇当合而为一。但也有学者认为此说不足为据,本篇仍当独立。文章取篇首人名为题。全文内容颇杂,各章间似无内在联系,但杂中有整,核心的思想是虚己待物,葆真顺天,指出炫耀智巧、居功自傲、矫饰性情、执着外物都是违背自然、损害真性,必然要受到惩罚,而敛迹韬光,达生知命,方是全生之道。

列御寇之齐①,中道而反,遇伯昏瞀人②。伯昏瞀人曰:"奚方而反③?"曰:"吾惊焉。"曰:"恶乎惊?"曰:"吾尝食于十浆④,而五浆先馈。"伯昏瞀人曰:"若是,则汝何为惊已?"曰:"夫内诚不解⑤,形谍成光,以外镇人心⑥,使人轻乎贵老⑦,而齑其所患⑧。夫浆人特为食羹之货⑨,无多余之赢⑩,其为利也薄,其为权也轻,而犹若是,而况于万乘之主乎!身劳于国而知尽于事,彼将任我以事而效我以功⑪,吾是以惊。"伯昏瞀人曰:"善哉观乎⑫!女处已⑬,人将保女矣⑭!"无几何而往,则户外之屦满矣。伯昏瞀人北面而立,敦杖蹙之乎颐⑮,立有间,不言而出。宾者以告列子⑯,列子提屦,跣而走⑰,暨乎门⑱,曰:"先生既来,曾不发药乎⑲?"

曰:"已矣,吾固告汝曰人将保汝,果保汝矣。非汝能使人保汝,而汝不能使人无保汝也,而焉用之感豫出异也[20]！必且有感,摇而本才[21],又无谓也[22]。与汝游者又莫汝告也[23],彼所小言[24],尽人毒也[25]。莫觉莫悟,何相孰也[26]！巧者劳而知者忧,无能者无所求,饱食而敖游[27],泛若不系之舟,虚而敖游者也[28]。"

【今译】

列御寇到齐国去,走到半路却回来了,遇到了伯昏瞀人。伯昏瞀人问他:"什么原因使你中途而返呢?"列御寇回答道:"我感到惊恐。"伯昏瞀人又问:"为什么感到惊恐?"列御寇答道:"我曾到十家饮料店去买饮料喝,但有五家却先送给我喝了。"伯昏瞀人问:"即使这样,你为什么要惊恐呢?"列御寇回答:"大凡内心的真诚没有达到浑融的境界,就会流露外泄而成神采,来对外镇服人心,使人们对尊老之事反而看轻了,从而招致祸患。那些卖饮料的人只是做点羹汤一类的生意,没多少赢余,权力也小,却还是对我这样,何况是天子呢！天子被国事搞得精疲力尽,又被政务弄得耗尽智慧,他一定会将国事托付给我,并按功效大小来考核我,我因此惊恐。"伯昏瞀人说:"你看事情很准啊！你好自为之,人们将要归附你了。"不久,伯昏瞀人到列御寇那里去,看到门外已经摆满了鞋子。伯昏瞀人朝北站着,竖着拐杖拄在下巴下面,站了一会儿,一言不发地走出去了。接引宾客的人把这事报告了列子,列子提着鞋,赤着脚跑了出去,追到门口,说道:"先生既然来了,难道就不发表些药石之言吗?"伯昏瞀人说:"算了吧,我原来就告诉你说人们将要归附你,现在果然归附你了,并不是你能使人们归附你,而是你不能使人们不归附你啊,哪里用得着为了引发别人的欢心而作出与众不同的表现呢！一定是你先有引发别人欢心的行为,别人才会归附你而动摇你的本性,而这种归附是毫无意义的。和你交往的人中又没人会把这危害性告诉你,那些人所讲的都是琐碎之言,全是毒害人的东西。对此不觉悟,又怎能看透其中的危害呢! 机巧的人多劳苦,聪明的人多忧虑,无能的人也就一无所求,于是他们就能吃饱了饭作悠闲之游,随意漂游就像那没有绳子拴住的小船,只有内心虚静才能自由自在地遨游啊!"

【注释】

① 列御寇:列子。之:往。　② 伯昏瞀(mào)人:楚之隐士,《德充符》《田子方》并作"伯昏无人"。　③ 方:事。奚方:何事,何故。　④ 浆:饮料。十浆:十家卖浆之店。　⑤ "夫内诚不解"二句:解:化。形:流露,显示。谍:通"渫",宣泄。光:神采。意为虽真诚存于内,但因未能浑然化融,故致使神采常泄于外。即未能不露行迹,达到《刻意》中所说圣人"光矣而不耀"的境界。　⑥ 镇:服。　⑦ "使人轻乎贵老"句:贵老:敬老。意为人们因尊重我而轻视了那些本该尊敬的老人。　⑧ 鳌(jī):酿成,招致。　⑨ 特:仅,只是。食羹:羹汤类食物,即上文的浆。　⑩ 嬴:经商所获之利。　⑪ 彼:指万乘之主。效:考核。　⑫ 本句意为列御寇会观察问题。　⑬ 女:通"汝"。处:安处。已:语助词。原作"己",林希逸《庄子虏斋口义》谓"已,助字也",因据以校改。　⑭ 保:归附。　⑮ 敦:竖。蹙:拄。　⑯ 宾者:亦作"傧者",导引客人之人。　⑰ 跣(xiǎn):赤脚。　⑱ 暨:及。　⑲ "先生既来"两句:曾,难道。发药:发药石之言。意为伯昏瞀人之言犹如药石,能治疗人之疾病,故请其发言垂教。　⑳ 而:通"尔",你。之:此,指以上显露行迹的行为。感豫:引发别人的欢心。出异:显出与众不同。　㉑ 本才:林希逸《庄子虏斋口义》"才"作"性"。　㉒ 无谓:无意义。　㉓ 与汝游者:指上文归附之人。　㉔ 小言:细巧而不入大道之言,即《齐物论》中所谓"小言詹詹"。　㉕ 尽人毒:都是毒害人的东西。　㉖ 孰:通"熟",审,详察。　㉗ 敖游:嬉游。　㉘ "泛若不系之舟"二句:泛,飘泊不定的样子。意为只有保持内心虚静,才能使精神犹如不系之舟作逍遥之游。

【评析】

本章强调只有保持内心的虚静,才能摆脱一切世俗牵累,达到绝对自由的境界。

列御寇并不是一味自炫其智的浅薄之人,他从十家卖浆人家有五家无偿送浆的事实中看到了问题的严重性:那些利薄权轻的卖浆人尚且如此敬我,胜过敬老,那么权倾天下的万乘之主必将"任我以事而效我以功"。他因此而感到惊恐,意识到其中的原因盖在于"内诚不解,形谍成光,以外镇人心"。应当说,这个反思也有相当的深度,所以伯昏瞀人称赞他"善哉观乎"。但是,仅仅认识到这一层还不够,因此尽管列御寇不愿显露名迹,可拜他为师的人还是纷至沓来,以至于"户外之屦满矣"。

于是,伯昏瞀人帮他作进一步的分析,指出关键是列御寇没有做到一个"虚"字,虚即无心,无心则无为,无心无为则神采不外溢,从而示人以"无能"的形象。无能,就本人而言,便无所求于外;就他人而言,便无所求于己。如此,则必然"饱食而敖游,泛若不系之舟"矣。而列御寇因为不能保持内心虚静,才有与众不同之举,因而要不引起别人的注意也就不可能了。

文中的"无能"其实并非一无所能的蠢才,而是如郭象所说的:"夫无其能者,唯圣人耳。过此以下,至于昆虫,未有自忘其能而任众人者也。"可见"无能"其实是一种"自忘其能"的精神修养境界,唯其自忘,便无所困苦。这种境界只有圣人才能达到。

郑人缓也呻吟裘氏之地①。只三年而缓为儒②,河润九里③,泽及三族,使其弟墨④。儒墨相与辩,其父助翟⑤。十年而缓自杀。其父梦之曰:"使而子为墨者予也。阖胡尝视其良,既为秋柏之实矣⑥?"夫造物者之报人也⑦,不报其人而报其人之天。彼故使彼⑧。夫人以己为有以异于人以贱其亲⁹,齐人之井饮者相捽也⑩。故曰今之世皆缓也。自是⑪,有德者以不知也⑫,而况有道者乎!古者谓之遁天之刑⑬。圣人安其所安⑭,不安其所不安⑮;众人安其所不安,不安其所安。

庄子曰:"知道易,勿言难⑯。知而不言,所以之天也⑰;知而言之,所以之人也⑱;古之人,天而不人。"朱泙漫学屠龙于支离益⑲,单千金之家⑳,三年技成而无所用其巧。圣人以必不必㉑,故无兵㉒;众人以不必必之,故多兵;顺于兵,故行有求。兵,恃之则亡。小夫之知㉓,不离苞苴竿牍㉔,敝精神乎蹇浅㉕,而欲兼济道物㉖,太一形虚㉗。若是者,迷惑于宇宙,形累不知太初㉘。彼至人者,归精神乎无始而甘冥乎无何有之乡㉙。水流乎无形,发泄乎太清㉚。悲哉乎!汝为知在毫毛㉛,而不知大宁㉜!

宋人有曹商者,为宋王使秦。其往也,得车数乘;王说之㉝,益车百乘㉞。反于宋,见庄子曰:"夫处穷闾陋巷㉟,困窘织屦,槁项黄馘者㊱,商之所短也㊲;一悟万乘之主而从车百乘者㊳,商之所长也。"庄子曰:"秦王有病召医,破痈溃痤者得车一乘㊴,舐痔者得车五乘㊵,所治愈下㊶,得车愈多。子岂治其痔邪,何得车之多也? 子行矣!"

【今译】

郑国人缓在裘氏读书,只用了三年时间就成了儒者,他的恩泽施及三族,就像河水滋润九里之地一样,他又让他的弟弟学习墨家之学。儒墨两家相互论辩,他的父亲帮助弟弟翟,过了十年,缓气不过自杀了。父亲有一次梦见缓,他说:"使你的儿子翟成为墨者的,就是我啊。你为什么不曾看到我的好处呢? 正是因为我的培养,弟弟才成为一名墨者,就好像秋柏已经结出了果实。"大凡造物者造就人,不是造就其人为的一面,而是造就其自然天性的一面。那翟本来就适宜学墨,所以就使他成为墨者。这个缓自以为有与众不同的表现,因此轻视自己的父亲,就好像一个齐国人挖了一口井,看到别人来喝井水就打人家。所以说现今世上之人都是缓一类的人。自以为是,在有德的人看来已经是不明智了,何况是有道的人呢!古代认为像缓这样贪天之功以为己有的行为违背了自然之道,就要遭到违背自然之道的惩罚。圣人安于自然,不安于人为;众人安于人为,不安于自然。

庄子说:"了解道是容易的,了解道而不说是困难的。了解了道而不说,这是通向自然之道的途径。了解了道又要去说,这是通向人为的途径。古时候的人,崇尚自然而不求人为。"朱泙漫向支离益学宰龙,耗尽了千金的家产,三年后技艺学成,但这种技艺却无处施展。圣人对于必然的事理并不执着,所以就不会起争端。众人对于并非必然的事理也十分执着,所以就多有争端。被相争之心所驱使,就一定有所贪求。对于纷争,倚仗它就会自取灭亡。匹夫的智慧,往往不外乎礼物的互赠、书信的往来,把精神都耗费在了这些鄙陋浅薄的小事上,却又想兼通无形的道和有形的物。像这样的人,对于宇宙世界是一片迷惑,他们的身体被外物所束缚牵累,当然不能真正了解道的本原。那至人,将他的精神归于无始无终之境,安卧于一无所有之乡。水的流动,不拘于固定的形迹,它流淌在自然之中。可悲啊!你们这些人竟然在如同毫毛般微不足道的事情上花费心智,却不懂得将心安顿在那极其虚静的境界中。

宋国有一个叫曹商的人,替宋王出使秦国。他去的时候,从宋王那里得到了几辆车;到了秦国,秦王喜欢他,又增加了一百辆车。回到宋国,他去看庄子,说道:"住在偏僻狭小的巷子里,处境困窘,以织鞋为生,头颈干瘪、脸色蜡黄,这是我做不到的;一旦使大国之君省悟而让百辆车跟着我,这却是我的擅长。"庄子说:"秦王生病要物色医生,凡能使疮疖破头、排出脓血的,可得车一辆,能舔痔疮的得车五辆,所治的病越卑下,得车就越多。你该不会是替秦王治痔疮吧,否则为什么会得到这么多车呢?你还是走开吧!"

【注释】

①缓:人名。呻吟:诵读。裘氏:郑国地名。 ②"河润九里"二句:三族,父族、母族、妻族。意为缓成为儒者后便恩泽施及三族,就好像河水滋润九里之地一样。 ③墨:学习墨家学说。 ④翟(dí):缓弟名。按,缓弟系墨者,故以墨子之名为名。 ⑤"阖胡尝视其良"二句:阖,通"盍",何不。胡:各本无此字。良:好处。秋柏之实:比喻其弟已成为墨者。意为父亲看不到他的好处,弟弟之成材正是他培养的结果。 ⑥报:成就。 ⑦"彼故使彼"句:故,本来。意为翟的天性本来就是适宜学墨,所以造物者就使他成为墨者,并不是缓培养所致。 ⑧"夫人以己"句:意为缓认为自己能泽及三族及使其弟成为墨者是与众不同的表现,并因此而轻视其父亲。 ⑨"齐人之井饮者相捽也"句:井饮者,掘井而饮的人。捽(zuó),揪打。意为那挖井的人以为只有自己才有饮用井水的资格,因而就殴打其他来饮井水的人,却不懂得正因土下原本有水,他才能挖出水来。以此说明翟之能成为墨者,是因为他本身有成墨的自然资质,而并非缓的功劳。 ⑩自是:自以为是,指缓。 ⑪以:通"已"。知:通"智"。 ⑫遁天:违背自然。 ⑬所安:指自然。 ⑭所不安:指人为。 ⑮"知道易"二句:意为道可悟,不可言,但世人却不懂忘言以悟道的道理,结果是落于言筌,这就不是真正的悟道者。 ⑯之天:通向自然。 ⑰之人:通向人为。 ⑱朱泙漫:人名,姓朱名泙漫,一说朱泙是复姓。支离益:人名,复姓支离。 ⑲单:通"殚",尽。家:家产。 ⑳必:必然之理。不必:不执着。 ㉑兵:争端。 ㉒小夫:匹夫。 ㉓苞苴(jū):礼物。古时馈赠礼物,用茅苇之叶或包之(苞)或垫之(苴),故称。竿:竹简。牍:简牍,书信。 ㉔敝:耗尽。蹇(jiǎn)浅:鄙漏浅薄。 ㉕兼济:兼通。道物:指无形之道和有形之物。 ㉖太一:本指天地未分前的混沌原气,这里作动词用,有混一的意思。形:上句的有形之"物"。虚:空,即上句的无形之"道"。 ㉗形累:身为外物所牵制束缚。太初:

道之本源。　㉘ 无始：没有起始，指道的境界。冥：通"瞑"，眠。甘冥：安卧。　㉙ "水流乎无形"二句：无形，不拘形迹。发泄，流动。太清，指自然。　㉚ 为知：耗尽心智。　㉛ 大宁：极其清虚宁静的境界。㉜ 王：指秦王。　㉝ 益：增加。　㉞ 穷闾：陋巷。阨(ài)巷：狭小的里巷。　㉟ 馘(xù)：脸。　㊱ 短：不擅长。　㊲ 从：追随。　㊳ 痈(yōng)：疮疡。痤(cuó)：疖子。　㊴ 舐(shì)：舔。　㊵ 下：卑下。

【评析】

本章强调顺应自然的必要和违背自然的危害。

作者首先指出："夫造物者之报，不报其人而报其人之天。彼故使彼。"也就是说，每个人之所以是这样，而不是那样，这都是造物者循其天性的结果。正如宣颖所说："凡物各得于天以自成，故圣人于天下，因其自然，而不以我与焉。"（《南华经解》）而缓却没有这样的认识，他从学儒中尝到了"泽及三族"的甜头后，又让翟去学墨，这种出于功利目的而学的态度已经是极其错误了。更严重的是，缓居然无视自然造化之功，把翟的成墨算作了自己的功劳，并轻视他的父亲。这就是公然跟自然相抗衡，于是摆在他面前就只有死路一条了。而当今世俗之人中，像缓那样自以为是、违背自然之道的人比比皆是，倘不迷途知返，也必然要遭受"遁天之刑"。

其次，作者提出"知道易，勿言难"。这里固然有忘言以悟道的意思，但在本文中，主要还是从自然的角度来谈道："知而不言，所以之天也；知而言之，所以之人也。"因为"道不言，言而非也"，"论道而非道也"（《知北游》），所以对道采取"知而不言"的态度也就是顺应自然，因而才能悟道。同样，道本自然无为，而朱泙漫以千金家产的代价、花了整整三年的时间去学屠龙之技以求一逞，这种违背自然的态度注定了他学到技艺后也是一无所用。

再次，执着于外物，也同样有悖于自然，会受到惩罚。文中指出，圣人即使对必然之理也不执着，这种"不必"的态度是合乎自然的，所以就不会与别人发生争端。而世俗之人对于并非必然之理也执着不放,这种"必"的态度导致纷争之心的产生,所以其"亡"就是必然的了。推而广之,匹夫之热衷于苞苴竿牍,就会受这些世俗之事束缚而昧于自然之道;曹商迷恋于从车百乘,就不惜干下破痈溃痤舐痔等卑下事,使真性丧尽,为人所不齿。

鲁哀公问乎颜阖曰①:"吾以仲尼为贞干②,国其有瘳乎③?"曰:"殆哉圾乎④!仲尼方且饰羽而画⑤,从事华辞,以支为旨⑥,忍性以视民而不知不信⑦,受乎心,宰乎神⑧,夫何足以卜民⑨!彼宜女与⑩?予颐与⑪?误而可矣⑫。今使民离实学伪,非所以视民也。为后世虑,不若休之⑬。难治也。"

施于人而不忘,非天布也⑭。商贾不齿⑮,虽以事齿之,神者弗齿⑯。

为外刑者⑰,金与木也⑱;为内刑者,动与过也⑲。宵人之离外刑者⑳,金木讯之㉑;离内刑者,阴阳食之㉒。夫免乎外内之刑者,唯真人能之。

【今译】

鲁哀公问颜阖道:"我要是让孔子作栋梁之臣,国家还有救吗?"颜阖回答:"委孔子以重任可危险呢!他就像那正准备在羽毛上画画作为装饰的人一样,热衷于华而不实的文辞,把细枝末节当作了根本大旨,矫饰自己的本性来给百姓作出榜样。却不知道这种榜样是不真实的,他的作为完全禀受于内心,并被精神所主宰,这种人怎么能够管百姓呢!重用他是真的对您合适呢,还是你想以此来让他养老呢?您的做法肯定是错误的。如今重用孔子就会使百姓背离真诚去专学虚伪,这并不是向百姓作出好的榜样,为子孙后代考虑,不如不考虑这件事。

孔子是难以治理好国家的。

给别人好处却念念不忘，这不是出自真诚的给予。对于这种人，连商人也不愿提起。即使因为有事要提起他们，但心底里是不愿提起的。

惩罚人的身体的，是用金属和木头作的刑具。摧残人的内心的，是心中躁动和行为过分。小人的肉体受惩罚，是用金属和木头作的刑具来拷问的结果；内心受摧残，是阴阳二气侵蚀的结果。大凡能免受肉体和精神摧残的，只有真人。

【注释】

① 颜阖(hé)：鲁国贤人。　② 贞：通"桢"，主干。贞干：骨干，支柱。　③ 瘳(chōu)：病愈。　④ 殆：危险。岌：通"岋"，也是危险的意思。　⑤ "仲尼方且饰羽而画"句：方且，正将。饰羽而画，在羽毛上画画作为装饰。意为羽毛本有天然文彩，又饰之以画，不仅多事，更丧天真。以此批评孔子热衷虚文，不务实际，以至丧失真性。⑥ 支：枝节，指事物的次要部分。　⑦ 忍性：矫饰本性。视：通"示"，给别人看。不信：不真实。　⑧ "受乎心"二句：意为孔子的行为不依大道而是被心神所主宰。　⑨ 上民：居于民之上，即统治百姓。⑩ 彼：指孔子。女：通"汝"，指鲁哀公。与：通"欤"。　⑪ 予：给予。颐：养。　⑫ "误而可矣"句：意为重用孔子的想法肯定是错误的。⑬ 休：止。　⑭ 天布：自然的布施。　⑮ "商贾不齿"句：齿，提及。不齿：不愿提及，表示鄙视。意为那施惠于人而念念不忘者，连一向被人瞧不起的商人都鄙视他，何况是比商人高尚的人呢。　⑯ 神：内心。　⑰ 外：肉体。　⑱ 金：用金属制作的刑具，如刀锯斧钺等。木：木制刑具，如捶楚桎梏等。　⑲ "为内刑者"二句：内，心。动，内心躁动。过，过分，指不当为而为。意为不能虚静无为是对精神(真性)的摧残。　⑳ 宵人：小人。　㉑ 讯：拷问。　㉒ 阴阳：阴阳二气，指天地自然。食：同"蚀"，侵蚀，消耗。

【评析】

本章强调一切行为都必须出自真性，否则是没有好结果的。

颜阖之所以反对鲁哀公提拔孔子为国家重臣,因为孔子是靠矫饰本性来给百姓作出一个虚伪的榜样,并且自己还意识不到这一点,他的一切作为都是"受乎心,宰乎神",而不是顺乎自然,出乎真性。这样做的后果,对百姓而言,是给他们树立了一个背弃真性、竞逐虚浮的坏榜样,使他们"离实学伪";对统治者而言,则将使他们"慕仲尼之遗轨,而遂忍性自矫伪以临民"(郭象注)。如此"上下相习"(同前),最终形成整个社会舍本逐末的不良风气。因此,颜阖断定靠孔子难以治理好鲁国。从颜阖一番话的意思来看,他显然是主张无为而治。这与儒家以"礼"为核心而不免繁琐浮华的统治思想和统治方式有很大的不同。

治国须示民以真,处理一般人际关系亦须如此。那种"施于人而不忘"者之所以为人所不齿,就是因为他们的这种给予不是"天布",即并非出于真诚,而是意在图报。

所有这些背离真性的行为都要受到肉体和精神两方面的惩罚,而只有真人才能免受这种惩罚。因为他们"心若死灰,内不滑灵府;形同槁木,外不挂桎梏"(成玄英疏),保持着纯粹完美的天性,他们无心、无欲、无为,即使有所行动,也是出于无心,发乎至诚,因而是浑然无迹,犹如润物细雨,悄然无声。

孔子曰:"凡人心险于山川①,难于知天;天犹有春秋冬夏旦暮之期,人者厚貌深情②。故有貌愿而益③,有长若不肖④,有顺懁而达⑤,有坚而缦⑥,有缓而釬⑦。故其就义若渴者⑧,其去义若热。故君子远使之而观其忠⑨,近使之而观其敬⑩,烦使之而观其能,卒然问焉而观其知⑪,急与之期而观其信⑫,委之以财而观其仁,告之以危而观其节,醉之以酒而观其侧⑬,杂之以处而观其色⑭。九征至,不肖人得矣⑮。"

正考父一命而伛,再命而偻,三命而俯,循墙而走,孰敢不轨⑯！如而夫者⑰,一命而吕钜⑱,再命而于车上儛⑲,三命而名诸父⑳,孰协唐许㉑！

贼莫大乎德有心而心有睫㉒,及其有睫也而内视㉓,内视而败矣。凶德有五,中德为首㉔。何谓中德？中德也者,有以自好也而吡其所不为者也㉕。

穷有八极㉖,达有三必㉗,形有六府㉘。美髯长大壮丽勇敢㉙,八者俱过人也,因以是穷。缘循㉚,偃佒㉛,困畏不若人㉜,三者俱通达。知慧外通㉝,勇动多怨,仁义多责,六者所以相刑也㉞。达生之情者傀㉟,达于知者肖㊱；达大命者随㊲,达小命者遭㊳。

【今译】

孔子说："那人心比山川更险恶,了解人心比了解天还难；天还有春秋冬夏早晚的季节时间之分,人却是表情难以捉摸,内心深不可测。所以有的人貌似谨慎谦恭而骨子里却骄傲自满,有的人一脸善相而心地却跟长相全然不像,有的人看似拘谨孤僻实则通情达理,有的人看似刚强实则懦弱,有的人看似平和实则急躁。所以有的人追求仁义时就好像渴极思水般的迫切,而他背弃仁义时又像躲避烈焰般的迅速。所以君子对人,将他派遣到远方来考察他是否忠心,将他安排在身边来考察他是否恭敬,用烦难的事情差遣他来考察他的才能,用突然提问的方式来考察他的智慧,紧急和他相约来考察他是否守信,把财产托付给他代管来考察他是否仁义,把危险的情况告诉他来考察他是否有节操,用酒灌醉他来考察他是否守规矩,让他和妇女在一起来考察他是否好色。以上九种考察手段一一用到,那些表里不一之人就可以看得一清二楚了。"

那正考父,任命他为士的时候,他弓着背以表示恭敬；任命他为大夫的时候,他弯着腰,更恭敬了；任命他为卿的时候,他伏身在地,沿着墙根小步快走着,恭敬到极点了。这样的圣贤尚且如此谦恭,谁还敢不守法度呢！而像那些平庸之人，当了士就骄傲自大，当了大夫竟然在车上得意得手舞足蹈，当了卿更是连自己叔伯的名字也随意叫了，他们中有谁能想到向唐尧、许由的谦让作风看齐呢！

没有比有心修德和处处存心眼更大的祸害了，等到凡事都长心眼的时候，就会用自己的心眼去观察判断事理，而用自己的心眼去观察判断事理就会招致失败。恶行有五种，内心之恶是其中之首。什么叫内心的恶行？所谓内心的恶行就是处处自以为是而诋毁他所不肯做的事情。

使人困厄窘迫的有八个极端，使人通达顺利的有三条标准，人身上有六个祸患聚集之处。美貌、多须、身高、体粗、强壮、华丽、英勇、果敢，这八个方面都超过别人，就会因此而陷于困厄窘迫。顺应自然，俯仰随人，遇事退避不跟别人争强斗胜，遵循这三条标准就能通达顺利。才智、聪明显露在外，勇武、妄为则多结仇怨，施仁、行义则多受责难，有了这六条就会受害。看透人生本质的人是伟大的，通晓世俗知识的人是渺小的；洞察自然命数的人就能顺应自然，通晓人的命数的人只能随遇而安。

【注释】

① 险：险恶。　② 厚貌：善于掩饰。深情：城府深。　③ 愿：恭谨谦虚。益：通"溢"，骄溢，骄傲自满。　④ 长(zhǎng)：善良。不肖：不像。　⑤ 顺：通"慎"，谨慎。愋(xuān)：通"狷"，孤高。　⑥ 缦(màn)：懦弱。　⑦ 缓：随和。釬(hàn)：通"悍"，急躁。　⑧ 就义：追求仁义。　⑨ "故君子远使之而观其忠"句：使，派。意为派遣到远地者则难以节制，故君子用此法来考察其是否忠心。　⑩ "近使之而观其敬"句：意为留在身边者则易轻慢不敬，故君子用此法来考察其是否恭敬。　⑪ 卒(cù)：通"猝"，突然。　⑫ 期：相约。　⑬ "醉之以酒而观其侧"句：侧，各本均作"则"，仪则，规矩。意为酒后最易失态，故以此考察其是否守仪则。　⑭ 杂：男女杂处。色：好色。　⑮ "九征至"二句：征，检验，考察。不肖人，表里不一之人。意为以上九种考察

手段都用到,则那些表里不一之人就都可看清楚了。 ⑯ "正考父一命而伛"五句:正考父,孔子七世祖,一说十世祖,春秋时宋国上卿。一命,周时官阶由一命至九命,一命为士,阶最低。伛(yǔ),曲背。表示恭敬。再命,指二命为大夫。偻(lǔ),弯腰。三命,为卿。俯,身伏在地。循墙而走,沿着墙根小步快走。轨,法度。不轨,不守法度。意为正考父官越高而越谦恭,他作为圣贤尚且如此,还有谁敢不守法度呢。按,这五句出自《左传·昭公七年》所载正考父《鼎铭》:"一命而偻,再命而伛,三命而俯,循墙而走,亦莫余敢侮。" ⑰ 而夫:凡夫,一般人。 ⑱ 吕钜:骄傲自大。 ⑲ "再命而于车上儛"句:儛,跳舞。意为被封为大夫后得意忘形,情不自禁地在车上手舞足蹈。 ⑳ 名:直呼别人姓名。诸父:叔伯。 ㉑ "孰协唐许"句:协,同。唐,唐尧。许,许由。意为这些凡夫醉心利禄,谁又能想到向唐尧、许由的谦让作风看齐呢。 ㉒ "贼莫大乎德有心而心有睫"句:贼,害。德有心,有心为德。睫,眼。意为有心为德、处处存心眼是最大的祸害。 ㉓ 内视:用心来观察判断事理。 ㉔ "凶德有五"二句:凶德,恶行,指由心耳眼舌鼻五种器官所引起的欲望,一切祸患由此而生,故称。中德:即心德。 ㉕ 自好(hào):自以为是。呲(bǐ):訾,诋毁。 ㉖ 穷:困窘。 ㉗ 达:通达顺利。必:标准。 ㉘ 形:通"刑"。府:祸患聚集之处。六府:指下文的知、慧、勇、动、仁、义。 ㉙ 髯:胡须,这里指胡须多。古人以胡须多为美。 ㉚ 缘循:顺应自然。 ㉛ 偃:俯伏。佒(yǎng):通"仰"。偃佒:俯仰随人,不持己见。 ㉜ "困畏不若人"句:困畏,怯弱。意为凡事退避在后,不与别人争强。 ㉝ 外通:显于外。 ㉞ "六者所以相刑也"句:刑,受害。按,原本无此句,据《阙误》引刘得一本补。 ㉟ 情:真实。傀(guī):大。 ㊱ 肖:小。 ㊲ 大命:天之命数。随:随顺自然。 ㊳ 小命:人之命数。遭:随遇而安。

【评析】

本章主要谈处世之道。

在这方面,文中固然呈现着一定的道家色彩,如后半部分批评有心修德、用心机来观察判断事理的做法,体现了主张无心、无为的思想;所列举的"八极""三必""六府",也体现了韬光晦迹的思想;所肯定的"达生之情者傀,达于知者肖;达大命者随,达小命者遭",则体现了顺乎自然、弃绝人为的思想。

然而,儒家的色彩更浓。本章前半部分对于人的种种表里不一情况的细致描述,特别是对九种观人方法的详尽介绍,有的学者认为"基本上是对孔子的'视其所以,观其所由,察其所安,人焉廋哉'(《论语·为政》)的观点的发挥"(崔大华《庄学研究》)。这是很有眼光的。林希逸称"此一段议论甚正"(《庄子鬳斋口义》),也正是看出了其中的儒家色彩。而称赞正考父职位越高而态度越谦恭,鞭挞世俗小人的自高自大、得意忘形,又都符合儒家的道德观念。这种情况体现了庄子后学的入俗倾向。因为庄子虽洞察人情世态,但他极端鄙视世俗,追求无心无为的绝对精神自由,认为"人能虚己以游世,其孰能害之"(《山木》),所以就毋须煞费苦心地去观察研究这社会的众生相。而庄子后学并不弃世,因此为了安全地置身于人世,就不得不悉心揣摩观人术,以制定应付防范之法。

但是,无论是道是儒,本章所谈实质上都是存身远患的处世之道。

人有见宋王者,锡车十乘①,以其十乘骄稚庄子②。庄子曰:"河上有家贫恃纬萧而食者③,其子没于渊④,得千金之珠。其父谓其子曰:'取石来锻之⑤!夫千金之珠,必在九重之渊而骊龙颔下⑥,子能得珠者,必遭其睡也⑦。使骊龙而寤,子尚奚微之有哉⑧!'今宋国之深⑨,非直九重之渊也⑩;宋王之猛,非直骊龙也;子能得车者,必遭其睡也。使宋王而寤,子为齑粉夫⑪!"

或聘于庄子⑫。庄子应其使曰:"子见夫牺牛乎⑬?衣以文绣⑭,食以刍叔⑮,及其牵而入于大庙,虽欲为孤犊⑯,

其可得乎!"

【今译】

有个人去谒见宋王,宋王赏给他十辆车,他拿了这十辆车去向庄子炫耀。庄子说:"黄河边有一个家境贫困,靠编织芦荻贩卖而谋生的人,有一次,他的儿子潜入深水潭中捞到了一颗价值千金的宝珠。父亲对儿子说:'快拿石锤来砸碎他!这千金之珠一定是藏在九重深渊之中的黑龙下巴底下,你之所以能得到这宝珠,一定是正好碰上他在睡觉。如果黑龙醒着,只怕你这个人也将被它吃得一点不剩了。'如今宋国的深险难测,远不止于那九重深渊;宋王的凶猛,也远不止于那黑龙。你这样的小人之所以能得到这十辆车,一定是正好碰上他糊涂的时候。如果宋王一旦醒悟,只怕你要被粉身碎骨了。"

有人受朝廷派遣,来礼聘庄子去做官。庄子答复那使者说:"你看到过那用来祭祀的牛吗?人们给它披上了绣着美丽花纹的披巾,还给它吃草和豆,但等到把它牵进太庙的时候,即使想做那没有母亲的孤苦小牛,还有可能吗?

【注释】

① 锡:通"赐"。　② 稚:骄傲。骄稚:骄矜炫耀。　③ 纬:编织。萧:芦荻。纬萧:将芦荻编成日用器物。　④ 没:潜入。　⑤ 锻:用锤子敲碎。　⑥ 骊(lí)龙:黑龙。颔(hàn):下巴。　⑦ 遭:遇。　⑧ "使骊龙而寤"二句:使,假如。寤,醒。奚,何。微,细微的残余。奚微之有,即有奚微。意为如果黑龙醒来,不但得不到千金之珠,就连取珠之人也必将被它吃得一点不剩。　⑨ 深:深险难测。　⑩ 非直:不止。　⑪ 齑(jī)粉:粉末。　⑫ 或:有人。聘:征聘。　⑬ 牺牛:用以祭祀的纯色牛。　⑭ 衣(yì):覆盖。文绣:绣有美丽花纹的织物。　⑮ 食(sì):饲,给食物吃。刍(chú):草。叔:通"菽",豆。　⑯ 孤犊:无母的小牛。

【评析】

本章主要谈鄙弃世俗功名富贵的处世原则。

得了宋王所赐十辆车的人向庄子炫耀,而庄子却以骊龙之珠的故事来说明,由于世情的凶险难测、统治者的好恶无常,获得富贵的同时实际上也就埋下了祸根,足见世俗富贵之不足恃。

庄子辞官一段进一步说明了这个道理。那孤犊虽然活得清苦,却自由自在。而牺牛虽一度受优待,殊不知优待它的人居心险恶,等到祭祀之日,就把它牵入太庙,毫不留情地一刀宰了。庄子用这个寓言不仅表达了他坚决不愿同统治者合作的政治态度,更体现了他的人生哲学。在庄子看来,世俗功名富贵是扼杀自由、摧残真性、危害生命的刽子手,出仕无异于自投罗网,他追求的是摆脱物欲的精神自由。刘凤苞《南华雪心编》中的一段话说得极为透彻:"应聘者如牺牛之见重于太庙,得意之途,即为伤生之境。人世之轩冕钟鼎,皆可作衣绣食刍观也。"《秋水》中的神龟之喻和本章的这段文字立意全同,足以相映成趣。

庄子的这种处世态度使后世的一些士大夫艳羡不已,以至竭力仿效,但可惜往往学不像。典型的例子就是南朝齐梁间的道士陶宏景。他曾在齐高帝时做过官,后挂冠归隐。但仍尘心不泯,利用图谶为萧衍代齐称帝大造舆论。萧衍即位后,对他屡加礼聘而不出。他甚至画了两头牛,一头散放水草间,一头套着金笼头,有人牵着,以杖驱之,欲借画以明志。萧衍明白其"欲学曳尾之龟",故不再勉强。但实际上朝廷每有大事,"无不前以谘询",时人戏称其为"山中宰相"(《南史·隐逸传》)。一样的龟牛之喻,但貌同而实异。陶宏景自有其长处和贡献,然而在对待出处的问题上,他学庄子却实在有点不伦不类,根本原因在于庄子是彻底鄙弃世俗,出于追求自由的目的而不愿受功名利禄的束缚。而陶宏景却貌似清高,实质并未真正忘情世事,故不免贻人以口实。史书上称他"为人圆通谦虚,出处冥会,心如明镜"(《梁书·处士传》),实在是颇耐人寻味的。可见学庄不是那么容易的,倘若没有庄子那份彻底的虚静超脱,还是及早收起这个念头为好。

庄子将死,弟子欲厚葬之。庄子曰:"吾以天地为棺椁①,以日月为连璧②,星辰为珠玑③,万物为赍送④。吾葬具岂不备邪?何以加此!"弟子曰:"吾恐乌鸢之食夫子也⑤。"庄子曰:"在上为乌鸢食,在下为蝼蚁食,夺彼与此,何其偏也!"

以不平平,其平也不平⑥;以不征征⑦,其征也不征。明者唯为之使⑧,神者征之⑨。夫明之不胜神也久矣,而愚者恃其所见入于人⑩,其功外也,不亦悲乎!

【今译】

庄子快要死了,弟子们准备厚葬他。庄子说:"我把天地当作棺椁,把日月当作双璧,星星作珠宝,万物作随葬。我陪葬的东西难道还不完备吗?还有什么比这更完备的呢?"弟子说:"不厚葬入土,我们怕乌鸦和老鹰会吃了先生啊。"庄子说:"在地上会被乌鸦和老鹰吃了,葬在地下就会被蝼蛄和蚂蚁吃了,把我从那乌鸦和老鹰的嘴里夺下,却去给这蝼蛄和蚂蚁吃,你们为什么这样偏心啊!"

用偏心偏见来谋求公正,这公正其实是不公正的;用偏心偏见来谋求应验,这应验其实是不可信的。自炫明达的人只会被外物所役使,只有任随天性的人才能无往而不应验。自炫明达的人比不上任随天性的人是由来已久的,而愚蠢的人却凭他的一得之见沉溺于人事中,他的功夫都花在追逐外物上,岂不是太可悲了吗!

【注释】

① 椁(guǒ):外棺。 ② 连璧:并列的美玉。 ③ 玑(jī):不圆的珠。珠玑:泛指珠宝。 ④ 赍(jī)送:殉葬品。 ⑤ 乌鸢(yuān):乌鸦和老鹰。 ⑥ "以不平平"二句:平,公正。意为以偏见来谋求公

正,这公正其实是不公正的。　⑦ 征:证明,应验。　⑧ 明者:自炫明达的人。为之使:被外物所役使。　⑨ 神者:任其天性之人。　⑩ 入于人:沉溺于人事。

【评析】

本章谈对于生死的达观态度。

庄子将死,弟子要厚葬他,但他不同意,因为庄子一生追求的是与自然融为一体。如果说活着的时候肉体还与自然有层隔阂的话,那么死亡就是完全彻底地融入自然,而与天地万物合而为一了。庄子也曾对无法超越死亡大限而感到无奈和悲哀,然而他终于以哲人的智慧找到了从这一人生困境中获得精神超脱的方法,这就是以"通天下一气耳"(《知北游》)的观点为基础,进一步认识到"人之生,气之聚也。聚则为生,散则为死"(《知北游》),人从"杂乎芒芴之间",变而为有气,又由气变形,由形变生,由生而死,一切都是自然变化的结果,就好像一年四季的更迭运行。从这个角度去看,生死存亡本属一体。正因如此,所以妻子死了,庄子非但不哭,反而"箕踞鼓盆而歌"(《至乐》),他觉得妻子是安安稳稳地睡在由天地构建而成的"巨室"中,哭反而显得不通自然运行的道理。现在他自己面临死亡,也同样显得平静旷达。试看他如数家珍般地叙说着自己的葬具,竟没有一点恐惧。他认为厚葬薄葬,葬或不葬,被乌鸢所食或被蝼蚁所食,只不过是躯体回归自然的方式不同而已,所以就没有必要厚葬。弟子们主张厚葬,自以为公正不偏,符合情理,实际上是昧于天道而溺于人为,必然是枉费功夫。不是像庄子那样的参透生死,谁又能面对死亡抱如此达观的态度。因此,本章虽不是出自庄子之手,但完全体现了庄子的生死观。

这种生死观给人们以精神慰藉,从而对生死有了比较清醒的认识,减轻了对死亡的恐惧。汉代杨王孙提出"裸葬"的主张,正以此为思想武器。另外,反对厚葬虽然不是本章的主要思想,但对后代也有着积极的影响。

天下第三十三

【解题】

本篇对先秦时期学术发展流变的情况和六个学派的观点主张作了概括的叙述和评论。文章取篇首二字为题。

关于本篇的作者,一种意见认为系庄子本人,古代学者多持此说,近现代学者如梁启超、罗根泽、马叙伦、钟泰、张默生等亦表赞同。另一种意见则认为系庄子以后人所作,如清人林云铭断言"是订《庄》者所作无疑"(《庄子因》),现代学者多持此说。更有学者落实到具体的人或所属学派,如谭戒甫认为是刘安(属道家,见谭氏《现存庄子天下篇的研究》),严灵峰认为是荀况(属儒家,见严氏《老庄哲学·论庄子天下篇非庄周自作》),张恒寿认为"是一位受老庄影响很深的儒家"(《庄子新探》),崔大华则认为"是庄子后学中受到儒家思想影响较多的人所作"(《庄学研究》)。从篇中对墨翟、禽滑釐等前四家褒贬兼有,而对关尹、老聃有褒无贬,更于庄周推崇备至,以及盛称儒家"六经"之用、标榜"内圣外王之道"这几点来看,似崔氏的观点最近事实。

与作者问题密切相关的是本篇的写作年代问题,大致有先秦说、秦汉说、汉初说三种,而以第一说较为合理。至于具体时间,当是战国末期。因为从文章所描述的学术形势、所表现出来的对道术分裂的深深叹息来看,作者正处于战国百家争鸣时期,政治上归于统一、学术上定于一尊的秦汉时代尚未到来(关于这一点,请参阅刘笑敢《庄子哲学及其演变》)。但也不会太早,因为本篇显然具有对先秦学术,尤其是对百家争鸣局面作总结的性质,而这种总结只有在上述局面经过充分的发展并由高潮而趋于尾声时,才有可能,战国末期的时代特征正符合这样的条件。同样具有学术总结性质的《荀子·非十二子》和《吕氏春秋》也产生于这个时期,就说明了这一点。

关于本篇在《庄子》一书中的地位,古今学者大多肯定其具有全书后序的性质。但亦有学者认为它当是内七篇的后序(见孙以楷、甄长松《庄子通论》)。

本篇是对先秦百家争鸣局面的一个总结,是最早的中国学术史专论之一。其作者虽然主要站在道家的立场上来考察先秦学术大势,但在对各个学派的学术源流、是非得失的评述分析中,采取了较为客观公正的态度,这为后世的学术史研究树立了一个典范,从司马谈《论六家要指》、刘歆《七略》、班固《汉书·艺文志》中可以看到这方面的积极影响。篇中所述各学派代表人物的学说有许多后世已不传,幸赖本篇得以保存一二,为后人研究提供了珍贵的资料,故历来受到学者的重视,称"不读《天下》篇,无以明庄子著书之本旨,亦无以明周末人学术之概要也"(顾实《庄子天下篇讲疏序》)。

本篇列述六家之说而不及孔子,苏轼认为这是"其尊之也至矣"(《天下祠堂记》),但也有学者反对此说,这是一个十分棘手的问题,迄无定论。

天下之治方术者多矣①,皆以其有为不可加矣②。古之所谓道术者③,果恶乎在?曰:"无乎不在。"曰:"神何由降?明何由出?""圣有所生,王有所成,皆原于一④。"

不离于宗⑤,谓之天人。不离于精⑥,谓之神人。不离于真⑦,谓之全人。以天为宗⑧,以德为本,以道为门⑨,兆于变化⑩,谓之圣人。以仁为恩,以义为理,以礼为行,以乐为和⑪,薰然慈仁⑫,谓之君子⑬。以法为分⑭,以名为表⑮,以参为验⑯,以稽为决⑰,其数一二三四是也⑱,百官以此相齿⑲。以事为常⑳,以衣食为主,蕃息畜藏㉑,老弱孤寡为意,皆有以养,民之理也㉒。

古之人其备乎㉓!配神明㉔,醇天地㉕,育万物,和天下,泽及百姓;明于本数㉖,系于末度㉗,六通四辟㉘,小大精粗,其运无乎不在㉙。

其明而在数度者㉚,旧法世传之史尚多有之㉛。其在于《诗》《书》《礼》《乐》者,邹鲁之士搢绅先生多能明之㉜。《诗》以道志,《书》以道事,《礼》以道行,《乐》以道和,《易》以道阴阳,《春秋》以道名分。其数散于天下而设于中国者㉝,百家之学时或称而道之。

天下大乱,贤圣不明㉞,道德不一,天下多得一察焉以自好㉟。譬如耳目鼻口,皆有所明,不能相通。犹百家众技也,皆有所长,时有所用。虽然,不该不遍㊱,一曲之士也㊲。判天地之美㊳,析万物之理,察古人之全㊴,寡能备于天地之美,称神明之容㊵。是故内圣外王之道㊶,暗而不明㊷,郁而不发㊸,天下之人各为其所欲焉以自为方㊹。悲夫,百家往而不反,必不合矣㊺!后世之学者,不幸不见天地之纯,古人之大体㊻,道术将为天下裂。

【今译】

　　天下研究一家之学的很多,各人都认为自己所掌握的学问已经是登峰造极,无以复加了。古代所谓的道术,究竟在哪里呢?答曰:"无所不在。"又问:"神圣是从什么地方降生的?明王又是从什么地方产生的?"答曰:"神圣总有降生之处,明王也总有生成之处,他们的本原都在于道。"

　　不离道之根本的,叫作天人;不离道之精髓的,叫作神人;不离道之真谛的,叫作至人。以自然为主宰,以德行为根本,以大道为门径,能预见征兆于事物变化之前,这样的人叫作圣人;以施仁为恩泽的体现,以行义为事理的标准,以礼法为行为的尺度,以音乐为调适性情的手段,态度和蔼仁慈,这样的人叫作君子。用法度来区分善恶,用名号来标明贵贱,用比较来验证是非,用考核来决定奖惩,按这些方法处理事物,就像数一二三四般地有条而不紊,文武百官也正是依照这个次序来排列的。以耕作畜养等事为日常工作,以谋取衣食为生活的主要内容,时时把繁衍人口牲畜和积蓄储藏粮食衣物等事放在心上,使老弱孤寡都有所养,这是百姓所理解的常理。

古代的得道之人真是无所不备啊!他们与自然合为一体,取法天地,化育万物,调和天下,恩泽普施于百姓,他们通晓道的根本,又兼通作为道的末节的各种法度,他们是上下四方、一年四季无所不通,万事万物,无论小大精粗,他们所通晓的道术的运行无所不在。体现在礼法度数方面的,旧时的法令、世代相传的史书中还多有记载。那收录在《诗》《书》《礼》《乐》中的学问,儒生们也大多能通晓。用《诗》来表达情志,用《书》来记述政事,用《礼》来讲述行为规范,用《乐》来讲述调和性情,用《易》来讲述阴阳变化,用《春秋》来讲述名分等级。道术散布在天下而施行在中国,各家的学说中还时常称引并讲述到它们。

天下大乱之时,贤圣之道不能发扬光大,道德不能统一,天下学者大多因获得一孔之见而自以为是。就好比耳目鼻口,虽各有其功能,但不能相通。又好像各家学说、各种技艺,都各有所长,有时也能发挥它们的作用。但这些学说和技艺都是不完备、不全面的,掌握这些学说技艺的,也不过是些偏执一端的人。他们割裂天地之完美、万物之常理、古人之全德,很少能具备天地之完美、符合自然之情状。因此内圣外王之道,被遮蔽而不能彰明,被阳塞而不能发扬,天下之人都各自做自己想做的,把自己的一套看作常道。可悲啊,各家学者沿着各自的道路走下去而不知返回大道,这就必然与道不相合了!后代的学者不幸再不能看到天地的纯美和古代得道之人的全貌,道术将要被天下学者割裂了。

【注释】

①治:研究。方术:一方之学术,与下文无所不包的"道术"相对。 ②有:掌握。不可加:无以复加。 ③道术:指关于宇宙人生本原的学问。 ④一,指道。 ⑤宗:道之根本。 ⑥精:道之精髓。 ⑦真:道之真谛。 ⑧宗:宗主,主旨。 ⑨门:门径。 ⑩兆:预见。 ⑪和:调节,调适。 ⑫薰然:温和的样子。 ⑬君子:指儒家。 ⑭分:区分,判别。 ⑮名:名号。表:标志。 ⑯参:比较。验:验证。 ⑰稽:考核。 ⑱"其数"句:意为经过以上的法、名、参、稽之后,事理就像一二三四之数一样分明。 ⑲齿:排列。 ⑳事:耕作畜养之事。常:日常事务。 ㉑蓄息:繁衍。畜,通"蓄",蓄积。畜藏:积蓄储藏。按,陶鸿庆《读老庄札记》以为下句"为意"二字当移入本句"藏"字下,再下句的"以"字移本句句首,则作"以蓄息畜藏为意,老弱孤寡皆有养"。 ㉒理:常理。 ㉓"古之人其备乎"句:古之人,指前文的天人、神人、至人、圣人,这四种人都是得道之人。意为道是无所不在的,所以得道之人也就无所不备。 ㉔"配神明"句:配,合。意为与自然合为一体。 ㉕醇:通"准",效法。 ㉖本数:道的根本。 ㉗末度:礼法度数。《天道》称礼法度数为"治之末也",故曰"末度"。 ㉘六通:上下四方无所不通。辟:通。四辟:春夏秋冬无所不通。 ㉙运:道之运行。 ㉚明:表现。数度:制度。 ㉛旧法:旧时的法令。 ㉜邹:孟子故乡。鲁:孔子故乡。邹鲁之士:泛指儒生。搢(jìn):插。绅:束在腰间的大带。搢绅:插笏于绅,是古代官员或儒生的服饰。搢绅先生:亦泛指儒生。明:通晓。 ㉝数:道理。设:施行。 ㉞不明:不显。 ㉟一察:一孔之见。自好(hào):自以为是。 ㊱该:完备。遍:普遍,全面。 ㊲一曲:一隅。 ㊳判:分。 ㊴察:通"杀",离散。 ㊵称:符合。容:情状。 ㊶内圣外王:内修圣人之德,外施王者之政。 ㊷郁:闭塞。 ㊸方:道。 ㊹合:相合。 ㊺大体:全貌。

【评析】

本章具有全文总论的性质，对先秦学术的渊源发展作了概括的描述，并含蓄地表达了全文的写作意图。

文章开头标举"道术""方术"和'一'三个概念。弄清这三个概念的确切内涵及相互关系，对于理解本章乃至全文的意旨至关重要。"一"作为名词，在老庄著作中的意义，一是指宇宙之初的浑沌未分状态，如《老子·四十二章》："道生一，一生二，二生三，三生万物。"《庄子·天地》："泰初有无，无有无名，一之所起，有一而未形。"二是指道，如《老子·三十九章》："天得一以清，地得一以宁，神得一以灵，谷得一以盈，万物得一以生，侯王得一以为天下正。"《庄子·天地》："通于一而万事毕，无心得而鬼神服。"为什么称道为"一"呢？《韩非子·扬权》中有一个解释："道无双，故曰一。"也就是说，道是无偶的。从文中"一"能生圣、成王这一点来看，当指道无疑。这里的"一"（道）是指宇宙人生的本原。而"道术"则指关于宇宙人生本原的学问。就这一点而言，二者具有同一性。但又有不同，道不可言、不可持；"道术"既称为"术"，则是可言可持的。因此了解掌握"道术"是认识"道"的基本途径（但在《庄子》一书的其他篇章中，"道"是无法借助语言智慧所能认识的，当然也不能通过"道术"的途径来认识。所以，这里所说的"道"与"道术"的关系也不是庄子所固有的）。"方术"则指一方之学术，它与"道术"的关系表面看来是"个别"与"一般"的关系，其实不然。因为"个别"能从特定的角度反映出"一般"的某些本质，而"方术"的特点是"得一察焉以自好"，它把天地之美、万物之理、古人之全搞得支离破碎，面目全非，通过"道术"能认识"道"，而"方术"只能割裂"道术"。

依据与"道术"的关系，文中将五种人分为三个层次.天人、神人、至人为第一层次，他们"不离于宗"，"不离于精"，"不离于真"，超脱于世俗之上，是"道术"的掌握者。圣人为第二层次，一方面他"以天为宗，以德为本"，也不离于道；另一方面"以道为门，兆于变化"，以道为门径，出入于自然与世俗之间，也能掌握道术。第三层次为儒家君子、名法之士和一般百姓,身份地位虽不同,但都是不能得"道术"者。

作者认为"道术"主要体现在三方面:"其明而在数度者,旧法世传之史尚多有之";"其在于《诗》《书》《礼》《乐》者,邹鲁之士搢绅先生多能明之";"其数散于天下而设于中国者,百家之学时或称而道之"。但这并不是三分"道术",而只是为了表明"道术"之"无乎不在"。真正的分裂者是"百家"之学,文中明说"百家往而不反,必不合矣",所谓"不该不遍,一曲之士"指的就是这些治百家之学者,正因他们"各为其所欲焉以自为方","皆以其有为不可加",才导致"道术"分裂而为"方术"。在这里,作者没有将"旧法世传之史"和"邹鲁之士搢绅先生"视作"道术"的分裂者,体现了儒家思想对庄子后学的影响。

而最能体现这种影响的是文中对"内圣外王之道暗而不明,郁而不发"的现象所表现出来的极大惋惜和痛心,作者认为这是"道术"被割裂所造成的最大恶果。可以说,他写作本文的意图正在于呼吁人们破一隅之陋见,复"道术"之全体,从而使"内圣外王之道"得以发扬光大。而这"内圣外王"作为道家的一种理想人格,恰恰是融合进了儒家思想的因素。

总之,本章所体现的思想大致以道家为主,但也有较明显的儒家痕迹。

有的学者认为,本章中"神何由降……其运无乎不在"一大段及"《诗》以道志"等六句"很像是从《庄子》他篇或其他书中羼杂而来的"(见张恒寿《庄子新探》)。确实,抽去这两段文字,不但文理清晰、气脉贯通,而且清楚地凸显出了儒家思想的主导地位,于是,诸如文中为什么列老庄于百家之中而不及孔子等令人头疼的问题都可迎刃而解。可惜,这只是推测而已。然而,保留这两段,任何解释都难免有牵强之处。

不侈于后世,不靡于万物[①],不晖于数度[②],以绳墨自矫而备世之急③,古之道术有在于是者。墨翟、禽滑釐闻其风而说之④,为之大过⑤,已之大循⑥。作为非乐⑦,命之曰节用;生不歌,死无服⑧。墨子泛爱兼利而非斗⑨,其道不怒⑩;又好学而博,不异⑪,不与先王同,毁古之礼乐⑫。

黄帝有《咸池》,尧有《大章》,舜有《大韶》,禹有《大夏》,汤有《大濩》,文王有辟雍之乐,武王、周公作《武》⑬。古之丧礼,贵贱有仪⑭,上下有等,天子棺椁七重⑮,诸侯五重,大夫三重,士再重。今墨子独生不歌⑯,死不服,桐棺三寸而无椁,以为法式。以此教人,恐不爱人;以此自行,固不爱己⑰。未败墨子道⑱,虽然,歌而非歌,哭而非哭,乐而非乐,是果类乎⑲?其生也勤,其死也薄,其道大觳⑳;使人忧,使人悲,其行难为也,恐其不可以为圣人之道,反天下之心,天下不堪。墨子虽独能任,奈天下何!离于天下,其去王也远矣。

墨子称道曰:"昔禹之湮洪水㉑,决江河而通四夷九州也㉒,名山三百㉓,支川三千,小者无数。禹亲自操橐耜而九杂天下之川㉔,腓无胈㉕,胫无毛,沐甚雨㉖,栉疾风㉗,置万国㉘。禹大圣也而形劳天下也如此。"使后世之墨者,多以裘褐为衣㉙,以跂蹻为服㉚,日夜不休,以自苦为极㉛,曰:"不能如此,非禹之道也,不足谓墨。"

相里勤之弟子五侯之徒㉜,南方之墨者苦获、已齿、邓陵子之属㉝,俱诵《墨经》㉞,而倍谲不同㉟,相谓别墨㊱;以坚白同异之辩相訾㊲,以觭偶不仵之辞相应㊳;以巨子为圣人㊴,皆愿为之尸㊵,冀得为其后世,至今不决㊶。

墨翟、禽滑釐之意则是,其行则非也。将使后世之墨者，必自苦以腓无胈、胫无毛相进而已矣㊷。乱之上也，治之下也㊸。虽然，墨子真天下之好也㊹，将求之不得也㊺，虽枯槁不舍也。才士也夫㊻！

【今译】
　　不以奢侈之风教导后世，不耗费万物，不炫耀繁琐的法度，用严格的规矩约束自己以防范世之急患，古代道术中有属于这一方面的内容。墨翟、禽滑釐听到这种风教而热爱上了它，但做得过了头，克制自己太过分了。他们倡导"非乐"，教导人们"节用"；活着的时候不唱歌，死后不服丧。墨子提倡"兼爱""兼利"而反对战争，他的学说主张人们不要相互仇视。他本人又好学而博闻，不有意标新立异，但有一点和先王不同，那就是他反对古代流传下来的礼乐。
　　古代的音乐，黄帝时有《咸池》，尧时有《大章》，舜时有《大韶》，禹时有《大夏》，汤时有《大濩》，周文王时有辟雍之乐，周武王、周公作《武》。古代的丧礼，贵贱有仪则，上下有差等，天子的内外棺有七层，诸侯五层，大夫三层，士二层。现在墨子却主张活着不歌唱，死了不服丧，不分贵贱上下，人人三寸桐木棺而没有外棺，把这当作了制度。他用这一套教别人，恐怕不能算是爱惜别人；身体力行这一套，也实在太不爱惜自己了。我不是有意要攻击墨子的学说，尽管这样，但该唱时不让唱，该哭时不让哭，该奏乐时不让奏乐，这究竟是不是符合人之常情呢？他主张人活着要勤苦，死后要薄葬，他的这一套学说太苛刻了；只能使人担忧，使人悲伤，要付诸实行是很难的，恐怕不能算作圣人之道，因为它违背天下人之心，天下人忍受不了。虽然墨子自己能够承受这一切，但天下人都不能忍受，对此他有什么办法呢！跟天下人的心愿相背离，他的学说距离王道就远了。
　　墨子称赞说："当初禹对付洪水，疏导江河而沟通四夷九州，那时有著名大河三百条，支流三千条，小的不计其数。禹亲自拿着装土和掘土的器具，把天下河流汇聚起来让它们归向大海；他终年劳苦，以至于腿肚上没有了肌肉，小腿上没有了汗毛，冒着大雨，顶着狂风，终于安顿妥帖了万国四方。禹真是一位大圣人,却为了天下而弄得自己这样劳苦。"禹的榜样使后代的墨家大多穿粗陋的衣服和木制草编的鞋,日夜操劳不止,以劳苦自己为准则,他们说:"不能这样,就不符合禹的主张,也就不配称为墨者。"

后世墨家相里勤的弟子五侯之流,南方的墨者苦获、已齿、邓陵子之辈,都诵读《墨经》,但见解却分歧不同,彼此互称对方是墨家别派;他们通过坚白同异的辩论来相互诋毁,通过针锋相对的言辞来相互应答;他们奉自己一派的首领为圣人,都希望使他成为整个墨家的领袖,希望他能把正统的墨学传给后代,但争来争去,至今无法决定谁是正统。

墨翟、禽滑釐的愿望是好的,但他们的做法却不妥当。他们这样做,将使后代的墨者一定会以劳苦自己,以至腿肚上没有肌肉、小腿上没有汗毛来相互竞逐。他们这一套是乱天下之罪多而治天下之功少。虽说是这样,但墨子是真的爱天下之人才提出这些主张的,尽管他所追求的理想不能实现,但即使身心憔悴也决不放弃追求,他真是个有才能的人啊!

【注释】

① 靡:浪费。　② 晖:炫耀。　③ 绳墨:规矩。自矫:自我约束。　④ 墨翟:春秋时鲁国人,一说宋国人,墨家学派创始人。禽滑釐:战国初魏人,墨翟弟子。风:风教。　⑤ 大:通"太"。　⑥ 已:止,克制。循:通"顺"。大顺,太甚。　⑦ 非乐:墨子的重要主张之一,又是《墨子》一书中的篇名。下句的"节用"同。　⑧ 无服:不穿丧服。　⑨ 泛爱:即兼爱,墨子主张爱无差等,要广泛地爱一切人。兼利:使人们都得到利益。非斗:非攻,反对战争。　⑩ 不怒:不相互怨恨。　⑪ 不异:不标新立异,因为墨子主张"尚同"。　⑫ "不与先王同"二句:毁,指责,反对。意为墨子虽主张"尚同",但在反对礼乐这一点上与先王不同。　⑬ "黄帝有咸池"七句:辟(bì)雍,西周天子所设大学。按,除辟雍之乐外,《咸池》等六种均为各个时代的乐名。　⑭ 仪:仪则,法

度。 ⑮重:层。 ⑯独:却。 ⑰固:的确。 ⑱"未败墨子道"句:未,非。败,伐,攻击。意为并不是我有意要攻击墨子的学说。按,这是作者自道。 ⑲"歌而非歌"四句:类,符合。意为遇吉而歌,遇哀而哭,遇乐事而奏乐,本是很自然的,而墨子一概反对,这就不符合人之常情了。 ⑳大:通"太"。觳(què):俭薄,苛刻。 ㉑湮(yān):堵塞。 ㉒决:疏通。四夷:四方边远地区。九州:古代分中国为九州,其说法不一,《尚书·禹贡》认为是冀州、兖州、青州、徐州、扬州、荆州、豫州、梁州、雍州。 ㉓山:当依俞樾《庄子平议》作"川"。 ㉔橐(gǎo):成玄英疏及陆德明《经典释文》俱作"橐"(tuó)。橐:囊,这里指装土的袋子。耜(sì):掘土工具。九(jiū):通"鸠",集。杂:集。 ㉕腓(féi):小腿肚。胈(bá):白肉。胫:小腿。 ㉖甚雨:大雨。 ㉗栉(zhì):梳发。 ㉘置:安置。 ㉙裘褐:粗陋的衣服。 ㉚跂(jī):通"屐",木制鞋。蹻:草鞋。服:用。 ㉛极:准则。 ㉜相里勤:亦作相里氏、相里子,战国时人,后期墨家三派之一的代表人物。五侯:姓五名侯,墨家弟子。一说即后期墨家三派之一的代表人物,属于北方之墨。 ㉝苦获、已齿:均为学墨者。邓陵子:亦作邓陵氏、乡陵氏,战国时楚人,为后期墨家三派之一的代表人物。 ㉞墨经:《墨子》的一部分,包括《经上》《经下》《经说上》《经说下》《大取》《小取》六篇,一说为前四篇,主要为认识论和逻辑学,故又称《墨辩》《辩经》。 ㉟倍谲(jué):相分歧。 ㊱相谓:互称。别:分支,非正宗。 ㊲坚白:战国时代辩论题目之一,讨论石头的坚、白两种特征与石头的关系。公孙龙学派认为触觉只能感受到石头的坚硬性,而不能感受到其白色;视觉只能感受到石头的白色,而不能感受到其坚硬性。认为人的触觉和视觉互不相通,因将石头的"坚"和"白"分离开来,故称"离坚白"。后期墨家则认为石、坚、白析名为三,指实则一,石莫不具有坚白二性,不可分离,称"盈坚白"。同异:战国时论题之一,讨论事物间各种复杂的同与异的关系。訾(zǐ):诋毁。 ㊳觭(jī):通"奇",单数。偶:双数。觭偶:战国时论题之一,引申为抵牾不合。仵(wǔ):同,合。应:应答。 ㊴巨子:战国时墨家对其首领的尊称。 ㊵尸:主,首领。　㊶"冀得为其后世"二句：冀，希望。意为墨家各派都希望其巨子能把正统墨学传于后代，但究竟谁是正统，各派争论不休，至今未决。　㊷相进：相竞。　㊸"乱之上"二句：意为乱天下之罪多，治天下之功少。　㊹天下之好：好天下，爱天下之人。　㊺求之不得：谋求主张的实现而不可得。　㊻才士：有才能的人。

【评析】

本章是对墨翟、禽滑釐一派的评述。

文章首先肯定了该派"不侈于后世，不靡于万物"的崇俭思想，"以绳墨自矫，而备世之急"的自律精神和救世的使命感。但又批评他们在倡导实行"节用""节葬""非乐"等主张时"为之大过"。荀子批评墨子"有见于齐，无见于畸"（《荀子·天论》），"蔽于用而不知文"（《荀子·解蔽》），"不知壹天下、建国家之权称，上功用，大俭约而慢差等，曾不足以容辩异、县君臣"（《荀子·非十二子》）。即墨翟没有看到社会等级差别（畸）是客观存在的，礼乐等级制度（文）是必须的，一味主张节用、节葬、非乐，这就抹杀了贵贱差别，不利于"壹天下、建国家"。后来司马谈《论六家要指》也说照这样做会导致"尊卑无别"。本文作者正是从维护等级制度的角度来批评墨翟的节葬主张，强调"古之丧礼，贵贱有仪，上下有等"，而墨翟这样做是既不"爱人"，又不"爱己"，却没有看到墨翟的主张不仅具有代表平民利益、反对贵族统治者奢靡荒淫作风的现实意义，还有如司马谈所说的"强本"、"人给家足"的积极作用。后来《隋书·经籍志》正是径直称墨家学说是"强本节用之术"。

相较于荀子等人，本文作者对墨翟派的批评自有其鲜明的特色。作者指出，墨家的这一套过分地抑制了人的正当欲望（"已之大循"），阻挠人的情感的正常宣泄，不符合人之常情（"歌而非歌，哭而非哭，乐而非乐，是果类乎？"）。这样违背"天下之心"，将使"天下不堪"，所以要使天下人都跟着做是很困难的。如此从人的普遍欲望和情感上去分析，就把批评提升到了哲学的层面上，较之单纯着眼于功用的批评，无疑更有深度。而庄子论学正是直指人之本性。此外，针对墨翟之后"墨离为三"（《韩非子·显学》）的情况，文章批评了后期墨家各立门户、自封正统、以诡辩相争的倾向，这也符合庄子对墨家执着于是非之争的一贯思想。

在经过一番具体分析后，作者的结论是"墨翟、禽滑釐之意则是，其行则非也"，倘坚持推行，一定会造成乱天下的后果。尽管如此，作者对墨翟的个人品德是敬重的，所以他在最后充满感情地肯定"墨子真天下之好也……才士也夫"。墨学曾与儒学并称"显学"，双方论争激烈，从孟子起，儒家大多对墨家采取尖锐抨击的态度，韩愈一度想调和儒墨之争，但招来纷纷反对。宋代高似孙、元代马端临等人甚至认为，老庄、申韩、苏张、惠施等虽属异端，但倾向明显，"虽不辟可也"，而墨子学说"言近乎伪，行近乎诬"，"似是而非"，具有极大的迷惑性，"不可不加辟"（《文献通考》卷二一二）。本文作者系受儒家思想影响的庄子后学，无论是儒是道，都同墨家处于对立的地位，却能不抱成见，对其作出公允的评价，这是十分可贵的。

不累于俗①，不饰于物②，不苟于人③，不忮于众④，愿天下之安宁以活民命，人我之养毕足而止⑤，以此白心⑥，古之道术有在于是者。宋钘、尹文闻其风而悦之⑦，作为华山之冠以自表⑧，接万物以别宥为始⑨；语心之容，命之曰心之行⑩。以聏合驩，以调海内⑪，请欲置之以为主⑫。见侮不辱，救民之斗⑬。禁攻寝兵⑭，救世之战。以此周行天下，上说下教，虽天下不取⑮，强聒而不舍者也⑯。故曰上下见厌而强见也⑰。

虽然，其为人太多，其自为太少，曰："请欲固置五升之饭足矣⑱。"先生恐不得饱⑲，弟子虽饥，不忘天下，日夜不休,曰:"我必得活哉㉑!"图傲乎救世之士哉㉑!曰:"君子不为苛察㉒,不以身假物㉓。"以为无益于天下者,明之不如已也㉔,以禁攻寝兵为外㉕,以情欲寡浅为内㉖,其小大精粗,其行适至是而止㉗。

【今译】

不受世俗的牵累,不借助外物来矫饰自己,不苛求别人,不违背众人的意愿,希望天下安宁来使百姓的生命得以保全,无论别人还是自己的生活资料,只要基本满足就可以了,以此来表明心愿,古代道术中有属于这方面的内容。宋钘、尹文听到这种风教而热爱上了它,他们制作了像华山那样上下均平的帽子来表达自己的志向,他们主张对待万物以破除偏见为根本;他们谈论心理现象,把这种现象称为心的运行,用和顺的态度投合世人的喜好,来使自己和世人和谐相处,并请求把以上主张立为主导思想。他们受到欺侮不以为是耻辱,一心要制止民间的争斗;阻止攻伐,平息暴力行动,制止世上的一切战争。他们凭借这种学说来周游天下,对上说服人主,对下教导百姓,虽然天下之人都不接受他们的主张,但他们仍然唠唠叨叨,不肯罢休。所以说,这些人受到上上下下的厌弃却还是要顽强地表明自己的观点。

虽然如此,但他们确实是为别人考虑太多,为自己考虑太少,他们说:"只求每天有人为我们准备五升米的饭就足够了。"这五升米的饭恐怕先生都不能吃饱,弟子就更不用说了。但弟子即使饿着肚子,也不忘天下之事,他们日夜不停地辛劳奔波,说道:"我哪里图的是一个人活着,我是为了天下人啊!"他们真是伟大的救世之人啊! 他们说:"君子不干以烦琐苛刻来显示自己明察的事,不计自己被外物所役使。"他们认为凡是对天下没有好处的事,明知行得通也不如停止不做。他们以阻止攻伐、平息暴力行动为自己外在的行为,以努力减少情欲为内心的修养,他们的理论学说和实际行为仅仅至此而已。

【注释】

①累:牵累。 ②饰:矫饰。 ③苟:章太炎以为是"苛"字之误。苛,苛求。 ④忮(zhì):违背。 ⑤养:生活资料。毕足:满足。 ⑥白心:表明心愿。 ⑦宋钘(jiān):又称宋牼、宋荣、宋荣子,战国时宋国人,宋尹学派的代表人物。尹文:又称尹文子,战国时齐国人,也是宋尹学派的代表人物。 ⑧华山之冠:模仿华山陡削而上下均平的形态来制作的帽子,以此寄托要求均平的主张。 ⑨接:应接,对待。别:破除。宥(yòu):通"囿",局限。别宥:破除偏见。始:本。 ⑩"语心之容"二句:容,样子。行,运行。意为谈论心理现象,把心理现象称作心的运行。 ⑪"以聏合驩"二句:聏(ér),和顺。驩,通"欢"。海内,天下。意为以和顺的态度投合世人的喜好,来协调与天下的关系。 ⑫"请欲置之以为主"句:之,指上述"以聏合驩,以调海内"的主张。意为请求以此为主导思想。 ⑬救:制止。 ⑭寝:止息。兵:战争。 ⑮不取:不采纳。 ⑯强聒(guō):唠叨不休。不舍:不止。 ⑰见厌:被人所厌弃。强见:硬要表现。 ⑱固:通"姑"。 ⑲先生:指宋钘、尹文。 ⑳"我必得活哉"句:意为我哪里图的是一人活命,我是要拯救天下之人。 ㉑图傲:高大的样子。 ㉒苛察:以烦琐苛刻来显示明察。 ㉓"不以身假物"句:假物,假于物,被外物所役使。意为不让自己被外物所役使。 ㉔"以为无益于天下者"二句:已,止。意为他们认为如果对天下无益之事,即使明知其可行,也不如停止不做。 ㉕外:外在行为。 ㉖寡浅:少。内:内在修养。 ㉗"其小大精粗"二句:小,指约束自己的原则。大,指救治天下的原则。精,指内心修养的原则。粗,外在行动的原则。按,以上四点均属于学说方面。行,行为。适,通"啻",仅仅。而止,而已。意为他们的理论学说和实际行为不过如此而已。

【评析】

本章评述宋钘、尹文学派。

读本章首先碰到的一个问题就是宋钘、尹文两人的学派归属问题。宋钘,《汉书·艺文志》著录其《宋子》十八篇,今已佚。班固自注:"孙卿道宋子,其言黄老意。"当是道家一类人物,却又归于小说家类,大概原书中用了许多故事来说明道理。《荀子·非十二子》则将其和墨翟放在一起进行批评。在同书的《天论》《解蔽》等篇又评论了宋钘"情欲寡","见侮之不辱,使人不斗"的观点,这都与墨翟的思想一致。尹文更复杂,《汉书·艺文志》入《尹文子》一篇于名家类,刘歆则称"其学本于黄老,居稷下,与宋钘、彭蒙、田骈等同学于公孙龙"(《容斋续笔》卷十四引)。《吕氏春秋·正名》有其"名正则治,名丧则乱"的话,这大概就是他被列入名家的根据。又记述了他与齐湣王辩论"士"的标准,认为见侮而不斗,不失其所以为士,这一点和宋钘相同。《四库全书总目》卷一一七依据今本《尹文子》称"其言出入于黄老申韩之间",入于杂家类。

联系以上各种说法来考察本章,至少可以看出以下几点。一、宋尹二人的思想基本一致,作者将他们放在一起作评述是合适的。二、该派的思想受墨家影响很深,文中所述其观点大部分体现了这种影响,如"见侮不辱,救民之斗。禁攻寝兵,救世之战""五升之饭足矣"等。所以冯友兰先生称这一派为"后期墨家的支流"(《中国哲学史新编》第二册)。三、其中又有同道家相近处,如"不累于俗,不饰于物""接万物以别宥为始""情欲寡浅"等,跟庄子学派超脱世俗、摆脱物累的处世哲学,突破主客观局限以悟大道的求知途径,以及戒嗜欲以葆真性的思想是相通的。因此,作者对该派思想的介绍把握正如洪迈所说,可谓"尽其学"(《容斋续笔》卷十四),确实相当全面而准确。

正因如此,所以本章对该学派的分析评价同前章大致相一致。既肯定其崇尚节俭、提倡均平、反对战争、关注民生的优秀品德,赞扬其"图傲乎救世之士哉";又指出由于他们的主张和做法太过头,以至陷于"天下不取""上下见厌"的尴尬境地。最后,作者作了一个概括,指出他们的这一套"以禁攻寝兵为外,以情欲寡浅为内",离"内圣外王"尚远,故也是一隅之见。

还应当指出的是,该派虽然也同墨翟一样崇尚节俭,但思想基础不同,墨翟的"尚俭"是基于他的"三表"法:"上本之于古者圣王之事","下原察百姓耳目之实","观其中国家百姓人民之利"(《墨子·非命上》),还停留在经验和功利的层次上,而宋尹学派的"尚俭"是以肯定"情欲寡浅"乃人类本性这一点为基础的,显然更有理论深度。

公而不当①,易而无私②,决然无主③,趣物而不两④,不顾于虑⑤,不谋于知,于物无择,与之俱往⑥,古之道术有在于是者。彭蒙、田骈、慎到闻其风而悦之⑦,齐万物以为首,曰:"天能覆之而不能载之,地能载之而不能覆之,大道能包之而不能辩之,知万物皆有所可,有所不可⑧,故曰选则不遍,教则不至,道则无遗者矣⑨。"

是故慎到弃知去己而缘不得已⑩,泠汰于物以为道理⑪,曰知不知,将薄知而后邻伤之者也⑫,謑髁无任而笑天下之尚贤也⑬,纵脱无行而非天下之大圣⑭,椎拍輐断⑮,与物宛转⑯,舍是与非,苟可以免⑰,不师知虑⑱,不知前后⑲,魏然而已矣⑳。推而后行,曳而后往,若飘风之还,若羽之旋,若磨石之隧,全而无非,动静无过,未尝有罪㉑。是何故?夫无知之物,无建己之患㉒,无用知之累,动静不离于理,是以终身无誉㉓。故曰至于若无知之物而已,无用贤圣,夫块不失道㉔。豪杰相与笑之曰:"慎到之道,非生人之行而至死人之理,适得怪焉㉕。"

田骈亦然,学于彭蒙,得不教焉㉖。彭蒙之师曰:"古之道人,至于莫之是莫之非而已矣㉗。其风窢然,恶可而言㉘?"常反人㉙,不见观㉚,而不免于魭断㉛。其所谓道非道,而所言之韪不免于非㉜。彭蒙、田骈、慎到不知道。虽然,概乎皆尝有闻者也㉝。

【今译】
　　公正而不结朋党,平易而无所偏私,心中空虚而没有主见,随物同往而不立己意,不屑思虑,不求智慧,对外物不作选择,随它一起变化,古代的道术中有这方面的内容。彭蒙、田骈、慎到听说它的风教而热爱上了它,他们的学说以齐一万物为首要,说道:"天能覆盖万物却不能承载万物,地能承载万物却不能覆盖万物,大道能包容万物却不能辨别万物,可知万物都是有所能有所不能的,所以说有所选择就不能周遍,有所教导就会有教所不及之处,而人道却是无所遗漏的。"
　　因此慎到主张抛弃知识,去除成见,并且必须因迫不得已才可有所行动,要把听任万物作为重要的道理,说是勉强去了解无法了解的东西,就将被这种行为所迫而随之受到其伤害。他们随物顺情,无所专任,却嘲笑天下之人推崇圣者。他们放任不羁,不修德行,却批评天下公认的大圣人。他们无棱无角,随物变化,认为只有舍弃对是非的执着,才能避免祸患。他们不用智巧谋虑,不知瞻前顾后,只是巍然独立于世而已。他们要被人推后才能行走,拖后才能向前,就好像旋风的回旋,好像羽毛在空中盘旋而飞,好像石磨被人推着旋转,看上去完美而没有错,无论动静都没有过失,也不曾有什么罪。这是什么缘故呢?因为在他们看来那些无知的物,没有因树立自己名声而带来的祸患,没有运用智巧所受到的牵累,无论动静都不会背离自然之理,因此终身没有毁誉。所以说只要达到像无知之物那样的境界就可以了,用不着当什么贤圣。要是像那土块木然无知,就更不会离开大道了。于是豪杰们在一起嘲笑他说:"慎到的学说,不是活人所能做到的,而是死人的道理,正该受到指责。"
　　田骈也是这样,他向彭蒙学习,学到了他的不教之教。彭蒙的老师说:"古代的得道之人,达到既不肯定什么,也不否定什么的境界也就满足了。他们的风教就像疾风吹过一样迅速,哪里是可以言传的呢?"彭蒙等人的学说经常违背人意,所以不被人们所欣赏,但他们仍然坚持随物变化的主张。他们所谓的道其实不是真正的自然之道,而他们所认为是对的道理也常常不免有错。彭蒙、田骈、慎到三人其实并不了解真正的道。虽然如此,但他们对道还是约略地了解一点的。

【注释】

① 当:当从别本作"党"。党,结朋党。　② 易:平允。　③ "决然无主"句:决,通"缺"。缺然,空虚的样子。意为心中空虚而无主见。　④ "趣物而不两"句:趣,趋,往。趣物,随物而往。不两,不生二意。意为随物变化,不生己见,亦即与物为一。　⑤ 不顾:不屑。　⑥ "于物无择"二句:意为对物不作任何判断,但求随其变化。　⑦ 彭蒙:战国时哲学家,齐国人。田骈:战国时哲学家,又称陈骈,齐国人,彭蒙弟子。慎到:战国时赵人,早年学黄老道德之术,后成为法家学者。　⑧ "天能覆之而不能载之"五句:辩,通"辨",分辨。可,能。意为天地大道尚且有所能有所不能,万物就更是如此了。　⑨ "故曰选则不遍"三句:不至,不及。意为有所选择则必然有所舍弃,所以就不能周遍万物;有所教则必有所不能教,所以一定有教所不及之处;只有大道才包容一切而无所遗漏。　⑩ 缘:因为。缘不得已:因迫不得已而动。　⑪ 泠(líng)汰:听任。　⑫ 薄:迫。邻:通"磷"。磷伤:毁伤。　⑬ 謑(xǐ)髁(kē):随顺。无任:无所专任。　⑭ 纵脱:放任不羁。无行:不修德行。　⑮ 椎拍:随顺。輐(wàn)断:没有棱角的样子,指随顺自然的生活态度。　⑯ 宛转:变化。　⑰ 苟:才。　⑱ 师:用。　⑲ "不知前后"句:意为不瞻前顾后。　⑳ 魏:通"巍"。巍然:独立的样子。　㉑ "推而后行"八句:曳(yè),拖。飘风,旋风。还(xuán),回旋。磨石,石磨。隧,旋转。全,完美。意为迫不得已而动的人,就像飘风、羽毛、石磨那样,都是无心而动,故无所谓是非功罪。　㉒ 建己:树立自己的名声。　㉓ 无誉:没有毁誉。　㉔ "夫块不失道"句:不失,不偏离。意为土块因其无知,故不离于道。　㉕ "慎到之道"三句:适,正应。怪,责备。意为慎到主张人当如土块一样无心无知,这

不是活人所能做得到的,而是死人之理,故正应受到人们的批评。 ㉖"得不教焉"句:不教,不教之教。意为田骈向彭蒙学得了无知放任,这是以不教为教。 ㉗莫之是莫之非:既不肯定什么,也不否定什么。 ㉘"其风窢然"二句:窢(xù)然,迅速的样子。恶:何。意为有道之人的教化就像风迅速吹过,无法言传。 ㉙反人:违背天下人的心意。 ㉚见观:被欣赏。 ㉛䏰(wǎn)断:通"輐断",见注⑮。 ㉜媁(wěi):是。 ㉝概:约略。

【评析】

本章评述彭蒙、田骈、慎到学派。

从内容看,这一派的思想与道家有许多相同之处,因此,冯友兰先生推测,作者把他们当作了"先秦道家发展的第一阶段"(《中国哲学史新编》第二册)。既如此,那么作者为什么称他们"不知道"呢?我们将文中该派的思想同庄子学派的思想相对照,可以看出,在"道则无遗""齐万物以为首""弃知去己,而缘不得已""泠汰于物以为道理"这些观点上,二者是一致的。但是,庄子主张齐一万物、顺随自然的根本目的是冲破世俗罗网,摆脱人生困境,实现绝对的精神自由,即一无所待的"逍遥游"。而这一派从上述思想出发,"却导向另外一种人生表现,产生了另外一种精神状态。……把本质上总是体现着一种追求、跃动着某种精神因素的人的存在过程,看成应当是如同羽毛飞旋、磨石转动的机械的、无目的的物的运动状态。显然,这是完全屈从于、湮灭于外物,从而完全丧失了作为人的自觉存在的一种精神状态,一种贫瘠的、死寂的人生表现"(崔大华《庄学研究》)。正因在人生哲学上如此大相径庭,故作者批评说,"慎到之道,非生人之行而至死人之理,适得怪焉。"然而,思想观点上的诸多相通,又使作者将他们视为同道,故最后还是肯定他们"概乎皆尝有闻者也"。

关于本章,还有一个很重要的问题:就是慎到的学派归属问题。田骈,《史记·孟子荀卿列传》称他"学黄老道德之术",《汉书·艺文志》也将其所著《田子》二十五篇(今佚)列入道家类。彭蒙事迹不详,但作为田骈的老师,当亦系黄老一派中人物。唯独慎到,一方面《史记·孟子荀卿列传》也称其"学黄老道德之术",但从现存《慎子》一书看,他是法家,《汉书·艺文志》也把《慎子》四十二篇列入"法家"类,这与本章中的慎子简直判若二人。大概作者是庄子后学,相同的思想容易引起注意与共鸣;本篇又是学术史的性质,而《慎子》一书主要讲"君人南面之术",在作者眼中算不得什么大学问,所以就弃而不谈了。

其实,黄老之学与法家思想还是有相通之处的。《慎子》中说:"大君任法而弗躬,则事断于法。"意思是统治者立法后,就不要事必躬亲了,一切依法而行,凡事皆由法断,这也就是无为而治。又说:"君臣之道,臣事事而君无事,君逸乐而臣任劳。臣尽智力以善其事而君无与焉,仰成而已,故事无不治。治之正道然也。"这种典型的"君道无为,臣道有为"的思想,也是庄子后学所具有的,如《天道》中说:"上必无为而用天下,下必有为为天下用,此不易之道也。"四库馆臣从《慎子》中看出了奥妙:"今考其书,大旨欲因物理之当然,各定一法而守之,不求于法之外,亦不宽于法之中,则上下相安,可以清静而治。"(《四库全书总目》卷一一七)正因如此,故将其列入杂家类而不入法家类。冯友兰先生更从战国时代阶级斗争形势的角度,指出阶级斗争促使了当时各家思想的分化,慎到"就是一个从道家分化出来的思想家"(《中国哲学史新编》第二册)。于是慎到思想中两个方面的转变轨迹及相互联系就可以看得很清楚了。

以本为精①,以物为粗,以有积为不足②,澹然独与神明居③,古之道术有在于是者。关尹、老聃闻其风而悦之④,建之以常无有⑤,主之以太一⑥,以濡弱谦下为表⑦,以空虚不毁万物为实⑧。

关尹曰:"在己无居,形物自著⑨。其动若水,其静若镜,其应若响⑩。芴乎若亡⑪,寂乎若清⑫。同焉者和⑬,得焉者失⑭。未尝先人而常随人⑮。"

老聃曰:"知其雄,守其雌,为天下谿⑯;知其白,守其辱,为天下谷⑰。"人皆取先,己独取后,曰受天下之垢⑱;人皆取实,己独取虚,无藏也故有余,岿然而有余⑲。其行身也⑳,徐而不费㉑,无为也而笑巧㉒;人皆求福,己独曲全,曰苟免于咎。以深为根,以约为纪㉓,曰坚则毁矣,锐则挫矣。常宽容于物,不削于人㉔,可谓至极㉕。

关尹、老聃乎!古之博大真人哉㉖!

【今译】

把作为万物本根的道看作精微,把有形的外物看作粗疏,把积储有余看作不足,心境宁静地独自一人与自然共处,古代的道术有属于这方面的内容。关尹、老聃听说它的风教而热爱上了它,以常有和常无为基点来构建他们的学说,以道为主宰,以柔弱谦下为表现方式,以内心空虚而不伤害万物实质为内容。

关尹说:"只要心中不存己见,有形的万物自然会清楚显现。得道之人,他行动时像流水般自然通畅,安静时像镜子般清澈空明,感应外物时像回声般随起随息。他恍恍惚惚好像已经消失,沉寂宁静好像清空虚无,他认为混同于物就能跟它们和谐相处,贪得不厌必有厚失。他从不抢在人先,却常常甘人后。"

老子说:"得道之人,明知自己刚强,却安守柔弱,甘当天下的沟壑;明知什么是白,却安守于黑,甘当天下的深谷。别人纷纷争先,唯独他甘下在后,说是愿意一人承受天下所有的耻辱;别人都争相求取实惠,唯独他谋求虚空,没有积蓄,反而常常有余,他是巍然独立,充实而有余。他立身行事,从容而不费精神,保持无为而嘲笑卖弄机巧之人;别人都谋求福气,唯独他委曲求全,说是这样才能避免祸患。他以深藏为根本,以俭约为准则,说是过于坚硬就会受损害,过于尖锐就会受挫折。他对物常常宽容,对人也不苛刻,他可说是达到了最高的境界。

那关尹、老聃真是博大真人啊!

【注释】

① 本:道。　② "以有积为不足"句:意为积蓄有余实际上就是不足。按,老子认为"圣人不积,既以为人己愈有,既以与人己愈多。"(《老子》八十一章)反言之,不与人而积于己,则似有余而实不足。　③ 澹然:宁静的样子。与神明居:与自然共处。　④ 关尹:春秋末道家思想家,相传曾为函谷关令尹,故称。老聃(dān):姓李名耳,字伯阳,谥聃。春秋末楚国人,道家学派创始人。　⑤ "建之以常无有"句:常无有,常无和常有。意为以常无和常有为基础来构建自己的学说。《老子》一章:"无,名天地之始;有,名万物之母。故常无,欲以观其妙;常有,欲以观其徼。"　⑥ 太一:道。　⑦ 濡(rú)弱:柔弱。谦下:谦恭卑下。表:外表。《老子》七十八章:"天下莫柔弱于水,而攻坚强者莫之能胜,以其无以易之。弱之胜强,柔之胜刚,天下莫不知,莫能行。"《老子》六十六章:"江海之所以能为百谷王者,以其善下之,故能为百谷王。是以圣人欲上民,必以言下之;欲先民,必以身后之。"足见自处柔弱谦下只是以柔克刚的一种策略。　⑧ 空虚:内心空虚。《老子》十六章:"致虚极,守静笃。万物并作,吾以观复。"不毁万物:不伤害万物。《老子》六十章:"以道莅天下,其鬼不神。非其鬼不神,其神不伤人。非其神不伤人,圣人亦不伤人。"　⑨ "在己无居"二句:无居,不存。著,昭彰。形物,有形的外物。意为只要不存己见,外物自然会清楚显露。　⑩ "其动若水"三句:其,得道之人。应,对外物的反应。响,回声。意为得道之人虚静无心,一任自然。　⑪ 芴(hū):通"忽",恍惚。亡(wú):无。　⑫ 清:清空虚无。　⑬ "同焉者和"句:意为与物同则和谐。　⑭ "得焉者失"句:意为贪得必多失。《老子》四十四章:"多藏必厚亡。"　⑮ "未尝先人而常随人"句:先人,在人之先。按,《老子》六十七章曰:"不敢为天下先。"与这句意思相同。

⑯ "知其雄"三句:见《老子》二十八章。雄,刚强。雌,柔弱。谿(xī),沟壑。意为明知能刚强,却安守柔弱,甘作天下的沟壑,虽卑下但空虚有容。　⑰ "知其白"三句:亦见《老子》二十八章,但通行本作"知其白,守其黑,为天下式。……知其荣,守其辱,为天下谷"。按,这三句意思基本同于以上三句。　⑱ "曰受天下之垢"句:垢,辱。意为甘受天下之耻辱。按,《老子》七十八章有"受国之垢,是谓社稷主"的说法。　⑲ 岿(kuī)然:高大独立的样子。　⑳ 行身:立身行事。　㉑ 徐:舒缓,从容不迫。费:耗费精神。　㉒ 巧:卖弄机巧的人,即有为者。　㉓ 纪:准则。　㉔ 削:苛刻。　㉕ 至极:最高境界。　㉖ 博大真人:无所不容、获得真道之人。

【评析】

本章评述关尹、老聃学派。

老、庄作为先秦道家思想阵营中最重要的两个派别,其联系是十分密切的。两家都以"道"为各自学说体系的最高范畴,并以"道"为超乎感觉经验的宇宙万物的本原,都对现实社会持强烈批判的态度,并热烈向往返回到自然、原始的社会中去。本章中关尹"以本为精,以物为粗"的思想与庄子"可以言论者,物之粗也;可以意致者,物之精也"(《秋水》)的观点也如出一辙。所以,作者在评述前面几家时都是有褒有贬,而对关尹、老聃则无一贬辞,赞扬他们是"古之博大真人"。

然而,作者在评述老聃学说时,看似很全面,实际上是依己见作了取舍的。文中所介绍的都是老聃的处世存身之道,对其"君人南面之术"则基本不涉及。而这后一方面乃是老聃思想极为重要的组成部分,甚至可以说是他全部学说的落脚点。司马谈对这一点看得很清楚,他在《论六家要指》中指出:"道家无为,又曰无不为……其术以虚无为本,以因循为用……虚者道之常也;因者,君臣并至,使各自明也。"这里的"道家"显然主要是针对老聃的。因为庄子追求的是"游乎尘垢之外"(《齐物论》)的绝对精神自由,而决不肯"弊弊焉以天下为事"(《逍遥游》),这是他和老聃在人生哲学方面的最大不同。以上司马谈的一段话正是从统治术的角度来理解和评价老聃"无为而无不为"思想的。《淮南子·原道》解释说:"所谓无为者,不先物为也;所谓无不为者,因物之所为。"这里的"物"即"物议"之"物",指众人。"无为而无不为"的意思,就是最高统治者凡事都不要先亲自动手,要收敛自己的智慧和精神,而让臣下分工去做,充分利用他们的智慧和精神。于是最高统治者自己并没有做什么,但他所想做的一切,都由臣下做了。班固更是一针见血地指出:"道家者流……知秉要执本,清虚以自守,卑弱以自持,此君人南面之术也。"(《汉书·艺文志》)这同"垂拱而天下治"(《尚书·武成》)的儒家统治术没有什么两样。汉初提倡黄老之学,推行清静无为的统治术,正是直接继承了老聃的这一套。上述思想集中体现在《老子》一书中,但本章在大量引述书中内容时,不知出于何种动机,竟忽略了这一点。如文中引"知其雄"等六句,却没有注意这套卑弱以自守的方法最后落实到了"圣人用之,则为官长,故大制不割"上(二十八章)。而文中"受天下之垢"一语出自《老子》七十八章"受国之垢,是谓社稷主",可作者却有意无意地忽视了"是谓社稷主"这极具治世色彩的一句。再如,文中"未尝先人,而常随人""人皆取先,己独取后"两句,均取《老子》六十七章"不敢为天下先"之意,却又省略了紧随其后的"故能成器长"一句。一部《老子》原本包括了天地之本、治世之术、存身之法等多方面的内容,而如此断章取义,便给人以一个假象,似乎老聃其人其书都是谈全身避害、为人处世诀窍的。这正应了鲁迅的名言:"倘有取舍,即非全人。再加抑扬,更离真实。"(《且介亭杂文二集·"题未定"草(六)》)老聃和他的书被本文作者"所缩小、凌迟"了(《且介亭杂文二集·"题未定"草(七)》)。

芴漠无形①,变化无常,死与生与,天地并与,神明往与②!芒乎何之③,忽乎何适④,万物毕罗,莫足以归⑤,古之道术有在于是者。庄周闻其风而悦之,以谬悠之说⑥,荒唐之言⑦，无端崖之辞⑧，时恣纵而不傥⑨，不以觭见之也⑩。以天下为沈浊⑪，不可与庄语⑫，以卮言为曼衍⑬，以重言为真⑭，以寓言为广⑮。独与天地精神往来而不敖倪于万物⑯，不谴是非⑰，以与世俗处。其书虽瑰玮而连犿无伤也⑱。其辞虽参差而諔诡可观⑲。彼其充实不可以已⑳，上与造物者游，而下与外死生、无终始者为友㉑。其于本也㉒，弘大而辟㉓，深闳而肆㉔；其于宗也㉕，可谓稠适而上遂矣㉖。虽然，其应于化而解于物也㉗，其理不竭，其来不蜕㉘，芒乎昧乎㉙，未之尽者。

【今译】

　　道是虚空寂寞、没有行迹、变化无常的。生是和天地共处吗？死是和自然同往吗？迷迷茫茫不知要到哪里去，恍恍惚惚不知飘向何方，万物全都被它包容在内，而没有什么东西能够成为它的归宿，古代的道术有属于这方面的内容。庄子听说它的风教而热爱上了它，他用虚远的说法，广大的话语，不着边际的言辞来阐述大道，常常放言无忌而不以一端之见来表明观点。他认为天下之人太肮脏，不能用严肃的话来跟他们讲道理，所以用俯仰随物的无心之言来和人们周旋，用受世人尊重者的话来使人信以为真，用寄托之言来推衍道理。他独自一人与天地精神往来却不傲视万物，不追究谁是谁非，以此混同世俗。他的书虽然奇特宏伟却随顺宛转不会伤害别人。他书中的文辞虽然变化多端却奇异可观，那书的内容充实丰富得无穷无尽。他上和自然同游，下和超脱生死、不知始终的人交友。他对于道的根本，阐发得博大而透辟、深广而畅大。他对于道的宗旨，阐发得可说是妥帖而上通真理了。虽说这样，但他仍然顺应着自然的变化并从外物的牵累中解脱出来，他的道理永无穷尽，他的学说渊源不离大道，他的学说幽远深邃，没有人能探讨穷尽。

【注释】

①芴漠：寂寞。无形：不露行迹。　②"死与生与"三句：并，共存。神明，自然。意为人无论生死均与天地自然融而为一。　③芒：茫然。之：往，到。　④忽：恍惚。适：到。　⑤"万物毕罗"二句：毕罗，全部包罗于内。归，归宿。意为道无所不包，但没有什么东西能成为它的归宿，因为道是自本自根的。　⑥谬悠：虚远。　⑦荒唐：广大。　⑧无端崖：不着边际。　⑨恣纵：放任。傥(tǎng)：偏执。　⑩觭(jī)：单一，指一端之言。见(xiàn)：显示。　⑪沈：通"沉"。沈浊：污浊。　⑫庄语：严肃的言论。　⑬卮(zhī)言：俯仰随物的无心之言。曼衍：随物推移，游衍自得。　⑭重(zhòng)言：受世人尊重者的话。　⑮寓言：寄托之言。广：推衍。　⑯敖：通"傲"。敖倪：傲视。　⑰谴：责问。　⑱瑰玮：奇特宏伟。连犿(fān)：宛转的样子。　⑲参差：变化多端。俶(chù)诡：奇异。　⑳"彼其充实不可以已"句：已，止。意为庄子之书内容无比充实丰富。　㉑外生死：超脱生死。无终始：不知始终。　㉒本：道的根本。　㉓辟：深刻，透辟。　㉔深闳：深广。肆：畅大。　㉕宗：道的宗旨。　㉖稠(tiáo)：通"调"。稠适：和适，适当。遂：达。　㉗应于化：顺应自然变化。解于物：从物累中解脱。　㉘"其来不蜕"句：来，来由，渊源。不蜕，不离。意为庄子学说的渊源始终不离大道。　㉙本句意为庄子的学说幽远深邃，没有人能探讨穷尽。

【评析】

本章评述庄周学派。

与前几章相对冷静客观的介绍评价不同，作者在本章中用美丽的语言、富于感情的笔调，对庄周其人其文作了生动形象的描述。庄周所推崇的大道是包容万物、充溢天地，却又缥缈恍惚、变化无常，于是他用空灵广远、恣肆奔放、洒脱不羁的文辞来表现这神秘而无所不在的道。庄周所处的时代是"沈浊"不堪，"不可与庄语"，于是他表面上"不谴是非，以与世俗处"，却用玩世不恭的"卮言"、虚构想象的"重言"、寄托深远的"寓言"来表明态度,其间嬉笑怒骂,妙语如珠,正言若反,精彩叠出。庄周书中那充实无比的内容,那瑰丽而婉转、变化无穷而奇诡可观的语言,正是他"上与造物者游,而下与外死生、无终始者为友"的高远人生理想的自然流露。这段描绘把握准确,体现了庄周后学对其师道德文章的深刻了解和高度敬重。

张默生先生《庄子新释》认为,本篇除末章"惠施多方"外,其余五家是按照"依次渐近于道"的顺序排列的。如此看来,作者已经把庄周安排在了离道术最近的位置上,虽近,却仍属一方之术。但另一方面,又对庄周作了无以复加的崇高评价,这评价似乎暗示庄周学说已经体现了道术。作者闪烁其辞,着实费人猜详。然而庄子惯用"言无言"(《寓言》)的方式来表达意思,其后学大概也学到了这套本事,顺着这个思路想下去,或许能悟出其中的玄机。

惠施多方①,其书五车,其道舛驳②,其言也不中③。历物之意④,曰:"至大无外,谓之大一⑤;至小无内,谓之小一⑥。无厚,不可积也,其大千里⑦。天与地卑,山与泽平⑧。日方中方睨,物方生方死⑨。大同而与小同异⑩,此之谓小同异⑪;万物毕同毕异⑫,此之谓大同异⑬。南方无穷而有穷⑭,今日适越而昔来⑮。连环可解也⑯。我知天下之中央,燕之北、越之南是也⑰。泛爱万物,天地一体也。"

惠施以此为大⑱,观于天下而晓辩者⑲,天下之辩者相与乐之。卵有毛⑳,鸡三足㉑,郢有天下㉒,犬可以为羊㉓,马有卵㉔,丁子有尾㉕,火不热㉖,山出口㉗,轮不蹍地㉘,目不见㉙,指不至,至不绝㉚,龟长于蛇㉛,矩不方,规不可以为圆㉜,凿不围枘㉝,飞鸟之景未尝动也㉞,镞矢之疾而有不行不止之时㉟,狗非犬㊱,黄马骊牛三㊲,白狗黑㊳,孤驹未尝有母㊴,一尺之捶,日取其半,万世不竭㊵。辩者以此与惠施相应㊶,终身无穷。

桓团、公孙龙辩者之徒㊷,饰人之心,易人之意,能胜人之口,不能服人之心,辩者之囿也㊸。惠施日以其知与人之辩㊹,特与天下之辩者为怪㊺,此其柢也㊻。

然惠施之口谈㊼,自以为最贤㊽,曰天地其壮乎㊾!施存雄而无术㊿。南方有倚人焉曰黄缭㉛,问天地所以不坠不陷,风雨雷霆之故。惠施不辞而应㉜,不虑而对,遍为万物说㉝,说而不休,多而无已,犹以为寡,益之以怪㉞。以反人为实而欲以胜人为名,是以与众不适也㉟。弱于德,强于物,其涂隩矣㊱。由天地之道观惠施之能,其犹一蚊一虻之劳者也㊲。其于物也何庸㊳!夫充一尚可㊴,曰愈贵道㊵,几矣㊶!惠施不能以此自宁,散于万物而不厌,卒以善辩为名㊷。惜乎!惠施之才,骀荡而不得㊸,逐万物而不反,是穷响以声㊹,形与影竞走也,悲夫!

【今译】

　　惠施懂得许多学问,他的书有整整五车,他的学说驳杂不纯,他的言论不符合大道。他分析探究事物之理,说道:"大到极点而没有外围的,叫作大一;小到极点而没有内核的,叫作小一。没有一点厚度,就不能在它上面累积,但可以拓展到千里之远。天和地一样低,山和泽一样平。太阳刚当头就西斜了,万物刚产生就消亡了。万物类别的共同性和种属的共同性有差异,这叫作小同异;万物又具有完全相同的共性和完全不同的个性的差异,这叫作大同异。南方既没有尽头却又有尽头,今天才要到越国去却昨天已经来了。连环可以解开。我知道天的中央,既可以说它在燕国的北方,也可以说在越国的南方。要广泛地爱万物,因为天地本来是一体的。"

惠施将这当作最伟大的道理来向天下之人炫耀并让辩士们都了解它,天下辩士都对它发生了兴趣。这学说中还谈到:卵中有毛;鸡有三足脚;郢都包容了天下;犬可以是羊;马有卵;蛤蟆有尾巴;火不热;山从口中产生;轮子不着地;眼睛不能看清东西;概念跟不上事物的实际,即使跟上也不能穷尽;乌龟比蛇长;矩不能画方,规不能画圆;卯眼围不紧榫头;飞鸟的影子不曾移动;轻利之箭的快速飞行中有不前进不停止的时候;狗不是犬;黄马黑牛加起来是三个;白狗是黑的;孤驹不曾有母;一尺长的杖,每天截取它一半,一万年也截不完。辩士用这些论题跟惠施相对辩,一辈子没完没了。

桓团、公孙龙等辩士之流,蒙蔽人心,改变人们的想法,他们能堵住别人的嘴,却不能征服别人的心,这就是辩士的局限。惠施每天运用他的机智跟别人辩论,专门和天下的辩士制造怪论,这就是他们的大概情况。

然而惠施自以为口才最高明,他提出疑问:难道天地真的伟大吗?他虽有称雄天下之心,却没有相应的道术。南方有一个奇人叫黄缭,向他问起天之所以不坠落、地之所以不下陷,以及风雨雷霆产生的原因。惠施毫不谦虚、不假思索地作了回答,他全面陈说万物之理,讲起来滔滔不绝,话多得无穷无尽,却还认为讲得太少,又加上许多奇奇怪怪的内容。他把违反常理的东西说成是事实,并且企图以此来胜过别人而为自己建立起美名,因此和众人不能融洽相处。他轻视德行修养,擅长剖析物理,他所走的道路是狭隘而曲折的。从自然之道的高度来看惠施之所能,他就好像那一只只蚊虻,终日辛劳,而对于万物又有什么作用呢!惠施的那一套,权当一家之说还是可以的,但要说它超过了大道,那么对于道来说就太危险了。惠施是不能以此来使自己安心求道的,他把心思分散在万物上而不知厌倦,最终靠着善辩而建立了名声。可惜啊!惠施才气横溢却不能行正道,追逐万物而不回头,这就好比用声音来制止回声、形体和影子赛跑一样。多么可悲啊!

【注释】

① 惠施：又称惠子，战国时宋国人，名家代表人物。多方：多方术。　② 舛(chuǎn)驳：驳杂不纯。　③ 不中(zhòng)：不符合大道。　④ "历物之意"句：历，分析。意为探究分析事物之理。　⑤ 大一：宇宙。　⑥ 小一：接近于近代物理学中的分子。　⑦ "无厚"三句：意为平面没有任何厚度，所以不能在其上积累而成体，但它本身可以扩展至千里。　⑧ "天与地卑"二句：卑，低。泽，湖泊。意为从宇宙的角度看，天地、山泽的高低是相对的。　⑨ "日方中方睨"二句：睨(nì)：本指斜视，这里是斜的意思。意为从发展的眼光看，事物都处在变化之中，所谓中和斜、生和死也是相对的。　⑩ 大同：每一大类事物都有共同的性质。小同：每一大类事物中不同的种属又各有其共同的性质。异：不同。　⑪ 小同异，从种属关系来考察事物之间的同异。　⑫ 毕，全。毕同，从共性角度看，万物都有其作为"物"的共性。毕异：从个性角度看，每一物都各具特性。　⑬ 大同异：从万物的共性、个性来考察同异。　⑭ "南方无穷而有穷"句：意为空间是相对的，仅就方向而言，南方是无穷的。就某一地域而言，南方则是有穷的。　⑮ "今日适越而昔来"句：适，往，到。意为时间是相对的，就今天而言，是到越国去；就明天而言，则是昨天来到了越国。　⑯ "连环可解也"句：意为连环本不可解，但从长远的观点看，它总是会毁坏的，所以又是可解的。　⑰ "我知天下之中央"二句：是，这，指中央。意为从宇宙的角度看，中央这一空间位置不是固定不变的，燕之南、越之北都可成为中央。　⑱ 大：博大，伟大。此，指以上十个命题。　⑲ 观：显示，炫耀。晓：使明白。　⑳ "卵有毛"句：卵，蛋。意为蛋本无毛，但蛋中有产生羽毛的因素。　㉑ "鸡三足"句：意为鸡实际上只有二足，但加上"鸡足"这个名(概念)，就成了三足。这个命题混淆了名实的区别。　㉒ "郢有天下"句：郢(yǐng)，楚国都。意为郢本天下一部分，但天下不可分割，故可说郢包含了天下。　㉓ "犬可以为羊"句：意为名称都是约定俗成的，如果一开始大家都把犬称作"羊"，那么犬也就成了羊。　㉔ "马有卵"句：意为马是胎生动物，和卵生动物不同，但

从"毕同"的角度看,二者都是动物,所以也可说马有卵。 ㉕"丁子有尾"句:丁子,楚人称蛤蟆为丁子。意为蛤蟆本无尾,但蛤蟆由蝌蚪所变,蝌蚪有尾,故曰。 ㉖"火不热"句:意为作为实体的火是热的,但作为概念的"火"是不热的。 ㉗"山出口"句:意为作为实体的山是客观存在的,但其名却是由人之口所起。 ㉘"轮不蹍地"句:蹍(zhǎn,又读niǎn),踩。意为车轮接触地面只是一点,而不是整个轮子,从这个意义上也可说是"轮不蹍地"。 ㉙"目不见"句:意为眼睛不借助光、不通过精神的作用便不能看见东西。 ㉚"指不至"二句:指,概念。意为概念不能跟上事物,即使跟上,也不能穷尽事物。 ㉛"龟长于蛇"句:意为长短是相对的,"龟"一般短于蛇,但大龟与小蛇相比就长于蛇了。 ㉜"矩不方"二句:矩,画方的工具。规,画圆的工具。意为方和圆都是相对的,所以说矩和规本身就不是标准的方和圆,因而也画不出标准的方和圆。 ㉝"凿不围枘"句:凿,装枘的孔,俗称卯眼。枘(ruì):榫头。意为世界上没有两个具体事物是完全相合的,凿本用以套枘,但二者不能完全紧贴,故曰凿不能围紧枘。 ㉞"飞鸟之景未尝动也"句:景,通"影"。意为从飞鸟之影和飞鸟的关系看彼此间是相对静止的,故对飞鸟而言,其影是不动的。 ㉟"镞矢之疾而有不行不止之时"句:镞(zú),箭头。镞矢,一种轻疾而锋利的箭。疾,快。意为对于快速飞行的箭,从运动的角度看,它不曾停留,故曰"不止";但从相对静止的角度看,它又有止的一面,故曰"不行"。陈鼓应说:"这个辩论认识到运动就是一个物体于同一时间在一个地方又不在一个地方。就其在一个地方说,它是'不行';就其不在一个地方说,它是'不止'。"(《庄子今注今译》) ㊱"狗非犬"句:意为所有的狗都统称为"犬","狗"指小狗,是犬的一部分,故曰"狗非犬"。 ㊲"黄马骊牛三"句:骊,黑色。意为黄马、骊牛各为一,黄马骊牛又为一,相加就是三。这个论题与"鸡三足"性质相同。 ㊳"白狗黑"句:意为白狗系指毛色而言,其眼睛仍是黑的,故也可称"白狗黑"。 ㊴"孤驹未尝有母"句:意为孤驹也是其母所生,但既称"孤"就不当有母。 ㊵"一尺之捶"三句:捶,杖。意为物质是可以无限分割的。

㊶ 相应:相互应对辩难。 ㊷ 桓团:一作韩檀。战国辩士,赵国人。公孙龙:又称公孙龙子,战国赵人,名家代表人物,以善辩著称。 ㊸ 囿:局限。 ㊹ 人:一本无此字,当删。 ㊺ 特:独。为怪:制造怪论。 ㊻ 柢(dǐ):大略。 ㊼ 口谈:口辩之才。 ㊽ 贤:高明。 ㊾ "曰天地其壮乎"句:壮,强大。意为惠施对天地之强表示怀疑。 ㊿ 施存雄而无术:虽存称雄之心却无相应道术。 (51) 倚人:"畸人",奇异之人。黄缭:战国时辩者。 (52) 不辞:不谦让。 (53) "遍为万物说"句:意为惠施广泛陈说万物之理。 (54) 益:增加。怪:怪异的内容。 (55) 适:合。 (56) 涂:通"途",道路。隩(yù):狭隘曲折。 (57) 虻(méng):虫名。 (58) 庸:用。 (59) 充一:充一家之说。 (60) 愈贵道:胜过和高过大道。 (61) 几:危。 (62) 卒:最终。 (63) 骀(dài)荡:放纵。不得:不能行于正道。 (64) 穷:止息。响:回声。

【评析】

本章评述惠施学派。

这章文字前人早指出原是《庄子》中另外一篇。《北齐书·杜弼传》称弼"又注《庄子·惠施》篇"。日本人武内义雄认为《惠施》篇就是本章。张恒寿《庄子新探》推测:"可能古本《庄子》中《惠施》本来是另外一篇,也即司马彪五十二篇本中之一篇。后人因它和《天下》篇都是讲先秦学派的,便并入《天下》篇末。杜弼当是根据五十二篇本特为《惠施》篇而作注解。"按,本章在形式上与前面五章很不一致,极有可能是后来羼入的。

文中所述历物十事和辩者二十一事,固然有利用辨析名实以作诡辩之处,如"鸡三足""黄马骊牛三"等,并且因夸大了事物差别的相对性而抹煞了客观存在的这种差别。但是其中的许多命题包含着丰富的辩证法,给人以很大启迪,对先秦逻辑思想的发展作出了极大的贡献,格物精密深微,又显示了极高的思辨水平。

文章作者之所以对惠施等人采取了激烈批评的态度,不是因为对方的理论谬误,而是不满其不修内德,专逐外物,损害了"内圣外王"之道。庄子学派同惠施这方面的分歧由来已久,《逍遥游》中惠子指责庄子之言"大而无用",就像那棵"大本拥肿而不中绳墨""小枝卷曲而不中规矩"的樗树,庄子则反过来批评他"拙于用大"。其原因在于,庄子要探讨的乃是宇宙万物的本原,要追求的乃是无任何时空限制的逍遥之游,因此对惠子那种斤斤于辨析具体事物名实关系的学问自然不屑一顾。惠子对于庄子的这种思想当然也觉得不可理解,故斥为"大而无用"。庄子后学虽然已经不像其师那样对世俗毫无兴趣,但在他们心目中,"内圣外王"较之惠施的那套,仍可说是大道,所以对其是批评有加。《隋书·经籍志》称名家"滞于析辞而失大体",也正是指出了惠施的"拙于用大"。

但是,对惠施的才能,作者还是肯定的,只是惋惜他用错了地方。

主要参考书目

1. 《庄子鬳斋口义校注》 [宋]林希逸
   1997年中华书局（周启成校注）本
2. 《南华真经新传》 [宋]王雱　　　　　《道藏》本
3. 《庄子阙误》 [宋]陈景元
   文渊阁四库全书（明焦竑《庄子翼》附）本
4. 《南华真经副墨》 [明]陆长庚　　明万历六年李齐芳刊本
5. 《庄子解》 [清]王夫之　　1964年中华书局（王孝鱼点校）本
6. 《庄子因》 [清]林云铭　　　　　清康熙癸卯年刊本
7. 《庄子读本》 [清]方人杰
   清乾隆三十七年与《楚辞读本》合刊本
8. 《庄子独见》 [清]胡文英　　清乾隆十七年三多斋刊本
9. 《南华经解》 [清]宣颖　　清同治间《半亩园丛书》（吴坤修辑）本
10. 《庄子平议》 [清]俞樾　　1988年上海书店影印《诸子平议》本
11. 《南华雪心编》 [清]刘凤苞　　　　　2013年中华书局本
12. 《南华真经正义》 [清]陈寿昌　　清光绪十九年怡颜斋刊本
13. 《庄子集释》 [清]郭庆藩
    1961年中华书局《新编诸子集成》（王孝鱼点校）本
14. 《庄子集解》 [清]王先谦　　　　　《诸子集成》本
15. 《庄子浅说》 林纾　　　　　1923年商务印书馆本
16. 《齐物论释》 章炳麟
    1998年浙江人民出版社《章太炎学术论著》本

17.《庄物解放》 章柄麟
　　　　　　　　　1998年浙江人民出版社《章太炎学术论著》本
18.《庄子诠诂》 胡远濬　　　　　　　1996年黄山书社本
19.《庄子补正》 刘文典　　　　　　　1980年云南人民出版社本
20.《庄子义证》《庄子天下篇述义》 马叙伦
　　　　　　　　　2019年浙江古籍出版社本
21.《庄子故言》 朱季海　　　　　　　1987年中华书局本
22.《庄子发微》 钟 泰　　　　　　　1988年上海古籍出版社本
23.《庄子校诠》《庄学管窥》王叔岷　　2007年中华书局本
24.《庄子新释》 张默生　张翰勋　　　1993年齐鲁书社本
25.《庄子浅注》 曹础基　　　　　　　1982年中华书局本
26.《庄子内篇新解》 王孝鱼　　　　　1983年岳麓书社本
27.《庄子今注今译》 陈鼓应　　　　　1983年中华书局本
28.《庄子全译》 张耿光　　　　　　　1991年贵州人民出版社本
29.《庄子译诂》 杨柳桥　　　　　　　1991年上海古籍出版社本
30.《庄子注译》 王世舜　　　　　　　1998年齐鲁书社本
31.《庄子新解》 吴林伯　　　　　　　1998年京华出版社本
32.《庄子诠评》 方 勇　陈永品　　　1998年巴蜀书社本
33.《庄子新探》 张恒寿　　　　　　　1983年湖北人民出版社本
34.《老庄研究》 陆永品　　　　　　　1984年中州古籍出版社本
35.《庄子浅论》 曹础基　　　　　　　1987年广东人民出版社本
36.《庄子哲学及其演变》 刘笑敢 1988年中国社会科学出版社本
37.《老庄论集》 张松如　陈鼓应　赵 明　张 军
　　　　　　　　　1987年齐鲁书社本
38.《老庄新论》 陈鼓应　　　　　　　1992年上海古籍出版社本
39.《庄学研究》 崔大华　　　　　　　1992年人民出版社本
40.《庄子通论》 孙以楷　甄长松　　　1995年东方出版社本

41.《庄子散论》 孙以昭 常森 1997年安徽大学出版社本
42.《庄子通义》 陆钦 1994年吉林人民出版社本
43.《庄子考辨》 张松辉 1997年岳麓书社本
44.《易与老庄》 潘雨廷
　　　　　　　　1998年辽宁教育出版社(与《易与佛教》合刊)本
45.《自事其心——重读庄子》 李牧恒 郭道荣
　　　　　　　　1996年四川人民出版社本
46.《樗下读庄》 止庵 1999年东方出版社本
47.《庄子音义研究》 黄华珍 1999年中华书局本
48.《论语译注》 杨伯峻 1980年中华书局本
49.《史记》 1982年中华书局本
50.《老子校释》 1984年中华书局《新编诸子集成》(朱谦之撰)本
51.《荀子集解》 《诸子集成》本
52.《淮南鸿烈集解》
　　　　　　　　1989年中华书局《新编诸子集成》(刘文典撰)本
53.《先秦学术概论》 吕思勉 1985年中国大百科全书出版社本
54.《中国哲学史新编》 冯友兰 1984年人民出版社本
55.《绎史斋学术文集》 杨向奎
　　　　　　　　1983年上海人民出版社本
56.《周秦道论发微》 张舜徽 1982年中华书局本
57.《玄儒评林》 张岱年 1985年湖南人民出版社本
58.《墨辩逻辑学》 陈孟麟 1983年齐鲁书社本
59.《禅宗与道家》 南怀瑾 1991年复旦大学出版社本

图书在版编目(CIP)数据

庄子直解：上下册/姚汉荣，孙小力，林建福撰. —上海：复旦大学出版社，2024.10
(中华经典直解)
ISBN 978-7-309-17231-7

Ⅰ.①庄… Ⅱ.①姚… ②孙… ③林… Ⅲ.①《庄子》-注释②《庄子》-译文 Ⅳ.①B223.5

中国国家版本馆 CIP 数据核字(2024)第 023457 号

庄子直解(上下册)
姚汉荣 孙小力 林建福 撰
责任编辑/方尚芩

复旦大学出版社有限公司出版发行
上海市国权路 579 号　邮编：200433
网址：fupnet@fudanpress.com　http://www.fudanpress.com
门市零售：86-21-65102580　团体订购：86-21-65104505
出版部电话：86-21-65642845
上海盛通时代印刷有限公司

开本 890 毫米×1240 毫米　1/32　印张 25.375　字数 659 千字
2024 年 10 月第 1 版
2024 年 10 月第 1 版第 1 次印刷

ISBN 978-7-309-17231-7/B・800
定价：98.00 元

如有印装质量问题,请向复旦大学出版社有限公司出版部调换。
版权所有　　侵权必究